吴尔夫精选集 I

一间自己的房间
A ROOM OF ONE'S OWN

普通读者 I
THE COMMON READER: FIRST SERIES

[英] 弗吉尼亚·吴尔夫 著

贾辉丰 译
马爱新 译

人民文学出版社
PEOPLE'S LITERATURE PUBLISHING HOUSE

Virginia Woolf

The Selected Works of Virginia Woolf

图书在版编目（CIP）数据

吴尔夫精选集．1，一间自己的房间　普通读者 I ／
（英）弗吉尼亚·吴尔夫著 ；贾辉丰，马爱新译．
北京 ：人民文学出版社，2024．-- ISBN 978 - 7 - 02
- 018939 - 7

　I．I561．15

中国国家版本馆 CIP 数据核字第 20245 SB 215 号

责任编辑　冯　娅　翟　灿　刘佩洋
装帧设计　刘佩洋
责任印制　宋佳月

出版发行　**人民文学出版社**
社　　址　北京市朝内大街166号
邮政编码　100705

印　　刷　小森印刷（北京）有限公司
经　　销　全国新华书店等

字　　数　866千字
开　　本　880毫米×1230毫米　1/32
印　　张　39.125
版　　次　2024年9月北京第1版
印　　次　2024年9月第1次印刷

书　　号　978-7-02-018939-7
定　　价　598.00元（全三册）

如有印装质量问题，请与本社图书销售中心调换。电话：010-65233595

吴尔夫：那个悬而未决的世界

重读弗吉尼亚·吴尔夫，我的目光总是自动拨开低回幽怨的迷雾，拨开那个在口袋里装满石头走进乌斯河中央的中年妇女，看到一个更为昂扬激奋的吴尔夫，从我记忆的盲区里浮出来。

"你们的任务是促使作家走下他们的神坛和宝座，如果可能，不妨妙笔生花，但无论如何应真实地描述我们的布朗太太。你们应当坚持，她是一位有无限可能和无穷变化的老妇人；能够出现在任何地方；穿任何衣着；说任何话，做天知道什么事情……不过，不要指望眼下就能够将她完整和圆满地表现出来。要容忍断续、朦胧、凌乱、挫败。一个美好的事业召唤你们伸出援手。最后，请允许我大胆断言——我们正战抖着接近英国文学的一个伟大时代。但只有下定决心，永远、永远不抛弃布朗太太，我们才能赢得这个时代。"

这是《本涅特先生和布朗太太》，吴尔夫的著名随笔，其措辞之激烈飞扬，应该不仅仅因为它是根据一篇演讲稿扩充而成的。这是二十世纪二十年代，现代主义文学向古典文学叫板，并初步确立江湖地位的重要文献之一。隔了大半个世纪读，仍然可以清晰地感受到那种"接近伟大时代"的近乎眩晕的憧憬和"战抖"，并无夸大的成分。文中提到的英国作家阿诺德·本涅特那番墨守成规的言论（"只有人物真实，小说才有机会流传……"）成了便利的箭靶——对于何为"真实"的质疑，进而指出"真实"的另一种维度，正是这些新兴的、离经叛道的小说得以"合法"的理论前提。吴尔夫的聪明之处在于，她把檄文的底子藏在里面，而运用她最擅长的让平淡场景变得神奇的能力，假设在火车上"曾有一次小小的聚会"——代表保守阵营的威尔斯先生、本涅特先生以及高尔斯华绥先生就坐在那个象征着芸芸众生的、看起来不值得花费笔墨的"布朗太太"（其女性身份当然也是吴尔夫精心选择的）对面。吴尔夫温和然而坚定地指出，列车正在行驶，但不是从里士满驶往滑铁卢，而是从英国文学的一个时代驶往下一个时代，因为布朗太太是永恒的，她代表的是人性。吴尔夫相信，那些爱德华时代的小说家不会对这样的形象稍加留心，他们只会张望工厂、乌托邦、甚至是车厢的装潢和材料，但绝不留意布朗太太，绝不留意"生活"，绝不留意"人性"。沿着完美的逻辑轨道，吴尔夫顺利抵达了她的结论：所以，作为新一代的写作者，"我们"要和"他们"划清界限，适合"他们"的手法和套路不适合"我们"。对"我们"来说，那些套路意味着毁灭，那些手法意味着死亡。

理解了《本涅特》中的主张，也就握住了打开吴尔夫其人其文的一把钥匙。再回过头去细辨《到灯塔去》和《海浪》的文气脉络，便宛然透过消极伤感的表面触摸到意气风发的实质。现代主义与后现代主义最大的不同即在于此：前者是在古典写实攀至高峰时企图翻越，并且确实看到了从另一个平面攀上另一座高峰的可能性，他们的心理曲线是向上的，反叛亦是建设性的；后现代却生来就带着解构一切的"破坏"性，在他们的描述中，小说的既有规则，甚至小说这种东西本身，都是荒芜的、不可靠的，因而他们从来就不会秉持着建设者的乐观心态。在《到灯塔去》和《海浪》里，作者深信其笔触可以深入到生活中的每一个断面；深信"人需要五十双眼睛去观察"，需要一个"轻飘得像空气一样的秘密感官，可以穿过锁眼，环绕在她周围"（《到灯塔去》第三部第十一节），而新时代的文本正可以将这五十双眼睛和秘密感官收纳其中；同样地，作者也深信主观意识可以任意改变时光的长短，在同一个文本中，可以将一秒钟拉得无限长，也可以让二十年浓缩成几个字。

因此，吴尔夫的小说从诞生之日起，就是让读者忽略情节和人物的——按照吴尔夫的说法，那是"他们"的套路和手法。当时的评论家们，关注的是"意识流"，是文体实验，是她那些可以用赋格、对位法等音乐名词描述的文本结构。而今，这些被吴尔夫引以为"我们"的套路和手法也不再具有先锋性（事实上，我们已经进入了一个各种文体实验都不具有先锋性的时代），那么，展开《到灯塔去》时，我们究竟在期待什么？

于我，也许是在期待进入某种心无旁骛却又难以言说的情境吧——谢天谢地，当我难以言说时，吴尔夫却凭着现代主义的乐观精神，滔滔不绝地代我说了。从任何一页读进去，拉姆齐夫人或者莉莉·布里斯柯都在用她们的画笔、眼睛、身体写诗，她们不是没有激愤和痛苦的（"他们总是说，女人不能绘画，也不能写作"），但这些情绪往往才一冒头又消融在周遭景物中，而这景物也不是真实的景物，是在被主观意识操控的时空中，景物留下的投影。于是，很多时候，我们就是一边目不暇接，一边匪夷所思，不明白那些早已司空见惯的东西，究竟是通过怎样的反刍和发酵，才散发出这样独特的味道。比如《到灯塔去》第一部第七节中出现的一段含蓄而诡异的性描写，需要读之再三，才能品味出深藏于其中的，既倦怠又紧张的人物关系。这一段真假交织，新鲜的意象——钢针、水雾、铜壶嘴、果树、干枯的半月形镰刀、会折叠的花瓣——交替出现，具体而微的细节与大象无形的寓言展开二部合唱，细辨竟有轮番换气的声响。这种震撼力，即便再过五十年，拿给那时的读者看，也绝不会折损。

二战后，此前作为文体革新者代表的吴尔夫，身后（她于一九四一年自杀）的文名在一段时间里颇为沉寂，即便用"一落千丈"来形容也不算过分。但文学研究的热点排行榜从来都喜欢走环形路线，七十年代的女性主义浪潮又把她重新席卷到聚光灯下的银色沙滩上。《一间自己的房间》被广为传诵，尤其是下面这句："女人要想写小说，必须有钱，再加一间自己的房间。"这款适宜出现在房产广告或者女性时尚杂志上的名言，一般都被截去了后半句，"……而如此这般，大家将会看到，女性的本质和小说的本质这个大问题仍没得到解决。我逃避了对这两个问题作出结论的义务，就我而言，女性与小说仍然是悬而未决的问题。"

对"这两个问题"，对于女性在文学史上的尴尬处境，每个女性写作者都感同身受。尽管小说体裁自诞生时起，就与女性阅读文化紧紧联系在一起（直至今日，小说的主要阅读人群也仍然是女性），但自始至终，写作却基本上是一件阳性的事。女作者被遮盖的名字，被湮没的作品，被荒疏的才情，只怕比那些得以幸存的，要多得多。对此，吴尔夫的表述让人过目难忘：

"只要读到女巫给人溺死，女子遭魔鬼附体，兜售草药的看相女人，甚至出类拔萃的男士背后的母亲，我想，追踪下去，必会发现埋没的小说家，受压抑的诗人，某位默默无闻的简·奥斯丁，某位将血泪抛洒在沼泽地里，或者在路边游逛，装神弄鬼，给自己的天赋折磨得发狂的埃米莉·勃朗特。"

当然，例外总是有的，但那些短暂而辉煌的时刻常常被解释成历史的偶然。此类荒诞事例，吴尔夫在《一间自己的房间》里旁征博引地举过很多，我可以随手再补上个东方故事：在日本文学史上，紫式部和清少纳言的成功，是因为彼时的日本男贵族都在忙着学习用汉字表情达意，处在阵痛中的官方语言还无暇顾及口头文学的需求，而宫廷里的妇女仍能自由使用假名记录家长里短，于是，《源氏物语》和《枕草子》的诞生，看上去就像是捡了个胜之不武的便宜。总而言之，男人们只要醒悟过来，文学世界里的每一座城池，就又换上了他们的旗帜。

何况，人类的大部分历史时期，是不需要女人顶班的。渐渐地，连女人自己也开始相信，她们的句子是流出而不是吼出的，它们理该是缺乏肌肉力度的，理该是精致而匮乏有效营养成分的，理该是斜体的，理该在突然提高音量时变得刺耳。女性写作者承受的"危险"，不只是制度、阶级、经济、历史之类的抽象概念，不只是比男作家高得多的自杀率，而是所有这些因素和现象合成之后掰碎了弥漫在生活细节里的——它们迫使你在下笔时总在怀疑有没有忠实于自己的声音（我得承认，每次被别人仅凭文字误认为男性时，我会不由自主地窃喜一番），总在怀疑你的风格是否不够女性化或者太过女性化（喜欢标榜自己的文笔雌雄同体的，总是女人）。吴尔夫在吁求"一间自己的房间"时，试图将所有这些细节都塞进那个象征意味浓厚的"房间"里，好把女作家面对的困境一次性清算。然而，即便通透如吴尔夫，她在清算的同时，也深刻地体会到这种行为本身就是个悖论，一眼就看穿了问题的"悬而未决"。事实上，评论家曾经指出，愈到晚年，吴尔夫就愈是倾向于避开具有所谓女性风格的表达，愈是极端地想动摇两性之间的差别，而这种刻意，既背离了《一间自己的房间》中得出的结论，也正是所有女性写作者穷其一生都难以挣脱的宿命——尽管，写下那些词句时，她就端坐在属于她一个人的房间里。

黄昱宁

二〇一〇年七月

目次

一间自己的房间

贾辉丰 译

目次

一间自己的房间

第 一 章

　　或许，各位会问，我们请你，是来谈女性与小说——这同一间自己的房间有什么关系。请容我做些解释。得知大家请我来谈女性与小说后，我坐在河岸上，开始思索这几个字眼儿。它们可能意味着谈谈范伯尼①；再谈谈简·奥斯丁②；称颂一番勃朗特姐妹，连带勾勒一下雪中的霍沃斯寓所②；说到米特福德小姐③，不妨讲几句俏皮话，但对乔治·爱略特，就得抱有敬意；再提一提盖斯凯尔夫人④，就算中规中矩了。但转念一想，这几个字眼儿，似乎并不那么简单。所谓女性与小说，可能意味着，或者按你们的意思它应当意味着女性和她们的处境；或意味着女性和她们所写的小说；也许，它意味着女性和关于女性的小说；

---

① 范伯尼(1752—1840)，英国女小说家和书简作家，著有《埃维莉娜》等书。
② 霍沃斯寓所，勃朗特一家的住所，位于英国的约克郡，现为勃朗特博物馆。
③ 米特福德(1787—1855)，英国女剧作家、诗人和散文作家，著有叙事诗《克里斯蒂娜》，剧本《利思齐》等。
④ 盖斯凯尔夫人(1810—1865)，英国小说家，著有《玛丽·巴顿》等长篇小说，并著有《夏洛蒂·勃朗特传》。

还有可能意味着三者密不可分地交织在一起,而你们是要我从这个角度做出考虑。最后这个角度似乎最有意思,但当我真的如此来考虑这个题目时,才发现它有一个绝大的麻烦。我将永远得不出结论。我将无法履行在我看来讲演者的首要义务——在一小时的讲演后,说出一点纯粹的道理,让大家可以裹在笔记本里,一辈子摆到壁炉上。我能做的,只是就一个小问题发表一点看法——女人要想写小说,必须有钱,再加一间自己的房间;而如此这般,大家将会看到,女性的本质和小说的本质这个大问题仍没得到解决。我逃避了对这两个问题作出结论的义务,就我而言,女性与小说仍然是悬而未决的问题。为了略加弥补,我想尽自己的能力向大家说明,我是如何得出关于房间和钱的这一种看法的。我将尽可能完整和随意地向在座各位阐明我的思路,而它又是如何引导我想到这一点。或许,一旦我将我的思想剖析清楚,大家就会发现,这一说法背后的成见,其实与女性有些关联,与小说也有些关联。无论如何,一个题目,如果众说纷纭——任何与两性有关问题都是如此——就难以指望能讲清楚道理。你只能说明,你是怎样得出你现在的这番道理。你只能让听众在看到你的局限、成见和倾向后,有机会得出他们自己的结论。在这个问题上,小说较之事实,很可能包含了更多道理。因此,我打算利用小说家拥有的全部自由和特权,向大家讲述一个我来此之前的两天中发生的故事——面对各位交代的这个让我不堪重负的题目,我是如何来思索,如何出入我的日常生活,对它加以演绎。不必说,我要讲述的事情并不存在;牛桥[①]纯属

杜撰，弗恩翰学院也是如此；所谓的"我"只是对什么人的方便称谓，并非实有其人。我难免信口开河，但兴许会有几分道理夹杂其中；需要大家去伪存真，决定哪些部分值得留存。如果我说的一无是处，大家尽可以把它整个丢到字纸篓里，再也不必多想。

那么，一两个星期之前，是气候和煦的十月，我（叫我玛丽·伯顿、玛丽·赛顿、玛丽·卡迈克尔或随便什么名字——这都无关紧要）坐在河岸上，陷入了沉思。我谈到的女性与小说像道紧箍咒，加上需要对一个引起了种种成见和情绪的题目作出某些结论，这些都压得我抬不起头来。我的两旁，不知名的灌木，或金黄，或绯红，流光溢彩，仿佛争抢着在热与火中燃烧。更远处的河岸上，垂柳似有绵绵的忧伤，披拂下柔弱的长条。河面由着性子，倒映出天空、红叶和小桥，学生荡桨穿出，劈开的倒影又合拢来，倒像是他从未出现过。这里，人可以整日坐下去，沉湎于思想中。思想——我这样来称呼它不免有些夸张——听任它的钓丝没入水流。时间一分分过去，钓丝随着倒影和水草，东游西荡，在水面上时起时伏，直到——大家知道那种突然的拽动，一种想法在钓丝的那一端咬钩了，于是，你小心翼翼地将它拖过来，慢慢拉出水面？好了，不妨把这个想法摊在草地上，不管它是多么细小，多么微不足道。是一尾小鱼，聪明的渔夫会把它放回水中，等它长得再大一些，有朝一日，成为盘中的一道美味。我不想拿这个想法来絮叨，不过，只要留心，大家还是可以从我下面要讲的话中听出一些端倪。

我的想法，虽然细微，却有一种不可思议的性质——将它重新收拾到脑海里，它立即变得不安分，膨胀起来；它奔突冲撞，这里闪现一下，那里闪现一下，激起思想的湍流和波浪，让人不得安宁。就这样，不觉中我已疾步穿过了一片草地。突然，一个男人的身形出现在我面前，拦截住我。男人穿了常礼服和笔挺衬衫，显得很滑稽，最初，我甚至没弄明白，他比比划划的是冲我而来。他的脸上，纯是一副惊恐而又恼怒的表情。此时，直觉而不是理性搭救了我，他是校役，我是女人。这里是大学的赛马场，脚下就是跑道。只有研究员和学者方能来此驻足。我的位置是在沙砾路上。这些都是瞬间转过的念头。我转身回到路上，校役的双臂垂放下来，面部又恢复了以往的静漠，虽然跑道走起来要比沙砾路面舒服，但我也不能说受了很大委屈。对这所不管是什么学院的研究员和学者，我唯一能够抱怨的是，为了保护前后给碾压了三百年之久的赛马场，他们搅得我的小鱼躲得无影无踪。

现在，我已经记不清楚，是什么样的想法，令我忘乎所以地擅闯禁地。心绪的平和，像天上飘下来一朵云，因为倘若真的有心绪的平和，它就在十月一个晴朗的上午，绕牛桥的庭院或方庭而生。漫步在校园里，穿过古老的回廊，现实中的粗鄙像是渐渐消退了；身体仿佛收缩在神奇的玻璃柜中，没有声音可以穿透，头脑与事实失去了一切联系（除非你想再次闯入赛马场），自由自在地沉溺在恰与此刻合拍的漫无边际的遐想中。不经意之间，飘忽的思绪牵扯出别人几篇旧日的随笔，讲的是在长长的假期里重访牛桥，引我回想起查尔斯·兰姆①——萨克雷将他的一封信贴在前额上，无限景仰地说，圣人查尔斯啊。确实，遍数作古的前人（我想到哪儿，就说到哪儿），兰姆当是最和蔼可亲

---

① 查尔斯·兰姆（1779—1848），英国随笔作家，此处是指其所作《假日中的牛津》。

的一位；人们必定乐于对他这种人说，好吧，告诉我，你是怎样写随笔的？在我看来，他的随笔甚至超过了马克斯·比尔博姆①，尽管后者的随笔可谓完美，他的文章，充满恣肆的想象力，行文中时时爆发出天才的灵感，虽然因此出现瑕疵，不够精湛，却处处点缀着诗意。兰姆或许是一百年前来牛桥的。他当然写下一篇随笔——篇名我却忘记了——记叙他看到的弥尔顿一首诗的手稿。那诗的篇名好像叫《利西达斯》②，兰姆写道，诗中的每一个字，本来都有可能不是现在这个样子，而一念至此，他不免深深感到震惊。想想弥尔顿还须改动诗中的字句，对他来说无异于一种亵渎。这倒引得我去搜寻记忆中《利西达斯》的断片，自得其乐地揣摩弥尔顿会改动哪些字句，又是为了什么。我忽然想到，兰姆看的那份手稿距我只有几百码之遥，何不追随兰姆的足迹，穿过四方庭院，到那座保存了弥尔顿手稿的图书馆去。去图书馆的路上，我又想起，萨克雷的《埃斯蒙德》的手稿也保存在这座著名的图书馆里。批评家经常说，《埃斯蒙德》是萨克雷小说中最好的一部。但就我的记忆所及，他在文体上模仿十八世纪，矫揉造作，不免限制了自己；除非十八世纪的文体对萨克雷来得自然而然——对此，只须阅读他的手稿，看看文字的改动是为了迁就文体，还是为了合乎道理，就可以得到证实。但这样一来，你就得决定什么是文体，什么是含义，这个问题——不过，此刻，我已经来到了图书馆的门口，我一定是打开了那扇门，因为门口立即出现了一位和善的绅士，满头银发，像守护天使一样，但却不是以洁白的翅膀、而是以一袭黑袍，不以为然地挡住

---

① 马克斯·比尔博姆（1872—1956），英国漫画家和作家，1898 年继萧伯纳任《星期六评论》戏剧评论员。

② 《利西达斯》，弥尔顿所著长诗，手稿保存在剑桥的三一学院。

了我的去路,他在挥退我的同时,低声抱歉说,女士只有在学院研究员的陪同下或持有引荐信,才能获准进入。

这座闻名遐迩的图书馆,毫不在意它会遭受一位女性的诅咒。它庄严、沉静,将它的所有财富牢牢锁定在自己的怀抱中,心满意足地酣睡不醒,对我来说,它将从此永远酣睡下去。我愤愤地从台阶上退下时发誓说,我将永远不会唤醒它的鼾声,永远不会再请求它的款待。距午餐还有一个小时,我该做些什么呢?在草地上漫步,还是到河边小憩?这当然是一个美好的秋日上午,红叶飘飘,落到地面上;或行或坐,都没有大碍。但耳边传来音乐声。前面正在做礼拜或是举行宗教仪礼。我经过小教堂门口时,听管风琴庄严地呜呜奏响。在那种安详静谧的气氛中,即使是基督教的哀伤,听来也像是对哀伤的回想,而不是哀伤本身;甚至古老乐器的呜咽声,也融入了一片恬静。我已经无意进入,即使我有此权利,没准儿这回教堂司事会迎面拦住我,要我出示洗礼证明,或学监的引荐信。这些巍峨建筑物外面的景致,往往与里面一样耐看。而且,看着教区会众聚到一起,出出进进,像蜂巢前的蜜蜂一样在教堂门口忙碌,也是件怪有趣儿的事。许多人方帽长袍;一些人肩上缀了毛皮①;一些人坐在轮椅上;还有一些人仍在中年,已经皮肉松弛,给岁月压迫成一副奇特模样,让人想起水族馆沙地上蹒跚而行的巨蟹和龙虾。我倚在身后的墙上,眼前的大学真像一处庇护所,保存下各种稀罕物种,将他们丢到斯特兰德大街②的人行道上,只怕他们立时百无一用。这让我回想起一些流传已久的故事,讲的是那些老迈的

---

① 剑桥大学的文学士装束。
② 斯特兰德大街,伦敦的一条繁华大街,多商场、剧院、酒吧。

教书先生，但我还来不及打个呼哨（据说，听到呼哨声，老教授就会拔足狂奔），这批德高望重的教徒已经隐入教堂中。小教堂的外观依旧。大家知道，它的穹顶和尖塔历历在目，像一艘持续航行却永远不能抵达的航船，夜里亮起灯火，几英里之外都可以看见，山峦也遮不住它。或许，这所四方庭院，连同齐整的草坪、宏伟的建筑，乃至小教堂本身，早先不过是一片沼泽，荒草萋萋，猪也来刨食。我想，必有马队和牛群，从遥远的乡间拖来一车车石头，经过无休无止的劳作，替我遮荫的这些灰色的大方石料，才得以一个叠一个地安放妥当，画匠携来镶嵌玻璃，泥瓦匠几百年来不断地在它的屋顶上摆弄油灰、水泥、铁铲、抹子。每逢星期六，就有什么人，从皮制的钱囊里倒出金币、银币付给工匠，让他们攥在手里，换取一夜的欢乐，喝啤酒，打九柱戏。我想，源源不断的金子、银子，必是流入了这所庭院，让石头一车车运来，泥瓦匠穷年累月地施工；平地、刨土、挖沟、排水。但那是信仰的年代，金钱大把大把涌来，帮助在深稳的地基上垒起了这些石头，石头垒起后，又有更多的金钱来自国王、女王和王公贵族的金库，保证在这里圣歌也有人唱，学子也有人教。土地授予了，什一税付清了。信仰的年代结束后，理性的年代接踵而来，金子和银子仍然源源不断地涌来；研究员制度设立了，还有人赞助讲师制；只不过现在，金银不是来自国王的金库，而是来自商人和制造商的钱柜，来自比如靠实业发了财的那些人的钱囊，他们在遗嘱中，将财富的一部分慷慨回馈给让他们学到本事的大学，以便设立更多的教授、讲师和研究员职位。于是，学校有了图书馆和实验室；有了天文台；有了配备完善的、昂贵的精密仪器，现在就摆放在玻璃架上，这里，几百年前，荒草萋萋，猪也来刨食。当然，此时我绕着方庭闲逛，金银财宝已奠定下坚实的基础,铺砌的路面严严实实地遮盖了荒草。头顶盘子的男仆,匆匆忙忙地上下楼梯。窗口悬挂的花匣开满艳丽的花朵。室内传出留声机播放的刺耳旋律。这不能不让人沉思——不管想些什么吧,随即又给打断。大钟报时了。该是去吃午餐的时候了。

奇怪的是,小说家总有办法让我们相信,午餐会令人难忘,从来都是因为席间谈吐风雅,举止洒脱。他们很少多费口舌,谈谈吃了些什么。小说家通常不提鲜汤、鲑鱼和乳鸭,好像汤啦、鱼啦、鸭啦,都无关紧要,没人吸烟,也没人饮酒。不过,这里,我要冒昧地打破惯例,告诉大家,那次午餐会的头道菜是鳎鱼,盛在深盘里,学院的厨师又给它浇上一层雪白的奶油,只在浮面零零散散拓出一些棕色的斑点,像雌鹿两肋的花斑。接着端上的是山鸠,但有谁以为是盘中摆了几只褪了毛的飞禽,那就想错了。五花八门的山鸠,待客时配上调料和生菜,有辣有甜,各有各的顺序。土豆片切得钱币般薄厚,当然没有那么硬;菜心好像玫瑰花蕾,吃起来却鲜美得多。烤肉和配菜刚刚用罢,默默侍立一旁的男仆,或许就是校役本人,不过表情温和多了,立刻奉上一道甜点,四周以餐巾环绕,糖霜波浪般涌起。说它是布丁,将它与稻米和木薯联系到一起,不免唐突。与此同时,漫溢金黄和绯红的酒杯,满上又空了,空了又满上。渐渐地,灵魂赖以安身的胸椎处,有什么东西点燃了,不是我们称之为才华的那种微细的电火,它只能在我们的口舌间吞吐,而是一种更为深刻、微妙的潜在,是理性交流激发的灼热的火焰。不必太急切。不必太张扬。无须装腔作势,自由自在就好。我们飘飘欲仙,还有凡·戴克①的画陪着我们——换句话说,点上一支沁人心肺的香烟,

---

① 凡·戴克(1599—1641),佛兰德斯画家,英王查理一世的宫廷画师。

倚在窗前座椅的靠垫上，你会觉得，生活多么美好，生活的回报多么甜蜜，种种嫌隙和怨怼又是多么无聊，而友谊和我们的酬酢真是让人陶醉。

如果碰巧手边有一只烟灰碟，如果不必随意将烟灰弹到窗外，如果当时事情稍稍有些不同，你或许不会看到那只没有尾巴的猫。那只突兀的、短去了一截的小动物悄没声儿地踯躅在庭院中，它的出现，蓦然触动了我心底的什么东西，情绪也为之一转。就像有人铺洒下一片阴影。也许，是美味的霍克酒渐渐发挥了效力。当然，我的目光所及，这只马恩岛家猫停在了草坪中央，好像也在审视这个世界，你会感到，像是缺了些什么，又像是有什么不对头的地方。我听着周遭的谈话，对自己问道，究竟缺了什么，有什么不对头。为了回答这个问题，我得想象自己神游物外，回到了从前，具体说来是回到了大战之前，让眼前浮现出另一次午餐会的情景，用餐的屋子距此处不远，但各有不同。一切都不相同。此刻，谈话正在宾客间进行，客人很多，又都年轻，有男人，也有女子；谈话进行得很顺畅，轻松自在、妙趣横生。谈话者尽管谈话，我已将它推到另一场谈话的背景中，对比之下，我相信一方是另一方的后裔，另一方的合法继承人。没有什么改变，没有什么不同，除了在这里，我全神贯注地听到的，不是人们在说些什么，而是衬托话语的杂音或氛围。是了，一点不错——变化就在这里。大战之前，每逢这样的午餐会，人们聊的正是同样的一些事情，但听起来却有不同，因为在那些日子里，伴随谈话的，是某种嘤嘤嗡嗡的嘈杂声，不很清晰，但听来悦耳，令人兴奋，改变了话语本身的含义。难道人能把嗡嗡的嘈杂声安排到话语中吗？或许靠诗人的帮助是能够做到的。我身边有一本书，信手翻开，是丁尼生的一页。这里，我听到丁尼生在吟唱：

> 是晶莹剔透的泪珠一颗
>> 坠下门前西番莲的莲台。
> 她来了，我的鸽子，我的爱人；
>> 她来了，我的生命，我的天籁；
> 红玫瑰惊呼，"走近了，走近了"；
>> 白玫瑰悲泣，"她却迟来"；
> 翠雀花凝神，"听到了，听到了"；
>> 百合花呢喃，"我在等待"。①

这可是战前午餐会上男人们的嘈杂声？女人呢？

> 我的心像啾唧的小鸟
>> 筑巢在青翠的林梢；
> 我的心像丰腴的果树
>> 枝杈给累累硕果坠倒；
> 我的心像五彩的贝壳
>> 漂浮在平静的海波间；
> 我的欢愉胜过这一切
>> 只因恋人来到面前。②

这可是战前午餐会上女人们的嘈杂声？

想到大战前人们在午餐会上喃喃低语，说的竟会是这些事情，我禁不住笑出声来，不得不指指窗外的家猫掩饰我的失态。

---

① 出自艾尔弗雷德·丁尼生的单人剧《莫德》。
② 出自克里斯蒂娜·罗塞蒂的诗歌《生日》。

这只没有尾巴的小生灵,立在草坪中央,确实有点儿滑稽,可怜巴巴的。它是生来如此,还是因为一场意外失去了尾巴？没有尾巴的猫,听说马恩岛上有一些,但究竟不像人们想象的那么多。它是一种异常的动物,不是漂亮,是奇特。怪就怪在,一条尾巴也能造成这么大的不同——大家知道午餐结束、人们起身取衣帽时都会说些什么。

这次午餐会,由于主人好客,结束时已近黄昏。十月里晴好的一天渐渐没去,我行走在林阴道中,树叶摇落,坠到地面上。身后,似乎有一扇又一扇门徐缓而又坚定地关闭了。无数校役将无数把钥匙插入滑润的锁孔里;宝库又将度过安然无恙的一夜。走过林阴道,来到大路上——我忘了它的名字——只要别走错路口,就是弗恩翰学院的方向了。但时间还早。晚餐要到七点半才开始。而刚刚用过这样一顿午餐,就不吃晚餐也罢。奇妙的是,脑海中浮现出诗的断片,双腿不觉合着诗的节奏走在大路上。我疾步走向海丁勒,那些诗句——

> 是晶莹剔透的泪珠一颗
> 　坠下门前西番莲的莲台。
> 她来了,我的鸽子,我的爱人……

在我的心中唱响。脚下,浪花拍击水堰,心随意转,我吟道:

> 我的心像啾唧的小鸟
> 　筑巢在青翠的林梢;
> 我的心像丰腴的果树……

多好的诗人,像人们在薄暮中时常做的,我高声呼喊,他们是多好的诗人啊!

或许,我的赞美声中掺杂了一些妒嫉,是为了我们自己的时代,虽然这样来比较显得愚蠢和荒唐,我接着又想,平心而论,可有人能够指出两位在世的诗人,一如当年的丁尼生和克里斯蒂娜·罗塞蒂那般了不起。望着回环杂沓的河水,我想,他们是不可比拟的。诗所以让人痴迷,忘乎所以,完全是因为它宣泄了人们的日常情感(比如战前的午餐会上),人们自然而然就作出反应,不必深入内心去求证,也不必观照此时此刻的情感。而当代诗人表达的情感,实际上是生造出来,它把我们与当下分隔开。你首先感到陌生,往往还会产生莫名的畏惧;你急切地注视它,拿它与自己熟悉的旧日情怀做比较,心中充满妒嫉和疑虑。现代诗难就难在这里;由于这一层困难,即使是当行出色的现代诗人,人们也无法记住他两行以上的诗句。正是因为这个原因,因为记忆缺损,我拿不出材料来证明我的这一番说词。我朝着海丁勒的方向,边走边想,为什么耳边不再响起午餐会上嗡嗡的嘈杂声?为什么艾尔弗雷德不再吟唱——

　　她来了,我的鸽子,我的爱人?

为什么克里斯蒂娜不再回应——

　　我的欢愉胜过这一切
　　只因恋人来到面前?

我们是否应当责备战争?一九一四年八月枪声响起时,男人和女人眼中,对方的面孔是否已变得如此呆板,扼杀了他们的浪漫情感?看到炮火映照下我们的统治者的面孔,当然让人吃惊(那些对教育等等抱有幻觉的女人,尤其受到震撼)。他们看上去如此丑陋——德国人、英国人、法国人——如此愚蠢。但是,不管该怪罪什么事情,怪罪谁,还能像丁尼生和克里斯蒂娜·罗塞蒂那样,为恋人的到来忘情歌唱的人,现在比以前少多了。可为什么要说到"怪罪"呢？如果那是一种幻觉、为什么不去赞美这场灾难,无论如何,它毕竟摧毁了以往的幻觉,给人们以真实?因为真实……这些删节号表示,为了探寻真实,我是在哪里错过了转向弗恩翰学院的路口。不过,我问自己,究竟何谓真实,何谓幻象。比如,暮色中这些红窗格的房屋,朦胧、喧闹,待到上午九点,这些暗红的房屋,连同房中散的糖果,门前晾的鞋带,又显出粗糙和肮脏,哪一个倒是更真实呢?垂柳、河流和沿河岸蜿蜒排布的一处处花园,都因为雾霭的潜入变得模糊起来,但在阳光下,它们又会呈现出金色和红色,哪个是真,哪个是幻?我不再啰嗦我的情感上的种种起伏变化,毕竟在前往海丁勒的途中,我没有得出任何结论,大家只须设想,我很快发觉走错了路,重新折向弗恩翰学院。

我前面说过,这是十月的一天,我不敢随意变换季节,渲染园中的百合垂到墙外,还有番红花、郁金香和春季里别的花草,弄得失去大家的好感,还玷污了小说的名声。小说必须忠于事实,越是真实,小说便越好——据说是这样的。因此,仍然是秋天,树叶仍然是黄色的,飘飘坠落,如果真有不同,不过是落得更快些,因为已经是晚上了(准确地说是七点二十三分),秋风细细(是西南风)。尽管如此,感觉上总有些个怪异:

> 我的心像啾啁的小鸟
> 　筑巢在青翠的林梢;
> 我的心像丰腴的果树
> 　枝杈给累累硕果坠倒——

或许,是克里斯蒂娜·罗塞蒂的诗句,在一定程度上勾起了我的荒唐幻觉——也不过是幻觉罢了——似乎百合探到花园的墙外摇荡它的花瓣，彩蝶翩翩，飞来飞去，空中有花粉的飘尘。起风了，不知它来自何处，只管卷起半枯的秋叶，让空中旋动一抹银灰。正是暮色四合、灯火昏黄时分，各种色彩渐趋浓重，绯红、金黄，重重叠叠，烙在窗玻璃上，像心在不安分地跳荡；世间的美，自有理由呈现出来，但很快又会凋败（此时，我径直走入园中，想是有人大意了，门敞开着，没有校役巡视），转瞬即逝的美，像刀锋的两面，一面惹人笑，一面惹人恼，将心切成数块。春日的暮色中，弗恩翰学院的花园一览无余，荒芜，空旷，茂草之中，星星点点的黄水仙和蓝铃花随意伸展，即使在景致最好的时候，恐怕也一样没有条理，现在，更止不住随风俯仰，一顿一顿地摇曳。房屋的窗子，高低错落，像海船上的窗子，浮在红砖的波涛中，随着春日翻飞疾走的云朵，由柠檬色转向银灰。有人躺在吊床上，有人（但在苍茫暮色中，他们都像是幻影，说是有人，半靠猜测，半靠观察）在草地上奔跑，难道没人拦住她？这时在平台上，蓦地探出一个弯身的人影，好像是为了透一口气，或者瞥一眼花园，她前额饱满，衣衫简朴，威严而又谦卑——莫非她就是那位著名学者，莫非她就是 J——H——本人①？一切都是朦胧的，又是强烈的，像薄暮把一方纱巾抛在花园里，给星光或刀剑割成断片——从春的心田中，突然闪现出某种可怕的现实。因为青春……

我的汤端上来了。晚餐摆在大餐厅。时节哪里就是春天，是十月的一个夜晚。大家聚在巨大的饭堂里。晚餐准备就绪。请用汤吧。是一种素净的肉汁汤。里面没有什么内容能搅起人的想象。如果汤盘上绘有图案，透过稀薄的汤汁，自然可以看得

---

① 即简·哈里森（1850—1928），古典学者和人类学家。

清清楚楚。但汤盘上没有图案。汤盘也很素净。接下来是牛肉,配了绿菜和土豆——家常的三合一,让人想起泥泞市场肉案上的牛的后臀尖,边缘卷曲泛黄的菜叶,交易双方的讨价还价,星期一早晨拎着网线袋的女人。没有理由抱怨人类的日常饭菜,供应很充足,而煤矿工人显然还吃不到这些。随后上桌的是李子干和蛋奶糕。或许有人抱怨,这些李子干,即使给蛋奶糕煨软,也是一种拿不出手的青菜(它们当然算不上水果),像吝啬鬼的心一样瘪缩,渗出的汁液也像来自一辈子不喝酒、不取暖的吝啬鬼的血管,周济穷人,也不至于拿它来应付。不过,抱怨者应当想想,总还有人,心地宽厚,可以欣然接受这些东西。接着又送上饼干和奶酪,水罐传来传去,因为饼干原本干硬,我们吃的又是地道的饼干。一切都齐全了。晚餐结束了。人们吱吱嘎嘎地推开椅子,弹簧门开开关关,动荡个不停。下面的走廊,上面的楼梯,都有英国的年轻人走动,打打闹闹,哼着歌儿。一个生客,外来人(我在弗恩翰学院,如同在三一学院①或萨默维尔学院②或戈廷学院③或纽纳姆学院④或基督堂学院⑤一样,并无权利可言)难道可以说出"晚餐不可口",或是(我们,玛丽·西顿和我,现在坐在她的起居室里)"我们不能在这里单独用餐吗?"对陌生人来说,这所房子表面看去,充满了欢乐和勇气,我如果说出这类的话,只怕像是在窥探和查询这所房子的隐秘家底。不,这类话是说不出口的。实际上,谈话一时间索然无趣。

---

① 三一学院,剑桥大学所属学院。
② 萨默维尔学院,牛津大学所属学院。
③ 戈廷学院,剑桥大学所属学院。
④ 纽纳姆学院,剑桥大学所属学院。
⑤ 基督堂学院,牛津大学所属学院。

人的构造本来如此，身、心、脑浑然一体，没办法隔成几截，再过一百万年也变不了。美食对愉快的交谈至关重要。吃的不好，就难以好好思索，好好爱恋，好好睡眠。心中的光明不是靠牛肉和李子干点燃的。我们都飘飘欲仙，凡·戴克的画就在天堂拐角处悬着——一天的忙碌之后，牛肉和李子干会让我们产生这样一种暧昧的、有条件限制的情绪。幸运的是，我的讲授科学的朋友有一个碗橱，里面放了一樽矮而扁的酒瓶，有几盏小酒杯——（但本该有鳎鱼和山鹑下酒）——因此，我们可以靠近炉火，弥补一日中生活的缺憾。不大一会儿，我们就开始随意闲聊起来，独自一人时，脑子里生出种种奇奇怪怪的念想，朋友见面，免不了议论一番——某某人结婚了，某某人还没有；某某人这么想，某某人那么想；某某人意想不到地发达起来，某某人令人吃惊地每况愈下——话头一扯开，关于世道人心的种种想法就自然而然地涌到嘴边。谈话中间，我不觉羞愧地意识到自己的漫不经心，任话头自生而自灭。你可能在谈西班牙或葡萄牙，图书或赛马，但不管说些什么，兴趣并不在这些事情上，吸引你的是大约五个世纪之前，工匠们在高耸的屋顶上忙碌的场景。国王和贵族携来大袋大袋财富，倾入地下。这个场景不断在我的脑际萦回，与另一个场景适成对照。在后一个场景中，有羸弱的牛，泥泞的市场，枯黄的干草，老人的瘪缩的心——两幅画面毫无关联，互不搭界，看上去很有点荒谬，但却时时交织在一起，发生冲突，让我不能自已。除非听任话语失真，最好的办法，还是讲出我心中的想法，运气好的话，它会像在温莎堡开棺后死去国王的头颅一样萎缩、崩解。于是，我三言两语向西顿小姐讲述了那些个年月在小教堂屋顶上忙碌的工匠，还有掮了口袋，将金子和银子倾入地下的国王、女王和贵族；乃至我的想象中，在前人留下金锭和粗金块的地方,当代的金融巨子又如何留下了他们的支票和证券。我说,这些都埋在各个学院的地底下;但我们当下置身的这所学院,在它俗艳的红砖下和花园的萋萋荒草中,又埋了些什么呢?在我们用来进餐的素净的汤盘,还有(此刻,我的话脱口而出,想闭嘴已办不到)牛肉、蛋奶糕和李子干背后,是怎样的一股力量?

　　这个,玛丽·西顿说,大约是一八六〇年——噢,你知道这段故事,她言道,多说无益,我想你已经听烦了。但她还是讲述起来——房间租借了。委员会成立了。信函发出了。公告起草了。召开会议;研究回函;某某人答允捐助多少多少;相反的,某某先生一分钱不肯掏;《星期六评论》更是粗鲁。我们如何筹一笔钱办公?该不该搞一场义卖?我们不能拉个漂亮姑娘来装装门面吗?看看约翰·斯图尔特·穆勒在这个问题上是怎样说的。有没有人能说动某某报的总编刊登一封信?能不能设法让某某夫人签名?某某夫人出城了。六十年前,事情大约就是这副样子,要花费很大力气,还得搭上不知多少时间。几经艰难,她们总共筹到了三万英镑。① 因此,她说,我们显然没有能力备办美酒和山鸠,支使头顶锡盘的仆役。我们没有沙发和单独的房间。"种种铺排,"她引用不知哪本书上的话说,"只有推到将来。"②

　　想到那些女人,年复一年,积攒两千镑也难,却尽力而为,筹

①　"据说,我们至少应当筹措三万英镑……数额并不大,只须想想,大不列颠、爱尔兰和各殖民地加起来只有一所此类性质的学院,而男校又是多么容易筹措到大笔款项。不过,考虑到真正希望女子受教育的人数之少,它也实在够多的了。"斯蒂芬夫人,《埃米莉·戴维斯小姐传》。——作者注
②　"能刮来的每一便士,都用在了盖楼上,种种铺排,只有推到将来。"R.斯屈赛,《事业》。——作者注

到三万英镑,我们禁不住大大奚落了一番女性活该受人指摘的贫穷。那时,我们的母亲都做了些什么,竟然不给我们留下一点财富?忙着涂脂抹粉?浏览橱窗?在蒙特卡洛的艳阳下招摇?壁炉上有几帧照片。玛丽的妈妈——如果这些是她的照片——闲暇时或曾挥霍无度(她为教会牧师生养了十三个孩子),倘若果真如此,在她脸上,美好生活却没有留下多少欢快和骄奢的痕迹。她的身材平常,一条花格披巾,给一个大大的雕饰扣牢;她坐在藤椅上,哄一只小狗面向照相机的镜头,表情欢快,又有些紧张,深知快门按动时,小狗一定会纵身扑过去。如果她投身实业,成为人造丝制造商,或是证券交易所的富豪;如果她为弗恩翰学院留下二十或是三十万英镑,我们今晚就能从容坐下来,畅谈考古学、植物学、人类学、物理学、原子的性质、数学、天文学、相对论、地理学等等。只要西顿太太和她的母亲和她的母亲的母亲深谙致富之道,像她们的父亲和祖父一样,身后有所遗施,也为她们这一性别设立研究员制和讲座制,颁发各种奖项和奖学金,我们完全有可能在这里促膝对坐,惬意地享受珍禽美酒;我们的一生,自然会舒适而体面,这也算不上奢望,因为可以托庇于某个靠慷慨捐资衍生的职业。我们或许正在从事研究或写作;在世界各地朝圣;坐在帕特农神庙①的石阶上沉思,或上午十点去办公室,下午四点半悠闲地回家,写一首小诗。不过,如果西顿太太那些人十五岁时进入商界,那么——麻烦就在这里——就不会有玛丽了。我问玛丽对此有何想法?窗帷间现出十月的夜晚,沉静而美好,黄叶枝头缀着一两颗星星。她可肯为了有人大笔一挥,给弗恩翰学院带来五万英镑的进项,就让出对

---

① 帕特农神庙,雅典卫城上供奉雅典娜女神的主神庙,始建于公元前5世纪。

此夜的一份享有,抹去对生活在苏格兰时嬉戏吵闹的记忆? 要知道,苏格兰空气的清新和燕麦饼的香软,从来都让她赞不绝口。因为,向大学捐资,必然无法顾及家庭。发一笔大财和生养十三个孩子——没有哪个人能够同时兼顾二者。想想看吧,我们说。孩子出生前,先有九个月的妊娠期。随后,孩子出生了。接下来有三到四个月的哺乳期。在此之后,显然还须付出五年的时间陪孩子玩耍。总不能让他们到大街上疯跑。到过俄罗斯见识了孩子们呼啸街头的人说,那可不是什么动人景象。还有人说,人的性格是在一到五岁之间形成。我问道,倘若西顿太太忙于赚钱,留在你记忆中的,会是怎样的一些嬉戏吵闹? 你对苏格兰,它的清新的空气和香软的燕麦饼,凡此种种,会有怎样的体验? 但这些问题,问了也没用处,因为你根本就不会来到世间。而且,凭空设想西顿太太和她的母亲和她的母亲的母亲果真聚敛了大笔财富,拨入大学或图书馆的基金会,同样也没用处,须知,首先,赚钱对她们来说就不可能,法律禁止她们拥有自己赚来的钱财。直到晚近,过去四十八年来,①西顿太太才有了自己的一点点钱。此前的多少个世纪里,钱财归她的丈夫所有——也许正是这个想法,妨碍了西顿太太和她的母辈出入证券交易所。她们可能会说,我挣的每一个便士,都会从我这里拿走,交由我的丈夫随意处置——或许是设立奖学金,或许是捐作巴利奥尔学院②或国王学院③的研究金,如此一来,即使能够挣钱,我也提不起什么兴趣。这种事情,还是交给男人去做吧。

---

① 《已婚妇女财产法》于1870年通过,允许已婚妇女保有自己的收入。该法又于1882年修订,扩大了财产保有范围。
② 巴利奥尔学院,牛津大学所属学院。
③ 国王学院,伦敦大学所属学院。

无论如何,不管该不该责怪照片上瞅着小狗的老妇人,毫无疑问,必是因为这样那样的缘故,我们的母亲将自己的事情料理得一塌糊涂。她们没留下一个便士,可用于各种"铺排",用于山鹬和葡萄酒,校役和赛马场、图书和雪茄、图书馆和闲暇。荒地上垒起光裸的墙壁,已经耗尽了她们的心血。

我们靠近窗前说话,像数不清的人每晚一样,凝望下方这座名城的穹顶和塔楼。秋夜的月光下,它显得益发美丽、神秘。年代久远的大石看上去洁白而庄重。人们会想到那里庋藏的书籍;镶花板房间悬挂的那些老迈教士和名人的画像;在走道上投下球形和新月形幻影的镶嵌玻璃;铭牌、纪念碑和铭文;喷泉和草坪;望出去可见寂静方庭的寂静房间。我还想到(请原谅我胡思乱想)醇香的雪茄和酒和深深的扶手椅和柔软的地毯:那种伴随奢华、私密和空间而来的优雅、友善和尊严。当然,我们的母亲没有为我们留下可与之媲美的任何东西——我们的母亲要想凑集三万镑也难,我们的母亲为圣安德鲁斯①的教会牧师生养了十三个孩子。

于是,我起身返回下榻的小酒店。穿行在黝暗的街巷中,我禁不住想想这,又想想那,人们一天的工作结束后,每每如此。我想到西顿太太为什么没有留下一些钱财给我们;想到贫穷对心智的影响;想到财富对心智的影响;想到上午看到的肩上缀了毛皮的怪模怪样的老绅士;我记得如果有人呼哨一声,他们就会拔足奔跑;我想到小教堂里轰响的管风琴和图书馆紧闭的大门;我想到给人拒之门外有多么不愉快;转念一想,给人关在门里可能更糟;我还想到男性的安逸和富裕,女性的动荡和贫穷,传统

---

① 圣安德鲁斯,苏格兰地名。

的力量以及作家头脑中传统的缺失。最后,我想到,时候不早,应当收束起一天来夹缠不清的人生况味,连同种种论辩、印象、羞恼和欢乐,一起丢到哪个角落里。浩瀚的夜空中,群星闪烁。我好像独自面对一个神秘莫测的世间。所有的人都入睡了,横躺竖卧,一声不响。牛桥的大街小巷,空寂无人影。甚至旅馆的门,也像给一只看不见的手推开——没有杂役起身点灯,照我入房,夜竟深了。

第 二 章

现在的场景,如果我可以请大家继续听我讲,已经改变了。树叶仍然飘落,地点却是伦敦,不是牛桥,大家想象一间房间,像数不清的其他房间一样,有一扇窗,透过行人的帽子,街上的货车和汽车,可以瞥见别的窗子。房间里的桌上,铺一张白纸,写了**女性与小说**几个大字,再没有下文。继牛桥的午餐和晚餐之后,遗憾的是,似乎必然要访问大英博物馆。我必须滤掉所有这些印象中的个人和偶然因素,留取原汁,也即事物的本真。因为牛桥之旅,连同那里的午餐和晚餐,引出了许多问题。为什么男人饮酒,女人只能喝水?为什么此一性别的人如此富裕,彼一性别的人却如此贫穷?贫穷对小说有什么影响?艺术创作必须具备哪些条件?——无数个问题涌上心头。但我们需要的是答案,而不是问题;为此,就须请教那些有学问又不怀偏见的人,他们摆脱了口舌之争和肉体的困惑,将自己理性思索和探究的结果写成书,收藏在大英博物馆中。倘若在大英博物馆的书架上找不到真相,我拿起笔记本和铅笔,反问自己,还能到哪里去找呢?

我既有此自信和好奇,就收拾好东西,出门去探求真相。天气阴沉沉的,倒也没有下雨,博物馆邻近尽是些无遮拦的地下小煤库。一袋袋的煤炭倾泻下去;四轮马车驶来,在人行道上卸下捆扎好的纸箱,里面或许塞满了哪个瑞士或意大利家庭的四季衣裳,他们来此图一点好运,寻一处庇护,或在冬季里布鲁姆斯伯里①的小旅店安下身来,各自奔一个前程。街上,嗓音嘶哑的汉子推车兜售花卉。一些人吆喝;一些人有腔有调地唱。伦敦像一间工厂。伦敦像一部机器。我们都给在白布上穿梭般抛来抛去,织入某种图案。大英博物馆是工厂的另一个车间。推开弹簧门,来到恢宏的穹顶下,好像一种思想,装进了光滑的大脑门儿,周遭热热闹闹地围满名人。来到借阅台前;接过卡片;打开目录……这里的五个圆点分别代表麻木、惊愕和尴尬的五分钟。你可知道,一年的时间里,关于女人,会有多少种书问世?你可知道,这些书,又有多少是男人写的? 我带了笔记本和铅笔,准备花费一上午阅读,以为离开时,我能把这方面的真相抄到笔记本上。然而,指望做到这一点,我想,我得有一群大象和一窝蜘蛛的本事,所以扯到这些生物,是因为据说它们的寿命最长,眼睛最多。我还需要铁爪铜喙,才能穿透那一层硬壳。我问自己,有什么办法从堆积如山的纸张中剥离出真相的果实,绝望之下,我开始上上下下打量长长的书目。光是书名,已经让我大开眼界。性别和它的本质自然会吸引医生和生物学家的注意,但让人惊讶和困惑的是,关于性别——也就是说女性的问题竟招惹来这么多人,有讨人喜欢的随笔作家、勤奋的小说家、攻读硕士学位的青年人、不学无术的闲人、除了不是女性好像与女性再没有关系的什么人。看起来,一些书纯属游戏之作,语多轻

---

① 布鲁姆斯伯里,伦敦的一区,邻近大英博物馆。

薄,但也有一些书是严肃的,有预言,有说教,有劝勉。只须读读那些标题,就不难想象有多少教师,多少神职人员登上讲台或布道坛高谈阔论,以致通常为此类主题安排的讲授时间远远不能让他们尽兴。这是一个极为奇怪的现象;显然——我查阅了男性论述条目——它只限于男性。女人不写关于男人的书。对此,我不禁由衷地感到宽慰,倘若我下笔之前,必须先读完男人写的关于女人的书,还要读完女人写的关于男人的书,到那时,恐怕百年一开花的龙舌兰已经开过两三回了。所以,我随意挑选了十几种书,登记在卡片上,又将卡片放到用绳牵引的借阅盘里,就像也来探究真相的其他人一样,等在我的座位上。

我禁不住纳闷,这种奇特的悬殊,不知原因何在,一边顺手在英国纳税人为旁的用途提供的登录卡片上乱写乱画。从目录上看,为什么男人对女人的兴趣要远远超过女人对男人的兴趣?这让人百思不得其解,我开始揣摩那些花费时间写书来讨论女性的男人。他们年老还是年轻,已婚还是未婚,长了酒糟鼻子还是弯腰驼背——无论如何,能成为众人瞩目的对象,毕竟让人有些飘飘然,只要他们不都是些老弱病残——我沉思着,直到一大堆图书倾泻到我的桌面上,打断了我的胡思乱想。麻烦随即出现了。受过专业训练的牛桥学生,想必有办法绕开枝节,引导他的问题直奔答案,像引导羊群直奔羊圈。比如,我身边一位埋头抄录科学手册的学生,我相信,每隔十分钟左右,都会从泥沙中淘出真金。他不时发出满意的咕哝声,无疑证明了这一点。但如果某人不幸没有受过大学教育,羊群就找不到圈,反而会像炸了窝一般,给猎狗追得东奔西突,乱成一团。教授、讲师、社会学家、神职人员、小说家、随笔作家和除了不是女性就与女性再无关系的什么人,蜂拥而上,纠缠我的一个简简单单的问题——女性为什么贫困——直到它拉扯出五十个问题；直到这五十个问题如坠入激流，载浮载沉，不知给冲向何方。我的本子上，每一页都涂满了笔记。为了表明我的思维状态，不妨拣一些读给大家听，此页的大字标题很简单：**妇女与贫困**，但接下来请看：

中世纪的妇女状况

斐济岛的习俗

给人作为女神崇拜的妇女

妇女的道德观的贫弱

妇女的理想主义

妇女自我意识的加强

南太平洋岛民，女子的青春期

妇女的诱惑力

作为献祭品的妇女

脑子偏小

强烈的下意识

体毛较少

脑力、品行和体力的低贱

溺爱儿童

寿命较长

感情强烈

感情的力量

妇女的虚荣

妇女的高等教育

莎士比亚论妇女

伯肯黑德爵士论妇女

英奇教长论妇女

拉布吕耶尔论妇女

约翰生博士论妇女

奥斯卡·勃朗宁论妇女……

这里,我长吁一口气,在本子的页边上续写道,为什么塞缪尔·巴特勒[1]说:"聪明男人从不说出对女人的想法"?其实,聪明人也从不说出对任何事的想法。我靠在座椅上,凝望巨大的穹顶,穹顶之下,我不过是个孤零零的但现在有些纷乱的意念而已,我接着想,遗憾的是,聪明的男人对女人的想法,从来都不一致。蒲伯[2]说:

女人大都没有个性。

拉布吕耶尔[3]:

女人好走极端,面对男人,或者逞强,或者示弱。[4]

两个同时代的明眼人针锋相对。女人能不能接受教育?拿破仑认为她们不能。约翰逊博士的看法恰恰相反。[5] 她们有没有灵魂?野蛮人说她们没有。另一些人却认定女人的一半为神,并为此崇拜她们。[6] 哲人断言她们头脑浅薄,另一些人却说她们

---

[1] 塞缪尔·巴特勒(1835—1902),英国作家,主要作品有乌托邦游记小说《埃瑞洪》和自传体小说《众生之路》。

[2] 蒲伯(1688—1744),英国诗人,著有长诗《夺发记》《群愚史诗》等。

[3] 拉布吕耶尔(1645—1696),法国作家,著有《品格论》等。

[4] 原文为法语。

[5] "'男人知道女人是他们的强劲对手,因此他们选择女人中的最弱者和最无知者。他们倘不这样想,本不会惧怕女人知道得和他们一样多'……为了公允评价女性,我必须承认,在随后的谈话中,他告诉我,他并非随口说出这一番话。"博斯韦尔,《赫布里底群岛游记》。——作者注

[6] "古代日耳曼人相信女人有其神性,遇事会请教她们,认为她们传达了神谕。"弗雷泽,《金枝》。——作者注

有更深刻的知觉。歌德膜拜她们,墨索里尼鄙视她们。男人时时想到女人,想法又各不相同。我想,关于这一切,你根本无法理出一个线索,对隔座的那位读者,我不觉心生妒嫉,他做的摘录井井有条,往往还分别冠以 A 或 B 或 C,我的笔记本上则像涂鸦一般,抄录了各种互相矛盾的东西。这真让人沮丧、尴尬、脸面无光。真谛从我手指缝里漏走,一滴也没剩下。

我知道,我不能就这样回家,不能将女人的体毛少于男人,或南太平洋岛民九岁、抑或是九十岁(我的手迹已经凌乱得难以辨认)进入青春期当做重大发现,了结关于女性与小说的研究。辛苦一上午,倘若拿不出什么更有分量或更像样的东西,实在很丢人。如果我弄不明白 W(为了行文简洁,我以此来称呼女性)问题的真相,今后又有什么必要关心 W 呢?这些有教养的绅士,人数众多,学问渊博,谙熟妇女和她们对政治、儿童、工资、道德等等随便哪类问题的影响,但看来向他们请教不过是平白耽误时间。我还不如从不打开他们的书。

我一边思索,只觉得无聊和绝望,就在本该像邻座一样书写结论的地方,信手描了一幅画像。我描画了一张面孔,一个轮廓。是冯 X 教授的面孔和轮廓,他正在撰写他的皇皇巨著,题为《论女性脑力、品行和体力的低贱》。在我的画面中,他不是那种招女人喜欢的男子。他身材臃肿;颧骨很大;为保持平衡,长了一对小眼睛;两颊通红。从他的表情上可以看出,他在伏案疾书时,情绪激荡,笔尖戳在纸面上,像在诛杀害人的虫豸,眼见小虫毙命,兀自不甘心,非得继续扫荡下去,即使如此,仍然有余怒未消。我看着手中的画儿,暗自思忖,莫非该怨他的妻子。她可是爱上了一位骠骑兵军官?那军官可是长身玉立,风度翩翩,着一袭羔羊皮戎装?或者,按照弗洛伊德的理论,教授是否还躺在摇篮时,曾经给一位漂亮女孩儿嘲弄过? 我想,恐怕摇篮里的他,也是个不招人疼爱的小可怜。不管原因何在,我笔下的教授正在埋头著书,论述女性脑力、品行和体力上的低贱,他看上去非常愤怒,非常丑陋。画画儿也是件百无聊赖的事儿,非如此不能打发一上午的徒劳。然而,我们的百无聊赖,我们的梦幻,有时反而凸现出潜在的真实。心理学的一项基本训练——且不必为它冠上心理分析的美名——告诉我,素描中怒气冲冲的教授是我造成的。当我胡思乱想时,愤怒攫取了我的笔。但我的愤怒又所为何来? 好奇、困惑、开心、烦闷——一上午接续产生的所有这些情绪,我都可以说明它的来龙去脉。难道愤怒这条黑蛇也杂入其中? 从画面中看得出,我确实愤怒了。我的愤怒无疑是针对一本书,一种表述,是它引来了魔鬼;我指的是教授声称的女性在脑力、品行和体力上的低贱。我的心剧烈跳动,面颊灼热。我感到怒火中烧。教授的话尽管愚蠢,本来也没有什么引人注目之处。不过,望望邻座喘着粗气、戴一条制式领带、半个月没刮胡子的学生,我想,你总不会喜欢有人说,你天生比这个小男人还要低贱。人难免有些愚妄的虚荣。怕是人的本性如此,我边想边在教授愤怒的面孔上画车轮和圆圈,直到他看起来成了燃烧的灌木,或喷火的彗星——总而言之,一个没了人的面目或特征的怪物。教授现在渺不足道,不过是汉普斯特德绿野①上一簇篝火。于是,我也心中释然,不再愤怒了;但仍然感到好奇。如何解释教授们的愤怒呢? 他们为什么要愤怒? 倘若分析一下这些书给人留下的印象,必然会感受到书中的强烈情

---

① 汉普斯特德绿野,位于伦敦西北,面积约 800 公顷,为一自然保护区,有大片野生林地。

绪。这些情绪形式不一:或嘲讽,或感伤,或好奇,或指斥。但还有另外一种情绪始终存在,却难以明显察觉。我称之为愤怒。是愤怒潜藏在深处,与所有其他情绪交织在一起。从它产生的诡异效果来看,这种愤怒是复杂的,遮遮掩掩的,而不是单纯的,光明正大的。

不管怎样吧,我看着桌上的一大堆书想,所有这些书对我都没有用处。它们在科学上毫无意义,虽说书中不乏人生训诲、趣谈、絮聒,乃至关于斐济岛民习俗的奇闻。它们写来是为了宣泄,而不是为了求真。因此,最好还是把它们退还中央服务台,摆回蜂巢般的巨大书架上的本来位置。整个一上午,我能检索到的不过是一个关于愤怒的事实。教授们——我对他们的统称——很愤怒。还书之后,我问自己,这却是为的什么,走到柱廊之下,置身于鸽子和史前的独木舟中间,我不禁又问,他们为什么要愤怒?我反复思忖这个问题,信步寻找一处地方吃午饭。这个问题让我放心不下,在大英博物馆近旁一家小餐馆里用餐时,又随饭菜一道端上餐桌。离座的用餐者将晚报的午间版丢在椅子上,等待上菜时,我开始浏览上面的标题。一道大字通栏标题:某某人南非大发横财。稍小的一些标题称,奥斯汀·张伯伦爵士①现在日内瓦。地下室惊见利斧粘有人的毛发。法官某某先生就女性的缺乏羞耻心发表评论。还有其他新闻散见于报纸上。电影女演员缒下加利福尼亚的一处山顶,悬在半空。天气将晴转多雾。我想,即使来去匆匆的星外访客,拾起报纸看看这些零零碎碎的报道,也能明白英国处于男性统治下。理智健

---

① 奥斯汀·张伯伦爵士(1863—1937),英国保守党领袖,1924—1929年任外交大臣,1925年获诺贝尔和平奖。

全的人，都会意识到教授的支配地位。他代表权力、金钱和影响力。他是报业乃至编辑和编辑助理的业主。他是外交大臣和法官。他是板球俱乐部老板；他拥有赛马和游艇。他是让股东赚上百分之二百的公司总裁。他捐赠上百万英镑给自己管理的慈善事业和大学。他将电影女演员缒在半空。他有权决定斧头上的毛发是否来自人体；他还有权宣判杀人犯有罪或无罪，上绞刑架还是当庭释放。除了管不了晴转多雾，没有什么事情不在他控制之中。然而他却很愤怒。而且我也知道他很愤怒。阅读他谈论妇女的文字，我想的不是他说些什么，而是他本人。立论者下笔，如果心平气和，那么，他想的只是自己的论点，读者关注的必然也只是他的论点。如果他心平气和地写文章讨论妇女问题，列举无可辩驳的事实，证明他的论点，让人看不出他有意得出某一个结果，而非另一个结果，我自然也不会感到愤怒。我会接受事实，就像我必须承认豌豆是绿的，金丝雀是黄的。我会说，还能怎么样呢。然而，因为他愤怒了，我也感到愤怒。我随手翻阅晚报，心中想，如此位高权重的男人竟还要动怒，这似乎有些荒唐。或者，我不免疑惑，权力大了，脾气也大，像鬼怪附体？比如，富人时常恨恨的，因为他们怀疑穷人想劫掠他们的财富。教授们，或者不妨更准确地称呼他们为大家长，他们之所以愤怒，固然有这方面的原因，但还有一些深层原因，就不那么明显了。兴许，他们根本并不"愤怒"，实际上，在私人生活的与女性的关系中，他们往往更多赞美和虔敬，堪称楷模。很可能，教授先生有点过分地强调女人的低贱时，他满脑袋想的不是她们的低贱，倒是自己的优越。这才是他气急败坏地竭力维护的东西，是他的无价之宝。我望着街上挤挤挨挨的行人，心中思量，生活对男女两性都不容易，充满艰辛，是一场无休无止的拼搏。

人必须要有巨大的勇气和力量。或许,对我们这些充满幻觉的造物,最当紧的是要有自信。没有自信,人就像摇篮里的婴儿。可我们如何才能尽快具备这一无从捉摸却又极其珍贵的品格呢?不妨设想其他人都不如自己。想象自己生来比其他人优越,或富,或贵,或长了挺直的鼻梁,或家藏罗姆尼①手绘的先祖肖像,好在人类的想象力自有无穷手段激发优越感。因此,一个大家长,需要征服,需要治理,对他来说,最重要的是俯视众生,觉得有无数人,其实占了人类的一半,天生比他低贱。力量的一个主要来源,想必就在于此。不过,我想,我何不联系现实生活来印证我的说法。这是否有助于解释人们在日常生活中注意到的某些心理困惑?这是否能解开我某日的心结,当时,一向温文谦挹的Z先生②拿了丽贝卡·韦斯特③的一本书,翻阅其中的一页,突然失声叫道:"彻头彻尾的女权主义者!她说男人都是市侩!"他的愤怒,让我非常吃惊,韦斯特小姐对另一个性别的人说些可能正确但不那么中听的话,何以就成了彻头彻尾的女权主义者?我想他是在为受伤的虚荣心而呻唤,不仅如此,也是在抗辩有人侵害他的自尊。千百年来,女性就像一面赏心悦目的魔镜,将镜中男性的影像加倍放大。没有这种魔力,世界恐怕仍然遍布沼泽和丛林。世人也无从体会我们经历的一切打打杀杀的荣耀。我们还在羊的残骸上刻划鹿的轮廓,要么以燧石交换羊皮或者无论什么样的简陋装饰品,只要它能满足我们尚未

---

① 乔治·罗姆尼(1734—1802),英国画家,擅长肖像画。

② 即德斯蒙德·麦卡锡(1877—1952),英国作家,评论家,亦为布鲁姆斯伯里文化圈中一员,著有《肖像》《萧伯纳》等。

③ 丽贝卡·韦斯特(1892—1983),英国小说家,评论家,著有长篇小说《士兵归来》《法官》等。

开化的鉴赏力。超人和命运之手从没有出现过。沙皇和凯撒既不曾戴上皇冠，又不曾丢掉皇冠。这面魔镜，不管在文明社会中有什么用途，对一切暴力或英雄行为都是不可或缺的。拿破仑和墨索里尼大谈女人的低贱，原因就在这里了，女人倘若不低贱，他们自然无从膨胀。这就部分解释了男人为什么常常如此需要女人。这也解释了男人面对女人的责难，为什么会很不自在；女人数说这本书写得不好，那幅画没有力度，或者其他什么，为什么往往会刺痛男人或激怒他们，而别的男人作同样的批评，伤害就小得多。因为一旦她开始讲真话，镜中的影像便会萎缩；他在生活中位置也随之动摇。叫他如何继续宣布判决，教化国民，制定法律，著书立说，或者盛装打扮后到晚宴上去高谈阔论，除非他在早餐和午餐时看到自己的形象比实际大出一轮？我思索着，撕碎了面包，搅动咖啡，不时看一看街上的行人。镜中的影像无比重要，它给人充注活力，刺激神经系统。移开影像，许多人只怕活不成，就像禁绝了瘾君子嗜好的可卡因。我望着窗外想到，街上的半数人，竟是怀了这样的幻觉，出门做事。早上，温煦的晨光下，他们穿戴整齐。一日之始，他们精神振作，充满信心，相信某位史密斯小姐的茶会在恭候他们；他们走进房间时对自己说，我比这里的一半人都高贵，讲起话来，势必多了自信和自许，这对公共生活产生了深刻的影响，也在个人思想的空白处，留下了多少离奇的印记。

男性心理是一个危险而又诱人的主题，我希望，等大家自己拥有五百英镑的年入时，不妨深入探究一番，但我对这一主题的思索，却因为必须要付账单而戛然中止。我递给侍者一张十先令的钞票，他走开去找钱。我的钱包里还有另外一张十先令的钞票；我注意到它，因为这是个始终令我激动的事实——我的钱包能够自动生成十先令的钞票。我打开钱包，钞票就在那里了。社会供我鸡肉和咖啡，床和寓所，换取一定数量的纸币，纸币是一位姑姑留给我的，没有别的原因，只因为我与她同宗。

我必须告诉大家，我的姑姑，玛丽·贝顿，是在庞贝骑马兜风时不慎坠马死去的。我在晚间得知获赠遗产的消息，与此同时，给予妇女投票权的法案刚刚通过。邮箱里有一封律师信函，我拆开信，发现姑姑留给我一笔五百英镑的终生年金。投票权和金钱二者之间，金钱，属于我的金钱，似乎无疑重要得多。在此之前，我靠从报社讨些零活儿谋生，今天报道乡间集会，明天报道婚典；我还靠书写信封、为有钱的老妇人读书、制作假花、教一家幼儿园的孩子识字赚取几个英镑。一九一八年之前，向女性开放的职业，主要就是这些了。我想，我不必细细描述工作中的艰辛，或许大家都认识做过这些活计的女性；当然，也不必细细描述靠赚来的这点钱维持生活的难处，大家可能都是过来人。但比起这二者，当年的生活带来的恐惧和辛酸，却是一些更为深重的苦痛，至今仍然咬噬我的心灵。首先，你不得不去做本不情愿的事情，而且要像奴隶一样，不断讨好和逢迎，也许不必总是如此，但似乎需要如此，利害攸关，谁也不敢心存侥幸；其次，是想到我的那一点写作才能，虽然没有什么了不起，但对个人却弥足珍贵，任其埋没，会让我觉得生不如死，然而，它却渐渐消亡，连同我自己，我的灵魂。所有这些，犹如铁锈一般，侵蚀春日的花蕊，咬空了树心。然而，如我说过的，姑姑死了；每次我换开一张十先令的钞票，铁锈和它造成的腐蚀就像褪掉一层；恐惧和辛酸消失了。我将找回的镍币放入钱包，不禁思忖，真的，回首旧日的酸楚，一笔稳定的收入竟可以让人的情绪发生偌大的变化。世上没有力量能够夺去我的五百英镑。食品、房屋和衣服永远属于我。不仅再不需要劳神费力,怨怼与痛苦也不复存在。我没必要敌视男人,他无法伤害我。我没必要取悦男人,他不能给我任何东西。不知不觉中,我发现自己对人类的另外一半有了新的认识。笼统谴责哪个阶级或哪个性别,都是荒谬的。群体从来不对他们做过的事情负责。他们受到自己也无力控制的本能驱动。他们,大家长、教授,同样也须面对无穷的麻烦和可怕的问题。在某种程度上,他们所受的教育和我一样,也是不完善的。这给他们造成了同样严重的缺陷。不错,他们有钱有势,但心中像揣了一只兀鹰,一只秃鹫,无时无刻不在撕扯他们的心肝,啄食他们的肺腑——占有的本能,聚敛的冲动,驱使他们时刻觊觎他人的领地和财货;开拓疆土,炫耀武力;打造战舰,发明毒气;贡献自己的生命和儿女的生命。穿过海军拱门①(我已经来到这座纪念物前),或任何摆设了战利品和大炮的大街,想一想那里颂扬的荣耀。或看看春日的阳光下,经纪人和大律师奔入室内,忙于赚钱,更多的钱,更多更多的钱,而一年五百英镑已足够让人舒适地享受阳光。我想,怀有这些冲动实在讨厌。它们是某种生活状态的产物,是蒙昧时代的产物,我思索着,面前耸了坎布里奇公爵②的雕像,三角帽上插的羽毛格外抢眼,它们几乎从来没让我这般专注地凝视过。当我意识到人的这些不完善,恐惧和辛酸逐渐化为怜悯和宽容;一两年间,怜悯和宽容也消失了,我获得大解脱,开始心平气和地看待事物。比如,这幢建筑,我喜欢还是不喜欢?这幅画儿,美还是丑?这本书,好还是歹?实际上,姑姑的遗产拓宽了我的眼界,以一方开放的天地,取

---

① 海军拱门,1910 年为纪念维多利亚女王而建,临近白金汉宫。

② 坎布里奇公爵,即阿道弗斯·弗雷德里克·汉诺威(1774—1850),父亲为英王乔治三世。

代了弥尔顿要我去无限景仰的一位绅士的高大而威严的身影。

东想西想，我走上了沿河岸回家的道路。灯光一盏盏点亮，从清早时分到现在，伦敦发生了难以描述的变化。仿佛转动了一天的巨大机器，在我们的帮助下，织造出几码什么东西，美丽得让人惊叹——像燃烧的织物，上面有红色光环闪烁，又像斑斓猛兽，口吐热气咆哮着。甚至晚风也像一面旗，击打房屋，摇得围篱格格作响。

但我的小街上，仍是一派家常。房屋油漆匠从梯子上走下；保姆小心推了婴儿车进进出出，送孩子去进餐；送煤工人叠好空的麻袋，码放整齐；戴了红手套的菜店老板娘忙着清点一天的进项。然而，我沉浸在你们交待给我的这个问题中，即使眼前的寻常景象，也都绕回到一个中心上来。我想的是，比起一百年前，现在真的很难说清究竟哪个职业更高尚，更有必要。做一个送煤工人和保姆是否更好；养活了八个孩子的女佣，其对世界的价值，是否低于挣了上万英镑的律师？提出这些问题毫无意义，因为没人能给出答案。女佣和律师的相对价值，不仅年复一年地时涨时落，即使就当下的价值而言，我们也没有一个衡量标准。要求教授拿出"无可辩驳的事实"，说明他的关于妇女的种种论点，倒显得我很愚蠢。即使人们能说出当下每一种才能的价值，但价值会不断变化；很可能一百年后，它们已经全然不同了。此外，一百年内，我边想边踏上门前的台阶，女性将不再是受保护的性别。照道理来看，她们将参与一切本来不能参与的活动和劳作。保姆会去送煤。老板娘会去开火车。当女性仍然是受保护的性别时，人们根据观察到的事实作出了各种假设，所有这些假设都将失去意义——比如（此刻，有一队士兵走过街头），妇女和牧师和花匠的寿命比其他人长。取消对妇女的保护，让她们参与同样的劳作和活动,成为士兵、海员、火车司机和码头工人,妇女岂不是会比男人死得早得多,快得多,那时,人们说"今天我瞧见一个女人",怕就像说"我瞧见一架飞机"一样透着稀罕。一旦做女人不再成为一项受保护的职业,什么事都会发生,想到这里,我打开了门。不过,这同我的主题——女性与小说又有什么关系?我问自己,迈步走进屋内。

第 三 章

傍晚归来,没有带回什么重要结论或可靠事实,岂不让人沮丧。女性比男性贫穷,因为——如此如此。或许,还是放弃探究真相,听任脑袋里装满岩浆一般炽热、洗碗水一般混沌的成见。最好是拉上窗帘;抛开困惑;点上灯;缩小探求的范围,求助记载事实而不是成见的历史学家,请他们描述女性的生活状况,不必拉扯古往今来,只要说明在英国是怎样,比如,在伊丽莎白时代。

有一件事情时时困扰我,为什么在这类文学中,女性不曾留下只言片语,而男子似乎人人都能歌诗。我问自己,妇女究竟生活在怎样的状态下;因为小说虽然需要想象力,却不是从天而降,像石子坠落地面,科学或许才是如此;小说像一道蛛网,看去飘飘无依,却四下里伸展,依附于生活。这种依附往往很难察觉,比如莎士比亚的剧作,似乎无牵无挂,凭空悬在那里。但晃晃这张网,拉拉四边,扯扯中间,你就会想起,它不是给什么精灵古怪在半空中织就,倒是人们呕心沥血的结晶,依赖于种种大体上有形的东西,像健康啦,金钱啦,还有我们安身的房间。

因此,我走到插了历史书的书架前,取下最新出版的一本书,是特里威廉教授①的《英国史》。我再度检索"妇女"词条,发现了"妇女地位"一节,翻开相关部分,我读道:"殴打妻子是男人公认的权利,无论是上等人,还是普通百姓,都不以行使这一权利为耻,"这位历史学家又说:"女儿如果拒绝嫁给父母为她选择的丈夫,很可能会被关在屋里,遭受拳打脚踢,公众对此也不吃惊。婚姻不问个人情感,它只关乎家庭贪欲,尤其是在'温情脉脉'的上流社会……往往一方或双方还在摇篮中,婚约已经定下,刚刚离开保姆,就须完婚。"这是一四七〇年的事情,乔叟时代刚过去不久。书中再次说到妇女问题,背景已挪到二百年后的斯图亚特时代。"上、中阶层的妇女,仍然鲜有人能自由择婿,而她的丈夫一经派定,就成了当家的夫君,至少法律和习俗是这样认定的。但即使如此,"特里威廉教授断言:"莎士比亚笔下的女性,以及十七世纪那些可信的回忆录,例如弗尼和哈钦森的回忆录,似乎都不乏个性和品格。"确实,如果我们想一想,克莉奥佩特拉显然自行其是;我们可以说,麦克佩斯夫人有其自己的意志,还可以说,罗莎琳德是一位动人的姑娘。特里威廉教授谈论莎士比亚的女性不乏个性和品格,显然并非虚言。如果不是历史学家,人们还不妨走得更远些,言道打从洪荒初辟,在所有诗人的所有作品中,女性都像烈焰熊熊的灯塔——剧作家笔下的克吕泰墨斯特拉②、安提戈涅③、克莉奥佩特拉④、麦克佩斯夫人⑤、菲德拉⑥、克瑞

---

① 即乔治·麦考莱·特里威廉(1876—1962),英国历史学家,曾任剑桥大学教授,三一学院院长,著有《十九世纪英国史》《英国社会史》等。

② 古希腊三大悲剧作家之一埃斯库罗斯的《阿迦门农》中女主人公。

③ 古希腊三大悲剧作家之一索福克勒斯的《安提戈涅》中女主人公。

④ 莎士比亚历史剧《安东尼和克莉奥佩特拉》中女主人公。

⑤ 莎士比亚悲剧《麦克佩斯》中女主人公。

⑥ 拉辛悲剧《菲德拉》中女主人公。

西达①、罗莎琳②、苔丝狄蒙娜③、马尔菲公爵夫人④；文学家笔下的美拉芒特⑤、克拉丽莎⑥、比奇·夏普⑦、安娜·卡列尼娜⑧、爱玛·包法利⑨、居蒙特夫人⑩——一连串的名字涌上心头，没有谁让人感到女性"缺乏个性和品格"。不错，女性如果只存在于男人写的小说中，人们会想象她是个极其重要的人物；多姿多彩；崇高或猥琐；明丽或污秽；天姿国色或丑陋无比；像男人一样高贵，有人认为比男人还高贵。⑪ 但这是小说中的女性。实际上，如特里威廉教授指出的，妇女是被关在屋里，遭受拳打脚踢。

---

① 莎士比亚剧《特洛伊罗斯与克瑞西达》中女主人公。

① 莎士比亚剧《特洛伊罗斯与克瑞西达》中女主人公。
② 莎士比亚喜剧《皆大欢喜》中女主人公。
③ 莎士比亚悲剧《奥赛罗》中女主人公。
④ 英国剧作家约翰·韦伯斯特悲剧《马尔菲公爵夫人》中女主人公。
⑤ 英国风俗喜剧作家威廉·康格里夫的《如此世道》中女主人公。
⑥ 英国小说家塞缪尔·理查逊的书信体小说《克拉丽莎》中女主人公。
⑦ 萨克雷《名利场》中女主人公。
⑧ 托尔斯泰《安娜·卡列尼娜》中女主人公。
⑨ 福楼拜《包法利夫人》中女主人公。
⑩ 普鲁斯特《追忆逝水年华》中人物。
⑪ "在雅典娜的城邦，女性受到东方式的压迫，犹如宫女或苦役，但始终令人奇怪和不可索解的是，就在这里，舞台上竟然出现了克吕泰墨斯特拉和卡珊德拉，阿托萨和安提戈涅，菲德拉和美狄亚乃至其他更多的女主人公，主宰了'憎恨女人的'欧里庇得斯的一出又一出戏剧。世间的事情，颇多悖谬，在现实生活中，贵妇人曾不能独自上街抛头露面，而在舞台上，女人却与男人平等，甚至超过他们，对此，从来没有一个圆满的解释。在现代悲剧中，女性主宰的现象同样存在，草草浏览一番莎士比亚的作品（乃至韦伯斯特，但马洛或本·琼生或有不同），就可以看出，从罗莎琳德到麦克佩斯夫人，女性的主宰，女性的主动始终一脉相承。在拉辛那里，情况也是如此，他的六部悲剧，都以女主人公命名；他笔下有哪个男性角色，可与赫尔弥俄涅和安德罗玛克，贝丽奈西和罗克珊，菲德拉和爱丝苔尔相比照？还有易卜生，面对索尔微格和娜拉，海达和希尔达·房格尔和丽贝卡·韦斯特，哪个男性角色能与她们比肩而立？"F. L. 卢卡斯，《论悲剧》。——作者注

如此一来，就出现了一个非常古怪和复杂的造物。在想象中，她尊贵无比，而在实际中，她又微不足道。诗卷中，她的身影无处不在；历史中，她又默默无闻。她主宰了小说中帝王和征服者的生活；其实，只要男人的父母能强使她戴上戒指，她就成了那个男人的奴隶。文学中，时时有一些极其动人的言辞，极其深刻的思想出自她口中；而现实生活中，她往往一不会阅读，二不会写字，始终是丈夫的附庸。

读罢历史，再读诗章，人们会看到一个畸形的怪物——像是蠕虫，却长了天使的翅膀；像是生命和美的精灵，却关在厨房里剁板油。然而，这些怪物，不管想象中有多么生动，实际上并不存在。要想让她活灵活现，必须带着诗意去想象，同时，又把她寻常看待，免得模糊了事实——比如，她就是马丁太太，蓝裙、黑帽、棕色鞋子；然而，也不能没有一点虚构——她的身上，体现了种种飞扬鼓荡、流转不息的精神和力量。不过，将这种方法用于伊丽莎白时代的女性，你又会堕入迷雾中，事实的缺乏，让人一筹莫展。你不掌握任何细节，对她没有确切和具体的了解。历史对她从来不闻不问。我回过头来翻看特里威廉教授的书，想弄清他对历史的解释。纵观书中各章的标题，历史似乎意味着——

"采邑和露地耕种方法……西多会修女和牧羊业……十字军东征……大学……下议院……百年战争……玫瑰战争……文艺复兴时期的学者……修道院的解体……农业和宗教争斗……英国海上霸权的起源……无敌舰队……"等等，等等。偶尔，会提到某位女性，某位伊丽莎白女王或玛丽女王；某位皇后或贵夫人。但你绝不会见到中产阶级妇女投身于任何一场重大运动，如果她们除了头脑和个性，其他一无所有，而正是这些前后接续的运动,构成了历史学家的历史观。在林林总总的奇闻轶事中,你找不见她的踪影。奥布里①很少讲到她。她也只字不提自己的生平,几乎从来不写日记;她只有不多的几封书信存世。她没有留下剧本和诗歌,让我们能够对她作出评价。我想,人们需要的是一大堆材料,但纽纳姆女子学院或戈廷女子学院一些才华出众的学生为什么不能提供有关材料呢? 她什么年纪结婚,通常有多少子女,住宅是怎样的,有没有自己的房间,是否下厨烧饭,是否使唤佣人? 所有这些事实都藏在不知何处,很可能,藏在教区的名册和账簿中;伊丽莎白时代平民女子的生活状况一定散见于什么地方,可有人能把它们搜集起来,敷衍成文。我一边在书架上搜寻那些本不存在的书籍,一边想,只怕我并不敢大刺刺地建议这些名校的学生改写历史,虽然我认为,现在的历史有些怪异、失真、偏袒一方;她们何以不能为历史增补一章? 当然,标题不必太显豁,这样,妇女的出场就不致过于张扬? 因为人们时时在大人物的生活中瞥见她们,给人漫不经心地掩在背景中,我有时会想,你甚至看不清她们的一颦一笑,或许还有眼角的泪水。毕竟,我们听够了简·奥斯丁的生平行状;似乎也再没有必要关注乔安娜·贝利②对埃德加·爱伦·坡的诗作的影响;就我而言,我并不在乎玛丽·拉塞尔·米特福德的住宅和出没处向公众至少关闭一百年。令我感到悲哀的,我望望书架接着思量,是十八世纪之前女性的默默无闻。我的脑海里,找不到什么模特供我仔细想一想。我在这里,叩问伊丽莎白时代的女

---

① 约翰·奥布里(1626—1697),英国文物研究家,作家,撰有同时代人的多篇传记小品。
② 乔安娜·贝利(1762—1851),英国诗人、剧作家,写有一系列关于情欲的素体诗剧。

性为什么不写诗，我不清楚她们受到什么教育；是否学习写字；是否有自己的起居室；有多少妇女二十一岁之前已经生儿育女；总之，她们每天从早上八点到夜晚八点都做些什么。她们显然没有钱；按照特里威廉教授的说法，她们还没有成年，就不管情愿与否，早早完婚，很可能只有十五或十六岁。即使这一切都清楚，我敢说，她们当中要有一人突然写出了莎剧，怕才是咄咄怪事，我忆起有一位现已故去的老绅士，我想他曾做过主教，据他宣称，过去、现在和将来，女人都不会具备莎士比亚的天才。他给报纸写些这类东西。他还对一位向他求教的夫人说，实际上，猫是进不了天堂的，接着又说，虽然猫也有某种灵魂。这些老人家为了救苦救难，想得可有多深远！经他们指点，我们真能长不少见识！猫进不了天堂。女人写不出莎剧。

无论如何，望着书架上的莎士比亚著作，我禁不住想，主教至少在这一点上是对的；没有女人、绝对没有女人能够在莎士比亚的年纪上写出莎士比亚那样的剧作。既然很难找到事实，我不妨想象一下，假如莎士比亚有一个天资聪颖的妹妹，比如叫朱迪丝，情况会是怎样的。非常可能，莎士比亚——他母亲继承了一笔遗产——进了文法学校，在学校里，学习拉丁文——奥维德①、维吉尔②、贺拉斯③，还有文法和逻辑原理。众所周知，他是个顽劣的儿童，到他人的地界偷猎野兔，可能还射杀了一头鹿，而且，年纪不大，就仓促娶了邻家女子，不到该当的时候，又早早生出了孩子。一番胡闹之后，只好远走伦敦，碰一碰运气。他似乎迷上了戏剧，最初，是在剧院边门替人牵马。不久，就加

---

① 奥维德(公元前 43 年—公元 17 年)，古罗马诗人，著有长诗《变形记》等。
② 维吉尔(公元前 70 年—前 19 年)，古罗马诗人，著有史诗《埃涅阿斯纪》等。
③ 贺拉斯(公元前 65 年—前 8 年)，古罗马诗人，著有《讽刺诗集》《书札》等。

入剧团，成为当红的演员，从此跻身浮华世界，交游又广，识的人又多，他有时登台演出，有时当街卖艺，甚至出入宫禁，为女王演戏。与此同时，且让我们假定，他的妹妹，尽管很有天分，却留在家中。她像莎士比亚一样不安分，爱幻想，渴望出外见见世面。然而，父母不让她上学。她没有机会学习文法和逻辑，更不要说研读贺拉斯和维吉尔。她间或抓起一本书，可能是哥哥丢下的，读上几页。但父母走进房来，让她要么做点针线，要么去照看灶上煮的饭食，别尽顾捧了书本或纸片，平白耽误工夫。他们出语尖刻，心思却慈悲，因为他们是本分人家儿，知道女人的生活状态，也爱他们的女儿——其实，父亲倒是把她当心肝宝贝一般看待。她也许会躲到阁楼上偷偷写几页纸，小心收藏好，或者举火烧掉。不久，她还不过十几岁年纪，父母就把她许配给邻近羊毛商的儿子。她讨厌这桩婚事，又哭又闹，为此遭父亲痛打。后来，父亲不再责骂她，转过头来求女儿不要惹他伤心，不要在婚姻大事上让他丢脸。他说，他会给她买一串项链或一条漂亮裙子，说着，已经声泪俱下。她怎么能这样不听话呢？怎么能惹他心碎？却总是天生的一点风流格调，让她欲罢不能。她将自己的衣物收拾成一个包裹，夏夜里从窗上缒下，直奔伦敦。当时，她还不足十七岁。树篱间鸟儿的鸣啭也比不上她的声音动听。她像哥哥一样，对音韵有天生的敏感。而且，她也迷恋戏剧。她来到剧院边门，她说，我想演戏。男人们听罢讪笑起来。剧院经理——一个身材肥胖、口无遮拦的家伙——捧腹大笑，聒噪些鬈毛狗撒欢儿和女人演戏什么的。他言道，没听说女人也能当戏剧演员。他还暗示——大家清楚他会暗示些什么。她找不到地方接受职业训练。莫非让她去小酒馆就餐，或者夜深了还在街头闲荡？不过，她的天分在于小说。她渴望观察男男女女的生活,研究他们的心性,从中汲取丰富的素材。最后——她还很年轻,长得酷似诗人莎士比亚,前额饱满,眼睛灰蒙蒙的——最后,演员经理尼克·格林心生怜悯,收留了她;她发现自己怀了这位绅士的孩子。因此——诗人的心禁锢在女人的身体内,谁又能说清它的焦灼和暴烈——一个冬日夜晚,她自杀了,死后葬在某个十字街口,近旁,大象城堡之外,现在有客车停靠。

在莎士比亚时代,我想,女子生就莎士比亚的天才,大概就会敷衍出这样一段故事。但就我而言,我倒同意那位主教的话,如果他确曾做过主教,他说,难以想象莎士比亚时代的女性会生就莎士比亚的天才。因为莎士比亚般的天才,不会出现在辛苦劳作、目不识丁的卑贱者中。不会出现在英国的撒克逊和不列颠人中。也不会出现在当今的工人阶级中。而按照特里威廉教授的说法,女性几乎还在幼年,已经在父母的督促下开始劳作,法律和习俗也竭力维护这种做法,试想,她们又如何能够孕育出莎士比亚这份天才?然而,女性中想必有一些天才,就像工人阶级中也有天才。时不时地,就会有一个埃米莉·勃朗特或罗伯特·彭斯①崭露头角,证实天才的存在。但当然,从来没有人将它记载下来。不过,只要读到女巫给人溺死,女子遭魔鬼附体,兜售草药的看相女人,甚至出类拔萃的男士背后的母亲,我想,追踪下去,必会发现埋没的小说家,受压抑的诗人,某位默默无闻的简·奥斯丁,某位将血泪抛洒在沼泽地里,或者在路边游逛,装神弄鬼,给自己的天赋折磨得发狂的埃米莉·勃朗特。甚至,我可以大胆猜测,无数从来不曾署名的诗篇,往往出自女性

①　罗伯特·彭斯(1759—1796),苏格兰诗人,主要用苏格兰方言写诗,代表作有《自由树》《一朵红红的玫瑰》等。

之手。我记得，爱德华·菲兹杰拉尔德①认为，是一位女性创作了民谣和民歌，哼唱给她的小儿女，打发她纺织时的无聊，或消磨冬日的漫漫长夜。

这些可能是真，可能是假——有谁知道呢？——但对我来说，其中自有真实之处，想想我刚才编出的莎士比亚的妹妹的故事，可知十六世纪时，女子天赋过人，必然会发疯，或射杀自己，或离群索居，在村外的草舍中度过残生，半巫半神，给人畏惧，给人嘲弄。只须略具心理学方面的知识，就会明白，一个天禀聪颖的女子，要想将才华用于诗歌，除了旁人百般阻挠，自己心中歧出的本能也来折磨她，撕扯她，最终，必然落个身心交病的结局。任何女子，只要来到伦敦，站在剧院门前，设法见到演员经理，都会在此过程中伤害自己，感受一种或许没有来由——因为贞洁或是某些社会出于不可知的原因造成的执迷——但却必不可免的痛苦。当时乃至现在，贞洁在女性的生活中都有其宗教上的重要性，它与女性的身心纠结缠绕，要想将它剥离出来，暴露在光天化日之下，需要有绝大的勇气。十六世纪时，伦敦的自由生活对身为诗人和剧作家的女性来说，意味着精神上的压力和困窘，完全有可能把她推向绝路。即使她活下来，精神的紧张和病态，也会令她写出的东西发生扭曲和畸变。我望望书架，上面没有女性的剧作，我想，毫无疑问，她的作品是不会署名的。她一定会如此来保护自己。甚至晚到十九世纪，贞洁观的遗风仍然迫使女人隐姓埋名。科勒·贝尔②、乔治·爱略特、乔治·桑，无一不是她们内心冲突的牺牲品，这从她们的写作中可以看出

---

① 爱德华·菲兹杰拉尔德（1809—1883），英国作家，曾翻译波斯诗人俄谟·迦亚谟的《鲁拜集》，译作成为英国文学名著。
② 科勒·贝尔，夏洛蒂·勃朗特的笔名。

来,她们徒劳地使用男子姓名掩饰自己。如此一来,她们就迎合了常规,囿于常规,女人抛头露面是可耻的,而这一常规,即使并非由男性树立,至少也经过他们大力鼓吹(伯里克利①说,女人的荣耀不在为人津津乐道,他本人倒是时常给人挂在嘴边)。隐姓埋名的习性渗透在她们的血液中。掩饰的愿望仍然制约她们。时至今日,她们也不像男人一样念念不忘自己的名声,一般来说,行过墓碑或铭牌,她们不会产生难以压抑的冲动,巴望刻下自己的大名,像阿尔夫啦、伯特啦或蔡斯啦,出于下意识必然要做的那样,看见漂亮女人走过,甚至看见一条小狗,也会咕哝说,这只小狗是我的。当然,也可能不是一条小狗,我想起了议会广场②、西格斯·阿利③和其他大街;可能是一块土地或一名生有鬈曲黑发的男子。做女人也有一点极大的好处,人们见到俊俏的黑人女子,不会心想把她造就成英国女人。

那么,一个具有诗人气质的女人,生在十六世纪,必是不幸的女人,只会自己折磨自己。要想释放头脑里的无论怎样的才智,需要具备某种精神状态,而她周遭的所有条件,她的全部直觉,处处都与这种精神状态相抵牾。然而,我问自己,怎样才是最适宜创造活动的精神状态。一种状态,增强和促成了不可思议的创造活动,但人们能否对它产生任何感知?我翻开莎士比亚的悲剧。比如,莎士比亚写下《李尔王》和《安东尼和克莉奥佩特拉》时,处于怎样的精神状态?显然,这是曾经出现的最适于诗创作的精神状态。但莎士比亚本人对此不置一词。我们只

---

① 伯里克利(公元前495年—前429年),古雅典政治家,后成为雅典的实际统治者,领导雅典进入军事和文化上的全盛期。
② 议会广场,位于伦敦的议会大厦之前,有众多纪念雕塑。
③ 西格斯·阿利,即柏林的凯旋大街。

是偶然地、不经意间知道他"一气呵成，没有涂抹一行"。或许，十八世纪之前，没有哪个艺术家曾经谈过他的精神状态。大概是卢梭开风气之先。无论如何，到了十九世纪，自我意识已经强化到如此地步，以致文人动辄就会在忏悔录和自传中大谈他们的心情。他们的生活笔之于书，他们的信件死后也发表出来。因此，我们虽然不清楚莎士比亚写作《李尔王》时，经历了怎样的状态，但我们却知道卡莱尔写作《法国大革命》时状态如何；福楼拜写作《包法利夫人》时状态如何；济慈试图写诗抗议死亡的来临和世界的冷漠时状态如何。

翻看现代文学中卷帙浩繁的忏悔录和自我分析，你会发现，天才作品的创作几乎永远是一项艰辛无比的事业。事事都不如意，妨碍作家顺顺当当写出他的作品。物质条件一无是处，狗也来咬，人也来吵，你得拼命挣钱，身体又快要崩溃。此外，人世间的冷漠无疑加剧了他们的穷愁，让这一切格外难以忍受。这个世界并没有请人去写诗，写小说，写历史；它不需要这些。它不在乎福楼拜有没有寻到恰当的字眼儿，卡莱尔是否严谨地查清了某一事实。自然，它对不需要的东西，也不会给予报偿。所以，文人们，像济慈、福楼拜、卡莱尔等等，只好受苦，尤其是在创造力最健旺的青年时代，无一不是身世困顿，景况凄凉。他们在这些自我分析和忏悔录中，发出了切齿的诅咒和痛苦的呼号。"悲惨死去的伟大诗人"①——这就是他们吟咏的主题。千难万苦中，还有什么东西留存下来，自然是奇迹了，很可能，他们的书没有一本能够圆满实现最初的构思，完完整整留给世人。

但对女性，我扫一眼空荡的书架，心中思忖，这一切艰难岂

---

① 语出华兹华斯诗歌《决心与独立》。

非来得更加可怕。首先,即使到十九世纪初,拥有一间自己的房间,且不说一间安静的房间,隔音的房间,就想也不要去想,除非她生于大富大贵人家。日常开销的多寡,须看父亲的脸色,数额也只够她穿衣,不能像济慈、丁尼生或卡莱尔等人那样,索性找些事情来消愁,他们虽然穷困,毕竟还能出门远足,或到法国小住,有自己的寓所,无论多么简陋,至少可以避开父母的聒噪和专横。这些物质上的难处,固然可怕,但更可怕的,却是些无形的东西。济慈、福楼拜和其他天才感到难以忍受的人世间的冷漠,在她那里,就成了敌意。世界对她说话,不像对他们一样,想写作吗,请便,反正于我毫无关系。世界嘲笑她说,写作?你的写作有什么用处?这里,我看看书架上的空白处,心想,或许我们可以求助于纽纳姆学院和戈廷学院的心理学家。因为现在,确实应当测量一下种种留难对艺术家心智的影响,像我读过的,奶制品公司测量普通牛奶和优质牛奶对老鼠身体的影响。他们将两只老鼠并排放在两个笼子里,一只老鼠瘦小、胆怯、贼头贼脑,另一只则壮硕、活跃、大模大样。那么,我们为女性艺术家提供了什么样的营养呢?或是回想起了那一餐李子干和蛋奶糕,我不禁这样问道。为回答这个问题,只须打开晚报,读一读伯肯黑德勋爵[1]说的——但其实,我不必费力复述伯肯黑德爵士对于女性写作的高论。英奇教长[2]的话,我也搁下不提。哈莱街[3]专家的喧嚣,不妨留它去哈莱街招徕回应,我不会自寻烦

---

[1] 伯肯黑德勋爵,即弗雷德里克·埃德温·史密斯(1872—1930),保守党政治家,大法官。

[2] 威廉·拉尔夫·英奇(1860—1954),英国新教神学家,曾任圣保罗大教堂教长。

[3] 哈莱街,伦敦一条街,19世纪中叶以来,许多内外科医师、牙医、精神病专家在此开业,就诊者多为富人。

恼。然而,我要在这里引述奥斯卡·勃朗宁①的话,因为奥斯卡·勃朗宁曾经是剑桥的大人物,主管戈廷学院和纽纳姆学院的学生考试。奥斯卡·勃朗宁先生时常说起"阅罢任何一套试卷,留在他脑子里的印象通常是,不管给的分数高低,最好的女性也比最差的男性智力低下"。说罢,勃朗宁先生转身回屋——他正是靠这番推论,邀得人们喜爱,成了一个颇有些分量和威严的人物——他回到屋里,迎面一个小马倌躺在沙发上,"骨瘦如柴,灰黄的两颊瘪缩下去,牙齿黑黑的,四肢似乎已经丧失了功能……'这是阿瑟'(勃朗宁先生说)。'他的确是个可爱的孩子,聪明极了。'"两幅画面始终在我眼中相互补充,这样,对大人物的意见,我们不仅要听其言,还要观其行,才能求得完整解释。

虽然现在仍有可能,但这类意见五十年前出自一位大人物口中,仍旧是很可怕的。我们可以假设,父亲出于最良好的愿望,不想让他的女儿早早离家,去当作家、画家或学者。"听听奥斯卡·勃朗宁先生怎么讲的,"他会说;也不仅仅是奥斯卡·勃朗宁先生;还有《星期六评论》;还有格雷格先生——"女人生命的要义,"格雷格先生语重心长地说,"是男人供养她们,她们伺候男人"——男人关于女性在智力上一无可取的看法,实在举不胜举。即使父亲没有大肆说教,每个女孩儿都可以自己读到这些看法;那些读物,即使是在十九世纪,也必然令她意志消沉,对她的学业产生深刻影响。她们耳边,时时听到别人的教训——你不可以做这,你也没能力做那——需要去抗争,去辩

---

① 奥斯卡·勃朗宁(1837—1923),曾任伊顿公学副校长,时为剑桥大学国王学院历史学讲师。

驳。它就像一种病害，也许对小说家，它已经不起作用；出现了一些优秀的女性小说家。但对画家，它的流毒仍在；而对音乐家，我想，时至今天，它仍然不断传播，危害极大。女作曲家的地位就像莎士比亚时代女演员的地位一样。前面我讲了莎士比亚的妹妹的故事，我似乎记得尼克·格林说过，女人演戏让他联想起小狗撒欢儿。二百年后，约翰生谈起女人布道，重复了这句话。而这里，我翻开一本关于音乐的书说道，就在今年，公元一九二八年，针对妇女试图谱写音乐，我们又听到了同样的话。"关于热曼·泰勒弗勒①小姐，人们只能复述约翰生博士的名言，他是谈女人布道，只须换成女人作曲。'先生，女人作曲就像小狗用后腿走路。它做得当然不好，但最让人惊奇的倒是，它竟然想起这样做。'"②历史的重现，真是丝毫不爽。

因此，抛开奥斯卡·勃朗宁先生的生平不表，连带把其他人也丢到脑后，我的结论是，即使到了十九世纪，人们仍不鼓励女性成为艺术家。相反，她受到呵斥、讥讽、规劝、告诫。她需要抗辩这个，反驳那个，不免精神紧张，心灰意懒。这里，我们又遭遇了那个非常有趣和隐蔽的男性情结，它在很大程度上左右了女性的行为；它是一种根深蒂固的愿望，固然要贬低妇女，但更多的是想抬高自己，随便在哪里，都须树立起自己的形象，不仅插足艺术，还要横身挡住通往政治的去路，即使他面临的危险似乎微乎其微，而哀告者又是那般的谦卑和恭敬。我记得，甚至贝斯伯勒夫人，那般热衷政治，也必须低首下心，写信给格兰维尔·利文森-高尔③勋爵说"……虽然我

---

① 热曼·泰勒弗勒，法国作曲家。

② 《现代音乐概论》，塞西尔·格雷。——作者注

③ 格兰维尔·利文森-高尔（1815—1891），英国政治家，1836年进入议会，曾在格莱斯顿任首相期间两度担任外交大臣。

对政治一向狂热,且多有议论,但我完全赞成阁下所说的,女性不应参与政治或其他任何严肃事务,最多只能(在有人问起时)陈述看法"。于是,她接着才来针对某个关系重大的主题——高尔爵士在下议院的首次演讲,挥霍她的热情,这方面,倒是不存在任何障碍。我想,我们看到的,确实是一个奇特场面。男人反对妇女解放的历史或许要比解放运动本身更有意思。戈廷学院或是纽纳姆学院的青年学子如果搜集材料,敷衍一套理论,必可写成一本有趣的书——不过,她需要带上厚厚的手套,还需要金块打造的栅栏来保护自己。

这些听来都是笑谈,不过,暂且撇开贝斯伯勒夫人,我想,它们确曾给人当做天经地义的东西。我可以告诉大家,这些议论,现在虽然剪贴成册,标上"奇谈怪论"字样,只供少数读者在夏日的夜晚消闲解闷,当初却催人泪下。你们的祖母、曾祖母,有不少人,曾经为此痛哭失声。弗洛伦丝·南丁格尔因为痛苦而高声尖叫①。此外,各位上了大学,有了自己的起居室——或者不过是卧室兼起居室?——自然不妨说,天才对这些看法不屑一顾,天才才不在乎别人说些什么。遗憾的是,恰恰是那些天才男女,格外留心众人对他们的议论。看看济慈吧。看看他在墓碑上镌刻的铭文②。想想丁尼生;想想——但我其实并不需要罗列事实,它们是不可否认的,虽然令人惋惜,因为艺术家生性如此,对自己的名声极其敏感。文学圈子不乏被毁灭者,皆因为他们过分在意别人的看法。

回到我早先关于什么样的精神状态最适合创作的问题上

---

① 见弗洛伦丝·南丁格尔的《卡珊德拉》,载于 R. 斯屈赛,《事业》。——作者注

② 济慈的墓志铭是:"此处长眠者的名声如镜花水月。"

来，我想，这种疑虑造成了加倍的不幸，因为要想将内心的东西全部和完整地释放出来，艺术家的头脑必须是明净的，像莎士比亚一样，有我面前摊开的《安东尼和克莉奥佩特拉》为证，不能有窒碍，不能有未燃尽的杂质。

虽然我们说，我们对莎士比亚的精神状态一无所知，但有此一说，已经是在谈论莎士比亚的精神状态。相对于多恩、本·琼生或弥尔顿，我们之所以对莎士比亚知之甚少，是因为我们不了解他的种种牢骚、怨愤和憎恶。没有什么"秘闻"让我们联想到这位剧作家。抗争、告诫、谴责、报复、让全世界见证艰难困苦，所有的这些愿望，在他那里，都已经燃烧殆尽，烟消云散。因此，他的诗章喷薄而出，淋漓酣畅。如果真的曾经有人完整表现了自己的意图，那必是莎士比亚。如果真的曾经有过明净的、消除了窒碍的头脑，我再次转向书架，那必是莎士比亚的头脑。

第 四 章

在十六世纪，你找不到任何女性处于这样一种精神状态。只要想想伊丽莎白时代的所有那些墓碑，上面雕了儿童合掌跪在地上；想想他们的早夭；再看看他们各自家中阴暗、狭小的房间，就会知道，当时，没有哪个女子能写出诗来。人们看到，很久之后，才有一些贵妇，凭借她相对说来的自由和闲适，出版了一些诗作，署上自己的名字，甘愿冒险给人视为怪物。为了小心避开丽贝卡·韦斯特小姐的"狂妄的女权主义"，我还要说，男人当然并非市侩；但大部分情况下，唯在伯爵夫人有此雅兴吟风弄月时，他们才会连连赞叹。你会发现，在那个时候，一位有头衔的夫人得到的鼓励要远远胜过默默无闻的奥斯丁小姐或勃朗特小姐。但你也会发现，一些陌生的情感，像恐惧啦，仇恨啦，搅乱了她的头脑，她的诗中，也显示了此类心神不定的痕迹。例如温切西尔夫人①，我想着，顺手取下她的诗作。她生于一六六一年；出身贵族，夫家也是名门；她无儿无女；她写诗，只须翻开她的诗作，就会看到她在妇女地位问题上宣泄的愤慨：

> 我们沉沦了！因为重重的戒律和清规，
>
> 是教养而非自然令我们愚昧；
>
> 头脑窒息了，慢慢地凝固，
>
> 俯首帖耳，听凭别人摆布；
>
> 可有人还想腾踏飞扬，
>
> 让幻想跳荡，让心胸开张，
>
> 面对怎样的反对势力，
>
> 纵有炽热的希望，终不能战胜恐惧。

显然，她的头脑并没有"消除一切窒碍，趋于明净"。相反，憎恨和哀怨困扰着她。人类给她分成两个阵营。男人是"反对势力"；他们可恨而又可怕，因为他们握有权力，阻止了她去做自己想做的事——也就是写作。

> 呵！女人要想拿起笔来，
>
> 人们只当做放肆和古怪，
>
> 什么样的美德也抵不了这一过错，
>
> 他们说，我们搞乱了性别和生活；

---

① 温切西尔夫人，即安妮·芬奇（1661—1720），出身贵族，曾为摩德纳的玛丽王后（1658—1718）的侍女，后放弃宫廷职位，嫁给赫尼奇·芬奇，即温切西尔伯爵。1690年，定居风景优美的伊斯特韦尔，开始写诗，供友人传阅。文中所引用诗句，前三节出自其《引言》，后四节出自其《忧郁》。

良好的教养、时尚、翩跹起舞、盛装和游憩，

才是我们应当向往的造诣；

写作、阅读、思索、探寻，

遮掩了美貌，虚掷了光阴，

叫人如何有兴致博取我们的青春，

有人说，奴隶般地操持无聊的家务，

才是我们的最高艺术和最大用途。

　　实际上，她得认定自己写下的东西永远不会发表，才能鼓起勇气继续写作；为了安抚自己，她悲伤地吟唱：

对三、五友人，唱出悲伤的歌吟，

你从不觊觎月桂的园林；

隐在黝暗的阴影里，你的愿望不过如此。

但显然，如果她抛开憎恨和恐惧，打消胸中充塞的悲伤和怨愤，她的心就是炽热的。时而流露很纯粹的诗意：

可那黯淡了颜色的陈年锦缎，

又怎能织出玫瑰的烂漫花团。

——它们自然会得到默里①先生的赞许，据说，让蒲伯铭记于心还借用了的倒是：

长寿花令我们头昏目眩；

沉迷在痛人的芬芳前。

多么令人遗憾，一位女性，可以写出这样的诗句，面对大自然，沉

———————

① 　约翰·米德尔顿·默里（1889—1957），英国作家，对济慈、布莱克和莎士比亚等名家撰写过评论，有自传体小说《平静生活》。1913 年与曼斯菲尔德结婚，并为她写了传记。他是《温切西尔夫人安妮诗集》一书编辑。

浸在思索中，却又不由自主地牵愁惹恨。但她又当如何来拯救自己？想一想那些讥讽和狎侮，谄媚者的奉承，专业诗人的疑忌。她想必是把自己关在乡间小屋里，埋头写作，或许痛苦和内疚让她肝肠寸断，虽然她的夫婿心地善良，他们的婚姻也很般配。我说"想必是"，因为如果有谁想查询温切尔西夫人的生平，就会发现，像通常一样，人们对她几乎一无所知。她患有严重的忧郁症，对此，我们至少可以在某种程度上想明白，只须读她的诗，听她告诉我们她在情绪消沉时的想象：

> 诗句遭人诋毁，行事任人揣测，
>
> 是愚蠢的徒劳，或放诞的过错：

而她的受到非议的行为举止，就我们所知，不过是在乡野里漫游，幻想：

> 我的手喜欢摸索怪诞蹊跷，
>
> 偏离了众所周知的人间正道，
>
> 可那黯淡了颜色的陈年锦缎，
>
> 又怎能织出玫瑰的烂漫花团。

自然，如果她日复一日的赏心乐事尽在于此，怕是免不了给人嘲笑；因此，据说，蒲伯或盖伊①曾讥讽她为"涂鸦成瘾的蓝袜子才女"。还据说，她因为讥笑盖伊得罪了他。她说，他的诗作《琐事》表明，"他更适合去抬椅轿，而不配坐在轿子里。"不过，这都是些"流言飞语"，默里先生斥之为"无聊"。但在这一点上，我不能同意他，我宁愿听到更多事情，哪怕是流言飞语，如此一来，

---

① 约翰·盖伊(1685—1732)，英国诗人，主要诗作有《乡间游戏》《琐事：漫步伦敦街头的艺术》。

我就会对这位忧郁的夫人加深了解或留下印象,她喜欢在乡野漫游,琢磨些不寻常的事情,轻率地鄙薄"无聊的家务"。但默里先生说,她渐趋"冗赘"。她的才华日益拘泥于花花草草。再没有可能展露早先的那种文采风流。我将她的诗作放回书架,转向另一位贵妇——兰姆先生爱恋的公爵夫人,生性浮躁、满脑袋幻想的纽卡斯尔的玛格丽特①,她比温切西尔夫人年长,却也是她的同时代人。她们两人截然不同,但都出身高贵,终生无子女,嫁的丈夫俱是一时之选。两人都沉溺于诗,又都因此而形容憔悴。打开公爵夫人的诗集,你会看到同样的躁动,"女人像蝙蝠或猫头鹰一样活着,像牲畜一样操劳,像虫豸一样死去……"玛格丽特本来也能成为诗人;在我们的时代,这类活动总会有个结果。实际上,与生俱来的广大而狂野的灵性,有什么能羁绊和驯化它呢?它倾泻而出,四下奔突,汇成韵文、散文、诗歌和哲学的激流,凝在四开本和对开本中,从此无人问津。本该有人给她一架显微镜。本该有人教她科学地看待星球和理性。由于孤独和恣肆,她开始有些疯癫。没人禁制她。没人教化她。教授们逢迎她。宫廷中的人嘲笑她。埃杰顿·布里奇斯爵士②抱怨她的粗俗——"竟然是宫廷中教养出的贵妇人。"她将自己幽禁在韦尔伯克。

　　想起玛格丽特·卡文迪什,脑海里浮现出一幅何等孤寂和惨烈的景象!仿佛一些巨大的黄瓜藤恣意蔓延,覆盖了园中的

---

① 纽卡斯尔的玛格丽特,即玛格丽特·卡文迪什(1623—1673),英国女文人,出身贵族,曾为女王侍女,后因战乱逃往法国,1645年嫁给威廉·卡文迪什,也即纽卡斯尔公爵。辗转于巴黎和安特卫普,后返回英国,不顾世人嘲笑,写诗,写剧,关注科学。

② 埃杰顿·布里奇斯爵士(1762—1837),英国文学史家和系谱学家,曾为1814年出版的玛格丽特的《回忆录》作序。

玫瑰和康乃馨,令它们窒息而死。一位女性,写下"女性的教养,端在于精神之文明",却虚度光阴,涂抹些无聊的文字,甚至沉溺于自闭和放诞,以至她出行时,马车周遭观者如堵,这是怎样的一种暴殄天物。显然,疯癫的公爵夫人成了一个妖怪,用来吓唬聪明的女孩子们。我放下公爵夫人的诗集,翻开多萝西·奥斯本[①]的书信,这里,多萝西在写给坦普尔的信中谈起公爵夫人的新书。"可怜的女人果然有点疯了,不管她做什么,都比不上写书或作诗来得更可笑,就算我这两个星期睡不着觉,我也不会做这种事儿。"

那么,由于通情达理的女人不写书,禀性与公爵夫人完全不同的多萝西,敏感而忧郁,自然什么也不写。书信并不算数。女子坐在父亲的病榻前时可以写信。她可以在男人们谈话时写信,免得打扰他们。我翻动多萝西的书信,不禁感到奇怪,这位从没受过教育的孤独女子,竟有这等的才气结构句子,描述场景。请听她的叙述:

"饭后我们坐下来聊天儿,说到 B 先生时,我起身出去。念书,做活儿,打发过去一下午。约莫六、七点,我出门来到屋旁的公地,一伙儿照看牛羊的村姑坐在树阴下,说唱歌谣;我走到她们近旁,把她们的声音和容貌,比比书中古时的牧羊女,觉得二者大不相同,不过请相信咱,她们也像那些牧羊女一样天真。我和她们说话儿,只觉得她们没个愁烦,好似世上最幸福的人,唯是她们自个儿不知道罢了。谈话中间,她们时不时地东张西望,眼见自己的牛钻进玉米地,爬起来就跑散了,好像脚下生了翅

---

① 多萝西·奥斯本(1625—1697),出身贵族,但家境败落。以其写给未婚夫威廉·坦普尔爵士的 77 封信和婚后写给他的 9 封信而著称。

膀。我就呆，落在后面。看她们赶了牲畜回家，我想我也该回了。晚饭后，我走到花园里，旁边有一条小河流过，我坐下来，多想你就在我身边……"

完全可以断言，她具有作家的气质。但她说，"就算我这两个星期睡不着觉，我也不会做这种事"——一位颇有文学天赋的女子，却要让自己认定，写书是件可笑的事，甚至有疯癫之嫌，可见当时的女性写作，承受了何等的压力。我将多萝西·奥斯本薄薄的一册书信集放回书架，又拿起了贝恩太太①的书。

说到贝恩太太，我们来到了一个非常重要的转折点。我们将这些寂寞的贵夫人和她们的对开本留在她们的花园里，她们写书，不过是为了自娱，没有读者，听不到批评。我们来到城里，与街上的普通百姓摩肩接踵。贝恩太太是一位中产阶级女子，身上不乏平民的一切美德，幽默、活跃、勇敢；丈夫的死和生意上的失败，迫使她不得不靠自己的才华谋生。男人怎样做，她也得怎样做。她勤奋写作，挣的钱足够维持生活。这一事实本身其实比她究竟写了些什么更重要，即使算上那两首了不起的诗歌——"一千次的献祭"和"爱在狂喜的星期六"，因为女性从此开始享有心智的自由，或者说随着时间的推移，她们将随心所欲，想写什么就写什么。既然阿芙拉·贝恩做了此事，女孩们就可以对父母说，我不需要你们供养了，我能靠一支笔挣钱。当然，此后的许多年，她们得到的回答仍是，什么，像阿芙拉·贝恩那样生活！你还不如去死！房门也摔得更响。这就凸现了一个非常有趣的论题，即男人对女子贞洁的看重，乃至其对女性教育

---

① 贝恩太太，即阿芙拉·贝恩（1640—1689），英国第一个女性职业剧作家，父为理发师，幼时曾随亲戚旅居苏里南，后嫁给一荷兰商人，1666 年丈夫死后，靠写作为生，一生多产，主要剧作有《浪游者》《城市女继承人》等。

的影响,如果有哪位戈廷学院或纽纳姆学院的学生愿意深入研究,没准能写出一本很有意思的书来。此书的卷首插图,或许可画上达德利夫人珠光宝气地置身于苏格兰沼泽的蚊虫阵中。达德利夫人死后,《泰晤士报》写道,达德利爵士"自是趣味高雅,多才多艺之人,他心性仁慈,慷慨大度,却又专横得离奇。他坚持要他的夫人每日盛装打扮,即使是在苏格兰高地狩猎时暂住的小屋里;他还让她披挂上各种炫目的珠宝"云云,"他为她提供了一切——始终如此,却不要她负一点责任"。后来,达德利爵士中风了,从此一直是达德利夫人照料他,以过人的才干管理庄园。十九世纪,这种离奇的专横仍然流风不散。

不过,还是回到正题。阿芙拉·贝恩的例子表明,不妨牺牲某些令人愉悦的品德,靠写作来挣钱,所以,在某种程度上,写作不再标志着头脑的愚妄和疯癫,它有了现实的重要性。丈夫可能死去,或家庭碰上灾祸。临近十八世纪时,数以百计的女性开始翻译或撰写拙劣的小说,为自己挣取开销或贴补家用,这些小说现在甚至在教科书中也不见著录,只能去扎林街①书摊上装了四便士一本的图书的小匣子里翻找。十八世纪末,女性头脑极度活跃——谈话、聚会、写文章议论莎士比亚、翻译经典作品,这都得益于一个确凿的事实,即女性可以靠写作挣钱。一件事情,如果无人付钱,必显得轻薄,而金钱让轻薄变为庄重。当然还会有人耻笑"涂鸦上瘾的蓝袜子才女",但没人能否认,她们可以往自己的钱包里放钱了。因此,到十八世纪末,出现了一场变革,倘若我能够重写历史,我会把它说得比十字军东征或玫瑰战争更重要。中产阶级妇女开始写作了。如果《傲慢与偏见》、

---

① 扎林街,伦敦一条街,以其各类新书店和二手书店著称。

《米德尔马契》《维莱特》和《呼啸山庄》确实重要,则它们的重要性远不是我在这一小时的讲演中所能说清的,因为写作已经扩展到广大妇女中间,而不再是少数人的事业,仅限于幽居在乡间,身边尽是对开本皇皇巨著和阿谀奉承者的贵族。没有这些先驱者,就没有简·奥斯丁、勃朗特姐妹或乔治·爱略特,正如没有那些湮没无闻的诗人就没有乔叟,没有乔叟就没有马洛,没有马洛就没有莎士比亚一样,是这些先驱者为后人铺平了道路,让粗野的语言变得雅驯起来。因为名著不是孤立地、凭空地产生的;它们是漫长岁月里共同思维的产物,是广大民众思维的产物,是众多人的经验汇聚成的一个独立的声音。简·奥斯丁应当在范伯尼的墓前献上花圈,乔治·爱略特应当对伊丽莎·卡特①的荫庇表示敬意——这位刚强的老妇人在床架上拴一只铃铛,为的清晨早些醒来,学习希腊文。全体妇女都应当向阿芙拉·贝恩的墓穴奉上鲜花,她就葬在威斯敏斯特教堂,虽说此举惊世骇俗,却是非常恰当的,因为是她为她们赢得了表达心声的权利。也是她,尽管名声不佳,尽管轻佻香艳,却让我能在今晚不至于很唐突地对大家讲:好吧,靠自己的才智每年挣取五百英镑。

那么,现在,我们来到了十九世纪初。这里,我第一次发现,书架上有几层完全排满了女性的著作。扫视一番后,我不禁问自己,为什么除了少数例外,它们都是些小说?初始的冲动应当在于诗歌。"歌之神"②是位女诗人。在英国和法国,女诗人的地位高于女小说家。此外,目光落在那四位女性的大名上,我

---

① 伊丽莎·卡特(1717—1806),英国学者、诗人和书信作家。
② "歌之神",语出英国诗人斯温伯恩,指古希腊女诗人萨福。

想,乔治·爱略特与埃米莉·勃朗特又有哪些共同之处?夏洛蒂·勃朗特不是根本不能理解简·奥斯丁吗?当然,她们四人,谁都没有子女,但撇开这一点可能的关联,四位实在格格不入,恐怕难以坐到一间屋子里——这倒引人想为她们安排一次会面和对话。然而,出于某种奇怪的力量,她们最初动笔,写的竟然都是小说。这是否与她们都出身中产阶级有关,我问道;或者,像埃米莉·戴维斯①小姐稍后清清楚楚表明的,是因为十九世纪初,中产阶级家庭全家只有一间起居室?女人要写作,必须是在家人共用的起居室。因此,无怪南丁格尔会愤愤地抱怨——"女人从来没有半个小时……可以自由支配"——她总是给人打扰。不过,即使如此,写散文和小说到底比诗歌和戏剧容易些。你不需要格外聚精会神。简·奥斯丁终其一生,都是在这种状态下写作的。"她是如何做到这一切,"她的外甥在回忆录中说,"始终让人惊异,她没有单独的书房可用,大部分作品都是在共用的起居室里完成的,时断时续。她很谨慎,免得仆人、访客或任何外人疑惑她做的事情。"②简·奥斯丁把她的手稿藏藏掖掖,要么用一张吸墨纸遮盖起来。而且,十九世纪初,女性的全部文学训练都在于观察人物,分析情感。几百年来,她们的感觉在人来人往的起居室里受到陶冶。人们的喜怒哀乐无不触动她们,种种人际关系就在她们眼前展开。因此,中产阶级妇女,一旦拿起笔来,自然会去写小说,虽然似乎很清楚,我们提到

---

① 埃米莉·戴维斯(1830—1921),英国女权主义者,一生致力于推动女子接受高等教育和实现女性选举权。1873年,在剑桥大学西北两英里处开设戈顿学院,为英国第一所女子住宿制学院,但直到1948年,剑桥大学始正式承认戈顿学院女学生的学历。

② 见她的外甥詹姆斯·爱德华·奥斯丁-利所著《回忆简·奥斯丁》。——作者注

的这四位著名女性，有两位就其天性而言并非小说家。埃米莉·勃朗特本该写诗剧；乔治·爱略特思想开阔，无遮无拦，本该将创作冲动用于历史和传记。然而，她们都去写小说了；不仅如此，我从书架上取下《傲慢与偏见》，人们还可以说，她们写出了很好的小说。人们不妨说，《傲慢与偏见》是一部好书，这算不得吹捧，也不致引起男性的痛苦。无论如何，给人撞破写的是《傲慢与偏见》，应当不必感到羞愧。然而，简·奥斯丁庆幸门上的合叶会发出吱吱嘎嘎的响声，如此一来，她就能赶在旁人进门之前藏起手稿。对简·奥斯丁来说，写作《傲慢与偏见》总有些尴尬之处。我不禁好奇，倘若简·奥斯丁觉得不必在来客面前掩饰，《傲慢与偏见》是否会写得更出色些？我读了一、两页，想弄清这个问题；但我没发现有一点迹象表明，环境对她的作品有任何损伤。或许，这才是奇迹所在。我们看到一位女性，约在一八〇〇年前后，埋头写作，没有仇恨，没有酸楚，没有恐惧，没有说教。我望一眼《安东尼和克莉奥佩特拉》，心里想，莎士比亚就是这样写作的；如果人们将莎士比亚与简·奥斯丁相比较，他们兴许是要表明，两人都已化解掉胸中的郁结；也正是因此，我们不了解简·奥斯丁，正是因此，简·奥斯丁消失在她笔下的字里行间中，莎士比亚也是一样。要说环境给简·奥斯丁造成了什么不利，那就是她的生活天地过于狭小。妇女没有可能孤身一人，四处走动。她从未旅行过；她从未乘马车穿行伦敦，也从未独自到一家店铺用餐。可简·奥斯丁或许天性如此，对于没有的东西，从不奢求。她的才赋与周围环境水乳交融。但我打开《简·爱》，摆在《傲慢与偏见》旁边，自语道，夏洛蒂·勃朗特恐怕不是这种情况。

　　我翻到第十二章，目光停在了一句话上，"人人都可以责骂我，只要他们有这个心思。"我不觉奇怪，他们为什么要责骂夏洛蒂·勃朗特？我读到费尔法克斯太太制作果冻时，简·爱如何时时爬到屋顶上，眺望远方的田野。然后开始遐想——他们就是为此责骂她——"然后，我渴望我的双眼可以看到更远的地方，看到那个繁忙的世界，城镇，郡县，那里充满了生活的欢乐，我只听说过，从没有见过：我希望有比现在更多的人生经验；与和我一样的人有更多交往，结识更多的禀性不同的人，而不是围绕身边的这个小圈子打转。我看重费尔法克斯太太的美德，也看重阿黛尔的美德，可我相信还有其他的更生动的美德，让我相信的，我就渴望去体验。

"有谁责骂我？许多人，没错儿的，我给人看做不知满足。我也没办法：我生来就不安分，有时，它搅得我很痛苦……

"空谈人应当满足安谧的生活是没用的：他们必须行动，找不到行动的目标，就自己创造出来。成千上万的人注定会无声无息地消失，比我还不如，但也有成千上万的人默默地抗拒他们的命运。没有人知道，世间有多少反叛在人们心底酝酿。据说女人通常都很平静：但女人的感觉与男人无异；她们也像她们的兄弟一样，需要展露才华，需要有一方奋斗的天地；男人面对的苛刻的限制，僵死的禁锢，她们也不能幸免；一些幸运者说，她们应当安于做布丁，弹钢琴，织袜绣花，这话全是因为头脑褊狭。女人想要打破习俗的约束，做更多事情，学更多东西，唯有愚蠢的人才会抨击她们，或嘲笑她们。

"我如此独自沉思，耳边不时传来格雷斯·普尔的笑声……"
我想，这是一处生硬的转折。突然扯出格雷斯·普尔，毕竟缺了铺垫。内容的连贯性给打断了。我把此书与《傲慢与偏见》摆在一起，接着又想，人们或许会说，写下这些文字的女子要比简·奥斯丁更有天赋；然而，细读一遍，注意书中的这种突兀，这种激愤，你就会知道，她的天赋永远不能完整和充分地表达出来。她的书必然有扭曲变形之处。本该写得冷静时，却写得激动，本该写得机智时，却写得呆板，本该描述她的人物时，却描述了她自己。她与命运抗争。除了承受重重禁制和挫败，早早离开人世，还能怎么样呢？

这里，有一个想法，其实很耐人寻味，如果夏洛蒂·勃朗特拥有三百英镑的年金——但她傻得以一千五百英镑售出了她的几本小说的版权；如果她对那个繁忙的世界，那些充满了生活的欢乐的城镇和郡县有更多的了解，有比现在更多的人生经验，与和她一样的人有更多交往，结识更多的禀性不同的人，结果又会如何呢？她的这些话，不仅指出了她自己作为小说家的欠缺，还指出了那个时代的女性的欠缺。她比任何人都更清楚地知道，她的天赋，如果不仅仅耗费在寂寞地眺望远方的田野上，将会有多么大的收获，只要让她有机会去体验、交往和旅行。然而她没有这些机会，这些机会受到限制；我们必须接受这样一个事实，即所有这些出色的小说，《维莱特》《爱玛》《呼啸山庄》《米德尔马契》，都是足不出户的女子写出的，她们的生活经验，仅限于一位体面的牧师家庭日常发生的那些；而且，这些小说，还都是在这个体面家庭的共用的起居室里写出的，写书的女子，身无分文，一次只能买上几叠纸，书写《呼啸山庄》或《简·爱》。当然，其中的一人——乔治·爱略特，历经磨难，摆脱了这种境况，却不过是隐居在圣约翰森林的乡宅里。那里仍然笼罩着世人鄙夷不屑的阴影。"我希望人们知道，"她写道，"我决不会邀请任何未提出请求者来此见我"；因为她不是与一位有妇之夫生活在罪恶中，而与她会面没准会有损史密斯夫人或随便哪位不速之客的名誉吗？她必须得屈从于世道人心，"自绝于所谓的尘世"。与此同时，在欧洲的另一端，有一位年轻人，要么自由自在地与吉卜赛女子或贵夫人厮混，要么投身战场，记下点点滴滴的生活经验，从来也无拘无束，这些经验，到他后来写书时，派上了很大用场。倘若托尔斯泰携一位"自绝于尘世的"有夫之妇，托身隐修院中，那么，无论道德上的启迪来得何等可观，我想，他是很难写出《战争与和平》的。

但关于小说写作问题以及性别对小说家的影响，我们不妨想得更深一些。闭上眼睛，把小说作为一个整体来考虑，可以看到，小说虽属创造，却在某种程度上影写了生活，虽然有它无数的简化和扭曲之处。无论如何，它是一种结构，在人们的头脑中自成其格局，有时是方形的，有时是塔状的，有时四下里伸展，有时坚实紧凑，有时又像穹顶状的君士坦丁堡圣索菲亚大教堂。回顾一些有名的小说，我想，这一格局源出与之相应的某种情感。但这种情感随即就同别样的情感混合起来，因为所谓"格局"，不是一砖一石垒起的，而是人与人的关系造就的。因此，小说在我们心中引出了各种矛盾的、对立的情感。生活与某种背离生活的东西在那里冲突。如此一来，就很难形成对小说的一致意见，而我们也在很大程度上受个人好恶的左右。一方面，我们希望你——主人公约翰——活下来，不然，我会悲痛欲绝。另一方面，我们觉得，算了吧，约翰，你必须得死，因为小说的格局要求如此。生活与某种背离生活的东西在那里冲突。既然它部分地体现了生活，我们就按照生活的真实去做判断。有人说，詹姆斯是我顶讨厌的一类人了。或者，这是一大堆胡言乱语。我从来没见过这类事情。回想任何一部有名的小说，显然，整个结构，建立在无限的复杂性上，它是由许多不同的判断，许多不同的情感拼成的。奇就奇在,如此这般成就的一本书,竟然处处契合,维持下来,或者英国读者,乃至俄国或中国读者对它都能有同样的理解。而这种契合,偶尔也确实不同凡响。在少数传世之作中(我想到的是《战争与和平》),令不同判断和情感相互契合的原因,应当是人们所说的诚实,但这与平日不赖账,危难时行事磊落等等没有关系。就小说家而言,所谓诚实,是他让人相信,这就是真。人们会感觉,对啦,我可从来想不到事情会是这样,我从来不知道人们会这样行事。可你让我相信,事情就是这样,一切就是如此发生了。人们在阅读时,将每一句话,每一个场景呈在亮光下——大自然似乎非常奇妙地在我们内心燃起亮光,让我们能够烛照出小说家的诚实与否。要么,就是大自然一阵心血来潮,用隐显墨汁在我们的脑际写下提示,单等小说家作出证实;这些提示,只须经天才们的火焰炙烤,就能显示明白。人们将它展露出来,看个真真切切,不禁惊呼,这岂不正是我一向感觉、知晓和神往的吗!你不禁心潮激荡,甚至带些崇敬地合上书页,仿佛它是一件很珍贵的物品,一件终生受用、常温常新的东西,你把它放回书架上,我说着,拿起《战争与和平》,摆回原处。然而,人们捧读和检验的那些蹩脚语句,如果起初以它亮丽的色彩、奔放的姿态引起你急切的反应,却戛然而止:好像有什么事情遏制了它的展开,或者只领你隐约看到角落里的涂鸦,一些污渍,没有任何完整和充实的东西,那么,你只能失望地叹息一声,又一部失败的作品。这部小说竟是在哪里出了问题。

当然,多数情况下,小说总会在什么地方出问题。想象力过度活跃,衰竭了。洞察力陷入混乱;它再也无法区分真伪;它已经没有力量继续承担沉重的劳作,因为这时时刻刻都需要调动种种不同的天赋。然而,我瞧瞧《简·爱》和其他书,琢磨起小说家的性别如何会影响所有这一切。性别是否对女性小说家的诚实有某种损害,而我认为,诚实乃是小说家的脊梁?那么,在我引述的《简·爱》的几处文字中,很显然,愤怒干扰了作为小说家的夏洛蒂·勃朗特应当具备的诚实。她脱离了本该全身心投入的故事,转而去宣泄一些个人的怨愤。她记起她给人剥夺了获取适当经验的机会,不得不困在牧师寓所里缝补袜子,而她本想自由自在地周游世界。她的想象力因为愤怒突然偏离了方向,我们都能感受这一点。不过,还有更多的因素牵动她的想象力,将它引入歧途。例如,无知。罗切斯特①的形象就是向壁虚构。我们觉得出其中的恐惧因素;正如我们能不时感觉到压迫引发的某种尖刻,感觉到激情的表象下郁积的痛苦,感觉到作品中的仇怨,这些作品,尽管都很出色,但仇怨带来的阵痛却迫得它们不能舒卷自如。

由于小说与现实生活有此关联,小说的价值观在某种程度上体现了现实生活中的价值观。但显然,女性的价值观同男性鼓吹的价值观往往很不相同;这也并不奇怪。然而,却是男性的价值观占据支配地位。简单说来,足球和体育是"重要的";追逐时尚,买衣服是"琐碎的"。这类价值观必不可免地由生活移入小说。批评家会说,此书很重要,因为它描述战争。此书不足挂齿,它讲的不过是女人在客厅中的情感。战场上的场景要比商店中的场景更有震撼力——价值观的微妙差异触目皆是。因此,十九世纪初的小说,倘出于女性之手,难免偏离直道,不得不修正自己的明确见解,迁就外在的权威。只须浏览一下已经给

---

① 罗切斯特,夏洛蒂·勃朗特小说《简·爱》中男主人公。

人忘却的旧日的小说,听听其中的语气,就能觉出作家是在迎合批评;她或者用强,或者示弱。要么承认自己"不过是个女人",要么争辩她"与男人不相上下"。面对批评,她或者温顺、羞怯,或者气恼、强蛮,全看她的性情而定。无论怎样一种态度,她关注的已不是事情本身。她的书遂有强加于人的味道。这些书在根子上存在欠缺。我想起星散在伦敦各处旧书店中的女性小说,它们像瘢痕累累的小苹果散在果园里。是根子上的欠缺让它们霉烂了。她修正了自己的价值观,迁就他人。

然而,她们又如何有可能不左右摇摆。在一个纯粹的父权制社会中,面对所有这些讥弹,需要怎样的天才,怎样的诚实,才能毫不畏缩地坚持自己的主见。只有简·奥斯丁做到了这一点,还有埃米莉·勃朗特。这是她们的标志,或许是她们最光荣的标志。她们像女性一样写作,而不是像男性一样写作。在成百上千写小说的妇女中,只有她们,完全无视那些老学究的反复训诫——你得这样写啊,你得那样想啊。只有她们,对这些喋喋不休的声音充耳不闻,抱怨也罢,俯就也罢,倨傲也罢,悲悯也罢,震惊也罢,愤怒也罢,仁慈也罢,须知它们只不肯给妇女一点安宁,像一本正经的家庭女教师,盯着她们,像埃杰顿·布里奇斯爵士①,吩咐她们,必得要她们净化自己;甚至在诗歌批评中硬扯进性别批评;②而且,倘她们乖乖的,赢一个大彩也未可知,为此,她们得按照某位绅士的告诫,安守本分:"……女小说家

---

① 埃杰顿·布里奇斯爵士(1762—1837),英国诗人、小说家、传记作家,但所写诗歌、戏剧和小说俱不很成功。

② "〔她〕沉迷于一种形而上的目的,这是很危险的,对女性来说,尤其如此,因为女性对修辞的喜好,很少具有男性的健康态度。这一欠缺很奇怪,毕竟,女性在其他种事情上,更为简单,更为实际。"《新标准》,1928 年 6月。——作者注

要想成功,须有勇气承认女性的局限。"①这真可谓一语道破,而我如果告诉大家,必让大家吃惊的是,写下这话的时间不是一八二八年八月,而是一九二八年八月,那么,大家一定同意,不管我们现在有多么欢快,舆论的主流依然如此——我并不想翻动陈年旧账,不过是碰巧看到这些——而一个世纪之前,这类舆论当然更为激烈,更多热闹。换作一八二八年,青年女子必须非常坚强,才能承受所有这些冷落、责难和引诱。她必须像个狂热分子一般鼓动自己,好吧,可他们不能连文学也买断。文学对所有人开放。我不会让你,哪怕你是校役,把我赶出这块草坪。你想锁住图书馆,请便好了,但你无法为思想的自由设置门禁、门锁、门闩。

然而,这些阻挠和批评,不论对她们的写作产生了什么影响——我相信影响是很大的——面对她们将思想化为文字时(我想的仍然是十九世纪初的小说家)遇到的其他困难,却又相形见绌。所谓困难,指的是她们身后缺乏一个传统,或者这个传统历时很短,又不完整,对她们帮助不大。因为我们作为女性,是通过母亲来回溯历史的。求助伟大的男性作家其实于事无补,不管我们能从他们那里得到多少乐趣。兰姆、布朗②、萨克雷、纽曼③、斯特恩④、狄更斯、德·昆西⑤——随便是谁——对

---

① "如果,像记者一样,你认为女小说家要想成功,须有勇气承认女性的局限(简·奥斯丁〔已经〕表明,如何体面地作出这一姿态)……"《生平与书信》,1928 年 8 月。——作者注
② 托马斯·布朗(1605—1682),英国医生、作家,主要作品为《一个医生的宗教信仰》。
③ 约翰·亨利·纽曼(1802—1890),英国圣公会内部牛津运动领袖,后改奉天主教,著有《论教会的先知责任》《大学宣道集》等。
④ 劳伦斯·斯特恩(1713—1768),英国小说家,主要作品为《项狄传》,被认为开意识流手法之先河。
⑤ 托马斯·德·昆西(1785—1859),英国散文作家,主要作品为《瘾君子自白》。

妇女从来没有帮助，虽然她可能从他们那里学得一些手法，派上用场。男人的思想，说到沉重、敏捷、高视阔步，都与她有很大不同，断难从中抄出什么有用的东西。你不可能依样画葫芦。或许下笔之时，她发现的第一件事就是，没有日常的句式供她拿来使用。所有的小说巨匠，像萨克雷、狄更斯和巴尔扎克，都写得一手本色文章，敏捷但不轻率，刻意描摹但不造作，是个人的又是大众的。他们的小说，使用的是当下流行的句式。十九世纪初流行的句式兴许是这样的："其作品的壮观向他们表明，不可半途而废，必须再接再厉。再没有比展示艺术、层层发掘真与美，更让他们兴奋和满足的了。成功催人发奋；习惯有助于成功。"这是男人的句式；在它背后，可以看到约翰逊、吉朋①和其他人。这类句式，不适合女性使用。夏洛蒂·勃朗特，尽管有出色的散文天赋，手中的武器仍不免沉重，令她左支右绌。乔治·爱略特用它生出种种难以描述的事端。简·奥斯丁审视它，嘲笑它，发明出合乎自己需要的句式，一生不离不弃。因此，她的文字天赋虽然弱于夏洛蒂·勃朗特，却道出了更多东西。实际上，表达的自由和充分是艺术的真谛，既然如此，谈到女性写作，传统的缺失，工具的贫乏和不充分，显然说明了许多问题。此外，一本书并非一句接一句，从头到尾搭接而成，如果形象些说，它像是由句子构筑的拱廊和穹顶。而这一形状也是男性出于自己的需要建造，留给自己使用。没有理由认为，史诗或诗剧的形式比这种句式更适合女性。无论如何，当女性开始写作时，原有的各种文学形式都已经固定下来。小说却发轫不久，在她手中

---

① 奥兰多·吉朋（1583—1625），英国历史学家，著有《罗马帝国衰亡史》六卷。

有足够的灵活性——或许,这是女性写小说的另一个原因。然而,谁又能说即使到现在,"小说"(我给它加上引号,表明我认为这个字眼儿是不恰当的),谁又能说这一极其灵活的文学形式已经中规中矩,方便女性来使用呢?毫无疑问,如果她能够自由运用她的肢体,我们就会看到她将小说打造成形;提供一些新的手段,不一定是诗歌,用来表达心中的诗意。因为她心中的诗意仍然没有宣泄的途径。我又想,今天,女人会如何来写一出充满诗意的五幕悲剧呢——是用韵文,抑或是用白话文?

但这都是些难以解答的问题,掩在朦胧的未定之天。我得丢开它们,即使只是因为它们诱惑我偏离正道,走入一片人迹罕至的森林,我没准会迷路,很可能让野兽吞食。我并不想、我相信你们也不想听我拉扯这个非常沉闷的话题——小说的未来,所以,我只在这里停留片刻,提请大家注意,就女性而言,物质条件将会在未来发挥巨大作用。书籍毕竟需要适应肉体,甚至不妨冒昧地说,女性写的书应当比男性短些,紧凑些,无须长时间聚精会神地劳作,又不容人打扰。须知打扰是没完没了的。同时,男人与女人,为大脑输送营养的神经,似乎构造不同,要想让它们工作得卓有成效,必须找到正确的方式——例如,僧侣们许是在几百年前发明的这种花费几个小时开讲座的方式,是否适合它们——它们需要怎样地交替工作和休息,所谓休息,也不是无所事事,而是做某种事,某种性质不同的事;二者之间的区别何在?所有这些,都有待讨论和探究;所有这些,都是女性与小说的一部分。然而,我回到书架前又想,我到哪里去发现一位女性对女性心理的深入研究呢?如果因为女子不能踢足球,进而就不允许她们行医——

幸运的是,我的思路现在来到了另一处转折点。

第 五 章

最后,在这场漫游中,我来到插满当代著作的书架前,有女人写的,也有男人写的,因为现在,女人写的书几乎与男人一样多。或者,如果情况并非如此,如果仍然是男性的话语更多,但显然,女人不再只写小说。书架上,有简·哈里森的希腊人类学著作,有弗农·李①的美学著作,有格特鲁德·贝尔②关于波斯的著作。林林总总,囊括一代人之前,女性从不曾涉足的各种主题。有诗歌、戏剧和批评文字;有历史和传记,游记和学术专著;甚至有一些哲学以及科学和经济学著作。小说虽然仍占主导地位,但小说本身,由于与其他著作的关联,已经发生了彻头彻尾的变化。那种天然的质朴,那种女性的叙事时代,或许一去不复返。阅读和批评扩大了她的眼界,令她更为细腻。描述自我的冲动平息下来。她似乎开始将写作当成一门艺术,而非一种自我表现的方法。从这些新的小说中,也许可以找到对此类一些问题的答案。

我随意从书架上取下一本书。它插在书架的一端,名为《人生》什么的,作者叫玛丽·卡迈克尔③,就出版于当下这个十月。这像是她的处女作,我对自己说,不过,你读它时,得把它当

---

① 弗农·李,即瓦奥莱特·佩吉特(1856—1935),英国小说家、评论家,著有《十八世纪意大利研究》《语词的运用》等。

② 格特鲁德·贝尔(1868—1926),游记作家和女政治家,著有《波斯印象》等。

③ 玛丽·卡迈克尔,即玛丽·斯托普斯(1880—1958)的笔名,英国节制生育的倡导者,1921年与其夫在伦敦创设节育门诊所,著有小说《人生》《爱的创造》以及《避孕:其理论、历史与实践》等。

成一个长长系列中的最后一卷，上承我刚刚浏览的所有那些著作——温切西尔夫人的诗歌和阿芙拉·贝恩的戏剧和四位伟大小说家的小说。因为图书是前后接续的，尽管我们惯于分开来评判它们。而且，这位默默无闻的女性，我该把她当做是我刚刚提及她们各自遭际的那些女性的后裔，看她继承了她们的哪些个性和局限。想到小说只能镇痛，却不能解毒，它让人不觉中陷入麻痹，却不给人以救赎，我不免叹息一声，坐下来，拿一支笔和一个本子，记下我对玛丽·卡迈克尔的第一部小说《人生》的看法。

首先，我翻开一页，上下浏览一番。我说，我得先弄清她的语句中的含义，再去记下那些蓝眼睛、黑眼睛乃至克洛伊与罗杰之间可能发生的关系。一旦我决定了她手里拿的是一支笔，还是一柄鹤嘴锄，我自会有时间留心这些。于是，我随口念了一两句话。很快，我就明显感觉到，书中颇有些不自然之处。句子与句子之间的流畅衔接被打断。有些什么撕裂了，有些什么划伤了。时不时地，会冒出一个眩人眼目的字眼儿。犹如老戏中说的，她"放开了手脚"。我想，她像是在发狠划一根着不起来的火柴。但为什么，我问她，仿佛她就站在我面前，简·奥斯丁的句式与你不合？是否因为爱玛和伍德豪斯先生①死了，就该把它们都抹杀掉？我叹息道，倘若该当如此，不免可惜。简·奥斯丁从一种调子转向另一种调子，就像莫扎特从一首歌转向另一首歌，而读这本书，却像坐上敞舱的船出海，忽上忽下，载浮载沉。这种简单急促，这种破碎支离，或许表明她有些什么担心：可能是担心给人称作"滥情"；要么是她记起女性写作一向给人

---

① 爱玛和伍德豪斯先生均为简·奥斯丁小说《爱玛》中人物。

视为花团锦簇,所以,刻意添些棘刺出来;但除非我细心些读过一个片断,否则,很难说她是忠于自己,还是在迁就别人。无论如何,认真读下去,我想,她倒没让人觉得乏味。不过,她堆积的事实太多。依照此书的篇幅来看(长度大约为半部《简·爱》),她恐怕用不了其中的一半。然而,她却有办法将我们所有人——罗杰、克洛伊、奥利维娅、托尼和比格姆先生——都装上一只筏子,溯流而上。且慢,我说,一边向后靠在椅子上,我必须更细密地将事情整个思索过,再说其他。

我几乎可以确定,我对自己说,玛丽·卡迈克尔是在戏弄我们。因为我的感觉,就像人们行进在逶迤起伏的铁道线上,列车仿佛奔驰向下,却又意外地一跃而上。玛丽在任意摆弄这种预期的顺序。首先,她割裂了句子,随后,她又割裂了顺序。好吧,她自然有权利做这些事情,只要她不是为割裂而割裂,本意在于创新。二者之中,哪个是真的,我不太清楚,除非她使自己面对某一情景。我说,她可以随心所欲,挑选无论什么样的情景,哪怕是马口铁罐头或破旧的水壶,只要她愿意;不过,一旦决定下来,她就必须面对它。她必须投身进去。如此一来,我决心对她尽一名读者的义务,只要她对我尽了作家的义务,于是,我翻过书页,继续读下去……请原谅我突然钳口不语。这里有没有男人在场? 能不能向我保证,查特莱斯·拜伦爵士①没有躲在那幅红色帷幔后面? 这里都是女人,对不对? 那么,我要告诉大家,接下来我读到的一句是——"克洛伊喜欢奥利维娅……"不必吃惊,也不必脸红。我们不妨在女人堆儿里私下承认,这种事

---

①   查特莱斯·拜伦爵士是审理拉德克利夫·霍尔风化案的首席治安推事,
    霍尔的小说《寂寞之井》(1928 年)因涉及女同性恋主题在英国遭禁。

情有时会发生。有时候,女人会喜欢女人。

"克洛伊喜欢奥利维娅,"我读道。突然,我强烈地意识到,变化何等之大。在文学中,或许第一次有了克洛伊喜欢奥利维娅。克莉奥佩特拉不喜欢奥克塔维娅。如果她果真喜欢,《安东尼和克莉奥佩特拉》将会是多么的不同!我的思绪,或许,暂时脱离了《人生》一书,问题在于,我想,整个事情给人荒唐地简单化了,世俗化了,如果可以这样说。克莉奥佩特拉对奥克塔维娅的唯一情感是妒忌。她的身材是否高过我?她又如何来梳理她的发式?也许,这出戏并不要求更多的东西。不过,倘若两个女人之间的关系更复杂一些,该是多么有意思。小说中一系列光彩夺目的女性形象迅即浮上我的心头,我想,女性之间的所有这类关系,都不免过于简单。人们忽略了那么多东西,未做尝试。我努力去回想,在我的阅读过程中,有没有将两位女性描述为朋友的例子。《克劳斯维斯的黛安娜》①中对此曾略有涉及。当然,在拉辛和希腊悲剧中,女性可以成为闺中密友。她们有时是母亲,有时是女儿,但几乎毫无例外,她们的形象,总是在与男性的关系中得到展现。想想就让人奇怪的是,直到简·奥斯丁时代,此前小说中的所有出色女性,不仅是给另外一性来看,而且完全是从其与另外一性的关系角度来看的。这些却是女人生命中多么微小的一部分,而且,男人鼻梁上架起两性观念带给他的黑色或玫瑰色眼镜,又只能从中看到多么一点东西。唯其如此,或许,才有了小说中女性的奇特个性,她的令人震惊的极端的美与丑陋,她游走于其间的天使般的善与魔鬼般的恶——恋

---

① 《克劳斯维斯的黛安娜》,英国小说家乔治·梅瑞狄斯(1828—1909)的小说,描述一位维多利亚时代女性在追求独立过程中的变化。

人因此将她视为心上的玫瑰或堕落之人,美好或不祥。自然,十九世纪的小说家并非如此。女性至此开始有更多面目,也更为复杂。实际上,或许正是描述女性的愿望,导致男人逐渐放弃了韵文体的戏剧,转而采用小说,作为一种更为适宜的载体,因为韵文体的戏剧,效果强烈,很难让女性杂入其中。但即使如此,显然,甚至在普鲁斯特的作品中,男人也是懵懵懂懂,对女性一知半解,犹如女人对男性的了解一样。

我重新扫视一遍当页的文字,接着想到,很显然,女人像男人一样,除了日复一日的家务事外,还有其他兴趣。"克洛伊喜欢奥利维娅,她们共用一间实验室……"我继续读下去,发现这两位年轻女子都忙着绞肉肝,因为肉肝对致命的贫血似乎是一剂良药:虽然她们其中一位已经结婚,而且——我想我说的是对的——有了两个小宝宝。当然,所有这些都得省略掉,如此一来,小说中曼妙多姿的女性形象就变得过于简单,过于死板。比如,假使男性在文学中只能作为女性的恋人出场,从来都不是男人的朋友、士兵、思想者、空想家,那么,莎士比亚戏剧中能为他们派定的角色只怕少得可怜,文学可就遭殃了!或许,奥瑟罗大体还在,安东尼也能保全,但我们没了凯撒,没了布鲁特斯,没了哈姆雷特,没了李尔王,没了杰奎斯——文学将会是何等的贫乏,其实,文学的大门始终对女性关闭,其贫乏又是何等令人难以想象。违心地结了婚,关在同一间房子里,从事同一种职业,作家又怎能充分、生动或真实地描述她们?爱情是唯一可能的中介。诗人不得不作狂热或悲伤状,除非他非要选择"敌视女性",而这往往意味着他其实对女性毫无吸引力。

好啦,如果克洛伊喜欢奥利维娅,她们又共用一间实验室,实验室本身将使她们的友谊富于变化,且更为长久,因为实验室没有那么多个性化的东西;如果玛丽·卡迈克尔懂得如何写作,而我已经开始欣赏她的文风;如果她有一间自己的房间,对此我却不敢保证;如果她拥有五百英镑的年金,但这一点还有待证实——那么,我想,就有一些意义重大的事情发生了。

因为如果克洛伊喜欢奥利维娅,而玛丽·卡迈克尔又知道怎样来表达这种情感,她将在这间从来无人涉足的大宅中燃起一只火炬。光明与黝暗相间,像是走入迂曲蜿蜒的洞穴中,人们点亮蜡烛,上下求索,不知踏向何处。我开始重读这本书,看克洛伊如何望着奥利维娅将水罐放到搁板上,告诉她该是回家照看孩子的时候了。我叹道,这真是打从鸿蒙初辟,人们从不曾见过的一番景象。我同样也满怀好奇地望着。我想看一看玛丽·卡迈克尔如何着手捕捉那些从来没有记载过的姿态,那些从未说过或只说了半截的话语,当女人独处一隅,未曾给另外一性的光怪陆离的光线照亮时,这些姿态和话语本身,不过像是飞蛾掠过屋顶时留下的暗影。我边读边说道,她要想做到这一点,必须屏住呼吸,因为女性对任何看不出明显动机的事情都疑虑重重,她们惯于掩饰和压抑,因此,即使向她们方向有意投来一瞥,也会令她们仓惶走避。唯一的办法,我想,不免又对仿佛就在面前的玛丽·卡迈克尔说,是扯一些其他事情,两眼专注地望向窗外,不要使用笔记本,只用最简洁的速记,记下她们几乎还未分清音节的话语,奥利维娅——这个给岩石的阴影遮蔽了几百万年的有机体——一旦感觉光线的照耀,看到面前摆放了一块奇特的滋养品——知识、奇遇、艺术,会发生什么事情。她会伸出手去拾取,我想,目光再一次离开书本,她必须从头重新组合她本来用于其他目的的高度发达的聪明才智,以便将新与旧融合在一起,同时又不致打破整体上极其精妙与严整的平衡。

不过,天啊,我是在做我本不想做的事情;我开始不知不觉地赞美同性。所谓"高度发达""极其精妙",这些无疑都是好字眼儿,而褒扬同性一向都是可疑的,往往也是愚蠢的,况且,在这个例子中,你又如何去证明?你不能走到地图前,说哥伦比亚发现了美洲大陆,哥伦比亚是女人;或拿起一只苹果说,牛顿发现了万有引力定律,牛顿是女人;或抬头望天,言道飞机在天上飞,而飞机是女人发明的。墙上没有标记,标明女人的精确高度。没有码尺,均整地刻划下每一英寸,用来衡量母亲的慈爱,女儿的孝敬,姊妹的缠绵,或主妇的才干。很少有女子进入了大学的各个年级;她们几乎从来不曾在各行各业——陆军和海军、贸易、政治和外交中经历大阵仗。甚至直到现在,她们几乎还是没有面目的。然而,倘若我想知道,例如,人们对霍利·巴茨爵士说些什么,我只须翻开《伯克贵族名录》或《德布雷特贵族名录》①,就能发现他读了这样或那样的一个学位,拥有一所宅子,有一位继承人,是某某委员会的主管,当过英国驻加拿大总督,获得了种种学衔、官职、勋章乃至其他荣誉,在他身上烙下他的勋劳,抹也抹不掉。如此等等,对霍利·巴茨爵士,除了上帝,怕没人能知道得更多一些了。

因此,我说女性"高度发达"、"极其精妙",却并不能从惠特克或德布雷特那里或大学年鉴中得到证实。面对这种尴尬,我能做些什么呢?我再度打量一番书架。书架上有些传记:约翰逊、歌德、卡莱尔、斯特恩、柯珀②、雪莱、伏尔泰、勃朗宁,还有其他许多人。我开始思索,这些伟人,出于这样或那样的原因,仰

① 二者均为参考书,每年出版,记录英国贵族或乡绅的家族史和个人简历。
② 威廉·柯珀(1731—1800),英国诗人,代表作有长诗《任务》和抒情短诗《白杨树》。

慕女人,追逐她们,与她们一道生活,向她们吐露心声,同她们做爱,描写她们,信任她们,显露只能说是对另外一性中某人的需要和依赖。我无法肯定,所有这些关系都是柏拉图式的关系,威廉·乔因森·希克斯爵士①就会否认。但我们如果断言他们从中只得到了舒适、逢迎和肉体的快感,别无其他,只怕又大大地冤枉了这些出类拔萃之辈。他们得到的,显然,是同性所不能给予的一些东西,或许,无须引用诗人的狂言隽语,仍不妨进一步断定其为某种刺激,对创造力的某种更新,而这些,只能潜藏在女性的天赋之中。他推开客厅或保育室的门,我想,就会看到她在小儿女中间,膝上有一块绣片——不管怎样吧,她是另一个生活秩序和生活体系的中心,此一世界与他那个世界——也许是法庭或下议院,适成对照,令他心清气爽,精神为之一振;接下来,即使是在最平淡的闲谈中,自然也会有见解的不同,滋润了他干涸的思绪;看到她创造的一个与他分明两样的生活环境,他的创造力也活跃起来,不觉之中,呆滞的头脑开始流转,他找到了戴上礼帽拜访她时分明还不存在的话语和情景。每个约翰逊都有他的思罗尔②,且出于此类一些原因对她忠贞不贰,后来,思罗尔嫁给了她女儿的意大利音乐教师,约翰逊又恨又恼,几乎陷入癫狂状态,倒不全是因为他怀念在斯特里特姆度过的愉快夜晚,还因为他的生命之光"仿佛黯然消退"。

我们并非约翰逊博士或歌德或卡莱尔或伏尔泰,自然难以

① 威廉·乔因森·希克斯爵士(1865—1932),英国保守党成员,曾任邮政大臣和内政大臣。
② 赫斯特·林奇·思罗尔(1741—1821),日记作者和诗人,曾为约翰逊博士挚友,长达近二十年,后因嫁给意大利作曲家和她女儿的音乐教师加布里埃尔·皮奥奇,二人的友谊破裂。

比附这些伟人，但即使如此，也能感受那种错综复杂的情感，乃至女人中那种高度发达的创造天赋的力量。你走进一间房间——但英国语言至此已经计穷，非得不管不顾地生造出一些新的字词，女人才能说出她走进一间房间时发生的事情。房间与房间截然不同；或者静谧，或者喧嚣；或者面向大海，或者恰恰相反，开向监狱的放风场；或者挂满了晾晒的衣服，或者满眼乳白玻璃和丝绒窗帘；或者生硬如马鬃，或者柔软似羽毛——只须走入任何一条街道上的任何一间房间，错综复杂的女性气息就会扑面而来。又怎么能够不是如此呢？千百年来，女人一直坐在房间里，到了今天，房间的四壁已经浸透了她们的创造力，实际上，砖石和砂浆都已不堪重负，这股力量必须形诸笔墨，要么耗散在实业或政治中。不过，女人的创造力与男人大不相同。必须说，对它的遏制或虚耗都会让人大为惋惜，因为它是经历了多少个世纪的严厉钳制后赢得的，没有什么可以取代它。女人如果像男人那样写作，生活，或像男人那般模样，也会让人大为惋惜，想想世界的浩瀚和繁复，两个性别尚且不足，只剩一个性别又怎么行？教育难道不是应该发掘和强化两性的不同点、而不是其共同点吗？我们已经有太多的相似之处，如果有哪个探险家探险归来，述说还有其他性别在另一爿天空下透过另一些枝叶窥视我们，怕没有什么事情，会比这个对人类的贡献更大，我们将怀着莫大的兴趣，瞧 X 教授挥舞标尺，验证他自己的"优越"。

我多少仍然游离于书页之外，心神恍惚地想，玛丽·卡迈克尔就算只当个旁观者，也够她忙活一阵了。也许，她其实是想当一名自然主义小说家——我认为这是小说家门类中不大有趣的一支——而不是思想者。有那么多的新事物，等待她去观察。

她不必再将自己禁锢在中上阶级的大宅里。她不再怀了悲悯或俯就的心情出门，而是真诚地走入那些香气浓烈的小屋，里面坐了交际场的名媛、风尘女子和牵了哈巴狗的太太。她们坐在那里，仍然穿了男作家无奈硬披在她们肩头的粗陋的成衣。但玛丽·卡迈克尔会拿出剪刀，将衣服剪裁得胖瘦适度，紧贴她们的每一处线条。她们的真实面貌一朝显露出来，将别是一番景象，但我们还需要耐心一点，因为玛丽·卡迈克尔仍然出于"原罪"的自我意识而踟蹰，这是野蛮的性习俗留给我们的遗物。她的脚上还套着旧日的锈痕斑斑的阶级的脚镣。

然而，大多数女性，既非风尘女子，又非社交场的名媛；她们也不会夏日午后，用灰色丝绒裹着哈巴狗，枯坐到黑。那么她们做些什么呢？我的脑海里闪现出河南岸长长街道中的一条街，那些街道密密匝匝住满了人。凭借想象力，我看到有老妇人穿街而过，一位中年妇女，或许是她的女儿，挽着她的臂膊，二人的靴子和毛皮大衣非常靓丽，显然，她们是把下午的盛装当做一种仪式，我还看到她们年复一年，在暑天的几个月份，将衣装收起，还在衣橱里摆了樟脑。街灯点亮后，她们穿过街道（傍晚是她们最喜欢的时分），想必年复一年都是这样做的。老妇人看看将近八十岁，但假使有人问她，生活对她意味着什么，她会说，她还记得巴拉克拉瓦战役①时街头的灯火，或听到过国王爱德华七世②诞生时，海德公园鸣放的礼炮声。假使有人想确证某一刻的日期和季节，追问她，一八六八年四月五日或一八七五年十一月二日，你在做些什么，她就会一脸的茫然，回答说她什么也

---

① 巴拉克拉瓦战役，1853 年，俄国与英、法、土、撒丁王国之间爆发克里米亚战争，至 1856 年停战。1854 年，双方鏖战于克里米亚海港巴拉克拉瓦。
② 爱德华七世，大不列颠和爱尔兰国王，生于 1841 年。

记不清了。因为一餐又一餐的饭食已经煮好,碗碟和杯子都洗净了,孩子们自去上学,长大成人。生活中什么也没留下。一切都消失净尽了。传记或史书上,对此没有只言片语。而小说,即使不想撒谎,必然也是谎话连篇。

所有这些默默无闻的生命,都有待谁去记载,我对玛丽·卡迈克尔说,仿佛她就在我面前;随即,我的思绪又飘向伦敦的街巷,那种从不曾有人提起的生活,麻木,重复,让人感受到它的沉重,有街角上的女人,叉腰站立,肿胀的手指上戴了戒指,指手划脚,闹闹嚷嚷的像是莎士比亚的剧中人;有门洞下卖堇菜卖火柴的小贩和干瘪的老太婆;还有逛来逛去的少女,她们的面孔,仿佛随阳光和云朵摇荡的波浪,映出了迎面走来的男女和商店橱窗闪闪的光影。所有这些人你都该去探究,我对玛丽·卡迈克尔说,紧握住你手中的火炬。而首先,你必须烛照自己的灵魂,洞见它的深刻和它的浅薄,它的虚荣和它的宽厚,表明你的美貌或丑陋对你意味着什么,你与这个在化妆品瓶子里发出又沿着人造大理石地板上衣料搭出的拱廊扩散的浓烈味道中摇来摆去的手套和鞋子和毛料构成的变动不居的世界又有什么关系。想象中,我走进了一家商店,它铺了黑白相间的地面,挂满美丽异常的五颜六色的缎带。我想,玛丽·卡迈克尔路过时,必会瞧见过,因为它像安第斯山脉白雪皑皑的峰顶或怪石嶙峋的峡谷一般引人注目,正好写入文章。还有一个女孩站在柜台后——我倒宁愿写出她的真实故事,像拿破仑的第一百五十部传记,或关于济慈的第七十部专著以及老教授Z一类人正在撰写的他对弥尔顿式的倒装句的运用。随后,我踮着脚尖,小心翼翼地走出门来(我是如此的胆怯,害怕一度几乎落到我肩头的鞭挞),喃喃地说,面对男性的自负——或者说是独特处,至少这个字眼儿不那么唐突——她也应学会一笑了之，用不着心怀愤懑。人人脑后都有先令般大小的一块疤痕，自己难以看到。此一性别的人正好为彼一性别的人帮忙，描述一番对方脑后先令般大小的那块疤痕。想想尤维纳利①的言论和斯特林堡②的批评给了女人多少好处。想想古往今来，男人何等仁慈和聪明地指点女人察觉她们脑后的隐秘处！如果玛丽非常勇敢、诚实，她也会走到男人身后，告诉我们她发现了什么。除非有女性描述了先令般大小的那块疤痕，否则，男性的形象永远不会完整。伍德豪斯先生和卡苏朋先生③就是那般大小和性质的疤痕。当然，没有任何有理智的人会劝她刻意去轻贱或嘲弄什么——文学表明，这类作品往往是徒劳无益的。只要真实，人们会说，结果必定很有趣味。喜剧必定别开生面。新的事实必定给人发现。

　　然而，我该重新回到书中来。与其猜度玛丽·卡迈克尔可能或应当写些什么，不如看看她到底写了什么。因此，我埋头继续阅读。我记得，我曾对她有某些抱怨。她打破了简·奥斯丁的句式，让我难以炫耀我的无可挑剔的鉴赏力和我的过分挑剔的耳朵。如果我承认两人之间没有相似之处，就没有必要说："是啊，是啊，这当然很不错，不过简·奥斯丁的文字比你好得多。"不仅如此，她还更进一步，打破了文章的顺序——我们预期的顺序。也许她并非有意，只不过恢复了事物的本来顺序，像女人通常会做的，只要她像女人一样写作。但后果却让人困惑；你看不到波浪的接续，一浪高过一浪，危机就在什么地方潜伏

---

① 尤维纳利(60? —140?)，古罗马讽刺诗人，现存讽刺诗 16 首。
② 约翰·奥古斯特·斯特林堡(1849—1912)，瑞典戏剧家、小说家，主要作品有剧本《父亲》《朱丽亚小姐》，长篇小说《红房间》等。
③ 卡苏朋先生，乔治·爱略特小说《米德尔马契》中人物。

着。因此，我无法依赖我的丰富情感和对人心的深刻了解。因为每当我预期要在某处感受某种事情时，比如爱情，比如死亡，恼人的她就会拖开我，好像重要的事情还在前头。如此一来，她就令我无法高谈阔论，说说"基本情感"啦，"共同人性"啦，"人的内心深处"啦，也无法扯些别的，支撑我们的信念，毕竟我们相信，无论表面上有多么伶俐，我们内心都是严肃的，深刻的，富于同情心的。而她却让我感到，我们与其说是严肃、深刻、富于同情心，也可能不过是——这种想法就不那么诱人了——懒得动脑筋，而且很世俗。

但我接着读下去，注意到其他一些事实。她并非"天才"——这一点显而易见。她与大自然不相亲，没有炽热的想象力、狂野的诗情、过人的才华、深沉的智慧，像她的前辈温切西尔夫人、夏洛蒂·勃朗特、埃米莉·勃朗特、简·奥斯丁和乔治·爱略特；她的笔下没有多萝西·奥斯本那种韵律和尊严——实际上，她不过是一位聪慧的姑娘，用不了十年，出版商就会把她的书化为纸浆。但无论如何，她有更具天赋的女性半个世纪之前缺乏的一些优势。男人不再是她的"对立面"；她无须花费时间抱怨他们；她无须爬到屋顶上，思绪烦乱，渴望远行、体验、了解与她隔绝的世界和人。恐惧和仇恨几乎消失殆尽，仅存的一点痕迹不过表现为面对自由，略微夸大了她的喜悦，或者对男性的处理，有某种尖刻和嘲弄的倾向，缺乏浪漫的温情。不过，毫无疑问，作为小说家，她有某种非同寻常的天然优势。她的感受力宽泛、热切、无拘无束。对几乎难以察觉的触动都会产生反应。那就像一株刚刚破土而出的幼苗，扑面而来的每一种景象和声音都令它陶醉。它细心地、充满好奇地探寻未知的或未曾记载的事物；无意中碰上一些细碎的事情，也会表明，其实，它们或许并不那么细碎。它让湮没无闻的事情重见天日，人们不免会奇怪，有什么必要葬埋它们。她虽然有些笨拙，不像萨克雷或兰姆一样，因为无意中与悠远的传统一脉相承，笔下的一字一句，读来都那般悦耳，但她——我不禁想到——掌握了最重要的一课；她像女人一样写作，与此同时，又忘记了自己身为女人，因此，只有当人意识不到性别时才会出现的那种性的质感，不禁活泼泼地跃然纸上。

所有这些固然都不错。但除非她能够超越瞬间和个人的东西，构筑起屹立不倒的殿堂，否则，无论感情有多么丰富，认知有多么妥帖，都将于事无补。我说过，我要等待她面对"某一情景"。我将坚持这一点，直到她鼓起勇气，打点精神，证实她不是浮皮潦草的观察者，却能够由表及里，深入事情的本质。时候已到，她应当在某个时刻对自己说，用不着疾言厉色，我就能揭示出所有这一切的意义。她开始——我们无疑能感觉到那种跃动！——鼓起勇气，打点精神，头脑中浮现出在其他章节中丢掉的、几乎已经忘却的琐碎的事情。她会尽可能自然地让人们感觉到，眼前，正有什么人在做针线，有什么人在抽烟斗，随着她的文字，你会感觉自己仿佛登临世界的绝顶，俯瞰下界，一切都历历在目，博大庄严。

无论如何，她尝试了。我注视她奋力接受考验，我看到、却希望她没有注意，主教和学监们、博士和教授们、家长和老师们都朝她大喊大叫，给她警告，给她建议。你不可以做这个，你不应该做那个！只有研究员和学者才能踏入草坪！女士入馆需要有引荐信！有抱负、有风度的女性小说家应当如此如此！他们像一群看客，围在赛马场的木障边鼓噪，她必须奋力越过木障，绝不分心环顾左右。如果停下来咒骂，你会输掉，我对她说；当然，如果停下来痴笑，下场也一样。犹疑或动摇，你都输定了。只能想如何纵马腾跃，我恳求她，好像我把全部身家都押在了她身上；她像鸟儿一样凌空掠过。但前面还有障碍，再前面还有障碍。我怀疑她是否有足够的耐力，因为掌声和呐喊声让人烦躁。然而，她已尽了全力。试想，玛丽·卡迈克尔并非天才，不过是个无名女子，在她的卧室兼起居室里写出了她的第一部小说，没有那么多的好条件，时间、金钱和闲暇，她做得已经很不错，我想。

再给她一百年，我说，此时我读到了最后一章——有人拉开客厅的窗帘，星空映照见人们的鼻梁和裸露的肩膀——给她一间房间和五百镑年金，让她讲出她的想法，将她现在头脑中装下的东西清理掉一半，总有一天，她会写出一部更好的作品。我把玛丽·卡迈克尔的《人生》放回书架的一端，说道，再有一百年，她会成为一位诗人。

第 六 章

第二天，十月里清晨的阳光，透过窗帷拉起的窗子，洒在积了灰尘的书架上，外面传来嘈杂的街市声。伦敦又开始了沸沸扬扬的一天；工厂喧腾起来，机器隆隆轰鸣。一番阅读之后，我禁不住从窗子望出去，看看一九二八年十月二十六日上午，伦敦在做些什么。伦敦在做什么？似乎，没有人捧读《安东尼和克莉奥佩特拉》。伦敦仿佛根本不关心莎士比亚的戏剧。人们才不在意——对此，我并不责怪他们——小说的前途，或诗歌的死灭，或一位寻常女性，形成了全面表达她的思想的散文风格。倘若用粉笔将这些事情写在便道上，没人会停下来读一读。人们无动于衷，匆匆来去的脚步，半小时内就会把它们蹭得干干净净。迎面走来一个仆僮,又一个妇人,头前牵一条狗。伦敦街头的迷人处就在于没有哪两个人是相似的,每个人好像都在忙着个人的私事。有人拎着公事包,高视阔步;有流浪汉用小棍敲打庭院的栏杆,发出噼噼啪啪的声响;也有些好脾气的人,把街头当成俱乐部,高声大嗓地同车上的人打招呼,不待问及就忙不迭地传播些消息。送葬的行列走过,男人们忽然联想到自身生命的无常,免不得脱帽志哀。一位气度不凡的绅士缓步踱下台阶,停顿片刻,以免与迎面奔来的妇人撞到一起,那妇人总是靠什么方法,赚得一袭光鲜的皮毛大衣,手中捧一束帕尔玛紫罗兰。人们似乎相互隔绝,专注自我,各自操心各自的事情。

此刻,就像伦敦经常发生的一样,交通蓦地完全止息,停顿下来。街上没有车辆来往,也没有行人走动。街角的悬铃木上,有一片树叶脱落,在这静止的一刻,飘落下来。就像发出了一个讯号,指向人们忽略的事物的某种力。它似乎指向一条河,无影无形,绕过街角,沿街而下,顺势夹裹着人们,翻滚向前,好像牛桥的河流,带走了船上的学生和枯黄的树叶。现在,它带来一位穿漆皮靴子的姑娘,从街的一侧斜穿过来,随后又有一位穿褐紫色外套的青年男子;它还带来一辆出租车;它将人与车聚在我窗下的某处;出租车停下来;姑娘和男子也停下来;他们钻进车里;出租车悄没声息地消失了,像是给什么地方的水流卷走。

这景象很普通;奇怪的倒是我的想象赋予它的那种节律,乃至两人搭车的普通景象,却有力量传达出他们自身看去的某种轻松自在。望着出租车掉头离去,我想,两人走在街上,到拐角处会面的景象,似乎缓解了某种紧张的情绪。或许像我这两天做的,思索一个性别与另一个性别的不同,是件费力的事情。它扰动了头脑的和谐。眼见两人走到一起,上了出租车,我就不必再费力气,而头脑也复归和谐。头脑显然是个非常神秘的器官,我把探出的头收回来思忖道,我们虽然事事依赖它,却对它一无所知。我为什么会感觉头脑里出现分离和对立,好像出于明确原因,肉体会感受紧张一样?所谓"头脑的和谐",意味着什么,我沉思着,显然,头脑有绝大的力量,可以在任何时刻全神贯注于任何一点,因此,它似乎没有一个单一的生命状态。例如,它可以从楼上的窗子望下去,将自己与街上的人群分离开来,认定自己与他们是不同的。或者,它也可以杂在人群中,等待有什么消息发布,自然而然地想他人之所想。它可以通过父亲或母亲一辈去回想,像我说的,一位写作中的妇女通过母亲们回溯从前。而且,如果身为女性,常常还会因为意识的突然分裂而吃惊,比如,漫步在怀特霍尔大街①,作为这一文明的顺理成章的继承者,她却格格不入,陌生,诸多挑剔。可见,头脑时常改变它的聚焦点,将世界置于不同的角度。但头脑的某些状态,即使是自发产生的,相对于其他状态,总归不那么舒服。为了保持这种状态,人们下意识地克制某些事情,久而久之,压抑成为一种刻意的努力。但也有时,头脑处于别一些状态,可以毫不费力地保持下去,因为无须克制任何事情。我坐回窗前,心想,眼前的状态,或许就是其中之一。因为我看到他们两人上了车,感觉就像头脑分裂之后,又经过自然的交融,聚合在一起。道理很简单,两性当然应该和睦相处。人们有一种深刻的、哪怕是盲目的直觉,认为男人与女人的结合,可以带来莫大的满足,造就完美的幸福。但看到两人搭车而去,它给我的满足感,让我不禁自问,

---

① 怀特霍尔大街,伦敦一条街,沿途有英国政府主要机关和众多历史遗迹,如特法拉格广场、海军部、外交部、白厅、威斯敏斯特教堂、议会大厦。

头脑中的两性是否与肉体中的两性恰相对应,它们是否也需要结合起来,以实现完整的满足和幸福。我不揣浅陋,勾勒了一幅灵魂的轮廓,令我们每个人,都受两种力量制约,一种是男性的,一种是女性的;在男性的头脑中,男人支配女人,在女性的头脑中,女人支配男人。正常的和适意的存在状态是,两人情意相投,和睦地生活在一起。如果你是男人,头脑中女性的一面应当发挥作用;而如果你是女性,也应与头脑中男性的一面交流。柯勒律治说,睿智的头脑是雌雄同体的,他说的或许就是这个意思。在此番交融完成后,头脑才能充分汲取营养,发挥它的所有功能。也许,纯粹男性化的头脑不能创造,正如纯粹女性化的头脑也不能创造。但也不妨略作停顿,看一两本书,考察一番何为女性化的男人,或反过来,何为男性化的女人。

柯勒律治说睿智的头脑雌雄同体,显然说的不是这颗头脑对女性情有独钟,信奉她们的事业,为她们辩护。或许相对于单一性别的头脑,雌雄同体的头脑不大做出此类区分。或许,他的意思是,雌雄同体的头脑更多孔隙,易于引发共鸣;它能够不受妨碍地传达情感;它天生富于创造力、清晰、不断裂。实际上,你不妨将莎士比亚的头脑看做是雌雄共体,是女性化的男人头脑,虽然很难说清莎士比亚如何看待女人。如果说,高度发达的头脑的一个特征就是,它不会专门或孤立地想到性,那么,要做到这一点,现在可比以往任何时候都更难。这里,我在当代作家的作品面前停顿下来,纳闷这算不算长期以来困惑我的一些事情的根源。没有任何时代,像我们这个时代一样,如此明确意识到性的问题;大英博物馆中数也数不清的男人写的关于女人的书,就是一个明证。毫无疑问,应当怪罪争取选举权运动。它激发了男人们表现自我的强烈愿望,促使他们强调自己的性别和特征,如果不曾受到挑战,他们本不耐烦操心这些事情。一旦面对挑战,即使它来自一小撮头戴黑色女帽的女性,男人也会激烈地还以颜色,假使他们从来不曾受到挑战。我拿起一本 A 先生新近出版的小说,心想,或许我印象中在这里看到的一些特点,原因端在于此。这位 A 先生正当壮年,显然颇得评论家的青睐。我打开书。重读一位男性的作品,确实令人愉快。与女性的作品相比,其作品如此坦率,直截了当。它显示了头脑的自由,个性的奔放,对自己充满信心。这颗自由的头脑,营养充足,教养良好,从没经受挫折,也没给人反对过,打从生下来,就只管自由自在地展现自己,面对它,人们不禁心旷神怡。所有这些,都让人眼热。但读过一两章后,字里行间,似乎就有阴影笼来。它像一根直通通的铁棒,一道阴影,形状仿佛大写的字母"I"①。人不由得会闪来闪去,想看到它背面的景象。那是否一棵树,或一个女人在行走,我说不清楚。人们一次又一次受到字母"I"的召唤。但人们开始厌倦了"I"。虽然这个"I"还是个值得尊重的"I";可靠、合情合理;像干果一般坚实,几百年良好的教养和营养成就了它。我是从心底尊重和仰慕这个"I"。但是……我翻过一两页,想寻找些别的东西——糟糕的是,在字母"I"的阴影里,一切都像薄雾似的,失去了形状。是一棵树吗? 不,是一个女人。但是……她却仿佛柔若无骨,我望着菲比,这是她的名字,看她走过沙滩。随后,艾伦站立起来,艾伦的身影立即遮住了菲比。因为艾伦有见解,菲比给淹没在艾伦的见解中。而且,我想,艾伦有激情;这里,我匆匆地翻过一页又一页,感到危机正在逼近,事情也确实如此。危机发生在阳光下的海滩上。危机

---

① 意即"我"。

的到来,不遮不掩,气势汹汹。没有比它更不合宜的了。但是……我的口中,"但是"说得太频繁了。你不能没完没了地说"但是"。你总得把一句话讲完,我不由地责备自己。我该把它讲完吗,"但是——我厌倦了!"可我为什么要厌倦?部分是由于字母"I"的压制,它又像海滩上的大树,以它的阴影笼罩四下里,造成一片贫瘠。那里,没有什么可以生长。部分则是由于一些更为隐晦的原因。A 先生的头脑里似乎有些障碍,有些羁绊,禁锢了他的创造力之源,将它限制在一个狭小的范围内。想起牛桥的午餐,烟灰碟和马恩岛无尾猫和丁尼生和克里斯蒂娜·罗塞蒂,所谓羁绊,似乎有可能就在这里。菲比走过海滩时,他不再低声吟诵,"是晶莹剔透的泪珠一颗,坠下门前西番莲的莲台",而艾伦走近时,她也不再回应,"我的心像啾啁的小鸟,筑巢在青翠的林梢",那么,他该怎么办呢?如果他像白昼一般坦诚,日出日落一般合乎道理,他就只有一件事可做。这件事,说实在的,他已经一而再(我翻动书页),再而三地做过了。而且,我还想,他做得似乎有些沉闷,不过,我也意识到我的这番坦白毕竟让人不愉快。莎士比亚的污言秽语消解了人们头脑中的许多事情,倒是一点也不沉闷。但莎士比亚这样做,是为了取乐;而护士说,A 先生这样做是有目的的。他做此事是为了抗议。他渲染自己的优越,以抗议另外一性的平等。因此,他不自在,受压抑,自我意识强烈,就像莎士比亚倘若见识了克拉夫小姐[1]和戴维斯小姐[2],本来也会如此。毫无疑问,如果妇女运动兴起

---

[1] 安妮·杰迈玛·克拉夫(1820—1892),教育家,倡导女性教育,曾任剑桥大学纽纳姆女子学院院长。
[2] 埃米莉·戴维斯(1830—1921),女性教育倡导者,曾任剑桥大学戈廷女子学院院长。

于十六世纪而不是十九世纪,伊丽莎白时代的文学一定会是另一副样子。

如果说,头脑的两面性这种理论行得通,那么,所谓的男性气概,现在已成为一种自我意识——也就是说,男人只凭借了他们头脑中男性的一面来写作。女人本不该读这些东西,因为她要看的,必然在书中找寻不到。我拿起 B 先生的批评文字,非常细心、虔诚地阅读他对诗歌艺术的评论,心想,人们最渴望的,正是那种启示的力量。这类批评文字固然都很出色,精确,渊博;但问题在于,它们不再传达情感;他的头脑似乎分隔成一个小室又一个小室,彼此不通音讯。因此,人们记下 B 先生的一个句子,它会突然掉到地上——没了气息;但记下柯勒律治的一个句子,它会爆裂开来,激发各种各样的想法,只有这类写作,才可以说是把握了永恒生命的真谛。

但不论原因何在,这究竟令人遗憾。因为它意味着——这里,我来到高尔斯华绥先生和吉卜林先生的几排书前——在世的文学大师一些最好的作品只怕给人忽略了。女人不管怎样努力,都难以从中发现评论家信誓旦旦向她保证的永恒生命之源。倒不仅仅是因为它们赞颂男性美德,鼓吹男性价值观,描述男人的世界,而是书中弥漫的那种情绪,让女性难以理解。这种情绪出现了,聚拢来,眼看要在半空中爆发,结局还早,人们已经开始这样说。那幅图画会落到老朱利昂①头上,他会因震惊而死,老牧师会为他念上三两句悼词,泰晤士河面的所有天鹅都会同时放声悲歌。但没等这一切发生,人们早就逃开,躲到醋栗树丛中,因为这种情绪对男人来说如此浓厚、如此微妙、象征意义如

---

① 老朱利昂:高尔斯华绥《福尔赛世家》三部曲中人物。

此强烈,女人只能感到奇怪。面对吉卜林先生笔下掉头而去的军官、播撒种子的耕耘者、孤独地从事他们的工作的男人,还有旗帜,情况也一样——所有这些黑体字都让人感到窘迫,好像在偷听只容许男人参加的祭神仪式,却给人当场抓住。事实是,无论是高尔斯华绥先生还是吉卜林先生,都没有一星半点的女性气质。因此,对女人来说,如果可以推论,则他们的全部才华都是粗糙的,不成熟的。他们缺乏启示的力量。而一本书如果缺乏启示的力量,不管具有怎样的震撼力,终归不能打动人心。

我把书取下书架,看也不看又放回去,在一番没完没了的躁动中,我开始想象一个纯粹的、骄横的男性时代,像教授们的通信(例如沃尔特·罗利爵士①的信)中所预言的,或意大利的统治者已经实现的。因为人在罗马,很难感受不到那种凌厉的阳刚之气;而不管这股阳刚之气对国家有什么价值,人们却不妨询问它对诗歌艺术的影响。无论如何,据报纸上说,意大利的小说状况让人感到某种焦虑。学术界举行了一次会议,目的是“促进意大利小说的发展”。某日,“名流显贵,或金融界、实业界和法西斯团体的要人”聚到一起,商讨这个问题,在致领袖电中,表示希望“法西斯时代不日将催生无愧于时代的大诗人”。我们不妨都来共襄盛举,但孵化器里能否产生诗歌,却叫人怀疑。诗歌除了父亲,还应该有母亲。我怕法西斯诗歌会是个可怕的早产儿,像人们在小镇博物馆的玻璃罐中看到的。据说,这些孽障决不会长命;人们从没见过有此等灵童杂在田野里割草。一身长出两个脑袋,未必就活得更长些。

然而,对所有这一切,如果要责怪谁,那么,两性都难辞其

①　沃尔特·罗利爵士(1861—1922),英国评论家和随笔作家。

咎。诱惑者和改良者各自都负有责任,贝斯伯勒夫人向格兰维尔勋爵撒谎时,戴维斯小姐向格雷格先生讲明真相时,都负有责任。所有唤起性意识的人都应当受到责怪,是他们,在我想就一本书发挥我的天赋时,驱使我探寻戴维斯小姐和克拉夫小姐降生之前的那个幸福时代的性意识,当时,作家们仍然平等地使用他们头脑的两面。我们必须回到莎士比亚,因为莎士比亚是雌雄同体的;济慈、斯特恩、考珀、兰姆和柯勒律治,人人如此。雪莱或许是无性的。弥尔顿和本·琼生身上的男性气质就太多些。华兹华斯和托尔斯泰也是一样。在我们时代,普鲁斯特是十足的雌雄同体,没准女性气质稍多一点。但这点缺陷毕竟微细,值不得去抱怨,倘若没有这类一些杂质,纯是理智占上风,头脑就会僵化,变得枯燥起来。不过,令我感到安慰的是,这或许是一个短暂的阶段;我答应大家交待清楚我的思路,而为此所讲的,今后,大部分似乎都会过时;对尚未成年的你们来说,我眼中闪现的东西,今后,大多数似乎也是靠不住的。

即使如此,我探身到书桌上,拿起标有女性与小说的那页纸说道,我要在这里写下的第一句话也将是,任何写作者,念念不忘自己的性别,都是致命的。任何纯粹的、单一的男性或女性,都是致命的;你必须成为男性化的女人或女性化的男人。女人哪怕去计较一点点委屈,哪怕不无道理地去诉求任何利益,哪怕或多或少刻意像女人那样去讲话,都是致命的。致命不是个恰当的字眼儿;任何写作,只要怀有此类有意识的偏见,注定都将死亡。它无法再接受营养。或许一两天内,它是华丽的、显眼的、强烈的、精妙的,但到了日暮时分,它就会枯萎;它难以在别人头脑中升华。任何创造性行为,都必须有男性与女性之间心灵的某种协同。相反还必须相成。头脑必须四下里敞开,这才能让我们感觉,作家在完整地传达他的经验。必须自由自在,必须心气平和。没有吱吱嘎嘎的车轮声,没有闪烁不定的光亮。窗帘必须拉严。我想,作家一旦完成他的经验,就应该躺下来,在黑暗中为头脑中的联姻而欢喜。他决不能张望或询问完成了什么。其实,他应该去采撷玫瑰的花瓣,凝视天鹅悠闲地游向远方。此时,我又看见了河面上飘着的小舟、大学生和落叶;出租车载去了男人和女人,我想,因为我看到他们一起过街,车流卷走了他们,将他们融入滚滚洪流,我想,因为我听到了伦敦喧嚣的市声。

这里,玛丽·贝顿停止了诉说。她向你们讲述了她是如何得出那个平淡无奇的结论——要想写小说或诗歌,必须有五百镑年金和一间带锁的房间。她试图讲明白促使她想到这一点的种种念头和印象。她请大家随她一道迎头撞上校役,在这里吃午餐,在那里吃晚餐,坐在大英博物馆里涂鸦,从书架上取书,张望窗外。随着她做这一切事情,大家无疑看清了她的种种缺失和怪癖,知道这会对她的见解产生何种影响。大家对她不以为然,做了自认为恰当的增补和删减。这当然是应该的,因为在如此这般一个问题上,只有抛弃种种谬误,才能得出真相。现在,我不妨在结束前自己来提出两点批评,显然,即使我不说,大家也会提出。

各位或许会说,你还没有声明,就作家而言,两性之间的相对优劣。我这样做是有意的,因为,即使作此评论的时机已经成熟——而目前,知道女性有多少钱和多少房间,远比对她们的能力作出理论说明重要得多。无论如何,即使时机已经成熟,我仍不相信,天赋,不管是就头脑还是就性格而言,可以像砂糖和黄油一样掂量轻重,哪怕是在牛桥,在那里,他们很擅长给人们分出等级，为他们戴上学位帽，名字后缀上标明学位的缩略字母。我不相信即使是大家从《惠特克年鉴》①中找到的排名榜，一定就代表了价值的最终等级，或有什么确凿的理由可以认定，巴思爵士②进入餐厅时，必定走在心智错乱者监察长官③后面。所有这一切，挑动一个性别反对另一个性别，一种身份抗拒另一种身份；自命不凡，鄙薄他人，如此等等，都属于人类生存的小学阶段，在此阶段，人分成"门派"，这一派必须击败另一派，最重要的是，你得走上台去，从校长大人手中接过装饰华美的奖杯。人类成熟后，不再相信门派，或校长大人，或装饰华美的奖杯。至少，讲到书，你就很难给它们贴上高低优劣的标签，揭也揭不掉。现时的文学评论不是一再证明判断之难吗？"这是部伟大的作品"，"这是部毫无价值的作品"，同一本书会得到两种不同评价。或褒或贬，都没有意义。确实，虽然衡量轻重是件很有趣的消遣，但所有事情中，没有比它更没用的了，盲从衡量者的裁定，也是奴相十足的习性。写下你想要写下的，这才是最当紧的；至于它能够留存千百年，还是仅仅几小时，谁又说得清。但哪怕牺牲一丝一毫的想象力，或抹杀一点一滴它的色彩，只为屈从校长大人手里的银杯，或教授袖中的标尺，都是最可鄙的叛卖，据说，人的惨境，莫过于财富和贞洁的丧失，但于前者相比，不过像是给跳蚤叮了一口。

接下来，我想你们会反驳说，综上所述，我过分强调了物质

---

① 《惠特克年鉴》，英国著名年鉴，始于 1869 年，载有关于英联邦的各类统计数字和信息，涉及政治、法律、经济、文化等领域。

② 巴思爵士，英国勋位之一种。

③ 心智错乱者监察长官，1878 年澳大利亚新南威尔士州的《心智错乱者法》规定，任命心智错乱者监察长官，"主管新南威尔士州所有心智错乱者和病人的产业的一般性管理、保护或监督"。

的重要性。即使从象征的意义上讲，五百镑年金给人思索的权力，而门上的锁也意味着可以沉思默想，但你们仍然可以说，思想应当超越这些事物；大诗人往往穷困潦倒。那么，让我引述一下你们的文学教授的话，他比我更懂得是什么造就了诗人。阿瑟·奎勒－库奇教授写道：[1]

"过去一百年来，都有哪些伟大的诗人？柯勒律治、华兹华斯、拜伦、雪莱、兰德[2]、济慈、丁尼生、勃朗宁、阿诺德、莫里斯[3]、罗塞蒂、斯温伯恩[4]——大体如此。其中，除了济慈、勃朗宁和罗塞蒂，其他人都读过大学；三个人中，只有济慈薄命，英年早逝，家道寒微。说来或许有些残酷，但可悲的是：事实俱在，所谓心有所属，或贫或富，都无碍诗才，其实并不真确。确凿的事实表明，这十二个人中，有九人是大学出身：可见他们总有这样那样的办法，接受英国所能提供的最好的教育。确凿的事实表明，在其余的三个人中，大家知道，勃朗宁生活优裕，我敢对你们说，倘非如此，他本写不出《扫罗》和《指环与书》，就像拉斯金[5]如果不是父亲经商致富，本来也写不出《现代画家》。罗塞蒂则有一小笔个人收入，此外，他还绘画。这样，就只剩了济慈，阿特洛波丝[6]早早夺去了他的生命，一如她在疯人院中夺去了约

---

① 　《写作的艺术》，阿瑟·奎勒－库奇。——作者注
② 　沃尔特·萨维奇·兰德(1775—1864)，英国诗人、散文家，曾用拉丁文撰写抒情诗、史诗。
③ 　威廉·莫里斯(1834—1896)，英国诗人、画家、工艺美术家，主要作品有诗集《地上乐园》，散文《乌有乡消息》等。
④ 　阿尔杰农·查尔斯·斯温伯恩(1837—1909)，英国诗人、文学评论家，主要作品有长诗《日出前的歌》、诗剧《阿塔兰忒在卡吕冬》等。
⑤ 　约翰·拉斯金(1819—1900)，英国艺术评论家、社会改革家，著有《近代画家》《威尼斯之石》《建筑的七盏灯》等。
⑥ 　阿特洛波丝，希腊和罗马神话中命运三女神之一。

翰·克莱尔①的生命,迫得詹姆斯·汤姆森②因为绝望吸食鸦片酊,死于非命。这些事情都很可怕,但让我们正视它们。确实,不管怎样有损我们民族的名誉,但在我们的英联邦,贫穷诗人在那些年月里,乃至在此后的二百年,却往往时乖命蹇。请相信我——我曾花费十年中的一大部分时间,观察了三百二十所小学——我们可能会大谈民主,但实际上,英国的穷孩子却少有出头之日,就像雅典奴隶的儿子,很难求得心灵自由,帮助他写出伟大的作品。"

没人可以把事情说得更明白了。"贫穷诗人在那些年月里,乃至在此后的二百年,却往往时乖命蹇……英国的穷孩子却少有出头之日,就像雅典奴隶的儿子,很难求得心灵自由,帮助他写出伟大的作品。"一点不错,心灵的自由依赖物质的东西。诗歌依赖心灵的自由。女性始终是贫困的,不仅仅二百年来如此,有史以来就是这样了。说到心灵自由,女人还不如雅典奴隶的儿子。女人时乖命蹇,没有机会写诗。这就是为什么我会一味强调金钱和一间自己的房间。然而,由于一些默默无闻的女性的努力——但愿我们对她们了解得更多一点,而且,奇怪的是,由于两场战争——让弗洛伦丝·南丁格尔走出了客厅的克里米亚战争,以及大约六十年后,为普通妇女打开了大门的欧洲大战③,这些苦难正在得到改善。否则,你们今晚不会坐在这里,你们每年挣取五百英镑的机会,只怕是微乎其微,其实,我想

① 约翰·克莱尔(1793—1864),英国浪漫派农民诗人,主要作品有《描写农村生活和风景的诗篇》、诗集《牧人日历》等,因为忧愁生计而致病,1841年底被确诊为精神错乱,最后23年在疯人院中度过。
② 詹姆斯·汤姆森(1834—1882),英国诗人,著名诗篇《暗夜之城》表现了人的失望与孤独。
③ 即1914—1918年发生的第一次世界大战。

它现在也还不是那么牢靠。

当然,大家还会反驳,你为什么如此重视女性的写作,而照你的说法,为此要付出那么多的艰辛,让人没准儿会去谋杀她的姑姑,几乎肯定在午餐会上迟到,或许还得与某些正人君子争执不休?我得承认,我的动机,在一定程度上是自私的。像大多数没有受过教育的英国妇女一样,我喜欢阅读——我喜欢阅读大部头的书。近来,我能看到的东西略有些单调;历史书太多地讲战争,传记太多地讲伟人,诗歌呢,我想,又越来越乏味,而小说——不过,我已经说得够多,表明我没有能力批评现代小说,还是不说为妙。因此,我请大家放手去写各类书,对任何主题都不必有顾虑,不管它多么琐细,或多么宏大。我希望大家能想方设法拥有些自己的钱财,允许你去旅游,无所事事,去思索世界的未来或过去,沉湎在书本中或在街头闲荡,让思绪汇入街上的潮流中。我决不是逼迫你们只写小说。大家要想让我满意——我这样的人其实很多——不妨去写写旅游和探险,研究和学术,历史和传记,批评和哲学,还有科学。这样一来,你们一定能推进小说的艺术。因为书本知识是相互影响的。小说与诗歌和哲学唇齿相依,自然会大为改观。此外,想想以往的任何一位伟大的人物,像萨福①,像紫式部夫人②,像埃米莉·勃朗特,大家就会发现,她们不仅是开创者,还是继承者,她们的出现,是因为女性开始有了信手写作的习惯;所以,即使只作为今后写作诗歌的铺垫,此类事情对大家也将好处多多。

---

① 萨福(约公元前 612 年—?),古希腊女诗人,著有抒情诗 9 卷,哀歌 1 卷,仅有残篇存世。

② 紫式部(978?—1031?),日本平安时代女作家,宫廷女官,著有日本最早的长篇小说《源氏物语》。

但透过这些笔记和批评，回头来看我自己的思想轨迹，我发现，我的动机并不完全是自私的。在这些评论和讨论中，始终存在一种信念——或者说是一种直觉？——好书令人向往，好的作家，即使他们表现了人类的种种恶行，仍然都是好人。因此，我请大家写更多的书，其实是鼓励大家做些事情，这不仅对你们有好处，对整个世界都有好处。不过，如何来证明这一直觉或信念，我就不知道了，倘若一个人没受过大学教育，哲学字眼儿往往不足为凭。比如，何谓"现实"？它似乎是件不确定的、靠不住的事情——它有时出现在尘灰飞扬的道路上，有时出现在街头报纸的字里行间，有时又出现在阳光下亭亭玉立的黄水仙的表面。它照临房中的一些人，铭刻下一些闲言碎语。伴着星光回家的人因为它而兴奋莫名，静谧的世界也显得比语言中的世界更真切——随后，它又现身于熙熙攘攘的皮卡迪利大街上的公共汽车中。有时，它似乎虚无缥缈，让我们难以捉摸它的性质。但无论什么，只要给它触到，便从此固定下来，成为永远。它是岁月的蝉蜕给丢入树篱后留存下来的东西；它是时光流逝，爱过又恨过后遗下的一点念想。照我的想法，作家才有机会比别人更多地生活在这一现实中。他的任务就是发现、搜集、向其他人传达现实。至少，我读过《李尔王》或《爱玛》或《追忆逝水年华》后，就产生了这样的推断。阅读这些作品，像是在对五官实施奇特的去障手术，此后，你的感觉才会更敏锐；世界似乎光裸无遮蔽，生活益发显示出它的强烈。书中有些令人羡慕的人，他们从不肯生活在虚幻之中；书中有些值得同情的人，给懵懵懂懂做下的事情撞得头破血流。因此，我所以要大家去挣钱或拥有一间自己的房间，是劝大家生活在现实当中，不管你能不能说出自己的感觉，看起来，这都是一种活泼泼的生活。

这里,我本该停下了,但按照常规,每次演讲都该有个结语。而针对女性的结语,大家想必同意,应当有些激昂的、崇高的东西。我应当请求大家记住你们的责任,努力向上,追求精神生活;我应当提醒大家留心自己肩负的重任,留心你们将对未来产生多么大的影响。但这些规劝,我想,完全可以留给另外一性来做,他们的口才,远胜过我,必然乐此不疲,其实他们已经这样做了。当我绞尽脑汁,想找些高尚的情感,说明应当作为伙伴和平等的人,为了更远大的目标影响世界时,却发现自己平平淡淡地讲出,做自己要比任何事情都更重要。如果我知道怎样把话说得更好,我会说,不要想着去影响别人。事情是怎样,就是怎样。

不过,随意浏览报纸、小说和传记,我常常读到,女人对女人讲话时,心中必然藏些疙疙瘩瘩的东西。女人对女人总是苛刻的。女人不喜欢女人。女人——但大家是否烦透了这个字眼儿?我可以告诉你们,我确实如此。那么,我们不妨承认,一个女人对众多女人宣读的讲稿,结尾处需要有些令人不快的字句。

但说些什么呢?我该想些什么?说实话,我往往喜欢女人。我喜欢她们不循常规。我喜欢她们神秘莫测。我喜欢她们隐忍自抑。我喜欢——不过我也不能没完没了地这样子说下去。那边的碗橱——你们会说,里面只有清洁的桌布;可如果阿奇博尔德·博德金爵士①藏在里面该怎么办?我的口气还是严厉些好。我在前面说过的话,是否让大家明白了人类的告诫和责难?我告诉过大家,奥斯卡·勃朗宁先生对你们评价极低。我也讲了拿破仑当时对你们的看法,以及墨索里尼现在的看法。那么,

---

① 阿奇博尔德·博德金爵士,拉德克利夫·霍尔《寂寞之井》一案中的公诉人。

你们当中如果有谁有志于写小说,我已经为你们引述了评论家关于大胆承认你们的性别限制的建议。我谈到了 X 教授,强调了他说的女性在智力、道德和肉体上比男性低贱。我转述了未曾费力查寻就不期而遇的所有这一切,这里还有最后的一笔——来自约翰·兰登·戴维斯先生。① 约翰·兰登·戴维斯先生告诫女性:"当人们再不想生儿育女,女人也就再无必要。"我希望大家记住这点。

我该如何鼓励你们投入生活?姑娘们,我要说,请注意了,因为现在是作结语的时候了,据我看来,你们其实愚昧无知,这很丢人。你们从没作出过任何重大发现。你们从没有动摇过一个帝国,或带兵去攻杀征伐。莎士比亚戏剧不是你们写的,你们也从没劝化哪个蛮族皈依文明。你们有什么理由为自己开脱?当然,指指密密匝匝挤满了黑色、白色和棕色居民的街道、广场和森林,看他们忙忙碌碌地做生意、办实业、谈情说爱,你们完全可以说,我们还有其他的事情要做。没有我们的操劳,大海上不会有航船,沃土会变成沙漠。我们生育、鞠养、洗涮、调教了统计数字所说的世上现存的十六亿二千三百万人,或许要到他们六七岁上,所有这些,即使有人帮忙,也需要耗费时间。

你们说的确有道理——我不会否认。但与此同时,我能否提醒你们,一八六六年以来,英国至少存在有两所女子学院;一八八〇年之后,法律允许已婚女子拥有自己的财产;一九一九年——整整九年之前,她有了投票权?我能否还提醒你们,大多数职业对女性开放,已有将近十年的时间?当你们想到这些巨大的特权,乃至你们享有这些特权的时间之长,想到此时此刻,

---

① 《女性简史》,约翰·兰登·戴维斯。——作者注

至少应当有两千名女性每年能以某种方式挣取五百英镑,大家就会承认,再去抱怨缺乏机会、培训、鼓励、闲暇和金钱,已经没有道理。此外,经济学家告诉我们,西顿夫人生养的孩子太多。你们当然也会生儿育女,但他们说,你们只须生养两三个,而不是十个或十二个。

因此,你们手中有一些时间,脑子里有一些书本知识——你们还有足够的另类知识,你们来大学,我想,在某种程度上,就是为了去除这些另类知识——当然,你们应当准备好,在你们漫长的、艰辛的和完全不引人注目的事业中,进入另一个阶段。有上千支笔,等着指点你们该做些什么,你们又会得到什么结果。我得承认,我的想法有点不着边际;因此,我宁肯以小说的形式把它讲出来。

我在这篇文章中,告诉过大家,莎士比亚有一个妹妹;但请不要去西尼·李爵士①的《诗人传》里去查找。她死得很早——可惜,从没有写出只言片语。她葬在公共汽车现在停靠的地方,正对着大象城堡。而我相信,这位从没有写出只言片语、葬在了十字路口的诗人仍然活着。她活在你们心中,活在我的心中,也活在其他许多女性的心中,她们今天没来这里,因为她们得洗刷碗盏,哄孩子入睡。但她确实活着,伟大的诗人不死;他们是不灭的魂灵;一有机会,就会活生生地出现在我们面前。这个机会,我想,目前就在你们的掌握中。因为我相信,假如我们再活上一个世纪——我说的是现实中的一般生活,而不是我们作为个人介入的具体生活——而且每人都有五百镑年金和自己的房

---

① 西尼·李爵士(1856—1926),英国作家、编辑,曾任《英国名人传记词典》主编,著有《威廉·莎士比亚传》等。

间;假如我们惯于自由地、无所畏惧地如实写下我们的想法;假如我们能够躲开共用的起居室;假如我们不是从人与人之间的相互关系,而是从他们与现实的关系出发去观察人;对天空,对树木或无论什么东西,也是从它们本身出发去观察;假如我们的目光越过弥尔顿的幽灵,因为不管什么人,都不该挡住我们的视野;假如我们面对事实,只因为它是事实,没有臂膊可让我们倚靠,我们独自前行,我们的关系是与现实世界的关系,而不仅仅是与男人和女人的关系,那么,机会就将来临,莎士比亚的死去的诗人妹妹就将恢复她一再失去的本来面目。她将从那些湮没无闻的先行者的生命中汲取活力,像先她死去的哥哥一样,再生于世间。没有这种准备,没有我们的努力,没有再生后,她将会发现自己能够生活和写诗的信念,我们就难以指望她的复活,因为这是不可能的。但我坚信,只要我们为她而努力,她就会复活,而这番努力,不管身处怎样的贫困和寂寞,都是值得的。

本涅特先生和布朗太太[*]

在这间屋里，很有可能，或者最好我是唯一的一位，傻到去写小说，试图写小说，或没有写好小说。当我问自己——因为你们邀请我讲讲现代小说，这就迫得我问自己——是什么样的魔鬼附在我耳边，怂恿我去自作自受，此时，我面前跳起了一个小人儿——也许是男人，也许是女人，对我说："我叫布朗，试试来抓我啊。"

大多数小说家都有类似的经验。某个布朗、史密斯或琼斯站在他面前，以极其柔媚的声音诱他说："来呀，试试来抓我啊。"于是，他们鬼迷心窍，从此跟跄在字里行间，把一生的大好年华虚掷在这一追求上，多数时候，只换来一点点金钱。很少有人抓住了这个幽灵，最多只能掠到她的一角裙裾或一绺头发，聊以自慰。

我相信，男人和女人写小说，是因为受到诱惑，想把闪现在他们眼前的这些人物创造出来，有阿诺德·本涅特^①先生的话

---

* 1924 年 5 月 18 日在剑桥大学宣读的讲稿。
① 阿诺德·本涅特（1867—1931），英国作家，作品受童年生活和法国小说家福楼拜、莫泊桑和巴尔扎克等人影响，写过若干以家乡五座工业城镇为背景的小说。主要作品有《五镇的安娜》《老妇人的故事》等。

为证。我不妨引用他的一段文字,他说:"好小说的根本,在于创造人物,别无其他……文体很重要,情节很重要,独特的想法也很重要。但所有这一切,都不及人物的可信来得重要。人物真实,小说就能流传,否则,终将给人遗忘……"接下来,他又断言,目前并没有第一流的青年小说家,因为他们不能创造真实的、活生生的、让人信服的人物。

今晚,我不揣冒昧,想要谈论的就是这些问题。我想辨明,我们说的小说中的"人物"意味着什么;谈谈本涅特先生提出的关于真实的问题;就青年小说家为何没能创造人物,说出一些理由,如果他们确实像本涅特先生说的,在这件事上力不从心。我很清楚,如此一来,我会得出一些很笼统、或者很含混的结论。因为这个问题很麻烦。只须想一想,我们对人物懂得多少——对艺术又懂得多少。不过,在开始之前,我们必须交代明白,我建议将爱德华时代①的人和乔治时代②的人分为两个阵营:我把威尔斯先生、本涅特先生、高尔斯华绥先生算做爱德华时代的人;把福斯特先生、劳伦斯先生、斯屈赛先生、乔伊斯先生和艾略特先生算作乔治时代的人。倘若我讲话时使用第一人称,自我中心得让人难耐,还要请大家原谅。我一向与世隔绝,孤陋寡闻,无意把我的胡思乱想推而广之,当做公论。

我的第一个结论,大家想必都赞成——在座的每一位都是评判人物的行家。实际上,如果有哪一位,一年到头,口不臧否人物,在这门艺术上没些本事,生活准是一团糟。我们的婚姻、我们的友谊依赖它;我们的职业生涯很大程度上也依赖它;日常

---

① 爱德华时代,大不列颠和爱尔兰国王爱德华七世(1901—1910年在位)时代。

② 乔治时代,英国国王暨印度皇帝乔治五世(1910—1936年在位)时代。

面对的问题,只有靠这点本事才能解决。那么,我要大胆说出第二个结论,或许大家会不以为然,我的结论是,一九一〇年十二月,或在此前后,人性发生了变化。

　　我不是说,这就像人们推门出来,比如走到园中,蓦地发现玫瑰绽开了花苞,要么是母鸡下了一只蛋。变化不是这么突然和确定。但变化确实发生了,而且,既然人都难免随意性,我们就把时间定为一九一〇年好了。变化的最初迹象见于塞缪尔·巴特勒①的书中,尤其是《众生之路》一书;萧伯纳的戏剧继续记述这番变化。生活中,人们也能发现这一变化,如果举个平常的例子,不妨看看家中的厨子。维多利亚时代的厨子就像深渊中的列维坦,凶恶、沉默、隐在黑暗中,让人不可思议;乔治时代的厨子则像阳光和清风的造物,在起居室出出进进,一会儿借份《每日先驱报》,一会儿讨教一下你对帽子的高见。想要找出更严肃的例子,说明人类的变化能力吗?读一读《阿迦门农》②,看看随着时光的流逝,你的同情心是否还差不多完全属于克吕泰墨斯特拉。或想想卡莱尔夫妇的婚姻生活,叹息一番他或她的埋没和徒劳,想想可怕的家庭生活传统,竟让一位天才女子靠捕捉甲壳虫、擦洗平底锅消磨时光,而不是去写书,竟也习以为常。所有的人类关系都改变了——主仆关系、夫妻关系、父母与子女的关系。伴随人类关系的变化,宗教、行为方式、政治和文学都发生了变化。我们权且把其中的一次变化定在一九一〇年左右。

　　我说过,谁要想平平安安地过上一年,非得有些评判人物的

---

① 　塞缪尔·巴特勒,见第29页注①。
② 　《阿迦门农》,古希腊三大悲剧作家之一埃斯库罗斯的剧作,下文的克吕泰墨斯特拉为剧中女主人公,阿迦门农之妻,与人私通,谋杀其夫。

本事。但评判人物，本是青年人的艺术。人到中年或老年，这门艺术的运用大体是出于需要，很少在运用过程中结下友谊或进行其他冒险和尝试。但小说家与其他人不同，他们在满足了实用的目的后，仍没有平息对人的兴趣。他们更进一步，他们觉得，就其本质而言，人身上始终有一些很有趣的东西。生活中的一切具体事务安顿妥当之后，关于人，还有一些事情，对他们来说似乎至关重要，尽管这与他们的幸福、舒适或收入无关。研究人物成为他们魂牵梦绕的追求，他们痴迷于创造人物。对此我觉得很难解释：小说家谈论人物，究竟意味着什么，是怎样的冲动有这么大的力量，促使他们不时将自己的看法形诸笔墨。

因此，倘若大家允许，与其做些分析和抽象的议论，我倒想给大家讲一段见闻，不管它有多么无聊，却是真实地发生在从里士满到滑铁卢的旅途中，希望能够借此向你们表明，我所谓的人物，意味着什么；还希望大家意识到它可能呈现不同的侧面，乃至当你试图用语言表达它时，会有种种潜在危险困扰你。

那么，几个星期之前的一个夜晚，我险险误了火车，急匆匆赶到车站，跳上最近的一节车厢。落座时，忽然有一种异样的、不安的感觉，似乎我搅了此前已经坐在那里的两个人之间的谈话。两人并不年轻，也不快乐。完全不是这样。他们都上了年纪，女人六十多岁，男人也四十好几了。他们面对面坐着，男人探身说话，从他的态度和脸上的潮红来看，口气很强硬，随后，他又坐直了身子，沉默下来。我的打扰，让他不免恼火。然而那老妇人，我要称她为布朗太太，反倒轻松下来。她是那种整洁的、衣衫磨损出线头的老妇人，穿着一丝不苟——扣子扣齐，衣带束紧，该收煞的收煞好，该缝补的缝补过，该洗刷的洗刷净，所有这些，都透着生计的艰辛，却不是潦倒和邋遢。有什么痛苦攫住她——是一种受难、忧虑的表情,而且,她极其瘦小。清洁的小靴子里的双脚,几乎踏不到地板。感觉中,她像是无依无靠;必须自己拿主意;像是多年之前,遭人遗弃或寡居后,始终生活在忧患与困穷中,拉扯一个独生儿子长大成人,她的儿子,很有可能,现在开始破落了。我坐下时,所有这些念头都在脑海里一闪而过,就像大多数人一样,旅途中邂逅同行的乘客,必定有些不自在,除非多少弄明白他们的身份。接着我又打量那男人。我敢肯定,他与布朗太太非亲非故;他更高大,更魁梧,不那么利落。我猜他是个商人,很像北部的体面的玉米经销商,身穿质地良好的蓝哔叽,带了小折刀、丝绸手帕和鼓鼓囊囊的皮包。但显然,他与布朗太太之间有桩不愉快的交易要了结;秘密的甚至是邪恶的交易,而他们不愿意当着我的面讨论下去。

"不错,说起仆人,克罗夫特夫妇确实运气不佳。"史密斯先生(我且如此来称呼他)若有所思地说,想是为了避免尴尬,扯回到早些时候的话题上。

"哦,可怜的人,"布朗太太说道,多少有了些优越感,"我祖母使过一个女仆,十五岁时那女仆来,一直使到八十岁呢。"(话里透着伤心和倨傲,或许意在引起我们两人的注目。)

"人们现在很少遇上这种事儿了。"史密斯先生打个圆场。

随后两人沉默下来。

"真奇怪,他们干吗不在那里开一家高尔夫俱乐部——我本以为哪个年轻人会做。"史密斯先生说,静默显然令他难堪。

布朗太太根本就不想答碴儿。

"他们的确把这块地方改变了不少。"史密斯先生说,目光转向窗外,顺便瞥了我一眼。

从布朗太太的默不作声,从他对布朗太太讲话时故作的谦恭,明显可以看出,他对布朗太太拥有某种令人不快的支配力。可能是由于老妇人的儿子倒运了,或是由于她或她的女儿生活中有一段痛苦的往事。兴许她是前往伦敦签署一些文件,转让财产所有权。显然,她无可奈何地受制于史密斯先生。我开始对她生出深深的同情,突然,她没头没脑地说道:

"能告诉我吗,橡树叶子连续两年给毛毛虫啃食,橡树会不会死?"

她问得明快,可以说是精确,一副文雅、好奇的口吻。

史密斯先生吃了一惊,但随即因为对方一个不犯忌的话题松了口气。他滔滔不绝地谈起昆虫的祸害。他告诉布朗太太,他有个兄弟在肯特郡经营果园。他告诉她,肯特郡的农夫每年产些什么水果,等等,等等。说着说着,奇怪的事情发生了。布朗太太掏出她的白色小手帕,开始轻拭眼角。她哭了。但她仍然平静地听他讲话,他也谈兴不减,唯声音高了些,有些悻悻然,仿佛以往他常常见她哭泣,仿佛这是个恼人的习惯。终于,他忍无可忍。他突然截断话头,两眼望向窗外,又向她探过身去,如同我刚进来时一样,接下来的话就有了恫吓的意味,好像他再也不能忍受半句废话:

"我们刚才说的事,就这么定了。没问题吧?乔治星期二会在那里?""我们不会迟到。"布朗太太挺直身子,凛然答道。

史密斯先生不再说话。他站起身来,扣好外套,拎起皮包,不待火车在克拉彭车站停稳,就跳下车去。他得到了想要的东西,但他为自己感到羞愧,只想尽快从老妇人的视线中消失。

车厢中,只剩布朗太太和我两人。她坐在对面的角落里,整洁、瘦小、颇有些古怪,创深痛巨。她给人的印象是势不可挡的。像迎头的风,扑鼻的烟熏火燎气。是什么构成了这种势不可挡的、奇特的印象？此时此刻，无数毫不相干的荒唐想法闪现在我的脑海里，我看到那个人，看到布朗太太，处在各种不同场景的中心。想象中，她住在海边，屋子里摆满奇特的饰物：海胆、玻璃罩子中的船舶模型。丈夫的勋章摆在壁炉上。她急惶惶地出来进去，欠身在椅子边上坐坐，收拾收拾碟子里的饭菜，又长时间愣愣地盯住什么地方看。毛毛虫和橡树似乎预示了一切。接着，在这种美妙的隐居生活中，史密斯先生闯进来。我看到他突然出现，比方说，是在一个风急浪高的日子里。他砰地推开门，又咣当一下摔上门。雨伞上的滴水在客厅聚起水洼。他们在小房间里坐到一起。

随后，史密斯太太面对可怕的真相。她作出了勇敢的决定。清晨，天还没亮，她收拾好手提包，自己拎了前往火车站。她不让史密斯碰它。她的自尊心受到伤害，解缆起锚，离开了她的停泊地；她出身名门，家里有佣人——但细节暂且按下不表。重要的是理解她的性格，沉浸在她周遭的氛围中。我没有时间解释为什么我觉得事情有些悲壮，却又有一丝荒诞和怪异，因为火车进站了，我望着她拎了手提包，消失在巨大的、灯火通明的车站内。她看上去很瘦小，很坚强；非常脆弱，又非常英勇。我从此再没有见过她，也再不知道她后来怎样了。

故事莫名其妙地结束了。但我讲这则见闻，既不是为了夸耀自己目光敏锐，也不是为了说明从里士满到滑铁卢，一路上有多么惬意。我想让你们从中看到的是，这里有一个人，呈现在另一个人面前。这里是布朗太太，她促使什么人几乎不由自主地要写一部关于她的小说。我相信，所有小说都始于对面角落的一位老妇人。我相信，也就是说，所有的小说都要与人物打交道，小说的形式，或者笨拙、冗长、枯燥，或者丰富、轻快、活泼，都是为了表现人物而展开的,不是为了说教、歌咏或赞颂大英帝国的荣耀。我说过,是为了表现人物,但你们马上会想到,对这些话,可以有非常宽泛的解释。例如,老布朗太太会给你留下迥然不同的印象,全看你的年龄和你出生在哪个国家。对火车上的这段插曲,我们可以轻而易举地作出三种不同的描述,英国式的,法国式的和俄罗斯式的。英国作家会将老妇人塑造成一个"人物";他将描摹她的怪癖和习性;她的衣扣和皱痕;她的缎带和粉刺。老妇人的个性将主导全书。法国作家全然不管这些;他将牺牲布朗太太个人,转而关注普遍的人性,构造一个更为抽象、均衡与和谐的整体。俄罗斯作家就会穿透五脏六腑,洞见灵魂——只有灵魂,在滑铁卢铁道线上游荡;他会向生活提出一些很大的问题,书读完后,还翻来覆去地在我们耳边回荡。而且,除了年龄和国家,还须考虑作家本人的气质。你对人物这样看,我却那样看。你说它的意思在此,我说它的意思在彼。一旦动笔,每个人又会进一步确定他自己的信条。因此,由于作家的年龄、国籍和气质不同,对布朗太太,可以有无穷无尽的处理方式。

不过现在,我必须回顾阿诺德·本涅特先生所说的话。他说,只有人物真实,小说才有机会流传。否则,它终将湮没无闻。但是我问自己,何谓之真实?又该由谁来判断真实?一个人物,对本涅特先生可能是真实的,对我则不然。例如,在那篇文章中,他说,《福尔摩斯探案》中的华生医生在他看来是真实的,但依我看,华生医生不过是个用麦秆填充起来的草袋,一个傀儡,一个插科打诨的角色。对一本书又一本书中的一个又一个人物,情况都是如此。讲到人物的真实,必是众说纷纭,分歧之大,再没什么事情能比得上,尤其是就现代小说而言。但如果我们的眼界放大一些,我想本涅特先生倒也没错。如果,也就是说,

114

大家想到的是你们心目中的经典小说——《战争与和平》《名利场》《项狄传》《包法利夫人》《傲慢与偏见》《卡斯特桥市长》《维莱特》——你们如果想到这些书,必然就会记起一些人物,对你们来说,他们是那般真实(我倒不是说生活中实有其人),不仅能让你们思量人物本身,更能牵动你们透过它的眼光去看待万事万物——宗教、爱情、战争、和平、家庭生活、乡镇上的舞会、日落、月升、灵魂的不朽。对我来说,《战争与和平》就几乎不曾遗漏人类经验的任何主题。在所有这些小说中,所有这些伟大的小说家都曾借助一些人物,引领我们见识了他们希望我们见识的东西。否则,他们就不是小说家,只能算作诗人、历史学家或写小册子的宣传家。

但现在,让我们看看本涅特先生又说了些什么——他说,乔治时代没有伟大的小说家,因为他们不能创造真实的、活生生的、让人信服的人物。对此,我不能苟同。有种种理由、借口、可能,我想,可以让事情变得两样。至少在我看来是如此,但我清楚知道,在此类问题上,我很可能偏激、轻率、短视。我把我的观点讲给大家,希望经你们校正,它将变得公正、缜密、有见地。那么,何以当今的小说家很难创造出不仅让本涅特先生,而且让整个世界都觉得真实的人物?何以十月份来临时,出版商总是拿不出什么皇皇巨著给我们?

不错,原因之一是,一九一〇年前后开始写作的男女面临这样一个巨大的困难——没有在世的英国小说家可供他们借鉴。康拉德先生是波兰人;他与我们有隔膜,不管他多么令人景仰,都于事无补。哈代先生自打一八九五年以来,就不再写小说。一九一〇年时,最杰出和最成功的小说家,我想是威尔斯先生、本涅特先生和高尔斯华绥先生。那么,在我看来,求助这些人,向他们讨教如何写小说——如何创造真实的人物，就像到鞋匠那里，讨教如何制作手表一样。请不要误解我的意思，我并非不欣赏他们的小说。它们对我有极大的价值，或者说是极大的必要性。有些时候，靴子比手表来得更重要。说得直白一些，我想，经历维多利亚时代的创作活动后，不仅是文学，还有生活，都需要有些人像威尔斯先生、本涅特先生和高尔斯华绥先生那样写书。然而，又是多么奇特的一些书！有时，我甚至奇怪，我们是否应当称之为书。因为它们让人产生了某种不完整、不满足的奇异感觉。为了求得完整，似乎必须做一些事情——加入一个俱乐部，或者，更冲动些，干脆签一张支票，连会费也缴了。做过这一切，心中的躁动才会平息下来，书也算读完了，可以摆回书架上，从此再不翻阅。但对其他小说家的作品，情况就有不同。《项狄传》和《傲慢与偏见》本身很完整，它们是自足的；人们不会急匆匆去做任何别的事情，只想一读再读，领略得深入一些。区别或许在于，斯特恩和简·奥斯丁关注的是事情本身，人物本身，小说本身。因此，一切都在书中，不假外求。而爱德华时代的人从不关注人物本身，或小说本身。他们感兴趣的是一些外在的事情。他们的书，作为书来说不够完整，需要读者自己主动地、切实地补充后完成。

或许，我们可以说得更明白些，只须我们发挥想象力，假定火车上曾有一次小小的聚会——威尔斯先生、高尔斯华绥先生、本涅特先生同布朗太太一道搭车前往滑铁卢。我说过，布朗太太衣装寒酸，身材瘦小。她有一种焦虑、苦恼的表情。我怀疑她是否够得上你们所谓的有教养的女性。威尔斯先生以我形容不出的敏捷，一眼捕捉到我们潦草的初等教育导致的所有这些症候，他会立即在玻璃窗格上投射下一幅影像，映出一个美好、轻松、欢快、幸福,进取心更强烈,更为鲜亮的世界,在这个世界上,并不存在眼前这些破旧的火车车厢和古板的老妇人;每天早晨八点钟,漂亮的驳船给坎伯维尔运来热带水果;这里,有托儿所、喷泉、图书馆、餐室、客厅,还有婚礼;这里,每个公民都慷慨而真诚,高尚且勇敢,像威尔斯先生本人一样。当然从任何人身上,都看不到布朗太太的一点影子。他的乌托邦里,根本没有布朗太太其人。实际上,我想,威尔斯先生急切地按照理所应当的样子塑造布朗太太,想都不会去想她究竟是怎样的。高尔斯华绥先生又会看到什么? 我们不致怀疑道尔顿工厂的大墙引起了他的兴趣吧? 工厂里的女工,每天制作二十五打陶罐。梅尔恩德①大街上的母亲还指望着她们挣得的那一点点钱。与此同时,苏里区②的老板仍然叼着醇香的雪茄,听夜莺鸣唱。高尔斯华绥先生一腔愤慨,满脑子此类所见所闻,他忙着质疑文明,只能将布朗太太看做在陶轮上爆裂后、又给丢到角落里的一只陶罐。

　　爱德华时代的一干人,唯有本涅特先生,目光还会停留在车厢里。确实,他会极其认真地观察每一处细节。他会注意到各种广告;斯旺内奇和朴茨茅斯的图片;纽扣间鼓胀起来的垫衬;布朗太太如何别一枚胸针,那胸针在惠特沃斯街市上值三便士十三生丁;两只手套都已补过——实际上左手手套的大拇指处重新换过。最后,他还会不厌其烦地描述这是一趟从温莎开来的直达快车,在里士满停靠,是为了方便那里的中产阶级居民,他们有钱去剧院,却还没有跻身于更高的社会阶层,负担不起私

---

① 梅尔恩德大街,伦敦中心区向东延伸的一条大街,当时多为贫民居住。
② 苏里区,伦敦富人区。

家汽车,虽然他们确实有时候(他会告诉我们什么时候)也去租车公司(他会告诉我们哪个公司)租一辆车来开。如此这般地,他逐渐迁回到布朗太太身边,开始讲述她如何获得遗赠,拥有达切特一小块地产的副本保有权,但不是自由处置权,又是如何将它抵押给律师邦吉先生——但且慢,我为什么要冒昧地代本涅特先生立言?本涅特先生自己不就写小说吗?让我翻开偶然碰上的第一本书——《茜尔达·莱斯维斯》。我们来看看他是如何像小说家该做的那样,让我们感觉一个真实的、活生生的、让人信服的茜尔达。茜尔达轻轻地、小心翼翼地掩上门,这显示了她与母亲的紧张关系。她很喜欢读《莫德》①;她天生具有强烈的感受力。到此为止,一切都好;本涅特先生悠然自得,不紧不慢地写下了最初几页,每一笔都不能少,好让我们明白她是怎样的一位姑娘。

但接下来,他开始描述,不是描述茜尔达·莱斯维斯,而是描述从她卧房窗子看出去的景象,因为收房租的斯凯霍恩先生从那边走来。本涅特先生继续写道:

"特恩小丘的辖区在她身后铺展开;烟雾弥漫的五镇区向南延伸,特恩小丘就位于五镇区的北端。在查特莱森林的尽头,运河蜿蜒曲折,流向柴郡的白净平原和大海。运河岸上,正对着茜尔达的窗子,是一间磨坊,有时喷出浓烟,与两侧目力所及处的砖窑和烟囱相比,几乎毫不逊色。一条甬道,将长长一排新建的别墅与附带的花园分隔开,从磨坊直通莱斯维斯太太屋前的莱斯维斯街。斯凯霍恩先生就是顺这条道走来,他住在那排别墅的最远端。"

---

① 《莫德》,英国诗人丁尼生的单人剧。

一行有悟性的文字，要胜过所有这些铺排；但我们权且把它当做小说家必不可免的饶舌。那么——茜尔达在哪里？天啊，茜尔达仍在张望窗外。她是个热烈和不安分的姑娘，对房屋建筑却不乏鉴赏力。她常常拿上了年纪的斯凯霍恩先生与她从卧房窗子向外看到的花园住宅作比较。因此，还必须描述那些花园住宅。本涅特先生写道：

"那排别墅称为自由处置花园：是个带有夸耀意味的名字，因为在这个区里，大部分地产只有副本保有权，要想更换业主，必须交付'贡金'，还得征得由封地领主的管事主持的'合议厅'的同意。大多数别墅都归住户所有，他们每人都是自己那方土地的太上皇，时时会在覆盖了一层煤灰的花园里消磨一个夜晚，四周飘动着晾晒的衬衣和毛巾。自由处置花园象征着维多利亚时代经济的最终胜利，代表了精明而勤奋的工匠的手艺的极致。它与建房互助会会长的天国之梦恰相吻合。它确实是一个非同小可的成就。然而，茜尔达怀着毫无来由的鄙夷心情，拒不承认这一点。"

天啊！我们终于同茜尔达照面了。然而且慢。茜尔达可能是这样的，那样的；但茜尔达看罢房子，想罢房子，这还不够，她总要住在房子里。茜尔达住的是什么样的房子？本涅特先生又写道：

"四栋房屋组成了独立式联栋住宅，他们住了中间两栋中的一栋，房屋是她当茶具制造商的祖父在世时修建的；他们那栋是四栋住宅中的主建筑，显然是留给联栋住宅的业主受用。一侧角落的房屋开起杂货店，就少了本该有的花园，因此业主的花园布局自然略大于其他的花园。构成联栋住宅的不是那种平房，而是小楼，年租金为二十六到三十六英镑，平常的工匠、小保

119

险代理商和代收房租者自然负担不起。此外，房屋建造得很精心，颇有些排场；尽管不免偷工减料，仍然隐约显示出乔治王朝时代的安逸。无疑，它是镇里的新区中最好的一排住宅。斯凯霍恩先生从自由处置花园来到这里，显然来到了更高级、更阔大、更舒展的地方。突然，茜尔达听到母亲的声音……"

但我们听不到她母亲的声音，或茜尔达的声音；我们只能听到本涅特先生的声音，向我们讲述租金啦，自由处置权啦，副本处置权啦，还有贡金。本涅特先生的目的何在呢？对此，我倒形成了自己的看法——他想让我们替他去想象；他想引导我们相信，既然他鼓捣出一所房子，里面必然会有人住。本涅特先生固然目光敏锐，有同情心和人情味，而且挺丰富，但他决不会瞥一眼角落里的布朗太太。布朗太太坐在车厢的角落里——列车正在行驶，不是从里士满驶往滑铁卢，而是从英国文学的一个时代驶往下一个时代，因为布朗太太是永恒的，布朗太太代表了人性，布朗太太的变化只在表面上，是小说家们你来我往——她坐在那里，甚至没有哪个爱德华时代的小说家对她稍加留心。他们热切地、专注地、若有所思地张望窗外；张望工厂、乌托邦，甚至是车厢的装潢和衬料；但决不留意她，决不留意生活，决不留意人性。因此，他们发展出一种适合自己目的的写作技巧；他们打造新的手法，设计好种种套路来完成自己的事情；然而，他们的手法不是我们的手法，他们的事情也不是我们的事情。对我们来说，那些套路意味毁灭，那些手法意味死亡。

大家或许抱怨，我的语言失之笼统。何为套路，或手法，你们会问，所谓本涅特先生或威尔斯先生或高尔斯华绥先生的套路不适合乔治时代，倒是什么意思？这个问题很难解答：我且试试用个简单的办法来说明。写作的套路与待人处事的套路没有太大不同。文学如同在生活中一样，都需要有一些手段，拉近女主人与陌生客人，或作家与陌生读者之间的距离。女主人就会想到谈论天气，因为一代又一代的女主人最终确定，这是一个我们大家都信服的普遍感兴趣的话题。她上来会说，五月的天气真糟透了，这样与她不熟悉的客人搭上话，慢慢再去谈论更有趣的事情。文学也是如此。作家为了与读者搭上话，先得说些读者明白的事情，刺激他的想象力，让他乐于合作，建立来之不易的亲密关系。最重要的是，双方的这个会聚点应当很近便，即使是黑暗中，闭上眼睛，凭下意识也能摸到。在我引述的章节中，本涅特先生就利用了这样的共同话题。他要做的，是让我们相信茜尔达·莱斯维斯的真实存在。所以，作为爱德华时代中人，他首先准确、细腻地描写了茜尔达居住房屋的式样，她从窗前看到的房屋的式样。房产是爱德华时代人们套近乎的共同话题。这个套路在我们看来虽然迂曲，当时却行之有效，成百上千个茜尔达·莱斯维斯就是这样给打发到世界上来的。对那个时代和那一代人来说，这个套路果然不错。

那么，如果大家听我对自己的那段见闻吹毛求疵，就会发现，我是多么深切地感到缺乏某种套路，而一个时代的手法对另一个时代毫无用处，又是件多么严重的事。车厢的见闻给我留下深刻印象。但我又如何把它传达给你们？我能做的，就是尽可能准确转述我听到的，详尽描摹人们的衣着打扮，无奈地表明种种情景涌入我的脑海，再把它们杂乱无章地和盘托出，为了形容这一生动的、压倒一切的印象，我只能拉扯上迎头的风、扑鼻的烟熏火燎气。说实话，我也受到强烈诱惑，想敷衍一部三卷本的巨著，大谈老妇人的儿子，他横渡大西洋的奇遇，她的女儿，乃至她如何在威斯敏斯特经营一家女用衣帽店，还有史密斯先生本人的往事和他在谢菲尔德的房子，虽然在我看来，这些故事是世界上最沉闷、最无聊的胡扯八道。

不过，倘若我这样做了，现在也就不必再煞费周章地说明我的意思。要想说明我的意思，我本该回溯，回溯，再回溯；选择各种各样的方法；试试这个句子，再试试那个句子，掂量每一个字眼，让它尽可能贴切，因为我知道，我必须在我们之间设法找到某个共同话题，某种对你们来说不太古怪、虚假和牵强的套路。我得承认，我逃避了这番巨大的辛苦。我让我的布朗太太从我的手指缝儿里溜开了。我没有告诉你们任何关于她的事。但这在一定程度上该归咎于那些伟大的爱德华时代中人。我问他们——因为他们比我年长，也更有智慧——我该如何来描述这个女人的性格？他们说："上来先讲讲她的父亲在哈罗盖特开店。说定店租。说定一八七八年时店员的工钱。弄清楚她母亲是怎么死的。描写癌症。描写白棉布。描写……"但我叫道："够了，够了！"我很抱歉地告诉大家，我把这种粗陋、呆滞、笨拙的手法扔到了窗外，因为我知道，一旦我开始描写癌症和白棉布，我的布朗太太，我虽然不清楚怎样传达给你们但我自己却刻骨铭心的幻象，就会黯淡下去，渐渐消退，从此无影无踪。

我说爱德华时代的手法对我们并不合用，就是这个意思。他们过分强调事物的细节。给我们一栋房子，就指望我们能够想明白住在里面的人。公道些说，他们笔下的房子确实很值得住上一住。但如果大家认为，小说应当以人为主，他们居住的房子倒在其次，那么，这样下笔就不对头了。因此，你们看，乔治时代的作家首先不得不抛弃当时使用的方法。他独自一人面对布朗太太，没有任何办法，将她介绍给读者。但这样说，并不确切。

作家从不会孤独。永远有大众跟随他，即使不在同一排座位上，至少也在隔壁的车厢里。大众是些奇怪的旅伴。在英国，他们是非常听话、容易驾驭的一群，只要你能引起这一群的注意，它就能毫无保留地相信你说的话，经久不变。如果你信心十足地宣称："所有女人都有尾巴，男人都驼背。"它就会真的学着察看女人的尾巴和男人的驼背，但如果你说："胡扯。猴子才有尾巴，骆驼才有驼峰。男人和女人有头脑，有心，他们能思索，有感情。"那么，大众会认为这话太激进，甚至很不恰当——像个蹩脚的笑话，而且有失体统。

但回到正题上来。这里是英国的大众，坐在作家一侧，声势浩大，众口一词："老妇人们有房子。她们有父亲，有收入，有佣人。她们还有热水瓶。据我们所知，老妇人从来如此。威尔斯先生和本涅特先生和高尔斯华绥先生一向告诉我们，这就是识别她们的方法。可现在，你的布朗太太出现了——叫我们如何信服？我们甚至不知道她的花园住宅叫做艾伯特还是巴尔莫罗；她买的手套值几个钱；母亲是死于癌症还是肺结核。她怎么活呢？得了，她不过是你凭空想象的人物。"

对老妇人，当然得靠自由处置住宅和副本保有地产去推断，不能单凭想象。

因此，乔治时代的小说家就处在一种尴尬的境地。一方面，布朗太太抗辩，她不是、完全不是人们所说的那种人，她自有魅力，极其迷人，却又稍纵即逝，吸引小说家来挽救她；一方面，爱德华时代的一干人又标举某些手法，很适合造一些新宅，拆几处老屋；而英国大众郑重声明，他们必须首先见到热水瓶。与此同时，列车风驰电掣地直奔车站，到得那里之后，我们所有人都必须下车。

如此等等,我想,就是乔治时代的青年人一九一〇年前后面临的两难处境。他们许多人——我特别想到了福斯特先生和劳伦斯先生——早期作品都写得不好,因为他们没有丢掉这些手法,反而试着加以利用。他们想求一个折中。他们直觉地抓住一些人物的特点和含义,又想把自己的直觉与高尔斯华绥先生对《工厂法》和本涅特先生对五镇的知识结合起来。他们尝试过了,但他们对布朗太太和她的个性,感觉太深切、太强烈,没办法继续尝试下去。必须有所行动。不管生命、肢体和宝贵房产需要付出何等代价,都必须挽救和表现布朗太太,在列车停稳、眼见她永远消失之前,展开她与世界的全部关系。摧毁和碰撞发生了。如此一来,我们才听到了周遭的嘈杂,在诗歌、小说和传记中,甚至在报刊文章和随笔中,我们听到了断裂、崩塌、粉碎和毁灭的声音。这是乔治时代的最强音——其实它倒是忧郁的,如果大家想到往昔的日子有多么美妙;想到莎士比亚、弥尔顿和济慈,甚至简·奥斯丁、萨克雷和狄更斯;想到语言,乃至它在自由飞翔时,能够扶摇直上,达到怎样的高度,再看这只雄鹰给人囚在笼里,羽毛脱落,啸声也嘶哑了。

鉴于这些事实——这些声音还在耳边回响,幻觉还在头脑中缠绕——我不打算否认本涅特先生说的话果然有些道理,他说,乔治时代的作家不能让人信服我们的人物是真实的。我不得不承认,他们无法以维多利亚时代的稳定性,每年秋天奉献出三部传世之作。然而,我并不沮丧,反而是乐观的。因为我想,每逢老人昏聩,或新人稚拙,种种套路不再成为作家与读者之间的交流手段,倒成了障碍和羁绊之时,事情必然会呈现这种状态。目前,我们感受痛苦,但不是因为衰亡,而是因为缺乏作家和读者都能接受的应酬规则,作为前奏,引导他们进入更加激动人心的友好交流。文学的套路如此造作——主客会面时，不得不从始至终谈论天气，再没有其他话题——自然，弱者不免抵触，强者则被迫去捣毁文学圈子的根本基准和规则。这方面的迹象触目皆是。语法没人理会，句式也不成断片；就像在姨妈家度周末的小男孩儿，耐不住安息日徘徊不去的庄重气氛，纯粹出于绝望，在天竺葵花圃里跌来滚去。年纪长些的作家，当然不会这样任性胡闹。他们极度真诚，也不乏勇气；只是他们不知道该使用什么，是刀叉，还是自己的手指。因此，你若拜读乔伊斯先生或艾略特先生，就会惊异一个人的猥亵，另一个人的晦涩。乔伊斯先生在《尤利西斯》中的猥亵，照我看来，似乎是刻意的，算计好的，就像有人绝望之下，认定为了呼吸，只有打破窗子。有时，只要窗子打破了，他也庄重起来。但平白耗费了多少精力！而且，说到底，猥亵才乏味，如果它不是出自精力过剩或头脑憨直，而是因为有人急需新鲜空气，才做出这等决绝的举动来取悦公众！那么，再来看看艾略特先生。我认为，艾略特先生写出了现代诗中一些最动人的诗行。但他却完全不能容忍社会中的古老习俗和礼路——同情弱者，体谅庸人！我沉浸在他的一首美到极点的诗歌中，心旌摇动，觉得我必须跃向他的下一首，哪怕这一跃很危险，让人头晕目眩，于是，我没完没了地读罢一行又一行，像杂技演员一样，间不容发地从一只杆飞向另一只杆，我得承认，我需要的是旧日的规范，而且还妒嫉前人的闲适，他们不必在半空中疯狂旋转，只管拿一本书，歇在阴凉处沉思冥想。还有，说到斯屈赛的《维多利亚时代名人传》和《维多利亚女王传》，这些文章的用力处和格调，明显见出逆流而动，与时代格格不入。当然，不那么明显的是，他不仅与事实打交道，事实当然不可否认，同时，他还主要从十八世纪的材料中，敷衍出自己一套缜密的礼仪规范，如同一袭华美的袍子，披在身上，方便他与王公显贵肩并肩坐在桌前，高谈阔论，一旦他们光裸了身子，必会给男仆逐出门外。然而，大家如果拿《维多利亚时代名人传》与麦考利爵士①的一些随笔相比较，虽然感到麦考利爵士往往都错，斯屈赛先生往往都对，仍将觉出麦考利爵士随笔的厚重、劲健和充实，显示他与时代合拍；他的全部力量都注入作品之中，没有一星半点用于遮掩或攀附。但斯屈赛先生要想让我们理解，先得帮我们打开眼界；他先得找到并拼凑一套非常圆熟的讲话方式；这番努力，固然掩饰得很巧妙，却消解了作品本应具备的一些力量，限制了他的成就。

出于这些原因，我们必须平心静气，面对一个不成气候的出版档期。我们必须想到，如果花费这么大的气力，只为找个法子，再现真实，则我们得到的真实，本身必然是疲软的和混乱的。尤利西斯、维多利亚女王、普鲁弗洛克先生②——我们且以这几个名字来称呼布朗太太，近来，她就是顶着这类名字风光起来——不免有些苍白，等她的拯救者赶来时，已经衣冠不整。上天思虑周详，早已预备下大批作家，急着想满足大家的需要，而且也有此能力。我们听到的，就是他们的斧头的雕凿声——猛烈而刺激的声音回响在我耳边——当然，除非大家想要沉沉入梦。

那么，我已经尽力解答了开始时我提出的一些问题，兴许有些冗长乏味。我也谈了在我看来大大困扰乔治时代作家的一些难题。我试着为他们作了辩解。最后，能否允许我冒昧地提醒

①　汤姆斯·巴宾顿·麦考利(1800—1859)，英国政治家、演说家、历史学家，曾任英国陆军大臣，著有《英国史》《古罗马之歌》等。
②　T. S. 艾略特的《普鲁弗洛克的情歌》中人物。

大家,你们作为写作这项事业中的参与者,火车车厢中的旅伴,布朗太太的同路人,应当负有哪些义务和责任?因为对保持沉默的你们或对讲述她的故事的我们来说,她都是同样的醒目,有血有肉。在你们过去一个星期的日常生活中,你们必有比我这番叙述更奇特、更有趣的经历。你们不经意间听到了一些只言片语,令你们大为惊诧。你们晚间入睡时,为自己情绪的纷乱感到困惑。一日的工夫,有数不清的念头涌入脑海;数不清的情感交错、碰撞,消失在惊人的混乱中。然而,你们听任作家就所有这一切塞给你们一种说法,一个布朗太太的形象,与那个奇特的幽灵毫无共同之处。你们出于腼腆,认定作家的血肉与你们不同;他们对布朗太太,比你们懂得更多。没有比这更糟糕的错误了。是作家与读者之间的这种划分、你们的谦卑,乃至我们头顶的职业光环和受到的眷顾,败坏和阉割了书籍,而它们本该成为我们之间密切和平等同盟的健康产物。因此,这才出现了那些圆滑的、四平八稳的小说,那些夸张的、荒诞不经的传记,那些兑了水的寡淡的文学批评,那些吟唱纯洁的玫瑰和羔羊的甜美的诗歌,当下,就是这些东西,给人花言巧语地充作了文学。

你们的任务是促使作家走下他们的神坛和宝座,如果可能,不妨妙笔生花,但无论如何应真实地描述我们的布朗太太。你们应当坚持,她是一位有无限可能和无穷变化的老妇人;能够出现在任何地方;穿任何衣着;说任何话,做天知道什么事情。但她说的、做的和眼睛、鼻子、或出声或静默,都有极大的魅力,因为她就是我们生活中的精神支柱,就是生活本身。

不过,不要指望眼下就能够将她完整和圆满地表现出来。要容忍断续、朦胧、凌乱、挫败。一个美好的事业召唤你们伸出援手。最后，请允许我大胆断言——我们正战抖着接近英国文学的一个伟大时代。但只有下定决心，永远、永远不抛弃布朗太太，我们才能赢得这个时代。

现 代 书 信

在种种寻常的事情中,此事颇有不寻常之处——书信写作的艺术消亡了。它兴盛于免费投递年代,衰歇于便士邮政时期,电话则给了它致命的一击——现在,它已是性命危浅。偶尔,我们不妨想想这件不言自明的事情,考察一番当今的邮政,拿今日那些薄薄的信纸与当年那些庄重的书札作些比较,今日的书信是众人仓促写就,字迹凌乱,而当年的书札要在路上耽搁几个星期,一个月,字迹就更为工整,信笺拿在手里,也十分平崭挺括。

自然,此处就有旧日书信与当今书信的一些主要区别,旧日书信的写作更费些心思和时间。但我们难道可以认定,多费心思和时间一定就好? 那时,书信是写来给人读的,不是只供一人拆阅。它是一种创造,尽力要值得为它所做的付出。邮件的到来是件大事。它不会三五分钟后,就成了字纸篓中的弃物,却要轮流传看,高声诵读,然后存在家中的小匣里,留作念想。无疑,这就促使人们在写信时格外用心,要推敲字句,铺排闲笔,修饰辞令,结构论据,讲究写作的章法。不过,威廉·坦普尔爵士虽然想知道多萝西安好、快活,而且爱恋着他,但他是否像我们一样欣赏她的书信，怕也值得怀疑。① 人们猜想，霍勒斯·曼爵士或韦斯特或格雷不会急急忙忙开启沃波尔②寄来的厚厚邮包上的封印，他们等待一炉炭火，一瓶美酒，一些好友，事事齐备，才会当众朗读那些妙不可言的书信，相信其中要说的，没有什么内容太过隐秘，不可传入他人的耳朵——实际上，情况恰恰相反——这等风趣，这等优雅，这样一些时闻轶事，断不能独自消受，必须与他人分享才好。往往，那些伟大的书信作家很可能是些失败的小说家，潦倒的随笔作家，可惜先于时代而生。倘若活在我们的时代，多萝西·奥斯本会是一位令人仰慕的传记作家，沃波尔也会成为最出色和多产的新闻记者——至于世界因此是得，是失，那就很难说了。他们不停歇的书信写作，完善了一门独特的艺术，一门在特殊情况下产生的艺术，这是不容争辩的。但如果我们过于苛刻，还要更进一步，断言他们的技艺堪称书信写作的艺术，到我们这里已经失传，而我们的技艺，与他们的不同，根本与艺术无关，话说到这里，似乎有些悲观和妄自菲薄。

这里，当然，本该一劳永逸地制定书信写作的全部原则。但既然亚里士多德从来言不及此，既然书信艺术始终是一种出自无名氏的挣不到钱的行当，其行家里手如果有谁站出来，以此自命，必然落下笑柄，那么，我们还是不谈这些原则也罢。因此，让我们不带绳尺，考察一番清晨收到的邮件，还有往日清晨收到的邮件，以往的邮件，乱糟糟丢在旧抽屉里，那更多是出于懒惰、而不是有意为后人留些念想。这些邮传的纸页，由一个人写给另一个人，跌到信箱里，又摆上了早餐的餐桌——如此而已。首

---

① 参见第 59 页注①。

② 霍勒斯·沃波尔（1717—1797），英国作家，著有英国第一部哥特式小说《奥特朗托堡》，存世有 3000 多封书信。

先,它们的字体很拙劣。不论该不该怪罪自来水笔的发明,显然,人们现在很难再见到一笔赏心悦目的好字。而且,书写风格也没有一定。时而外斜,时而内倾;字写得潦草,而且几乎行行都是联笔。信笺也是长短不一,蓝的蓝、黄的黄、绿的绿;纸张大都很粗糙,均匀覆上一层浆,用不了五十年,准会现出原形。个人的这种粗疏草率也体现在文体上。乍看之下,也没有文体可言。事到临头,才想起写信。写信者必是忘了什么,想打听些什么,想确定些什么,或是要提醒些什么。有时插上一句半句话谈论天气,也不过是虚应故事;名字签得龙飞凤舞,邮票贴得颠颠倒倒,然后打发出去了事。整桩事情纯粹是出于实用目的。

不过,除开这些,尽管不多见,仍有些念旧的书信,它们大多写于海外,为的是与朋友联络啦,传递消息啦,简单说几句本该在私下聊天时说的话啦。朋友之中,有人滞留在西班牙的小酒店里,有人在意大利游历,有人搬往印度定居,这些书信,现在最接近身在奥尔尼的柯珀写给巴思的赫丝基思夫人的那类书信。但二者又有何等的不同!首先,没人如此轻率,还会当众朗读一封现代书信,哪怕它寄自仰光。谁也不知道接下来会发生什么事。现代书信的写作者下笔无遮拦。信中几乎肯定有些字句,不免刺痛别人。要想给朋友读一封信,先得细心删改一番。再者,我们的社会允许言论有极大自由——语言变得非常直白,粗疏,不加修饰,碰到上辈人在场,就多有不方便之处。本来诚恳,却会给人误作粗俗。此外,现代书信的写作者太过随便,从不讲究文字的章法,几页薄纸,确实经不起高声诵读的煎熬。但另一方面,这些书信的私密性,那种亲昵感,倒也使它们比旧日的书信有趣得多,读来令人兴奋。信中不谈世界各地的消息,有报纸在,这已经没有必要。信是写给一个人的,写信者自有些理由,只想写给他或她本人。它的含义是不公开的,它的讯息是保密的。由于这些原因,它成了一份仓促中写下的物证,不宜夹在家庭自备《圣经》的书页间,只能存在上了锁的抽屉里。

那么,它们就带着所有这些毛病,乱七八糟地给人塞到抽屉里——今日的信件摞在昨日的信件之上,一日挨一日地摞下去,不编目录,不作分类。年复一年,信件越积越多。抽屉几乎给它们撑破;一些写信的人死了,另一些人没了音讯;还有些人再不动笔。怎么处理这些书信呢?且来浏览一过,看看是否应当把它们付之一炬。然而一旦埋头其中,读读这个,读读那个,最初的目的早已忘个干净。人们一页页翻下去。有些束帖,邀请参加十年前的宴会。有些明信片,请求退回遗下的雨伞。有些孩子写的纸片,感谢收到了一盒水彩画。有些记了房屋造价的估算。有些长长的、东拉西扯的信件,似乎是说什么人不打算同什么人结婚。那结果是难以描述的。人们可以发誓又听到某些声音,闻到某种花香,身在意大利,在西班牙,或烦得要死,极度不开心,兴奋莫名。如果书信写作的艺术在于它能激发情感,唤回往昔,还原逝去的某日、某时,不,应当是某刻,那么,这些默默无闻的通信者,连同他们草率的、随意挥洒的习惯,他们的风言风语,他们的不敬和嘲弄,他们细心地记下日程,他们当时忙活的事情和他们对后人如何看待他们的那种满不在乎,顿使柯珀、沃波尔和爱德华·菲兹杰拉尔德相形见绌。不错,但如何来处理它们呢?问题仍然存在,因为读来读去,事情变得很明显,也就是说,由于便士邮政和电话,书信写作的艺术目前进入了一个新的阶段,它并没有死亡——这个字眼儿当然用不到它身上——它活泼泼地生存,只是不再适于刊印。我们时代最精彩的书信正是那些永远不能公之于众者。

莱斯利·斯蒂芬[*]

　　儿女渐渐长大,父亲的辉煌岁月也结束了。他攀山涉水的胜绩都是在儿女们出生前完成的。种种念想,就散落在房间里——书房壁炉上的银杯;墙角书架旁戳着的锈迹斑斑的登山杖;他常常聊起那些伟大的登山者和探险家,直到临终,钦羡和妒嫉的口吻兼而有之。但他自己早已不那么活跃,只能满足于漫步瑞士山谷,或在康沃尔郡的大沼里闲荡。

　　他的几个朋友,不时谈起各自的出行经历,对比之下,显见得,他口中的漫步和闲荡,就多了些意思,不像别人说得那般轻巧。吃过早饭后,他会独自一人,或带上一个同伴出门。正餐前不久转回家来。倘若走得尽兴,他必定摊开大张地图,用红笔标上新近发现的捷径。他似乎有本事整天徜徉在沼泽地中,很少对同伴说上只言片语。那时,他已经写完几本书,包括《十八世纪英国思想史》,有人说,这将是他的代表作;《伦理学》——他对此书用力最勤;《欧洲的度假胜地》,其中有"勃朗峰的落日"一章——他认为,这是他写得最好的一本书。

<small>* 莱斯利·斯蒂芬(1832—1904),作者的父亲,哲学家、文人,《英国名人传记词典》第一任主编,并因此获封爵士,著有《十八世纪英国思想史》《伦理学》等。</small>

他仍然每日里有板有眼地写书,但每次都不会花上太长时间。在伦敦,他的书房是一间大屋,房间的顶部,有三扇长大的窗子。他几乎是斜躺在低矮的摇椅上,一边写作,一边前仰后合,当做摇篮一样,嘴里叼一只黏土烟斗,周遭堆满书籍。用过的书丢到地板上,砰的一声,楼下也能听到。时常地,他踱着方步上楼进入书房时,会突然哼出一些奇怪的曲调,也不是唱歌,因为他根本不好音乐,哼的都是各类韵句,有他所谓的"俚俗谣谚",也有弥尔顿或华兹华斯的精妙诗章,走路或上楼,他都会即兴咏诵些东西,全看想到了什么,或什么与他的情绪合拍。

但儿女们能够跟在他身后漫步乡间小路,或阅读他写的书之前,倒是他灵巧的双手,让他们着迷。他用手转动一张纸,剪刀下,纷纷跌出大象、牡鹿,或猴子,长了活灵活现的鼻子、茸角和尾巴。要么,看书时,他拿一支笔,信手画出一只又一只野物,结果,书的扉页上,挤满了猫头鹰和驴子,像是为了图解他时常在书页空白处不耐烦地涂写下的批语——"天呐,蠢货!"或"自以为是的笨蛋"。他写文章时,就更有节制,但其中的想法,或许就是由这些简短的批语生发出来,让人想起他谈话的一些特点。朋友们都曾证明,他有时沉默寡言。但他叼着烟斗喷云吐雾之际,突然就会脱口插话,嗓音低沉,话却说得有力量。有时只用一两个字,伴了手势的一两个字,就驳倒了像是他的静默引发的一大套痴言妄语。"光是在伦敦,就有四千万未婚女子!"里奇太太有一次对他说。"得了,安妮,安妮!"父亲以惊惧而又亲昵的口吻驳斥她。但里奇太太,像是喜欢给人驳斥,下次来时,数字又长出一截。

他讲故事,逗孩子们开心,像在阿尔卑斯山的冒险经历啦——不过他说,必是你蠢到不听向导的话,才会发生意外——

或那些远足啦,一次,他冒了酷暑从剑桥前往伦敦,抵达后,"我喝酒,说起来惭愧,喝得伤了身子。"这些故事都很简短,却有一种奇异的力量,让人仿佛身临其境。他没道出的事情有影有形,——凸显在背景中。所以,他虽然很少讲什么逸闻趣事,而且,对于事实,他的记性儿很差,但当他描述一个人时——他认识很多人,有的声名显赫,有的默默无闻——只须三言两语,就把他对此人的想法交代得明明白白。他的想法没准儿与其他人截然相反。他总有办法颠倒众人认可的名声,漠视世俗的价值观,这让人窘迫,有时还会伤害别人,尽管他比任何人都更尊重在他看来的真实情感。不过,逢到他突然睁开明亮的蓝眼睛,摆脱了心不在焉的状态,讲出他的想法时,人们就很难听而不闻。这个习惯也有其恼人之处,尤其是后来,因为耳背,他意识不到别人在听他讲话。

"我是最容易厌烦的人了。"他像通常一样如实写道;大家庭里难免会有些访客,茶点过后,端坐不去,看看还要等待正餐,此时,父亲常将他的一绺头发绕来卷去,表明他的恼怒。随后,他开始发作,一半是冲着自己,一半是冲着头上的神明,但闹出的动静,也清晰可闻,"他为什么还不走? 他为什么还不走?"然而,这种单纯,自有其可爱处——他不是同样真率地说过"厌烦是大地上的盐"吗? ——厌烦归厌烦,访客很少就走,真的走了,也会原谅他,下次再来。

或许,对他的沉默,我讲得太多,对他的克制,我也强调得过分。他喜欢清晰的思想,厌恶煽情和装腔作势;但这并不是说他很冷漠,不动声色,日常生活中,总在批评和指责。恰恰相反,他对事物有强烈的感受,而且能够热烈地表达他的情感,有时,他陪同什么人时,不免使人不得安宁。例如,一位夫人抱怨多雨的夏季搅了她在康沃尔郡的出游。父亲虽然从来不以民主主义者自命，但对他来说，雨水却意味着玉米会倒伏；一些穷人又要倾家荡产了；他起劲儿诉说他的同情——当然不是对夫人——结果令她很不自在。有时，他会像对登山者和探险家一样，对农民和渔夫生出尊重。因此，他虽然很少谈论爱国主义，但在南非战争期间①——他厌恶一切战争——他又长夜难眠，仿佛听到了战场的枪炮声。同样，哪个孩子如果没有按时回家用餐，他必然认为可怜的小人儿准是出了意外，非死即伤，此刻，理性和冷静的常识都派不上用场。签署支票时，他的全部数学知识，加上他始终坚持必须绰绰有余的银行存款，都不能让他相信，全家人并没有像他所说的，"孤注一掷，要败家了。"他画的老人和破产法院，在温布尔登的陋室里（他在温布尔登有一间小房子）养活一大家子人的破落文人，在在都表明，他可不像有些人埋怨的那样说话克制，只要他愿意，照样能够夸大其词。

然而，他的不讲道理都是表象，只须看他的情绪消退之快，就证明了这一点。支票簿刚一合上，温布尔登和济贫院就忘到了脑后。一些有趣的想法让他忍俊不禁。他拿起礼帽和手杖，唤上爱犬和女儿，阔步直驱肯辛顿公园。孩提时，他曾在那里跳跳蹦蹦，他的哥哥菲茨詹姆斯②和他还曾在那里邂逅年轻的维多利亚女王，潇洒地向她鞠躬致意，女王也仪态万方地欠身还礼；从肯辛顿公园③，绕

---

① 1899年10月12日至1902年5月31日，南非的德兰士瓦和奥兰治自由邦的玻尔人与英国人之间的一场战争，以玻尔人的军队投降告终。

② 菲茨詹姆斯（1829—1894），英国法学家、报刊撰稿人。1891年获封准男爵。主要著作为《英国刑法史》。

③ 伦敦最大的公园之一，位于伦敦西区，始建于1689年，后于18世纪初拓展，1830年前向向公众开放。毗邻海德公园和女王的妹妹玛格丽特公主和戴安娜王妃居住的肯辛顿宫。

过瑟彭廷湖①,就来到海德公园演说角②,在那里,他曾同伟大的公爵③本人打过招呼。散步之后,父亲一行就转回家来。这时,他不会让人有一丝一毫的"不自在";他非常简单,待人和善,有时,从圆塘④到大拱门⑤,他都一声不吭,但即使他的沉默,也是意味深长的,他仿佛正在内心中独白,出入诗歌、哲学和他的旧雨新知中间。

父亲的生活极为节俭。他始终抽烟斗,从来不吸雪茄。他的衣服都要穿到显出寒伦;对奢侈的恶习和懒惰的罪过,他一向持老派的或者说是清教徒的观念。今日父母与子女之间的关系,多了某种随意,倘若父亲还在,必是不能容忍的。他希望家庭生活中,要有一些规矩,甚至是礼仪。不过,倘若所谓随意,意味着有权去自由思想和自由追求,那么,再没有人比父亲更尊重甚至坚持这种自由了。他的儿子,除了陆军和海军,可以从事他们选择的任何职业;虽然他对女子接受高等教育不大关心,但女儿自然也有同样的自由。有时,哪个女儿吸烟,他会厉声呵斥——在他看来,女性吸烟很不雅观——然而,如果女儿向他请求要成为一名画家,他必定答应说,只要女儿是认真的,他就会尽可能给予一切帮助。他从来不热衷绘画;但他言而有信。这类自由要胜过成百上千支香烟。

---

① 为海德公园内的一处人工湖,面积约 40 公顷。雪莱的第一位妻子哈丽雅特·韦斯特布克 1818 年自溺于此。

② 海德公园为伦敦最大和最著名的公园,演说角位于海德公园东北角,星期日可任人自由发表演讲。

③ 即威灵顿公爵(1769—1852),英国陆军元帅,1828—1830 年任首相,曾在滑铁卢战役中统帅英、普联军击败拿破仑。

④ 位于肯辛顿公园,为一人工观赏池塘,1730 年落成,周长约半英里。

⑤ 始建于 1828 年,材料为纯白大理石,原是白金汉宫的主要入口,后白金汉宫扩建,大拱门遂移至海德公园附近。

在或许更复杂的文学问题上，他也同样如此。即使到今天，仍然有父母怀疑，听任一个十五岁的小姑娘随意翻阅大量良莠不齐的图书是否明智。但我的父亲就听之任之。他会吞吞吐吐地提到某些事实。不过，他说，"想读什么就读什么好了。"他的藏书，据他自己的说法，大都"俗滥，毫无价值"，但当然，书多且庞杂，我们只管取阅，不必问过再读。读你喜欢的书，只因为你喜欢，决不可装作欣赏你并不欣赏的——这是他在阅读方面的唯一训诫。以最少的字句，尽可能清楚地写明你的意思——这是他在写作方面的唯一训诫。其他的一切，必须自己去领悟。儿女们除非太过不懂事，才会忽略这番教训出自一位学问渊博、阅历丰富的长者之口，虽然他从来不会强加他的观点，或炫耀他的学问。博恩街①上的裁缝见父亲走过他的店铺前时曾说过，"这位绅士衣着考究，自己从来不知道。"

父亲晚年时，日益孤寂，耳朵聋得听不见，有时，他会说自己是个失败的作家，"样样都能，样样不通"。且不说他文字生涯的成败，却不妨认为，他在朋友心中留下了深刻印象。梅瑞迪斯②说他早些年时像"光明之神阿波罗转世的托钵会修士"；一些年后，托马斯·哈代③远望"光裸而空寂的"施雷克峰④，

① 伦敦最著名的珠宝、古玩、艺术品和时装街。
② 梅瑞迪斯(1828—1909)，英国小说家、诗人。其在小说中运用的内心独白手法开意识流之先河。主要作品有长篇小说《利己主义者》，诗作《现代爱情》等。
③ 托马斯·哈代(1840—1928)，英国小说家、诗人。主要作品有《德伯家的苔丝》《无名的裘德》等。下文中引用的他的诗句出自其《施雷克峰——怀念莱斯利·斯蒂芬》。
④ 阿尔卑斯山一处雪峰，位于瑞士，海拔 4078 米，因其峻峭，又称"恐怖之峰"。莱斯利·斯蒂芬任阿尔卑斯登山俱乐部主席时，于 1862 年 8 月 14 日第一个成功地登上此峰。

写到：

> 念彼魁奇士，履险凌绝顶。
>
> 山如人之魂，人亦山之影。
>
> 人山两幽幽，照眼光耿耿。
>
> 此形虽嶙峋，此身自肃整。

他虽然是一位怀疑论者，却没人比他更相信人与人之间关系的价值，因此，他可能最珍重的评价，倒是梅瑞迪斯在他死后所说的："据我所知，只有他，才配得上你们的母亲。"洛威尔①称他："L. 斯蒂芬，最受爱戴的人，"再恰当不过地描述了他的品格，也正是因此，多年之后，他仍然让人念念不忘。

---

① 洛威尔（1819—1891），美国诗人、文学评论家、外交家。1880—1895 年曾任驻英大使。

船长的临终病榻

船长奄奄一息，躺在女人房间摊开的床垫上；房间的天花板漆成天空状，墙上绘了玫瑰攀缘的棚架，鸟儿就栖在上边。镜子嵌在各处的门上，因为镜子的反射，村民们称这间房间是"千柱之屋"。八月的一个清晨，船长弥留病榻。女儿送来一束他最喜爱的花——石竹和百叶蔷薇，他口述了一段话，要她记下：

> 天气不错（他说道），奥古斯塔刚刚给我送来三支石竹，三支玫瑰，花束真漂亮。我早早打开窗子，空气清爽。现在是上午九点整，我躺在床上，是诺福克①海岸一个叫做朗格汉姆的地方，离大海两英里……照字面儿的意思说（他接续道），我很高兴。我一点儿不饿，也不渴，胃口没受损害……经过多少年的胡思乱想，又经过近几个月的认真琢磨，我确信基督教信仰是真……上帝是爱……现在是九点半钟。永别了，世界。

一八四八年八月九日凌晨，破晓之际，他死了。

但他究竟是谁，躺在许多面镜子和手绘的花鸟之间，大限来

---

① 诺福克，英国郡名，位于英格兰。

临时,想到爱和玫瑰?奇特的是,他是位漂泊海上的船长;更奇特的是,他是位在拿破仑时代身经百战的船长,上得岸来,生活依然动荡不定,他写了一架子的书,充满了打打杀杀,征战讨伐。他的名字叫弗雷德里克·马里亚特①。谁又是奥古斯塔,带花给他的女儿?她是他的十一个孩子之一;但关于她,人们知道的唯一事实是,有一次,她同父亲一起捕鼠,捉到了一只硕大的老鼠——"你知道,我们诺福克郡的老鼠大得像成年的豚鼠"——用手捧着交给父亲,令旁人大为惊异,可以想象,父亲也得意得很,称赞他的女儿们"勇敢极了"。那么,朗格汉姆又是什么地方?朗格汉姆是诺福克郡的一处庄园,是马里亚特船长杯酒之间,用苏塞克斯大宅换来的。苏塞克斯大宅位于哈默斯密斯,他给苏塞克斯公爵②做掌马官时住在这里。但事情至此,就有些含糊起来。他为什么同苏塞克斯公爵争吵,不再做他的掌马官;为什么在海军部与奥克兰勋爵平静地会面后,他却暴跳如雷,割破了一根血管;为什么与妻子生养了十一个孩子,又离开了她;为什么乡下有宅子,却住到伦敦;为什么人在浮华世界,风头正健,却突然避居乡间,又不肯改变主意;为什么 B 夫人拒绝了他的爱情,他与 S 夫人又是什么关系;我们可能会问起这些问题,但也不过是白费力气。他的女儿弗洛伦丝写过两卷字大行稀的小书,书中叙述了他的生平,对这些问题,却避而不谈。遍数英国小说家,他的生活,最是活跃、奇特、充满了冒险经历,但也最

---

① 弗雷德里克·马里亚特(1792—1848),英国小说家,14 岁加入皇家海军,曾在世界各处服役,1830 年退役,时为上校。后热衷文学,著有冒险小说《国王专有的》《傻子彼得》《可怜的杰克》等,还写过一些儿童故事,《新森林的孩子们》为儿童文学名著。

② 苏塞克斯公爵,即奥古斯塔斯·弗雷德里克·汉诺威(1773—1843),父为英王乔治三世。

是说不清，道不明。

造成这种模糊的一些原因显而易见。首先，要说的东西太多。船长一八〇六年踏入社会，在科克伦勋爵的帝国号船上作见习水手。当时，他十四岁。此处是一八〇八年七月，他十六岁时保存的一本私人航海日志中的一些片断：

——24日，从炮台上拆卸大炮。

——25日，焚烧桥梁，拆除炮台，阻挡法国人。

——8月1日，从炮台上拆卸铜炮。

——15日，夺取一艘法国通信快船。

——18日，攻占并摧毁一信号台。

——19日，炸毁一信号台。

如此等等。隔上一天半天，他就要去破坏桥梁，攻占塔台，袭取炮舰，虏获船只，或者给法国人追逐。海上生涯的头三年里，他经历了五十次战斗；他无数次跳入海中，拯救溺水者。他游起泳来，如鱼得水，却有一次，老大不情愿地给小贩船上的老妇人救上来，因为老妇人在水中，也像一条鱼。后来，他参加了缅甸战争，战功卓著，获准佩戴一枚缅甸镀金战船臂章。显然，如果将他的私人航海日志的片断渲染一番，本不知洋洋洒洒可以写出几多书来，但一位女士，一生从没有烧过桥梁，拆过炮台，或打出过法国人的脑浆，你又能让她如何去渲染？她非常聪明地求助于马歇尔的《海军史》和《政府公报》。"公报的细节，"她说，"出了名的枯燥，但毕竟可以信赖。"因此，呈现在众人眼前的生活，就这样枯燥地写出来，总还可以信赖。

不过，私生活毕竟存在；看看他交接的朋友、挥霍的金钱、生发的争吵，就知道他的私生活跌宕多姿，如他生活的另一面一样。但这里,我们面对的,仍然是缄默。其中的原因,部分在于他的女儿误了时日,她动笔写作时,已经二十四年过去了,朋友一一辞世,信件也毁掉了;部分在于她是他的女儿,对父亲充满孝心,而且相信"刨根问底,不是传记作家的本分"。因此,著名的政治家 R—P—爵士就是 R—P—爵士,S—夫人就是 S—夫人。偶尔,几乎是出于意外,我们才突然惊闻一声叹息:"人海浮沉,该经历的,我都经历了,到头来才发现,一切都是空幻";"我的麻烦无穷——家事、农务、法律、钱财,样样愁人";或片刻间,我们得以窥见这样的场景,"你憩息在沙发上,C——偎在你旁边,我坐在脚凳上",这场景"像一幅画,让我时时魂牵梦绕",不经意中还写入一封信简。但是,船长又说道:"一切都消失了,像'过眼云烟'。"确实,一切,或几乎是一切,都消失了。后人要想了解船长,必须去读他写的书。

几年前再版了他的《傻子彼得》和《虔敬的雅各布》,堂堂皇皇的大开本,有森兹伯里教授和迈克尔·萨德雷尔先生作序,证明他的书还有人读。书也确实有趣,虽然没人会说它们够得上杰作。书中没有塑造任何不朽的场景或人物,远远不能代表小说史上的一个时代。讲究谱系的批评家可从中追索出笛福、菲尔丁和斯摩莱特①的影响,那种影响就展现在它们简单明了的文字中。很有可能,是文学之外的东西吸引了我们。麦田上空悬的一轮日头;追逐犁铧翻飞的鸥鸟;倚在门框上絮絮而谈的乡下人,莫不勾起人们的愿望,想要退回到一百年前,重新过一种简朴的生活。但在世的作家,不管怎样努力,都不能再现过去,

---

① 托拜厄斯·乔治·斯摩莱特(1721—1771),英国小说家,主要作品有《兰登传》和书信体小说《亨佛利·克林克》等。

因为他们不能再现那些普普通通的日子。他是带了有色眼镜去看待过去的，充满了感伤和浪漫；往昔要么很美妙，要么很野蛮，唯独缺了些家常。但一八〇六年的世界对马里亚特船长来说，就像一九三五年的世界对当下的我们，它是一个平平常常的所在，街上没有什么东西好看，话语中也没有什么东西好听。对马里亚特船长来说，留了小辫子的水手和舭板上粗声大气的女人，都没有什么不寻常。因此，一八〇六年的世界相对于我们，既是现实的，平常的，又是尖锐的，奇特的。观赏百年前的一个普通日子，让人兴奋，兴奋之余，我们仍然阅读下去，任我们惯于挑剔的天性，津津有味地消受一本并非经典的小说。艺术家的想象力过于雕琢时，你就很难看清他如何用力；我们必须小心翼翼地留神那些精彩段落的难以察觉的起承转合之处。而读船长的书，事情就简单多了。在这些难免粗糙些的读本中，我们更接近小说的艺术；小说的骨、肉和脉络，了了分明。评判一位虽非卓越超拔、却也本领精湛的手艺人，本是件惬意的事。我们读他的《傻子彼得》和《虔敬的雅各布》，无疑会感到，至少，马里亚特船长天生具备成为一名大师的大部分禀赋。我们莫非以为他只能给孩子们讲故事？这里是一段文字，表明他能够运用诗人的语言，引人遐想，虽然要想充分领略其效果，如同小说向来要求的，必须在阅读时沉浸在主人公的情感中。父亲死后，雅各布孑然一身，晨光熹微中，乘船漂在泰晤士河面上：

> 环顾四周——河面上荡着晨雾……太阳升起来，雾气渐渐消散；树木、房舍、绿色的田野、顺流而下的别的驳船、来来往往的船只、狗的吠叫、一处处烟囱中飘出的炊烟，一一打动我，让我意识到，我活在一个喧嚣的世界上，有自己的事情要做。

那么，要想证明，船长尽管强健威猛，对语言却敏感，灵机一动，笔下时常精彩纷呈，像爆出缤纷的烟花，我们不妨看下面一段对鼻子的描写：

> 这鼻子不是鹰钩鼻，也不是鹰钩鼻倒转了向外钩出。不是那种短平尖翘、臃肿、重拙、长满酒糟或疙疙瘩瘩的鼻子。就其整体比例而言，它是一只智慧的鼻子，瘦削、坚挺、白皙、声音响亮。抽抽鼻子，能闹出很大动静，打个喷嚏，也让人莫测高深。一眼望去，就能给人留下深刻印象；课堂上它发出的声响往往很吓人。

雅各布从高烧中苏醒，眼前耸着的，就是这样一只鼻子，他听到牧师口中吐出一些奇怪的字眼儿，"大地，让光明照耀水手——他是给抛到岸上等死的落拓枣，睡莲。"他的笔下，通篇都是这种简洁、轻快的白话文，这是某一派作家的本色话语，他们惯于轻松地驾驭世间众生，将他们从一个事件推向另一个事件。而且，他可以营造一个世界；他有本事带我们到船队中，人、大海、天空，所有的一切都那么生动、真实，当彼得引述家书、另一幅情景显现时，我们就突然意识到了这一点；坚实的土地，英国，简·奥斯丁的英国，那里有牧师公寓，乡间大宅，幽居家中的年轻女子，漂泊海上的小伙子；一时间，两个截然不同却又紧密相连的世界，衔接在一起。但船长最大的天赋还是他刻画人物的能力。他的书中，充满了生动的面孔。有满嘴谎话的基尼船长；整天懒在床上的霍顿船长；查克斯先生和讨了十一双棉线袜的特罗特太太——他们本来都有原型，给船长恣意描摹出来，真也活灵活现。据说，船长的笔，常用来在拍纸簿上画些速写。

船长禀赋过人，却又是什么妨碍了他去施展？我们为什么会走神儿，目光所及，只有些白纸上印出的黑字？当然，一个原因是，在这个水平状态的世界上，没有高低起伏。尽管这个世界充满暴力和躁动，看马里亚特船长航海日志中记载的鏖战和逃亡就可以知道，然而，那场面毕竟给人单调的感觉；同样的情绪反复出现，我们从来不会觉得逼近了什么；结尾永远不是一种完整的终结。同样，他的人物虽然性格鲜明，却没有哪个人显得丰满和充实，因为人物的构成，总少了一些东西。不妨随意拣出一句话，看看为什么会如此。比如，"这以后，我们谈了两个时辰；但恋人之间，常常说些蠢话，只对他们自己有意思，看官不读也罢。"人的强烈情感，只字不提。爱情给消解了，随着爱情的消解，其他一些弥足珍贵的情感也失去了踪影。幽默应当蕴含一缕激情，死亡也应当有些什么让我们叹息。但在这里，我们只看到明快的强悍。虽然他怪异地喜好描写肉体如何地令人厌憎——给鱼虾啃咬的小孩子的面孔，渍了杜松子酒的女人的身体——但他的性观念却说不上纯正，不过是假正经而已，他的道德观有一种肤浅的圆滑，像是教师在训诫学童。总之，一阵神魂颠倒之后，我们眼中，马里亚特船长的魅力就渐渐消退了，透过种种虚构，我们看到的却是事实——虽然事实本身是有趣的；它们讲了小帆船和舰载小艇，乃至"水手如何整理铁栓扣上的索环"，准备投入激战；但这类趣味乃是别一种趣味，与想象力全然无关，就像卧室中的衣橱，本来与梦醒者的梦境扯不到一起。

我们沉浸在一本浅陋的书中，一旦醒转来，往往觉得茫然，但这里，我们清醒时，却见识了一个人物——一位退休的海军军官，头脑活跃，口舌尖刻，一八三五年，他陪同妻子和家人搭车横贯欧洲大陆时，情不自禁在日记中写下了他的感想。虽然他厌烦了讲故事和他的文字生涯——"要不是我实在缺钱花，"他告诉母亲,"我才不会再写下去。"——但他确实不吐不快;他的思想是大胆的,惯于标新立异。抓壮丁,他认为是件可憎的事。他问道,英国的慈善家为什么要操心非洲的奴隶,而英国儿童到在工厂里每日工作十七个小时? 在他看来,《渔猎法》造成了穷人的种种困苦,关于长子继承权的法律应当改变,而罗马天主教,也有其可取之处。他对各类主题——政治、科学、宗教、历史——无不加以评说,但也都是皮相之谈。如此这般,究竟该怪罪日记这种形式或驿站马车的颠簸,还是该怪罪他读书太少或少年时忙着炸桥,疏于培养思考能力,总之,船长的头脑,在他停下来歇息,思索了两个小时后,如他所说:"就像一具万花筒。"但且慢,他又自我分析道,它并非万花筒;"万花筒的图案是规整的,而无论如何,我的头脑中,很少有规整的东西。"他随心所欲,见异思迁。一会儿,他疾书列日史①;过一会儿,又大谈理性与直觉;随后,他思索用钓钩钓鱼,会给鱼带来怎样的痛苦;再以后,他去街上散步,忽然想到,如今,你很难碰上以"X"开头的姓名。"停下来吧!"他理智地呼唤;"不,车轮能停下来,甚至肉体也有静止的时候,但思想却不能。"因此,出于内心无法克制的躁动,他动身前往美洲。

这以后,我们就没了他的音讯——他对美洲的观感,记了皇皇六大卷,引起他与当地人的龃龉,却没有说清什么事情——直到他女儿,合上她的《大词典》和《政府公报》,唤起了一些"朦胧的记忆"。都是些小事,她承认道,而且,拉拉杂杂的没有次序,但他留给她的记忆,仍然很生动。她记得,他身高五英尺十英寸,重十四英石;下巴上,有个深深的酒窝,一边的眉毛高于另一

---

① 列日,比利时东部省名。

边，因此总是一副探询的神情。确实，他一会儿都不能安定下来。他会半夜里闯进弟弟的房间，叫醒他，建议他们应当立即前往奥地利，在匈牙利买座城堡，成就一番事业。可天啊！她回忆道，他就从来没能做成什么事。由于在朗格汉姆的庄园，在丰茂草场上掘出的诱捕野禽的巨大水塘，以及女儿很难说清楚的其他种种心血来潮，他身后遗留的钱财不多。他不得不勤奋写作。写书时，他坐在餐室的一张桌子前，从这里，可以望见外面的草场和他心爱的公牛本·布雷斯啃食牧草。他的字迹细小，誊写员不得不在手稿上别上大头针标示字句。他的衣着整饬，早饭时，只使用白色的瓷器，收藏了十六座时钟，喜欢听它们同时敲响。他的儿女叫他"宝贝儿"，虽然他脾气暴烈，独断专行，在家中往往"很阴沉"。

　　"把这些琐碎的事情形诸笔墨真是很没有意思。"她说道。然而，汗漫写来，这些文字却也浮光掠影般地再现了那个夏日清晨的情景，船长一生走到尽头，躺在女儿房间的床垫上，向女儿口述下关于爱和玫瑰的遗言。"花束扎得越是俏皮，他就越喜欢。"女儿说。确实，船长死后，"人们在他的遗体与床垫间发现了压得扁平的"一束石竹和玫瑰。

关于评论

一

在伦敦，有一些商店的橱窗，向来引人流连。吸引众人的，倒不是那些精美的百货，而是缀了补丁的旧衣。人们是在围观做工的女子。她们坐在橱窗前，用肉眼看不清的细线，织补虫蛀的衣裤。这一熟悉的景观，或许可以用来引出下文。我们的诗人、剧作家和小说家就像这样，坐在橱窗前，在大众好奇的目光下，做他们的事情。但评论家并不满足，他们不像街上的人群一样，一声不吭地盯了看；他们吵吵嚷嚷，评说衣服上的破洞有多大，做工者的手艺如何，橱窗里哪件商品值得大家掏钱买下。本文的目的就是为了引发讨论，看看评论家一职对作家、公众、评论家乃至文学有什么价值。但首先，我得声明一点保留——所谓"评论家"，是指虚构性文学，也即诗歌、戏剧、小说的评论者，并不涉及历史、政治、经济学等等。后者自有别一种职能，出于这里略过的一些原因，他大体上尽职尽责地，甚至令人赞叹地履行了这一职能，如此一来，他的存在价值自不待言。那么，虚构性文学的评论家目前对作家、公众、评论家乃至文学有没有价值？如果有，则价值何在？如果没有，则他的作用如何改变，而且还要有利可图？说到这些错综复杂的问题，我们不妨先来扫视一眼评论的历史，或许这能帮助我们确定评论在当下的性质。

评论是伴随报纸而来，因此，它的历史不长。当年，没人评论过《哈姆雷特》，也没人评论过《失乐园》。尽管对它们有过批评，但批评是观众在剧场里，或文人之间在小酒店里或私下漫谈时口头进行的。印成文字的批评大概起源于十七世纪，形式还很粗陋，原始。十八世纪自然就充斥着评论家和他的罹难者的叫声和嘘声。但到了十八世纪末，情况发生了变化——文学批评分为两个部分。批评家与评论家分割疆域，各领风骚。批评家——以约翰逊博士为代表——沉浸在过去的时光和文学原理中；评论家则忙着谈论它们对新书的感受。十九世纪到来后，这些区分日益明显。批评家——柯勒律治、马修·阿诺德，既有时间，也有地方供他们高谈阔论；而那些"不负责任"且大都匿名的评论家，时间不多，地方有限，他们的工作头绪纷繁，包括向公众提供消息，撰写书评，乃至为新书问世做广告。

这样，虽然十九世纪的评论家与现时大体相似，但也有某些明显的区别。《泰晤士报业史》的作者谈了一个区别："那时评论的书较少，但书评要长些。甚至小说也能占两栏的版面或更多……"——他指的是十九世纪中期。我们随后就会看到，这些区分非常重要。但现在不妨停留片刻，看看评论在当时刚刚显示的其他结果，虽然对此很难一言以蔽之；也就是说，看看评论对作者作品的销售量和他的情绪产生了什么影响。毫无疑问，评论会对销售产生巨大影响。例如，萨克雷说，《泰晤士报》对《埃斯蒙德》的评论"令书的销售完全停顿下来"。评论对作家的情绪也有巨大影响，只是这种影响很难说清。它对济慈的恶劣影响众所周知;对敏感的丁尼生也是如此。他不仅依照评论家的吩咐修改了诗句,实际上还考虑过避居他乡;而且,据某位传记作家的说法,评论家的敌意让他陷入绝望,有整整十年的时间,他的心理状态连带他的诗歌因此都发生了变化。不仅如此,那些强健和自信者也不能幸免。"麦克里迪①是何等人物,"狄更斯问道,"怎么也给这些文坛上的虱虫弄得心烦意乱,坐立不安?"——他说的"虱虫"是指报纸周末版的专栏作家——"披了人皮,却长了魔鬼心肠的家伙?"他们就算是些虱虫也罢,"一旦放出纤小的箭镞",即使是狄更斯,以他的天才和勃勃生气,也不得不分心应对,发誓耐住性子,"冷淡他们,听之任之,靠不计较来取胜。"

大诗人和大作家以他们各自的方式,承认了十九世纪评论家的影响力;可以肯定,在他们身后,还有众多不入流的诗人和小说家,或多愁善感,或强悍健硕,无不受到类似的影响。这过程很复杂,难以分析清楚。丁尼生和狄更斯都很愤怒,受到了伤害;他们也为自己的情绪感到羞愧。评论家像只虱虫,给他咬上一口,本来不屑一顾;但这一口也很痛。它挫伤人的虚荣;损害人的名誉;还殃及书的销售。无疑,在十九世纪,评论家是一种令人畏惧的虫豸;他能在很大程度上,左右作家的情绪和公众的趣味。他有本事伤害作家,说服公众购买或放弃购买。

二

人物已经登场,他们的作用和影响力也大略勾勒出来,下面

---

① 威廉·查尔斯·麦克里迪(1793—1873),英国演员、剧院经理、日记作家,以演莎剧出名。狄更斯曾协助其寻找剧本,并在剧场经营方面给予支持。

要问的就是,当时的情况,是否延续到现在。初看之下,似乎变化很小。所有的人物,都与我们同在——批评家、评论家、作家、公众,而且大体保持了同样的关系。批评家从评论家圈子分离出来,评论家的作用,部分是评说当下的文学,部分是宣传作家,部分是为公众提供消息。然而,变化是存在的;这一变化至关重要。十九世纪末期,变化的影响似乎已经显示出来。上文引用过的《泰晤士报》历史的撰述者对此总结道:"……评论的趋势是文章日益短小,发稿时耽搁的时间也不那么长了。"但还有另一种趋势,评论不仅文字更短,见报更快,数量也大大增加了。这三种趋势的后果,有其极大的重要性。说来其实是灾难性的;它们互为因果,导致了评论的式微和衰落。由于评论文章更快,更短,数量更多,评论的价值对当事各方的价值都缩小了,直到——要说直到它完全消失,是否有些过分?且让我们来考虑一下。当事者包括作家、读者和出版商。按照这个顺序,我们首先看看这些趋势对作家的影响——评论为什么对他不再具有任何价值?简单说来,让我们假定,一篇评论对作家之所以有价值,主要在于它对其作为写作者产生的影响——它给出了对作品的专家意见,作家据此可以大致判断,作为一名艺术家,他在何种程度上失败或成功。但由于文章太多,这一价值被打消了。十九世纪时,他可能面对六篇文章,现在却要面对六十篇,如此一来,他发现对他的作品,已经没有"意见"可言。好评抵消了恶评,恶评又抵消了好评。有多少评论家,对他的作品就有多少种评论。很快,不论是褒是贬,他都一概怀疑起来;它们同样都没有价值。如果还拿这些评论当回事儿,也只是看在它们可能导致声誉的高低,或销售的多寡。

同样的原因也削弱了评论对读者的价值。读者要求评论家告诉他们,某种诗歌或小说是好是歹,以便他们决定是否购买。有六十位评论家同时向他保证,这是一部巨著——而且糟糕透顶。人言人殊,相互抵牾,说了等于没说。读者停止了判断,等待有机会找来书自己去读;但很有可能忘得干干净净,把那七先令六便士从此揣在兜儿里。

五花八门的评论意见还以同样的方式影响出版商。他们意识到公众再不相信好评或恶评,干脆不管是好是歹,一律印将出来,举个实际的例子:"这是一部……可以世代流传的诗歌……""书中的一些段落,让我生理上感到恶心,"①不仅如此,出版商本人还要饶舌:"何妨自己去读上一读?"这问题本身就足以表明今日的评论已经百无一用。如果到头来,读者还要自己作决定,大家何苦去写评论,读评论,引述评论?

三

假使评论家对作家和公众不再有任何价值,似乎公众就有义务摆脱他。而实际上,近来,某些主要登载评论文章的杂志的停刊,看来就表明,无论原因何在,评论家确实时乖命蹇。但我们有必要看一看他的现状——大的政论日报和周刊上,一阵阵儿的,仍然登些不起眼的评论文章——以便了解一下他还想做些什么,为什么他又很难做到,以及是否还有些东西值得保存,此后,再听凭他给人扫荡出局。我们且让评论家自己说说,摆在他面前的这个问题,属于什么性质。做这件事,没人比哈罗德·

---

① 《新政治家》,1939 年 4 月。——作者注

尼科尔森更有资格了。某日①,他谈起在他看来评论家的责任和困境。他先说,评论家"与批评家颇有些不同,"他"受制于其工作性质,每星期必须发一篇稿,"——换句话说,他不得不写得太勤,太多。他接着又界定了工作的性质。"他该不该把读过的每本书都与永恒的美文标准相联系?倘若这样做,他的评论就成了绵绵不绝的哀号。或是他只须考虑图书馆的大众,告诉人们哪些书读来有趣?倘若这样做,他又会将自己的鉴赏力降低到很没意思的水平。他该怎样做呢?"既然他不能求助于永恒的文学标准,又不能告诉公众他们会喜欢读哪些东西——那将是"心智的堕落"——他就只剩一件事好做了:他可以闪烁其词。"我在两个极端之间保持中立。我写书评,针对的是作者;我想告诉他们,我要么喜欢、要么嫌弃他们的作品,原因何在。我相信,从这种对话中,普通读者自会有所领悟。"

这是种诚实的说法,言者谆谆,足以发人深思。它表明评论已成为纯粹的个人见解,评论家匆忙之中,顾不上考虑"永恒标准";他有文债要还;他需要在很小的篇幅内,迎合各种不同的兴趣;他知道事情做得不好,心绪烦乱;他也说不准自己究竟该做什么;最后,他不得不闪烁其词。然而,大众虽然粗俗,却没有愚到会拿出七先令六便士,成全评论家在这种状况下作出的推荐;大众虽然迟钝,也没有呆到相信在这些环境下,有人独具慧眼,每星期准能发现大诗人、大作家和划时代的作品。但环境就是如此,完全有理由认为,今后几年,环境还会更严酷。评论家已经是一缕襟条,挂在政治风筝的末梢,随风飘摇。很快,形势所迫,他将根本不复存在。他的使命将交付给一位干练的职

---

① 《每日邮报》,1939 年 3 月。——作者注

员——在许多报纸上,事情已然如此——此人手拿剪刀和糨糊,(或许)称为"补白家"。补白家用三言两语,对书籍作出交待,然后,陈述一番故事梗概(如果是小说),截取几段诗句(如果是诗歌),摘引若干轶闻(如果是传记)。做罢评论家所剩无几的这点事情——或许他的称呼已经改为品尝家——还不妨加盖印戳为记,星号表示认可,剑号表示剔除。这类交待——这类补白家和印戳的产物——将取代目前嘈杂纷乱的七嘴八舌。没有理由认为,对当事方中的两类人来说,这会比目前的办法更糟。跑图书馆的大众将得知他希望知道的——一本书是否属于应当从图书馆订阅的那类书;出版商也免去了麻烦,只须收集种种星号和剑号,不必费力复录那些他和大众都不再相信的林林总总的好评和恶评。大家或许都会省一点时间,省一点钱。不过,还有另外两个当事方需要考虑——作家和评论家。补白和印戳制度对他们意味着什么?

先来说说作家——他的情况更复杂,因为他是更为发达的有机体。他与评论家照面,已有两个世纪左右,在此期间,他无疑生发出所谓的评论意识。他的头脑中,有个称为"评论家"的影像。对狄更斯来说,他是只虱虫,用纤小的箭镞武装起,披了人皮,却长了魔鬼心肠。在丁尼生那里,他就更为可怕。确实,当今世界,这类虱虫数不胜数,咬个没完,作家多少已经产生了免疫力——现在,没有哪个作家像狄更斯一样痛詈评论家,或像丁尼生一样屈从他们。但即使是现在,时不时地,报刊上爆出的东西还会让我们相信,评论家的利齿仍然是有毒的。不过,是哪一部分会给他咬得不堪?——他究竟能造成怎样的情绪?这是一个复杂的问题;或许,我们对作家进行一次小小的测试,就能发现一些事情,对此提供答案。找一位敏感的作家,给他看些恶

155

意的评论。痛苦和愤怒的迹象很快就出现了。随后告诉他，除他之外，没人会阅读这些流言蜚语。那么，五到十分钟左右，他的痛苦就完全消失，而攻讦如果发生在大庭广众之下，痛苦本来会持续一个星期，积累起深深的怨怼。作家的情绪稳定了，恢复冷静。这表明，敏感的部分在于声誉；受害者惧怕的是，攻讦会影响其他人对他的看法。他还担心攻讦会影响他的钱袋。但在大多数情况下，对钱袋的敏感不像对声誉的敏感那样高度发达。至于艺术家的敏感——他对自己作品的看法——则不论评论家说好说歹，对此都不会有所触动。无论如何，声誉敏感仍然根深蒂固，需要花费一些时间，说服作家同意，补白和印戳制度同目前的评论制度一样受用。作家会说，此事关乎"声誉"，所谓声誉，就是别人对他们的看法形成的舆论，像只气球，气球会因为报上的说法膨胀或瘪缩。然而，在目前的条件下，不用多久，即使是作家，也将相信，没人会因为报刊上的或褒或贬，就对他多些景仰或嫌弃。很快他就将意识到，补白和印戳制度一如目前的评论制度，有效地满足了他的利益——他追名逐利的欲望。

但即使到了这一阶段，作家可能仍然有些理由口出怨言。除了抬高声誉、刺激销售外，评论家确实也做些其他事情。尼科尔森先生对此有所说明："我想告诉他们，我要么喜欢、要么嫌弃他们的作品，原因何在。"作家想要知道，尼科尔森先生为什么喜欢或嫌弃他们的作品。这是一种真正的欲望。它可以经受住上面那种小小的测试。关上门窗，拉紧窗帘。保证既不带来名声，也不带来金钱，但作家仍有极大的兴趣，想知道一个诚实和聪明的读者对他的作品有何想法。

四

现在,让我们再次回到评论家这里。毫无疑问,此时此刻,无论从尼科尔森先生的坦率告白,还是从评论本身的内在状态来看,评论家的地位都是令人极不满意的。他不得不写得很仓促,很短。他评论的大多数书籍,并不值得花费笔墨——将它们与"永恒标准"拉扯在一起是徒劳的。他还知道,正如马修·阿诺德讲过,即使环境适宜,由当代人来评价当代人的作品也是不可能的。按照马修·阿诺德的说法,需要经历一段岁月,一段长长的岁月,才能传达出某种"不仅是个人的、而且是有激情的个人的"见解。而评论家只有一个星期。作家也没有死,他们还活着。当代人之间,或是朋友,或是敌人;他们有妻子和家庭,有个性和政治倾向。评论家知道,他受到束缚,不专心,又有偏见。然而,尽管知道这一切,同时代见解呈现的无穷矛盾也证实了这一点,然而,他还是要往头脑里填塞源源不绝的新书,而他的头脑,像是邮局柜台上用旧了的吸墨纸,已经不能留下任何新鲜印痕,也不能表达任何冷静的观点。但他必须评论,因为他必须生活,而大多数评论家都出身于有教养的阶层,他必须按照这个阶层的标准生活。因此,他不得不经常写,不得不写得很多。看来,对这种糟心的事情,只有一个舒缓办法,就是自得其乐地告诉作家他为什么喜欢或嫌弃他们的作品。

五

评论对评论家本人有价值的一个因素(挣钱不算),对作家也有价值。那么,问题就在于,如何保存这一价值——尼科尔森先生所谓的对话价值——让双方走到一起,协同起来,造福双方的头脑和钱袋。这不应当是一个很难解决的问题。医学专业就给出了解决的办法。不妨略加变通,借鉴医学界的惯例——医生与评论家、患者与作家之间有许多相似之处。评论家姑且废止这一行当,或涤荡他们身上评论家的遗风,以医师的面目出现。可以选取另一种称呼——咨询师、讲解者或阐述者;可以出示某种凭证,个人著述而不是通过了哪些考试;对具备资格、核准行业者,应开列名单,公之于众。于是,作家可以将作品提交给自己选择的人来评判;双方预约时间,安排面谈。医生和作家在极其私密的情况下,并借助某些形式——比如,酬金就能保证面谈不致成为茶桌上的闲聊——坐到一起;他们用一个小时,就有关作品交换意见;他们将在私下里认真交谈。这种私密性,首先对双方就有极大的好处。咨询师将畅所欲言,不必担心这会影响销售,伤害情绪。私密性也减弱了评论家在商店橱窗前的展示欲,少了哗众取宠、挟嫌报复的事情。咨询师用不着向图书馆大众发消息或牵挂他们,也无须影响或取悦读者。因此,他可以集中精力,考虑作品本身,告诉作家他之所以喜欢或嫌弃作品,原因何在。作家同样也将受益。与他自己选择的批评者私下交谈一小时,要大大胜过目前派定给他的东拉西扯的五百言的批评文字。他可以自述症状。他可以说明自己的麻烦。他不会像现在这样,时时感到评论家讲的,与他笔下写的事情风马牛不相及。此外,他将因此与一颗储藏丰富的头脑相交接,这颗头脑里装了其他的书甚至其他类的文学,自然也装了其他的批评标准;他将面对有血有肉的个人,而不是一个戴面具者。文坛鬼魅从此失去头上的魔角。虮虫将变成人。作家的"声誉"将逐渐淡化。他将摆脱这一讨嫌的赘物乃至其恼人的后果——这些,不过是私密性带来的无可争辩的明显好处的几个例子。

接下来是钱的问题——讲解者的职业是否像评论家的职业一样有利可图?有多少作家想听取专家对他们作品的看法?日复一日,在出版商的办公室里和作家的邮袋里,响彻了对这些问题的答复。"给我建议,"他们一再说,"给我批评。"众多作家真心寻求建议和批评,不是意在招徕,而是有此迫切需要,就充分证明了这方面的需求。但他们是否会支付三几尼的诊金呢?他们一旦发现,而他们必然会发现,一小时的面谈,哪怕价值三几尼,较之他们目前从不胜其烦的出版商的读者那里强求的草率信件,或他们只能指望用心不专的评论家写出的五百言的急就章,毕竟胜出太多,那么,即使是困穷者,也会认为这是一笔不错的投资。登门咨询的,不仅仅只有青年人和需要者。写作是门艰难的艺术;每一阶段,客观和冷静的批评家都有其极大的价值。谁又能不备好茶点,只为留住济慈,或简·奥斯丁,同他们谈论一小时诗歌或小说艺术?

六

最后,只剩下所有问题中最重要、又最难解答的一个问题——取消评论家将对文学产生什么影响?我们已经表明了一些理由,显示捣毁商店橱窗,将有助于那位超然出尘的文学女神长葆青春。作家将退回到工作间的深处;他不必再像牛津街的织补工那样小心翼翼地劳作,听凭一伙评论家把鼻子贴在橱窗上,面对大群围观者,对他的每一针每一线说三道四。如此一来,他的自我意识减弱了,名声也成了身外之物。他不会再给人这样吹吹,那样捧捧,时而得意洋洋,时而心灰意懒,身为作家,只须专心写作就行。兴许这就能推出更好的作品。同样，评论家为了挣钱，现在必须在橱窗前上蹿下跳，取悦公众，吹嘘自己的才能，他们转而也只须关注作品和作家的需要。兴许这就能推出更好的批评文字。

但或许还有其他更为实际的好处。补白和印戳制度扫除了目前被误为文学批评的那些东西——专门谈论"我为什么喜欢或嫌弃这本书"的零碎文字——势必节省下版面。很可能，一两个月中，就会省下四五千字的版面。掌握了这些版面的编辑，不仅能够表达对文学的敬意，或许还能切实促进文学的发展。甚至在政论性日报或周刊上，他都可以利用这些版面，绕开明星人物和花边新闻，探讨原创的和非商业性的文学——探讨随笔，探讨文学批评。我们中间，说不定就有一位蒙田——这位蒙田目前委琐细碎，徒劳地每星期写上一千字或是五百字。给他时间或版面，他没准能焕发活力，连带振兴一种绝好的、现在却迹近灭亡的艺术形式。或者，我们中间，说不定还有一位批评家——一位柯勒律治，一位马修·阿诺德。正像尼科尔森先生所表明的，他正枉抛心力，埋首一堆杂七杂八的诗歌、戏剧、小说中，所有这些，都必须在下星期三的报纸的一栏中加以评论。给他四千字的版面，哪怕每年两次，就会诞生一位批评家，伴随确立那些标准，那些"永恒的标准"，但如果对这些标准从来不闻不问，它们必然死灭，那里还能永恒。我们不是都知道 A 先生比 B 先生写得好些或是差些吗？莫非这就是我们想知道的一切？这就是我们应当探询的一切吗？

那么，总结一下，或者让我在这些东拉西扯的谈话结束时，堆起一个小小的石锥，辨认来路，也不怕有谁来推翻。评论，据认为，加强了自我意识，却打消了力量。橱窗和镜子起了阻碍和限制的作用。但如果代之以谈论——无所顾忌的、冷静的谈论，作家就会取得广度、深度和力量。这一变化最终也会对公众的思想产生影响。他们最喜欢的取笑对象——作家，那个孔雀和人猿的杂交物，将不再成为笑料，取代他们的将是一个默默无闻的工匠，隐在工作间的暗影里做自己的事情，亦有其值得敬重之处。新的关系或将出现，不像以往的关系那么琐碎，那么个人化。伴随而来，人们或将对文学重新生出兴趣和尊重。抛开金钱上的好处，这将带来怎样的一束光明，挑剔的、充满渴求的大众将会给工作间的黝暗处带来怎样的一束灿烂阳光！

说　明

伦纳德·吴尔夫①

　　这篇随笔提出了对文学、新闻业和读者群都很重要的一些问题。对它的许多论点，我都同意，但也有一些结论，依我看来未必可靠，因为作者忽略了某些事实的含义，低估了它们的重要性。本文的目的就是提醒人们注意这些事实，解释它们可能对结论作出怎样的修正。

　　十八世纪，在读者群和文学作为一门职业形成的经济组织中发生了一场革命。戈尔德斯密思②经历了革命的全过程，他清晰描述了事情的经过，精辟分析了它的后果。读者群急剧扩

---

①　伦纳德·吴尔夫(1880—1969)，弗吉尼亚·吴尔夫的丈夫，作家、出版家，著有长篇小说《丛林中的村庄》。
②　奥利弗·戈尔德斯密思(1730—1774)，英国诗人、剧作家、小说家，著有小说《威克菲尔德的牧师》、长诗《荒村》、喜剧《委屈求全》等。

大了。在此之前，作家写作，出版商出版，始终是面向一小批有教养的文学公众。作家和出版商在经济上依赖一个或多个恩主，书籍是一种奢侈品，为小范围的奢侈品消费阶层而生产。读者群的扩大摧毁了这一制度，换上了另一种制度。出版商开始在经济上有可能为"大众"出版图书，有足够的销量支付他的成本，包括作家的生活费，并为自己创造利润。恩主制度废除了，恩主不复存在。这就为成千上万人而不是几十人阅读的廉价图书铺平了道路。作家要想靠写作为生，现在开始为"大众"而不是恩主写书。制度的这一变化，整体上说来，对文学和作家是好是坏，或许有待争论；然而，值得注意的是，戈尔德斯密思衷心拥护新制度，而他曾经历了两种制度，一般认为，他的笔下，至少有一部作品，堪称"文学杰作"。新制度必然造就评论家，正如它造就了现代新闻业一样，评论家不过是其中很小的一个特殊部分。随着读者的增加乃至其后图书、作家和出版商数量的增加，出现了两件事：写作和出版成了竞争激烈的行业或职业，同时，需要有人向巨大的读者群提供消息，说明已出版图书的内容和质量，这样，个人才能有所凭借，从坊间纷然杂陈的图书中挑选出他要阅读的图书。

现代新闻业看准机会来满足对书讯的需求，推出了评论和评论家。随着读者群规模、构成和层次的变化，图书的数量、种类和质量也起了变化。无疑，这也导致了评论家数目、种类和层次的变化。但评论家的职能基本上保持不变：向读者描述图书并估计其质量，帮助他了解某种书是否符合他的阅读口味。

因此，图书评论与文学批评颇有不同。评论家不像批评家，一千个评论家中，有九百九十九人对作家无话可说；他是面向读者的。偶然,他会发现,他评论的是一部真正的杰作,如果他诚实,有眼光,他就必须提醒读者注意这个事实,且不妨暂时俯就或高攀,进入文学批评领域。但因此认为,评论艺术是件容易的、机械的事情,就完全想错了。我作为新闻从业者,多年来为一份大报征集图书评论,联络评论家,我是根据自己的经验说这番话的。图书评论是一门需要极大才能的职业。确实存在一些素质低下、不够诚实的评论家,正如存在素质低下、不够诚实的政治家、木匠和作家一样;但在图书评论一行,对素质和诚实的要求之高,一如我所了解的任何其他行当或职业。对一部小说或诗集作出清晰、透彻和切实的分析,决非一件轻而易举的事情。偶尔,一部作品可能确有些理由堪称文学杰作,对此,两位评论家有时会持截然不同的看法,但这种情况无关紧要,也不能改变如下事实,即绝大多数评论对所关注的图书作了准确而且往往饶有趣味的描述。

文学杂志的式微,在于它们进退失据,以致两头落空。现代读者群对文学批评不感兴趣,你不能向他们兜售这些。月刊或季刊指望刊登文学批评而且赚钱,注定会大失所望。因此,许多刊物试图靠图书评论贴补文学批评,就像为面包涂上一层黄油。但关心图书评论的公众,如今可以从日报的周刊中读到同样的好东西,自然不会每月或每季度为此付出二先令六便士、三先令六便士或五先令。

对评论家、读者群和批评家,要说的就是这些了。关于作家,还要再讲几句。作家倘若希望写出文学杰作,又要藉此来谋生,处境就很艰难。作为艺术家,批评家和文学批评于他价值或关系极大。但他没有权利抱怨评论家不曾对他履行批评家的职能。如果他要的是文学批评,他应当采纳这篇随笔中的聪敏建议。但这并不表示评论家对他无关紧要，可有可无。他如果想向广大读者和流动图书馆销售他的作品，就仍然需要评论家——很有可能，在作品不获好评时，他还会像丁尼生和狄更斯一样，对评论家恶语相讥，其中的缘故，就在于此。

关 于 阅 读

　　他们为什么选中这块地方建造宅子？或许，是为了那片风景。我想，他们观看风景，自与我们不同，对他们来说，风景之为物，乃是对抱负的激励，对权力的认可。因为他们最终成了这片荫绿的谷地的领主，至少，他们拥有道路右侧大沼的全部。无论如何，宅子是在这里造起了，树木和羊齿草停止了推进；这里，一间屋子叠在另一间屋子之上，房基深入地下几英尺，还掘出了阴凉的地窖。

　　宅子里有书房，长而低矮，书房里，排列着一行行皮面光洁的小书、各种对开本和大部头的布道文集。匣子上雕了鸟儿，啄食一蓬蓬木刻的水果。一位褐色皮肤的神甫照看这一切，为图书掸尘，连带雕刻花鸟。这里藏书丰富；荷马和欧里庇德斯、乔叟，然后是莎士比亚、伊丽莎白时代的作家，接着是王政复辟时代的戏剧，这些都给人翻动得更勤，兴许是夜半时分的披览，将书摩挲得滑溜溜的，于是，就来到我们的时代，或是此前不远的时代，科珀、彭斯、司各特、华兹华斯和其他人。我喜欢这间书房。我喜欢从窗子望出去的乡间景色，透过大沼上树丛的罅隙，天边现出一抹蓝色，那就是北海了。我喜欢在这里捧本书来读。将淡色的扶手椅拉到窗前，阳光从肩头洒向书页。时不时地，草坪上刈草的园丁的影子遮过来,他牵着钉了胶皮掌的矮种马忽远忽近,刈草机紧靠刚刚刈好的新绿,掉过头来又犁出一条宽宽的绿带,机器发出轻微的震颤声,好像夏日的声响本该如此。我常常想,这一条条绿带就像行船时划出的尾流,尤其是在它们围绕花床的岛屿折转时;倒挂金钟则像海上的灯塔;天竺葵可以异想天开地认作直布罗陀;还有常胜的英国士兵,身着红色军衣,站在岩石上。

此时,高挑的夫人们往往走出门,来到草场上,与等在那里的男士会合,他们手持球拍和白色网球,透过遮挡了网球场的灌木,刚刚能看清那球在网上弹跳,打球者的身影在网前奔来跑去,但他们不会打扰我读书的兴致。四周,蝴蝶在花间飞舞,蜜蜂在同一簇花瓣上辛勤劳作,歌鸫飞离悬铃木低矮的枝杈,轻捷地落到草皮上,向蛞蝓和牛蝇跃上几步,又蓦地飞回树杈,它们同样不会打扰我的兴致。那些日子里,这些事情都不能让我分神;窗子敞开着,书捧在手中,在鼠刺篱障和远处的海蓝的背景映衬下,好像已不再是一本书,我读的东西,仿佛就摊开在这片景色中,还没有印刷、装订、锁线,倒经过了树木、田畴和骄阳当空的夏日的装帧,犹如爽朗清晨的微风,浮泛在万物的周遭。

凡此种种,或许,都将人的思绪拉回到过去。在声与影与喷泉的后面,似乎展开了一条无垠的大道,接引其他的声音、影像和喷泉,渐行渐远,没入天尽头。低下头来看书,我会看到济慈和他身后的蒲伯,然后是德莱顿①和托马斯·布朗爵士②——

---

① 约翰·德莱顿(1631—1700),英国诗人、剧作家和文学评论家,写有三十余部悲剧、喜剧和歌剧,代表作有英雄诗剧《奥伦-蔡比》等。
② 托马斯·布朗(1605—1682),英国医生、作家,著有《一个医生的宗教信仰》,谈论上帝、自然和人的奥秘。

众多人物融入莎士比亚的巨大身影里,在他后面,如果凝视的时间够长,依稀还有人形现出,朝圣者打扮,兴许是乔叟,还有——是谁呢?一些伧俗的诗人,甚至发音也不清楚,因此,他们都销声匿迹了。

但是,像我说过的,即使牵了矮种马的园丁,也是书的一部分,把目光从书页上移开,停留在他的脸上,仿佛穿越了漫长的岁月。他的面颊因此略显黝黑,棕色粗布外衣,遮掩不住他的身形,你可以把他看做任何时代的一个劳作者,因为打从撒克逊时代①以来,乡民野老的服装一向很少变化,半闭上眼睛,就可以想见诺曼人②征服前旷野里的人群。此人自然而然地厕身于那些死去的诗人行列。他耕地,他播种,他饮酒作乐,有时,他也上战场;歌也歌过,爱也爱过,死就死了,只见教堂墓地里拱起一处青草萋萋的坟茔,但他身后,留下些儿女,接续他的姓氏,在炎热的夏日上午,牵了矮种马走在草坪上。

也是穿越过这些岁月,可以看到骑士和贵妇的更为显赫的身影,同样清晰分明。你能看到他们;那是真确的。贵妇杏色的长裙,骑士镶了金边的绯红袍子,在黝暗的湖面上映出五颜六色的影子,随波荡漾。教堂里,你也可以看到他们躺在那里,像是心满意足地长眠于此,他们两手交叠,双目紧闭,宠爱的猎犬伏在脚下,先祖所有的蓝色或红色盾徽,已是斑驳陆离,护持在他们四周。他们装扮整饬,料理停当,似乎充满信心地等待什么,期盼什么。末日审判来临了。他睁开眼,拉起她的手,引她前行,穿过一扇扇敞开的门和一排排手持号角的天使,面前是从未

---

① 公元5世纪,日耳曼民族的一支、即撒克逊人曾征服英国部分地区。
② 原为北欧维金人,后大量移民法国,称为诺曼人,于1066年入侵英格兰,将诺曼底和英格兰置于其统治之下。

见过的平崭崭的草地、白色大石筑成的堂堂皇皇的楼宇。整个过程中，没有人说一句话打破沉默。毕竟，问题只在于用眼去看。

讲话的艺术是后来才出现在英国的。范肖家族、利格家族、弗尼家族、帕斯顿家族和哈钦森家族，全都血统高贵，天赋过人，遗下那样一批珍贵的镶嵌画和老式家具，做工精巧，描摹细腻，留给后人的文字却零星不成片断，要么就粗率僵硬，仿佛墨水在追寻语句时慢慢干涸了。那么，他们是否一言不发地欣赏这些财富，或是他们料理日常事务时也那么庄严整肃，以便与那些重浊的多音节词和枝蔓丛生的复合句相照应。或者，他们像主日礼拜的孩子一样，必须收束自己，停止喋喋不休的饶舌，才能坐下来，写些东西，给人们传来传去，用作冬日炉火边的谈资，最后与其他重要文书一道，搁置到厨房壁炉上方的干燥房间里？

"我说过，十月里，"范肖夫人约在一六〇一年写道，"我的丈夫和我经朴茨茅斯入法国，行在朴茨茅斯海滩上……有两艘荷兰舰只向我们放枪，弹丸擦身而过，我们能听到它的嗖哨声。我呼唤丈夫赶快转身奔逃。但他不肯加快步伐，他说，如果注定要死，宁可死于行走，胜过死于奔逃。"此时，一点不错，是精神上的庄严左右了她。弹丸在沙滩上飕飕穿过，但理查德爵士仍然信步而行，还道出了他的一套死亡哲学——这死亡是切近的、实在的，是一个敌人，有血有肉，需要像绅士一样勇敢地拔剑应对——这令她（可怜的妇人）仰慕，虽然在朴茨茅斯海滩上，她想学也还学不完全。尊严、忠诚、高贵，这是她看重的美德，为她的话语定下调子，克制了本色的随意和琐细，让人以为那些出身高贵、道德纯正的人就是这样端庄稳重，高不可攀。日常生活中，小小的弹丸嗖哨而来时，她——二十一年里生养了十八个儿女，又葬掉了大部分——下笔也要克制，只能款款踱步，不能拔腿奔跑。写作对他们，不像对我们一样，在他们那里，写作乃是一种制造；需要制造出一些耐久的东西，看在后人眼里，有一副勇者的面目。因为这些理想，要由后人来评判，范肖夫人，还有露西·哈钦森，她们写作时，想的是多少年后的公正无偏的大众，不是伦敦的约翰和远嫁苏塞克斯的伊丽莎白；没有寄给儿女和朋友的每日邮件，让他们在早餐桌上，不仅听到关于庄稼、仆人、访客和坏天气的消息，还能听到更为细腻的叙述，显示爱情和冷漠，显示情感的消退与始终不渝；那时，似乎还没有语言来承当这副需要小心呵护的精神负担。霍勒斯·沃尔波、简·卡莱尔、爱德华·菲兹杰拉尔德仍是隔在时代外围的幽灵。因此，我们的这些祖先，虽然看似庄重，温文，却是张不开口的；他们徘徊在凉台和花园中，凭借一小块沉默的绿洲，令闯入的现代人无从接近。这里，是利格家族，他们一代又一代，全都是红头发，全都住在近三百多年来惨淡经营的莱姆，男人个个教养良好，品格高尚，事业顺遂，按照现代标准，也都沉闷无趣。他们会记下一次猎狐，以及此后如何饮上"一大杯热乎乎的潘趣酒，将狐狸爪子煮在里边"，而"威尔姆爵士饮得过量，最后，以为自己会喝醉，'不过，'他说，'我才不在乎呢，我今天猎杀了一只狐。'"然而，狐狸猎杀了，潘趣酒饮足了，赛过马，斗过鸡，郑重地为大海对岸的国王祝过酒，或者更放纵一些，为"身体康健和勇敢的本土防卫义勇军官兵"举过杯，此后，他们就闭上嘴巴，合拢眼睛，对我们再也无话可说。我们没准认为他们沉默寡言或粗蛮愚钝，是些沉闷的汉子，只遗传下祖辈的红头发，没有多少头脑，但说到底，他们成就的事业，塑造的生活规范，却是我们难以度量的，实际上，也绝非可有可无。与莱姆具有同等重要性的家族还有上千个，它们像一处处护卫文明的小型要塞，分布在英格兰，在这里，你可以读书，演剧，制定法律，会见朋友，与异乡来客交谈，如果抹掉这些家族，如果从步步进逼的野蛮人那里赢得的这些空间没能维持下去，直到我们有了稳固的根基，沼泽停止扩展，那么，我们更为娇嫩的精神——我们的作家、思想家、音乐家、艺术家——没有一处屋檐遮风避雨，没有满地鲜花给他们晾晒翅膀，又该如何自处呢？我们的祖先冒着严寒，冒着暴风雨，穷年累月地征战攻伐，他们需要调动全部精力，保证家园稳固，仓廪充实，儿女受到教育，享有温饱，亲友受到照料，自然，他们在空余时间里就显得阴郁、沉默——就像耕夫经过长日的劳作，刮去靴子上的泥浆，舒展肩背上酸痛的肌肉，瘫倒在床上，哪里还会想到读书、写字或翻阅晚报。我们徒劳地寻求的那种充满亲昵和爱怜的曼妙语言，需要柔软的枕头、安乐椅、银制刀叉、私人房间；为此，必须掌握一套细碎的字眼儿，机敏活泛，让人运用自如，最平淡的场合，也能脱口而出，最细微处，也能见出精妙。没准，首先得有通畅的道路，舒适的马车，频繁的聚散，节假庆典，时而结盟，时而断交，才能冲破那些富丽堂皇的文藻的束缚；或许英国散文就断送在安乐椅上。古老的、地处偏僻的利格家族的一部编年史，清楚不过地说明了，随着空落落的房间一点点装潢起来，或是乘四轮马车前往伦敦，人们如何开始了一个年深日久的缓慢进程，自然而然地消除了利格家族的封闭状态，将当地方言融入普通的英国腔，逐渐训练了统一的发音方法。可以想象，人们的容貌不断变化，父亲对儿子、母亲对女儿都没了以往的繁文缛节，也失去了他们不容置疑的权威。但这一切，又洋溢着何等的庄严与美！

是夏日炎热的上午。阳光将榆树叶子的外缘晒成棕色，由于大风，已有几片叶子掉到草地上，完成了从叶芽生发到叶脉枯萎的整个生存过程，等着给人扫到一堆，点燃秋天的篝火。透过树木的绿拱，目光急切地寻找蓝色，我知道，这是大海的蓝色；知道它将设法鼓动心灵远航，知道它总能用它的流动和不羁环绕这个真实的地球、大海——大海——我必须丢开书本，丢开虔敬的哈钦森夫人，任她与纽卡斯尔的玛格丽特女公爵达成随便什么协议。外面，空气更甜蜜——多么浓烈，即使是无风的日子里，就在宅子后面！丛生的马鞭草和老人蒿坠下一片叶子，待有人走过时碾碎，嗅到那香气。如果我们嗅到的东西，用眼睛也能看到——如果在碾碎老人蒿的这一刻，我可以穿过一个个晴朗上午接续而成的长廊，沿了无数个八月辟出一条路来，回到从前，那么，与众多泛泛之辈擦身而过，最后，就能来到像伊丽莎白女王①本人这样的大人物面前。我眼中的景象，是否源于一些彩色蜡像，我亦说不清；但同是那一副装束，她穿了永远显得很醒目。她招摇着穿过露台，雍容华贵，但略微僵硬了一点，像只开屏的孔雀。她似乎有些年老体衰，让人禁不住低下头来发笑；随后，她朗声读出那段心爱的誓词，彻贝里的赫伯特勋爵挤在廷臣中屈膝行礼时，听得很清楚，此时，她完全没了老态，显示出男子气概，甚至是咄咄逼人的活力。或许，硬挺的衮服下，她的瘪缩的衰老躯体还没有沐浴？她早餐用的是啤酒和肉，手指上戴了大大小小的红宝石，显得粗硬，正好用来撕扯肉的骨头。事情也许如此，但在我们所有的国王和女王中，伊丽莎白似乎最适合摆出这一副仪态，送别那些英勇的水手，或迎接他们回来趋前觐见，她的充满想象的头脑，仍在盼着他们带回的奇闻轶事，在皱

①　当指伊丽莎白女王一世。

褶堆叠、珠光宝气的脑壳中,她的想象力仍然活跃。这是他们的青春;这是他们轻信世界的巨大资本;他们的头脑还像一张白纸,可以描绘美洲森林,或西班牙舰船,或野蛮人或人的灵魂投射的大幅画图——因此,走在露台上,遥望蓝色的海平线,必会想到他们的三桅海船。那些海船,据弗劳德①说,大小不过像一艘现代英国游艇。将海船收缩,恢复它们在伊丽莎白时代的小巧,海洋也随之变得更加浩大而空阔,汹涌的海浪,势头更猛于现在。扬帆出海,带回染料、根茎和油,为羊毛、钢铁和服装寻找市场,这类召唤声在西部各郡的乡野间回荡。小公司在格林威治郊外的什么地方聚拢来。廷臣急匆匆赶到王宫的窗前,枢密院诸公把脸贴到了窗玻璃上。礼炮鸣响了,海船顺流而下,水手们或在舱面行走,或攀爬帆篷的支索,或立在桅杆的桁木上挥手最后告别亲友。英格兰,还有法兰西的海岸,径直沉没在地平线之下,船只驶在陌生的海面上,空中有各种声音震响,大海上狮子奔突,蟒蛇翻滚,火在燃烧,旋涡涌动。乌云蔽日,撒旦的指爪明显可见。海船结队穿行在暴风雨中,突然,一盏灯熄灭了;汉弗莱·吉尔伯特爵士②沉入海涛中:待到清晨,他们试图打捞他的沉船,却空忙一场。休·威洛比爵士③出海探索西北航道,一去不复返。有时,一个衣衫褴褛、困顿不堪的汉子来敲门,声称他是多年前出海的少年,现在回到父亲的老宅。"威廉爵士其父,爵士夫人其母,认不出他们的儿子,直到发现他身上的隐秘

---

① 詹姆斯·安东尼·弗劳德(1818—1894),英国历史学家,著有十二卷《从沃尔西陷落到击败西班牙无敌舰队的英国史》。

② 汉弗莱·吉尔伯特(约1539—1583),英国军人和航海家,1583年沉于大西洋。

③ 休·威洛比(1500—1554),英国军人和航海家,1554年在探险途中,困于北欧的拉普兰,冻饿而死。

标记,是一只疣长在一侧的膝盖上。"他带回了有黄金纹路的黑色石头,或一只象牙,或一盏银灯,还有很多故事,讲述这些石头如何密密麻麻地堆在那里,等待人去拣拾。兴许,通向传说中的洞天福地的航道,只在海岸线外不远处?兴许,已知的紫陌红尘不过是更加壮丽的大千世界中的一隅?长时间的航行后,船只在浩瀚的拉普拉塔河①上抛锚,人们登岸顺着逶迤起伏的地面四下探索,惊动了食草的鹿群,透过林木的隙缝窥视野蛮人黑黝黝的肢体,他们口袋里装满了卵石,可能剖出红、绿宝石,或沙砾,可能淘洗出金子。有时,绕过一块陆岬,他们看到远处有一队野蛮人缓缓走下海滩,头上顶着,或一起肩了给西班牙国王的沉重的贡物。

这些动人的故事,传遍了英国的西南部诸郡,鼓动在码头上闲荡的汉子,丢下他们的渔网,出海去淘金。考虑到国家的状况,有头脑的人呼吁在英格兰的商人与东方商人之间着手通商,这虽不那么风光,但却更为紧迫。因为没有工作,这位严肃的观察家写道,英国的穷人就会铤而走险,沦为罪犯,"每日死于绞刑架上"。他们有大量羊毛,洁净、柔软、坚韧、耐久,但没有市场,也缺乏染料。渐渐地,由于私人旅行家的活跃,本土的羊种得到改良,日趋滋润。进口了牲畜和植物,连带还有我们现在的各类玫瑰的种子。渐渐地,小批小批的商人在那些化外之地的边界处定居下来,通过他们,五光十色的稀罕物品缓慢地、时断时续地流向伦敦;新的花卉品种播撒在我们的田野里。向南,向西,在美洲和东印度群岛,生活来得更美妙,成功来得更显赫;然

---

① 拉普拉塔河,位于南美洲东南海岸的河口湾,北临乌拉圭,南接阿根廷,向东汇入大西洋。

而，那些冬日漫长、住了面孔扁平的野蛮人的土地，以其蒙昧和奇诡，吸引人们的想象力。这里，三四个来自英格兰西部的人在雪野里落下脚，近旁只有野蛮人的茅舍，他们出外买卖他们能够买卖的东西，获取他们能够获取的知识，直到明年夏天，有一艘不比游艇更大的小船，出现在海湾的入口。他们的见解想必很奇特，还有那种不可知的感觉，连同他们自己——孤独的英国人的感觉，想必也很奇特，这种感觉，就在黑暗的周边鼓荡，而黑暗中，充满了不可见的璀璨。其中的一个人，持了设在伦敦的公司的特许状，深入内陆，来到莫斯科，见到了沙皇，"他坐在椅轿上，头戴皇冠，左手握了黄金铸造的权杖。"他认真记载下目睹的一切仪礼，这位英国商人，文明的先驱，最初见到的景象，就像刚刚发掘出的罗马花瓶或其他装饰品，阳光照耀，流光溢彩，让人惊叹，但光天化日下，待千百万双眼睛看过，迅即黯淡下来，分崩离析了。多少个世纪以来，莫斯科的辉煌，君士坦丁堡的辉煌，千红万紫，始终不为外人所知。许多东西保存下来，就像安置在玻璃罩下。无论如何，英国人大胆地盛装觐见，或许，手中还牵着"三只披红色外套的驯犬"，携了伊丽莎白女王的信函，"信笺上散发着樟脑和龙涎香的芳馥，墨水有浓烈的麝香香气。"

然而，即使有这些旧日的记载，重现了朝廷、宫殿和苏丹的召见厅，更奇怪的倒是那些小小的反光镜，从阴暗处唤出一些粗服乱头的野蛮人，片刻又消失不见，像灯光打在移动的影像上。有一则故事，讲的是在拉布拉多①海岸捕获到野蛮人，运往英国，给人当野兽一样展览。第二年，他们将其带回，找了一个蛮女上船给他做伴。两人见面时，脸上泛起红晕，深得发紫；水手

① 拉布拉多，加拿大大陆的东北部，包括魁北克北部的巨大半岛和纽芬兰。

们注意到这一点，却弄不清为什么。后来，两人在船上搭起小屋，她照料他的生活，他在她病倒时趋前看护，但水手们发现，他们之间始终保持了清白。这些记载，像飘忽的探照灯光，短时停留在三百年前风雪中羞赧的面颊上，传达出我们往往只能从小说中才能得到的那种心有灵犀的感觉。我们似乎猜得出他们为什么脸红；伊丽莎白时代的人注意到这一点，但要到三百年之后，才由我们来作出解释。

或许，面颊的潮红无法长时间牵扯我们的注意力，让我们停留在哈克卢特①那本书的阔大而泛黄的书页上。我们的注意力游走不定。不过，即使如此，它也仍在森林的绿荫中游走。它飘泊在大海上。那些敬神者的甜美的声音几乎令它酣然入梦，伊丽莎白时代的人讲起话来，抑扬顿挫，嗓音比我们更浑厚，更响亮。他们四肢健美，眉如弯弓，眉下椭圆的双眼饱满、明亮，耳上垂了细细的金耳环。他们有什么必要脸红？怎样的邂逅才会令他们产生这样的感情？他们何以应当软化自己的情感和思维，以致局促不安，眉宇间生出皱纹，平白地困惑起来，好像面前不是一只船或一个人，倒是什么捉摸不定的幽灵，是一种象征，却不是某种事实？拉尔夫·菲奇先生、罗杰·博登海姆先生、安东尼·詹金森先生、约翰·洛克先生、坎伯兰伯爵和其他人前往勃固②和暹罗③、干地亚④和希俄⑤、阿勒颇⑥和莫斯科大公国的难

---

①　理查德·哈克卢特（约1552—1616），英国地理学家，著有三卷本《英格兰民族的主要航海、游历和发现》。

②　勃固，缅甸南部城市。

③　暹罗，泰国的旧称。

④　干地亚，即克里特岛，位于希腊南部。

⑤　希俄，希腊岛屿，位于爱琴海。

⑥　阿勒颇，叙利亚西北部城市。

忘航行，漫长而危险，但如果这一切都让人厌倦了，那或许是因为我们无端地感到，他们从不谈论自己；似乎完完全全地忘却了自身；然而，仍旧有办法活得很舒适、很滋润。但语言的质朴并不意味着粗率和空疏。实际上，这类随意的、平实的叙述，关注的虽然仅仅是普通船员的辛劳和艰危，却自有一种真实的和谐，因为尽管前路迢迢，人人精疲力竭，但心境仍如夏日的海面一样宁静，波澜不兴，灵与肉都是平和的。

所有这一切，无疑会有许多夸张，许多曲解。人们常常把我们自身缺乏的气质堆到死者身上。祭出伊丽莎白时代的崇高，会抚慰我们躁动的心灵；文字的流动跌宕诱我们缓缓入睡，或引领我们像骑了步速均停的高头大马，蹀躞在碧绿的牧场上。这是炎热夏日里最让人快乐的氛围。他们谈论自己的货物，你能看到它们；体积、颜色和品种，要比轮船运来又堆在码头上的商品更加清楚、分明；他们谈论水果；头一年挂果的树上结满红彤彤、黄灿灿的果实；他们抬眼打量土地；晨雾刚刚消散，哪怕一朵花，也还没有来得及采撷。草地刚刚现出长长的白色车辙。城镇也刚刚展露它的真实面目。于是，你翻动阔大的书页，随意读下去，想跳过几页，就跳过几页，想打瞌睡，就打瞌睡，慢慢地，幻象出现了，笼罩住你，有两侧滑溜溜的河堤，空旷的林中空地，高耸的白塔，镀金的穹顶和乳白色的清真寺光塔。确实，这种氛围不仅轻柔曼妙，而且丰富多彩，远非你在任何一次阅读中所能消受得了。

因此，如果最后我合上了书本，那并非我穷尽了其中的宝藏，却是因为我已经餍足。此外，由于阅读和中止阅读，朝这边走上几步，停下来看一眼风景，同样的风景已经失去了它的色彩，泛黄的书页几乎暗淡得难于辨识。所以，应当把书放回到它的位置上，加深那些对开本在墙上投下的棕色的阴影轮廓。我在暗影里抚摸架上的书,它们在我手下轻轻耸直。游记、历史、回忆录,无数生命的结晶。薄暮侵过来,灰蒙蒙的。甚至滑过一本本书的手,也能感到手掌下的饱满和成熟。站在窗前,向园子望出去,这些书本仿佛在窃窃私语,它们的生命气息在我身后绕室而生。确实,它们是深深的大海,往昔像扑面的潮头,势将吞没我们。那边,打网球的人已经呈半透明状,他们玩得尽兴,穿过草坪走回来。高挑的夫人俯身摘下一朵苍白的玫瑰;那位男士走在夫人的身侧,网球在他的球拍上颠上颠下,像缀在深绿色树篱上的朦胧的微型天体。他们走入房内,那些蛾子,那些敏捷的蝙蝠蛾随即飞出来,投入薄暮中,这些蛾子,只在花瓣上停留片刻,从没个安稳,却悬在月见草的黄叶上方一二英寸处,颤动成一团模糊。我想,约摸是去林中的时候了。

此前大约一个小时,几块浸了朗姆酒和糖汁的法兰绒布给人钉在几棵树上。成年人正忙着应付晚餐,我们准备好了灯盏、药水瓶,抄起捕蝶网。林地外的道路幽幽暗暗,坚硬的路面与我们的靴子发出的刺耳的摩擦声,听来格外惊心。这却是最后的一段现实,再走下去,我们就踏入了不可知的黑暗中。灯盏将它的一束光楔入黑暗,好像有一场昏黑的大雪从天而降,沿黄色光柱的两侧筑起了雪墙。一伙人的头领知道林中的方向,走在前面,似乎是领了我们,无视黑暗和恐惧,一步一步走向神秘莫测的世界。黑暗不仅能够消除光明,还能埋葬人的锐气。我们几乎一声不吭,即使说话,也尽量悄声,但仍然压抑不住我们心中的胡思乱想。小小的不规则的光柱似乎是唯一能将我们聚在一起的东西,像一道绳子,防止我们走散,给暗夜吞没。光线不绝如缕,照亮去路,让披了一袭怪异的暗绿色夜礼服的树丛和灌木都耸直了身子。走着走着,有人告诉我们停下来,头领走向前去,察看哪一棵树已经安排妥当,因为我们必须慢慢接近,免得飞蛾给灯火惊动,一哄而散。我们扎成一堆儿等待着,周遭的一小圈林木,像是透过高倍放大镜的镜头显现出来。每一片草叶,仿佛都比白天看时更阔大,树皮的龟裂也更醒豁。我们苍白的面孔,像是凭空浮动的一个圆圈。灯盏放在地上,没过十秒钟,就听到(听觉也格外灵敏起来)窸窸窣窣的声音,似乎身边草丛里有什么东西在出没。接着,这里出现一只蚱蜢,那里一只甲壳虫,眼见得又有一只蜘蛛痴慢地从一片草叶攀上另一片草叶。它们的动作都那么笨拙,让人想起在海床上蹒跚行走的海生动物。它们像是商量好了,一路向前,朝灯盏爬来,开始围住玻璃片攀上滑下,此刻,我们听到头领的一声召唤,要我们赶过去。灯光小心翼翼地转向一棵树,先是照在脚下的草丛里,又抬高几英寸,照在树干上;随着光线的升高,我们也越来越激动,越来越紧张;接着,灯光罩住了树上的法兰绒和滴落的糖浆。就在此时,什么东西扇动翅膀,在我们四周翻飞。我们遮住了灯光。随即,又小心翼翼地让它照射过来。这回,没了旋动的翅膀,但这里或那里,在糖浆流过处,星星点点散布着一些柔软的棕色斑块。它们看上去有说不出的珍奇,与糖浆紧紧粘在一起,分也分不开。它们将长喙深深刺入,一面吸吮糖汁,一面抖动翅膀,仿佛陶醉于其中。甚至灯光照到它们时,它们也不能挣脱开,唯是伏在那里,或许因为不自在,颤抖得更厉害些,听任我们凭了它们前翅上的花色、斑点或纹路,决定它们的命运。不时有一只大大的飞蛾撞入灯光里,又倏忽不见。这让我们更加兴奋。我们留下喜欢的,轻弹那些看不上的飞蛾的鼻子,任它们掉到地上,顺着草丛向糖浆的方向爬去,然后,我们又转向了下一棵树。我们谨慎地遮住灯光,远远看到有两盏红色的亮儿,灯光转向它们时,就暗淡下来;那个头上顶了两盏亮儿的美妙的身形随即显现出来。阔大的后翅发出暗红色的光。它几乎一动不动,像是展开翅膀飘落下来,进入一种痴迷的状态。它似乎与树身合围,与之相比,其他的飞蛾倒像是些树瘤和树节。它是那样的美观,沉静,反而让我们踌躇起来,不想弄死它;不过,等它好像猜破了我们的意图,小憩之后,又展翅高飞,飘摇无踪,我们反而若有所失,像是错过了什么奇珍异宝。有人尖叫起来。提灯的人追着它飞去的方向照过去。四周是浩瀚的虚空。接着,我们把灯盏放在地上,片刻之后,又见草叶低垂,昆虫四下里聚拢来,贪婪然而笨拙地想要分享一丝灯亮儿。我们的眼睛适应了黑暗,瞧见了刚才还辨认不清的种种轮廓,我们席地而坐,感受身边生命的流转,树林间万物萌动;有什么在草丛中爬行,还有什么在空中漂游。夜阑人静,树叶拦截住新月的每一束光亮。身边不远处,像是不时传出一声深深的叹息,接着又是一声递一声的叹息,没那么深沉,有些战抖,随后,一切又复归于沉寂。或许,这些不可见的生命发出的动静让人心惊。必是因为极大的决心和生怕给人看成懦夫,我们才会提起灯盏,没入林中更深处。这个夜的世界似乎对我们怀有敌意。冷漠、生疏、不避不让,它所关注的一切,好像都把人排斥在外。但那棵距离最远的树仍然等待我们去探察。头领不知疲倦地头前带路。来路上那一抹白色的路面,恍若永远地迷失了。我们离开光明,离开家,已有好几个钟头。终于,我们前突到密林最深处的这棵树前。它矗立在那里,好像矗立在世界的尽头。没有飞蛾可以来到这么远的地方。然而,树干耸出时,我们看到了什么?猩红的后翅,已经候在那里,像刚才一样一动不动,覆在一道糖浆上,深深地吸吮。这回,我们没有丝毫迟疑,迅速打开药水瓶,摆弄好,罩住飞蛾,截断了它的逃生之路。

玻璃瓶中,红光蓦地一闪。飞蛾收敛翅膀,再也不动弹了。

这一瞬间无比辉煌。我们勇敢的远足,得到了回报,与此同时,事情似乎也证实了,我们有能力应付敌意的和陌生的力量。现在,我们可以回到床上,回到安全的家中。我们站在那里,手中拎牢了飞蛾,忽然,一阵噼啪的唿哨传来,寂静的树林中,随即响起喀嚓喀嚓的沉闷的碰撞声,充满说不出的悲哀和不祥。那声音逐渐弱去,扩散到林中:它消失了,伴随而来,是一声深深的叹息。接着,是一种无边的死寂。"一棵树,"我们终于说出声。有一棵树倒下来。

从午夜到黎明,这之间发生了什么,小小的惊吓,心神不定的时刻,眼睛半睁半闭,迎向灯光,此后,再也无法酣然入梦?莫非是经验,或许——反复的惊吓,每一次当时都不知不觉,却突然松散开?将什么东西分离出来?不过,这种意象让人联想到崩溃和解体,而我头脑中的那个过程恰恰相反。它决不是破坏性的,其实不妨说,它具有一种创造的性质。

一些事情确实发生了。花园、蝴蝶、清晨的声响、树木、苹果,人声出现,述说些什么。好像是一只光的指挥棒,让喧嚣有序,混沌有形。说得更简单些,经历了天知道什么样的体内过程,一觉醒来,你产生了某种统御感。熟悉的人们在晨曦中走来,每个人都线条分明。在日常琐事的兴奋与颤动中,你感觉到骨与肉,持久与永恒。哀伤有一种力量,让人体察生命流转的这种突然停顿,喜悦也有同样的力量。或者,它会毫无来由地出现,让人难以察觉,仿佛花蕾入夜后突然绽放,清晨但见花瓣舒卷自如。那行程和回忆,所有的赘物、残骸和积聚的时间,累累垂垂地摞在我们的书架上,像文学的脚下生长的青苔,无论如何,它们已经不再那么确切,因此,难以适应我们的需要。另一类的阅读更适合清晨时分。这不是寻寻觅觅的时刻,不是半闭上眼睛御风而行的时刻。我们需要一些具体和清晰的东西,经过切割后能够聚光的东西,像宝石或岩石一样坚硬,有人类经验的印记,然而又像晶莹的宝石中蕴蓄的火焰,在我们心底,时而沉潜,时而升腾。我们需要的东西,既是永恒的,又是当下的。但你穷尽了所有的意象,让字词像水一样从你手指缝里流去,却仍然说不清在这样一个早晨,醒来时想到的为什么是诗歌。

在英国,不难发现诗歌。每个英国家庭,都充满了诗歌。甚至俄罗斯的精神生活的源泉也不比我们更深邃。当然,它深深植根于我们的心底;蕴藏在赞美诗集和墓石的最厚重的积淀之下。然而,翻飞的流云,洒满阳光的草地,倏忽间云烟氤氲的大气,大气中,云朵化为斑斓的色彩,辽远的天空更显得混沌和幽深,这种种可爱之处,我们同样并不陌生,在各种各样的旅行条件和气候状况下,我们都能奇怪地有所感受。在这样的宅子里,自然会有一册莎士比亚,还有《失乐园》,乃至薄薄一卷乔治·赫伯特①的诗歌。虽然可能令人不解,但几乎肯定藏有《常识之误》②和《一个医生的宗教信仰》。出于某种理由,托马斯·布朗爵士的对开本摆在书架的最下层,而一般情况下,这里完全是用来摆放乏味和实用的书籍。他在乡间小门小户里广为流传,或许主要是因为《常识之误》以动物为主。一些带插图的书籍,描画了畸形的大象、怪模怪样的丑陋的狒狒、老虎、麋鹿等等,全都怪诞不经,面孔却与人类有奇特的相似之处,在对文学毫无兴趣的人们中间,始终很受欢迎。《常识之误》的文字,有些东西

---

① 乔治·赫伯特(1859—1924),英国玄学派宗教诗人,作品有《圣殿》等。
② 《常识之误》,系托马斯·布朗最长的一部著作,出版于1646年,对众多信条和常识的错误进行了考查,将归咎于人性的弱点和魔鬼的骚扰。

与这些木刻插图颇为合拍。或许有理由说，一九一九年间，还有许多人，仍然很少感受到冷森森的知识之光的照耀。这是最为变幻莫测的光源。他们对事物一知半解，喜欢琢磨翠鸟的身体是否指示了风向；鸵鸟能不能消化铁；猫头鹰和渡鸦是否预示了不祥；打翻盐罐是否晦气；耳鸣说明什么，甚至兴致勃勃地玩味大象的关节和鹳的诡异，而这本来该由见多识广的作家去费神。英国人生来倾向于靠想入非非和诙谐幽默来破闷，寻开心。农夫吃着麦芽酒闲扯，主妇捧了茶杯聊天，托马斯爵士就点化了这类常人的智慧，显示他更有洞察力，知道得也多，不过，他仍然大敞开心胸，等着接纳新奇事物。医生尽管很有学问，仍然乐于倾听我们的叙述，只要它认真，诚恳。他会换一个角度看待我们的肤浅问题，让它升华，流转在璀璨的群星间。比如，路边见到一朵花，一片瓦，一块石子，谁又能说它们不是空中降下的霹雳，迎面轰来的炮弹，你只管带上问题，径直去敲医生家的门，这该有多么惬意。悠悠万事，唯有这件事情最当紧，当然，除非是有人濒死，有人降生，只等医生搭救。医生显然非常仁慈，遇事最好有他守在床前，他声色不动，却充满了同情心。他的抚慰必是庄重的，他的仪态必是沉静的；然而，如果有什么事吸引他，不知他会有多少活跃的想法纷至沓来，口中念念有词，大致都是独白，而且语无伦次，着了魔一般，似乎并不指望找到答案，与其说是在与旁人接谈，倒不如说是在自言自语。

其实，哪里还有第二个人，能够回答他的问题？他曾在蒙彼利埃大学①和帕多瓦大学②求知，但知识没能为他解惑，似乎只

---

① 位于法国的蒙彼利埃市，始建于 1220 年，其医学院曾在中世纪闻名于世。
② 位于意大利的帕多瓦市，始建于 1222 年。

是大大增加了他提出问题的能力。他的心胸越来越开放。与其他人相比，他果然算得上饱学之士。他通晓六种语言；了解许多国家的法律、习俗和政治；能说出所有星座、加上本国大部分植物的名字；然而——难道不能少些然而之类的转折吗？——"然而，我想，我懂了许多后，才知道我懂得很少，我采集植物，足迹从没有超出奇普塞德①。"假若事事有其必然，因为这一点已经得到证明，显然应当如此，那么，再没有什么比这更令他难以容忍了。他的想象力是用来支撑金字塔的。"我想，对一种积极的信仰来说，在宗教中没有不可能之事。"因此，一粒沙尘就是一座金字塔。在一个神秘的世界中，凡事皆不寻常。想想肉体。病痛让一些人惊奇。托马斯爵士只能"诧异我们何以并非始终如此"；他看到有千百种途径导向死亡；而且——他喜欢思索，各种想法古怪地交叠在一起——"每一只手都有能力毁了我们，对每一个人，我们都该领情，感谢他们不曾把我们置于死地。"面对这类层出不穷的想法，人们不禁会问，还有什么能够遏制这样一颗无遮无拦、向天际敞开的头脑呢？遗憾的是，天上还有神明。他的信仰限制了他的视野。托马斯爵士自己决绝地拉上了这层帷幕。他对知识的渴望，他的跃动的才思，他对真理的预感，都让步了，闭上眼睛，沉沉入梦。他将此称为怀疑。"对这些，我比任何人都经历得更多；我要说，我不是以一种勇敢的姿态，却是跪下来把它们压抑住的。"如此健旺的好奇心，本该有更好的命运。如果在现代种种定论的丰盛宴席上，添加托马斯爵士所谓的怀疑这一味，本会让我们多些享受，但我们这

---

① 奇普塞德，伦敦一街区，中世纪时为一处商业中心，17 世纪曾建有巨大的草药市场。

样做,不会改变他,只不过是表达了我们对他的礼赞。毕竟,除过其他种种,他难道不是作家中完整表现了自我的第一个人吗?他的容貌已经记录下来——中等身材,眼睛大且有神,肤色沉着,常常充血。但更令我们心旷神怡的,却是他的丰富多彩的灵魂。在那个黑暗的世界中,他是一名探索者,第一个讲述他自己,以极大的热情提出了这一话题。他不断回到这个话题上来,仿佛灵魂是一种怪病,种种症候还有待记录在案。"我关注的世界正是我自己;我把目光投射在我的筋腱骨骼构成的这个微观宇宙上;而外部的世界不过是我的行星,有时,我为了自娱,推动它旋转起来。"他说,有时,他渴求死亡,而他似乎为这番阴郁的告白感到自豪。"有时我觉得自身就是地狱;早晨之子①在我胸膛内建起他的王宫,群魔在我心中复活。"他忙于工作时,从外表看,他比任何人都清醒,被誉为诺里奇②最杰出的医师,但与此同时,头脑里又充满了稀奇古怪的念头和情绪。然而,但愿他的朋友们能够理解他的思想!可惜他们懵懵懂懂。"于世人,我像隐在暗夜中,再亲近的朋友,看我也像隔了一重云雾。"他从自己身上察觉到令人不可思议的认知能力,旁人熟视无睹的最普通的景象,也会引他陷入深思。小酒店的音乐、祝祷万福玛利亚的钟声、劳作者从田野里掘出的破碎的陶罐——所见,所闻,无不让他木然发呆,仿佛给什么奇异的景象施了定身法。"我们睡在这个世界上,对此生的感觉,无非是梦,如此来想象,也不能算是庸人自扰……"没有人曾这样敞开思想的遮盖,承认一个接一个的猜测,能惊得人目瞪口呆,丝毫动弹不得。

----

① 早晨之子,基督教文献中对堕落前的撒旦的称呼,见《旧约·以赛亚书》第14章第12节。

② 诺里奇,英格兰诺福克郡一区。

怀着对事物的玄妙和神奇的这种信念,他不能拒斥,自然转向容纳和无休无止的思索。极度愚昧的迷信中,有某种殉道精神;小酒店的音乐中,有某种神性;在人的这个小小的世界中,有某种东西,"先于元素而存在,与太阳没有主从关系。"他包容一切,愿意品味摆在他面前的随便什么东西。因为在他的想象力唤起的这般如梦如幻的时间与永恒的庄严景象中,有作家的身影在。那并非仅仅是一般意义上的生命,而是他自身的生命,让他感到万分惊奇,"所要叙述的,并非史实,而是一节诗歌,在常人的耳中,就像一则寓言。"他对自我的兴趣是健康的,还没有那种自我中心的委琐气。我是仁爱的,我是勇敢的,我不排斥任何事物,我待人宽,我责己严,"我的言词,像阳光普照众人,对善与恶,都存了一份情意";我,我,我——我们如何竟失去了讲述自我的那种能力?

总之,托马斯·布朗爵士提出了理解你的作者这个大问题,而此后,这个问题竟至变得极其重要。无论写下什么,总在一些地方,每个地方,有时明显,有时含蓄,隐了一个人的轮廓。我们要想理解他,会不会就像听人讲话时一样,徒劳无益地琢磨他的年龄和习性,有没有结婚,几个孩子,是否住在哈姆斯塔德?这是一个应当提出、却无须回答的问题。也就是说,问题将以一种本能的、非理性的方式获得解答,全看我们的天性如何。但你必须注意,托马斯爵士是第一个造成了这种强烈困惑的英国作家。乔叟——但乔叟的拼字法坏了他的事。那么还有马洛、斯宾塞、韦伯斯特、本·琼生?实际上,在诗人那里,问题从没有如此尖锐地显现出来。在希腊人和拉丁人那里,问题几乎就不曾存在过。诗人让我们认识他的本质,而散文将灵与肉浇铸在一起。

我们读他的书,可否推断说,托马斯·布朗爵士,虽然几乎在每个方面都是仁慈的,宽容的,却会受到一种阴暗的迷信情绪支配,宣布两位老妇人是女巫,必须处死?他的一些迂腐论调不免发出拶指钳那类刑具的声响:一个仍然受到中世纪枷锁束缚和羁绊的灵魂,只有智慧,却没有心肝的灵魂。在他内心,有某些趋向残忍的冲动,因了愚昧或软弱不得不俯仰由人或屈从自然者,都会产生这种冲动。有时,他的安详与宽宏的头脑会突发恐怖的痉挛,短暂但却强烈。更经常的时候,他像所有大人物一样,多少有些枯燥。然而,大人物的枯燥与小人物的枯燥自有不同。它或许更深刻些。我们默认了一切,怀着希望进入他们的阴影里,相信倘若见不到光明,错在我们这里。随着恐惧的加深,一种负罪感,与我们的抗拒交织在一起,让暗意更浓重。华兹华斯、莎士比亚、弥尔顿,总之,每一位身后不仅仅只留下一两首歌诗的伟大作家,都会留下一些篇章,让我们陷入迷茫,我们摸索前行,纯是出于服从的习惯,如果我们将这些篇章联缀在一起,那必然构成一卷大书——一卷世上最枯燥的书。

堂吉诃德也很枯燥。但他的枯燥,与大人物的枯燥不同,大人物像一头昏昏欲睡的巨兽,他似乎在说,"辛苦过后,我要睡了,只要愿意,我会打呼噜。"堂吉诃德的枯燥,没有这种慵懒,别是一种样子。他是在给孩子们讲故事。冬日的夜晚,那些长大了的孩子——纺绩的女人、一天的劳作后歇息下来的男人,围坐在炉火前,"讲个故事吧,让我们乐一乐,粗俗点儿也行,讲讲比我们悲惨,或者比我们更幸福的人。"塞万提斯是个好脾气的人,他依照大伙儿的要求,编了些故事,讲述失踪的公主啦,痴情的骑士啦,完全合乎他们的趣味,对我们来说,就显得沉闷。我们只能认为,如果他一心只讲堂吉诃德和桑丘·潘沙,事情对他,就像对我们一样,本来会好得多。然而,出于本能的尊重和伴随而来的顺从,我们一如现代读者面对往昔的作家,很少明白说出我们的看法。毫无疑问,所有作家都受到阅读者的巨大影响。以塞万提斯和他的听众为例,我们,四百年之后到来的我们,难免会感觉自己像是闯入了一个欢乐的家庭聚会。拿那个团体与这个团体相比(不过现在也没有团体可言,因为我们都有了教养,彼此隔绝,在自己的炉火前读自己的书),就像拿塞万提斯的读者与托马斯·哈代的读者相比。哈代决不会拥一炉好火,靠失踪的公主和痴情的骑士来消磨时间,他越来越固执地拒绝粉饰现实,哄我们开心。我们独自阅读他,他也独自同我们交谈,把我们当成个别的男人和女人,而不是趣味相同的一伙人。对此,也必须加以考虑。今天的读者,习惯了与作家的直接交流,往往与塞万提斯有了隔膜。他在何种程度上知道自己讲些什么——而我们又在何种程度上对他引申得过分,或误解了他,或者在阅读堂吉诃德时,掺杂了我们自己的经验,就像成年人从童话中读出了某个意思,不禁怀疑孩子们是否会心于此?如果塞万提斯感觉到我们感觉的悲剧和讥讽,他是否还会如此克制,不去大加渲染——他是否就会像他看上去那般冷酷?不过,莎士比亚倒是很冷酷地打发了福斯塔夫。伟大的作家就是这样大而化之,听天命而任自然;我们远离了自然状态,将之称为残忍,因为我们比他们更多地感受残忍的后果,或至少是认定我们的痛苦来得更重要。不过,所有这一切,都不会打消那些热闹、诙谐、明白如话的图书带给我们的乐趣,它们围绕对骑士与世界的庄严理念层出不穷,无论人怎样变化,这理念始终是对人与世界的一个不容辩驳的陈述。它世代长存。至于知道自己讲些什么——大作家恐怕从来都做不到。或许，后来人之所以能够从中找到自己所追求的东西，原因就在于此。

且让我们回到世间那卷最枯燥的书上来。书中显然会有托马斯爵士贡献的一两页文字。但要想回避这种说法，机会总是有的，不妨说，这书不是枯燥，而是晦涩。我们习惯了一目十行地阅读书中的句子，一下子就榨出它的含义，那么，拿过《骨灰瓮》中的一页，自然艰涩生硬，让我们摸不着头脑。"如果亚当是来自一抔尘土，每个部分都会要求恢复原状，虽然如此，很少有人物化后，骨骼又还原为细碎的尘土。"——我们必须停下，回过头来，朝这边走走，再朝那边走走，一步一步行进。在我们时代，阅读已经变得如此容易，重读这些深奥的文字，就像跨上一头傲慢而固执的驴子，却不肯搭乘电车进城。拖沓、怪诞、自说自话，托马斯爵士似乎很少是在弗劳德或马修·阿诺德的意义上写作。现在，印刷文字承担了新的功能。它难道不是有了一种奴性，处处迁就我们的口味，对我们的关注平价收费，一分钱，一分货，一盎司不多，一盎司不少？不过，在托马斯·布朗的年代，度量衡即使存在，也还处于原始状态。人们记得，托马斯爵士从来没有靠他的文章卖一文钱。他是自由的，因为他随便给我们多些或少些，都是出自他的慷慨。他是位业余写家；写作是他的消遣和娱乐；他不同我们讨价还价。托马斯爵士没有必要取悦读者，既然如此，那么，这些小书，自然想写得沉闷，就写得沉闷，想写得艰涩，就写得艰涩，如果他心血来潮，也可以写得美不胜收。此处，我们就来到了这个可疑的领域——美的领域。劈头一句话，不是已经让我们茫然、失落、想入非非吗？"火葬的柴堆熄了，葬礼结束了，人们永久辞别了长眠地下的朋友。"没人能说清楚，美为什么能够如此这般影响我们，让我们奇异地平静下来,自信不疑。大多数人都曾尝试描述过,或许,美的一个不变的特性就是,它让我们产生给予的愿望。我们必须作出某种奉献,采取一些行动,哪怕只是走到屋子的另一端,摆弄一下花瓶中的玫瑰,顺便说一句,玫瑰的花瓣已经凋谢了。

普通读者 I

马爱新 译

目次

普 通 读 者

约翰逊博士①的《格雷传》中有一段话，很适宜刻在这样一类房间里，它们称不上藏书室，但是摆满书籍，是私人读书的地方。"……我很高兴能与普通读者产生共鸣，因为在所有那些高雅微妙、学究教条之后，一切诗人的荣誉最终要由未受文学偏见腐蚀的读者的常识来决定。"这段话定义了普通读者的性质，推崇了他们的目的，并对一种消耗大量时间，而很可能留不下什么实质性东西的行为，给予了这位伟人的赞许。

正如约翰逊博士所说，普通读者不同于批评家和学者，他受教育程度较低，也没有过人的天资。他读书是为了消遣，而不是为了传授知识或纠正他人的看法。他首先是出于一种本能，希望从他能够得到的零碎片段中，为自己创造出某种整体——一个人的肖像，一个时代的速写，一种写作艺术的理论。他在阅读过程中不断建成一些潦草的结构，它们与真实的对象有几分相似，足以容许热爱、欢笑和争论，使他从中得到暂时的满足。匆忙、肤浅、不准确，时而抓一首诗，时而捡一块旧材料，不管在哪

① 约翰逊博士(1709—1784)，英国作家、评论家、辞书编纂者，编有《英语辞典》《莎士比亚集》，作品有长诗《伦敦》《人类欲望的虚幻》等。

里找到,也不管它的性质,只要能满足他的意图,充实他的结构。他作为批评家的缺陷是显而易见的。但是,如果像约翰逊博士认为的那样,他在诗人荣誉的最终分配中有一定的发言权,那么也许值得记下这样一些思想和观点,它们尽管本身价值不大,却能影响如此重要的结果。

帕斯顿一家和乔叟[*]

　　凯斯特城堡的堡楼依然矗立在那里，巍巍九十英尺。约翰·法斯托夫爵士的那些为修建城堡载运砖石的驳船出发之处的拱门尚在。但如今寒鸦在堡楼上筑巢，当年占地六英亩的城堡只剩下残垣断壁，城墙上凿有射孔，墙顶筑有垛口，但里面没有了弓弩手，外面也没有了大炮。至于此刻本应为约翰爵士及其父母的灵魂祈祷的那"七个僧人"和"七个穷人"，他们的声音和祈祷都已消失。这里是一片废墟。文物研究者们推想猜测，众说纷纭。

　　在不远处还有另一处废墟——布罗姆霍尔姆小修道院，约翰·帕斯顿被埋葬在那儿，长眠在诺里奇北面二十英里处海边的低地上，这是很自然的，因为他的住宅离那儿只有约一英里。那一带海岸很危险，陆地即使在我们这个时代也难以通行。尽管如此，修道院的那一段木片，真十字架的残片，吸引了络绎不绝的朝圣者，他们开了眼，伸直了四肢之后离开。但有些新开了眼的人看到一个令他们吃惊的情况——布罗姆霍尔姆修道院中约翰·帕斯顿的坟上没有墓碑。这个新闻在乡村中流传开来。

---

[*]　《帕斯顿书信》，詹姆斯·盖尔德纳编订（1904），共四卷。

帕斯顿一家没落了,过去那么有财势的家族已没有能力在约翰·帕斯顿的坟头上立一块墓碑。他的遗孀玛格丽特还不起债务,大儿子约翰爵士把财产挥霍在女人和比武大会上,小儿子(也叫约翰)尽管资质较高,却把心思更多地放在他的猎鹰而不是田地的收成上。

那些朝圣者当然惯于说谎,被一片真十字架上的木头开过眼的人很有理由这样做,然而他们的新闻是受欢迎的。帕斯顿家有过发迹的历史。人们甚至说他家就在不久之前还是奴隶。至少老人们还记得约翰的祖父克莱门特亲自耕地,他的儿子威廉当了法官,购买田地,威廉的儿子约翰娶了富豪之女,购买更多的田地,不久以前继承了凯斯特这一大片新城堡,以及约翰爵士在诺福克和萨福克所有的地产。人们说他伪造了那位老爵士的遗嘱。那么他没有墓碑又何足为奇呢?但是,如果我们想到约翰的大儿子约翰·帕斯顿爵士的性格,他的成长环境,以及家庭书信中反映出来的父子之间的关系,我们就会了解为他父亲立碑这件事情是多么困难,多么可能被忽略。

让我们来想象一下,在目前所知英格兰最荒凉的地区,一座新造的原始的住宅,没有电话、浴室、排水设备、扶手椅和报纸,也许有一架书籍,体积笨重,价格昂贵。窗外是几片田地,十几间小屋,再远处一边是大海,另一边是广阔的沼泽。有一条路穿过沼泽,但路上有个洞,一个雇农说那个洞大得能够吞没一辆马车。此人还说,那个疯砖匠汤姆·托普克罗夫特又逃出来了,半裸着身体在乡下游荡,威胁要杀死任何靠近他的人。这就是他们在那简陋的房间里用餐时谈论的话题。烟囱冒着浓烟,穿堂风掀起地上的地毯。主人吩咐一到日落所有的门都要上锁,当漫长而阴郁的晚上慢慢过去,这些被包围在危险之中的孤独的男人和女人们便跪下来,简单而庄严地祈祷。

但是在十五世纪,荒凉的旷野突然奇异地被大堆崭新的砖石建筑打破。诺福克海岸的山丘和荒地上矗立起一座石头的庞然大物,像在矿泉疗养地建的现代化宾馆,但是没有散步广场,没有出租的房屋,那时雅茅斯也没有码头。郊外这座巨大的建筑是给一位没有子女的孤独老人住的——约翰·法斯托夫爵士,他参加过阿金库尔战役,但没有得到多少报酬,没人听取他的意见,人们在背后说他的坏话。他很清楚这一点,他的脾气没有因此而变得好些。他是一个脾气暴躁的老头,强壮有力,牢骚满腹。但无论在战场上还是在宫廷里他都念念不忘凯斯特,想着一旦职务允许,就到他父亲的土地上定居,住在自己建造的大房子里。

帕斯顿家的孩子们小的时候,凯斯特城堡的巨大工程正在几英里之外进行。父亲约翰·帕斯顿承接了一部分工作,孩子们一能听人说话,就听到关于石头和建筑,驳船去伦敦还没回来,二十六个私人房间,大厅和小教堂,地基、测量数字和无赖的工人等等的谈话。后来,当一四五四年城堡竣工,约翰爵士到凯斯特来安度晚年时,他们可能亲眼看到那里收藏的大量珍宝,桌上摆着金银餐具;衣橱里塞满天鹅绒的、缎子的和金丝织的衣服,还有头巾、披肩、海狸皮的帽子、皮夹克和天鹅绒的紧身上衣;床上的枕套都是绿色和紫色丝绸做的。到处都是织锦,床上铺的和卧室里挂的织锦上,画着围攻、打猎和放鹰、钓鱼、射箭、女士们弹竖琴、逗弄鸭子,或是巨人"手里托着一条熊腿"。这就是体面的一生的果实。买土地,造大房子,在房里填满金银餐具(尽管厕所很可能在卧室里),是人类正确的目标。帕斯顿夫妇也把他们的大部分精力花在这种费尽心神的工作上。因为占有欲是普遍的,一个人不会长久对他的财产感到安全。边远的那些财产永远处在危险之中。诺福克或萨福克的公爵可能垂涎这座或那座庄园。他们凭一些捏造的借口,例如帕斯顿家是奴隶等,趁主人不在的时候没收庄园的住宅,砸烂那些小屋。帕斯顿、摩特比、德雷顿和格雷山姆的主人怎么能同时身在五六个地方呢,尤其是现在凯斯特城堡已归他所有,他必须在伦敦争取使他的权利得到国王承认。他们说国王也是疯子,不认识自己的孩子,或者国王在逃亡,或者在打内战。诺福克永远是最倒霉的一个郡,那里的乡绅是最爱吵架的人。事实上,帕斯顿夫人乐意,她可以给子女们讲讲在她年轻的时候一千个人怎样带着弓箭和燃烧的锅子闯进格雷山姆,打破大门,在她独自坐着的房间墙内埋放炸药。但是女人们还遇到过比这可怕得多的事。她没有为自己的命运悲泣,也没有把自己想成女主人公。她如此勤奋地用她那清晰窄小的字体写给(向来是)远在外地的丈夫的长长的书信中,没有提到她自己。绵羊糟蹋了干草,海顿和塔顿汉家的男人出去了,一条堤坝决口,一头小公牛被偷走,家里急需糖浆,她真的需要布料做衣服。

但是帕斯顿夫人不谈她自己。

于是,帕斯顿家的小孩便看到他们的母亲写或口述那些长长的书信,一页又一页,一小时又一小时。可是打断一位如此勤奋地书写如此重要内容的家长将会是一种罪过。孩子天真的话语、婴儿室和学习室的学问没有进入这些详细的通信中。她的书信大体上是一位诚实的管家写给主人的信,解释情况、征求意见、报告新闻、陈述账目。发生了抢劫和凶杀;租子难收;理查德·卡勒只收到了一点点钱;由于这样那样的事情,玛格丽特没有时间列出她丈夫要求她列出的财产清单。老艾格尼丝相当冷峻地从远处观察她儿子的情况,很有理由劝他设法"减少你在世上要做的事情;你爸爸说,小生意多清闲。这个世界不过是一条大道,充满苦难,当我们离开的时候,除了我们做的善事和恶事,什么也不能带走。"

死亡的想法就会这样突然袭上他们心头。老法斯托夫,受着财富和家产的拖累,临终时想象到地狱的烈火,大叫他的遗嘱执行人发放施舍,并保证让人"永世"祈祷,使他的灵魂能够逃脱炼狱的折磨。法官威廉·帕斯顿也迫切要求请诺里奇的僧人"永远"为他的灵魂祈祷。灵魂不是一股空气,而是结实的形体,能够遭受永久的折磨,摧毁它的烈火比人间火炉里的任何火焰都要强烈。僧人们和诺里奇城都会永远存在,还有诺里奇的圣母堂。他们对生和死的概念都有一种理所当然的、肯定的、永久的东西。

生存的图景被如此有力地标明之后,孩子们当然要经常挨打,男孩和女孩都受到指教,懂得自己的地位。他们必须获得土地;但他们必须服从父母。母亲会一星期三次敲女儿的头,如果女儿不遵守行为规范,她的头皮会被敲破。艾格尼丝·帕特森,一位出身高贵的有教养的女士,打过她的女儿伊丽莎白。心肠较软的玛格丽特·帕特森,因为她女儿爱上了诚实的管家理查德·卡勒,而把她逐出了家门。兄弟们不能容忍自己的姐妹下嫁,"去弗兰姆灵汉卖蜡烛和芥末"。父亲和儿子吵架,母亲喜欢儿子胜过女儿,但按规矩和习俗必须服从丈夫,为了维持和平而左右为难。玛格丽特百般努力,还是未能阻止大儿子约翰的鲁莽行为,也未能阻止他父亲对他的严厉斥责。他是"蜂群中的雄蜂",父亲吼道,"蜜蜂辛辛苦苦在田野里采蜜,雄蜂什么也不干,却坐享其成"。他对父母傲慢无礼,到外面却什么责任也承担不了。

但是这场争吵很快便因父亲约翰·帕斯顿在伦敦去世（一四六六年五月二十二日）而结束了。遗体被运到布罗姆霍尔姆下葬。十二个穷人举着火把伴着灵柩跋涉过去。施舍发放了，弥撒和挽歌唱了，钟敲了，大量的家禽、羊、猪、鸡蛋、面包和奶油吃掉了，啤酒和葡萄酒喝了，蜡烛点了。教堂的两块窗玻璃被卸下来，使火把的浓烟散出去。分发了黑布，坟墓上点起了一盏灯。但是继承人约翰·帕斯顿把为父亲立碑的事拖了下来。

他是个年轻人，二十四岁出头。乡村生活的清苦单调令他感到厌倦。他离家出走时，似乎是谋求进入王室。无论仇人们对帕斯顿家的血统提出什么疑问，约翰爵士确确实实是一位绅士。他继承了土地，蜜蜂辛辛苦苦酿出的蜂蜜现在是他的了。他享受的本能大于敛财的本能，奇怪地混合了他母亲的节俭和他父亲的一些野心，但他本人那懒惰和奢侈的性格削弱了这两方面的特征。他对女人有吸引力，喜欢社交和比武大会、宫廷生活和打赌，有时甚至喜欢读读书。因此，约翰·帕斯顿入土之后，生活在一个相当不同的基础上重新开始。外部的变化固然很少。玛格丽特仍然管理着这座宅子。她仍然像以前指挥大孩子的生活一样指挥着小孩子的生活。男孩子仍然需要被家庭教师敲打来使他们念书，女孩子仍然爱上不般配的人，而必须被嫁给般配的人。租子要收，关于法斯托夫财产的没完没了的法律官司继续拖着。仗打来打去，约克和兰卡斯特的玫瑰交替凋谢和盛开。诺福克到处是要求申冤的可怜人，玛格丽特像过去为丈夫工作一样为她的儿子工作，只有一个重要的变化，现在她不是向丈夫倾诉，而是去请教她的牧师。

但是内部发生了变化。仿佛坚硬的外壳终于发挥了作用，某种敏感的、会欣赏、爱享乐的东西在里面形成了。至少约翰爵士在给家中的弟弟约翰写信时，有时会撇开手头的事务，开个玩笑，写点闲话，或者会心地甚至微妙地向他传授谈情说爱的方式。"对其母亲要如你所写越谦卑越好，但对女孩不可太谦卑，进展迅速不必过分欢喜，倘若不成也不必过分懊恼。我将永远做你们的使者，无论是在这里（如果她过来）还是在家里（当我回去时），我急切地希望最迟在十一天之内回去。"然后是要买一只老鹰，把一顶帽子或缎带捎给诺福克的约翰，他一面放鹰一面打官司，同时以相当充沛的精力和不尽诚实的态度照料着帕斯顿庄园的事务。

约翰·帕斯顿坟上的灯早已熄灭。但约翰爵士依旧拖延着，没有重修。他有他的借口，法律官司、他在宫廷里的职责、内战的干扰等，花去了他的时间和金钱。但也许约翰爵士本身发生了某种奇怪的变化，不仅是在伦敦逗留的约翰爵士，还有他那爱上了男管家的妹妹玛杰里，还有在伊顿用拉丁文写诗的沃尔特，还有在帕斯顿放老鹰的约翰。生活的乐趣多了一些。他们不像上一辈那样确信人的权利和神的地位、死亡的恐怖，以及墓碑的重要性。可怜的玛格丽特·帕斯顿嗅出了这种变化，不安地试图用支如此僵硬地划过那么多张信纸的笔揭露她的烦恼的根源。不是法律官司使她悲哀，如果需要的话，她愿意用自己的双手保卫凯斯特，"尽管我不大会带兵打仗"，但是自从她的丈夫和主人死后，这个家里有些地方不对劲。也许她的儿子没有好好敬奉上帝；他太骄傲，太铺张了；也许他对穷人太不仁慈。无论是什么问题，她只知道约翰爵士花出去的钱是他父亲的两倍，而收益反倒少了；他们如果不变卖土地、林子或家什就简直没法还债（"想到这儿就像要我的命一样"）；而乡下人每天都在说他们坏话,因为他们不给约翰·帕斯顿的尸骨盖一块墓碑。本来可以买墓碑,或买更多的田地、更多的酒杯和织锦的钱,被约翰爵士用来买了钟表和小装饰,以及雇了文书抄写关于爵士身份的论文和其他类似的资料。它们搁在帕斯顿——共十一卷,中间夹着利德盖特①和乔叟的诗篇,向那简陋的、不舒适的房间中散发着一种奇怪的气氛,教他们分心,使他们不仅忽略了自己的利益,而且对死者的神圣权利也漠然置之。

　　有时,约翰爵士没有骑马去察看他的庄稼,或与佃户讲价,而是大白天坐在那里看书。在那不舒适的房间里,风掀起地毯,烟熏着眼睛,他坐在硬椅子上读着乔叟,浪费着时间,梦想着——或者他从书籍中得到什么奇怪的陶醉呢?生活艰苦、无趣、令人失望。一整年的日子在无聊的营生中度过,毫无成果,就像雨打在窗玻璃上一样。生活对他而言没有什么道理,不像对于他的父亲那样。没有迫切地需要组建家庭和为子女谋取重要的职位,子女还没出生,或虽已出生,却没有权利继承父亲的姓名。但是利德盖特或乔叟的诗就像一面镜子,里面的人物活动明快、无声而紧凑,向他展示他所熟悉的天空、田野和人物,但是丰满而完整。他不用倦怠地等待伦敦来的新闻,或从他母亲的闲言碎语中拼凑出一些爱情和嫉妒导致的乡村悲剧,在这里,几页纸就把整个故事摆在他面前。然后他骑马或坐在桌前的时候,会想起一些与此时相关并使之固定下来的描写或警句,或是某一串语句令他着迷,他会把当前的压力放在一边,匆匆回家坐到椅子里去了解故事的结局。

---

　　①　利德盖特(1370—1450),英国诗人,作品多以乔叟诗法为楷模,以伦理及宗教长诗著称,写有长篇叙事诗《特洛伊纪事》《王子蒙尘》等。

了解故事的结局——乔叟仍然能让我们有这种愿望。他有卓越的讲故事的才能,在当代作家中这几乎是最罕见的才能了。没有什么事对我们的影响与对我们祖先的影响一样,事件已不再重要,如果我们叙述这些事情,自己实际上并不相信;我们也许有更重要的东西要说,因为这些原因,像加尼特先生这样天生的讲故事的人(我们必须把他与梅斯菲尔德先生这种自觉的讲故事的人分开)已经很稀少了。因为讲故事的人除了对事实有不可名状的兴趣外,还必须有讲故事的技巧,不过分强调或激动,否则我们会囫囵吞枣,混成一团;他必须让我们停顿一下,给我们一些时间思考,环顾四周,但又总是能诱导我们往下看。这方面,乔叟在某种程度上得益于他的时代和出身,另外他和现代人相比还有一个有利条件,这是以后的英国诗人不会再有的。他那时的英国是个未受污染的国家。他目光所及是一片处女地,一望无际的草地和森林,只有一些小城镇和偶尔一座兴建中的城堡。肯特郡的树梢间没有隐约可见的别墅屋顶,山坡上没有工厂烟囱冒烟。乡村的状况有一定的重要性,考虑到诗人如何走向自然,如何以它作为形象和对比——即使不是直接地描写自然。乡村的开垦或是原始的状态对诗人的影响比对散文作家的影响要深得多。而今伯明翰、曼彻斯特和伦敦已发展到如此规模,对现代诗人来说,乡村是道德高尚的圣堂,与藏污纳垢的城市形成对比。它是个隐退的去处,是朴实和美德的净土,人们去那里躲避和得到教化。在华兹华斯的自然崇拜中有一种病态的成分,仿佛害怕与人接触,在丁尼生对玫瑰花瓣和酸橙树的叶芽等细小对象倾泻的热爱中,这种成分更多。但这些是伟大的诗人,在他们的笔下,乡村不仅仅是珠宝店或是各种新奇玩意的陈列馆,让人用更新奇的语言来描述。如今风景已经受到如此破坏,花园或草坪代替了荒野和陡峭的山崖,天赋较低的诗人们只能限于描写微小景观,描写鸟笼和橡果,每一条纹路都刻画逼真。辽阔的风景已经失去了。

但乔叟眼里的乡村却太广大,太荒凉,以至于不完全是令人愉快的。他本能地回避暴风雨和岩石(仿佛他对它们的性质有过痛苦的体验),转向晴朗的五月天和明快的景色,回避严酷和神秘,转向欢乐和确定。

他没有现代人掌握的形象描写技巧的十分之一,却能够以寥寥数语,甚至(我们读一下就会发现)不用一句直接描写,就给人以野外的感受。

> 看鲜花绽放
> ——这就够了。

不妥协、不驯服的大自然,不是照出幸福面庞的镜子,也不是听不幸灵魂忏悔的神父。它就是它自己,因此有时简单平常和令人不快,但在乔叟的诗篇中它总是带着实在之物的坚硬和新鲜。然而不久我们便注意到一种比欢乐美丽的中世纪世界外表更重要的东西——使它丰满的坚实性,使人物生动鲜活的说服力。《坎特伯雷故事》内容繁多,但是全文贯穿着一种统一的类型。乔叟拥有他自己的世界,他的小伙子和他的姑娘们。如果在莎士比亚的世界里遇到他们,我们也会知道他们是乔叟的人物,而不是莎士比亚的。他想描写一个姑娘,她看上去是这样的:

> 她的头巾扎得标致,
> 她的鼻子很可爱,眼睛像玻璃;
> 嘴巴很小巧,声音甜又柔;

还有一个美丽可靠的额头；

我觉得几乎是天庭饱满；

因为她很大胆，不是发育不全。

他接下去详细描写她，她是一个姑娘，一个处女，带着处女的冷漠。

你追求，与你做伴，我是个少女，

喜欢打猎和追逐，

喜欢在荒野的森林里散步，

不喜欢做贤妻良母。

然后他想到：

她的回答总是那么谨慎，

尽管她像雅典娜一样明智

却没有故作聪明的言词

她的谈吐和她的身份一致，

每句话多少都包含着美德和教养。

实际上，这些句子是从不同的故事中摘录的，但你感觉它们写的是同一个人，当他想象一个姑娘时，在他脑海里浮现的形象。因此，当这个姑娘以不同的名字出现在《坎特伯雷故事》中时，她体现出一种稳定性，这是只有当诗人已经形成固定看法的时候才会有的，当然首先是对年轻女人的看法，但还包括对她们生活的世界、它的目的、性质，以及他自己的艺术技巧的看法，这样他的大脑就能自由地将其全部力量运用于对象。他没有想过他的格里塞尔达可以提高或改变。她身上没有模糊，没有犹豫；她不证明任何东西；她满足于当她自己。因此，我们的思想可以在她身上无意识地轻松逗留,通过暗示和线索,赋予她许多并未实际写出的特性。这就是说服力,这是一种罕见的才能,在当代约瑟夫·康拉德早期的小说中可以看到;这是一种极其重要的才能,因为整个结构的重量都建立在这上面。一旦相信乔叟的小伙子和姑娘,我们就不需要说教或反对。我们知道他心目中什么是善,什么是恶;说得越少越好。让他往下讲他的故事,刻画骑士和乡绅、好女人和坏女人、厨子、船员、牧师,我们会提供视野,提供他那个社会的信仰、它对生与死的立场,使坎特伯雷之行成为一次精神上的朝圣。

对他自己观念的这种单纯信仰在那时比现在要容易,至少在一个方面是如此,因为乔叟可以直率描写的地方,我们却必须委婉地表达。他可以拨响语言中的每个音符,而不会发现有许多最好的音符已经因为不用而废掉了,当被大胆的手指拨动时,它们会发出与其他音符很不和谐的刺耳响声。乔叟的不少语句是不合宜的,也许在他的每个故事中都有几行,我们读的时候有一种在旧衣服里裹了很久之后忽然裸露在空气中的奇怪感觉。由于某种幽默需要能够不害羞地提及身体的部位和功能,所以随着体面的到来,文学便失去了一条臂膀。它失去了创造澡堂老板娘、朱丽叶的保姆以及她们尚可认出但已苍白得多的亲戚——摩尔·佛兰德斯的能力。斯特恩因为害怕粗糙,而被迫选择下流。他必须机智,而不是幽默。他必须暗示而不是直言不讳。乔伊斯先生的《尤利西斯》摆在面前,我们也无法相信还能再听到过去的那种笑声。

> 但是,我的主! 当我想起
> 我年轻时,还有我的艾奥利蒂,
> 我就觉得心口痒痒。

想到我那时有过美好时光，

直到今天它还让我心尖儿颤。

那个老太婆的声音已消失了。

但《坎特伯雷故事》那惊人的明快，那依然有感染力的欢乐还有另一个更重要的原因。乔叟是一位诗人，但他从来不畏惧他眼前正在发生的生活。一个农家场院，它的稻草、牛粪、公鸡和母鸡（我们已经认为）不是诗情画意的素材，诗人们似乎要么完全不写农家场院，要么要求它必须是在塞萨利①，它的猪有神话渊源。但是乔叟直率地说：

她有三头大母猪，三头黄牛，

唷，还有一只怕高的绵羊；

或是：

她有个场院，木桩拦四周，

外面还绕着一条枯水沟。

他不难为情，不害怕。他总是能从近处描写对象——一个老头的下巴：

布满硬胡须，

好似角鲨皮，扎人像荆棘；

或是一个老头的颈子：

看呀！当他唱歌的时候

颈上松弛的皮肤一抖一抖。

----

① 塞萨利，希腊中东部一地区。

他会告诉你他的人物穿什么,长什么样,吃什么喝什么,好像诗歌能够触摸一三八七年四月十六日星期二这一时间的普通事实,而不会玷污她的双手。如果他退回到希腊或罗马时代,那只是因为他的故事把他引向那里。他不想把自己裹在古迹里,藏进历史中,或避免涉及普通杂货商的英语。

因此当我们说了解这一旅行的目的时,很难讲我们是从哪几行诗句中了解到的。他的目光盯着面前的道路,而不是将来的世界。他不大习惯抽象的思索。他以特有的狡黠反对与学者和牧师的任何竞争:

> 这个问题我留给牧师,
> 但我悲叹世间灰色苦难。
> 世界为何物?人们欲何求?
> 此时享欢爱,彼时已入土,
> 冰冷坟墓中,孤单无一伴。
> 他追问,或思考,
> 哦,残酷的神灵,
> 你用永恒的命令统治这个世界,
> 对你而言,
> 人类比羊栏里的绵羊又多些什么?

问题在他脑中涌现,他提出问题,但因为他是一个真正的诗人,所以他没有回答这些问题,而是把它们留在那里,不受一时的答案限制,从而能对后代保持新鲜。从他的一生来看,也很难把他归入这种或那种派别,民主派或是贵族。他是坚定的教徒,但却嘲笑牧师。他是有才干的官员和朝臣,但他对性道德的观念极为宽松。他同情穷人,却没有做任何事来改善他们的处境。

可以有把握地说，从没有因为乔叟说过或写过的任何内容，而导致制定任何法律或是使一块石头垒到另一块之上。然而读他书的时候，我们无疑全身心都在吸收道德。因为作家有两种，一种是牧师，他们拉着你的手，一直把你领到神秘的殿堂；另一种是普通人，他们把教义包藏在血肉之中，描绘出整个世界，不剔除坏的方面或强调好的方面。华兹华斯、柯尔律治和雪莱属于牧师一类，他们给我们一篇篇可以挂在墙上的美文，一句句可以像护身符一样放在心口的格言——

> 别了，别了，孤独的心
> 热爱一切事物，不论其伟大还是渺小
> 爱得最深的人祈祷得最好

——这类劝诫和教导立刻跳入脑海中。而乔叟却让我们去和平常人一起做平常的事情。他的道德含在人们相互交往的行为之中。我们看到他们吃饭、喝酒、欢笑、做爱，作者没说一个字，我们就能感到他们的标准是什么，从而深深浸染他们的道德观。没有比这种描绘所有行为和情感的方式更有力的说教了，它不是正襟危坐地劝诫，而是让我们随便走、随便看，自己去找出意义。这是平常交往的道德，是小说中的道德，家长和图书管理员都正确地认为它比诗歌中的道德有说服力得多。

因此，当合上乔叟的书时，我们觉得他尽管没说一个字，却做出了完整的批评；我们所说的、想的、读的、做的都被评论到了。我们也不仅仅是感到结识了有趣的人，熟悉了有趣的社会习俗（尽管这种感觉很强烈）。因为当我们走过真实的、未经粉饰的乡村，听到一个有趣的人开玩笑或唱歌，接着又听到另一个，我们知道这尽管与日常生活相似，却不是我们日常的世界。

这是诗歌的世界。一切发生得比生活或散文中更快、更强烈、更有秩序；形式上有一种高级的迟钝，它是诗歌的魔力之一；有的诗句提前半秒钟说出了我们要说的话，好像我们未受文字拖累就读到了自己的思想；有的诗句让我们回头重读，那增强的特质和魔力使它们久久在脑海中闪亮。而整体结构、变化和偏移的安排都体现了一种最不平常的能力——造型的能力，建筑师的能力。但乔叟的特别之处在于，我们尽管能立刻感受到这种兴奋、这种陶醉，却无法引用一些诗句来证明它。大多数诗人都是很容易被引用的，某些比喻让人眼前一亮，某些诗节显得突出。然而乔叟非常平衡，非常均匀，很少使用隐喻。如果我们摘录六七行诗句，希望能够保留原来的风味，那风味却已经失去了。

> 主啊，在我父亲家里，
>
> 你脱下我贫穷的旧衣，
>
> 给我穿上华美的衣裳，
>
> 哦，仁慈的主，
>
> 出于敬畏，我唯有向你献上
>
> 忠诚、赤裸和童贞。

在文中这一段似乎不仅感人和难忘，而且可与绝色佳人并列，单独摘出来看却显得普通平常。乔叟仿佛有一种技巧，能使最寻常的词语和最简单的感觉放在一起时相映生辉，分开来却光彩顿失。因此他带给我们的愉悦和其他诗人带来的不同，它与我们自己感觉或观察到的东西联系更加紧密。吃饭、喝酒和好天气、五月、公鸡和母鸡、磨坊主、老农妇、花儿——看到这些普通的东西组织在一起，竟给我们诗一般的感受，而又明亮、朴素，正像我们在户外见到的一样，这对我们是一种特殊的刺激。

这种很少修辞的语言别有一种风味,不加装饰的句子中有一种端庄高贵的美,像一个个披着薄纱的女子款款走来,透过薄纱可以看到她们身体的曲线——

　　她马上放下水罐
　　把它搁在牛栏边

　　然后,当她们安详地、优雅地走过时,从队伍后面探出了乔叟的脸,带着恶意的笑容,与一切狐狸、驴子和母鸡联合,来嘲笑生活的盛况和礼仪——机智、聪明、法国式,同时建立在英国幽默的广阔基础之上。

　　因此约翰爵士在那间刮着穿堂风、烟熏着眼睛的居室里读着他的乔叟,一直没有为他父亲修墓碑。可是任何书、任何坟墓都不能长久地吸引他的注意力。他属于那种在两个时代交界处徘徊,在哪儿都住不下来的模糊人物。他一会儿热衷于买旧书,一会儿又去了法国,对他母亲说"我现在对书不是特别感兴趣"。在他自己家里,母亲玛格丽特不断地开列财产清单或是向牧师格劳伊斯倾诉,他没有安宁或舒适可言。她总是有理,她是一个勇敢的女人,看在她的分上他必须忍受牧师的傲慢,当抱怨变成公开的辱骂,"你这骄傲的牧师"和"你这骄傲的地主"之类愤怒的话在屋里扔来扔去的时候,必须强压住他的火气。所有这些,加上生活的不方便和他本人性格的弱点,使他逗留在更舒适的地方,推迟回家,推迟写信,年复一年地推迟为他父亲修墓碑。

　　然而约翰·帕斯顿已经在光秃秃的坟墓里躺了十二年。布罗姆霍尔修道院院长捎话说坟上的盖布已经破烂,他亲自给缝了缝。对玛格丽特·帕斯顿这样一个骄傲的女人来说,更糟的是乡下人在嘀咕说帕斯顿一家不虔诚，她听说一些名望不如他们的人家出资给修道院重修庙宇，而她丈夫正埋在那里，被人遗忘。最后，从比武大会、乔叟和情人安妮·霍尔特那里分出心来，约翰爵士想到了曾用来覆盖他父亲的灵柩的一块金布，现在可以把它卖掉，支付重修坟墓的费用。这块布在玛格丽特那里，她把它收藏了起来，细心保存，还花了二十个马克修补。她舍不得拿出去，但是没有办法，只好派人送给他。她仍然不相信他的意图或他实现这种意图的能力。"如果你把它用在别的地方，我发誓我这辈子再也不会相信你了。"她写道。

但这最后之举，就像约翰爵士一生中采取的其他行动一样，没有能够完成。一四七九年，与萨福克公爵的一场争执使他必须前往伦敦，尽管当时城中疾病流行。在那儿，在肮脏的住所里，孑然一身，直到最后还忙于争吵，直到最后还在为金钱而吵嚷。约翰爵士就这样咽了气，被葬在伦敦的怀特修道院。他留下了一个私生女，留下了数量可观的藏书，但他父亲的墓碑依然没有修。

然而厚厚四卷帕斯顿书信像大海吸收一滴雨水那样吞没了这个失败的男人。像所有书信集一样，它们似乎暗示我们不必过分关心个人的命运。无论约翰爵士活着还是死了，家族都将延续下去。它们充塞着大量无意义的，常常是沉闷的日常生活琐事，像尘土堆积如山。然后突然发出火焰，日子在我们眼前闪亮，完整而生动。一天早晨，陌生男人在挤奶的女人中间窃窃私语。一天傍晚，华恩的妻子在墓地大声诅咒老艾格尼丝·帕斯顿："让所有的魔鬼把她的灵魂拉进地狱。"诺福克的秋天，塞西莉·唐恩来向约翰爵士哀求要衣服。"还有，先生，希望您体恤，寒冷的冬天要到了，除了您恩赐的之外，我没有几件衣服。"

遥远的日子一小时一小时地展开在我们面前。

但在这一切当中没有为写而写，没有用笔传达愉悦或欢乐，或后来英国人的书信中流露的上百万种不同程度的喜爱和亲密的感情。只有偶尔，主要是在愤怒之时，玛格丽特才会迸发出一些精明的格言或严厉的诅咒。"这儿人们从别人的牛皮上裁皮带……我们摇树，别人抓鸟……草率做事要后悔……这像尖枪扎在我心上。"这就是她的修辞和她的痛苦。她儿子们的笔头的确比她要灵活一些。他们会有生硬的玩笑，笨拙的暗示，会描写老牧师发怒时的情景，像是简陋的木偶戏，会有一两句直接引语。但乔叟在世的时候肯定听到过这种语言，就事论事，很少修辞，更适合叙述而不是分析，可以表达宗教的严肃或粗俗的幽默，但放到当面交谈的人们口中却显得非常僵硬。总之从帕斯顿书信中很容易看出乔叟为什么没有写出《李尔王》或《罗密欧与朱丽叶》，而是写出了《坎特伯雷故事》。

约翰爵士被埋葬了，弟弟约翰继承了爵位。帕斯顿书信继续写着，帕斯顿庄园的生活大体上还和以前一样。在这一切上面笼罩着一种不舒适和赤裸裸的感觉，仿佛未洗过澡的身子穿进精美的华服，墙上被风吹动的织锦，狂风直接刮过没有树篱或城镇缓冲的大地，凯斯特城堡坚固的石块覆盖着六英亩的土地，长相平平的帕斯顿家族不知疲倦地积累着财富，踏出诺福克的道路，以极可称道的执着勇气不懈地装点着荒芜的英格兰。

不懂希腊文化

　　自称懂得希腊文化是虚荣而愚蠢的,我们的无知大概相当于任何班级最差的小学生的水平,我们不知道单词怎样发音,或应该在什么地方发笑,或演员怎样表演。在这些外国人和我们之间不仅有种族和语言的区别,还有历史传统的巨大鸿沟。奇怪的是,我们总是希望了解希腊,努力去了解希腊,永远感到被吸引回到希腊,永远在对希腊文化的意义提出一些解释,而这些解释是从哪些不相称的零星碎片中得出的,与希腊文化的真实意义相去多远,究竟有谁知道?

　　首先,很明显,希腊文学是非个人化的文学。约翰·帕斯顿和柏拉图、诺里奇和雅典之间相隔的那几百年构成了一道深渊,欧洲闲话的大潮永远无法到达它的那一边。阅读乔叟的时候,我们不知不觉地乘着祖先生活的水流向他漂去。再后来,随着记录的增加和记忆的延伸,几乎没有一个人物不拥有各自的关系氛围、生活和书信、妻子和家庭、各自的住所、性格、幸福或悲惨的结局。但是希腊人却留在他们自己的堡垒里。命运女神对他们也格外垂青,不使他们落入凡俗。欧里庇得斯①被野狗吃

---

① 　欧里庇得斯(公元前 485—前 406),古希腊三大悲剧作家之一,据传写有悲剧九十余部。他的剧作对罗马和后世欧洲戏剧有深远影响。

掉,埃斯库罗斯①被石头砸死,萨福②跳崖身亡。我们知道的只有这么一些。我们有他们的诗歌,但仅此而已。

然而这并不完全符合事实,也许永远不会。拿起索福克勒斯③的任何戏剧,读道——

> 当年带领我们攻打特洛伊的那位好汉的儿子,阿伽门农之子……

我们的大脑立刻开始想象周围环境。它为索福克勒斯设想出某种背景,哪怕是最临时的;它勾画出某个边远的村庄,靠近大海。即便在今天也仍可以在英国较荒僻的地方找到这种村庄,当我们走进去时,不禁会觉得在远离铁路和城市的这群村舍中,具备了完美生活的一切要素。这里有教区长的住宅,有庄园住宅,有农田和小屋,有教堂,有俱乐部,还有板球场。这里生活被简单地划分为一些主要成分。每个人都有自己的工作,每个人都为别人的健康或幸福而工作。在这个小小的社区里,个性变成了共同财产的一部分;牧师的怪僻众所周知;高贵女士脾气上的缺陷;铁匠与卖牛奶的之间的不和;男孩和女孩的恋爱和婚姻。这里的生活多少世纪来都按同一条轨道运行;风俗形成了;山顶和孤树上都生出了传说,村庄有了它的历史、节日和竞争。

---

① 埃斯库罗斯(公元前525?—前456),古希腊三大悲剧作家之一,据传写了八十多个剧本,现存《被缚的普罗米修斯》《阿伽门农》等悲剧七部。
② 萨福(约公元前612—?),古希腊女诗人,作品有抒情诗九篇,哀歌一卷,仅有残篇传世。
③ 索福克勒斯(公元前496?—前406),古希腊三大悲剧诗人之一,一生共写一百二十三部剧本,传世剧作有《埃阿斯》《安提戈涅》《俄狄浦斯王》等七部。

只有天气难以忍受。如果我们设想索福克勒斯住在这里，就必须抹去烟尘、潮气和湿漉漉的浓雾。我们必须把山丘的轮廓变得鲜明。我们必须想象岩石和裸土的美，而不是草木葱郁的美。有了温暖的阳光和数月晴空灿烂的天气，生活当然立刻就不一样了；一切都在户外进行，所有到过意大利的人都知道这种结果：各种小事都不是在起居室而是在街上争论，从而变得戏剧化，使人们变得健谈，培养出南方民族特有的那种嬉笑怒骂的机智和口才，与每年有一半时间待在室内的民族那谨慎迟缓、低调和内省的忧郁截然不同。

这就是希腊文学给我们的第一印象，那迅如闪电的、俏皮的露天风格。在最庄严和最卑微的地方都能看到。在索福克勒斯的悲剧中，王后和公主站在门口像村姑一样斗嘴，想来是从语言中得到乐趣，把话掰开了说，一心想在言词上取胜。这些人的幽默不像我们的邮递员和出租车司机的那样温和。闲坐在街角的人们的嘲讽不仅诙谐机智，还含有某种残酷的东西。希腊悲剧中有一种与我们英国人的残忍很不一样的残酷。例如，《酒神女伴》中的彭修斯，那位非常可敬的人，在被摧毁之前不是先被取笑的吗？事实上，这些王后和公主当然是在户外，蜜蜂嗡嗡飞过身旁，影子投在她们身上，风儿拂着她们的衣裳。南国的某个明媚的日子，阳光强烈，但空气很令人兴奋，她们在对四周围聚的一大群观众说话。因此，诗人所要想的不是能够让人独自阅读几个小时的主题，而必须是一些有力的、熟悉的、简练的东西，能够迅速而直接地传达给一万七千名目光专注、热切聆听的观众，他们如果坐得太久而没有新的刺激的话，身上的肌肉会变得僵硬。他会需要音乐和舞蹈，并自然会选择像我们的"特里斯特拉姆和伊索尔达"①那一类的传说,故事梗概大家都知道,因此积累好了大量的感情,但是每个新的诗人都可以表现新的重点。

　　索福克勒斯会选用伊莱克特拉②的老故事,但立刻加上了他自己的印记。且不管我们的弱点和扭曲之处,关于这种印记我们现在还能看出哪些呢?首先他的天才是极端的;他选择的写法一旦失败就会是致命伤,而不是一些无伤大雅的细节上的模糊;而它一旦成功,就会入木三分,每一个指印都如同刻在大理石上。他的伊莱克特拉像一个被紧紧裹束的人物,只能向这边挪动一寸,向那边挪动一寸。但是每个动作必须表达最大内容,否则,像她受着那样的束缚,无法使用任何提示、重复、暗示,她只会变成一个被绑得结结实实的哑巴。事实上,她在紧要关头的语言是简单的,仅仅是绝望、欢喜、仇恨的叫喊——

　　　　啊,我真不幸,我在这一天死了。
　　　　如果你有力量,你就(给他)双重的打击。③

　　但这些叫喊赋予了剧本角度和轮廓。在英国文学中,简·奥斯丁的小说也是这一路,尽管程度上千差万别。"我和你跳舞,"爱玛说。——书中有一个时刻比其他时刻重要,尽管它本身并不生动、激烈,或文字特别优美,但它的后面却系着全书的重量。在读简·奥斯丁时,我们也觉得她的人物是被束缚着的,

---

①　特里斯特拉姆是英国亚瑟王传奇中著名的圆桌骑士之一,因误食爱情药与康沃尔国王马克之妻伊索尔达相恋,欧洲许多文艺作品即以这段姻缘为题材。
②　伊莱克特拉是希腊神话中阿伽门农和克吕泰墨斯特拉之女,怂恿其弟俄瑞斯忒斯杀死母亲和母亲的情夫,为被二人谋害的父亲报仇。
③　原文为希腊文。

只能做几个有限的动作,尽管这种束缚要松得多。她以她那朴素、平淡的散文笔法,也选择了一种危险的艺术方式,一旦失手就意味着死亡。

但是不容易判断是什么使得伊莱克特拉在痛苦中的叫喊具有切入肺腑、激动人心的力量。一个原因是我们了解她,我们从对话的细微曲折中了解到她的性格、她的外貌(这是她一贯忽略的),了解到她内心受着煎熬的某种东西,被冒犯刺激到了极限,但又如她自己知道的那样("我的行为很不体面,与我很不相称"),被她处境的恐怖所钝化和贬低。(一个未婚女孩目睹她母亲的暴行,并用大声的近乎粗俗的叫嚷向世人揭发这些暴行。)另一个原因是我们同样知道克吕泰墨斯特拉也不是彻头彻尾的坏女人。"生育是可怕的①。"她说——"母亲有一种奇怪的力量"。奥瑞斯忒斯在房中被杀死,伊莱克特拉叫他彻底干掉("再来一下")的,并不是邪恶到底的残暴的女凶手。这些在阳光下站在山坡上观众面前的人物是活生生的、复杂微妙的,而不只是画像,或石膏模型。

但他们给我们留下深刻印象不仅仅是因为他们能被分析成各种感情。在普鲁斯特的六页文字中可以找到比《伊莱克特拉》全剧中更复杂多样的感情。但是在《伊莱克特拉》或《安提戈涅》中我们感到一些不同的东西,也许是令人印象更深的东西——英雄主义本身,忠诚本身。就是这一点让我们尽管吃力还是一次次地去阅读希腊文学;在那里可以看到稳定、持久、最初的人。需要激烈的感情唤起他的行动,但当这样被死亡、背叛、其他原始的灾难激发之后,安提戈涅、埃阿斯和伊莱克特拉

---

① 原文为希腊文。

220

的行动就像我们受到此类打击后会采取的行动一样；就像所有人采取过的行动一样；因此我们觉得他们理解起来比《坎特伯雷故事》里的人物更容易，更直接。他们是最初的人，乔叟的人物是变种。当然，这一类最初的男人或女人，英雄的国王，忠诚的女儿，不幸的王后，是世界上最乏味、最令人沮丧的同伴，他们刻板地走过各个时代，永远把脚踩在同样的地方，用同样的姿势抖动衣袍，出于习惯而不是出于冲动。艾迪生、伏尔泰和其他许多人的剧本可以证明这一点。但是在希腊文学中结识他们，即使是在索福克勒斯的剧本中（他的严谨和控制我们从学者那里已有耳闻），他们也是明确的、无情的、直接的。我们感到，他们的话只要掰下一小块，就会染遍高雅戏剧的汪洋大海。在这里他们的感情尚未变成程式。在这里，我们听到歌声在英国文学史中回响的那只夜莺用她的希腊母语歌唱。奥菲士第一次用他的竖琴让人和动物跟着他走。他们的声音响亮清晰；我们看到毛茸茸的黄褐色人体在阳光下的橄榄树丛中嬉戏，而不是优雅地摆在花岗岩底座上，陈列在不列颠博物馆浅色的走廊中。突然，在这一切清晰和浓缩之中，伊莱克特拉仿佛一下子拉上面纱，不让我们再去想她似的，说起了那只夜莺："那忧伤狂乱的鸟儿，宙斯的使者。啊，悲伤的女王尼俄伯，我心中的神灵——你永远在你石头的坟墓里哭泣。"

当她的哀叹结束时，我们不禁又想起诗歌及其性质，这个未曾解答的问题，为什么她这样说话的时候，她的语句带上了不朽的性质？由于是希腊语，我们不知道它们怎样发音；它们忽略了明显的刺激来源，其效果与任何华丽的表达无关，而且也肯定没有揭示说话者或作者的性格。但它们一说了出来便将永世长存。

然而在戏剧中这种诗歌,这种从具体到一般的转换会是多么危险!演员都站在那里,他们的身体和面孔被动地等着被利用。所以莎士比亚后期的剧本更适合读而不是演,它们诗歌的成分多于动作,省去人体比让人体及其所有的联系和动作呈现在眼前更有利于理解剧本内容。不过,如果能够找到一种方法抒发一般和诗意的东西(评论,而不是行动),而又不打断全剧的节奏,戏剧那难以忍受的限制就可以放宽一些。这便是合唱队的作用,这些老年男女在剧中不扮演任何角色,这些混声像小鸟在风的间歇歌唱,可以评论或总结,或让诗人说出他的想法,或是提供与他相反的观点。在由人物自己说话,作者不加介入的虚构文学中,总能感到对这种声音的需要。尽管莎士比亚没有使用合唱(除非我们认为他笔下的笨蛋和疯子起了这种作用),小说家们却总是想出某种替代方法——萨克雷以他自己的身份说话,菲尔丁在启幕之前出来说一些开场白。因此,要抓住剧作的意义,合唱部分非常关键。读者必须能够轻松地过渡到那些忘情的歌唱,那些表面上不相干的激动咏叹,那些有时明显而普通的语句,判断它们是否相关,理解它们与全剧的关系。

　　我们必须能"轻松地过渡",可这当然是我们做不到的。在多数情况下晦涩的合唱部分必须吃力地去理解,它们的对称美受到破坏。但我们可以猜想索福克勒斯不是用它们表达剧情之外的东西,而是歌颂某种美德,或剧中提到的某个地方的美景。他选择他想要强调的东西,歌唱白色的科罗纳斯和它的夜莺,或歌唱在战斗中未被征服的爱情。他的合唱自然地从他的剧情中生发出来,美妙、崇高、宁静,没有改变观点,而是改变了情绪。欧里庇得斯的剧作则不局限于剧情本身,它们散发出一种怀疑、暗示、询问的气氛,但如果我们到合唱中去寻找解释,我们往往会感到困惑而不是得到启发。在《酒神女伴》中，我们立刻进入了心理和怀疑的世界，心智扭曲和改变着事实，使得生活中熟悉的东西变得新鲜和可疑。酒神是什么，神又是谁，人对它们有什么义务，他敏锐的大脑有哪些权利？对于这些问题合唱中没有回答，或是只做出了玩笑的回答，或是言词晦涩，仿佛戏剧形式的限制引得欧里庇得斯去违反它，以解除他思想中的重负。时间太短，我要说的太多，除非你让我把两个似乎不相关的内容放在一起，由你去把它们联系起来，否则，你读到的剧本就只能是一具骨架。这就是他的理由。因此，在房间里独自阅读而不是在阳光下的山坡上观看时，欧里庇得斯的作品受到的损害比索福克勒斯和埃斯库罗斯的要小。他的剧可以在脑子里演出，他可以评论当时的问题；他的名气比其他作家更容易随时代而变化。

如果说索福克勒斯的剧本集中于人物本身，欧里庇得斯的剧本要从多处闪光的诗句和未回答的内容深广的问题中去揣摩，埃斯库罗斯则把每个语句使用到极限，使它们随着比喻源源流出，令它们站起来，蒙着眼庄严地在剧中走过，从而使这些短剧（《阿伽门农》有一千六百三十三行，《李尔王》约有两千六百行）具有巨大的张力。要理解他的作品，懂诗歌比懂希腊文更加必要。必须能够完成离开文字支持的跳跃，就像莎士比亚要求我们做的那样。因为在如此强大的意义冲击下，文字肯定会顶不住，会被冲得东倒西歪，只有集合起来才能传达单个文字无力表达的内容。我们的头脑在一阵快速的飞翔中把它们联系起来，立刻本能地知道它们的意思，但是无法把这意思再移注到其他的文字中。最高明的诗歌都有一种模糊性；我们不能准确知道它讲的是什么，以《阿伽门农》中这一句为例——

雕像没有眼珠,也就失去了一切热情。①

意思远在语言的另一边。这是我们在极度兴奋和紧张之时不用语言而在心中体会到的意思;是陀思妥耶夫斯基在一系列惊人的感情升级之后,把我们带到那里,为我们指出但是不能说明的意思;是莎士比亚成功地捕捉到的意思。

所以埃斯库罗斯既不像索福克勒斯那样,写出人们实际可能说的话,只不过语句的组织使它们有一种神秘的普遍性,一种象征的力量;也不像欧里庇得斯那样,把不调和的东西并列在一起,以增大它的小小空间,就像在屋角放几面镜子使小屋显得大些。他通过大胆和连续的比喻,达到放大的效果,不是向我们描述事物本身,而是描述事物在他脑海中引起的回响和反映;与原型的距离既足够近,从而能够形象地说明,又足够远,从而能够强化、放大,使之光彩夺目。

因为这些戏剧家都没有小说家的那种自由,在某种程度上也是所有印刷读物的作者的自由,即用无数细微的笔触来表现作者的意思,这种方法只有在作品被安静地、仔细地阅读,有时会读上两三遍的情况下方可应用。剧中的每个句子都必须在观众耳边爆炸,不管此后词句会怎样缓慢而优美地降落,也不管它们最终的意义是多么高深莫测。如果最精妙最美丽的形象或典故在我们与:

　　啊,啊,阿波罗,阿波罗!②

这句直率的叫喊之间造成任何阻隔,那么再精彩的比喻也无法挽救《阿伽门农》的失败。它们必须不惜一切代价追求戏剧性。

---

　　①②　原文为希腊文。

224

但是冬天降临到这些村庄,昏暗和严寒笼罩在山坡上。在隆冬和炎夏季节肯定会有一些室内的场所供人们休憩,在那里可以坐着喝茶,可以舒服地躺着,可以谈天说地。当然是柏拉图展现了这些室内的生活,讲述当一群朋友聚到一起,吃过并不丰盛的饭菜,喝了一点葡萄酒之后,一个英俊的男孩提出一个问题,苏格拉底把它拾起来,放在手里拨弄,把它翻过来,从各个角度观察,迅速地剥去它的矛盾和虚伪之处,逐步使大家和他一起看到真相。这是一个累人的过程,费力地紧抠语言的准确含义,判断每个陈述的内涵,专心而挑剔地注视着观点一步步缩小和变化,逐渐硬化和加强,变成真理。快乐和善是一回事吗?美德是可以教的吗?美德是知识吗?在这毫不留情的提问过程中,疲倦而虚弱的大脑可能很容易犯错误,但是无论怎样虚弱的人,即使他没有从柏拉图那里学到更多,也不会不更加热爱知识。当辩论一步步升级,普罗泰哥拉①招架不住,苏格拉底紧追不舍,重要的不是结果,而是我们达到这结果的方式。所有人都能感到——那不屈不挠的诚实、勇气、对真理的热爱,使苏格拉底能够带着我们登上绝顶。如果我们也能在那里站立片刻的话,就会享受到至高无上的幸福。

但是这种说法似乎不适合描述一位经过艰苦辩论而窥见真理的学者的心情。但真理是多样的,它以各种外表接近我们,我们不只通过智力来认识它。一个冬夜,阿伽松家的餐桌已经摆好;一个姑娘在吹长笛;苏格拉底沐浴完毕,穿上便鞋;他在大厅停了下来;他们派人去叫他,他不肯走。现在苏格拉底讲完了;

---

① 普罗泰哥拉(公元前490?—前420?),古希腊哲学家,智者派的主要代表人物,著有《论神》等,因被控以不信神之罪,著作被焚。

他在跟亚西比德①开玩笑；亚西比德拿出一根带子，把它系在"这个奇妙的人的脑袋"上。他赞美苏格拉底。"他不注重单纯的美，并超过任何人想象地鄙视所有外在的财产，无论是美丽还是荣誉，或是大多数人梦寐以求的任何其他东西。他认为这些东西和羡慕这些的我们都一钱不值，他生活在人群中，把人们崇拜的所有东西都作为他讽刺的对象。但我不知道你们是否在他打开心扉、严肃认真的时候，看到过那内心圣明的影像。我曾经看到过，它们是如此美好、纯正，高尚、圣洁，以至于苏格拉底的每个要求都应当像上帝的声音一样得到遵守。"这一切流溢在柏拉图的论点之外——欢笑和行动、发脾气、开玩笑、曙光初露。真理似乎是多种多样的；真理需要用我们的所有感官去追寻。我们应当为了热爱真理而摒弃娱乐、温柔和友谊中的轻松吗？如果我们堵起耳朵不听音乐，不喝酒，在漫长的冬夜闷头睡觉而不聊天，是否就能更快地找到真理呢？我们不应去学深居简出的苦行僧，而应去接触开朗自然的天性，向最好的实践生活之艺术的人学习，不压抑任何东西，但有些东西永远比其他东西更有价值。

因此，在这些对话录里我们要以全部身心去寻找真理。柏拉图无疑具有戏剧家的才华。正是这种艺术，通过一两句话传达出背景和气氛，然后极为巧妙地进入迂回曲折的论证，而又不失其生动和优雅，继而浓缩成直接的陈述，然后升腾、扩展，在一般只有更极端的诗歌手段才能到达的高空翱翔——正是这种艺术同时以这么多方式影响我们，把我们带到一种狂喜的精神状态，只有当所有力量都调动起来营造整体效果的时候才会达到

---

① 亚西比德（公元前450？—前404），古希腊雅典政客和将领。

的状态。

　　但我们要小心。苏格拉底不注重"单纯的美"，也许他指的是作为装饰的美。像雅典人那样坐在露天看戏，或是在集市上听人辩论，靠耳朵做出判断的民族，不大会像我们这样喜欢摘录语句，离开上下文来欣赏。对他们来说不存在哈代的美、梅瑞狄斯①的美、乔治·爱略特②的格言。作家必须较多考虑整体，较少考虑细节。很自然，对生活在露天的人来说，印象最深的不是嘴唇或眼睛，而是身体的姿态和各部分的比例。因此，引用和摘录对希腊作品的损害比对英国作品的损害要大。在希腊文学中有一种直率和突兀，使得习惯于印刷书籍中的复杂和润饰的人感到有些不舒服。我们必须竭力去把握一个没有美丽细节或修辞强调的整体。他们习惯于直接地从大处着眼，而不是细致地从侧面观察，所以他们能够走进感情的深处，而我们这个时代却会感到迷失而不知所措。在欧洲战争的巨大灾难中，我们的感情必须被分解，与我们保持一个角度，然后我们才能让自己通过诗歌或小说去体会它们。仅有的几个得到要领的诗人用的是维尔弗雷德·欧文③和齐格弗里德·萨松④的那种侧面讽刺的写法。他们不可能直接描写而不显得笨拙，也不可能单纯描写感情而不流于感伤。但是希腊人却可以好像是第一次那样地说

---

① 梅瑞狄斯(1828—1909)，英国小说家，擅长人物刻画，主要作品有长篇小说《利己主义者》、诗作《现代爱情》等。

② 爱略特(1819—1880)，英国女作家，开创现代小说心理分析的创作方法，注重人物性格和环境的描写，代表作有长篇小说《亚当·比德》和《织工马南》等。

③ 欧文(1893—1918)，英国诗人，其诗表现出对战争残酷的愤怒和对战争牺牲者的哀怜，作品仅一本《诗集》。

④ 萨松(1886—1967)，英国诗人、小说家，以反战诗《老猎人》《反攻》及小说体自传三部曲《乔治·舍斯顿回忆录》著称。

"但他们虽死犹生"。他们可以说"如果光荣地死去是杰出一生的主要组成部分，那么在所有人中命运把这个机会给了我们；我们为了给希腊戴上自由的王冠而献身，我们的英名将万古长青"。他们可以目不斜视地走上前去；这样勇敢地逼近之后，感情反倒一动不动地站在那里让人盯着看。

　　但是（这个问题反复出现），我们这样说的时候，是否读懂了希腊文学的原意呢？当我们诵读墓碑上的几行字、合唱中的某一节、柏拉图的某段对话的结尾或开头、萨福的诗的片段，当我们为《阿伽门农》中某个深奥的比喻大伤脑筋，而不是像读《李尔王》时那样立刻摘下枝上的所有花朵——我们会不会读得不对？会不会在联想的迷雾中失去了敏锐的视觉？在希腊诗歌中读出了我们缺少的而不是它们实际含有的东西？是不是整个希腊都堆积在它的每一行文字之后？让我们看到未受破坏的土地，未受污染的海洋，经过考验但没有颓废的成熟的人类。每个词都带着橄榄树、神庙和年轻的躯体中奔涌出的活力。夜莺只需要被索福克勒斯命名，立即放声歌唱；果树林只需要被称作"无人走过的"，立即让我们想到缠绕的枝条和娇艳的紫罗兰。我们一次次地沉浸到这些联想中，但也许这只是影像而不是事实本身，是在北方寒冬中想象出来的夏日美景。这种魅力（或是误解）的一个主要原因是语言。我们永远无法希望像读英文那样完全地理解一句希腊语。我们听不到它，时而刺耳，时而和谐，一行一行音韵铿锵。我们不能准确无误地接收所有那些包含着语句的暗示、转折、生命力的细小信号。然而，正是这语言对我们有最大的吸引力；对它的渴望不断地诱惑着我们。首先是表达的简洁。雪莱用了二十一个英语单词翻译十三个希腊单词。

> 任何人都能成为诗人,甚至即使他以前不通诗歌艺术,
> 但只要一被爱情触动。

每一寸肥肉都被剔除了,留下结实的精肉。瘦削赤裸,却没有任何语言比它更迅捷、舞蹈、摇摆、充满活力而又控制自如。还有在许多情况下被我们用来表达自己的感情的那些词语:大海、死亡、花朵、星辰与月亮——举几个最先想到的例子;如此清晰,如此坚实,如此强烈,令人觉得要想简单而准确地表述,既不模糊轮廓也不遮蔽深度,希腊语是唯一适当的表达方式。因此,读翻译的希腊作品是没有用的。译者只能给我们一个模糊的对应物;他们的语言必然充满回音与联想。麦克埃尔教授说"苍白",伯恩-琼斯①和莫里斯②的时代立刻浮现在眼前。还有那微妙的轻重、文字的起伏跌宕,即使是最高明的学者也无法保存——

> 你永远在你石头的坟墓里哭泣。

不等于——

> 有如你总是在山崖上的坟墓旁哭泣。③

在考虑阅读中的疑惑和困难时,还有这样一个重要问题——我们读希腊作品时应该在什么地方发笑? 在《奥德赛》中的某一段,笑意开始袭上我们心头,但如果荷马在场,我们也许会觉得最好控制住这笑声。要立即笑出来几乎必须是在英文中(尽管

---

① 伯恩-琼斯(1833—1898),英国画家和工艺设计家,其绘画体现了前拉斐尔派的风格,代表作有油画《创世》《维纳斯的镜子》等。
② 莫里斯(1834—1896),英国诗人、画家、工艺美术家,主要作品有诗集《地上乐园》、散文《乌有乡消息》等。
③ 原文为希腊文。

阿里斯托芬①可能为我们提供了一些例外）。幽默毕竟是与身体的感觉密切相连的。当我们被威彻利②的幽默逗笑时，是以我们共同的祖先，乡村草地上那个魁梧的农夫的身体在笑。血统与我们如此不同的法国人、意大利人和美国人，则会像我们读荷马时那样停顿一下，想弄清是否笑对了地方。这停顿是致命的。所以幽默是在外语中最先损失的风味。当我们从希腊文学转向伊丽莎白时代文学时，在长久的沉默之后，仿佛我们的伟大时代是以一阵突然爆发的笑声迎来的。

这就是种种困难，是误解的缘由，是扭曲的和浪漫的、卑屈的和势利的感情的来源。然而就是对没有学问的人来说，也有一些东西是确定的。希腊文学是非个人化的文学，也是杰作的文学。没有学派，没有先驱，没有继承者。我们看不出一个渐进的过程，在许多人身上不完美地体现，最后在一个人身上达到完善。此外，希腊文学始终带着一种勃勃生气，那是渗透在一个"时代"中的生气，无论是埃斯库罗斯、拉辛还是莎士比亚的时代。至少有一代人在那个幸运的时代被选中成为顶尖的作家；达到意味着意识被刺激到最高程度的那种无意识状态；超越了小的成功和探索性的试验。因此我们有萨福那些灿若群星的形容词，柏拉图在散文中间纵情运用奔放的诗歌；修希德狄斯言简意赅；索福克勒斯像一群鳟鱼平静地滑行，似乎一动不动，忽然尾鳍一闪，已游到远处；《奥德赛》迄今仍让我们看到叙述的成功，看到关于男人和女人命运的最清晰同时也是最浪漫的故事。

---

① 阿里斯托芬（公元前448？—前385？），古希腊诗人、喜剧作家，有"喜剧之父"之称，相传写过四十四部喜剧，现存《阿卡奈人》《骑士》《蛙》等八部。
② 威彻利（1640—1716），英国剧作家，著有喜剧《乡下女人》《直率人》等，讽刺当时庸俗、自私和虚伪的社会风气。

《奥德赛》只是一个传奇故事,一个航海民族凭本能讲述的传说。所以我们可以打开它,以孩子那样的好奇心理快速地读下去,看下面会发生什么。但这里没有任何幼稚的东西,有的是成熟的人们,狡黠、复杂、富有激情。世界也并不狭小,因为隔开一个个岛屿的海洋需要用手工造的小船来横渡,用海鸥飞翔的距离来衡量。的确,这些岛屿上人口不多,虽然一切都用手工,但人们也并不很忙。他们有时间形成一个非常尊严、非常高贵的社会,有古代的风俗传统支持,每个关系都有序、自然,又十分含蓄。珀涅罗珀从房间那头走来;忒勒马科斯上床睡觉;瑙西卡在浣洗亚麻。他们的动作似乎充满美感,因为他们不知道自己美丽,天生拥有这一切,像孩子一样浑然不觉。然而在数千年前的那些小岛上,他们知道需要知道的一切。耳畔响着大海的涛声,身边是葡萄藤、草地、小溪环绕,他们比我们更清楚地意识到无情的命运。在生命的背后有一种悲哀,他们没有试图去减轻。充分意识到自己站在阴影中,但又敏锐地感受生存的每一丝震颤和闪光,他们在那里长存。当我们厌倦了模糊、混乱,厌倦了基督教的安慰,厌倦了我们这个时代的时候,我们就会转向希腊。

伊丽莎白时代的栈房

　　这些壮丽的卷册①也许不经常有人从头到尾地阅读。它们的部分吸引力在于:《哈克卢特》与其说是书,不如说是一大堆松散地捆在一起的货物,一个商场或栈房,撒满了旧麻袋、废弃的航海工具、大包的羊毛、小袋的红宝石和绿宝石。我们永远是打开这个小包看看,又到那堆东西里翻翻,擦去一张巨大的世界地图上的灰尘,在半黑暗中坐下来嗅着丝绸、皮革和龙涎香的味道,而屋外那未有海图标记的伊丽莎白时代的大海在汹涌澎湃。

　　这一大堆的种子、丝绸、独角兽的角、象牙、羊毛、普通的石头、包头巾、金条,这些杂七杂八价值连城或是一钱不值的东西,是伊丽莎白女王统治时期无数次航海、交易、向未知土地探险的成果。这些远征队由英国西南部的"机灵的小伙子"组成,并由伟大的女王亲自予以部分资助。据弗劳德②说,这些船只仅有现代的游艇那么大。船队集合在格林威治附近的河上,靠近王

---

① 《哈克卢特收集的英格兰民族重要的航海、航行和发现》,共五卷,一八一〇年。哈克卢特(1552? —1616),英国地理学家,在《英格兰民族重要的航海、航行和发现》等著作中向政府提出各项建议,屡受女王赞许。
② 弗劳德(1818—1894),英国历史学家,著有十二卷《从沃尔西陷落到击败西班牙无敌舰队》的英国史、四卷《卡莱尔传》等。

宫。"枢密院官员朝宫廷的窗户外面望去……船上随即鸣放火炮……水手们的欢呼声响彻云霄。"然后，当船只顺流而下，一个个水手走出舱口，攀上缆索，站在主桅的帆桁上向他的朋友们最后挥手告别。许多人再也没有回来。因为当英格兰和法国海岸一沉没到地平线以下，这些船只便驶进了陌生的世界；空中有各种声音，海里有狮子和毒蛇，有蒸腾的烈焰和汹怒的漩涡。但是上帝也很近；浮云只是薄薄地遮掩着造物主的真容；撒旦的四肢几乎都能看得见。英国水手常常拿他们的上帝跟土耳其人的上帝比较，说后者"连一句话也不会说，在这种艰险环境下更加帮不了他们……但不管他们的上帝表现怎样，我们的上帝表现得像一个真正的上帝……"汉弗莱·吉尔伯特爵士在暴风雨中航行时说，上帝在海上跟在陆上一样近。突然一盏灯消失了，吉尔伯特爵士被海浪淹没，天明后人们没有找到他的船。休·威洛比爵士开船去寻找西北航路，没有能够回来。坎伯兰伯爵的船员在康沃尔附近海上被逆风困了两个星期，痛苦地舔吃甲板上的泥水。有时一个衣衫褴褛、疲惫不堪的男人叩响英格兰乡下某户人家的大门，自称是多年前离家远航的男孩。"他的父亲威廉先生和他的母亲（我的女主人）都不认得这个儿子，直到后来他们发现了一个记号，他一只膝盖上有个疣子。"但是他带着一块有金脉的黑石头，一条象牙，或一块银锭，鼓吹异乡遍地黄金，就像英国遍地石头一样，说得村里的年轻人跃跃欲试。一次探险可能失败，但如果通往传说中的黄金国度的航路就在前方不远了呢？如果已知的世界只是更加壮丽的景色的序幕呢？在漫长的航行之后，船在普雷特大河上抛锚，人们到起伏的陆地上探险，惊跑了吃草的鹿群，看到野人的身体在树丛间若隐若现，他们往口袋里装满可能是绿宝石的石子，或可能是金子的沙砾;有时,转过一个海岬,他们看到远处一队野人缓缓走下海滩,头上顶着、肩上抬着给西班牙国王的沉重的贡品。

这些是西方国家有效地用来引诱在海港边闲荡的"机灵的小伙子"丢下渔网去找黄金的故事。但航海者同时又是清醒的商人,心中记着英国的贸易和英国工人的利益。外界提醒船长们要为英国羊毛寻找国外市场,发现制造蓝色染料的植物,最重要的是调查炼油的方法,因为从萝卜籽中炼油的所有努力都失败了。提醒他们记住英国穷人的不幸,贫困导致的犯罪使得每天都有穷人被处以绞刑。还提醒他们英国的土地如何因过去旅行者的发现而变得富饶;利内克博士如何带来大马士革蔷薇和郁金香的花籽;以及其他动植物如何逐渐传入英国,"离开了它们,我们的生活可用野蛮来形容"。为了寻找市场和商品,追求成功带来的不朽英名,机灵的小伙子们向北方远航,被留在那里,一群孤单的英国人,处在冰雪和野人的小屋包围中,凭运气做点交易,学到点知识,直到夏季船队来把他们带回故乡。他们在那里熬下去,一小群孤独的人,在黑暗的边缘燃烧。其中一人带着伦敦商号的契约,一直走到了莫斯科,看到皇帝"坐在宝座上,头戴王冠,左手握着一根金制的权杖。"他看到的所有仪式都被详细地写出,英国商人第一次看到的场面有种动人的光彩,像刚刚挖掘出来摆在阳光下的古罗马花瓶,等到暴露在空气中,被千万双眼睛看过之后,便失去了光泽,粉碎坍塌。多少世纪以来,莫斯科、君士坦丁堡在世界的边缘悄悄地辉煌。英国人为这个场合穿上了盛装,领着"三条穿红衣的漂亮大狗",带着伊丽莎白女王的书信,"信笺上散发着樟脑、龙涎香,还有上等麝香墨水的浓郁味道"。有时候,因为国内热切期待着从奇异的新世界带回的纪念品,还有独角兽的角、龙涎香块、关于鲸鱼起源的故事和关于大象和巨龙的"争论"(它们的血液被混合冻结成朱砂),会捎回一个活标本,一个在拉布拉多沿海抓到的野人,被带到英国,像野兽一样四处展览。第二年他们把他带回去,抓了一个女野人到船上跟他做伴。两人见面时脸红了,红得很厉害,水手们注意到了,但不明白为什么。后来两个野人在船上一起生活,互相照料。但是,水手们注意到,两个野人的关系很纯洁。

新词语、新思想、海浪、野人、冒险,所有这些都自然地进入了泰晤士河畔演出的戏剧中。那里的观众迅速接受绚丽多彩和耸人听闻的内容,把

> 数艘快帆船,船底用豪华的塞辛木板铺成,
>
> 船顶是高级的黎巴嫩杉木

与他们自己的儿子和兄弟在海外的冒险经历联系起来。例如,维尔尼家有个野小子当了海盗,后来变成穆斯林,最后客死他乡,让人给克雷顿捎去一些丝绸,一块包头巾,还有一枝朝圣者的手杖,作为他的遗物。帕斯顿的女人那种简朴的持家习惯与伊丽莎白宫中贵妇的优雅爱好之间存在着一道鸿沟。哈里森说,宫中上年纪的贵妇们读史书,或"自己写书,或将别人的著作翻译成英语和拉丁语",年轻的女士们弹琵琶、六弦琴,欣赏音乐。这样,随着歌唱和音乐,形成了伊丽莎白时代特有的奢华风格,格林①的海豚和沃尔兹舞,本·琼森②的夸张(在一个文

---

① 格林(1558？—1592),英国作家,以其剧作如《弗里亚·培根和弗里亚·邦奇》(1589)而闻名。

② 琼森(1572—1637),英国剧作家、诗人、评论家,剧作有《炼金术士》《巴托洛缪市集》等。

风如此简洁有力的作家身上更加令人惊讶）。于是我们发现整个伊丽莎白时代的文学中撒满了金银、圭亚那奇珍的传说以及美洲的字样——"哦，我的美利坚！我的新大陆"，它不只是地图上的一块陆地，而是象征了灵魂中的未知领域。在海峡另一边，蒙田也对野人、食人者、社会和政府浮想联翩。

但是提及蒙田令人想到，尽管大海和航行、堆满海兽，象牙、兽角、旧地图和航海工具的栈房，为英国诗歌的伟大时代提供了灵感，但它们对英国散文却没起到多少有益的影响。押韵和节拍帮助诗人把他们混乱的感觉控制在秩序范围内。而散文作者没有这些限制，他们堆砌语句，在没完没了的罗列中耗尽文笔，被自己华丽的服饰弄得跌跌绊绊。伊丽莎白时代的散文如何不适应自身用途，法国散文已经如何适应，通过比较锡德尼①的《诗辩》和蒙田的一篇散文便可看出。

> 他不从难懂的定义开始，它们必然会使书角涂满旁注，使记忆中充满疑惑；他以比例安排令人愉快的语句接近你，带有音乐伴奏，或是为迷人的音乐技巧而作，他给你带来一个故事（的确），一个让孩子们忘记游戏，让老头子离开炉角的故事；不再假装，而确实意图劝导人们弃恶从善；正如让孩子服用有益的东西时，常常把它包在味道好的东西里面；如果有人告诉孩子他应当服用的芦荟或大黄的性质，他会宁愿用耳朵而不是用嘴吃药。同样，成人们（他们大多数人在最好的事情上都很幼稚，直到躺进坟墓）也会高兴听赫拉克勒斯的故事……

----

① 锡德尼（1554—1586），英国诗人，作品有传奇故事《阿卡迪亚》、牧歌短剧《五月女郎》、十四行组诗《爱星者和星星》及文学评论《诗辩》等。

接下去还有七十六个词。锡德尼的散文是不间断的大段独白，时有佳词警句，有助于悲叹和说教，长篇的堆砌和罗列，但从不活泼，从不口语化，不能紧紧地抓住一个思想，或是灵活准确地适应思想的变化。与此相比，蒙田则精湛地掌握了一种文体，它了解自己的能力和局限，能够钻进诗歌无法到达的缝隙，能够产生形式不同但同样美妙的节奏，能够表现伊丽莎白时代的散文完全忽略的微妙和强烈。他思考一些老人面对死亡的方式：

> ……他们让最后的时间在人群和好的同伴中间度过；没有安慰的建议，没有提到遗嘱，没有讨论将来的情况；有的是游戏、欢宴、玩笑、流行的娱乐、音乐和抒情诗。

锡德尼和蒙田之间似乎隔了一个时代。英国人和法国人相比就像孩子和大人一样。

但如果说伊丽莎白时代的散文作家有年少的不成形，他们也有年少的新鲜和大胆。在同一篇散文中锡德尼能轻松熟练地按自己的爱好塑造语言，随意自然地拈取比喻。要使这种散文臻于完美（德莱顿的散文就很接近完美），只需要有舞台的约束，以及自我意识的成长。正是在剧本中，尤其是在剧本中的喜剧段落，可以看到伊丽莎白时代最好的散文。舞台是散文学会走路的地方。因为在舞台上人们必须见面，说俏皮话，忍受被打断，谈论平常的事情。

> 克莱尔：一盒她秋日的容颜，她那被穿透的美丽！现如今不等到她涂过脂粉，洒过香水，精心打扮，梳洗停当，谁也不让进去。但眼前这个男孩，他被她用来擦她油汪汪的嘴唇，像用一块海绵。我要为此写一首歌（请你听一听）。

[侍童唱道:

　　还没打扮,还没更衣……

特鲁:我的观点显然相反,我喜欢漂亮的打扮,胜过喜欢世
　　上任何美人。啊,打扮好的女人是一个雅致的花园,而
　　且不止一种式样,她可以随时变化,经常照镜子,选择
　　最佳形象。如果她的耳朵可爱,就露出来;头发秀丽,
　　就披下来;双腿修长,就穿短裙;十指纤纤,就经常放在
　　外面;练习任何呼吸、洁齿、修眉的艺术;巧施脂粉,展
　　示美貌。

　　这便是本·琼森的《沉默的女人》中的对话,由打岔而成
形,由碰撞而锋利,从不让它停滞或是扩大到混浊。但舞台的公
开性和始终存在的第二人称,不利于成长中的自我意识,在孤独
中对灵魂的神秘性的思考。这种意识日后在托马斯·布朗①那
卓越的天赋中得到充分表达。他强烈的自我中心为所有心理小
说家、自传作者、忏悔家、我们私人生活中奇妙阴影的推销者开
创了道路。是他首先从人与人的接触转向孤独的内心生活。
"我注视的世界是我自己;我的目光投向我自身的微观世界;而
另一个世界我只把它当成我的地球仪,有时为了娱乐转动一
下。"第一个探险者提着灯笼走进墓穴时,周围是一片神秘和黑
暗。"有时我觉得自己内心有一个地狱;撒旦盘踞在我胸中,魔
鬼在我体内复活。"在这种孤独中没有向导也没有同伴。"我对
全世界只是黑暗,最亲近的朋友看我也如在云雾中。"他工作的
时候,最奇特的念头和想象在与他玩耍,而从外表看他是个最清

---

①　布朗(1605—1682),英国医师、作家,把科学和宗教融为一体,著有《一个
　　医生的宗教信仰》等。

醒的人,被视为诺里奇最伟大的医生。他曾希望死去。他曾怀疑一切。如果我们都在这世上酣睡,生活中的景象只是一场梦呢?酒馆的音乐、祈祷的钟声、工匠从地里挖出的破陶罐——这些形象和声音使他突然止步,仿佛被在他想象前展开的奇异图景惊呆了。"我们身上带着我们在身外寻找的奇迹;我们内心有整个非洲。"他看到的每样东西都带着一圈神奇的光环;他把灯光缓缓地转向脚边的花朵、昆虫和小草,不想对它们神秘的生活过程有丝毫的打扰。带着同样的敬畏,夹杂着高度的自满,他记录了自己的品质和造诣。他仁慈、勇敢、不嫌恶任何东西。他对别人富于同情,对自己毫不怜悯。"我的交往,就像太阳一样,遍及所有人,对好的和坏的都友好相待。"他懂六种语言,了解几个国家的风俗和政治、所有星座和他本国大多数植物的名称,但是他的想象力如此丰富,他看到这个小身影在其中漫步的天地如此广阔,"我觉得我的知识还不如只知道一百样东西时多,我走过的地方几乎没有超过齐普赛街①"。

　　他是第一位自传作家。他在最高空盘旋翱翔,突然飞扑下来,带着钟爱仔细端详他自己的身体。他告诉我们说,他是中等身材,眼睛大而有神,皮肤较黑,但总是很红润。他穿着十分朴素。他从不大笑。他收集过钱币,在盒子养过蛆,忍受过抹香鲸的恶臭,容忍过犹太人,为癞蛤蟆的丑陋说过公道话,对大多数事情持一种科学与怀疑相结合的态度,而又不幸相信巫术。总之,正如我们在忍不住被自己最钦佩的人的怪癖逗笑时所说的那样,他是一个有个性的人。他第一次让我们感到人类最瑰丽的想象是从一个我们可以热爱的人的脑子里产生的。当他在

---

① 齐普赛街,伦敦的一条街。

《瓮葬》中说痛苦导致麻木时，我们微笑。当我们读出《虔诚的美第奇》中那华丽的排场、那惊人的猜测时，微笑变成了大笑。他写的一切都烙有他自己的特征，我们第一次感到那种杂质，它们后来把文学染上这么多种奇异的颜色，使我们难以确定看到的是一个人还是他的文章。现在我们面对着瑰丽的想象；现在我们漫步在世界上最好的栈房里——从地面到天花板堆满了象牙、废铁、破罐、古瓮、独角兽的角、有魔力的玻璃，带着绿宝石的莹光和蓝幽幽的神秘。

伊丽莎白时代剧本读后感

必须承认,在英国文学中有一些极其令人生畏的地带,其中首先是伊丽莎白时代戏剧那一片丛林和荒野。由于多种原因,莎士比亚出类拔萃,从他的时代直到今天一直受人瞩目。从他同时代人的高度看,莎士比亚如鹤立鸡群。但是伊丽莎白时代名气较小的作家——格林、德克①、皮尔②、查普曼③、博蒙特④、弗莱彻⑤——走进那片丛林对普通读者来说是一种痛苦的考验,不断受到问题的纠缠、怀疑的折磨,愉悦和苦恼相交替,令人心烦意乱。我们往往只阅读过去时代最杰出的著作,所以容易忘记文学作品有多么大的强迫力:它不肯让人被动地阅读,而是

---

① 德克(1572? —1632?),英国剧作家,其喜剧《鞋匠的节日》(1600)以栩栩如生地描绘了伦敦的日常生活而闻名。

② 皮尔(1556? —1596?),英国剧作家,其主要作品包括《帕里斯的受审》(1594)和《要塞之战》(1591)。

③ 查普曼(1559—1634),英国作家、戏剧家和翻译家,以其翻译的荷马史诗《伊利亚特》(1598—1611)和《奥德赛》(1616)而闻名。

④ 博蒙特(1584—1616),英国诗人和剧作家。他与约翰·弗莱彻合写的主要著作有《少女的悲剧》(1611)、《纨绔子弟》(1612)和《马耳他的骑士》(1616)。

⑤ 弗莱彻(1579—1625),英国剧作家,与弗朗西斯·博蒙特写了多部浪漫主义悲喜剧。

抓住我们,阅读我们;嘲笑我们的成见;质疑我们已经习以为常的原则;并事实上把我们分成两半,使我们在享受的同时放弃或捍卫自己的立场。

阅读一部伊丽莎白时代的剧本时,我们一开始深深感到那个时代对现实的看法与我们的看法之间的巨大差异。大致地讲,我们所习惯的现实是基于某个名叫史密斯的爵士的生活经历,他继承了父亲那些坑木进口、木材和煤炭出口的生意,在政界、戒酒团体和宗教界很有名望,为利物浦的穷人做了很多事情,上星期三在穆斯韦尔山看儿子时死于肺炎。这就是我们知道的世界。这就是我们的诗人和小说家必须阐释和说明的现实。打开手头拿到的第一部伊丽莎白时代的剧本,读道:

> 我年轻时在亚美尼亚旅行,
> 曾看到一头愤怒的独角兽
> 风驰电掣冲向一个珠宝商,
> 那人看中了它额上的宝物,
> 可怜他还没能躲到大树后
> 已被粗壮的大角钉在地上。

史密斯在哪儿?利物浦在哪儿?我们想问。伊丽莎白时代戏剧的丛林中回响着"在哪儿?"的声音。能够放松一下,到独角兽和珠宝商的土地上游荡,周围是公爵和大公、贡萨罗和贝琳佩里亚,他们一生在诡计和谋杀中度过,女扮男装或是男扮女装,看到鬼魂,发疯,因最小的刺激而最隆重地死去,倒下的时候口里发出强烈的诅咒或是绝望的哀歌。这种旅行一开始是非常愉快,非常轻松的。但不久我们便听到一个低沉的、无情的声音,如果加以识别的话,我们一定觉得这很像现代英国、法国和俄国文学的读者的声音。它问道,为什么有这么多刺激和诱惑的东西,这些旧剧本大段的时间还是这样枯燥,让人难以忍受?是不是要使我们精神振作地读完五幕或三十二章,文学必须或多或少以史密斯为基础,一只脚尖踩着利物浦,再飞向离现实随便有多远的空中?我们没有愚蠢到认为只要一个人名叫史密斯,住在利物浦,他就是"真实的"。我们知道这真实具有变色龙的性质,幻想的东西在我们习惯了之后,往往最接近真实,而清醒的东西离真实最远;能用在他碰过之前看上去只是云雾和蛛丝的东西来巩固他的场景,还有什么比这更能证明一个作家的伟大呢?我们想说的只是,在空中应该有一个位置,能把史密斯和利物浦看得最清楚;伟大的艺术家知道怎样把自己升临在变幻的景物之上,他的视线永远能看到利物浦,而又永远不会把它看走样。伊丽莎白时代的剧作家令我们感到乏味,是因为他们的史密斯都变成了公爵,他们的利物浦变成了神话中的岛屿和热那亚的宫殿。他们不是停在生活上空的一个适当的位置,而是一直升到九天之上,在那里长时间里只能看到云彩聚会。只有云彩的风景最终是不能让人满足的,伊丽莎白时代的剧作家令我们感到乏味,因为他们窒息了我们的想象,而不是刺激了想象。

　　不过,尽管伊丽莎白时代的剧本相当乏味,这种乏味的性质与十九世纪的剧本(如丁尼生或亨利·泰勒的剧本)完全不同。缤纷杂乱的形象、滔滔不绝的语言,伊丽莎白时代剧本中那些令人厌腻的东西,均像是微弱的火苗被一张报纸引燃那样呼地腾起。即使在最糟糕的剧本里,也间或有一种喧闹的生气,让我们在安静的扶手椅中感觉到马夫和卖橘子的少女抓住那些戏文,把它们抛回去,嘘声哄笑或是跺脚喝彩。但是维多利亚时代那些深思熟虑的剧本则显然是在书斋中写出的。观众是滴答的挂钟和一排排半摩洛哥皮面装订的名著,没有跺脚,没有喝彩,它们不能用火焰使作品发酵。伊丽莎白时代的观众虽然有种种过错,却起到了这个作用。华丽夸张的戏文被匆匆抛出,达到即兴发挥的精彩、口语的丰富和出人意料,这种效果在演说中有时能够达到,而我们今天孤独的笔却不能。事实上,伊丽莎白时代的戏剧作品让人觉得有一半是由观众创作的。

然而应当看到,观众的影响在许多方面是讨厌的。他们造成了伊丽莎白时代戏剧中最大的负担——情节;那无休止的、不可信的、几乎是不可理解的错综曲折,它也许能使剧院里那些容易激动的、不识字的观众得到精神上的满足,但是从书中读来却只能令人困惑和疲倦。当然,必须要发生一些事情,什么事也不发生的戏剧无疑是不可能的。但我们有权利要求发生的事情要有目的(因为希腊人已经证明这是完全可能的)。它要激发强烈的情感,产生令人难忘的场面,促使演员们说出没有这种刺激就不可能说出的话。谁也不会忘记《阿伽门农》的情节,因为发生的事情与演员的感情结合得如此紧密,我们把人物和情节同时记住了。但是,除非是脱离感情而单独去记剧情,有谁能告诉我《白魔》或《少女的悲剧》中发生了什么? 至于伊丽莎白时代的次要作家,如格林和基德①,他们的剧情如此复杂,要求的暴力如此激烈,使得演员都被遗忘了,而(至少按我们的习惯)应当得到最细致的研究、最精微的分析的感情,则被抹得一干二净。其结果是必然的,除了莎士比亚,或许还有本·琼森之外,伊丽莎白时代的戏剧中没有人物,只有暴力角色,我们对他们了

①　基德(1558—1594),英国戏剧家,作品包括《西班牙悲剧》(1584)。

解得那么少,几乎无法关心他们的遭遇。拿这些早期戏剧中任何男女主人公来说——例如《西班牙悲剧》中的贝琳佩里亚,我们能诚实地说我们对这位遭受了人类的全部痛苦,最后自杀身亡的不幸女子有一点关心吗?大概不会比对一把会动的扫帚更关心些。在一部写人的作品中有这么多扫帚是一个缺陷。不过,《西班牙悲剧》被公认为是一个先驱,其主要价值在于揭示了伟大的剧作家可以修改,但必须使用的复杂框架。有人说,福特①是司汤达和福楼拜一派的;福特是心理学家;福特是精神分析学家。"这个男人描写女人的方式不像戏剧家,也不像情人,而像是一个做过密切研究,对她们的内心世界感到本能的同情的人。"哈夫洛克·埃利斯先生②说。

这个评语主要依据的剧本《可惜她是妓女》向我们展示了安娜贝拉经历的一系列巨大沧桑。先是她哥哥向她表示爱情,然后她承认她也爱他,然后她发现自己怀上了他的孩子,然后强迫自己嫁给索兰佐,然后被发现,忏悔,最后被杀死,杀她的是她的情人和哥哥。要描写这些危机和灾难可能使一个具有普通感受力的女子产生的情感,可以写好几本书。一个剧作家当然不能写那么长,他被迫浓缩。然而他可以照亮,可以揭示一部分,让我们能够猜测其余的东西。可是,如果不用显微镜和细到毫发的分析,我们对安娜贝拉的性格了解多少呢?从她受到丈夫虐待时的反抗,她哼唱的意大利歌曲,她的机智,她简单愉快的示爱方式,我们摸索到她是一个生气勃勃的姑娘。但是我们所

---

① 福特(1586—1639),英国剧作家,作品包括《可惜她是妓女》(1633)和与他人合著的《太阳的宝贝》。

② 埃利斯(1859—1939),英国散文家、编辑和医生,其著作《性心理研究》曾被控为"淫书"。

理解的意义上的性格却没有一丝痕迹。我们不知道她是怎样得出结论的,只知道她得出了那些结论。没有人描述她。她总是在感情的最高点,从来没有在感情产生的过程中。拿她与安娜·卡列尼娜相比,那位俄国女性有血有肉、有胆量有个性、有感情、有思想,有肉体,有灵魂;而英国姑娘却像印在纸牌上的面孔那样平板粗糙,没有深度,没有广度,没有复杂性。但在这样说的时候,我们知道自己忽略了某种东西。我们让戏剧的意义从指缝间溜走了。我们忽略了已经积累的感情,因为它在我们没想到的地方积累。我们是在把戏剧与散文相比较,而戏剧毕竟是属于诗歌。

我们说戏剧属于诗歌,小说属于散文。让我们抹去细节,把这二者放在一起,尽可能地感觉二者的角度和轮廓,尽可能地从整体上来回忆。主要的区别立刻显现出来;小说从容积累,戏剧短小浓缩;小说中感情全部分解消散,然后再编织起来,慢慢地形成一个整体;戏剧中感情被集中、概括和强化。戏剧向我们展示多么紧张的时刻、美得惊人的语句!

> 哦,我的先生们,
> 我只是用滑稽的动作欺骗了你们的眼睛,
> 当一个紧接一个的消息报告着
> 死亡! 死亡! 死亡! 我依然在翩翩起舞。

或:

> 你经常为这两片嘴唇
> 忽略了肉桂或春天紫罗兰的芳香:
> 它们还没有十分枯萎。

而以安娜·卡列尼娜的真实,她永远也不会说:

你经常为这两片嘴唇

忽略了肉桂

因此人类一些最深刻的感情是她无法触及的。小说家不能表现极端的感情，不能达到感觉与声音的完美结合，他必须把他的快捷控制成缓慢，眼睛盯着地下而不是天上：通过描写来暗示，而不是照亮启发。他不能唱出：

在我灵车上放一只凄凉的紫杉花环；

少女们手持柳枝，说我已魂归黄泉。

他必须列举菊花在坟上凋零，送葬的人坐在四轮马车里抽着鼻子。我们怎么能把这种笨重缓慢的文体与诗歌相比呢？尽管小说家有那么多小的技巧让我们了解个体、认识现实，戏剧家却超越个别，不是让我们看到安娜贝拉的恋爱，而是让我们看到爱情本身；不是安娜·卡列尼娜卧轨自杀，而是毁灭和死亡：

……灵魂，像黑暗风暴中一只小船，

……不知要被吹向何方。

我们合上伊丽莎白时代的剧本时，也许会带着一些可以原谅的不耐烦。但合上《战争与和平》时我们是什么样的感觉呢？不是失望，它没有使我们责怪小说艺术的肤浅和平凡，而是使我们更加体会到人类感受的丰富无穷。在戏剧中我们认识了一般，在小说中我们认识了个别。在戏剧中我们将所有力量用于一跃；在小说中我们舒展延伸，让细致的印象、累积的信息从各方面慢慢渗入。人的头脑中充满了这么多的感受，相比之下语言是如此不足，我们不是把一种文体剔除或宣布它比其他文体拙劣，而是抱怨所有这些文体仍然不能与丰富的材料相称，并急切地等待着创造出新的形式，来帮我们摆脱未曾表达的经验的重负。

因此，尽管感到枯燥、浮夸、华丽，我们还是要阅读伊丽莎白时代那些次要作家的剧本，还是要到珠宝商和独角兽的土地上去漫游。熟悉的利物浦的工厂消失得无影无踪，猫头鹰在常春藤中号叫，公爵夫人在女人的哭泣声中生下一个死婴，公爵像罗马人一样拔剑自尽，我们认不出这位公爵与那位进口木材、在穆斯韦尔山死于肺炎的爵士之间有什么相似之处。为了把这些土地连接起来，透过不同的伪装认出同一个人，我们必须做一些调整。对我们的观念做必要的改变，收回现代人如此发达的感觉纤维，使用现代人如此忽略的听觉和视觉，听到带着笑声和喊声的语言，而不是印在纸上的黑色字母，看到男男女女的面孔和活生生的身体。总之，把你自己放进阅读发展中一个不同的，但不是更初级的阶段，这样，伊丽莎白时代戏剧的真正价值就会显示出来。整体的力量是不可否认的。它们也有创造词语的天才，仿佛思想跳进了词语的海洋，湿淋淋地钻出来。它们也有那种光着身子的粗俗的幽默，现代社会的人无论怎样努力也无法企及，因为身体已经穿上了衣服。在这些背后，是我们可以简单地称为"上帝"的感觉，它没有造成统一而是造成了某种稳定性。要是有谁企图把一种教派强加到伊丽莎白时代那一大群性格各异的戏剧家头上，此人一定是个鲁莽的批评家。但是如果我们认为整个一批具有相同特征的文学作品只是兴奋情绪的蒸发，是赚钱的活动，是偶然侥幸的结果，那也未免有些胆怯。即便在丛林和荒野中指南针依然存在。

主啊，主啊，让我死吧！

他们总是悲呼。

> 哦，温和自然的死亡，
>
> 你与酣眠是孪生兄弟——

世界的繁华令人惊叹，但世界的繁华是空虚的。

> 人类伟大的光荣
>
> 只是愉快的梦境和转瞬即逝的幻影：
>
> 在人生的舞台上我的青春
>
> 演出了几场虚荣的戏剧——

死亡和解脱是他们的愿望；在剧中自始至终都响着死亡和醒悟的钟声。

> 生命只是寻找家园的流浪，
>
> 等我们死去，我们就找到了。

毁灭、厌倦、死亡，永恒的死亡，严峻地站在伊丽莎白时代戏剧的另一主题——生命的对面：快帆船、冷杉、象牙、海豚、七月鲜花的汁液、独角兽的奶、黑豹的气息、一串串的珍珠、孔雀脑和克里特岛的葡萄酒，对于这些最奢华最丰富的生命表现，它们回答：

> 人是一棵树，
>
> 舒适没有根，
>
> 烦恼没有头，
>
> 一生之目的
>
> 只为感悲愁。

从戏剧另一面一遍遍抛回来的是这种声音，它尽管没用上帝之名，但却有同样的效果。

我们在伊丽莎白时代戏剧的丛林和荒野中漫步，结识皇帝和小丑、珠宝商和独角兽，为它们的华丽、幽默和幻想而欢笑、兴奋和惊奇。当大幕落下时我们感到一种高贵的愤怒；我们还感到无聊，对那些乏味的老把戏和花哨的辞藻感到厌恶。十个成年男女的死还没有托尔斯泰笔下一只苍蝇的痛苦更加打动我们。在冗长而不可信的故事的迷宫中徘徊时，突然一些强烈的激情抓住了我们；一些崇高的东西让我们升华，一些优美的歌曲令我们陶醉。这个世界里充满枯燥和兴奋、愉悦和好奇、诗歌和灿烂光辉。但渐渐地一种感觉袭上心头，我们感到缺少什么？是什么让我们如此渴望，若不能马上得到它，我们就必须到别处去寻找？是孤独。这儿没有隐私，总是有人开门进来。一切都被分享，让人看见、听见，变成戏剧。同时，头脑仿佛厌倦了同伴，悄悄躲进孤独中去沉思；去评论，而不是分享；去探索它自己的黑暗，而不是别人光明的表面。它转向多恩①、蒙田、托马斯·布朗爵士——掌握孤独之钥匙的人。

---

① 多恩（1572—1631），英国玄学派诗人和神学家，著作包括《灵诗》（1607）。

蒙　田

　　有一次,蒙田在巴勒丢克看到西西里国王勒内的一幅自画像,他想,"为什么不允许每个人用文字来给自己画像,就像用画笔那样?"我们立刻会回答,不但允许,而且这再简单不过。别人也许不好画,但我们自己的面孔简直是太熟悉了。让我们开始吧。然而,真正去尝试时,钢笔却从我们手中滑落,这是一件艰巨的不可思议的工作。

　　毕竟在整个文学史上,有多少人曾成功地用文字为自己画像? 也许只有蒙田、佩皮斯①和卢梭②。《虔诚的美第奇》是一面彩色的镜子,从中可以看见飞舞的星星和一个奇特的、骚动的灵魂。在那本著名的传记中,一面明亮的镜子照见博斯韦尔③在别人肩膀之间探出头来。但是,讲述自己,追踪自己的奇思异想,给出整个灵魂的图像、重量、色彩和边界,包括它的混乱、多变和不完美——这种艺术只属于一个人:蒙田。多少世纪以来,

----

① 佩皮斯(1633—1703),英国公务员和日记作家,他的日记包括有对伦敦大火(1665)和大瘟疫(1666)的详细描述。

② 卢梭(1712—1778),法国哲学家和作家,其著作有《民约论》和小说《爱弥尔》。

③ 博斯韦尔(1740—1795),英国杰出的传记作家,著有《约翰逊传》。

总有很多人围在这幅肖像前,朝画中凝望,看到里面映出自己的面孔,凝视得越久看到的越多,却永远说不清楚他们看到的到底是什么。新印版本证明了这本书永久的魅力。英国的那伐尔书社把柯顿的译本①重印成精美的五册书;法国的路易·柯纳尔公司正在发行附有各种版本译文的《蒙田全集》,阿曼古博士为此项研究付出了毕生的心血。

如实地讲述自己,发现自己近在咫尺,这并非易事。

> 我们只听说有两三位古人走过这条路[蒙田说],此后再没有人涉足;这是一条崎岖的道路,没有看上去那么好走。追随灵魂那散漫不定的步伐;穿透它内部的曲折深幽;选择并捉住那么多灵活的小动作;这是一件崭新而不寻常的工作,它使我们退出世上普通的和最受推荐的职业。

首先是表达的困难。我们都沉湎于那称为"思想"的奇妙愉快的过程,但当要向别人,哪怕是向对立者讲述我们的思想时,我们能表达的是多么少啊!没等我们在它尾巴上撒盐,那幻影就从窗户逃走了;或是飘忽地闪亮片刻,又缓缓地沉回黑暗的深处。表情、声音和腔调弥补了语言的不足,给讲话加上了个性。但钢笔却是个刻板的工具,它能说的很少,并有它自己的各种习惯和仪式。它还很专制:总是把普通人变成预言家,把人们讲话时那自然的磕磕绊绊变成钢笔那庄严的行进。因此蒙田以其不可抑制的活泼在无数古人中脱颖而出。我们一刻也不会怀疑他的书不是他本人。他不肯说教,不肯布道,他总是说他和别人一样。他所有的努力就是为了把他自己写

---

① 指英国诗人、作家柯顿所译的蒙田《随笔集》(初版于 1685 年)。

下来,为了交流,为了说实话,这是一条"崎岖的道路,没有看上去那么好走"。

除了表达自己的困难之外,还有一个最大的困难,做自己。我们的灵魂,或内心生活,与我们外部的生活根本不同。如果谁有勇气询问他的想法,他说的总是跟世人说的正好相反。例如,世人早就决定病弱的老人应该待在家里,用他们婚姻的忠贞不渝来教导我们。蒙田的灵魂却说,恰恰相反,在老年应该旅行,婚姻很少建立在爱情的基础之上(这说得很对),在晚年它往往会成为一种形式上的束缚,不如把它打破。关于政治,政治家们总是赞美帝国的伟大,宣传用文明去教化野蛮人的道德义务。但是看到西班牙人在墨西哥的所作所为,蒙田愤怒地大声疾呼:"这么多城市被夷为平地,这么多民族被消灭……为了贩运珍珠和胡椒,世界上最美丽富饶的地区被搅得天翻地覆!机械的胜利!"①当一些农民来对他说,他们发现一个男人受了伤奄奄一息,但是把他丢在了那里,因为怕受到法律控告。蒙田质问道:

> 我能对这些人说什么呢?这种人道主义的帮助无疑会给他们带来麻烦。……没有什么东西像法律这样错误百出。②

在这里,变得桀骜不驯的灵魂在抨击蒙田所深恶痛绝的两样东西,习俗和仪式。但是走进那座虽与其他建筑分离却能俯瞰整个庄园的高塔,看她在最里面的房间中对着炉火沉思。她真是世上最奇特的生物,远非那么英勇,并像风向标一样多变,

---

① 《论马车》。
② 《论经验》。

"害羞，傲慢；贞洁，好色；多话，沉默；勤勉，娇弱；聪敏，笨拙；忧郁，愉快；说谎，诚实；博学，无知；慷慨，贪婪，奢侈"①——总之，如此复杂，如此不确定，与她在公共场合的那个替身如此不符，以至于一个人可以花一辈子的时间来追逐她。这种追逐的快乐超过了它可能给个人世俗前程带来的任何损害。了解了自己的人从此便独立了；他永远不会感到无聊，只会觉得生命太短，他沉浸在一种深刻而有节制的快乐中。只有他真正地活着，其他人都是仪式的奴隶，让生命在睡梦的状态中流逝。一旦顺从习俗，别人做什么便跟着做什么，灵魂中所有较高级的神经和才能就会受到睡意的侵袭。她完全成为外在的表演，内在空无一物：迟钝、麻木而冷漠。

那么，如果我们请这位生活艺术的大师介绍他的秘诀，他准会建议我们退进高塔最里面的房间，在那里翻动书页，追逐一个接一个飞出烟囱的幻想，把天下的治理留给他人去操心。退隐和沉思——这一定是他的处方中的重要成分吧。然而不是，蒙田可没有那样明确。没有办法从这位垂着眼皮、一副梦幻和揶揄的表情，半带微笑、半带忧郁的敏感男子那里得到一个清楚的回答。事实是，与书本、蔬菜和花草为伴的乡村生活往往是极其无聊的。他从来看不出自家的豌豆比别人家的好到哪儿去。巴黎是全世界他最喜欢的地方——"只因为它的形象和色彩"。至于读书，他读任何书很少能连续读一小时以上，而且他记性很坏，从一间屋走到另一间屋，就会把脑子里想的事忘掉。书本知识没有什么可骄傲的，至于科学的成就，它们的意义有多大呢？他经常与聪明人来往，他父亲很敬重这些人。但他观察到，尽管

----

① 《论我们的行动变化无常》。

他们有好的时候,有狂热,有眼光,但最聪明的人也在愚蠢的边缘摇摆。观察你自己:这一刻得意扬扬,但一块碎玻璃就会使你神经紧张。一切极端的东西都是危险的。最好取中庸之道,走人们走惯的辙印,不管有多么泥泞。写作时选择普通的词语,避免狂言和雄辩——但诗歌是美妙的,最好的散文是最富有诗意的散文。

那么,我们似乎应当追求一种平民化的简单。我们可以享受高塔中的房间、粉刷过的墙壁和宽敞的书橱,但在下面的花园里有一个人在挖地,他今早刚埋葬了他的父亲,是他那样的人在过着真正的生活,说着真正的语言。这里面当然有一定的真理。在席上地位较低的一边有很多精彩的谈话。也许无知者中具有的重要素质比有学问者中更多。然而,乌合之众是多么可恶!"无知、不公正和不讲信义的根源。智者的生活竟要依赖于傻瓜的判断,这合理吗?"他们的思想软弱,没有反抗能力。必须要有人告诉他们需要知道什么。他们不能直面事实。真理是只有天生高贵的灵魂①才能懂得的。那么,这些天生高贵的灵魂是谁呢?要是蒙田能够更明确地指出,我们或许可以仿效他们。

但是不。"我不教诲,我只是叙述。②"毕竟,他对自己的灵魂都不能"用一个词简单而切实地概括,没有模糊或混淆",又如何能阐释别人的灵魂呢?事实上,他觉得他的灵魂一天天变得更加神秘。也许有一个特点或原则——即不应做出规定。我们愿意仿效的灵魂,例如艾蒂恩·德·拉·波阿蒂厄,③永远是

---

① 　原文为法语。
② 　《论改悔》。
③ 　艾蒂恩·德·拉·波阿蒂厄,法国人文主义作家,蒙田的好友。

最灵活的。"由于需要而依附和受制于一个系列,这只是存在,而不是生活。"①法律只是常规,完全不能反映纷繁复杂、变化多端的人类冲动;风俗习惯是为那些生性胆怯、不敢让自己的灵魂自由驰骋的人而制定的。但拥有私人生活并视之为最珍贵的财产的我们,最信不过的就是表态。只要一开始抗议,开始表态,开始做出规定,我们就会死亡。那样我们就会为别人活着,而不是为自己而活。我们必须尊敬那些为公务而牺牲了自己的人,给他们戴满荣誉,同时怜悯他们不得不做出无法避免的妥协;但是对自己,让我们放走名声、荣誉和各种使我们对他人承担义务的职位。让我们守着自己变幻不定的熔炉、迷人的混乱、复杂的冲动,我们永远的奇迹——因为灵魂每时每刻都在抛出奇妙的内容。运动和变化是我们生命的本质;僵化便是死亡;因循便是死亡:让我们想到什么就说什么,重复自己,反驳自己,发出最荒唐的胡言乱语,追逐最稀奇古怪的幻想,不管世人怎么做、怎么想或怎么说。因为除了生命(当然,还有秩序),其他一切都不重要。

这么说,构成我们生命本质的这种自由必须要受到控制。可是很难看出我们可以借助于什么力量,因为所有对个人意见的限制或公共法律都受到嘲讽。蒙田从未停止过嘲弄人性的可悲、软弱和虚荣。那么,也许我们应该寻求宗教的指引?"也许"是他最喜欢的词语之一;"也许"和"我想",以及所有那些修饰人类无知之轻率假设的词语。它们能把那些直率地说出来的很不明智的意见变得含蓄。因为并不是什么都要说出来;有些东西目前最好只是暗示。文章只是为少数能够看得懂的人而写

---

① 《论三种工作》。

的。我们当然可以寻求上帝的指引,但对于那些过着私人生活的人来说,还有一个看不见的内心的检察官,内在的保护人,①他的批评比任何人的都可怕得多,因为他知道真相;但也没有任何东西比他的赞许更加悦耳动听。这就是我们必须服从的法官;他将帮助我们实现天生高贵的灵魂所能达到的那种秩序。"将秩序一直保持到私人生活,这样的生活是美妙的"。但是他要靠自己的判断来行动;靠某种内部的天平,达到那不稳定的、时时变化的平衡,它能够控制而又毫不妨碍灵魂探索和实验的自由。没有其他指引,也没有先例可循,过好私人生活无疑比过好公共生活要困难得多。这是一种各人必须独自学习的艺术。尽管或许有两三个人,古人如荷马、亚历山大大帝、伊巴米南达斯②,今人如艾蒂恩·德·拉·波阿蒂厄,其榜样对我们可能有些帮助。但这是一种艺术,它要塑造的材料是复杂多变和无限神秘的——人性。我们必须接近人性。"……应当在活人中生活"。我们应当警惕任何怪癖或清高使我们与自己的同类隔离。能够轻松地与邻居谈论他们的娱乐、房子或争吵,并真正喜欢听木匠和园丁讲话的人是幸运的。交流是我们的主要任务;社交和友谊是我们的主要乐趣;阅读,不是为获取知识,不是为了谋生,而是为了把交流扩大到我们的时代和地区之外。世界是如此奇妙:翠鸟和未被发现的土地,长着狗的脑袋、眼睛长在胸口的人,还有很可能比我们的高级得多的法律和风俗。或许我们都在这世上酣睡;或许对感官比我们发达的生物来说,还存在着另外一个世界。

---

① 原文为法语。
② 伊巴米南达斯,古底比斯将军及政治家,在留克特拉(公元前371)打败斯巴达军队,从而结束了斯巴达对希腊各城邦的军事统治。

这里,在所有的矛盾和限制之中,终于有了一点明确的东西。这些随笔试图揭示一个灵魂。至少在这一点上他是明确的。他不是想出名,不是想让后世引用他的话,他不是在市场上立起雕像,他只是想揭示他的灵魂。交流是健康,交流是真实,交流是幸福。分享是我们的任务,勇敢地挖下去,把那些隐秘的、最病态的思想暴露到阳光下;不隐瞒,不伪装;如果我们无知,就实话实说;如果我们爱自己的朋友,就让他们知道。

……因为,正像我从一次太确凿的经验中懂得的那样,当失去友人时,最大的安慰莫过于能知道我们没有忘记对他们说任何东西,并与他们达到了完全彻底的交流。①

有些人旅行的时候用沉默和怀疑把自己封闭起来,"防止受到陌生空气的传染"。他们吃饭时必须吃和家里一样的东西。凡是不跟他们自己的村子相似的景观或风俗都是坏的。他们旅行只是为了回家。这种做法是完全错误的。我们出发时不应想好晚上在哪里过夜,或打算什么时候回来;旅行就是一切。最需要但也是最难得的是,我们应当在出发前找到一个性情相投的人同行,在途中可以随时向他倾吐我们头脑里产生的想法。因为快乐若无人分享便没有意思。至于危险——可能有头疼脑热,但为了快乐冒这点小风险总是值得的。"快乐是头等重要的利益。"②况且,做自己喜欢的事时,我们总是在做对自己有益的事。医生和聪明人也许会反对,但让医生和聪明人去研究他们沉闷的科学吧。对我们这些普通人来说,让我们好好利用大自然赐予的每一种感官,以此感谢她的慷慨。尽可能多改变我

---

① 《论父亲对子女的爱》。
② 《论经验》。

们的状态;一会儿把这一面,一会儿把那一面转到阳光下,在太阳下山之前,尽情享受年轻的亲吻和美妙歌喉唱出的凯特拉斯①。每个季节都很可爱,雨天或晴天,红酒或白酒,结伴或独处。就是那令人遗憾地缩短了生之快乐的睡眠,也可以充满美梦;最平常的行动——一次散步、一次谈话、在果园独处,均可以因联想而趣味盎然。美无处不在,而美与善之间只有两指宽的距离。因此,以健康和理智的名义,让我们不要老想着旅行的终点。让死神在我们种菜或骑马的时候降临,或让我们躲到某个乡村小屋里,由陌生人为我们合上眼睛。最好,让死神发现我们在姑娘和好的同伴中间,做着平常做的事情,既不抗议,也不悲叹;而"有的是游戏、欢宴、玩笑、流行的娱乐、音乐和抒情诗"②。但是不要再说死亡了,重要的是生命。

当这些随笔不是结束,而是在全速前进中戛然而止时,生命越来越清晰地显露出来。当死亡临近时,越来越吸引人的是生命,自我,灵魂,活着的每个事实:夏天和冬天都穿丝袜;在葡萄酒里加水;在饭后理发;必须用玻璃杯喝水;从来不戴眼镜;咬舌头;脚动来动去;爱挠耳朵;喜欢肉的味道浓郁;用餐巾擦牙齿(感谢上帝,牙齿倒很健康!);床上必须挂帘子;还有,很奇怪的是,一开始喜欢萝卜,后来倒了胃口,现在又喜欢了。没有一件事细小到可以让它从指缝间流走。除了事实本身的意义外,我们还有一种奇妙的能力,可以用想象来改变事实。观察灵魂怎样时时在投射她自己的光与影;她使重要的变得空洞,轻微的变得重要;使白天充满幻梦;为幻影与为事实一样地激动;她临死

---

① 凯特拉斯(公元前 84? —前 54?),古罗马抒情诗人,以其写给"丽斯比雅"的爱情诗而闻名。
② 《论虚荣》。

之时还在拿小事开玩笑。观察她的两面性和复杂性。她听说一位朋友死去,感到同情,但又掺杂着一些幸灾乐祸的感觉。她相信,同时她又不相信。观察她多么容易受影响,尤其是在年少时。一个富人偷东西,因为小时候父亲不肯多给他钱花。这堵墙不是为自己砌的,而是因为父亲喜欢造房子。总之,灵魂被无数神经和同情所交织,它们影响着她的每一个行动,然而,即使到了一五八〇年,还没有人弄清她的行为方式或她是什么——我们是如此怯懦,如此留恋稳当的常规做法。只知道在所有事物中她是最神秘的,自我是世界上最大的怪物和奇迹。"……我越思考和了解自己,就越对我的畸形感到吃惊,越不能对自己达成一致。"①观察,不断地观察,只要笔墨存在,蒙田就将"不停地不费力地"②写下去。

但还有最后一个问题,如果他能从那迷人的工作中抬起头来的话,我们想要请教这位生活艺术大师。在这些由短而支离、长而博学、逻辑清晰和相互矛盾的语句构成的不寻常的著作中,我们听到了灵魂的脉搏节奏,日复一日,年复一年地在纱幔后面跳动,这纱幔随着时间的推移变薄到近乎透明。这里有一个人在"生活"这项危险事业中取得了成功;他曾为国效力,过退隐生活;身为地主、丈夫和父亲;款待过国王,爱过女人,也曾独自对着古书沉思良久。通过不断的试验和观察,他最终奇迹般地调顺了构成人的灵魂的那些捉摸不定的成分。他用双手抓住了世界的美。他获得了幸福。他说,如果要他再活一遍,他还会以同样的方式度过。但是,当我们着迷地注视着一个灵魂在我们

① 《论残废人》。
② 《论虚荣》。

260

眼前完全敞露地生活时,问题浮现出来,快乐是一切的目的吗?对灵魂本质的这种压倒一切的兴趣是哪儿来的？为什么会有如此不可抑制的与人交流的欲望？这个世界的美就够了吗,是否在别处还有神秘的解释？对此能有什么回答呢？没有回答。只有最后一个问题:"我知道什么?"①

---

① 　原文为法语。

纽卡斯尔公爵夫人*

　　"……我只想出名。"纽卡斯尔公爵夫人玛格丽特·凯文迪什写道。在她生前她的愿望得以实现。衣着艳丽,言谈粗俗,行为贞洁,她在有生之年引来了大人物的嘲笑和博学之士的称赞。但如今那些喧嚣的余音都已平息;她只活在兰姆①在她坟墓上留下的几句精彩评语中;她的诗歌、她的剧本、她的哲学、她的演说和她的讲话——所有那些她声称珍藏了她真实生活的对开本和四开本——都在公共图书馆阴暗的角落里发霉,或是被析入微型小杯,只能盛下原来丰富内容的六滴。即使是被兰姆的评语所吸引的好奇的学生,也在她庞大的陵墓前感到畏缩,探头进去张望一下,又赶快退出来,关上了门。

　　但是在这匆匆一瞥中,他看到了一个令人难忘的人物的轮廓。据推测,玛格丽特生于一六二四年,是家中最小的孩子,父亲托马斯·卢卡斯在她幼年时就去世了,她由母亲抚养成人。她的母亲是一位性格不凡,风度高贵,具有"时间无法摧毁"的

---

　　*　《纽卡斯尔公爵威廉·凯文迪什等人生平》C. H. 弗斯编辑;《诗歌和幻想集》,纽卡斯尔公爵夫人;《世界文艺杂集》;《潜水者演说集》;《女性演说集》;《戏剧集》;《哲学书信集》等等。
　　①　兰姆(1775—1834),英国评论家和散文家。

美丽的女士。"她很擅长租赁、处置土地和照料庭院、指挥管家之类的事情。"这样积累的财产她没有用于置办嫁妆，而是花在慷慨而愉快的生活上。"她认为如果她让我们的日子过得紧巴巴的，我们或许会生出诈骗的品性。"她的八个子女从来没挨过打，她总是对他们讲道理，给他们穿漂亮的衣服。她不让子女与仆人交谈，不是因为他们是仆人，而是因为仆人"大都出身卑贱而没有教养"。女儿们学习通常的闺中技艺，"为了修养而不是为了获利"。她们的母亲认为对于女子来说，性格、快乐和诚实比弹琴唱歌或是"会讲几种语言"更重要。

玛格丽特已经急于利用这种纵容来满足某些兴趣。她已经喜欢读书甚于女红，喜欢打扮和"设计时装"甚于读书，喜欢写作甚于一切。十六本没有书名的纸本子证实她怎样充分利用了母亲的开明，纸上字迹潦草，因为她思想的奔涌总是超过她手指的速度。愉快的家庭生活还有其他结果。他们一家关系很亲。玛格丽特提到，在他们结婚之后很久，这些俊美的、身材匀称、皮肤白皙、头发棕黄、牙齿整齐的兄弟姐妹们还总是"抱成一团"。陌生人在场使他们沉默，但自己家人在一起时，无论是在春天花园或海德公园散步，听音乐还是坐船在河上共进晚餐，他们便有说有笑，"非常开心……尽情地评论、褒贬"。

愉快的家庭生活对玛格丽特的性格产生了影响。小时候，她会独自漫步几小时，沉思默想，和自己辩论"她的感觉所提供的所有东西"。她不喜欢任何活动。玩具不能使她快乐，她既不能学外语，又不能穿和其他人一样的衣服。她最大的乐趣是给自己设计没有人能仿制的服装。因为，她说，"我总是喜欢标新立异，即使是在穿衣习惯上也是如此"。

这种既封闭又自由的培养，本来可能造就出一位有学问的老处女,喜欢隐居生活,写出过几本书信集,或是翻译过一些名著,其作品至今仍可被引用来证明我们女祖先的文化修养。但玛格丽特身上有某种狂热的气质,一种对奢华和名声的迷恋,总是在打乱自然那有条不紊的安排。当她听说自内战①之后,女王身边的宫女减少,便产生了去当宫女的"强烈渴望"。家里其他人都反对,因为她从未离开过家,很少走出过家人视线之外,他们有理由认为她在宫中可能会出洋相。但母亲还是让她去了。"我是出了洋相,"玛格丽特承认道,"离开了妈妈、兄弟姐妹,我是那么害羞……不敢抬起眼睛,不敢说话,不敢跟人交际,以至于被当成了一个天生的傻瓜。"宫里人嘲笑她,她以直来直去的方式反击。人们爱挑剔;男人嫉妒女人有头脑;女人怀疑同性的智力;她有理由问一问,还有哪一个女人像她那样在散步的时候思考过物体的性质以及蜗牛有没有牙齿?但那些嘲笑令她感到屈辱,她恳求母亲让她回家,遭到拒绝(后来证明这是个明智的决定),她又待了两年(1643—1645),最后跟女王去了巴黎。在那里,来觐见女王的流亡者中,有纽卡斯尔侯爵②。他曾以大无畏的勇气但是很少的技巧率领国王的军队战至惨败。令众人惊讶的是,这位王子般的贵族竟爱上了那个害羞的、沉默的、服饰奇特的宫女。据玛格丽特说,这不是"色欲的爱情,而是真诚、正派的爱情"。她并不是出色的对象;人们说她拘谨和古怪。那么,是什么使这么高贵的爵士拜倒在她脚下呢?旁观者报以嘲笑、轻蔑和诽谤。"我担心别人预见到我们将来会不

---

① 指一六四二年至一六四六年的英国内战,一方为英王查理一世,另一方为英国议会军。

② 纽卡斯尔侯爵,后升为纽卡斯尔公爵,英王查理一世的统帅之一,在内战中战败后流亡欧洲,大部分时间住在巴黎,英国王政复辟后返回英国。

幸,"玛格丽特在给侯爵的信中写道,"尽管我们自己并不这么看,否则他们不会这样费心地要拆散我们的爱情。"还有"圣日耳曼①流言蜚语很多,说我给你写信太多"。"请考虑到我有仇人。"她警告他说。但是这婚姻显然是完美的。喜爱诗歌、音乐和戏剧创作,对哲学感兴趣,相信"没有人知道或能够知道任何事物的原因",气质浪漫大方的公爵,很自然地被这个自己写诗,有相同哲学思想的女子所吸引,她对他不仅充满艺术家对艺术家的钦佩,而且充满一个受到他的慷慨保护和救助的敏感生灵的感激之情。"他能认可那些被许多人指责的羞怯,"她写道,"……虽然我害怕结婚,尽可能避免与男人接触,但我……却没有力量拒绝他。"她陪伴他度过了漫长的流亡岁月;她同情地(如果不是理解地)参与了管理和购买马匹之事,公爵把那些马驯得如此矫捷,看到它们纵跃、环奔、立起旋转时,西班牙人画着十字说"奇迹②!"她相信当他走进马厩时,马儿们甚至欢喜得"一个劲儿蹬地"。护国主摄政时期③她在英国为他辩护,王政复辟④后他们回到英国,在僻静的乡村隐居,过着与世隔绝而极其满足的生活,写剧本、诗歌、哲学,欣喜若狂地阅读对方的作品,谈论偶然遇到的自然界的奇迹。他们被同时代的人嘲笑,贺拉斯·瓦尔波尔⑤讥讽过他们。但是毋庸置疑他们生活得非常快乐。

---

① 圣日耳曼,巴黎附近地名,旧日王公贵族居住之地,英国王室的流亡者也曾在此居住。

② 原文为西班牙语。

③ 指一六五六年至一六五九年克伦威尔父子以护国公身份统治英国的时期。

④ 一六六〇年,在查理二世统治下的英国君主立宪的复辟。

⑤ 瓦尔波尔(1717—1797),英国作家、历史学家,其通信信件与自传为了解他的时代提供了宝贵资料。

因为玛格丽特现在可以不受打扰地从事写作。她可以为自己和仆人设计服装。她可以用越来越难以辨认的字迹越来越快地书写。她甚至奇迹般地使她的剧本在伦敦演出，她的哲学思想被博学的男人们谦恭地阅读。它们至今立在大不列颠博物馆里，一本又一本，充满着一种扩散的、不安的、扭曲的活力。秩序、连贯、论点的逻辑发展是她所不知道的。她无所顾忌。她有儿童的不负责任和公爵夫人的傲慢。最古怪的幻想来到她身边，她骑在它们背上走远。我们仿佛听到她在思想沸腾的时候，大声呼唤拿着笔坐在隔壁房间的约翰，"约翰，约翰，我有构思了！"然后便一泻而出——无论是什么内容：有意义或无意义；关于妇女教育的思考——"女人像蝙蝠或猫头鹰那样生活，像牲畜一样干活，像虫子一样死去……最有教养的女人是头脑最开化的女人"；或许是当天下午独自散步时突然产生的想法——为什么"猪会得囊虫病"，为什么"狗欢喜时会摇尾巴"，或星星是由什么构成的，侍女拿来给她的这个蛹是什么（她把它放在自己房间角落里暖着），如此等等。她从一个话题飞到另一个话题，从不停下纠正，"因为制作比修补更有乐趣"，大声对自己谈论所有那些充满她的头脑，永远给她带来娱乐的东西——战争、寄宿学校、砍伐树木、语法和道德、怪物和英国人、小剂量的鸦片是否对精神病人有益、为什么音乐家都是疯子。仰望苍穹，她更加雄心勃勃地猜测月亮的性质，星星会不会是燃烧的果冻；俯视水面，她想问鱼儿是否知道海水是咸的；怀疑我们的脑袋里充满了仙女，"因为我们这样亲近上帝"；思索在我们的世界之外是否还有其他的世界，想象下一趟船可能带来新世界的消息。总之，"我们一无所知"。而同时，思考是多么快乐！

当这些庞杂的书籍从威尔贝克①那庄严的幽居中问世后，通常的评论者们提出了通常的反对，她就需要根据她的心情，在每本书的前言中加以回答、蔑视或争辩。例如，他们说她的书不是她自己写的，因为她用了学术上的词语，"写到许多在她知识领域之外的东西"。她奔向她的丈夫求助，他以特有的性格回答说，公爵夫人"从来没有与任何所谓学者交谈，除了她的兄弟和本人"。而公爵的学识具有特殊的性质。"我在广阔的世界里生活了很久，思考我的感官带给我的东西，多于与学者交谈而接受的东西；因为我不喜欢被权威和古人牵着鼻子走；权威定论对我不起作用。"然后她拿起笔，用孩子的骄蛮和轻率向世人保证她的无知是质地最好的。她只见过笛卡儿②和霍布斯③，没有向他们提问；她倒是请过霍布斯先生来吃饭，但他来不了；她经常不听人家对她讲的话；她一点不懂法语，尽管在国外住了五年；她只在斯坦莱④先生的文章中读到过那些老哲学家；笛卡儿的书她只读过半本《论感情》；霍布斯的书只读过"那本叫作《论公民》的小册子"，这一切都充分证明了她天生的才智，它是如此丰富，外来的帮助令它感到痛苦，如此诚实，不愿接受别人的提携。从完全无知的平原上，从她自己的意识那未开垦的土地上，她计划建立一套哲学体系，以取代所有其他哲学。结果并不很幸运。在这种宏大结构的压迫下，她的天才，曾使她在第一本书中对麦布女王⑤和仙境做过迷人描绘的那种新鲜可爱的幻想

---

① 威尔贝克，在英格兰的诺丁汉郡，纽卡斯尔公爵庄园所在。
② 笛卡儿（1596—1650），法国哲学家、自然科学家、解析几何学的奠基人。
③ 霍布斯（1588—1679），英国政治哲学家，他的著作《利维坦》表明了人类的本质是自私的观点。
④ 斯坦莱，英国学者，著有一部三卷本的《哲学史》。
⑤ 麦布女王，爱尔兰和英国神话传说中的一个仙子。

完全消失了。

> 女王住在贝壳制造的宫殿，
> 宫中挂着薄薄的彩虹帐幔，
> 第一次进去眼前五光十色；
> 房间的墙壁是光亮的琥珀，
> 当火焰靠近时便发出清香；
> 她的床是樱桃核雕镂而成，
> 上面挂着一片蝴蝶的翅膀；
> 在鸽子眼皮做成的床单上，
> 放着一只玫瑰花苞作枕头。①

她年轻时能够写出这样的文字。但是她的仙女们就算幸存下来的话，都长成了河马。她的祈祷得到了太慷慨的回报：

> 赐予我自由高贵的风格，
> 看上去无拘无束,哪怕是狂野。②

她的文章中开始出现缠绕、扭曲和牵强的比喻,下面这段是最短的但不是最极端的例子之一。

> 人的脑袋好比一个城镇；
> 嘴巴满着时是集市开张,
> 空着的时候是集市关闭；
> 城里的河渠有两个管口,
> 就是鼻子上的一对鼻孔。

她积极地、不协调地、没完没了地使用比喻;大海变成了草地,水

---

① 引自纽卡斯尔夫人的诗《仙后的宫殿》。
② 引自纽卡斯尔夫人《诗与幻想》一书中的一首诗。

手变成了牧羊人,桅杆变成了五朔节花柱①。苍蝇是夏季的小鸟,树木是参议员,房屋是船只,就连比凡间一切(公爵除外)更受她青睐的仙女们,也被变成了钝原子和锐原子,参与她喜欢为宇宙安排的那些可怕行动。的确,"我的与众不同小姐有一种奇怪的扩展的才智"。更糟的是,她没有一点戏剧才能,却转向了剧本创作。这是个简单的过程,在她脑海中翻腾的不好处理的思想被命名为富戈登、贱莫尔、狗爵士等,围着一位聪明博学的女士,喋喋不休地争论灵魂的组成或美德是否比财富更有益,她用我们似曾听过的语气十分详细地回答他们的问题,纠正他们的谬误。

然而有时候,公爵夫人会到外面走动。她会亲自出门,披着无数宝石和裙褶,去访问周围的贵族。她的笔立即报告了这些旅行。她记录 C. R. 女士如何"在公共场合殴打她的丈夫"。还有 F. O. 先生,"我难过地听说他如此低估他自己的出身和财产,娶了一个厨房女佣";"P. I. 小姐变成了一个圣洁的灵魂,一个宗教姐妹,她不再卷头发,黑斑点变得令她憎恶,系带的鞋子和套鞋是通向骄傲的阶梯——她问我认为祈祷时什么姿势最好"。她的回答也许是难以接受的。"我再也不会轻率地去那儿了",她就一次这样的"闲聊"说道。我们可以猜想,她不是一个受欢迎的客人,也不是很热情的女主人。她有一种"自夸"的习惯,把客人都吓走了,她也并不感到难过。事实上,威尔贝克是最适合她的地方,她自己是最投契的同伴,亲切的公爵出出进进,带着他的剧本和构思,随时愿意回答一个问题或反驳一个诽谤。也许是这种孤独使得尽管行为贞洁的她使用了后来令埃格

---

① 五朔节花柱,饰有飘带的柱子,五朔节时人们持飘带围此柱舞蹈。

顿·布利吉斯爵士大为不安的语言。他批评她的文字是"在宫中长大的贵妇言谈中流出的极其粗糙的语汇和形象"。可是他忘记了这位女士早就不再经常出入宫中;她主要与仙女交往;她的朋友是故去的人。她的语言自然是粗糙的。不过,尽管她的哲学徒劳无益,她的剧本令人难以忍受,她的诗歌大多很乏味,但公爵夫人的大部分作品都被几分真正的火焰所照亮。我们不由自主地被她乖僻可爱的性格吸引,随着它曲曲折折、闪闪烁烁地在一页页文字间穿行。她有错乱和幼稚,但也有一种高贵、活泼的、堂吉诃德式的精神。她的简单是如此公开,她的智力如此活跃,她对仙女和动物的同情是如此真挚而温柔。她有精灵的古怪,某些非人的生物的任性、无情和迷人之处。尽管"他们",那些可怕的批评家们,从她还是个在宫中不敢抬头的羞涩少女时起就一直在嘲笑她,却没有几位批评家费神去思考宇宙的性质,或对被捕猎的野兔的命运有一丝关心,或像她那样希望与"莎士比亚笔下的傻瓜"交谈。至少现在,嘲笑声并不全在他们一边。

但当时他们仍在嘲笑。当传闻疯狂的公爵夫人要从威尔贝克来进宫朝见时,人们涌到街上去看她,佩皮斯先生的好奇心使他两次去公园等她经过。但她马车周围挤得太厉害,他只瞥见她坐在银马车里,侍从们穿着天鹅绒外衣,她头上戴着天鹅绒的帽子,鬈发垂在耳边,他只有片刻从白色的车帘间看到一位"非常标致的女人"的面庞。她驱车从围观的伦敦人中穿过,他们都挤着想看一眼那位浪漫的女士,她站在威尔贝克的那幅肖像里,眼睛大而忧郁,仪态中有某种过分讲究的和奇异的东西,纤长的手指轻触桌面,带着自信流芳百世的平静。

漫谈伊夫林[*]

  如果你想确保你的生日在三百年后被人纪念,最好的办法是写日记。只是先得拿准你有勇气把自己的天才锁在一本私人笔记本里,并有心情为只有在坟墓里才会得到的名气沾沾自喜。因为好的日记作者要么仅仅为自己而写,要么为遥远到可以倾听每个秘密,公正地衡量每个动机的后代而写。对这种读者既不需要伪饰也不需要拘谨。他们要求的是真诚、细节、内容;写作技巧固然有用,却不必才华横溢;天才甚至是一种妨碍;如果你懂得要领,有气概地去做,后代会让你与伟人交往,报道著名的事件,或与第一夫人睡过觉。

  使我们记住约翰·伊夫林三百周年诞辰的这本日记便是一个例证。它有时写得像回忆录,有时简单得像日历;但他从未在其中透露他内心的秘密,他写的所有内容都可以在晚上平静地读给他的孩子们听。如果我们想问,看来这是一个好人的平凡之作,为什么还要去读它呢?我们必须承认,首先,日记永远是日记,是我们在养病时、马背上、临终前读的书。关于这种阅读

---

  * 约翰·伊夫林(1620—1706),英国作家,他的日记发表于一八一八年,是一本他所处时代的有价值的历史记录。

有过许多美妙描述，它在很大程度上只是幻想和消磨时光；手捧一本书躺在椅子里；看着大丽花上的蝴蝶；一种无利益的消遣，还没有批评家费心去研究，只有道德家会为它说一些好话。他会承认它是一种清白的活动；并且会说，在防止人类改变信仰和谋杀国君方面，快乐（即使是从细小的地方获得）可能比哲学或布道坛起了更大的作用。

在进一步阅读伊夫林的日记前，最好想一下我们现代人的快乐观与他的区别在哪里。无知，当然，无知是其根源；他的无知，和我们的相对的博学。阅读伊夫林的外国游记的人，无不羡慕他思想的单纯和他的实践活动。举个简单的例子——那只蝴蝶在园丁推着小车经过时保持不动，但如果他用耙子的阴影轻轻拂一下蝴蝶的翅膀，它会马上警觉，立刻飞走。因此我们会想到，蝴蝶看不见但能够听见；在这一点上我们无疑是和伊夫林一样的。但是要像伊夫林那样进屋去拿把小刀来解剖一只红纹蝶的脑袋，二十世纪的任何正常人都不会这么干。个人来讲我们可能和伊夫林知道的同样少，但从集体来讲我们知道得如此之多，以至没有动机去从事个人的发现。我们去找百科全书，而不是剪刀；在两分钟之内就不仅了解到比伊夫林一生所学更多的东西，而且了解到人类的知识是如此浩瀚，没有什么价值去拥有其中的一滴。无知，然而正当地相信用他自己的双手不仅可以增进他个人的，而且可以增进全人类的知识，伊夫林涉猎了所有艺术和科学，在欧洲大陆游历十年，以不倦的兴趣观察长毛的女人和懂道理的狗，做出如今只能用乡村井台边的老妇人的谈话相比的推论和猜测。她们说，今年秋天月亮比往年大好多，所以蘑菇长不出来，木匠的老婆会生双胞胎。伊夫林，皇家学院会员，一位文化和智力极高的绅士，也仔细地记录所有彗星和征兆,并认为一头鲸鱼游入泰晤士河是不祥之兆。一六五八年也发现过一头鲸鱼,"那年克伦威尔去世。"大自然似乎决心用现已收敛的狂暴和古怪来刺激她十七世纪的崇拜者的虔诚。风暴、洪水和干旱;泰晤士河结了坚冰;彗星在空中掠过。如果一只猫在伊夫林的床上产仔,小猫也必然长着八条腿、六只耳朵、两个身子和两条尾巴。

还是回到快乐上吧。有时看来我们的祖先和我们之间一个无法消除的区别是快乐的来源不同。我们对同样的东西有不同的估价。其中一部分可以归结于他们的无知和我们的知识。但我们是否要推断无知能改变神经和感情? 是否要相信与伊丽莎白时代的人一起生活对我们将是无法忍受的惩罚? 我们是否会觉得必须因为莎士比亚的习惯而离开房间,或是必须拒绝伊丽莎白女王的宴请? 也许。就连伊夫林这样一位非常文雅严肃的人,也挤进一间刑讯室,像我们挤着看狮子吃东西一样。

……他们首先用结实的绳子或小钢索捆住他的手腕,绳索一头绑在墙上一只离地面约四英尺的铁环上,然后用另一根绳索捆住他的双脚,一头系在地上比他的全长还多约五英尺远的另一只铁环上。这样斜吊在那里后,他们把一匹木马塞到拴着他双脚的绳子下面,使它绷得极紧,把他的关节都拉断了,最后把他的身体拉得出奇的长,他赤裸的身体上只穿了一条内裤……

伊夫林一直看到结束,然后评论说"这情景看了很不舒服,我无法忍受再看一场"。就像我们会说狮子吼得太响,生肉太血腥,我们还是去看企鹅吧。撇开他的不舒服,有足够的差异令人怀疑我们看东西的眼光是否一样,娶老婆的动机是否相同,判断任何行为的标准是否一致。坐在那里观看肌肉撕裂,骨骼折断;当木马被升高,行刑人拿来一只牛角,把两桶凉水灌进那人的喉咙时也不畏缩;因为那人被怀疑抢劫又拒不承认,我们就容忍这种暴虐行为——这一切似乎把伊夫林放进了我们想象中隔离白沙堡①的地痞流氓的笼子里。只是我们显然犯了某种错误。如果我们可以讲,我们对痛苦的敏感和对正义的热爱证明我们所有的人类本能都同样地高度发展了,那样才能够说世界和我们都进步了。但是让我们来谈日记吧。

一六五二年,当局势看上去相当不妙,"一切都掌握在叛党手中"时,伊夫林带着他的妻子、他的《血管图册》、他的威尼斯玻璃器皿和其他珍藏回到英国,在德普特福②过着一种有强烈保皇思想的乡绅的生活。上教堂、进城、清理账目、栽培花木——"新月,西风,我在塞耶斯庭院种植了果树"——他的时间过得和我们很相似。但是有一个区别,难以引用一两句话来说明,因为它散见于文中很多细小的地方。总的印象是他用了眼睛,视觉世界总是离他很近。所有这些关于建筑和花园、塑像和雕刻的记述,仿佛物体形象在户内和户外都扑面而来,在我们看来有些奇怪,因为视觉世界已经离我们如此之远。我们无疑有一千个理由,但到目前为止我们一直在为他找理由。只要有朱里奥·罗马诺、波利多雷、圭多、拉斐尔或丁托列托的图画、美观的房屋、风景或典雅的花园,伊夫林就会停下马车观赏,打开日记本写下他的看法。八月二十七日伊夫林与雷恩博士③等人

① 白沙堡,伦敦东部一区名。
② 德普特福,英国地名,在伦敦东南附近。
③ 雷恩博士(1632—1723),英国建筑师,曾设计过五十多座伦敦教堂,最著名的是圣保罗大教堂。

一起在圣保罗大教堂勘察"那座古老庄严的教堂的整体风化情况";赞同雷恩博士的又一个判断;想给它造一个"宏伟的圆顶,一种在英国还未见过,但非常优雅的教堂式样",得到雷恩博士的同意。六天后伦敦大火改变了他们的计划。又是伊夫林,在独自散步时往"我们教区田野上一间贫穷的茅屋里"看了一眼,瞅见一个小伙子在刻十字架,被一股证明他独具慧眼的热情征服,把格林灵·吉本斯①及其雕刻作品带进了宫中。

顾及小虫子的痛苦,体贴女佣的权利,这固然很好。但此外如果闭上眼睛能够看见一条条由美丽房屋组成的街道,那该是多么愉快啊。花儿鲜红;苹果在下午的阳光中泛着玫瑰镀金的光泽;图画有迷人的魅力,尤其是当它表现祖父的性格,使从这个严厉的面孔繁衍下来的家庭显得尊严时。但这些只是零星碎片——一个已经变得极其单调的世界上残存的美丽。我们指责他残酷,伊夫林完全可以指着贝斯沃特和克拉彭附近地区来回答;但如果他说现在一切都没有性格和信仰,没有一个英国农民床头放着一口空棺材来提醒他死亡之数,我们却不能马上有效地反驳。的确,我们喜欢乡村。伊夫林从来不看天上。

言归正传。复辟之后伊夫林在许多方面表现出很高的造诣,在我们这个专家的时代看来,这是很不简单的。他应聘处理公共事务;他是皇家学会的秘书;他撰写剧本和诗歌;他是英国树木和园林方面的第一个权威;他为伦敦的重建提出了一个设计方案;他调查减少烟尘的问题——据说圣詹姆斯公园的椴树就是他思考的结果;他受托撰写英荷战争的历史——总之,他完

---

① 吉本斯(1646—1721),英国著名木雕艺术家,伊夫林是发现他的天才的"伯乐"。

全胜过了《公主》中那位在许多方面与他相似的乡绅。

> 他家饲养的牛羊膘肥体壮，
> 他培植松树和硕大的甜瓜，
> 资助过三十多种慈善团体，
> 写过论鸟粪和谷物的小册子，
> 还是最能干的地方法庭主席。①

这些他都符合，他与沃尔特爵士②还有一个丁尼生未曾提到的共同特点。他是个（我们不禁这样怀疑）有些无聊的人，有点吹毛求疵，有点居高临下，有点太自以为是，对别人的优点有点迟钝。否则，是什么部分地抑制了我们的同情呢，也许是由于某种用"虚伪"来形容又太重的矛盾。他虽然对他那个时代的恶习表示不满，却不能远离这些恶习的中心。宫廷的"奢侈荒淫"、"耐莉夫人"③隔着她花园的围墙与查理二世"十分亲密地交谈"，让他极为反感；但是他始终不能下决心与宫廷决裂，到"我简陋而安静的小屋"隐居，那小屋当然是他最珍爱之物，也是英国的名胜之一。还有，尽管他很爱女儿玛丽，她的死带给他的悲痛也没有妨碍他清点在她葬礼上有多少辆六匹马拉的马车。他的女友们将品德与美貌结合到如此程度，我们几乎不能再说她们具有才智。至少，他在一本真挚感人的传记中赞美过的那位可怜的戈多尔芬夫人，就"喜欢参加葬礼"，并习惯地挑选"最干最瘦的肉"。这也许是天使的习惯，但并不让人觉得她与伊夫林的关系多么吸引人。还是佩皮斯概括了我们对伊夫林的微

---

① 　引自《公主》一诗。
② 　指著名英国小说家沃尔特·司各特。
③ 　指耐尔·格文，英国女演员，英王查理二世的情妇。

辞;佩皮斯在一上午的款待之后说:"总之他是个非常优秀的人,必须稍微允许他有一点骄傲;但他有理由这样,因为他比别人高出这么多。"这话一语中的,"他是个非常优秀的人",但是有一点骄傲。

佩皮斯还让我们产生另一个想法,不可避免,不太必要,或许不太仁慈。伊夫林不是天才。他的文章晦涩而不明晰;我们看不到深度,看不到内心非常隐秘的活动。他不能使我们超越理智地憎恨弑君行为或喜爱戈多尔芬夫人。但他写了一本日记,而且写得非常好。即使在我们打瞌睡的时候,那位过去的绅士仿佛穿越三百年时间建立了一种可察觉的交流感应,未曾特别强调任何东西,停下来幻想,停下来一笑,或仅停下来看看,但我们一直都在注意。例如他的花园——他对它的贬低是多么令人愉快,他对别人花园的批评又是多么尖刻!我们可以确信,塞耶斯庭院的母鸡下的蛋是英国最大的,当沙皇①驾车碾过树篱时,那是怎样的一场灾难,我们可以猜想伊夫林夫人怎样掸灰和擦拭,伊夫林本人怎样抱怨,他是多么刻板、高效和可靠,多么喜欢提出忠告,多么喜欢大声朗诵自己的作品,多么慈爱,此外,悲痛但不过度(因为这个面孔严肃而敏感的男人从来都不会过度)地哀悼小神童理查德的夭折,记录怎样"在晚祷之后我的孩子被埋在他的兄弟们旁边——我亲爱的孩子们"。他不是艺术家,没有一些语句留在脑海中,没有一些段落在记忆中累积,但作为一种艺术方法,这样详尽地记叙一天的故事,引入以后再没有提到的人物,导向从来没有发生的危机,介绍托马斯·布朗爵士但从不让他讲话,自有其迷人之处。在他的全文中,好人、坏

---

① 指大名鼎鼎的彼得大帝,他曾在一六九八年访问英国。

人、大人物、小人物进来又出去。大多数人我们几乎没有注意；门关上，他们消失了。但是偶尔一闪而逝的后摆比整个人一动不动地坐在亮处给人以更多联想。他们没有摆姿势，没有整披风。他们没想到三百多年后会有人看他们翻越大门，或（像阿盖尔的老侯爵那样）发现鸟舍的斑鸠是猫头鹰。我们的目光从一个人移到另一个人身上；感情在这儿那儿停留——例如脾气暴躁的雷上尉，他养的狗咬死了一只山羊，他想开枪打山羊的主人，当他的马摔下悬崖时又想开枪打马；萨拉丁先生；萨拉丁先生美丽的女儿；雷上尉逗留在日内瓦向萨拉丁先生的女儿求爱；最多的是看到伊夫林本人，上了年纪，在他沃登的花园里散步，他的悲伤都已抚平，他的孙子很争气，拉丁文的引语恰当地从他嘴里冒出，他种的树木枝繁叶茂，蝴蝶在他的大丽花上翩翩起舞。

笛　福[*]

百年纪念的记录者有时会担心他在度量一个逐渐缩小的幽灵，不得不预言它即将消失。这种担心对于《鲁滨孙飘流记》不仅不存在，而且连想一想都是荒谬的。《鲁滨孙飘流记》在一九一九年四月二十五日就有两百岁了，这或许是事实，但是不仅没有像通常那样令人猜测现在和将来是否还有人读它，相反，两百周年令我们惊讶《鲁滨孙飘流记》这本不朽的作品居然只存在了这么短的时间。这本书像是民族自发的无名作品，而不是一个人头脑的成果。说到它的百年纪念，我们觉得还不如去设想巨石阵的百年纪念。这一定程度上可以归结到我们在孩提时都听大人念过《鲁滨孙飘流记》，因此对笛福和他的故事的感情很像希腊人对荷马的感情。我们从未想到有笛福这么个人，如果听说《鲁滨孙飘流记》是一个人用笔写出来的，我们会感到不舒服，或是觉得很扫兴。童年的印象是最长久最深刻的。现在我们仍然觉得丹尼尔·笛福的名字没有权利出现在《鲁滨孙飘流记》的扉页上，如果纪念这本书的二百周年，我们仿佛在有点不

---

[*]　写于一九一九年。

必要地暗示它像巨石阵一样依然存在。①

这本书的家喻户晓对它的作者有一些不公;它虽然给他带来了某种匿名的光荣,却掩盖了他还写过其他书的事实。可以有把握地说,这些书我们小时候没有听人念过。因此,当《基督教世界》的编辑于一八七〇年呼吁"英国的男孩和女孩们"在被闪电劈坏的笛福墓上立一块纪念碑时,大理石上镌刻的是纪念《鲁滨孙飘流记》的作者。没有提到《摩尔·佛兰德斯》,鉴于该书以及《罗克珊娜》《辛格顿船长》《杰克上校》等作品的主题,我们无需对这种省略感到惊讶,尽管可能会感到不平。我们可能同意笛福传记的作者莱特先生所说,这些"不是摆在客厅桌子上的作品"。然而,除非我们认可将那件有用的家具作为品位的最终裁判,否则我们定会惋惜,这些作品表面上的粗糙,或是《鲁滨孙飘流记》的盛名使它们的名气比应得的小得多。在任何像样的纪念碑上,至少《摩尔·佛兰德斯》和《罗克珊娜》应该和笛福的名字刻得一样深。它们排在称得上无可争议的伟大的少数英国小说之列。它们名气更大的同伴的二百周年生日也令人思考它们的伟大从何而来(这伟大与它的伟大有如此多的共同之处)。

笛福晚年才成为小说家,比理查逊②和菲尔丁早了许多年,是小说的最早创始人之一。不过关于他的先导地位没有必要多讲,只需提到他写小说时有一些概念,部分地来自他是最早实践

---

① 英国南部索尔兹伯里附近的一组立着的石群,由可上溯到公元前二〇〇〇年至前一八〇〇年的巨石组成。

② 理查逊(1689—1761),英国小说家,其书信体小说《帕美勒》《克拉丽莎》和《查尔斯·葛兰迪森爵士》对十八世纪西欧文学影响深远,《帕美勒》被称为英国第一部小说。

这种形式的人之一。当时小说必须用讲述真实的故事和宣传正确的道德来证明自己存在的理由。"用虚构来提供一个故事当然是最可耻的罪恶,"他写道,"这是一种说谎,它在心中留下一个大洞,说谎的习惯逐渐形成。"所以他在每本书的前言或正文中,总要费心地强调他没有虚构而是以事实为依据,他的目的很高尚,希望劝转堕落者和警告天真者。幸好这些原则与他的自然禀赋十分吻合。在他开始写小说前,六十年的丰富阅历已将许多事实播撒在他心底。他写道,"我曾经用这两句话概括我的生活":

> 没有人尝过更多的命运变幻,
> 我十三次从富有变成穷光蛋。

写《摩尔·佛兰德斯》之前,他曾在纽盖特监狱①待过十八个月,同小偷、海盗、土匪和伪造货币者交谈。然而,生活和偶然把事实塞到你面前是一回事,贪婪地吞下它们并保持不可磨灭的烙印是另一回事。笛福不仅了解贫困的压力并与其受害者交谈过,而且那种不受保护的生活,暴露在环境中,被迫自谋生路,对他的想象力来说是他艺术的恰当材料。在他每本伟大小说的开头几页,他总是让男主人公或女主人公陷入孤立无援的悲惨境地,以致他们的生存必须是不断的挣扎,能否活下去完全凭运气和自己的努力。摩尔·佛兰德斯在纽盖特监狱出生,母亲是个罪犯;辛格顿船长小时候被拐走,卖给了吉卜赛人;杰克上校尽管"出身高贵,却沦落为扒手的学徒";罗克珊娜开始运气好些,但十五岁结婚之后,她目睹丈夫破产,留下她和五个孩子,"处

---

① 纽盖特监狱,伦敦西门的一所著名监狱,一九〇二年被拆毁。

281

境惨不堪言"。

所以,这些男孩和女孩一开始就要在世界上挣扎,为自己奋斗。这样造成的情形很符合笛福的口味。他们中最突出的摩尔·佛兰德斯从一出生或最多过了半年,就受到"最可怕的魔鬼——贫穷"的驱使,从刚会缝补起就不得不自己谋生,四处漂泊,不需要她的创作者提供他不能提供的微妙家庭氛围,而需要利用他对陌生的人情风俗的全部知识。从一开始她就必须证明自己存在的权利,她必须完全依靠自己的机智和判断,用她自己头脑中形成的经验道德来处理每个紧急情况。故事的活泼一定程度上是由于她在很早时就违背了公认的法律,从此便享有了被驱逐者的自由。她真正过舒适安定的生活是不可能的事。但是从开头作者特殊的才华就显示出来,避免了奇遇小说的明显危险。他让我们了解到摩尔·佛兰德斯是一个独立的女人,而不只是一系列奇遇的材料。为证明这一点,她开始像罗克珊娜一样,热烈地(尽管是不幸地)陷入恋爱。她必须唤醒自己,嫁给另一个人,非常仔细地考虑她的财产和前途,这并不能辱没她的感情,而应归咎于她的出身。她像笛福笔下的所有女人一样,是一个理解力很强的人。因为她在自己需要的时候会毫不顾忌地说谎,所以当她说真话的时候,那些话中有一种不可否认的东西。她没有时间浪费在精细的个人感情上;一滴眼泪,片刻的绝望,然后"故事继续进行"。她有一个喜欢面对风暴的灵魂。她喜欢使用自己的力量。当发现她在弗吉尼亚嫁的男人是她的亲哥哥时,她感到极端的厌恶,坚持要离开他;但一到布里斯托尔,"我就去巴思①散心了,因为我还远远不老,我一向快活的心情

---

① 布里斯托尔港东南面的一座市镇,以其乔治王朝的建筑和温泉而著名。

还是非常快活"。她并不是没有心肝,也不能说她轻浮;只是生命让她高兴,生气勃勃的女主人公让我们大家跟着她走。而且,她的野心中有一点想象力,使之可以列入高尚的感情。她固然是精明实际,但也渴望浪漫和她心目中绅士应当具备的素质。"他真是一个侠义的人,这更让我难过,栽在一个好汉而不是一个恶棍的手里甚至有一点安慰。"她在对一个拦路强盗隐瞒了她的财产之后写道。与这种脾气一致,她对她最后的伴侣感到自豪,因为他们到种植园后,他拒绝干活而喜欢打猎。她乐于给他买假发和银柄的宝剑,"好让他看上去像个非常高贵的绅士,他实际上就是。"她喜欢热天气也与此一致,还有她亲吻儿子踩过的土地时的那种激情,她大度地宽容每种缺点,只要不是"完全的人格卑鄙,在上面时专横跋扈,在下面时垂头丧气"。对于其他一切她都只有善意。

这位老练的女罪人的品质和优点还远没有列完,因此我们可以理解为什么博罗①提到的伦敦桥上卖苹果的女人称她为"神圣的玛丽",把她的书看得比自己摊上所有的苹果还贵;为什么博罗把这本书拿进摊棚里,一直看到眼睛发疼。但我们细述这些性格的表现只为证明摩尔·佛兰德斯的创作者不只是一个精确地记录事实而没有心理学概念的记者。的确,他的人物自己发展丰满,仿佛不顾作者的想法,也不完全合他的心意。他从不花时间强调任何微妙或感伤之处,而是平静地写下去,仿佛不知道它们的存在。一点想象的笔触,如王子坐在儿子的摇篮边,罗克珊娜注意到"他多喜欢看他睡觉",对我们似乎比对他

---

① 乔治·亨利·博罗(1803—1881),英国散文作家、语言学家,作品多以他游历欧洲的见闻为内容,代表作有《莱文格罗》《吉卜赛男人》等。

更有意味。他写到需要把重要的事情告诉另一个人,以免像监狱的那个小偷一样在睡梦里讲出来。在这段现代得令人惊奇的论述之后,他又请读者原谅他的离题。他似乎把他的人物深深记在心里,能够以他自己也不完全清楚的方式体验他们。像所有不自觉的艺术家一样,他在作品中留下的金子比他同时代人能发掘出的更多。

因此,我们对他的人物做的诠释很可能使他感到迷惑。我们能发现他对自己都小心隐藏的意义。所以我们对摩尔·佛兰德斯的欣赏会远远超过对她的批评。我们也不能相信笛福对她的罪过的程度有精确的定论,或是他不知道自己在思考放荡者的生活时提出了许多深刻的问题,并且暗示了(如果没有明说)与他宣称的信仰有很大出入的答案。从他关于"妇女教育"的文章中我们看出他想得很深,远远领先于他的时代。他对妇女的能力评价很高,并认为她们受到的待遇很苛刻。

> 我经常想这是世界上最野蛮的风俗之一,作为一个文明的基督教国家,我们却不让妇女享有学习的权利。我们天天指责女人愚蠢和无礼,但我相信,如果她们受到和我们同等的教育,她们身上这些毛病会比我们少。

女权倡导者们也许不愿意把摩尔·佛兰德斯和罗克珊娜作为他们的偶像;但显然笛福不仅想让她们就此问题说出一些非常现代的观点,而且把她们放在特定的环境中,使她们特殊的艰辛引起我们的同情。摩尔·佛兰德斯说,妇女需要的是勇气,"站定脚跟"的力量,并随即对这样做的好处做出实际的证明。罗克珊娜,一位具有相同信念的女性,更敏感地抗议婚姻的奴役。那位商人对她说,她"在世界上开创了一件新鲜事";"这是一种对普遍做法提出异议的方法"。但笛福是最不会有赤裸裸说教的嫌疑的作家。罗克珊娜吸引我们是因为她全然不知她会在任何好的意义上成为女性的榜样,因而她能够承认她的部分观点"有点高级,其实一开始根本没在我脑子里"。知道自己的弱点,并因此而诚实地怀疑自己的动机,这使她保持有血有肉,而那么多问题小说中的殉道者和先驱们都萎缩到只剩了各自教义的空架子。

但笛福令我们钦佩之处不在于可以说他提前表达了梅瑞狄斯的某些观点,或写了一些可以由易卜生改编为剧本的情节(有这样奇怪的提议)。无论他对妇女地位持什么看法,它们都只附属于他的主要优点,这就是,他描写事物重要而持久的一面,而不是琐细而短暂的一面。他常常是单调的。他能模仿科学考察者那种精确的平铺直叙,直至我们想不到他的笔能够描写或他的大脑能够想出算不上事实的东西来减轻它的枯燥。他省略了整个植物世界,以及大部分的人性。这些我们都可以承认(尽管我们必须承认许多被我们称为伟大的作家身上同样严重的缺陷),但这并不损害剩下的特殊优点。一开始就限制了他的范围和目标,他达到了一种洞察的真实,这比他自称追求的事实的真实要珍贵得多,也更持久。摩尔·佛兰德斯及其朋友们令他感兴趣,不是因为他们(像我们说的那样)"别具一格";也不是因为他们(像他断言的那样)是堕落生活的例子,可以让人们引以为戒。吸引他的是他们那由艰苦生活而养成的本性的诚实。他们没有借口,没有仁慈的保护来遮掩他们的动机。贫穷是他们的主人。笛福对他们的缺点只做了口头上的评判,但他们的勇气、机智和诚实令他喜欢。他发现他们的交往中充满了有益的谈话、有趣的故事、相互的信任,以及朴素的道德。他们的命运有他一生中赞美、喜爱和惊叹的那种无限多样性。首先,这些男人和女人能自由地公开谈论从远古起就驱动人类的那些激情和欲望,因而即使现在他们的活力也没有减少。坦率面对的每样东西都有一种尊严。就连肮脏的金钱,这个在他们经历中起了如此大作用的东西,当它不是代表安逸和地位,而是代表荣誉、诚实和生活本身时,也变得不再肮脏,而是悲剧性的。你可以说笛福单调,但绝不能说他只注意琐碎的事情。

确实,他属于那一类伟大的朴实派作家,其作品建立在对人性中最持久、尽管不是最诱人的东西的了解上。从汉格福桥看到的伦敦让人想到他,灰蒙蒙的,庄严厚重,混合着交通和贸易的嘈杂声,如果不是船桅和城中的高塔和圆顶,会显得平凡乏味。街角捧着紫罗兰的衣衫褴褛的女孩,耐心地在拱门下摆出她们的火柴和鞋带的老太婆,看上去像他书中的人物。他属于克雷布①、吉辛②一派,不是他们的同学,而是他们的鼻祖。

① 乔治·克雷布(1754—1832),英国诗人,以擅长用朴素的语言如实描绘日常生活而闻名,主要作品有《村庄》《教区纪事录》等。
② 乔治·吉辛(1857—1903),英国小说家,一生穷困潦倒,作品以否定现实生活的态度反映伦敦下层生活,代表作为《新塞士街》。

艾 迪 生[*]

　　一八四三年七月,麦考莱勋爵①宣告约瑟夫·艾迪生以"生命力和英语一样长久的"著作丰富了我们文化。但当麦考莱勋爵发表意见时,那不仅仅是一个意见。即使是现在,事隔七十六年,那些话还似乎是从选中的人民代表口中发出的。它们有一种权威,一种洪亮,一种责任感,令人想到一位首相代表一个伟大帝国发表宣言,而不是一位记者在为一家杂志描述一位已故的文人。写艾迪生的那篇文章确是最有力的散文名作之一。既华丽,又极为坚实,那些语句仿佛堆成了一座纪念碑,方方正正,同时饰有丰富的花彩,只要威斯敏斯特教堂还有两块石头垒在一起,这座碑就可为艾迪生遮风挡雨。然而,尽管我们无数次(读任何东西超过三次以上就称为无数次)阅读和欣赏过这篇散文,奇怪的是,我们却从未想到去相信它是真的。麦考莱散文的崇敬的阅读者们常常会这样,对它们的华美、有力和多样而欣喜,但发现每个判断,不管多么有力,在文中多么恰当,却很少让

＊　写于一九一九年。

①　麦考莱勋爵(1800—1859),英国历史学家、作家和政治家,著作包括受欢
　　迎的《英国史》和一卷叙述诗集《古罗马之歌》,曾写有长篇论文《艾迪生
　　的生平与作品》。

我们把这些笼统的断言和不可否认的信念与一个具体的人联系起来。麦考莱写道，"如果我们想找到比艾迪生最好的文章更生动的描写，就必须去读莎士比亚或塞万提斯"。"我们毫不怀疑如果艾迪生写了一部长篇小说，它将比我们现在拥有的任何长篇更优秀。"而他的散文"使他完全有资格跻身伟大诗人的行列"；为使这座纪念碑更加完美，我们看到伏尔泰被称为"小丑们的王子"，与斯威夫特一起被贬抑，使艾迪生作为幽默作家居于他们之上。

单独来看，这种华丽的装饰似乎很怪诞，但是在文中它们却是装饰的一部分；它们完成了这座纪念碑——整体设计的说服力就是如此。无论下面埋的是艾迪生还是其他人，它都是一座非常精美的墓碑。但如今自艾迪生的遗体于一个夜晚被葬在教堂地下后，已经过去了两百年，我们有了一些资格（尽管不是由于我们自身的长处）来检验这座假想的墓碑上的第一个华饰，虽然这墓碑或许是空的，但我们六十七年来以一种正式的方式对它表示敬意。艾迪生作品的生命力和英语一样长久。因为每一刻都证明我们的母语比那些完全静止或纯洁的语言更生气勃勃，所以我们只需要考虑艾迪生的生命力。《闲谈者》和《旁观者》当前的状况看来不能用生气勃勃来形容。粗略的调查可以发现在一年中有多少人从公共图书馆借阅艾迪生的作品，一个例子揭示了不大令人鼓舞的情况：在九年中每年只有两人借阅过《旁观者》第一卷。第二卷借的人更少。调查结果不让人兴奋。从一些旁注和铅笔记号看，这些难得的光顾者们只找出最著名的段落，并（照他们的习惯）画出我们斗胆认为是最不值得赞美的语句。不，如果艾迪生还活着，那也不是在公共图书馆，而是在明显私人性质的藏书室里，在丁香树掩映中，深棕色的对开本间,他还保持着微弱、均匀的呼吸。如果当代任何人要在六月的太阳在天边消失前用一篇艾迪生来慰藉自己,那就是在这种惬意的地方。

但我们可以相信,在全英国无论什么年代什么季节,隔一定距离(也许是很长的距离)总会有人阅读艾迪生。因为艾迪生是很值得一读的。必须抵制读蒲柏①论艾迪生、麦考莱论艾迪生、萨克雷论艾迪生、约翰逊论艾迪生,而不读艾迪生原文的诱惑,因为如果细读《闲谈者》和《旁观者》,看看《卡托》,再翻翻六本不太厚的文集里其余的几本,你会发现艾迪生既不是蒲柏的艾迪生,也不是其他任何人的艾迪生,而是一个独立的人,仍然能够在公元一九一九年的人们如此纷乱的意识中留下一个清晰的形象。较淡的影子的命运往往有点危险,它们很容易被遮蔽或扭曲。往往似乎不值得进行接触二流作家时需要的那种亲切化和人性化的过程,因为他们最终可能没什么给我们。泥土已在他们上面结硬,他们的特征已被湮没。也许我们最后擦干净的不是最佳时期的一颗头颅,而只是一只旧陶罐的碎片。读次要作家时的主要问题还不仅在于花的工夫,而在于我们的标准变了。他们爱好的不是我们所爱好的;如果他们作品的魅力更多地依赖于口味而不是信仰,风气的改变往往足以使我们完全失去联系。这就是我们与艾迪生之间最麻烦的障碍之一。他对某些性质看得非常重要。他对我们习惯所说的"高雅"的定义有非常精确的看法。他很喜欢说男人不应是无神论者,女人不应穿大的衬裙。这令我们感觉到的与其说是反感,不如说是

---

① 蒲柏(1688—1744),英国作家,其最著名的作品是讽刺性仿英雄体史诗《夺发记》及《群愚史诗》。

差异感。我们(也许会)忠实地竭力在脑海中想象这些教导的对象。《闲谈者》创办于一七〇九年，《旁观者》晚一两年。那时候英国是什么样子？为什么艾迪生如此坚持正派和乐观的宗教信仰的必要性？为什么他如此经常地、大体上和善地强调女性的弱点和改造？为什么他对政党政治的弊端感触如此之深？任何历史学家都可以做出解释；但是不得不求助于历史学家总是一种不幸。作家应当能给我们直接的确信；解释好比是往葡萄酒里掺大量的水。实际上，我们只能感觉这些忠告是提给穿裙箍的女士和戴假发的先生们的——这些消失的听众已经接受了教诲，和劝诫者一起走远了。

但这不是阅读的方法。如果认为过去的人们应受这些指责，欣赏这些道德，把我们觉得无味的雄辩奉为精妙，把我们觉得肤浅的哲学奉为深刻，如果对这类古代的痕迹有一种收藏家的爱好，那就是把文学当作一只年代无疑很古老但美学价值令人怀疑的破坛子，应该摆在玻璃门的柜子里。使《卡托》至今仍很有可读性的魅力大部分是这种性质。塞法克斯惊呼：

> 在我们辽阔的努米底亚①沙漠上，
> 突然一阵猛烈的狂风从天而降，
> 在空中盘旋，卷起一个个漩涡，
> 撕扯着黄沙，把整片平原刮走。
> 无助的旅行者大惊失色，
> 看着沙漠在他周围升起，
> 被沙尘的旋风窒息而死。

---

① 非洲西北部的一个古国，大致在今天的阿尔及利亚。

我们不禁会想象到拥挤的剧院里激动人心的情景,女士头上的羽毛使劲地一点一点,绅士们身体前倾,用手杖敲打地面,每个人都对邻座说这是多么精彩,并高声叫好。但是我们怎么激动得起来?还有荷德主教和他的笔记——他那"明察秋毫的""观点和表达都精确至极的"安详的论断:相信当目前崇拜莎士比亚的风气过去之后,《卡托》终会"受到所有公正而明智的批评家的高度推崇"。这些都很有趣,可引起愉快的幻想,想象我们祖先思想的已褪色的浮华,和我们自己思想的明显的丰富。但这不是平等的交流,更不是那种把我们与作者放在同一时代,让我们相信他的目标与我们相同的交流。在《卡托》中偶尔可以看到几个没有过时的句子;但大体上讲这部被约翰逊博士认为"无疑是艾迪生的天才的最高贵的作品"的悲剧已经变成了收藏家的文学。

也许很多人读这些散文的时候还暗自怀疑是不是需要一点屈尊俯就。问题是,艾迪生这样重视文雅、道德和品位的特定标准,会不会成为那种模范性格、彬彬有礼的人物,使人不能跟他谈任何比天气更令人兴奋的话题?我们有点怀疑《旁观者》和《闲谈者》只是用完美英语包裹的关于今年晴天天数与去年雨天天数的比较。与他平等交流的困难可以从《闲谈者》较早一期中的这个小寓言看出:"一位年轻的绅士,智力中等,但非常活泼,他……有点知识,足以成为无神论者或自由思想家,但不足以成为哲学家,或理智的人。"这位年轻绅士去乡下探望他的父亲,试图"开阔乡下人狭隘的思想;他做得很成功,餐桌上的高谈阔论迷住了男管家,令他的大姐目瞪口呆……直到有一天,谈到他的狗……说他不怀疑特雷和家里任何人一样不朽;在激烈的争论中他对父亲说,他期望像狗一样死去。老头子激动地跳起来，嚷道，'那么，先生，你会活得像狗一样，'拿拐杖把他痛打了一顿。这对他产生了良好的效果，他从此开始发奋，开始读好书，现在是中殿律师学院的主管委员。"这个故事中有很多艾迪生的特点：他对"阴暗和不愉快的前景"的反感；他对"构成所有公共团体以及私人的支柱、幸福和光荣的原则"的尊重；他对男管家的关切；他相信读好书和成为中殿律师学院的主管委员是所有活泼的年轻绅士的正确归宿。这位艾迪生先生娶了一位女伯爵，"给他的立法机构提供法律，"并在派人去请年轻的沃里克阁下时说出了看一个基督教徒怎样死去的名言，它碰到今天这堕落的时代，我们同情的是那愚蠢的、也许是稀里糊涂的年轻人，而不是那位躺在病床上，临终之际还表现出最后一阵自满的古板的绅士。

让我们擦去由于蒲柏的才智侵蚀或是维多利亚中期的泪水沉淀造成的那些痂壳，看看对我们的时代还剩下一些什么。首先是可读性，在两百年之后看，这是个不可藐视的优点。艾迪生当之无愧。然后，随着那流畅优美的散文的潮水，滑来小小的漩涡、微型的瀑布，令人愉快地点缀着光滑的表面。我们开始注意到随笔作家的兴致、奇想和癖好，它们照亮了道德家那一本正经的面孔，使我们相信不管他的嘴绷得多紧，他的眼睛却是非常明亮，并不浅薄。他灵敏到手指尖。小皮手笼、银袜带、花边手套都吸引他的注意；他目光敏锐，并非不仁慈，充满兴趣而不是批评。当然，那个时代荒唐事很多。咖啡厅里坐满了政客，议论着国王和皇帝，把他们自己的小事务荒废不理。每天夜里观众为他们一个字都没听懂的意大利歌剧鼓掌喝彩。批评家们谈论统一性。男人们花一千英镑买一把郁金香球茎。至于女人——或是艾迪生喜欢说的"美丽的性别"，她们的荒唐之处数不胜数。

他带着一种喜爱的挑剔尽力去列数,这态度引起了斯威夫特的不悦。但他做得很漂亮,对这工作带有一种自然的爱好,例如下面这段文字:

> 我认为女人是美丽浪漫的动物,可以用兽皮和羽毛、珍珠和钻石、金属和丝绸来装饰。猞猁应把毛皮脱在她脚下给她做披肩;孔雀、鹦鹉和天鹅应为她的手套贡献羽毛;搜寻海洋中的贝壳,深山中的宝石;自然的每一部分都为装饰它的最高杰作而提供材料。这些我都会纵容她们,但对于我前面提到的衬裙,我不能也不会允许。

在所有这些问题上艾迪生站在理智、品位和文明的一边。在每个时代都有一小群不引人注目而又不可或缺的人,体会到艺术、文学和音乐的重要性,观察、区分、批评和欣赏。艾迪生便是其中之一——出色并与我们出奇地相通。可以想象,拿给他一本原稿是非常愉快的事;他的意见对我们是极大的启迪,也是极大的荣幸。尽管有蒲柏之言,但我们觉得他的批评会是最好的那种,对新事物态度开明,但最终在标准上坚定不移。那种体现了活力的大胆可从他对《彻维山追猎》的辩护中看出。他对什么是"好文章的灵魂"有如此清晰的概念,能够从古朴的民谣中捕捉到它,又在《失乐园》"那部神圣的作品"中重新发现它。而且,他不仅能鉴赏过去的静止的、固定的美,而且了解当代,严厉地批评它的"哥特式情趣",警觉地保护语言的权利和尊严,提倡简洁平和。这里我们看到了在韦尔咖啡馆和巴顿咖啡馆里的艾迪生,坐到深夜,喝了对他来说过量的酒,渐渐摆脱沉默,健谈起来,然后他"抓住了每个人的注意力"。蒲柏说"艾迪生的谈话中有一种比我从其他人那里发现的更迷人的东西"。我们完全可以相信这一点，因为他最好的散文保存了谈话那轻松而控制自如的节奏——微笑在变成大笑之前即被抑止，思想轻巧地避开浅薄和抽象，观点自然而然地涌出来，明快、新鲜、活泼，他似乎想到哪里说到哪里，从不提高嗓门。但他用鲁特琴①的特点对自己作了描述，比其他任何人描述得更好。

> 鲁特琴的特点和鼓完全相反，它在独奏或是在小型协奏中非常好听。它的音调非常优美，非常轻柔，在许多乐器中很容易被淹没，甚至在几件乐器合奏时也会给盖过，除非你特别注意去听。鲁特琴的听众很少超过五人，而鼓在五百人的场合显出优势。所以，鲁特琴演奏家有优雅的天赋、不凡的思想、温婉亲切的态度，主要为高雅之士所欣赏，它们是这种愉快柔和的旋律的唯一合适的鉴赏者。

艾迪生是一位鲁特琴演奏家。其实，没有什么赞扬比麦考莱勋爵那番话更不恰当。以艾迪生的散文而把他称为伟大的诗人，或是预言如果他写出一部长篇小说，它将"比我们现在拥有的任何长篇更优秀"，便是把他与鼓和小号相混淆；这不仅是过誉了他的长处，而且是忽视了他的长处。约翰逊博士精彩地并且（以他的风格）断然地总结了艾迪生的诗才：

> 首先来看他的诗歌；必须承认它不是常有巧妙的语言给感情增加光彩，或强烈的感情给语言增加生气；很少热情、激越或狂喜；极少伟大的庄严，也不大有夺目的光华。他的思考很正确，但他的思考是微弱的。

---

① 一种十四至十七世纪使用较多的纵向削制的形状如梨的拨弦乐器。

"罗杰·柯弗利爵士①"系列表面上看是他最接近于小说的文章。但这些文章的价值在于它们没有预示、引出或开创什么；只是作为它们自身而存在，完美、完整、安全。如果把它们当成包含着未来伟大的种子的初次犹豫的尝试，就是忽略了它们的特色。它们是一位安静的旁观者从外部做出的观察。合起来读，它们构成了一位乡绅和他周围人物的肖像，各人处于典型的姿势，——有的拿着杆子，有的带着猎狗，但每人都可以和其他人分开，而不会损坏整个构图或他自己的形象。在小说中，每一章都得力于前一章或为后一章增色，这种分离是不可容忍的。速度、复杂性和整体结构会受到损害。艾迪生或许缺少这些特性，但他的方法有很大的优点。每篇文章都非常完美。人物用一系列极其简洁的线条勾勒出来。当然，在如此窄小的篇幅里——每篇文章只有三到四页长，不可能写得非常深刻或复杂细腻。《旁观者》中的这段描写很好地展示了艾迪生怎样干净利落地绘出一小幅肖像：

　　　　松布利是一位悲哀之子。他认为悲伤和忧郁是他的义务。他认为突然大笑是违背他洗礼时的誓言。无辜的玩笑像玷污神灵一样令他震惊。告诉他谁晋升了，他举起双手仰望上苍，对他描述一个典礼，他摇头；给他看一辆漂亮的马车，他喊"上帝保佑"。生活中所有的装饰都是浮华虚荣。欢乐是轻浮，机智是亵渎。年轻人的活泼、小孩子的顽皮均令他反感。他参加洗礼或喝喜酒时，像参加葬礼一样；听完有趣的故事他叹息，其他人高兴的时候他变得肃穆。归根到底松布利是个虔诚的人，如果生活在基督教普遍受

---

① 《旁观者》杂志上所刊文章中的虚构人物，为十八世纪理想化乡绅的典型。

到迫害的年代,他的行为会非常合宜。

小说不是从这种形式上发展出来的,因为沿这些线条不可能再有发展。这种肖像就其本身而言是完美的;当我们在《旁观者》和《闲谈者》中看到许多这种由想象和奇闻组成的相同风格的小杰作时,不可避免地会对这种空间的狭小性产生一些怀疑。散文的形式允许它达到自身的完美;如果什么东西是完美的,它完美的大小就变得不重要了。我们很难决定到底更喜欢一滴雨水还是泰晤士河。当尽情地批评之后——许多文章很乏味,另一些很肤浅,讽喻已经褪色,虔诚是老一套,道德陈腐——我们最终还是要承认艾迪生的散文是完美的散文。在任何艺术的最高峰总有一个时刻,仿佛一切都协同来帮助艺术家,他的成就达到一种自然的妙境,在后世看来他似乎是半不自觉的。艾迪生也是这样,一天接一天,一篇接一篇地写着,本能地确切地知道怎么做。无论它是高级还是低级,无论史诗会不会比它更深刻,抒情诗不会比它更热烈,毫无疑问,是艾迪生使散文成为现代的散文——让智力平常的人能够把自己的思想传达给世人的文体。艾迪生是无数后裔的尊祖。随便拿起一份周刊,"夏天的乐趣"或"步入老年"等文章反映出他的影响,但除了我们唯一的散文家——比尔博姆先生[1]署名的文章外,它们也反映出现代人已经丢失了写散文的艺术。由于我们的观点和我们的价值、我们的感情和深度,那滴匀称晶莹,包含了天空和那么多小小的明亮的人生画面的水珠,现已变成了一个被匆匆装入

---

[1] 比尔博姆(1872—1956),英国漫画家、作家和才子,一八九八年继萧伯纳为《星期六评论》戏剧评论员,发表了《二十五个绅士漫画像》和长篇小说《朱莱卡·多布森》等。

的行李塞得鼓鼓囊囊的手提袋,尽管如此,散文作者们还是会(也许是不自觉地)努力像艾迪生那样写文章。

艾迪生以他那温和而理智的方式,不止一次饶有兴趣地想象过他的文章的命运。他对它们的性质和价值有正确的认识。"我重新磨砺了所有嘲讽的枪尖",他写道。然而,由于他的许多投枪都是针对暂时的愚行,"荒唐的时尚、可笑的风俗、做作的说话方式",他认为,有朝一日,也许一百年之后,他的散文会"像许多旧盘子,价值还会被考虑,但时髦已经不在了"。两百年过去了,盘子已经磨平,图案几乎看不出了,但质地是纯银的。

无名者的生活

也许只要五个先令就能终身借阅这个陈旧衰败的图书馆的书刊。它主要是由牧师的遗孀和继承的书籍多到妻子懒得掸扫的乡绅捐助的,也从收费中得到一点补贴。在宽敞通风的屋子中央,窗户对着大海,传来小贩在下面鹅卵石街道上叫卖沙丁鱼的声音。一排花瓶里面插着当地鲜花的样品,已经打蔫了,每枝的下面都刻着名字。老年人、孤独者、无聊者翻阅着一张张的报纸,或捧着脑袋看《插图版伦敦新闻》和《卫斯理教新闻》。自从这间屋子一八五四年开放以来,没有人在此大声说话。无名者们睡在墙上,懒散地靠在一起,仿佛困得站不住了。它们的封皮都已剥落;书名往往已经消失。为什么要打搅他们的睡眠?为什么要重新打开那些宁静的坟墓?图书管理员似乎想问。他的目光从眼镜上面望出来,对要他做的事感到恼火,这件事的确很费劲——从那些无名的墓碑中取出第 1763、1080 和 606 号。

一 泰勒和埃奇沃思

我们喜欢浪漫地把自己想成一个救援者,举着灯走过荒芜的岁月,去拯救一些被困的幽灵——皮尔金顿夫人、亨利·埃尔曼牧师、安·吉尔伯特夫人,他们在越来越浓的黑暗中等待,呼吁,被人遗忘。也许他们听到了我们走近,在那里拖着脚走动,梳理打扮,翘首以待。古老的秘密涌到他们嘴边。他们马上就可以得到交流的美妙解脱。灰尘被扰动,吉尔伯特夫人——但与生活的接触立刻带来了益处。无论吉尔伯特夫人在做什么,她不在想着我们,恰恰相反,柯彻斯特①对于泰勒家的年轻人来说,就像肯辛顿对于他们的母亲一样,是个"极乐世界"。还有斯特拉特、希尔、斯塔波顿家庭;有诗歌、哲学、雕刻。泰勒家的年轻人从小学习要勤奋工作,如果在父亲的图画上花了一天的苦功后,他们溜出去和斯特拉特家人吃饭,他们有权利享受这种欢乐。在达顿和哈维的小笔记簿中他们已经得到了奖励。斯特拉特家有个人知道詹姆斯·蒙哥马利。在那些愉快的宴会上,有摩尔式的装饰和那么多的猫——因为本·斯特拉特老先生是个怪人:不跟人交流;不让他的女儿们吃肉,难怪她们死于肺病。席间人们谈到出版一本《吟游诗人》合集,詹姆斯(或许罗伯特本人)可以投稿。斯塔波顿家人也能吟诗。莫伊拉和比西娅常在月夜到伯尔科恩-希尔的老城墙上散步,吟诵诗歌。也许一八〇〇年的柯彻斯特诗歌太多了一点。在充满活力的一生的中年回顾往事,安悲悼许多毁掉的生命,许多未实现的诺言。斯塔波顿家的孩子死得很早,沉沦了,很悲惨。"黑皮肤,一脸不屑"的雅各布消失了,他曾发誓一晚上不睡,在街上为安寻找丢失的手镯。"我最后听说他在罗马废墟上过着单调乏味的生活——他自己也和废墟差不多了。"至于希尔家,他们是最倒霉的。接受公众的洗礼是轻率的,但是嫁给 M 上尉! 谁都会告诫法妮·

---

① 英国东南部靠近北海的一个自治市。

希尔不要跟 M 上尉。可她还是坐着他那漂亮的四轮马车走了。许多年杳无音信。当泰勒一家搬到昂加后，一天晚上，老泰勒夫妇坐在炉边，正在考虑是否要像他们保证的那样，望着月亮思念不在身边的子女——因为当时是九点钟，又是满月。这时忽然传来敲门声，泰勒夫人下去开门。可外面这个悲哀的、打扮寒酸的女人是谁呀？"哦，你们不记得斯特拉特家和斯塔波顿家了吗，不记得你们劝告我不要嫁给 M 上尉吗？"法妮·希尔哭道，她就是法妮·希尔——可怜的法妮·希尔，那么衰老憔悴；可怜的法妮·希尔，她过去是多么活泼。她住在离泰勒家不远的一所孤零零的房子里，被迫为她丈夫的情人做苦工，因为 M 上尉挥霍掉了她所有的财产，毁了她的一生。

安当然嫁给了 G 先生，当然——当然。这个词在这些不显眼的卷册中不断地回响。因为在这些回忆录的作者让我们进入的茫茫世界中，有一种庄严的感觉，仿佛一些事情不可避免，像海浪在脆弱的船只下面聚集，推涌着将它带走。我们想到一八〇〇年的柯彻斯特，写诗、读蒙哥马利——他们就是这样开始的；像我们料到的那样，希尔、斯塔波顿和斯特拉特家的人各奔东西，消失不见；但这里，多年之后，安还在写作，终于诗人蒙哥马利本人来到她家里，她请求他抱一抱她的孩子，使孩子沾上诗人的灵气，他拒绝了（因为他是单身汉），但是带她出去散步，他们听到了打雷，她以为是炮声，他用她永远也忘不了的声音说："对！天堂的炮声！"这是不知名者的吸引力之一，他们的人数众多；他们不像著名的人物那样保持单独的身份，而似乎互相融合，他们的封皮和扉页溶化了，他们无数的书页融进连绵的岁月，我们可以靠在椅子上，仰望那无数生命组成的薄雾般的物质，不受阻碍地从一个世纪走进另一个世纪，从一个生命走进另一个生命。一些场景分离出来。我们看到一些群体。年轻的埃尔曼先生在布赖顿与比芬小姐交谈。她没有四肢；一个男仆背着她出出进进。她教他的妹妹画袖珍画。然后他和纽曼①一起乘公共马车去牛津。纽曼什么也没说。但埃尔曼却想他认识当时所有的伟大人物。他在苏塞克斯的原野上来回踱步，直到老态龙钟，他坐在他的教区长住宅里，想着纽曼，想着比芬小姐，为传教士做线袋——这是他最大的安慰。然后？继续看。没有多少事情发生。但昏暗的光线令眼睛非常舒服。看年幼的弗兰德小姐摇摇摆摆地跟着父亲走在沙滩上。他们遇到了一位目光炯炯的男人。"布莱克先生。"弗兰德先生说。在克利福德酒店为他们倒茶的是戴尔夫人。查尔斯·兰姆先生刚刚出去。戴尔夫人说她嫁给乔治是因为他的洗衣妇欺诈他。你猜乔治洗衬衫付了多少钱？她问。缓缓地，美丽地，像温和的傍晚的云彩一样，模糊再次掩过天空，这模糊不是空洞的，而是布满了无数生命的星尘。忽然有一道裂隙，我们看到十九世纪中期一艘破旧的班轮颠簸着驶离爱尔兰海岸。船上的防雨毡、油布雨衣下那些多毛的怪物，明显带着一八四〇年的气息，他们在倾斜的甲板上趔趄行走，吐唾沫，但对那位裹着披肩、戴着宽边女帽，独自伫立凝望的年轻女子倒也不乏善意。不，不，不！她不要离开甲板。她要在那里站到天黑，谢谢您！"对大海的热爱……时而会不可抵挡地驱使这位贤妻良母离开家庭。只有她的丈夫知道她去了哪里，她的孩子长大后才知道，在她突然消失几天的那些时候，她是在海上作短程航行……"为抵赎这一罪过，她在英格兰中

---

① 纽曼（1801—1890），英国高级教士和神学家，牛津运动的创始人之一。他皈依罗马天主教（1845）并做过红衣主教（1879）。著有《论教会的先知职责》《大学宣道集》等。

部的穷人中服务几个月。然后渴望又会产生，悄悄向丈夫承认，再次出走——这就是乔治·纽尼斯爵士的母亲。

如果不是那些突然出现的惊人的幽灵，我们会认为人类很快乐——对命运如此盲目，对他们自己的活动如此乐此不疲。可那些幽灵瞪视着我们，紧张苍白，决心永远不被遗忘，那些与名望失之交臂的人，强烈渴望得到补偿的人——像海顿、马克·帕蒂森，还有布兰可·怀特牧师。全世界也许只有一个人会抬头看看，试图解释那威胁的面孔，那激烈示意的拳头。在大量的人间事务、部分的面庞、回响的声音、飞扬的衣摆、小道上渐渐消失的女帽飘带中，我们的注意力被永远地分散了。例如，那个在十八世纪从贝克郡山坡上滚下的大轮子是什么？它越滚越快；突然一个青年从里面跳出来；紧接着它蹦过一个白垩矿坑的边缘，撞成了碎片。这就是埃奇沃思的行为——理查德·洛弗尔·埃奇沃思，那个自负、乏味的人。

这是他在两卷回忆录中给我们的印象——拜伦厌烦的人，戴的朋友，玛丽亚①的父亲，差一点发明了电报，实际发明了切萝卜、爬墙、遇到狭窄的桥梁能够收缩，遇障碍物能抬起轮子的机器——一位可称赞的、勤奋、高深的人物，但从他的回忆录来看，总的来说还是个乏味的人。造化赋予他抑制不住的能量。他体内的血液流动比正常速度至少快二十倍。他的面孔红润、丰圆、生气勃勃。他的大脑飞速运转。他的嘴巴永远说个不停。他娶过四个太太，有十九个孩子，包括小说家玛丽亚。此外，他什么人都认识，什么事都做过。他的精力冲开最秘密的房门，钻

---

① 玛丽亚·埃奇沃思（1767—1849），英裔爱尔兰女作家，以写儿童故事和反映爱尔兰生活及风土人情的小说著称，主要作品有小说《拉克伦特堡》《贝林达》等。

入最隐蔽的房间。例如,他太太的祖母每天都会神秘地失踪。埃奇沃思撞见她在十字架前祈祷,白发飘散,眼中流着泪。那么她是一位罗马天主教徒了,但为什么要忏悔呢?他最终发现她的丈夫死于决斗,而她嫁给了杀他的人。"宗教的安慰与它的恐怖完全相等。"迪克·埃奇沃思跌跌撞撞地走出去时想道。还有多菲内森林城堡里那位美丽的女郎,半身瘫痪,说话只能像耳语,她躺在那里,埃奇沃思闯进去发现她在看书。织锦拍打着城堡的墙壁;五万只蝙蝠挂在下面的洞穴里——"可憎的动物,气味难闻之极"。那里没有一个人听得懂她的话。但她对这位英国人谈论书籍、政治和宗教,一谈就是几个小时。他聆听着;他当然也侃侃而谈。他坐在那里目瞪口呆。可是又能为她做什么呢?唉,只能让她躺在象牙、老翁和弓弩中间,阅读、阅读、阅读。因为埃奇沃思受雇从事罗讷河改道工程,他必须回去工作。他所想到的是,"我决定坚持不懈地培养我的理解力。"

他对他遇到的事情的浪漫之处无动于衷。每个经历的作用只是加强了他的性格。他思考,他观察,他每天都在改进自己。你可以改进,埃奇沃思先生对他的子女们说,在你生命的每一天。"他说,有这种改进的能力,他们终将有所成就,没有这种能力,他们将一事无成。"沉着冷静,不知疲倦,坚定的自信每天都在增长,他具有自大者的天赋。他在劲头十足地匆匆前行时,带出了那些本来只会淹没在黑暗中的不自信的、畏缩的人们。在独自忏悔时被他打搅的老妇人,只不过是他路上突然惊起的一系列人物之一,他们哑口无言,至今仍可明白无误地看出,这位在他们学习或祈祷时突然闯入的善意的绅士令他们多么惊愕。我们从他们的眼里看出;得出他做梦也想不到的印象。他对他的第一位妻子是怎样一个暴君!她的痛苦是多么难以忍受！但她什么也没说。是迪克·埃奇沃思讲出了她的故事，而他自己全然不知。"我妻子的性格有点奇特，"他说，"她对我与弗朗西斯·德拉瓦尔爵士来往密切从没表示过不安，可是对戴先生却如此反感。在英国找不到比前一位更危险、更惑人，比后一位更道德、更有益的同伴。"这的确是非常奇特的。

第一任埃奇沃思夫人出身贫苦，她父亲是一位破落乡绅，坐在火炉前，把炉边的煤渣捡起来扔进炉里，时而叫一声"啊！啊呀！"想到了又一个发财的计划。她没有上过学，只跟一位巡回的写字教师学会了写几句话。当迪克·埃奇沃思上大学时从牛津骑马过来，她爱上了他，嫁给了他，为了逃离贫穷、神秘和尘土，像别的女人那样有丈夫和孩子。但结果呢？大轮子载着砖匠的儿子滚下山坡。滑翔车飞了起来，几乎报废了四辆公共马车。机器倒是能切萝卜，但效率不大高。她的小男孩像穷人的儿子那样在乡下游荡，光着两条腿，没有受过教育。戴先生过来吃早饭，一直留到吃午饭，没完没了地争论科学原理和自然定律。

但这里我们遇到了在被遗忘的杰出人物中间夜游时的陷阱之一。对很真实的人物必须严格符合事实，而这一点是如此困难。不很难想象一些场景，如果过去能够重现，我们可能发现这些场景是不准确的。尤其对于托马斯·戴这样一个人物，他的故事超出了可信的界限，我们发现自己渗出惊奇，像海绵吸水太多，开始往外滴。有些奇异场景属于想象丰富的小说，而不属于清醒的事实。例如，我们想象出埃奇沃思夫人日常生活的所有戏剧；她的困惑，她的孤单，她的绝望，她一定纳闷为什么有人会想要爬墙的机器，并对那位绅士说萝卜还是用刀子切更快些，如此犯错挣扎，受到冷落，她开始害怕那位高个子青年几乎是天天的拜访,他那长了一些麻子的、自负的、忧郁的面孔,没梳过的浓密的黑发,以及他双手和全身过分讲究的清洁。他讲话很快,口若悬河,滔滔不绝地谈论哲学和自然,还有卢梭先生。但这是她的家;她必须负责他的饭菜,尽管他吃饭时像半梦半醒,他的胃口却很大。可是向她丈夫抱怨是没有用的。埃奇沃思说:"她老抱怨鸡毛蒜皮的事情。"又说:"一个和你生活在一起的女性的抱怨不会使家庭愉快。"然后,从他那迟钝的开明出发,他问她有什么可抱怨的。他遗弃过她吗?在他们五到六年的婚姻生活里,他只有不到五六次夜不归宿。戴先生可以证明。戴先生能证明埃奇沃思先生说的一切。他怂恿他继续搞实验。他让他不管儿子的教育。他一点也不在乎亨利市的人说什么。一句话,他是使埃奇沃思夫人生活不好过的所有荒唐和放纵行为的根子。

可是让我们选择另一个场景——可怜的埃奇沃思夫人看到的最后几幕场景之一。她从里昂回来,由戴先生陪同。他站在把他们带回多佛的班轮甲板上——很难想象比他更奇特的人物,非常高,非常挺拔,一只手指插在外衣胸口,任风吹乱他的头发,穿着古怪(尽管很时髦),狂热、浪漫,同时又威严而自负。这个讨厌妇女的怪人,要照看一位即将临产的女士,他收养过两个女孤儿,并曾下决心每天在木板间站六小时学跳舞,以赢得伊丽莎白·斯内德小姐的芳心。他不时地将脚尖摆出严格准确的姿势;然后,从阴沉的乌云、飞溅的水花、地平线上英国的影子使他进入的愉快梦境中醒来,他突然用一个见过世面的男人的轻快、做作的声调发出命令。水手们瞪着他,但是服从了。他身上有一种真诚的东西,一种骄傲地对你的想法漠不关心的东西;是的,也是一种安慰和人道的东西,所以埃奇沃思夫人决定再也不

305

笑话他了。但男人是奇怪的，生活是艰难的，可怜的埃奇沃思夫人发出一声困惑的，或许是解脱的叹息，在多佛上了岸，生下一个女儿，就与世长辞了。

而戴先生去了利奇菲尔德，当然，伊丽莎白·斯内德拒绝了他——人们说，她大叫一声，宣称她爱过姓戴的无赖，但是厌恶姓戴的绅士，随即冲出了房间。然后，人们说，戴先生一气之下，想到了他抚养来做他妻子的那个孤儿，塞布丽娜·锡德尼；他一看到她就勃然大怒，朝她的裙子开了一枪，把融化的封蜡倒在她胳膊上，还扇她的耳光。"我决不会那样做。"当人们描述这段故事时，埃奇沃思先生说。他在晚年一想到托马斯·戴就陷入沉默。如此伟大，如此热情，如此矛盾——他的一生是个悲剧。想到他的朋友，他一生最好的朋友，理查德·埃奇沃思陷入了沉默。

这几乎是他陷入沉默的唯一记录。沉思、忏悔和冥想不是他的天性。他的妻子、朋友和子女的形象是通过喋喋不休的谈话而鲜明地衬托出来的。没有其他背景能让我们如此清晰地认识他第一任妻子的轮廓片段，或是那位矛盾的哲学家托马斯·戴的性格中的阴影和深度。但他的表现力不仅限于人物，风景、群体、社团都似乎在他的描述中与他分离，被抛射出去，我们能够跑到他的前面，等候他到来。他们被他的评论和存在经常让人感到的极端不协调反衬得更加鲜明；他们与埃奇沃思相比有一种特殊的美，奇妙、庄严、神秘，他本人是没有这些性质的。例如，他向我们展现了柴郡的一个花园，一个古旧而宽敞的牧师住宅里的花园。

推开一扇白色的门，看到一个绿草如茵的院子，面积不大，但收拾得很好，玫瑰花在树篱中开放，葡萄从墙上垂挂下来。但是草地中央那些东西是什么？透过秋日傍晚的暮色，一个巨大的白色球体在闪闪发光。它周围距离不等的地方还有一些不同大小的球体——看上去像是行星和卫星。然而是谁把它们放在那里的，为了什么？宅院里静悄悄的，窗户紧闭，没有人在走动。然后，窗帘后露出一个老人的面孔，五官英俊，但头发乱蓬蓬的，仿佛心智狂乱。一会儿就消失了。

人类以某种神秘的方式将他们的幻想加于自然。飞蛾和小鸟在这个小花园里飞得更轻；花园里的一切想必都笼罩着这种奇异的宁静。忽然，脸色红润，爱说话，好打听的理查德·洛弗尔·埃奇沃思闯了进来。他看着那些圆球；他证明它们"设计精确，做工精巧"。他上前敲门。他敲了又敲。没有人来。最后，当他终于不耐烦了的时候，门闩被慢慢拔掉，门缓缓打开；一位牧师站在他面前，被人遗忘，仪容不整，但仍是一位绅士。埃奇沃思自报家门，他们到一间客厅叙谈，那里丢满了书籍、纸张和现已腐朽的贵重家具。最后，埃奇沃思再也按捺不住好奇，请教花园里的圆球是什么？牧师立刻显出极度的激动。那是他的儿子做的，他喊道：一个天才，一个最勤奋的孩子，品德和学识远远超过他的年龄。可是他死了。他的妻子也死了。埃奇沃思想转移话题，可是没有用。那个可怜的人激动地、语无伦次地说着他的儿子，他的天才，他的死。"我感到悲痛损坏了他的理解力，"埃奇沃思说。正当他越来越不自在的时候，房门开了，一个十四五岁的女孩端着茶盘走进来，突然转移了主人的话题。她很美丽，一身白衣，她的鼻梁也许高了一分——不，她的比例恰到好处。"她是一位学者和一位艺术家！"牧师在她离开房间时喊道。但是她为什么要离开呢？如果她是他的女儿，为什么不坐下来陪客人吃茶呢？难道是他的情人吗？她是谁？这所房子为何如此凌乱衰朽？前门为何上锁？牧师为何像被囚禁，他有什么秘密的故事？埃奇沃思喝茶的时候脑子里涌出各种问题；但他只能摇摇头，发表一句最后的感想，"我担心有什么地方不对头，"关上了白色的小门，把疯牧师和可爱的女孩永远留在那所凌乱的宅子里，那些行星和卫星中间。

二　莱蒂西娅·皮尔金顿

让我们再次麻烦图书管理员，请他弯腰取出边上那本棕色的小书，拂去灰尘，递给我们。皮尔金顿夫人的回忆录，三卷合订本，彼得·何伊出版，都柏林，一七七六年。最深的晦暗掩蔽着她；她的坟上积了厚厚的灰尘——就是说，一块板松动了。已经很久没有人读她，还是在上个世纪初，一位读者（大概是位女士）不知是对她的猥亵感到厌恶还是猝然身亡，只读到一半，用一张褪色的购物清单做了记号。如果一个女人需要一位英雄，那显然是莱蒂西娅·皮尔金顿。那么她是谁呢？

你能否想象摩尔·佛兰德斯与里奇夫人，游荡作乐的城里女人和有教养的女士的奇异混合？莱蒂西娅·皮尔金顿（1712—1759）就是这样一种人——品质可疑，诡诈，喜欢冒险，但又像萨克雷的女儿、米特福德小姐、德·塞维涅夫人①、简·奥斯丁和玛丽亚·埃奇沃思一样，深受她那个性别的旧传统影响，她的写作像女士们说话一样，是为了给人愉悦。在她的整部《回忆录》中，我们都不会忘记她的愿望是给人快乐，而她的命

①　塞维涅侯爵夫人（1626—1696），法国女作家，唯一作品《书简集》收有同女儿等人的通信，反映路易十四时的宫廷生活和社会状况，有较高文学价值。

运却是伤心哭泣。她擦着眼睛，强抑着痛苦，请我们原谅她太失风度，这只有一生的磨难，P——n 先生那无法忍受的迫害，C——t 女士那恶毒的（她必须说是 h——h① 的）刁难，才能够解释。因为谁能比基尔马洛克伯爵的曾孙女更懂得一位女士应当掩藏她的痛苦呢？所以说莱蒂西娅是英国女文人的伟大传统的一部分。款待是她的职责，掩饰是她的本能。尽管她在伦敦交易所附近的住所破旧不堪，桌上铺的是演出海报而不是桌布，黄油盛在一只鞋子里，华斯代尔先生当天早上是用茶壶去取淡啤酒的，但她仍然在款待。她的语言也许有一点粗俗。但是谁教她英文的？是伟大的斯威夫特博士。

在她所有的（无数次的）漂泊和她的（很惨重的）失败中，她总是回想在爱尔兰的那些日子，斯威夫特严厉地教会她正确地说话。他因为她乱翻抽屉而打过她；他用烧焦的软木塞涂抹她的脸，以磨炼她的性情。他叫她脱掉鞋袜站在墙边，给她量身高。她一开始不肯，后来屈服了。"为什么？"那位副主教说，"我怀疑你穿着破袜子或是有脚臭，两种情况下我都很愿意揭露你。"他宣布她全长三英尺两英寸，但莱蒂西娅抱怨说，斯威夫特的手按在她头上，把她压矮了一半。但她的抱怨是愚蠢的。也许她能得到这种亲近多亏了这个事实——她只有三英尺两英寸。斯威夫特一辈子活在巨人之中，现在觉得侏儒有一种吸引力。他把这个小人儿带到他的书屋。"'喏，我带你来看看我在内阁时挣的钱，但你不许偷。'他说。'我不会的，先生，'我说。于是他打开一个柜子，给我看了一个个空抽屉。'老天爷，'他说，'钱飞走了。'"她的惊讶、她的谦卑有一种可爱之处。他可

---

① 此处隐去的词大概是 harsh，意思是苛刻、残酷。

以打她，威吓她，在他耳聋的时候让她叫喊，强迫她的丈夫喝葡萄酒的残渣，付他们的车钱，把金币塞在一块姜饼里，意外地温和下来，仿佛想到这样傻的一个侏儒也有自己的生活和思想，令他感到一种严峻的愉快。在斯威夫特那里她显得自然；这是他的天才的作用。如果他叫她脱掉袜子，她就得脱。因此，尽管他的讽刺叫她害怕，而且在副主教家里吃饭，看他从专门为此放置的大镜子里监视男管家从餐具柜里偷啤酒，让她觉得很不愉快，但她知道这是一种荣幸，和他在花园里散步，听他讲蒲柏，援引《休迪布拉斯》①，然后被冒雨送回家以节省马车费，还有坐在客厅与女管家布伦特夫人攀谈，讲副主教的怪癖和慈善，讲他如何把省下来的六便士车费送给了街角卖姜饼的老头，而副主教如此迅猛地冲上前门楼梯，又从后楼梯冲下，她担心他会摔着。

但是对伟大人物的回忆不是包治百病的良药。它们像灯塔的光芒落在生活的激流中，闪烁，冲击，揭示，消失。当生活的烦恼将她重重包围的时候，记得斯威夫特对于莱蒂西娅没有什么用处。皮尔金顿先生跟寡妇 W—rr—n 勾勾搭搭。她的父亲——她亲爱的父亲去世了。地方官侮辱她。她被丢在空屋子里，还要养活两个孩子。茶叶箱被抵押了，花园的门锁上了锁，多少账单没有付。但她还年轻，可爱，活泼，酷爱写诗和读书。这就是她的倒霉的根源。书太好看了，但天色已晚，那位绅士不肯借给她，但愿意留下来等她看完。他们坐在她的卧室里。她承认这是很不慎重的。突然十二个看守从厨房窗户闯进来，皮尔金顿先生脖子上系着一块白布手帕出现。剑刃相向，头破血流。至于她的申辩，怎能指望皮尔金顿先生和十二个看守相信

---

① 萨缪尔·巴特勒写的一首讽刺史诗。

呢？只是看书！只是熬夜看完一本新书！皮尔金顿先生和看守们按他们这种男人的想法解释这件事情。但她相信爱学习的人会理解她的热情，悲叹它的后果。

现在她怎么办呢？读书坑害了她，但她还可以写作。实际上，从会写字起，她以惊人的速度和相当优雅的文笔写过致侯德利小姐、都柏林的法官、德尔维尔博士的乡村住宅的颂诗和文章。"欢呼，快乐的德尔维尔，幸福的地方！""有哪位男士目不转睛地凝视——"诗句在最微不足道的场合毫不费力地流出。所以现在，渡海到英格兰后，她贴出广告，代写除法律之外任何内容的书信，只要十二便士现钱，恕不赊账。她寄宿在怀特巧克力店对面，晚上，当她浇花的时候，对面窗户里那位高贵的绅士为她的健康干杯，给她送过来一瓶勃艮第葡萄酒；后来她听到老上校带领 M—lb—gh 的 D——走上她黑暗的楼梯——口里喊着"戳我，老天爷，戳我"。那位可爱的绅士（他佩戴他的头衔是给它增光）亲吻她，称赞她，打开他的笔记簿，为弗朗西斯·蔡尔德爵士给她留下一张五十英镑的钞票。这种赞扬使她的笔下即兴涌出惊人丰富的感激之词。但如果一位绅士拒绝购买或一位女士暗示写得不得体，这支生花妙笔便会痛苦地扭曲成为仇恨和谩骂。"我说过你的 F——r 是辱骂着上帝而死去的吗？"她的一篇谴责这样开头，但其结尾是不宜刊印的。贵妇们被指控各种堕落行为，教士们不断遭到严厉的声讨，除非他们对诗歌的鉴赏力无可指责。因为她永远记得，皮尔金顿先生是位教士。

基尔马洛克伯爵的曾孙女缓慢地，但是无疑地，在社会阶梯上往下滑。她离开圣詹姆士街及其高贵的主顾，搬到格林街，寄宿在斯泰尔阁下的男侍从家里，他的妻子给上等人洗衣服。曾经与公爵玩笑的她，现在为了解闷，也愿意跟男仆、洗衣妇和潦倒文人玩玩牌,他们喝着黑啤酒,啜着绿茶,抽着烟叶,闲扯着有关他们男主人和女主人的极其下流的故事。他们谈话的趣味抵偿了他们举止的粗俗。莱蒂西娅从他们那里捡到不少名人的轶事,使她的文章中撒满了破折号,当订购者赖账或是女房东变得无礼时,它们还能管点用。真是艰难的生活——只穿一件印花棉布长袍,在雪中步行到切尔西①,被汉斯·斯罗恩爵士用可怜巴巴的半个克朗打发掉;然后再走到奥蒙德街,从可憎的米德医生那里抠出两个金币,它们被她欢喜地抛到空中,滚到地板缝里不见了;受男仆侮辱;坐下来喝一盘开水,因为不能让女房东猜到她连一撮茶叶都买不起。两次在月夜,欧椴树开花的时候,她在圣詹姆士公园徘徊,在罗莎蒙德湖边考虑自尽。有一次,在威斯敏斯特教堂的坟墓间沉思时,被锁在了里面,只得睡在布道坛上,裹着一条祭坛上的毯子,使自己免受老鼠的袭击。"我渴望听到目光明亮的小天使的声音!"她叹道。但一个完全不同的命运在等着她。尽管有科雷·西伯②先生和理查森先生,他们先向她提供金边的信笺,后来提供小布纹纸,那些恶女人,她的女房东们,在喝了她的啤酒,吃了她的龙虾,并经常几年不梳头之后,终于使斯威夫特的朋友,伯爵的曾孙女,和普通债务人一起关进了马夏尔西监狱③。

她怨恨地诅咒她的丈夫,他使她变成了一个女流浪者,而不是自然意欲她成为的"无害的家鸽"。她越来越疯狂地绞尽脑汁搜寻轶事、回忆、丑闻、关于大海深不可测、大地不可燃烧的观

---

① 伦敦自治城市,为文艺界人士聚居地。

② 西伯(1671—1757),英国演员、戏剧家、剧院经理,作有剧本《爱情的最后一着》《被激怒了的丈夫》等。

③ 马夏尔西监狱,在伦敦索斯瓦克,主要关禁负债人,于一八四二年废除。

点——任何能够写满一张纸,给她挣得一个金币的东西。她记得她和斯威夫特吃过珩鸟蛋。"嗨,丫头,"他说,"这是珩鸟蛋。威廉国王曾经花几克朗买一个……"她记得斯威夫特从来不笑。他只是把腮帮子啜进去。她还记得什么呢?许多绅士,许多女房东;她父亲死时窗户怎样打开,她妹妹笑嘻嘻地端着糖罐走下楼来。一切都是痛苦和挣扎,只是她热爱莎士比亚,认识斯威夫特,在流浪一生的浮沉变迁中始终保持了快乐的精神,几分女士的教养,还有她的豪放,在短暂一生的尽头还能开玩笑,享受她的鸭肉,虽然死亡在她心中,催债者围在枕边。

简·奥斯丁

　　如果依了卡桑德拉·奥斯丁小姐的心思，我们除了简·奥斯丁的小说之外得不到她的任何遗物。她只对她的姐姐畅书胸臆，只对她一个人倾诉了她的希望，以及（如果谣言属实的话）她一生中最大的失望。但当卡桑德拉·奥斯丁小姐年迈时，她妹妹名气的增大使她怀疑有一天会招来陌生人的窥探，学者们的揣测，她忍着个人的巨大损失，焚毁了每一封可能满足他们的好奇心的信件，只留下了她认为不会引起兴趣的几封。

　　所以我们对简·奥斯丁的了解是从一些流言、几封信件和她的书中得来。说到流言，能够传到后世的流言从来不是可鄙视的，稍加整理它就可以极好地满足我们的需要。例如，简·奥斯丁"一点都不漂亮，一本正经，不像一个十二岁的小姑娘……简的性格古怪而做作"，小费拉德尔菲亚·奥斯丁这样评价她的堂姐。然后是米特福德夫人，她认识年轻的奥斯丁姐妹，认为简是"她记得的最漂亮、最傻气、最做作、一心想找丈夫的花蝴蝶"。然后是米特福德夫人的匿名的朋友，"她去看过她，说她已变成了最生硬、刻板、沉默寡言的'单身贵族'，直到《傲慢与偏见》显示出那只硬邦邦的盒子里藏着多么名贵的宝石之前，她在社交场合只被看成是拨火棍或是挡火板……但现在大不相同了,"那位善良的女士继续说,"她还是一根拨火棍——然而是每个人都害怕的拨火棍……一个不说话的才女、刻画性格的人的确是很可怕的!"另一方面,当然还有奥斯丁家的人,一个不喜欢自夸的家族,但他们说,她的兄弟们"很喜欢她并很为她自豪。他们喜爱她的才华、她的品德、她可爱的举止,每人后来都喜欢在某个侄女或自己的女儿身上寻找亲爱的简的影子,但他们不指望能看到真正比得上她的人。"迷人而生硬,受家人喜爱而令陌生人惧怕,言辞锋利而内心温柔——这些矛盾不是不相容的。读小说时,我们也会为作者身上的这种复杂性而感到迷惑。

首先,那位被费拉德尔菲亚认为不像十二岁孩子的一本正经、古怪做作的小姑娘,很快便将成为一个惊人的、不孩子气的故事——《爱情与友谊》的作者。尽管令人难以置信,但这本书是十五岁写的。它显然是写来给学习室里取乐的;书里有一篇故事假装郑重地题献给她的兄弟;另一篇有她的姐妹用水彩画的头像插图。有些玩笑让我们感到是家庭财产;讽刺淋漓尽致,因为所有小奥斯丁们都共同模仿嘲笑那些"惊叹一声,晕倒在沙发上"的娇滴滴的女士。

当简大声读出她对他们共同痛恨的毛病的最后一击时,兄弟姐妹们肯定笑作一团。"失去奥古斯提奥斯的悲痛使我不幸殉难。一次致命的晕厥夺去了我的生命。当心晕厥,亲爱的劳拉……生多少次气都可以,但不要晕倒……"她滔滔不绝,以她最快的速度写下去,快过她拼写的速度,讲述劳拉和索菲娅那些不可思议的奇遇,费兰德和古斯塔夫斯,那位隔日驾马车往返于爱丁堡和斯特灵之间的绅士,放在桌子抽屉里的财产失窃,挨饿的母亲,扮演麦克白①的儿子。毋庸置疑,这些故事在学习室里引起了阵阵欢笑。但再明显不过的是,这个十五岁的女孩,坐在厅堂中她自己的角落里写东西,不是为了博兄弟姐妹一笑,不是为了家庭消遣。她既是为所有人,又不为任何人,既为我们的时代,又为她自己的时代;换言之,就是在那个小小年纪简·奥斯丁已经在写作了。这一点可以从她句子的节奏、匀称感和严肃性中听出。"她只不过是一个好脾气的、礼貌、随和的姑娘;因此我们几乎不能不喜欢她——她只是一个轻蔑的对象。"这样一个句子是打算留存到圣诞节日以后的。活泼、轻松、充满乐趣,自由得接近于胡言——《爱情与友谊》就是这一切,但那个在全书中清晰而有穿透力地响着,一直未被淹没的声音是什么?是笑声。这个十五岁的女孩在她的角落里嘲笑世界。

十五岁的女孩总是在笑。当宾尼先生要拿糖而拿了盐时,她们格格地笑。当老汤姆金斯夫人坐到猫咪身上时,她们几乎要笑死。但她们过一会儿又会哭起来。她们没有一个固定的瞭望所,能够看到人性中永远可笑的东西,男人和女人身上的一些永远引起我们讽刺的特点。她们不知道故意冷落的格里维尔夫人,和被冷落的可怜的玛丽亚,是每个舞厅永恒的角色。但简·奥斯丁生来就知道这些。肯定有一位守在摇篮边的仙女在她出生后带她在世上飞了一圈。被放回摇篮里时,她不仅知道了世界是什么样子,而且已选择了自己的王国。如果能让她统治那片领土,她将不贪求其他。因此在十五岁她对他人很少幻想,对自己更是没有。她写的任何东西都很完美,不是与教区,而是与

---

① 麦克白,苏格兰国王(1040—1057),在一次战斗中杀死其表兄国王邓肯后即位。

宇宙相联系。她冷静客观，高深莫测。当作家简·奥斯丁在书中以最非凡的素描笔法写下格里维尔夫人的一些对话时，没有一丝对牧师的女儿简·奥斯丁曾经受到的冷落所感到的怨愤。她的目光直接投向了那个标记，我们准确地知道那个标记在人性的坐标图上的位置。我们之所以知道，是因为简·奥斯丁紧紧保守着自己；她从来不越过她的界限。即使是在十五岁这样易感的年龄，她也没有因为害羞而出卖自己，因一时冲动的同情而删去某句讽刺，或在狂热的迷雾中模糊了轮廓。她仿佛用棍子一指说，冲动和狂热到那里为止，界限清清楚楚。但她不否认月亮、山峦和城堡的存在——在界限那边。她甚至有自己的一点浪漫。那是对苏格兰女王。她确实非常钦佩她，称她为"世界上顶尖人物之一"，"一位迷人的公主，她那时唯一的朋友是诺福克公爵，她在今天仅有的朋友是惠特克先生、雷夫罗伊夫人、耐特夫人和我本人"。这些话巧妙地限定了她的热情，用一个玩笑把它圆了起来。回忆不久之后年轻的勃朗特姐妹在她们的北方教区以怎样的词语描述威灵顿公爵，两者对照是很有趣的。

那个一本正经的小姑娘长大了，变成了米特福德夫人记得的"最漂亮、最傻气、最做作、一心想找丈夫的花蝴蝶"，顺便还成了一本叫作《傲慢与偏见》的小说的作者。它是在一扇吱呀作响的房门的掩护下偷偷写成的，许多年没有发表。稍后，据说她开始写另一个故事，《沃森一家》，但因某些原因对它不满意，没有写完。与那本众所周知的精美名著相比，这本未完成的不成功的作品，可以让我们对作者的天才有更多的了解。在这书稿中她的困难更加明显，她用来克服它们的方法掩饰得没有那么巧妙。首先，开头几章的生硬和光秃证明她是那类在第一稿中相当粗糙地列出事实，然后回过头反复修饰，给它们添上血肉和气氛的作家。如何做法——通过怎样的抑制、插嵌和巧妙手段，我们说不上来。但奇迹会诞生；那十四年家庭生活的平淡历史会变成另一段看似毫不费力的细腻的介绍；我们不会猜到简·奥斯丁强迫她的笔写过多么艰难的初稿。这里我们看到她毕竟不是魔术师。像其他作家一样，她必须营造一个氛围，使她自己特殊的天才能够结出果实。这里她在摸索，这里她还在让我们等待。突然，她做到了；现在事情可以按她希望的方式发生。爱德华一家去参加舞会。汤姆林森家的马车经过；她可以告诉我们人家给查尔斯"拿来了手套，叫他一直戴着"；汤姆·穆斯格罗夫带着一桶牡蛎退到一个僻静的角落，十分惬意。她的天才开始释放。我们的感觉立刻兴奋起来；我们被只有她才能传达的那种特殊的强烈感所支配。但它是由什么构成的呢？一个乡下小镇的舞会；几对夫妇在会客室见面握手；吃吃饭喝喝茶；至于结局呢，一个男孩被一位年轻女士冷落，被另一位温柔相待。没有悲剧也没有英雄事迹。但不知为何这小小的场景具有与表面的沉闷不相称的动人魅力。小说让我们看出如果爱玛在舞厅里是这样的举止，她在人生更重大的时刻会有怎样周到、温柔、感情真挚的表现，当我们观察她的时候，这样的时刻不可避免地出现在我们眼前。因此，简·奥斯丁所表现的感情比表面上深刻得多。她激发我们去提供书中没有的东西。她提供的看上去是一些琐事，但却含有某种东西，它在读者的脑海中扩展，给外表琐碎的生活场景赋予最持久的生命形式。重点永远放在人物性格上。当奥斯本先生和汤姆·穆斯格罗夫在三点差五分，玛丽正在拿进托盘和刀盒之时登门拜访，我们不禁猜想爱玛这时会怎么做。这是个极其尴尬的情况。两位年轻男士习惯于文雅得多的场合。爱玛可能会显得没教养、粗俗、让人瞧不起。对话的曲折发展给我们造成悬念。我们的注意力一半放在当时,一半放在将来。当最后,爱玛的表现证实了我们对她的最高期望时,我们好像目睹了一个最重要的事件那样激动。实际上,在这本未完成的、大体上质量较差的故事中包含了简·奥斯丁的伟大艺术的所有要素。它有文学的永久性。忘掉表面的生动与生活的形似,剩下来可提供的是一种更深刻的乐趣,对人类价值观的敏锐辨别。把这也从脑海中除去,我们可以带着极度的满足享受那更抽象的艺术,在舞厅那一幕中,感情的变化、各部分的比例,让人能够像欣赏诗歌一样欣赏它本身,而不只是使故事这样或那样发展的一个环节。

但流言说简·奥斯丁生硬、刻板、沉默寡言——"一根人人害怕的拨火棍"。这也是有迹可寻的;她可以相当无情;她是整个文学史上最一贯的讽刺作家。《沃森一家》那笨拙的开头几章证明她不是热情奔放的天才;她不像艾米莉·勃朗特那样,只要打开门就可以让人感觉到她。她谦卑而快乐地捡拾着搭巢用的树枝和稻草,把它们整齐地摆在一起。树枝和稻草本身有一点干枯和灰暗。大房子和小房子;茶会、宴会、偶尔的野餐;生活受到重要关系和充足收入的保障;还有泥泞的道路、打湿的双脚、女士们容易疲劳的倾向;一点金钱,一点地位,以及住在乡下的上层中产阶级家庭普遍享受的教育支持着它。恶习、冒险、激情被挡在外面。但是在这一切平凡、一切琐屑之中,她没有回避任何东西,没有任何东西被忽略。她耐心而精确地告诉我们,他们怎样"哪儿也没停,一口气走到纽伯里,在那里一顿可口的饭菜,作为午餐兼晚餐,结束了当天的快乐和疲乏。"她对习俗也不仅仅是口头上表示尊敬;她不仅接受,而且相信它们。尤其是当她描述一位牧师,例如埃德蒙·伯特伦,或是一位水手时,他的职业似乎禁止她自由使用她的主要工具，喜剧天才。因此她往往变为礼貌的赞颂或平常的描述。但这些是例外；总体上她的态度令人想起那位匿名女士的评论——"一个不说话的才女、刻画性格的人的确是很可怕的！"她不想改良，也不想消灭；她一言不发；那的确是很可怕的。她一个接一个地塑造出她的傻瓜、她的道学先生、她的俗人、她的柯林斯先生、她的沃尔特·艾略特爵士、她的班尼特夫人。她用鞭子似的语句环绕着他们，抽打着他们，削出了他们永恒的轮廓。但他们留在那里，没有借口，没有怜悯。当她写完时，朱丽亚和玛丽亚·伯特伦没有留下任何东西；伯特伦夫人永远地"坐在那里喊她的哈巴狗，防止它闯进花圃"。并做出了神圣的审判：格兰特医生一开始喜欢吃嫩鹅肉，最后"因一星期内暴食三顿，中风而死"。有时让人觉得她的人物生下来只是为了让简·奥斯丁享受将他们斩首的莫大快乐。她心满意足；她不会改动任何人的一根头发，或是移动世界上的一块砖头或一片草叶，因为这世界给她提供了这么大的乐趣。

我们也不会。尽管受伤的虚荣心或道德上的义愤要求我们去改变一个充满恶意、卑琐和愚蠢的世界，但这工作超出了我们的能力范围。人们就是那样——那个十五岁的女孩知道这一点；那个成熟的女人证明了这一点。就在此刻也会有某位伯特伦夫人感到防止哈巴狗闯进花圃太困难了；她让查普曼去帮助范妮小姐，有一点晚。辨别是那么准确，讽刺是那么正当，以致它虽然贯穿始终，却几乎逃过了我们注意。没有一点琐碎、没有一丝怨恨将我们从沉思中吵醒。愉悦奇怪地与好笑相混合。美照亮了这些愚人。

实际上，那种难以捕捉的性质是由许多很不相同的部分组成的，需要特殊的天才把它们结合起来。与简·奥斯丁的才智相配的是她那完美的鉴赏力。她的傻子就是傻子,她的势利小人就是势利小人,因为他偏离了她心目中健康和理智的模型,她将这模型准确无误地传达给我们,即使是当她使我们发笑的时候。没有哪个小说家更多地使用对人类价值的正确感受力。她以一颗无过失的心、无懈可击的品位、近乎严厉的道德作衬托,揭示那些偏离善良、诚实和真挚的行为,它们属于英国文学中最可爱的描写。她描写玛丽·克劳福德那好坏混合的性格时便是完全以这种方法。她任由她喋喋不休地批评牧师,或津津乐道准男爵和一年一万英镑;但是间或弹出一个自己的音,很轻,但非常和谐,玛丽·克劳福德的唠叨顿时显得那么无聊,尽管听起来还是很有趣。她小说的深度、美感和复杂性便是由此而来。从这些对比中产生了一种美,一种严肃性,它不仅和她的才智一样引人注目,而且是其不可分割的一部分。在《沃森一家》中她向我们预示了这种才能;她让我们感到惊奇,为什么一个普通的善行,由她描述出来,会变得如此意味深长。在她的名著中,这种才能发挥到完美的程度。这里没有任何异常的事情;北安普敦郡的中午,一个迟钝的年轻男子和一个相当虚弱的年轻女子在楼梯上交谈,他们是上楼去更衣准备吃饭,女仆们在旁边经过。但是,在琐碎、平凡中,他们的话语突然充满了意义,这一刻成为两人生命中最难忘的时光。它充盈,闪耀,发光;它深邃、宁静,微微颤抖地悬在我们眼前;然后,女仆们走过,这一幕集中了生活中所有幸福的场景又渐渐退去,成为普通日子里潮涨潮落的一部分。

认识到日常琐事中的深刻性,简·奥斯丁选择描写这些琐事,描写宴会、野餐和乡村舞会,不是再自然不过的吗?摄政王或克拉克先生"希望她改变文风的建议"诱惑不了她;浪漫、历险、政治或阴谋都不能与她在乡村住宅楼梯上看到的生活相比。摄政王及其图书馆长碰到了一个非常顽固的障碍；他们试图影响一个不可腐蚀的良心，打扰一个从不失误的头脑。那个十五岁就写出那么好的句子的小孩从未停止过组织句子，她从未为摄政王或其图书馆长写作，而是为整个世界写作。她很清楚她的才能是什么，按作家的要求看它们适合描写什么素材，因为作家对成品的标准是很高的。有些印象在她的领域之外；有些感情她无论通过怎样的努力和技巧也表现不了。例如，她不能让一个女孩热烈地谈论标语和礼拜堂。她不能全心全意地投入一个浪漫的时刻。她有各种方法来回避激情的场面。对自然界及其美景她以独有的侧面方式来处理。她描述一个美丽的夜晚，而一次也没有提到月亮。但当我们读到那工整的寥寥数语："没有云的夜晚的清辉与树林的暗影的对比"，立刻感到这个夜晚像她简单地告诉我们的那样"肃穆、宁静、可爱"。

她的天才异乎寻常地均衡。她完成的小说中没有一部失败之作，她的诸多章节里很少有哪一章明显低于其他章的水平。但是，她毕竟四十二岁就去世了。她在才华鼎盛时期死去，未曾经历往往使作家生涯的最后阶段成为最有意思的阶段的那些变化。生气勃勃、不可抑制、有充沛的创造力，如果活得长一些的话，她无疑会写得更多。我们不禁猜想她会不会写得不一样。界限已经划定，月亮、山峦和城堡在那一边。但她有时会不会想越一下界？她会不会开始，以她自己那愉快的有才气的方式，考虑来一次探索之旅？

让我们由最后一部完成的小说《劝导》，来看看她如果多活几年会写出什么样的作品。在《劝导》中有一种特殊的美和特殊的乏味。那种乏味往往标志着两个不同时期之间的过渡。作者有一点厌倦。她对自己的世界已经太熟悉了；不再有新鲜的发现。在她的诙谐中有一种严酷，表明她几乎不再对沃尔特先生的虚荣或艾略特小姐的势利感到有趣。讽刺是苛刻的，幽默是粗糙的。她不再新鲜地感到生活中的趣味。她的心思不完全在对象上面。但是，我们虽然感到简·奥斯丁以前做过这些，而且做得更好，但同时也感到她在试图做一些她从未尝试过的东西。《劝导》中有一种新的成分，也许就是使威维尔博士兴奋地坚称它是"她最美的作品"的那种特质。她开始发现世界比她以前想得更大、更神秘、更浪漫。我们感到她对安妮的描写也适用于她自己："她在年轻时候被迫审慎，年龄大后学会浪漫——不自然的开始所导致的自然结局。"她经常写到大自然的美和忧伤，以前习惯于描写春天，现在则经常描写秋天。她写到"秋天对乡村如此美好而又如此悲伤的影响"。她注意到"黄褐色的树叶和枯萎的树篱"。她说，"人不会因为在一个地方吃过苦，就减少对这个地方的喜爱"。但变化不仅是在对自然的新感受力中。她对生活的态度本身发生了转变。在书中大部分章节，她通过一个女人的眼睛观察生活，这女人虽然自己不快乐，但对他人的快乐与不幸有一种特别的同情，她一直只能默默地加以评论，直到最后时刻。所以与以往相比，观察到的内容中事实较少，感情较多。在音乐会那一幕和关于女人的忠贞的著名议论中，有明显的感情流露，不仅从传记意义上证明简·奥斯丁恋爱过这一事实，而且从审美意义上证明她不再害怕承认这一点。凡是重大的经验，必须沉得很深，彻底经过时间的消毒之后，她才能允许自己在小说中描写它。但是现在，一八一七年，她准备好了。从外部看，她的生活环境也即将发生变化。她的名气增长得非常缓慢。奥斯丁·利先生说："我怀疑有没有可能举出另一位重要作家,其个人如此默默无闻。"只要她再多活几年,一切就会不一样。她会留在伦敦,出去赴宴,会见名人,结交新朋友,读书,旅行,带着大量观察所得回到僻静的乡间小屋,供闲暇时回味。

所有这些会对简·奥斯丁没有写的六本小说产生什么影响呢?她不会描写犯罪、激情或历险。她不会因出版商的催求或朋友的吹捧而草率马虎或不真诚地写作。但她会懂得更多。她的安全感会动摇。她的诙谐会减损。她会更少依靠对话而更多地依靠沉思来让我们了解她的人物(这一点在《劝导》中已经可以看出)。那些在几分钟的闲谈里就永恒地概括出我们对克罗夫特将军或穆斯格罗夫夫人需要了解的一切的精彩对白,那种包含分析和心理描述的速记式的、碰运气的方法,会显得太简单粗糙,不足以表现她如今认识到的人性的复杂。她会发明一种方法,像过去一样清晰和沉着,但是更加深刻,更有启发性,不仅表现人们说的东西,还表现他们没有说的东西;不仅表现人们是什么样,还表现生活是什么样。她会站得离她的人物更远一些,更多地把他们看作一个群体,而不是个人。她的讽刺,尽管不会用得那么频繁,却会更加严厉。她会成为亨利·詹姆斯①和普鲁斯特②的先驱——但是打住吧,这些猜测都是徒劳的:这位最完美的女艺术家、不朽名著的作者"正当她开始对自己的成功感到信心之时"溘然长逝。

---

① 詹姆斯(1843—1916),美国作家和评论家,他的作品一般涉及美国文化与欧洲文化的对立。他是一位从心理学角度反映现实主义小说的先锋,著有大量小说,如《波士顿人》(1886)和《金碗》(1904)。
② 普鲁斯特(1871—1922),法国作家,他共分七部的小说《追忆似水年华》是现代文学中的伟大作品。

现 代 小 说

在对现代小说做任何概述时,哪怕是最自由宽松的概述,都很难不想当然地认为现代的艺术实践较之过去是一种进步。可以说,以他们那些简单的手段和原始的材料,菲尔丁做得很出色,简·奥斯丁做得更好。但是把过去这些作家的机会与我们的比较一下! 他们的杰作无疑有一种奇怪的简单气。然而,把文学等同于制造汽车之类的过程,这种类比法在第一眼之后很难成立。这么多世纪以来,尽管我们在制造机器方面学到了许多,但在文学创作方面学到了什么却很难说。我们并没有写得更好;只能说我们一直在走,时而朝这个方向,时而朝那个方向。但是若从足够高的地方看,整个轨迹会呈现出环形的趋势。不用说,我们没有自认为有权利站在那样的高度,哪怕只是片刻。在平地上,在人群中,被灰尘眯着眼睛,我们羡慕地回望那些幸运的勇士,他们的战役已经取胜,他们的成就带着如此安详的色彩,我们不禁嘀咕这战役对他们不像对我们这样残酷。这要由文学史专家来判断;由他来宣布我们是处于小说的伟大时期的开端、末期还是中间。因为在平原上是看不清楚的。我们只知道一些感激和敌意激励着我们;一些道路似乎通向富饶的土地,另一些通向尘土和沙漠;对于这些也许值得描述一番。

如此说来，我们挑剔的不是名著。如果说到挑剔威尔斯先生①、本涅特先生②和高尔斯华绥先生③，部分原因是仅仅由于他们的在世，就使他们的作品具有一种活生生的、日常的不完美，让我们去随意对待它们。另一方面，尽管我们感谢他们的许多馈赠，但我们把无条件的感激留给哈代、康拉德，以及在小得多的程度上，留给《紫土地》《绿厦》和《遥远的地方和很久以前》的作者哈得逊先生④。威尔斯先生、本涅特先生和高尔斯华绥先生唤起了这么多的希望，又屡屡使它们落空，以至于我们的感谢主要是由于他们展示了他们也许能做而没有做到的事情，展示了我们肯定做不了但也许同样肯定不想去做的事情。这些作品数量庞大，包含多种性质，有些值得赞美而有些相反，用一句话无法概括我们对它们的批评或不满。如果试图用一个词来表达，我们会说这三位作家都是物质主义者。他们不是关心精神，而是关心肉体，所以他们令我们失望，让我们感到英国小说越早（尽可能礼貌地）抛弃他们前进（哪怕是走向沙漠），对它的灵魂越有利。自然，没有一个词能击中三个靶子的中心。对威尔斯先生来说它就偏得很远。但即使是对他，它也向我们指出他天才中那致命的杂质，那混在他的灵感中的大块的泥土。而本涅特先生也许是这三人中问题最严重的，因为他绝对是最好

---

① 威尔斯（1866—1946），英国作家。以他的科幻小说而著名，如《时间机器》《星际战争》。

② 本涅特（1867—1931），英国作家，其剧作和小说，如《老夫人的故事》，受法国现实主义作家影响，描写中下层人的生活。

③ 高尔斯华绥（1867—1933），英国作家。著有《福赛特家史》和其他许多福赛特故事，一九三二年获诺贝尔文学奖。

④ 哈得逊（1841—1922），英国自然学家和作家，其作品包括《英国失去的那片紫土地》《绿厦》。

的艺匠。他可以把一本书写得在结构和技巧上如此完善,连最苛刻的批评家也很难看出有什么缝隙可使腐败钻入。窗框上没有透风的地方,木板上没有裂缝。然而——如果生命拒绝活在那里呢?《老夫人的故事》、乔治·坎农、埃德温·克雷汉尔和其他许多人物的创作者很有理由说他已经克服了这个危险。他的人物大量地,甚至出人意料地活着。但问题是他们怎样活着,为什么活着? 在我们看来,他们似乎越来越多地放弃哪怕是五大城中的精美别墅,而住在某个舒适的头等车厢里,安着数不清的铃铛和按钮;他们如此豪华的旅行的目的地越来越无疑是在布赖顿①最好的宾馆里享受永世之福。在过分陶醉于结构的坚实这个意义上,很难说威尔斯先生是物质主义者。他博大的同情心不允许他花许多时间去把东西做得结实漂亮。他之所以是物质主义者,纯粹是由于好心,把应该由政府官员去做的工作揽到自己身上,被过多的观点和事实所占据,无暇认识到,或是忽视了他的人物的粗糙与简陋。可是,对他的人间和天堂来说,还有什么批评比它们现在和将来都将由他的琼和彼得居住更加严重呢? 他们性格的卑劣不是会玷污创作者慷慨为他们提供的任何机构和理想吗? 尽管我们深深敬仰高尔斯华绥先生的正直与博爱,在他的作品中也同样找不到我们寻求的东西。

所以,如果我们给所有这些书贴上一个写着"物质主义"的标签,我们是指它们描写了不重要的东西;它们花了大量的技巧和功夫来使琐碎和短暂的东西看上去像是真实和永久的。

我们必须承认自己很苛刻,还必须承认我们很难通过说明自己要求什么来证明自己的不满是合理的。我们的问题在不同

---

① 英国南部海岸避暑胜地。

的时候有不同的形式。但当我们长叹一声丢下读完的小说时，它最顽固地重现出来——这一切值得吗？有什么意义呢？会不会由于人类精神有时会出现的一些误差，本涅特先生用他那精美的仪器来捕捉生活时，扣偏了一两英寸。生活逃掉了；没有生活，也许其他一切都是不值得的。不得不使用这种比喻是承认我们思想的模糊，但如果使用批评家常说的"现实"一词，情况也好不到哪里去。承认一切小说批评共有的模糊性之后，让我们大胆说一句，在我们看来，当前最流行的小说的形式经常缺少而不是抓住了我们寻求的东西。无论我们称之为生活还是精神，真理还是现实，这个本质的东西，已经走开或前行，拒绝再被套在我们提供的这种不合身的衣服里。然而我们却坚持不懈、兢兢业业地按照一个越来越不符合我们心中的理想的结构，经营着我们的三十二章小说。为证明故事的可靠、逼真而下的大量功夫不仅是浪费，而且是用错了地方，以至掩盖了构思的光芒。作者似乎不是受他的自由意志支配，而是受某个强大专横的暴君役使，被迫提供一个情节，提供喜剧、悲剧、爱情、利益，以及整个故事中弥漫的无可挑剔的可信性，以至于如果他的人物活过来，会发现自己的穿着连每颗纽扣都符合此刻的时尚。暴君的意志得到遵守，小说写得恰到好处。但是有时，读着那以习惯的方式填满的书页，我们会感到片刻的怀疑，一阵反叛的冲动，这感觉随着时间的推移越来越频繁。生活是这样的吗？小说必须是这样的吗？

　　观察一下内心，生活似乎与"这样"相差很远。看看一个普通的心灵在一个普通日子里的经验。心灵接受无数的印象——琐碎的、奇妙的、易逝的或是刻骨铭心的。它们来自各个方面，像无数原子不断地洒落；当它们降落下来，形成星期一或星期二的生活时,重点与过去有所不同;重要时刻来自这里而不是那里;因此如果一个作家是自由人而不是奴隶,如果他能写自己选择的东西,而不是他必须写的东西,如果他能依据自己的感觉而不是常规来写作,那就会没有情节、没有喜剧、没有悲剧、没有常规形式的爱情、利益或灾难,也许没有一颗纽扣是照邦德街的裁缝的习惯缝上的。生活不是一系列对称的车灯,而是一圈光晕,一个半透明的罩子,它包围着我们,从意识开始直到意识终结。表达这种变化多端的、未知的、不受限制的精神(无论它表现出何种反常或复杂性),尽可能少混杂外部的东西,这难道不是小说家的任务吗? 我们不只是呼唤勇气和真诚,而想指出小说的适当材料与习俗要求我们相信的不大一样。

至少,我们试图用这样的方式,来说明以詹姆斯·乔伊斯①为首的几位年轻作家的作品与其前辈作品的不同之处。他们试图更接近生活,更加真诚准确地保存使他们感兴趣和感动的东西,哪怕必须抛弃当今小说家们普遍遵守的大部分惯例。让我们按原子落到心灵中的顺序来记录它们,让我们如实描绘一个个景物或事件在意识中刻下的图案,无论它表面上怎样零散和不连贯。让我们不要想当然地以为,生命在普遍认为的大事中比在普遍认为的小事中体现得更充分。读过《青年艺术家画像》,或是目前刊载在《小评论》上,看来会是一部更有趣得多的作品的《尤利西斯》之后,任何人都会对乔伊斯先生的意图做出这样的大胆推测。从我们来说,由于只看到了一小部分,这是大胆推测而不是断言。但无论全书的意图是什么,它无疑是极其

---

① 乔伊斯(1882—1941),爱尔兰作家,他创新的文学手法对现代小说有着深远影响。他的作品包括《尤利西斯》《芬尼根守灵夜》。

真诚的,其效果或许会让我们觉得难懂或是不舒服,但具有不可否认的重要性。与被我们称为"物质主义者"的作家相反,乔伊斯先生是精神性的;他试图不惜一切代价地揭示那在最深处闪烁,将它的信息向大脑中传递的火焰。为了保存它,他勇敢地无视一切他认为是外来的东西,无论是可信性、连贯性,还是历代用来帮助读者想象他摸不着看不到的东西的其他指示牌。例如墓地那一段,它的光彩、它的阴暗、它的不连贯、它突然闪现的意义,无疑是如此接近心灵的本质,至少在第一次读时,很难不称之为杰作。如果我们想要生活本身,我们确实看到了。如果试图说明我们还想要其他的什么,说明这样有独创性的一部作品为何仍不能与《青春》或《卡斯特桥市长》相比,我们会感到很难表达。我们可能会简单地说,它的不足在于作者的思想相对贫乏一些,如此而已。但还可以再推进一些,想想我们这种关在一间明亮而狭小的屋子里,拘束封闭而不是开阔自由的感觉,是不是可归于方法上的某种局限,而不仅是思想上的局限?是不是方法抑制了创造力?是不是由于方法而使我们不感到快乐和豁达,而感到被困在一个从不拥抱或创造外部的事物的自我之中。是不是也许有启发性地强调了猥亵,而使人感到某种生硬孤僻的东西?或者只是因为,在评价如此有独创性的努力时,尤其对同时代人来说,感觉它的缺陷总是比说出它的贡献要容易得多?无论如何,站在外面研究"方法"是错误的。任何方法,只要表达了我们想要表达的东西(如果我们是作者),或使我们更加接近小说家的意图(如果我们是读者),它就是正确的。而这一种方法使我们更加接近我们愿称之为生活的东西本身;阅读《尤利西斯》不是让我们想到有多少生活被排除或忽略了吗?翻开《项狄传》甚至《彭德尼斯》,我们不是会大吃一惊,从中看到生活不仅有其他方面,而且是更重要的方面吗?

不管怎样,如今摆在小说家面前的问题,我们猜想和过去一样,是要发明能自由记录他所选择的内容的方法。他必须有勇气说他所感兴趣的不再是"这个"而是"那个":他必须只用"那个"来构筑他的作品。对现代人来说,"那个",即兴趣的所在,很可能是在心理的幽暗之处。因而重点立刻就有些不同了;所强调的是某种以前被忽视的东西;一种不同的轮廓立刻变得必要,它对我们来说难以把握,对我们的前辈来说则无法理解。除了现代人,也许除了俄国人之外,没有一个人会对契诃夫在他名为《古雪夫》的短篇小说中描述的情景感兴趣。一些俄国士兵病倒在一艘把他们送回俄国的船上。我们看到他们谈话的片段和一些思想活动;然后其中一人死了,被抬走;谈话在其他人中继续,直到古雪夫本人死去,像"一根萝卜或胡萝卜"那样被扔进大海。重点放在如此出乎意料的地方,以至于起初似乎根本看不出重点;然后,当眼睛适应了微弱的光线,开始分辨出屋里东西的形状,我们看出这个故事是多么完整,多么深刻,契诃夫多么忠实地按照他的想法选择这样、那样,以及其他,将它们合起来组成某种新的东西。但是我们不可能说"这是喜剧"或"那是悲剧",也无法确定这个模糊而无结局的故事能不能称为短篇小说,因为我们习惯觉得短篇小说应当是简明而有结局的。

对现代英国小说最基本的评论几乎无法避免提及俄国的影响,而如果提及俄国作家,则可能令人感到除了他们的小说之外,写任何小说都是浪费时间。如果我们希望理解灵魂和内心,在哪里能找到同样深刻的描述呢?如果我们厌倦了自己的物质主义,他们中最不重要的作家对人类精神也有一种天生的崇敬。

"学会使自己跟人接近……但不要用头脑去同情——因为用头脑是容易的,要用心灵去同情,带着对他们的爱。"在每个伟大的俄国作家身上我们似乎都能发现圣人的特征,如果同情他人的苦难、热爱他人、努力达到某个配得上最严格的精神要求的目标,这些特点构成了圣人品质的话。他们身上的圣人气质使我们为自己的世俗卑琐而羞愧,使我们那么多著名的小说变成了虚饰和儿戏。俄国人的心灵如此博大,悲天悯人,它得出的结论也许不可避免地会是极度的悲哀。更准确地讲,我们应该说是它没有得出结论。没有答案,只看到如果诚实地考察,生活提出一个又一个问题,它们只能留到故事结束,一遍遍地回响,无望地追问,这种感觉让我们感到一种深深的绝望,最终也许还夹杂着一丝怨恨。他们也许是正确的,他们无疑比我们看得更深远,没有我们这种严重的视力障碍。但也许我们也看到了一些他们未能看到的东西,否则我们的沮丧中为何会混杂着一些抗议之声呢?这抗议声是另一个古老文明的声音,它似乎在我们身上培养出了享受和斗争而不是忍受和理解的本能。从斯特恩[①]到梅瑞狄斯的英国小说都证明我们对幽默和戏剧、尘世之美、智力活动,以及身体之美妙的天生爱好。但从如此大相径庭的两类小说的比较中做出任何推论都是无益的,只能说这种比较让我们充分感受到小说艺术的无限可能性,它的视野不受限制,除了虚伪和做作外,不禁止任何东西——任何"方法"、试验,哪怕是最异想天开的尝试。"小说的合适素材"是不存在的;一切都是小说的合适素材,一切感情,一切思想;头脑和心灵的一切特质

---

① 斯特恩(1713—1768),英国作家,经典作品《项狄传》是现代意识流小说的
  先驱。

都可以汲取;没有一种感觉是不对的。如果我们能想象小说艺术现形站在我们中间,她肯定会不仅要我们尊敬热爱她,还要我们去打破她,侵犯她,因为这样她才能恢复青春,确保她的崇高地位。

《简·爱》与《呼啸山庄》*

　　在夏洛蒂·勃朗特出生之后的一百年中,她,这么多传说、热爱和文学著作的中心人物,仅活了三十九年。如果她活到了正常的寿命,这些传说会多么不同,想起来是很奇妙的。她可能会像同时代的一些名人那样,成为伦敦等地的常客,无数图画和轶事的主角,许多部小说的作者,也许还有回忆录,离我们相当遥远,功成名就的中年人的记忆。她也许会很富有,也许会很成功。但事实并非如此。想到她的时候,我们必须想象一个与我们现代世界无缘的人;我们必须把思绪放回到上个世纪五十年代,约克郡荒野上一个偏僻的教区。她永远留在那里,在那些荒野上,忧伤而孤独,体验着她的贫穷和兴奋。

　　这些环境影响了她的性格,也可能在她的作品中留下了痕迹。我们认为,一个小说家必然会用许多非常易朽的材料来构筑他的作品,它们起初使作品具有真实性,最终却成为垃圾和累赘。打开《简·爱》时,我们也不禁怀疑会发现她的想象世界像这荒野上的教区一样古旧过时,带着维多利亚王朝中期的气息,只有好奇者才会去访问,只有虔诚者才会去保存。可是打开

---

　　* 写于一九一六年。

《简·爱》，只读了两页，一切疑问都打消了。

> 在我右侧，绯红色窗幔的皱褶挡住了我的视线；左侧，明亮的玻璃窗庇护着我，使我既免受十一月阴沉天气的侵害，又不与外面的世界隔绝，在翻书的间隙，我抬头细看冬日下午的景色。只见远方白茫茫一片云雾，近处湿漉漉一块草地和受风雨袭击的灌木。一阵持久而凄厉的狂风，驱赶着如注的暴雨，横空扫过。

这里没有比荒野本身更易朽，或比"持久而凄厉的狂风"更易受时尚影响的东西。而且这欣喜并不是短暂的，它使我们一口气读完全书，不让我们有思考的时间，不让我们把目光从书页上移开。我们如此聚精会神，以至于如果有人在屋里走动，这动作仿佛不是发生在此地，而是在约克郡。作者牵着我们的手，拉我们走她的路，让我们看她看到的东西，从不离开片刻，或允许我们忘记她。① 最后我们深深地沉浸在夏洛蒂·勃朗特的天才、激情和愤怒中。不寻常的面孔，轮廓鲜明、相貌粗糙的人物在我们眼前闪过；但我们是通过她的眼睛看到他们的。她一离开，他们就再也找不到了。想到罗切斯特，我们就必须想到简·爱。想到那荒野，又会想到简·爱。就联想到那个客厅，那些

---

① 夏洛蒂和艾米莉·勃朗特对色彩的感觉有很多相似之处。"……我们看见——啊！好美——一间富丽堂皇的屋子，深红色地毯，铺着深红色罩布的桌椅，洁白的天花板上镶着金边，一蓬玻璃珠用银链从屋顶中央挂下来，细蜡烛闪闪发光"（《呼啸山庄》）。"然而那只是一间很漂亮的客厅，里面有一间化妆室，两个房间都铺着白色的地毯，上面似乎摆着鲜艳的花环；天花板都饰着白葡萄和藤叶的花边，与下面深红色的沙发和软椅形成富丽的对比；白色的帕罗斯大理石壁炉架上，波希米亚玻璃器皿闪烁着红宝石的光泽；窗户间的大镜子反射着白雪与火焰交相辉映的效果"（《简·爱》）。

"白色的地毯,上面似乎摆着鲜艳的花环";那"白色的帕罗斯大理石壁炉架"和"闪烁着红宝石的光泽"的波希米亚玻璃器皿,以及那"白雪与火焰交相辉映"的效果——这一切不是简·爱又是什么呢?

但简·爱的缺点是不难找的。永远是家庭教师,永远在恋爱,在一个毕竟充满了二者都不是的人的世界上,这是一个严重的局限。相比之下,简·奥斯丁或托尔斯泰的人物则有无数个面。他们对许多不同的人产生影响,这些人照出他们立体的形象,所以他们栩栩如生、性格复杂。他们能够到处活动,无论创作者在不在看着。他们生活的世界像是一个独立的世界,既已创作出来,我们就可以自己去访问。托马斯·哈代在个性的力量和视界的狭窄上与夏洛蒂·勃朗特比较相近。但区别还是极大的。阅读《无名的裘德》的时候,我们没有被牵引着一口气读完;我们会沉思,思绪从文中游离开去,浮想联翩,围绕着人物形成一个问题和暗示的氛围,而书中人物自己对它们往往是浑然不觉的。尽管他们是纯朴的农民,我们却不得不让他们面对最重大的命运和问题。因此经常让人觉得哈代小说中最重要的人物是那些没有名字的人。这种能力,这种好奇的玄想,在夏洛蒂·勃朗特那里是找不到的。她不企图解决人生的问题;她甚至未意识到这些问题的存在;她所有的力量都体现在几句话中,"我爱","我恨","我痛苦",这力量因为受限制而格外巨大。

自我中心和受自我限制的作家有一种力量,是襟怀更为宽广的作家所没有的。因为他们的印象紧密地压缩在他们狭小的四壁中。从他们思想中流出的东西无不带有他们自己的印记。他们从其他作家那里学到的很少,他们即使采用了也不能吸收。哈代和夏洛蒂·勃朗特的风格都似乎建立在一种拘谨文雅的新闻文体基础之上。他们的散文笨拙生硬。但两人都凭着努力和最固执的诚实,把每个思想一直想到使文字向它屈服,终于形成了自己的文风,能够完整体现他们的思想,而且有一种特有的美、力量和迅捷。至少,夏洛蒂·勃朗特没有什么需要归功于读过很多书。她从来没有学会职业作家的那种流利,也没有学到他们那种随意填充和控制语言的能力。"在与坚强、明智、高雅的头脑交流时(无论其是男是女),我永远不会停步",她像任何地方刊物的主笔那样写道;但随后聚集热情和速度,以她自己真实的声音说"直到我越过了常规保守的外垒,跨过了信任的门槛,在他们心灵的炉床中赢得了一个位置"。她就坐在那里,心灵之火的阵阵红光照亮了她的书页。换句话说,我们读夏洛蒂·勃朗特,不是为了对人物的细致观察——她的人物精力充沛而性格简单,不是为了幽默——她的幽默严峻而粗糙,不是为了对生活的哲学观点——她的是乡村牧师女儿的观点,而是为了她的诗情。也许所有像她这样具有强烈个性的作家都是如此,正如我们在生活中所说,只要打开门就能让人感觉到他。他们有一种未驯服的野性,永远与公认的秩序对抗,使他们渴望立刻创造而不是耐心遵守。这种热情,拒绝半明半暗和其他小障碍,飞越了普通人的日常行为,与他们更难以言喻的激情相联合。它使他们成为诗人,或如果他们选择用散文写作,则使他们不能忍受这文体的限制。因此艾米莉和夏洛蒂都经常求助于自然。她们都感到需要某种比语言或行动更强大的象征,来揭示人性中沉睡的巨大激情。夏洛蒂以对暴风雨的描述作为她最好的小说《维列特》的结尾。"天空黑沉沉的———一艘破船从西边漂来;乌云幻化出奇异的形状。"她用自然来描述一种用其他方式无法表达的精神状态。但是这姐妹俩都没有像多萝茜·华兹华斯那么准确地观察自然,或像丁尼生那么细致地描绘。她们抓住了大自然中最接近她们或是笔下人物的感觉的东西,所以她们笔下的风暴、荒野、夏天可爱的场地,不是用来点缀沉闷文章或显示作者观察力的装饰品——而是带有感情和照亮全书的意义。

一本书的意义往往与发生的事情和说的话相距甚远,而在于本身各不相同的事物对于作者来说具有的联系,因此必然很难把握。尤其是如果作者像勃朗特姐妹那样富有诗人的气质,他所表达的意义与所用语言密不可分,它本身不是一种观察而是一种情绪。《呼啸山庄》比《简·爱》难懂一些,因为艾米莉的诗人气质比夏洛蒂更浓。夏洛蒂写作时,鲜明有力、饱含激情地说出"我爱","我恨","我痛苦"。她的体验虽然更加强烈,但还是与我们共同的。但在《呼啸山庄》中却没有"我",没有家庭教师,没有雇主,有爱情,但不是男女之爱。艾米莉的灵感来自更笼统的概念。促使她创造的冲动不是她自身的痛苦或伤害。她看到一个杂乱无章的世界,感到自己有能力在书中把它统一起来。在小说全篇都能感受到这个雄心大志——一种虽遭到部分挫折,但坚定不移的努力,不仅仅说"我爱","我恨","我痛苦",而是说"我们,整个人类"和"你们,外部力量……",句子没有结束。这并不奇怪,令人惊奇的是她能让我们感到她心里要说什么。它在凯瑟琳·恩肖那表达不十分清楚的话语中激荡,"如果其他一切都死了,而他活着,我还能活下去;如果其他一切都在,而他死了,整个宇宙会变得那么陌生,我会觉得不再是它的一部分。"它在面对死者时再次涌现,"我看到一种人间或地狱都无法打破的安详,我感到那无穷无尽、没有阴影的死后生活——他们进入的永恒世界,那里生命无限长久,爱情无限深挚,欢乐无限丰富。"作者暗示了人性表现之下的力量,并把它们提升到伟大,正是这种暗示使该书在其他小说中具有崇高的境界,但对艾米莉·勃朗特来说,写几篇抒情诗,呼喊一声,表述一个信条是不够的。在她的诗里她这样做了,她的诗也许比她的小说生命力更长久。但她不仅是诗人,还是小说家。她必须承担一种更吃力而不讨好的工作。她必须面对其他存在的事实,抓住外部事物的机制,以可辨认的形状塑造出农场和房屋,转述独立于她而存在的男人和女人的语言,因此,我们达到这些感情的高峰,不是通过热烈的诗文,而是通过听一个女孩坐在树枝上摇晃着身体哼唱古老的歌曲;看野地里羊儿吃草;听轻风吹过草地。这个农场的生活及其所有的荒诞性和不可能性都展现在我们眼前。我们有一切机会将《呼啸山庄》与真实的农场,将希思克利夫与真实的人做比较。我们可以问,在与我们了解的自己如此不同的男人和女人身上,怎么可能有真实性、洞察力和细腻的感情呢?但就在提问的同时,我们从希思克利夫身上看到了一位天才的姊妹可能看到的东西;我们说他是不可能存在的,因为文学中没有哪个男孩具有他这样鲜活的生命。两位凯瑟琳也是这样,我们说女人永远不会有她们那样的感觉,她们那样的行为;可她们仍然是英国小说中最可爱的女人。她似乎能够把我们借以了解人类的东西统统撕掉,在这些不可识别的透明体中注入一股如此强烈的生命,使之超越了现实。因此,她的天才是一种最罕见的能力。她能够使生命摆脱对事实的依赖;寥寥数笔就画出一张面孔的灵魂,从而不需要有身体;一说荒野就能使狂风呼啸,电闪雷鸣。

乔治·爱略特[*]

专心阅读乔治·爱略特,就是发现我们对她了解得多么少,也是认识到我们(不能说是很有眼光)的轻信,我们半自觉并有几分恶意地接受了维多利亚时代晚期的说法,把她看成一位受骗的女人,对比她受骗更厉害的人们有虚幻的影响力。难以确定她的魔力是在什么时候,以什么方式被打破的。有些人说是因为她的《人生》一书的出版,也许乔治·梅瑞狄斯关于"善变的戏子"和台上"不规矩的女人"的说法,给许多人喜欢放的乱箭加上了箭头和毒药。她成为年轻人嘲笑的对象,以及一批犯了同样的偶像崇拜错误,可一概予以轻蔑的严肃的人们的象征。阿克顿爵士[①]说过她比但丁更伟大;赫伯特·斯宾塞[②]在禁止伦敦图书馆收藏一切小说时,把她的小说排除在外,仿佛它们不是小说似的。她是女性的骄傲和模范。而且,她的私人记录并不比她的公共记录更吸引人。描述在小修道院度过的一个下午

---

[*] 爱略特(1819—1880),英国作家,其小说大都描述十九世纪现实主义传统,作品有《亚当·比德》《织工马南》和她的杰作《米德尔马契》等。

[①] 阿克顿(1834—1902),英国历史学家,提倡基督自由伦理观,晚年主编《剑桥近代史》。

[②] 斯宾塞(1820—1903),英国哲学家,试图在其系列论著《合成哲学》中将进化论运用于哲学及伦理学。

时,讲故事者总是暗示,那些严肃的礼拜日下午的记忆使他的幽默感发痒。他被那位坐在矮椅子里的严肃的女士吓得够呛;一心想说些聪明的话。当然,谈话非常严肃,那位伟大的小说家字迹清秀的笔记可以证明。日期是星期一早晨,她责备自己没有想好就谈论马里沃①,其实她想谈的是另一位;但她说,听者无疑已经予以纠正了。然而,在一个星期日的下午与乔治·爱略特谈论马里沃,算不上是浪漫的回忆。它随着年深日久而褪色,没有变得美丽动人。

我们不能不相信,那张凝重的长脸,带着严肃、阴沉、几乎像马的力量,已经在记得乔治·爱略特的人心中留下了压抑的印记,以至于他们能从她的书页中看到它。戈斯先生②最近描写他看到她乘一辆四轮折篷马车穿过伦敦的情景:

> 一位高大结实的女巫,神情恍惚,不可动摇,她那庄严的面孔,从侧面看有点冷酷,不协调地戴了一顶帽子,永远是巴黎流行的高度,在那些日子里一般包括一根巨大的鸵鸟毛。

里奇夫人以同样的技巧留下了一幅更近距离的室内肖像:

> 她坐在炉边,穿着一件美丽的缎子长袍,旁边桌子上有一盏绿罩子的台灯,我看见桌上有着德文书、小册子和象牙色的裁纸刀。她非常安静高贵,一双坚定的小眼睛和悦耳的嗓音。看着她时,我感到她是一位朋友,不完全是私人的

---

① 马里沃(1688—1763),法国戏剧家、小说家,以其精妙的浪漫喜剧闻名,作品包括《爱情与偶遇的游戏》《玛利安的一生》。

② 戈斯(1849—1928),英国文学史家、评论家、翻译家,翻译易卜生及其欧洲大陆作家的作品,主要著作有《英国现代文学史》《十八世纪文学史》。

朋友,而是一个慈善的推动力。

她的谈话有一小段保留下来。"我们应当重视自己的影响,"她说,"我们从经验中知道,别人对我们生活的影响有多大,所以必须记住,我们对别人肯定也有同样的影响。"可以想象,将这话小心珍藏,存入记忆的人,在三十年之后回想这一幕,重复这几句话,突然第一次大笑起来。

在所有这些记录中,我们感到记录者即使是在当面,也保持距离和冷静,在以后阅读她的小说时,眼前从来没有一个生动的、费解的或美丽的人格令他目眩。在如此揭示个性的小说艺术中,没有魅力是一个很大的缺陷;她的批评者们(也许是半自觉地)怨恨她缺少一种对女人来说至关重要的性质,当然,这些批评者大多是男性。乔治·爱略特不迷人;她女人味不强;她也没有那种古怪多变的脾气,这脾气使许多艺术家像孩子一般单纯可爱。我们感到她对大多数人来说,就像对里奇女士一样,"不完全是私人的朋友,而是一个慈善的推动力。"但如果更仔细地审视一下,我们会发现这些肖像描绘的都是一位上了年纪的名女人,穿着黑色绸缎,乘着她的四轮折篷马车,一位已经奋斗出来的女人,深深希望对他人有益,但除了那一小群了解她青年时代的人之外,不希望与他人亲密接触。我们对她的青年时代知之甚少,但我们知道她的文化、哲学、名声和影响都是在一个非常卑微的基础之上建立起来的——她的祖父是个木匠。

她的人生第一卷是异乎寻常的压抑。我们看到她挣扎奋斗,从狭隘的小地方那种难以忍受的无聊中摆脱出来(她父亲社会地位高了一些,更接近中产阶级,但不那么有情调),成为知识性很强的《伦敦评论》的助理编辑,赫伯特·斯宾塞敬重的同伴。克罗斯先生迫使她讲述自己的故事时,那忧伤的独白揭示出痛苦的历程。在年轻时显示出"肯定不久就会搞出某种服装俱乐部之类的东西",她随后通过绘制教会历史图表,为修复教堂筹款;后来失去信仰,她父亲对此非常恼火,拒绝和她住在一起。然后是翻译施特劳斯①的苦差事,它本身十分沉闷和"麻木灵魂",而管理家务,照顾弥留的父亲这些女子通常的工作也不可能使之轻快一些,另外,作为一个如此重感情的人,她痛苦地发现,当女学者使她失去了弟弟的尊敬。她说,"我常常像猫头鹰那样活动,令我弟弟非常反感。""可怜的人儿,"一位看到她面前摆着耶稣复活的雕像,辛苦翻译施特劳斯的友人说,"我有时真的可怜她,脸色苍白憔悴,头痛得那么厉害,还要操心她的父亲。"可是,尽管我们读这个故事时不禁强烈希望她的人生历程即便不能轻松些,至少能够美丽一些,但她朝文化的城堡前进的步伐中有一种顽强的决心,使之超越了我们的怜悯。她的发展是缓慢而笨拙的,但其背后有一种不可抵挡的推动力,那就是坚定高尚的抱负。所有障碍最终都被她排除。她认识所有的人,阅读所有的文章。她那惊人的思维活力取得了胜利。青春过去了,但青春充满了苦难。在三十五岁,能力鼎盛、完全自由的她做出了一个对她至关重要,甚至对我们也仍具有重要性的决定,她一个人跟乔治·亨利·刘易斯②去了魏玛。

她婚后不久问世的几本书充分证实了个人幸福给她带来的巨大解放。它们本身为我们提供了丰富的享受,然而在她文学生涯的开端我们可以发现,在她生活环境中有某些影响使她的

① 施特劳斯(1808—1874),德国神学家,在《圣经》研究中使用了黑格尔哲学,著《耶稣传》。

② 刘易斯(1817—1878),英国哲学家和文学评论家,曾是《评论双周刊》的首任编辑,著有《歌德的生平与著作》《海滨研究》《生活与思想问题》等。

思想离开自己和现在,回到过去,回到乡村,回到童年记忆的宁静、美丽和单纯。我们明白为什么她的第一本书是《教区生活场景》而不是《米德尔马契》。她与刘易斯的结合使她被爱情包围,但从环境和习俗看,它也使她与外界隔绝。她于一八五七年写道,"我希望大家理解,我将不会邀请任何人来看我,除非他本人提出要求。"后来她说,她被"与所谓的世界隔绝了",但她并不后悔。这样先是被环境,后来(不可避免地)被她的名气而隔离出来,她失去了不引人注目地与其他人平等相处的能力;这损失对小说家来说是严重的。但是,沐浴在《教区生活场景》的阳光中,感觉到宽广成熟的心灵在她"遥远的过去"的世界中舒展,有一种无比舒适的自由感,说损失似乎不适当。任何东西对这样一个心灵来说都是有益的。所有经历通过一层层的感觉和思想过滤,给心灵以滋养。如要依据我们对她生活的点滴了解来描述她对小说的态度,我们最多可以说,她记住了一些通常不会那么早学到(如果有人学到的话)的教训。也许其中对她烙印最深的是"容忍"这一忧郁的美德;她同情平常人的命运,最擅长描述普通的快乐和悲伤。她没有那种强烈的浪漫,感觉到自己的个性,未曾满足或减弱,在世界的黑暗背景上刻出它鲜明的形象。与简·爱那热烈的自我相比,一个讨厌的老教士的爱情和悲哀算得了什么?《教区生活场景》《亚当·比德》《弗洛斯河上的磨坊》这些早期作品是非常优美的。无法估量泼伊塞、多德森、吉尔菲尔、巴顿等几家人及其周围环境和事物的价值,因为他们有血有肉,我们在他们中间走动,有时厌烦,有时同情,但总是不加质疑地接受他们说的和做的一切,这是对伟大的原作才会有的。她那么自然地在一个个人物和场景中注入大量回忆和幽默,直到整个古代英国农村复活过来,这过程与自然过程如此相似,以至于我们意识不到其中有什么可批评的东西。我们欣然接受;我们感觉到只有伟大作家才能带给我们的那种灵魂的温暖与解放。多年之后再重读这些书,它们依然倾泻出同样的光和热(甚至出乎我们的意料),我们只想慵懒地沐浴在它的温暖中,就像沐浴在从果园红墙上照射下来的阳光中一样。如果说像这样接受英格兰中部农民和农妇的幽默,有一种不假思索的放纵,那么在这种情况下也是对的。我们不想分析我们觉得如此博大、如此富有人性的东西。考虑到谢泼顿和黑斯洛普的世界距现在多么遥远,农民和农业工人与乔治·爱略特的大部分读者的思想距离多么遥远,我们只能说,我们能够如此轻松愉快地从住宅逛到铁匠铺,从农舍客厅逛到神父家的花园,是因为乔治·爱略特让我们不是以屈尊或是好奇的态度,而是以同情的态度去分享他们的生活。她不是讽刺作家。她的思想太缓慢,不适合于喜剧的俏皮。但她能捧起一大把人性的要素,用宽容和健康的理解将他们松散地组合在一起,我们在重读时发现,这不仅使她的人物鲜活自由,而且使他们对我们的眼泪与欢笑有一种意想不到的支配力。例如著名的泼伊塞夫人。很容易对她的特性描写过度,事实上,也许乔治·爱略特在同一个地方笑得太多了点。但是,合上书之后,就像在生活中有时候那样,被更显著的特征掩盖而在当时未引起我们注意的那些细微之处,会在记忆中浮现出来。我们记起她的身体不好。有些场合她什么也没说。她在照顾病孩时是耐心的化身。她溺爱托蒂。对乔治·爱略特的大部分人物我们都可以这样回味沉思,即使在最不重要的人物身上,也会发现有很大的空间,隐藏着那些她不需要点明的特点。

但是在所有这些宽容和同情中,即使是在早期作品里,也有一些强调更多的时刻。她的幽默感足够广泛,能描写各种各样的蠢人和失败者、母亲和孩子、狗和繁茂的英格兰中部土地、精明的或是喝得烂醉的农民、马贩子、客栈老板、副牧师和木匠。他们都笼罩着一种浪漫,乔治·爱略特允许自己表现的唯一一种浪漫——昔日的浪漫。这些作品具有惊人的可读性,没有任何夸大做作的痕迹。但看多了她的早期作品的读者会发现,回忆的薄雾渐渐退去。不是她的才华减少了,因为在我们看来,它在成熟之作《米德尔马契》中才达到最高峰,这部辉煌的作品尽管有这样那样的缺陷,但却是少数几部为成人写的英国小说之一。田野和农庄的世界不再能使她满足。在现实生活中她在别处寻找过幸福;尽管回顾过去能给人以平静和安慰,但就是在早期作品中也能看出一个不安的灵魂,一个苛求的、追问的、困惑的生命,那就是乔治·爱略特本人。《亚当·比德》的黛娜身上有她的痕迹。在《弗洛斯河上的磨坊》中的玛吉身上体现得更加明显和完全。她是《珍妮特的忏悔》中的珍妮特,是罗莫拉,是寻求智慧,而在与拉迪斯洛的婚姻中发现人们多么无知的多萝西娅。我们猜想,那些对乔治·爱略特反感的人是因为她的女主人公;这是有道理的;她们无疑显出了她最糟糕的一面,把她带入困难的处境,使她不自然,常常说教,有时还显得粗俗。但如果你删去所有的姐妹,剩下的将是一个小得多、逊色得多的世界,尽管在艺术上更加完美,愉快舒服得多。在解释她的失败时(如果这算是失败的话),我们想起她三十七岁才开始写小说,而三十七岁时,她对自己的看法已经混杂着痛苦和有点像怨恨的东西。很长时间里她宁愿不想自己。然后,当第一阵创作能量耗尽,自信心树立之后,她越来越多地从个人观点来写作,但是她没有年轻人那种自由恣肆。当她的女主人公说出她本人会说的话时,她的自我意识总是很明显。她尽可能加以掩饰。她让女主人公拥有美貌和财产;她还更不切实际地让她们爱好白兰地。但是恼人的事实仍然存在:她的才华迫使她亲自踏进那宁静的田园场景。

那位坚持降生在"弗洛斯河上的磨坊"中的高贵美丽的女孩便是最明显的例子,证明一位女主人公怎样把小说搅得一塌糊涂。当她年纪还小,跟吉卜赛人出走或往洋娃娃身上钉钉子就可以满足时,幽默感控制着她,使她保持可爱;可是她要长大;乔治·爱略特还没弄清是怎么回事,手里已经有了一位发育成熟的女人,需要的是吉卜赛人、洋娃娃和圣奥格本身都无法提供的东西。首先提供了菲利普·维克姆,然后是斯蒂芬·格斯特。人们常常指出他们一个虚弱,一个粗糙;但这两人的虚弱和粗糙与其说证明乔治·爱略特不善于描写男人,不如说显示了当她不得不为女主人公创造一个合适的伴侣时,使她手指发颤的那种笨拙、虚弱和没把握。首先,她被赶出她熟悉和喜爱的家庭世界,被迫走进中产阶级的客厅,那里年轻男士们在夏天唱歌唱一上午,年轻女士们坐着为工艺品店绣吸烟帽。她觉得格格不入,她对她所谓的"上流社会"的笨拙讽刺便是证明。

> 上流社会有红葡萄酒和天鹅绒地毯,有预约六星期的宴会,有仙境般的舞厅……有法拉第先生为它搞科研,有要在最好的房子里会见的高级牧师为它做礼拜;它怎么会需要信仰和重点呢?

这里没有丝毫幽默或精辟见解,只有一种怨恨的报复,我们觉得这怨恨的起源是私人的。我们社会制度的复杂性给小说家带来了很大的难题,要求他们的同情和洞察力跨越界限。但是,玛吉·塔利文不仅是把乔治·爱略特脱离了她的自然环境,她还坚持要求加入重要的感情戏。她必须恋爱;她必须绝望;她必须抱着她的哥哥淹死。我们越多读那些重要的感情戏,就越紧张地担心那乌云的酝酿和聚集,在紧要关头用冗长的败笔把我们浇个透心凉。一方面由于她对不是方言的对话掌握得不好;另一方面她仿佛像上年纪的人害怕疲劳,不敢付出强烈的感情。她让女主人公说得太多。她很少妙语。她缺少那种正确无误的判断力,不能选择一句话,将整场戏的核心浓缩在里面。"你打算和谁跳舞?"在威斯顿家的舞会上,奈特利先生问道。"和你,如果你邀请我的话。"爱玛说。这就足够了。卡索本夫人会说上一个小时,我们只好看着窗外。

但若毫不怜悯地排除那些女主人公,将乔治·爱略特限于她那"遥远的过去"的农村世界,就不仅削弱了她的伟大,而且失去了她真正的风味。对她的伟大我们无可怀疑。画面的宽广、大轮廓的鲜明,早期作品的红润光泽、后期作品那探究的力量和思考的丰富,令我们流连忘返。但我们最后一眼看到的是女主人公。"我从小时候起就一直在寻找我的宗教。"多萝西娅·卡索本说,"我以前经常祷告——现在我几乎从不祷告。我想有不只是为了自己的渴望……"她的话代表了她们全体。这就是她们的问题。她们生活中不能没有宗教,当她们还是小姑娘时就开始寻找一个宗教。每一位都有女性对善良的热爱,这使得她带着热望和痛苦站立的地方成为全书的中心——像宗教场所那样寂静清幽,但她不再知道该向谁祈祷。在学习中,在女人的普通工作中,在对同类的更广泛的服务中,她们寻求着自己的目标。然而她们没有找到,这并不奇怪。女性古老的意识,充满苦难和敏感,沉寂了那么多世纪,在她们身上似乎满溢出来,要求得到某种东西——她们也不清楚是什么,也许是某种与人类生存不相容的东西。乔治·爱略特的聪明使她不会去干扰那些事实,她的幽默感也使她不会去缓和严酷的真相。对她的女主人公来说,除了她们表现出的极大勇气之外,这场奋斗以悲剧而告终。但她们的故事是乔治·爱略特本人经历的不完全的版本。对她来说,女人的负担和复杂性也是不够的;她必须到庇护所之外去为自己摘取那奇异鲜艳的艺术和知识的果实。没有几个女人像她那样拥抱过它们,但她不愿放弃自己的遗传——观点的不同,标准的不同,也不愿接受不相称的报酬。因此我们看到她,一个令人难忘的人物,受到过度的赞誉,对她的名声感到畏缩,消沉,保守,战栗地躲进爱情的怀抱,仿佛在那里才能得到满足(也许还有辩护),但同时又带着"讲究而饥渴的抱负"伸出手去够取生活能够向自由与探索的心灵提供的一切,使她女性的渴望与现实的男人世界相对抗。她的奋斗是胜利的,不管对她笔下的人物来说如何。回想她所有的大胆尝试和成就,回想她怎样克服一切障碍——性别、身体和习俗方面的障碍,顽强追求更多的知识和自由,直到身体在双重负荷下彻底垮掉。我们应当在她的墓前献上我们能够提供的所有桂冠与玫瑰。

俄国人的角度

　　法国人和美国人与我们有这么多共同点，我们还经常怀疑他们能否理解英国文学。那么，必须承认，英国人能否理解俄国文学就更加令人怀疑，尽管英国人对俄国文学如此热衷。关于"理解"的定义争论起来可以没完没了。人们可以举出例子，尤其是那些美国作家，他们对英国文学和英国人做过极有见地的论述，他们在我们中间生活了一辈子，最后通过法律手续成为乔治国王的子民。尽管如此，但他们理解我们了吗，他们不是直到最后都还是外国人吗？看亨利·詹姆斯的小说，谁能相信作者是在他描述的社会里长大的，看他对英国作家的批评，谁能相信评论者在阅读莎士比亚时，没有感到他的文明和我们的文明之间隔着大西洋和两三百年的时间？外国人往往有一种特殊的尖锐和超脱，有敏锐的视角，但没有那种全不自觉，那种轻松和认同，那种亲切、健全和无隔阂的快速交流。

　　我们不仅与俄国文学有这些距离，还有一个严重得多的障碍——语言的不同。过去二十年内捧读托尔斯泰、陀思妥耶夫斯基和契诃夫的所有人中，也许只有一两个人能读俄文原著。我们对这些作品的评价是受那些从来没有读过一句俄文，没有见过俄国，甚至没有听过俄国人讲话的批评家们的影响，他们也必须盲目地依赖翻译。

如此说来，我们鉴赏的是一整批失去了原来风格的文学作品。当你把一句话中的每个单词从俄文翻译成英文后，意义改变了一些，声音、分量和词语之间的相对重要性则完全改变了，剩下的只是原来意义的一个粗糙的翻版。经这样处理之后，伟大的俄国作家们就像在一场地震或铁路事故中不仅丢掉了所有的衣服，而且丢掉了更微妙更重要的东西——他们的风格，他们的个性特点。剩下来的是非常有力、非常感人的东西，英国人的狂热崇拜便是证明，但鉴于上述损失，我们很难确信自己没有主观想象、曲解，或在这些作品中读出错误的重点。

我们说他们在某种可怕的灾难中丢掉了衣服，从一方面来说，这个比喻指的是俄国文学让我们感到的那种朴素和人性，仿佛惊骇中脱去了所有掩饰和伪装，无论这是由于翻译，还是有更深刻的原因。我们发现他们浸透了这些特点，在次要作家和伟大作家的身上同样明显。"学会使自己跟人接近。我甚至想补充说，使你对他们来说不可或缺。但不要用头脑去同情——因为用头脑是容易的，要用心灵去同情，带着对他们的爱。"看到这个句子，我们立刻会说"俄国人写的"。朴素，不加雕饰，认为在这个充满苦难的世界上，我们的首要任务是理解我们苦难的同伴，"不要用头脑去同情——因为用头脑是容易的，要用心灵去同情"——这就是笼罩在全部俄国文学上的云霭，它诱惑我们离开自己的炎炎烈日和焦干的大道，到它的阴影中舒展一下——结果当然是灾难性的。我们变得笨拙而不自然；我们否定自己的特点，做作地模仿善良和朴素，让人觉得极其肉麻。我们不能信仰单纯地说出"兄弟"一词。高尔斯华绥的一个故事中，有一人这样称呼另一个人（两人都穷困潦倒），故事立刻显得矫饰和不自然。英文中与"兄弟"对等的是"伙伴"——这是个完全不同的词，带有某种嘲讽的意味，某种难以描述的幽默暗示。我们相信，尽管是在穷困潦倒时相遇，两位这样相互称呼的英国人肯定会找到工作，晚年生活豪华，并留下一笔钱防止穷鬼们在堤岸上以"兄弟"相称。但兄弟情谊产生的基础是共同的苦难，而不是共同的幸福、努力或愿望。是哈格伯格·莱特博士认为俄国人特有的那种"深深的悲哀"造就了他们的文学。

当然，这种概括即使对整个国家的文学来说有一定的正确性，但一到天才作家那里马上就会有深刻的变化。其他问题立刻出现。我们看到"态度"并不是单纯的，而是极其复杂。丢掉衣服和风格，被铁路事故惊呆的人们会说粗鲁的话，严厉的话，不愉快的话，别扭的话，即使他们说的时候都带着灾祸造成的放肆和直率。我们对契诃夫的第一印象不是单纯而是迷惑。这有什么意义，他为什么要写这种故事？我们在读一个个故事时发问。一个男人爱上了一位有夫之妇，他们分别又相遇，结尾是两人在一起谈论他们的处境，以及怎样才能摆脱"这种难以忍受的束缚"。

"'怎么办？怎么办？'他抱着头问道……仿佛再过一会儿就会找到答案，美好的新生活即将开始。"故事到此为止。一位邮差用邮车捎一个学生去火车站，学生一路上想方设法引邮差说话，但他总是沉默。突然邮差出人意料地说："让人搭邮车是违反规定的。"他在站台上走来走去，一脸的怒气。"他生谁的气呢？是他人，还是贫穷，还是秋天的夜晚？"故事又到此为止。

但这就是结尾吗？我们问。我们觉得跑过了路标；或好像还没有听到预期的结束音，乐曲就戛然而止。我们说这些故事没有结局，并且根据故事应当有某种我们看得出的结局的观念对其加以批评。这样做的时候,我们就对自己作为读者的称职性提出了疑问。当调子熟悉,结尾明显(像大部分维多利亚时代的小说里那样,恋人团聚,坏人受挫,阴谋被揭穿)时,我们是不会弄错的。但当调子陌生,结尾是一个问号,或只是写到他们继续谈话,像契诃夫小说中那样,我们就需要有非常敏锐和不寻常的文学鉴赏力,才能听懂它的调子,尤其是那些完成和声的最后音符。也许我们需要读许多作品后才能感觉抓住了整体,感觉契诃夫不是散漫地乱写,这个音符、那个音符都是有用意的,是为了完整表达他的含意。这种整体感对我们能否获得满足至关重要。

我们必须仔细搜寻这些奇怪的故事的重点到底在哪里。契诃夫本人的话给了我们一点线索。"……对我们的父母来说,像我们之间这样的对话是不可想象的。他们夜里不聊天,一觉睡到天亮;我们这一代人睡眠不好,躁动不安,聊得很多,总是试图弄明白我们对不对。"我们关于社会讽刺和心理剖析的文学都是从这种难眠,这种不断的谈话中产生的;不过,契诃夫与亨利·詹姆斯,契诃夫与萧伯纳之间毕竟有巨大的差异。显而易见——但它是从哪里来的?契诃夫也了解社会中的罪恶与不公;农民的处境令他震惊,但他没有改革家的热情——那不是让我们停下的信号。他对心灵有极大的兴趣;他是人际关系的最细致入微的分析家。但还不是;终点不在那里。能否说他最感兴趣的不是灵魂与其他灵魂的关系,而是灵魂与健康的关系——灵魂与善的关系?那些故事总是让我们看到一些矫饰、做作、不真诚。某个女人陷入了虚假的关系,某个男人在非人环境下堕落变态。灵魂有病,灵魂被治愈,灵魂未被治愈。这些才是他的故事的重点。

当眼睛适应了这些阴影之后，小说的"结局"有一半都烟消云散；它们像后面有灯光照着的花玻璃一样——华丽，耀眼，浅薄。最后一章的大结局，结婚，死亡，如此洪亮地宣扬、如此醒目地划出的价值观，变成了最初级的东西。我们觉得什么也没有解决；什么都没抓对。相反，一开始看上去那么随便，没有结果，尽写琐事的方法，现在看来却是出于非常独到和讲究的品位，大胆选择，准确无误地安排，由一种只有在俄国人中才能找到的诚实加以控制。这些问题也许没有答案，但让我们不要篡改事实来制造某种适宜、美观，满足我们虚荣心的东西。这也许不是博得听众的办法；毕竟，他们习惯了更响亮的音乐，更强烈的节拍；但是曲调既是这样的，他就这样写了。结果，当我们阅读这些什么也没讲的小故事时，视野变得开阔，灵魂获得了惊人的自由感。

读契诃夫时，我们发现自己不断地念到"灵魂"这个字眼。它散布在书页间。一个老酒鬼多次使用它："……你的职位很高，高不可攀，可是你没有真正的灵魂，我亲爱的孩子……它里面没有力量。"的确，灵魂是俄国小说的主要特点。在契诃夫的作品中精细微妙，可以有无数种的幽默和病态。在陀思妥耶夫斯基的作品中则更深邃博大，易患上暴烈的疾病和狂热，但仍然是首要问题。也许正是因为这个原因，英国读者需要用很大的努力才能把《卡拉马佐夫兄弟》或《群魔》读第二遍。"灵魂"对他们来说是陌生的，甚至是有些讨厌的。它很少幽默，没有诙谐。它没有形状。它与智力只有微小的联系。它混乱、散漫、狂暴，似乎不能服从于逻辑的控制或诗歌的约束。陀思妥耶夫斯基的小说是翻腾的漩涡，盘旋的沙暴，嘶嘶沸腾的喷水口，要把我们吸进去。它们纯粹是由灵魂的成分组成。我们不由自主地被吸了进去，旋转、盲目、窒息，但同时有一种晕眩的狂喜。除莎士比亚之外，没有比这更激动人心的作品。我们打开门，看到一间屋子，里面有俄国将军、俄国将军的辅导、他们的继女、表兄妹和许多形形色色的人，每个人都在高声谈论他们最隐私的事情。但我们在哪里？当然应当由小说家告诉我们是在饭店、公寓，还是出租的房间。没有人想到去解释。我们是灵魂，受折磨的、不快乐的灵魂，其唯一的任务就是说话，揭示，承认，不惜撕裂皮肉神经，挖出我们心底沙土上蠕动的那些罪过。但是，听着听着，我们的困惑逐渐解开。上面扔来一根绳子；我们抓到了一段独白，拼命抓住它，被带着急速穿过激流，我们兴奋地，狂热地疾驰，忽而被淹没，忽而眼前一亮，理解到以前从不理解的东西，得到只有在最充分的生活压力下才会获得的启示。在飞驰中我们看到了一切——人物的名字、相互关系，他们待在卢列腾堡的饭店中，波琳娜和德·格里叶伯爵密谋——但这些与灵魂相比是多么不重要！重要的是灵魂，它的激情，它的骚动，它那美与丑的惊人混合。如果我们忽然高叫或大笑，或激动地哭泣，这不是再自然不过的吗？——几乎不用说。我们生活的速度这么快，飞驰的轮子上肯定会擦出火花。而且，当速度这样提高，灵魂的成分不是像我们英国人较为迟钝的脑子构思的那样，散见于幽默或激情的片段，而是斑驳复杂，难解难分，展现了人的心灵的新全景，旧的分界相互交融。人们既是坏人又是圣徒；他们的行为既美好又可鄙。我们既爱又恨。我们习惯的好与坏的明确区别不复存在。我们最喜爱的人往往是最大的罪犯。罪孽最深者让我们感到最强烈的钦佩和热爱。

　　一会儿被抛到浪尖，一会儿撞到水底的岩石，英国读者很难感到轻松。他在本国文学中所熟悉的过程是保守的。如果我们想要写一位将军的风流韵事(我们首先会发现很难不去嘲笑一位将军),就会先写他的房子,把他的周围环境写实。只有当一切具备时,我们才会去写将军本人。另外,英国普遍的不是萨马瓦尔①而是茶壶;时间有限,空间拥挤;其他观点、其他书籍,甚至其他时代的影响反映出来。社会被分成上、中、下层阶级,每个阶级有自己的传统、习惯,一定程度上还有自己的语言。无论他是否愿意,英国小说家总感到有压力要他承认这些障碍,结果便给他强加了秩序和某种形式;他倾向于讽刺而不是同情,倾向于研究社会而不是理解个人。

陀思妥耶夫斯基则没有这些限制。无论你是高贵还是朴素,是流浪者还是贵妇人,对他都是一样的。无论你是谁,你都是这种复杂的液体,这种浑浊的、动荡的、珍贵的东西——灵魂的容器。灵魂是不受障碍限制的。它流溢、泛滥,与他人的灵魂相混合。没等我们反应过来,一位买不起葡萄酒的银行职员的简单故事就扩大到他岳父和被他岳父虐待的五个情妇的生活,邮差的生活,女佣的生活,住在同一座公寓里的贵妇人们的生活;因为什么也不在陀思妥耶夫斯基的领域之外;当他疲倦的时候,他不是停止,而是继续。他不能克制自己。它倾泻出来,滚烫,炽热,混杂,绝妙,可怕,压抑——人的灵魂。

还剩下那位最伟大的小说家——我们对《战争与和平》的作者还能有什么别的称呼呢?我们会觉得托尔斯泰像外国人那样陌生、难懂吗?他的视角中是否有些奇特之处,在我们成为其信徒,失去自己的方向之前,一直使我们保持距离,怀疑和迷惑?从他的开头几句话,我们至少可以肯定一点——这里有个人的

①　俄国式茶炊。

观察方式跟我们一样,他像我们习惯的那样,不是由内到外,而是由外到内。这里有个世界,邮差的敲门声在八点听到,人们在十点和十一点之间上床睡觉。这里有个人,他不是野人,不是自然之子,而是受过教育,有过各种经历的人。他是那种天生的贵族,充分利用了自己的优越性。他是大城市的,而不是郊区的。他的感官、他的智力非常敏锐,强大,并且得到很好的滋养。在这样一个头脑和身体对生活的感受中有一种骄傲和完美。似乎什么也逃不过他。没有什么掠过他而不被记录。因此,没有人能如此精确地传达运动的兴奋、骏马的美以及世界上所有强烈愿望对一位强壮的青年的感官的影响。每根树枝、每片羽毛都吸附到他的磁体上。他注意到儿童外衣上的蓝色或红色,马摆尾巴的方式,咳嗽声,一个人想把手插进缝死的衣兜里的动作。他锐利无误的眼睛报告的咳嗽或手的动作细节,被他锐利无误的大脑归诸性格中隐藏的某种东西。因此我们了解他的人物,不仅是通过他们爱的方式,或对政治和灵魂不灭的观点,而且通过他们打喷嚏或哽塞的动作。即使在译文中,我们也能感到像被放在山顶,手里拿到一副望远镜。一切都惊人地清晰和鲜明。在我们心旷神怡,深深呼吸,感到精神振作和被净化时,画面中某个细节——也许是一个人的头部突然令人吃惊地向我们靠近,仿佛是因其强烈的生命力而凸现出来。"突然发生了一件奇怪的事情:先是周围的东西从我眼中消失;接着他的脸似乎也消失了,只剩下一双眼睛,炯炯地照射着我的双眼;然后这双眼睛好像到了我自己的脑子里,然后是一片混乱——我什么也看不见了,不得不闭上眼睛,想从他的目光给我带来的欢乐和恐惧中挣脱出来……"我们一次次地体会到《家庭幸福》中玛莎的这种感觉。闭上眼睛逃避既欢乐又恐惧的感觉,而往往是欢乐居

357

多。在这个故事中有两段描述,一段写一个姑娘夜间与情人在花园中散步,另一段写一对新婚夫妇在客厅轻快踱步,它们表现了极度的幸福感,以至我们要合上书去更好地体会。但里面总有一些恐惧,使我们像玛莎那样,想从托尔斯泰的目光中摆脱出来。是不是因为(像在现实生活中会有的那样)感到他描写的这种幸福太强烈而不会长久,感到我们处在灾难的边缘? 还是我们快乐的强度有些可疑,使我们像《克莱采奏鸣曲》中的波兹内舍夫那样发问,"但为什么要生活呢?"生命支配着托尔斯泰,就像灵魂支配着陀思妥耶夫斯基一样。在所有鲜艳夺目的花瓣中心伏着这只蝎子——"为什么生活?"书中总有某个奥列宁、皮埃尔或列文,集所有经历于一身,把世界放在手上把玩,即使在享受这些的时候,他也不停地询问这有什么意义,我们的目的是什么。最有效地粉碎我们欲望的不是牧师,而是了解并迷恋过这些欲望的人。当他嘲笑它们的时候,世界真正在我们脚下变成灰烬。因此我们的快乐中夹杂着恐惧,在三位伟大的俄国作家中,托尔斯泰最令我们着迷,也最令我们不快。

但是头脑带着从出生地得来的偏见,毋庸置疑,当它碰到俄国文学这样陌生的东西时,很可能远远偏离实际。

轮　廓

一　米特福德小姐

　　老实说,《玛丽·罗素·米特福德①及其环境》不是一本好书。它既不能开阔思想,又不能净化心灵。书中没有写首相,也没有怎样描写米特福德小姐,不过,既然要说实话,就必须承认有些书可以不用思想也不用心灵来读,而仍能获得相当多的乐趣。一言以蔽之,这些剪贴簿(因为它们很难称得上传记)的最大优点是它们允许谎言。我们不能相信希尔小姐对米特福德小姐的描述,所以我们可以自由地去虚构米特福德小姐。我们决不会责备希尔小姐撒谎,这个缺点完全是我们自己的。例如:"奥雷斯福德是她的出生地,她对自然的热爱鲜有人及,她的作品'散发着种秣草地的气息和山楂树枝的芬芳',似乎给我们送来'成熟的玉米地和雏菊盛开的草甸的清香'。"毫无疑问米特福德小姐是出生在奥雷斯福德,但是,看到这样的描写,我们怀

---

① 米特福德(1787—1855),英国作家,她有关乡村生活的杂志文章收在《我们的村庄》中。

疑她究竟有没有出生。希尔小姐说她确实出生了,生于"一七八七年十二月十六日。'那真是一所可爱的房子,'米特福德小姐写道。'早餐室……是一间高大宽敞的房间。'"所以米特福德小姐出生在早餐室,在一个下雪天的早上,大约是八点半,博士的第二杯和第三杯茶之间。"对不起,"米特福德夫人说,她脸色有点发白,但没有呕吐,一面给她丈夫的茶里加放适量的奶油,"我觉得……"这就是谎言开始的方式。它的方法中有一些似乎可信,甚至是有创造性的东西。例如关于奶油的一笔可以说是有历史根据的,大家知道玛丽中了两万英镑的爱尔兰彩票后,博士把这笔钱全用来买了韦奇伍德装饰陶瓷,中奖号码印在汤盘上一把爱尔兰竖琴中央,顶上是米特福德的手臂,周围是约翰·伯特伦爵士的格言,他是征服者威廉的骑士之一,米特福德家自称是他的后代。"看啊,"谎言说,"博士喝茶时是什么样的神气,而她,可怜的女士,走出房间时怎样努力行屈膝礼。"茶?我想问。因为博士尽管体形很好,但已经脸色紫红,像一只红公鸡,在精细的衬衫褶边上面冒着沫子。"因为女士们已经离开了房间。"谎言开始说道,接下去编造出一堆的假话,只为证明米特福德博士在里丁附近养了一个情妇,并借口投资于德·夏凡纳侯爵发明的照明和供暖方法,给她送钱。最后结果是一样的——进了英国高等法院监狱,但谎言没有让我们回忆那个地方的文学和历史典故,而是走到窗前,说外面还在下雪,这种陈词滥调再次分散了我们的注意力。古代的暴风雪有非常迷人的地方。天气在历史上几乎和人类变化得一样多。那时候的雪比我们的雪形状更规则,而且柔软得多。十八世纪的母牛也不像我们的母牛,而更像伊丽莎白时代草原上的那些艳丽如火的母牛。文学中的这个方面很少引起注意,不容否认,它是有一定重要性的。

我们聪明的年轻人在搞研究时,可以比花一两年时间比较文学中的母牛、文学中的雪、乔叟和考文特瑞·帕特莫尔①诗中的雏菊做得更糟。无论如何,雪下得很大。朴茨茅斯的邮车已经迷失了方向;几艘船只沉没了,马尔盖特的码头被完全摧毁。在哈特菲尔德-佩弗拉尔二十头绵羊被活埋,尽管有一头靠啃近旁的甜菜维持生命,很令人担心法国国王的马车被困在了去柯彻斯特的途中。这已是一八〇八年二月十六日。

可怜的米特福德夫人!二十一年前她离开早餐室,到现在还没有看到她的孩子的消息。就连谎言也有一点害臊,它拾起《玛丽·罗素·米特福德及其环境》,向我们保证只要我们有耐心,一切都会变对的。法国国王的马车在去博金的途中;博金住着查尔斯·默里-爱恩斯利勋爵和夫人;查尔斯勋爵很害羞。查尔斯爵士一向很害羞。玛丽·米特福德五岁时——也就是说在绵羊失踪和法国国王去博金的十六年前,玛丽"跑到他的椅子跟前,把他错当成我爸,窘得他面红耳赤"。他不得不离开房间。奇怪的是,希尔小姐觉得查尔斯勋爵和夫人很有趣,不愿意离开他们,而非要"介绍一件与他们有关的事情,它发生在一八〇八年二月间"。但这跟米特福德小姐有关吗?我们问。因为闲扯必须有个完。在某种程度上,那就是说,查尔斯夫人是米特福德的表亲,而查尔斯勋爵很害羞。谎言很愿意就凭这些条件讲述"那件事情";但是我们重申,我们已经听够了闲扯。米特福德小姐也许不是一个伟大的女人;就我们所知她甚至不是个好女人;但作为评论者我们有一些不应回避的责任。

---

① 帕特莫尔(1823—1896),英国诗人,拉斐尔前派协会成员。他的作品有长诗《家里的天使》《无名的爱神和其他颂歌》等。

首先是英国文学,无论母牛怎样随时代而变化,对自然美的感受从未完全在英国诗歌中消失。不过,在这方面蒲柏和华兹华斯的区别是相当大的。《抒情歌谣》发表于一七九八年;《我们的村庄》发表于一八二四年。前者是韵文,后者是散文体,没有必要费心去加以比较,但这种比较不仅包含公正的成分,而且包含着许多书籍的种子。和她的伟大前辈们一样,米特福德小姐也喜欢乡村甚于城市;因此,或许不妨讲一讲萨克森国王、玛丽·阿宁和鱼龙。且不说玛丽·阿宁和玛丽·米特福德的名字相同,她们之间还有一个联系,不能说是事实,但称之为可能性也许没有危险——米特福德小姐曾在莱姆里吉斯寻找化石,比玛丽·阿宁发现化石只早十五年。萨克森的国王一八四四年到过莱姆,看到玛丽·阿宁窗户里有一枚鱼龙,就叫她驱车去平尼考察岩石。在他们寻找化石时,一位老妇人坐进了国王的马车里——是米特福德小姐吗?真实迫使我们说她不是;但无疑(而且我们不是在闲扯),米特福德小姐多次表示希望认识玛丽·阿宁,非常遗憾的是,我们不得不说她从来没有。我们已经进入一八四四年;玛丽·米特福德五十七岁了,迄今为止,由于谎言及其闲扯的方式,我们对她的全部了解只是她不认识玛丽·阿宁,没有发现鱼龙,没有在暴风雪中外出,也没有见过法国国王。

是时候了,让我们拧住这怪物的脖子,从头开始。

希尔小姐在决定写《玛丽·罗素·米特福德及其环境》时,主要是出于哪些考虑呢?有三条比较突出,可以认为是首要因素。首先,米特福德小姐是一位淑女;其次,她生于一七八七年;第三,能让女性写传记的女名人越来越少。例如,萨福流传下来的事迹很少,而仅有的那些又不完全对她有利。格雷郡主①有优点,但无法否认她不够知名。关于乔治·桑,我们了解的越多越不赞许。乔治·爱略特被引上了邪路,不是她的全部哲学可以开脱的。而勃朗特姐妹,无论我们多么称赞她们的天才,总缺少那种构成淑女特征的难以描述的东西;哈里艾特·马蒂诺②是无神论者;白朗宁夫人是结过婚的;简·奥斯丁、法妮·伯尼③和玛丽亚·埃奇沃思都被人写过了;所以,由于种种原因,玛丽·罗素·米特福德是仅剩的一位女性。

当我们在书的背面看到"环境"一词时,就无需多讲日期的极端重要性了。凡是说到环境,一般总是指十八世纪的环境。当我们读到(肯定会读到)"望着从顶层房间通下的台阶,我们恍若看到那小人儿在上面一级一级地蹦跳"时,如果有人告诉我们那些台阶是雅典式、伊丽莎白式或巴黎式的,那将是对我们的感觉的极大侮辱。他们当然应是十八世纪的台阶,从镶板的房间通到荫凉的花园,在那里,按惯例,威廉·皮特④玩过弹子,或如果我们想大胆些的话,在宁静的夏日我们几乎可以幻想听到了法国海岸波拿巴军队的鼓声。波拿巴是想象力的一个边界,蒙默思郡是另一面的边界;如果想象力开始拿艾伯特亲王⑤或约翰国王消遣,就会带来致命的结果。但想象力知道它的范

---

①　格雷郡主(1537—1554),英国"九日女王",亨利七世的曾孙女,爱德华六世指定的王位继承人,被推上王位后九天,即被玛丽一世取代,受指控叛国而被斩首。

②　马蒂诺(1802—1876),英国女作家。她的著作《政治经济学的解说》阐述了马尔萨斯、穆勒和李嘉图的经济理论。

③　伯尼(1752—1840),英国小说家,以其诙谐而世故的书信和从一七六八年到去世期间的日记最为著名。

④　皮特(1759—1806),曾任英国首相(1783—1801,1804—1806)。

⑤　艾伯特(1819—1861),维多利亚女王的德裔丈夫(1840—1861)。

围,不用强调它的范围是十八世纪。另一个要素比较模糊,必须是一位淑女。但这意味着什么,我们是否喜欢这含义,都是可以怀疑的。如果我们说简·奥斯丁是淑女而夏洛蒂·勃朗特不是,我们就做了必要的定义,而未表示偏好哪个。

希尔小姐偏好淑女,无疑是因为她们的沉默寡言。她们遇事只是叹息或微笑,但从来不会抓起银桌的桌腿或把茶杯摔在地上,在许多方面,能相信某人一辈子从来不会提高嗓门,是很大的方便。十六年是相当长的时间,但对于一个淑女只需说,"玛丽·米特福德在这里度过了十六年的岁月,不仅熟悉并爱上了自家美丽的庭院,还熟悉并爱上了周围的林荫小路的每一处曲折"。她的爱是植物性的,她的小路是荫凉的。当然,她还在简·奥斯丁和舍伍德夫人就读过的学校上学。她到过莱姆里吉斯,此处还提到了科布。她在圣保罗教堂顶上眺望伦敦,那时的伦敦比现在小得多。她从一栋迷人的房屋搬进另一栋,几位著名的文人赞赏她并过来喝茶。餐室的天花板塌下来时没有砸到她头上,她摸了一张彩票,果然就中了奖。如果在前面这些句子中有超过两个音节的单词,那是我们的过错,而不是希尔小姐的问题;为这位作家说句公道话,全书中没有多少完整的句子不是从米特福德小姐文中引用,或由克里西先生权威支持的。

但生活是多么危险的事情!谁能确保一个质地不完全是红木的东西能够在阳光下空空地立到最后?连碗柜都有秘密的弹簧,当希尔小姐(我们相信是无意中)碰到了它,太可怕了,柜里突然倒出来一位矮胖的老绅士。简单地说,米特福德小姐有一位父亲。这实际上并无什么不妥。许多女人都有父亲。但米特福德小姐的父亲被藏在碗柜里;就是说,他不是一个好父亲。希尔小姐甚至猜测当"邻居和朋友组成的壮观的队伍"送他到墓地时，"我们忍不住猜想这是为表示对米特福德小姐同情和尊敬，而不是出于对她父亲的特别尊敬"。这评判尽管很严厉，但那个贪吃、嗜酒、好色的老头确实不像话。关于他提得越少越好。只是，如果从你幼年时起，你父亲就赌博投机，先用你母亲的财产，然后又用你的，花光你挣的钱，又逼你去挣更多，然后又把它花光；如果他在晚年躺在沙发上，坚持说新鲜空气对女儿有害；如果他终于咽气之后，留下了只有变卖你的一切或依赖朋友救济才能还清的债务——这种情况下，一位淑女有时也会提高嗓门的。米特福德小姐本人就有一次说了出来。"去那里让人伤心；我在那里吃辛吃苦，拼命奋斗，尝透了女人命运中经常遇到的焦虑，恐惧和希望。"对一位淑女来说，这是怎样的语言啊！而且是一位拥有茶壶的淑女。在书页下端有那把茶壶的画像。但现在已经没有用了；米特福德小姐已经把它摔得粉碎。这是写淑女时最大的弊端；她们不仅有茶壶，还有父亲。另一方面，米特福德博士的韦奇伍德陶瓷餐具还在，还有一册《亚当地理学》，是玛丽在学校得到的奖品，"暂时为我们所拥有"。如果这样提议没有什么不妥的话，下一本书是否可以专写它们？

二 本特利博士①

当我们漫步在那些曾经由本特利博士主宰的著名的庭院中时，有时会瞥见一个人影匆匆走向教堂或会堂，当他消失时，我们的思绪热烈地追随他而去。因为我们听说，这个人对索福克

---

① 本特利博士（1662—1742），英国牧师和古典学者，以其《致约翰·穆勒书》《图斯库路姆论辩集》著称。

勒斯的全部著作了如指掌;把荷马史诗背得烂熟;读品达①就像我们读《泰晤士报》一样;并且终其一生,除了吃饭和祈祷外,都与希腊文学为伴。诚然,我们教育的缺陷使我们不能充分欣赏他的校订工作;他一生的工作对我们来说是一本封缄的书。但我们仍然珍藏起他黑袍的最后一闪,感到好像一只天堂之鸟从我们身旁掠过,他精神的羽衣是如此鲜艳,在十一月傍晚的昏暗中,我们有幸看到它飞向那长满不凋花和神奇草的原野。在所有人中,伟大的学者是最神秘、最令人敬畏的。由于我们不可能与他们亲近,或看到比暮色中一袭黑袍穿过庭院更多的东西,最好的办法是阅读他们的生平——例如芒克主教写的《本特利博士的一生》。

在那里我们会发现许多古怪的东西,很少给人安慰的东西。我们最伟大的学者,他读希腊文像我们中最专业的人读英文一样,不仅意思理解准确,而且感觉如此精微而广博,能看出语言中的关系和暗示,补上缺失的句子,给残余的片段注入新的生命,他应该深受美的熏陶(如果他们对古典名著的评价属实的话),像蜜罐渗透了蜜糖一样。然而,我们却发现他是最爱争吵的人。

"我想没有多少人三年内在英国高等法院打过六场官司。"他的传记作者写道,并补充说本特利六场全打赢了。很难否认他的结论:尽管本特利博士可能当一位一流的律师或伟大的战士,"这种表现在任何人身上,都比在一位博学高贵的教士身上相称些。"他受到的指控是针对他担任剑桥大学三一学院院长而提出的。他总是不去教堂;他用于建筑和他自己住宅上的开

---

① 品达(公元前518?—前438?),古希腊田园诗人,尤以其颂歌集而著称。

支过大;他在没达到法定人数(十六人)的会议上使用学院大印,等等。简而言之,三一学院院长的职务是一系列进攻和挑战的经过,本特利博士对待三一学院协会的方式就像一个大人对待一群胡搅蛮缠的街头儿童。他们敢暗示院长住宅中的楼梯可并排走四人,已经够宽了?——他们拒绝批准他花钱造新楼梯?一天傍晚礼拜后在大法庭会见他们,他先礼貌地提问。他们拒绝让步。这时,本特利的脸色和声音突然一变,问他们"是不是忘了他的生锈的长剑?"后背将首先挨到这件武器的迈克尔·哈钦森先生等人对他们的上级施加了压力。三百五十英镑的账单付掉了,他们的晋升得到保障。但本特利没有等到这种让步之后才造完他的楼梯。

就这样,一年又一年。他的傲慢也并不都因他设想的东西的宏伟或实用而证明有理——后花园、天文台、实验室。较琐碎的要求也由同样的专制得以满足。有时他需要煤炭,有时需要面包和啤酒,于是本特利夫人让仆人拿着一个象征权力的鼻烟壶,到食品库房去领取这些东西,由学院付钱,领的数量大大超过学院认为本特利博士需要的数量。曾有四个学生住宿在他家,付给他不少的伙食费,可他们的伙食也是凭鼻烟壶从学院免费领取的。院长本应遵守的"文雅谦恭"(因为他是伟大的学者,浸透了古典名著的佳酿)未起作用。他争辩说,他自己掏钱在那四位贵族房间里装的三扇推拉窗,足以抵偿他们吃的"学院的那几块面包",但此话未能令校委们信服。一七一九年的圣三主日,校委们发现著名的学院啤酒味道不佳,管事说是按院长指示酿造的,用的是院长家粮仓里的麦芽,它们尽管"被一种象鼻虫"糟蹋了,但还是按院长要求的高价被买了下来。

但这些关于面包和啤酒的斗争还只是家庭小事。他在职业生涯中的行为将让我们有更多的了解。因为，摆脱了砖头和建筑、面包和啤酒、贵族和窗户后，我们可能会看到他在荷马、贺拉斯①、马尼利乌斯②的氛围中扩展，在他的研究中显示出那些经过世代而飘送到我们身边的影响的温良性质。然而此方面的证据对那些死亡的语言更加不利。大家公认，他在关于法拉利斯信札的重大论辩中表现非常出色。风度潇洒，知识渊博。但这个胜利之后的一系列争论，却使我们看到一个奇怪的现象，才学兼备、权威神圣的人士为希腊和拉丁文著作，像赛马场上的赌徒或是街巷中的洗衣妇那样争吵不休，相互谩骂。因为脾气的暴烈和语言的刻毒不仅限于本特利一人；遗憾的是，它们似乎是整个这一职业的特征。早在一六九一年，他的兄弟何狄牧师就为一个词的写法跟他争吵，他写的是 Malelas，而何狄认为应当写作 Malela。在这场争执中本特利显示了学识和才智，而何狄则写了连篇累牍的文章，愤恨地抨击多加的那个 s。何狄被击败了，"有太多理由可以相信，这件小事造成的伤害再也没有愈合。"的确，修订一句话就是打破一段友谊。莱登的詹姆斯·格罗诺维厄斯——本特利称之为"学识平庸，毫无才气的侏儒"，就因为本特利成功校订了卡利马科斯③文章中他未能校订的一个片段，攻击本特利达十年之久。

但格罗诺维厄斯绝不是唯一一个对竞争对手的成功怀恨在

① 贺拉斯（公元前62—前8），罗马抒情诗人，他的《颂歌》和讽刺作品对英国诗歌产生了重要影响，作品有《讽刺诗集》《歌集》《书札》等。
② 马尼利乌斯（创作时期1世纪初），最后一位罗马劝世诗人。生平不详，著有《天文学》一首论天文学和占星术的未完成的诗篇。
③ 卡利马科斯（公元前305？—前240？），古希腊学者，亚历山大派代表诗人，创作大量散文和诗歌，以阐释风俗、节庆、名称的传说起源的长诗《起源》最为著名，但作品大多失传。

心，连两鬓斑白和校订了四十年古典名著都不能使之释然的人。在欧洲所有主要城市都居住着像乌得勒支的德鲍乌那样臭名昭著的人，"一个被正确地视为文字的祸害和耻辱的人"。每当新的理论或新的版本问世，他便把它们捆在一起，嘲笑和羞辱那位学者。芒克主教评论德鲍乌说，"……他所有的文章证明他全无公正、真诚、礼貌和任何绅士的感情：他身上集中了批评家或评论员的所有缺点和坏品质，并且还加上了一条他特有的东西，经常使用下流的暗示。"有这等脾气和这等习惯，难怪那个时代的学者有时会用自己的双手来结束因怨恨、贫穷和忽视而变得难以忍受的生活，就像约翰逊，一生致力于寻找结构中的微小错误，最后发了疯，在诺丁汉附近的草坪上投水身亡。一七一二年五月二十日，三一学院震惊地发现希伯来文教授塞克博士"于今天傍晚举烛之前某时，吊死在自家的窗框上"。库斯特死后，有报告说他也是自杀的。在某种意义上可以这么说。因为打开尸体时，"发现他下腹部有一块沙饼。我认为这是由于他总是弓着身子，在很矮的桌子上写字，周围地上堆着三四圈书，这就是我们经常看到的情况。"一些可怜的校长们，如持反对意见的专科学校的约翰·科尔，有幸在院长住宅与本特利一起用餐，当谈话落到 equidem 一词的用法时，这些脑筋被一辈子的忽视和研究而扭曲的人回到家里，收集了 equidem 这个词的所有与博士意见相反的用法，回到院长住宅，天真地以为会受到热烈欢迎，却看见博士正要出去与坎特伯雷大主教吃饭。他们不顾他的冷淡和恼火，跟着他走到街上，可是连一声再见都没听到，只好回去抚着自己的伤口，等待着复仇之日。

然而，小人物的争吵和仇恨在博士本人的行为中不是被消除，而是被放大了。他在早年的论辩中表现出的礼貌和涵养已损耗殆尽。"……强烈的敌意和多年放任无节制的愤怒,损害了他的品位和在论辩中的判断力"。尽管辩论的是希腊圣经,他却不惜称对手为"蛆虫""害虫""乱咬的老鼠""笨蛋",影射对方皮肤较黑,暗示他神经有问题,并且提出证明,说他当牧师的兄弟在腰带上佩一把胡须。

暴烈、好斗、肆无忌惮,本特利博士渡过了这些风雨和纷扰,尽管学位被挂起,院长权力被解除,他仍泰然地住在院长住宅里。在室内戴着一顶宽边帽保护他的眼睛,抽着烟斗,呷着他的波尔图葡萄酒,对友人们阐释着他的 digamma 学说,本特利活了八十年,他曾说过八十年长得足够"读遍所有值得阅读的东西","Ettunc",他以特有的方式补充说:

Ettunc magna mei sub terris ibit imago. ①
三一学院中一块小方石标志着他的坟墓,但校委们拒绝在上面写他曾是他们的院长。

但这个奇怪的故事中最奇怪的一句还没有写,芒克主教把它写得像一句不需要任何评论的平常话。"一个既非诗人,又无诗歌鉴赏力的人,竟去从事这件工作,不是一般的自大。"这件工作是挑出《失乐园》每一处语病,以及所有品位不高和比喻不当的例子。结果是声名狼藉的。但我们想问,它与本特利被人称颂的那些工作有什么区别? 如果本特利不能欣赏弥尔顿②的诗,我们又怎么能接受他对贺拉斯和荷马的判断呢? 如果我们不能无保留地相信学者,如果研究希腊文学会提高修养,净化灵魂——可是够了。我们的学者已经从礼堂回来,他的灯亮了

---

① 然后我地下的形象将会伟大。
② 弥尔顿(1608—1674),英国诗人,《失乐园》的作者。

起来,他的研究又开始了,我们不恭的遐想也该到此为止。再说,这一切都发生在很久、很久以前。

三　多萝茜·内维尔女士

她以卑贱的身份在公爵家里待过一个星期。她看过服饰考究的人们双双下来吃饭,双双上去睡觉。她在一个画廊里偷看过公爵本人拂拭玻璃匣里的小肖像,而公爵夫人让她的钩针织品从手里落下,仿佛全然不相信世界需要钩针织品。她在上面的窗户里极目远眺,看到砾石小径在绿色的岛屿间绕来绕去,消失在一个小树林里,它可提供荫凉而又没有森林的严肃;她看过公爵的马车驶进和驶出画面,回来时的路和去时的路不一样。她的评论是什么?"一个疯人院。"

不错,她是一位女士的侍婢,而多萝茜·内维尔女士如果在楼梯上碰到她,会乘机指出这和做一位女士是非常不同的。

> 我母亲从不忘记指出女工、女店员等互称"女士"是何等愚蠢。这一切在她看来只是庸俗的欺骗,而且她总是说出来。

我们能对多萝茜·内维尔女士指出什么呢?她尽管具备所有的优越条件,却从未学过拼写?她写不出一句合乎语法的句子?她活了八十七岁,除了把食物放进嘴里,把金子套在手指上之外什么也没做?沉浸在义愤中虽很痛快,但如果我们像侍婢那样认为高贵出身是一种天生的疯狂,患者只是从祖先那里继承疾病,在那些陈设舒适、被委婉地称为英国豪宅的疯人院里面忍耐(往往是坚韧地忍耐),那我们就错了。

况且，沃尔浦尔家并不是公爵门第。霍勒斯·沃尔浦尔[1]的母亲是肖特小姐，本卷中没有提到多萝茜女士的母亲，但她的曾祖母是女演员奥德菲尔德夫人，值得称道的是，多萝茜女士对此"极其自豪"。因此她不是最典型的贵族；她被关在鸟笼里而不是疯人院里；透过栅栏她看见人们在外面走动，她有一两次惊人地飞到了户外。很难看到比她更快乐、更伶俐、更活泼的笼中生物；因此有时令人想到，我们所说的笼中生活是不是聪明人会选择的命运，因为人生只有一回。毕竟，在笼外也就是被关在外面；浪费大半生去获取钱财和时间，只为享用多萝茜女士们一睁开眼睛就发现堆在她们摇篮旁的东西——她的眼睛是一八二六年在伯克里广场十一号睁开的。霍勒斯·沃尔浦尔在那里住过。她父亲奥尔福德勋爵在她出生后那年的一夜赌博中把它输掉了。但诺福克的沃尔特顿府邸里到处是雕饰，花园里有珍稀树种，还有一个有名的大草坪。如果小说家要写两个小姑娘，狂野而清静地长大，跟家庭教师读波舒哀[2]，在选举日骑着小马走在佃户们的前面，他将无法找到比此处更迷人，甚至更浪漫的背景。我们也无法否认，如果有写下面这封信的人作为祖先，那将是极大的自豪的资本。这封信是致诺里奇圣经协会的（该协会想邀请奥尔福德勋爵担任会长）：

> 我长期耽于赌桌，最近又迷上了赛马。我恐怕还经常亵渎神灵。但我从来没有散发宗教传单。这些你们与你们

[1]　沃尔浦尔（1717—1797），英国作家，著作颇丰，以其英国第一部哥特式小说《奥特朗托堡》和可以概观当时政治情况、风俗情趣的三千多封书信闻名。

[2]　波舒哀（1627—1704），法国高级教士和历史学家，因其追悼词和一篇历史论文而闻名。

的协会都了解。然而你们却认为我适合做你们的会长。愿上帝原谅你们的虚伪。

那一次关在笼里的不是奥尔福德勋爵。可是,唉,奥尔福德勋爵还有一所乡间住宅,伊尔辛顿府邸,在多塞特郡。多萝茜女士在那里首先接触到桑树,后来又接触了托马斯·哈代先生;我们于是初次瞥见了笼栅。我们并不假装对一般的海员简易宿舍感兴趣,桑树无疑要好看得多,但当她把砍它造房子的人骂作"野蛮人",让人用桑木做了一些脚凳,刻上字说"国王乔治三世曾经多次"在这个脚凳下饮茶,我们不禁要抗议——"您一定是说莎士比亚吧?"但她后来关于哈代先生的评论证明,多萝茜女士没有指莎士比亚。她"热烈地欣赏"哈代先生的作品,并抱怨"县里人太愚蠢,不能充分欣赏他的天才"。乔治三世饮茶、县里人不能欣赏哈代先生:多萝茜女士无疑是在笼子里。

然而没有一个故事比查尔斯·达尔文与毛毯更能证明我们此后看到多萝茜女士和外部世界之间的障碍。多萝茜女士有许多消遣,其中之一是喜欢种兰花,因此接触到了那位"伟大的博物学家"。达尔文夫人邀请她去做客时,显得很直率地说,她听说在伦敦社交界活动较多的人喜欢被扔在毯子里。"我担心,"她的信结尾说,"我们无法向你提供那种东西。"是真的在当地讨论过把多萝茜女士扔在毯子里的必要性,还是达尔文夫人隐晦地暗示她感到她丈夫与这位种兰花的女士之间有某种不协调,我们无从得知。但我们感到两个世界的冲突;而且浮现出来的碎片不是达尔文的世界。我们越来越多地看到多萝茜女士在一个宽敞通风、布置精美的鸟笼里,从一个栖枝跳到另一个栖枝,在这里啄啄千里光,那里啄啄大麻籽,陶醉于美妙的啭声和颤音,在一团糖块上磨磨喙子。笼子里充满了可爱的消遣。她有时用灯照亮被浸泡得只剩筋脉的树叶;有时心血来潮想改良驴子品种;她又致力于养蚕事业,差点使澳大利亚受到蚕灾的威胁,并且"居然收获了足够做一身衣服的蚕丝";她还第一个发现,花一些代价,可以将腐朽发绿的木头做成小盒子;她调查了真菌的问题,证明了被忽略的英国块菌的优点;她引进稀有鱼种;花了大量精力妄图使鹳鸟和考尼什鸡在苏塞克斯繁殖;在瓷器上绘画;装饰带纹章的武器,并把哨子系在鸽子尾巴上,使它们飞翔时产生"像空中乐队一般"的美妙声响。是萨默塞特郡公爵夫人研究了烹饪豚鼠的正确方法;但是多萝茜女士率先把这种小东西端到查尔斯街的午餐桌上。

但笼门始终是微开的。有时对内维尔先生所说的"上波希米亚①"发动袭击,带回"作家、记者、演员或其他可爱和有趣的人们"。多萝茜女士的判断力得到证实,这些人极少有无礼行为,有些变得相当有教养,给她写了"措辞非常文雅的书信"。但有一两次她自己飞出笼去。"这些可怕的人"(她指的是中产阶级)"是如此聪明,而我们是如此愚蠢;可是他们受到多么好的教育,而我们的孩子除了花父母的钱之外什么也没学到!"她思考着这个现实。有什么地方不对劲。她的精明和诚实使她不可能不至少部分地归咎于她自己的阶级。"我猜想她刚刚能阅读吧?"她评论一位自称有文化修养的女士说;又说另一位,"她确实很好奇,很适合开放的市场"。但在我们看来,她最不寻常的一次飞翔是在她去世前一两年,在维多利亚和阿尔伯特博物馆:

> 我同意你的看法——尽管我不应当这么说,上层社会

---

① 波希米亚式群落,放荡不羁的文化人或其社交场合。

非常——我不知道怎么说,他们似乎对什么都不感兴趣——除了打高尔夫之类。有一天我在维多利亚和阿尔伯特博物馆,只有稀稀落落的几双腿,因为我觉得它们看上去太轻浮,不会有身体和灵魂连在上面——但令我眼睛舒服一些的是两个小日本人,拿着本手册在每件作品前细看……而我们的人呢,当然是咯咯傻笑,什么也不看。更糟糕的是,没有见到一个上层社会的人:事实上我都没听说他们有谁知道这个地方,而我们在这上面花了上百万块钱——太令人痛心了。

太令人痛心了,她感到断头台的临近。她躲过了那场大劫,因为谁会想砍掉一只尾巴上系着哨子的鸽子的脑袋呢?但如果整个鸟笼倾覆了,空中乐队尖叫惊飞,我们可以肯定,正如约瑟夫·张伯伦先生告诉她的那样,她的行为会成为"英国贵族的光荣"。

四 汤姆森大主教

汤姆森大主教的出身不明。"可以合理地猜测"他的叔祖父是"中产阶级的光彩"。他的姨妈嫁给了一位曾目睹瑞典的古斯塔夫斯三世遇害的绅士;他的父亲八十七岁时因为在早晨八点钟踩到一只猫而去世。这件逸事寓含的生命活力在大主教的身上与思维能力相结合,预示他在任何职业中都能取得成功。在牛津大学他似乎可能致力于哲学或科学。读学位时他抽时间写了《思维法则概要》,它"立刻成为牛津大学正式的教材"。但尽管诗歌、哲学、医学和法律都很诱人,他却把这些念头放在一边,或从来没有想过,他从一开始就决心献身于神职。他在这一更高尚的领域中的成功可有下列事实证明：一八四二年，二十三岁时被任命为执事，一八四五年成为牛津大学女王学院主持牧师兼财务长，一八五五年成为教士长，一八六一年成为格洛斯特和布里斯托尔主教，一八六二年成为约克郡大主教。因此他四十三岁就仅次于坎特伯雷大主教；人们普遍但是错误地预料他最终也会升到那个高位。

你读这串头衔时是感到崇敬还是无聊，你把大主教的帽子看作王冠还是灭火器，那是性格和信仰的问题。如果你像此处的论者一样，愿意单纯地相信外部的秩序对应于内部的秩序——教区牧师是个好人，大教堂的教士更好，大主教是最好的人，那么你就会觉得研究大主教的生活非常有意思。他撇开了诗歌、哲学和法律，而专攻美德。他把自己献给了神的事业。他精神上进步如此迅速，在短短二十年时间里，从执事升为主持牧师，从主持牧师升为主教，从主教升为大主教。因为全英格兰只有两个大主教，这似乎意味着他是英格兰第二好的人；他的帽子证明了这一点。从物质意义上讲，他的帽子也是最大的之一，比格莱斯顿①先生的大，比萨克雷的大，比狄更斯的大；实际上，做帽子的人对他说（我们也愿意相信），它有"足足八英寸"。可是他开始时和其他人差不多。他一次发怒打了同学，被暂时停学；他写了一本逻辑课本，并且划得一手好桨。可是被任命为牧师后，他的日记显示专业化的过程开始了。他经常思考他的灵魂的状态；思考"买卖圣职的毒瘤"；思考教会改革；思考基督教的意义。"克己"，他得出结论，"是基督教和基督道德的基础……

---

① 格莱斯顿（1809—1898），英国政治家，曾四度任英国首相，著有《荷马和荷马时代研究》等。

能强化和培养这种克己精神的才是最高的智慧。因此（与库辛①相反），我认为宗教远远高于哲学。"有一处提到化学家和毛细作用，但即使在这个早期阶段，科学和哲学也已经有被挤掉的危险。日记很快改变了风格。传记作者说，"他似乎没有时间把思想写到纸上"；他只记录他的活动，他几乎每天晚上都出去吃饭。他在一次宴会上遇到的亨利·泰勒爵士说他"朴素、可靠、和善、能干、令人愉快"。也许是他的可靠加上他"突出的科学"气质，他的温和与他的魁梧，使那些伟大人物相信教会找到了一个非常必要的捍卫者。他"有力的逻辑"和结实的块头似乎使他适合承担一件让最强壮的人都感到吃力的工作——即如何把当代的科学发现与宗教调和起来，甚至证明它们是"真理的最有力的见证"。如果有人能做到这一点，那汤姆森就能做到；他那不受任何神秘或幻想的倾向所妨碍的务实能力，已经在他的学院事务中得到了证明。他几乎是立刻从主教升为了大主教；并在当上大主教的同时成为英格兰首席主教，伦敦卡尔特修道院和国王学院的总管，一百二十个牧师职位的授予人，约克、克利夫兰和东区的副主教之职在他授予的范围之内，还有约克的牧师职位和圣俸。主教住所本身是一个巨大的宫殿；他立即碰到一个"麻烦的问题"，是买下全部家具（"其中许多质量很次"），还是重新置办家具（那要花一大笔钱）。草坪上有七头奶牛；但这也许因育儿室有九个小孩而平衡。威尔士亲王和王妃要来暂住，大主教亲自布置王妃的房间。他到伦敦买了八盏可调油灯，两个举蜡烛的西班牙人像，并提醒自己需要买"王妃用

① 库辛（1792—1867），法国哲学家、教育改革家；折衷主义的创始人，著有《论真、善、美》《现代哲学史教程》等。

的肥皂"。但与此同时,重要得多的事务要求他付出每一丝精力。他已经受到敦促,要"充分运用你强大的逻辑去攻击"《论述与评论》①作者们的"诡辩",并已在《援助信仰》一书中做出了回答。近旁的设菲尔德市由于受教育不足的工人很多,是怀疑和不满的温床。大主教把它作为特别攻击的对象。他喜欢观看碾轧装甲板,并经常对工人的会议演说。"这些虚无主义、社会主义、共产主义、芬尼共和主义和秘密社团是什么——它们意味着什么?"他问。"自私,它们的根子都是主张一个阶级与其他阶级对立"。他说工资的涨落是由自然规律支配的。"你接受上升,也必须接受下降……如果我们能让人们懂得这一点,事情就会美好和谐得多。"设菲尔德的工人们的反应是送给他五百把镶银的餐具,但在勺子和叉子之中大概有一定数量的刀子。

然而科伦索主教要比设菲尔德的工人们麻烦得多。仪式研究者们不断地烦扰他,连他那无穷的精力也感到疲劳了。提交给他决定的问题特别适合逗弄和惹恼一个即使是他这样魁梧和温和的人。例如,一个死在沟里的酒鬼,或一个从天窗摔下去的小偷,应不应该享受丧葬仪式?点蜡烛的问题"最难处理";披彩色的圣带和施用混合的圣餐杯让他大为头痛;还有约翰·珀切斯牧师,穿着披风、白长袍,戴着四角帽,"交叉地披着"圣带,"没有任何特殊原因"地点亮和熄灭蜡烛;在一个容器里装上黑色粉末,抹到他的会众的额头上;并在圣餐桌上方挂了"一只飞翔的鸽子的塑像,模型,或是剥制的标本"。大主教那一向如此积极而镇静的性情被严重地扰乱了。"会不会有一天,努力使

---

① 一八六〇年一些英国人在《论述与评论》一书中发表了将《圣经》视为历史文献,而不是视为上帝的话语的观点。

英国教会代表国家常识会被认为是一种罪过?"他问,"我想有可能,但我不会看到。我忍受了许多,但我并不后悔竭尽全力。"如果大主教本人有一刻会问出这样的问题,我们必须承认完全被搞糊涂了。我们最好的人结局如何?他受到折磨和拖累,把他的时间用于处理鸽子标本和彩色裙子的问题,有时在早餐前写八十多封信,几乎没有时间去巴黎给他女儿买一顶帽子,最后却问自己是否有一天他的行为会被看作是一种罪过。

是罪过吗?如果是,能算他的过错吗?他一开始难道不是相信基督教与克己有关,而不完全是常识问题吗?如果荣誉和义务,排场和财产积累并包裹了他,身为大主教,他又怎能拒绝接受呢?王妃必须有肥皂,邸宅必须有家具,孩子必须有奶牛。尽管看上去有些可怜,但他从未完全失去对科学的兴趣。他带着一个计步器,他是最早使用照相机的人之一,他相信打字机的前景,在晚年他还试图修理一只破钟。他还是一位可爱的父亲;他能写风趣、简洁、明智的信函;他的好故事非常精辟;而且他死在工作中。他无疑是一位非常能干的人,但如果我们坚持说好人——一个好人做大主教容易吗?可能吗?

赞助人和藏红花

　　初学写作的男女青年一般都听人说,尽可能写得简短,写得明白,只要写出心里要说的话,不要考虑其他。这忠告看似合理,却完全不实用。没有人加上必要的一条:"要选好你的赞助人",尽管这是问题的关键。因为书总是写给什么人看的,赞助人不仅仅是发钱的人,而且对于写作内容是微妙和隐秘的促使者和启发者,所以他是否理想至关重要。

　　可谁是那理想的人呢——能够引出作家脑子里最好的东西,激发出他所能生产的最多样和最活泼的作品,谁是这样的赞助人? 不同时代的人做出了不同的回答。大致来说,伊丽莎白时代的人选择了贵族和剧院观众。十八世纪的赞助人是咖啡厅的才子和格拉布街①的书商。十九世纪的大作家们为半克朗的杂志和有闲阶级写作。回顾并赞叹这些不同的联合所带来的辉煌成果时,我们觉得它们简单得令人嫉妒,与我们自己的困境比起来,简直太平常了——我们该为谁而写呢? 现在的赞助人空前之多,令人迷惑。有日报、周刊、月刊;有英国读者和美国读者;有畅销书读者和慢销书读者;有知识分子读者和头脑简单的

_____

　　①　穷作家聚居区。

读者;现在全都组织成半自觉的实体,能够通过各种喉舌把他们的需要、他们的赞许或不满表达出来。因此,被肯辛顿公园中第一朵藏红花所感动的作家,在动笔之前,必须先从一群竞争者中选出最适合他的赞助人。教他"把他们全部抛开,只想你的藏红花"是无益的,因为写作是一种交流的方式;在被分享之前,藏红花是有缺陷的藏红花。世界上第一个人或最后一个人也许可以只为他自己而写,但他是一个特例,并且不令人羡慕,只好欢迎海鸥欣赏他的作品,如果海鸥能阅读的话。

因而可以认为,每个作者在写作时都针对某些公众。清高的人会说他们应当是服从的公众,顺从地接受他愿意提供的东西。这种理论尽管听起来有理,却有很大的风险,因为这样作者始终意识到他的公众,但却高人一等——这是一种不舒服和不幸的结合,塞缪尔·巴特勒①、乔治·梅瑞狄斯和亨利·詹姆斯的作品可作为证明。他们都蔑视公众,又都需要公众,结果都未能赢得公众,于是用越来越严重的生硬、晦涩和矫揉造作对公众施以报复,而与赞助人是平等的朋友关系的作家是不会这样做的。因此,他们的藏红花是被扭曲的花朵,明艳美丽,但有点畸形,一侧皱缩枯萎,一侧开得过盛。晒一点太阳会对它们大有好处。那么,我们是否应当走到另一个极端,接受(只是幻想而已)《泰晤士报》和《每日新闻报》编辑可能向我们提供的优厚的条件——"二十英镑现金买你的藏红花,正好一千五百字,让它明天早上九点钟之前在全国从南到北的每张早餐桌上开放,署有作者的名字"?

---

① 巴特勒(1835—1902),英国作家。以讽刺维多利亚时代英格兰家庭生活的半自传体小说《众生之路》最为著名。

然而一朵藏红花够吗？要照耀这么远，这么昂贵，还要署上名字，它难道不需要是一种异常灿烂的金黄色吗？报纸无疑是繁殖藏红花的专家。但如果我们看一看这些植物，就会发现它们与每年三月初在肯辛顿公园草丛中探出的黄色或紫色小花只有很遥远的关系。报纸上的藏红花是一种奇妙的但非常不同的植物。它刚好填满分配给它的空间；它放射着金黄色的光芒；它愉快、亲切、热心；而且它完美精致——不要以为《泰晤士报》的"戏剧性批评家"或《每日新闻报》的林德先生的艺术是简单的。在九点钟让一百万人的大脑运转起来，让两百万只眼睛看到一些明亮清新的东西，这可不是小事一桩。但夜色降临，这些花朵便凋谢了。碎玻璃从海里捞出来就失去了光彩；伟大的女歌手关在电话亭里会像土狼一样嚎叫；最光辉的文章离开了适当的环境也会变成尘土和草屑。保存到书里的报刊文章是不堪卒读的。

　　这么说，我们需要的赞助人应当是能够帮助我们防止花朵凋谢的人，但由于他的特征随时代而变化，而作家需要十分正直和坚定才能不被相互竞争的群体所迷惑，所以这寻找赞助人的任务是对作家的考验之一。知道为谁写就是知道怎样写。但现代赞助人的有些特征是相当明显的。显然，现在作家要的是一位爱读书而不是爱看戏的赞助人。他还必须了解其他时代和其他民族的文学。但此外还有我们特殊的弱点和倾向提出的需要。例如猥亵的问题，它给我们的折磨和困惑比伊丽莎白时代严重得多。二十世纪的赞助人必须不受震惊。他要能准确无误地辨别这泥粪是藏红花上必然沾有的，还是故意涂上去的。他还必须能辨别各种不可避免地在现代文学中起着这么大作用的社会影响，判断哪些使之成熟和强化，哪些抑制和导致贫瘠。此外,他还要对感情加以判断,他要支持作家既不流于感伤,又不胆怯地害怕流露自己的情感,再没有比这更有益的工作了。他会说,害怕感情比感情过多更加糟糕,或许也更加普遍。他也许会加上一些关于语言的意见,指出莎士比亚使用了多少词汇,莎士比亚违反了多少语法规则,而我们尽管一丝不苟地按着钢琴上的黑键,却没有明显的比《安东尼和克莉奥佩特拉》提高多少。他还会说,要是你能完全忘掉你的性别就更好了,作家是没有性别的。但这些都是附带的——初步的和可争议的。赞助人的主要特征是另一种东西,也许只有用那个方便而涵盖如此广泛的词语——氛围来表达。赞助人必须将藏红花笼罩在一种氛围中,使它看上去像世上最重要的植物,描写不好是在坟墓里也不能原谅的罪过。他必须让我们感到一株藏红花(只要是真的藏红花)对他就足够了;他不想要听说教,被升华,受教导,被提高;他为迫使卡莱尔①激烈叫嚷,丁尼生写田园诗,罗斯金②精神失常而感到遗憾;他现在愿意按作者的需要隐去自己或坚持自己;他和作家之间不仅仅是母性的联系;他们是双生子,一个死了另一个也会死,一个茁壮另一个也茁壮;文学的命运取决于他们愉快的联合——这一切都证明我们在开头说的,选择赞助人至关重要。可是如何正确选择?如何写出好作品?这是问题所在。

---

① 卡莱尔(1795—1881),英国历史学家和散文作家,其著作如《法国革命》,以对社会和政治的犀利批评和复杂的文风为特色。

② 罗斯金(1819—1900),英国作家和艺术评论家,他认为伟大的图画应是能向观者传达伟大的思想。他的作品包括《现代画家》。

现 代 散 文

正如里斯先生①所说，深究散文的历史和源头是不必要的——无论它源自苏格拉底还是波斯的西兰尼，因为像所有生物一样，它的现在比过去更重要。而且，这个家族分布很广，有些成员飞黄腾达，戴上了桂冠，有些则在舰队街②附近的贫民区过着朝不保夕的生活。散文的形式也容许多样性。它可长可短，可以严肃也可以轻松，关于上帝和斯宾诺莎③，或关于海龟和切普赛街④。但当我们翻阅这五卷由一八七〇年到一九二〇年之间的散文组成的小书⑤时，看到混乱中似乎有一些原则起着控制作用，我们在这不长的时期内发现了某种类似历史进程的东西。

然而在所有文学形式中，散文是最不需要使用长单词的。它的原则只是应当给人愉悦；我们把它从架上取下的动机只是

---

① 里斯（1859—1946），英国文学家，曾任《埃夫里曼丛书》主编。

② 伦敦中部的一条街，英国许多报纸发行商的总部所在地。

③ 斯宾诺莎（1632—1677），荷兰哲学家及神学家，主张颇有争议的泛神论主义。他最为著名的著作是《伦理学》。

④ 英国伦敦市的街区，是中世纪时伦敦的贸易中心和伊丽莎白时期诗人和剧作家们聚会场所。

⑤ 《当代外国散文》，欧内斯特·里斯编辑，共五卷。

为了获得愉悦。散文中的一切都必须服从于这个目的。它必须第一个词就把我们迷住，到最后一个词才让我们醒来，感到精神振作。在其间我们也许会经历最多样的欢乐、惊奇、兴趣、愤怒；我们可能跟兰姆飞到幻想的高空，或随培根潜入智慧的深海，但不可把我们唤醒。散文必须包围我们，用它的帷幔把世界挡在外面。

如此伟大的技艺很少有人做到，虽然问题或许不仅在作者，也在读者的一边。习惯和懒惰削弱了他的鉴赏能力。小说有情节，诗歌有韵律，可是散文作家在这些短篇中用什么技巧来使我们保持敏感，使我们处于一种出神的状态，它不是睡眠，而是一种增强的生命体验——每个感官都保持活跃，沐浴在愉悦的阳光中？他必须懂得怎样写作——这是第一要素。他的知识也许像马克·帕蒂森那样渊博，但在散文中它们必须被写作的魔力融合在一起，没有一件事实突出出来，没有一个教条破坏表面的质地。麦考利①以一种方式，弗劳德②以另一种方式多次精彩地做到了这一点。他们在一篇散文中传播给我们的知识比一百本教科书还多。但是当马克·帕蒂森必须在三十五页纸中对我们讲述蒙田时，我们感到他事先没有消化 M. 格伦。M. 格伦先生写过一本糟糕的书。M. 格伦和他的书应当被封存在琥珀里，供我们永久欣赏。但这个过程是很累人的，它也许需要超过帕蒂森所能付出的时间和性情。他把 M. 格伦未经加工地端了上来，成为熟肉中的一颗生果子，永远地硌着我们的牙齿。马修·

---

①　麦考利（1881—1958），英国女作家，著有小说《我的荒芜世界》《特拉布宗的塔群》、游记《他们去葡萄牙》及文学评论集、诗集。

②　弗劳德（1818—1894），英国历史学家和传记作家，以其对十六世纪英国的研究和对托马斯·卡莱尔的研究而著名。

阿诺德①和斯宾诺莎的某位翻译者也有这样的问题。直话直说和对犯人治病救人的批判在散文中是不合适的，散文中一切都应当是为我们，是为了永恒，而不是为《两周评论》的三月刊。但如果在这些狭小的篇幅中永远听不到这种指责，还有一个像蝗灾一样的声音——那是一个人昏昏欲睡地在松散的词句间蹒跚，无目的地抓着模糊的思想，例如下文中赫顿先生的声音：

> 而且，他的婚姻生活非常短暂，只有七年半，被意外地截断了。他对他妻子的记性和天才如此热烈崇拜——用他自己的话来说是"一种宗教"。他一定也很清楚，他无法使它在外人看来不感到过分，且不说是幻觉。然而他却受不可抑制的欲望支配要把它表达出来，看到一位以"冷静之光"而出名的先生竟善于运用这些温柔热情的夸张，令人感到可怜。不能不认为米尔先生的人生故事是非常悲哀的。

一本书可以承受住这个打击，但一篇散文就被砸沉了。两卷的传记是它最合适的存放处；那里许可宽得多，外部事物的暗示和影子构成了享受的一部分（我们指的是维多利亚时代作品的旧形式），所以这些打哈欠伸懒腰的片段没有影响，甚至还有一些积极的价值。它是由读者（也许是不合法地）提供的，因为想从各种可能的渠道读透这本书。但这种价值在散文中不能存在。

散文中容不下文学的杂质。无论以何种方式，通过努力还

---

① 阿诺德（1822—1888），英国诗人和评论家，其诗歌如《多佛海滩》，表达了对道德和宗教的怀疑。他的古典作品《文化与无政府状态》一书抨击了维多利亚物质主义。

是天分,散文必须是纯净的——纯得像水或纯得像酒,但没有沉闷、死板、无关的内容。在第一卷的所有作者中,沃尔特·佩特①最出色地完成了这件艰巨的工作,因为在写他的文章("列奥纳多·达·芬奇")之前,他把所有素材熔化了。他是个博学的人,但我们记住的不仅是列奥纳多的知识,而是一幅画面,就像在一部好小说中,所有内容都有助于使作者的整体构思呈现在我们眼前。只是在散文中,界限如此严格,事实必须赤裸,像沃尔特·佩特这样的真正的作家使这些限制产生自己的特质。真实将赋予它权威;从它狭窄的限制中他将获得形态和强度;而且没有更合适的地方可以加入老作家们喜欢的那些装饰(我们既然称之为装饰,想来是有些鄙视的)。如今没有人敢效仿关于蒙娜丽莎的那段曾经很著名的描写:

> (她)了解坟墓的秘密;她曾是深海中的潜水者,保留着它们坠落的日子;她与东方的商人交换奇异的网;她就像勒达②,是特洛伊的海伦的母亲,又像圣安妮③,是玛利亚的母亲……

这一段太突出,不能自然地融入上下文中。但当我们意外地读到"女人的微笑和大海的起伏"或"充满死者的优雅,穿着悲哀的土黑色衣裳,周围是苍白的石头"时,我们突然记起自己有耳朵,有眼睛,记起英国文学在一大批厚实的书籍中写满了无数的单词,其中许多不止一个音节。当然,读过这些书籍的唯一一位

---

① 佩特(1839—1894),英国作家,因他的评论著作而为后世怀念,包括《文艺复兴史之研究》《论鉴赏》。

② 勒达,斯巴达王后,主神宙斯化身为天鹅与之亲近,生下海伦和波吕克斯。

③ 圣安妮,据基督教《圣经》"外传"载系圣母玛利亚的母亲。

健在的英国人是位波兰血统的绅士。但我们的放弃无疑为我们省去了许多滔滔不绝、许多华丽文辞、云里雾里，为了现在普遍的清醒和冷静，我们应愿意舍弃托马斯·布朗爵士的文采和斯威夫特的气势。

可是，如果散文比传记或小说更允许突然的大胆和比喻，并可被擦拭到表面的每个原子都闪闪发光，那么也有一些危险。我们很快就会看到装饰。那文学的生命血液流得慢了下来，词语不再光芒闪耀，或较为安静但含有更深的兴奋，而是像冻结的雾珠般凝固起来，像圣诞树上的葡萄闪烁了一夜，第二天就灰蒙蒙的俗不可耐了。主题细琐的时候装饰的诱惑最为强烈。你愉快地散了散步，或在切普赛街上闲逛，看了看斯维廷先生橱窗里的海龟，有什么能让别人感兴趣的呢？斯蒂文森①和塞缪尔·巴特勒选择了非常不同的方法来引起我们对这些平凡主题的兴趣。斯蒂文森当然是按十八世纪的传统形式修剪、润饰和布置他的材料。技艺精湛，但我们读的时候不禁有点担心，怕材料在工匠的手中坏掉。锭块太小，加工太多。也许正是因此，结束语——

> 静坐沉思——不带欲望地回忆女人的面庞，不带嫉妒地欣赏他人的丰功伟绩，在同情中成为一切事物，置身于一切地方，而又满足于保持自己，留在原处——

有一种不实在性，表明当他在写到结尾的时候已经没什么坚实的东西可加工了。巴特勒采用了截然不同的做法。他似乎说，你自己去思考，并尽可能明白地讲出来。橱窗里这些似乎在头

---

① 斯蒂文森（1850—1894），英国散文作家、诗人和小说家，最著名的小说有《金银岛》《化身博士》《诱拐》。

脚处从壳里漏出来的海龟,暗示了对固定思想的致命的忠诚。就这样,漫不经心地从一个思想跨到另一个思想,我们穿越了大片土地,观察到律师的伤口非常严重;苏格兰的玛丽·奎恩穿畸形矫正靴并可能在托顿汉姆宫路附近发病;认定没有人真正关心埃斯库罗斯;就这样,在许多趣事和一些深刻的思索之后,到达了结尾:因为人家叫他在切普塞街观察的东西不要超出十二页《普通评论》的篇幅,所以最好还是打住吧。可是巴特勒显然至少和斯蒂文森一样注意我们的愉悦;写得像自己而自称不是写作,较之写得像艾迪生而自称写得好,是更难做到的风格。

但是无论个人之间怎样不同,维多利亚时代的散文作家有一个共同点。他们写的篇幅比现在通常的长,他们的读者不仅有时间坐下来认真地阅读杂志,而且还有很高的文化水平(尽管是维多利亚时代的)来判断它。所以在散文中谈论严肃的内容是值得做的;把文章写得像是一两个月之后,从杂志上读过它的人们会在一本书中仔细重读它那么好,也没有什么可笑。可是读者渐渐从一小批有修养的人变成了一大批不那么有修养的人。这变化并不完全是坏的。在第三卷中,我们看到比勒尔先生和比尔博姆先生。甚至可以说有点回归到古典,散文减少了篇幅和铿锵后,更加接近了艾迪生和兰姆的风格。无论如何,比勒尔先生论卡莱尔的文章,与卡莱尔可能写的论比勒尔先生的文章隔了一道鸿沟。马克斯·比尔博姆的《围裙之云》与莱斯利·斯蒂温[1]的《玩世不恭者的道歉》很少相同之处。但散文是活的,没有理由绝望。随着环境的变化,在所有植物中对公众舆

---

[1] 斯蒂温(1832—1904),英国作家和编辑,作品包括《十八世纪英国思想史》和塞缪尔·约翰逊、亚历山大·蒲伯及他人的传记。

论最为敏感的散文作家会做出相应调整。如果是好作家,其结果就会很好,如果他是蹩脚的作家,结果就会很糟。比勒尔先生当然是好作家,所以我们发现,他虽然掉了不少体重,但攻击更加直接,动作更加灵巧。可是比尔博姆给散文提供了什么,又取走了什么呢?这是一个复杂得多的问题。因为在这里我们看到一位散文作家,他潜心写作,并且无疑是这一行中的王子。

比尔博姆先生向我们提供的当然是他自己。这个从蒙田的时代起断续出现在散文中的自我,从查尔斯·兰姆去世后就遭到流放。马修·阿诺德从未被他的读者呼作 Matt,沃尔特·佩特也没有在千百个家庭里被亲昵地简称为 Wat。他们给了我们很多,但是没有这个。因此,在九十年代,听惯了劝告、消息和指责的读者突然听到一个似乎不比他们高大的人的亲切声音,一定感到很惊讶。这个人有私人的喜悦和忧伤,没有教义要宣传,没有知识要传授。他就是他自己,简单而直接,并且保持了他自己。我们重又有一位散文作家能够运用散文最适当但又最危险微妙的手段。他把个性带进了文学,不是不自觉、不纯净地,而是如此自觉和纯净,以至于我们不知道散文作家马克斯和生活中的比尔博姆先生是否有关。我们只知道个性渗透在他写的每个词中。其成功是风格的成功。因为只有懂得怎样写作,才能在文学中利用自我;这个自我虽是文学的要素,却也是它最危险的敌手。永远不是你自己而又永远是你自己——问题就在这里。坦率地说,里斯先生这套散文集中的一些作家没有完全处理好它。我们厌恶地看到一些渺小的人格在印刷的永恒中腐朽。作为谈话它们无疑很有趣,作者一定是个喝啤酒聊天的好对象。但文学是严格的,有趣、高尚甚至博学和聪明都没有用,除非——她似乎重申说,你满足她的首要条件——懂得怎样写作。

比尔博姆先生完美地掌握了这一艺术。但他并未翻字典找长单词。他没有堆砌庄严的句子，或用复杂的节奏和奇异的旋律来诱惑我们的耳朵。他的一些同伴——亨利①和斯蒂文森一时更引人注目。但《围裙之云》中有一种无法描述的不平、扰动和最终的表现力，是属于生活，并且只属于生活的。你并不是读完就完了，就像友谊不因为分离而结束一样。生活涌上来，修改，添加。只要是活的，即使是书架上的东西也会变化。所以我们回顾比尔博姆先生的一篇篇散文，知道在九月或五月，我们会坐下来与它们交谈。然而散文作家是所有作家中对公众舆论最敏感的。如今许多阅读在客厅里进行。比尔博姆先生的散文便是躺在客厅桌子上，并充分意识到这个位置要求的一切。没有杜松子酒，没有浓烈的烟草，没有双关语、醉话或狂言。女士和先生们在一起交谈，当然，有些东西是不说的。

但如果将比尔博姆先生局限在一间屋子里是愚蠢的，不幸的是，把他（这位艺术家，这位只给我们他最好的东西的人）当成我们时代的代表，却更加愚蠢。在这套文集的第四或第五卷中没有比尔博姆先生的文章。他的时代似乎已经有一点遥远了，客厅的桌子在退去的时候，开始显得像一个祭坛，过去人们曾在上面摆放供品——自家果园里的水果、自己雕刻的礼物。现在环境又变了。公众对散文的需求和以前一样多，甚至也许更多。对一千五百字以下，或特殊情况七百五十字以下的小品文的需求大大超过供给。如果兰姆写一篇，马克斯或许能写两

---

① 亨利（1849—1903），英国作家，《国内观察者》的编辑。他在该杂志中出版了萧伯纳、托马斯·哈代、拉迪亚德·吉卜林等作家的早期作品。

篇,而据粗略估计贝洛克①先生能生产三百六十五篇。当然,它们很短。可是那熟练的散文作家是多么善于利用他的篇幅啊——开头尽可能靠近页面顶端,精确地判断写多长,在哪里转弯,如何不浪费一丝纸张,掉过头来准确地落在编辑允许的最后一个字上!作为一种技巧这是值得观看的。可是在这过程中,对贝洛克先生和对比尔博姆先生一样重要的个性受到了损失。它不是自然丰富的讲话声调,而是又高又尖,夸张做作,像一个人在大风天从麦克风里对群众喊话:"小朋友们,我的读者们",他在"未知的国度"一文中说道,接着告诉我们——

> 那天芬顿集市上有一个牧人,他赶着羊从东边来,经过刘易斯②。他眼睛里有一种对地平线的回忆,这种回忆使牧人和山地人的眼睛与其他人的不同……我跟他走,听他有什么要说,因为牧人说话和其他人很不一样。

幸好这位牧人关于未知的国度要说的很少,即使是在一杯免不了的啤酒的刺激下。他唯一的话语证明他要么是一位二流的诗人,不适合看管羊群,要么就是贝洛克先生本人用钢笔伪装的。这就是散文老手现在必须面对的惩罚。他必须伪装。他没有时间扮演他自己或其他人。他必须撇取思想的表面,稀释个性的力量。他必须每周给我们破旧的半便士铜币,而不是每年一枚沉甸甸的金币。

但不只是贝洛克先生一人受到流行环境的影响。将文集带入一九二○年的散文也许不是作者最好的文章,但如果我们除

---

① 贝洛克(1870—1953),法裔英籍作家。被认为是英国幽默散文大师,以其滑稽散文,尤其是《坏孩子的动物图书》而广为人知。
② 英国英格兰东南部城市。

去偶尔写点散文的康拉德先生和哈得逊先生,而专看那些惯写散文者,就会发现他们受环境变化影响很大。每周写,每天写,写得简短,为早上赶火车的忙碌的人或晚上回到家的疲惫的人写作,这对能鉴别好坏文章的人来说是一件痛苦的事。他们虽然做了,却本能地抽出了任何接触公众可能会损坏的珍贵东西,或任何可能刺激公众皮肤的东西。因此,读多了卢卡斯先生、林德先生或斯考尔①先生的文章,我们会感到它们都镀上了一种共同的灰色。他们既远离沃尔特·佩特的那种奢华的美,也远离莱斯利·史蒂芬的那种放纵的直率。美和勇气是危险的液体,不能装在一栏半的瓶子里;而思想像背心口袋里的牛皮纸包,能够破坏一篇文章的匀称。他们为之写作的是一个善良、疲倦、漠然的世界,奇迹是他们从未停止(至少是)努力把文章写好。

但没有必要为散文写作环境的这种变化而怜悯克拉顿·布罗克先生。他显然从中取得了好的结果,而不是糟糕的结果。我们甚至不敢说他做了任何有意识的努力,他如此自然地完成了个人到群体,从客厅到艾伯特厅的转变。奇怪的是,篇幅的缩小带来了个人的相应扩大。我们不再看到马克斯和兰姆的"我",而看到公众和其他显赫人物的"我们"。"我们"去听《魔笛》;"我们"应该从中获益;"我们"用某种神秘的方式,以集体的身份,在从前写了它。因为音乐和文学艺术必须经过同样的概括化,否则便不能传到艾伯特厅里最远的角落。克拉顿·布罗克的声音,如此真诚,如此客观,传得这么远,让这么多人听

---

① 斯考尔(1882—1958),英国新闻记者、剧作家。先后任《新政治家》和《伦敦信使》编辑。著有《讽刺性仿作诗集》《一卷诗集》《诗选》《诗集》等。

到，而又不迎合大众的弱点，是理应使我们大家感到满意的。可"我们"虽然满意了，"我"——人类团体中那个不规矩的成员却陷入了失望。"我"永远必须自己思考，自己感觉。与大多数有教养的、善意的人们共享稀释的思想和感觉，对他来说纯粹是折磨。当我们其他人专心聆听，深深受益时，"我"却溜到树林和田野中，为一片草叶或一颗土豆而感到喜悦。

在现代散文的第五卷，我们似乎离愉悦和写作艺术远了一些。但为对一九二〇年的散文作家公正起见，我们必须保证，我们赞扬有名者，不是因为他们被赞扬过，我们赞扬死者，也不是因为永远不会在皮卡迪利大街上遇见他们套着鞋罩。我们在说他们会写作和给我们愉悦时，要知道自己说的是什么。我们必须加以比较，必须揭示质量。我们必须指着这个说写得好，因为它准确、真实、有想象力：

> 不，人们想退休的时候不能退；而在理应退休的时候又不肯退。他们耐不住寂寞，即使在年老多病，需要荫蔽的时候，还像镇上的老人一样，坐在家门口，尽管在那里他们只是把年纪供人嘲笑。

指着这个说写得不好，因为它松散、似是而非、普通平常。

> 他嘴上挂着礼貌而明确的玩世不恭，想到宁静的处女的寝室，想到月光下潺潺的河水，想到夜间露台上纯洁的乐曲如泣如诉，想到母亲般的爱人那保护的臂膀和守望的眼睛，想到阳光下沉睡的田野，想到万顷海水在温暖、颤动的天幕下起伏荡漾，想到炎热的港口，美丽宜人，弥漫着芳香……

还没有完，但我们已经被声音弄迷糊了，失去了感觉和听觉。这个比较使我们猜想写作艺术的关键是与思想的紧密联系。正是乘着思想——某种深深信仰或是准确看到的东西,迫使语言服从它的形状——包括兰姆和培根、比尔博姆先生和哈得逊、弗农·李和康拉德先生、莱斯利·斯蒂温、巴特勒和沃尔特·佩特在内的不同作家才到达了彼岸。各种殊异的天赋帮助或阻碍了思想转化成语言的过程。有的痛苦地勉强通过;有的则一帆风顺。可是贝罗克先生、卢卡斯先生和斯考尔先生就没有从本质上紧紧抓住任何东西。他们具有当代的通病——缺乏一种坚定的信念,使短暂的声音从众人语言的模糊区域升到那永恒联姻、永恒结合的境地。尽管一切定义都是含糊的,但好的散文必须带有这种永恒的性质;它必须为我们拉上帷幔,但这帷幔必须把我们关在里面,而不是关在外面。

约瑟夫·康拉德

突然之间，没有给我们时间整理思想或准备言辞，我们的客人就离开了；他这没有告别仪式的离去与他多年之前神秘的到来相一致。他总是带着一种神秘的气息，这一方面是由于他的波兰血统，一方面是由于他那令人难忘的相貌，一方面是由于他喜欢隐居在乡下，远离闲言碎语，远离宴请款待，所以要了解他的情况只能依靠那些习惯于按门铃的纯朴的拜访者，他们描述这位不知名的主人说，他有最好的风度，最明亮的眼睛，说英语带着很浓的外国口音。

尽管死亡往往会刺激和集中我们的记忆，但康拉德的天才中有一种本质上而非偶然地不易接近的东西。他晚年的名声，除了一个显著的例外，无疑是英国最高的；但并不是人人都喜欢他。有些人欣喜若狂地阅读他的作品，另一些人则不以为然。他的读者中有年龄和思想最悬殊的人。十四岁的中学生在囫囵吞枣地阅读马里亚特①、司各特、亨蒂②和狄更斯时，把他也一

---

① 马里亚特(1792—1848)，英国海军军官和作家，作品包括小说《海军候补生伊齐先生》和儿童读物《家长莱帝》。

② 亨蒂(1832—1902)，英国儿童冒险故事作家，作品表现英勇、刚毅的男子气概，有《小号手》《印第安人与牛仔》等约八十部。

起吞了下去;而那些有经验和挑剔的人,在过去的岁月里已经吃到了文学的核心,在那里反复翻着少量珍贵的碎屑,他们小心地把康拉德放在自己的筵席上。当然,困难和争议的一个来源,正如人们向来认为的那样,是他的美。一打开他的书,就会感觉像海伦①照镜子时那样,发现她无论怎么做,都永远不会被看作相貌平平的女人。康拉德的天才就是这样,他就是这样训练自己的。他对一种因其拉丁语性质而不是撒克逊语性质而受到追求的外语的义务,使他的笔无法有任何不体面或无意义的动作。他的女郎——他的风格,有时候有点困倦,可是当有人跟她说话时,她是多么雍容华贵,仪态万方! 但有人说康拉德如果不这样时刻注意外表,他的价值和名气都会提高。批评者们说,外表美起了阻隔和分散注意力的作用,并指着那些正在惯于被从上下文中摘出来,与英国散文中其他剪下的花朵一起展示的著名段落为证。他们抱怨说,他的语言做作、生硬、华丽,他把自己的声音看得比人类痛苦的声音更重要。这批评是熟悉的,而且就像聋人对《费加罗的婚礼》的评论一样难以反驳。他们能看到乐队;还能远远听到一点讨厌的摩擦声;他们自己的讲话被打断,于是,他们很自然地认为那五十位小提琴手如果不弄摩擦声,而是去敲石头修马路,对生活会更有好处。我们怎么能让他们相信,美能够启迪,能够给人教益呢? 因为她的教导与她的声音不可分割,而他们是听不见的。可是阅读康拉德——不是读生日礼品书,而是大量地阅读时,谁要是不能在那相当生硬和阴郁的音乐(它的拘谨、它的骄傲,它那巨大的、不可改变的诚实)中,

① 希腊神话中宙斯和勒达的女儿,梅内莱厄斯的妻子。因其被帕里斯拐走而引发特洛伊战争。

397

听出善比恶好，忠诚、正直和勇气是善，那他就真是不懂语言的意义，尽管表面上康拉德只是想向我们展现夜晚海上的美。可是把这些寓意从其环境中抽取出来是错误的。在我们的小碟子里风干之后，离开了语言的神秘魔力，它们便失去了刺激的力量；失去了康拉德的文章特有的那种强烈震撼力。

正是由于他身上的某种强烈的东西，一种船长和领袖的气质，使康拉德对青少年具有吸引力。在《诺斯特罗莫》之前，正如年轻人很快发现的那样，他的人物基本上是简单而英勇的，无论作者的思想多么深奥，方法多么迂回。他们是水手，习惯于孤独和沉默。他们与大自然冲突，但与人类保持和平。自然是他们的对手；是她引出光荣、慷慨、忠诚、人应有的品质；她在受庇护的港湾把美丽的姑娘养育成朴素端庄、深不可测的女人。首先，是大自然造就出像沃雷船长和老辛格顿这样饱经风霜、受过考验的人，默默无闻但堂堂正正，康拉德认为他们是人类的精华，他永不疲倦地赞美他们：

> 他们是强壮的，是既不知怀疑也不知希望的人的那种强壮。他们焦躁而又忍耐，狂暴而又专心，任性而又忠诚。善意的人们曾经形容这些人每吃一口饭都要发牢骚，害怕生活而忙于工作。但实际上这些人知道辛劳、穷困、暴力、放荡——却不知道害怕，心里也没有恶意。难以管束，但很容易鼓舞；沉默寡言——但有丈夫气概，从内心看不起那些哀叹命运艰难的声音。这命运是独特的，是他们自己的；能够承受它在他们看来是被选中者的特权！他们是一群不善言辞而又不可缺少的人，不知道温情的甜蜜或家的庇护——死时也没有黑暗狭窄的坟墓的威胁。他们永远是神秘的大海的孩子。

这就是早期作品——《吉姆爷》《台风》《"水仙花号"上的黑水手》《青春》中的人物;不管时尚如何变化,这些作品肯定会在我们的名著中占据一席之地。可是它们之所以能达到这个高度,是依靠了马里亚特、芬尼莫尔·库珀①讲述的那些单纯历险故事所没有的性质。显然,要浪漫地、衷心地、以爱人的热情欣赏和赞美这些人和这些行为,就必须具有双重视角;你必须既在里面又在外面。要赞美他们的沉默,就必须说话。要欣赏他们的忍耐,就必须能感觉疲劳。既要能与沃雷和辛格顿等人同样生活,又不能让他们怀疑的眼睛看出使你理解他们的那些特性。只有康拉德能够过这种双重生活,因为康拉德是两个人的结合,一个是船长,另一个是敏感、精细、挑剔的分析家,他称之为马罗。他说马罗是"一个非常小心谨慎,善解人意的人"。

马罗属于那种天生的观察家,在休息的时候最愉快。马罗最喜欢的就是坐在甲板上,在泰晤士河上某个不知名的港湾,吸烟和回忆;吸烟和遐想;随着青烟吐出一个个美丽的语言的圈圈,直到整个夏夜变得有一点烟雾弥漫。马罗也对和他一起航行过的人怀有深深的敬意,但他能看到他们的幽默。他嗅出并巧妙地描述了折磨那些笨拙的老兵的青黑色怪物。他对人类的畸形有敏锐的洞察力;他的幽默是讽刺性的。马罗也没有完全被包裹在他自己的雪茄烟雾里,他往往会突然睁开眼睛,看着——一个垃圾堆、一个港口、一个商店柜台,然后,那东西在神秘的背景上突然变亮,整个显现在燃烧的光圈中。内省而善分析的马罗了解这种特异性。他说这功能是突如其来的。例如,

---

① 库珀(1789—1851),美国小说家,以边境生活为题材的小说而闻名,其作品有《最后一个莫希干人》。

他可能无意中听到一位法国军官咕哝说:"老天爷,时间过得真快!"

这句话再平常不过[他评论道],可是它让我感到片刻的洞察。多么奇怪,我们眼睛半闭,听觉迟钝,思想沉睡地度过一生……然而,很少有人未曾经历过那些少有的清醒时刻,在一瞬间看到,听到,理解那么多——甚至一切,然后重又陷入我们惬意的睡眠状态。他说话时我抬起眼睛,好像从未见过他那样注视着他。

他就这样在黑暗的背景上描绘出一幅幅画面。首先是船,抛锚的船,在暴风雨前飞驶的船,港湾中的船只;他描绘日落和黎明;描绘黑夜;描绘大海的各种状态;他描绘五光十色的东方港口,男人和女人,他们的房屋和姿态。他是一位精确而无畏的观察者,"绝对忠实于他的感觉",康拉德说这是"一位作者在创作最兴奋的时候必须保持的"。马罗有时非常平静和悲悯地说出一两句墓志铭,在眼前这一切绚丽缤纷中,提醒我们记住黑暗的背景。

因此我们可以粗略地区分说,康拉德创作,马罗评论。康拉德告诉我们,当写完《台风》中的最后一个故事时,他"灵感的性质有了一点微妙的变化"。基于上述区分,我们可以(尽管知道这样做有点危险)把这变化解释为这两位老朋友的关系有些改变。"……好像这世界上已没有什么可写的了。"我们可以猜想,这是创作者康拉德说的话,带着悲哀的满意回顾他讲述的故事,很可能感觉他再也无法把《"水仙花号"上的黑水手》中的暴风雨描绘得更好,或对英国水手的品质做出比《青春》和《吉姆爷》中更忠实的赞颂。这时候评论者马罗提醒他,在自然过程中,人终究会变老,坐在甲板上吸烟,放弃航行。可是,他提醒道,那些奋发的岁月留下了记忆的沉淀;他甚至可能暗示,尽管关于沃雷船长和他与宇宙的关系也许已经讲完,但在岸上还有许多男人和女人,他们的关系虽然个人化一些,但也许值得观察。如果我们进一步假设船上有一本亨利·詹姆斯的书,马罗把这本书拿给他的朋友,让他睡觉时读读,我们还可以找到一个证据:一九〇五年康拉德写了一篇论那位大师的很好的文章。

所以,在许多年里,两个搭档中是马罗为主。《诺斯特罗莫》《机会》《金箭》代表了结合的那个阶段,有些人仍将认为它是最丰富的。他们会说,人心比森林更复杂,它有暴风雨,有黑夜中的怪兽;如果你作为小说家,想在所有的关系中考验一个人,那么他的对手应当是人;他的考验是在社会中,而不是在孤独中。明亮的目光不仅落在荒凉的海面,而且落在复杂的内心——那一类的书对他们永远有特殊的吸引力。然而必须承认,如果马罗这样建议康拉德转变视角,他的建议是冒险的。一个小说家的视野既综合又专一,综合是指在他的人物的背后必须有某个稳定的东西,他们都与它相联系;专一是由于他是一个人,只有一个人的感受力,生活中他能够坚信的方面是很有限的。如此脆弱的平衡很容易被扰乱。中期以后康拉德再也未能使他的人物与背景达到完美的关系。他从未像相信他早期作品中的水手那样相信他后期那些更为复杂的人物。当他必须指明他们与小说家的另一个看不见的世界——价值观和信仰的世界的关系时,他对那些价值观远没有那么确定。于是我们一再看到,在暴风雨结束时,"他小心掌舵"这一句话包含了全部的道德。但是在这更加拥挤和复杂的世界上,这样简洁的语句显得越来越不适宜。有多种兴趣和关系的复杂的男人和女人不肯接受如此简短的判断；或即使接受，他们身上的许多重要东西却被漏掉了。可是对于康拉德那丰富而浪漫的天才来说，非常需要有某种规律来检验他的创造物。本质上——他依然相信——这个由文明和自觉的人组成的世界是以"少数非常简单的思想"为基础的；可是在这个充满思想和人际关系的世界上，我们到哪里能找到它们呢？客厅里没有桅杆，台风不能考验政治家和商人的品格。正是由于寻找但未能找到这种支持，康拉德后期的作品有一种不自觉的晦涩，一种无结论性，几乎是一种幻灭感，令人迷惑和疲倦。我们在昏暗中只抓到旧的高尚和洪亮：忠诚、同情、荣誉、服务——永远美好，但现在已是有点无聊的重复，仿佛时代变了。也许是马罗的错，他的思维习惯有一点静止。他在甲板上坐得太久，独白是很精彩，但在对话中就不那么敏锐了；那些闪亮又消失的"片刻的洞察"，无法像稳定的灯光那样照亮生活的波纹及漫长渐变的岁月。也许最重要的是，他没有考虑到如果康拉德要创作，他首先必须要相信。

因此，尽管我们还会到那些后期作品中去探险，带回珍奇的纪念品，但它们的大片土地将是我们大部分人未曾涉足的。我们会从头到尾阅读的是那些早期作品——《青春》《吉姆爷》《台风》《"水仙花号"上的黑水手》。它们仿佛在讲述某种非常古老而完全正确的东西，过去一直隐藏着，而现在被揭示出来。当问到康拉德的什么东西将会流传下去，我们应把他排在小说家的什么位置上时，这些书将浮现在我们脑海中，使这种问题比较显得有点无聊。它们完整而宁静，无比纯洁、无比美丽地在我们的记忆中升起，像炎热的夏夜，一颗又一颗星星以它们缓慢而庄严的方式显现出来。

当代人的印象

　　首先,当代人不会不对这种现象感到惊奇:在同一时间坐在同一张桌子前的两位批评家,会对同一本书做出截然不同的评论。右边这位宣称它是英国散文中的杰作;左边这位把它贬为一堆废纸,应该把它扔到火里,如果火不会被它压灭的话。可是两位批评家对弥尔顿和济慈却意见一致。他们表现出敏锐的感受力,并且无疑具有真正的热情。只是在讨论当代人的作品时,他们不可避免地冲突起来。被讨论的这本既是对英国文学的永久贡献,又是平庸矫饰的大杂烩的书,是两个月前刚出版的。这就是解释,这就是他们意见不合的原因。

　　这是个奇怪的解释,它令读者和作者同样不安。读者希望在当代文学的杂乱中找到一个方向,而作者很自然地希望知道,他花了无数心血在一片黑暗中写出的作品,能否在英国文学的恒星中间永远闪耀,还是只能使火焰熄灭。但是如果我们站在读者的角度,先考虑他的困境,那么我们的困惑是很短暂的。同样的事在以前发生过很多次。自从《罗伯特·埃尔斯米尔》或是《斯蒂芬·菲利普斯》流行起来之后,我们平均每年两次(在春季和秋季)听到博士们对新作品评价不一,对老作品看法一致。成年人中对于这些书也有同样的争议。如果两位先生竟奇迹般地意见一致,说布莱克的书无疑是一部杰作,从而迫使我们决定是否要用十先令六便士来支持他们的判断,那会不可思议得多,事实上也麻烦得多。两位都是有名望的批评家;在这里自然抛洒的意见将会被浆制成冷静的专栏文章,维护英国和美国文学的尊严。

所以,一定是某种固有的不敬,对当代天才的一种刻薄的不信任,使我们在谈话过程中自动地断定,即便他们取得共识(而他们并未显示出这种迹象),为当代人的热情而花十先令六便士也太昂贵,办一张借书卡就足够了。问题仍未解决,让我们大胆地去问问批评家们。在现代,如果作为一个读者,对死者的崇敬不亚于任何人,但是不安地怀疑对死者的崇敬与对生者的理解密切相关,难道就不能找到任何指导吗?迅速考虑之后,两位批评家一致认为很遗憾,没有这样一个指导者。因为他们自己对新书的评判又值多少钱呢?肯定没有十先令六便士。他们又从自己的经验中举出过去可怕的失误的例子,错误的批评,如果是针对死者而不是对生者,会砸掉他们的饭碗,危及他们的名誉。他们唯一能提供的忠告是,尊重你的直觉,勇敢地跟随它,不要使它受任何在世的评论家的左右,而是通过反复阅读过去的名著来校正它。

谦卑地感谢他们之后,我们不禁想到情况不总是这样。我们相信,从前曾经有一种规律,一种原则,以现在人不知道的方式控制着广大的读者。这并不是说过去伟大的批评家(德莱顿[①]、约翰逊、柯尔律治、阿诺德等)对同时代作品的评价从无错

[①] 德莱顿(1631—1700),英国作家和桂冠诗人(1668年以后),是英王复辟时期文学界的杰出人物,著有评论、诗歌与戏剧。

误,他们的判断不可磨灭地印在书上,省去了读者自己评估的麻烦。那些伟大人物对他们同时代人的错误判断为大家熟知,无需记录。可是他们的存在本身就有一种集中的影响力。可以并不荒诞地设想,仅仅凭此就可以控制餐桌上的争论,给关于某本新书的闲谈提供一种现在完全找不到的权威。不同的派别仍然会激烈地争论,只是每个读者思想深处都有一个意识:至少有一个人能看清文学的原则,如果你把时下的某种古怪拿给他看,他会把它与永恒相联系,在褒与贬的狂风①中用他的权威把它拴住。但要造就一位批评家,需要造化的慷慨和社会的成熟。现代社会散漫的餐桌,我们时代中各种潮流的追逐与漩涡,只有一位神话般的巨人才能够主宰。而现在别说巨人了,我们有权期望的高大的人又在哪里呢? 我们有评论者,但没有批评家。有品位有学识的人永远在教导青年,颂扬死者。可是他们那有力而勤奋的笔往往只是使文学的活组织风干成一副骨头架子。我们无处找寻德莱顿那直率的气势,或济慈那优美自然的风度、深刻的洞察力和健全的心智,或福楼拜那巨大的狂热的力量,或尤其是柯尔律治,在他的脑海中酝酿全部诗歌,偶尔发出一句深刻的概括性评论,那是在阅读的炽热摩擦中被思想捕捉到的,仿佛是书的灵魂本身。

---

① 它的猛烈可以从下列两段引文看出。

"它[一个白痴说]应当像《暴风雨》《格列佛游记》那样被阅读,因为即使麦考利小姐的诗才不如《暴风雨》的作者那样卓越,她的反讽不如《格列佛游记》的作者那样绝妙,她的公正和智慧却毫不比他们逊色。"——《每日新闻》

第二天我们读到:"至于其他我们只能说,如果爱略特先生愿以通俗英语写作,就不会有《荒原》,因为除了人类学家和文人,它对所有人来说只是废纸一堆。"——《曼彻斯特卫报》

——原注

对于这一切，批评家们也大度地表示同意。他们说，伟大的批评家是最稀有的。可是如果奇迹般地出现了一位，我们又怎样供养他，拿什么来喂给他呢？伟大的批评家，如果他本身不是伟大的诗人的话，需要靠时代的繁荣来哺养。要有伟人让他来维护，有流派让他来创立或摧毁。可是我们的时代可怜到近乎赤贫。没有一个名字高于其他。没有一位大师可让年轻人自豪地跟他学习。哈代先生早已退出文坛，康拉德先生的天才中有一种外来的东西，使他与其说是影响者，不如说是个偶像，令人崇敬钦佩，但有距离。至于其他人，尽管人数众多，精力旺盛，处于创作活动高峰，但没有一个人能够对当代人产生重大的影响，或是能够从我们的时代渗透到不很遥远的将来——我们喜欢称之为不朽。如果以一百年作为检验，问当今在英国发表的作品有多少能流传到一百年之后，我们将不仅无法就选哪一本书达成一致，而且很怀疑有没有这样的书。这是一个碎片的时代。几节诗，几页文字，个别章节，这篇小说的开头，那篇的结尾，与任何时代或作者的最好的片段不相上下。但是我们又怎能拿一束散页去交给后代，或请面前放着所有文学作品的后代读者，到我们巨大的垃圾堆里翻找细小的珍珠？这就是批评家们有权向他们同桌的朋友，小说家和诗人提出的问题。

起初悲观的因素似乎足以压倒一切。不错，这是一个贫乏的时代，我们说，有许多理由可以为它的贫乏而辩护；但是，坦率地说，如果我们拿一个世纪与另一个世纪相比，这比较似乎完全对我们不利。《威弗利》《远足》《忽必烈汗》《唐璜》、黑兹利特[1]

---

[1] 黑兹利特(1778—1830)，因犀利的文学批评而闻名的英国散文家，他的作品包括《莎士比亚戏剧中的人物》《席间闲谈》《英国戏剧概观》。

的散文、《傲慢与偏见》《海披里安》和《解放了的普罗米修斯》都是在一八〇〇到一八二一年间出版的。我们这个世纪不乏勤奋,但如果要找杰作,看样子悲观主义者是对的。好像一个天才的时代之后必然是一个努力的时代;狂放和挥霍之后是清洁和勤苦。当然,那些牺牲了不朽而去把房间收拾整齐的人是非常可敬的。可是如果我们需要杰作,到哪里去寻找呢? 我们可以相信,有一点诗歌可以流传下来,叶芝、戴维斯①、德拉·梅尔②先生的一些诗。当然,劳伦斯先生有片刻的伟大,但也有许多小时非常不同的东西。比尔博姆在他的程度上是完美的,但不是很伟大的程度。《遥远的地方和很久以前》中的不少段落无疑将完整地流传到后代。《尤利西斯》是一个难忘的灾难——勇气巨大,灾难也巨大。因此,我们挑来拣去,一会儿选这个,一会儿选那个,举起来展示,听到辩护或嘲笑,最后不得不面对人们的反对,说尽管如此,我们也只是在支持批评家的看法,这是一个不能作持续努力的时代,撒满了碎片,不能认真与过去的时代相比。

但正是当某种意见普遍盛行,我们也口头上同意时,我们可能开始强烈地感到对所说的一点也不相信。我们重复说,这是一个贫瘠而枯竭的时代,我们不得不羡慕地回顾过去。但同时这又是初春的美好日子。生活并不完全缺少色彩。那打断最严肃的谈话和最重要的评论的电话也有它自己的浪漫。没有机会不朽从而可以畅所欲言的人们的闲谈,往往具有灯光、街道、房

---

①　戴维斯(1871—1940),英国诗人,其抒情诗铿锵有力、纯朴自然,作品有《灵魂的摧毁者》《最孤独的山》等。
②　德拉·梅尔(1873—1956),英国作家,他对儿童的幻想世界表现出来的喜悦反映在他的诗歌和小说中,如《一天清晨》。

屋和人组成的背景,美丽或奇异,它将永远编织进这一刻。但这是生活,而话题是关于文学。我们必须努力把二者解开,为那冲动的乐观对那似乎更加合理,更加清晰的悲观论调的反抗提出辩护。

看来,我们的乐观大体上是本能的。它来自好天气、葡萄酒和闲谈。生活每天都抛出许多珍宝,每天都暗示着连最健谈的人都表达不完的东西,我们尽管非常钦佩死者,但还是喜欢生活像现在这样。即使把过去所有的时代供我们选择,今天还是有一些我们不愿交换的东西。有诸多缺陷的现代文学对我们也有同样的魅力。就像一个我们每天怠慢和斥责,但毕竟不能缺少的亲戚。它具有一种亲切感,就像是我们自己、我们做的东西、我们住的地方,而不是什么异己的、从外部看到的东西,无论它多么崇高。而且没有哪代人比我们更需要珍视同时代作者。我们被与前辈们截然隔开。大规模的变化——战争,多年一直保持固定的块体突然滑动——动摇了整个结构,把我们与过去隔离,使我们也许有太强烈的现在意识。我们每天都发现自己做着、说着或想着对父辈们是不可能的事情。我们对那未被提到的不同点,比对那被完善表达的相似点感受更深。我们被新书吸引的原因之一,便是希望它们能够反映我们态度的这种调整(这些场景、思想、不调和的事物的看似偶然的组合,给我们以如此强烈的新鲜感),并且像文学所做的那样,以完整和理解了的形式把它交还给我们。这方面我们很有理由感到乐观。没有哪个时代像我们有这么多作家一心要表达他们与过去的不同之处,而不是相似之处。提名字会招人怨恨,但哪怕是最不经意地浏览诗歌、小说、传记的人,都不会不对那种勇气、真诚——一句话,对我们时代普遍的独创性留下印象。但是我们的欣喜被奇怪地掐灭了。一本又一本书都让我们感到期望未获得满足,感到智力的贫乏,感到光辉被从生活中夺走而又没有被转化成文学。当代最好的作品都似乎是在压力之下,用简陋的速记符号记录下来的,它惊人鲜明地记录下人物从屏幕前走过时的动作和表情。可光亮转瞬即逝,留给我们的是深深的不满足。其后的烦恼与当时的快乐一样强烈。

所以,我们又回到了开头,从一个极端荡到另一个极端,一会儿热情,一会儿悲观,对当代人得不出任何结论。我们曾向批评家们求助,但他们拒绝了。现在我们该接受他们的忠告,参考过去的名著来校正这些极端。实际上我们感到被推向它们,不是出于冷静的判断,而是出于某种迫切的需要,想依靠它们的稳定来给我们一个锚地。但老实说,过去与现在的巨大反差一开始是令人不安的。伟大作品无疑有一种单调。华兹华斯、司各特和简·奥斯丁的许多篇章中有一种泰然自若的宁静,静止得近乎沉睡。机会多次出现,他们却白白放过。细微的感觉积累起来,他们却不予理睬。他们似乎故意拒绝满足那些被现代人刺激得如此灵敏的感觉;视觉、听觉、触觉——首先是人的感觉,他的深度和他知觉的多样性,他的复杂,他的混乱,简而言之,即他的自我。在华兹华斯、司各特和奥斯丁的作品中很少这些东西。可是,那种渐渐地、令人愉快地、完全地把我们征服的稳定感是从哪里来的呢? 是来自他们信念的力量。在哲理诗人华兹华斯身上,这一点相当明显。但为了造城堡而在吃早饭前潦草写出杰作的司各特,以及那位为了开心而偷偷写作的文静女孩也是一样。他们都自然地相信生活是某种性质的。他们有自己的行为判断。他们知道人与人及人与宇宙的关系。也许他们无法用一句话概括,但一切都依赖于它。我们听到自己说,只要相信,其他一切都会自然出现。举一个简单的例子,拿最近出版的《沃森一家》来说,只要相信一个温柔的姑娘会本能地设法抚慰一个在舞会上受到冷落的男孩,只要你能毫不怀疑地相信,那么你不仅能使一百年后的人们感觉到同样的东西,而且能使他们感到它是文学。那种确信是写作的前提条件。相信你的印象对他人可信,就是从个人的狭隘限制中跳出来。这就是像司各特那样的自由,以至今让我们着迷的气魄探索整个冒险和浪漫的世界。这也是简·奥斯丁如此擅长的神秘艺术的第一步。一小颗经验被选中,相信,放到她身外后,可以被准确地摆到它的位置上,她就可以自由地通过某种从来没有让分析者窥出秘密的方法,将它变成那完善的陈述——文学。

所以当代人的问题是他们已经不再相信。他们中最真诚的人只会告诉我们发生在他自己身上的事情。他们不能创造一个世界,因为他们不能摆脱其他人。他们不会讲故事,因为他们不相信故事是真的。他们不能概括。他们依靠自己的感觉与情感,因为它们的证明是可信赖的,而不是依靠理智,因为它的信息是晦涩的。因此他们必然要放弃使用他们艺术中一些最有力的和最精妙的武器。英语中的全部财富摆在他们身后,他们却怯懦地在手中和书中传递着最不起眼的铜币。被放在那永恒的风景前一个崭新的角度,他们却只能抽出笔记本,认真而痛苦地记录下飞动的微光(它照到了什么呢?)以及瞬间的绚烂(它里面也许什么也没有)。可是这里批评家们插话了,似乎还挺正确。

他们说,如果上面所述是真实的,而不是像很可能的那样,取决于我们在桌旁的位置以及与芥末罐和花瓶的某种纯个人的关系,那么,评价当代作品的风险比以往更大。他们如果评得离谱是非常情有可原的。无疑最好还是像马修·阿诺德建议的那样,从当代燃烧的土地退到过去的安宁中去。"当我们接触如此近的时期的诗歌,如拜伦、雪莱和华兹华斯的诗歌时,我们就像走进了燃烧的土地,"马修·阿诺德写道,"我们的评估不仅是个人的,而且是很感情化的。"批评家们提醒说,这段话写于一八八〇年。他们说,要谨防把许多英里长的绸带中的一寸放到显微镜下;只要你耐心等待,事情自会有分晓;建议中庸节制,研究名著。况且生命短暂,拜伦百年诞辰在即,当前要紧的问题是他有没有娶他的妹妹。总而言之——如果在每个人都在说话而且该走了的时候还有可能作总结的话——现在的作家最好明智地放弃创作名著的希望。他们的诗歌、剧本、传记、小说都不是书而是笔记本,时间像一位好的老师,将把它们拿在手里,指出上面的污渍和潦草笔迹,把它们撕成两半。但他不会把它们扔进废纸篓,而会保存下来,因为别的学生会发现它们很有用。从现在的笔记本中将产生将来的名著。正如批评家们刚才所说,文学历史长久,经过了许多变化,只有短视和狭隘的人才会夸大当前这些风暴的重要性,无论它们怎样摇撼此刻在海上颠簸的小船,暴风雨只是在表面,深处是连续和平静的。

　　至于那些评价当前作品的批评家们,让我们承认,他们的工作是困难、危险,并往往是讨厌的。让我们请他们吝惜那些很容易变形、褪色,在六个月之后使佩戴者看上去有一点可笑的花环和冠冕。让他们从更广阔的,较少个人色彩的角度审视现代文学,看到作家们是在造一座宏伟的建筑,由于是共同努力,个人也许会默默无闻。让他们毅然离开有便宜的糖和大量黄油的舒适房间,至少是暂时地放弃关于那个有趣的话题——拜伦有没有娶他的妹妹,并从我们坐着闲聊的桌子前稍稍离开一点,说一些关于文学的有意义的话。在他们告辞时，让我们强留住他们，请他们想想那位憔悴的贵族，赫丝特·斯坦厄普夫人，她在马厩里备好一匹乳白色的骏马等待救主到来，并且时常扫视山峰，焦急但满怀信心地搜寻他的身影。希望他们以她为榜样，扫视地平线，看到过去与未来的关系，从而为未来名著的出现铺平道路。

吴尔夫精选集 II

海浪

[英]弗吉尼亚·吴尔夫 著

THE WAVES

达洛维太太

MRS DALLOWAY

谷启楠 译
吴钧燮 译

人民文学出版社
PEOPLE'S LITERATURE PUBLISHING HOUSE

Virginia Woolf

The Selected Works of Virginia Woolf

图书在版编目（CIP）数据

吴尔夫精选集．2，达洛维太太　海浪 ／（英）弗吉
尼亚·吴尔夫著 ；谷启楠，吴钧燮译．-- 北京 ：人民
文学出版社，2024．-- ISBN 978-7-02-018939-7

Ⅰ．Ⅰ561.15

中国国家版本馆 CIP 数据核字第2024GP4718号

责任编辑　冯　娅　翟　灿　刘佩洋
装帧设计　刘佩洋
责任印制　宋佳月

目次

达洛维太太

谷启楠 译

达洛维太太说她要自己去买鲜花。

因为她已给露西安排了很多事做。几扇屋门将从合页上卸下;朗波尔迈耶店里的工人要来。再说,克拉丽莎·达洛维想,今天早晨多么清新啊,好像是专为海滩上的孩子们准备的。

多有意思!多么痛快!因为她过去总有这样的感觉,每当随着合页吱扭一声——她现在还能听见那合页的轻微声响——她猛地推开伯尔顿村住宅的落地窗置身于户外的时候。早晨的空气多么清新,多么宁静,当然比现在要沉寂些;像微浪拍岸,像浮波轻吻,清凉刺肤然而(对于当时的她,一个十八岁的姑娘来说)又有几分庄严肃穆;当时她站在敞开的落地窗前,预感到有某种可怕的事就要发生;她观赏着鲜花,观赏着烟雾缭绕的树丛和上下翻飞的乌鸦;她站着,看着,直到彼得·沃尔什说:"对着蔬菜想什么心事呢?"——是那么说的吧? ——"我感兴趣的是人,不是花椰菜。"——是那么说的吧?这一定是他在那天吃早餐的时候说的,在她走到屋外的台地之后——彼得·沃尔什。他过些天就要从印度回来了,是六月还是七月,她记不清了,因为他的来信总是那么枯燥无味;倒是他常说的几句话让人忘不掉;她记得他的眼睛、他的折叠小刀、他的微笑、他的坏脾气,还

003

有,在忘掉了成千上万件事情之后,还记得他说过的关于卷心菜的诸如此类的话——多奇怪呀!

她站在人行道的石沿上挺了挺身子,等着达特诺尔公司的小货车开过去。一个有魅力的女人,斯克罗普·派维斯这样评价她(他了解她的程度就跟威斯敏斯特区的居民了解自己紧邻的程度差不多);她有几分像小鸟,像只樫鸟,蓝绿色,体态轻盈,充满活力,尽管她已年过五十,而且自患病以来面色苍白。她站在人行道边上,从未看见过他,她在等着过马路,腰背直挺。

由于在威斯敏斯特住了——有多少年呢?二十多年了——克拉丽莎相信,你即使在车流之中,或在夜半醒来,总能感觉到一种特殊的寂静,或者说是肃穆;总能感觉到一种不可名状的停顿、一种挂虑(但那有可能是因为她的心脏,据说是流行性感冒所致),等待着国会大厦上的大本钟敲响。听!那深沉洪亮的钟声响了。先是前奏,旋律优美;然后报时,铿锵有力。那深沉的音波逐渐消逝在空中。我们是如此愚蠢,穿过维多利亚街时她这样想。因为只有老天爷才知道一个人为什么如此热爱和如此看重它,人们发明了它,把它建造在自己周围,打乱它,又每时每刻重新创造它。然而那些衣着最为平俗的女人,那些坐在门前台阶上(酗酒自毁)的最最痛苦沮丧的人们,对它同样情有独钟;真没办法,她相信就连议会的法案都无法改变这种心态,原因只有一个:他们热爱生活。在人们的目光里,在疾走、漂泊和跋涉中,在轰鸣声和喧嚣声中——那些马车、汽车、公共汽车、小货车、身负两块晃动的牌子蹒跚前行的广告夫、铜管乐队、转筒风琴,在欢庆声、铃儿叮当声和天上飞机的奇特呼啸声中都有她之所爱:生活、伦敦、这六月的良辰。

因为现在是六月中旬。战争①已经结束，但对福克斯克罗夫特太太这样的人例外。昨晚她在大使馆心事重重，十分悲痛，因为她的好儿子战死了，这样一来那所古老的庄园宅邸就定得归一位堂兄弟了。又如贝克斯伯拉勋爵夫人，听说她在主持慈善义卖开幕式的时候手里拿着电报，她最心爱的儿子约翰战死了。然而战争毕竟结束了，感谢老天爷，终于结束了。现在是六月，国王和王后都在白金汉宫。虽然时间还早，但到处都能听到有节奏的声响、马蹄疾驰的嘚嘚声、球板击球的啪啪声。洛德板球场、阿斯科特赛马场、拉内拉赫俱乐部和其他一切，都包裹在晨曦构成的蓝灰色轻柔细网之中，但是随着时光的推移，这网将会逐渐展开，将它们显现出来；同时在草坪和球场上将会出现奔腾的马驹，它们前蹄触地，立即跃起，还有旋转击球的小伙子，以及穿薄透布衣裙的嬉笑的姑娘们，她们在彻夜狂舞之后仍不忘带着怪异的长毛狗出来散步。就在这么早的时辰，小心谨慎的贵族遗孀们已经坐着自己的汽车匆匆去完成神秘的使命。店主们拿着人造的和天然的钻石在橱窗里忙个不停，他们把惹人喜爱的海绿色胸针摆在十八世纪的背景上以吸引美国人（但是你必须注意节省，不要轻易给伊丽莎白买东西）。而她则以一种不合常理的、执着的热情像以往那样爱着这一切；她本人就是这一切的组成部分，因为她的前辈曾在几代乔治国王宫中担任过朝臣；就在今天晚上她自己也要点燃灯火，主持晚会。可是多么奇怪呀，一进圣詹姆斯公园，那么寂静，那薄雾，那嗡嗡声，那缓慢浮游的快乐鸭群，那长着喉囊的水鸟摇摆而行。是谁正向这边走来，背向政府办公楼，恰如其分地提着绘有皇家盾形纹徽的

---

① 指第一次世界大战。

公文箱？那不是休·惠特布雷德吗,她的老朋友休——令人爱慕的休!

"你早啊,克拉丽莎!"休很随便地打着招呼,因为他们两人从小就相识,"你这是到哪儿去啊?"

"我喜欢在伦敦散步,"达洛维太太说,"真的,比在乡下散步舒服。"

他们刚进城——可惜——是来求医的。别的人进城来看电影,看歌剧,带女儿见世面,而惠特布雷德夫妇却来"看医生"。克拉丽莎到疗养院去过不知多少次,探望伊夫琳·惠特布雷德。伊夫琳又病了吗?伊夫琳身体很不好,休说,同时努着嘴,挺挺他那着装得体的、具有高度男性美的、十分丰满的身体(他几乎总是穿得过于讲究,大概不得不如此,因为他在宫廷里有个小差事),暗示他的太太有点儿内科病,对此老朋友克拉丽莎·达洛维是了解的,就不用他细说了。是啊,她确实了解,多讨厌的病啊!但与此同时,克拉丽莎不知为什么像小妹妹似的意识到自己头上的帽子。这帽子不适合清晨戴,是吗?因为休总使她产生这种感觉,当休一面快步前行,一面下意识地提提帽子并说克拉丽莎真的像个十八岁的姑娘,还说他本人当然会出席她的晚会,伊夫琳坚决主张他去,他可能要晚到一会儿,因为他必须先带吉姆的一个儿子去参加宫中的晚会,云云——她和休在一起时总感觉自己的个子变小了,像个中学生,可是她爱慕休,固然因为早就认识他,但她确实认为休是有个性的好人,尽管理查德差点儿被他气疯,至于彼得·沃尔什,至今没有原谅她,就因为她喜欢休。

她还记得在伯尔顿时的一幕幕往事——彼得大怒;休无论如何不是他的对手,但也绝不是彼得说的那种傻瓜,不仅仅是理发师的发型木模。当休的老母亲让休放弃射击,或要他陪伴去巴斯市的时候,休二话不说,绝对从命;他确实不自私,至于像人家说而且彼得也认为的,休没心没脑,除了英国绅士的礼貌和教养以外一无所有,这只不过是她亲爱的彼得在盛怒之下说的气话;休可能执拗,可能难对付,但是他可爱,值得在这样的早晨与之一起散步。

(六月已给树木披上绿装。宾里科一带的母亲们在给婴儿喂奶。新闻从舰队街传送到海军部。繁忙的阿灵顿街和皮卡德利街好像温暖了公园里的空气并使树叶发热发亮,使它们升腾于神圣活力的气浪之上,这活力是克拉丽莎所热爱的。去跳舞,去骑马,她一向喜爱这些活动。)

因为他们也许分别了好几百年,她和彼得;她没写过一封信,而他的信就像干柴棍。可是突然间她会想到,如果他现在和我在一起会说些什么呢?——有的日子、有的景物会把彼得平静地带回她的心里,全然没有往日的苦涩,这也许是关心别人得到的回报吧。许多往事重又涌上心头,在一个晴朗的早晨,在圣詹姆斯公园中央——它们确实再现了。然而彼得——无论天气多么好,无论树木、青草和穿粉红衣裙的小女孩多么漂亮——彼得全都视而不见。他会戴上眼镜,如果她叫他戴的话,他会看上两眼。他真正感兴趣的是世界局势,还有瓦格纳①的音乐、蒲柏②的诗歌、人们的性格等永恒的话题,还有她自己灵魂的瑕疵。彼得责备她时是何等严厉!他们争论得何等激烈!她会嫁

① 瓦格纳(1813—1883),19世纪后期德国作曲家、音乐教育家。
② 蒲柏(1688—1744),英国18世纪前期最重要的讽刺诗人。

给一个首相,站到楼梯之上;他叫她完美的女主人(她为此曾在卧室里大哭一场),她是个当完美女主人的材料,彼得这样说。

于是她在圣詹姆斯公园里仍然不知不觉地继续这场争论,依然假定她当初没有嫁给彼得是对的——当时确实是对的。因为在婚姻关系中,对于同居一室朝夕相处的两个人来说必须有一点个人的自由,必须有一点独立性。理查德给了她这种自由,她对他也是如此。(比如,他今天上午在哪里?在某个委员会吧,她从不详细打听。)可是和彼得在一起就什么都得公开,所做的每一件事都必须公开。这实在让人难以容忍,而当小花园喷泉边的那一幕发生时,她不得不与他决裂,否则他们就毁了,两个人都会毁掉,她确信这一点;尽管此后多年她忍受着利箭穿心般的哀伤和痛苦,而且后来当她在一次音乐会上得知彼得娶了他在去印度的船上邂逅的女子为妻时,她又经历了一番震惊。她永远不会忘掉这些!冷漠、无情、伪君子,彼得曾这样批评她。她始终不明白彼得到底在乎什么。可是那些印度女人大概明白——那些愚蠢、漂亮、脆弱的傻瓜们。不过她白可怜彼得了,因为他过得还幸福,他让她相信他过得十分幸福,尽管他从未做成与她谈过要做的事;他此生无所作为。这仍使她感到愤慨。

她已来到圣詹姆斯公园门口。她驻足片刻,看着皮卡德利街上来往的公共汽车。

现在她不愿意对世界上的任何人评头品足。她觉得自己非常年轻,与此同时又不可言状地衰老。她像一把锋利的刀穿入一切事物的内部,与此同时又在外部观望。每当她观看那些过往的出租车时,总有只身在外、漂泊海上的感觉;她总觉得日子难挨,危机四伏。这并不是因为她自作聪明或自恃出众。她究竟是如何靠丹尼尔斯小姐传授的那点支离破碎的知识度过这半生的,连自己也不明白。她什么都不懂,不懂语言,不懂历史;她现在很少读书,除了在床上读些回忆录;然而对她来说,这里的一切,那些过往的出租车,绝对有吸引力;她不愿对彼得评头品足,也不愿对自己说三道四。

她唯一的天才是几乎完全靠本能来了解别人,她一面走一面想。如果你让她和某个人一起待在屋子里,她会像猫一样弓起后背,或像猫那样高兴得低声叫起来。德文希尔公爵府、巴斯侯爵府、带有瓷鹦鹉的府邸,她曾见过所有这些地方灯火辉煌;她记得西尔维娅、弗莱德、萨莉·西顿——诸如此类的许多人,以及彻夜跳舞;她还记得那些马车缓慢地经过这里驶向市场,记得乘车穿过这公园回家;她记得有一次曾把一先令硬币扔进海德公园的蛇形湖里。但是每个人都会记得的;而她所爱的则是此时此地、她眼前的一切,是出租车里那个胖胖的女人。那么这要紧吗? 走向邦德街时她问着自己,她的生命必须不可避免地终止,这要紧吗? 所有这一切在没有她的情况下必须继续存在,她对此生气吗? 相信死亡绝对是个终结,难道不令人感到欣慰吗? 然而在伦敦的大街上,在世事沉浮之中,在这里,在那里,她竟然幸存下来,彼得也幸存下来,他们活在彼此心中,因为她确信她是家乡树丛的一部分,是家乡那座确实丑陋、凌乱、颓败的房屋的一部分,是从未谋面的家族亲人的一部分;她像薄雾飘散在她最熟悉的人们中间,他们用自己的枝杈将她扩散,正如她曾见树木散开薄雾一般,然而她的生命、她的自我飘散得何等遥远。但是当她观看哈查兹书店的橱窗时究竟在梦想着什么呢? 她在努力寻觅着什么呢? 乡间白茫茫的黎明是一种什么意象,这时她正读着那本打开的书上的诗句:

无须再怕骄阳酷暑

也不畏惧肆虐寒冬。①

这个世界最近所经历的事情在他们所有的人——无论男人还是女人——的心中孕育了一汪泪水。泪水和忧伤，勇气和忍耐力，一种完全正义和坚忍的态度。例如，想想她最钦佩的女人，那个主持慈善义卖开幕式的贝克斯伯拉夫人。

这里陈列着乔洛克斯的《野游和欢宴》②；这里有《索比·斯庞吉》③，有阿斯奎斯夫人④的《回忆录》，还有《尼日利亚狩猎记》，这些书都是打开的。这里总有那么多书，可是似乎没有一本适合带给住疗养院的伊夫琳·惠特布雷德。没有任何东西能使她快乐，没有任何东西能使那个瘦小枯槁得无法形容的女人在克拉丽莎进门时哪怕表现出一瞬间的热情友好，在她们坐下开始谈论妇女的疾病这一无尽无休的老话题之前。她多么希望在她进门时人们会显得愉快些，克拉丽莎想着，同时回过身来又向邦德街走去。她很烦恼，因为干点事情总要找些别的理由是非常愚蠢的。她宁愿自己是理查德那样的人，干什么都为自己，她一面等着过马路一面想，而她有一半时间干事情则不那么单纯，不像他们那样为自己，而是为了让人们这样想或那样想。她知道这完全是愚蠢的（现在警察举起了手），因为从来没有人上过当，哪怕是一秒钟。唉，如果她能再活一次该多好！她一面想着，一面踏上人行道，那她就会是另一个样子了！

首先，她会像贝克斯伯拉夫人那样肤色稍深，皮肤像起皱的

---

① 见莎士比亚的《辛白林》第四幕第二场中的一首挽歌。
② 似指英国小说家瑟蒂斯（1803—1864）的幽默故事集《乔洛克斯的野游和欢宴》。
③ 似指瑟蒂斯的小说《斯庞吉先生的狩猎之旅》。
④ 阿斯奎斯夫人（1864—1945），全名玛格特·阿斯奎斯，英国作家。

皮革,还有一双漂亮的眼睛。她会像贝克斯伯拉夫人那样动作缓慢而庄重,身材高大,像男人一样关心政治,拥有一幢乡间宅邸,非常有尊严,非常诚恳。但她却不具备这些,她只有像豌豆秧一样瘦弱的身体、滑稽的小脸、像鸟喙一样的嘴。诚然,她姿态优雅,还有好看的手和脚,而且穿着讲究,尽管花钱不多。可是现在她的身体(她停下来看一幅荷兰绘画),这个身体及其一切功能似乎变得无足轻重——都化为乌有了。她有一种最奇怪的感觉,觉得自己成了隐身人,不为人所见,不被人所知。现在她不会再结婚再生育了,只能以令人吃惊的和相当庄重的方式与芸芸众生一同前行,走上邦德街。这就是达洛维太太,她甚至不再是克拉丽莎,而是理查德·达洛维太太。

邦德街使她着迷,这个季节清晨时分的邦德街,它那招展的旗帜,它那许许多多的店铺,毫无张扬,毫无辉耀;一卷苏格兰粗呢展示在她父亲五十年间常去选购西装的那家商店;几粒珍珠;一方冰冻鲑鱼。

"就是如此,"她注视着水产店自言自语,"就是如此。"她重复了一遍,在一家手套店的橱窗前停留片刻,战前你可以在这里买到近乎完美的手套。她的老威廉叔父过去常说:淑女以鞋和手套为标志。战争期间他在一天清晨卧床自尽了。他曾说:"我已经活够了。"手套和鞋:克拉丽莎对手套倒是情有独钟,可是她自己的女儿,她的伊丽莎白,对手套和鞋一点儿都不感兴趣。

一点儿都不感兴趣,克拉丽莎想,一面沿着邦德街走向一个小店,每次开晚会店家都为她预留鲜花。伊丽莎白真正最关心的是她的小狗。整个房子弥漫着焦油皂的气味。尽管如此,可怜的小狗格里泽尔也比基尔曼小姐好得多。犬瘟热、焦油皂以及别的什么东西都比关在令人窒息的卧室里捧着本祈祷书强！她简直想说，什么都比这强。但这可能只是一个阶段，正如理查德所说，是所有女孩子必然经历的阶段。有可能是相恋。可为什么和基尔曼小姐呢？当然基尔曼的境遇不佳，人们必须理解；而且理查德说她很能干，真正有历史头脑。不管怎么说，这两个女子形影不离；她自己的女儿伊丽莎白竟去参加了圣餐仪式。她倒一点儿也不在乎伊丽莎白如何穿戴，如何对待前来吃午饭的客人，因为她的经历告诉她，宗教的狂热常使人变得冷酷（事业也是如此），使他们缺乏感情，如基尔曼女士为俄国人什么事情都愿意干，还为奥地利人忍饥挨饿，但私下里却给人带来真正的折磨，她是那么麻木不仁，总穿着件绿色防水布上衣。她成年到头穿着那件上衣；她大汗淋漓；她进屋没有五分钟就使你意识到她的长处和你的短处；她是多么贫穷，你是多么富有；她是怎样住贫民窟的，没有靠垫、床、地毯或别的什么东西；她的整个灵魂被穿透其间的怨言所锈蚀，她在大战期间遭学校解雇——可怜的痛苦不幸的人！因为人们憎恨的不是她，而是她的思想，毫无疑问，其中有许多是从别处搜集来的，不是她本人的思想；她已变成人们夜间与之争斗的那些幽灵中的一员，成为那些叉开双腿站在我们身体之上吸干我们一半生命血液的幽灵，即统治者和暴君中的一员；因为毫无疑问，如果再掷一回骰子的话，如果是黑色的一面朝上而不是白色的一面朝上的话，克拉丽莎会喜爱基尔曼小姐的！但在今生今世则不可能。绝不可能。

　　然而她总感到刺痛，因为这个野蛮的魔鬼在她心中翻搅！因为她听见树枝咔嚓作响并感觉到魔鬼的蹄子踏入枝叶繁茂的树林深处，即灵魂的深处；因为她从来没有感到过比较满意或比较安全，那是由于"仇恨"这个野蛮的魔鬼无时无刻不在她心中翻搅；特别自她得病以来这仇恨产生了巨大的力量，使她感到被擦伤，感到脊柱受损，不仅带给她肉体的疼痛；而且动摇、震颤、扭曲了她从美景、友谊、健康、爱恋和美化家园当中得到的乐趣，似乎真的有一个魔鬼在刨根，似乎表面的心满意足不过全是自爱的表现！如此这般的仇恨！

无稽之谈，无稽之谈！她对自己喊道，一面推开马尔伯里花店的两扇弹簧门。

她向前走去，轻盈、修长、腰板挺直，马上受到脸庞像纽扣的皮姆小姐的欢迎。皮姆的双手总是通红通红的，好像一直浸在凉水里摆弄鲜花来着。

店里满是鲜花：有翠雀花、麝香豌豆花、成束的丁香花；有康乃馨，许许多多的康乃馨。还有玫瑰花，还有鸢尾花。是啊，很多很多——于是她在站着和皮姆小姐谈话的同时呼吸着这带泥土味的花园的馨香；皮姆曾得到过她的帮助，认为她很仁慈——要知道她多年前确实仁慈——非常仁慈，可今年她显得老了些。她站在鸢尾花、玫瑰花和一簇簇点头摇摆的丁香花丛中半闭着眼睛，头一会儿转向这边，一会儿转向那边，在经历了街上的喧哗之后深深地吸着那芳香的气味和那清幽的凉意。然后，她睁开了眼睛，那些玫瑰花显得多么新鲜啊，真像刚从洗衣房送来叠放在藤托盘里的带饰边的家用亚麻布制品；红康乃馨颜色略深且排列整齐，高高地昂着头；所有的麝香豌豆花在盆中向外蔓延，浅紫的、雪白的、苍白的——仿佛现在是晚上，穿着薄布衣裙的姑娘们出来采摘麝香豌豆花和玫瑰花，在晴朗的夏日白昼连同它那几乎变得深蓝的天空以及它的翠雀花、康乃馨、马蹄莲隐退之后。现在是六点转变为七点的瞬间，每一朵花——玫瑰、康乃馨、鸢尾、丁香——正烂漫辉煌，白色、蓝绿色、红色、深橙色；

每朵花仿佛都在雾蒙蒙的花坛里单独燃烧，柔和而纯洁；她是多么喜爱那些灰白色的蛾子啊，它们旋转着飞进飞出，飞过向日葵花，飞过晚樱草！

当她开始和皮姆小姐一起从一个花罐走向另一个花罐挑选鲜花的时候，她自言自语道：无稽之谈，无稽之谈，声音越来越轻，仿佛眼前这美景、这香气、这颜色，以及皮姆小姐对她的好感和信任是一阵海浪，她任其冲遍全身，让它降服"仇恨"那个魔鬼，彻底降服它；这海浪将她向上托起，突然间——哎呀，外面街上响起了枪声！

"天啊，那些汽车。"皮姆小姐说，手里正捧着一大把麝香豌豆花，她走到窗前看看，又走回来抱歉地笑笑，好像那些汽车和汽车轮胎的问题都是**她的**过错。

使达洛维太太吓了一跳并使皮姆小姐走到窗前又回来道歉的巨大爆炸声来自一辆小轿车。这车已停靠在人行道边，正对着马尔伯里鲜花店的橱窗。过往的行人当然要驻足观看，他们刚看见紫灰色的车座前有个非常重要的人物的脸，一个男人的手就拉上了窗帘，这样一来，除了一方紫灰色以外就什么都看不见了。

然而谣言马上从邦德街的中央传到一头的牛津街和另一头的阿特金森香料店。它无影无声，像飘临山头的一片浮云，飘得很快，犹如面纱；它确实以浮云的无华和静悄飘落到人们的脸上，一秒钟前这些脸还完全是惶惑不安的。可是现在神秘女神已将一只翅膀擦过他们；他们已听到某种权威的声音；宗教的精灵出没四方，她的双眼被绷带紧裹，双唇张得大大的。可是谁也不知道刚才看见的是什么人的脸。是威尔士亲王，还是王后，还是首相？到底是谁呢？没有一个人知道。

埃德加·杰·沃基斯胳膊上套着一卷铅管，他大声地、无疑是幽默地说："是受（首）相的其（汽）车。"

塞普蒂莫斯·沃伦·史密斯发现前面无法通行，他听见了这句话。

塞普蒂莫斯，三十岁左右，面色苍白，鹰钩鼻子，穿着棕色鞋子和旧大衣，他那双淡褐色的眼睛里流露出恐惧，能使根本不认识他的人也产生恐惧感。世界已经扬起了鞭子，会落到谁的头上呢？

一切戛然而止。汽车发动机的轰鸣听起来像传遍全身的不规则的脉搏跳动。阳光变得异常炎热，只因为那辆小轿车停在马尔伯里花店的橱窗外。坐在双层公共汽车上层的几位老妇人打开了黑色阳伞，然后这边一把绿伞、那边一把红伞啪啪地打开了。达洛维太太抱着一大把麝香豌豆花走到窗口向外张望，她那粉红色的小脸皱了起来，充满疑问。大家都注视着那辆汽车。塞普蒂莫斯也在看着。骑自行车的小伙子纷纷跳下车来。车辆越聚越多。那辆轿车还停在原地，挂着窗帘，窗帘上有奇特的图案，像一棵树，塞普蒂莫斯想；一切事物逐渐地被吸引到一个中心的现象就发生在他眼前，似乎一种恐怖的东西很快就要出现，马上就要喷出烈焰，他感到十分恐惧。整个世界在动摇，在震颤，并威胁着要迸出烈焰。是我挡住了去路，他想。他不是正在被人观看和指点吗？他在人行道上牢牢地站定难道不是为了某个目的吗？但究竟是为什么目的呢？

"咱们走吧，塞普蒂莫斯。"他的妻子说。她身材矮小，眼睛大大的，脸又扁又尖，是个意大利姑娘。

但是柳克利西娅自己也不由自主看了看那辆轿车以及窗

帘上的树形图案。车里坐的是王后吗？是不是王后出门买东西？

那辆车的司机先前一直在打开什么，旋转什么，又关上什么，现在他进了驾驶室。

"走吧。"柳克利西娅说。

可是她的丈夫（他们结婚已有四五年了）惊跳起来生气地说："好吧！"仿佛她打断了他的思路。

人们一定注意到了，人们一定看见了。人们，她一面看着那些瞪大眼睛注视那辆轿车的人群一面想，那些英国人以及他们的孩子、马匹和服装，对于这些她在某种程度上是爱慕的，但现在他们不过是"人们"而已，因为塞普蒂莫斯刚才说"我要自杀"，多可怕的话呀。假设他们听见了他的话？她看看人群。救命啊！救人啊！她真想对那些肉食店的伙计和女人们喊。救人啊！那不过是去年秋天的事，她和塞普蒂莫斯站在河堤街上，两人合披一件斗篷，他不说话，只顾看报，她抢过报纸，当着在场的那位老人的面大笑起来！可是人们通常加以掩饰的是自己的失败。她必须带他离开这里到公园去。

"现在该过马路了。"她说。

她有权挽起他的手臂，尽管这样做不表达丝毫感情。他会向她伸出一只瘦骨嶙峋的胳膊；她是那么质朴，那么感情用事，才二十四岁，在英国无亲无故，只是为了他才离开意大利的。

那辆轿车窗帘紧闭，带着一种神秘莫测的矜持向皮卡德利街驶去，它依然受到注视，依然用同样隐秘的暗示使站在路两边的人们脸上显出崇敬的神情，它暗示的崇敬是对王后的呢，还是对亲王的呢，还是对首相的呢，谁也不知道。汽车里的那张脸只有三个人看见过，而且只有几秒钟。甚至对那人是男是女仍有争议。但是里面可能确实坐着一位大人物；大人物正路过邦德街，面目隐蔽，与平民不过一手之隔；这些平民百姓也许是第一次也是最后一次与英王陛下，即国家永不磨灭的象征近在咫尺，简直可以通话。这个国家的永不磨灭的象征将来一定会被好奇的古迹学家们在筛选历代废墟时发现，当伦敦变成了长满野草的小径的时候，当所有那些在这个星期三的上午匆匆行进于人行道上的人都变成了白骨，他们的灰尘里只剩下几枚结婚戒指和无数已烂掉的牙齿中的金质填料的时候。到那时，轿车中的那张脸将大白于天下。

很可能是王后，达洛维太太想，一面捧着刚买的鲜花走出马尔伯里花店，是王后。她站在花店旁边，在阳光下瞬间露出异常尊严的表情，此时那辆轿车从她面前驶过，离她仅一英尺左右，挂着窗帘。是王后去医院，是王后去参加慈善义卖开幕式，她想。

堵车事件发生在这个时间实在是太糟糕了。洛德板球场、阿斯科特赛马场、赫灵海姆马球俱乐部，有什么赛事吗？她很想知道，因为这条街已无法通行。那些坐在公共汽车上层两侧的英国中产阶级绅士淑女们带着包裹和阳伞，是啊，甚至在这样的天气里还穿着毛皮大衣，她想，这些人的可笑程度超出人们的想象，与世上的一切格格不入；还有王后本人受阻，王后本人无法通行。克拉丽莎被阻隔在布鲁克街的一边；老法官约翰·巴克赫斯特爵士则被阻隔在另一边，中间是那辆轿车（约翰爵士多年来参与制定法律并喜欢服装考究的女人），此时那位轿车司机只是微微欠了欠身，对警察说了些什么，或者出示了什么东西，只见那警察敬了个礼，举起一只胳膊，歪了歪头，指挥公共汽车移向一侧，于是小轿车通过了路段。它缓慢地、无声无息地开走了。

克拉丽莎在猜测;她当然明白;刚才她看见那个侍从手里拿着一个白色圆形的神奇东西,是块圆牌,上面刻着名字——是王后的,还是威尔士亲王的,还是首相的?——那块圆牌凭借自身的光泽燃烧着开路(克拉丽莎看着那辆车逐渐变小,直至消失),去放射光芒,周围是枝形吊灯、闪烁的星章、佩戴着橡树叶勋章的直挺的胸膛、休·惠特布雷德和他所有的同事们、那些英格兰的绅士们,当天晚上将在白金汉宫。而克拉丽莎本人也要举行晚会。她挺了挺身子;她就要这样站到自家的楼梯之上了。

那辆轿车已经开走,但它留下了细微的余波;这余波流入邦德街两侧的手套店、帽子店和成衣店。在三十秒钟里所有人的头都朝着一个方向——窗户。女士们正在挑选手套——是要长度到臂弯的还是要超过臂弯的?是要淡黄的还是要浅灰的?——她们都停了下来;那句话刚说完事情已经发生了。这事孤立地看实在微不足道,就连能传导远在中国发生的震波的数学仪器都无法记录它的震频;然而它的充实性则是令人畏惧的,它的普遍吸引力则能引发公众的情感;因为在所有的帽店和成衣店里互不相识的人们面面相觑,联想起那些死者,联想起国旗,联想起大英帝国。在一条小街上的一家专卖酒店里,一个曾久居英国殖民地的人辱骂了温莎王室①,引起了议论、摔啤酒瓶和满堂的争吵;这声音不知怎地竟回响在马路对面那些姑娘的耳中,她们正在购买婚礼用的饰有洁白丝带的内衣。因为那辆开过去的小轿车所带来的表面的激动情绪在沉降之时又引发出一种深刻的东西。

---

① 1917年英国王室正式更名"温莎",并沿用此称呼至今。

那辆轿车平稳地穿过皮卡德利广场,沿着圣詹姆斯街开去。许多高个子男人、身体健壮的男人、穿着燕尾服和白套衫并且头发向后梳的男人,不知为什么都站在怀特俱乐部的凸窗前,双手背在燕尾服的后面向外张望,本能地感觉有伟人路过此地;而那不朽人物的微光照在他们身上,如同先前照在克拉丽莎·达洛维身上。他们马上站得更直,把手移到身侧,好像随时准备侍奉他们的君主,如果需要的话,随时准备走向炮口,正如他们的先辈曾经做过的那样。他们身后的那些白色半身雕像以及那些摆满《闲谈者》杂志和汽水瓶的小桌似乎在表示赞许,似乎在暗示英格兰起伏的麦浪和庄园宅邸,似乎在反射外面汽车轮胎微弱的嗡嗡声,正如教堂内低语高响廊的墙壁反射一个人的说话声并借助整个建筑物的力量把它变得洪亮悦耳。披着方巾的莫尔·普拉特捧着鲜花站在人行道上,祝愿那个亲爱的年轻人身体健康(坐在车里的肯定是威尔士亲王①);仅仅出于兴奋的心情和对贫穷的鄙视,她会把够买一罐啤酒的钱,买一束玫瑰花,抛向圣詹姆斯街,如果不是看见警察盯着她,阻挠她这个爱尔兰老妇人表示忠心的话。圣詹姆斯宫的卫兵们敬礼致意;亚历山德拉②王太后的警察表示赞许。

就在这段时间里,一小群人聚集在白金汉宫门前。他们都是些穷苦人,无精打采地但满怀信心地等待着;他们观看飘扬着国旗的王宫,观看站在基座上衣裙飘荡的维多利亚女王③雕像,

---

① 威尔士亲王(1894—1972),指英国国王乔治五世的长子,1910年被立为王储,1911年被封为威尔士亲王。即后来的爱德华八世。
② 亚历山德拉(1844—1925),英国国王爱德华七世(在位时期:1901—1910)的配偶,英国国王乔治五世(在位时期:1910—1936)的母亲。
③ 维多利亚女王(1819—1901),英国女王(在位时期:1837—1901),印度女皇(在位时期:1876—1901)。

观赏着她的层层喷泉流水和她的天竺葵花丛；他们从林荫路上过往的许多汽车当中先是注意这一辆，然后注意那一辆；他们自负地对平民乘车出游大动感情；他们在这辆或那辆汽车开过之时重温着赞美之词使其永远新鲜。他们一直听任谣言聚集进他们的血管并刺激他们大腿的神经，想到君主正在看着他们，王后在低头致意，亲王在致敬；想到神赐予国王们的天堂般的生活、王室的侍从武官们和那深深的屈膝礼、王后旧日的玩偶屋、嫁给了英国人的玛丽公主①，还想到亲王——啊！亲王！据说他酷似老爱德华国王，可身材比老国王要修长得多。亲王住在圣詹姆斯宫，可说不定今天早晨会出来看望他的母亲。

抱着孩子的萨拉·布莱奇里这样说，她不时踮起脚尖，犹如站在宾里科家里的壁炉网旁边，但她的目光一直注视着林荫路；此时埃米莉·科茨在王宫窗外踱来踱去，想到那些女用人，数不清的女用人，还有那些卧室，数不清的卧室。一个牵着条亚伯丁小猎狗的年纪较大的绅士和一些无业游民也加入了这个人群，人越聚越多。小个子鲍利先生在奥尔巴尼饭店有一套房间，他心灵深处的生命之源已用蜡封住了，然而贫穷的妇人等着看王后过路的情景——可怜的女人们、听话的小孩们、孤儿、寡母、大战，啧啧——诸如此类的事可能将这蜡封不合时宜地、感伤地突然开启；他真的热泪盈眶了。一阵微风带着从未有过的暖意炫耀地吹拂着林荫路，吹过稀疏的树木，吹过青铜英雄雕像，也掀动了在鲍利先生的英国胸中飘扬着的国旗。于是在那辆轿车转弯驶入林荫路时他提起帽子，待车开近时又将帽子高高举起；他

---

① 玛丽公主（1897—1965），英国国王乔治五世的女儿，嫁给了第六代赫里伍德伯爵。

听凭宾里科来的穷苦母亲们挤到身旁,依然笔直地站着。那辆车开到眼前了。

突然,科茨太太抬头望望天空。一架飞机的轰鸣声传入人群耳中,似乎预示着不祥。它飞过来了,掠过树丛,尾部喷出一股白烟;那烟在翻卷扭动,实际上是在写着什么! 是在天上写字母! 大家都抬头望去。

那飞机突然向下飞,而后又垂直上升,画了一个圆圈,加速,下降,上升,无论它怎样飞,无论它飞向哪里,它的后面都飘散着一缕层次分明的浓浓的白烟。这白烟在空中翻卷盘绕,构成了字母。可到底是什么字母呢? 是 AC 吗? 一个 E,然后是个 L? 它们只停留片刻就飘移淡化,从空中被抹掉了;飞机疾驰向前,又开始在另一块空间写下一个 K,一个 E,也许还有一个 Y?

"Glaxo。"科茨太太一面用一种紧张的、敬畏的声音拼读,一面凝望着天空;她那白色襁褓里的婴儿一动不动地躺在她的怀中,也凝望着天空。

"Kreemo。"布莱奇里太太小声拼读着,像个梦游症患者。鲍利先生凝视着天空,手一动不动地举着帽子。林荫路上所有的行人都站着仰望天空。就在他们仰望之时,整个世界变得寂静无声,只见一队鸥鸟从天上飞过,先是一只带头的,跟着又是一只;就在这异常的静寂与平和之中,在这灰白颜色之中,在这纯洁之中,时钟敲了十一响,它的声波渐渐消逝在天上的鸥群里。

那架飞机转过弯来,加速飞翔,随心所欲地俯冲,快捷,自由自在,像一个人在滑冰——

"那是个 E。"布莱奇里太太说——或者是个跳舞的人——

"那是 toffee(太妃糖)。"鲍利先生低声自语——

（那辆轿车驶进王宫大门，没有人去注意它）飞机关掉喷雾嘴，加快速度越飞越远，天上的烟雾逐渐稀薄，聚拢到几大片云朵周围。

飞机已经离去，隐没在云层后面。四周一片静寂。

挂着字母 E、G 或 L 的云朵自由自在地飘浮，好像注定要从西飘到东去完成一件永远秘不可宣的最重要的使命，然而它确实是在完成一件最重要的使命。突然间，在一列火车钻出隧道的同时，那架飞机又从云层里冲了出来，它的轰鸣声传进正在墨尔街、格林公园、皮卡德利广场、摄政街、摄政公园的所有人的耳中，它喷出的那缕白烟在机身后面旋转，那飞机冲下来，旋即上升，书写着一个又一个字母——可是它到底写的是什么呢？

柳克利西娅·沃伦·史密斯和丈夫并肩坐在摄政公园的宽路边的座位上，她抬起头来望着天上。

"塞普蒂莫斯，你看，你看啊！"她喊道。因为霍姆斯医生曾嘱咐她要设法使丈夫对自身以外的事情感兴趣（他本没有什么大病，只是精神不太好而已）。

这么说，塞普蒂莫斯一面仰望天空一面想，他们在向我发出信号。不过不是用普通的词语；也就是说，他还读不懂这种语言；但是这种美，这种精致的美是十分明显的；泪水模糊了他的眼睛，当他看到那些白烟形成的词语在空中逐渐消散融化，以无尽的慈爱和带笑的善意赐予他形状变幻的无法想象的美，并通过信号暗示要永远无偿地为他提供只需一看的美，更多的美！眼泪顺着他的面颊流了下来。

那是 toffee；他们在为太妃糖做广告，一个保姆告诉（柳克）利西娅。她们两人开始一起拼读 t—o—f—

"K—R—"那个保姆说。而塞普蒂莫斯则听见她对他耳语:"凯——来啦",深沉而柔和,像优美的风琴声,但这声音里又掺杂着一点类似蚱蜢叫的刺耳成分,它新奇地刺激着他的脊柱,并将声波传入他的大脑,这声波在他脑中回荡,然后戛然而止。这真是个绝妙的发现——人的声音在某种大气条件下(因为人必须讲究科学,科学最为重要)竟能使树木很快变活了!那些榆树忽升忽降,所有的叶片闪烁着光芒,颜色忽浅忽深,从蓝色直到波谷的绿色,像无数马头上的鬃毛,像无数女士帽子上的羽毛,它们是那么自豪的、那么壮丽的起起落落;利西娅兴奋地用一只手使劲按住丈夫的膝盖,使他不能动一动,否则那些榆树忽升忽降的激动人心的景象会使他发疯。但是他不会发疯。他会闭上眼睛,他不想再看下去。

然而它们在向他招手;树叶充满活力,树木充满活力。由于那些树叶通过千百万条纤维与座位上的他,与他自己的身体相连接,它们煽动着他的身体,使其随之上下起伏。当树枝伸展的时候,他也伸展肢体以示赞同。那些扑打着翅膀飞起来又落到锯齿形喷泉上的麻雀是整个景象的一个组成部分;白色与蓝色的背景,饰以由黑色树枝构成的条纹。各种声音由于事先的谋划形成了和声;声音的间歇与声音本身同样有意义。一个小孩哭了。从远处适时地响起号声。这一切加起来意味着一个新的宗教诞生了——

"塞普蒂莫斯!"利西娅喊道。他吓了一大跳。人们一定注意到了。

"我要散步到喷泉,然后再回来。"她说。

因为她再也忍受不下去了。霍姆斯医生也许会说没有什么大不了的事。她却恨不得丈夫现在就去死!她不能总坐在他身边看着他瞪眼出神而对她不屑一顾并把一切搅得乱七八糟;天空和树木,孩子们嬉戏着,拖着小车,吹着哨子,摔跤跌倒;这一切都很糟糕。他不愿意自杀;他也无法向任何人诉说。"塞普蒂莫斯工作太辛苦了"——这是她唯一能说的话,对她自己的母亲。爱恋使人孤独,她想。她无人诉说,就是对塞普蒂莫斯也什么都不能讲;她回过头去,看见丈夫仍然穿着破大衣坐在那个座位上,弓着腰,瞪着眼。虽然一个男人扬言自杀是怯懦的表现,可是塞普蒂莫斯也曾打过仗;他曾经很勇敢,可现在却判若两人了。利西娅戴上镶花边的假领子。她戴上新帽子,他却从不留意;她不在时,他反倒高兴。而他不在时,什么都不能使她快乐!什么都不能!他很自私。男人都自私。因为他没有病。霍姆斯医生说他没有什么大不了的事。她摊开一只手。看!她的结婚戒指松动了——她瘦多了。受苦的是她自己,但是她无人诉说。

意大利太遥远了,她远离了那些白色房屋和那姐妹们围坐着缝帽子的房间,远离了那些每天晚上十分拥挤的街道,人们在街上散步,哈哈大笑,不像这里的人那样半死不活,蜷缩在巴斯轮椅里盯着几朵插在花盆里的丑花!

"因为你应该去看看米兰市的那些花园。"她大声说道。可是说给谁听呢?

周围一个人都没有。她的话音转瞬即逝,犹如一枚火箭转瞬即逝。它射出的无数火花在照亮长空之后终于退让了,黑暗重又降临,泼洒在众多房屋和高塔的轮廓线上;荒凉的山坡变得模糊不清,最终陷入黑暗。然而尽管它们已经消逝,夜空仍将它们统统包容;它们被剥夺了颜色,从窗口消失了,但它们仍以更加沉重的形式存在着,揭示出坦诚的日光所未能显现的东西——聚集在黑暗中、蜷缩在黑暗中的万物那纷扰不定的状态,全然失去了晨曦带来的欣慰感（晨曦将无数墙壁刷成灰白，点染每一块窗玻璃，驱散田野上的薄雾，显现出安静吃草的红褐色母牛，那时世间的一切再次被装点得赏心悦目，又重新存在）。就我一个人；就我一个人！她在摄政公园的喷泉旁喊道（同时凝视着那个印度人和他的十字架），仿佛是在午夜，所有的疆界都消失了，这个国家又回到古代的状况，正如罗马人当时所见，他们登陆时，这个国家正处于朦胧之中，山脉无名，河流蜿蜒不知流向何方——她所感到的黑暗就是如此；突然间，一块暗礁好像骤然生了出来，她就站在暗礁上面，她诉说着几年前她是如何在米兰结婚成为他妻子的，并说作为妻子她永远永远不会告诉别人他疯了！暗礁旋转着坠落下去，她也随之跌落，跌落。因为塞普蒂莫斯已经离去，她想——离去，像他扬言的那样，自杀——扑向马车轮下！可是他并没有自杀，他就在那边，依然独自坐在椅子上，穿着破大衣，跷着腿，眼睛直勾勾的，在大声自言自语。

　　人不应该砍树。有一个上帝存在（他常把这类心得记在信封背面）。要改变这个世界。别再有人因仇恨而残杀。要让人们知道（他记了下来）。他在等待。他在倾听。一只栖息在对面栏杆上的麻雀叫着"塞普蒂莫斯，塞普蒂莫斯"，重复了四五遍，然后拉长调子继续尖声唱起希腊文，叙述世间如何没有罪恶；另一只麻雀也加入进来，它们一起用刺耳的长声唱着希腊文，从河那边死者经常出没的生命草场的树丛里，叙述着世间如何没有死亡。

　　这边是他的手；那边是死去的人。有些白乎乎的东西正聚拢到对过的栏杆后面。但是他不敢看。埃文斯就在栏杆后面！

　　"你在说什么呢？"利西娅突然问道，并在他身旁坐了下来。

又来打扰！她总是打扰。

躲开这些人——他们必须躲开这些游人，他说着（跳将起来），马上到那边去，那边的一棵树下有几把椅子；而且公园长长的坡地在那里向下倾斜，像一条绿带，上方高处罩着蓝色和粉红色烟雾幻化成的布顶篷；那边还有许多形状极不规则的房屋，构成了防御墙，在烟雾中显得朦胧，车辆在一条环形路上轰轰作响；在右面，许多黄褐色的野兽从动物园的围栏里伸出长长的脖子，大叫着，号叫着。他们两人坐到那边的一棵树下。

"你看啊。"她一面请求他，一面指着一伙扛着板球门柱的男孩子。其中的一个拖着脚走，不时立在脚后跟上旋转，然后继续拖着脚走，仿佛在音乐厅里扮演小丑。

"你看啊。"她又请求他，因为霍姆斯医生曾嘱咐她要让丈夫注意具体的事物，去音乐厅，去打板球——那是一项很好的户外运动，霍姆斯医生说，正适合她丈夫参加。

"你看啊。"她重复道。

无影无形的上苍在命令他看，这个声音在与他——塞普蒂莫斯——进行沟通，他最近曾出生入死过，是全人类最伟大的人，是前来复兴社会的上帝（他躺着，像一张床单，像一块只有太阳才能融化的雪毯，永不损耗，永远受苦），是替罪的羔羊，是永远蒙受苦难的人；但是塞普蒂莫斯不想看，他痛苦地呻吟着，挥了挥手把那永久的苦难、那永久的孤独从身边赶开。

"你看啊。"她又重复一遍，因为他不应该在外面大声自言自语。

"哎，你看啊。"她请求他。可是有什么好看的呢？几只绵羊，不过如此。

到摄政公园地铁车站怎么走——他们能不能告诉她去摄政

公园地铁站的路——梅济·约翰逊向他们打听。她两天以前刚从爱丁堡市来到这里。

"别从这边走——到那边去!"利西娅大喊,挥着手让她走开,生怕她看见塞普蒂莫斯。

这两个人看来都很怪,梅济·约翰逊想。这里的一切看来都很怪。她是第一次来伦敦,到她伯父在莱登霍尔街开的商店任职。在这个上午她步行穿过摄政公园时,椅子上的这对夫妇使她大吃一惊;那个年轻妇女像个外国人,那个男人看上去非常古怪;这个景象她到老也不会忘记,她会从记忆中搜寻出五十年前一个夏日的清晨她是如何穿行于摄政公园的。因为她只有十九岁,终于离家来到伦敦;现在多么奇怪啊,她刚才问过路的那对夫妇,那女人突然跳起来,摆了摆手,而那男人——他好像很怪僻;也许他们在吵嘴,也许他们要永远分离;她明白,他们之间肯定发生了什么事;现在所有这些人(因为她又走回宽路)、这些石盆、这些排列有序的花卉、这些老先生老太太,他们多是坐着巴斯轮椅的病残人——所有的人都显得那么古怪,与爱丁堡人不同。梅济·约翰逊加入到那些缓步行进、目光茫然、沐浴着微风的伙伴中去——几只松鼠蹲坐着在舔自己身上的毛,喷泉上的麻雀扑打着翅膀寻找面包渣,几只小狗在栏杆旁边戏耍打斗,和煦的微风吹拂着它们,给它们接受生活馈赠时的不以为然的凝视平添了几分古怪与和缓——梅济·约翰逊感到实在有必要大喊一声"哎呀!"(因为那个坐在椅子上的年轻男人刚才吓了她一跳。她知道一定是发生了什么事。)

可怕!可怕!她真想喊出来。(她已经离开了家人,他们曾警告过她会发生什么事情。)

她为什么不待在家里呢?她喊着,一面扭着栏杆上的铁帽。

那个姑娘还什么都不懂呢,登普斯特太太想(她把面包皮留起来喂松鼠,并常带午饭到摄政公园来吃);真的,在她看来,身体健壮些、举止放松些、期望值适中些似乎更好。帕西爱喝酒。是啊,有个儿子更好,登普斯特太太想。她自己经历过坎坷,因此情不自禁地向这样的女孩子微笑。你会结婚的,因为你很漂亮,登普斯特太太想。结婚吧,她想,到那时你就明白了。啊,那些厨师,还有别的人。每个男人都有自己的一套。可是假如我事先能知道的话,我还会做出这样的选择吗?登普斯特太太想;她不禁想对梅济·约翰逊说句悄悄话,想让自己皮肤松弛、布满皱纹的老脸感受一番怜悯的亲吻。因为生活一直很艰难,登普斯特太太想。她还有什么代价没付出呢?玫瑰花、身材,还有她的脚。(她把裙子下面那双肿胀的脚收了回去。)

玫瑰花,她轻蔑地想。全是些没用的东西,我亲爱的。因为说真的,由于吃喝、做爱,并随着好坏时光的流逝,生活已经不仅仅是玫瑰花了;还有,让我告诉你,卡丽·登普斯特并不想和肯梯斯镇的任何女人调换命运!但是她恳求怜悯。怜悯,为了那些失去的玫瑰。怜悯,这是她有求于梅济·约翰逊的,此时她正站在风信子花坛旁边。

啊,可是那飞机!登普斯特太太不是总想夫国外看看吗?她有个外甥,是传教士。那飞机升腾起来冲向前方。她常在马盖特城海滨下海,而且从未远行到看不见陆地的程度,然而她却不能容忍怕水的女人。飞机一掠而过俯冲下来。她的心提到了嗓子眼。它又飞上去了。里面坐着一个满不错的小伙子,登普斯特太太敢打赌;飞机向远处飞去,速度很快,逐渐模糊,越来越远,它快速滑翔在格林尼治镇及所有的船舶桅杆上空,掠过一组孤零零的灰色教堂建筑——圣保罗大教堂及其他教堂,最后飞临从伦敦两侧向外延伸的片片农田和深棕色的树林,在树林里许多爱冒险的鸫鸟大胆地跳来跳去,它们眼睛一瞟,叼起蜗牛就往石头上磕,一下,两下,三下。

那架飞机越冲越远,最后只剩下一个闪亮的光点:一个志向、一个集点、一个人类灵魂的象征(在本特利先生看来似乎如此,他正在格林尼治兴致勃勃地滚压他家狭长的草坪);它象征着人类摆脱躯体、飞离房屋的决心,本特利先生一面想一面快速滚压那棵雪松的四周,而摆脱的方法是借助于思维、爱因斯坦、推测、数学、孟德尔的理论①——那架飞机冲向远方。

而后,一个衣衫褴褛、相貌平平的男人提着一个皮革书包站在圣保罗大教堂的台阶上,欲进又止,因为不知里面会有什么精神安慰,会受到多大的欢迎,也不知里面有多少飘着旗子的坟墓,那些旗子不是战胜军队的象征,而是战胜烦人的追求真理精神的象征,他想,为了追求真理,我现在连个职业都没有。更重要的是,教堂给你提供伙伴,他想,它邀请你加入一个社团,许多伟人都属于这一社团,许多先烈曾为它而献身,为什么不加入呢,他想,把自己那塞满传单的皮书包放到祭坛前,放到十字架前,十字架象征着一种高于寻觅求索和拼凑文字的东西,一种已成为纯精神的东西,像魂魄脱离了躯体——为什么不进去呢?他想,就在他犹豫不决的时候,那架飞机飞过了卢德加特圆形广场。

奇怪得很,到处是一片寂静。来往的车流上空听不到一点声音。飞机就像无人驾驶似的,自由自在地翱翔。现在机身尾部喷出一圈圈白色的烟雾,它们旋转着上升,上升,垂直上升,仿

---

① 孟德尔(1822—1884),奥地利遗传学家,孟德尔学派的创始人。

佛出于狂喜和十足的欢欣而升腾着,写下了一个 T,一个 O,一个 F。

"他们在看什么呢?"克拉丽莎·达洛维对前来开门的女仆说。

这幢住宅的大厅犹如墓室一般凉爽。达洛维太太举起一只手伸向眼睛,她听见女仆露西关门时裙子沙沙作响,她感觉自己像个出世已久的修女,身上披着熟悉的薄纱,充满对古老宗教的虔诚。厨师在厨房里吹着口哨。她听见打字机的啪啪声。这就是她的生活,她在大厅的桌子前低下头,受这种神圣氛围的影响而弯下身子,感觉得到了祝福和净化。她拿起记录电话留言的拍纸簿时,自言自语道:这样的时刻多么像生命之树上的花蕾啊,它们是黑暗中的花朵,她想(似乎有一朵可爱的玫瑰花曾为她单独开放);她没有一时一刻相信过上帝;但是,她想,一面拿起拍纸簿,她在日常生活中更应做出回报,对仆人们,是啊,还对小狗和金丝雀,最重要的是对她的丈夫理查德,他是这一切——欢快的声音、绿色的灯光,甚至会吹口哨的厨师(因为沃克夫人是爱尔兰人,整天吹口哨)——的基础;你必须用这些秘密贮存的美妙瞬间去回报,她想着,一面拿起拍纸簿,此时露西正站在她身边想解释什么:

"太太,达洛维先生——"

克拉丽莎读着电话留言:"布鲁顿勋爵夫人想知道达洛维先生今天能否和她一起共进午餐。"

"太太,达洛维先生让我告诉你他要在外面吃午饭。"

"天啊!"克拉丽莎说,而露西则善解人意地也表示失望(可是感受不到那种痛苦);露西感觉到了她们两人之间的默契,理解这种暗示,思考着上流社会的人是如何对待爱情的,她以保持平静来改善自己的前途;她接过达洛维太太的阳伞,就像捧着一位女神从战场凯旋后卸下的一件神圣的武器,把它摆到伞架上。

"无须再怕。"克拉丽莎说。无须再怕骄阳酷暑;因为布鲁顿夫人邀请理查德而不邀请她这件事带来的震惊撼动了她站立着的这一瞬间,就像河床上的一棵植物因感觉到过往船桨的震动而颤抖:她就是这样摇摆着,颤抖着。

米莉森特·布鲁顿(据说她的午餐会总是别有情趣)竟然不邀请她。一般庸俗的嫉妒是不能把她和理查德分开的。但是她惧怕时间本身,她从布鲁顿夫人的脸上(仿佛这脸是用毫无知觉的石头雕刻的日晷)看到生命在日渐减少;看到年复一年自己的生命份额如何被逐渐削减,那剩余的部分是如何几乎无法扩展,几乎不能再像年轻时那样吸收人生的颜色、盐分和音调。年轻时她曾吸收过这一切,因而当她进屋时便能充满整个房间;当她站在自家客厅门口犹豫不决的那一刹那,她常感到一种美妙的挂虑,犹如那种使跳水员在跳入海中之前迟疑片刻的挂虑,此时他脚下的大海时而幽暗时而光亮,那颇有拍岸之势但实际上只轻柔地划开海面的波浪向前滚动,掩盖了海藻,又在翻转之时给海藻蒙上一层银白色的珍珠。

她把拍纸簿放回到大厅的桌子上。她开始慢慢上楼,一只手拉着楼梯的扶手,仿佛刚刚离开一个聚会,在那里一会儿这个朋友,一会儿那个朋友回忆起她过去的面容和声音;仿佛她已关上房门来到外面独自站立,孤零零的,背景是可怕的夜空,或者确切地说,背景是这个平平常常的六月早晨投注的一派晨光。这个早晨对某些人来说是柔和的,闪烁着玫瑰花瓣的光彩,她知道,也感受到了,当她在半楼梯敞开的窗旁停下来的时候;从这窗口传来窗帘掀动的噼啪声、狗群的吠叫声,还传来白昼的研磨声、敲击声和充满活力的声音,她想着,觉得自己突然萎缩,变老,胸部也变平坦了,仿佛她已飘到门外、窗外,飘离了自己的躯体和大脑;她的大脑已经不中用了,因为布鲁顿夫人(据说她的午餐会总是别有情趣)没有邀请她。

像个修女回屋歇息,或像个孩子探索塔楼,她向楼上走去,在半楼梯的窗旁停留片刻,然后走进盥洗室。那里铺着绿色地毡。有一个水龙头漏水。在生活的中心有一处空白,一间阁楼。妇女们必须脱下她们华贵的服装。中午时分她们必须脱掉礼服。她摘下别针插在针垫上,把饰有羽毛的黄帽子放到床上。床单很干净,用一条宽带紧紧地绷在床上。她的床会越来越窄。蜡烛燃掉了一半,她曾彻夜阅读马尔博男爵①的《回忆录》。她曾在深夜里阅读从莫斯科撤退那一章。由于下议院开会总是开到很晚,理查德在她得病以后坚持让她睡觉不受干扰。说实在的,她宁愿读关于莫斯科撤退的书。他了解这一点。于是她的房间被安排在阁楼上,床很窄;她躺在那里看书的时候(因为她常常失眠)总排除不掉从生孩子时起保留下来的那种贞洁感,它像床单一样紧裹着她。她在做姑娘时就很可爱,但突然出现了一个瞬间——例如在克利夫登镇的树林下面的小河上——当时由于这种冷漠的精神起了作用,她未能使他满足。后来在君士坦丁堡又是如此,以后这种情况一而再、再而三地发生。她明白自己缺少什么。不是美貌,也不是智慧。而是一种从中心向四周渗透的东西,一种温暖的东西,它冲破表层并在男女之间或女人之间的冰冷接触中掀起微波。因为她能够朦胧地感觉到**那**

---

① 马尔博男爵(1782—1854),法国将军,拿破仑时代回忆录的作者。

种东西。她讨厌它,对它有一种老天爷才知道是从哪里学来的顾忌,或者像她感觉的那样,来源于大自然(大自然总是明智的);然而她有时却不由自主地屈服于妇人的而不是姑娘的魅力,屈服于妇人在坦言自己的争吵和蠢事时表现出的魅力,要知道她们经常对她倾诉衷肠。不知是出于怜悯,还是由于她们的美貌,还是因为她的年龄比她们大,或是出于某种巧合——例如一种淡淡的香气,或邻家的小提琴声(在某些时刻声音的威力是那么奇特),她这时会毫无疑问地产生与男人同样的感受。不过那只是一瞬间,但已足够了。那是一种顿悟,有几分像一个人脸上的羞红,你力图掩饰它,但当它扩散时,只好由它去扩散,你跑到最远的角落,在那里发抖,觉得整个世界向你逼来,充满了某种令人惊讶的意义、某种狂喜的压力,这种意义和压力迸裂世界那层薄薄的表皮喷涌而出,以一种格外的轻松流过龟裂处和红肿处。然后,在那一瞬间,她看到了一束光;一根火柴在一棵番红花上燃烧;一种内在的意义几乎表达了出来。然而逼近的退却了,坚硬的变软了。这一瞬间消失了。这样的瞬间(和女人们在一起也有同样的感觉)与她的床、马尔博男爵的书以及燃掉一半的蜡烛形成了鲜明的对照(她放下帽子)。她躺在床上睡不着觉,地板在咯吱作响;灯火通明的房子突然转暗,如果她抬起头会正好听见咔嚓一响,那是理查德在尽可能轻地放松门把手;他穿着短袜悄悄溜上楼来,然后,像经常发生的那样,扔掉暖水袋大骂起来!她笑得多么开心啊!

可是这个爱情问题(她一面想着,一面收拾起上衣),这个与女人恋爱的问题。以萨莉·西顿为例,她与萨莉·西顿旧日的关系。不管怎么说,那难道不是恋爱吗?

坐在地板上——这是她对萨莉的第一个印象——萨莉坐在

地板上,抱着双膝,抽着烟卷。是在哪儿呢?在曼宁家?在金洛克-琼斯家?反正是在一次聚会上(具体地点她说不准),因为她清楚地记得曾问过和她在一起的那个男人:"**那女人**是谁?"他告诉了她,并说萨莉的父母关系不好(她是多么震惊啊——一个人的父母竟然吵架!)。但是一整个晚上她的目光都离不开萨莉。那是一种她最羡慕的非凡的美,肤色稍深,一双大眼睛,还有她自己不具备因而总是很嫉妒的品质——一种随心所欲,好像萨莉想说什么就说什么,想做什么就做什么;是一种外国人普遍具有而英国女人不常有的品质。萨莉总说她有法国血统,她的一位祖先曾服侍过玛丽·安托瓦妮特①,后来被砍了头,只留下一枚红宝石戒指。大概就在那个夏天萨莉来到伯尔顿小住,一天晚上正餐过后她出人意料地走了进来,口袋里没有一分钱,她的到来使可怜的海伦娜姑妈如此心烦意乱,她一直没有原谅她。萨莉家里曾吵得不可开交。那天晚上她来的时候确实一文不名——她典当了一枚胸针作为来程的路费。她是在情急之下跑出来的。克拉丽莎和萨莉坐了一夜,倾心长谈。是萨莉使她头一次感到她在伯尔顿的生活有多么封闭。她对性爱一点儿都不懂,对于社会问题也一无所知。她有一次曾见过一位老人在田野中倒地猝死——她还见过几头刚刚生完小牛的母牛。但是海伦娜姑妈从来不喜欢讨论任何事情(萨莉给她威廉·莫里斯②的书时,不得不裹上牛皮纸)。她们在顶楼她的卧室里坐了一个小时又一个小时,谈论生活,谈论她们将如何改造这个世界。她们想成立一个剥夺私有财产的协会,甚至写好了

---

① 玛丽·安托瓦妮特(1755—1793),法国王后,路易十六之妻,1793 年 1 月被法国革命政府判处死刑。
② 威廉·莫里斯(1834—1896),英国作家,美术家,有社会主义倾向。

一封信,只不过没有寄出。这些想法当然出自萨莉——但是她自己很快就跟萨莉一样激动起来——早餐前在床上读柏拉图①的书,读莫里斯的书,还按钟点读雪莱②的作品。

萨莉的魅力是惊人的,还有她的天才,她的性格。比如,她摆鲜花的方法。在伯尔顿,人们总是把许多呆板的小花瓶放在桌上排成一行。萨莉自己出去,采集了蜀葵花、天竺牡丹——各式各样的从来没人见过放在一起的鲜花——然后剪下花朵,放进碗里,让它们漂浮在水面上。这样一摆,效果特别好,特别是夕阳西下时分你进来吃饭的时候(当然海伦娜姑妈认为这样摆弄鲜花有些邪恶)。还有一次萨莉忘记拿擦澡用的海绵,于是她赤身裸体跑过走廊。那个严厉的老女仆埃伦·阿特金斯走过来走过去嘟囔着:"要是让一个男士看见了呢?"是啊,萨莉确实让人震惊。爸爸说她衣冠不整。

回想起来,最奇怪的是她对萨莉的感情竟是那么纯洁,那么完美。它跟对一个男人的感情不同。它是彻底无私的,此外,还有一个特点,它只存在于女性之间,存在于刚成年的女性之间。从她自己的角度来看,它是保护性的;它出自一种盟友的感觉,一种有什么东西注定要把她们分开的预感(她们常说婚姻是灾难),这种感觉导致了这种豪侠气概,这种保护性的感情在她身上比在萨莉身上体现得更明显。因为在那些日子里萨莉完全不顾忌后果,为了表现自己勇敢而做了许多蠢事,在台地上骑着自行车围着矮栏杆兜圈子,抽雪茄烟。萨莉很荒唐,非常荒唐。但是那种魅力是无法抗拒的,至少对她来说是如此,所以她还能记

---

① 柏拉图(约公元前428—前348),古希腊三大哲学家之一。和苏格拉底、亚里士多德共同奠定西方文化的哲学基础。

② 雪莱(1792—1822),英国诗人、哲学家、改革家和散文作家。

得自己曾站在顶楼的卧室里抱着暖水袋大声说："她就在这个屋檐下面……她就在这个屋檐下面！"

现在不同了，这些话对她已毫无意义。她连过去那种感情的影子都找不到了。但是她还能记得当时曾激动得浑身发冷，曾狂喜地卷着头发（昔日的感情现在又开始回到她的心里，在她拿出发卡放在梳妆台上开始卷发的时候），当时有几只乌鸦在傍晚粉红色的余晖中炫耀地飞上飞下，她穿好衣服，走下楼去，在穿过大厅时感觉："如果现在就死去，现在就是最幸福。"①那就是他的感觉——奥赛罗的感觉，她相信自己感受到了幸福，正如莎士比亚让奥赛罗感受到的那样强烈，这都是因为她披着白色罩袍下楼到饭桌边与萨莉·西顿相会！

萨莉当时穿着粉红色薄纱裙——这可能吗？无论如何，她**好像**十分轻盈，光彩照人，像一只飞进来的小鸟或一只气球，粘在一棵黑莓灌木上但仅停留了一瞬间。然而一个人恋爱的时候（这不是恋爱是什么？），最奇怪的莫过于其他人对此竟漠然视之。海伦娜姑妈吃过饭就走开了；爸爸在读报。彼得·沃尔什有可能在场，还有年老的卡明斯女士；约瑟夫·布赖特科普夫肯定在场，因为他每年夏天都来这里，可怜的老人，一住就是好几个星期，他装作来陪她读德语，实际上是来弹钢琴，还唱勃拉姆斯②的歌曲，尽管嗓子很糟糕。

这一切不过是衬托萨莉的背景而已。她站在壁炉旁边谈天，优美的声音使她的每句话都像一个吻，爸爸觉得似乎如此，他已开始受到她的吸引，违背了自己的意志（他曾借给过她一

---

① 见莎士比亚的《奥赛罗》第二幕第一场，表达了奥赛罗对恋人苔丝狄蒙娜的深切爱情。
② 勃拉姆斯（1833—1897），德国钢琴家、作曲家。

本书,后来发现书被扔在台地上浸湿了,因此一直耿耿于怀);
突然间萨莉说:"总坐在屋里多遗憾呀!"于是大家都走出屋到
台地上散步。彼得·沃尔什和约瑟夫·布赖特科普夫继续谈着
瓦格纳。她和萨莉稍微落后一点儿。然后当她们走过一个栽满
鲜花的石盆时,她经历了一生中最最美好的时刻。萨莉停下来,
摘了一朵花,吻了一下她的嘴唇。整个世界似乎天翻地覆了!
其他的人都消失了,只有她和萨莉单独在一起。她觉得好像自
己先前得到了一件礼品,是用纸包装好的,并被告知要保存好,
不要看——一块钻石,一个无价之宝,包得严严实实的,而在她
们散步的时候(她们来回来去走着),她才打开包看见了它,或
许是它的光芒透过包装直射出来,它就是神的启示,就是这种宗
教般的感情!——突然间,老约瑟夫和彼得面对着她们:

"在占星吗?"彼得问。

这就像黑暗中一个人的脸撞到花岗岩墙壁上!太令人震惊
了,太可怕了!

她倒不是为了自己。她只是觉得萨莉已经受到伤害,受到
虐待;她感觉出了彼得的敌意、他的嫉妒之心、他破坏她们友谊
的决心。这一切她都看出来了,正如一个人在闪电的瞬间看见
一片风景——而萨莉(她从来没有如此爱慕过她!)依然我行我
素,毫不服输。她哈哈大笑。她让老约瑟夫告诉她天上星座的
名称,那是约瑟夫正经喜欢干的事。她站在那里,她在倾听。她
听见了那些星座的名称。

"啊,这种恐怖感!"克拉丽莎自语道,仿佛她一直知道会有
什么东西来干扰她瞬间的幸福,使她痛苦。

然而后来她是多么感谢彼得·沃尔什啊。每当她想起彼
得,不知怎的总会想起他们的争吵——也许是因为她太急于得

到他的好评。她感谢他使用了两个词:"感伤的"和"有教养的";她以这两个词开始每一天的生活,仿佛有他在保护自己。一本书是感伤的;一种生活态度是感伤的。由于她是"感伤的",她也许注定要回忆起过去。他回来之后会怎么想呢?她真想知道。

他会认为她已经老了吗?他回来以后会说她老吗?也许她会看出他在这样想。这是事实。自从生病以来她变得差不多苍白了。

她把胸针放在桌上,突然感觉一阵紧张,仿佛就在她冥想之际那些冰冷的爪子已趁机牢牢地抓住了她。她还不老呢。她刚刚进入五十二岁。还有许许多多的岁月没有度过。六月、七月、八月!每个月还几乎是完整的;克拉丽莎(现在穿过房间走向梳妆台)似乎想接住流逝的点滴时间,她投身于这个六月早晨的瞬间——这个汇集着所有其他早晨的压力的瞬间——的中心,把它凝固在那里,她用一种崭新的眼光审视着镜子、梳妆台和所有的小瓶子,把自己的全身定格在一点(在她照镜子的时候),她看见了一张粉红色的细嫩的脸,它属于当天要举办晚会的那个女人,属于克拉丽莎·达洛维,属于她自己。

她观察自己的脸已经有几百万次了,而且每次脸部的肌肉总是紧缩,但不易为人察觉!她照镜子时总要噘起嘴唇。那是为了使自己的脸有一个突出点。那就是她的自我——尖尖的,像个飞镖,十分清晰。那就是她的自我,当某种努力、某种对她的自我的召唤将她脸上的各个部分紧缩在一起的时候,只有她自己才知道这与平时有多么不同,有多么不谐调,而她这样做只是为了使世界进入一个中心,一块钻石,一个坐在自家客厅里成为聚会焦点的女人,一个在某些人的暗淡生命中无疑是璀璨的光点,也许还是孤独的人们寻求的一个庇护所;她曾经帮助过年轻人,他们感激她;她尽力做到表现一贯,丝毫不暴露自己的其他方面,如过错、嫉妒、虚荣、疑心等,例如布鲁顿夫人不请她吃饭这件事;那是十分卑鄙的!她想(一面最后梳理一下头发)。咦,她的衣裙在哪儿呢?

她的晚礼服都挂在衣橱里。克拉丽莎把手伸进柔软的衣服当中,轻轻地取出那件绿色衣裙,把它拿到窗前。这件衣服她曾弄撕过。有人曾踩过裙边。她在大使馆的晚会上曾感到裙腰的褶子撕裂了。这绿色料子通常在灯光下会闪闪发光,但此时在阳光下却黯然失色。她要自己补这裙子。她的女仆们要做的事情实在太多了。她今天晚上就要穿这件晚礼服。她要把她的丝绸、她的剪刀、她的——还有什么来着?——当然还有她的顶针,都拿到楼下客厅里去,因为她还要写信,还要确保一切准备工作基本就绪。

真奇怪,她一面想一面在半楼梯的驻脚台上停下来,同时思忖着那钻石形状、那孤独的人,真奇怪,一个女主人是多么了解这一时刻,多么了解全家人的情绪!模糊不清的声音从楼梯的井孔旋转直上:墩布拖地的窸窣声,轻拍声,敲击声,前门开启时的一声巨响,地下室里传达吩咐的说话声;银餐具和托盘碰撞的叮当声;洁净的银器是为晚会准备的。一切全是为了晚会。

(这时露西端着托盘走进客厅,她把几个极大的烛台放到壁炉架上,把小银箱放在中央,再把水晶海豚转向座钟。他们会来的;他们会站在这里;他们会用那种她能模仿的矫揉造作的语气说话,女士们和先生们。在所有的人当中,她的女主人是最可爱的——拥有银器、亚麻制品和瓷器的女主人,因为那阳光、那些银器、那些摘下的门扇、那些朗波尔迈耶店里来的工人都使她有一种成就感,此时她把裁纸小刀放在嵌花桌子上。看啊!看啊!她在面包店里和几个老朋友谈话时说,在店里她头一次透过窗玻璃看见卡特勒姆教堂的礼拜仪式。她就是安杰拉夫人,陪伴着玛丽公主,这时达洛维太太突然走了进来。)

"哎,露西,"她说,"这些银餐具真好看!"

"还有,"她说,一面转动那个水晶海豚使它直立,"你们喜欢昨晚的话剧吗?""唉,他们没看完就得走了!"她说。"他们十点以前必须回来!"她说。"所以他们不知道后面的剧情。"她说。"那真是不幸。"她说(因为平时她的仆人们常看到很晚,如果他们跟她说一声的话)。"那真是遗憾,"她一面说,一面拿起沙发中央那个光秃秃的旧靠垫塞到露西的怀里,并轻轻推了她一下,大声说,"把它拿开!给沃克太太送去,替我谢谢她!拿走!"她喊道。

露西抱着靠垫在客厅门旁停了下来,脸有些红,非常羞涩地问,能不能让她帮着补衣裙?

可是,达洛维太太说,露西手头的事已经很多了,足够她干的,就不用管这事儿了。

"但还是谢谢你。露西,啊,谢谢你。"达洛维太太说,谢谢你,谢谢你,她继续说(同时坐在沙发上,把那件衣裙放在膝头,还有剪刀、丝绸),谢谢你,谢谢你,她继续说着,笼统地感谢所有的仆人帮助她成为现在这个样子,成为她自己理想的样子,温柔,宽大为怀。她的仆人们喜欢她。再回到她的这件衣裙——撕破的地方在哪里?现在该往针上穿线啦。这是她最喜欢的一件衣服,是萨丽·帕克做的许许多多衣服中的一件,天呀,差不多是最后的一件,因为萨丽现已退休,住在伊令区,如果我有一点点时间,克拉丽莎想(可是她不会再有一点点时间了),我会去伊令看望她。因为她是一个有个性的人,克拉丽莎想,是个真正的艺术家。她常想些稀奇古怪的小事,然而她做的那些衣裙却从来不怪。你可以穿着它们去哈特菲尔德侯爵府,去白金汉宫。她确实穿着它们去过哈特菲尔德侯爵府,去过白金汉宫。

宁静降临到她的身上,平静,安详,此时她手里的针顺利地穿入丝绸,轻柔地停顿一下,然后将那些绿色的褶子聚敛在一起,轻轻地缝到裙腰上。于是在一个夏日里海浪聚拢起来,失去平衡,然后跌落;聚拢又跌落;整个世界似乎越来越阴沉地说:"完结了。"直到躺在海滩上晒太阳的躯体里的心脏也说"完结了"。无需再怕,那颗心脏说。无需再怕,那颗心脏说,同时将自己的重负交给某个大海,那大海为所有人的忧伤发出哀叹,然后更新,开始,聚拢,任意跌落。那个躯体则孤零零地倾听着过往蜜蜂的嗡嗡声;海浪在拍打;小狗在吠叫,在很远的地方吠叫,吠叫。

"天啊,前门铃响了!"克拉丽莎大喊,停下了手中的针线。她精神起来,注意倾听着。

"达洛维太太会见我的。"一个年纪不轻的男人在大厅里说。"啊,是啊,她会见我的。"他重复道,同时和善地把露西推到一边,以从未有过的快速跑上楼梯。"是啊,是啊,是啊,"他一面上楼一面喃喃地说,"她会见我的。在印度待了五年之后,克拉丽莎会见我的。"

"有谁能——有什么能。"达洛维太太问道(她想,在她要举办晚会这天的上午十一点被人打扰实在可气),她听见了楼梯上的脚步声。她听见手拍门的声音。她试图把衣裙藏起来,犹如一个处女保护自己的贞操,因为她尊重她的隐私权。现在铜门把动了。现在门打开了,进来的是——刹那间她竟想不起他叫什么名字！她见到他是那么惊奇，那么高兴，那么羞涩，那么震惊，彼得·沃尔什竟然在这个上午出乎意料地来看望她！（她没读到他的信。）

"你好。"彼得·沃尔什说，无疑是在颤抖，他握住她的双手，亲吻她的双手。她老多了，他想，同时坐了下来。我不会对她这样讲的，因为她确实老多了。她正在看着我，他想，此时一种窘迫感突然向他袭来，尽管他刚刚吻过她的手。他的一只手伸进口袋，掏出一把大折刀，打开了一半。

他和以前一模一样，克拉丽莎想，还是那种古怪的目光，还是那件格子西装；他的脸有些不像往日那么严肃，瘦了一些，也许更带些嘲讽的表情，但是他的身体看来非常健康，和以前一个样。

"见到你太高兴了！"克拉丽莎喊道。他又把折刀拿出来了。那就是他的做派，她想。

他昨天晚上刚进城，他说；他必须马上到乡下去；情况怎么样？大家——理查德，伊丽莎白——都好吗？

"这都是干什么用的？"他问，一面拿折刀斜着指向她的绿衣裙。

他穿得十分讲究，克拉丽莎想，可他还总批评**我**。

她在这里补衣服，像往常一样补衣服，他想；我去印度的这些年里她一直坐在这里，缝补衣裙，到处玩耍，参加各种晚会，跑到下议院去然后再回来，等等，他想，越想越生气，越想越激动，因为对某些女人来说世界上没有什么比婚姻再坏了，他想，还有政治，还有嫁给一个保守党的丈夫，比如令人钦佩的理查德。确实是这样，确实是这样，他想，一面啪的一声合上折刀。

"理查德身体很好。理查德正在一个委员会开会。"克拉丽莎回答。

她打开剪刀,并且问他是否介意她补裙子,因为他们当天晚上要举行晚会。

"我不打算请你参加。"她说。"我亲爱的彼得!"她说。

然而他感觉亲切,听见她如此称呼自己——我亲爱的彼得!是啊,一切都是那么亲切——那些银餐具、那些椅子,所有的东西都是那么亲切。

她为什么不请他参加晚会呢? 他问。

克拉丽莎想,他现在显然是迷人的! 绝对迷人! 现在我还记得当初下决心不嫁给他是多么困难,就在那个可怕的夏天,我为什么要下这个决心呢? 她真想不明白。

"可是你今天早上来这里实在太不寻常了!"她大声说,同时把自己的双手重叠在一起,放到衣裙上。

"你还记得吗,"她说,"在伯尔顿村的时候,那些窗帘是怎么啪啪响的?"

"是啊。"他说;他还记得曾单独陪克拉丽莎的父亲吃早餐,非常局促不安;那老人已经去世,而他也没有给克拉丽莎写信;不过他一向跟老帕里合不来,那个牢骚满腹、毫无主见的老头儿,克拉丽莎的父亲贾斯廷·帕里。

"我常希望我那时和你的父亲相处得好一点。"他说。

"但是他从来没喜欢过任何一个——我们的朋友。"克拉丽莎说。她本来可以控制自己不说这话,因为这等于提醒彼得他曾想和她结婚。

是啊,我是想过和她结婚,彼得想;那件事还差点儿让我心碎,他想;他全身心沉浸在自己的痛苦当中,这痛苦在上升,有如从台地上看到的月亮,在白昼余光的映照下美丽得吓人。自那以后我还从来没有那么忧伤过，他想。他觉得自己仿佛真的坐在那个台地上，于是向克拉丽莎挪近一点儿，伸出一只手，抬起来，又放下。那轮明月就挂在他们的上方。她也仿佛和他一起坐在台地上，沐浴着月光。

"那房子归赫伯特了。"她说。"我现在不去了。"她说。

而后，正如在月光照耀在台地上时经常发生的那样，一个人因已经厌烦而开始感到惭愧，可由于对方只是无言地坐着，非常安静，悲哀地望着月亮，因此，他不想说话，只是挪挪脚，清清嗓子，看看桌子腿上的卷轴形铁饰物，动动桌子的活边，但一言不发——这就是彼得·沃尔什现在的心境。因为何必要这样回顾过去呢？他想。为什么要让他又想起往事呢？在她已经那么残酷地折磨过他之后，为什么还要让他受苦呢？为什么？

"你还记得那个湖吗？"她说，声音很突兀，出于一种感情的压力，这种感情攫取了她的心，使她喉部肌肉发紧，使她在说"湖"字时嘴唇痉挛。因为她既是个孩子，站在父母中间，向鸭群扔着面包，同时又是个成年女人，向站在湖边的父母走去，怀抱着自己的生命，在她接近父母时它越变越大，最后变成了整个生命，完好的生命，她把它放在父母身边说："这就是我的成果！这就是！"可她的生命有什么成果呢？究竟是什么呢？这个上午和彼得坐在一起缝衣服。

她看着彼得·沃尔什；她的目光掠过那段时光和那种情感，犹豫不决地落到他的身上，满含泪花停留在他的身上，然后向上，扑棱着离开了，犹如一只鸟儿擦过树枝后扑打着翅膀飞走了。她很自然地擦了擦眼睛。

"记得。"彼得说，"记得，记得，记得。"他说，仿佛她把什么东西提到表面，而这个东西在上升时肯定伤害了他。停下！停下！他想喊。因为他的年纪还不老，他的生命还没有完结，绝对没有。他刚五十岁出头。他想，我是告诉她，还是不告诉她呢？他愿意坦言一切。但是她太冷淡了，他想，只顾缝衣服，用剪刀。黛西和克拉丽莎在一起会显得非常平庸。那么克拉丽莎就会认为我是个失败者，他想，从他们的意义上来讲，从达洛维夫妇的意义上来讲，我确实是失败者。啊，是啊，他对此确信无疑；他是失败者，与这里的一切——嵌花桌子、文具架上的裁纸刀、水晶海豚和烛台、椅子罩和古老珍贵的英国淡彩画——与这些相比，他确实是失败者！我讨厌整个恋爱事件中的那种自以为了不起的态度，他想，我讨厌的是理查德的所作所为，而不是克拉丽莎的，但她嫁给他这件事除外。（这时露西走进屋来，捧着银餐具，更多的银餐具，但是她看上去很妩媚、苗条、优雅，在她俯下身来放这些东西时他想。）这些年来这一切仍在继续！他想；一个星期又一个星期，克拉丽莎就这样生活；与此同时我——他想；顿时仿佛一切都从他身上向四面八方射出光芒：旅行、骑马、争吵、历险、桥牌聚会、恋爱、工作、工作、工作！他当面拿出他的折刀，并攥在手心里——克拉丽莎敢说这三十年来他一直带着这把有牛角柄的旧折刀。

多么特别的习惯呀，克拉丽莎想；总是玩小刀。总是让人感觉他太轻浮，内心空虚；他不过是个愚蠢的、喋喋不休的人，和过去一样。但我也和过去一样，她想，一面拿起针，一面发出召唤，就像一个在卫兵们熟睡的情况下无人保护的女王（她被他的来访所震惊，感到十分沮丧），因此任何人都能漫步来到弯曲的黑莓枝下她躺着的地方看看她；她在召唤她所做过的事情、她喜欢的事情、她的丈夫、伊丽莎白、她的自我（彼得现在已不了解她的自我了）来帮助她；简而言之，她把一切都召唤到她身边来打退敌人。

"那么,你这些年都干了些什么呢?"她问。就这样,在战斗开始之前,战马踢着地,摇着头,光线照射着它们的肋腹,它们的脖子弯曲着。就这样,彼得·沃尔什和克拉丽莎并肩坐在蓝色的沙发上,争论起来。他的力量在胸中涌动翻滚。他从许多不同的方面把各种各样的事情集中到一起:他所受到的称赞、他在牛津大学的经历、他的婚姻(对此她还一点儿都不了解),还有他如何恋爱等,向她倾诉这一切,回答了她的问题。

"无数的事情!"他感慨地说。此时聚集在他胸中的各种力量正在朝各个方向涌动,使他感觉被腾空推到无缘谋面的人们的肩膀上,既感到恐惧又极其振奋,在这些力量的促使下,他将双手举向额头。

克拉丽莎腰板挺直地坐着,吸了一口气。

"我在恋爱。"他说,但不是对她,而是对某一个人,这个人在黑暗中被安放在高处,因而你摸不着,但你必须在黑暗中把你的花环摆在草地上。

"恋爱,"他重复道,现在用一种略带嘲讽的口气对克拉丽莎说,"爱上了一个印度的姑娘。"他已经摆好了他的花环。克拉丽莎爱怎么理解就怎么理解吧。

"恋爱!"她说。他在这种年龄竟戴着小领结被那魔鬼拖下水去!他的脖子上已没有了肌肉,他的双手发红,而且他比我才大六个月!她的目光一闪转向自己;但是在内心里她感觉他还是老样子,他总是在恋爱。他总有爱情,他总是恋爱,她感到了这一点。

但是那不可战胜的自负感永远能击败反对它的大军,犹如那总是说流啊流啊流啊的大河,即便它承认我们可能根本就没有什么目标,它还是流啊流啊;这种不可战胜的自负感突然给她的面颊带来红晕,使她显得十分年轻,皮肤白里透红,眼睛分外明亮,此时她坐在那里,衣裙放在膝头,针已缝到绿色丝绸的尽头,她在微微颤抖。他在恋爱! 不是和她。当然是和一个年轻些的女人。

"那么她是谁呢?"她问。

现在必须把这座雕像从高处取下,放到他们两人中间。

"非常遗憾,是个结了婚的女人,"他说,"一个印度陆军少校的妻子。"

他微微一笑,带有几分不寻常的讥讽和愉悦,因为他竟以如此可笑的方式把她放到了克拉丽莎面前。

(还是老样子,他总是在恋爱,克拉丽莎想。)

他继续非常理智地说:"她有两个小孩子,一个男孩,一个女孩;我这次回来是找我的律师们办离婚手续的。"

他们的情况就是如此! 他想。你愿意怎样对待他们都行,克拉丽莎! 他们的情况就是如此! 对他来说,那位印度陆军少校的妻子(他的黛西)和她的两个孩子似乎每一秒钟都变得更加可爱,因为克拉丽莎在看着他们;仿佛他照亮了盘子里的灰色小丸,于是一棵可爱的树立时长了出来,沐浴着凉爽的带咸味的海风,这海风就是他们两人之间的亲密关系(因为从某种意义上讲,还没有一个人像克拉丽莎那样了解他,与他感情相通)——他们之间美好的亲密关系。

那个女人奉承他,愚弄他,克拉丽莎想,用小刀三划两划画出那个女人即那个印度陆军少校的妻子的轮廓。简直是浪费! 简直是愚蠢! 彼得一生中总是这样被人愚弄,先是从牛津被开除,然后是娶了他在去印度的船上遇到的姑娘为妻;现在又来了个少校的妻子——感谢老天爷她当初拒绝了他的求婚! 尽管如此,他还是恋爱了,她的老朋友、她亲爱的彼得在恋爱。

"那你打算怎么办呢?"她问他。哦,林肯律师协会的胡珀-格雷特利事务所的律师们和诉讼代理人们,他们准备受理此事,他说。他真的在用折刀削指甲。

看在老天爷的分上,放下你的小刀吧! 她以一种不可压抑的愠怒对自己喊;这是他不遵从社会习俗的愚蠢表现,是他的弱点,还有他丝毫不懂对别人的感情,这些都使她恼火,一直使她恼火;现在他年纪已经不小了,多愚蠢啊!

这些我都知道,彼得想;我知道我对抗的是什么,他一面想一面用手指摸着折刀的刀刃,是克拉丽莎和达洛维以及所有他们这样的人;但是我要向克拉丽莎显示——然后令他十分吃惊的是,他突然受到那些被抛到空中的无法控制的力量的袭击,顿时眼泪夺眶而出,大哭起来,一点儿也不觉得羞耻地大哭起来,他坐在沙发上,任凭泪水顺着面颊往下流。

克拉丽莎这时已经探出身去,拉住他的手,把他拉到身边,吻吻他的手——实际上她已经感觉到他的脸接触到了自己的脸,但她还是将在她胸中舞动着的那些银光闪闪的羽毛(就像热带狂风中的蒲苇)压了下去;随着羽毛的退却,她只是握住他的手,拍拍他的膝,然后重新坐回去,她感到和他在一起异乎寻常地安逸和愉快。刹那间她产生了一个念头,如果我当初嫁给了他,我就能整天享受这种欢欣了!

对她来说一切都结束了。床单绷得很平,床很狭窄。她已独自上了顶楼,听任别人在阳光下采摘浆果。门已经关上了,在那里透过剥落墙皮的尘埃和鸟巢掉下的杂屑可以望得多么远啊,传来的各种声音极不清晰且令人悚然(有一次在莱斯山上,她还记得）；她喊道，理查德啊，理查德！犹如一个熟睡的人夜间惊醒后在黑暗里伸出手求救。他在和布鲁顿夫人共进午餐，她又想起了这件事。他已经离开了我，我将永远孤独，她想着，把双手搭在膝头。

彼得·沃尔什已经站起身来穿过房间走到窗前，背向她站着，快速地挥动着一条颜色鲜丽的方巾。他那对瘦瘦的肩胛骨把上衣稍稍支起，他看上去干练、冷静、孤独，他用力地擤着鼻涕。你带我走吧，克拉丽莎冲动地想，仿佛他马上要从这里出发去开始重要的航行；过了一瞬间，又仿佛一出十分激动感人的五幕话剧刚刚结束，而她已在剧中生活了一辈子，曾经私奔过并与彼得一起生活过，可是现在一切都结束了。

现在该行动了，犹如一个女人收拾起自己的斗篷、手套、观剧用的小望远镜等东西，然后站起身来准备离开剧场走上街头，她从沙发上站起来走向彼得。

真是太奇怪了，当她在叮当声和沙沙声中走来的时候，当她穿过房间的时候，他想，她竟然保持着昔日的魅力，那种能使他所讨厌的月亮在夏天升起在伯尔顿的台地上空的魅力。

"告诉我，"他说，一面抓住她的肩膀，"克拉丽莎，你幸福吗？理查德他——"

门打开了。

"我的伊丽莎白来啦。"克拉丽莎激情地，也许是故作姿态地说。

"你好。"伊丽莎白走上前来说。

此时大本钟敲击半点的声响以惊人的气势在他们之间回荡，仿佛一个强壮、冷漠、毫不体恤他人的小伙子在挥舞哑铃，这边一下，那边一下。

"你好啊,伊丽莎白!"彼得大声说,同时把方巾塞进口袋,很快地走到她面前,连看都没有看她便说:"再见,克拉丽莎。"然后快步走出房间,跑下楼梯,打开大厅的门。

"彼得!彼得!"克拉丽莎喊,跟在他后面走到半楼梯的驻脚台。"我的晚会!别忘了今天晚上我家有晚会!"她喊道,她不得不提高嗓音以便压过外面传来的喧闹声。在过往的车辆和所有的时钟占压倒性优势的混响中,她的"别忘了今天晚上我家有晚会"的喊声显得微弱无力,并且非常遥远,因为彼得已经关上了大门。

别忘了我的晚会,别忘了我的晚会,彼得·沃尔什走上大街时有节奏地自言自语着,与大本钟那直截了当的半点报时的声流相合拍。(那深沉的音波逐渐消逝在空中。)啊,这些晚会,他想,克拉丽莎的晚会。她为什么要举办这些晚会呢,他想。他并不是责备她,也不是责备这个正在向他走来的像纸人一般的男人,这人穿着燕尾服,纽扣孔里插着一朵康乃馨。世界上只有一个人可能像他这样在恋爱。他就在那里,这个幸运的人,就是他自己,映照在维多利亚街一个汽车制造商的玻璃橱窗上。整个印度横卧于他的身后,平原、高山、霍乱瘟疫,面积相当于两个爱尔兰的区域,他曾独自做出的那些决定——他,彼得·沃尔什;他现在是平生头一次真正在恋爱。克拉丽莎变得冷酷了,他想;除此之外还有一点伤感,他猜想,一面看着那些名牌汽车的功能——用多少加仑汽油能跑多少英里?因为他倒是有些机械方面的才能;他在自己管辖的区里曾发明过一种犁,还从英国定购过一些手推车,但那些苦力却不肯使用,所有这些克拉丽莎一点儿都不知道。

她说"我的伊丽莎白来啦"——这种措辞使他恼火。为什么不简单地说"伊丽莎白来啦"？她那样说一点儿都不真诚，连伊丽莎白都不喜欢听。（那巨大深沉的钟声的余音仍在他周围的空中震荡；半点钟，时间还早，才刚刚十一点半。）因为他理解年轻人，喜欢他们。克拉丽莎身上总有一种冷漠，他想。她总是有那么一点儿怯懦，就是在做姑娘时也如此，到了中年，这种怯懦变成了因循守旧，然后一切都完了，一切都完了，他沮丧地注视着橱窗玻璃的深处时想，并思索着刚才在那个时间去拜访是否惹恼了她；他突然为自己刚才做了傻事而羞耻，他刚才痛哭流涕，大动感情，把一切都告诉了她，和以往一样，和以往一样。

像一朵云彩飘过太阳，寂静降临到伦敦城，也降临到人们的心头。一切努力都停止了。时间在桅杆上呼啦啦地飘扬。我们在那里停下；我们在那里站立。只有习惯势力的僵硬骨架在支撑着人的身体。其实里面一无所有，感情被掏空了，内心极度空虚，彼得·沃尔什对自己说。克拉丽莎拒绝了我，他想。他站在那里沉思，克拉丽莎拒绝了我。

啊，圣玛格丽特教堂的钟声说，犹如一个女主人在报时的钟声刚响起时走进客厅，发现客人都已经到了。我没来晚。我没来晚，现在刚好十一点半，她说。尽管她完全有理，她的声音，女主人的声音，还是不愿意彰显个性。对过去的某种哀伤，还有对现在的某种担忧抑制了它。她说现在是十一点半，而圣玛格丽特的钟声滑进心灵的深处，在一圈又一圈的声波中将自己埋葬，就像一种有生命的东西，想袒露自己，想扩散自己，想带着一阵喜悦去休息——就像克拉丽莎本人在正点的钟声响起时穿着白衣裙走下楼梯，彼得·沃尔什想。这钟声就是克拉丽莎本人，他想，满怀着深情和对她的异常清晰而又困惑的回忆，似乎这钟声在多年以前就传入过他们两人坐着共享亲密时刻的那个房间，并且在穿过了一个个房间后离去，犹如一只采集花蜜的蜜蜂，满载着那一瞬间的收获。可那究竟是哪一个房间呢？是哪一个瞬间呢？他为什么会在这个钟敲响时产生如此巨大的幸福感呢？而后，在圣玛格丽特教堂的钟声逐渐减弱时，他想，她一直有病，这阵钟声表达了衰弱和痛苦。她有心脏病，他想起来了；那突然加大的最后一响是报丧的钟声，死神在生命的中途骤然而至，克拉丽莎就在她站着的地方倒下了，在她的客厅里。不可能！不可能！他大喊。她没有死！我还不老，他喊道，一面迈着大步沿着白厅街走去，似乎他的未来正朝着他滚滚而来，充满活力，无穷无尽。

他还不老，也不顽固，一点儿都不冷漠。至于说别人如何议论他——达洛维夫妇、惠特布雷德夫妇，还有他们圈子里的人，他一点儿都不在乎——一点儿都不在乎（尽管他偶尔确实不得不考虑理查德是否能帮他找个工作）。他迈着大步，瞪大眼睛，怒视着坎布里奇公爵的雕像。他曾被牛津大学开除——这是事实。他曾是个社会主义者，在某种意义上是个失败者——这也是事实。然而人类文明的前途却掌握在那样的年轻人手里，他想，像三十年前的他那样的年轻人；他们喜欢抽象的原则；他们千里迢迢让人把书从伦敦给他们寄到喜马拉雅山的一座山峰上；他们阅读科学书籍，阅读哲学书籍。未来掌握在那样的年轻人手里，他想。

从他身后传来一阵急速的轻拍声，犹如林中树叶的飒飒声，还伴随着一种窸窣的有规律的啪啪声，这声响从他身边经过时敲击着他的思绪，与行进的节拍完全同步，不知不觉地把他的思绪带到白厅街。穿着军装的小伙子们扛着步枪在行进，双目直视,步伐整齐,他们的臂膀僵挺,他们面部的表情体现了刻在一座雕像底座上的文字所赞扬的:尽职、感恩、忠诚、热爱英格兰。

彼得·沃尔什开始跟上他们的步伐并想,他们训练得不错。可是他们的体质看来不很强壮。大多数人瘦弱,都是十六岁的小伙子,他们有可能明天就站到摆在柜台上的一碗碗米饭和一块块肥皂后面。现在他们脸上的表情是肃穆的,丝毫没有肉欲的快感和日常的忧虑,这肃穆感来自他们从芬斯伯利街带来放到那座空空的坟墓上的花圈。他们刚刚宣过誓。来往的车辆对此表示尊重;小货车被禁行。

我跟不上他们的步伐,彼得·沃尔什想,此时他们继续沿着白厅街齐步前进,毋庸置疑地超过了他,超过了所有的人,他们稳步前行,仿佛有一个统一的意志指挥着他们的腿和胳膊一致行动,而丰富多彩的、不甘沉默的生命则被放到满是纪念碑和花圈的街道底下,并被纪律麻醉成一具虽僵挺但仍在凝视的尸首。你不得不尊重它;你可能发笑,但不得不尊重它,他想。他们往那边走了,彼得·沃尔什想,一面在人行道边停下歇脚;所有那些尊贵人物的雕像,纳尔逊①、戈登②、哈夫洛克③,所有那些伟大军人的黝黑雄壮的形象站立着向前瞻望,似乎他们也曾同样宣誓克己尽忠(彼得·沃尔什觉得自己也曾将此视为重大的承诺),也曾受到同样的诱惑的摧残,最终才得到了雕刻在大理石上的凝视。但这是彼得·沃尔什一点儿都不想为自己争取的,尽管他能尊重别人的凝视。他能尊重小伙子们凝视的目光。他

---

① 　纳尔逊(1758—1805),英国著名海军统帅,受人爱戴的民族英雄。
② 　戈登(1833—1885),英国将军,因镇压中国太平军和守卫喀土穆时被苏丹起义者杀死而出名。
③ 　哈夫洛克(1795—1857),英国将军。

们还不懂得肉欲的烦恼,当那些行进的年轻人沿着河滨街的方向逐渐消失的时候他想——没有经历过我所经历的一切,他想,一面穿过马路来到戈登雕像下,他在孩提时代曾崇拜过的戈登;戈登孤独地站着,一腿抬起,双臂抱肩,——可怜的戈登,他想。

正因为除了克拉丽莎以外还没有人知道他来伦敦,而且在乘船旅行之后陆地对他来说仍像个岛屿,他为自己活着但不为人所知并且在十一点半钟独自站在特拉法尔加广场这一奇特的处境而激动不已。这是怎么回事?我是在哪儿?你究竟为什么要这样做呢?他想,离婚的事好像是极其愚蠢而又不现实的。他的心沉下去并扩展开来,像一片沼泽;有三种激烈的情感征服了他,那就是理解、博大的仁爱,最后是一种不可抑制的极度的快乐,后者似乎是前两者的结果;仿佛在他的脑子里有另一只手拉动了绳索,打开了百叶窗,而他虽与此无关,却仍站在许多无尽头的街道的起点处,如果他愿意的话可以沿着它们漫步下去。他多年来从未感觉过这么年轻。

他已经逃脱了!他完全自由了——这种情况在习惯势力衰败的时候经常发生,人的心像一个没有灯罩保护的火苗前后摇曳,似乎马上要从灯台上迸出去。我多年来没有感觉过这么年轻啦!彼得想,他正在逃离现在的他(当然才一个小时左右),他感觉自己像个跑到外面的孩子,一边跑一边看见老保姆在一个并非正对着他的窗口招手。可是她格外漂亮,他想,就在他穿过特拉法尔加广场向干草市场街方向走去的时候,迎面过来一个年轻女人,她走过戈登雕像时仿佛在摘掉一层又一层面纱,彼得·沃尔什想(因为他极易动感情),最后她变成了他一直放在心上的那个女人,年轻而庄重,愉快而谨慎,黝黑而动人。

他挺直身子,暗自摸着口袋里的折刀,跟了上去,尾随这个女人,追寻这种激情;似乎这激情即使在背向他时仍会射出光芒照亮他,把他们两人联系在一起,使他突出,仿佛那车流的任意的喧嚣声已经通过拢在一起的双手轻声喊着他的名字,不是喊彼得,而是喊他在想心事时自己对自己的秘密称呼。"你",她说,只有一个"你"字,她带着白手套拢着双肩喊道。然后在她走过科克斯波街的丹特商店时,她那薄薄的长斗篷被风掀动飘了起来,传达出一种铺天盖地的慈爱,一种哀伤的柔情,宛如一双手臂,会张开去拥抱那疲倦的——

然而她是个未婚女人,她年轻,很年轻,彼得想,早在她穿过特拉法尔加广场时他就看见她戴着一朵红色康乃馨,现在这红花又一次在他眼里燃烧,使她的嘴唇变得通红。但是她在人行道的石沿上等待。她身上有一种尊严。她不像克拉丽莎那么世俗,也不像克拉丽莎那么富有。她是否人品端正呢,当她又开始走的时候他想。她谈吐机智,口舌之快如同壁虎,他想(因为你必须想象,必须允许自己有一点点消遣),是个能冷静等待的有才智的人,一个有敏锐才智的人,而且从不喧嚷。

她向前走去,穿过马路,他跟着她。他最不愿使她尴尬。然而假如她停下来的话,他会说:"过来吃个冰激凌吧。"而她会非常简单地回答:"好吧。"

但是街上的行人走到了他们两人中间,挡住了他,遮住了她。他追赶着;她变幻着。她面颊绯红,眼神嘲讽;他是个冒险家,他想,鲁莽、敏捷、大胆,的确是个浪漫的海盗(他确实是昨天晚上从印度来此登陆的),他毫不关心所有这些该死的礼仪规范,这些展示在商店橱窗里的黄色晨服、烟斗、钓鱼竿,毫不关心名誉、地位、晚会和那些在西服背心里穿着白色套衫的整洁的老先生们。他是个海盗。那女人继续前行,穿过皮卡德利广场,走上摄政街,走在他的前面,她的斗篷、她的手套、她的肩膀,连同橱窗里展示的带穗花边、饰带和羽毛围巾构成了一种既华贵艳丽又光怪陆离的精神,它越变越小,从那些商店飘到人行道上,正如夜间一盏灯的光芒颤悠悠地散射到黑暗中的灌木篱上。

她兴奋地笑着,已经穿过牛津街和大波特兰街,拐进一条小马路,现在,就是现在,伟大的时刻正在到来,因为现在她放慢了脚步,打开手提包,朝他的方向瞥了一眼,但不是看他;她以这告别的一瞥总结了整个形势,并得意扬扬地将它永远置之脑后;她已插入钥匙,打开大门,不见了!克拉丽莎说"别忘了我的晚会,别忘了我的晚会"的声音在他的耳边回响,这所房子是那些门前挂着花篮的红色平房中的一所,似非正经之地。这一幕到此结束。

哈,我已从中得到了快乐,得到了快乐,他想,一面抬头注视那些摇曳着的浅色天竺葵花篮。然而他的快乐立刻被击得粉碎,因为它有一半是假想出来的,他知道得非常清楚,这一跟踪姑娘的恶作剧是虚构出来的,是假想出来的,正如一个人常常假想生活中较好的部分,他想——假想自己,也假想她,创造一种极度的兴奋以及更多的感受。但奇怪的是,这一切从来不能与他人分享,确实如此——它已被击得粉碎。

他转过身,走上大街,想找个地方坐坐,一直坐到该去林肯律师协会——去胡珀-格雷特利事务所的时候。他现在究竟去哪儿呢?无所谓。就沿着这条大街走吧,去摄政公园。他的皮靴在人行道上敲击出"无所谓"的节奏,因为时间还早,还很早呢。

今天上午又是那样晴朗。生命直接敲击着条条街道,像一个健全的心脏在搏动。没有一点儿失误,没有一点儿犹豫。此时此刻,一辆汽车疾驰而来,急转弯后准确地、适时地、无声地停在门口。一个姑娘走下车来,她穿着高筒丝袜、戴着羽毛头饰,很快就消失了,但这姑娘对他并没有什么吸引力(因为他刚刚恣情放纵过)。彼得通过敞开的大门看见那些令人羡慕的男管家、黄褐色的乔乔狗、镶嵌着黑白菱形图案并飘着白窗帘的大厅,他对这一切表示赞同。其本身不失为一种辉煌的成就,伦敦,夏季,文明。事实上,他出身于一个有声望的久居印度的英国人家庭,他家至少有三代人参与管理一片大陆的事务(很奇怪,他想,我对此竟有如此感情,尽管他不喜欢印度,不喜欢帝国,不喜欢军队)。由于他的家庭背景,他有时在刹那间会觉得文明(即使是这种形式的文明)似乎像一件私人财产那样宝贵;他有时在刹那间会为英格兰,为管家们,为乔乔狗和过着安逸生活的姑娘们感到自豪。这够可笑的,但这种感觉确实存在,他想。那些医生、商人、干练的女人四处奔忙,遵守时间,机敏而健壮;在他看来他们是完全值得钦佩的,他们都是好人,你会把自己的生命托付给他们,他们都是生活艺术中的伴侣,会帮助你渡过难关。由于这样那样的原因,他刚才见到的那一炫耀的场面的确是可以容忍的;他想坐到树荫下抽烟。

摄政公园到了。是啊。他小时候就在摄政公园散步——真奇怪,他想,童年的往事不断涌上心头——也许是见到了克拉丽莎的结果,因为女人通常比我们更加怀旧,他想。她们对地方有感情,对她们的父亲有感情——女人总是为自己的父亲感到骄傲。伯尔顿是个好地方,非常好的地方,但是我和那个老头儿一向合不来,他想。有一天晚上曾发生过争吵——争论什么事情,具体是什么他记不起来了。大概与政治有关。

是啊,他记得摄政公园,那长长的笔直的小路,左面是人们常去买气球的小屋,什么地方还有座刻着碑文的可笑的雕像。他在寻找空座位。他不想被问询钟点的人们打扰(他真的感觉有些困了)。一个头发灰白的年长保姆,还有一个在童车里熟睡的婴儿——这是他的最佳选择,就挨着这位保姆坐在长椅的另一头吧。

她是个长相古怪的女孩,他想,突然回忆起刚才伊丽莎白进屋后站在她母亲身边的样子。她长大了,成熟多了,不大漂亮,可以说很健美,而且最多不过十八岁。大概她和克拉丽莎相处得不好。"我的伊丽莎白来啦"——诸如此类的事——为什么不简单地说"伊丽莎白来啦"?——想掩盖事情的本来面貌,像大多数母亲那样。她过于相信自己的魅力,他想。她做得太过分了。

浓烈宜人的雪茄烟雾旋转着进入他的喉咙,带来一丝凉意;他又将烟吐了出来,一个个烟圈刹那间勇敢地推开周围的空气,蓝色,圆形——今天晚上我要设法和伊丽莎白单独谈一谈,他想——那烟雾开始游移着转化成古代计时沙漏的形状,然后逐渐消失;它们的形状真怪,他想。他突然闭上眼睛,吃力地抬起一只手,扔掉雪茄烟的粗头。一把巨大的刷子平稳地掠过他的心头,横扫过去,移开树枝、孩子们的说话声、沙沙的脚步声,移开过往的行人、嘤嘤的车流、此起彼伏的车流。他往下陷啊陷啊,陷进了睡眠的羽毛堆里,最后什么声音都听不见了。

彼得·沃尔什坐在被晒热的椅子上开始打鼾的时候,他旁边的头发灰白的保姆又开始织毛衣了。她穿着灰色衣裙,双手不知疲倦地但无声地移动着,活像一个保护睡觉者权利的卫士,活像黄昏时分从树林中升起的那种由天空和树枝构成的幽灵。

那孤独的旅人，即那出没于小径之间、拨乱蕨草丛、破坏巨大的毒芹丛的人，突然抬起头来，看见这一巨大的人形出现在旅途的尽头。

大概由于他是个无神论者，他在体验到瞬间的狂喜时总是大吃一惊。在我们自身以外不存在别的，只存在一种心态，他想；那是一种愿望，寻求慰藉，寻求解脱，寻求存在于这些可怜的芸芸众生，这些懦弱、丑陋、胆怯的男人女人之外的某种力量。但是如果他能想象出那种力量，那么她就在某种程度上存在，他想；而当他一面沿着小路前行一面望着天空和树枝的时候，他总是迅速地赋予它们以女人的特性，惊喜地看到它们变得多么严肃，看到它们在微风吹拂时是如何以树叶神秘的摇动将慈爱、理解和宽恕庄重地赐予人们，而后它们突然高高扬起，以狂饮的姿态颠覆自己虔诚的表面形象。

这些都是幻象，它们向孤独的旅人献上盛满水果的巨大羊角，或像跳跃于碧海琼涛之上的海妖在他耳边窃窃私语，或像一束束玫瑰花直抛到他的脸上，或像渔民们在洪水中挣扎时力图拥抱的那些惨白的面孔一样浮上海面。

这些都是幻象，它们不断漂浮上来，在现实存在的事物旁边徘徊，并将自己的面孔伸到它的前面；它们经常控制孤独的旅人，剥夺他对大地的感觉和回归的希望，相反却给予他一种普通的平和的心境，似乎（他沿着森林小径向前骑行时心里这样想）所有这些生活的狂热其实非常简单，似乎无数的事物都汇合于一体，似乎这个其实是由天空和树枝构成的人形从汹涌的海面升起（他年纪大了，已五十出头），犹如某种人形有可能被吸出海涛，以便用她神奇的双手泼洒同情、理解和宽恕。因此，他想，但愿我永远不再回到那灯光里去，永远不再回到那客厅里去，永远不读完我的书,永远不磕尽我的烟斗,永远不按铃叫特纳太太来收拾餐具;我情愿一直走向这巨大的人形,她将会抬抬头,让我登上她那狭长的旗幡,让我和其他人一起随风飘向虚无。

这些都是幻象。孤独的旅人很快走出了树林;在那边,一个上了年纪的女人走到门口,举着手遮在眼睛上方,白色的围裙随风飘荡,可能是在企盼他回家;她好像(这个衰弱的人是如此强有力)要穿过沙漠去寻找一个失散的儿子,去寻觅一个被害的骑者;她仿佛是一个母亲的形象,她的儿子们都已在世界的多次战斗中阵亡。因此,当孤独的旅人走在那个村庄的街道上,看到女人们站着编织而男人们在庭院里锄地的时候,这个傍晚似乎预兆着不祥;那些人一动不动,仿佛威严的命运(他们都熟悉它并无畏地等着它)马上就要将他们扫荡殆尽。

在室内,在餐具橱、桌子、摆放着天竺葵的窗台等普通的东西之间,那女房东弯身撤台布的轮廓在灯光下突然变得柔和了;这是一个可爱慕的象征,我们只是因为回忆起往日冰冷的人际关系才无法接受它。她拿起柑橘酱,把它放进餐具橱。

"先生,今天晚上没有别的事儿了吧?"

可是孤独的旅人该对谁做出回答呢?

那位年长的保姆就是这样在摄政公园里一面照看熟睡的婴儿一面织毛衣。彼得·沃尔什就是这样鼾睡着。他突然醒来,自言自语道:"灵魂之死。"

"上帝啊,上帝!"他大声对自己说,伸着懒腰,用力睁大眼睛。"灵魂之死",这几个字与他刚才梦见的某个场面、某个房间、某件过去的事相关联。现在那个场面、那个房间、那件过去的事变得更加清晰了。

那事发生在伯尔顿,在九十年代的那个夏天,当时他是那么忘情地热恋着克拉丽莎。有许多人在那里说说笑笑,他们吃过午茶后仍围坐在桌旁,整个房间沐浴在金色的阳光里,弥漫着香烟的烟雾。他们在谈论一个娶了自家女仆为妻的人,是邻近的一位乡绅,他已忘记那人的姓名。那人和女仆结了婚,曾带她来伯尔顿做客——那次访问简直糟透了。她打扮得过分妖艳,"像个澳大利亚鹦鹉,"克拉丽莎曾说,一面模仿着她,再有那女人说起话来喋喋不休。她说呀,说呀,说呀,说呀。克拉丽莎模仿着她。然后不知是谁说——是萨莉·西顿——你要是知道她在和他结婚前就生过一个孩子,这对你的感情有什么真正的影响吗?(在那个年代,当男女宾客在一起的时候,说这种话是很冒失的。)他现在还能想见克拉丽莎当时的样子,她的脸涨得通红,莫名其妙地扭曲了,并说:"哎呀,我今后没法再跟她说话了!"于是所有围坐在茶桌旁的人好像都摇晃起来。真让人受不了。

他并没有因为她在乎这件事而责怪她,要知道在那个年代,一个像她这样教养出来的女孩子什么都不懂,但是她的态度使他恼火,她怯懦、无情、傲慢、过分拘谨。"灵魂之死。"他当时本能地说出了这句话,像往常那样给那一时刻冠以名称——她的灵魂之死。

每一个人都在摇晃,每一个人在她说话时似乎都在弯腰低头,然后站起身来姿态各异。他还能想见萨莉·西顿的样子,她像个刚刚捣过乱的孩子,身体前倾,面颊绯红,想要说话,但又害怕;克拉丽莎确实能吓唬人。(她是克拉丽莎最要好的朋友,常出入她家,是个动人的姑娘,健美、肤色较暗,当时以敢说敢为而闻名;他常给她雪茄烟,她就在自己的卧室里抽;她是和某人订了婚或是和家人吵了架；老帕里对他们两人都不喜欢，这倒使他俩亲近起来。）随后克拉丽莎仍带着怨恨大家的神情站起身来，找了个借口，独自走开了。她开门的时候，那只用来驱赶羊群的大长毛狗正在往里跑，她立刻扑向那只狗，欣喜若狂。她仿佛是在对彼得说——他明白这是冲着他来的——"我知道刚才关于那女人的事你认为我很荒谬，可是现在看看我多么有同情心吧，看看我多么爱小狗罗伯吧！"

他们两人之间一向有这种奇特的能力，不用说话就能沟通。她能直接明白他在批评她。然后她会做些非常明显的事来为自己辩护，例如这次对小狗的故作姿态——可是这从来瞒不过他，他总能看穿克拉丽莎。当然，他什么话都不说，只是坐在那里快快不乐。他们之间的争吵往往是这样开始的。

她关上了门。他立刻变得十分沮丧。一切似乎都是徒劳无益的——继续恋爱，继续吵架，继续和好，于是他独自一人到外面的棚舍和马厩之间闲逛，观看那些马匹。（那个地方很简陋，虽然帕里一家从来没有很富裕过，但那里总有仆人和马夫出入——克拉丽莎喜欢骑马——还有一个年老的马车夫——他叫什么名字来着？——还有个老保姆，叫老穆迪，或老古迪，反正他们喊她类似的名字，人们会被带到一间小屋去见她，屋里有很多照片，很多鸟笼。）

那是个极不愉快的夜晚！他越来越忧郁，不仅仅是因为那一件事，而是因为所有的事。他见不到她，不能向她解释，不能把问题谈开。周围总是有许多人——她会继续干她的事，好像什么事情都没有发生过。那是她邪恶的一面——这种冷漠、这种拘谨，是她内心深处的东西，他今天上午和她谈话时又一次感受到了，那是一种让人捉摸不透的东西。然而老天爷知道他在爱着她。她有某种奇特的力量,能弹拨一个人的神经,把它们变作小提琴的琴弦,确实如此。

他很晚才去就餐,那是出于想引起人们注意的某种愚蠢念头,他坐下来,挨着老帕里女士,即海伦娜姑妈、老帕里先生的姐姐,她应是宴会的主人。她坐在那里,披着用克什米尔羊毛线织成的白色披巾,头靠着窗户——一个可敬畏的老妇人,但对他很慈祥,因为他曾帮她找到一种罕见的花卉,而她是个有名的植物学家,常常穿着厚厚的靴子上路,双肩背着铝制的黑色采集箱。他在她身边坐下,说不出一句话。一切仿佛从他身边匆匆而过;他只是坐在那里吃饭。后来晚餐吃到一半的时候,他第一次强迫自己看了看坐在餐桌另一边的克拉丽莎。她正在与她右边的一个小伙子聊天。他突然得到一个启示。"她会嫁给那个男人的。"他对自己说。当时他连那人的姓名都不知道。

因为肯定是在那天下午,就在那天下午,那个达洛维来了;克拉丽莎叫他"威克姆";于是一切就开始了。不知是谁把他带来的;克拉丽莎听错了他的姓氏。她向大家介绍他叫威克姆。最后他自己说:"我叫达洛维!"——那是他对理查德的第一个印象——一个皮肤白皙的小伙子,有些局促不安,坐在帆布椅上,突然脱口说出:"我叫达洛维!"萨莉抓住了这一点,此后她总喊他"我叫达洛维!"

那时他常被各种各样的启示所困扰。这一个启示——她会嫁给达洛维的——使他失去了判断力,使他在那一瞬间感到无能为力。在她对他的态度中有一种——他该怎样形容呢?——有一种轻松随意,有一种母性,有一种温柔。他们在谈论政治。整个晚餐过程中他都在努力倾听他们谈些什么。

他记得自己后来在客厅里站到老帕里女士的坐椅旁。克拉丽莎走了过来,彬彬有礼,像个真正的女主人,而且要把他介绍给某人——她说话的口气就像他们两人以前从不认识似的,这使他勃然大怒。然而即便在那个时候他仍为此而钦佩她。他钦佩她的勇气、她的社交本能,他钦佩她把事情做到底的能力。"完美的女主人。"他对她说,一听这话她全身立刻微微颤抖起来。但他是故意让她有这种感觉的。看见她和达洛维在一起以后,他简直想用一切办法伤害她的感情。于是她离开了他。他觉得所有这些人聚集在一起是为了阴谋反对他——在他背后又是嘲笑又是议论。他站在老帕里女士的坐椅旁,活像个木雕的人,谈论着野生花卉。他还从来没有,从来没经历过这种地狱般可怕的痛苦!他当时一定是连假装倾听谈话都忘记了;最后他清醒过来;他看见帕里女士露出几分焦虑、几分气愤,她那双凸出的眼球一动不动。他差一点儿脱口说出他无法集中精神,因为他心在地狱!人们开始走出客厅。他听见他们说要去取斗篷,还说水面很冷,云云。他们要趁着月色去湖中划船——这是萨莉出的疯主意之一。他能听见她在描述月亮。他们都出去了。他独自留了下来。

"你不想和他们一起去吗?"海伦娜姑妈说——这个老太太!——她已经猜到了。他转过身去,又见到了克拉丽莎。她是回来叫他的。他深深地感动了,为她的宽宏大量——她的美德。

"来吧,"她说,"他们都在等着呢。"

整个一生中他还从来没有感觉过这样幸福!他们不说一句话就和好了。他俩向河边走去。他享受了二十分钟完完全全的幸福。她的说话声、她的笑声、她的衣裙(轻飘飘的、白色、深红色)、她的勇气、她的冒险精神;她说服他们都下船去游览那个小岛;她吓跑了一只母鸡;她大笑;她唱歌。在这整个过程中他一直知道得十分清楚,达洛维在爱上她,她也在爱上达洛维,但这似乎没有什么关系。一切都无所谓。他们坐在地上谈天——他和克拉丽莎。他们之间不用费力便可出入对方的心田。后来在一刹那一切都结束了。他们重新登上小船时,他对自己说:"她会嫁给那个男人的。"说得很平淡,毫无怨尤;可那是很明显的事。达洛维会娶克拉丽莎的。

达洛维划着船把他们送回来。他没有说一句话。可是不知怎的,当他们目送他上路的时候,看着他跳上自行车准备穿过树林骑行二十英里的时候,看着他摇摇晃晃地沿庭院小路远去,招了招手便消失了的时候,他确实本能地、充分地、强烈地感受到了那一切;那个夜晚、那段浪漫史、克拉丽莎。他理应得到她。

至于他自己则是荒谬的。他对克拉丽莎提出的许多要求是荒谬的(他现在能看出这一点了)。他总是要求难以得到的东西。他曾大吵大闹。她那时也许还会接纳他,如果他不是那么过分荒谬的话。萨莉也这样认为。她在那年的整个夏天给他写了许多长信;她们是如何评论他的,她是如何称赞他的,克拉丽莎是如何突然大哭的!那是个不平常的夏天——全是信件、吵闹、电报——凌晨到达伯尔顿,四处游逛,直到仆人们起了床;早餐时与老帕里先生的密谈令人震惊;海伦娜姑妈令人生畏但心地善良;萨莉风风火火地拉他到菜园里谈话;克拉丽莎因头痛而卧床。

那最后一次争吵,那次激烈的争吵,发生在酷热的一天下午三点钟,他相信这比他整个一生中的任何事情都重要(这样说可能有些夸张——但是现在看来似乎确实如此)。争吵是由一件小事引起的——午饭时萨莉谈起达洛维,把他叫做"我叫达洛维";克拉丽莎一听便激动起来,脸涨得通红,像她经常表现的那样,突然尖刻地说:"这个无聊的玩笑我们已经听够了。"就这么一句话;但是在他看来,她似乎是说:"我不过是跟你玩玩而已;我和理查德·达洛维已经达成了理解。"他对此耿耿于怀。他夜夜难眠。"横竖得吹灯。"他告诉自己。他让萨莉给她送去一张便条,约她三点钟在喷泉边会面。他在便条末尾潦草地写着:"出了一件大事。"

那个喷泉位于一个小灌木丛中央,离她家很远,四周全是灌木和树丛。她来了,比预定的时间还提前了,然后他们站到喷泉两边,那喷嘴(已损坏)不停地滴着水。眼见的景象竟会在心里留下不可磨灭的印象!例如,那鲜绿的苔藓。

她一动不动。"你告诉我实话。告诉我实话。"他不停地说。他感觉自己的头好像要裂开。她则似乎缩小了,变成了石头。她一动不动。"告诉我实话。"他重复道。突然间那个布赖特普夫老先生探出头来,手里拿着《泰晤士报》,他瞪着他们,惊愕地张大了嘴,然后走开了。他们两人都没有动。"告诉我实话。"他又重复一遍。他觉得自己是在研磨一种质地坚硬的东西;她丝毫不让步。她像铁,像燧石,直到脊柱都是僵硬的。当她说"没用了,没用了,到此为止吧"的时候——在他淌着泪水絮絮叨叨地讲了大概有几个小时之后——这就像她打了他一记耳光。她转过身去,离开他,走远了。

"克拉丽莎!"他喊道,"克拉丽莎!"可是她再也没有回来。一切都完了。他当天夜里就走了。他再也没有见她。

真糟糕,他喊道,糟透了,糟透了!
然而,阳光依然炎热。人依然渡过了难关。生活依然日复一日地运转。他想着,一面打着哈欠并开始注意到——摄政公园依然没有多少变化,跟他儿时所见差不多,除了那些松鼠之外——大概损失依然会得到补偿——突然间,一直在捡卵石的小埃莉斯·米切尔(她准备扩充她和哥哥放在保育室壁炉架上的收藏)把一捧石子猛地倒在那保姆的膝上,又飞快地跑开了,不料撞到一个妇人的腿上。彼得·沃尔什大笑起来。

然而柳克利西娅·沃伦·史密斯正在自言自语,真倒霉,我为什么就该受罪?她沿着宽路走去,一面问着自己。不行,我再也忍受不下去了,她说道;她刚才暂时离开了塞普蒂莫斯,让他独自坐在那边的椅子上,他已不是过去的塞普蒂莫斯了,总是说些无情的、残酷的、邪恶的话,总是自言自语,总是对一个死人说话;此时那个小女孩飞跑着撞上了她,跌倒在地,大哭起来。

这倒起了宽慰的作用。她扶起小女孩,掸掉她衣裙上的土,亲吻了她。

但是从她来讲,她并没有做过什么错事;她曾爱过塞普蒂莫斯;她曾很幸福;她曾有过一个漂亮的家,至今她的姐妹们还住在那里,还在做帽子。为什么单单**她**就得受苦呢?

那个女孩一直跑回保姆身边;利西娅看见那孩子先是受到责备继而受到安慰,最后那保姆放下手中的毛线活儿把她抱了起来,而那个面孔慈祥的男人把自己的手表递给女孩让她打开,以此安慰她——可是**她自己**为什么没有人保护呢?当时她为什么不留在米兰呢?她为什么受到折磨呢?为什么?

由于眼泪的作用,那宽路、保姆、灰衣男人、童车变得有些模糊,在她眼前时起时伏。她命中注定要被这个可恶的折磨人者摇来晃去。可究竟是为什么呢?她像一只小鸟,躲在一片树叶形成的薄薄空间里,当这片树叶摇动时她对着阳光眨眼睛,而当一根干枝断裂时她又大吃一惊。她得不到任何保护;她被巨大的树木和大片的云朵所环绕,四周是一个冷漠的世界,她得不到任何保护;她受着折磨;但她为什么就该受苦呢?为什么?

她皱了皱眉头,跺了跺脚。她必须回到塞普蒂莫斯身边去,因为时间快到了,他们该动身去威廉·布拉德肖爵士家了。她必须过去告诉他,回到他的身边去,这时他仍坐在那棵树下的绿椅子上自言自语,或者对那个死鬼埃文斯说话,那人她只在商店里匆匆见过一面。埃文斯倒像个文静的好人,是塞普蒂莫斯的密友,在大战中阵亡了。然而类似的事每个人都有所经历。每个人都有朋友死于大战。每个人结婚时都要放弃些什么东西。她就放弃了自己的家。她来到了这里,居住在这个讨厌的城市。可是塞普蒂莫斯却放任自己胡思乱想各种可怕的事,这她也能做到,如果她努力的话。他现在变得越来越怪。他说有人在他卧室的墙后面谈话。菲尔默太太认为这实在离奇。他还能看见很多东西——他曾看见一个老妇人的头长在一根蕨草的中段。然而如果他愿意,他也能快活。一次他们去汉普顿宫廷花园,坐在公共汽车上层,简直开心极了。草丛里开满红黄色的小花,他说像飘浮的灯笼,他谈笑风生,编了许多故事。突然间他说:"现在我们要自杀了。"当时他俩正站在河边,他望着河水,那眼神她曾见过,是在一列火车或许是一辆公共汽车驶过的时候——那是一种好像着了迷的眼神;她感觉他要离开她,于是抓住了他的胳膊。可是在回家的路上他却十分平静——十分通情达理。他愿意和她争论自杀的事,还给她解释人们是多么邪恶,以及他如何能在街上的行人走过时看出他们在编造谎言。他说他知道他们都在想些什么;他什么事情都知道。他说他知道这个世界的意义。

后来他们到家时他几乎走不动了。他躺在沙发上非叫她握紧他的手，别让他跌呀，跌呀，跌进火焰里去！他喊道；他看见四面墙上有许多张脸在嘲笑他，用可怕的、令人作呕的话骂他，还有许多手指头在屏风周围对他指指点点。其实屋子里只有他们两个人。可是他开始大声说话，回答别人的问题，争论，大笑大闹，激动异常，还非让她做记录。完全是一派胡言，关于死亡，关于伊莎贝尔·波尔小姐。她再也忍受不下去了。她要回娘家。

　　现在她离他很近，能看见他在瞪着天空喃喃自语，还拍着手。可是霍姆斯医生却说他没有病。那么看看都发生了什么事吧——他为什么每况愈下，她挨着他坐下时他为什么吓了一跳，对她皱眉，躲到一边，并指着她的手，拉过去惊恐地看呢？

　　是不是因为她摘掉了结婚戒指？"我的手变细了。"她说，"我把戒指放进手提包了。"她告诉他。

　　他放开她的手。他们的婚姻结束了，他想，既痛苦，又轻松。绳索已经切断；他登鞍上了马；他自由了，因为上苍有令说他，塞普蒂莫斯，人类的君主，应该得到自由；只他一个人（因为他的妻子已经扔掉了结婚戒指，因为她已经离开了他）先于大众被召去聆听真理，去了解意义；这真理和意义在经过了所有为文明付出的辛劳之后——希腊人、罗马人、莎士比亚、达尔文，现在是他自己——即将完整地揭示给……"揭示给谁呢？"他大声问道，"揭示给首相。"他头部上方窸窸窣窣的声音回答道。这个最高的秘密必须告诉内阁；首先，树木都活着；其次，不存在罪恶；再其次，爱，普天之下的爱；他喃喃自语，喘着气，发着抖，痛苦地拉着长声道出这些真理，它们是如此深刻如此困难，需要费很大的力气才能说出来，但是它们彻底改变了整个世界。

　　不存在罪恶；爱；他重复道，一面摸索着找卡片和铅笔。突然一只斯开猎犬过来闻闻他的裤子,他吓了一跳,充满恐惧的痛苦。那狗正在变成人!他不能看着这等事情发生!看着狗变人,可怕,太可怕了!那条狗马上快步跑开了。

老天无比宽容,无限慈悲。它解除了他的灾难,宽恕了他的弱点。可是怎样用科学来解释呢(因为人首先必须讲科学)?他为什么能看穿肉体,为什么能看到未来,看出狗类将变成人类呢?大概是由于热浪的缘故,热浪对进化了几千年而变得敏感的大脑起了作用。科学地讲,肌肉会被化解并从世界上消失。他的肉体会被浸烂,直到只剩下一根根神经纤维。它会像面纱一样铺在一块岩石上。

他向后靠在椅背上,非常疲倦,但仍硬挺着。他半躺着休息,他在等待,准备再一次痛苦地努力向人类做出解释。他躺得非常高,躺在世界的脊梁上。大地在他下面震颤。许多红花长入他的肉体,那些僵挺的叶片在他的头颈旁边刷刷作响。音乐当嘟嘟响起来,碰撞着这上面的岩石。那是从下面的街道传来的汽车鸣笛声,他自语道;但是它在这上面猛力地敲击着一块块岩石,四散开去,又汇合在由许多光滑的圆柱此起彼伏构成的声音的震波中(音乐竟有形可见,这是一大发现),然后变成一曲圣歌;现在这圣歌声被一个牧童的笛声所缭绕(那是一位老人在一家酒店旁边吹着六孔小笛,他自语道),那牧童站着不动,乐声从他的笛子里翻滚而出,然后,当他登高时,笛子又发出美妙的如泣如诉的声音,与此同时车辆在下面驶过。那个牧童的悲歌是在车流的喧嚣声中演奏的,塞普蒂莫斯想。现在他缩进雪堆里,周围悬吊着许多玫瑰花——就是长在我卧室墙上的那些浓密的红玫瑰,他想起来了。那乐声中止了。他得到了一个便士,又走向另一家酒店,塞普蒂莫斯思索着得出结论。

然而他自己仍躺在那块高高的岩石上,像一个溺水的海员躺在岩石上。我是趴在小船边上掉进水中的,他想。我沉入了海底。我死过去,现在又活过来了,可是让我再休息一会儿吧,他乞求道(他又在自言自语——可怕,太可怕了!)正如一个熟睡的人在醒来之前,由于百鸟啁啾和车轮轧轧的奇特和谐之音越来越响而感到自己正在接近生活的海岸,他也感到自己正在接近生活,阳光变得更热,喊声变得更响,重大的事情即将发生。

　　他只需睁开眼睛去看;然而有一种重量压在他身上,是一种恐惧感。他紧张起来,他用力去推,他睁开眼,他看见眼前的摄政公园。阳光的条条长丝带在他脚下跳跃。树木都在得意扬扬地招手。这个世界仿佛在说,我们欢迎,我们接受,我们创造。美,这个世界仿佛在说。似乎为了证明这一点(科学地证明),无论他朝哪边看,无论是看那些房子,还是那些栏杆,还是那些从围栏里探出头来的羚羊,美都立即涌现出来。观察一片叶子在一股气流中颤动给人以巨大的快乐。高空之中,一群燕子猝然低飞,急速转弯,冲出冲入,转来转去,但它们总能很好地控制自己,就像有许多橡皮筋在拴着它们;无数苍蝇飞起飞落;太阳开玩笑地一会儿照亮这片叶子,一会儿照亮那片叶子,完全出于好心用自己柔和的金光使其闪亮;某种钟声(可能是汽车的笛声吧)在无数草梗上美妙地响起——所有这一切虽然是宁静而合乎情理的,虽然是由普通事物组成的,但它们就是现时的真理;美,就是现时的真理。美无所不在。

　　“时间到了。”利西娅说。

　　“时间”这个词撕开自己的外壳,把财富倾泻到他的身上;于是许许多多的词语,难懂的、白色的、不朽的词语,自动地从他的嘴唇里飞落下来,像无数贝壳,像无数刨花,用不着他安排就自动地飞到应在的位置,组成了一曲时间的颂歌;那是一曲不朽的时间颂歌。他唱了起来。埃文斯在那棵大树后面应答着。死者都在色萨利①,躺在幽兰花丛里,埃文斯唱道。他们在那里等待大战结束,而现在那些死者,现在埃文斯自己——

"看在上帝的分上,你别过来!"塞普蒂莫斯喊出声来。因为他无法直视那些死者。

但是树枝被分开了,一个穿灰衣的男人真的向他走来。那是埃文斯!可是他的身上没有泥土,也没有伤痕;他一点儿都没有变。我必须告诉全世界,塞普蒂莫斯喊,一面举起一只手(当那个灰衣死者走得更近些时),他举起一只手,酷似一个巨人;这巨人多年来独自在沙漠里哀叹人类的命运,双手捂着前额,双颊布满绝望的皱纹,而今他在沙漠的边缘见到了光明,在光照之下那个铁青色的人形变得宽大明亮(塞普蒂莫斯从椅子上欠起身来),而且巨人身后有无数男人俯身致敬,一刹那哀伤的巨人脸上的表情显示他接受了这整个的——

"可我总是那么不快活,塞普蒂莫斯。"利西娅说,同时用力按他坐下。

那几百万人在哀悼;他们已经悲伤多年。他要转过身去,几秒钟后,仅仅再过几秒钟,他就要对他们讲述这种轻松的感觉,这种兴奋的感觉,这一令人惊讶的启示——

"时间,塞普蒂莫斯,"利西娅重复道,"现在是什么时间啦?"

他在说话,他惊恐地跳起来,这个男人一定注意到了。他正在注视着他们。

---

① 色萨利系希腊北部的一个地区。

"我会告诉你时间的。"塞普蒂莫斯非常缓慢地、非常困倦地说,同时对那个灰衣死者神秘地笑了笑。正当他坐着微笑的时候,报时钟声敲响了——差一刻十二点。

那就是年轻人的特点,彼得·沃尔什经过他们身边时这样想。吵吵闹闹——那个可怜的姑娘看上去完全绝望了——在上午才过了一半的时候。但他们在争吵什么呢,他真不明白;那个穿大衣的小伙子到底说了些什么才使她如此绝望呢?他们两人究竟陷入了怎样严重的困境,才会在这样美好的夏日上午显得如此绝望呢?离开五年后再回到英国,他发现最有意思的是一切事物都那么显眼,好像以前从来没有见过似的,至少头几天里是这样;恋人们在树下为琐事争吵;人们举家到公园里消闲。他还从来没有见过伦敦如此妩媚迷人——那社会差别的和缓、那富裕、那绿化、那文明,特别是在印度生活过之后感触很深,他一面漫步穿过草坪一面想。

这种好动感情的特点一向是导致他失败的原因,这是毫无疑问的。当他还在这个小伙子的年龄时,他的情绪就变化无常,简直像个小孩;有的日子情绪好,有的日子情绪坏,没有任何理由,见到一张漂亮的脸就高兴,见到一个穿着平俗的女人又非常难过。当然啦,从印度回来之后你会爱上你所见到的每一个女人。她们的身上有一种青春活力;就连那些穿得最差的女人也肯定比五年前穿得好;在他看来,时装从来没有这么合身过;那长长的黑斗篷,那苗条的身材,那高雅的风度,还有那宜人悦目的而且显然已普及了的化妆面部的习惯。每一个女人,就连最有身份的女人,面颊都像玻璃罩下盛开的玫瑰;嘴唇像用小刀雕刻过一样;鬈发是用印度染发剂染过的;到处都是设计,到处都是艺术;毫无疑问,确实发生了某种变化。年轻人对此看法如何呢？彼得·沃尔什问自己。

一九一八年到一九二三年那五年在某种意义上非常重要，他猜想。人们的模样变了。报纸似乎也变了。比如说，现在有人在一家有声望的周报上公开发表文章谈论厕所。十年前你绝不会这样做的——不会在有声望的周报上公开谈论厕所。还有，你也不会拿出口红或粉扑在大庭广众之下化妆。他回来时乘的轮船上有许多青年男女——他特别记得贝蒂和伯提——他们非常公开地亲热；那位上了年纪的母亲坐在那里一边织毛衣一边看着他们，竟然十分冷静。那姑娘常常停下来当着众人往鼻子上抹粉。再说他们两人并没有订婚，只不过在一起玩玩；双方的感情都没有受到伤害。她像钉子一样坚硬——那个叫贝蒂什么的——可她完全是个好人。三十岁上她会成为一个很好的妻子——她会在她认为合适的时候结婚；会嫁给一个有钱人并住进曼彻斯特市附近的一所大公馆。

是谁已经这样做了？彼得·沃尔什问自己，同时拐弯走入宽路——嫁给一个有钱人并住进曼彻斯特附近的大公馆？是那个不久前给他写过一封感情洋溢的长信的人，信中谈到"蓝色绣球花"。她是因为看见蓝绣球花才想起了他和过去的时光——是萨莉·西顿，没错！是萨莉·西顿——世界上你最想不到会嫁给有钱人并住进曼彻斯特附近的大公馆的人，那个放肆、大胆、浪漫的萨莉！

但是在所有的老相识当中，即克拉丽莎的朋友——惠特布雷德夫妇、金德斯利夫妇、坎宁安夫妇、金洛克·琼斯夫妇——当中，萨莉大概是最好的人。不管怎么说，她能恰如其分地把握事物。不管怎么说，她看穿了休·惠特布雷德——那可爱慕的休——就在克拉丽莎和其他人还拜倒在他脚下的时候。

"惠特布雷德夫妇?"他现在还能听见她说,"惠特布雷德夫妇是什么人? 是煤炭商。体面的商人。"

她讨厌休是有原因的。他对什么事都不关心,只关心自己的仪表,她说。他本来应该当个公爵。那他肯定会娶一个王室的公主。当然啦,在他遇见的所有人当中,休对英国贵族怀有一种最非凡的、最自然的、最崇高的敬意。就连克拉丽莎都不得不承认这一点。啊,可他是那么可爱的人,那么不自私,他放弃了射击运动以取悦老母亲——总记得他的姑妈姨妈们的生日,等等。

说句公道话,萨莉把这一切都看透了。他记得最清楚的一件事是一个星期天上午在伯尔顿进行的关于女权的争论(那个已经过时的论题),当时萨莉突然大发雷霆,火冒三丈,她告诉休他代表英国中产阶级生活中最令人厌恶的一切。她说她认为他对"皮卡德利街上的穷姑娘们"的境况负有责任——休,那完美的绅士,可怜的休!——还从来没有一个男人像他那样显得如此恐惧! 她是故意的,她后来承认(因为那时他们常在菜园里交换意见)。"他什么都不读,什么都不想,什么都没感觉到。"他仍能听见她用一种刻意强调的声音这样说,这声音传达的意思远远超出她的本意。她说那些马夫比休更有活力。她说他是私立学校培养出来的十全十美的典型。除了英国以外没有别的国家能培养出他这样的人。她确实看不起他,因为某种原因,她对他怀有怨恨。曾经发生过一件事——他想不起是什么——就在吸烟室里。他侮辱了她——亲吻了她? 简直难以置信! 当然,谁都不相信说休不好的话。谁能相信呢? 他在吸烟室里亲吻了萨莉! 如果是某个有贵族身份的尊敬的伊迪斯或瓦奥莱特小姐的话,这倒有可能;但不可能是那个衣衫褴褛的萨莉,她的名下没有一分钱,父亲或母亲又不在蒙特卡罗城赌博。因为在他见过的所有的人当中休是最势利眼的人——最卑躬屈节的人——不对,他并非完全卑躬屈节。他是个自视甚高的人,不会如此下贱。把他比做第一流的仆人显然十分恰当——那种跟在后面提皮箱的人,能委派去发电报的人——女主人们不可缺少的人。他找到了职业——与尊敬的伊夫琳结了婚;他在宫中得到一个小职位,照管国王的酒窖,打磨王室成员的鞋扣,穿着过膝的短裤和带金线的褶边衬衫进进出出。生活是多么无情啊! 宫廷里的小职务!

他娶了这位贵族小姐——尊敬的伊夫琳,他们就住在这附近,他这样想(一面看着那些俯视摄政公园的显赫的房子),因为有一次他曾到一所那样的房子里吃过午饭,那房子像休的所有财产一样,有着其他房子所不可能有的东西——大概是那些盛亚麻制品的柜子吧。你不得不去参观那些东西——你总是不得不费很多时间去欣赏房间里的东西,不管是什么——那些亚麻柜、枕头套、橡木家具、油画,都是休偶然买到的便宜货。但休夫人有时却把这些展品送给别人。她是那种不起眼的、瘦小如鼠的女人,爱慕身材高大的男人。她几乎被人忽视。然后她会突然说些出人意料的话——非常尖刻的话。她大概仍保留着一点她家族的高贵举止。烧锅炉用的煤对她来说气味有些过于刺激——它使空气浓烈。他们就是这样在那里生活,连同他们那些亚麻柜、那些老管家、那些饰有真正金边的枕头套,年收入可能有五千到一万英镑,而比休大两岁的他却仍在托人找工作。

他在五十三岁还不得不到这里来请求他们把他安插进某个秘书的办公室,或帮他找个男校助教的职位,去教小男孩拉丁语,并在办公室里听从某个自以为是的人调遣,总之找一个每年能挣五百英镑的工作；因为如果他和黛西结了婚，就是算上他的退休金，他们至少还需要五百英镑才能维持生活。也许惠特布雷德能帮助他；或者是达洛维。他倒不怵头求达洛维办事。他可是个十足的好人；权力有限，头脑不大灵活，这是事实，但他绝对是个好人。他无论承诺了什么事都会以同样客观明智的方式去完成，不掺杂任何想象，也不使用任何心计，只是用他这类人特有的难以解释的好心去处理。他本该当个乡绅——搞政治浪费了他的才能。他最大的本事在户外，在跟马和狗打交道的时候——例如，他表现得多么好啊，当克拉丽莎那只长毛大狗跌进陷阱并有一只爪子被掀掉一半的时候，克拉丽莎吓晕了，达洛维包揽了一切；给狗缠绷带，上夹板；还劝克拉丽莎别犯傻。那也许就是她喜欢他的原因——那正是她所需要的。"嗨，我亲爱的，别犯傻啦。拿着这个——去取那个。"同时他一直在和那条狗说话，仿佛它是个人。

但是她怎么能容忍那些关于诗歌的谈话呢？她怎么能听任他喋喋不休地大谈莎士比亚呢？理查德·达洛维严肃地、郑重地站起来说，任何一个正经的男人都不应该读莎士比亚的十四行诗，因为读它们就像通过门上的钥匙孔去偷听（再说，那种人际关系是他所不赞同的）。任何一个正经的男人都不应该允许他的妻子去看望一个亡妇的姐妹。真难以理解！唯一能做的事是拿起糖粘杏仁向他扔过去——那是在吃正餐的时候。但是克拉丽莎竟把这些都听进去了；她认为他是那么诚实，那么有独立见解；老天知道她是否认为达洛维是她所遇到的最有创见的人！

那是把他和萨莉联系在一起的纽带之一。那时他们经常去花园散步，那个地方四面都有围墙，种着许多玫瑰花和大花椰菜——他还能记得萨莉摘下一朵玫瑰花，并停下来赞叹月光下的卷心菜叶子是多么美丽(真奇怪,这一切都生动地回到他的记忆里,那些他多年没有想起过的事),同时她还请求他,当然是半开玩笑地,请求他把克拉丽莎抢走,以保护她免受休和达洛维以及其他"完美的绅士"的影响,他们会"窒息她的灵魂"(在那些日子里萨莉写了许多诗歌),他们会把她变成单纯的女主人,会鼓励她的世俗欲望。但是你必须公正地评价克拉丽莎。她并不打算嫁给休。她完全清楚自己的意愿。她的情绪都是表面的东西。在内心深处,她是非常精明的——例如她判断人的性格比萨莉要准确得多,但尽管如此,她仍具有纯女性的特质;她有一种非凡的天才,一种女人的天才,即无论到哪里她都能创造自己的天地。她走进一个房间;她站在门口,周围有许许多多的人,正如他经常所见。但是你能记住的却是克拉丽莎。并不是因为她长得出众,她一点儿都不漂亮,身上也没有任何不寻常的地方;她从来没有说过特别聪明的话;然而她却很显眼,十分显眼。

不对,不对,不对!他已不再爱她!他只是觉得,在今天早上见到她拿着剪刀和丝绸为晚会做准备之后,他无法不想念她;她一再回到他的记忆里,好似火车车厢里一个熟睡的人不时地碰撞他;当然,这绝非恋爱;他是在思念她,批评她,然后重新开始努力去解释她,在过了三十年之后。对她明显的评语是:她很世俗,过分热衷于地位、上流社会和向上爬——从某种意义上讲这是事实;她向他承认过这一点。(你如果费一点力气的话总是能让她承认的;她很诚实。)她会说她讨厌穿着过时的女人、因循守旧的人、无所作为的人,也许包括他自己;她认为人们没有权利袖手闲逛,他们必须干点什么,成就点什么;而那些大人物、那些公爵夫人、那些在她家客厅里见到的头发花白的伯爵夫人们,在他看来微不足道,远非什么重要人物,而在她看来则代表着一种真正的成就。她有一次说贝克斯伯拉夫人身板直挺(克拉丽莎自己也是同样;她无论是坐还是站从不懒散地倚着靠着;她总是像飞镖一样直挺,事实上还有一点儿僵硬)。她说她们有一种勇气,对此她随着年龄的增长钦佩有加。在这些看法中自然不乏达洛维先生的见解,不乏那种热心公益的、大英帝国的、主张税制改革的统治阶级的精神,这种精神已进入她的思想,正如经常发生的那样。虽然她的天资比理查德高两倍,但她却不得不通过他的眼睛去看待事物——这是婚姻生活的悲剧之一。虽然她有自己的思想,但她却必须永远引用理查德的话——仿佛一个人读了早晨的《晨邮报》后仍一点儿都不明白理查德的观点似的!例如,这些晚会都是为他而举行的,或者说是为她认为他应如何社交而举行的(公道地讲,理查德如果在诺福克郡务农会快乐得多)。她把自家的客厅变成了类似会议室的地方;她在这方面很有天才。他曾不止一次看见她拉过一个不谙世事的年轻人,激发他,规劝他,使他觉醒,让他行动。无数枯燥乏味的人聚集在她的周围,这是必然的。但是出人意料的奇怪客人也会出现,有时是个艺术家,有时是个作家,总之是与那里的气氛不协调的怪人。在这一切的背后是一个网络,其组成部分包括登门造访、留下名片、善待客人、捧着一束束鲜花和小礼物东奔西跑;某某人要去法国——需要一个气垫;这等事费尽了她的心思;街上的车辆川流不息是因为有她这类女人频频出行;然而她是真心实意地做着这些事,出于一种本能。

奇怪极了,她是他所遇见的最彻底的宗教怀疑论者之一,她可能(这是他过去编造出来以解释她的行为的一个理论,在某些方面是那么明白易懂,在其他方面又是那么难以理解),她很可能对自己说:由于我们是注定要灭亡的民族,被锁在一艘正在下沉的轮船上(她年轻时最喜欢读赫胥黎①和廷德耳②的书,他们两位都喜欢使用航海的比喻),由于这一切是个拙劣的玩笑,那无论如何让我们尽自己的努力吧,减轻我们狱友的痛苦(又是赫胥黎的比喻),用鲜花和气垫装饰我们的囚室,尽我们所能活得体面。绝不允许众神恶棍们为所欲为——她认为众神总是不失时机地伤害、攻击和毁灭人类的生命,然而如果你像贵妇人一样行事的话,他们就真的被赶走了。这一思想阶段直接始于希尔维娅之死那一恐怖事件发生之后。亲眼看见你自己的妹妹(一个也将走向生活的女孩、她们中间最有天分的一个)被一棵倒下的大树活活砸死(这都是贾斯廷·帕里的过错——都怪他粗心大意),足以使人怨恨尘世,克拉丽莎常说。后来她大概不再那么乐观了。她认为众神根本不存在,不应埋怨任何人;她因而逐渐发展到信仰这一无神论的准则:为了拥有美德而行善。

诚然,她充分享受着生活的乐趣。享受乐趣是她的本性(尽管,老天爷才知道,她有含蓄的一面;他常觉得,就连他在这么多年之后也只能描绘出克拉丽莎的轮廓)。不管怎么说,她并没有怨恨,丝毫没有好女人的那种令人生厌的道德感。她几乎从任何事物中都能得到乐趣。如果你和她一起去海德公园散步,一会儿是一花坛郁金香,一会儿是童车里的小孩,一会儿是她即兴编出的荒唐小故事,都能使她快乐。(她很可能会跟刚才那对恋人说话,如果她知道他们不快乐的话。)她有一种真正敏锐的喜剧感,可是她需要很多人,总是需要很多人将它引发出

---

① 赫胥黎(1825—1895),英国生物学家、作家,公开支持达尔文的进化论思想,并发明了"不可知论者"一词,用来指对上帝存在与否没有把握的人。

② 廷德耳(1820—1893),英国物理学家。

来,其必然的结果是:她浪费了许多时间去参加午餐会,参加宴会,举办这些无休止的晚会,谈些毫无意义的事,说些言不由衷的话,降低了自己的思维能力,丧失了辨别是非的能力。她常坐在餐桌一头的主座上费尽心机招待一个也许会对达洛维有用的老家伙——他们认识全欧洲最令人憎恶的人——要不就是伊丽莎白走进来,然后一切都必须让位于**她**。他上次来访时伊丽莎白还是个高中生,处于不善言谈的阶段,她是个眼睛圆圆、面色苍白的女孩,没有一处像她的母亲,沉默寡言而不易激动。她对这一切习以为常,听任她的母亲小题大做地谈论她,然后问道:"现在我可以走了吗?"像个四岁小孩。她要去打曲棍球,克拉丽莎解释道,口气中流露出似乎是被达洛维本人唤起的兴奋和骄傲。现在伊丽莎白大概就算"初入社会"了;她把他看做因循守旧的人;她嘲笑她母亲的朋友们。没关系,随她去吧。彼得·沃尔什拿着帽子走出摄政公园时想,人虽然逐渐变老,但还是得到了报偿;这报偿是:尽管激情依旧,他却得到了——终于得到了!——给生活增添极大美味的能力,也就是说他有能力抓住生活的体验并在光亮中慢慢地审视它。

他有一种想法,说出来不大好(他重新戴上帽子),那就是:现在,人到了五十三岁,已经不再需要别人了。生活本身,它的每一瞬间、每一点滴、此地、此刻、现在、在阳光里、在摄政公园,就足够了。确实是太多了。整个人生太短暂了,即便一个人取得了品味人生的能力,也无法尝出它的全部滋味,无法从中摄取每一盎司的快乐和每一层次的意义;这快乐和意义比过去要充实得多,个人色彩也要少得多。他今后不会再受痛苦的折磨了,不会像克拉丽莎曾使他痛苦那样。有一段时间他一连几个小时(祈求上帝保佑,你说这些事时不被别人听见!),他一连几小时甚至几天没想过黛西。

他是不是因为回忆起往日的痛苦、折磨和那不寻常的激情才与黛西相恋的呢？这段恋情与过去的完全不同，它要快乐得多，因为实情是**她**爱上了**他**，这是毋庸置疑的。可能就是那种想法使他在轮船真的开航时感到特别轻松，使他什么都不想干只想独处，使他在发现舱房里有她派人送来的小礼品——雪茄烟、便笺、旅途用的毯子——时感到恼火。每个人如果诚实的话都会说同样的话：一个人过了五十岁就不再需要别人了，不想再告诉女人她们很漂亮；大多数五十岁以上的男人都会这样说的，如果他们诚实的话，彼得·沃尔什想。

然而这些令人惊奇的感情宣泄——今天早晨的痛哭流涕，究竟是为了什么呢？当时克拉丽莎会怎样想他呢？大概认为他是傻瓜，肯定不是第一次。说到底那是由于嫉妒引起的，嫉妒比人类的任何其他情感都要持久，彼得·沃尔什想，同时握住小刀伸直胳膊。黛西在最近的一封信中说，她一直和奥德少校约会；他明白，她是故意这样说的，目的是让他嫉妒；他能想见她写信时皱着眉头的样子，她在思索着能说些什么话来伤害他；然而这起不了什么作用；他气愤极了！他专程回到英国又忙着拜访律师，他做这一切不是为了和她结婚，而是为了不让她嫁给任何别的人。那就是折磨着他的情感，那就是当他看到克拉丽莎如此镇静、如此冷漠、如此专心地缝补衣裙之类东西时突然袭来的情感，他意识到她本来是可以不伤害他的，也意识到她已把他贬低为什么样的人——一个呜咽泣诉的老傻瓜。但是女人不懂得什么是激情，他一面合上折刀一面想，她们不知道激情对男人意味着什么。克拉丽莎像冰柱一样冷漠。她常和他并肩坐在沙发上，任他握她的手，她会吻一下他的面颊——此时他已来到十字路口。

一个声音扰乱了他的思绪;那是一个微弱颤抖的声音,一个人的歌声,它突突地冒了出来,没有方向,没有活力,没有开头也没有终结,它无力地但刺耳地流淌着,丝毫不含人类能理解的任何意义:

义 安 发 安 叟
伏 绥 图 印 乌……

这声音没有年龄和性别的特征,它是古老的泉水喷出地面的声音;它来自摄政公园地铁车站正对面的一个高高的、微微颤抖的形体,像个漏斗,像个生锈的曲柄抽水机,又像一棵饱经风霜、永远不长叶子的树,它听凭风儿出入它的枝桠并唱道:

义 安 发 安 叟
伏 绥 图 印 乌,

它在永不停息的微风中摇曳,碰撞,呻吟。

经过了所有的年代——当这片人行道还是草地的时候,当它还是沼泽的时候,经过了长牙野象出没的年代,经过了寂静日出的年代,那个饱经风霜的女人(因为她穿着一条裙子),右手张开,左手叉腰,站在那里歌唱爱情,那已经延续了一百万年的爱情,战胜一切的爱情;她轻声唱道,几百万年前,她的恋人(他在许多世纪前就已死去)曾经在五月里和她一起散步;但是她还记得,在像夏日般漫长的岁月里,在只有红色紫菀花发出火一样的光芒的岁月里,他已经去了;死神的巨大镰刀已经横扫过那些高大的山峦,当她终于把自己长满华发的、非常衰老的头靠在大地(现已变为冰的焦土)上的时候,她请求众神在她身边放上一束紫色石南花,就放在埋葬她的地方,那受到最后的太阳的最后光线照耀的高岗上，因为到那时宇宙的万象将不复存在。

正当这支古老的歌曲在摄政公园地铁车站对面突突响起之时，大地似乎依然郁郁葱葱、花团锦簇；尽管这歌声出自那么粗俗之口，出自大地上的一个空洞，沾满泥土，交织着根的纤维和成团的野草，这支古老的汨汨突突的歌曲，这支浸透了远古年代的无数盘根、骷髅和宝藏的歌曲，依然分成细流不断地流淌在人行道上，流过整条玛丽乐彭路，流向尤斯顿路，肥沃了这些地方，留下了潮湿的痕迹。

那个生锈的曲柄抽水机，即那个一手伸出索要铜板、一手叉着腰部的饱经风霜的老妇人，仍然记得在某个久远年代的五月里和恋人一起散步的情景；一千万年之后她仍然会站在那里，仍然会记得她在五月里散步的情景（那个地方现已成了海洋），跟谁在一起散步并不重要——他是个男人，啊，是啊，一个爱过她的男人。但是随着年代的流逝，那个古老的五月天已不再清晰；艳丽的花朵已染上银白色的寒霜；当她请求他（正如她现在很清晰地唱着）"用您那美妙的眼睛，注意看看我"时，她再也看不见，再也看不见那双褐色的眼睛、黑色的络腮胡子和被阳光晒黑的面庞，只能看见一个隐约出现的形体、一个黢黑的身影，但她仍以高龄老人特有的像小鸟般活泼的神态喋喋不休地唱："向我伸出你的手吧，让我轻轻摸。"（彼得·沃尔什情不自禁地给了可怜的老妇人一枚硬币，然后上了出租车。）"若被人看见，那又有何妨？"①她继续唱着诘问；她用拳头不时捶着腰，微笑着把那一先令硬币放进衣袋，此时所有那些凝视探察的目光似乎都

---

① 老妇人唱的歌曲是《万灵节》，由奥地利诗人赫尔曼·封·格尔姆（1812—1864）作词，德国作曲家理查·施特劳斯（1864—1949）作曲。万灵节是纪念所有忠于信仰的死者的宗教节日。

被抹掉了,那一代又一代的过客——人行道上挤满了匆忙赶路的中产阶级——都消失了,像无数的树叶被踩在脚下,并被浸湿,泡透,变成腐叶土,被那永恒的泉水——

　义　安　发　安　叟
　伏　绥　图　印　乌。

"可怜的老妇人。"利西娅·沃伦·史密斯说。

哎,可怜的不幸的人!她说,一面等着过马路。

假设这是个雨夜呢?假设你的父亲或了解你过去生活富裕情况的人恰巧路过此地,看见你站在路旁的雨水沟里,会怎么想呢?还有,她夜里究竟在什么地方睡觉呢?

这微弱的、不可战胜的歌声愉快地、甚至是兴奋地旋转着飘入空中,犹如从一座农舍的烟囱里冒出的轻烟,它旋转着飘上洁净的山毛榉树丛,然后变成一缕蓝烟,从树冠顶部飞了出来。"若被人看见,那又有何妨?"

由于利西娅已连续许多个星期那么不快活,她认为发生的一切事情都是有一定用意的,她有时几乎觉得她必须拦住街上的行人,如果他们像慈祥的好人的话,目的只是对他们说:"我很不快活";而这个在街上唱"若被人看见,那又有何妨?"的老妇人使她突然相信一切都会好起来的。他们要去见威廉·布拉德肖爵士;她认为他的名字听着挺不错;他会马上治好塞普蒂莫斯的病。这时一辆酿酒厂的马车过来了,那些灰马的尾巴上沾满直立的麦秸;还有许多报纸广告牌。感觉不快活实在是非常非常愚蠢的梦幻。

于是他们——塞普蒂莫斯·沃伦·史密斯先生和太太——穿过马路,那么他们身上有什么能引起别人注意的地方吗?有什么能使过路人想到这里有个年轻男子负责传播世界上最伟大的信息，因而是世界上最幸福也是最痛苦的人吗？也许他们比别的人走得慢一些，而且这男子走路的姿态有些犹豫，有些拖拉，但是对于一个多年没有在工作日里的这个时辰光顾伦敦西区的小职员来说，不时望望天空，看看这看看那，不是最自然的事吗？他东顾西盼，仿佛波特兰波拉斯街是一间屋子，他来访时恰逢主人举家外出，只见大吊灯包在粗亚麻布袋里，那位看管房子的女仆掀起拖地窗帘的一角，让一缕缕长长的、充满尘土的光线照亮那些久未使用的、式样怪异的安乐椅，同时向客人们解释这个地方有多么好；多么好啊，可又是多么奇怪啊，他想。

从外表看，他倒有可能是个小职员，不过是较好的那种职员，因为他穿着棕色的靴子，有着受过教育的人所特有的手，还有他的侧面轮廓——有棱角、大鼻子、聪慧、敏感——也是受过教育的人所特有的；但他的嘴唇却不尽如此，因为它们不受约束；他的眼睛（人的眼睛一般如此）仅仅是眼睛而已，淡褐色的、大大的；因此总的来讲他是个边缘人物，既不属于这类也不属于那类；他最终有可能在帕利拥有一所房子和一辆汽车，也可能一辈子继续租用坐落在小街上的公寓；他是受过一些教育又自学成才的人们中的一员，他们从公共图书馆借来书籍，在工作之余利用晚间阅读，并通过书信得到著名作者的指教，他们都是这样完成学业的。

至于其他的经历，那些孤独的经历，即人们在卧室、在办公室、在田间或伦敦街头单独经历的事情，他都经历过。他少年时代就离开了家，是因为他的母亲说了谎，是因为他第五十次没有洗手就下楼吃茶点，是因为他觉得诗人在斯特劳德镇没有前途，因此他悄悄地和小妹告了别便离开家来到伦敦，只给家人留下一张荒谬的便条，类似许多伟人曾写过的并在他们的斗争史出名后全世界都读到过的那种便条。

伦敦已经容纳了好几百万姓史密斯的年轻人；它根本看不上这些人的父母为使他们成名而为他们取的教名，例如塞普蒂莫斯。他寄宿在离尤斯顿路不远的地方，经历了许许多多的事，例如在两年之内他那红润、天真、椭圆形的脸变得又瘦又小而且充满敌意。对于所有这些变化，朋友当中那最富于观察力的一位又能说什么呢？他只能借用园丁在清晨打开暖房门发现一株植物开新花时常说的一句话：它开花了；这花是从虚荣心、雄心壮志、理想主义、激情、孤独、勇气、懒惰中生长出来的，它们都是常见的种子，它们混杂在一起（在离尤斯顿路不远的一间屋子里），使他羞怯、口吃，使他急于完善自己，使他爱上了伊莎贝尔·波尔小姐，她当时在滑铁卢街学校讲莎士比亚的作品。

他不是很像济慈①吗？她问道，并思量着如何让他品味一下《安东尼和克莉奥佩特拉》②及其他作品；她借给他许多书，用纸片给他写了许多信，并在他心中点燃了一生中只燃烧一次的火，这火没有热量，闪烁着金红色的火焰，它无限轻妙而虚幻，映照在波尔小姐身上；《安东尼和克莉奥佩特拉》，还有滑铁卢街学校。他认为她非常美丽，相信她绝对聪慧，他梦见她，写诗献给她，而她却毫不理睬诗的内容，一律用红墨水批改；那是一个夏日的晚上，他看见她穿着绿衣裙在广场散步。"花开了。"那园丁可能会这样说，如果他打开门的话；也就是说，如果园丁在

---

① 济慈（1795—1821），英国诗人，被认为是浪漫主义运动中最伟大的人物之一。

② 《安东尼和克莉奥佩特拉》，莎士比亚写的一部悲剧。

任何一天夜里的这个时辰走进来,会发现他在写作,发现他在撕手稿,发现他在凌晨三点完成了一篇杰作并跑到街上踱步,去教堂礼拜,今天禁食明天酗酒,贪婪地阅读莎士比亚、达尔文①的著作,还有《文明史》和萧伯纳②的作品。

一定出什么事了,布鲁尔先生心里明白;布鲁尔先生在专门从事拍卖、估价及房地产经纪的西布利斯和阿罗史密斯公司里担任负责管理的职员;一定出什么事了,他想,而且由于他对年轻雇员有一种父亲般的感情,由于他高度评价史密斯的能力并预言十到十五年后他会坐到里间屋天窗下的皮椅上,周围摆满装契约的小箱子,他说:"如果他能保持健康的话。"而这正是危险之处——史密斯看上去弱不禁风;他劝史密斯踢足球,请他吃晚饭并表示愿意推荐给他加薪,但突然间出了一件大事,把布鲁尔先生的许多打算抛到九霄云外,还拉走了他那些最得力的年轻雇员,最后,由于欧洲战争的魔爪是如此喜好触动隐私并具有如此隐秘的破坏力,它们打碎了谷类女神刻瑞斯的石膏复制像,在天竺葵花坛里刨了一个大坑,还彻底摧垮了厨师的神经,这些都发生在马斯韦尔山上布鲁尔的家里。

塞普蒂莫斯是首批志愿兵的一员。他到法国去保卫英国,而这个英国几乎完全是由莎士比亚戏剧和穿绿衣信步广场的伊莎贝尔·波尔小姐组成的。在那边的战壕里,布鲁尔先生当年劝他踢足球时就期望看到的变化立时发生了,他变得很有男子气,他得到了晋升,引起了名叫埃文斯的军官的注意,实际上是得到了他的钟爱。这就像两只狗在壁炉前的地毯上玩耍,一只

---

① 达尔文(1809—1882),英国自然博物学家,提出了以自然选择为基础的进化论。
② 萧伯纳(1856—1950),爱尔兰籍剧作家、小说家、音乐和文学评论家。

正在玩引火用的纸捻。龇着牙大声吼叫，并不时揪揪老狗的耳朵；另一只则躺着发困，对着炉火眨眼睛，并抬起一只爪子，转过头去和善地低声叫。他们两个必须在一起，共享甘苦，相互打架，相互吵嘴。但是当埃文斯（利西娅只见过他一面，说他是"文静的人"；他身体强壮，头发棕红，在有女人的场合感情不外露）于停战前夕在意大利阵亡时，塞普蒂莫斯却无动于衷，对这段友谊的终结没有丝毫表示，相反他庆幸自己不为感情所动。战争教育了他。战争是崇高的。他已经历了整个过程：友谊、欧洲战争、死亡，他得到了晋升，他还不到三十岁，肯定能活下来。他当时就在现场。最后的炮弹没有击中他。他漠然地看着炮弹爆炸。

和平来临的时候，他正在米兰，随部队借宿在一个旅店老板家里；房前有一个小院，圆盆里种着鲜花，还摆着几张小桌子，店主的女儿们在做帽子；他和小女儿柳克利西娅订了婚，那是在一天晚上他因自己变得麻木不仁而惊慌失措的时候。

因为现在一切都已结束，停战协定已签订，死者已被安葬，在这种情况下，特别是那天晚上，他突然经历了像阵阵雷鸣般的恐惧。他变得麻木不仁了。当他推开房门时，那几个意大利姑娘正在做帽子，他能看见她们，能听见她们说话，她们在盛着彩色珠子的小盘子里磨着铁丝，她们把硬衬布折来折去；桌上摆满了羽毛、光片、丝绸、装饰带；剪刀在桌子上轻轻碰撞；但是他失去了什么东西，他失去了感知的能力。尽管如此，剪刀在轻轻敲击，姑娘们在说笑，帽子在制作之中，这一切保护了他，使他确实感到安全；他有了一个庇护所。但是他不可能整夜坐在那里。凌晨时分总有醒来的时候。床在跌落，他也在跌落。啊，为了那剪刀、灯光和不同形状的硬衬布！他请求两姐妹中年纪较小的柳克利西娅嫁给他,她既快乐又风流,长着艺术家的纤细的手指,她常翘起手指说,"都是它们的功劳。"它们给丝绸、羽毛及其他东西带来了生命。

"帽子是最重要的。"他们一起到外面散步的时候她常常这样说。他们在路上见到的每一顶帽子她都要仔细观察,还有斗篷、衣裙以及女人优雅的姿态。她批评不讲究穿着的人和过于讲究穿着的人,但并不粗鲁,只是不耐烦地挥着两手,就像一位画家不耐烦地挥着手拿开某件明显的赝品,尽管制作者显然并非出于恶意。然后她会豁达地但总是挑剔地赞赏一个尽其所有而装扮入时的女售货员,或以一种热情的和内行的理解力去衷心称赞一个正走下马车的法国贵妇人,这女人穿着绒鼠皮衣和长袍,戴着珍珠首饰。

"美极了!"她会小声说,同时碰碰塞普蒂莫斯,让他也看。但是美似乎隔着一层玻璃。就连美味(利西娅喜欢吃冰激凌、巧克力、甜食)对他都没有吸引力。他把茶杯放到大理石小桌上。他看着外面的人们;他们似乎很快乐,聚集在大街当中,叫着,笑着,无缘无故地争吵着。但是他品不出滋味,他失去了感觉的能力。在那个茶馆里,在许多小桌子和闲聊的侍者中间,可怕的恐惧向他袭来——他变得麻木不仁了。他能够论理,他能够很轻松地阅读例如但丁①的作品("塞普蒂莫斯,把书放下。"利西娅说着轻轻地合上《地狱篇》),他能够计算账单;他的脑子是完好的;那么他的麻木不仁一定是这个世界的过错了。

"英国人是那么少言寡语。"利西娅说。她说她喜欢这一点。她尊敬这些英国男人,她想看看伦敦,想看看英国马,还有

---

① 但丁(1265—1321),意大利诗人,著有《神曲》。

裁剪合体的西装,她还记得听一个嫁到伦敦并定居索霍区的姨妈说过那里的商店有多么好。

他们离开纽黑文市时,塞普蒂莫斯一面望着火车车窗外的英国大地一面想,这个世界本身大概没有任何意义。

在办公室里,他被提升到一个相当负责的职位。同事们为他感到自豪;他曾荣获过十字勋章。"你已尽了你的职责,我们决定——"布鲁尔先生开始讲,但未能讲完,他的情绪是那么兴奋。他和利西娅在离托特纳姆科特路不远的地方租了一套令人羡慕的寓所。

在这里他又一次打开莎士比亚的书。那家伙在《安东尼和克莉奥佩特拉》里所使用的语言已经完全失去了魅力。莎士比亚是多么厌恶人类啊——穿衣服,生孩子,嘴和肚子同样肮脏!

现在这一点已向塞普蒂莫斯揭示出来,这一信息隐藏在优美文字当中。一代人传给下一代人的经过伪装的信号是:厌恶、仇恨、绝望。但丁的作品也是如此。埃斯库罗斯[1]的(翻译过来的)作品也是如此。利西娅坐在那边的桌子旁修饰帽子。她一连几个小时为菲尔默太太的朋友们修饰帽子。她看上去脸色苍白,显得神秘,像朵睡莲被淹没在水中,他想。

"英国人是那么严肃。"她常说,一面搂着塞普蒂莫斯,把脸贴在他的脸上。

男女之间的情爱在莎士比亚看来是令人厌恶的。性交的事在他看来早就是肮脏的。但是利西娅说她必须要孩子。他们结婚已经有五年了。

他们一起去参观伦敦塔,去参观维多利亚和阿尔伯特博物

---

[1]　埃斯库罗斯(公元前525—前456),古希腊戏剧家,被称为希腊悲剧之父。

馆;他们一起站在人群中观看国王主持议会开幕式。还有许多店铺——帽子店、衣裙店、橱窗里展示着真皮手提包的商店,她常站在这些店铺前睁大眼睛好奇地观看。但是她必须有个儿子。

她必须有个长得像塞普蒂莫斯的儿子,她说。可是没有一个人能像塞普蒂莫斯;他是那么温柔,那么严肃,那么聪明。她难道不能也读读莎士比亚的书吗?莎士比亚是个难懂的作家吗?她问道。

你不能把孩子带到这样的世界上来。你不能让苦难延续下去,也不能更多地繁育这些充满情欲的动物,他们没有始终如一的情感,有的只是冲动和虚荣心,驱使着他们一会儿朝东一会儿朝西。

他看着她剪裁、成型,犹如一个人看着一只小鸟在草地上蹦跳、轻飞,却不敢动一动手指头。因为事实是(她看不到就算了)人类既没有仁慈,又没有信念,也没有怜悯之心,只知道增加一时的快乐。他们成群结队狩猎。他们的队伍扫荡沙漠,然后尖叫着消失在荒原里。他们抛弃了倒下的同伴。他们的脸上满是痛苦的神情。布鲁尔先生坐在办公室里,他有抹过蜡的胡子,戴着珊瑚领带夹,穿着白色套衫,他的情绪使人感到愉快——然而他的内心却完全是冷冰冰黏糊糊的——他的天竺葵毁于大战之中——他的厨师精神崩溃;或者那个叫阿米利娅什么的,每天五点钟准时给大家送茶点——是个爱送秋波的世俗风骚的小妖精;还有那些叫汤姆呀波梯呀的仆人们,穿着浆过前襟的衬衣,渗出一滴滴浓浓的坏水。他们从未看见过他在笔记本上给他们画的像,在画里他们赤身裸体做着滑稽愚蠢的动作。在大街上,小货车吼叫着从他身边开过;公告牌上醒目地记载着暴力事件:男人们被困在矿井里,女人们被活活烧死。有一次一队残疾精神病患者被当众训练、展示,以供公众取笑(人们哈哈大笑);那些人懒散地迈着步子,点着头,咧嘴笑着走过他的身边,在托特纳姆科特路上,每个人都是半抱歉地又非常得意地把失望的痛苦强加于他。那么**他自己**会发疯吗?

喝午茶时,利西娅告诉他,菲尔默太太的女儿快生孩子了。**她自己**年龄越来越大也不能没有孩子呀!她很孤独,她很不幸!他们结婚以来她第一次哭了起来。他听得见她在抽泣,声音离得很远;他听得真真切切,看得清清楚楚;他把这哭声比做活塞起落的砰砰声。但是他无动于衷。

他的妻子在哭泣,而他却无动于衷;只是她如此强烈、无言、绝望地每哭一次,他就向深渊迈下一步。

最后,他机械地做出一种夸张的姿态,把头埋进双手里,但他完全清楚这是在装模作样。现在他已经投降了;现在别的人必须帮助他。必须叫人来。他让步了。

什么都不能使他打起精神。利西娅让他上了床。她派人去请医生,去请菲尔默太太的霍姆斯医生。霍姆斯医生为他作了检查,说他什么病也没有。啊,可松了一口气!他是个多么慈祥、多么好的人啊!利西娅想。霍姆斯医生说,他自己的情绪像这样坏的时候,他就去音乐厅。他休了一天假陪他的妻子打高尔夫球。不妨试试把两片溴化钾镇静剂溶解在一杯水里睡前服用。霍姆斯医生敲了敲墙壁说,这些布卢姆斯伯里区的老式房子通常有很好的护墙板,可那些房东净做傻事,用壁纸把它们都糊上了。就在前两天他去探访过一个病人,是某某爵士,住在贝德福德广场——

这么说没有任何借口了,什么病都没有,只有那罪恶——他的麻木不仁,为此人性已判处他死刑。埃文斯遇难时他无动于衷,那是最糟糕的事;但是所有其他的罪恶也纷纷抬起头来,在凌晨时分从床栏上方摇晃着手指,挖苦嘲笑那个软弱无力的躯体;这个躯体躺在那里反省自己的堕落:他是如何娶了妻子但并不爱她,如何对她说了谎,如何玷污了她,如何激怒了伊莎贝尔·波尔小姐;他身上散布着那么多邪恶的疤痕,使得女人们在街上见到他就瑟瑟发抖。人性对这样一个坏蛋的宣判是死刑。

霍姆斯医生又来了。他身材高大、面色红润、英俊潇洒,他掸了掸靴子,照了照镜子,他认为头痛、失眠、恐惧、梦呓等都不要紧,不过是些神经症状,没有别的,他说。如果霍姆斯医生发现自己的体重比十一斯通①零六磅下降了哪怕半磅,他也要在早餐时让妻子多给他一盘麦片粥。(利西娅将要学会煮麦片粥。)但是,他继续说,健康在很大程度上是我们自己可以控制的。让你自己对外界的事情产生兴趣,培养某种业余爱好。他翻开了莎士比亚的剧本《安东尼和克莉奥佩特拉》,然后又将莎士比亚的书推到一边。某种业余爱好,霍姆斯医生说,因为他之所以有这样好的身体(要知道他像伦敦的任何男人一样拼命工作)不就是因为他能从注意病人转向注意旧家具吗?啊,沃伦·史密斯太太头上戴的小梳子是多么漂亮啊,如果允许他评论的话。

这个可恶的傻瓜再来的时候,塞普蒂莫斯拒绝见他。他真的不想见我?霍姆斯医生愉快地笑着问。说真的,他必须友善地推开那位娇小美丽的史密斯夫人才得以进入她丈夫的卧室。

"这么说你很害怕。"他愉快地说着,在病人身边坐下。他真的对他的妻子说过要自杀吗?她还是个年轻姑娘,并且是个外国人,对吧?这难道不会使她对英国丈夫们产生奇怪的看法

---

① 斯通为英制重量单位,一斯通相当于十四磅。

吗？难道一个人对他的妻子不负有什么责任吗？起来干点什么不是要比躺在床上好吗？因为霍姆斯医生已有四十年的经验，塞普蒂莫斯可以相信他的话——他什么病都没有。霍姆斯医生希望下次再来时会看见史密斯已经下了床，不会再让他那美丽的小妻子为他担心了。

一句话，人性对他发起了攻击——那可恶的野兽，长着血红色的鼻孔。霍姆斯在攻击他。霍姆斯医生几乎每天都来。你一旦要跌倒，人性就来攻击你，塞普蒂莫斯在一张明信片的背面写道。霍姆斯在攻击你。他们唯一的办法是逃跑，不让霍姆斯知道；逃到意大利去，逃到哪里都行，哪里都行，远远地躲开霍姆斯医生。

但是利西娅不能理解他。霍姆斯医生是这么慈祥的人。他对塞普蒂莫斯是那么关心。他说他只是想帮助他。他有四个孩子，他已经邀请她去吃茶点了，她告诉塞普蒂莫斯。

这么说他被遗弃了。整个世界都在大声疾呼：你自杀吧，你自杀吧，为了我们。但是他为什么要为他们而自杀呢？食物使人愉悦，阳光依旧炎热；而自杀，人怎样自杀呢，用餐刀，惨不忍睹，血流遍地，那么吸煤气管怎么样？他太懦弱，他连手都抬不起来。再说，既然他现在是孤身一人，受人谴责，被人遗弃，与那些垂死的人同样孤独，那么在这种孤独中便有一种难得的享受，一种完全崇高的孤立，一种亲人们永远不能理解的自由。霍姆斯当然占了上风；那长着血红鼻孔的野兽占了上风。但就是霍姆斯本人也不能碰一碰这个躲在世界边缘的最后的遗人，这个被抛弃了的人，他回过头去凝望着那些有人居住的地区，像溺水的海员躺在世界的海岸上。

正是在这一瞬间（利西娅已去购物）他突然领悟到一个伟

大的真理。屏风后面传来说话声。那是埃文斯在说话。那些死者和他在一起。

"埃文斯,埃文斯!"他喊道。

史密斯先生在大声跟自己说话,女仆阿格妮斯对厨房里的菲尔默太太喊道。她端着托盘进去时他在喊:"埃文斯,埃文斯!"她当时跳了起来,真的跳了起来。她仓皇逃到楼下。

利西娅进来了,她捧着鲜花穿过房间,把玫瑰花放进一个花瓶里,阳光直射到花瓶上,她笑着,跳着,在屋子里转着圈子。

利西娅说,她不得不从街上一个穷苦的男人那里买下这些玫瑰。但是这些花都已经快死了,她一面摆弄着玫瑰花一面说。

这么说外边有个男人,也许是埃文斯吧;利西娅提到的那些半死的玫瑰花就是他从希腊的田野里采来的。与人沟通就是健康,与人沟通就是幸福,沟通,他自语道。

"塞普蒂莫斯,你说什么?"利西娅问,她害怕极了,因为他在自言自语。

她让阿格妮斯赶紧去请霍姆斯医生。她说她的丈夫发疯了,几乎不认识她了。

"你这头野兽!你这头野兽!"当塞普蒂莫斯看见人性(即霍姆斯医生)走进屋时喊道。

"这都是怎么回事呀,"霍姆斯医生用世界上最和蔼的态度问道,"你怎么净说胡话吓唬你的妻子呢?"然而他要给他点什么药让他睡觉。可是如果他们很有钱的话,霍姆斯医生一面讽刺地环顾着房间一面说,那就让他们去哈利街求医吧,如果他们不相信他的话,霍姆斯医生说到这里显得不那么和善了。

现在是十二点整,大本钟报时十二点整,那钟声随风飘荡在伦敦北部上空,与其他钟声汇合在一起,轻飘飘地融入云彩和缕缕烟雾之中,最后消逝在天上的鸥群里——十二点的钟声响起时,克拉丽莎·达洛维把她的绿色衣裙放到床上;而沃伦·史密斯夫妇正走在哈利街上。十二点是他们预约的时间。利西娅想,那座门前停有灰汽车的房子大概就是威廉·布拉德肖的家。(那深沉的音波逐渐消逝在空中。)

那辆汽车确实是布拉德肖爵士的,车身矮,功率大,灰颜色,侧面漆着交织在一起的两个字母,是他的名和姓的起首字母,很朴素,似乎因为此人是提供精神帮助的人和传播科学的权威,所以不宜在车身漆炫耀贵族地位的盾形纹徽;由于那辆汽车是灰色的,为了与它朴素雅致的风格相匹配,里面堆满了灰色的皮毛,那银灰色的暖毯是为尊敬的爵士夫人等在车里时保暖用的。因为威廉爵士经常坐车去六十英里外或更远的乡下探访有钱的、受痛苦折磨的病人,他们有能力支付他非常恰当地索要的极其昂贵的出诊费。爵士夫人要在车里等上一个小时或更长时间,她腿上盖着毯子,身体向后靠着,有时想想病人,有时想想那座用金子筑成的墙,这完全有道理,就在她等候的同时,金墙每分钟都在增高;金墙不断地增长,把他们与所有的变故和焦虑(她已勇敢地承受了它们;他们两人曾经艰苦奋斗过)分隔开来,直到她感觉自己被挤入一个平静的海洋,那里只有带馨香料味的风儿吹过;她受人尊敬,被人爱慕,被人嫉妒,简直没有什么再可奢望的了,尽管她为自己的肥胖而感到遗憾;每星期四晚上为医务界人士举办大型宴会,偶尔需要主持慈善义卖开幕式,还要去欢迎王室成员;天啊,她和丈夫在一起的时间太少了,而他的工作也越来越多;她有一个儿子就读于伊顿公学,成绩不错;她也曾希望能生个女儿;然而她有多方面的兴趣:儿童福利、癫痫病人出院后的护理以及摄影；因此在她等待丈夫的过程中，如果当地有教堂，或颓败的教堂建筑，她总要贿赂教堂司事，拿过钥匙进去拍照，这些照片与专业摄影师的作品相差无几。

威廉爵士本人已不再年轻。他一直拼命地工作；他取得现在的地位完全凭自己的能力（他是个店主的儿子）；他热爱自己的职业；他已成为各种仪式上优秀的头面人物，擅长讲演——到了他被授予爵位时，他所作的上述一切努力已使他显得那么笨重、那么疲乏（他的病人川流不息；他的职业赋予他的责任和特权是那么繁多），这种疲惫的样子再加上他的灰白头发，使他无论走到哪里都格外引人注目，而且使他不仅以诊断技术快捷惊人和准确无误著称，而且以富于同情心、处世圆通和理解人的灵魂而闻名（这种声望对于诊治精神病人最为重要）。他们刚刚进屋（他们叫沃伦·史密斯夫妇）他就看出来了，他一见那个男人就敢肯定他是个极其严重的病人。那是精神彻底崩溃的病例——身体和神经的彻底崩溃，具有晚期的各种症状，他在两三分钟内就确诊了（同时记下他们对他的谨慎小声提问做出的回答，写在一张粉红色的卡片上）。

霍姆斯医生给他看病有多长时间啦？

六个星期。

开了一点镇静剂？说没有什么病？啊，是啊（那些家庭医生！威廉爵士想。他得花费一半的时间去纠正他们的错误。有些错误是无法补救的）。

"你参加过大战并获得很高的荣誉是吗？"

病人疑问地重复着"大战"一词。

他给词语加上象征性的意义。一个严重的症状，应记在卡片上。

"大战?"病人问。欧洲战争——那个小学男生们用火药搞的小小喧嚣吗?他参过战得到过荣誉吗?他还真想不起来了。他就是在大战中失败的。

"是啊,他参过战还得到过最高的荣誉,"利西娅肯定地告诉医生,"他得到了晋升。"

"你们办公室的人对你评价很高是吗?"威廉爵士瞟了一眼布鲁尔先生写的充满溢美之词的信,小声问道,"那么说你没有什么可担心的事,没有经济方面的忧虑,什么问题都没有啦?"

他犯过一个可怕的罪,已被人性判处死刑。

"我曾经……我曾经,"他开始说,"犯了一个罪……"

"他没做过任何错事。"利西娅肯定地告诉医生。威廉爵士说,如果史密斯先生愿意等一等的话,他要带史密斯太太到隔壁房间去单独谈一谈。她的丈夫病情非常严重,威廉爵士,他是不是要挟过要自杀?

对,他是这么说过,她哭了。可他不是真心的,她说。当然不是。只是个休息的问题,威廉爵士说,是休息、休息、休息的问题,长期卧床休息。乡下有一个宜人的疗养所,她的丈夫在那里会受到最好的照料。要离开她吗?她问。很遗憾,是要离开她;我们生病的时候,我们最亲近的人就不适合照顾我们了。可是他没有疯,对吗?威廉爵士说他从来不用"疯"字,他把这叫做失去均衡感。可是她的丈夫不喜欢医生,他不会同意到那儿去的。威廉爵士和善地向她简单解释了病情。他已经说过要自杀了。没有别的办法。这是个法律问题。他将到乡下那所漂亮的房子里卧床休养。那里的护士们是值得称赞的,威廉爵士将每星期去看他一次。如果沃伦·史密斯太太没有别的问题要问的话——他从不催促他的病人——他们就回到她丈夫那边去。她没有什么要问的了——没有什么要问威廉爵士的。

于是他们回到那个全人类中地位最显赫的人身边,那面对法官的罪犯,那袒露在高原上的受害者,那逃亡者,那溺水的海员,那创作了不朽的时间颂歌的诗人,那出生入死的上帝;他们回到塞普蒂莫斯身边,他坐在天窗下的安乐椅上凝视着布拉德肖夫人身穿宫廷礼服的照片,念念有词地谈论着对美的看法。

"我们已经谈完了。"威廉爵士说。

"他说你的病很重,非常严重。"利西娅哭着说。

"我们一直在做安排,让你进一个疗养所。"威廉爵士说。

"去霍姆斯的疗养所吗?"塞普蒂莫斯轻蔑地说。

这个家伙给人极不愉快的印象。因为威廉爵士(他的父亲是商人)很自然地尊重教养和穿着,而破衣烂衫激怒了这种情感;还有更深刻的一方面,威廉爵士一向没有时间读书,因而从内心深处嫉恨某些温文尔雅的人,他们走进他的房间并暗示医生不算受过教育的人,而实际上医生的职业要求所有最高级的官能处于持续紧张的状态。

"是去**我办的**一个疗养所,沃伦·史密斯先生,"他说,"在那里我们将叫你休息。"

还有一件事。

他敢肯定沃伦·史密斯先生在身体好的时候绝不会吓唬他的妻子。但是他已经说过要自杀了。

"我们都有情绪低落的时候。"威廉爵士说。

你一旦跌倒,人性就来攻击你,塞普蒂莫斯对自己重复道。霍姆斯和布拉德肖在攻击你。他们扫荡沙漠。他们尖叫着跑进荒原。扯肢刑架和拇指夹等刑具都用上了。人性丝毫没有同情心。

"他有时会突然冲动吗?"威廉爵士问,他的铅笔停留在粉红色的卡片上。

那是他私人的事,塞普蒂莫斯说。

"谁都不是只为自己活着。"威廉爵士说着瞟了一眼他夫人身穿宫廷服装的照片。

"你有光明的前程。"威廉爵士说。布鲁尔先生的信就在桌子上。"极其光明的前程。"

可是如果他坦白呢? 如果他把自己的想法说出来呢? 霍姆斯、布拉德肖他们会放过他吗?

"我……我……"他结结巴巴地说。

可是他到底犯了什么罪呢? 他想不起来了。

"说呀。"威廉爵士鼓励他。(可是天已经晚了。)

爱情、树木、没有罪恶——他想说的是什么呢?

他想不起来了。

"我……我……"塞普蒂莫斯结结巴巴地说。

"尽可能少想你自己。"威廉爵士和气地说。说真的,他不适合到处乱跑。

他们还有什么问题想问他吗? 威廉爵士会安排一切的(他小声对利西娅说),他将在当天傍晚五点到六点之间通知她。

"把一切都交给我吧。"他说,然后把他们打发走了。

利西娅一生中还从来没有,从来没有这么痛苦过。她是来请求帮助的,却遭到了背弃! 他辜负了他们的期望! 威廉·布拉德肖爵士不是好人。

光是保养那辆汽车他就得花不少钱,他们走到外面大街上时塞普蒂莫斯说。

她紧紧地挽着他的手臂。他们遭到了背弃。

可是她还想再要求什么呢？

对他的病人，威廉爵士已经奉献了三刻钟的时间；再说医疗是颇费精力的科学，毕竟关系到我们不懂的东西，如神经系统、人脑。那么如果医生失去了均衡感，那他作为医生就一事无成。健康是我们必须拥有的，而健康就意味着均衡；因此如果有人走进你的房间说他就是耶稣基督（这是一种普遍的幻觉），说他有信息要传达（这类人通常都有信息要传达），并且威胁说要自杀（正如他们常做的那样），你就必须调动均衡感；命令他们卧床休息，隔离休息，默默地休息，不准会见朋友，不准看书，不准传达信息；要休息六个月，直到入院时体重为七点六斯通的人出院时增加到十二斯通。

均衡，神圣的均衡，是威廉爵士的女神，是他在巡视医院、捕捞鲑鱼、与布拉德肖夫人在哈利街生养儿子的过程中得到的。布拉德肖夫人也常捕捞鲑鱼，还摄影，她的照片与专业摄影师的作品相差无几。威廉爵士靠崇拜均衡不仅自己发家致富，而且使英国繁荣昌盛，他隔离了英国的精神病人，禁止他们生育，宣布绝望也算犯罪，不让病人宣扬自己的观点，直到他们也获得了他的均衡感——如果病人是男人，得到的就是他的均衡感，如果病人是女人，得到的就是布拉德肖夫人的均衡感（她刺绣，织毛衣，每周七天里有四天晚上待在家里陪伴儿子），因此不仅他的同事们敬重他，他的下级惧怕他，而且他的病人的亲朋好友最深切地感激他，因为他坚持让这些预言世界末日或上帝降临的男女耶稣们在床上喝牛奶，按照威廉爵士的命令；威廉爵士有三十年治疗这类病人的经验，还有准确无误的直觉（这个属于疯狂，那个属于理智），即他的均衡感。

但是均衡还有个妹妹，更不爱笑，更加可怕，这个女神如今仍奔忙在印度的酷暑和沙漠中,在非洲的泥潭和沼泽中,在伦敦内外,总之在气候或魔鬼引诱人们背叛真正信仰(即她自己的信仰)的一切地方;她如今仍在忙着掀翻祭坛,击碎偶像,以她自己威严的面容取而代之。她的名字叫劝皈,她吞噬弱者的意志,喜欢留下印记,喜欢强加于人,把自己的面容烙在公众的脸上并洋洋自得。在海德公园的"讲演者之角",她站在木箱上发表演说;她全身裹着白衣,乔装成博爱,以忏悔的姿态走过许许多多的工厂和议会;她主动提供帮助,但又渴望权力;她把阻碍她前进的持异议者或心怀不满的人统统野蛮地消灭掉;她祝福那些仰望她的眼睛并服帖地从中看见自己光明的人们。这个女神也在威廉爵士心中占有一席之地(利西娅·沃伦·史密斯领悟到这一点),尽管多数情况下她隐藏在某些冠冕堂皇的伪装之下,在某个值得崇敬的名称之下,如爱情、责任、自我牺牲。他是如何地不辞劳苦——四处奔波去募集资金,宣传改革,发起成立慈善机构!但是劝皈,这个贪婪的女神,爱鲜血胜过爱砖瓦,她用最微妙的方法吞噬人类的意志。例如布拉德肖夫人。十五年前她就被征服了。你弄不清是什么原因,当时没有争执,没有吵闹,只是她的意志慢慢下沉,陷入水中,逐渐沉入他的意志之中。她的微笑是甜美的,她的归顺是迅速的;在哈利街寓所举行的宴会上,有八九道菜,有十几个从事专业工作的客人,宴会进行得相当顺利,客人们个个温文尔雅。只是到了后来,她表现出些许迟钝,也许是不安,肌肉紧张地抽动了一下,她胡乱摸索,不断说错话,思路不清,这些迹象表明这位可怜的贵妇人说了谎——这是令人痛心的。很久以前,她曾自由自在地捕捞鲑鱼,可现在为了迅速帮助丈夫实现对于统治和权力的热望(这种热望使他的眼睛放射出狡黠的光芒),她克制,压挤,削减,剔除,退缩,窥视;结果那个夜晚变得极不愉快,尽管人们不清楚是什么缘故,并在人们的头脑里造成这么大的压力(这不妨归咎于关于医学的谈话或一个伟大医生的劳累,用布拉德肖夫人的话来说,他的生命"不属于自己而属于病人"),总之,晚宴极不愉快,因此当客人们在十点的钟声响起时呼吸到哈利街上的空气后甚至狂喜起来;然而这种轻松感他的病人却无法得到。

在那间挂着油画、陈设着贵重家具的灰暗房间里,在那嵌有磨砂玻璃的天窗下,他的病人们了解到自己在多大程度上逾越了规范;他们蜷缩在安乐椅里,观看他为他们而做的一种奇怪的双臂操练,他快速伸出双臂,然后直接收回臀部,目的在于证明(如果病人顽固的话)威廉爵士能够控制自己的行为,而病人却不能。在那里一些意志薄弱者崩溃了,抽泣了,屈服了;另一些人出于一种老天爷才知道的极度的疯狂当面骂威廉爵士是该死的骗子;他们更加邪恶地质问生活本身。他们诘问:为什么要活着?威廉爵士回答:生活是美好的。是啊,布拉德肖夫人穿着饰有鸵鸟毛的服装的照片就挂在壁炉架上方,至于他的收入,每年足有一万二千英镑。但是生活对我们却没有那么慷慨,他们争辩道。他默认了。他们缺乏均衡感。也许根本就没有上帝吧?他耸了耸肩。简而言之,这个活与不活的问题是我们自己的事吧?但是他们想错了。威廉爵士有一个朋友在萨里郡,他们在那里教病人培养均衡感,他坦率地承认那是一门困难的艺术。除此之外,还有家庭亲情、勇气和光辉的事业。威廉爵士是上述这一切的坚强卫士。如果他们失败了,还有警察和社会的善举作他的后盾;在萨里郡,警察和社会善举会很快行动起来,使这些主要由于出身卑贱而形成的不合社会规范的冲动得到控制,他非常平静地说。然后那位劝皈女神便从藏身之地悄然而至,登上她的宝座;她强烈的欲望是压制反对派,将自己的形象不可磨灭地打印在别人的圣殿里。那些疲惫不堪的人们,那些无亲无故的人们,赤身裸体,赤手空拳,他们接受了威廉爵士意志的烙印。他猝然攻击,他贪婪吞食。他把人们囚禁起来。正是这种决断与人性的结合使威廉爵士得到受害者的亲属们的青睐。

但是利西娅·沃伦·史密斯在沿着哈利街回去的路上大声地说她不喜欢那个人。

哈利街的许多时钟在蚕食着这个六月天,把它切成丝,削成片,分割了再分割;它们劝告人们服从,它们维护权威,并以合奏的方式指出均衡感的高度优越性,直到成堆的时间消逝了那么多,一个广告钟宣告现在已是一点半了;这个广告钟悬挂在牛津街一家商店上方,它和蔼地、友善地报时,仿佛免费提供时间信息对里格比-朗兹商店来说是一件快乐的事。

抬起头来可见广告钟上嵌有里格比(Rigby)和朗兹(Lowndes)这两个姓氏的十二个字母,每个字母代表一点钟;你会下意识地感谢里格比和朗兹先生为自己提供了格林尼治天文台认可的时间;而这种感激之情(休·惠特布雷德在橱窗前闲逛,反复思索着)后来很自然地以购买里格比-朗兹商店的鞋袜体现出来。他如此思索着。这是他的习惯。他想得并不太深。他仅仅涉及表面:那些失去生命力的语言,那些活着的人,在君士坦丁堡、巴黎和罗马的生活,曾经骑马、射击、打网球。对他怀有敌意的人断言他目前在白金汉宫担任卫士,穿着长丝袜和齐膝短裤,至于看守什么就不得而知了。但是他的卫士工作干得极其有效率。他漂浮在英国社会的精华之上已有五十五年了。他认识几届的首相。他对他们的深情是一致公认的。如果说他的确没有参加过当代任何一个伟大的运动也没担任过要职的话,他却对一两个小小的改革立下过汗马功劳,改善公共防雨棚是其一,保护诺福克郡的猫头鹰是其二;年轻的女仆们有理由感激他;还有他给《泰晤士报》写了许多信,要求经费,呼吁公众保护和维护环境、清除垃圾、呼吁减少烟尘、消灭公园里的不道德行为,等等,他在这些信函末尾的签名值得人们尊敬。

他的外表也相当引人注目,他此时驻足片刻(在半点报时的钟声消逝时),以批评的、权威的眼光看着那些短袜和鞋子,无可挑剔,十分结实,仿佛他站在某个高度俯瞰世界,并且穿着与之相称的服装;但他意识到,能力、财富和健康带来了许多义务,因而他即便在不十分必要的时候仍一丝不苟地遵守各种小小的礼节,参加各种过时的仪式,因为这些礼仪能给他的举止增色,使人们能模仿他记住他;比如他和布鲁顿夫人已相识二十年了,他每次去参加她的午餐会时总不会忘记伸出手臂献上一束康乃馨,而且不会忘记向布鲁顿夫人的秘书布拉什女士问候她在南非的弟弟。尽管布拉什女士在各方面都缺少女人的魅力,她却出于某种原因非常讨厌他的问候,她说:"谢谢你,他在南非干得不错。"而事实上她的弟弟六年来一直在朴次茅斯市干得不怎么样。

布鲁顿夫人本人更喜欢理查德·达洛维。他和休同时到达,他们两人确实是在门前台阶上相遇的。

布鲁顿夫人有理由喜欢理查德·达洛维。他是用更好的材料制成的。但是她不会允许别人贬低她亲爱的休。她永远不会忘记他的慷慨帮助——他确实一直都特别慷慨——她记不起是在什么具体场合。但他确实特别慷慨。不管怎么说,一个人与另一个人并没有多大的差别。她从来不明白贬低别人有什么意思,像克拉丽莎·达洛维那样先贬低别人然后再抚慰他们;反正一个人在六十二岁上是不会那样做的。她接过休送的康乃馨，带棱角的脸上露出一丝威严的笑容。她说没有别的客人了。她托辞请他们来是为了让他们帮助解决一个难题——

"咱们还是先吃饭吧。"她说。

于是穿着围裙、戴着白帽的女仆们开始无声地优美地穿梭往来于弹簧门之间，她们倒不一定是贴身女仆，但都是梅费尔区的女主人们在一点半到两点之间导演的神秘剧或大骗局中熟练的演员。通常在那段时间里，挥手之间所有的车辆都停了下来，代之而升起的是这一奥秘的幻觉，首先是关于食品的——吃饭不用花钱；然后餐桌自动地摆满了玻璃杯、银餐具、小衬垫、带有红色水果图案的小碟；再摆上浇着棕色奶油汁的鲆鱼，鸡块在瓷焙盘里游动，普通家庭少见的彩色火焰在燃烧；由于酒和咖啡（都不用花钱）的作用，各种愉快的幻象升起在客人眼前，那些深思的眼睛、悄悄推测的眼睛、看见生活充满音乐和神秘的眼睛，还有被激发起来和善地观察艳美红花的眼睛；那些红色康乃馨已被布鲁顿夫人（她的动作总是带棱带角）放在盘边；于是休·惠特布雷德感到自己与整个宇宙十分和谐并完全确信自己的地位，他放下叉子说：

"这些花衬着你衣服的金边不是会更美吗？"

布拉什女士十分讨厌这种过分亲昵的话。她心想他是个缺乏教养的人。她使布鲁顿夫人大笑起来。

布鲁顿夫人拿起康乃馨，捧着一动不动，与她身后画像中的将军手捧一卷奖状的姿态一模一样；她仍然不动，两眼出神。那么她是那位将军的曾孙女呢，还是玄孙女呢？到底是哪一个呢？理查德·达洛维思量着。罗德里克爵士、迈尔斯爵士、塔尔博特爵士——那就对了。那个家族的面貌特征在女性成员中一直遗传下来,真是太不寻常了。她本人也应是个重骑兵将军。那么理查德就会愉快地服务于她的麾下;他对她最为敬重;他对富有的名门望族老妇人素来持有这样浪漫的看法;他本来会把他结识的一些鲁莽的年轻人带来与她共进午餐,好像她这种类型的人可以从和气的喝茶积极分子当中培养出来似的!他了解她的家乡。他了解她的家族。那里有一棵葡萄藤,至今依然结果,洛夫莱斯①或赫里克②曾在藤下坐过——她自己从未读过一句诗,但传说是这样的。最好是等一会儿再向他们提出那个一直困扰着她的问题(关于向公众呼吁的事;如果写的话,怎样措辞,等等),最好是等他们喝完咖啡,布鲁顿夫人想;于是她把康乃馨放在盘边。

"克拉丽莎好吗?"她突兀地问。

克拉丽莎总说布鲁顿夫人不喜欢她。的确,布鲁顿夫人的名声是众所周知的,她关心政治胜于关心人,说起话来像男人,曾参与策划十九世纪八十年代某个臭名昭著的阴谋,这一事件已开始在回忆录中提及。她的客厅里肯定有一个凹室,里边有一张桌子,上面摆着已故的将军塔尔博特·穆尔的照片;将军曾在那里(在八十年代的一天晚上)当着布鲁顿夫人的面,在她的注视下,也许在她的建议下,起草过一份电报,命令英国军队在某个历史关头向前挺进。(她保存着这支笔并讲述这段往事。)因此,当她信口说出"克拉丽莎好吗?"的时候,丈夫们很难说服他们的妻子相信她竟会对那些常做丈夫绊脚石的女人感兴趣,那些女人常阻挠丈夫接受海外任职,在会议进行中不得不因患

---

① 洛夫莱斯(1618—1657),英国诗人、军人、狂热的保王分子。
② 赫里克(1591—1674),英国牧师、诗人,有保王倾向。

流行性感冒被送到海滨去疗养；丈夫们自己无论对她多么忠心也确实暗自怀疑这一点。然而女人们会准确无误地认为她的"克拉丽莎好吗？"是一个信号，来自一个好心的人，一个几乎沉默的伴侣，她的话（这种话她一生中只说过六七次）标志着对某种女性之间的同志情谊的认同，这种认同深入到男性客人出席的午餐会里并将布鲁顿夫人和达洛维太太（她俩很少见面，见了面都很冷淡，甚至露出敌意）奇特地联结在一起。

"今天早上我在圣詹姆斯公园遇见了克拉丽莎。"休·惠特布雷德说（一面迫不及待地吃焙盘里的菜，急于犒劳自己），因为他只要来一趟伦敦就能同时见到所有的朋友。可是他真贪吃，是她所见过的最贪吃的人之一，米莉·布拉什想，她以一种无畏的坦诚观察男人，并能长期保持忠心，特别是对女性，尽管她脸上有疙瘩和疤痕，棱角突出，全然没有女人的魅力。

"你们知道谁进城了吗？"布鲁顿夫人想到克拉丽莎时突然说，"我们的老朋友彼得·沃尔什。"

他们都微笑了。彼得·沃尔什！达洛维先生是真正的高兴，而惠特布雷德先生一心只想着他的鸡块，米莉·布拉什想。

彼得·沃尔什！布鲁顿夫人、休·惠特布雷德和理查德·达洛维三个人回忆起同一件事——彼得曾经怎样热恋，怎样被拒绝，怎样去了印度，怎样栽了跟头，搞得很糟；而理查德·达洛维倒还很喜欢这个亲爱的老家伙。米莉·布拉什看出来了。她从他的棕色眼睛里看出一种深度，看出他在犹豫，在思考，这引起了她的兴趣（达洛维先生总能引起她的兴趣），因为她想知道他对彼得·沃尔什是怎么想的。

他在想，彼得·沃尔什曾与克拉丽莎相恋过，自己午饭后要直接回去找克拉丽莎，他要用那么多话对她说他爱她。是的，他会这样说的。

米莉·布拉什大概几乎爱上过这些沉默的时刻;而达洛维先生总是那么可靠,还那么有绅士风度。米莉·布拉什现年四十岁了,因此只要布鲁顿夫人点点头或突然扭头,她就能心领神会,无论她如何沉湎于这些想法之中;她以冷静超脱的精神和未受腐蚀的心灵来沉思冥想,不会受生活的欺骗,因为生活没有给予她丝毫有价值的装饰物,没有鬈发,没有微笑,也没有好看的嘴唇、面颊和鼻子,什么都没有;只要布鲁顿夫人点点头,她就会吩咐帕金斯快点送咖啡来。

"是啊,彼得·沃尔什回来了。"布鲁顿夫人说。这使他们所有的人暗自庆幸。他遍体鳞伤,一事无成,又回到他们安全的海岸上。但是,他们想,很难给他帮忙,他的性格有某种缺点。休·惠特布雷德说当然可以向某某人提提他的名字。随后,他故作忧伤地皱起眉头,想着他将给政府各部门的负责人写的那些信,关于"我的老朋友彼得·沃尔什"云云。但是那起不了任何作用,不会有什么根本性的结果,因为他的性格。

"他跟一个女人闹了点儿麻烦。"布鲁顿夫人说。他们早已猜到**那**就是问题的症结所在。

"不过,"布鲁顿夫人说,她急于结束这个话题,"我们要听听彼得本人讲讲整个经过。"

(咖啡迟迟没有端上来。)

"他的地址呢?"休·惠特布雷德低声问道;于是一个微波立时出现在仆人服务的灰色浪潮之中,这浪潮日复一日地在布鲁顿夫人周围激荡,聚敛着,阻隔着,用一种能解除震惊和缓解干扰的薄膜包裹她,并将一张细网覆盖在这幢坐落在布鲁克街的房子四周;网上嵌着各种各样的东西,花白头发的帕金斯能立刻准确地把它们挑拣出来。帕金斯近三十年来一直跟随布鲁顿夫人,他现在写下那个地址,递给惠特布雷德先生;惠特布雷德掏出笔记本,抬抬眼眉,把它塞进那些最为重要的文件中去,并说要让伊夫琳请彼得吃午饭。

(他们要等惠特雷德先生收拾好了才送咖啡。)

休的动作很慢,布鲁顿夫人想。她注意到他发胖了。理查德总是保持着良好的身体状况。她逐渐不耐烦起来;她的全身心开始积极地、明确地、专横地排除所有这些不必要的琐事(彼得·沃尔什及其恋爱事件),以便突出她十分关注的话题;那话题不仅占据了她的注意力,还占据了能激发她的灵魂之火的那种特质,即她身上最本质的部分,没有这部分她就不是米莉森特·布鲁顿了。这个话题就是:让出身于有声望家庭的青年男女移居加拿大并为其提供良好发展前景的计划。她夸夸其谈起来。她大概已失去了均衡感。对别人来讲,"移民"并不是个显而易见的解决办法,并不是非常好的创意。对他们(休、理查德,甚至包括忠心耿耿的布拉什女士)来讲,"移民"绝非释放聚集已久的自我主义的好办法;这种自我主义在一个强健、勇武、营养好、出身高贵的女人胸中涌动,她有直接的冲动和直率的情感,但缺乏内省的能力(心宽而单纯——为什么不能每个人都心宽而单纯呢?她问),青春一旦逝去,她就必须把这种自我主义喷射到某个目标上去——也许是"移民",也许是"解放";但不管是什么,她的灵魂每天分泌出精华缠绕着这个目标,使它自然而然地变得五彩缤纷、光彩照人,一半似镜子,一半似宝石;它一会儿小心隐藏起来怕被人嘲笑,一会儿又骄傲地显示自己。总而言之,"移民"已在很大程度上变成了布鲁顿夫人的生命。

但是她必须写信。她常对布拉什女士说,给《泰晤士报》写一封信比组织一次南非远征（她在大战期间曾组织过）还要费力。经过一上午写了开头又撕掉重写的战斗，她常感到自己作为女人的无能，但在任何其他场合她都没有这种感觉，于是她会感激地想起休·惠特布雷德，他精通给《泰晤士报》写信的技巧，没有人能怀疑这一点。

休与她自己禀赋截然不同，他对语言掌握得如此熟练，他能按编辑们的喜好写文章，他有着不能简单称之为贪婪的激情。布鲁顿夫人通常不轻易对男人做出判断，因为她尊重一种神秘的共识：是男人，而不是女人，坚信宇宙的规律，知道怎样书写表达，理解别人说的话；因此如果理查德给她出主意，休给她代笔的话，她肯定能占几分理。所以她让休先吃蛋奶酥，还问候可怜的伊夫琳，等到他们两人都抽上了烟才说：

"米莉，把文件拿来好吗？"

布拉什女士出去又进来，把文件放在桌子上；休掏出自来水笔，他的银质自来水笔；他一面拧开笔帽一面说，这支笔已经为他服务了二十年。这笔依然完好，他曾拿去给制笔工匠们看过，他们说这支笔没有理由磨损；这话在某种程度上是称赞休的，也是称赞他的笔所表达过的那些意见（理查德·达洛维觉得如此）。这时休开始用心地在纸页边缘写着大写字母并在周围画上圆圈，于是他神奇地把布鲁顿夫人的繁乱思绪变成了意义，变成了语法；布鲁顿夫人在观察着这一巨大的变化时感到，这意义和语法是《泰晤士报》的编辑们必须尊重的。休的动作很慢。休很执拗。理查德说，人必须敢冒风险。休则建议作些小小的改动以尊重人们的情感；当理查德大笑时休尖刻地说"必须考虑"人们的情感，随后朗读道："所以，我们的意见是时机已经成熟……我们持续增长的人口中那些富余的青年人……我们感谢那些死者给了我们……"理查德认为这些都是废话蠢话,但也无伤大雅,这是肯定的;休继续按字母表的顺序起草着最崇高的意见,他掸掸西服背心上的雪茄烟灰,不时小结一下他们已取得的进展,最后朗读这封信的初稿,布鲁顿夫人敢肯定这是一篇杰作。她自己的意思听起来能那么好吗?

休不能保证报社编辑一定刊登这封信,但是他将在午餐会上见见某人。

由于这一成果,布鲁顿夫人(她难得干一件优雅得体的事)把休送的康乃馨都插在衣裙前胸,甩出双手叫他:"我的首相!"她简直不知道假如没有他们两人她该怎么办。他们站起身来。理查德·达洛维像往常一样慢慢走开,去欣赏那幅将军的画像,因为他有意利用点滴闲暇时间撰写布鲁顿夫人的家史。

米莉森特·布鲁顿为自己的家族感到无比自豪。但是他们能够等待,他们能够等待,她望着画像说;她的意思是她家族里的那些军人、行政官员、海军将官们都是付诸行动的人,他们已尽了自己的职责,而理查德首先要对国家尽责,但他的打算是令人鼓舞的,她说;所有的文件都在奥德米克斯顿为他准备好了,时机到来就可以使用,她指的是将来工党上台的时候。"唉,那些来自印度的消息!"她喊道。

后来,当他们站在门厅里从放在孔雀石桌上的盘子里取出黄手套的时候,休以完全不必要的礼节送给布拉什女士一张没人要的戏票或其他小礼物,而布拉什女士从内心深处讨厌这些,她的脸变成砖红色。理查德手里拿着帽子转向布鲁顿夫人说:

"今天晚上您会光临我家的晚会吧?"布鲁顿夫人一听这话立刻恢复了平日尊贵的神态,那神态曾被写信的事驱散得无影无踪。她可能去,也可能不去。克拉丽莎精力真充沛。晚会使布鲁顿夫人望而生畏。不过,她的年龄是越来越大了。她就是这样站在门口对他们说着心里话,仪容高贵,身板直挺;与此同时,她的中国种狗卧在她的身后,而布拉什女士则捧着文件消失在背景中。

布鲁顿夫人若有所思地、姿态优雅地走回楼上她的房间里,然后躺到长沙发上,一只胳膊伸展开去,她叹了口气,发出呼噜噜的声音,但她没有睡着,只是感觉又困又累,又困又累,犹如这六月天里阳光照耀下的一片苜蓿地,有许多蜜蜂穿梭其间,还有许多黄蝴蝶。她的思绪总会回到德文郡的田野里,她曾在那里骑着小马帕蒂,跟她的兄弟莫蒂默和汤姆一起,跃过一条条小溪。那里有很多狗,有很多老鼠;她父母坐在树荫下的草坪上,茶具都摆在外面,周围是花坛,种着大丽花,以及蜀葵、蒲苇草;他们这些小淘气总是想方设法捣乱! 他们穿过灌木丛偷跑回家,以免让人看见,由于恶作剧把全身弄得湿乎乎脏兮兮的。老保姆总是抱怨她弄脏了衣裙!

哎呀,她记起来了——今天是星期三,她是在布鲁克街。理查德·达洛维和休·惠特布雷德两位善良的好人已经在这炎热的白天沿着大街走远了,她仍躺在沙发上,街上的隆隆声传到她的耳边。她有权力,有地位,有收入。她曾生活在她那个时代的最前沿。她有过好朋友,认识那个时代最能干的男人们。低声细语的伦敦向着她滚滚而来,她靠在沙发背上,一只手握住一根想象中的权杖,犹如她的祖先有可能握过的那种,仿佛在举着权杖指挥几个军团挺进加拿大,尽管她又困又累;此时那两个好心人正穿越伦敦,穿越他们的领土,穿越像块小地毯的梅费尔区。

他们离她越来越远,靠一条细线与她相连(因为他们刚才曾与她共进午餐),他们穿过伦敦城时,这条线会逐渐拉长,越来越细;仿佛你的朋友们和你一起吃过午饭后就被一条细线拴到你的身上,这条线(当她在那里打盹的时候)随着报时的钟声和教堂仪式的钟声,变得朦胧起来,正如一线蛛丝被雨点溅湿后为其重量所坠而垂了下去。她就是这样睡着了。

就在米莉森特·布鲁顿躺在沙发上听凭这条细线拉断并打着鼾的时候,理查德·达洛维和休·惠特布雷德正在喷泉街的拐角处迟疑停步。街角上刮过来两股逆风。他们两人注视着一个商店的橱窗;他们既不想买东西又不想谈话,只想分手,他们之所以暂时停下脚步仅仅是因为街角上刮过两股逆风,因为身体里的潮汐出现了某种懈怠,那是由于上午和下午两股势力在旋涡中相会所致。某家报纸的广告牌贸然飞上天空,起初像只风筝,后来停顿片刻,猝然下飞,飘飘摇摇,像一块女人的面纱挂在空中。黄色的遮阳篷在抖动。上午的车流速度减慢了,不时有单人两轮马车漫不经心地沿着空了一半的街道嘎嘎驶过。理查德朦胧地想起,在诺福克郡,一股柔和的暖风把花瓣吹向花心,掀动了水面,吹皱了鲜花盛开的草原。打草的人在上午劳作之后已躺在灌木篱下准备休息,他们扒开绿色草叶构成的帘子,拨开一团团抖动的欧芹仰望天空,那蓝色的、不变的、灿烂的夏日天空。

理查德虽然意识到自己在看着一个詹姆斯一世时代的双柄银酒杯,也意识到休·惠特布雷德正在以鉴赏家的神态有些得意地观赏着一串西班牙项链(想问问价钱,也许伊夫琳会喜欢),但他还是感到木然,既不能思维也不能走动。生活竟然把这些陈年遗物又翻腾出来了;橱窗里充斥着五颜六色的人造宝石,而他竟站着往里面看,像个老年人,由于倦怠而一动不动,由于僵化而拘谨呆板。伊夫琳·惠特布雷德有可能想买这串西班牙项链,很有可能。他得打个哈欠。休走进这家商店。

"行,进去看看!"理查德说,也跟着进了商店。

老天爷知道他并不想跟休一起进去买项链。但是人体里有不同的潮汐。上午总是与下午汇合。犹如一叶扁舟漂浮在深深的洪水之中,布鲁顿夫人的曾祖父与他的回忆录以及他在北美洲的政治运动曾遭灭顶之灾,沉了下去。米莉森特·布鲁顿也如此。她沉了下去。理查德一点儿都不关心移民运动会有什么结果,不关心那封信,也不关心《泰晤士报》的编辑是否刊登那封信。那串项链在休的令人羡慕的手指间下垂伸展。让他把项链送给一个姑娘吧,如果他必须买珠宝的话——给任何一个姑娘,街上的任何一个姑娘。因为理查德强烈地意识到这种生活是毫无意义的——给伊夫琳买很多项链。假如他有个男孩的话,他就会对他说:工作,工作。但是他只有伊丽莎白,他钟爱他的伊丽莎白。

"我要见杜波奈先生。"休以他简慢的世俗的方式说。看来这位杜波奈先生有惠特布雷德夫人颈围的尺寸,或者,更奇怪的是,他了解她对西班牙首饰的看法以及她有多少这样的首饰(这些休都不记得)。所有这些在理查德·达洛维看来都非常奇怪。因为他从来没给克拉丽莎买过礼物,除了两三年前送过一个手镯以外,而这个礼物却没起作用。她从来不戴。一想起她从来不戴那个手镯,他就感到痛苦。像一根蛛丝在东摇西摆之后搭在一片树叶的尖端,理查德那从倦怠状态恢复过来的心,现在集中到他妻子克拉丽莎身上,彼得曾经那么热恋她;理查德突然幻想看见她就在午餐会上,看见自己和克拉丽莎,看见他们一起的生活;他把那盘旧首饰拉过来,先拿起这个胸针,又拿起那个戒指,"那个多少钱?"他问,但是又怀疑自己的鉴赏力。他真想打开客厅的门进去,手里举着一样东西,一件送给克拉丽莎的礼物。那么送什么好呢?可是休又往前走了。他有一种说不出的傲慢。是啊,在这个店里买过三十五年东西之后,他不能容忍一个不懂业务的小男孩敷衍他。因为杜波奈好像外出了,所以休要等杜波奈先生决意留在店里的时候再来买东西;听到这话那年轻人脸红了,并正经地鞠了一个躬。他的动作十分合乎礼仪规范。然而理查德绝不会说这样的话来保全自己的面子!他不明白这些人为什么竟能容忍那种可恶的怠慢态度。休正在变成一个不能容人的傻瓜。理查德·达洛维和他在一起不能超过一小时,否则就受不了。理查德挥着礼帽告了别,然后在喷泉街的转角处拐了弯,他急切地,是的,非常急切地想沿着那条连结他和克拉丽莎的蛛丝前进,他要直接回到她的身边,回到威斯敏斯特去。

但是他想在进屋时手里拿点东西。拿鲜花好吧?对了,鲜花,因为他不相信自己对金首饰的鉴赏力;多少鲜花都行,玫瑰也好,兰花也好,作为庆祝某件事,你可以随心所欲地设想;庆祝他对她的感情,那感情是在午餐会上谈起彼得·沃尔什的时候油然而生的。他和克拉丽莎从来没有谈过这种感情,多年来他们从未谈过;这是世界上最大的错误,他想,同时捧起刚买的红玫瑰和白玫瑰(裹在薄纸里的一大束花)。每当时机到来的时候,话却突然说不出口了,因为过分害羞而说不出口,他想,一面把刚找回来的六便士或两便士零钱放进口袋,然后紧紧地抱着那一大束花出发去威斯敏斯特,准备献上鲜花并直截了当地用许多话说:"我爱你。"(不管她会怎样理解他。)为什么不说呢?这确实是个奇迹;如果想想大战,想想千千万万可怜的年轻人,他们还有许多岁月没有度过便被铲到了一起,快要被人遗忘了,与此相比，他目前的情况是个奇迹。他在这里穿过伦敦，为了用那么多的话对克拉丽莎说他爱她。你从来没有说过这句话，他想，一是因为懒惰，二是因为羞怯。克拉丽莎——很难想起她；除非在某些突然的瞬间，例如在午餐会上，他很清晰地看见了她，看见了他们的全部生活。他在路口停了下来——他生性单纯，有高尚的道德，因为他曾徒步旅行过也射击过；他固执己见，坚忍不拔，一直在下议院里维护受压迫人民的利益，并按自己的本能办事；他一直保持着单纯，但又变得少言寡语，态度僵硬——他重复道：这是个奇迹；他娶了克拉丽莎，这是个奇迹；他的一生都是奇迹，他想，欲过马路又停下。但是当他看见几个五六岁的小孩自己穿过皮卡德利街时，热血确实沸腾起来。警察应该立刻让车辆停下来。他对伦敦的警察不抱幻想。实际上，他正在搜集他们渎职行为的证据；还有那些卖蔬菜水果的小贩，警察不允许他们把手推车停在街上；还有妓女们，上帝啊，过错不在她们，也不在年轻的男人们，而在我们讨厌的社会制度及其他方面；所有这些他都想到了，可以看出他在思考，他头发灰白，他顽强、整齐、干净，就在他穿过圣詹姆斯公园去告诉妻子他爱她的时候。

他进屋时将用很多的话去表达这个意思。因为从来不表达自己的感情是一千个遗憾，他穿过格林公园时想，同时高兴地观察着许多贫穷的游客全家人一起随便地坐卧在树阴下的情景；孩子们在向上踢腿，在吸吮乳汁；纸袋扔得到处都是，那些穿制服的胖胖的男人中的任何一个人本来是可以轻而易举地把它们收拾起来的（如果人们提出抗议的话）；因为他主张每个公园和每个广场在夏季时应对儿童开放（公园里的草时而闪亮时而幽暗，映照着威斯敏斯特的穷苦母亲们和满地爬的婴儿们，仿佛有一盏黄灯在他们下面移动）。但是他不知道能为女流浪者们做些什么，比如那个用胳膊肘撑地趴着的可怜的人（她似乎已扑到大地上，割断了一切联系，以便好奇地观察，大胆地推测，思考事物的原因；她粗鲁无礼，嘴唇张开，并且幽默）。理查德·达洛维捧着鲜花，像举着一件武器，他走近那个女人，全神贯注地从她身边经过；但仍有一刹那他们两人之间燃起火花——她见到他时笑了笑，他也和善地微笑并思考着有关女流浪者的问题；但这并不意味着他们会互相说话。可是他要告诉克拉丽莎他爱她，用很多很多的话。他过去曾嫉妒过彼得·沃尔什，嫉妒他和克拉丽莎。但是她常对他说她没有和彼得·沃尔什结婚是对的；这话显然是真心的，他了解克拉丽莎，她需要有人支持。并不是说她很懦弱，但她需要支持。

至于白金汉宫（像一个年老的歌剧女主角穿着一身白衣面对观众），你不能不允许它享有某种尊严，他想，你也不能蔑视它，因为它在千百万人的心目中毕竟是个象征（一小群人正在王宫门前等候国王坐车出来），尽管这很荒唐；一个小孩子用一盒积木搭的房子可能比它还好，他想，一面注视着维多女王纪念雕像（他还记得维多利亚女王戴着牛角边眼镜乘车驶过肯辛顿街），注视着雕像的白色基座，以及那衣裙飘拂的母亲形象；可是他喜欢接受霍萨的后代①的统治；他喜欢连续性，喜欢把过去的传统传下去的感觉。那是他曾生活过的伟大时代。的确，他的生活是个奇迹；他千万要清楚这一点；他正处于生命的最佳时期，正在走向去威斯敏斯特的路上，要回家去告诉克拉丽莎他爱

---

① 霍萨与其兄亨吉斯特曾率领朱特人侵入英国，建立了肯特王国。霍萨于公元455年阵亡。英国维多利亚女王的家族系肯特国王的后裔。

他。这就是幸福,他想。

这就是幸福,他说着,同时走进迪安斯亚德路。大本钟开始敲响了,先是前奏,旋律优美;然后报时,铿锵有力。午餐会总要浪费一整个下午,他想,这时他已离家门不远了。

大本钟的声音涌进克拉丽莎的客厅,她坐在写字台前,心烦意乱,忧虑,恼火。她确实没有邀请埃莉·亨德森参加晚会,但她是故意这样做的。现在马香太太在信中说,她已告诉埃莉·亨德森她会问克拉丽莎的——埃莉是多么想参加啊。

但是她为什么就应该邀请全伦敦城的无聊的女人都来参加她的晚会呢?马香太太为什么要多此一举呢?还有伊丽莎白整天跟多丽丝·基尔曼关在屋里。她简直想象不出比这更令人作呕的事了,在这个钟点和那样的女人一起祈祷。大本钟以它忧伤的声浪淹没了这个房间;声浪退去,然后又积聚力量涌了进来,这时她突然听见一种声音,分散了她的注意力,那是一种摸索抓门的声音。在这个钟点会是谁呢?三点钟,老天爷啊!已经三点钟啦!大钟以它那铺天盖地的直率与尊严敲了三响;她没有听见别的声音;可是门把手转动了,理查德进来了!多么令人吃惊啊!理查德进来了,双手前伸,举着鲜花,有一次她没能使他满足,那是在君士坦丁堡;而布鲁顿夫人(据说她的午餐会总是极富情趣)没有请她去出席。他举着鲜花——是玫瑰花,红玫瑰和白玫瑰。(但是他无法让自己说出爱她的话;无法用很多话表达自己的感情。)

这些花多么可爱呀,她说着接过了他手中的鲜花。她理解;他不说话她也能理解;他的克拉丽莎。她把鲜花放进壁炉架上的花瓶里。花儿看上去多可爱呀!她说。午餐会有意思吗?她问。布鲁顿夫人问起她了吗?彼得·沃尔什回来了。马香太太来了信。她必须请埃莉·亨德森吗？基尔曼那女人正在楼上。

"让我们坐下来待五分钟吧。"理查德说。

屋里显得空空荡荡。所有的椅子都靠墙放着。他们刚才在干什么呢？啊，那是为晚会做准备；没有，他没有忘记晚会。彼得·沃尔什回来了。啊，是啊，她刚接待了他。他正准备离婚；他爱上了印度那边的一个女人。他一点儿都没有变。她正在那里缝着裙子……

"想起了伯尔顿儿，"她说。

"休刚才也去吃午饭了。"理查德说。她也碰见了他！是啊，他变得叫人无法容忍。总是给伊夫琳买项链；比以前更胖了；一个叫人无法容忍的傻瓜。

"当时我突然想到，'我本来是有可能嫁给你的，'"她说，想着彼得戴着蝴蝶领结坐在那边的情景，他手里拿着折刀，一会儿打开，一会儿合上，"他就跟从前一样，你知道吗。"

他们在午餐会上也谈到了他，理查德说。（但是他却无法告诉她他爱她。他握着她的手。这就是幸福，他想。）他们刚才在替米莉森特·布鲁顿给《泰晤士报》写信。休只适合干这类事。

"我们亲爱的基尔曼女士呢？"他问。克拉丽莎认为那些玫瑰花非常可爱；起初是聚拢的，现在自动散开了。

"我们刚吃完午饭基尔曼就来了，"她说，"伊丽莎白脸红了。她们两人关在屋子里，我猜她们是在祈祷。"

上帝啊！他不喜欢这个；但是这种事你如果不计较也就过去了。

"她穿着防水布上衣，带着雨伞。"克拉丽莎说。

他还没说"我爱你"呢；但是他握着她的手，这就是幸福，这就是幸福，他想。

"可是我为什么就该请全伦敦的无聊女人都来参加晚会呢？"克拉丽莎说。如果马香太太举行晚会，她是不是**自己**决定邀请哪些客人呢？

"可怜的埃莉·亨德森。"理查德说——真是怪事，克拉丽莎竟会对她的这些晚会如此上心，他想。

但是理查德连一间屋子应该布置成什么样都不知道。然而——他打算说什么？

她若是为这些晚会过分操心的话，他以后就不让她举办晚会了。她是否希望她当初嫁给了彼得呢？但是他该走了。

他该走了，他站起来说。但他又停了一会儿，好像要说什么。她也在寻思他究竟要说什么？为什么？这里有玫瑰花。

"去委员会吗？"他开门时她问。

"亚美尼亚人的事。"他说；或许是"阿尔巴尼亚人"吧。

人都有一种尊严、一种独处的愿望，就是在夫妻之间也存在一道鸿沟；你必须尊重它，克拉丽莎想，眼看着他开了门；因为如果你放弃了它，或违背丈夫的意愿把它从他手里拿过来，那么你就失去了自己的独立和尊严——那毕竟是十分珍贵的东西啊。

他返回来了，抱着枕头和被子。

"午饭后你要彻底休息一小时。"他说。然后他走了。

多么像他平时的样子！他会不断地说"午饭后你要彻底休息一小时"，直到时间终止，因为有一位医生曾这样吩咐过。他平时对医生的话总是句句照办，这是他那可爱的、美好的单纯特质的一个组成部分，没有别人会单纯到如此程度；这种单纯使他去办实事，而她和彼得却为无谓的小事争吵。他已经走在去下议院的半路上了，去找他的亚美尼亚人，他的阿尔巴尼亚人，就在他把她安置在沙发上观看他送的玫瑰之后。人们会说："克拉丽莎·达洛维被惯坏了。"她关心她的玫瑰胜于关心那些亚美尼亚人。他们是暴行和非正义行为的受害者,受到驱逐,无法生活,惨遭残害,受冻挨饿(她曾听理查德说过不止一次)——不管他们,她对那些阿尔巴尼亚人没有感情,或许是亚美尼亚人吧?但是她爱她的玫瑰花(这难道不能帮助那些亚美尼亚人吗?)——玫瑰是她能忍心见到被剪下的唯一花卉。但是理查德已经到了下议院,正在他的委员会开会,在他解决了她所有的难题之后。可是不对;哎呀,事实并非如此。他并不明白她反对请埃莉·亨德森的理由。她当然会按他的意思邀请她的。既然他拿来了枕头,她就躺下吧……但是——但是——她为什么突然无缘无故地感觉非常烦恼呢?就像一个人不慎将一粒珍珠或宝石掉在草丛里,于是异常小心地分开长长的草叶,一会儿这边,一会儿那边,左找没有,右找没有,最后突然在草根周围看见了,她就是这样细细地审视着一件又一件事;不对,不是因为萨莉·西顿说理查德的脑子是二流的因此永远进不了内阁(她想起了这件事);跟伊丽莎白和多丽丝·基尔曼也没有关系;那些都是事实。也许是因为今天早些时候的一种感觉,某种不愉快的感觉;是彼得说的什么话,再加上她自己的抑郁感,在卧室里摘下帽子的时候;理查德的话又加深了这种感觉,可他说了什么呢?这里有他的玫瑰。是她的晚会!她想起来了!她的晚会!他们两人都很不公正地批评了她,很不公正地嘲笑了她,就因为她的那些晚会。就是这个原因!就是这个原因!

那么,她准备怎样为自己辩护呢?现在她知道了原因,她感到十分快乐。他们认为,或至少彼得认为,她喜欢引人注目,喜欢和名人在一起,喜欢大人物,一句话,她简直就是个势利小人。

唔,彼得可能这样想。理查德只是认为她很愚蠢,明知道激动对她的心脏不好,可还是喜欢激动的场面。太孩子气了,他想。他们两个人都错了。她所喜欢的不过是生活本身。

"那就是我举办晚会的原因。"她大声地对生活说。

由于此时她躺在沙发上,像隐居在修道院里,无须承担任何责任,她明显地感受到的"生活"这种东西变成了可触摸的具体的存在,伴随着从充满阳光的街上传来的笼罩一切的声音,伴随着一面低语一面把窗帘吹起来的热风。但是假如彼得对她说,"是啊,是啊,可是你的那些晚会——你的那些晚会究竟有什么意义呢?"她只能说(她不期望任何人明白):它们是一种奉献;这话听起来极其含混。可是彼得有什么资格总是假设生活会一帆风顺呢?——彼得怎么总是恋爱,总是跟不合适的女人恋爱呢?你的爱情到底是什么?她可能这样问他。她知道他会怎样回答:爱情是世界上最重要的东西,没有一个女人能理解它。好极了。可是又有哪一个男人能理解她的意思呢?关于生活的意义。她不能想象彼得或理查德会无缘无故地费事举办晚会。

但是往深处想,在她的心目中,在人们所说的这些话的下面(这些判断是多么肤浅,多么支离破碎啊!),她称之为生活的东西对她意味着什么呢?啊,很奇怪。某某人在南肯辛顿区;另一个人在贝斯沃特区;另一个人比如说在梅费尔区。她不断地感觉到他们的存在;她觉得那是多大的浪费啊,是多大的遗憾啊,她觉得若能把他们都聚集到一起该有多么好啊;所以她就这样做了。这是一种奉献;去联合,去创造;但这是对谁的奉献呢?

也许是为了奉献而奉献吧。不管怎么说,这是她的天赋。除此以外,她再没有丝毫有用的才能了;她不会思考,不会写作,甚至不会弹钢琴。她分不清亚美尼亚人和土耳其人;她喜欢成功;她憎恨困苦;她必须被人喜欢;她海阔天空地讲废话;时至今日问她赤道是什么,她都不知道。

然而,日子一天一天在流逝:星期三,星期四,星期五,星期六;她仍在早晨醒来,仰望天空,去公园散步,碰见休·惠特布雷德,然后彼得突然来了,然后是这些玫瑰花;这就足够了。在这之后,死亡是多么令人难以相信呀!——难以相信生命必须完结,难以相信全世界将没有一个人知道她曾多么热爱这一切,多么热爱这每分每秒……

门开了。伊丽莎白知道她母亲在休息。她轻轻地走进来。她静静地站着。是不是曾有蒙古人因翻了船而来到诺福克郡沿岸(正如希尔伯里太太所说),后来与达洛维家的女人通了婚,也许是在一百年前吧?因为达洛维家的人一般是黄头发蓝眼睛,而伊丽莎白则相反,她头发偏黑,白净的脸上有一双中国人的眼睛,带有东方人的神秘色彩;她温柔、沉静、体贴人。她小的时候很有幽默感,可是现在十七岁了,她为什么变得非常严肃,克拉丽莎一点儿都不明白;她像一棵包在光亮的绿叶之中的风信子,花苞刚刚露出一点儿颜色,像一棵未经阳光照射的风信子。

她一动不动地站着,看着她的母亲;但门是敞着的,克拉丽莎知道,基尔曼女士就在门外,基尔曼女士穿着防水布上衣,正在听她们说话。

是的,基尔曼女士确实站在半楼梯的驻脚台上,确实穿着防水布上衣;可是她有她的道理。首先,防水布便宜;其次,她已四十出头,她穿衣服毕竟不是为了讨人喜欢。再说她又很穷,穷得潦倒。否则,她不会给达洛维夫妇这样的人干活,不会给有钱人干活,这些人喜欢对人发善心。公正地讲,达洛维先生一直很友善。可是达洛维太太不同。她只是持恩赐态度。她来自所有阶级中最没出息的阶级——富人，而且缺乏文化修养。她家到处都是昂贵的东西：画像、地毯，还有成群的仆人。基尔曼认为她完全有权利接受达洛维一家对她所做的一切。

她曾受过骗。是的，这话并不夸张，因为一个姑娘肯定有权利得到某种幸福吧？可她从来没有幸福过，因为她长得那么笨拙而且又那么贫穷。后来，正当她有可能在多尔比女士的学校里得到发展机会的时候，大战爆发了；再说她又从来不会说谎。多尔比女士认为，基尔曼跟那些对德国人的看法与她相同的人在一起会更快活。她不得不离开学校。她家的祖先是德国人，这是事实；她的姓氏 Kilman（基尔曼）在十八世纪时拼写成 Kiehlman；但是她的哥哥还是被杀害了。他们开除了她，因为她不愿意假装承认德国人都是坏人——她有一些德国朋友，她一生中最幸福的时光是在德国度过的！然而她毕竟能阅读历史。她只好找到什么工作就干什么工作。达洛维先生在她为基督教的教友会工作时遇见了她。他让她教自己的女儿历史（他确实很慷慨）。她还在大学的补习部教一点儿课，等等。后来我们的上帝来到她心里（讲到此处她总要低下头去）。她在两年零三个月前就见到了上帝的灵光。现在她不嫉妒像克拉丽莎·达洛维这样的女人了，她可怜她们。

她从内心深处可怜她们，鄙视她们，此时她站在柔软的地毯上望着那古老的雕版画，上面是个抱着手笼的小女孩。在这一切豪华奢侈仍在不断继续的情况下，还有什么希望能让事态变得好些呢？她不应该躺在沙发上——"我的妈妈在休息。"伊丽莎白刚才说。——她应该在工厂，在工作台后面，达洛维太太以及所有那些贵妇人们！

由于痛苦和极度的愤怒,基尔曼女士在两年零三个月前走进一座教堂。她聆听爱德华·惠特克牧师布道,倾听男孩子们唱赞美诗,看见庄严的光华降临;不知是因为那音乐,还是因为那歌声和布道声(她本人在晚间独自一人时常拉小提琴解闷,可是那声音非常难听;她缺乏辨音能力),当她坐在那里时,在她胸中翻滚涌动的那些激愤难耐的情感逐渐平静下来;她号啕大哭,然后去肯辛顿街惠特克先生家拜访。他说,那是上帝的手。上帝已经给她指出了道路。所以现在每当那些激愤痛苦的情感,如这种对于达洛维太太的仇恨、这种对于世界的怨恨,在她心中翻滚时,她就想想上帝。她就想想惠特克先生。于是愤怒就被平静取代了。一种美妙的感觉充满她的血管,她的嘴唇张开了;她穿着防水布上衣站在驻脚台上,令人望而生畏,她以持续的、带有几分邪恶的平静注视着跟女儿一起走出来的达洛维太太。

伊丽莎白说她忘拿手套了。那是因为基尔曼女士和她的母亲宿怨很深。她看见她们在一起就受不了。她跑上楼去找手套。

但是基尔曼女士不恨达洛维太太了。基尔曼女士把醋栗绿色的大眼睛转向克拉丽莎,观察着她那粉红的小脸、柔弱的身体、精力充沛和打扮入时的样子,心里想:傻瓜!笨蛋!你这个既不懂悲伤又不懂快乐的人,你这个随随便便浪费自己生命的人!她心里油然生出一种征服的欲望,要战胜她,要撕破她的假面。如果她早能把她打倒在地,她早就安心了。但她想降服的,想置于自己统治之下的不是她的身体,而是她的灵魂及其假象。如果她能让她哭,让她破产,羞辱她,让她跪下喊:你是正确的,那该多好!可这是上帝的旨意,而不是基尔曼女士的意志。这应该是宗教的胜利。她就是这样瞪大眼睛怒目注视着。

克拉丽莎确实震惊了。这个女人是个基督教徒！这个女人抢走了她的女儿！她跟一些不可见的神灵有联系！她虽然笨拙、丑陋、平庸，既不和善又不优雅，但她却懂得生活的意义！

"你要带伊丽莎白去百货商店吗?"达洛维太太问。

基尔曼女士说是要去。她们两人站在那里。基尔曼女士并不打算表现得很随和。她一向自食其力。她对现代史的了解极其深刻。她确实从微薄的收入中拿出那么多钱去支持她所信仰的事业，而这个女人什么都不干，什么都不信仰，养育了女儿——啊，伊丽莎白来了，气喘吁吁的，这个美丽的姑娘。

那么说她们要去陆海军百货商店。真奇怪，就在基尔曼女士站在那里的时候(她确实站着，显示出远古战争中身披甲胄的史前怪物所特有的力量和无言的沉默)，心中的基尔曼的形象一秒钟一秒钟在消失，仇恨(是恨思想而不是恨人)崩溃了，她失去了恶意和巨大的身形，一秒钟一秒钟地变成了基尔曼女士本人，穿着防水布上衣;对于她本人，老天爷知道克拉丽莎本来是愿意帮助的。

克拉丽莎对着这个正在逐渐缩小的怪物大笑。她笑着说再见。

基尔曼女士和伊丽莎白一起下楼去了。

克拉丽莎突然冲动起来，感到一种强烈的痛苦，因为这个女人正在夺走她的女儿，于是她伏在楼梯栏杆上喊道:"别忘了晚会！别忘了我们今天的晚会！"

可是伊丽莎白已经开了前门;一辆小货车正驶过门口;她没有回答。

爱情和宗教！克拉丽莎想着走回客厅，全身感到轻微的刺痛。它们是多么可恶,多么可恶呀!由于基尔曼女士的身躯已不在她眼前,她心中的基尔曼的形象便制服了她。爱情和宗教是世界上最残酷的东西,她想,看见它们笨拙、激动、专横、虚伪、偷听、嫉妒、无限残酷、极不道德、随便地穿着防水布上衣、站在驻脚台上;爱情和宗教。她自己劝皈过任何人吗?她不是希望每个人都保持自己的个性吗?她从窗口望出去看见对过楼里的那位老妇人在上楼梯。她想上楼就让她上吧;让她停一下;然后,正如克拉丽莎经常见到的那样,让她去她的卧室,拉开窗帘,再消失在背景中。不知为什么,她总是敬仰那种景象——那个老妇人望着窗外,丝毫没有意识到别人在看她。那景象里有一种庄严肃穆的东西——可是爱情和宗教会不管不顾地毁掉它,毁掉灵魂的私密性。可恶的基尔曼会毁灭它。然而这却是一种使她想哭的景象。

爱情也有毁灭性。一切美好的东西,一切真实的东西都会消亡。不妨以彼得·沃尔什为例。这里有一个男人,有魅力,有才智,对什么事情都有自己的见解。如果你想了解蒲柏或艾迪生①,或者只是闲聊天,谈人们的长相啦,某些事物的意义啦,彼得比别人知道得都多。正是彼得曾经帮助过她;是彼得曾经借给她许多的书。可是看看他爱的那些女人吧——粗俗、委琐、平庸。想想恋爱中的彼得吧——他过了这么多年来看她,可谈的是什么呢?是他自己。可怕的激情!她想。使人堕落的激情!她想,同时想到基尔曼和她的伊丽莎白正在走向陆海军商店。

大本钟敲响了半点钟。

看着那个老妇人(她们已是那么多年的邻居了)离开窗口

---

① 艾迪生(1672—1719),英国散文家、诗人、剧作家和政治家。

是多么不寻常啊,多么新奇,是啊,多么动人,仿佛她与那钟声,与那细线有着千丝万缕的联系。尽管钟身宏大,可与她有联系。那手指下垂,下垂,最后落入平凡的事物中间,使这一瞬间变得庄严肃穆。克拉丽莎想象,那钟声迫使老妇人挪动,迫使她行走——但是走向哪儿呢?当她转过身去并消失之时,克拉丽莎仍用目光尽量跟踪着她,仍能看见她的白帽子在卧室的后边移动。她仍在房间的另一头踱来踱去。克拉丽莎想,为什么还要信条、祈祷词和防水布衣服呢?既然那就是奇迹,那就是奥秘;她指的是那老妇人,她仍能看见她从五屉柜走向梳妆台。她仍能看见她。基尔曼会说她已解开了这个至高无上的奥秘,或者彼得会说他已解开了,但克拉丽莎相信他们两人一点儿都不知道怎样解开它;其实那奥秘很简单,不过是:这边是一间屋子;那边是一间屋子。宗教解开它了吗?爱情解开它了吗?

爱情——但是这里的另一个时钟,那个总比大本钟晚两分报时的时钟,用衣服下摆兜着零七八碎的东西蹒跚走来,然后把它们全都倒在地上;仿佛大本钟因为有国王陛下制定法律而运转完全正常,是那么庄严,那么公正,但她却还得记住各种零星小事——马香太太、埃莉·亨德森、盛冰块的玻璃杯——各类零星小事跟随着那庄严的一响竞相蹦跳着涌了进来,那一响钟声就像一道金色平铺在海面上。马香太太、埃莉·亨德森、盛冰块的玻璃杯。她现在必须立即打电话。

那个报时晚的时钟唠唠叨叨烦躁不安地跟在大本钟后面响着,用衣服兜着各种零星杂物。袭来的马车、野蛮的小货车、无数急忙前行的鲁莽的男人和爱炫耀的女人、办公楼和医院的圆顶和尖顶等不断冲撞着衣兜里的零星杂物,把它们打得粉碎,它们的最后的遗物犹如无力的浪花拍打在基尔曼女士身上,而那时她刚好在街上静静地停了一会儿,喃喃自语地说:"这是肉体的问题。"

正是这肉体她必须加以控制。克拉丽莎·达洛维侮辱了她。对此她早有思想准备。但是她还没有赢得胜利;她还没有控制住自己的肉体。克拉丽莎曾嘲笑她丑陋、笨拙,曾重新引起她的肉体的欲望,因为她站在克拉丽莎身旁时总是很在乎自己的长相。她也不能像她那样讲话。但是为什么要像她呢?为什么?她从心底里看不起达洛维太太。她不严肃,也不和善。她的生活好似虚荣和欺骗的交织物。然而,多丽丝·基尔曼曾失去过自制。事实上,当克拉丽莎·达洛维嘲笑她的时候,她差一点儿掉下眼泪。"这是肉体的问题。这是肉体的问题。"她沿维多利亚街走去时喃喃地说(她习惯于说出声来),竭力压制这种激烈痛苦的情感。她向上帝祈祷。她对自己的丑陋无可奈何;她买不起漂亮的衣裳。克拉丽莎·达洛维嘲笑过她——可是她在到达邮筒之前要把心思集中到别的事情上。无论如何她现在有了伊丽莎白。但到达邮筒之前,她要想些别的事,她要想想俄罗斯。

她说,如果能住在乡下,正如惠特克先生劝告的那样,在那里与自己对这个世界的强烈怨恨进行斗争该有多么好;这个世界鄙视她,讥讽她,抛弃了她,首先给了她这种耻辱——把这个人们目不忍睹的可憎的身体强加于她。无论她怎样梳理头发,她的前额总像个鸡蛋,光秃秃的,白白的。无论什么样的衣服都不适合她穿。她买哪件都一样。对于一个女人来说,那当然意味着从来不与异性约会。她与任何人竞争都不会得第一。近来她有时觉得,似乎除了伊丽莎白之外吃饭就是她全部的生活目标,她的舒适的生活条件、她的正餐、她的午茶、她夜里用的暖水袋。但是一个人必须斗争,必须征服,必须信仰上帝。惠特克先生曾说她来到世界上是为了某个目的。可是谁都不了解这种痛苦!他指着圣像十字架说:上帝了解。可是她为什么就得受苦,而别的女人,例如克拉丽莎·达洛维,就能逃脱呢?知识来自苦难,惠特克先生说。

她已走过了那个邮筒,伊丽莎白也已转身进了陆海军百货商店内棕色凉爽的烟草部,这都发生在她仍念叨着惠特克先生关于知识来自苦难的话以及她关于肉体的思考的时候。"肉体。"她喃喃地说。

她想去哪个柜台?伊丽莎白打断了她。

"衬裙部。"她突兀地说,大踏步直奔电梯走去。

她们来到楼上。伊丽莎白领着她往这儿往那儿,在她心不在焉的情况下领着她走,仿佛她是个大孩子,是一艘笨重的战舰。这些是衬裙,棕色的、典雅的、条纹的、轻浮的、结实的、薄透的;她心不在焉地很傲慢地挑选着,女售货员心想她一定是疯了。

在她们包装衬裙时,伊丽莎白不明白基尔曼女士到底在想什么。她们得吃茶点了,基尔曼女士说,她此时如梦初醒,打起了精神。她们去吃茶点。

伊丽莎白心想基尔曼女士真饿了吗?她吃东西的姿态就是这样,使劲地吃,然后盯着邻桌盘子里的甜蛋糕,看了又看;后来一个妇人和一个孩子坐下了,那孩子拿起蛋糕时,基尔曼女士会在意吗?是的,她确实在意。她原想要那块蛋糕的——那块粉红色蛋糕。吃东西的乐趣大概是她仅存的一点儿纯粹的乐趣,然而就连这点乐趣她都很难得到!

她曾对伊丽莎白说过,人们在过得好的时候都有所储备,以便日后使用,而她则像个没有车胎的车轮(她喜欢使用这种比喻),一个小石头子就能使它颠簸震颤——她常这样说,她课后没有马上走,就站在壁炉旁,拿着一提袋书,就是她所谓的"书包",在星期二上午,下课以后。她也谈到了世界大战。毕竟有人认为英国人绝非一贯正确。有许多的书。有许多的会议。有许多其他的观点。伊丽莎白愿意跟她一起去听某某(一个仪表堂堂的老人)讲话吗?然后基尔曼女士带她去肯辛顿的一个教堂,和一位牧师一起吃茶点。她曾借给她很多书看。法律、医学、政治,所有的职业都对你们这一代妇女敞开了大门,基尔曼女士说。可是就她自己来说,她的事业完全被毁掉了,这是她的过错吗?天啊,不是,伊丽莎白说。

她母亲会进来告诉她从伯尔顿送来一大篮子东西,并问:基尔曼女士想要鲜花吗?虽然她对基尔曼女士总是非常非常和善,可是基尔曼女士却把那成把的鲜花捏得粉碎,也不与她寒暄;所有基尔曼女士感兴趣的事她母亲都厌烦,她们两人在一起总是别别扭扭的;基尔曼女士秉性傲慢,相貌平庸,但聪明得惊人。伊丽莎白过去从来没有想到过穷人。她家要什么有什么——她母亲每天在床上吃早餐,由露西给送上楼;她喜欢老妇人,因为她们都是公爵夫人,是某个勋爵的后裔。但基尔曼女士说(在某个星期二上午下课之后),"我祖父过去在肯辛顿有一个油画颜料商店。"基尔曼女士和她所认识的人都不一样,她让你感到自己是那么渺小。

基尔曼又喝了一杯茶。伊丽莎白笔直地坐着,举止像东方人,带有不可思议的神秘色彩;不要,她什么也不要了。她在找她的手套——那副白手套。它们在桌子底下。啊,但是她不能走!基尔曼女士不能让她走!这个年轻人,是那么漂亮;这个姑娘,她真心喜欢她!她的一只大手在桌子上一张一合。

可是伊丽莎白不知怎的似乎觉得有点儿乏味。她真的想走。

但是基尔曼女士说:"我还没喝完呢。"

当然,伊丽莎白会等她的。但是屋里实在闷得慌。

"你今晚去参加晚会吗?"基尔曼女士问。伊丽莎白说她想去;她母亲希望她去。她不应该让晚会耗费她的精力,基尔曼女士说,手里捏着一块手指形巧克力小酥饼剩余的两英寸饼根。

她不大喜欢聚会,伊丽莎白说。基尔曼女士张开嘴,微微向前探探下巴,把那点剩余的巧克力酥饼吞了下去,然后擦了擦手指头,把杯子里的茶晃了晃。

她觉得她快要粉身碎骨了。太痛苦了。如果她能抓住她,如果她能紧紧抱住她,如果她能绝对地、永远地拥有她,然后再死,那该多好;那是她最大的愿望。但是坐在这里,想不出什么好说的,眼看着伊丽莎白转而反对自己,就连她都讨厌自己了——这太过分了,她受不了。她那粗壮的手指握在一起。

"我从来不参加晚会,"基尔曼女士说,目的只是不让伊丽莎白走,"人们从来不邀请我参加晚会。"——说这话的时候她知道这种自负正是使她失败的原因;惠特克先生曾警告过她;但是她无法控制自己。她遭了那么多的罪。"他们为什么要请我呢?"她说,"我长相一般,我又不快乐。"她知道这是傻话。然而是所有那些过路的行人——那些拿着大包小包的瞧不起她的人们——使她不得不这样说。不过,她毕竟是多丽丝·基尔曼。她有学位证书。她是在这个世界上已经有所作为的女人。她那丰富的近代史知识非常令人敬佩。

"我并不可怜自己,"她说,"我可怜"——她想说"你的母亲",但是不行,她不能说,不能对伊丽莎白说这话。"我可怜别人胜过可怜自己。"

伊丽莎白·达洛维静静地坐着,像一头不会说话的牲口,不知为什么被带到大门口,站在那里急切地要冲出去。基尔曼女士还打算接着说下去吗?

"别把我给忘了。"多丽丝·基尔曼说;她的声音在颤抖。那头不会说话的牲口,惊恐万状地跑向田野尽头。

那只大手张开又合上。

伊丽莎白转过头去。女侍者过来了。伊丽莎白说,她得到收银台去付账,于是走开了,基尔曼女士觉得她这一走似乎把自己的内脏给拉了出来,她在穿过房间的时候把它们拉得很长,最后她转过身来,然后很有礼貌地点了点头就离开了。

她走了。基尔曼女士坐在摆满巧克力酥饼的大理石桌子旁,忍受着痛苦的撞击,一下,两下,三下。她走了。达洛维太太胜利了。伊丽莎白走了。美人走了;青春走了。

她就这样坐了一会儿。她站起身来,在小桌子中间笨拙地走着,身体轻微地左右摇摆,有个人拿着她买的衬裙追了过来;她迷了路,走进一堆准备发往印度的衣箱中间,后来又走进产妇用品和婴儿床单中间;她摇摇摆摆地走过世界各国生产的商品,有易腐烂的,有能永久保存的,火腿、药品、鲜花、文具,散发着各种不同的气味,一会儿是香味,一会儿是酸味。她从一面大镜子里看见自己歪戴着帽子摇晃走路的形象,脸色通红,从头到脚都映在镜子里;她终于走出商店来到大街上。

威斯敏斯特天主教堂的钟楼耸立在她面前,那是上帝的住所。在这繁忙的车流之中,竟有上帝的住所。她拿着包裹顽强地走向另一个庇护所,即威斯敏斯特教堂,进去后她用双手在脸上搭起凉棚,挨着那些像她一样不得不进来寻求庇护的人们坐下;那些形形色色的朝圣者们现在已失去了社会地位的差别,几乎分不清是男是女,因为他们用双手在脸上搭起了凉棚;可是他们一旦把手放下,立即就成了虔诚的英国中产阶级的男士女士,他们中有些人很想参观那些蜡像。

但基尔曼女士的手还搭在脸上。一会儿人们离她而去;一会儿又有人来与她做伴。新的朝圣者从街上进来取代了那些闲逛者;当人们向四周凝望并拖着脚步走过无名武士墓时,她仍然用手指挡住双眼,努力在这双重的黑暗中(因为教堂里只有虚幻的灵光)寻求那超越虚荣、欲望和商品的理想,消除自身的恨与爱。她的手不由自主地抽动着。她似乎在挣扎。然而,对别人来说上帝是能够接近的,而且通向他的道路是平坦的。曾在财政部工作现已退休的弗莱彻先生、著名的王室法律顾问的遗孀戈勒姆太太都轻而易举地接近了上帝,他们祈祷过后便靠在椅背上欣赏音乐(管风琴高奏出甜美的乐曲);他们看见坐在同一排边上的基尔曼女士在祷告呀祷告,他们因为自己仍徘徊在阴间的门口,所以很同情她,认为她也是经常出没于同一地域的灵魂,是个用非物质材料剪裁而成的灵魂,不是个女人,而是个灵魂。

但是弗莱彻先生得走了。他不得不从她身边经过,由于自己衣着整洁、容光焕发,他不禁感到有些沮丧,因为这个可怜的女人衣冠不整,披头散发,包裹就放在地上。她没有立即给他让路。但当他站在那里环顾四周,凝视着那白色的大理石、灰色的玻璃窗和那多年积聚起来的宝贵文物的时候(要知道他为这教堂格外感到自豪),他看到她坐在那里不时地挪动膝盖(她接近上帝的道路是如此坎坷——她的世俗欲望是如此顽强），她那粗大健壮的身材和内在的力量给他留下深刻的印象，正如她曾给达洛维太太（她那天下午无法使自己忘掉她）、爱德华·惠特克牧师和伊丽莎白也留下深刻的印象一样。

伊丽莎白在维多利亚街等候公共汽车。来到户外多么好啊。她想也许不必现在就回家。来到露天地里多么好啊。因此她要乘公共汽车。就在她穿着剪裁得体的衣服站在那里的时候，那一套正在开始……人们开始把她比做白杨树，比做黎明，比做风信子花，比做幼鹿，比做流水，比做庭院里的百合花；这使她的生活成了她的负担，因为她是那么喜欢待在乡下，不受干扰，想干什么就干什么，可他们总是把她比做百合花，她不得不去参加各种聚会；比起她和父亲及小狗在乡下的宁静生活，伦敦又是那样沉闷乏味。

公共汽车一辆辆飞快驶来，停下，又开走——色彩异常鲜艳的车队，闪耀着红色和黄色的光泽。可是她应该上哪一辆呢？上哪一辆都无所谓。当然啦，她是不会往车上挤的。她趋向于被动。虽然她所需要的是表情，但她的眼睛很好看，是中国式的东方人眼睛，而且，正如她母亲所说，她有那么健美的双肩，而且身板挺得那么直，看上去总是那么有魅力；近来，特别是在晚上，当她有兴致的时候（因为她似乎从来没有激动过），她看上去几乎是美丽的，非常庄重，非常安详。她可能在想些什么呢？每一个男人都爱上了她，而她确实感到非常厌烦。因为那一套正在开始。她母亲看得出来——那些赞美之词开始了。她对这类事没有太大的兴趣，例如她不讲究穿着，这虽然有时使克拉丽莎担忧，但这种担忧也许就跟担忧那些小狗和荷兰猪都要患瘟病没有什么两样，而且还使她具有魅力。还有她和基尔曼女士的奇怪的友谊。是啊,这证明她还是有感情的,克拉丽莎在凌晨三点因睡不着觉而读马博特男爵的书时这样想。

突然间,伊丽莎白向前迈步,很利索地登上了公共汽车,赶在所有人的前面。她在上层找了个座位坐下。那鲁莽的家伙——那海盗船——启动前行,不停地跳跃;她不得不拉住扶手以保持平衡,因为它是一只海盗船,鲁莽、肆无忌惮,毫不留情地逼近,冒着危险躲闪,无礼地抓起一个乘客,或根本不理会一个乘客,高傲得像鳗鱼一样在空隙中挤来挤去,然后鼓起所有的风帆目空一切地沿白厅街冲去。伊丽莎白这会儿是否想到可怜的基尔曼女士了呢(基尔曼女士毫无嫉妒之心地爱着她,把她看做旷野里的小鹿,林间空地上空的月亮)?她很高兴今天这样自由自在。清新的空气是那么宜人。刚才在陆海军商店里闷得难受。现在就像骑着马沿白厅街跑去。这个穿着小鹿皮色外套的美丽身躯随着汽车的每一下颠簸自然地晃动,好似骑手,好似船头上的木雕破浪女神,因为微风稍稍吹乱了她的头发;热气使她的面颊变得苍白,好似涂了白漆的木头的颜色;她那双美丽的眼睛因为没有别人的眼睛可对视而凝望着前方,茫然而明亮,具有雕像特有的那种凝神注视和令人难以置信的天真。

基尔曼女士总是谈论自己所受的痛苦,这使她如此难以相处。那么她说得对吗?如果说参加委员会的工作,每天牺牲几个小时(她很少在伦敦见到他)就算帮助穷人的话,她的父亲就是这样做的,天知道——那是不是基尔曼女士所说的"当基督徒"的意义;但是那很难说。啊,她还想再走远一点儿。去河滨街站要加一便士吗?那给你一便士。她要去河滨街。

她喜欢生病的人。各种专业性的职业都对你们这一代妇女开放了,基尔曼女士说。所以她有可能成为医生。她有可能成为农场主。动物常常生病。她有可能拥有一千英亩土地，手下有很多人。她将到他们住的小房子里去看他们。这里是萨默塞特宫。她有可能成为非常好的农场主——说来奇怪，这个想法虽然跟基尔曼女士的话有点儿关系，但几乎完全得益于萨默塞特大厦。它看上去是那么辉煌，那么庄严，那座灰色的宫殿。她喜欢人们工作时的感觉，她喜欢那些教堂，像各种形状的灰色纸片，抵挡着河滨街上的车流。这里和威斯敏斯特不一样，她想，一面在法院街下了车。这条街是那么严肃，那么繁忙。一句话，她想从事专业性的工作。她会成为医生，成为农场主，如果她认为必要的话，有可能进议会，她产生这些想法都是因为来到了河滨街。

那些人四处奔走，忙于各种活动，他们的手在垒着一块块石头，心里想的不是无谓的闲谈（把女人比做白杨——这当然激动人心，但非常愚蠢），而永远是轮船、商务、法律、行政管理；这里的一切是那么庄严（她在圣殿里）①，那么欢快（有泰晤士河），那么虔诚（有圣殿教堂），使她下定决心要当农场主或医生，不管母亲会怎么说。可是当然啦，她很懒惰。

这事最好对谁也别提。它似乎很愚蠢。这种情况有时的确会发生，在你一个人的时候——那些没有建筑师署名的大楼，那些从城里回来的人群，比肯辛顿区的单个牧师更有力量，比基尔曼女士借给她的任何一本书更有力量，能激发躺在流沙般的心底里沉睡的笨拙而羞怯的东西，能破开表层，犹如一个小孩突然伸直胳膊；正是那种东西，也许是一声叹息、双臂的伸出、一种冲

---

① 圣殿系伦敦"金融城"内的一组古建筑，伦敦的四大律师学院就坐落在那里。

动、一种启示,产生出永恒的效果,然后又回落到流沙般的心底里。她必须回家。她必须换装参加晚宴,可是现在几点啦?——哪里有钟表?

她望着舰队街。她朝着圣保罗大教堂走了一小段路,她感到羞怯,像一个人在夜间手持蜡烛踮起脚尖深入探索一幢陌生的房子,心情非常紧张,害怕房东会突然推开卧室的门问她是干什么的;她也不敢贸然走进古怪的小巷和诱人的小街,如同一个人在一所陌生的房子里不敢贸然开启屋门,那可能是卧室门、客厅门,也可能直通食物储藏室。因为达洛维家没有一个人每天都来河滨街;她是个开拓者、流浪者,敢于冒险,易于轻信别人。

她母亲觉得,她在很多方面极不成熟,仍像个孩子,离不开玩具娃娃,喜欢穿旧拖鞋,是个十足的婴儿;这倒很有魅力。可是当然啦,达洛维家族一向有为公众服务的传统。这个家族的女成员中,出过很多女修道院院长、学院院长、女校的校长、高级官员等——她们当中没有一个人非常聪明,但都很有魅力。她朝着圣保罗大教堂的方向又走了一小段路。她喜欢这喧哗声里传出的善意、姐妹之情、母爱之情和兄弟之情。她觉得这声音似乎很不错。嘈杂的声响非常之大;突然间,在喧哗声中又传来小号的高声齐鸣,急促刺耳(是失业者们);那是军乐,仿佛人们在齐步前进;然而假如他们濒临死亡——假如某个女人刚刚咽了气,刚刚完成了那一极其尊严的举动,而守护着她的人,不管是谁,只要打开那个房间的窗户俯视舰队街,那喧嚣声、那军乐声就会洋洋得意地向着他扑面而来,既表示安慰,又表示冷漠。

那声响并无意识。它并不表示对一个人的运气或命运的认可;正因为如此,就是对于那些想从死者脸上寻觅最后一丝意识而又感到茫然的人们,它仍然带来了慰藉。

人们的健忘可能有伤害作用,人们的忘恩负义可能有腐蚀作用,但是这年复一年无休止涌进来的声音会把任何东西都带走的,无论是这个誓言、这辆小货车、这条生命,还是这个游行队伍,会把它们统统包裹起来带走,犹如在冰川的汹涌水流中冰块裹挟着一块白骨、一个蓝色花瓣、几棵橡树顺流滚滚而下。

但是现在的时间比她想的要晚。她母亲不喜欢她这样独自在外面闲逛。她转身沿河滨街向回走。

一阵风(尽管天很热,风还是不小)将一块薄薄的黑纱吹盖到太阳上,吹临河滨街上空。因为虽然那些云彩像白色的山峦,使人想象能用斧头砍下坚硬的碎片,而且两边有辽阔的金色山坡,是天堂乐园的草坪,酷似因众神集会议事而聚集到一起的居所群落,但是云彩之间仍然存在着一种永不停息的运动。仿佛为了完成某个既定的计划,一会儿一个云峰变小了,一会儿一整块静止的金字塔大小的云彩原封不动地移到中天,或庄重地带队来到新的停泊地,这时各种征兆相互转换了。虽然那些云彩似乎空前一致地坚守岗位,一动不动,但是那雪白的或金光闪烁的表层则比什么都显得清新、自由、灵敏;有可能立刻变化、移动,并使那庄严的居所群落解体;尽管那些云彩庄重地固守岗位,尽管它们积聚得坚实无缝,但仍给大地一会儿带来光明,一会儿带来黑暗。

伊丽莎白·达洛维平静地、利索地登上了开往威斯敏斯特的公共汽车。

那光和影忽而把墙壁变成灰色,忽而把香蕉变成鲜黄色,忽而把河滨街变成灰色,忽而又把公共汽车变成鲜黄色;现在那光和影似乎来来去去,在招手示意,这是塞普蒂莫斯·沃伦·史密斯的感觉,他正躺在客厅里的沙发上,观察着那似水的金光在壁纸上不断地闪亮而后暗淡,犹如停留在玫瑰花丛中的某个生灵那样敏感得惊人。在室外,树木拖着无数的叶子通过空间的深处,像拖着许多张网;房间里可以听到水声,透过波浪传来阵阵鸟儿的歌声。每一种力量都将自己的宝藏倾倒在他的头上,他的一只手放在沙发背上,酷似他在海里游泳时见到自己的手的样子,漂浮在波浪之上,与此同时他听见遥远的岸上有几只狗在叫,叫声越来越远。无须再怕,身体里的心儿在说;无需再怕。

他并不害怕。每一个瞬间,"大自然"都用某种带有笑意的征兆,如那个在墙上旋转的金色光点来暗示——注意,注意,注意——她表达自己旨意的决心,通过挥动她的羽毛,摇动她的长发,向两边舞动她的披风,很美妙,总是很美妙,并站得很近,用拱起的双手低声说出莎士比亚的诗句,表达她的意思。

利西娅坐在桌旁一面折着手中的帽子一面观察着他,看见他在微笑。这么说,他很快活。但是她看见他微笑就受不了。这不是正常的夫妻关系;为人夫者不应该是那副怪样子,他总是惊跳起来,哈哈大笑,或一连几小时坐着沉默不语,或拽住她让她代笔写东西。这桌子的抽屉里装满了那些作品,关于战争,关于莎士比亚,关于许多伟大的发现,以及如何没有死亡。最近他常无缘无故地突然激动起来(霍姆斯医生和威廉·布拉德肖爵士都说激动对他来讲是最糟糕的事),而且挥着两手大喊他明白了真理!他什么都明白!他说,那个男人,他那已阵亡的朋友埃文斯来了。埃文斯就在屏风后面唱歌。她记录下他的原话。有些东西写得很美,其他的不过是一派胡言。他总是半截停下,改变思路,想加上点什么,听见了新的信息,举起一只手倾听。可是她什么都听不见。

有一次他们发现打扫客厅的年轻女仆在读这些作品,发出阵阵笑声。这是个可怕的遗憾。因为那使塞普蒂莫斯大声慨叹人类的残酷——他们无情地相互攻击。他说,他们把战败者彻底毁灭。"霍姆斯在向我进攻。"他常说,他还时常编造有关霍姆斯的故事:霍姆斯喝麦片粥,霍姆斯读莎士比亚——逗得自己哈哈大笑或使自己勃然大怒,因为在他看来霍姆斯似乎代表着一种可怕的东西。他把霍姆斯叫做"人性"。此外还有许多幻象。他常说他溺水了,躺在悬崖上,鸥群在上方尖叫。他时常从沙发边上往下看,是在看海。有时他听见了音乐声。实际上只不过是转筒风琴声或街上某个男人的喊声。可是他总说:"多美啊!"然后眼泪就顺着面颊流了下来;这在她看来是最最可怕的事,看着一个像塞普蒂莫斯这样参过战、表现勇敢的男人痛哭流涕。他常躺着倾听,然后会突然惊叫说他在跌落,跌进火焰里去!她真的会环顾四周寻找火焰,因为他说得那么煞有介事。可是什么都找不到。屋子里只有他们两人。她会告诉他那是个梦,终于使他安静下来,但有时她自己也被吓坏了。她缝着帽子,叹了口气。

她的叹气声轻柔而愉悦,好似晚间外面树林里的风。她一会儿放下剪刀,一会儿转身从桌上拿起什么。就在她坐着缝纫之时,随着轻微的移动、轻微的窸窣声、轻微的拍打声,桌子上就出现了做出的东西。他透过眼睫毛可以看见她那模糊的轮廓,那娇小黝黑的身体、她的脸和手,还可以看见她在桌旁转身的动作,那是她在拿起一轴线或是在寻找丝绸(她总是丢三落四的)。她在为菲尔默太太已出嫁的女儿做一顶帽子,那女儿的名字是——他已经忘记了。

"菲尔默太太那结了婚的女儿叫什么名字?"他问道。

"叫彼得斯太太。"利西娅说。她恐怕帽子做得太小了,她举着帽子说。彼得斯太太个子高大,但她不喜欢她。只是因为菲尔默太太一直对他们那么好——"今天早上她给了我很多葡萄。"她说——所以利西娅才想做点儿什么来表示他们的感激之情。前天晚上她走进屋来发现彼得斯太太(她以为他们出去了)在使用留声机。

"是真的吗?"他问。她在用留声机? 是啊,她当时曾告诉过他;她曾发现彼得斯太太在用留声机。

他开始小心翼翼地睁开眼睛,想看看那里是否真有一台留声机。但是真实的东西——真实的东西让人过分激动。他必须十分小心。他不想发疯。他先看看架子底层的时装图样,然后逐渐地把目光移到带有绿色喇叭的留声机上。没有什么能比这再真切的了。于是他鼓起勇气看看餐具橱,看看那碟香蕉,看看维多利亚女王及其丈夫的雕版像,就在壁炉架上,和那瓶玫瑰在一起。这些东西都没动。它们都是静止的;它们都是真实的。

"她是个爱用恶语伤人的女人。"利西娅说。

"彼得斯先生干什么工作?"塞普蒂莫斯问。

"唔。"利西娅说,她在努力回忆。她记得菲尔默太太说过他为某个公司外出办事。"目前他在霍尔市。"她说。

"目前!"她说这个词时带有意大利口音。那是她亲口说的。他用手遮住眼睛,这样每次只能看见她脸上的一部分,先是下巴,再是鼻子,然后是前额,以防她的脸万一长得畸形或有可怕的疤痕。可是没有,她就在那里,十分自然,缝着帽子,像别的女人一样噘着嘴唇,一副缝纫的姿态,表情忧伤。可是她的脸上并没有什么可怕的东西,他一次又一次看她的脸和手并肯定地对自己说,因为她在大白天坐着缝纫的时候能有什么让人害怕或讨厌的呢? 彼得斯太太爱恶语伤人。彼得斯先生在霍尔市。

那自己为什么要生气,为什么要预言呢? 为什么要逃跑,受苦,又被世人遗弃呢? 为什么让云彩吓得浑身发抖并哭泣呢? 在利西娅坐着往衣裙前襟插大头针的时候,在彼得斯先生在霍尔的时候,自己为什么要追求真理并传达信息呢? 奇迹、痛苦、孤独感都掉进了大海,掉呀、掉呀,掉进了火焰里,一切都被烧毁了,因为当他看着利西娅修整那顶给彼得斯太太做的草帽时感觉像一块点缀着花朵的床罩。

"这帽子给彼得斯太太戴太小了。"塞普蒂莫斯说。

多少日子以来他这是第一次像往常那样说话! 确实太小——小得可笑,她说。可那是彼得斯太太自己定的尺寸。

他从她手中拿过帽子。他说这帽子只能给转筒风琴演奏者的小猴子戴。

这让她多么高兴啊! 已经有好几个星期了,他们没有这样一起放声大笑过,没有像结了婚的人那样私下开玩笑。她是说,如果菲尔默太太这时走进来,或彼得斯太太或别的什么人这时走进来,她们不会明白她和塞普蒂莫斯在笑什么。

"看呀。"她说,把一朵玫瑰花插在帽子的一边。她从来没有这么幸福过! 一生当中从来没有过!

可是那样更可笑,塞普蒂莫斯说。现在那可怜的女人会像展览会上的一头猪。(还从来没有一个人像塞普蒂莫斯这样逗她发笑。)

她的针线盒里都有什么呢? 她有许多丝带和珠子、流苏和假花。她把这些东西一股脑儿地倒在桌子上。他开始把颜色不协调的装饰物放在一起——要知道他虽然手笨,连包裹都包不上,但他有很好的眼光,而且常常看得很准,当然有时也荒谬,但有时确实看得非常准。

"她将会有一顶漂亮的帽子!"他低声说,拿起这个,又拿起那个,利西娅跪在他的身边,从他肩上望过去。现在完成了——就是说设计完成了;她必须缝到一起。但是她必须非常非常小心,他说,要保持他原来设计的样子。

她就按他的要求缝了起来。他想,她缝帽子的时候,有一种像水壶在炉架上发出的声音;像冒泡声,像低语声,她又小又尖的手指头很有劲,总是忙着捏呀捅呀,她的针不停地闪闪发光。尽管阳光忽隐忽现,照在流苏上,照在壁纸上,但是他愿意等待,他想,一面伸出双脚,看着沙发另一头自己脚上的带环纹的短袜;他愿意等待,在这个温暖的地方,在这个静止的气潭中;晚上你有时会在树林边缘遇到这种现象,因为地面的突降或树木的分布格局(人必须首先讲究科学,要讲科学)使暖气滞留不散,而且空气像鸟的翅膀扑面而来。

"做好了,"利西娅说,一面用手指尖挑着彼得斯太太的帽子不停地旋转,"暂时就这样吧。过一会儿……"她的话淙淙流淌,滴滴答答,像一个开着的水龙头,心满意足地淌着水。

太好了。他还从来没有做过使他感到那么自豪的事。彼得斯太太的帽子是那么真实,那么实在。

"看看这帽子吧。"他说。

是啊,看见那帽子她总会感到高兴的。他又恢复了先前的样子,他刚才笑了。他们刚才一直单独在一起。她会永远喜欢这顶帽子。

他让她试试帽子。

"我一定显得很怪!"她喊道,同时跑到镜子前面,先看看这边,再看看那边。然后她很快地把帽子摘下来,因为有人敲门。会是威廉·布拉德肖爵士吗?难道他已经派人来了吗?

不是他！是那个小女孩，来送晚报。

他们生活中一向发生的事，即每天晚上都发生的事，又发生了。那个小女孩站在门口，吸着大拇指；利西娅跪下来，哄着她，亲着她；利西娅从桌子的抽屉里拿出一包糖果。因为一向都是这样的。先做一件事，再做另一件。她就是这样一步一步地构筑生活，先做一件事，再做另一件。她和小女孩在屋子里转着圈跑，又蹦又跳。他拿过报纸。他读道：萨里队大败。热浪滚滚来。利西娅重复着：萨里队大败。热浪滚滚来。她把这话编进游戏里，跟菲尔默太太的外孙女一起玩，两个人边说边笑。他很累了。他很快活。他要睡觉了。他闭上眼睛。于是他立刻什么都看不见了，游戏的声音越来越轻，越来越怪，好似人们的喊叫声，他们在寻找什么但没有找到，越走越远，越走越远。他们把他给丢了！

他惊恐地跳了起来。他看见什么了？看见了餐具橱上的那盘香蕉。屋里没有别人（利西娅送小女孩到她妈妈那里去了；已到睡觉时间）。就是如此：永远孤独。这就是他悲惨的命运，他在米兰走进那间屋子看见她们把硬麻布剪裁成各种形状时，他的命运就注定是永远孤独。

他独自一人，身边是餐具橱和香蕉。他独自一人，祖露在这荒凉的高地上，全身挺直——但不是在小山顶上，也不是在峭壁上，而是在菲尔默太太的客厅里的沙发上。那些幻象、那些面孔、那些死者的声音都到哪里去了呢？他的面前有一扇屏风，上面画着黑色的香蒲和蓝色的燕子。在他看见过高山的地方，在他看见过面孔的地方，在他看见过美景的地方，现在只有一扇屏风。

"埃文斯！"他喊道。没有回答。一只老鼠刚吱吱叫过，或许是一扇窗帘沙沙响过。那些都是死者的声音。那屏风、那煤箱、那餐具橱是给他留下来的。那就让他面对屏风、煤箱、餐具橱吧……但是利西娅跑进屋来，口中念念有词。

来了一封信。大家的计划都得变。菲尔默太太竟然不能去布赖顿市了。来不及通知威廉斯太太了，利西娅确实认为这事非常非常使人恼火；突然间她看见了那顶帽子，她想……也许……她……可以做一点……她那心满意足的动听的声音逐渐消逝了。

"哎呀，见鬼!"她喊（她说粗话是他们两人之间的一种玩笑）；缝衣针断了。帽子、孩子、布赖顿、缝衣针。她一步一步地构筑生活；先做一件事，再做另一件，她缝着帽子，一步一步地构筑生活。

她想让他评论她挪动了玫瑰花的位置以后帽子是不是更漂亮了，她在沙发边上坐下。

他们现在十分幸福，她突然放下手中的帽子说。因为现在她能对他无话不谈了。她想什么就能说什么。这大概是那天晚上在小饭店里她对他的第一个感觉，当他和他的英国朋友进来的时候。他走进来，表情羞涩，向四处张望，挂帽子的时候帽子还掉了。这事她还记得。她知道他是英国人，尽管不是她姐姐爱慕的那种身材高大的英国人，要知道他总是很瘦；但是他的肤色漂亮清润，他的大鼻子、他那双明亮的眼睛，还有他那微微驼背的坐态使她联想起年轻的鹰（她常对他说起此事），就在她见到他的头一个晚上，当时他们在玩多米诺骨牌，他走了进来——使她想起年轻的鹰；但是他和她在一起的时候总是非常温柔。她从来没见过他胡闹或酩酊大醉，只见过他有时因那场可怕的战争而感到痛苦，但即便如此，在她进来时，他总会把那一切抛开。她对他无话不谈:世界上的一切事情、她工作中的一切小问题以及她突然想起要说的一切,她都要告诉他,而他立刻就能理解。连她自己的家人也做不到这一点。由于他比她年长而且是那么聪明——他是多么认真啊,想让她读莎士比亚的著作,可她连英文的儿童故事还读不懂呢!——由于他是那么见多识广,他能帮助她。当然她也能帮助他。

可是现在这顶帽子。还有(天色已晚)那个威廉·布拉德肖爵士。

她把双手放在头上,等着他说是否喜欢这顶帽子;就在她坐着等待并向下看的时候,他能感触到她的思绪,像小鸟似的从一根树枝落到另一根树枝,总是飞落得十分准确;他能跟踪她的思绪,当她坐在那里很自然地做出一种无拘无束、漫不经心的姿态时;而且只要他一说话,她就立刻报以微笑,犹如一只小鸟飞落下来,用所有的爪子牢牢地抓住树枝。

可是他想起来了。布拉德肖曾说:"我们生病的时候,我们最喜爱的人就不适合照顾我们了。"布拉德肖说,他必须教他如何休息。布拉德肖说,他们夫妻必须分开。

"必须","必须",为什么"必须"呢?布拉德肖有什么权利管他?"布拉德肖有什么权利对我说'必须'?"他诘问道。

"那是因为你说过要自杀。"利西娅说。(老天发慈悲,她现在对塞普蒂莫斯什么都能讲了。)

这么说他已经在他们的控制之下了!霍姆斯和布拉德肖在向他进攻!那头野兽把血红的鼻孔伸进每一个秘密的地方!它竟说"必须"!咦,他的文件到哪儿去了?他写的那些东西呢?

她取来了他的文件,他写的东西、她替他写的东西。她把它们一股脑儿地倒在沙发上。他们两人一起察看这些东西。图表、图案,一些小个子男人和女人挥动着棍棒当武器,背上还长着翅膀——是翅膀吧?绕着一先令硬币和六便士硬币画出来的许多圆圈——是太阳和星星;犬牙交错的悬崖,活像刀叉,有登山队员用绳子系在一起向上攀登;一片片的海,有许多小脸在笑,可能是从海浪里冒出来的,那是世界地图。他喊:把它们烧掉!现在看看他写的作品吧:死者如何在石楠花丛后面唱歌,时间赞歌,与莎士比亚的谈话;还有埃文斯,埃文斯,埃文斯——他从死者那里捎来的信息:不要砍树,要告诉首相。博爱:世界之意义。他喊:把它们烧掉!

可是利西娅用手按住了它们。有的写得很美,她想。她要用一块绸子把它们捆上(因为她没有信封)。

即便他们把他带走,她也会跟着去的。他们不能违背他们两人的意愿把他们分开,她说。

她把那些文件叠好并沿边理齐,然后,连看也不看一眼就捆上了;她就坐在他的身边,挨得很近,他想,似乎她全身上下花瓣绽开。她是一棵开花的树;从她的树枝中间露出一张立法者的脸,她已经到了一个庇护所,在那里她谁都不用怕了,不怕霍姆斯,不怕布拉德肖;这是一个奇迹,一个胜利,是最后的也是最伟大的胜利。他看见她跟跟跄跄地登上那可怕的楼梯,背负着霍姆斯和布拉德肖;那两个男人的体重从来不少于十一斯通零六磅,他们把他们的妻子送上法庭,他们每年赚一万英镑却侈谈均衡,他们虽然做出不同的判决(因为霍姆斯一个说法,布拉德肖又一个说法),但他们都是法官,他们把幻象与餐具柜混为一谈,而且什么都不明白,却在统治人迫害人。她战胜了他们。

"好了!"她说。文件捆好了。谁也别想把它们拿走。她要收藏起来。

还有,她说,什么都不能把他们两人分开。她在他身边坐下,叫他鹰或乌鸦;由于那种鸟极具恶意又大肆毁坏庄稼,跟他倒是颇为相像。谁都不能把他们分开,她说。

　　然后她站起来要到卧室去收拾东西,但是听见楼下有说话声,于是想到霍姆斯医生大概来了,她跑下去想阻止他上楼。

　　塞普蒂莫斯能听见她在楼梯上跟霍姆斯说话。

　　"我亲爱的夫人,我是作为朋友来的。"霍姆斯说。

　　"不行。我不允许你见我的丈夫。"她说。

　　他能看见她,像只小母鸡,张着翅膀挡着他的路。可是霍姆斯非要上楼。

　　"我亲爱的夫人,请允许我⋯⋯"霍姆斯说着把她推到一边(霍姆斯是个身体强健的人)。

　　霍姆斯正在上楼。霍姆斯会突然打开房门。霍姆斯会说:"你害怕得要命,是不是?"霍姆斯会抓住他的。可是不行,不要霍姆斯,不要布拉德肖。他摇摇晃晃地站起身来,实际上是单腿轮换着往前跳,他考虑用菲尔默太太那把干净漂亮的切面包的刀子,刀把上刻着"面包"字样。唉,谁也不应该玷污它。用煤气点火?可是现在太晚了。霍姆斯正在走来。他本来是可以用剃须刀的,但利西娅把它们都收拾起来了,她总是干这类事情。只剩下了窗户,那布鲁姆斯伯里区公寓的大窗户;只有打开窗户纵身一跳,那是件令人生厌、使人忧愁又颇有通俗喜剧意味的事。他们却认为是悲剧,但他和利西娅不这样看(因为她同意他的意见)。霍姆斯和布拉德肖喜欢这种事(他坐到了窗台上)。但是他要等到最后一分钟。他不想死。生活是美好的。阳光是火热的。只有人类吗?对面楼里有一位老先生正在下楼,停住脚看了他一眼。霍姆斯已经来到门口。"给你吧!"他喊,然后猛地纵身一跳,落在菲尔默太太院落的围栏上。

"胆小鬼!"霍姆斯医生喊道,猛然推开房门。利西娅跑到窗前,她看见了,她明白了。霍姆斯医生和菲尔默太太撞了个满怀。菲尔默太太拉下围裙,让利西娅蒙上眼睛待在卧室里。楼梯上有很多人跑上跑下。霍姆斯医生进来了——脸像纸一样苍白,全身颤抖,手里拿着一个玻璃杯。她必须勇敢,必须喝点什么,他说(喝什么?喝点甜的东西),要知道她丈夫伤势很重,惨不忍睹,恢复不了知觉,不能让她看,尽可能不让她掺和,不过她得接受询问,可怜的少妇。谁想到会出这种事呢?一时的冲动,谁也不能责怪(他对菲尔默太太说)。他这死鬼为什么要跳下去呢,霍姆斯医生想不通。

她喝下那甜甜的东西时,感觉似乎在打开长长的落地窗,迈进一个花园。可这是什么地方呢?时钟正在敲响,一下、两下、三下;和那些砰砰的重击声和低低的耳语声相比,这声音是多么敏感,就像塞普蒂莫斯本人。她正在入睡。但是钟声继续响着,四下、五下、六下;菲尔默太太挥动着围裙的情景(他们不会把尸体抬到这里来吧,对吗?)好像是那花园的一个景致,或者是一面国旗。她在威尼斯市住在姨妈家时就曾见过一面国旗在桅杆上缓缓飘荡。人们就是以这种方式向在战斗中牺牲的人表示敬意,而塞普蒂莫斯是经历过大战的。她的回忆多数是幸福的。

她戴上帽子,在玉米地里奔跑——可能是在什么地方呢?——直跑上一个小山岗,离海不远,因为那里有轮船、海鸥、蝴蝶;他们坐在一个悬崖上。在伦敦也是如此,他们坐在那里,处于半梦幻状态,许多声音从卧室门口传到她的耳边:落雨声、耳语声、干玉米秆晃动的沙沙声,她还似乎听见大海爱抚地把他们卷进拱形浪花里,还对被冲上海岸的她低声耳语,她觉得自己被撒落在各处,犹如抛洒在某座坟墓上的花朵。

"他死了。"她说,一面向看护她的那位可怜的老妇人微笑,老妇人那双诚实的浅蓝色的眼睛一直盯着房门。"他们不会把他抬到这儿来吧,对吗?"可是菲尔默太太对此不以为然。嗨,不会的,不会的!他们正在把他抬走。难道不应该告诉她吗?结发夫妻本应该在一起的,菲尔默太太想。可是他们必须执行医嘱。

"让她睡吧。"霍姆斯医生摸着她的脉搏说。她看见他那宽大身体的轮廓在窗前显得黝黑。这么说那就是霍姆斯医生。

人类文明的一个胜利,彼得·沃尔什想。这是人类文明的一个胜利,当一辆救护车的铃声轻飘尖利地响起时他这样想。那辆救护车快捷地、利索地向着医院疾驰而去,它刚刚本着人道主义精神迅速救上某个可怜鬼,某个或是被击伤头部,或是被疾病摧垮,或是一两分钟前在一个这样的路口被撞倒的人,这种事有可能发生在自己身上。这就是文明。由于他刚从东方回来,因此对伦敦的办事效率、组织工作和公共服务精神印象极深。每一辆二轮马车或四轮马车都自动地驶到路边让那辆救护车通过。他们对救护车和里面的伤病员表现出的尊重也许有些病态,或者不如说是令人伤感——忙碌的男人们正在匆匆赶路回家,然而当救护车开过时他们立即想起某人的妻子,或许会很容易地假定车里装的就是自己,躺在担架上,身边有医生和护士……唉,可是你一开始想象医生和死尸,思想就变得病态、感伤了;从那视觉印象中得到的一丝快感,也就是一种情欲,警告他不要继续想那种事了——它会毁灭艺术,毁灭友谊的。的确如此。然而,彼得·沃尔什想,(此时那辆救护车在街角处拐了弯,但是它不断响着铃穿过了托特纳姆科特街之后,它那轻飘尖利的铃声仍在下一条街或更远的地方回响),然而那是孤独的好处;你在独处时可以随心所欲。如果没有人看见,你可以哭泣。这种易受外界事物影响的气质,一直是他失败的原因,特别是在久居印度的英国人的社群里;他不会在适当的时候哭,也不会在适当的时候笑。他站在邮筒旁边,心想:我心里有一种东西,现在就能溶解在泪水里。为什么呢?只有老天知道。也许是因为某种美,也许是因为这一整天的压力(这一天以拜访克拉丽莎开始,又热又紧张,已使他精疲力竭),还因为各种印象一个接一个滴答、滴答地流入那心灵的地下室,它们在那里常驻,深邃,幽暗,永远不会为人知晓。生活的隐秘性是完整不可侵犯的,在一定程度上由于那个原因,他已经发现生活像一个陌生的花园,曲折迂回,令人惊讶,的确如此;它确实使你激动得透不过气来,这些瞬间;他在不列颠博物馆对面的邮筒旁就经历了这样的瞬间,在这一瞬间里所有的事物都汇集到一起,这辆救护车,还有生与死。他仿佛被涌上心头的感情吸到一个很高的屋顶,而他身上的其他一切则像布满贝壳的沙滩,暴露无遗。这种易受外界事物影响的气质,一直是使他在久居印度的英国人的社群里失败的原因。

有一次,克拉丽莎跟他一起乘公共汽车去一个地方,坐在上层;克拉丽莎至少是在表面上那么易于激动,一会儿绝望,一会儿又兴高采烈,那时候她常激动得全身发抖,是个很不错的伴侣;她会从汽车上层往外看,观察沿途的奇怪小景、名称和行人,要知道他俩过去经常漫游伦敦并从卡里多尼亚商场带回整袋整袋的宝物——那时候克拉丽莎有一个理论——他们有成堆的理论,总是有很多的理论,像今天的年轻人这样。那是为了解释他们的不满足感;他们不了解别人,也不被别人了解。因为他们怎么可能相互了解呢? 你们每天见面;然后过上半年或几年才能再见面。这不能令人满意,他们都有同感,对别人了解得太少了。但是坐在车上沿着沙夫特斯伯里街驶去的时候,她说她觉得自己无处不在;不是"在这里、在这里、在这里",她用手敲着座椅的靠背说,而是在所有的地方。汽车经过沙夫特斯伯里街的一路上她都在挥手。她就是这一切。所以要想了解她或是任何人,你必须找出那些成就了这个人的人,甚至成就了这个人的地方。她与那些她从未交谈过的人,街上的某个女人、柜台后的某个男人,有很多奇怪的相通之处——甚至与树木、谷仓也有相通之处。她因而得出一个超验的理论;由于她惧怕死亡,这个理论使她相信,或者说她自己相信(尽管她有怀疑心理):我们的外表,即显露在外的部分,与我们广为存在的部分,即不可见的部分相比,是那么稍纵即逝,因此那不可见的部分在我们死后可能依然存在,它会以某种方式附着在这个人或那个人身上,甚至出没于某些地方。也许——也许是吧。

回顾长达近三十年之久的友谊,她的理论竟然产生了如此的效果。虽然他们之间实际的会面是短暂的、断断续续的,甚至是痛苦的,那是由于他经常外出,还由于某些干扰(例如今天上午正当他要和克拉丽莎深谈的时候,伊丽莎白进来了,像个长腿小马驹,漂亮而寡言),但是这些次会面对他一生的影响则是不可估量的。这其中颇有神秘色彩。你得到了一颗尖利的、尖锐的、令人难受的谷粒——那实际的会面,它经常是极其痛苦的,然而在没有机会见面的时候,在一些最想象不到的地方,它会长出花苞,盛开怒放,散出幽香,让你抚摸,让你品尝,让你环顾自己,让你完整地感觉它并理解它,在它被遗失多年之后。她就曾这样回到他的心间,在轮船上,在喜马拉雅山间,由于受到某些最奇怪的东西的暗示(萨莉·西顿,那个慷慨热情的傻姑娘,就是因为看见蓝绣球花而想起**他**的)。克拉丽莎比他认识的任何别的人对他影响都大。她总是不等他想便这样来到他的面前,很冷静,非常有教养,持批判态度;或者是妩媚,浪漫,使人想起田野或英国人的收成。他看见她多半是在乡下,而不是在伦敦。是伯尔顿的一幕幕往事……

他来到了下榻的旅馆。他穿过前厅,厅里放着一大堆发红的椅子和沙发,还有看上去已经枯萎的针叶植物。他从钩子上取下钥匙。年轻的小姐递给他几封信。他上了楼——他看见她多半是在伯尔顿,在暮夏时节,他常在那里住上一个星期,甚至两个星期,那时人们通常是这样的。先是看见她站在一座小山顶上,用手按着头发,斗篷被风吹起,指着下面对他们大喊——她看见了塞万河。或者她在树林里,用水壶烧水——她的手指头很不听使唤;袅袅轻烟在行着屈膝礼,直扑到他们脸上;她那粉红色的小脸从烟雾中显露出来;他们向一座木屋里的老妇人讨水,老妇人走到门口目送他们离去。他们总是步行,其他的人则坐汽车。她坐汽车坐腻了,她讨厌所有的动物,除了那只狗以外。他们沿着大路步行旅游过许多英里。她常停下来凭借指南针辨别方向,引导着他穿过乡野往回走;整个过程中他们都在争论,讨论诗歌,讨论人,讨论政治(她那时是个激进派);他们沿途什么都顾不上看,除非她停下来,因看到一种景象或一棵树木而大叫起来,并让他也一起看;然后又继续往前走,穿过收割后留有残株的麦田,她走在前面,手里拿着给她的姑妈摘的一朵花,尽管她很娇小,但从来不厌倦走路;黄昏时分来到伯尔顿她就倒下了。饭后,老布赖特科普夫打开钢琴唱歌,嗓子很糟糕,而他们半躺在安乐椅上,尽量想法子不笑,但总是控制不住,终于笑出声来,大笑——无缘无故地大笑。他们以为布赖特科普夫看不见。然后到了早上她就在房前跳来跳去,活像一只鹡鸰……

啊,是她来的信!这蓝色的信封;那是她的字体。他得读这封信。这又是一次往常那种相会,注定是痛苦的!读她的信要费点儿力气。"她见到他是多么高兴啊。她必须把这告诉他。"仅此而已。

然而这使他沮丧。这使他恼火。她还不如没写这封信。在他思绪万千之时,这封信的到来就像有人用胳膊肘捅了他的肋骨一样。她为什么不能让他安静一会儿呢?她毕竟已经嫁给了达洛维,而且这么多年来一起生活得很幸福。

这种旅馆绝不是给人以安慰的地方。远远不是。很多人都曾把帽子挂在那些帽钩上。甚至连苍蝇也曾在别人的鼻子上停留过,如果你想到这点的话。至于那令他震惊的清洁,与其说是清洁,不如说是空荡、刻板;只能如此。一个无聊的女总管每日黎明时分到各处检查,这里闻闻,那里看看,吩咐那些清教徒式的年轻女仆刷刷洗洗,好像下一个来客是一大块肉,需要盛在十分清洁的大托盘里端上来似的。要睡觉,有一张床;要坐下,有一把安乐椅;刷牙刮脸,有一个牙缸,一面镜子。书籍、信件和睡衣狼藉散落在冷漠的马鬃床上,像是粗鲁无礼的人干的事,与整洁的环境极不协调。是克拉丽莎的信使他看到了这一切。"见到你太高兴了。她必须这样说!"他叠起那张信纸;把它推到一边;他无论如何绝不再读了。

为了在六点钟以前把这封信送来,她一定在他刚离开时就坐下来写信,然后贴上邮票,派人把信投出去。正如人们所说,这是她的做派。他的来访使她沮丧。她有很多感触：她在吻他的手时曾一度感到后悔，甚至嫉妒他，或许记起了（因为他从她的表情看出来了）他曾说过的什么话——也许是如果她嫁给他的话，他们会怎样去改变世界；另一方面，正是这一点，正是中年人的年纪，正是平庸，当时迫使她以不可战胜的活力把那一切置之度外，因为她身上有一根生命之线，给了她坚忍、忍耐和克服一切障碍的力量，使她战胜困难取得胜利；这么强的生命力他还从未见别人有过。是啊，但是他一离开房间她就会做出反应。她会为他感到特别遗憾；她会想她究竟能做些什么来使他快乐（这正是他一向缺乏的）。他能想象她泪流满面地走向写字台，奋笔疾书那一行字，就是后来映入他眼帘的那行字⋯⋯"见到你太高兴了！"她说的是真心话。

彼得·沃尔什已解开皮靴的带子。

可是如果他们当初结了婚的话，也不可能过得好。他的另一桩恋事毕竟来得更自然些。

这很奇怪，又很真实；许多人都有同感。彼得·沃尔什表现得很体面，平日的工作完成得很好，因此受人喜欢，但是有人认为他有点儿古怪，爱摆架子——特别是在他的头发已经灰白的时候，**他**竟然显得心满意足，一派心有余力的样子，这太奇怪了。正是这一点使得他对女人有吸引力，她们感觉他并非只有男子汉气概，她们正是喜欢这一点。在他身上或在他的内心深处有一种不寻常的东西。也许是因为他是个书呆子——他每次来看你都要拿起桌上的书（他现在正在看书，皮靴带子拖在地上）；或者因为他是个绅士，他的绅士风度表现在磕烟斗灰的姿态，当然也表现在对待女人的彬彬有礼。因为某个什么都不懂得年轻姑娘竟能如此轻易地摆弄他，实在非常迷人又很可笑。但是这姑娘是在冒险。也就是说,虽然他总是很随和,而且因为他性格开朗、教养良好,确实让人喜欢接近,但那是有一定限度的。她说了个什么事——不行,不行;他已把那事儿看透了。他不能容忍那个——不能,不能。然后他能因一个笑话跟别的男人一起捧腹大笑,笑得前仰后合。在印度他是最好的烹调鉴赏家。他是个男人,但不是那种你不得不尊敬的男人——谢天谢地;例如,他不像西蒙斯上校,一点儿都不像,黛西这样认为,尽管她已有了两个小孩,她还总是拿他们两人作比较。

他脱下靴子。他把所有衣袋掏空。和折刀一起掏出来的是一张黛西在阳台上的照片;黛西全身穿着白衣,膝头有一只猎狐短毛犬;她非常迷人,肤色黝黑;这是他所见过的她的照片中最好的一张。要知道照片里她的样子是那么自然,比克拉丽莎要自然得多。没有大惊小怪。没有焦虑烦恼。不拘泥小节,也不烦躁不安。一切顺顺当当。阳台上的那个肤色黝黑令人爱慕的漂亮姑娘感叹地说(他能听见她的声音):当然啦,她当然愿意把一切都给他!她喊道(她没有谨慎的意识):他要什么就给他什么!她叫喊着,跑上去迎接他,不管有谁在看着他们。她只有二十四岁。她还有两个孩子。哎呀呀!

唉,说真的,他在这个年龄上已经把自己弄得一团糟了。夜里醒来时这个想法很强烈地困扰着他。假设他们真的结了婚呢?对他来说固然非常好,可是对她呢?伯吉斯太太是个好人而且不是个话匣子,他曾对她坦言过自己的心事;伯吉斯太太认为他这次离开印度回英国,说是去见律师,倒可以让黛西重新考虑这件事,想一想与他结婚意味着什么。这是她的处境问题,伯吉斯太太说,涉及社会障碍,还有放弃她的孩子。说不定哪一天她就会成为曾结过婚的寡妇,在郊区流浪,满身泥水,或者更有可能胡作非为(你知道吗,她说,这样的女人会变成什么样子,浓妆艳抹的)。但彼得·沃尔什对所有这些话付之一笑。他还没想过死呢。不管怎么说,她必须自己做出决定,自己做出判断,他想,一面穿着短裤在屋子里踱来踱去,并抚平他的礼服衬衫,因为他可能去参加克拉丽莎的晚会,也可能去一个音乐厅,或者待在屋里阅读一本很吸引人的书,那是他过去在牛津大学认识的一个熟人写的。如果他真的退了休,他想干的事就是写书。他会去牛津大学,到伯德利图书馆里东查西找。那个肤色黝黑、招人喜爱的漂亮姑娘跑到台地尽头都无济于事,她招手也没有用,她叫喊着说她一点儿都不在乎别人怎么说还是没有用。他——她日思夜想的男人,那完美的绅士,那迷人的、高贵的人(他的年龄在她看来无所谓)就在这里,在布鲁姆斯伯里区的一所旅馆的房间里踱步,刮脸,洗漱,当他拿起香水喷雾罐、放下剃须刀的时候,继续在伯德利图书馆神游,查找资料,并弄清楚他感兴趣的一两件事的真相。他会跟他可能遇到的任何人聊天,因此越来越忽略开午饭的准确钟点,会错过约会的时间;当黛西像往常那样要求他吻她,要求和他亲热的时候,他没能表现得像她所期望的那样好(尽管他真正忠诚于她)——简单一句话,正如伯吉斯太太所言,黛西忘掉他也许会更快活,或者只记得他在一九二二年八月时的样子,像一个人影于黄昏时分站在十字路口,当她坐的双轮小马车飞速离去时,他变得越来越远,而她尽管两臂前伸,却牢牢地坐在有挡板的后座上;当她看见那人影越变越小以致消失时,她还在喊,她愿意做世界上的任何事,任何事,任何事,任何事⋯⋯

　　他从来都不知道人们是怎么想的。他越来越难以集中精力。他还是变得专心起来,只忙于思考自己的事;一会儿抑郁,

160

一会儿高兴;他依赖于女人,心不在焉,情绪时好时坏,越来越不能理解(他一面刮脸一面想)克拉丽莎为什么不能痛痛快快地给他们找个住处并对黛西表示友好,把她介绍给大家。然后他就能——就能干什么呢? 就能像鹰一样出没,盘旋(实际上此刻他正在清理各种钥匙和文件),猛扑,品尝,独来独往,一句话,自己想干什么就干什么;然而毋庸置疑,他比任何人都更依赖别人(他扣上西服背心的扣子);这一直是他失败的原因。他不能不进吸烟室,他喜欢上校牌雪茄烟,喜欢打高尔夫球,喜欢玩桥牌,他尤其喜欢与女人交往,喜欢她们那美好的友情,还有她们的忠诚、大胆、高尚的爱,这种爱尽管有不足之处,但在他看来(那肤色黝黑、令人爱慕的漂亮姑娘的脸庞就叠印在那摞信封上面)是那么全然令人仰慕,是开在人类生命顶峰的一朵那么光彩夺目的鲜花,然而他无法达到人们的期望,因为他总是能够看透事物(克拉丽莎已经彻底削弱了他身上的某种东西),他极容易厌倦那种无言的忠诚,并渴望爱情丰富多彩,尽管如果黛西爱上别人会把他气疯! 因为他生性嫉妒,嫉妒得不能自已。他受尽了折磨! 可是他的折刀、手表、图章、皮夹、那封他不愿再读但喜欢想起的克拉丽莎的来信以及黛西的照片都在什么地方呢? 现在该去吃饭了。

他们正在吃饭。

他们坐在中间摆放着花瓶的一个个小桌旁,有的人穿得很正式,有的人穿得很随便,他们的披肩和手提包就放在身旁;他们的神态是故作镇静的,因为他们不习惯正餐吃这么多道菜;可他们又表现得充满自信,因为他们付得起钱;他们还显得非常疲惫,因为他们已经在伦敦购物游览了一整天;他们还显示出一种自然的好奇心,因为他们在这位面容友善、戴着牛角框眼镜的绅士走进来时纷纷扭头抬头看他;他们表现出性情善良,因为他们本来会高兴地给别人帮一点儿小忙,如借阅时刻表或告知有用的信息;他们显示出一种愿望,这愿望像脉搏在他们身上跳动,暗中不时地拉扯着他们,他们希望通过某种方式与别人建立联系,哪怕只因为出生地相同(例如利物浦市)或朋友的名字相同;他们偷偷地看看别人,有时沉默得让人费解,有时又突然和自己的家人开玩笑而不理别人,就在他们坐着吃饭的时候,沃尔什先生走了进来,在靠近窗帘的一张小桌旁坐下。

他赢得了他们的尊敬,不是因为他说了什么话,他是一个人来的,只能对侍者说话,而是因为他看菜谱的样子、用食指点着一种酒的样子、把身子移近桌边的样子、郑重而专注地吃饭但不贪吃的样子。在晚餐大部分时间里,这种尊敬之情得不到机会表达,现在它在莫里斯一家围坐的餐桌边突然表现出来,那是在他们听见沃尔什先生最后说"要巴特莱特梨"的时候。他说话为什么竟然能如此适度而坚决,神态像个行使建立在法制基础上的权力的训导者呢,无论是小查尔斯·莫里斯还是老查尔斯,无论是伊莱恩小姐还是莫里斯太太都不明白。可是当他独自坐在桌旁说"巴特莱特梨"时,他们觉得他在提出某种合法的要求,指望得到他们的支持,他是一项事业的捍卫者,而这项事业顷刻间成了他们自己的事业,因此他们用同情的眼光看着他的眼睛。当他们几个人同时走进吸烟室的时候便自然而然地攀谈起来。

他们谈得并不深入——大意无非是伦敦太拥挤,三十年来变化很大;莫里斯先生喜欢利物浦;莫里斯太太去参观了威斯敏斯特的花展,而且他们全家都见到了威尔士亲王,等等。是啊,彼得·沃尔什想,世界上没有一个家庭能与莫里斯一家相比,无论在哪一方面都不能;他们之间的关系是完美的,他们对上层阶级一点儿都看不上,他们有自己的喜好,伊莱恩正在接受培训准备继承家业,那个男孩获得了里兹大学的奖学金,那个老妇人(她的年龄与他自己相仿)家里还有三个孩子;他们有两辆汽车,但莫里斯先生每星期天仍然自己补靴子。太棒了,绝对棒,彼得·沃尔什想,他手里拿着酒杯在那些毛茸茸的红椅子和烟灰缸中间前后轻轻摇摆,为自己而高兴,因为莫里斯一家喜欢他。是啊,他们喜欢一个说"巴特莱特梨"的男人。他们喜欢他,他能感觉出来。

他要去参加克拉丽莎的晚会。(莫里斯一家走开了,但他们还会再见的。)他要去参加克拉丽莎的晚会,因为他想问问理查德那些人——那些保守党的傻瓜们究竟在印度干些什么。正在采取什么行动?还有音乐……啊,对了,还有纯粹的闲聊。

因为这是关于我们的灵魂的真理,即关于我们的自我的真理,他想,我们的自我像鱼儿栖息在深海,在无人知晓的水域中游来荡去,她穿行于一棵棵巨大的水草之间,游过片片闪烁着阳光的水面,然后继续游啊,游啊,游进冰冷、深邃、神秘莫测的幽暗之中;突然间她快速冲上海面,嬉戏于被风吹皱的波浪之上;也就是说,我们的自我确实需要刷洗、刮净、激发自己,通过闲聊。政府打算怎样处理印度的局势呢?理查德·达洛维会知道的。

由于夜晚非常炎热,而且报童挂着用红色大字宣告有热浪的广告牌频频路过,旅馆的台阶上摆了许多藤椅,冷漠的男士们坐在那里啜着饮料,抽着香烟。彼得·沃尔什也坐在那里。你可以想象,这一天,伦敦的一天才刚刚开始。就像一个刚脱掉印花衣裙和白围裙并准备穿蓝衣戴珍珠首饰的女人,白天发生变化,推迟了要做的事,拿起薄纱,变成傍晚;随着兴奋的叹息声

（就像女人把衬裙扔到地板上时发出的声音），白天也卸下了尘土、热量和色彩；街上的车辆稀少了；当嘟作响、嗖嗖驶过的小汽车取代了艰难行进的小货车；在几个广场的浓密绿荫之中，分散悬挂着一盏盏极亮的路灯。我辞职，傍晚仿佛在说，当她在旅馆、公寓楼和商业街区的雉堞墙和高耸的圆顶和尖顶上空逐渐黯淡失色的时候，她说，我隐退，我消失，但是伦敦无论如何不允许这种情况发生，于是迅速向空中伸出多把刺刀，将傍晚定住，强迫她成为狂欢中的伙伴。

因为在彼得·沃尔什上次回英国之后发生了威利特先生①的夏时制大革命。傍晚被延长了，这对他来说很是新鲜，或者说很令人振奋。因为当那些年轻人（他们为有此闲暇而兴奋，为踏上这著名的街道而默默自豪）带着公文箱从身边走过时，一种欢乐，可以说是廉价的、华而不实的，但仍是发自内心的狂喜，把他们的脸染得通红。他们穿得也很讲究，穿着粉红色的长袜和漂亮的鞋子。他们现在将要花两个小时去看电影。夜晚黄蓝色的光线使他们轮廓鲜明，更为文雅；这光线照耀着广场里的树叶，忽而艳丽，忽而青紫——它们看上去仿佛在海水中浸过——像海中城市的树叶。这一美景使他惊讶，也鼓舞了他，因为当一些回国的久居印度的英国人理所当然地坐在东方俱乐部里（他认识很多这类人）愤怒地总结世界所遭受的破坏时，他却在这里，像以往一样年轻；他羡慕年轻人享有的夏季时光及其一切，并从一个姑娘的话里、从一个女仆的笑声里——这些都是你触摸不着的东西——更有把握地猜测他年轻时看来不可动摇的整

---

① 威廉·威利特(1856—1915)，倡导在英国实行夏时制，每年夏季月份里要把钟表向前拨一小时。在他去世后的1916年，英国正式实行夏时制。

个金字塔形堆积物已经发生了变化。这个金字塔曾压在他们头上，把他们压扁，特别是对妇女们，就像克拉丽莎的海伦娜姑妈过去经常制作的花卉标本，她在晚饭后坐在灯下，把花夹在几层吸墨纸里，用利特雷编的大辞典压上。她已经去世了。他曾听说她有一只眼睛失明，是听克拉丽莎说的。老帕里女士竟用玻璃眼球，这似乎很恰当，是大自然的杰作之一。她会像一只寒霜里的小鸟，死去时仍用力抓住树枝。她属于另一个时代，但是由于她是那么完整、那么完美，她会永远站立在地平线上，像石头一般洁白，非常突出，像一座灯塔，标志着过去的某个阶段，在这漫长又漫长的冒险航程中，在这没有终极的——（他摸出一个铜板准备买一张报纸，好读读有关萨里郡队和约克郡队的消息；他伸出手臂递铜板已经有几百万次了——萨里队又大败了）——在这没有终极的人生里。但是板球不仅仅是个运动项目。板球非常之重要。他总是情不自禁地阅读有关板球的事。他先看最后消息中的板球赛比分，再看天气有多热，然后读有关一桩谋杀案的报道。做事做了几百万次之后会使这些事情充实，尽管可以说去掉了其表面的光泽。过去使人充实，经验也是如此；由于曾经关心照顾过一两个人因而获得了年轻人所缺乏的一种能力，即能够突然中断所做的事情，去做自己喜欢做的事，一点儿都不在意别人说什么，来来去去不抱过高的期望（他把报纸放在桌子上，然后走开），然而（他在找帽子和上衣）说不抱过高的期望并不完全真实，今天晚上就不是，因为他要从这里出发去参加晚会，在他这个年龄，他相信自己即将取得一种新的经验。可究竟是什么呢？

无论如何，是一种美。不是肉眼所见的粗糙的美。不是单纯的简单的美——贝德福德波拉斯街直通向拉塞尔广场。它当然是笔直的、空旷的,像对称的走廊,但它又是灯火通明的窗口,一架钢琴、一个留声机发出音响,一种故意隐藏起来但又不时涌现出来的愉悦感;你通过那没有窗帘遮挡也没有关闭的窗口看见人们三五成群坐在一个个餐桌旁,年轻人在缓慢旋转起舞,男人们和女人们在谈天,女仆们悠闲地向外张望(这是她们评价别人的一种奇特方式,在干完活之后),晾晒在窗户上方晾衣架上的袜子、一只鹦鹉、几盆花草,此时那种愉悦感会油然而生。这种生活是吸引人的、神秘的、无限丰富的。在硕大的拉塞尔广场,出租车奔驰并急转弯;一对对恋人在散步,在调情,在拥抱,隐入一棵大树的树荫里;那景象令人感动;那么宁静,那么全神贯注,因此你走过时要小心谨慎,仿佛在参加某个神圣的仪式,任何干扰行为都是不虔敬的。真有意思。他想着想着走进了闪烁的和炫目的光彩之中。

他的薄大衣被风吹开,他以一种难以描述的特有的姿势往前走着,上身略向前倾,双手背在身后,两只眼睛仍有点儿像鹰眼。他轻快地穿过伦敦,朝威斯敏斯特走去,一面观察着沿途的景物。

那么,是不是大家都要出去吃饭呢?在这里,男仆打开大门,让出来一位步态庄重的老妇人,穿着带扣鞋子,头上装饰着三根紫色鸵鸟毛。又一扇门打开了,出来几个贵妇人,身子紧裹在印着鲜艳花朵的披巾里,活像木乃伊,贵妇人出门竟然不戴帽子。在带灰泥装饰柱的高级住宅,女士们(她们刚刚跑到楼上看过孩子)穿过房前的小花园走出来,穿得很单薄,头上插着小梳子;男士们在等她们,他们的上衣被风吹开,汽车的引擎已经发动了。人人都在出门。由于这些大门都在打开,由于人们走下来开始出发,似乎全伦敦的人都在上船,登上那些停泊在岸边的在水中摇晃的小船,似乎整个伦敦城都在漂浮前行去欢度狂欢节。白厅街上好似有无数蜘蛛在滑冰,尽管它像一片银箔;而弧光路灯周围似乎聚集着许多蚊虫;天气是那么热,人们都懒散地站着聊天。在威斯敏斯特这里,有一个已退休的法官,他大概正端坐在自家门前,穿着一身白衣。大概是个曾经久居印度的英国人。

这里有女人吵架的喧哗声,是喝得醉醺醺的女人;这边只有一个警察,还有轮廓模糊的房屋,高耸的房屋、圆顶的房屋、教堂、议会,还有河上一艘汽船的汽笛声、像空旷的不清晰的叫喊声。但这是她的街道,克拉丽莎的街道;出租车在急速转过街角,像桥墩周围的流水,聚集到一起,在他看来如此,因为这些车运送着去她家参加晚会的人们,克拉丽莎的晚会。

现在这些视觉印象如同冰冷的流水离他而去,似乎眼睛是个满得溢水的杯子,听任多余的水沿着瓷杯壁往下流淌而不留痕迹。现在脑子必须清醒。身体必须紧张起来,走进那座房子,那座灯火通明的房子;那里大门洞开,许多汽车停在门前,光彩照人的女宾们走下车来;灵魂必须鼓起勇气去忍耐。他打开了折刀的大刀刃。

露西从楼上飞跑下来,她刚才急匆匆进客厅去抚平一个椅套,摆正一把椅子,还稍微停留片刻,心里想:不论是谁进来,一定会想这房子是多么干净,多么明亮,收拾得多么漂亮啊,当他们看见这些美丽的银器、黄铜壁炉架、新的椅套,还有那些黄色印花窗帘的时候;她鉴赏着每一件东西,听见一阵喧哗声;人们已经吃完正餐上楼来了;她必须快跑!

首相要来,阿格妮斯说,她是在餐厅里听他们说的,她端着一托盘酒杯进来时说。首相来与不来要紧吗？究竟要紧吗？已经是夜里这个时辰了，对沃克太太来说这无关紧要。沃克太太站在盘子、煮锅、滤锅、煎锅、鸡冻、冰激凌冷冻箱、切下的面包皮、柠檬、汤罐和布丁盘子中间；不管他们在厨房旁的盥洗室里如何费力洗刷，沃克太太眼前的布丁盘子总不见少，厨房的桌子椅子上都摆满了；与此同时炉火在熊熊燃烧，发出轰轰的响声，几盏电灯射出炫目的光芒，还有夜宵也需要摆上餐桌。阿格妮斯只是觉得，多一个首相还是少一个首相对沃克太太来说实在是无关紧要。

女士们已经在上楼了，露西说；女士们一个接一个地上楼，达洛维太太走在最后，而且几乎总是让人捎话给厨房："向沃克太太致意。"有一天晚上就是这么说的。第二天早上他们会议论这些饭菜——那汤、那鲑鱼；沃克太太知道这些鲑鱼像往常一样做得过嫩，因为她总是紧张，怕布丁做不好，就把鲑鱼交给珍妮去做，因此出现了这种情况，鲑鱼总是做得过嫩。但是露西说，一个黄头发戴银首饰的女士谈到那道主菜时问：这菜真是自家做的吗？但最让沃克太太担心的是鲑鱼，她旋转着一个个盘子并把壁炉上的节气阀推进又拉出；这时从餐厅里传来一阵笑声、一个人的说话声，然后又是一阵笑声——女士们退席之后，男士们很开心。要托考伊葡萄酒，露西跑进来说。达洛维太太让拿托考伊酒，皇帝酒窖酿造的，皇家托考伊酒。

女主人要的酒经过厨房端了出去。露西回过头来说，伊丽莎白显得多么可爱呀，穿着粉红色衣裙，戴着达洛维先生送的项链，她的目光简直没法离开她。珍妮可别忘了那只狗，伊丽莎白小姐的猎狐长毛狗，由于它咬人不得不把它关起来，伊丽莎白认为它可能该吃点什么了。珍妮可别忘了喂狗。然而珍妮不打算当着这么多客人上楼。门口已经传来了汽车引擎声！门铃响了——可男士们还在餐厅里，喝着托考伊酒呢！

啊，他们上楼了；那是第一批，人们会越来越快地到达，因此帕金森太太（她专门受雇为晚会服务）会把前厅的大门半敞着，前厅里会有满屋子的男士在等候（他们站在那里等候，梳理着头发），与此同时女士们在过道旁的一间屋子里脱下斗篷，巴尼特太太在那里帮助她们，老埃伦·巴尼特，她在达洛维家干了四十年，每年夏天都要来帮助这些女士们，她还记得现在做了母亲的女宾们出嫁前的事情；她虽然不想引人注意但仍与客人们握手，很尊敬地说"我的贵夫人"，然而她态度幽默，看着那些年轻女士，而且总是很娴熟地帮助洛夫乔伊夫人，因为她系紧身底衣有困难。洛夫乔伊夫人和艾丽丝小姐都自然而然地感觉她们在梳头方面得到了特别的关照，因为她们认识巴尼特太太已经有——"三十年了，我的贵夫人"，巴尼特太太替她们说。年轻女士过去不搽口红，洛夫乔伊夫人说，过去她们在伯尔顿小住的时候。艾丽丝小姐用不着搽口红，巴尼特太太慈爱地看着她说。巴尼特太太会坐在衣帽间里，理顺那些大衣上的皮毛，抚平那些西班牙披巾，整理梳妆台，她很清楚哪些女士是好人哪些不是，尽管她们都穿皮衣和绣花衣裳。亲爱的老妇人，克拉丽莎的老保姆，洛夫乔伊夫人上楼时说。

而后洛夫乔伊夫人挺了挺身子。"洛夫乔伊夫人和洛夫乔伊小姐。"她告诉威尔金斯先生（他专门受雇为晚会服务）。他的举止令人敬慕，他弓身又直身，弓身又直身，一视同仁地宣布："洛夫乔伊夫人和洛夫乔伊小姐……约翰爵士和尼达姆夫人……韦尔德小姐……沃尔什先生。"他的举止令人敬慕，他的家庭生活一定是无可指责的，但这样一个嘴唇发青、脸刮得很干净的人竟会自寻烦恼生养了几个孩子，真令人难以置信。

"见到你真是太高兴了！"克拉丽莎说。她对每一个人都说这句话。见到你真是太高兴了！她正处在她最差的状态——过分动感情，一点儿都不真诚。到这里来是个绝大的错误。彼得·沃尔什想，他真应该待在家里读书，他真应该去音乐厅；他真应该待在家里，因为这里的客人他一个都不认识。

哎呀，这晚会开不好，会彻底失败的，克拉丽莎从骨子里感到这一点，此时亲爱的莱克斯海姆老勋爵正站在那里为自己的妻子未能前来而表示歉意，因为她在白金汉宫的游园会上得了感冒。克拉丽莎用眼角的余光看见彼得·沃尔什在批评她，就在那边，在那个角落里。她究竟为什么要做这些事呢？她为什么要追求达到顶峰然后淹没在火海里呢？不管怎样，但愿这火把她烧尽！把她烧成灰！无论什么结局，就是挥舞你的火炬扔到地上，都比像埃莉·亨德森那样逐渐消瘦萎缩要好！仅仅由于彼得来了并站在角落里就使她产生了这些思绪，真是太不寻常了。他使她看清了自己，她在虚张声势。这是愚蠢的。但是他为什么要来呢，只是为了来批评她吗？为什么总是索取而从不奉献呢？为什么不能牺牲自己的一个小小的观点呢？他现在要转到别处去了，她必须和他谈谈。可是她没有机会。生活就是这样——屈辱、克制。莱克斯海姆勋爵说他的妻子在游园会上不肯穿皮大衣，因为"我亲爱的，你们女士们都一样"——莱克斯海姆夫人至少有七十五岁了！他们老两口那相亲相爱的样子真是甜蜜极了。她确实喜欢莱克斯海姆老勋爵。她确实认为她的晚会很重要；当她知道晚会要出问题，不能达到预想的效果时感到不好受。任何事情，任何爆炸，任何恐怖景象都比客人现在的状况强，他们无目的地转来转去，三五成群站在角落里，像埃莉·亨德森那样,甚至不注意挺直腰板。

印着天堂鸟图案的黄色窗帘被风吹了起来,房间里似乎有许多翅膀在飞翔,窗帘被吹起来后又被吸了回去。(因为窗户都开着。)有穿堂风吧?埃莉·亨德森想。她很容易着凉。但是她并不在乎自己明天会打喷嚏病倒,她是为那些袒露着肩膀的姑娘们着想,因为她从小就受到父亲的教育要关心别人,她的父亲体弱多病,是伯尔顿从前的牧师,现已过世;而她虽容易着凉却从来没有影响过胸肺,从来没有。她完全是替那些姑娘着想,那些袒露着肩膀的年轻姑娘,因为她自己一向纤弱瘦小,头发稀疏,并不引人注目;可是现在她已年过五十,身上开始发射出一种微光,那微光被多年的自我克制所净化后变得与众不同,但又由于她那令人沮丧的高贵出身和突如其来的恐惧感而变得永远黯淡;她的恐惧感来自她每年三百英镑的收入和无奈的处境(她连一个便士都挣不来),这使她变得怯懦,而且一年年地越来越没有条件会见衣着讲究的人,那些人在这个季节每天晚上都在做着类似参加晚会的事,只需告诉女仆一声"我要穿什么什么衣服"就行了,而埃莉·亨德森则紧张地跑出去,买来粉红色的花朵,一共六枝,然后匆匆忙忙把一条披巾披在她的黑色旧衣裙上。因为克拉丽莎晚会的请帖是最后一刻才到的。她对此不大高兴。她有一种感觉:克拉丽莎今年并非真心邀请她。

她为什么就应该请她呢?实在没有理由,不过是因为她们两人一向认识。她们确实是表姐妹。可是由于克拉丽莎被那么多人追求,她们两人自然宁愿疏远。参加晚会对她来说是件大事。光是看看那些可爱的服装就是个享受。那不是伊丽莎白吗?长大了,梳着时髦的发型,穿着粉红色的裙子?然而她顶多才十七岁。她非常非常健美。可是姑娘们第一次在社交场合露面时似乎不像以往那样穿白色衣裙了(她必须记住这一切,回去好告诉伊迪丝)。姑娘们穿的是直筒衣裙,完全是紧身的,裙长远远不及脚腕。很不得体,她想。

于是,视力不好的埃莉·亨德森伸长了脖子,她倒不在乎没有人说话(这里的人她几乎都不认识),因为她觉得他们都是那么有意思,光看看他们就够了,他们大概是政治家,理查德·达洛维的朋友;倒是理查德自己感到他不能让这个可怜的人独自在那里站一个晚上。

"嘿,埃莉,这个世界对**你**怎么样?"他像往常那样友善地说,而埃莉·亨德森却紧张起来,脸涨得通红,觉得他特别好,能过来和她说话,她说很多人真的感觉热而不感觉冷。

"是啊,他们感觉热,"理查德·达洛维说,"是啊。"

可是还说什么呢?

"你好啊,理查德。"一个人说着拉住他的胳膊肘,上帝啊,老朋友彼得来啦,老彼得·沃尔什。他很高兴见到他——他总是那么高兴见到他! 他一点儿都没有变。他们两人立刻一起穿过房间,互相拍打着;他们仿佛有很长时间没有见面了,埃莉·亨德森看着他们走开时想,她肯定见过那个人的脸。个子高高的男人,是个中年人,眼睛漂亮,肤色较暗,戴着眼镜,有点儿像约翰·伯罗斯。伊迪丝一定会知道他是谁。

那个印有飞翔的天堂鸟图案的窗帘又被风吹起来了。克拉丽莎看见——她看见拉尔夫·莱昂把窗帘拍了回去又接着聊天。那么说晚会毕竟没有办砸! 它会顺利进行下去的——她的晚会。它已经开始了。它已经开始了。但它的结局仍不可确知。她目前必须站在那里。客人仿佛蜂拥而至。

加罗德上校和夫人……休·惠特布雷德先生……鲍利先

生……希尔伯里太太……玛丽·马多克斯夫人……奎因先生……威尔金斯拉长声音报着名字。克拉丽莎对每个客人说了六七个字,然后他们就继续向前走,进了屋子;进入了有意义的地方,而不是虚空之中,因为拉尔夫·莱昂已经把窗帘拍了回去。

　　然而就她扮演女主人角色来说,实在太费精力了。她并没有感到快乐。这简直就像——就像她成了没有个性的"任何人",站在那里;任何人都能这样做;然而她还真有点儿爱慕这个"任何人",她不禁觉得无论如何是她本人促成了这次晚会,它标志着一个阶段,她感到自己变成了一根木桩,因为很奇怪,她已完全忘掉自己的模样,只感觉自己是根木桩,钉在楼梯之上。每次她举办晚会都感觉失去了自己的个性,还觉得每个人一方面不真实,另一方面又要真实得多。她想,一个原因是他们的服装,另一个原因是他们不得不改变平时的仪态,再一个原因是整个背景;你可以说在任何其他场合不能说的话,可以谈需要费点儿力气才能谈出的事;你有可能比平时谈得深入得多。但她不能这样,至少现在还不能。

　　"见到你多么高兴啊!"她说。亲爱的老哈里爵士! 他会认识大家的。

　　令人感到那么奇怪的是当客人们一个接一个上楼时你所得到的感觉,芒特太太和西莉亚,赫伯特·安斯蒂,戴克斯太太——啊,还有布鲁顿夫人!

　　"您能光临真是太荣幸了!"她说,这是她的真心话——很奇怪,你站在那里感觉他们在走啊,走啊,有的人年纪较大,有的人……

　　叫**什么**名字? 罗塞特夫人? 这个罗塞特夫人究竟是谁呢?"克拉丽莎!"那个声音! 是萨莉·西顿! 萨莉·西顿! 过了这

么多年之后！她在薄雾中显现出来。因为她过去不是**这副模样**,萨莉·西顿,在当年克拉丽莎抓起暖水袋的时候。想着她就在这个屋顶下面,就在这个屋顶下面!那时她绝不是这副模样!

千言万语一齐涌了出来,既窘困,又夹杂着笑声——我正路过伦敦,从克拉拉·海登那里听说的,正是个见你的好机会!所以我冒昧地来了——没有请帖……

你有可能很镇静地放下暖水袋。她已经失去了昔日的光彩。然而再见到她确实不寻常,她老多了,更快活了,不那么可爱了。她们互相亲吻,先吻这边脸,再吻那边脸,在客厅的门旁,然后克拉丽莎握着萨莉的手转过身去,看着房间里高朋满座,听着鼎沸的人声,看着那些烛台、那些被风吹起的窗帘和理查德送给她的玫瑰花。

"我有五个大儿子啦。"萨莉说。

她有着最纯朴的自负,总有想拔尖的最公开的愿望,克拉丽莎欣喜地看到她还是这样。"我简直不能相信!"她喊道,一想起过去,快乐的感觉就在她的全身燃烧。

可是哎呀,威尔金斯;威尔金斯请她过去;威尔金斯正在用一种最高权威的声音说话,似乎所有在场的人必须受到训诫,而女主人则必须停止放纵,改邪归正,他在报着一个人的名字:

"是首相。"彼得·沃尔什说。

首相?是真的吗?埃莉·亨德森很感惊奇。这可是大事,必须告诉伊迪丝!

你不能笑话他。他显得那么普通。你本来可能把他安置到柜台后面,从他那里买饼干的——可怜的家伙,全身上下都镶着金边。公正地说,当他先由克拉丽莎陪同再由理查德陪同到各屋寒暄的时候,他表现得十分得体。他努力使自己像个大人物。

观察这个场面很有意思。谁都不看他。他们只管继续谈话，然而心里十分清楚，他们都知道并从骨髓里感觉到这位大权在握的人从身边走过；这个人象征着他们所有的人所代表的英国社会。布鲁顿老夫人看上去身体也很健康，穿着带金边的衣服显得忠诚而坚定，她翩翩然走过来，于是他们进了一间小屋，小屋立刻受到监视和警戒，一种骚动声和沙沙声像水面的涟漪一样公开地传到每一个人耳边：是首相！

上帝啊，上帝，英国人真趋炎附势！彼得·沃尔什站在角落里想。他们多么喜欢穿镶金边的礼服，多么喜欢顶礼膜拜呀！看！那人一定是——哎呀那就是——休·惠特布雷德，他在伟人圈里东跑西颠，比以前胖多了，头发白多了，那个可爱慕的休！

他看上去总像在执行公务，彼得想，他是个有特权但很隐秘的人，收集了许多他会誓死保守的机密，尽管那不过是一个宫廷看门人无意中说的闲话而且第二天所有报纸都会刊登出来。他平时喋喋不休谈论的、想方设法显示的就是这些东西；他在把玩这些东西的过程中变得头发花白，接近老年，得到有幸结识这类英国私立学校毕业生的所有人的尊敬和爱戴。你会很自然地编造出这类关于休的故事；那就是他的风格，也是他写的那些令人敬慕的信件的风格；彼得曾在几千英里之遥的海外从《泰晤士报》上读到过这些信，并为自己逃离了那种邪恶的喧嚣而感谢上帝，即便他在海外只能听见狒狒尖叫和苦力们殴打妻子的吵闹声，他仍为之感到庆幸。从一所大学来的一个有橄榄色皮肤的男青年逢迎地站在他旁边。休一定会资助他，启发他，教他如何取得成功。因为他最喜欢做的莫过于小小的好事，例如让老夫人们因为还有人惦记自己而高兴得心跳加快，她们上了年纪，境遇不佳，觉得被人遗忘了，然而亲爱的休驾车去看她们，坐上个把小时谈谈过去，回忆许多鸡毛蒜皮的小事，称赞她们家里自制的蛋糕，尽管休一生中可能每天都陪一位公爵夫人吃蛋糕，而且，只要看看他那副样子就知道他可能确实花费了很多时间来从事这个愉快的职业。那评判一切人、宽恕一切人的上帝也许能原谅他。彼得·沃尔什则不能宽恕他。世上一定有坏人，而且，上帝知道，那些因为在火车里把一个姑娘的脑浆打飞而被处以绞刑的流氓们所造成的危害，总的来讲还不如休·惠特布雷德和他的善心造成的危害大！看看他现在的样子吧，首相和布鲁顿夫人出现的时候，他踮起脚尖，迈着舞步往前走，点着头哈着腰，暗示让全世界都看看他有特权和布鲁顿夫人说话，谈论某件私事，在她经过的时候。她停了下来，摇了摇苍老、优雅的头。她大概正在为他的某个卑躬的行为而表示感谢。她有一群谄媚奉迎的追随者，他们是政府各办公室的小官员，他们四处奔波，代表她去完成一些小任务，她则请他们吃午饭作为回报。但是她遵循的是十八世纪的传统规范。她是无可指责的。

现在克拉丽莎陪同她的首相走进这间屋子，她昂首阔步，精神焕发，她那灰白的头发给人以庄重的感觉。她戴着耳环，穿着银绿色美人鱼式衣裙。她仿佛在海浪上跳跃，编结着长发，她仍保持着那种天赋：活着，存在着，在她经过的一瞬间内总揽全局；她转过身去，她的围巾挂到了某个女宾的衣裙上，她取下围巾，哈哈大笑，这一切她做得轻松自如，神态怡然自得，活像一条在水中浮游的鱼儿。可是岁月没有放过她；即便是个美人鱼也会在一个非常晴朗的傍晚从镜子里看见海浪上空的夕阳。她身上有了一丝温柔；她的严厉、她的谨慎、她的拘束现在都被暖透了；当她与那个身穿宽金边制服的、竭力显示自己十分重要的人（祝他交好运吧）说再见的时候，表现出一种不可言状的尊严、一种极度的诚挚;好像她是在祝愿全世界健康,而且由于她处在一切事物的边缘,她现在倒是必须告辞了。她使他产生了这些想法。(但他并非在恋爱。)

克拉丽莎想,首相能赏光出席晚会实在太好了。而且,自己陪同首相走过整个房间,萨莉在场,彼得也在场,理查德非常高兴,所有的客人可能都会羡慕她,因此她感受到了那一瞬间的极度兴奋,感受到心脏里的神经在扩张,直到心脏似乎颤抖起来,它已被浸透并直立向上;——确实如此,但那毕竟是别人都有的感觉;因为虽然她喜欢这一刻极度的兴奋,感觉它在刺激自己,但是这些炫耀,这些成功(例如,亲爱的老彼得认为她是那么光彩照人),仍然包含着一种空虚;它们距她有一臂之遥,并不在她心里;可能是因为她年龄大了,它们不再像过去那样令她满足;突然间,就在她目送首相下楼的时候,她看见了乔舒亚爵士画的拿皮手笼的小女孩的画,那圆形镀金画框一下子把基尔曼带回她的心中;她的敌人基尔曼。那才能令人满足;那才是真实的。啊,她多么恨她啊——暴躁、虚伪、腐败,竟有那种诱人的力量,是她勾引了伊丽莎白,她是个悄悄溜进来偷盗和亵渎的女人(理查德会说:全是胡说八道!)。她恨她,她爱她。你需要的是敌人,而不是朋友——不是杜兰特太太和克拉拉,不是威廉爵士和布拉德肖夫人,不是特鲁洛克女士和埃莉诺·吉布森(她看见他们在上楼)。如果他们需要她,他们必须找到她。她是整个晚会的主持人!

她的老朋友哈里爵士来了。

"亲爱的哈里爵士!"她说着走到这位健康的老家伙面前;他创作了很多坏作品,比整个圣约翰伍德学院的其他会员中任何两个人的坏作品加起来还要多(他的作品里总是有牛,或站在夕阳映照的水潭里喝水，或跷起一条前腿摇着双角以示意"陌生人来了"，因为他创造了一整套象征性的姿势——他的一切活动，在饭店吃饭也好，看赛马也好，都是以描绘牛群站在夕阳映照的水潭里喝水为基础的）。

"你们笑什么呢?"她问他。因为威利·蒂特科姆、亨利爵士和赫伯特·安斯蒂都在笑。可是不行。哈里爵士不能给克拉丽莎讲那些音乐厅舞台的事（虽然他很喜欢她，认为她是同类女人中最完美的一个，并扬言要画她）。他友好地拿这个晚会和她开玩笑。可惜这里没有他喜欢喝的那种白兰地酒。他说，这些圈子里的人都比他层次高。可是他喜欢她，尊敬她，尽管她那上层阶级的优雅姿态既可恶又难对付，使他无法叫她坐到他的大腿上。希尔伯里老太太走过来了，像飘忽不定的鬼火，像闪烁不定的磷光，她随着他的笑声（他们在谈论公爵和夫人）伸出双手；她在房间的另一头听见这笑声时，似乎感到宽心多了，因为她在早晨醒得很早又不想召唤女仆送茶来的时候常为一个想法而烦恼，那想法就是:我们必定要死，这是毫无疑问的。

"他们不肯告诉我们刚才讲的是什么。"克拉丽莎说。

"亲爱的克拉丽莎!"希尔伯里太太喊道。克拉丽莎今天晚上是那么像她的母亲，她说，就像她第一次看见她母亲戴着灰帽子在一个花园里散步的样子。

克拉丽莎真的热泪盈眶了。她的母亲，在花园里散步! 可是哎呀，她必须走了。

因为布赖尔利教授在那边，他专门讲授弥尔顿的作品，现在正跟小吉姆·赫顿说话（吉姆·赫顿来参加这样的晚会既不系领带又不穿西服背心，也没把头发理顺）;即便离得这么远，她仍能看出他们是在争吵。因为布赖尔利教授是个怪人。他的性格中有一些古怪的成分:渊博的学识和胆怯懦弱、缺乏友情温暖的冰冷魅力、掺杂着势利言行的单纯;与那些拙劣的作家相比,他拥有各种学位证书、荣誉证书和讲师职位,因此他能立刻觉察出对他的古怪性格不利的氛围;如果他从一个妇人蓬乱的头发、一个小伙子的皮靴意识到存在着一个由反叛者、狂热青年和自诩天才的人组成的邪恶社会(这本领值得称道,毫无疑问),他总是微微颤抖,轻轻甩一下头,吸一口气——哼!——以此向人们暗示保持克制有多么重要,以及为了欣赏弥尔顿①的作品先学习一点儿古希腊罗马典籍有多么重要。布赖尔利教授跟小吉姆·赫顿(后者穿着红袜子,因为他的黑袜子还在洗衣房呢)谈弥尔顿谈得很不投机(克拉丽莎看得出来)。她打断了他们的谈话。

她说她爱好巴赫②的音乐。赫顿也喜欢巴赫的音乐。那是联结他们的纽带,而且赫顿(一个很蹩脚的诗人)总是感觉达洛维太太是对艺术有兴趣的了不起的女士中最最优秀的。很奇怪她是那么严格注意礼节。谈起音乐她完全持客观态度。她倒是个一本正经的人。可是看上去多么迷人啊!她把家里的气氛搞得那么温馨,要是没有那些教授们在这儿就好了。克拉丽莎倒是有心拉他出来,让他在后屋的钢琴旁边坐下。因为他钢琴弹得很美。

"可是屋里太吵了!"她说,"太吵了!"

"这是晚会成功的标志。"布赖尔利教授有礼貌地点点头,步履轻缓地走到一边。

---

① 弥尔顿(1608—1674),英国伟大的诗人,地位仅次于莎士比亚。
② 巴赫(1685—1750),音乐史上最伟大的德国作曲家之一。

"全世界有关弥尔顿的事他都了解。"克拉丽莎说。

"是吗?"赫顿说,他会在全汉普斯特德区模仿这位教授,这位研究弥尔顿的教授、主张保持克制的教授、步履轻缓地走开的教授。

可是她必须和那一对夫妇说说话,克拉丽莎说,他们是盖顿勋爵和南希·布洛。

不要认为**他们两人**明显地增加了晚会的喧闹。他们并肩站在黄窗帘旁边,(显而易见)没有谈话。他们很快就要到别处去,一起行动;他们在任何情况下都没有多少话可说。他们只是观看而已。那就足够了。他们显得那么整洁,那么健康,她脸上搽着脂粉像杏花开放;而他非常干净利索,眼睛像鸟眼,因而没有一个球他打不着,也没有一次击球能使他惊奇。他击球,他跳起,准确,快捷。他一拉缰绳,小马的嘴就微微抖动。他有各种荣誉,有祖先的纪念碑,家乡的教堂里悬挂着他家族的旗帜。他有自己的公务、自己的佃户,还有母亲和姐妹;他已在洛德板球场玩了一整天,那正是达洛维太太走过来时他们谈论的话题——板球、堂兄弟姐妹、电影。盖顿勋爵特别喜欢达洛维太太。布洛小姐也有同感。她的姿态总是那么优雅。

"你们能光临真是太赏光了,太荣幸了!"她说。她喜欢洛德板球场;她喜欢青春活力,此时南希站在那里,穿着巴黎最伟大的艺术家设计制作的极其昂贵的衣服,看上去仿佛从她身上自动长出了绿色的褶边。

"我本来打算开舞会的。"克拉丽莎说。

因为那些年轻人不会谈话。他们为什么要谈话呢?他们大喊,拥抱,摇摆,黎明时起床,给马驹送食糖,亲吻抚摸可爱的乔乔狗的鼻子;然后,所有的人都跃跃欲试,一个接一个跳进水中游泳。但是英国语言的巨大资源他们却用不上,他们毕竟缺乏这种语言赋予人们的交流感情的能力(她和彼得在他们的年龄会彻夜争论不休)。他们在很年轻的时候就会定型。他们对待庄园里的人会好得不得了,可是单独出来时就可能相当乏味。

"多遗憾呀!"她说,"我本来想开舞会的。"

他们能来真是太好了!可是还说舞会呢!几间屋子都挤满了人。

老海伦娜姑妈围着披巾来了。哎呀,她必须离开他们——盖顿勋爵和南希·布洛。老帕里女士,她的姑妈来了。

要知道海伦娜·帕里女士没有死,帕里女士还健在。她有八十多岁了。她拄着拐杖慢慢走上楼梯。她被让到椅子上(理查德事先关照过的)。那些了解缅甸七十年代情况的人总会被带到她的面前。彼得到哪儿去了?他们两人过去曾是那么好的朋友。因为只要一提印度,甚至锡兰,她的两只眼睛(只有一只是玻璃的)就慢慢变得深邃了,变成了蓝颜色,它们看见的不是人类——她对总督们、将军们,以及军队哗变没有任何温情的回忆,也没有自豪的幻想——她看见的是兰花、山间的通路以及自己在六十年代被苦力们抬着翻越渺无人迹的山峰或下山拔兰花的情景(那些兰花很不寻常,以前从没有见过),她把这些花画进了水彩画;她是一个无所畏惧的英国女人,如果她在深思兰花或自己六十年代在印度旅行的形象时受到战争的打扰,比如说一颗炸弹就落在她家门前,她一定会着急生气的——可是彼得来了。

"过来给海伦娜姑妈讲讲缅甸的情况吧。"克拉丽莎说。

然而整个晚上他还没能和她说上一句话呢!

"咱们过一会儿再谈。"她把他领到围着白披巾、拿着拐杖的海伦娜姑妈面前。

"这是彼得·沃尔什。"克拉丽莎说。

这话没引起任何反应。

克拉丽莎邀请她来。晚会很累人，很喧闹；可是克拉丽莎请她参加。所以她就来了。可惜他们住在伦敦——理查德和克拉丽莎。如果只为克拉丽莎的健康着想的话，住在乡下要好得多。但是克拉丽莎一向喜欢社交。

"他去过缅甸。"克拉丽莎说。

啊！她不禁回忆起查尔斯·达尔文①对她那本关于缅甸兰花的小册子的评语。

（克拉丽莎必须去和布鲁顿夫人说话。）

毫无疑问，那书已被遗忘了，她的关于缅甸兰花的书，可是在一八七〇年前那本书已出了三版，她告诉彼得。现在她记起彼得了。他在伯尔顿待过（那天晚上他在客厅里没有告别就离开了她，彼得·沃尔什还记得，就在克拉丽莎叫他去划船的时候）。

"理查德是那么欣赏那天的午餐会。"克拉丽莎对布鲁顿夫人说。

"理查德最能帮忙啦，"布鲁顿夫人回答，"他帮我写了一封信。你身体好吗？"

"啊，好极了。"克拉丽莎说。（布鲁顿夫人讨厌政治家的妻子有病。）

"哎，彼得·沃尔什来了！"布鲁顿夫人说（因为她总是想不出跟克拉丽莎说什么好，尽管她喜欢她。她有很多好的品质；可是她们之间丝毫没有共同之处——她和克拉丽莎。如果理查德当初娶一个不那么妩媚的女人就好了，那样的女人会帮他做更

---

① 查尔斯·达尔文(1809—1882)，英国博物学家、进化论的奠基人。

多的工作。他已经失去了进内阁的机会）。"彼得·沃尔什来了！"她说，一面和那个令人愉快的罪人握手，那个本来应该出名可是没有出名的能干的家伙（他总是和女人闹麻烦），当然啦，她也和老帕里女士握手。了不起的老夫人！

布鲁顿夫人站在帕里女士的椅子旁边，像个披着黑纱的手榴弹兵幽灵，邀请彼得·沃尔什共进午餐；她很诚挚友好，可是不会寒暄，她对印度的动植物一点儿都想不起来了。她当然去过印度，曾经在三届总督家住过；她认为有些印度平民是非同一般的好人，可是印度的状况①简直是太惨了！首相刚才一直在给她讲（老帕里女士缩在披巾里，并不关心首相一直在给她讲些什么）；布鲁顿夫人想听听彼得的意见，正好他刚从那个中心地区回来，而且她要让桑普森爵士会见他，因为作为士兵的女儿，印度局势的荒唐，或者说是邪恶，确实使她彻夜难眠。她已经老了，干不了什么大事。但是她的房子、她的仆人们、她的好朋友米莉·布拉什——他还记得她吗？——都在那里要求效劳，如果——一句话，如果他们能派得上用场的话。要知道她虽然从来不提英格兰，但是这个养育着众生的岛屿，这片亲爱又亲爱的土地已溶进她的血液之中（尽管她没读过莎士比亚）②；如果有史以来有一个女人能戴头盔射利箭，能领兵出征，能用不可抗拒的正义去统治野蛮的部族，并成为一具没有鼻子的尸首躺在教堂的盾形坟墓之中，或变成某个古老山坡上被青草覆盖的小土堆，那个女人就是米莉森特·布鲁顿。尽管她受到性别的

---

① 指第一次世界大战后印度人民在以圣雄甘地为领袖的国大党领导下进行的全国性不合作运动，旨在迫使英国殖民当局同意印度自治。
② 句中赞扬英格兰的话模仿莎士比亚历史剧《理查二世的悲剧》第二幕第一场的台词。

限制,又缺乏逻辑思维能力(她感到给《泰晤士报》写封信很困难),但她仍时时想着大英帝国,并且通过与那个全副武装的战争女神相联系得到了像步枪捅弹杆的身姿和粗犷的举止,因此不能想象她即便死后能与大地分离,也不能想象她会以某种精灵的形象游荡于那些已不再悬挂英国国旗的地区。要她不当英国人,即便在死人中间——不行,不行!绝对不行!

可那是布鲁顿夫人吗?(她过去认识她。)彼得·沃尔什难道头发花白了吗?罗塞特夫人问自己(她过去叫萨莉·西顿)。那位肯定是老帕里女士——她在伯尔顿小住时遇到的那位很爱生气的老姑妈。她永远忘不了自己赤身裸体跑过走廊,后来被帕里女士叫去训斥的事!克拉丽莎!哎,克拉丽莎!萨莉拉住她的胳膊。

克拉丽莎在他们身边停了下来。

"可是我待不住,"她说,"我会回来的,等一等吧。"她看着彼得和萨莉说。她的意思是,他们一定要等到所有的客人离开以后。

"我会回来的。"她说,注视着她的老朋友萨莉和彼得,他们两人正在握手,而萨莉在大笑,无疑是回忆起了往事。

但是她的声音已失去了过去那令人陶醉的圆润,她的眼睛也不再像以前那样炯炯有神;那时她吸着雪茄烟,那时她曾一丝不挂地跑过走廊去取她的海绵包,为此受到埃伦·阿特金斯质问:如果让男士们撞见了怎么办?可是大家都原谅了她。她到食品储藏室偷着拿了一只鸡,因为她夜里饿了;她在卧室里吸雪茄烟;她把一本价值不可估量的书忘在小船里。可是大家都非常喜爱她(大概除了爸爸以外)。那是因为她的热情和她的活力——她要画画,她要写作。伯尔顿村的老妇人直到如今还忘不了问候"你那位穿红斗篷的、样子很快活的朋友"。在所有的人当中,她唯独指责休·惠特布雷德(他就在那边,她的老朋友休,正在和葡萄牙大使说话)在吸烟室里吻她,作为对她的惩罚,因为她说妇女应该有选举权。庸俗的男人才干这种事,她说。克拉丽莎记得曾不得不劝说她不要在全家祈祷时谴责他——萨莉能做出这种事来,因为她大胆、鲁莽,喜欢煞有介事地成为一切的中心并喜欢大吵大闹,而那肯定会以某种可怕的悲剧收场:她或者死去,或者殉难,克拉丽莎过去常这样想;然而与此相反,萨莉非常出人意料地嫁给了一个秃顶的、能听她唠叨的男人,据说他在曼彻斯特市拥有几座棉纺织厂。而且她竟生养了五个儿子!

她和彼得已经一起坐下。他们在谈话:这情景似乎很熟悉——他们应该在谈话。他们会谈起往事。她和这两个人有许多共同的经历(甚至比她和理查德的共同经历还要多):那个花园、那些树、老约瑟夫·布赖特科普夫嗓子不好还唱勃拉姆斯的歌曲、那客厅的壁纸、那些铺地垫子的气味。萨莉肯定永远是这一切的一个组成部分;彼得也是。可是她必须离开他们。布拉德肖夫妇来了;她不喜欢他们。

她必须过去见布拉德肖夫人(夫人一面穿着灰色和银色服装,像只海狮在水池边表演平衡,一面吵着让人邀请她,要见公爵夫人们,她是典型的成功男人的妻子),她必须过去见布拉德肖夫人并说……

可是布拉德肖夫人先声夺人。

"我们来得实在太晚了,亲爱的达洛维太太;我们简直不敢进来了。"她说。

威廉爵士头发花白,眼睛湛蓝,显得很有身份;他说:是啊;

他们抵制不住晚会的诱惑。他大概在和理查德谈议案的事,他们想让下议院通过那个议案。她为什么一看见他(正在和理查德说话)就讨厌呢?他的样子没有什么特殊的,就是名医的样子。一个十足的医学界带头人的样子,非常权威,相当疲惫。想想都是什么样的人到他那里看病吧——陷入悲惨深渊的人们、处于精神崩溃边缘的人们、丈夫们和妻子们。他不得不决定许多非常棘手的问题。然而——她感觉,任何人都不喜欢让威廉爵士看出自己不快活。不行,不能让那个人看出来。

"你的儿子在伊顿公学怎么样?"她问布拉德肖夫人。

他没能参加板球队,布拉德肖夫人说,因为得了腮腺炎。他的父亲比他本人还在乎这事,她这样认为,"因为他自己不过是个大孩子而已。"她说。

克拉丽莎看了看威廉爵士,他还在和理查德说话。他哪里像个孩子——一点儿都不像。

她有一次曾陪一个什么人去请教他。他说的做的完全正确,特别明智。可是老天爷啊——她重新回到大街上的时候觉得多么轻松啊!她还记得,有个可怜的人在候诊室里哭泣。但是她不知道威廉爵士有什么问题,不知道自己到底不喜欢他哪一点。只有理查德同意她的看法,"不喜欢他的情趣,不喜欢他的气味。"可是他异常能干。他们正在讨论这个议案。威廉爵士正提到某个病人,他压低了声音。这跟他正谈着的弹震症的延缓效果有关。议案里必须包括有关的条款。

布拉德肖夫人(可怜的傻瓜——你并不讨厌她)突然压低声音,把达洛维太太拉到一边,好像把她拉到防空洞里,这防空洞由共同的女性特点和对丈夫们的杰出品格以及工作狂的可悲倾向的共同自豪感构成;她小声说:"就在我们动身要来的时候,我丈夫接到了电话,是个非常悲惨的病例。一个年轻男子自杀了(那就是威廉爵士正在告诉理查德的事)。他曾在陆军服役。"天呀!克拉丽莎想,我的晚会才开到一半,死讯就来了。

她继续往前走,进了那间小屋,就是首相和布鲁顿夫人进过的那间。也许屋里有人。可是一个人都没有。椅子上仍留有首相和布鲁顿夫人坐过的印记:布鲁顿夫人恭敬地转过身去,首相则以权威的姿态稳稳地坐着。他们曾一直谈着印度的局势。现在一个人都没有了。晚会的光辉消失了,她穿着华贵的衣服独自走进来感觉那么怪。

布拉德肖夫妇有什么权利在她的晚会上谈论死亡?一个男青年自杀了。他们在她的晚会上谈论这件事——布拉德肖夫妇谈论死亡。他自杀了——可怎么死的呢?每当她头一次突然听说个什么事故,她的身体总要去体验它;她的衣裙着起火,她的身体被烧伤。他是从窗口跳出去的。地面很快一闪;那些生锈的围栏尖头错误地刺穿他的身体,弄得他遍体鳞伤。他躺在那里,脑子里啪啪啪地响,然后一派黑暗使他窒息。这情景她都看见了。但是他为什么要自杀呢?而布拉德肖夫妇竟在她的晚会上谈论这种事!

她有一次曾把一先令硬币扔进蛇形湖里,以后再没有抛弃过别的东西。但是他把自己的生命抛弃了。他们这些人继续活着(她得回去;那些屋子里仍挤满了人;客人还在不断地来)。他们(一整天她都想着伯尔顿,想着彼得,想着萨莉),他们会变老的。有一种东西是重要的;这种东西被闲聊所环绕、外观被损坏,在她的生活中很少见,人们每天都在腐败、谎言和闲聊中将它一点一滴地丢掉。这种东西他却保留了。死亡就是反抗。死亡就是一种与人交流的努力,因为人们感觉要到达中心是不可能的,这中心神奇地躲着他们;亲近的分离了;狂喜消退了;你孤身一人。死亡之中有拥抱。

但是这个自杀的青年——他是不是抱着他最宝贵的东西跳下去的呢?"如果现在就死去,现在就是最幸福。"她有一次曾这样对自己说,是在走下楼梯的时候,穿着白色衣裙。

或许诗人和思想家们也有同感。假设这个青年曾有过那种激情,并去见过威廉·布拉德肖爵士;威廉爵士是个名医,然而在她看来有一种不易察觉的邪恶,他没有性感或情欲,对女人特别有礼貌,但是他能做出某种难以形容的暴行——给你的灵魂施加压力,对了,就是这个;如果这个年轻人到他那里去过,而且威廉爵士用自己的权势对他施加那样的压力,年轻人是否可能说(她现在真切地感到这一点):生活真让人受不了;他们——像威廉爵士那样的人——把生活搞得让人无法忍受?

再说(她只是今天早晨才感到这一点的)还有那种恐怖感,那种强烈的无能为力的感觉,因为父母把这条生命交到你手里的时候期望你活到老,期望你宁静地与其同行,而你却不能;在她心灵深处有一种极度的恐惧感。即使是现在,如果理查德不是经常在那里阅读《泰晤士报》,从而使她能像小鸟一样蹲伏着逐渐恢复活力,把那不可估量的快乐大吼出来,擦过一个个柴枝,用一种东西摩擦另一种东西的话,她一定早就死了。她逃避了死亡。可是那个年轻人却自杀了。

在某种意义上,这是她的灾难——她的耻辱。她看见这里一个男人、那里一个女人陷入这深邃的黑暗并消失了,而她却穿着晚礼服勉强站在这里,这是对她的惩罚。她曾使过诡计,她曾偷过小东西。她从来就不是完美的令人爱慕的人。她曾希望成功,像贝克斯伯拉夫人那样拥有一切。而昔日她曾在伯尔顿的台地上散步。

真奇怪，真难以置信，她还从来没有这么幸福过。什么都不够缓慢，什么都延续得不够长。她早已告别了青春的成功，一直埋头于生活的进程，突然间她又惊喜地找到了幸福，在太阳升起的时候，在白昼逝去的时候，因此没有任何快乐能与这种幸福相比，她想，一面整理着椅子，把一本书推进书架里。在伯尔顿时她曾不止一次在大家谈话的时候走出去瞭望天空，或在晚餐时从人们的肩膀之间看着天空；在伦敦，她睡不着觉的时候也要看看天空。她走向窗口。

这郊外的天空，这威斯敏斯特的天空，包容着她自己的某种东西，尽管这想法很愚蠢。她打开窗帘，向外张望。哎呀，可是多么令人惊奇啊！——在对面楼房的房间里，那位老妇人正在和她对望！她正准备上床睡觉。还有这天空。她曾预料，天空会把美丽的脸庞转向后面，它将是肃穆的、昏暗的。可是看看它吧——像灰一样苍白，有大片的带状云彩飞速穿越其间。这在她看来非常新鲜。风一定是刮起来了。在对面的房间里，她要上床了。观察那位老妇人在屋子里走动，穿过房间来到窗口，真是太有意思了。她能看得见她吗？正当客人们仍在客厅里说说笑笑的时候，观察那位老妇人很安静地独自上床真是太有意思了。现在她拉下百叶窗。时钟敲起来了。那个年轻人自杀了，但是她并不可怜他；由于钟声在报时，一下、两下、三下、由于这一切仍在继续，她不可怜他。看！那老妇人已经熄灯了！现在整个房间一片黑暗，而这一切还在继续，她重复道，然后几个字自动来到她的嘴边：无需再怕骄阳酷暑。她必须回到他们那边去。但这是个多么不寻常的夜晚啊！她不知为什么觉得自己非常像他——那个自杀的年轻人。她为他的离去感到高兴，他抛弃了自己的生命,与此同时他们还在继续生活。时钟正在敲响。那深沉的音波逐渐消逝在空中。可是她必须回去。她必须和客人们在一起。她必须找到萨莉和彼得。于是她从小屋进到客厅。

"可是克拉丽莎在哪呢?"彼得说。他和萨莉一起坐在沙发上。(这么多年之后他实在无法叫她"罗塞特夫人"。)"那女人到哪去了?"他问,"克拉丽莎到哪去啦?"

萨莉猜想,彼得也同样猜想,一定是来了一些重要人物,政治家们,他们两个都不认识,除非在报纸上看见过照片,克拉丽莎不得不招待他们,和他们说话。她正跟他们在一起。然而理查德不是内阁成员。他干得不好吧?萨莉猜想。她自己很少看报。她有时看见报上提到他的名字。可是后来——是啊,她过着一种非常孤独的生活,在荒野里,克拉丽莎会说,在大商人中间,在大工厂主中间,总而言之,在务实的男人中间。其实她也干了不少事!

"我有五个儿子!"她告诉他。

上帝啊,上帝,她的变化多大呀!那母性的温柔,还有那母性的自我吹嘘!彼得还记得,他们最后一次见面是在月光下的花椰菜丛中,那些叶片像"粗糙的青铜",她曾这样说,用她的文学表达方法;她还摘下一朵玫瑰。她曾强迫他走过来又走过去,就在那个可怕的夜晚,在喷泉旁的那一幕发生之后;他那时准备赶午夜的火车。老天爷啊,他曾号啕大哭!

那是他的故技,打开随身带的折刀,萨莉想,他激动的时候总是开关折刀。他们两人曾经非常非常亲近,她和彼得·沃尔什,在他和克拉丽莎恋爱的时候;还有午餐时那场关于理查德·

达洛维的荒唐可笑的争吵。她曾叫理查德"威克姆"。为什么不叫他"威克姆"呢？克拉丽莎大发雷霆！而且她们两人从那以后确实没有再见面，她和克拉丽莎，在最近十年里也许最多只见过六次。彼得·沃尔什后来去了印度，她曾隐约听说他的婚姻不幸福，她不知道他有没有孩子，她也不便问，因为他已经变了。她觉得，他样子憔悴，但是比以前更友善了，她对他有一种真正亲切的感情，因为他是和她的青春联系在一起的，她仍保存着他送的一本艾米莉·勃朗蒂的小书，而且他肯定是想写作的吧？那时候他的确是准备写作的。

"你写什么书了吗？"她问他，同时把一只手，她那结实的、形状很美的手，放到膝头，跟他记得的一模一样。

"一个字都没写！"彼得·沃尔什说；她哈哈大笑。

她仍旧很动人，仍旧引人注目，萨莉·西顿。可是这位罗塞特是个什么样的人呢？他在婚礼那天戴了两朵山茶花——关于他的情况彼得就知道这么多。"他们有很多仆人，有绵延几英里的暖房。"克拉丽莎信中说；大意如此。萨莉高声大笑着承认了这一点。

"是啊，我一年收入一万英镑。"——不知是交税前还是交税后，她记不清了，因为这些事都是她丈夫替她做的；"你应该见见他。"她说；"你会喜欢他的。"她说。

萨莉过去可是衣衫褴褛。为了来伯尔顿，她曾典当了她曾祖父的戒指，那是玛丽·安特瓦尼特赠送的——他这消息没错吧？

啊，是啊，萨莉想起来了，她仍然保存着那枚戒指，玛丽·安特瓦尼特送给她曾祖父的红宝石戒指。那时候她名下没有分文，去伯尔顿总是意味着她得使劲勒紧裤腰带。但是去伯尔顿对她很有意义——使她精神免于崩溃,她相信,因为她在家里很不愉快。但那都是过去的事了,一切都过去了,她说。帕里先生已经去世,而帕里女士还活着。他一生中从来没有这样震惊过,彼得说。他曾确信她已辞世。那婚姻一直是成功的吧?萨莉琢磨着。那个很漂亮、很自信的姑娘是伊丽莎白,就在那边,在窗帘旁边,穿着红衣服。

(她像一棵白杨,她像一条小河,她像一朵风信子花,威利·蒂特科姆在想。啊,若是在乡下,她想干什么就干什么该多好!伊丽莎白确信她能听见她那可怜的小狗在叫。)她一点儿都不像克拉丽莎,彼得·沃尔什说。

"啊,克拉丽莎!"萨莉说。

这就是萨莉的感觉,很简单。她欠克拉丽莎许许多多的情。她俩曾是朋友,不是一般的熟人,而是朋友,她仍能看见克拉丽莎身穿白衣手捧鲜花在房子里走来走去——时至今日烟草植物仍能使她想起伯尔顿。但是——彼得明白吗?——她缺少点什么。缺少什么呢?她有魅力,她有非同寻常的魅力。但坦率地说(她感觉彼得是个老朋友,一个真正的朋友——他有一个时期不在英国,这有关系吗?相距遥远有关系吗?她常常想给他写信,可是写了又撕掉,然而她觉得他能理解,因为人们无须把事情都说出来便能理解,有如一个人意识到自己年岁已老;她老了,当天下午刚去伊顿公学看过她的儿子们,他们患了腮腺炎),十分坦率地说,克拉丽莎怎么能那样做呢?——怎么能嫁给理查德·达洛维呢?那人是个体育爱好者,一个只喜欢狗的人,说真的,他一进屋就散发出一股马厩的气味。然后生活就变成了这个样子?她摆了摆手。

那是休·惠特布雷德,悠闲自在地走了过去,穿着白色西服背心,迟钝、肥胖、视而不见,他对一切都不留意,只注意自尊和安逸。

"他不打算认咱们。"萨莉说,说实在话她也没有那个勇气去——这么说,那就是休!那个令人爱慕的休!

"他做什么工作?"她问彼得。

他给国王擦皮靴,或在温莎宫里数酒瓶子,彼得告诉她,彼得的舌头还是那么尖刻!可是萨莉必须说老实话,彼得说。讲讲那次休亲吻她的事。

吻在嘴唇上,她肯定地告诉他,那是一天晚上在吸烟室里。她当时生气极了,立即去找克拉丽莎。休不会干那种事!克拉丽莎说,那令人爱慕的休!休的短袜无一例外,总是她所见过的最漂亮的——现在他穿的晚礼服也无可挑剔!他有孩子吗?

"这屋子里的每个人都有六个儿子上伊顿公学。"彼得告诉她,除了他自己以外。感谢上帝,他一个孩子都没有。没有儿子,没有女儿,也没有妻子。唉,他好像并不在意,萨莉说。他比他们所有的人都显得年轻,她想。

可是那样的婚姻从很多方面来说都是愚蠢的,彼得说:"她是个十足的傻瓜。"他说,但是,他又说:"我们曾度过一段美好的时光。"但是那怎么可能呢?萨莉想不通;他的话是什么意思呢?认识他却一点儿都不了解他的情况,多么奇怪啊。他这样说是出于自尊吗?很可能,因为那桩婚事一定使他恼怒(尽管他是个怪人,是个精灵式的人物,绝不是普通的人),在他这个年龄,没有家,没有去处,一定很孤独。但是他应该到她家去住上几个星期。当然啦,他会去的;他愿意到她家小住;他们就这样商量定了。这么多年来达洛维夫妇一直没有到她家去过。他们一次次邀请他们夫妇。克拉丽莎(当然是克拉丽莎)不愿意去。因为，萨莉说，克拉丽莎在内心深处是个势利眼——谁都得承认她是个势利眼。她相信，正是这一点使得她们之间有隔阂。克拉丽莎认为她下嫁给了地位比她低的人，因为她丈夫是个矿工的儿子——她为此而自豪。他们拥有的每一分钱都是他挣来的。他很小的时候（她的声音颤抖了）就能扛很大的货包了。

（彼得觉得，她会这样讲下去，一个小时一个小时地讲下去：那个矿工的儿子，人们会认为她下嫁了地位比她低的人，她的五个儿子，还有一件什么事来着——是植物，绣球花、丁香花，还有非常非常罕见的木槿，在苏伊士运河以北地区从来不生长，但是她在曼彻斯特郊区只雇了一个园丁就种植了许多，有整整几花坛呢！所有这些辛苦克拉丽莎都逃避了，因为她一向缺乏母性。）

她是势利眼吗？是的，表现在很多方面。这么长的时间她到哪儿去了呢？时间越来越晚了。

"可是，当我听说克拉丽莎要开晚会的时候，我觉得我不能不来——我必须再见见她（我就住在维多利亚街，差不多就在隔壁），"萨莉说。所以我就不请自到了。"可是，"她小声说，"告诉我，请告诉我，这个人是谁？"

那是希尔伯里太太，她正在寻找大门。因为天已经那么晚啦！还有，她小声说，在夜越来越深、人们已经离去的时候，你找到了老朋友，找到了安静隐蔽的角落和最可爱的景致。她问，他们知道自己的周围有个迷人的花园吗？照明灯、树木、波光粼粼的湖水和那天空。克拉丽莎·达洛维刚才说，后花园里只不过有几盏彩灯罢了！可她是个魔术师！那简直就是个公园……她不知道他们的姓名，但她知道他们是朋友、不知姓名的朋友、没有歌词的歌总是最好的。但这里有那么多的门，那么多意想不到的地方,她找不着路了。

"是希尔伯里老太太。"彼得说。可那个人是谁呢?那个妇人一晚上都站在窗帘旁边,一言不发。他看她有些面熟,便把她和伯尔顿联系在一起。她过去一定是常在窗子里的大桌子上裁剪内衣吧?戴维森,是她的名字吧?

"啊,那是埃莉·亨德森。"萨莉说。克拉丽莎对她很苛刻。她是个表亲,很穷。克拉丽莎对人**实在**很苛刻。

她是够苛刻的,彼得说。然而,萨莉像往常那样充满感情、热情洋溢地说(她的这种热情彼得过去很欣赏而现在又有点儿惧怕,因为她可能变得过分感情用事),克拉丽莎对她的朋友们是多么慷慨啊!那是多么难得的品质啊,而且有时她在夜间或在圣诞节历数自己的幸事时总要把那段友谊放在第一位。她们都很年轻,这是原因之一。克拉丽莎心地纯洁,这是原因之二。彼得会认为她感情用事。她确实如此。因为她已逐渐认识到唯一值得说的是自己的感情。要小聪明是愚蠢的。人必须直言自己的感受。

"可是我不知道自己感受到了什么。"彼得·沃尔什说。

可怜的彼得,萨莉想。克拉丽莎为什么不过来和他们说话呢?那正是他渴望的事。她是知道的。他一直只想着克拉丽莎,并不停地摆弄着折刀。

他发现生活并不简单,彼得说。他和克拉丽莎的关系并不那么简单。这关系已经毁了他的一生,他说。(他们曾经那么亲近——他和萨莉·西顿,他不对她直言倒是荒谬了。)一个人不能恋爱两次,他说。她能说什么呢?然而恋爱过总比没恋爱过要好(可是他会认为她感情用事——他过去是那么尖刻)。他应该去曼彻斯特到她家小住。那些都是实话,他说。都是实话。他很愿意到她家去做客,他在伦敦办完事以后马上就去。

克拉丽莎喜欢他胜过喜欢理查德,萨莉敢肯定。

"不对,不对,不对!"彼得说(萨莉不该这么说——她太过分了)。那个好人——他就在房间的另一头滔滔不绝地说话,跟以往一样,亲爱的理查德。跟他谈话的是个什么人呢?萨莉问,那个看上去很有身份的男人是谁呢?由于她的确生活在荒原里,她有一种难以满足的好奇心想了解别人。可是彼得不认识那个人。他不喜欢那人的外貌,他说,也许是个内阁部长吧。他说,他认为理查德在所有那些人当中是最好的人,最公正无私。

"可是他都干了什么工作呢?"萨莉问。是公共管理工作吧,她猜想。那么他们在一起过得幸福吗?萨莉问(她自己是特别幸福的);要知道,她承认,她对他们一点儿都不了解,只是匆匆得出结论,正如人们常做的那样,因为就是对每天和你一起生活的人你又能了解多少呢?她问。我们难道不都是囚徒吗?她读过一部很有意思的剧本,描写一个囚犯抓囚室的墙壁,她觉得剧本反映了生活的真实——人们总是在抓墙壁。由于她对人际关系感到绝望(人们是那么难以相处),她常常走进自己的花园,在鲜花丛中得到一种任何人不能给予她的平和的心境。可是不行,他不喜欢卷心菜;他喜欢的是人,彼得说。是啊,年轻人是美丽的,萨莉说,一面看着伊丽莎白穿过房间。克拉丽莎在她这个年龄可不是这个样子!他能从伊丽莎白的样子看出她的情况吗?她本人是不会开口的。看不出多少,现在还看不出,彼得承认。她像朵百合花,萨莉说,像池塘边的百合。可是彼得不同意说我们什么都不了解。我们什么都了解,他说;起码他自己什么都了解。

但是这两个人,萨莉小声说,这两个正走过来的人(她真得走了,如果克拉丽莎不快过来的话),这个显得很有身份的男人和他那相貌平常的妻子,他们曾一直和理查德谈话——对这样的人又能了解什么呢?

"我知道他们是可恶的骗子。"彼得说,冷冷地看了他们一眼。他引得萨莉哈哈大笑。

但是威廉·布拉德肖爵士在门口停下看一张画。他在画的角落里寻找雕版者的姓名。他的妻子也在看。威廉·布拉德肖爵士对艺术是那么有兴趣。

彼得说,他在年轻时总是过于急切而无法了解别人。现在他老了,确切地说五十二岁了(萨莉说,她五十五岁了,那是指的身体,但她的心还像二十岁姑娘的一样);现在他成熟了,彼得说,那么他就能观察,就能理解,也不失感觉的能力,他说。是的,确实这样,萨莉说,她感受得更深,更有激情,年年如此。他说,哎呀,也许吧,感受的能力在增长,但是你应该为此而高兴——这种能力在他的经历中不断增长。在印度有一个人。他愿意对萨莉谈谈她的事。他愿意让萨莉与她相识。她已经结过婚,他说。她有两个很小的小孩。他们应该一起来曼彻斯特,萨莉说——在他们分手之前他必须答应她。

"伊丽莎白来了,"他说,"我们感受到的事情她连一半也感受不到,目前还感受不到。""可是,"萨莉说,看着伊丽莎白走向她的父亲,"可以看得出来他们之间关系很亲密。"她从伊丽莎白向她父亲走去的样子可以感觉出来。

要知道她的父亲一直在看着她,当他站着和布拉德肖夫妇谈话的时候心里就想:那个可爱的姑娘是谁呢?突然间他看出来那就是他的伊丽莎白,而他刚才却没认出来,她穿着粉红斗篷多可爱呀！伊丽莎白在和威廉·蒂特科姆谈话时也感觉到他在看她。所以她就走了过来，父女俩站在一起；由于现在晚会已接近尾声，他们看着客人离开，看着房间变得越来越空，地板上零乱地散落着一些东西。就连埃莉·亨德森也要走了，她几乎是最后一个，尽管没有人和她说话，她本来就打算来多看看，回去好讲给伊迪丝听的。晚会结束了，理查德和伊丽莎白都非常高兴，但理查德是为自己的女儿感到自豪。他本来不想对她说，但还是情不自禁地告诉了她。他说，他当时看着她，心里纳闷，那个可爱的姑娘是谁呢？那正是他的女儿！这真叫她高兴。可是她那可怜的小狗叫起来了。

"理查德有进步。你说得对，"萨莉说，"我要过去跟他谈谈。我要道一声晚安。和心灵相比，脑子又有什么重要呢？"罗塞特夫人站起来说。

"我会来的。"彼得说，但他又在那里坐了一会儿。为什么会恐惧呢？为什么会狂喜呢？他暗自想。是什么让我异常激动呢？

是克拉丽莎，他说。

因为她来了。

海 浪

吴钧燮 译

太阳还没有升起。海天混沌一色，只有海面稍稍有一点涟漪，仿佛有一块布在上面起伏打皱。随着天色逐渐泛白，天边现出一条暗沉沉的线，把海和天分了开来，这时那块灰色的布上就出现了一行行浓重的条纹，在水面下绵延不断，互相追逐，彼此推拥，不断前进。

当它们到达岸边时，每条波纹先高高涌起，然后一一散裂，在沙滩上铺上一层薄薄的白色水花。波浪暂时平伏一会，接着又重新掀起，发出叹息般的声音，就像熟睡者梦中不自觉的呼吸。这时天边那条暗纹渐渐变得明朗，就像一瓶陈酒中的酒渣已经澄清，使酒瓶重新透出绿莹莹的颜色。地平线外，天空也慢慢变得清澈，仿佛那里鱼肚色的沉渣已经澄清，或者仿佛有个伏在地平线下的女郎举起了一盏明灯，使天空中横亘着一条条青黄夹白、色调暗淡的光纹，活像一把扇子上的一条条扇骨。接着她把灯更举高了一些，大气就显得仿佛是由纤维织成似的，它从绿色的水面上抽起一缕缕金黄血红的细丝，好像放烟火时纷纷腾起的烈焰。随后这些烟火的万千丝缕逐渐融汇成炽热的一片，将那原来沉甸甸像灰毛毯似的天幕烘托起来，化成了亿万点淡蓝的光霭。海面渐渐变得透明起来，不断微微起伏，闪闪发光,直到那些暗淡的条纹终于几乎全部消失无踪。那条擎着明灯的手臂慢慢地越举越高,最后那广漠的光焰似乎明显可辨;天边燃起了一圈弧形的光芒,映得它近旁的海面一片金光闪闪。

光照射到园中的树木,逐步把叶子一一映成了透明。一只鸟儿在高处啾然而鸣;静默了一会;接着又是另一只鸟儿在低处啁啾。阳光照出屋壁的棱角,然后像扇尖似的轻轻触在一块白色窗帘上,映出卧室窗前一片树叶细小得像指印般的蓝色阴影。窗帘微微地掀动了一下,但室内仍旧一片昏暗,朦胧难辨。外面,鸟儿一直在啁啾鸣唱着它们那单调的歌儿。

"我看见一个圆圈,"伯纳德说,"在我头顶上悬着。四周围着一圈光晕,不住晃动。"

"我看见一片浅黄色,"苏珊说,"蔓延得老远,最后接着一条紫边。"

"我听见一个声音,"罗达说,"唧唧,唧;一会儿高,一会儿低。"

"我看见一个圆球,"奈维尔说,"在连绵不断的山坡前像一滴水似的挂下来。"

"我看见一个红缨穗,"珍妮说,"上面缠满着金线。"

"我听见什么东西在蹬脚。"路易说,"一头野兽被链子拴住了脚。它在蹬呀,蹬呀,蹬呀。"

"瞧阳台角落上那个蜘蛛网。"伯纳德说,"网上面有一滴滴的水珠和一点点的白光。"

"窗子跟前满堆着扫拢来的树叶,像一些带芒的麦穗。"苏珊说。

"小路上投下一个影子,"路易说,"像一只弯起的胳膊肘。"

"草地上晃动着一块块光斑。"罗达说,"它们是树梢上透下来的。"

"躲在树叶深处的那些鸟儿,眼睛都闪闪放光。"奈维尔说。

"鸟毛上盖着一层粗短的绒毛,"珍妮说,"都被水珠打湿了。"

"一条毛虫蜷成个绿色的圈圈,"苏珊说,"一面有一排排短脚。"

"一只灰壳蜗牛爬过小路,一路压平了它身子底下的小草。"罗达说。

"一个个窗格里射出亮起了的灯光,在草地上闪闪烁烁。"路易说。

"石头冰我的脚。"奈维尔说,"不管圆的尖的,我都觉得出来。"

"我的手背火烫,"珍妮说,"手心却沾满露水,又冷又湿。"

"现在公鸡啼了,就像清溪里突然冒出一股鲜红的激流来似的。"伯纳德说。

"咱们上上下下、前后左右全是鸟儿的鸣叫声。"苏珊说。

"那只野兽在蹬脚;是一头被链子拴着脚的大象;那头又大又笨的畜生在沙滩上蹬脚。"路易说。

"瞧那所屋子,"珍妮说,"所有的窗子全挂着白色的窗帘。"

"洗碗间龙头里正开始流出冷水来,"罗达说,"直冲在盆子里的青花鱼上。"

"墙上满是金黄色的裂缝,"伯纳德说,"窗下有树叶子映出来的一点点细小得像指印般的蓝色阴影。"

"这会儿康斯泰伯太太正套上了她那双厚厚的黑袜子。"苏珊说。

"当炊烟一升起来,睡意就像一缕轻烟似的从房檐上被卷走了。"路易说。

"鸟儿原来正叽叽喳喳叫成一片,"罗达说,"这会儿洗碗间的门打开了,它们全一哄而起,像撒出一把谷子似的纷纷飞走啦。不过还单剩一只,在窗子下面叫个不停。"

"锅底上聚起了一层气泡。"珍妮说,"一会儿它们纷纷冒了上来,越冒越快,像一串银色的珠子似的一直冒到了锅面上。"

"现在比迪正拿一把带锯齿的刀子在刮鱼鳞,刮到一只木盆里。"奈维尔说。

"饭厅的窗户现在变成了暗蓝色,"伯纳德说,"烟囱上冒出一缕缕的轻烟。"

"避雷针上停着一只燕子。"苏珊说,"比迪砰地一声把水桶撂在厨房的石板地上。"

"教堂的钟敲了第一下。"路易说,"接着又继续敲下去;一下,两下;一下,两下;一下,两下。"

"瞧那桌毯,沿着桌边洁白地垂下来。"罗达说,"又摆上了一圈洁白的盘碟,碟子边上都描着银线。"

"忽然一只蜜蜂的嗡嗡声刺进我的耳朵。"奈维尔说,"它就在那儿哩;飞过去了。"

"我身上发热,打战,"珍妮说,"快避开太阳光,躲到阴凉地方去吧。"

"现在他们都走了。"路易说,"只剩下我独自一个。他们进屋子吃早饭去了,剩下我站在墙边的花丛里。天还很早,没到上课时间。花儿朵朵地布满在草丛中间。花瓣五色缤纷。花茎从下面漆黑的土沟里长出来。那些花儿就好像光线幻化出来的鱼儿在绿阴阴的水里游动。我把一株花茎捏在手里面。我就是那株花茎。我的根深深扎进大地深处,穿过夹着砖石的干土,穿过湿土,透过铅和银的矿脉。我全身都是由脆弱的纤维构成的。最小的地震都会震得我发抖,沉重的泥土挤得我喘不过气来。到了这儿,上面,我的眼睛全是绿色的叶子,什么都看不见。在这上面,我是个穿着灰法兰绒衣服的孩子,系着根用一个黄铜蛇头扣起来的皮带。在那儿,下面,我的眼睛就是尼罗河边沙漠上一尊石像上呆睁着的两眼。我看见女人们带着红色的水罐走到尼罗河边去;我看见骆驼一摇一摆走着,男人扎着头巾。我听到四周全是走动、颤抖和忙乱的声音。

"在这上面,伯纳德、奈维尔、珍妮和苏珊(不过不包括罗达)老用他们的捕虫网在花坛上掠着。他们从摆动的花尖上掠蝴蝶。他们把地面上洗掠一空。他们的网子里满是扑动的翅膀。他们叫唤着:'路易!路易!路易!'但是他们看不见我。我藏在灌木树篱外面。只有透过树叶丛中的孔隙才能看得见。唉,上帝,让他们快走开吧。上帝,让他们把那些蝴蝶放在一块小手绢上,摊在沙砾堆上。让他们数着他们的那些乌龟壳,那些花蝴蝶和白蝴蝶吧。只求别发现我。我就像树篱荫下一株水松树那么嫩绿。我的头发全是树叶。我扎根在泥土的深处。我的身子是一株花茎。我捏了一下手里的那株花茎。从它的断口处流出了一滴汁液来,黏糊糊的,慢慢地变得越来越大。这时篱笆孔前闪过一个粉白色的身影。接着一道目光从缝隙里溜了过来。这目光窥见了我。我是个穿着身灰法兰绒衣服的孩子。她找到了我。我的颈项背后被碰了一下。她吻了我。一切全都被打乱了。"

"我一吃完早饭,"珍妮说,"就连忙跑来。我望见篱笆孔里的叶子在动。我还当'那是只正呆在窝里的鸟儿'哩。我分开叶子瞧瞧,可是那里并没什么呆在窝里的鸟儿。叶子还是在动。我吓坏了。我跑过苏珊身边,跑过罗达身边,又跑过正在工具房里说着话的奈维尔和伯纳德。我边跑边喊,越跑越快。到底是什么东西在使叶子晃动?什么东西叫我心里直跳,撒腿就跑?最后我终于向这儿跑来,瞧见你,路易,全身碧绿,就像一株小树,像一根树枝,一动不动呆着,呆呆地睁着一双眼睛。'他死了么?'我心里想,就吻了你一下,心在我的粉红色上衣里一个劲跳动,就像这些树叶子仍旧在动那样,尽管并没有什么东西使得它们晃动。现在我闻到了牻牛儿的香味;我闻到了泥土味儿。我跳着。我滔滔不断地说着。我好像一张光线织成的网罩住了你。我浑身发抖地扑过来倒在你身上。"

"透过树篱的缝隙,"苏珊说,"我瞧见了她在吻他。我从花盆上抬起头来,从树篱上的一个缝隙里望过去,瞧见她正在吻他。我瞧见他们——珍妮和路易,正在接吻。现在我只好把我的苦恼包在我的小手绢里。把它紧紧地卷成一团。上课前,我要独自跑到山毛榉树下去。我不想坐在书桌跟前做算术。我不愿意坐在珍妮和路易的旁边。我要把我的痛苦心情带去,摊开在山毛榉树的树根前。我要小心察看它,用指头掂着它的分量。他们找不见我。我要吃野果,在刺莓丛里找鸟蛋吃,我会变得乱发蓬松,睡在树篱下面,喝沟里的水,死在那儿。"

"苏珊走过去了。"伯纳德说,"她刚走过工具房门口,把手绢紧紧揉成一团。她没有哭,不过她那挺漂亮的眼睛紧眯着,就像猫儿就要跳起来之前的眼睛那样。我要跟着她,奈维尔。我要带着好奇心悄悄跟在她后面,以便在她大发脾气,觉得'我孤单极了'的时候,好马上去劝劝她。

"现在她正悠悠晃晃、漫不经心地穿过野地走去,想瞒过我们。随后她走到了那个低坡上;她以为别人已经瞧不见了;她就双手握在胸前迈步飞跑起来。她两手的指甲在她那团手绢里紧勾在一起。她是在朝那山毛榉树丛下的荫蔽处跑。当她跑到那儿时,就像在游泳似的把两臂一分,钻进了树阴。但因为刚从阳光里来,两眼看不清,她脚下一绊,一下扑倒在树根上,躺在树丛下面,光线就像呼吸似的一隐一现,透射进来。树枝在上下地晃动。这儿正仿佛是充满着苦恼和烦乱。充满着忧郁哀愁。光线时明时暗。仿佛充满着痛苦。树根盘在地上活像个骷髅架,关节的地方堆满了枯败的树叶。苏珊把她的痛苦摊了开来。她的小手绢摊在山毛榉树的树根上,她就蜷缩地坐在她刚才跌倒的地方啜泣着。"

"我看见她吻了他。"苏珊说,"我从树叶中间望过去看见了她。她在像闪烁着钻石光彩的阳光下跳着舞,轻得像一粒飞尘。可我却身材矮胖,伯纳德,我个子矮。我一双眼睛望出去离地很近,老看得见草丛里的虫儿。当我一瞧见珍妮吻着路易,我原来满腔的热情就一下化成了冰冷的石头。我要啃着青草,死在一条满是污水烂叶的小沟里。"

"我瞧见你走过的。"伯纳德说,"你经过工具房门口时,我听得你在哭喊着:'我真不幸呀。'我放下了手里的刀子。我刚才正在跟奈维尔一起用木柴做船。我的头发蓬乱,因为康斯泰伯太太叫我梳梳头时,正巧有只苍蝇落进了蛛网里,我就问她:'我该去把那只苍蝇救出来呢,还是听凭它去被吃掉?'就这样,我老是把事情给耽搁了。我头发没梳,里面还沾着那些木屑。一听见你在哭,我就跟着你走来,接着就见你摊开了那块紧揉成一团,里面满包着怒气、满包着恼恨的手绢。不过这些很快就会过去的。现在我俩的身子紧靠在一起。你听得见我的呼吸。你看那只甲虫也正在想背走一片叶子。它一会儿朝这边爬,一会儿又朝那边爬,所以当你瞧着那只甲虫时,就连你想要占有某一件东西(眼前是想占有路易)的渴望,也正像透过山毛榉叶子时隐时现的光线那样,总会动摇的;而一些正在悄悄打进你内心深处的话,也总会把那个紧包在你手绢里的仇恨的结解开的。"

"我又在爱,又在恨。"苏珊说,"我只渴望要一样东西。我的眼睛是死板板的。珍妮的眼睛光彩焕发。罗达的眼睛像晚上总会召得蛾子飞来的小白花。你的眼睛又大又饱满,而且从来不低垂下来。可是我已经在开始追寻我的目标了。我看得见草丛里的虫儿。尽管我母亲还在替我织白短袜、缝围涎布的边,我还是个孩子,可是我又在爱,又在恨。"

"不过当咱们一块儿坐着,紧靠在一起的时候,"伯纳德说,"咱们俩就通过辞藻,互相融合在一起了。咱们四周净是一片迷雾。咱们是一块空幻不可捉摸的领域。"

"我看见了那甲虫。"苏珊说,"我看见了它是黑色的;我看见了它是绿色的;我只会说简单的字眼。可你却滔滔不绝,越说越远,把一个个字眼编成漂亮辞藻,越说越起劲。"

"现在,"伯纳德说,"让我们去历险吧。那儿树林子里有所白房子。它在咱们下面很远的地方。我们要沉下去,像游水的人想用脚趾尖碰到河底似的。咱们要穿过一片像绿色大气似的树叶丛沉下去,苏珊。咱们一边跑一边往下沉。气浪在咱们头上合了起来,那一大片山毛榉的叶子在咱们头上合拢了。这是那座有金色时针的钟。这些是那幢大房子上面高高低低、凹下凸起的屋顶。这是那个小马夫穿着橡皮靴在院子里噔噔噔地跑来跑去。这里就是埃尔弗顿。

"现在咱们已经穿过树梢落到了地上。大气不再在我们头上卷起它那长长的、讨厌的紫色气浪。咱们着了陆；咱们踏上了大地。这是女主人小花园四周修得整整齐齐的灌木树篱。午间她们常在园子里散步，手里拿着剪子，修剪玫瑰。现在咱们是在一个四面有围墙的林子里。这就是埃尔弗顿。我在路口上见过路牌，上面有箭头标着'去埃尔弗顿'。谁也没去过那儿。羊齿草的气味浓极了，下面长着红色的菌子。现在咱们惊醒了还从来没见过凡人的睡梦中的穴鸟；现在咱们踏着了那些年深月久、又红又滑的陈年橡实。这座林子四周围墙环绕；从来没有人上这儿来。听！这是一只硕大的癞虾蟆在乱树丛里扑通一声跳动；那是一颗原生枞树的果实啪哒一声落在羊齿草里自己烂掉。

"你踏在这块砖头上。望一望墙里面。这就是埃尔弗顿。女主人正坐在两扇长窗的中间在写字。几个园丁正在用又长又大的笤帚打扫草地。咱们是第一个上这儿来的。咱们是这块谁都不知道的地方的发现者。别出声：要是园丁看见了，他们就会开枪打咱们的。咱们准会像黄鼠狼似的被钉在马棚的门上。当心！别动。紧紧抓住墙头上的羊齿草。"

"我瞧见女主人在写字。我瞧见园丁在打扫。"苏珊说，"要是咱们死在这儿，谁也不会来埋葬咱们的。"

"快逃！"伯纳德说，"快逃！那个黑胡子的园丁发现咱们了！咱们会被打死的！咱们会像一只樫鸟似的被打死，钉在墙上！咱们是在一个不友好的敌境里。咱们一定要逃到那山毛榉林子里去。咱们一定得藏进树底下。我来的时候折弯过一枝小树枝。那儿有条暗道。你尽量低下身子来。紧跟着走，别回头。他们会当咱们是狐狸哩。快逃！

"现在咱们没事了。现在咱们可以重新直起身子来了。咱们现在可以在这高高的苍穹底下，在这广大的树林子里伸开手脚了。那只不过是大气气浪的嘘嘘声。那是一只斑鸠在从山毛榉树梢上的隐蔽处冲出来。这只斑鸠在扑翅飞起;这只斑鸠在扑着它那迟钝的翅膀。"

"现在你又越说越玄,"苏珊说,"一味编起漂亮辞藻来了。你一会儿像根气球上的绳子腾空而起,穿过层层树叶,越飞越高,高不可攀。一会儿你又慢慢腾腾地,落在我后面,不断地回顾,编着漂亮辞藻。你已经把我撇在一边。园子到了。这儿是灌木树篱。罗达正在这儿小路上,把花瓣儿漂在她那只褐色的水盆里不住地晃动着。"

"我的船儿都是白色的。"罗达说,"我不要蜀葵或者牻牛儿的红花瓣。我要把水盆侧过来,让白色的花瓣在盆里漂动。我现在有一队船儿正在漂洋过海。我要扔一根树枝进去当木筏,救一个落海的水手。我要扔块石子进去,瞧着海底里冒起水泡来。奈维尔走了,苏珊也走了;珍妮说不定是跟路易在厨房外的后园里采醋栗。乘赫德森小姐正把我们的作业本摊开在课桌上批改,我暂时可以独自呆一会儿。我暂时有点儿自由。我把所有落下来的花瓣拾了起来,让它们漂在水里。我洒了些雨滴在几片花瓣上。我要在这儿树一座灯塔,一个'美人爱丽丝'头像。现在我要把这褐色水盆晃来晃去,好让我的船儿破浪前进。它们有的会沉没。有的会触礁。只有一艘会继续驶着。这一艘就是我的船。它驶进冰窟窿,里面有白熊在嗥,钟乳石垂下碧绿的链子。大浪涌起来了;浪尖弯下头来,窥视着桅顶的灯。船儿全被打散了,沉没了,只剩下我的船儿驶在浪头上,乘风飘到一个海岛上,那儿有鹦鹉在呢喃,还有啄木鸟……"

"伯纳德在哪儿?"奈维尔说,"他拿走了我的小刀子。我们正在工具房里做小船,苏珊经过门口。伯纳德扔下他的小船跟着她走了,随手带走了我的小刀子,用来削龙骨的那把挺快的小刀。他活像一团乱铅丝,一根旧钟绳,老晃荡个不停。他就像窗边攀着的海草,一会儿干,一会儿湿。他撇下我弄得我挺尴尬;他却跟着苏珊走了;而且要是苏珊一哭,他就会拿着我的小刀,向她瞎诌一气。那片大的刀刃是个国王呀,那片折断的刀刃是个黑人呀,我讨厌向人夸耀;我讨厌跟人纠缠。我讨厌到处游逛,把事情搅成一团。现在打铃了,咱们要迟到啦。咱们现在得把玩儿的东西扔下。咱们现在得一块儿进去啦。那些作业本已经一本本挨着摆在绿呢桌面上了。"

"我不会去回答动词变格,"路易说,"等伯纳德先答。我父亲是在布里斯班①的银行里工作,我说话有点澳洲口音。我要等着照伯纳德的答案抄。他是英国人。他们都是英国人。苏珊的父亲是牧师。罗达没父亲。伯纳德和奈维尔是上流人家子弟。珍妮跟她祖母住在伦敦。现在他们正在吮着笔尖。现在我们正在卷着作业本,斜眼偷看着赫德森小姐,数着她胸衣上的紫色钮扣。伯纳德头发里有片木屑。苏珊眼睛有点发红。两人都满面红光。可我却脸色苍白;我浑身整洁,我的灯笼裤用一条有蛇形铜扣的皮带扎紧。我的功课都记得挺熟。他们能知道的永远不会有我多。我又会变格又会变性。我能知道世界上一切东西,只要我愿意。可我不想出头露脸去回答功课。我的根受到压制,像花盆里的花根似的一味绕着转。我不想出头露脸,在这口黄黄的钟面、一直嘀嗒个不停的大钟支配下过活。珍妮和苏珊,伯纳德和奈维尔互相抱成团,纠合成一根鞭子来抽打我。他们讥笑我的整洁,嘲弄我的澳洲口音。我现在要学伯纳德那样

① 澳大利亚昆士兰的首府。

含含糊糊地说几个拉丁字。"

"那都是洁白的字眼,"苏珊说,"像在海边拣到的石子似的。"

"我一说出它们来,它们就左右摇晃着尾巴。"伯纳德说,"它们直摇尾巴;它们直晃尾巴;它们成群结队在空中飘来飘去,一会儿向这,一会儿向那,飘个不停,一会儿分开,一会儿又合拢。"

"那都是金黄色的字眼,都是火红的字眼。"珍妮说,"我喜欢要一身火红的衣服,金黄色的衣服,深黄的衣服,好晚上穿。"

"第一个时态,"奈维尔说,"都有不同的含义。世上有一种秩序;这个世界上有各种特殊,各种差别,我现在还刚刚踏进这个世界的边缘。因为这还只不过是个开端。"

"现在赫德森小姐,"罗达说,"把书合上了。现在可怕的事开始了。现在她拿起一段粉笔在黑板上写了几个数目字,六、七、八,接着又画了个叉叉,又画了条线。答案是什么?别人都看着;他们看时都露出懂了的神气。路易写了;苏珊写了;奈维尔写了;珍妮写了;现在就连伯纳德也动手写了起来。可我却写不出。我看见的只是几个数字。别人都交上了他们的答案,一个挨一个。现在该我了。可是我却没有答案。别人都让走了。他们砰地关上了门。赫德森小姐也走了。我一个人被留下来想答案。现在这些数目字没有一点意义了。已经失去意义了。钟在嘀嗒嘀嗒走着。两只指针像是两支正在沙漠里行进的车队。钟面上那些黑线是绿洲。长针走在前面,去找寻水。另外那只针在沙漠滚烫的石子上艰难地挣扎着往前走。它就要死在沙漠里了。厨房门砰地关上了。野狗在远处吠着。瞧,那弯弯扭扭的数目字开始包含着时间;它里面包含着世界。我动手描一个数目字,世界就被曲线包了进去,可我自己却在这条曲线外边;现在我把它描合拢……就这样……全合拢了,成了个整体。世界是个整体,而我却在外面,哭喊着:'哦,救救我,别让我永远被赶出在这时间的曲线外面!'"

"罗达坐在那儿呆瞪着黑板,"路易说,"坐在课堂里,我们却在伯纳德正讲他的故事的这会儿,顾自逍遥在外,到这儿采几枝麝香草,到那儿摘一片青蒿叶子。她两只肩膀往后挺着,就像只小蝴蝶的翅膀那样。当她眼瞪着那些粉笔数字时,她的心也钻进了那些白圈圈;它跨过那些白色的曲线,独自走进了一片空虚。它们对她来说是毫无意义的。对它们她想不出答案来。她没有像别人那样的一个躯体。而我,尽管说话带澳洲口音,父亲是在布里斯班的银行里工作的,却并不像害怕别人那么害怕她。"

"现在,"伯纳德说,"让咱们爬到醋栗树丛的荫盖下面去讲讲故事吧。咱们去过一下地下的生活。让咱们去占有咱们那块在神气的醋栗树丛映照下的秘密国土吧,那树丛就像一座大枝形烛台架似的,一面通红闪亮,一面却漆黑无光。这儿来,珍妮,要是咱们俩弯着身子挤紧一点,就能坐在醋栗树叶子的荫盖下,瞧见炉香袅绕。这是咱们的天地。别人都沿着马车道走过去了。赫德森小姐和柯里小姐的裙摆在旁边扫,就仿佛灭烛用的罩子似的。那是苏珊的白短袜。那是路易干干净净的跑鞋不慌不忙地在砂地上走过。这儿来了一些亲爱的贵客——枯枝败叶。现在咱们是在一块沼地上;一个瘴疠横行的丛林里。这儿有只满身长蛆的白象,它是被箭射中眼睛而死的。那些忙乱不停的鸟儿——苍鹰、兀鹰闪烁发光的眼睛,其中的含义显而易见。它们把咱们当成了倒下的树。它们去啄一条虫,——结果却是条戴眼罩的眼镜蛇，——它们就凭它去身带乌紫溃烂的伤疤，等着一头狮子来把它砸烂了。这是咱们的天地，在新月和星光的照耀下；半透明的巨大花瓣挡住入口，像紫色的窗子一样。一切都十分新奇。这儿的东西显得既庞大又渺小。花秆儿粗得像橡树。树叶丛高得像大教堂的圆顶。咱们是两个躺在这儿的巨人，能够叫森林索索发抖。"

"在这儿是这样，"珍妮说，"这会儿是这样。可是咱们马上就要走了。柯里小姐马上就要吹起她的哨子。咱们只好走。咱们就要分开。你会有几位用白丝带挂着十字架的老师。我却会有一个东海岸学校里的女教师，老坐在一幅亚历山大皇后的画像底下，我就要去那儿，还有苏珊和罗达。只有在这儿是现实的；只有这会儿是现实的。这会儿咱们躺在醋栗树丛底下。微风一起，就满身都是斑斑驳驳的光点。我的手像一张蛇皮。我的膝盖像会浮动的粉红色小岛。你的脸就像底下张着网的苹果树。"

"在这个丛林里，"伯纳德说，"一点也不热。树叶在咱们头上拍着黑色的翅膀。柯里小姐已经在阳台上吹过哨子。咱们只得从这个醋栗树叶的篷帐下爬出来，站直身子。珍妮，你的头发里的树叶。你脖颈上有一条绿色的毛毛虫。咱们得排成队，两个一排。在赫德森小姐坐在办公桌前登记成绩时，柯里小姐要带咱们去稍微散一会儿步。"

"真乏味，"珍妮说，"光顺着公路走着，没有沿路的窗子可以看看，没有像蒙眬的眼睛似的绿玻璃，可以透过它们望见里面的过道。"

"咱们得两人一排排成队，"苏珊说，"整整齐齐地走，不准慢吞吞地走，不准落在后面，路易在前面带队，因为路易动作伶俐，不会发呆走神。”

“既然别人都认为，”奈维尔说，“我身体太弱，不能跟他们一起走，既然我太容易疲倦，身体不好，那我就正好利用这段清静的时间，这段不必跟人家说话的时间，绕着屋子转一转，并且仍旧爬到扶梯半中央的那一级上，尽量重新体味一下昨晚当厨子正在反复调节火门那会儿，我透过弹簧门听到他们谈论那个死人时心里产生的感觉。别人发现他被割断了喉管。当时我觉得苹果树叶子都在半空中一动不动了；月亮也呆住了；我简直都抬不起腿来继续走上楼梯了。他是在阴沟里被发现的。他的血还顺着阴沟在汩汩地流。他的下颚惨白得像条死鱼。我要永远把这件严酷、无情的事称作‘苹果树下的惨死’。天上飘着灰白色的云；下面是这棵无情的树；是带着像裹腿似的银白色树皮的恶狠狠的树。我这个小小的生命浪花是脆弱无力的。我没法摆脱。我碰到了障碍。我说过：‘我没法克服这个不可理解的障碍。别人是摆脱开了。不过我们都逃不过劫数，大家都一样，逃不过这棵苹果树，这棵我们都没法摆脱的无情的树。

“现在这桩严酷无情的事过去了；我要在这快近傍晚的时刻继续绕着屋子转转，在日落时分，太阳照在漆布地毯上闪出点点油光，一缕阳光投在墙上，映得椅脚仿佛折断了似的。”

“我们散步回来时，”苏珊说，“我瞧见弗洛里在厨房后面的园子里，四周全是晾着让风吹干的衣服，睡衣裤呀，衬裤呀，长睡衣呀，全被风猛烈地刮着。欧内斯特在吻她。他系着他那条绿的粗呢围裙，刚才正在擦洗银器；他把嘴噘得像个带褶子的口袋似的，隔着迎风飞舞的睡衣裤紧紧抓住了她。他像头蛮牛似的不顾三七二十一，她却发急得晕了过去，脸上煞白，只有几条细细的血管还显出点红色。现在尽管他们正在递着喝午茶时吃的面包盘、黄油碟和一杯杯的牛奶，我却像看见地上裂了道缝，咝咝地直冒气；茶壶也呼呼直吼，像欧内斯特刚才那样，而我呢，尽管牙齿嚼着软软的面包和黄油，嘴里抿着甜甜的牛奶，却仿佛被刮得迎风飞舞，就像那些睡衣裤那样。我不怕热，也不怕严冬。罗达一边吮着浸牛奶的面包皮，一边在梦想；路易用他那像蜗牛似的绿眼睛一味望着对面的墙；伯纳德把面包揉成一团团的小球，把它们称作'老百姓'。奈维尔已经用他那干净利落的方式吃完了。他把餐巾卷了起来，套进银圈里。珍妮把手指在桌毯上转动着，仿佛它们正在阳光下舞蹈，跳着趾尖旋转。可是我既不怕热，也不怕严冬。"

"现在，"路易说，"我们全起身离席，站了起来。柯里小姐把那个黑本子摊开在小风琴上。每当我们唱起歌来，把自己称作小孩子，祈求上帝保佑我们睡梦平安的时候，很难不掉下眼泪来。当我们忧心忡忡得情绪凄惨、身上发抖的时候，在一起唱歌是很甜蜜的。大家悄悄互相偎依着，我靠着苏珊，苏珊靠着伯纳德，紧握着手，心里都担着不少心事，我担心着我的口音，罗达担心着数目字；但大家有决心去克服。"

"我们像小马驹似的排队上楼，"伯纳德说，"一个跟在一个后面不住地蹬蹄子、踏脚，抢着进浴室。我们你一拳我一脚，互相扭打，在洁白的硬板床上跳着蹦着。该我洗了。我马上就来。

"康斯泰伯太太腰里围着条浴巾，拿起她那块柠檬色的海绵来，在水里浸浸湿；它变成了巧克力似的棕色；水珠直滴；然后高高举在浑身打着战的我的头顶上，挤了一下。水顺着我的脊背沟直淌下来。我身体两侧产生像针刺似的感觉。我浑身皮肤火热。我身上干燥的角落都被淋湿；我冰凉的身体变得暖洋洋的；它被冲刷得干净发亮了。水冲下来把我像条黄鳝似的裹在里面。现在一条暖暖的浴巾把我围了起来,当我擦一擦背的时候,它毛茸茸地弄得我心痒痒的。强烈丰富的激情在我心灵的屋顶上涌现;这一天——树林里的经历像大雨般倾盆而下;还有埃尔弗顿;苏珊和鸽子。沿着我心灵的墙壁顺流而下,交汇在一起,这一天的经历显得那么丰富多彩。现在我马马虎虎地套上了睡衣裤,躺在一条飘浮在微光中的薄薄的被单下,它像由一个浪头激起来的水花那样渐渐盖住了我的眼睛。透过它,朦胧而遥远地,我听到了从很远很远的地方传来开始合唱的声音;车轮声;犬吠声;人们的叫喊声;教堂的钟声;合唱开始了。"

　　"当我折好自己的衬衫和斗篷时,"罗达说,"同时也就抛开了我想成为苏珊或者珍妮的那种不可能实现的愿望。不过我要竭力伸直脚趾尖去碰着床脚的栏杆;我要借脚尖碰着栏杆,让自己有一点坚实牢靠的感觉。现在我不会沉没了;也不至于陷到薄薄的床单底下去了。现在我屏声静气,伸直身子平躺在这不牢靠的床垫上。我现在是露出在地面上了。我不必再站直身子,被人打倒,送了命。一切都显得宛转、柔和。墙壁和食柜洁白,黄色柜面宛转变曲,上面的镜子发白闪光。现在我可以把我的心情尽情倾诉出来了。我可以想象我的无敌舰队正在乘风破浪前进。我可以回避开不愉快的接触和冲突了。我独自在白色的山岩下航行。唉,可是我仍旧在沉没下去、陷下去!那是食柜的边沿;那是婴儿室的镜子。可是它们在伸展、延长。我陷落在像一堆黑色羽毛似的睡梦中;它沉重的翅膀压住了我的眼睛。穿过黑暗,我瞧见那长长的花坛,康斯泰伯太太从长着南美丝光草的那个角落上跑出来,告诉我的姑母已经来了,要带我坐马车走。我上了车,又逃脱了;我靠有弹簧后跟的靴子跳过了树梢。可是现在我又掉进了停在大厅门前的马车里,她坐在车里点头晃动着黄色羽毛,眼光严厉得像发亮的大理石。唉,从梦中醒来吧!瞧,原来是衣柜。让我把自己从波涛里拉出来吧。可是它们向我压过来;它们把我卷在它们那巨大的波峰中间;我头上脚下;我被翻倒了;我四脚朝天,倒在这些长长的光线中,这些长长的波浪里,这些看不见尽头的小路上,有人在背后追呀,追呀。"

太阳正在升起。蓝色和绿色的海浪扇面形地迅速扫过海岸,绕过一棵棵海冬青的花穗,在沙滩上这儿那儿地留下了一个个发亮的小水潭。潮头退却后留下一条隐约可辨的黑色印迹。原来迷离模糊的礁石轮廓清晰起来,露出上面红色的裂缝。

一条条黑白分明的暗影横在草地上,在花心草尖上跳动的露珠使花园显得像一幅尚未整个完工而只是一些零碎亮斑拼成的镶嵌画。胸脯上有鲜黄和玫瑰色斑点的鸟儿不时喧闹地齐声高唱一曲,仿佛一些滑雪的人在手挽手地笑语欢腾,接着又突然寂静无声,仿佛被人打散了似的。

太阳更加大片地照亮了屋子。阳光触到了窗角上不知什么绿色的东西,使它显得像一块翡翠,像一个无核鲜果似的一汪嫩绿。阳光映得桌椅轮廓分明,使白桌布上像绣上了金光灿烂的条纹。随着光线的增强,不时会有某处的一个蓓蕾绽开,花朵怒放,上面还带着嫩绿的脉纹,微微抖索,仿佛绽蕾开放时的一番努力使得它摇曳不定,同时还仿佛用它们纤细的铃舌撞击着雪白的铃壁似的发出隐约可辨的丁冬声。每一样东西都显得柔和、朦胧,仿佛碗碟的瓷是流动的液体,刀叉的钢是水做的。同时那浪涛碎裂时的震荡发出沉闷的回响,仿佛一些大木头砰然落在海岸上。

"现在，"伯纳德说，"时间到了。白天已经来临。车子已来到大门口。我那口大箱子压得乔治的罗圈腿更加弯曲。讨厌的仪式结束了，还有赏钱呀，在前厅里的告别呀。现在轮到跟母亲哭哭啼啼的分别仪式，跟父亲的握手道别仪式；现在我必须不停地挥手，不停地挥手，一直挥到拐弯不见。现在这番仪式总算结束了。谢天谢地，全部仪式都已结束。我现在是独自一人了；我就要第一次去进学校。

"谁做事仿佛都只干眼前这一次；下次决不再干。决不再干。非干这类事真可怕极了。人人都知道了我要去进学校，第一次去进学校。'那孩子是第一次要去进学校了。'女佣人一边擦着楼梯级一边说。我决不能哭。我得像没事人似的望着他们。现在到了张着血盆大口似的车站门口；那圆盘大钟在直瞪着我。我一定得不断说些漂亮辞藻，好有些牢靠的东西挡着我，隔开女仆们的注视，盯着我瞧的那些大钟的漠不关心的脸的注视，不然我会哭出来的。那是路易，那是奈维尔，穿着长外套，提着手提包，呆在售票窗边。他们很镇定。可是他们显得跟往常不同。"

"伯纳德来了。"路易说，"他很镇定；他很自在。他一边走一边晃动着提包。我要跟在伯纳德后面，因为他一点不露怯。我们被人流拥着走过售票处，一直走向月台，就像一条溪流带着树枝枯草涌到桥脚边。这儿是那个非常强大的深绿色火车头，周身没有脖子，只有脊梁和大腿，呼呼直冒气。值班员吹起了他的哨子；信号旗放了下来；仿佛轻轻一推引起一场雪崩那样，毫不费力地顺着势头，我们就向前开动了。伯纳德铺开一条毛毯，玩起了羊蹠骨游戏。奈维尔在看书。伦敦逐渐零落散乱起来。伦敦逐渐扩大延伸。那儿有林立的烟囱和高塔。那儿有一座白色的教堂;那儿是一根高出在塔尖之上的桅杆。那儿是一条运河。现在那儿是一片开阔的地面,上面有柏油路穿过,奇怪的是这会儿就有人在那儿行走。那儿有座小山,上面是成排红色的屋子。有个人正在过一座桥,后面跟着一只狗。现在那个着红衣服的孩子开始开枪打一个农夫。那个着蓝衣服的孩子把他一把推开。'我舅舅是英国最好的射手。我表哥是驯养猎狐犬的能手。'吹牛皮开场了。我却没法吹,因为我父亲在布里斯班的银行里工作,我说话带澳洲口音。"

"经过这一场混乱,"奈维尔说,"经过这一场混乱和骚动,我们总算到了。这的确是个重大时刻,——的确是个庄严的时刻。我像一位老爷来到了他讲究的府舍。那一位就是咱们学校的创办人;咱们赫赫有名的创办人,他正抬起一条腿站在院子里。我们问候了我们的创办人。这个肃穆的四方庭院里充满着一种高尚的古罗马气派。各班级的教室里已经亮起了灯光。这些也可能是实验室;那儿准是图书馆,我将要在那里面钻研纯正的拉丁文,熟练掌握那些精致的语句,朗读维吉尔、卢克里修斯清晰、响亮的六音步诗;还要读着宽边四开本的大厚书,毫不含糊地带着满腔激情吟诵着喀特勒斯的情诗。同时,我还要躺在长满令人刺痒的小草的田野里。我要跟我的朋友们一起躺在高耸的榆树下。

"瞧,那是校长。可惜,他不由得要引起我的嘲笑。他太会花言巧语,同时也太油光水滑了,就像公园里的那种雕像那样。而且在他的背心,他那件绷紧得像鼓皮似的背心的左边,还挂着个十字架。"

"老克雷恩，"伯纳德说，"现在要站起来对我们讲话了。老克雷恩，那位校长，鼻子长得就像一座落日照耀下的大山，而且下巴上还有条发蓝的皱纹，就像被某一个游客放火烧焦了树木的山沟似的；又像是隔着雨濛濛的窗子望见的乱木丛生的山沟似的。他摇头晃脑地满嘴净讲些漂亮的大话。我也爱漂亮的大话，不过他那些话实在过分热烈得不像是真话了。可这一次他却深信它们都是真话。当他颇为吃力地摇摇摆摆蹒跚着离开房间，撞开弹簧门走了出去时，全体老师也都颇为吃力地摇摇摆摆蹒跚着撞开弹簧门，走了出去。这是我们离开姐妹们，在学校里所过的第一晚。"

"这是我在学校里所过的第一晚，"苏珊说，"离开我的父亲离开了我的家。我泪眼模糊，泪水刺痛了双眼。我讨厌松木和漆布地毯的气味。我讨厌那饱经风雨的灌木丛和卫生间里的瓷砖地。我讨厌人人都在嘻嘻哈哈地开玩笑，一副傻相。我把我那些松鼠和鸽子留下来让小男仆照料了。厨房门砰地一声，柏西打乌鸦的枪声在树叶丛中啪啪地直响。在这儿，一切都是虚假的；一切都是俗气的。罗达和珍妮正穿着棕色斜纹布衣服远远地坐在一边，瞧着兰伯特小姐在一幅亚历山大皇后的肖像下面坐着，朗读放在她面前的一本书。那儿还有一幅手工针黹，是不知哪个女人绣的。要是我不噘着嘴，不扭着手帕，我准不由得要哭出来。"

"兰伯特小姐戒指上那紫色的光，"罗达说，"不断在祈祷书洁白书页上那块黑色的污斑上来回闪过。这是一种像葡萄酒似的、含情脉脉的光芒。等我们的行李在宿舍里安顿好以后，我们就紧挨在一起坐在一张世界地图底下。这儿有上面带墨水缸的写字桌。我们可以用这儿的墨水来写我们的作业。可是在这儿我什么也算不上。我没有自己的面目。这一大群同伴，都穿着棕色斜纹布服，使得我没有了自己的独特人格。我们全都是冷冰冰的，毫不友好。我要想法扮出一副镇定自若、一副不同凡响的脸来，而且要使它带着无所不知的神气，然后整天带着它，像贴身带着的护身符那样，同时，——我发誓要做到，——我还要在树林里找到一个幽谷，让我可以在那儿把我那形形色色的稀世珍宝全显示出来。我决计要做到这一点。因此我决不哭。"

"那个黑黑的女人，"珍妮说，"颧骨挺高，有一身像带花纹的贝壳似的闪闪发光的衣服，准备着在晚上穿。这在夏季还挺不错，不过在冬天，我还宁肯要一身薄一点的衣服，上面嵌着红线，会在炉火光下闪闪发光。这样等亮了灯以后，我好着上我的红衣服，薄得像轻纱似的，紧裹在我身上，当我跳着舞走进房间来时，它会飘扬起来。当我走到房间中央在一张描金靠椅上坐下来时，它会散开成一朵花儿似的形状。可是兰伯特小姐却穿了一身灰暗的衣裳，当她坐在一幅亚历山大皇后的画像底下，把一只雪白的手指坚定地按在书页上的时候，它从她雪白的花边披肩下面像小小的瀑布似的垂了下来。然后我们就做起祈祷来。"

"现在我们两个一排地向前走，"路易说，"整整齐齐像典礼队伍似的走进小教堂。我喜欢我们走进这座神圣建筑物时四周笼罩的暗淡光线。我喜欢这种整整齐齐的排队前进。我们列队走进去，各自坐了下来。当我们进去时大家都一样，谁都不显得突出。我现在喜欢看到克雷恩博士稍微有点蹒跚，——但仅仅是由于他的个头的缘故，——爬上了讲道坛，照着一本摊开在那只铜鹰背上的《圣经》念起一段经文来。我心里很愉快；我为他的大个头、为他的权威感到满心欢喜。他平息了我那次可怕、丢脸的纷乱心情所引起的、长期萦绕不去的阴云，——当时我们围着圣诞树跳着舞，在分礼物的时候他们把我给忘掉了，一个胖女人说：'这个小孩子还没有拿到礼物哩，'接着就取下树梢上一面闪闪发亮的小国旗给了我，而我却恼得哭了起来，——因为竟让人家出于怜悯才记起了我。现在这一切都被他的权威、他的十字架平息了，我感到浑身充满了一种双脚落到了实地的感觉，觉得我的根一直深深地往下扎去，终于盘绕在一个坚实可靠的核心上。在他读着经文的时候，我恢复了自己的完整感。我成了在行进的行列中的一个人物，正在转动的巨大轮子中的一根轮辐，这终于在此时此地就立即使我昂起了头。本来我一直隐在暗地里，一直躲藏着；但当这轮子一转动起来，——在他读经文的时候，——我就昂首踏进了这朦胧的光影之中，就在这儿，刚才我曾瞥见但却不曾瞧清楚那许多跪着的孩子，那些圆柱子和黄铜祭器。这儿没有生硬的行为，没有突如其来的亲吻。"

"那蠢汉做起祈祷来，"奈维尔说，"就害得我挺不自在。当那亮闪闪的十字架在他胸衣上一起一伏的时候，他那干巴巴缺乏想象力的话就仿佛铺路石那样冰冷地砸在我头上。富于权威性的话常常被那些说它们的人糟蹋了。我要嘲笑揶揄这种可悲的宗教，嘲笑那些面如死灰、满身残伤、被悲痛压倒而浑身战栗的人沿着一条在无花果树阴下的灰白色道路上走着，路旁尘土中倒卧着许多孩子——赤身露体的孩子；而装满葡萄酒的羊皮酒囊一个个挂在小酒店的门上。复活节时我曾跟父亲一起旅行到过罗马；满街上都摇摇晃晃地挂着基督圣母的哆哆嗦嗦的形象；还有那种装在一只玻璃盒子里的基督的可怕形象在街上抬过。

"现在我要侧过身去装作要搔搔腿。这样我就可以瞧见波西弗了。他坐在那儿,笔直地坐在那些小家伙中间。他透过他那笔直的鼻梁有点吃力地呼吸着。他那双古怪的毫无表情的蓝眼睛带着异教徒的漠不关心神气,呆瞪着对面的柱子。他倒可以当一个出色的教堂执事哩。他真该有一根桦树枝条,好去责打犯了错的小孩子。他就像那些黄铜祭器上刻的拉丁文句子那样。他什么也没看;他什么也没听。他远离我们所有的人,独自呆在一个异教的天地里。可是瞧,——他用手拍了拍自己的脖子背后。人们常为了这种手势而身不由己地终生爱上了一个人。道尔顿、琼斯、埃德加和贝特曼也像这样用手拍拍脖子背后。不过他们并没获得什么成功。"

"最后,"伯纳德说,"那唠唠叨叨终于停止。讲道结束了。他总算把门口那些白蝴蝶的飞舞都讲得无影无踪,化成了齑粉。他那难听而粗糙的声音就像个没刮干净的下巴。现在他像个喝醉了的水手似的蹒蹒跚跚回到了他的座位上。这种举止是所有那些老师们竭力想要模仿的;可是由于身体孱弱,由于穿着灰长裤显得邋邋遢遢,他们只不过把自己弄得滑稽可笑。我并不轻视他们。他们的古怪样子在我眼里只觉得可怜。我把这事以及别的许多事记在我的笔记本上,是为了供将来参考。等我长大时,我要经常带着一个笔记本——一个有许多页的厚本子,有条不紊地按字母编排。我要把我的警句一一记进去。在'H'栏下要记上'蝴蝶的齑粉'。要是在我的小说中我要描写阳光照在窗台上,我会去查查'H'栏,就会找到蝴蝶的齑粉这句话。这很有用。树木'用绿色的指头挡着窗户'。这也很有用。不过可惜!我很快就被分散了注意力,——被一缕像扭长了的糖果似的头发，被西利亚那本有象牙封面的祈祷书。路易能眼睛也不眨，整小时整小时地静观着大自然。我却做不到，除非去跟它交谈。'我那不曾被船桨搅动的心灵之湖，平静地起伏波动，不久就沉入了酣睡。'这一句挺有用。"

"现在我们出了这冷清清的庙宇，来到黄沙的操场上。"路易说，"因为今儿是个半放假的日子（公爵的寿诞），所以他们玩着板球，我们就在长长的草地上玩儿。要是我能成为'他们'之一，我也宁愿玩那个；我要套上我的护胸，大踏步跨上操场，走在击球手的最前面。现在你瞧，每个人都跟在波西弗后面。他粗大个儿，笨重地走下操场，穿过长长的草地，向耸立着那些大榆树的地方走去。他那威风凛凛的派头是一个中世纪司令官的派头。在他走过的草地上仿佛留下了一道闪光的脚印。他漠然望着我们这些追随着他的人、他的忠仆们，去像羔羊似的让人屠杀，因为不用说，他是准会去从事某一项玩命的冒险事业，最后死在战场上的。我的心肠变硬了起来；它好像一把双面锉刀似的从两方面刺痛着我：一方面，我爱慕他的威风派头；另一方面，我又鄙视他那粗里粗气的腔调，——我实在比他强得多，而且我是不服气的。"

"好吧，"奈维尔说，"现在让伯纳德来开始吧。让他来唠唠叨叨说下去，给我们讲各种各样故事，而我们懒懒散散躺着休息。让他来描述我们大家的所见所闻，使它们能变得有连贯性。伯纳德说世上老是会有故事的。我就是个故事。路易也是个故事。有关于那个着皮靴的孩子的故事，那个独眼龙男人的故事，那个卖海螺女人的故事。让他唠唠叨叨讲他的故事，我只管仰天躺着，透过抖动的草儿瞧着那些戴护胸的击球手直僵僵走路的样子。整个世界仿佛都在浮动、卷曲，——地上是那些树木，天上是那些云彩。我透过树梢，仰望天空。那上面仿佛在进行着竞赛。在柔和的白云之间，我隐约听到'跑呀'的喊声，我听到'这是怎么啦'的喊声。当云被风吹散时，它们就失掉了那一团洁白。要是那种蔚蓝色能永远存在该多好；要是那个空洞能永久存在该多好；要是这一刻能永远存在下去该多好……

"可是伯纳德仍旧在不停地讲着。比喻、想象就像泡泡似的冒了出来。'像一头骆驼'，……'一只秃头鹰'。骆驼是秃头鹰；秃头鹰也就是骆驼；因为伯纳德是个没准头的家伙，吊儿郎当，但却讨人喜欢。是的，因为当他一讲起来，一打起那些可笑的比方来，我就会感到一阵轻松。你也会变得轻飘飘起来，仿佛你就是那些泡泡似的；你会变得无拘无束起来；我会感到，我终于摆脱了。就连那些圆滚滚的胖小子（道尔顿、拉本特和贝克）也会感染这种无拘无束。他们觉得这比打板球还好玩。这类话一冒出来他们就会马上抓住。他们让毛茸茸的小草刺痒他们的鼻子。可后来我们大家都觉察到了波西弗正庞然大物似的躺在我们中间。他怪里怪气地大笑了一声，似乎是赞许我们的嬉笑。但随即他就摇摇摆摆地在长长的草地上走过去了。我觉得他嘴里正在嚼着一根草茎。他感到厌烦；我也感到厌烦。伯纳德马上发现我们已经厌烦了。我觉察到他的话里有种拼命卖力以致有点过了分的味道，好像竭力在说：'你们瞧！'可是波西弗回答说：'不。'因为他总是会首先看出别人的虚假来；而且又粗鲁到极点。一句话说到半截怯生生地微弱下去了。是的，终于出现了那种可怕的时刻：伯纳德泄了气，说的话一点连贯性也没有了，他颓丧地勉强又支吾了几句就沉默了，张着口仿佛要哭出来的样子。这样说来，在生活的种种苦难和破灭中还包括这样一种情况——我们的朋友们甚至都不能把他们的故事说完。"

"现在让我来试试，"路易说，"在我们起身离开之前，在我们去喝茶之前，尽力用眼前这个时刻来作一次最大的努力。这总行得通吧。我们各自分手；有的人去喝茶；有的人去打鱼；我去把我的作文交给巴克先生。这总该行得通的。经过一场不和，经过彼此憎恨（我鄙视卖弄想象——我也满心憎恶波西弗的气焰），我被搅乱的心情凭着某种突然的省悟重又安定下来了。我要让这些树木、这些云彩作证，证明我完全心平气和了。我，路易，我，这个将要在这个世界上活过未来七十年的人，生来就是身心健全的，超越憎恨，超越不和。这儿，在这块草地上，我们曾为某种巨大的内在强制力所驱使而围坐在一起。树会摇动，云彩会飘走。到时候这种个人独白也该由大家来分担。我们不应该总是像敲锣似的老是只发出一个声音，每回只报一件大事。孩子们，咱们以往的生活就一直像敲锣似的；大喊大叫和夸口吹牛；啼啼哭哭和灰心丧气；在花园里搂彼此的后脖颈。

"现在这些草儿和树木，这使得蓝天被吹开一个空穴后又重新复原、吹动树叶后又重新归于安定的飘忽微风，还有我们在这儿抱膝围坐而成的一圈，都在提醒着另外某一种不同的、更好的、能永远体现理性的生活秩序。这我是在一刹那之间忽然领悟，而且试图今晚把它表达为言语、融铸成一个钢环的，尽管波西弗在一群小喽罗俯首帖耳追随之下莽莽撞撞地走了开去时，把这件事破坏了。不过我倒正需要波西弗；因为正是他启发了这番诗意。"

"已经多少年，多少月了，"苏珊说，"不管在丧气的冬天，或是在寒冷的春天，我都不断在跑上这座楼梯。现在已是盛夏了。我们上楼去换件白上衣好去打网球，——有珍妮和我，还有罗达随后也去。我上楼时数着每一级楼梯,把每一步都当一件好歹已经完结了的事情来数。每天晚上我也同样从日历上撕下已经过去的一天,然后紧紧地把它揉成一团。每当蓓蒂和克拉拉跪在那儿做祷告的时候,我就怀着报复的心情这样做。我不做祷告。我向这一天进行报复。我在象征它的东西上面泄愤。现在你已经死了,我说,上课的一天,可恨的一天。它们延续了六月份这整整一个月,——今天是二十五号,晴朗而井井有条的一天,打铃,上课,按照命令去洗澡,换衣,做功课,吃饭。我们听从中国回来的传教士讲话。我们被带去参观陈列馆,看名画。

"在家里,牧草正在草原上起伏波动。我父亲正靠在栅栏上抽着烟。屋子里每当夏日的清风吹过空寂无人的过道时,房门一扇接一扇地砰然开阖。说不定某一幅老画正在墙壁上晃动。一片花瓣正从瓶里的玫瑰上落下。大车在灌木树篱上撒落一束束干草。每当我经过楼梯转角的镜子,珍妮走在前面,罗达慢吞吞跟在后面的时候,我都像是看见了这一切,我老像是看见了似的。珍妮老在跳舞。珍妮老是在大厅里、在那难看的花砖地上跳着舞;她还在操场上翻筋斗;她常不顾禁令摘朵花来插在耳朵背后,引得柏里小姐乌黑的眼里满是赞慕之情,是对珍妮,不是对我。柏里小姐挺爱珍妮;我也可能喜爱过她,可是现在不爱了,只爱我父亲,还有我用笼子关着留在家里让小男仆照管的鸽子和松鼠。"

"我讨厌楼梯转角上那面小镜子。"珍妮说,"它只能照出我们的头,让我们的脑袋跟身子分了家。再说我的嘴也太阔,而两只眼睛又靠得太近;我笑起来牙床露出得太多。苏珊的脑袋跟它那恶狠狠的神气,还有那双草绿色的眼睛,——据伯纳德说诗人喜欢它们,因为它们能对付密密的白线针脚,——把我完全比下去了;就连罗达那张痴呆呆的脸也显得完美,就跟她常放在盆里漂的白花瓣似的。所以我上楼总是急忙跑过她们,跑到下一个楼梯拐角上,那儿挂着面长镜子,我可以照见自己的全身。现在我能连头带身体看到我的整体了;因为就是穿着这件斜纹布罩衣,它们也是连头带身体成为一个整体的。瞧,当我摆一摆头的时候,我细细的身体就从上到下全摆动起来;就连我瘦瘦的腿也在摆动,就像风中的花茎似的。我在苏珊的死板面孔和罗达的痴呆相中间摆动着;我像地缝中燃烧的火焰那么跳动着;我在晃动,我在跳舞;我从来没有停止过晃动和跳舞。我晃动着,就像那片像个小孩在灌木树篱上晃动、曾经吓了我一跳的树叶那样。我舞蹈着,跳出那些围着黄色护壁板、斑斑驳驳、杂乱无主的墙壁,就像炉火光跳跃着越过茶炊一样。我甚至在女人们冷漠的眼睛里也发现了兴奋的目光。当我读书时,课本黑暗的边缘上跳跃着一道紫色的光圈。但我却没法理解那有各种变化的每一个单字。我没法理解那从古到今的种种思想。我不会像苏珊那样失魂落魄地呆站着,含着眼泪想家;或者像罗达那样胡乱地躺在羊齿草丛里,把我粉红色的布衣染脏,幻想着海底茂盛的花草,鱼儿缓缓地游过礁石。我从不幻想。

"现在让我们快一些吧。现在让我首先脱下这些粗陋的衣服吧。这儿是我洁白的袜子。这儿是我的新鞋。我在头发上系上一条白缎带,这样当我跳过院子时,它就会一下飘了起来,但又仍旧整整齐齐地系牢在我的脖子底下。一根头发也不能吹乱。"

"那是我的面孔,"罗达说,"在镜子里,苏珊的肩膀背后——那就是我的面孔。不过我要缩在她的身后,好把它藏起来,因为我没在这儿。我没有面孔。别的人都有面孔;苏珊和珍妮有面孔;她们是在这儿。她们的世界是真正的世界。她们身上的负担是很重的。她们说是就是是,说不就是不;而我却老在闪避、改口,但总是一下子就被看穿。她们碰上女仆时,她望着她们,并不笑。可是她却老朝我笑。别人对她们说话,她们知道该说些什么。她们真正在笑;她们真正在生气;而我却一定要先望一望,等别人做了以后再照着别人做。

"现在你瞧,珍妮只是为了去打网球而穿上她的袜子时,是多么出奇地镇定自若。我羡慕这一点。不过我更喜欢苏珊的作风,因为她更加果断,却没有珍妮那么一心想出风头。两人都瞧不起我一味模仿她们的一举一动;不过苏珊有时候还肯教教我,——比如说,——怎么打蝴蝶结,而珍妮虽自有她的见识,却只藏在自己肚里。她们有可以坐在一块儿的朋友。她们有要在角落上谈的私房话。而我却只敢依恋着别人的名字和面容,但却把它们像消灾降福的符咒似的深藏在心底。我在大厅的远处看中某一张陌生的面容,但当这位不知名姓的她走来坐在我对面时,我却简直连茶都喝不下去。我喉咙哽住了。我被强烈的激动弄得身子都摇晃起来。我想象着这些不知姓名的人、这些美好无瑕的人正在灌木丛后面注视着我。我高高跳起,以求引起他们的赞美。夜晚,睡在床上时,我引起了他们无比的惊羡。我时常饮箭而死,以便赢得他们的眼泪。要是他们说过,或者我看见过他们行李上的一张标签而得知他们最近到斯卡布罗度过假,那个城市就仿佛遍地金光,街道都闪闪发亮。因此我最恨那些会使我看见自己真正面容的镜子了。独自一人时,我时常会落进空无所有的境界。我得小心踮着脚走路,生怕会失足掉出世界的边缘而落入空无所有。我得用手拍拍坚实牢靠的门,以便把我自己召回我的肉体。"

"我们来晚了。"苏珊说,"我们只好等着下一场轮到我们时再去打球。我们先在这块长长的草地上掷掷球,假装在瞧着珍妮和克拉拉,蓓蒂和梅维斯。可是我们不去瞧她们。我讨厌瞧别人打球。我要找出些我最讨厌的东西的化身来,把它们埋在地下。这块亮晶晶的小鹅卵石是卡尔洛太太,我要把她埋得深深的,就为她那种奉承巴结的举动,为她给我一个六便士来奖赏我练琴时把手指伸平。我埋下这六便士。我还想埋下这整个学校:那座健身房;那间教室;那个总有肉味儿的饭厅;还有那所小教堂。我想埋下那些红褐色的花砖和画那些老头子们——学校的资助者和创办者们——的竭力讨好的画像。有几株树是我喜爱的;那株皮上凝着一团团透明的树脂的樱桃树;还有阁楼上能望见远山的那一面的景色。除了这些,我简直想把所有的一切全埋掉,就像我埋掉这些难看的石子一样,它们老是散满在这个有许多码头和游客的海岸上。在家乡,浪头有一英里长。冬夜我们常听见它们澎湃的声音。上一年圣诞节有个独自驾着一辆马车的男人被浪头淹没了。"

"当兰伯特小姐跟教士说着话走过的时候,"罗达说,"别人都笑着偷偷模仿她驼背的样子;可是万物却都仿佛发生了变化并且变得格外明朗。珍妮在兰伯特小姐走过时实在蹦跳得太过分了。要是她瞧见了这朵小雏菊,事情就会发生变化。不管她走到哪儿,万物就会经她的眼睛一瞧而发生变化的;不过即使她走过去了,难道它们还会仍旧回复原状么? 兰伯特小姐正在带着教士经过边门到她个人的小园子里去;当她来到池子旁边时,她瞧见一只青蛙停在一片叶子上,这也会起变化的。不管她像座坟地上的雕像似的随便站在哪儿,一切就会显得严肃、苍白。她让她那件带穗子的披肩滑了下来,只有她的紫色戒指,她那葡萄色的紫水晶戒指仍在那儿闪闪发光。每当人们一离开了我们，他们就会引起这种神秘的印象。一当他离开了我们，我就能伴随着他们去到池子旁边，并且把他们想象得庄严堂皇。每当兰伯特小姐走过时，她就会使小雏菊发生变化；当她用刀子切牛肉时，一切就都会显得像火焰在熠熠燃烧。随着时间一个月一个月地过去，万物就越来越变得不再那么僵硬严酷；就连我的肉体现在也仿佛能透过光；我的脊背变得像靠近烛火的蜡那么柔软了。我老在幻想；老在幻想。"

"我打赢了。"珍妮说，"现在该你们打了。我得倒在地上喘喘气。我因为奔跑，因为赢球，弄得气都喘不过来了。我浑身都因为奔跑和赢球弄得像散了架子似的。我的血准变得鲜红，沸腾，在我的胸口激烈跳荡。我的鞋底刺痛，好像有什么铁丝圈断了，刺进了我的脚。每一片草儿我都能看得挺清楚。不过我的前额、眼睛背后却跳得那么厉害，好像什么都在跳舞似的，——球网呀，草地呀；你们的脸像蝴蝶那么飘来飘去；树木也好像在上下跳动。全世界仿佛没有一样东西是稳定的，是静止不动的。什么都在激荡，什么都在跳舞；仿佛一切都在那儿风驰电掣、喜气扬扬。不过，当我独自躺在这坚硬的地上，瞧着你们打球时，我开始感到想要一个人独处；被某一个来寻找我的人召唤、叫走，这个人受到我的吸引，离不开我，禁不住要跑到我身边来，我正坐在一张金漆椅子上，披风在我身上飘扬，就好像一朵花。我们俩躲到一个亭子里，或者单独坐在一个阳台上，谈着心。

"现在高潮平息下来了。现在树木又回到了地面上；我胸口激荡的阵阵波涛起伏得比较柔和了，我的心驶进了港，仿佛一艘帆船的风帆缓缓地降落在白色的甲板上。球打完了。现在我们得回去喝茶了。"

"那些爱夸口的小伙子现在成群结队打板球去了。"路易说，"他们是齐声合唱着驾着他们的大四轮马车去的。他们的头一齐转向栽满月桂树丛的那个方向。现在他们又在夸口了。拉本特的哥哥是牛津大学的足球队员；史密斯的父亲曾经在伦敦板球场打出过一次百分。阿契和休，派克和道尔顿，拉本特和史密斯；接着又是阿契和休，派克和道尔顿，拉本特和史密斯，——这些姓名老在重复出现；老是这些同样的姓名。他们既是民团团员，又是板球队员；他们还是自然史学会的职员。他们老是四个人成一组，列队前进，帽上戴着徽章；每经过他们队长的身旁时他们都要一致敬礼。他们那种严守秩序是多么庄严，他们的严格服从是多么值得赞羡！要是我能追随他们，要是我能跟他们在一起，我情愿放弃我所知道的其他一切。不过他们也一样撕掉蝴蝶的翅膀，让它在那儿挣扎发抖；他们把血迹斑斑的手帕塞在角落里。他们在昏暗的过道里弄哭小孩子。他们长着通红的大耳朵，露在帽子外边。不过我们，奈维尔和我，我们还是但愿也能这样。我怀着羡慕的心情注视着他们。我躲在帘子背后偷看，看到他们动作的整齐一致而心花怒放。要是我的两腿能靠着他们的腿而增强力量，它们一定能跑得飞快！要是我能一直跟他们在一起，一块儿比赛取胜，一块儿划船参加大赛，整天骑马，我准会半夜里放声高唱！我准会一开口话如泉涌，滔滔不绝！"

"波西弗已经走了。"奈维尔说，"他整天只想着比赛。在四轮马车拐过月桂树丛时，他从不挥手告别。他瞧不起我身体瘦弱，不能参加比赛（不过他对我的瘦弱总是温和地同情）。他瞧不起我只是因为他关心他们比赛的胜败才勉强加以关心。他接受我的忠诚;他接受我提供的那种怯生生的、无疑是有点低声下气的主动帮助,尽管其中也带有点对他的头脑的轻视。因为他不会念课文。不过每当我躺在长长的草地上朗读莎士比亚或者喀特勒斯时,他比起路易来还理解得更好些。不是指理解字面,——可是字面算得了什么?我不是已经熟知怎样押韵,怎样模仿蒲伯、德莱顿甚至莎士比亚的文体么?可是我却做不到整天站在太阳底下专心眼盯着球;我做不到凭自己的身体来感觉球儿的传送,一心只想着球。我将终身是一个只会拘泥字面含义的人。但是我却无法跟他在一起生活,受不了他那股傻劲儿。他将来会变得粗俗,睡觉时鼾声如雷。他会娶妻成家,早餐桌上来一番温情脉脉的场面。可是眼前他还年轻。当他光着身子,辗转反侧,浑身燥热地躺在床上的时候,他跟阳光、雨水、月亮是融为一体,其间没有一根线、一张纸那样的隔膜的。这会儿当他们驾着车沿着公路驶去时,他脸上常常是一会儿发红、一会儿发青。他会扔掉他的外衣,叉开两腿站在那儿,两手做好准备,眼睛盯着球门。同时他会祈祷着:'上帝保佑我们打赢';他会心里只想着一件事,就是他们一定得赢。

"我怎么能跟他们一起坐着马车去打板球呢?只有伯纳德能跟他们一块儿去,可是伯纳德却老是错过时间,没法跟他们去。他老是错过时间。他那无可救药的喜怒无常妨碍他跟他们一块儿去。他洗着手,会忽然停下来说:'那儿有只苍蝇落进了蜘蛛网里。我该去救出它呢,还是让蜘蛛去把它吃掉?'他老是被种种数不清的彷徨困惑心情所笼罩,否则他本来会跟他们一起去打板球,会躺在草地上仰望着天空,并且在中了球的时候一下跳起身来。不过他们会原谅他;因为他会给他们讲故事。"

"他们驾着车走了,"伯纳德说,"我错过了时间没能跟他们一块儿去。那班讨厌而同时又挺可爱的小伙子,你和路易、奈维尔都那么羡慕的小伙子驾着车走了,所有的人都掉过脑袋朝着一个方向。不过我对这类大出风头的事并不在意。我的手指头在琴键上溜过,却辨不清哪是白键哪是黑键。阿契毫不费力就能得一百分;我碰巧才能得个十五分。可是我们俩中间又有什么差别呢?不过等一等,奈维尔;让我说下去。一阵阵泡泡升了起来,就像锅底上升起来的那些银白色泡泡那样;想象之上更冒出新的想象来。我不能像路易那样坐下来拼命孜孜不倦地读书。我得把捕鼠机的小门打开,放出那成串的句子来,然后瞎猫碰死耗子似的把它们混在一起,这样就能胡乱看得出一条彼此多少连结在一起的线索来,而不至于互相毫无连贯。我要讲给你听关于博士的故事。

"当克雷恩博士念完祈祷文蹒蹒跚跚走出弹簧门的时候,看来他深信自己真高明无比;可是说实话,奈维尔,我们没法否认他一离开不但使我们感到轻松,而且甚至像感到摆脱了一个负担,就像拔掉了一颗牙似的。现在让我们来跟着他挤出弹簧门上他的住所去。让我们想象他在马棚那边的他那间私室里脱衣服的情景吧。他解开了他的吊袜带(让我不厌其烦而且不避琐屑地来谈吧)。接着用他那特有的姿势(很难避免用这类老一套的话,而且在他身上这类话倒颇为适合),他从他的裤袋里取出了银币,又取出了铜币来,分别放在他的梳妆台上。他摊开两臂搁在椅子扶手上沉思起来(这是他一人独处的时刻;我们正是要尽量在这种场合看清他):他究竟还是穿过粉红色的桥梁走到他的卧房里去呢还是不去?这两个房间是由克雷恩太太床边的玫瑰色灯光形成的一道桥梁连接在一起的,这时克雷恩太太正头发散开在枕头上,读着一本法文的自传。她读着读着,用一种灰心绝望和自暴自弃的姿势伸手抹了抹自己的额角,叹息说:'就是这些么?'一边拿自己和某一位法国的公爵夫人比较着。现在,博士说,再过两年我就要退休了。我将要在西岸的一个乡间花园里修剪水松树篱。我本来可以做个海军上将;或者当个法官;而不是当个教师。是什么力量把我引上这条道路的呢,他自问,一边呆瞪着煤气灯光,两肩耸得比我们平时看到的还要厉害(记住,他身上只穿着一件衬衫)。究竟是什么无所不在的力量啊?他想着,一边转头越过自己的肩膀望了望窗户,一边又驰骋起他那庄严的词藻来。这是个狂风四起的夜晚;栗树的枝桠上下颠簸。星星在枝叶间闪烁。是什么祸福难凭的力量把我引到这儿来的啊?他一边问着,一边闷闷不乐地发现他的椅子已在紫色地毯的绒毛上磨坏了一个小洞。就这么,他坐在那儿,吊袜带拖在脚上晃来晃去。不过,讲一个人走进他的私室后的事情是很难的。这个故事我实在再讲不下去了。我是竭力在掉花腔;我是在叮当簸弄我裤袋里的四五个硬币。”

“伯纳德的故事我觉得很有趣,”奈维尔说,“开头是这样。可是到他后来越说越荒唐并且张口结舌,掉起花腔来,我就想起我自己的孤独寂寞来了。他看什么事情都只看阴暗的一面。所以我不能跟他谈波西弗。我设法袒露自己那荒唐而强烈的热情以求得到他的同情理解。那也准会成了一个‘故事’。我需要这样一个人,他的头脑能使一切问题都迎刃而解;对他来说荒唐色彩也是美妙的,一根鞋带也有它的可爱处。可我能向谁去诉说我那迫切的热情呢?路易太冷淡,志向太大。实在没有人可说,——在这儿,处在这些灰暗的拱门、悲悲切切的鸽子、热闹的运动、传统活动和竞赛中间,而这一切都是那么巧妙地糅合在一起,以便阻止人们有独自的感受。可是当我偶然撞见了一些预示着将要来临的事情的意外征兆时,我惊得呆住了。昨天,当经过通向那所私人花园的开着的门时,我瞧见芬雅克正举起他的木槌。草地中央,茶炊里冒着热气。还有大簇大簇的蓝花。这时我心中突然涌起了一种朦胧而神秘的崇敬感,一种战胜了一切混乱的完美感。当时谁也没有瞧见我站在开着的园门口时那种凝神专注的神态。谁也没有猜想到当时我心中的迫切愿望,就是要把自己的生命献给某个神,然后死去、消失。他的木槌放下了;幻景破灭了。

"我应当去找到某一棵树么?我应当丢弃这些班级课室和图书馆,以及我在其中读到喀特勒斯著作的发黄的大本书,去换取森林和田野么?我应该走到山毛榉树下去,或者沿着树影在水中像恋人似的难解难分的河岸信步走去么?不过大自然太单调、太乏味了。她有的只是崇高和无垠、水和树叶。我开始向往着炉火,清静,还有某一个人的肢体。"

"我开始向往着将要来临的黑夜。"路易说,"当我站在这儿,正要伸出手去碰威克汉先生门上的橡木纹镶板时,我想象自己是黎希留的好友,或者是正把鼻烟盒递给皇上本人的圣西门公爵。这是我受到的特殊荣宠。我的妙语隽句'像烈火般传遍宫廷'。公爵夫人叹赏得扯下了她们耳环上的绿宝石……不过这些缤纷的焰火只有当我在自己的小卧室里、独自处在黑暗中时才更能放射异彩。这会儿我还只不过是个带殖民地口音的孩子,正要用手指节去叩威克汉先生的仿橡木门。这一天是饱受屈辱和为了怕人嘲笑而不敢显露胜利的一天。我成了全校的第一名优等生。可是当黑夜一降临,我就可以解脱掉这个不值得羡慕的躯体——我的大鼻子,我的薄嘴唇,我的殖民地口音,而遨游在广阔天地里。那时我就会成为维吉尔的伴侣,柏拉图的伴侣。那时我就会成为法国一个名门望族的末代苗裔。不过我也是一个能强制自己的人，能竭力丢开这些虚无飘渺的王国，这些午夜的遐想，去面对这扇仿橡木门。我此生一定会做到——愿上天垂怜这一天不会太远——把这两种我看得那么惊人明显的矛盾事物出色地结合在一起。为了我所受的苦我定要做到这一点。我要敲门。我要走进去。"

"我已经扯下了五月和六月这整整两个月的日子，"苏珊说，"加上七月的前二十天。我已经扯下它们揉成一团，好让它们不再存在，最多只是还揣在我身边的一个负担。它们全是些委靡不振的日子，像伤了翅膀无法动弹的飞蛾。只剩下八天了。八天以后，六点二十五分，我就要走下火车，站在月台上。那时候我的自由就要展翅飞翔，所有这些叫人皱眉蹙额的限制——钟点、秩序、纪律，以及准时到这儿到那儿等等，都会彻底崩溃了。当我打开马车门，瞧见戴着他那顶旧帽子和绑着护腿的父亲时，那样的日子就终于到来了。我会发抖。我会掉下眼泪。然后第二天早晨我会一清早就起来。我会从厨房门走出去。我会到沼地上去走走。那些幽灵骑士们高头大马的马蹄声会在我身后响起，又突然停住。我会看到燕子掠过草地。我会纵身仆倒在河岸边，瞧着那些鱼儿在水草中间穿来穿去。我的手掌上会留下松针刺下的痕迹。我要在那儿掏出和扔掉所有我在这里得到的东西；某种叫人难受的东西。因为在这儿，冬去春来，在楼梯间，寝室里，我身上已经沾上了某种东西。我并不像珍妮那样一心想受到爱慕。我并不想使别人在我走进去的时候带着爱慕的神情抬起头来。我只渴望献身，被人献身，渴望孤身独处，让我好掏出我所有的东西来。

"然后我将穿过胡桃树阴下光影摇曳的小道走回家去，我会碰见一个老妇人正推着一辆满装柴火的小儿车；还有一个牧羊人。不过我们不会交谈。我会穿过厨房外的后园回家去，看见沾满露珠的包心菜卷曲的菜叶，和园中那所一扇扇窗上还遮着窗帘的屋子。我要上楼到我的房间里去，翻翻我自己那些小心紧锁在衣柜里的东西：我的贝壳；我的鸟蛋；我的奇花异草。我要喂一喂我的鸽子和松鼠。我要上我的狗棚那儿去梳梳我那长毛狗的毛。这样我就可以把我在这儿所沾上的那些叫人难受的东西逐渐地消除掉。可是这会儿铃又响了；又要照例没精打采地拖着脚走去。"

"我讨厌黑暗、睡觉和夜晚，"珍妮说，"讨厌躺在那儿一心盼望着白天来临。我盼望一星期变成整个儿的一天。当我很早醒来——鸟儿叫醒了我的时候，我躺在那儿望着食柜上的铜把手逐渐变得清晰；接着是洗手盆；接着是毛巾架。随着寝室里的每件东西愈来愈清晰，我的心也跳得愈来愈快。我觉得我的身子变硬起来，而且发红，发黄，变成棕褐色。我用手摸摸我的腿和身体，感到它们的曲线和它们的纤细。我喜欢听铃声响遍全屋，接着满屋子骚动起来，——这儿乒砰一声，那儿啪哒一响。房门打开关上；水哗哗地响着。我一边两脚落地，一边喊着，又是一天来啦，又是一天来啦。这有可能是倒霉的一天，不如意的一天。我常常受到责骂。我常常为懒、为爱发笑挨骂；可是即使正当马休士小姐在嘟囔我轻率散漫的时候，我也会一眼望见有什么东西在动，——也许是一幅画上的一抹阳光，或许是正拉着割草机经过草地的一头驴子，或者是在月桂树叶间闪过的一片风帆，所以我从来不曾垂头丧气过。什么也阻挡不了我一边跟马休士小姐去做祈祷，一边在她身后跳着足尖舞。

"再说,现在又快到我们可以离开学校,穿着长裙子的时候了。我要晚上戴着项链,穿上一身无袖的白衣服。在辉煌的屋子里将要举行舞会,一个男人会召我单独跟他出去,对我讲他从来没对别人讲过的事。比起苏珊或者罗达来,他会更喜欢我。他会在我身上发现某种品质,某种特有的东西。可是我不会让自己只跟一个人厮混在一起。我不愿意被固定起来,受到约束。我垂着脚坐在床沿边期待着新的一天到来时,浑身战栗发抖,就像树篱上的一片叶子。我还可以过五十年,还可以过六十年。我还不曾打开我的宝库。眼前还只不过是个开端。"

"还要再过好几个钟头,"罗达说,"我才能熄了灯上床躺下,游离在这个世界之外,了结这一天,去安心抚育我那棵小树,让它在我头上的碧绿穿苍底下颤巍巍地成长起来。在这儿我没法抚育它成长。老有人会把它碰倒。他们问这问那,不断打搅,把它碰倒在地。

"现在我要上浴室去,脱下我的鞋子洗一洗;不过在我洗的时候,当我低下头俯在洗手盆上的时候,我要让那俄罗斯女皇的面纱披落在我的双肩上。皇冠上的钻石在我的额头上闪闪放光。我仿佛听到那些悻悻的暴民在我走上阳台时大声鼓噪。现在我使劲儿揩干我的手,好让那位我忘了姓什么的小姐不至于疑心我是在向那群怒冲冲的暴民挥舞拳头。'我是你们的女皇,你们这些老百姓!'我的神态充满蔑视。我是无畏的。我征服一切。

"可惜这只是个脆弱的幻想。这只是株纸糊的树。兰伯特小姐一口气就把它吹倒了。就连她走过过道的身影就足以把它一下子化为齑粉。它是不牢固的;它不能使我感到满足,——这个当女皇的幻想。现在当它一旦破灭之后,就撇下我在这过道

241

里只觉得浑身发冷。什么都显得苍白乏味了。我现在只好走到图书室里去，取出一本书来，翻翻，读读，再翻翻，读读。这儿有首关于灌木树篱的诗。我要沿着它信步走去，摘下花儿，绿色的牵牛花和月光色的山楂花，野玫瑰和蜿蜒的常春藤。我要把它们摘在手里，把它们放在光亮的桌面上。我要坐在颤悠悠的小河边，瞧着那些明朗舒展的睡莲，它们那月光般清冷的光辉，照映得覆垂在树篱上的橡树也熠熠生辉。我要采摘花朵；我要把花儿扎成一个花环，紧紧握着它，把它们献给……唉！献给谁？我的生命之流似乎受着什么阻扰；一道深沉的潜流拥在什么障碍物前；它在推挤；它在挣扎；其中仿佛有个解不开的结。唉，真痛苦，真难以忍受！我昏晕过去，我倒了下来。接着我的全身融化了；我挣脱了，我浑身发热了。现在那道潜流汹涌如潮，冲开闸门，迫退阻力，任情地奔腾着。我究竟该把这股这会儿正打从我温暖、松软的躯体中迸涌出来的东西奉献给谁呢？我要采摘我的花朵，把它献给……唉！献给谁呢？

"水手们正在成群地悠闲巡行，还有一双双情侣；公共汽车正隆隆地开过海滨，驶向城里。我愿献身；我愿使人充实；我愿把这种美归还给世界。我要把我的花儿扎成一整个花环，伸出手来跨步向前，把它奉献给……唉！奉献给谁呢？"

"现在我们已经被世人接纳了，"路易说，"因为这已是最后一个学期的最后一天，——奈维尔、伯纳德和我的最后一天，——不管我们的老师们曾经给了我们些什么。我们已经受到了推荐，世界已经呈现在我们面前。他们还要留下去，我们就要离开了。那位了不起的博士，所有的人中间我最尊敬的一位，步履略微有点蹒跚地走过各人的书桌前，逐一地分发装订好了的贺拉斯、丁尼生的诗集,济慈和马休·阿诺德的全集,都写上了合适的题词。我尊敬这只分书的手。他用充满自信的语调讲了话。他的话在他看来是真实的,尽管对我们来说却并不。他粗声粗气,满腔激动,既凶狠又柔和地对我们说,我们就要走了。他嘱咐我们要'像个男子汉似的离开'。(无论《圣经》上的话,《泰晤士报》上的话,从他嘴里说出来都显得同样铿锵有力。)有的人将要干这个,有的人将要干那个。有些人将不会再见面。奈维尔、伯纳德和我再不会在这儿会面。生活将会把我们分开。可是我们已经结下了某种不解之缘。我们孩子气的、无忧无虑的年头已经过去了。可是我们之间已经结下了某种纽带。首先是,我们已继承了某些传统。这些铺路石板已经经历了六百年的沧桑。这里的墙上刻着一些军人、政治家的名字,还有一些不幸的诗人的名字(我的名字也一定会列在他们中间)。愿上帝保佑所有这一切传统,这种种防范和限制吧!我是十分感激你们这些身穿黑袍的人,还有你们这些目前已故的人的,感激你们的教导,你们的指引;不过归根结底,问题还依然存在。分歧还并未解决。花儿在窗外摇头摆尾。我望见一些野鸟,而种种比最野的鸟儿还要更野的冲动,正在从我野性难驯的心中冒出来。我的目光是野的;我的嘴唇紧紧地抿着。鸟儿在飞翔,花儿在舞蹈;但我耳中却老是听见那沉闷的海浪声;还有那头被链子锁着的野兽在岸边的蹬脚声。它老在不停地蹬脚,蹬脚。"

"这是最后一次仪式。"伯纳德说,"这是我们所有仪式中的最末一次。我们心头充满了种种奇异的感觉。举起旗子的值班员快要吹响他的哨子;喷着汽的列车一会儿就要开动了。你正想要说几句只有在眼前这种场合才会有的话,体味一下只有在这种场合才会有的感受。你的头脑里装满了许多东西;你的嘴唇快要张开了。但正好这时一只蜜蜂撞了进来,绕着那位将军的太太汉普顿夫人为表示对送花人十分领情而在不断地闻着的那束花嗡嗡直打转。蜜蜂会去叮她的鼻子么?我们大家刚才都深受感动;但既有点不敬,又有点后悔;既急于想了结,又有点依依不舍。这只蜜蜂弄得我们分了心;它的随意乱飞,似乎是对我们那种紧张心情的有意嘲弄。它捉摸不定地嗡嗡飞着,一会儿到东,一会儿到西,最后终于在一朵康乃馨上停了下来。我们中许多人不会再会面了。当我们此后可以随意上床,或者多坐一会,我也再用不着偷偷藏起一截蜡烛头来读黄色小说的时候,我们也就不再能享受其中自有的某种乐趣了。那只蜜蜂现在又绕着了不起的博士的脑袋嗡嗡地转了起来。拉本特,约翰,阿契,波西弗,贝克,还有史密斯,——我都曾经十分喜欢过。我只认识过一个疯疯傻傻的小伙子。我只憎恨过一个讨厌的小伙子。我很乐意回想起自己在校长桌子吃过的那顿浑身别扭的早餐,吃的是果酱和烤面包。只有他这会儿不曾注意到那只蜜蜂。即使它停在他的鼻子上,他也会气派十足地一挥手把它赶掉。现在他已经干完了他的好事;现在他说起话来声音几乎若断若续,不过却也不尽然。现在我们——路易、奈维尔和我三个——已经被永远打发走了。我们已拿到了我们那几本十分精致的书,全都用细小难辨的草体字写上了挺有学问的题词。我们已起身走散,各奔东西;包袱已经卸掉了。那只蜜蜂已成了无足轻重、谁也不睬的小昆虫,它已飞出开着的车窗,飞得不知去向。明天我们也要飞走了。"

"我们快要出发了。"奈维尔说,"行李箱子在这儿,出租车已经来了。戴着宽边毡帽的波西弗就在那儿。他准会忘了我的。他会把我去的信随便乱搁在鸟枪和猎狗中间,一字不复。

我要把写的诗寄给他，他也许会只回我一张风景明信片。但我却恰恰因此而更喜欢他。显然，由于他完全不学无术，他准会在我的生活中渐渐消失的。而我，尽管看来似乎难以置信，却一定会走向另一种生活；也许这只不过是一种儿戏，一种前奏曲罢了。尽管我受不了博士那套夸张的做作和装腔作势的热诚，但我却已经感觉到，我们仅仅隐约预见到的东西已在逐渐临近了。我将来一定能随意出入芬雅克曾经举起木槌来的那个小花园。那些曾经瞧不起我的人准会承认我的威权。但是凭着我身上的某种不可思议的生活法则，仅仅威权和财富还不够；我将不断排开帷幕，闯入隐秘的小天地，渴望独自听到别人的窃窃私语。因此我将要尽管犹豫迟疑，但却总是得意扬扬地往前走；明知有难以忍受的痛苦，但却认定在自己的历险道路上必定会经过重重磨难终于战胜一切，毫无疑问，最后我一定会找到我向往的目标的。我最后一次望见我们那虔诚建校者的雕像正矗立在那儿，鸽子在他的头边飞绕。它们会永远在他的脑袋周围盘旋，使它变得一片雪白，同时小教堂里传出风琴的呜咽声。好啦，我来找自己的座位吧；等我在我们预订的车厢房间角落上找到了我的座位，我要用一本书来挡着眼睛，好遮住淌出来的一滴眼泪；我要遮起眼睛来观察；偷偷瞧一下某个人的脸。今儿是暑假的第一天。"

"今儿是暑假的第一天。"苏姗说，"但这一天还没有展开。在我傍晚下车踏上月台以前，我不想去考察它。甚至在我嗅到凉丝丝、绿阴阴的田野气息之前，我连嗅都不准备去嗅它。不过眼前已经不再是学校的田野了；也已经不再是学校的灌木树篱了；这里田野上的人正在干真正的活儿；他们正在往大车上装真正的干草;这些牛也是真正的牛,不再是学校里的牛了。可是走廊上的石碳酸气味和教室的粉笔味儿仿佛仍旧在我的鼻子里。那些假型板闪光发亮的样子仿佛仍旧在我的眼前。我得等着瞧那一片片的田野和灌木树篱,林子和田地,铁路边点缀着一丛丛金雀花的陡峭斜坡,侧轨上的一节节货车厢,隧道和女人们正在晾洗衣裳的城郊小园子,接着又是田野,和孩子们攀在大门上悠晃着玩的景象,才能盖没那些东西,把它们深深地埋下去,——那个我恨透了的学校。

"我决不送我的孩子们上学校,一辈子也不想在伦敦过一宿。在这个空旷的车站上一切都散发出空荡荡的回声,灯光就像凉篷里的光那么黄惨惨的。珍妮就住在这里。珍妮常带着她的狗在这些人行道上散步。这儿的人都默不作声地急匆匆穿过街道。他们两眼只盯着橱窗。他们的头抬起、低下时差不多都一般高。一条条街道全被电线连接在一起。一所所房屋上全都是玻璃窗和金碧辉煌的装饰;瞧,现在又都是堂皇的大门和花边窗帘,圆柱和洁白的台阶。不过现在我已经经过了,又到了伦敦城外;又开始看到了田野、房屋,正在晾衣服的妇女,接着又是树木和田野。伦敦现在模糊了,消失了,渐渐支离破碎,终于完全不见。石碳酸和满是松脂的松木味儿逐渐淡漠。我闻到了谷物和芜菁的气味。我解开了一个用白布条系着的纸袋。鸡蛋壳从我的两膝间溜下地去。现在我们经过一个又一个的车站,纷纷打开一瓶瓶的罐头牛奶。现在妇女们彼此吻一吻,拿出篮子来进食。现在我要把头伸出车窗去。风立刻灌进了我的鼻子和喉咙,——凉爽的风,带咸味的风,夹杂着芜菁的气息。我的父亲已经在那儿,正转过背去跟一个农夫在讲话。我浑身哆嗦。我哭了起来。我父亲绑着护腿在那儿啦。我父亲在那儿啦。"

"我正舒舒服服坐在我的角落里一路往北开，"珍妮说，"坐着这列轰隆轰隆的快车，不过它开得又稳又快，使那些灌木树篱显得成了低低的一片，小山成了长长的一线。我们让那些信号棚一闪而过；我们使大地微微地摇摆。远方不断从四面汇聚到一点；接着我们又不断使远方无边无垠地展开在眼前。一根根电线杆不停地突然冒出来；一根隐没下去，另一根又接着出现。现在我们轰隆轰隆摇摆着开进了一条隧道。一位先生把窗子拉开了。我从镶在隧道壁上的闪光的镜子里看到了照出来的影子。我看见他放下了报纸。他朝我在隧道里照出来的影子笑了一笑。在他的注视下，我的全身不由得立刻自动地畏缩了一下。我的身子仿佛过着它自己的生活。现在黑洞洞的车窗又变得发绿了。我们已经开出了隧道。他又读起他的报纸来。不过我们已经表达了两者身躯之间的彼此赞赏。这会儿这里正有大量的身躯聚会在一起，我的身躯已经介绍给大家了；它刚才走进了这间全是描金椅子的车厢里。瞧，——所有别墅的窗子跟它们那白纱帐似的帘子全在跳舞；那些用蓝手绢包着头坐在麦田里树篱下的人也都像我那样觉得又热又兴高采烈。有个人在我们经过时向我们挥了挥手。这些别墅的园子里有树阴和凉亭，有些只穿着衬衫的年轻人正爬在短梯上修剪玫瑰。一个人骑着马在田野上慢步跑过。他的马在我们经过时向前猛冲了一下。骑马的人掉过头来望了望我们。我们又轰隆隆地开进了一片黑暗。我仰身靠在椅子上，尽情沉湎在欢乐中；我设想着自己穿过隧道，就要来到一个灯光辉煌摆满椅子的房间里，我将要在一张椅子上坐定下来，受到大家的称羡，我的衣裳在我身上潇洒地飘垂。可是瞧呀，我一抬头就碰上了一个性情乖张的女人的目光，她看出了我欢乐的心情。我的身子马上毫不客气地在她面前一下合拢，就像一把阳伞似的。我能随意打开或者合拢我的身体。生活开始了。此刻我正打开了我生活的宝库。"

"今儿是暑假的第一天。"罗达说，"现在，当火车正开过这些火红的岩石，开过这蓝色的大海时，已经了结了的那个学期才在我身后显示出了它完整的具体形象。我能辨认得出它的颜色来。六月是白色的。我瞧见田野上遍地是白色的雏菊和白色的衣裳；网球场上也划满了白线。同时还起过风，打过猛烈的响雷。一天夜里，有颗星星划破云空，我对星星说：'把我烧成灰烬吧。'那是在仲夏，正当开过游园会，我在那次游园会上受到了屈辱之后。七月里，使人难忘的是大风和暴雨。同时，还有正当我手里拿着个信封去给人送信时在院子当中碰上的那个死气沉沉、叫人望而生畏的铅灰色的泥水坑。我走到那泥水坑跟前。我走不过去。我失掉了把握。我说了句：'我们这些人真不中用，'就跌倒了。我就像是一根狂风中的羽毛被刮进了黑洞里似的。后来我鼓足勇气，把一只手扶在一堵砖墙上，迈步跨了过去。我提心吊胆地涉过那死气沉沉的铅灰色的大泥坑，十分费力地回到房间里。这就是当时我注定要过的那种生活。

"因此我特别记得夏天那个学期。生活就像掀起它那阴沉沉的浪头从大海里冒出来似的，不断出现令人震动的意外，乘人不防，好像猛虎的一跃。我们没法脱离这种境遇，我们被它困住，就像身子被困住在受惊的马上一样。不过我们想出了各种手法来弥补这种裂缝，掩盖这些裂缝。哦，验票员来了。这儿有两个男的，三个女的；篮里还有一只猫；还有正把胳膊靠在窗槛上的我，——这就是眼前在这儿的事情。我们渐渐靠近了一个地方，又离开了它，穿过窸窣有声的金黄色麦地。田里的妇女们惊奇地被我们抛在后面，继续锄着草。现在火车仿佛笨重地蹚着足，呼噜噜地喘着气，不停地向上爬坡。最后我们到达了荒原的最高处。这儿只生活着极少几只野山羊，几头乱毛蓬松的小马；可是我们却设备一应俱全，有小桌可以放报，有套环可以放稳我们的杯子。我们随车带着这一切设备来到荒原的最高处。现在我们已经来到了顶峰。一片静穆将要笼罩在我们身后。我只消越过那个秃脑袋回头瞧瞧，就能望见静穆已经笼罩在那儿，云彩的阴影正在荒地上互相追逐；静穆笼罩了我们走过的一段短暂的旅程。我现在所说的就是目前；今天是暑假的第一天。这就是我们无法摆脱的那个正在冒出来的怪物的一部分。"

"现在我们已经出发了。"路易说，"现在我正悬在半空，无所归属。我们不知自己身在哪儿。我们正坐在一列火车上穿过英国。英国在车窗外不断变换景色，飞逝而过，从山坡变换成树林，又从小河、垂柳变换成城市。而我却没有可靠的立足之地可去。伯纳德和奈维尔，波西弗、阿契、拉本特和贝克要去牛津或者剑桥，去爱丁堡、罗马、巴黎、柏林，或者去美国的某一所大学。我却去向不定，谋生之道不明。因此仿佛到处有一种难受的阴影，一种辛酸的色调，笼罩着这些金黄色的芒穗，这些深红的田野，这片犹如波涛起伏，但却只到田边而永不会溢出田塍的麦子。今儿是新的生活的第一天，是正在转动的车轮的又一根车辐。但是我的身子却像一只飞鸟的掠影似的徘徊不定。我一定很像一片草地上的日影那么飘忽难凭，很快消退，一会儿就暗淡下去，隐没在草地跟树林毗连的地方，要不是我竭力使我的头脑清醒的话。我强迫自己哪怕只用一行未写出来的诗句也好，一定要把眼前这一刻记述下来；要把那从埃及、从妇女们带着红色的水罐到尼罗河边去打水的法老时代就开始的漫长历史中的眼前这一小段标志出来。我仿佛已经生活了好几千年。但要是我现在闭目无视，理解不到我现在所乘这节坐满了回家度假的孩子们的三等车厢，就是过去和现在交汇的地方，那么人类历史中就漏掉了一小段景象。它那能看透我的眼睛就会阖上，——要是我现在由于懒散或者胆怯，一味让自己沉浸在过去、沉浸在黑暗中而逃入梦乡；或者像伯纳德那么说说故事，随波逐流；或者像波西弗、阿契、约翰、华尔特、拉松、拉本特、罗泊、史密斯那么一味说大话的话，——他们的名字永不会变了，永远只好叫说大话的小伙子。他们全爱说大话，老是话挺多，只有奈维尔除外，他会不时悄悄地去看一两本法国小说，因此老是溜进那些炉中有火、椅上有靠垫的房间，与许多书籍和一两个知己作伴，而我这时却正在一个柜台后面，俯身坐在一张小职员的椅子上。因此我会变得满腹牢骚，对他们冷嘲热讽。我会嫉妒他们能在那些古老的水松树阴下继续走他们安闲自在的老路，而我却要去跟那些伦敦佬和伙计职员们相处，在那个城市的街头劳碌奔波。

"不过这会儿我正满心空虚、无所着落地奔驶在茫茫田野上，——（这里有一条河；一个男人正在钓鱼；这里有一座尖塔，有一条乡村小街，街上有个装着弓形窗的小客栈，）一切在我看来都显得朦朦胧胧，有如梦幻。这些难受的念头，这种嫉妒，这种满腹牢骚，对我是格格不入的。我只不过是路易的一个幻影，一位短暂的过客，一心向往的只是种种梦境，以及清晨鸟儿啁啾，花瓣儿仿佛在无底的深渊上飘浮时，花园里可以听到的各种声息。我拼命用清澈的童年之水来溅湿我自己。它朦胧的水面起了波澜。可是那拴着铁链的野兽还是在海岸边不住地蹬脚，蹬脚。"

"路易跟奈维尔两人，"纳伯德说，"都不声不响地坐在那里。两人都陷入了沉思。他们俩都觉得有旁人在场仿佛是一堵使他们彼此疏远的墙。可是我一旦跟旁人在一起,话就立刻像烟圈似的袅袅升起,——瞧瞧各种妙语是如何从我嘴里脱口而出。简直就像划了一根火柴似的;什么东西马上就点着了。现在一位上年纪的,显然是事业颇为兴旺的男人上了车。我立刻想要去跟他结交;我出于本能地讨厌那种他一人冷冰冰、落落寡合地置身在我们中间的感觉。我不喜欢彼此疏远。我们都不是独处世上。同时我也希望给自己对人生真谛的宝贵观察增添材料。我的著作肯定会篇幅繁多,把所知的各种男男女女不同类型都收罗在内。我把在一个房间或者一节车厢里偶然碰见的各式人物都灌进我的头脑,就像在墨水瓶里灌满一枝自来水笔似的。我随时都有一种永不餍足的渴望。这会儿我凭种种眼前尚难解释、但以后一定能解释清楚的细微迹象,觉察到他就要开始挑衅了。他的沉默寡言正是快要猛烈爆发的前兆。他对一所农舍发了句议论。我嘴里马上就吐出了一丝烟圈(议论庄稼收获),在他的身边袅绕,跟他发生了接触。人的话音有一种打消隔阂的力量,——(我们都不是独处世上,而是人间的一个。)一当我们就农舍问题彼此交换了几句尽管简短但却亲切的议论之后,我就使得他比较开朗和踏实起来了。他是个和气但却并不见得忠实的丈夫;是位有不多几个雇工的小建筑商。在当地社会上他是个重要人物;已经当了市参议员,说不定有朝一日还会当上市长。他身上戴着一件挺大的饰物,样子像连根拔起的一对牙齿,是珊瑚做的,挂在表链上。华尔特·约·屈伦勃这类名字倒是挺适合于他的。他到过美国,带着太太一起去办生意上的事情,在一家小小的旅馆里开了个双间套房就花了他一个月工资。他的门齿上镶着一颗金牙。

"说实话我不大爱多想。我要求一切都踏实具体。全靠这样我才能把握这个世界。不过我觉得一句漂亮辞藻还是有它独立的价值的。但我想最好的辞藻大概只在孤身独处的时候才能想得出。它们仿佛需要有一种最后的冷冻过程，这我可做不到，因为我总喜欢在一滩言辞的热水里蹚着玩。但我这一套比起他们的来也自有它的好处。奈维尔受不了这位屈伦勃先生的粗里粗气。路易呢，像一只高傲的仙鹤那样小心翼翼地抬高了脚步走路，像用糖夹子夹糖似的仔细挑选着词句。的确，他那种放肆，嘲笑，但却有点故意壮胆的神气的目光，显露出了某种我们不曾估量到的东西。奈维尔也好，路易也好，身上都有一种精细而一丝不苟的特色，这是我所羡慕但却学不到手的。现在我开始想到该采取某种行动了。我们正开近一个交轨处，我必须在这儿换车的交轨处。我得搭另一列开到爱丁堡的车。我不大弄得清这件事，——它就像一粒钮扣或者一枚硬币似的胡乱夹杂在我脑子里的一大堆事情里。哦，那位乐呵呵的查票的老兄来了。我有票，——我当然有。但这没关系。只不过是我找得着找不着的问题。我仔细翻我的皮夹子。我翻遍了我的口袋。正是这类事情，老是阻碍我不能按我一直竭力想做的那样，找出一句十分切合目前这种场合的辞藻来。"

　　"伯纳德走了，"奈维尔说，"连张票都没有。他一边说着漂亮辞藻，一边挥了挥手，就撇下我们走了。他跟那个养马的或者修铅管的人说起话来，就像跟我们说话一样毫不费力。那个铅管匠对他中意极了。他准在想'要是我有这么个儿子，我一定要尽力想法让他进牛津'。可实际上伯纳德哪关心那个铅管匠？难道他不是只想把他老在跟自己讲的那个故事继续讲下去么？他小时候还在把面包搓成一个个小球吃的那会儿，就已经在开始讲这个故事了。这一个小球是男人,那一个是女人。我们都是这些小球。我们全都是伯纳德故事中的一句句辞藻,是他分别记进他的笔记本里去的一件件事件,有的记在'A'栏里,有的记在'B'栏里。他讲起关于我们的故事来,什么都了解,就只不了解我们最关心的事是什么。因为他根本不需要我们。他永远不受我们摆布。他正在那儿,站在月台上挥着手。他没上去,火车就开了。他转车没转成。他把车票给丢了。但那没关系。他会去跟一个酒吧间侍女谈谈人类命运的真谛问题。我们就要开走了;他已经忘掉了我们;我们已经从他的视野中消失了;我们要继续赶路,心头满是萦回不去的感慨之情,半是甜蜜,半是辛酸,因为瞧着他丢掉了车票,只好去凭他那半吊子的漂亮辞藻去闯荡世界,总有点叫人怜悯:他也是该受人爱惜的呀。

"现在我又假装看起书来。我高高地举着书,几乎遮住了眼睛。但我没法在那些马贩子、铅管匠面前看书。我没有哄骗自己的本事。我不赞赏那个人;那个人也不赞赏我。至少让我做个诚实人吧。让我公开指责这个琐屑无聊、扬扬自得的世界,这些塞满马鬃的坐椅,这些码头和广场的彩色照片吧。我简直想大声疾呼地痛斥这种沾沾自喜的自满心情,这个平庸无聊的世界,它专会繁殖出那些表链上挂着珊瑚坠的马贩子。我身上有这么股火气,简直能把他们统统烧为灰烬。我的大笑会叫他们坐卧不宁,会逼得他们在我面前哀哀嗥叫。哦不,他们是不朽的。他们是胜利者。他们永远会让我没法在一节三等车厢里读喀特勒斯的著作。他们到了十月里就会逼使我逃进一所大学,将来当一名导师;然后跟一班教师们一起去希腊;还要在巴特农神殿的遗址上给学生讲课。倒不如去住在那样一所红色的村舍里,养养马,还胜过老像一条蛆虫似的钻在索福克勒斯和欧里庇得斯的骸骨里,娶上个品格高尚的太太——那种所谓的'大学夫人'。不过我的前途却准是如此。我准得吃这种苦头。才十八岁的我就会这样愤世嫉俗,弄得那班马贩子恨透了我。这是我的胜利;我决不妥协。我并不胆小;我也没有口音。我不像路易那样吹毛求疵,老怕别人想到'他父亲在布里斯班一家银行里工作'。

"现在我们渐渐开近文明世界的中心了。那儿就是那些熟悉的煤气罐。那儿是有一条条沥青小路穿过的公园。那儿是不害臊地嘴贴嘴躺在枯草地上的情人们。波西弗这会儿差不多已快到苏格兰了;他的火车正开过红土荒原;他看到了连绵不断的边界小山和罗马式城墙。他在看一本侦探小说,可是什么都猜得到。

"当我们愈来愈近伦敦这个中心时,列车渐渐开慢和拉长了,我这颗惊喜交加的心也仿佛膨胀起来。我将要碰到的究竟会是什么呢?在那些邮车、搬运夫和成群召唤出租汽车的人当中,究竟会有什么特别的奇遇在等着我?我自觉微不足道,茫然失措,但同时又欣喜若狂。在轻轻地震动了一下之后,我们的车停了。我要让别人先下车。我要先静静地坐一会儿,再投身到那一片纷乱中去。我还无法料想下一步将会碰到什么。一阵巨大的嗡嗡声传到了我耳鼓里。它就像海里的浪涛那样在玻璃的屋顶下不断回响。我们带着随身行李被卸在站台上。我们被挤散了。我的自尊心连同我的轻蔑感差不多被冲得无影无踪。我被卷进了人流,一下子被压到地下,一下子被抬到半空。我终于下到月台上,手里紧紧抓住自己唯一的东西——一只手提包。"

太阳升起了。一条条黄绿色的光影投在海边上，把饱经风霜的小船船舷镀成金色，并且使海冬青和它那像披着铠甲似的叶片反射出钢铁般的闪闪蓝光。阳光几乎映透了成扇形地迅速散开在沙滩上的那层薄薄的浪花。那个刚才摆动脑袋，使她戴着的各种珍宝——黄玉，蓝宝石，射出火花般闪闪反光的水晶宝石——都颤动个不停的女郎，现在已齐眉地显出她的身影来，睁大着双眼，用她的目光在浪头上开辟出一条笔直的通道。海浪原来那种鱼鳞似的闪闪亮光暗淡下去了；它们变得稠密起来；它们那绿阴阴的波谷颜色发黑变深，像是被成群游动的鱼填满了似的。当浪潮飞溅一阵，退落下去后，它们在海岸上留下了黑黑的一行树枝和树皮、碎草和木棍，仿佛有一艘小舟沉没碎裂了，驾船的人已游上岸去，跳上岩石，遗下他四散的货物听凭它们被冲上岸边。

　　花园里，黎明时原来那棵树、那丛灌木上紧一阵慢一阵零乱啁啾的鸟儿，现在鸣成了一片，又尖又响；一会儿齐声而鸣，仿佛庆幸自己有了伴，一会儿又单声鸣叫，仿佛在向青白色的天空倾诉。当那只黑猫在灌木丛中悄悄爬来，或者厨娘把煤灰倒在煤碴堆上惊动了它们，它们就轰然飞起，连忙逃开。它们的鸣声中有恐惧,有生怕遭到苦难的不安,也有宁愿此时此刻就被人捉住的喜悦之感。它们在清晨的晴空中争鸣着,高高地飞上榆树梢头,互相追逐着齐声而鸣,一会儿追,一会儿逃,你啄我我啄你一齐飞上云霄。然后它们厌倦了互相追逐,就快乐地重新飞下来,轻巧地向下降落,回到地面,安安静静地停在树枝上,或者落在墙头上,尖利的眼睛顾盼四周,它们的头一会儿转向这边,一会儿转向那边;清清醒醒,小心提防;全神贯注地发现了某项东西,某个特殊的目标。

那或许是个蜗牛壳,矗立在草地上仿佛一座教堂,一所高高耸起的建筑物,上面带着一圈圈焦痕,被草色映得微微发绿。或许它们是瞧见了那在花坛上放出一片连绵不断的紫色光芒的美丽花朵,下面还有紫色荫影形成的一道道暗沉沉的通道在花茎间纵横穿过。或许它们是在定睛注视着苹果树上那些小小的浅色叶子正在摇摇晃晃、欲坠又止,倔强地仍旧闪烁在瓣尖粉红的苹果花之间。或许它们是瞧见了树篱上的一颗悬在那儿却老不掉下来的雨珠,其中映出了整个屋子,以及那些高耸的榆树的影子;也或许它们是在直接盯着太阳,小眼睛都显得像是闪着金光的珠子。

现在它们东瞧瞧西望望以后,又瞧着更深的地方,瞧着花儿底下,透过黑洞洞的通道窥察那积满败叶落花的、光照不到的世界。于是它们中有一只就优美灵巧地往下一冲,准确地落下地来,一下就啄穿了那条无法自卫的毛毛虫又大又软的身体,反复的啄了又啄,然后就丢下它让它去逐渐烂掉。在那些花儿渐渐凋谢的近根的地方,浮动着阵阵死亡的气息;各种潮湿霉烂的东西发软膨胀的表面上冒出点点的水珠来。烂果子的皮裂开了,上面渗出来的东西稠腻腻地粘牢在那儿。黄色的分泌物一团团地渗出来,不时有条两头都有脑袋的说不出形状的东西在缓缓蠕动。两眼金光闪闪的鸟儿钻进树叶丛里,好奇地细瞧着那些水珠和浓液。时不时地,它们会用它们的嘴尖恶狠狠地戳进这种黏糊糊的东西里去。

同时,刚升的太阳照进窗户,照亮了镶着红边的窗帘,显示出一个个圆圈和一条条花纹来。接着,在逐渐强烈的光线中,帘子的白色映在盘子上;刀子上的闪光更加耀眼了。椅子和食柜朦胧地留在后面的暗影里,以致尽管各自独立,却仿佛连成了一片。镜子投射在墙上的一圈反光显得更加洁白了。窗台上的真花都伴着它们的幻影。然而这幻影也是花的一部分,因为每当一朵花蕾开放时,镜子里色彩较淡的那朵花也同样绽开了一个蓓蕾。

风起了。波浪像敲鼓似的拍打着海岸,仿佛一些扎着头巾的战士,一些头上包着布、手里拿着毒矛的人高高地舞着他们的武器,正在向着吃草的畜群,向一头白色的羔羊冲上来。

"事情的错综复杂显得更加逼人了,"伯纳德说,"在这儿,在大学里,生活忙乱操心到了极点,单单日常生活中的骚乱就一天天愈来愈叫人应接不暇。这个粗糠做的大馅饼里每时每刻都会露出一些新东西来。我究竟算是个什么? 我问自己。是这个么? 不,好像是那个。特别是这会儿,当我刚离开一个房间时,别人在谈天,而我孤单单的脚步声在石子路上回响,我瞧见月亮正在升起,高贵,冷漠,照耀着古老的小教堂,——这时我才渐渐明白我并不是单纯的一个人,而是复杂的好几个人。伯纳德在大庭广众前有点轻狂,但私下一个人时却沉默寡言。这一点正是他们所不了解的,因为毫无疑问,这会儿他们正在谈论我,说我老回避他们,说我有点遮遮掩掩。他们不了解,我必须作种种的转换;我必须尽量给轮流扮演伯纳德这个角色的好几个人的上场下场打掩护。我十分注意所处的环境。我不先问一问:他是个建筑商么?她是否有点不愉快?就根本没法在一个火车车厢里看书。我今天特别注意到可怜的西密斯长着他那一脸粉刺,万分痛苦地自知他很难有机会使比利·杰克逊对他产生好印象。我为这一点感到难受,因此有意热情地请他一起吃饭。尽管实际上并不是,他却会错以为这是说明我对他挺有好感。这倒是真话。不过'虽然多情善感近于妇女'(我这是在引用替我写传记的人的话),'伯纳德却具有男子汉那种逻辑分明的冷静头脑'。说起来,凡能给人以头脑单纯的印象的(而这大体上讲是件好事,因为头脑单纯看来自有它的美德),总是那些能在激流中安然不为所动的人(我仿佛立刻瞧见了一条把头朝着与激流相反方向的鱼儿)。坎农、赖西特、彼得、郝金斯、拉本特、奈维尔——全是那种激流中的鱼。不过你总该懂得,你,我那一召即来的本人(光召唤而没人来应可真是件叫人苦恼的事,这会使深夜显得空虚,老呆在俱乐部里的那些老人们脸上流露的表情,其原因也正在这儿——他们已不再指望去召唤那永不再来的本人),你总该懂得我今晚所说的这些只能勉强表明我的真意。心底里,当我迥然不同的时刻,我也会心口如一的。我会热情洋溢地流露同情;我也会像一只呆在洞里的癞虾蟆那样,不管发生什么事都无动于衷。你们那些正在议论我的人当中,没有几个能够像我这样既有感情又有理智。你瞧,赖西特热中于猎兔子;郝金斯老在图书馆里整整一下午发愤用功。彼得在流通图书馆里有个年轻的女朋友。你们全都忙忙碌碌,陷了进去,脱不开身,打起精神来对付,简直使出了全身的劲,——只有奈维尔除外,他的头脑要复杂得多,不会单单被某一项活动所激动。我也同样是太过复杂了。在我身上,总有某种东西独立不羁,无所牵挂。

"现在正好说明我对环境十分敏感的一件事是:这会儿我走进自己的房间,亮了灯,看见桌子和桌上的一张纸,看见我那随手搭在椅背上的睡衣,我深感到自己正是那种既勇敢又有心计的人,那种大胆而危险的角色,他轻轻地脱下自己的斗篷,抓起笔来就给他正热恋着的那个姑娘写了下面所说的这样一封信。

"是的,一切都很顺利。我这会儿心情正好。我能够直截了当地写出我已经多少次动笔而没有写成的这封信。我刚进屋子;我扔下了帽子和手杖;我连纸都顾不得摊摊平,就把脑子里正好想到的事写了下来。这准会是一篇出色的随笔,她一定会觉得它是文不加点、毫无删改地写出来的。瞧瞧这封信多么潦草,——这儿还有块粗心大意弄上的污迹哩。应该不顾其它而只求做到才思敏捷和不拘小节。我要用一种敏捷、潦草而细小的字迹来写,有意把'y'的下面一笔拖得挺长,把't'的上面一笔像这样写成短短的一横。日期要只写上十七日、星期二,后面打上个问号。但同时又必须使她产生这样一个印象,就是尽管他——因为这并不是真正的我自己——写得那么潦草随便,其中却隐含着一种亲密和敬重的意味。我必须隐约提到我俩之间曾经谈到过的一些话,——回忆起某个难忘的情景。但一定得让她觉得(这非常重要)我是以世上最最轻松自如的口气随便提到这件事和那件事。我要顺便谈起那次我为救那个溺水的人(我有很好的措词来谈这件事)如何帮了莫法特太太的忙以及她当时说的话(我有记录),还要同样用显然是随便的但却又是十分深刻的笔调（深刻的评论总是随便写下来的）谈到我对某一本读过的书、一本生僻的书的看法。我要让她在梳头发或者吹灭蜡烛的时候忽然会说：'我是在哪儿读到这些话的？哦，是在伯纳德的信里。'我需要的是那种才思敏捷、热烈动人的效果，那种一句句话如流水奔泻似的风格。我心目中想到的是谁呢？当然是拜伦。在某些方面，我确实有点像拜伦。也许稍稍借助一下拜伦会有助于我的文思。我来读它一两页吧。不，那会挺乏味；会弄得七拼八凑。那会显得有点太一本正经了。现在我是把握了其中的诀窍。我是在心里捉摸到了他的节奏（写作中最主要的东西就是韵律）。好了，我要毫不拖延，趁着灵机一动，动笔就开始写……

"可是彻底落空。完全失败。我鼓不起足够的劲头去完成这一次转换。真正的我与扮演的我仿佛脱了节。要是我重新来写，她就会觉得'伯纳德是在装模作样自命为文学家；伯纳德是在预先想到他的传记作者'（这倒是真的）。不，我要到明早吃过早饭后再马上来写这封信。

"这会儿让我来用一些幻想中的情景散散心吧。让我来设想一下自己被邀到离兰利车站三英里，拉夫顿皇家御庄的雷斯托弗家做客。我在暮色朦胧中来到那里。那幢虽然破旧但却不凡的房子的庭院里有两三条悄悄跑来的长腿狗。厅上有褪色的旧地毯；一位军人气派的先生一边抽着烟斗一边在阳台上踱来踱去。总的气氛是那种高贵不凡的清贫和与军界有联系。书桌上放着一只猎马的蹄子——一只原先宠爱的马。'你骑马么？''是的，先生，我很爱骑马。''我的女儿正在客厅里等着我们哩。'我的心在胸口扑通扑通地跳了起来。她正站在一张矮桌旁边；她刚去打过猎；她就像个带男孩子气的女孩那样大口地嚼

260

着夹肉面包。我给上校留下了相当好的印象。我不算太聪明，他觉得；但也并不太蠢。我还会打弹子。一会儿已经在这一家呆了三十年的一位漂亮的女佣人走了进来。餐具上的图案是那种东方的尾巴长长的鸟儿。壁炉上方挂着她母亲身穿细棉布衣的肖像。我在某种限度之内，能够十分轻易地描绘周围环境的细节。可是我究竟能不能使它最终产生预期的效果呢？我能不能听见她的声音——当我俩单独在一起，她叫我'伯纳德'的时候应有的那种神态语气呢？

"说实话，我是需要靠旁人的光来给我启发的。一个人，在我自己那暗淡的火光的照耀下，我常常会发现自己故事中的薄弱之点。真正的小说家，十足头脑单纯的人，倒能毫无限制地一直幻想下去。他不会像我那样心口如一。他不会有这种像熄灭的炉子中的冷灰似的令人灰心丧气的感觉。我的眼前浮动着一层障翳。一切都变得模糊不明。我不想再去凭空编造了。

"让我定一定心吧。整个说来今儿是挺好的一天。夜间在心灵的屋檐上凝成的露珠是圆润而绚丽多彩的。早上过得挺好；下午散步消遣。我喜欢瞧灰色田野上一座座尖塔的景象。我喜欢瞥一眼别人两肩之间的地方。种种事情不断在我头脑里出现。我想象丰富，思路敏锐。午饭以后，我又对戏剧性产生了兴趣，我把平常在几个我们都认识的朋友身上隐约觉察到的许多事情拼凑成一个具体的形象。我毫不费力地就能实现自己的转换。不过现在还是让我静静坐下来，靠着那没有完全烧着、露出明显的黑黑棱角的煤块所发的暗淡火光，向自己提出那个决定性的问题吧。究竟那些人中间哪一个是真正的我？这在很大程度上要看房里有什么人而定。当我对自己唤一声'伯纳德'的时候，来的是谁呢？是个诚实而又有点嘲弄意味的人，尽管理想破灭,却还没有满腹牢骚。是个没有明确的年龄和使命的人。是我自己,仅此而已。就是他,这会儿正拿起火棍,捅捅煤灰,让它们从炉箅上纷纷落了下来。'老天,'他望着它们落下来,自言自语地说,'多大的灰啊!'接着郁郁不乐而又有点自慰地说,'莫法特太太反正会把它们统统打扫干净的。……'我想将来我在一生中东捅捅西捅捅,一会儿撞在马车的这面壁上,一会儿又撞在那面壁上的时候,一定会常常自言自语地重复着这句话的:'哦,是啊,莫法特太太反正会来把它们统统打扫干净的。'然后就上床睡觉去了。"

"在一个只是过一时算一时的世界上,"奈维尔说,"干吗要去分辨、区别?何必要给一件事取上个名字,除非我们这样做就能使它有所改变。让它去存在吧,管它这条河岸也好,这片美景也好,反正我在这短暂的一刻里是浑身欢畅。阳光灼人。我看到小河。我看到树木在秋天的阳光下斑驳枯黄。船儿在一片红色和一片绿色中悠悠驶过。远处敲起了钟声,但并不是为死亡而敲的丧钟。钟声也有为生命而敲的。一片叶子落了下来,是因为喜悦。哦,我真爱生活!瞧那柳树是怎样长出美丽的小枝刺向天空!瞧瞧那只小船是如何从柳树丛中穿过,上面坐满着懒懒散散、无思无虑、身强力壮的青年。他们正在听留声机;他们吃着装在纸袋里的水果。他们把香蕉皮扔出去,一条条像黄鳝似的沉到了河里。他们的一举一动都挺美。他们背后放着做饭的作料和各种装饰物;他们房间里塞满了船桨和油画复制品,但是他们使一切都显得挺美。那只船儿从桥下划了过去。划来了另一只。接着又来了一只。那儿是波西弗,他正懒洋洋躺在椅垫上,安如磐石,泰然自若。不,这只不过是他的一个追随者,在那儿模仿他那安如磐石、泰然自若的气派。只有他不知道他们玩的把戏,即使当场抓住了,他也只高高兴兴地举手揍他一拳。他们也穿过桥洞,从闪着黄一道紫一道美丽光影的'垂柳的喷泉'下划了过去。微风拂动;窗帘飘荡;我望见树叶背后那幢庄严然而永远令人愉快的建筑物,似乎显得有点松散,但却并不臃肿;尽管建在泥炭地上已不知有多少年,却仍旧亭亭屹立。现在我心中开始涌起了熟悉的韵律;沉睡的字句又动弹了,又扬起了头来,反复地一会儿高昂、一会儿低沉。是的,我是一位诗人。我的确是一位伟大的诗人。船儿和青年们都消逝了,还有那远方的树,那'垂柳的喷泉'。我看见这一切。我感到这一切。我充满了灵感。我眼中涌起了泪水。但即使我已有了这样的感觉,我还是拼命使劲地鞭策我的狂热。它汗水淋漓了。它变得有点虚假做作。字句,字句,一连串的字句,它们奔驰得多欢,——它们那长长的鬃毛和尾巴竖得多直,但是由于我自己的某种过错,我却怎么也无法投身到它们的背上;我无法把那些女人和网兜统统赶开,跟它们一起远走高飞。我身上有某种缺点——某种要命的犹豫不决,只要我一放纵了它,它就会变得装腔作势,肆无忌惮。不过要说我不能成个大诗人,那是难以置信的。我昨夜里写的不是诗又是什么? 我是不是有点太敏捷,太灵巧了? 这我不知道。有时候我自己也不知道自己,或者说不知道如何去估量、辨认和清点那些使我之成其为我的种种习性。

"有某种东西离开了我;有某种东西撇下了我去跟那正在前来的人汇合,而且竭力要我相信我不看也明知道那是谁。当一个人增添了一个朋友,即使那人还在远处,也会使得你发生多么古怪的变化。当那些朋友们记起我们来的时候,他们就会对你产生多大的好处。可是当你被人记起,被人冲淡,使你的自我被搀了假,被搅混了,因而变成了别人的一部分的时候,又是多么地痛苦。随着他的来到,我就变成不再是我自己,而是奈维尔跟别的某个人的混合了。——跟什么人呢?跟伯纳德么?对,是伯纳德,因此我也正该向伯纳德去问这个问题:我究竟是谁?"

"多奇怪,"伯纳德说,"这柳树仿佛是曾跟谁在一起看见过的。我曾经是拜伦,这棵树曾经是拜伦的树,它眼泪汪汪,洒落如雨,悲悲切切。这会儿咱们在一起瞧着这棵树,它却是一副刚梳洗过的样子,根根树枝都整齐分明,在你那清澈头脑的迫使下,我要把我的感觉告诉你。

"我感到你的非难,我感到你的力量。我在你身边,成了一个邋遢而急性子的人,手帕上老沾着松饼的油腻。是的,我一只手拿着格雷写的《挽歌》,另一只手去摸索那浸饱黄油、粘牢在盘子底上的最后一块松饼。你讨厌这个;我明显地感到你的厌恶。为这事所促使,我急忙想重新赢得你的好感,就开口跟你讲起我怎样硬拉波西弗起床的事来;我讲起他的拖鞋,他的桌子,他那枝淌满烛油的蜡烛;当我掀掉他脚上的毯子时他发火抱怨的口气;原来他一直蒙头裹在毯子里,就像个其大无比的蚕茧似的。我把所有这些事形容得那么生动,尽管你满心地不痛快(因为我们的相遇老被一种难以捉摸的暗影笼罩着),最后终于还是忍不住,你大笑了,开始喜欢起我来。我的风趣和口若悬河、自然而然、出人意外的话,使我自己也感到高兴。当我用自己也远远想象不到会有的那么丰富的言辞来揭开事物的秘密时,我自己也感到惊奇。我曾经细心观察。当我一边讲的时候,各种想象就滚滚不断地在我的脑子里出现。我心想,这正是我所需要的;我自问,干吗我不能写完我正要写的那封信呢?我房间里老是摊满着我没有写完的信。每当我跟你在一块时,就会猜想到我或许真是最有天分的人中间的一个吧。我浑身充满青年人的愉快和活力,充满对即将来到的事的预感。我仿佛看见自己正莽莽撞撞,但却劲头十足地绕着花儿营营乱转,嗡嗡飞着钻进鲜红的花萼,使蓝色的烟囱里震耳地回响出我那嗡嗡嘤嘤的声音。我会多么津津有味地享受我的青春(全靠你才使我能有这样的感受)。享受伦敦的乐趣。还有自由自在的乐趣。不过别说了。你并不在听我。你用那种无法形容的熟悉手势摸着膝盖,表示出某种异议。我们能从这类迹象中猜出我们这些朋友们心里的不舒服。'当你那么丰富充实的时候,'你似乎在说,'可别扔下我不管。''别说了,'你说,'还是问问我有什么痛苦吧。'

"那就让我来扶植扶植你吧(你也帮了我不少的忙呀)。你在这样一个美好的,尽管正在渐渐萧索但却仍旧明朗的十月天里,躺在这温暖的河岸上,望着船儿一只接一只地划过这株枝叶已有点光秃的柳树。你一心想当个诗人;你还想当一位恋人。可是你那无比清醒的头脑,你决不自欺的明智(这些拉丁语句我是从你那儿学来的;而你这些好品德却使我有点不好意思,更看清我自己素养的残缺不全),却使你感到迟疑。你从不醉心于故弄玄虚。你决不让迷雾蒙住你的眼睛,不管是玫瑰色的也好,黄色的也好。

"我没弄错么?我没有误解你左手那隐约可辨的手势么?那就把你的诗拿给我看吧;给我看看你昨夜写下的那几张纸吧,当时你那么灵感勃发,以致现在想起来都有点不好意思。因为你根本不信任何灵感,不管是你的也好我的也好。我们还是一起走过桥上,穿过榆树阴,回到我的房间里去吧,在那儿,四面围着墙壁,窗上垂着红色的斜纹布窗帘,我们可以躲开这些叫人分心的嘈杂声,菩提树的香味和各种气息,和种种其他的生命活动:这些神气活现走来走去的轻佻的女店员,这些心事重重、步履艰难的老太婆;这种由一个隐约出现、马上又瞧不见了的人偷偷瞥来的眼光,——那可能是珍妮,也可能是苏珊,或者,那会是罗达从林阴道上走了过去么?哦,从你脑袋的微微一扭,我又猜到了你的感觉;我从你身边逃开了;我像一群老是飘忽不定的蜜蜂嗡嗡地飞走了,我没有你那种耐性,能牢牢不放地专心于某个单一的对象。不过我还会回来的。"

"当周围有这样的建筑物时,"奈维尔说,"我无法忍受这儿有女店员。她们那小声窃笑,嘀嘀咕咕,叫我难受,扰乱我的宁静,正当我沉浸于最最纯洁的愉快心情时,让我猛然想到了我们的堕落。

"不过在跟那些脚踏车、菩提树香味和嘈杂街道上闪过的人影小小地交过了一场锋以后,我们又夺回了自己的阵地。我们又是平静和秩序的主人;又是骄傲的传统的继承者了。灯火开始在广场上投下一条条细长的黄色光影。河上升起的雾气渐渐布满这古老的地方。它慢慢附着在灰白的石头上。这会儿村道上的树叶变得沉甸甸的,羊儿在潮湿的田野上发出咳嗽声;不过这儿在你的房间里我们是干燥的。我们悄悄说着私房话。火光时明时暗,照得某个门把闪闪发亮。

"你在读拜伦的诗。你划出了那些似乎跟你的性格合拍的段落。我在所有看来是流露着一种嘲弄然而激烈的心情的诗句旁边都发现了记号;那是一种飞蛾式的急躁心情,硬往坚硬的玻璃上碰。当你用铅笔在那些地方划着的时候,你在想:'我也正是这样猛地扔掉斗篷。我也同样面对着命运啪地弹一下手指。'可是拜伦却决不会像你煮茶煮得那么糟,把茶壶灌得满满的,以致一盖上盖茶就漫得到处都是。那儿桌上有一滩褐色的水,——它正流到你的书上和纸上去。现在你赶紧笨手笨脚地用你的手帕擦干它。接着你就把那手帕往口袋里一塞,——这绝不是拜伦,这是你;这一点是那么能说明你的本性,因此要是再过二十年,当我俩都已出了名,得了风湿,痛得难受的时候,只要一想起你,我就会想到这个场面;而且要是你死了,我会为你流泪。你一度曾是托尔斯泰的年轻信徒;现在你又是拜伦的年轻信徒;说不定你也会是麦瑞狄斯的信徒;而且将来你还会在复活节假期去游历巴黎,回来时打着个谁也没听说过的法国人所打的那种黑色领结。那时候我就会不理你了。

"我只是一个人——我自己。我绝不去扮演喀特勒斯,尽管我崇拜他。我是个最拘泥死板的学生,这儿摆着本字典,那儿放着个笔记本,把过去分词的罕见用法都一一记了进去。可是一个人总不能永远拿着把刀子老是去精雕细琢这些古老的碑文。我会做得到老拉上红色斜纹布窗帘只顾读我的书,像块石头似的老呆着不动,在灯光下脸色发白么? 那倒的确是光辉的一生呀:一心去追求学识渊博;沿着曲折的词句一直探索下去,不管它会把你引向哪儿,走进沙漠也好,陷入流沙也好,对一切勾引和诱惑都视若无睹;甘心永远贫困,蓬首垢面;甘心在皮卡迪里大街上被人看做笑柄。

"不过我太心绪不宁了,没法好好说完我的话。我一边来回踱着掩饰我的激动,一边很快地说着话。我讨厌你那油腻的手绢,——你甚至会弄脏了你那本《唐璜》的。你没有听我说。你在发挥些关于拜伦的漂亮议论。当你在用你那斗篷和手杖摆出种种姿势来的时候,我正想要对你讲到一个从来没对别人讲过的秘密;我是想请你(一边说一边背朝你站着)把我的生命放在你手里,告诉我我究竟是不是注定总是会遭到我所爱的人的厌恶?

"我背朝你站着,局促不安。不,我的手现在倒挺坚定。我很有把握地在书柜里匀出一个位置来,把《唐璜》插了进去;好了。我是宁愿被人喜爱的。比起通过沙漠追求完美来,我倒宁愿成个名人。不过,我究竟是不是注定要遭人讨厌呢?我究竟是不是一个诗人?快接着吧。那涌向我嘴边一吐为快的欲望,就像铅那么冰冷,像子弹那么一触即发,那种我从女店员、妇人们身上一心想要得到的东西,那种野心勃勃,那种生活中的粗俗趣味(因为我恰恰就喜爱这个)现在随着我的诗向你扔了过去,——你接着吧。"

"他像一枝箭似的冲出了房间。"伯纳德说,"他把他的诗交给了我。唉,友情啊!我也同样想把鲜花压在莎士比亚十四行诗集的书页里呀!唉,友情啊!你的矛枪是如何一下就刺中人的要害,——这儿,这儿,还有这儿。他刚才转过身来,直接看着我;他把他写的诗交给了我。我生活中的一切迷雾全都消失无踪了。这样的信赖我一定要保留着直到我死的一天。他像长长的浪头,像滚滚的波涛,完全淹没了我,他那势不可挡的气派——使我变得仿佛赤裸裸的,把我心灵之岸上的那些小石子全都暴露在光天化日之下。这真叫人羞惭;我仿佛变成了一些小石子。一切假象都消失了。'你并不是什么拜伦;你只是你自己。'会被旁人感染得跟他合成了一个人,——那真是件古怪事哩。

"感觉到有一条从彼此身上伸出来的线,用它那美好的细丝穿过横亘其间的那个世界的广漠空间把我们互相连结起来,倒真是件古怪的事哩。他已经走了;我站在这儿,手上拿着他的诗。我们之间连着那条线。不过现在感觉到那疏远的神态不见了,那探究的目光暗淡隐没了,这多么叫人愉快,叫人安心!拉下窗帘,不让旁人在场;感到自己已从那些可怜巴巴的精灵伙伴们曾经栖身,但却被他用强大威力赶得躲了开去的那个阴暗角落里脱身回来,是多么值得庆幸的事。现在,那些即使在受到伤害的危急关头也仍在替我警惕操心的又机灵又爱嘲弄的精灵们,又都成群地回来了。还带着它们的称号:我是伯纳德呀,我是拜伦呀,我是这、我是那呀等等。它们黑压压聚成一片,照旧用它们的玩笑和议论来充实我,使我在一时的激动下那种美好的单纯心理黯然失色。因为我远比奈维尔所想象的要顾自己得多。我们并不像我们那些朋友们为了他们自己的需要所希望的那么单纯。而爱却是单纯的。

"现在我的那些精灵伙伴们又回来了。现在我那防御壁垒上曾被奈维尔用他惊人巧妙的一击所刺伤的裂口又修复了。我现在差不多又变得完整无缺了,而且觉察到自己为能把被奈维尔所忽略的全部能耐施展出来而感到多么得意扬扬。我一边拉开帘子望着窗外,一边心里想:'这不会使他高兴,但却会使我自己高兴。'(我们总是通过和自己朋友们的对照来衡量自己的能耐的。)我的视野远比奈维尔所能达到的要广阔得多。他们正在大声唱着打猎时的歌向路那边拥去。他们是在兴高采烈地带着猎犬去打野兔。那些老在马车驶过拐角时同时掉过头来的戴制服帽的小伙子们,正在互相拍着肩膀大吹其牛。可是奈维尔却小心避免干扰,正在像个搞阴谋诡计的家伙那么偷偷摸摸急忙溜回自己的房间去。我望见他在矮矮的椅子上坐了下来,两眼盯着那此刻被设想成是一座坚实稳定的建筑物的炉火。他在想,但愿生活能有这样的持久、这样的秩序就好了,——因为他最渴望的就是秩序,而最讨厌我那种拜伦式的懒散杂乱;这样想着,他就拉好了窗帘,闩上了门。他的两眼(因为他正坠入了情网;爱情的不祥阴影笼罩了我们刚才的那次会见)充满着思慕,饱含着泪水。他抓起火棍,猛一下捅毁了炽烈的炉火中所包含的那种暂时的稳定坚实之感。什么都在改变。连同青春和爱情在内。小船已驶过垂柳的拱门,现在正在桥洞下面。波西弗、汤尼、阿契也好,别的人也好,将来都会到印度去。我们不会再见面了。想到这儿,他伸手去拿他那册练习本——用带斑纹的纸订得整整齐齐的一本,——用他此刻最钦佩的一位诗人的风格,开始狂热地写起长长的一行行诗句来。

"可是我还想继续呆下去;靠在窗台上,侧耳静听。远处又传来了那嬉笑的合唱声。他们这会儿又摔起瓷器来,——这是他们的新玩意儿。一个步履不稳的老太婆背着个口袋,蹒跚地经过被火光映红的窗子走回家去。她生怕它们会倒下来压在她身上,把她撞进路旁的沟里去。但是她停下来,似乎想在那烈焰四射、烧焦的纸片满处飞腾的篝火上烤一烤她那双害着风湿病的、肿胀多瘤的手。这个老太婆留连在火光映照的窗户底下。真是个鲜明对照。这情景我看见了,奈维尔却没看见;我感受到了而奈维尔却没感受到。正因为这样所以他将会达到完美,而我一事无成,死后没留下任何东西,只除了一些泥沙混杂、毫不完美的辞藻。

"现在我又想起了路易。他会用些什么幸灾乐祸但却一针见血的话来形容这个萧索的秋夜,这种乱摔瓷器和大唱行猎歌曲,形容奈维尔、拜伦和我们在这儿的生活呢?他薄薄的嘴唇似乎噘了起来;他脸色苍白;他坐在一间办公室里用心看着一份复杂难懂的商业文件。'我那在布里斯班一家银行里工作的父亲'——他因为引以为耻，所以老在谈起他——已经破产了。因此路易，全校最优秀的高材生，只好坐在一间办公室里。但我在寻求对比时，却常常感到他的目光仿佛正盯着我们，他那嘲弄的目光，他那无礼的眼睛，把我们就当作他老在办公室里审核的某笔总账中无足轻重的细目那样，一股脑儿加在一起。将来某一天，他会在红墨水里蘸一蘸他的细笔尖，结算完成了；我们的总额将会一清二楚；但这还不算完。

"嘭！他们现在又把一张椅子摔在墙壁上。那么说我们是毫无希望了。我的情况也同样很难说。我不是正沉湎在突如其来的感慨中么？一点不错，当我把身子俯出窗外，将我吸着的香烟向外一扔，让它打着转轻轻落在地面上的时候，我感到路易甚至在注视着我的香烟。随后他说道：'这倒有点意思在里面。但到底是什么呢？'"

"人们继续来来往往。"路易说，"他们不断在这家饮食店的窗前经过。汽车，货车，公共汽车；接着又是公共汽车，货车，汽车，——它们全在窗前驶过。远处，我望得见一幢幢房屋，一家家店铺；还有一座市教堂的尖塔。近处，是那些玻璃货架，摆着一盘盘甜面包和火腿三明治。从一只大茶壶里喷出来的水汽把什么都蒙上了。一股牛肉和羊肉、灌肠和土豆泥发出来的油腻腻、潮滋滋的气味，它们就像一片潮湿的网似的挂在店堂中央。我把我的书竖着靠在一瓶威斯特调味汁上，竭力想显得跟周围旁的人一样。

"但是我做不到。（他们继续不停地来往，继续乱糟糟地走来走去。）我没法看书，也没法满有把握地点我所要的牛肉。我反复说着：'我是个平常的英国人；我是个平常的小职员，'但我同时却在不断望着邻座上那些小个子男人，以便确信我的举动

271

能跟他们一样。他们这会儿满脸堆笑,面皮打皱,老是随着多变的心情挤眉弄眼,像猴子似的紧缠不放,为对付眼前的特殊场合而特别圆滑,正在使出浑身解数讨价还价,拍卖一架钢琴。它正挡着店堂的门,所以他宁愿只收十镑钱把它卖掉。人们继续来来往往;他们继续在教堂的尖塔下,在火腿三明治的盘子前来来去去。我头脑中的意识之流飘荡不定,不断被他们的嘈杂纷乱所困扰和打断,弄得我没法专心去吃我的饭。'我宁愿只收十镑钱把它卖掉。琴架子还挺不错;但是它挡着门。'他们就像浑身羽毛油光水滑的海鸥似的,一会儿潜下水去,一会儿又钻出来。任何超过这个的比拟都会是缺乏自知之明。这就叫低贱,这就叫平常。这当儿一顶顶帽子在不断晃动,门在不停地打开关上。我痛感这种变化无常,这种纷纭杂乱;这份幻灭和绝望。要是这就是一切,那它就是毫无价值的。不过同时我也感觉到饭店里的某种节奏。它仿佛一首圆舞曲的曲调,声音时高时低,反复旋转不息。侍女们灵巧地擎着托盘,一阵风地进进出出,转个不停,递上一盘盘蔬菜,一碟碟杏子和果冻,准确及时地送到顾客们的桌上。这些平常人把她们的节奏跟自己的节奏配合起来('我宁愿只收十镑钱;因为它挡着门'),享用着他们的蔬菜,他们的杏子和果冻。这么说,在这一串连锁行动中哪儿有什么毛病?哪儿有什么裂缝会叫你看出其中有不对的地方?这套循环是流畅不断的;这种和谐是完美无缺的。这就是中心旋律;这就是支配一切的大发条。我注视着它展开、缩拢;然后又再一次展开。但是我却始终没有被容纳进去。每当我开口讲话,竭力模仿他们的口音,他们就竖起耳朵,等着我再讲,以便猜出我的家乡,——看看我到底是来自加拿大还是澳大利亚,我,这个一心最渴望能投入别人爱的怀抱的人,却始终是个不相干的外人。

我，尽管渴望能淹没在平常人的温暖浪涛里，却仍旧会凭眼角的一瞥，看到远处的某一种景象；会注意到那一顶顶帽子在不断的纷扰中不住晃动。那彷徨、烦恼的心灵的怨诉（有个牙齿残缺的女人正在柜台前畏畏缩缩地说着）就仿佛是冲着我来的：'求主把我们这些来来往往，心灰意懒地在眼前摆满火腿三明治的橱窗前徘徊的人，重新收回你的羊栏吧。'是的，我会让你们重新恢复秩序的。

"我要读一读这本靠在威斯特调味汁瓶子上的书。它里面有种钢铁似的韵律，有些完美的说法，字数并不多，但却是用诗写的。所有你们这些人都忽略了它。这位已故的诗人所说的话你们全忘了。可是我却没法把它翻译出来，好让它那摄人的力量吸引住你们，使你们明白自己是毫无目的的；那种节奏是庸俗而不值钱的；这样就会消除那种堕落，否则要是你们对自己的毫无目的蒙然不觉，这种堕落就会浸透你们，使得你们未老先衰。翻译这些诗句使它容易读懂，这将是我未来的使命。我，这位柏拉图和维吉尔的知心朋友，将要去敲那扇橡木门。我反对这种流行的熟铁捅火棍。我绝不会容忍这些无聊的流行大毡帽和洪堡式毡帽，以及形形色色插羽毛的或者五彩斑斓的女人帽子。（苏珊我是敬重的，她夏天就只戴顶朴素的草帽。）还有那种死啃书本和凝成大大小小的水珠从窗户上流下来的水汽；那些公共汽车猛然刹车和开动的声音；那副在柜台前犹犹豫豫的神气；以及那些令人厌烦地拖长声调所说的无聊废话；我一定要让你们都恢复秩序。

"我的根深深穿过地下的铅矿和银矿，穿过发出气味的潮湿泥沼地，伸到一个当中紧紧纠结成一团的橡树根瘤里去。尽管伸手不见五指，泥土塞住了我的两耳，我却仍旧听见了战争的传闻;听见了夜莺的鸣声;感觉到了一批批人流在成群结队地东奔西走寻求文明,就像一群群候鸟在结队迁徙去追寻夏天;我还看见了女人们带着红色的水罐到尼罗河边去打水。我在一个花园里醒来,觉得颈子背后被人一碰,是个热烈的吻,珍妮的吻;我记得这一切,就像一个人会牢记一次半夜火灾中惶急的尖叫,摇摇欲坠的屋柱,和红一道黑一道的光影。我老是在醒醒睡睡。一会儿睡,一会儿醒。我看见亮闪闪的茶炊;满满装着浅黄色三明治的玻璃格子;高踞在柜台边高凳子上的穿着宽大外衣的男人;而在他们的背后,我看到了永恒。这是一个包头巾的人用一把烧红的烙铁烫在我哆嗦的皮肉上的烙印。我看见这家饭店耸立着,在它的背后是羽毛蓬松但却已被包扎起来、仍在拍动但却已经合了起来的往事的翅膀。正因为这样,我才会噘起嘴巴,面容苍白,才会心怀憎恨、满腹牢骚地露出一副厌恶和难看的脸色,转过身去瞧着正在水松树下悠游闲荡的伯纳德和奈维尔;他们有从祖上继承下来的安乐椅;他们可以拉下窗帘,让灯光正好照亮他们面前的书本。

"对苏珊,我是敬重的;因为她要坐在那儿做针线活。她坐在一盏静静的灯光下缝缝补补,屋外的庄稼就在窗户底下发出轻微的簌簌声,使我有一种安全的感觉。因为我是她们中间最小最弱的一个。我这个孩子老瞧着自己脚底下,瞧着泉水在鹅卵石子上淌成的小溪。我说,这是只蜗牛,那是片叶子。我很喜欢蜗牛;我很喜欢叶子。我老是最小的、最天真的、最诚实的一个。你们这些人都有依靠。我却是赤手空拳的。当那个头发盘成辫子的侍女扭着腰走过来时,她马上就把你要的杏子和果冻递给了你,像个好姊妹似的。你就像是她的兄弟。而当我掸掸背心上沾的面包屑站起来时,却把一笔太大的小费,一个先令,悄悄塞在盘子底下,使她在我离开之前不会发现它,这样等我走出弹簧门以后,她一边笑着一边把它捡起来时所流露出来的那种轻视,才不至于戳痛我。"

"现在一阵风卷起了窗帘。"苏珊说,"朦胧难辨的瓶瓶罐罐,跟那张有洞的破安乐椅一下显得清晰了。平时见惯的那些已经褪色的暗淡条纹又布满在糊墙纸上。鸟儿的齐声欢鸣已经结束了,只有一只鸟儿现在还在靠床的窗边叫着。我要穿好长袜子,悄悄走出卧房门,下楼经过厨房走出去,穿过花园,走过花房旁边到田野里去。现在还是大清早。沼地上还蒙着一层雾。天气凛冽僵硬得就像一件裹死人的麻布尸衣。不过它会变得柔和、变得温暖起来的。在这个时刻,这个大清早里,我感到自己就是这片田野,这个谷库,就是这些树木;这一群群的鸟儿是我的,还有直到我几乎就要踩到它身上时才跳开的这只小野兔。那只懒洋洋地伸伸两只大翅膀的苍鹭是我的;还有那头一边一步步往前挨着、一边喀嚓喀嚓大声咀嚼着的牛;那只猛然向地上掠下来的燕子;那天上隐约的一抹红晕和接着当红晕消退时又隐约出现的一抹蓝晕;那四周的宁静和钟声;那正在从田野里召唤马匹去套车的男人发出的叫喊声,——这一切全都是属于我的。

"我是无法分割或者一分为二的。我曾经被送进学校;曾经被送到瑞士去完成我的学业。我讨厌油布地毯;我讨厌枞树和山。让我现在仆倒在这片平地上,躺在有一片片云儿缓缓飘荡的鱼肚色天空下。大车沿着大路渐渐驶近,显得越来越大。羊群聚集在田野当中。鸟儿聚集在大路当中,——它们还不需要飞开。柴火烧出的烟升了起来。它使清晨的寒气消失。现在白天开始了。色彩又重新显现。白昼通过他的种种农作物翻腾起阵阵金黄色的波涛。大地沉甸甸地坠在我的脚下。

"但是我这个凭靠在这扇大门上，用我那猎狗似的鼻子警惕四周的人，到底是谁呢？我有时候（我现在还不到二十岁哩）觉得自己根本不是一个女人，而是映射在这扇大门上、这块地上的一道光。我有时想，我就是四季，正月，五月，十一月；泥泞，雾，清晨。我不能让人拨过来拨过去，或者放在水里轻轻地漂来漂去，或者跟大家混在一起融合无间。可是现在，当我靠在这儿一直到门框在我的手臂上压出了印子的时候，我感到了自己身上增添的体重。在学校里、在瑞士这段时间，我已经增添了一点什么，增添了某种实实在在的东西。并不是叹息和嬉笑；也不是兜圈子或者随口乱说；不是当罗达两眼越过我们的肩头故意不看我们时的那副奇怪神情；也不是珍妮那种身子和四肢连在一起的趾尖旋转。我的一举一动总是凶猛的。我不能跟别人混在一起，轻轻地漂来漂去。我最喜欢路上碰到的牧羊人的那种盯视；正在山沟里的一辆大车旁边给孩子喂奶的吉卜赛女人的那种盯视。我也会那样喂奶的。因为要不了多久，在蜜蜂围着犄牛儿嗡嗡打转的正午时分，我的情人就要来到了。他会立在杉树底下。他对我说一句话，我就会回答他一句话。我要把自己身上新增添的东西统统交给他。我会生孩子；我会有扎着围裙的女仆；有手拿干草耙的雇工；有一间厨房，那儿他们会把害病的羊羔抱进来放在烘篮里暖和暖和，那儿一只火腿挂着，一个个葱头闪闪发亮。我要像我母亲那样，扎着蓝色的围裙不声不响地把食柜锁上。

"现在我肚子饿了。我要把我的长毛狗喊来。我一心想着摆在一间明亮的房间里的干面包片和新鲜面包、黄油和一个个洁白的菜盘子。我要穿过田野回家去。我要跨着坚定有力的步子沿着这条草径走去,一会儿避开一个泥坑,一会儿跳上一个个土堆。我的粗布衬衫上沾上了一点点的水迹;我的鞋变得潮润发黑。白昼驱散了凛冽寒气;变幻不定地现出灰黄、碧绿和赭褐的颜色。鸟儿已不再群集在路当中了。

"我走了回来,像只猫儿或者像一只回窝的狐狸,毛上盖了一层白白的霜,脚爪上沾满粗硬的泥土而觉得僵硬。我穿过白菜地走回来,脚碰着菜叶子使得它们吱轧发响,露珠四溅。我坐下来等待父亲的脚步声,他就要沿着石板路慢腾腾走来,手里掐着几根摘来的药草。我一杯接一杯地倒着咖啡,桌子中央笔直地竖着还没有开放的花,夹在果酱罐、面包和黄油中间。我们都默默地不说话。

"接着我走到食柜跟前,拿出几袋滋润可口的无核葡萄干来;我提起挺重的面粉袋放在刮洗得干干净净的厨房桌子上。我又揉,又抻,又拉,把两手按进暖乎乎的面团里。我伸出手让冷水成扇形地从指缝间冲过。火呼呼地旺起来了;苍蝇嗡嗡地飞着打转。我所有那些葡萄干、大米、银色的和蓝色的口袋,又锁进了食柜。肉块在烤炉里竖着;用干净毛巾盖好的面包像个柔软的圆屋顶似的鼓了起来。午后我走到河边去。整个世界仿佛都在进食。苍蝇从这片草地飞到那片草地上。花儿里饱含着花粉。天鹅排成一行在小溪里逆流而进。这会儿已显得暖洋洋的云彩透出斑斑日影,正在小山上飘过,把水面和天鹅的颈项照得一片金黄。那些牛悠闲地嚼着草儿,一步步在田野上踱着。我分开草丛寻找白色的蘑菇,摘下它们的茎盖,同时采下长在它们附近的兰草,连着根上的土放在蘑菇的旁边。随后就回到家里,把水壶烧开放在茶桌上刚刚绽露出红色的玫瑰花中间。

277

"可是夜色已经降临,灯点亮了。而一当夜色降临,点起灯来,它就在常春藤上投下一片明亮的黄光。我坐在桌旁做着针线。我想起了珍妮;想起了罗达;这时听到石板路上响起辚辚的车轮声,几匹干农活的马吃力地拉着车回来了;我听到晚风中传来车辆行人的嘈杂声。我望着黑洞洞的园子里颤动的树叶子,心里想:'他们正在伦敦跳舞。珍妮正吻着路易。'"

　　"多奇怪,"珍妮说,"人一定得睡觉,一定得灭了灯走上楼去。他们脱掉衣服,穿上白色的睡衣。这些屋子里都灯火全无。一排烟囱顶耸现在天空中;还有一两盏路灯在那儿亮着,就像屋里点着没人需要的灯似的。街上仅有的人迹是一些匆忙来去的穷人。这条街上没有一个人来往;一天已经结束了。只有几个警察站在街角上。可是黑夜终于来临了。我觉得自己在黑暗中闪闪发光。绸缎裹着我的双膝。我的两腿互相挨擦着,光滑得跟丝绸一样。项链上的宝石冰冷地贴在我的脖子上。鞋子有点挤脚。我身子笔直地坐着,以免头发碰到了椅背。我全身盛装,准备停当。这是暂时的沉静;是短暂的黑暗时刻。小提琴手们已经举起了他们的弓弦。

　　"现在汽车滑行着停了下来。车道上照亮了狭狭的一道线。门打开又关上了。人们在纷纷来到;他们没有做声,只是忙着进来。前厅里一片脱下斗篷的窸窣声。这是前奏曲,是开头。我望望四周,悄悄偷看,扑上点粉。一切都按部就班,准备停当了。我的头发卷成一个个大波浪。我的嘴唇抹得鲜红。我已准备好马上上楼,加入到那些跟我身分相当的男男女女们中间去。我走过他们身边,任凭他们注视,正像他们也任凭我注视一样。我们目光像闪电似的彼此迅速一瞥,但却不动声色,或者显出互相熟识的神情。我们只用身体互相传达心意。这才是我的天职,我的世界。一切都是安排停当、准备有素的;这儿那儿都有仆役们恭立着,听我报了自己的名姓,我那还是新的、不大为人所知的名姓,马上在我前面扬声地通报着。我就走了进去。

"这儿在这些空旷无人静候来客的房间里,摆着金漆的椅子,靠壁摆满盛开的雪白、碧绿的花朵,比长在地里的花更为恬静、端丽。小桌上放着一本精装的名册。这正是我日夜向往并且早就知道的。我是天生属于这儿的人。我泰然自若地踏上厚厚的地毯,我神态自如地飘然走过溜光发亮的地板。我现在在这香风四溢、富丽堂皇的环境中欢畅地舒展开来了,就像一株正在伸开叶子的羊齿草似的。我停下步来,审视这个世界。我向这一群不熟悉的人望去。望着这些像男人似的身子笔挺、浑身闪耀着碧绿、粉红、珠灰色彩的女人们。她们全是千篇一律的;她们在自己那服装的掩盖底下全像是一些长年流淌在固定沟槽里的深深的小溪。我又回想起了那条地道反映在窗玻璃上的影子;它在熠熠闪动。当我向前倾身注视时,那些千篇一律的陌生男人也在望着我;我转身去瞧着一张画时他们也转过身去。他们心绪不宁地伸手去摸摸自己的领带。他们摸摸自己的背心和手绢。他们年纪很轻。他们都急于想给人好印象。我觉得自己身上涌出了千百种潜力。我一会儿狡诈,一会儿欢乐,一会儿阴沉忧郁。我既端庄又灵活。我神采飞扬、伶俐活泼地向这一个说:'来吧。'又阴沉别扭地向那一个说:'不行。'有一个断然离开了他已在玻璃橱前站了好一会儿的那个位置。他走近了。他正在向我走来。这是我从没经历过的最激动的时刻。我局促。我不安。我仿佛一棵小河上躺着的小草,一会儿漂向这儿,一会儿漂向那儿,但却竭力端然不动,使他好继续向我走来。'来吧,'我说,'来吧。'那个正在走近的面色苍白、头发漆黑的人是神态忧郁、罗曼蒂克的。而我却相反地既狡狯、淘气，又应付自如；因为他是忧郁而罗曼蒂克的。他来了；他已站在我的身边。

"现在我身子微微一拧，离开了原地，像一只蝛虫挣脱岩壁那样；我跟他一起陷了进去；我被卷走了。我们汇合进这股缓缓的潮流。我们在这缠绵的乐声里一会儿卷进去，一会儿又卷出来。这股舞蹈的潮流仿佛时时被一些暗礁所阻断，变得不协调，变得支离破碎。进进出出了一会儿，我们现在终于被卷进了这个宏大的舞阵里；它使我们俩紧靠在一起；我们无法从它那蜿蜒、缠绵、陡峭、严实的四壁中脱出来。我们俩的身躯，他的坚实，我的灵活，在它的整体中被紧紧地挤在一处；它使我们紧贴在一起，接着它又延伸出去，在平稳流畅和蜿蜒起伏中，使我们在它的里面转动个不停。突然间音乐中断了。我的血还在沸腾，但我的身子却猛然站住。整个房间在我的眼前摇晃。它终于停止不动了。

"那么好吧，让我们头晕眼花地走到金漆椅子那儿去。我原先没想到这种舞阵有那么厉害。我头晕得超出意料。我不在乎世上的一切。我不在乎别的任何人，只除了这个我还不知道叫什么名字的男人。月亮啊，我们这一对不是挺可意的么？我们这一对，我穿着绸缎，他穿着千篇一律的那一套，我们不是挺愉快地坐在一起么？跟我身分相当的那班人现在尽管望着我吧。我也毫不躲闪地回望着你们，你们这些男男女女们。我也是你们当中的一个。这也是我的世界。现在我端起这只高脚杯呷了一口。酒有股辛辣的药味儿。我一边喝一边禁不住做鬼脸。这是把香味和鲜花、辉煌和闷热，全都提炼在这种强烈的黄色液体里了。原先藏在我两肩后面的某一个刻板乏味、全神警惕的家伙，现在慢慢地阖上眼睛，逐渐沉入睡乡了。这真是喜出望外的事,真叫人如释重负。我喉咙里的那个闸门打开了。话源源不断成堆涌出,一句接一句。究竟是些什么话毫无关系。它们推推搡搡,争先恐后往外挤。一个字眼跟另一个结成了伙,滚翻在一起,就化出了许多来。我究竟在说些什么无关紧要。在成堆的话里,有句话像一只展翅飞腾的鸟儿,飞越过我俩当中的那个空间,停在了他的嘴边。我又倒满了我的杯子。我喝了下去。我们中间的那道帷幔消失了。我被接纳进了另一个心灵的温暖和隐秘之处。我们俩仿佛正一起站在高高的阿尔卑斯山的一个山口上。他忧郁地立在山路的最高处。我弯下身去,摘下一朵蓝色的鲜花,踮起脚来把它插在他的外衣上。好了! 这是我兴高采烈的时刻。现在它已经过去了。

“现在冷淡乏味的感觉来到了我们中间。别的人在一旁匆匆走过。我们已失掉了那种两人身体如醉如痴紧贴在一起的感觉。我同样也喜欢那些浅头发蓝眼睛的男人。门开了。门老是不断地开闭。现在我在想,下次门再打开时,我的整个生活就一定会发生变化。谁来了? 哦,只不过是送酒来的仆人。那儿来了个老头子,——我跟他在一起只会成了个小孩子。那儿又来了个贵妇人,——我在她面前就得装模作样。那儿也有一些年龄跟我相仿的姑娘,对她们我只有剑拔弩张毫不掩饰的敌意。因为她们是跟我同样身分的人。我是天生属于这个世界的。这是我打的一次赌,是我冒的一次险。门开了。哦,来吧,我对这一个说,从头到脚都洋溢着喜气。‘来吧,’他果然向我走来了。”

“我要悄悄落在他们后面,”罗达说,“仿佛看见了一个熟人。但我其实谁也不认识。我要拉开窗帘望望月亮。片刻的遗忘会平息我的激动。门开了;一只老虎跳了进来。门开了;恐怖冲了进来;一阵阵恐怖紧随着我不放。让我去偷偷瞧一瞧我独自的宝藏吧。在世界的那一头有几个深潭,里面映出大理石圆柱的倒影。一只燕子用翅膀沾了一下那深黑的潭水。可是这时门开了,人们走了进来;他们向我走来。他们装出隐约的微笑以便掩饰他们的残酷和他们的漠不关心,一边一把抓住了我。燕子用翅膀在掠水;月亮孤独地越过蔚蓝的大海。我必须接受他的手;我必须答复。可是我该怎么答复他呢? 我被硬逼着站在这儿,为自己这粗蠢而不匀称的身躯羞得浑身发烧,被硬逼着去承受他那冷漠和轻视的神情。我,这个一心向往着在世界那一头的大理石圆柱,和燕子在那儿用翅膀掠水的深潭的人。

"黑夜已经越过烟囱顶上稍稍去远了一些。我从他的肩头上望出去,瞧见了窗外一只泰然自若的猫,它并没有被淹没在灯光里,也没有被束缚在绸缎里,要逗留就逗留一会儿,爱伸懒腰就伸伸懒腰,要走就走。我厌恶一切私生活的琐碎细节。可是我却被牢牢钉住在这儿,不得不听。我受到一种巨大的压力。我想要移动一步,就先得去掉那多少个世纪以来的重压。千百支利箭会刺穿我。轻视和嘲笑会刺伤我。我这个敢于挺胸面对暴风雨、甘愿被冰雹所埋葬的人,却被牢牢钉死在这儿,无处躲藏。猛虎扑来了。像鞭子似的利舌落在我身上。它们灵活而不断地把我浑身舔了个遍。我只好支吾搪塞,用谎言来挡开它们。有什么护符能抵挡住这种灾难呢? 我又怎么好意思在这种热辣劲头面前装得若无其事呢? 我想起了那些箱子上的姓名;那些裙子从撑开的两膝间垂下来的母亲;那些与嶙峋陡峭的山坡相接的林中空地。把我藏起来吧,我哭喊着,救救我吧,因为我是你们当中最小、最柔弱无告的人。珍妮能像只海鸥掠过滚滚波涛,机灵地东瞧西望,说这说那,想说什么就说什么。可我却在

282

说谎;在支吾搪塞。

"独自一人时,我摇晃着我的水盆;我是我那支舰队的女主人。但在这儿,手里拧着我那女主人窗前锦缎窗帘的穗子,我却是支离破碎,不再是个完整的人了。那么珍妮在跳舞时究竟有什么成竹在胸;苏珊在灯下安静地俯身用白棉线穿针时到底为什么有这样的自信?她们会说,好吧;她们会说,不行;她们甚至会用拳头砰砰敲桌子。而我却迟疑不决,哆哆嗦嗦;我仿佛老看见那吓人的荆棘树影在荒野中摇曳。

"现在我要假装有什么事似的,走过房间,到外面有凉篷的阳台上去。我望见天空中映射着突然大放光明的月亮的一缕缕清辉。我还望见广场上的栏杆,和两个看不清面容的人正背映着天空斜倚在那儿。那么说,也有一个千古不移的世界。我穿过客厅,它伸出许多条利舌像刀子似的割痛我,使我口吃,逼得我撒谎,当我走出那儿时,我看到了一些轮廓不清、丧失美感的面孔。一对对情人们正躲在法国梧桐下面。警察立在路口放哨。一个男人走了过去。那么说,是有千古不移的世界。但是我此刻提心吊胆地置身于火焰旁边,仍旧被那股烫人的热气所灼伤,唯恐门一开,那只猛虎又跳了出来,心里还是乱得简直说不出一句话来。凡是我说的话,都遭到人家的反驳。每次门一开,我的话就被人打断了。我现在还不到二十岁。我会被毁了。我会被人愚弄一生。我会在这些男男女女中像波涛起伏的大海中一只软木塞似的被簸弄来簸弄去,这些人都有一张抽搐的脸,善说谎的舌头。每次门一开,我就会像一棵小草似的被抛向一边。我就像是一些水沫,漂浮附着在礁石的边缘上,把它们染上一层白色;这儿,在这个房间里,我也只不过是一个姑娘。"

已经升起的太阳光芒不再流连在绿色的床垫上，它们断续地映透那些晶莹的珠宝。照亮它们的表面，又笔直地投射在海浪上。它们射到什么上面时都简直像砰然有声似的。它们投射下来时，就像马蹄踏在草地上似的发出震动的声音。它们溅起的千百条水花，就像射向骑者头上的长矛和标枪。它们掠过沙滩，就像一层有着钢铁般的蓝光和钻石般的闪闪棱角的水浪。它们强有力地不断伸缩着，仿佛一台发动机在反复地吞吐着它的力量。阳光照在麦田和树林上。小河显得发蓝而且互相编织在一起似的，向水边倾斜下去的草坪变得像微微竖起的鸟羽那么翠绿。小山仿佛被皮带捆紧似的曲折皱缩，就像是一条条肌肉鼓起的肢体那样；而四周边缘骄傲地笔直耸立着的树林子，就仿佛是马颈子上被修剪过的粗鬃毛似的。

　　在花坛、池塘和花房上遮着浓密树阴的花园里，一只只鸟儿各自在灼人的阳光下啁啾而鸣。有一只在卧室的窗下鸣叫；另一只则在紫丁香树的最高枝上；而另外又有一只却高踞在墙头上。它们每一只都尖声而鸣，热情奔放，仿佛只顾让它们的歌声冲口而出，却不管它是否以刺耳的不和谐声音搅乱了别人的歌唱。它们圆圆的眼睛鼓起、发亮；它们的脚爪牢牢地抓住树枝或者栏杆。它们毫不隐蔽地在空气和阳光下鸣叫着,漂亮地披着它们的一身新羽毛,有的带贝壳似的纹理,有的像闪亮的盔甲,这儿一条条浅蓝,那儿一点点金黄,有的是一色浅亮的条纹。它们鸣叫得就仿佛这鸣声是它们受着清晨的驱使而不由自主地发出来的。它们鸣叫得就仿佛生命的锋铓受到了淬砺,可以像利刃似的刺破和粉碎那淡青色光芒的朦胧迷雾,那湿土的一片潮气,那厨房油烟的弥漫蒸腾,那牛羊肉的腥膻气味,那水果糕点的扑鼻甜香,那泔水桶里潮滋滋的菜帮果皮,倒在垃圾堆上还散发出一阵阵水汽。这些鸟儿伸出它们那干脆利落、残忍无情的尖喙,飞落在种种潮湿、发霉、打蔫的东西上。它们突然从丁香树枝或者栏杆上猛扑下来。它们攫住一只蜗牛在石头上磕着。它们有条不紊地使劲磕着,直到把蜗牛壳磕碎,一条黏糊糊的东西从破壳里流了出来。它们敏捷地飞掠、滑翔,冲上云霄,发出喊喊喳喳的短促尖鸣,然后高踞在树梢上,俯视着下面的树叶和尖塔,芳草如茵、白花遍地的田野,涛声隆隆仿佛在击鼓催动一整队插着羽毛、扎着头巾的士兵前进的大海。不时地,它们的鸣声合成一片急促的曲调,仿佛一条山涧中水流汇合交织,汹涌激荡,然后混合成一道激流,愈来愈快地擦过周围连绵不断的树叶顺流而下。但是接着碰上了一座礁石,又分道扬镳了。

　　阳光射进房间时化成锋利的楔形。什么东西被光一照,都带上了一层疯狂的色彩。一只盘子变得像一汪白色的湖水。一把餐刀看来像一柄冰冷的匕首。大玻璃杯突然显得好像被一条条光线举了起来似的。桌椅仿佛原来是沉在水底下,现在忽然浮了出来,上面蒙着一层深红、橘黄、淡紫的颜色,就像熟透的水果皮上的红晕。瓷器上的熠熠闪光,木头上的纹理,垫席上的一丝一缕,都显得越来越精致清晰。所有的东西上都没有丝毫阴影。一只水瓶显得那么碧绿纯净,使得你的目光仿佛被它的强烈光彩像漏斗似的吸了进去,不由自主地被紧紧粘在上面。物体的形状既厚实又有棱角。这儿是一张清晰突起的椅子;那儿是一个笨重庞大的食柜。随后当光线逐渐变得强烈时,它们面前就浮过一块块阴影,并且渐渐聚成一团,笼罩在它们背后,变成重重叠叠的阴影。

"多么美丽而古怪啊,"伯纳德说,"这个到处是圆顶和尖塔的伦敦就在迷雾中闪闪发光地出现在我的眼前。当我们来到时,它正在煤气塔和工厂烟囱的守卫下沉睡在那儿。它把这庞大的蚁群拥抱在自己的怀里。一切喊声和喧哗都被一片宁静悄悄地裹了起来。就连古罗马也不会比它显得更庄严了。不过我们本来就是存心要上它这儿来的。它那慈母般的沉沉睡意已经有点惊醒了。连绵不断的密密麻麻的房屋在雾中出现了。工厂,教堂,玻璃的圆屋顶,机关学校和一座座剧场耸立在眼前。北方开来的早班车像一颗炮弹似的向它射来。列车开过时我们拉开了一扇窗帘。当我们隆隆地驶过一个个车站的时候,那些带着呆呆的期待神色的脸凝视着我们。当我们带着死亡的威胁一阵风地掠过时,那些人稍稍把手上的报纸捏得更紧一点。可是我们继续轰隆隆地前进。我们仿佛就要在这个城市的腰窝上爆炸似的,就好像一颗炮弹快要击中一只带着母性的庄严的臃肿庞大的畜生。她正喃喃地哄着孩子;她在等待着我们。

"这时我一面站着眺望车窗外面,一面确凿而又有点古怪地感到,正由于自己碰上的这种极大的好运(已经定下了婚约),我现在才成了这种飞快的速度、这颗射向那个城市的炮弹的一部分。我已经麻木不仁到了宽大和容忍一切的地步。我会说,亲爱的先生,你干吗要这么心神不定地忙着拿下箱子来,把你已经戴了一整夜的小帽子拼命塞进去? 我们不管干什么都毫无用处。我们所有的人都笼罩在一种壮丽的和谐一致之中。我们仿佛被一只硕大无朋的鹅的灰色翅膀一扇似的(今儿是个晴朗但却单调乏味的早晨),都变得高大、庄严而整齐划一了,因为我们大家心里都只抱着一个共同的愿望——开向目的地。我不愿意火车轰隆一声停下。我不愿意我们面对面坐了一整宿所形成的这种联系一下就断绝。我不愿意感到仇恨和敌意又重新出现;还有那分歧的欲望。我们在疾驶的火车里坐在一起,只抱着一个共同的希望就是开到尤斯顿,这种同舟共济是难能可贵的。可是你瞧,这已经过去了! 我们的希望已经实现。我们正开近月台。性急,忙乱,以及希望首先走出大门挤上电梯的心情已经表现了出来。不过我并不希望首先走出大门,去重新挑起个人生活的重担。我从星期一她同意跟我结婚那天起,就仿佛全身每一根神经都激动地充满了自尊感,弄得非先嚷一句'我的牙刷呢?'然后才会在镜子里瞧见了自己的牙刷,可是现在我却但愿一松手把我的行李都扔下,只顾站在这儿的街道旁,与己无关地冷眼望着这些公共汽车,心里既无所向往,也无所艳羡,只有一种对人生命运所抱的无限好奇心,——如果说这对我还多少有点吸引力的话。不过连这个也没有。我已经到了,被接纳了。别的我一无所求。

"仿佛婴儿吃饱以后吐掉奶头昏昏欲睡那样,我现在可以随意地深深沉浸到这种被人们认为无所不在的日常生活中去了。(附带说一句,譬如裤子的作用可多了不起呀;一个聪明的头脑常常会因为一条蹩脚的裤子而弄得到处碰壁的。)你常常会看到人们在电梯门前的那种有趣的犹豫。究竟该乘这一座电梯呢,还是那一座,还是另外的一座?接着自尊心出现了。他们就胡乱乘了上去。他们全都是因为某种必要才被迫去干的。诸如必须去践个约会或者买顶帽子之类的糟糕事儿,使得这些一度曾经那么一致的可爱的人类各自分道扬镳。就我自己来说,我是毫无目标。我也毫无野心。我将听凭自己随波逐流。我的脑子就像一条有什么就反映出什么来的灰暗泉水那样什么也留不住。我记不住自己的往事,自己的鼻子,自己眼睛的颜色,或者我自己对自己究竟有什么总的看法。只在紧急关头,在十字路口,在街道边沿,一种保全身躯的愿望才会跳了出来紧紧抓住了我,使我就在此刻,在这辆公共汽车面前,止住了步。看来,我们都是一心想要活着的。随后,漠不关心又再度出现了。车辆行人的喧闹,许多无法分辨的人脸有的往这儿,有的往那儿,纷纷在眼前经过,又使得我昏昏欲睡;眼前那些人脸渐渐变得眉眼模糊。行人简直会踏到我的身上来似的。而且,现在到底是什么时刻,我觉得自己被捆住了的今儿这个日子到底是哪一天?车辆行人的嗡嗡声也完全可能是别的什么在喧哗,——森林里树木在呼啸,或者野兽在怒吼。时间已经倒退着呼地缩回去了一两寸;我们向前所走的小小几步已经白费了。我还想到我们的身躯实际上是裸露着的。只有薄薄的一身扣上扣子的衣服遮盖着我们的身体;正像这些人行道路面遮盖着下面的贝壳、骸骨和寂静。

"不过的确,我这种想象,我这种仿佛被不由自主地卷进一条溪水下面去似的盲目摸索,老是被一些像在乱梦中那么任性所至,毫不相干的好奇、贪婪和欲望的冲动所干扰破坏,弄得破碎零乱(比如我竟然垂涎起那只手提包来)。不行,我还是希望钻下去;去探索隐秘的深处;去偶尔利用一下我的不必老是行动而只需考察探究的特权;去倾听朦胧、古老的树枝坼裂和猛犸吼叫的声音;去想入非非地渴望做那些一味行动的人所无法做到的事——包罗万象地理解整个世界。难道我不是正一边走着,一边被一种奇怪地震颤不宁的同情心激动得浑身打战么?这种从我这样一个普通人身上涌起的同情心,正促使我去理解这些满怀热望的人群;这些睁大眼睛到处走动的人;这些供差遣的童仆和这些蒙然不知自己注定的前途,还在一味窥视着商店橱窗的鬼鬼祟祟、心神不定的姑娘们。而我却是明知道我们这些人朝生暮死的短暂一生的。

"不过的确,我无法否认自己感觉到生命对我来说是神秘莫测地拖长了。这是不是指我可能会生儿育女,会广传后苗,比这一代人,这些尽管劫运难逃,却仍在为没完没了的竞争而一路你推我搡的老百姓心胸更广阔一些呢?我的女儿们将要在某一个暑期上这里来,而我的儿子们则要开辟新的领地。因此我们并不是在风中转眼就吹干的雨滴;我们会叫花园繁茂,树林喧闹;我们会有另外一种不同的发展,而且永世不绝。那么说,这就是我所以满怀自信而胸有成竹的原因所在,否则当我面对这条拥挤街道上的人流时,何以总是能在挨肩擦臂的行人中为自己开出一条路来,能把握住安全的时刻穿过马路,就会成了不可思议的怪事了。这样说倒不是夸耀;因为我毫无自负之心;我并不曾想到自己的特殊天赋,特异气质,或者我身体上的那些特征:眼睛上、鼻子上、嘴上的等等。在眼前这会儿,我并不是我自己。

"可是你瞧,它又回来了。一个人是没法消除他那固有的气质的。它通过某个口子,不知不觉地潜入到一个人的特有结构——他的人格——之中。我绝不是这条街道的一个组成部分，——不，我只是在观察这条街道。因此，你就跟它分开了。比如说，那边后街上有个姑娘正站在那儿等着；等谁呢？真是个罗曼蒂克的故事。那家铺子墙上装了个起重机，我就问，这起重机为什么装在那儿呢？接着说设想六十年代某一天，有一位高贵的太太衣着时髦，装腔作势，正被她那满头大汗的丈夫从一辆四轮大马车里拽出来。真是个挺滑稽可笑的故事。这就是说，我是个天生的瞎编专家，抓住什么事情都能瞎吹一气的家伙。而且，就在自然而然地随手作出这些观察的过程中，我就精心磨炼了自己，使自己变得与众不同，并且每当我正信步走着时，总仿佛听见有个声音在叫我'注意，快把那个记下来'，因为我明白别人是会要我在某个冬天的夜晚说明一下所有我这些观察的意义的，——它将成为人们辗转相传的一段名言，一份画龙点睛的最后总结。不过一味在后街上自言自语不久就变得乏味了。我需要有听众。这是我的致命伤。正是这个原因，使那份最后总结卷边折角，老是写不出来。我不能一天接一天地老坐在某一家邋遢的小饭店里，要一杯同样的酒来，把自己整个儿泡在这同一种液体——这同一种生活——里面。我想好了我的漂亮辞藻以后，就要带着它跑到一间陈设齐全的房间里去，在那儿它会被照耀在几十枝烛光之下。我需要有无数只眼睛注视着我把这些漂亮花哨的东西展现出来。要使我感到对自己有把握（我注意到了这一点），就必须要有别人眼光的印证，所以我常常没法完全弄清楚自己到底是什么样的人。像路易、罗达他们就恰恰能在孤身独处中完全认清他们自己。他们讨厌印证和旁人对他们的描绘。他们把有一次别人给他们画的像全都脸朝下地扔在野地里。路易的话就像上面紧紧地压着冰块。他的话好像是使劲挤出来的，那么凝炼，那么牢实。

"所以说,在一度沉沉昏睡之后,我希望能够在我那些朋友们脸上光辉的照耀下神采焕发,光彩夺目。我曾经跋涉在一片默默无闻、暗淡无光的领域里。那是个古怪的境界。我在短暂的宽慰时刻,在暂时忘掉一切的满意心情下,曾听见过偶尔从这个光明灿烂、一片喧哗的圈子里漏出来的一点时隐时现的浪涛起伏声。我虽有过一个无限平静的短暂时刻。也许那就是幸福。现在我却被一种刺痛的感觉,被好奇、贪婪(我正感到如饥似渴)和一种克制不住地想要充分自信的心情弄得沮丧不堪。我想起了我还能跟他们谈些事情的人:路易、奈维尔、苏珊、珍妮和罗达。在他们面前我显得是多才多艺的。他们使我摆脱阴暗的心情。谢天谢地,我们今晚就要见面了。我不必再孤孤单单一个人呆着了。我们要在一起吃晚饭。我们要跟快到印度去的波西弗告别。时间还早,但我仿佛已看见了那些不在眼前的朋友们的先驱者、伴随者——他们的身影。我看到路易就像石头的雕像那么棱角分明;奈维尔就像用剪刀剪出来的那么一丝不苟;苏珊的眼睛像两颗明亮的水晶;珍妮像一团火那么狂热地在干燥的地上跳着舞;而罗达那个山泉女神却仿佛老是身上湿淋淋的。这都是些幻想的图画,——这都是些虚构,这些不在眼前的朋友们的幻影都显得膨胀、怪诞,只要给真人的靴尖一碰就会消失得无影无踪。但它们把我鼓动得心情活跃起来。它们把那些迷雾一扫而光。我开始厌恶孤单,——厌恶感觉到它那层层的帷幕闷热而不舒服地笼罩在我的四周。唉,快扯掉它们,活动活动吧!不管什么人都行。我并不挑剔。打扫街口的人也行;邮差也行;这家饭店里的侍者也行;和气的老板更好,他那和气态度就像是专门准备来对待你的。他亲手在为一位特殊的贵客拌制生菜。这位贵客到底是谁,我问,为什么特别? 他对那位戴耳环的太太又究竟在说些什么;她是个熟朋友,还是一位顾客?我在一张桌旁坐下以后,立刻就感到那蜂拥而来的纷乱和不宁,以及种种的可能性和种种的指望。许多幻想马上大量繁殖起来。我对自己这样的想象丰富都有点不好意思起来。我可以毫不费力地详细描绘这儿的每一把椅子、每一张桌子和每一个来吃饭的人。我的头脑一会儿转到这件事情上,一会儿转到那件事情上,给每一件事物都披上一层言辞的薄纱。就是对侍者讲上一句有关酒的话,也会引起一次点火爆炸。一枚火箭立刻就腾空而起。它那金黄色的微粒洒落在我想象力的肥沃土壤上,繁荣孳生。这种爆炸的完全意想不到的特色,——也就是人们彼此交往的乐趣。我,这个跟一位陌生的意大利侍者混在一起的人,究竟是谁呢? 这个世界是变幻无常的。谁能断定每一件事情究竟有什么含义呢? 谁能料想一句话最后会落向何方呢?它就像是一个飞过无数树梢的氢气球。谈论知识是毫无用处的。一切都只是实验和冒险。我们永远在跟一些未知数打交道。未来将发生什么? 我不知道。不过当我放下酒杯时我忽然想了起来:我已经约定了婚期。我今晚要跟我的朋友们一起晚餐。我就是伯纳德本人。"

"现在是八点差五分。"奈维尔说,"我来得很早。我提前十分钟就坐在我的位置上,好充分体味一下每一分钟期待的滋味;好瞧着门打开,说:'来的是波西弗么? 不,不是波西弗。'当我说'不,不是波西弗'时,心里有一种病态的高兴劲儿。我已经瞧着门打开关上有二十次了;每一次都使悬念的心情更加强烈。他就要坐在这张桌子上。看来仿佛不可置信似的,他本人的身子就要出现在这儿。这张桌子,这些椅子,这个里面开着三朵红花的金属花瓶,马上就要发生极大的变化。这会儿这个房间,连同它的弹簧门,它的那些桌子和上面堆满的水果与大块的冷肉,就已经带有一种虚假和悬而未决的样子,就像一个你正在一边等待一边预料马上就会发生什么事情的地方那样。各种东西都在摇摆晃动,仿佛还没有确实存在似的。白桌布上空空荡荡的样子十分触目。其他正在这儿吃饭的人冷漠和敌视的神气叫人难受。我们对望一下,明白彼此并不认识,白白眼,接着就转身走开了。这种对望仿佛是鞭打似的。它使我从中感到了世上全部的冷漠和无情。要不是他要来,我简直会受不了这个。我一定会走。但这会儿一定有人已经瞧见他了。他准是正坐在一辆马车里;他准是正在经过某一家商店。他仿佛每一分钟都在向这个房间倾注这种刺眼的光、这种强烈的实体感,以致各种东西仿佛都失去了它们正常的用途,——这把刀刃仿佛只是一道闪光,而不是切东西的用具。正常的标准似乎都失效了。

“门开了,但他并没有来。来的是正在门口迟疑不决的路易。这正是他那种自信和胆怯的奇怪的混合。他进来时在镜子里照了照自己;他捋了捋头发;他对自己的外观不大满意。他老说:‘我是一位公爵,——一个古老家族的末代子孙。’他性情尖刻、多疑,态度高傲,爱闹别扭(我是在拿他跟波西弗对比)。同时他又叫人害怕,因为他眼光里正带着嘲笑神气。他瞧见了我。他走过来了。”

“苏珊已经来了。”路易说,“她还没瞧见我们。她没有打扮,因为她瞧不起伦敦的浮华。她在弹簧门边站住了一会儿,望望四周,就像一只被灯光眩住了眼睛的动物似的。现在她又走动了。她的行动有一种像野兽那样既悄不做声又满有把握的神气(即使在穿过桌椅当中的时候)。她好像凭着本能就能找到路似的,在这些小小的桌子中间穿来穿去,一点也碰不着人,也不睬那些侍者,但却直接就能向角落上我们的这张桌子走来。她一瞧见我们(奈维尔和我),脸上就露出一副深信不疑的神气,叫人提心吊胆,就仿佛她已找到了正是她想要找的东西。被苏珊爱上简直会像是被一只鸟儿用尖利的嘴给一下刺穿,钉牢在谷仓的大门上似的。不过有时候我倒也愿意被一只鸟喙所刺穿,毫不含糊地牢牢钉住在一扇谷仓的大门上,就此一劳永逸。

"现在罗达也到了,不知是打哪儿来的,正当我们没有望着的时候偷偷地溜了进来。她准是绕了好大的圈子,一会儿掩在一个侍者的身背后,一会儿躲在一根装饰性的柱子后面,以便尽量推迟见面时的激动,以便多抓住一分钟的时间去摇晃她盆里的花瓣。我们会惊动了她。我们会使她受到折磨。她害怕我们,她瞧不起我们,但还是畏畏缩缩地朝我们走过来,因为不管我们多么残酷无情,总还是有那么几个名字、那么几张会用喜色相迎的面孔,这就会使她的道路显得光明一些,使她能重续自己那美好的幻梦。"

"门又开了,门老在开,"奈维尔说,"可是他还没有来。"

"珍妮来了。"苏珊说,"她在门口站着。一切都仿佛呆住了。那个侍者也站住不动了。在靠门的桌上用餐的那些人在望着她。她好像成了一切的中心;桌子,一连串的门、窗和天花板都在她四周放出闪闪光芒,就像一颗映在打碎的玻璃窗上的星星四周放出的光芒那样。她使各种事物汇合于一点,变得井井有序。现在她看到了我们,向我们走来,所有的光芒都随着在我们头上震颤飘摇、起伏波动,带来一阵新的情绪高潮。我们都起了变化。路易伸手去摸他的领带。奈维尔紧张不安地坐在那儿等待着,心神不定地把他前面放着的刀叉摆摆直。罗达吃惊地望着她,就像远处的天边忽然冒出了一团火似的。而我呢,尽管竭力让自己的头脑里装满了潮湿的草地呀,湿润的田野呀,房顶的雨声呀,冬天撼屋的大风呀等等,以便使我的心灵能抵挡她,但却仍旧感到她的揶揄偷偷地包围了我,感到她的嘲笑的火舌卷到了我的身上,毫不容情地映出了我寒酸的服装,我粗蠢的指甲,我连忙把手藏到了桌毯底下。"

"他没有来。"奈维尔说,"门开了,可他还是不来,来的是伯纳德。他脱下大衣时,不出所料,果然在腋窝缝里露出了里面的蓝衬衫。同时,不像我们大家,他不用手推门就直撞了进来,根本不想到他是正在走进一间坐满陌生人的屋子里。他也不照镜子。他的头发很乱,可是他并不觉得。他毫没觉出我们跟他有什么不同,也没想到这张桌子就是他要来的地方。他上这儿来的时候一路犹豫不定。那是谁呀?——他问自己。因为他有点认得一位穿着演歌剧的斗篷的女人。他好像对所有的人都有点认得,但其实一个人也不认识(我是在拿他和波西弗比较)。不过现在他一瞧见我们时,就和蔼可亲地打了个招呼;他那副宏容大量、热爱人类的神气(同时又带着对所谓'热爱人类'这种无聊事姑且容忍的态度)是那么势不可挡,以致要不是为了波西弗的缘故使这一切都显得虚夸不实的话,你简直会觉得(而且有些人已经这样觉得):这真是我们的喜庆节日;这会儿我们是全体团聚在一起了。可是没有波西弗在场总缺少点实在感。我们就好像只是一些在半空中朦胧移动的影子,空洞的幻象。"

"弹簧门仍旧在不断地开。"罗达说,"不断在进来一些不相识的人,我们以后永不会再碰见的人,他们令人不快地在我们身旁擦过,带着一副满不在乎的冷淡神气,使人产生一种即使没有了我们世界还将继续存在的感觉。我们绝不会销声匿迹,我们绝不会忘掉了自己的面目。就连我这样一个人也在内,尽管我并没有自己的面目,我走进来时对旁人毫不产生影响(苏珊和珍妮一进来就曾使别人从头到脚都起了变化),只一味彷徨不定,无所归属,跟什么都合不到一块,没法使自己成为一片空白、一种自然的延续或者一堵无声的墙,作为这些人体移动的背景。这全是因为奈维尔和他那种忧伤的缘故。他强烈的忧伤劲头弄得我心乱如麻。什么都安定不下来,什么都平静不下来。每当门一开他就呆呆地盯着桌子,——他不敢抬起眼睛来看,——然后就探索地望望邻座说:'他还没有来。'但是他终于来了。"

"现在,"奈维尔说,"我的树开花了。我的心情振作起来了。一切的烦闷都消失了。一切障碍都扫除了。笼罩着的纷乱气氛结束了。他恢复了正常秩序。餐刀又能切东西了。"

"波西弗来了。"珍妮说,"他没有特意打扮。"

"波西弗来了,"伯纳德说,"他整了整头发,并不是为了虚荣(他并没有照镜子),而是为了跟礼貌之神和解。他是随和的;他真是个英雄人物。那些小伙子曾跟着他列队穿过运动场。他擤擤鼻子他们也跟着擤擤鼻子,但却学不像,因为他是波西弗。现在当他就要离开我们上印度去的时候,所有这些小事都涌上了心头。他真是个英雄。哦,的确是这样,这是无法否认的,而且当他在他所喜欢的苏珊身旁落座时,事情就达到圆满的地步了。我们这些原来像一帮恶狗似的彼此猖猖乱咬的人,现在都显出了一副像士兵在长官面前那样规矩沉着的神气。我们这些人曾经因年轻而各行其是(最大的还不到二十五岁),像急性的鸟儿那样各唱各的调,并且以青春年少时那种残酷无情和不顾一切的自私心理猛磕着我们各自的蜗牛壳,直到把它磕破(我也参与了其事),或者独自高踞在卧室窗外,欢唱着对一只毛羽未丰、嘴黄未退的鸟儿来说特别宝贵的爱情、光荣以及其它种种个人体验,现在,我们都变得彼此比较亲近了;而且当我们坐在这家饭店里时,我们彼此挨得更紧一些,因为在这饭店里人人都各异其趣,车辆行人的络绎不绝老搅得我们分心,同时镶着玻璃的大门不断打开,把千百种诱惑强加给我们,伤害和破坏我们的自信,——在这儿,我们团坐在一起使我们更觉得彼此相亲相爱,而且相信我们能受得住这些诱惑。"

"现在,让我们摆脱掉阴沉孤独的感觉吧。"路易说。

"现在,让我们直截了当毫不掩饰地说说我们心里正在想的事情吧。"奈维尔说,"我们各自独处、埋头学业的时候已经过去了。那种互相掩饰、鬼鬼祟祟的日子,在楼梯上的泄露秘密,一会儿满心害怕一会儿欣喜若狂的时刻,现在都过去了。"

"老康斯泰伯太太举起了她那块海绵,一股暖流就流遍了我们全身。"伯纳德说,"我们仿佛披上了一身焕然一新、感觉敏锐的皮肉做的衣服。"

"着皮靴的小伙子在后园里跟洗碗的女仆调情,"苏珊说,"就在被风刮着的晾洗衣服下面。"

"风一阵阵地刮得就像一只老虎在喘气似的。"罗达说。

"那个人满身发青地躺在沟里,被割断了喉咙。"奈维尔说,"上楼的时候,我都没有力气提起脚来,去踢那株僵硬地竖起它那银白色叶子的讨厌之极的苹果树。"

"灌木树篱上有片树叶,并没有人吹它,却在那儿抖动。"珍妮说。

"在那个太阳晒得火烫的角落上,"路易说,"花瓣儿在一片浓绿中摆动。"

"在埃尔弗顿,花匠们用他们的大扫帚在一个劲地扫呀扫呀,而那个女人正坐在桌前写字。"伯纳德说。

"现在我们在会面时回忆过去，"路易说，"就像在从一个缠紧的线团里把一根根线抽出来。"

"当时，"伯纳德说，"马车开到了门口，我们把自己的新帽子按按紧挡住我们的眼睛，好遮起那有失男子汉气概的眼泪，接着就坐车驶过街道，在街上就连碰到的女仆们也在盯着我们，而我们的名字就用白颜料写在箱子上，向全世界宣告着我们是在上学校去，箱里装着按规定要带的几套衬裤、袜子，上面都有我们母亲预先花了好几个晚上替我们缝的姓名缩写。这等于是我们从母亲身上的第二次分娩。"

"然后兰伯特小姐，柯廷小姐和巴德小姐支配了一切，"珍妮说，"这几位伟大的小姐戴着雪白的皱领，面色像石头，一副谜样的神气，手上的紫晶石戒指像洁白的小蜡烛和朦胧的萤火虫似的在法文、地理和算术课本上闪闪晃动；还有地图，铺着绿呢的长桌，架上摆着的一长排鞋子。"

"准时响起了铃声，"苏珊说，"姑娘们格格笑着，互相打闹。椅子在漆布地毯上拖出拖进。不过有一间阁楼上可以望见蓝色的景致，望见远处一片田野，毫没沾上各种不自然的军营式生活的臭味。"

"蒙在我们头上的迷雾终于消散了。"罗达说，"我们紧紧抓住了那些衬着绿叶在花环上瑟瑟摇曳晃动的花朵。"

"我们变了，变得认不出来了。"路易说，"我们暴露在各种不同的光线之下，各自身上所有的东西（因为我们都是那么地互不相同）就像中间夹着空白的强烈斑点那样散乱地显示了出来，仿佛一滴酸不平均地滴在一块印版上似的。我成了这样，奈维尔成了那样，罗达又显得不同，伯纳德也一样。"

"然后一只只独木小舟穿过了苍白的柳枝，"奈维尔说，"伯纳德漫不经心地迎着一片浓绿,迎着一幢幢坚实古老的房子走去,就在我身边的一个土堆上绊倒了。在一阵感情冲动下,——风从来不曾那么狂暴过,闪电从来不曾那么猛烈过,——我拿起了我的诗猛地扔掉,砰地一声关上了门。"

"可是我,"路易说,"当你们不见了以后,就在我的办公室里坐了下来,撕下一张日历,向一班船舶经纪人、粮食零售商和保险公司统计员们宣布,十号、星期五,或者十八号、星期二的黎明已经在伦敦降临了。"

"同时,"珍妮说,"罗达和我在鲜艳的盛装中出现,脖子上冷冷发光的项链上镶着几颗无价的宝石,跟人一一地点点头,握握手,含笑地从盘子里取了一块夹肉面包。"

"老虎跳了出来,燕子在世界那一头的水潭中用翅膀点一点水。"罗达说。

"不过此时此刻我们正团聚一堂。"伯纳德说,"我们会合到了一起,在一个特定的时刻,到这个特定的地方。我们是被一种共同的深刻感情吸引来参加这次圣餐的。我们是不是可以像俗话所说的称它为'爱'呢? 我们可不可以叫它作'对波西弗的爱'呢,因为波西弗马上就要到印度去了。"

"不,这个名称太特定、太狭窄了。我们不能把自己深广的感情局限在这样小的一个目标上。我们来到一起(从北方,从南方,从苏珊的农庄,从路易的公司)是为了做一件要由许多双眼睛乐意地、而不是勉强地——干吗要勉强? ——同时看着它发生的事。那只花瓶里有一朵红色的康乃馨花。刚才我们坐在这儿等待时还是一朵单纯的花,而现在却已成了一朵七边形的、花瓣重重、红中带褐发紫的花,挺立在银白色的叶丛间,——这是一整朵每一只眼睛都曾作了它各自的贡献的花。"

"经过青春时代的任性激动和无限烦恼之后,"奈维尔说,"现在光明已经投射在真正的目标上了。这儿是刀子和叉子。世界已经呈现出它的真正面貌,我们也是这样,因此我们可以在一起谈谈了。"

　　"我们是各不相同的,这要解释起来是太深奥了。"路易说,"不过让我们来试试看。我进来时把我的头发抹抹平,希望看起来显得跟你们一样。但我却做不到,因为我不像你们那样单纯和完整。我已经度过了几千个一生。我每天都在重新发掘。我在沙堆中找到了自己的遗骸,那是几千年前的妇女们堆起来的。那时我正在尼罗河边听着歌声和拴着铁链的野兽的蹬脚声。你在自己身旁看到的这个人,这个路易,只不过是某种曾经辉煌一时的东西的残渣和灰烬。我曾是一位阿拉伯王子;瞧瞧我那豪放的举止吧。我曾是伊丽莎白时代的一位伟大诗人。我曾是路易十四宫廷里的一位公爵。我十分虚荣,十分自信;我有无限的欲望,要使妇女们爱怜和叹息。我今天没有吃饭,为的是好让苏珊会觉得我面色苍白,珍妮会赠给我她那怜惜的珍贵香膏。但我在爱慕苏珊和波西弗的同时,却憎恨其他的人,因为我是为了他们才做出抹平头发、掩饰口音这些蠢事的。我是一只捧着颗硬果吱吱乱叫的小猴子,而你们是些提着装满陈面包的花哨口袋的邋遢女人;我也仿佛是只关在笼里的老虎,而你们是手执烧红铁条的看守。这就是说,我比你们凶猛有力,但在多少年默默无闻之后才显露的出头指望,却会被弄得逐渐磨尽了锐气,而一味只在害怕被你们所讥笑,在探索风向以躲开迷眼的风暴,在力求写出钢铁般铿锵有声的诗句以便用海鸥去对比缺牙少齿的妇人,对比教堂的尖塔,对比我在吃饭时看到的那些时隐时现的毡帽,——当时我正把我的一本诗集(大概是卢克里

300

修斯吧?)竖在调料瓶和沾上了肉汁的账单旁边。"

"可是你决不会恨我。"珍妮说,"即使远远地在一间满是描金椅子和外交使节们的屋子的那一头,你只要一瞧见我,也决不会不穿过整个屋子向我走来,为了想得到我的怜惜。刚才我一进来,所有的东西就都一下变得呆若木鸡。侍者站住不动了,正在吃饭的人举起叉子呆在那儿。我露出一副早就预料会发生什么情况的神气。我坐下来时,你伸出手去摸摸你的领带,接着又把手藏在桌子底下。而我却什么也不隐藏,我早就有所预料。每次门一开,我就喊道:'又来了!'不过我的想象力只限于躯体。我不能想象超出我躯体所及范围以外的东西。我的躯体是我的前导,就像一盏灯笼在前面照着我走进一条黑巷子,使一样一样的东西离开黑暗进入光圈。我照花了你的眼睛,使你相信这就是一切。"

"可是当你站在门口时,"奈维尔说,"你引人发呆,招人赞叹,而这对自由自在的交往是个极大的妨碍。你一站在门口就引得我们都注意你。但你们却谁也没有瞧见我的来到。我来得很早;我很快就直接来到这儿,以便坐在我所珍爱的人旁边。我的生活有一种急促的步调,这是你们所没有的。我像一条追踪的猎犬。我从清早直到黄昏整天都在追猎。无论是跋涉荒漠追求完美,无论是名誉或者金钱,我都觉得毫无意义。我会有钱,我会有名。但我却永不会得到我所渴望的东西,因为我缺少躯体的美和随之而来的勇气。我头脑的敏捷是过分超乎我的躯体之上了。还没等走到目的地我就会跌倒,而且跌倒在一个潮湿的、也许是令人作呕的土堆上。我在生命的悲号中赢得别人的怜悯,却不是爱。因此我痛苦难受之极。不过我并不像路易那么难受得使自己成为笑柄。我非常实事求是,决不会去干那些装腔作势、耍弄花招的事。我对任何事情——只除了一件——都看得一清二楚。这是我可取的地方。它使得我的痛苦总是带有一点令人兴奋之处。它使得我即使在默默无言的时候也能对旁人起一种摆布的作用。而正因为我在某一方面有点沾沾自喜，正因为尽管欲望不变，一个人总还是在不断改变，早上就无法料到晚上将会跟谁在一起，所以我决不止步不前；我从最倒霉的处境中重新爬起，掉过头来，改变方向。石子从我一身铠甲似的皮肉，从我的身体上反弹回去。我就要这样终生追求，直到老死。"

"要是我能相信，"罗达说，"我会在追求和改变中终老一生，我就会不再害怕了，因为什么都不会永久存在。这一分钟并不一定会导向下一分钟。门开了，老虎跳了出来。我来时你们并没看见。我是有意绕过椅子走来，好避免那一跳带来的恐怖。我害怕你们所有的人。我害怕感情激动的震撼会跳到我身上来，因为我不会像你们那样去应付它，——我不善于让这一分钟自然而然消失在下一分钟里。对我来说它们都是恶狠狠的，都是彼此分开的；要是我在这一分钟那一跳的震撼下吓倒了，你们就会扑上来，把我撕得粉碎。我没有目标。我不知道怎样从这一分钟走向下一分钟，从这个钟头走向下个钟头，凭某种自然的力量去对付它们，直到把它们化成了不可分割的整个一团，那就是你们所说的生活。因为你们都有个追求的目标，——一个乐意要他坐在自己身边的人，对么？一个想法，对么？你的美丽，对么？我弄不清楚，——你们过着每天、每一个钟头，就像一只追踪的猎犬跑过森林中的一根根树干和林中大路上的一片片绿茵似的。可是对我来说却连一个可以追踪的目标或者躯体都没有。而且我没有面目。我就好像是涌上海滩的潮头，或者就像

302

是月光那样，笔直地一会儿照在一只铁罐头上，一会儿照在像披着铠甲的海冬青的尖利叶瓣上，或者照在一块骨头或者一只快烂光了的小船上。我好像被风卷进大山洞里，我好像一片纸头扑打在长得没有尽头的走廊上，必须用手支着墙才能挣脱开来。

"但是正因为我想要一切东西都有个立足之地，因此每当我慢吞吞跟在珍妮或者苏珊后面走上楼去时，总假装自己也有个目标。看见她们在穿上长袜，我就也穿上长袜。我等着你先说话，好随后跟你说得一样。我穿过整个伦敦被吸引到一个特定的场所、一个特定的地点来，并不是为了来看一看你，你，或者是你，而是想在你们这些无忧无虑、过着完整而不可分割的生活的人的共同的火焰上点燃我自己的火焰。"

"今晚我走进这间屋里来时，"苏珊说，"我站定了一下，像只眼睛紧贴地面的野兽那样向四面窥视。地毯、家具的气味和屋里的一股味道使我讨厌。我喜欢独自穿过潮湿的田地，或者站定在一扇大门边，用我那猎狗似的鼻子警惕着四周，心想，野兔在哪儿呢？我喜欢跟那样一些人在一起：他们手里拈着几株药草，往火里吐痰，穿着拖鞋在长长的小道上慢吞吞地走，就像我的父亲那样。我能懂得的话只是爱恋、憎恨、气愤或者痛苦的大喊大叫。这些话就仿佛是从一个老太婆身上脱下那已成为她身体一部分的衣服，露出她的本来面目。而这会儿当我们谈话的时候，她就仿佛是在衣服里面满身臊得通红，一副大腿皮干皱，乳房松垂的样子。一当你们沉默不语的时候，你们就又显得美丽了。我除了自然的乐趣外，再没有其他的东西。这差不多就使我心满意足了。我疲倦了就去睡觉。我躺在那儿，就像一片交替地长着各种庄稼的田地；夏天，热浪在我身上起伏；冬天，我会冻得干裂。可是冷热会自然交替，不管我愿意不愿意。我的孩子会继承我;他们长牙,他们啼哭,他们上学、回家,就像大海的波浪在我身下起伏。没有哪一天会没有它们的波动。我会比你们所有的人都更高地登上一年四季的高峰。到我死时,我所拥有的东西会比珍妮、比罗达更丰富。但另一方面,你们会对旁人的想法和嬉笑千百次地作出嫣然多姿的反应,而我却会时常闷闷不乐,满肚子火气,恼得满脸通红。我会被残酷而美好的母性的热情弄得皮包骨头,不像样子。我会不择手段地为自己的孩子们的前途打算。我会恨透那些看到我孩子的缺点的人。我会不要脸地撒谎来庇护我的孩子。我要依靠他们做屏障来远远地躲开你,你,还有你。但同时我又嫉妒难忍。我恨珍妮,因为她让我知道我的两手发红,我的指甲被牙齿咬得参差不齐。我爱得那么狂热,因此当别人对我所爱的人用一句他不该听到的话来加以形容时,我会痛苦得要命。他幸而避免了,而我却留在那儿,拼命想要抓住一根在树梢的叶丛中一会儿缩进一会儿伸出的细线。我弄不懂那些辞藻。"

"要是我生来就不懂得一个词后面自然而然会跟着出现另一个词的话,"伯纳德说,"谁知道呢,也许我就会成了个不知什么样的人。但事实是,正因为想在什么事情上都找到自然的次序,因此我受不了孤身独处的重压。一当我看不到言辞像烟圈似的在我四周袅绕,我就觉得眼前漆黑,——我就变得什么也不是了。只要我一个人呆着,我就会陷入无精打采,就会一边捅着炉灰,一边懊丧地自言自语说,反正莫法特太太要来的。她会来把这些统统打扫干净。当路易一个人呆着时,他会想得特别深,而且会写出一些比我们大家都还要存在得长久的话来。罗达喜欢一个人。她害怕我们,因为我们会动摇了她只有在一个人时才会有的存在感,——瞧瞧她把叉子抓得多么紧,这是她对付我们的武器。可是我却只有当那个铅管匠或者马贩子或者不管什么人说上句什么,引起了我的兴头来,才会变得实际存在。这时我的话所形成的烟圈就会那么可爱地升降起伏、回旋缭绕在鲜红的龙虾、黄嫩的水果上,把它们织成了一个美丽的花环。不过要知道,言辞是多么轻浮,——它全是由形形色色巧妙的借口和陈旧的谎言构成的。由此可见,跟你们不同,我的性格一部分是由旁人提供的刺激所形成,而不完全是我自己的。仿佛银子上有某种瑕疵,某种不规则而难以捉摸的纹理,使得它降低了成色。在学校时常常使奈维尔那么光火的那件事——我扔下了他,其原因就在这里。我曾跟那些戴着小制帽、佩着徽章的爱吹牛的小伙子们在一起,一块儿坐着一辆四轮大马车驶走,——他们当中有几个今晚也在这里,穿得整整齐齐地在一起吃饭,然后又和和气气地一块儿上音乐厅去了;我喜欢他们。因为正跟你们一样,他们也总是会使我变得实际存在。同时也正因为这样,所以当我离开你们,火车继续开走以后,你们觉得不是火车走了,而是我伯纳德走了,他满不在乎,他无动于衷,他拿不出车票,而且说不定把钱包也丢掉了。苏珊两眼盯着在山毛榉树叶中一会儿缩进一会儿伸出的那根细线,喊了起来:‘他走了!他从我身边逃开了!’因为什么也捉摸不着。我老在不断地制造和重新改造。不同的人会从我口里引出不同的话来。

"所以我今晚乐意坐在一起的不是某一个人,而是五十个人。可是你们当中却只有我能十分自在地坐在这里却又并不放肆。我并不粗俗;我不是个势利小人。尽管我无力抵挡社会的压力,但我凭我舌头的灵活,却能使一些奥妙费解的话广为流传。瞧我那些小玩意儿,一转眼就能无中生有地编造出来,它们是多么有趣啊!我绝不是吝啬鬼,——我死的时候会只留下一

305

柜子的旧衣裳，——我也几乎毫不在乎那些给路易招来那么多苦恼的小小的虚名。可是我曾作了更大的牺牲。像我这样夹杂着钢铁、银子甚至普通泥土的驳杂纹理的人，那些不靠别人刺激的人是没法把我紧紧捏成一团把握在手里的。像路易和罗达那样自我克制和英雄主义我做不到。就是在滔滔空谈中我也永远说不出一句完美的辞藻来。但是对于临时的某一瞬间，我却会比你们任何人都作出更多的贡献来；我会比你们任何人都走进更多的房间，更多不同的房间。不过因为我身上有某种东西不是内在的而是外来的东西，所以我将会被人忘掉；我的声音一消失，你们就不会再记得我，就是偶然记起，也只会把我当作是一个曾经将水果化成漂亮辞藻的声音的回声罢了。"

"注意，"罗达说，"听我说。你们瞧光正在每秒钟都越来越变得更强烈，开花和成熟到处可见；而当我们的目光环视这间满是桌子的屋子时，它仿佛能穿透那些鲜红、橙黄、深褐和其他古怪的中间色调的帷幕，使它们像纱幕似的分开然后又合拢，一样东西跟另一样东西全融合在一起了。"

"是的，"珍妮说，"我们的感官似乎扩大了。原来苍白脆弱的各种神经网膜膨胀和延伸起来，像细丝似的布满我们全身，使空气变得仿佛可以触摸，并且把以前听不到的种种遥远的声音都捕捉了进去。"

"伦敦的喧嚣，"路易说，"正围绕着我们。汽车、货车、公共汽车在不停地来来往往。一切全融合在一个像转动的车轮似的单一的声音之中了。各种单独的声音——车轮声、钟声、醉汉和寻欢作乐者的叫嚷声，全都打成一片，成为一个像发出钢铁般蓝光的、循环不息的混合声音。随后汽笛一声长鸣。接着，海岸逐渐远去，烟囱逐渐隐没，轮船出海了。"

"波西弗走了。"奈维尔说,"我们四周被密密围绕着,坐在这儿,被灯光映照得五色斑驳;所有的东西——手,窗幔,刀叉,正在用餐的其他人,——都混成一片。我们被四壁围绕,困坐在这儿。而印度却在外面的天地里。"

"我看见了印度。"伯纳德说,"我看见那长长的平坦海岸;我看见一些被践踏得满街泥泞的弯曲小巷,在许多东倒西歪的宝塔之间穿来穿去;我看见一些有雉堞的金光闪闪的房屋,看起来像在一个东方博览会上匆匆搭起来的临时建筑物那样,有一种脆弱而摇摇欲倒的样子。我看见一对阉牛拉着一辆低矮的牛车走在烈日烤晒的大路上。车子笨拙不灵地摇来晃去。一会儿一只轮子陷进了车辙,马上就有无数个只围着缠腰布的土人团团围住了它,起劲地叽叽喳喳着,但却什么也不干。时光仿佛永无尽头,雄心只是一场空幻。那种一切人类努力都是徒劳无功的心情笼罩着一切。弥漫着一股古怪的酸臭味儿。一个老头呆在一条土沟里,不停地一边嚼着槟榔,一边意守丹田。可是瞧,波西弗来了;波西弗骑着匹满身跳蚤的母马,戴着顶遮阳帽。靠贯彻西方的行为准则,运用了他惯用的粗暴言语,不到五分钟牛车就被扶了起来。东方的难题终于被解决了。他继续骑马上路;人群紧围着他,把他看成是——他实际也是——一位神。"

"他不可捉摸,"罗达说,"不管身上有没有什么神妙莫测之处,他总像是一块石头投入池塘,被成群的小鱼所蜂拥围绕。就像这些小鱼那样,我们东游西窜,最后当他来到时,总是窜过去团团围绕着他。就像小鱼那样,感到眼前有了一块大石头,就心满意足地起伏回旋着。一种安宁感悄悄地涌上了我的心头。一道金光射进了我们的血液。一下,两下;一下,两下;心儿在安详、信赖地跳动,沉浸在一种幸福的忘我境界,一种慈祥宽厚的喜悦心情中；而且瞧呀，——所有的外部世界，远方天际的朦胧影像，例如印度，都出现在我们的眼底。原来萎缩的世界又自动伸展开来；遥远的外省从黑暗中重新涌现；我们看见了泥泞的道路，枝蔓纠结的丛莽，成群的人，仿佛就在我们眼前啄食着腐烂尸骸的秃鹫，看到了我们美丽骄傲的外省的一角，这一切都是因为波西弗独自骑着一匹满身跳蚤的马沿着一条僻静的小路前进，在荒凉的树下安下营帐，然后独自坐下来眺望着巍峨的群山的缘故。”

“那就是波西弗，”路易说，“在微风下分而复合的云块下，他在刺人的草丛间坐了下来，静悄悄地坐在那儿，使我们自己感觉到，当我们像一个肉体、一个灵魂原来彼此孤立的部分又互相会合在一起时，还竭力想说‘我是这个，我是那个’，是十分荒唐的。我们出于害怕，丢掉了某些东西；出于虚荣，背弃了某些东西。我们曾竭力强调差别。为了渴望孤立，我们故意突出自己的缺点和自己特别的地方。然而我们脚下却正有一根链子在不停环绕、环绕，绕成一个铁青色的圈子。”

“那是既爱又恨的心情。”苏珊说，“它就是那条使我们往下一望就觉得头晕目眩的黑不见底的汹涌激流。我们这会儿正站在一块巉崖上，但只要往下一望，就立刻会觉得头晕眼花。”

“那是爱，”珍妮说，“又是恨，就像有一次我在花园里跟路易亲了亲嘴时苏珊对我感到的心情那样；因为我浑身打扮一新，一走进来时就使得她心里想到‘我的手是通红的’，因此赶紧把它们藏了起来。可是我们彼此间的恨却是跟我们的爱分不开的。”

“但是，”奈维尔说，“那在我们各自架起来的荒唐的立足平台下面汹涌怒吼的激流，比我们站起身来想要说话时那种声嘶力竭、无理取闹的大叫大嚷,还要显得平稳一些;当我们拼命争论,嚷着'我是这个,我是那个!'时,说的话都是荒唐的。

"不过我在吃。我一边吃,一边就渐渐想不起来自己究竟特别在什么地方了。我愈来愈被食物所压倒。这一大口一大口美味的烧鸭,配着各种合适的蔬菜,妙不可言地使你依次感到既暖乎乎又扎实、既甘甜又辛辣的滋味,经过我的嘴,咽下我的喉咙,装进我的肚皮,使我浑身安逸。我感到平静,庄重,自制。现在一切都显得踏实了。这会儿我的嘴本能地渴望而且预先体味到了某种甜甜的、清淡爽口的东西,某种带糖分的、柔和的东西;还有那带着葡萄叶的碧绿,麝香般的香味和葡萄般的紫色的冰凉的酒,当我饮着它的时候,它熨帖地抚慰着我上腭上敏感的神经,使得我的口张大得活像个有圆顶覆盖的大洞。现在我能镇定地望着脚下那奔腾湍急的水流了。我们该用一个什么特别的名字来称它呢? 让罗达来说吧,她的脸我正从对面的镜子里朦朦胧胧地望见。这位罗达,那次当她在一个褐色的水盆里摇着她那些花瓣时,我曾打断了她,问她伯纳德偷走小刀的事。在她眼里,爱并不是一个旋涡。她朝下望去时也并不觉得晕眩。她的目光远远地越过我们的头上,越过印度的上空。"

"是的,"罗达说,"我穿过你们的肩头与肩头之间,越过你们的头顶,望着一处景色,一块山谷,那儿皱襞重重的陡峭山坡四面聚合拢来,就像鸟儿叠起的翅膀。那儿铺满短短的草儿的草地上长着叶片深暗的灌木,而在这深暗的背景上,我看见一个人形,颜色发白,但并不是石像,它在移动,仿佛是个活人。不过这既不是你,也不是你,也不是你;既不是波西弗,苏珊,珍妮,奈维尔,也不是路易。当一只白色的手臂支在膝盖上时,它弯成一个三角形;随后它伸直了,就像一根石柱;一会儿又像往下倾注的泉水。它不打手势，也不招呼，根本没有瞧见我们。大海就在他身后咆哮。他是我们无法企及的。但我却大胆地去到那儿。我是上那儿去充实我的空虚，延长我的黑夜，使它尽量充满着许多梦境。而且从此时此地我就能一转眼去到我的对象身边，对他说：'别再游荡了。别的一切都是考验和假象。这儿才是最后的目的地。'可是这种远行，这种出发的时刻，总是正当你们在场的时候开始，就在此时此地，从这张桌子，从这些灯光，从波西弗和苏珊身边开始出发。我老是越过你们头上，从你们的肩头之间，再不就是当我在舞会上穿过房间，站在窗口往下望着街道的时候，看见那个树丛。"

"可是他的鞋声呢？"奈维尔说，"他在楼下大厅里的说话声呢？还有看见那个对谁也不瞧一眼的他呢？有人老等着，可他一直不来。时间越来越晚了。他已经忘记了。他正跟另一个人在一起。他是个负心汉，他的爱是毫无价值的。唉，然而那份伤心……那份无法忍受的失望！可是接着门开了。他来啦。"

"我用十分甜美的声音向他说：'快过来吧！'"珍妮说，"他果然过来了；他穿过房间向我走来，我正坐在那儿，衣服像轻纱似的飘垂在金漆的椅子周围。我俩的手相触了，我俩的全身像燃起了一团烈火。椅子，杯子，桌子，——没有一样东西不光辉四射。所有的东西都在颤动，所有的东西都像点着了火，所有的东西都发出闪闪光芒。"

（"瞧吧，罗达，"路易说，"他们变得像一首夜曲那样心荡神怡了。他们的眼睛闪闪眨动，快得好像飞蛾的翅膀那样，看起来就仿佛毫没有眨动似的。"

"号角和鼓声响了起来。"罗达说，"树叶分开了；牡鹿在丛林深处吼叫。传来跳舞和擂鼓的声音，就好像一些手持标枪、全身赤裸的土人在跳舞擂鼓似的。"

"就好像有一些野人，"路易说，"正围着篝火在跳舞。他们是野性难驯、残酷无情的。他们围成一圈，一边跳着一边拍着肚皮。火焰腾起照亮他们涂得五颜六色的面孔，照亮豹子皮，还有他们从活的生物身上割下来的血淋淋的肢体。"

"狂欢的节日越来越热火朝天。"罗达说，"盛大的游行队伍经过了，向四面抛掷着青青的树桠和带花的枝条。他们的号角吹出一股蓝烟；他们的皮肤在火把照映下现出红色和黄色的斑点。他们抛掷着紫罗兰。他们给情人戴上花环和桂冠，就在陡峭的山坡汇合的那片草地上。游行队伍经过了。当他们经过时，路易，我们感觉到了气氛的冷落，我们不愿忍受衰颓。月影渐渐横斜。我们心照不宣地一起躲避开去，靠在一个冰冷的坟头上，望见那红红的火焰逐渐低落下去。"

"死亡是跟紫罗兰交织在一起的。"路易说，"死，永远是死。"）

"我们多么自豪地坐在这儿，"珍妮说，"我们这些还没满二十五岁的人！外面树木在开花；外面一些女人在徘徊；外面马车急促拐弯，匆匆驰过。经过种种摸索，经过青年时代的种种彷徨和迷惑，我们正视着未来，不怕将要到来的是什么（门开了，门老是在不断地开）。一切都是真实的；一切都明确无疑，毫无幻影和空想。美正显示在我们的眉梢眼角。我有我的美，苏珊有苏珊的美。我们的肌肤坚实而平静。我们相互间的差别就像骄阳下岩石的影子那么轮廓分明。我们的身边摆着黄松松、结结实实的新鲜面包；桌毯是洁白的；我们的手心微屈着，随时准备握紧。无数的日子将要来临；无数的冬日和夏日；我们几乎还不曾去触动自己的宝藏哩。现在果实已经在叶子下面圆熟了。满屋金光辉映,我马上要向他说道:'快来吧!'"

"他长着一双红耳朵,"路易说,"当那班城里的店员在饭馆柜台上吃快餐时,肉味儿就像一片黏湿的网笼罩在四周。"

"既然我们面前还有数不清的时间,"奈维尔说,"我们就要问问我们应当做些什么?我们会在证券街上闲逛,东瞧瞧西看看,没准买上枝钢笔,就因为它颜色是绿的,或者是打听一下一个镶着块蓝宝石的戒指要卖多少钱么?或者我们会坐在屋里,望着炉火变红?我们会随手取本书来,翻到这页读一读,翻到那页读一读么?我们会无缘无故又笑又嚷么?我们会踏进鲜花盛开的草地,采些雏菊来编成一串么?我们会查一查什么时候有开到赫布里底群岛去的最近一班火车,并且定一间车厢么?这一切都是可能的。"

"对你来说是这样,"伯纳德说,"可是我昨天却径直朝一只邮筒上撞了过去。我从昨天起已经订了婚了。"

"我们盘子旁边这一小堆方糖看起来多古怪呀。"苏珊说,"还有这些杂乱的梨子皮,这些镜子边上的丝绒镶边。我过去从来没有注意过它们。现在一切都稳稳当当,一切都确定不移的了。伯纳德订了婚。有一些不可挽回的事已经发生了。一个圈圈已经套到了浪花上;一条链子已经加上了。我们再不能自由自在地奔流了。"

"这只是暂时的。"路易说,"直到链子断了,混乱重新恢复以前,人们会看到我们被束缚住了,呈露在大众面前,被夹在老虎钳中间。

"可是这会儿圈子打破了。这会儿水流又欢畅了。现在我们奔流得比过去更汹涌了。原来在心底里阴暗的杂草丛生处伺机等待着的种种欲念,现在又冒了出来,把我们淹没在它们汹涌的波涛里。痛苦和妒忌，羡慕和欲望，还有某种比它们更深沉，比爱更强烈也更隐蔽的东西。要求行动的声音响起来了。你听，罗达（因为我俩是心照不宣的，我们的手都靠在冰冷的坟头上），听那要求行动的凌乱、急促、亢奋的声音，那猎犬追逐猎物似的声音。他们这会儿急不择言，连把一句话说完整都顾不及了。他们用情侣间那种喁喁情话似的语调说着。一种不可抗拒的兽性控制了他们。他们腿股间的神经亢奋。他们的心在他们的肋下跳动、翻腾。苏珊拧着她的手帕。珍妮两眼闪闪放光。"

"她们毫不在乎，"罗达说，"不管别人用手指指点点也好，目光挑剔找碴也好。她们转脸一望，显得多么从容；她们那副神气，多么能干、自豪！珍妮的眼睛里现出多么旺盛的生命力；苏珊的目光是多么清澈，草根里的虫子都逃不过它！她们的头发油光水亮。她们的两眼闪闪发光，就像野兽穿过叶丛在追寻猎物。圈子打破了。我们一下子变得各自东西。"

"可是这种扬扬自得的喜悦很快就会消失，"伯纳德说，"简直是太快了。贪婪地自我肯定的时刻很快就会过去，一心渴求幸福、幸福、更多的幸福的欲望已经餍足了。石子已沉了下去；这种时刻已经过去。在我周围展开了一片广阔无垠、混沌难辨的境界。现在我的两眼中仿佛睁开了千百双无限好奇的眼睛。现在谁都可以来杀掉我这个已经订了婚的伯纳德，就因为他们自己还不曾去接触这片未知的境界，这座陌生世界的丛莽。为什么，我小心地悄声问，那儿那些女人要自己单独聚在一块吃饭呀？她们是什么人？究竟是什么原因会使她们在这特定的夜晚聚会到这个特定的地方来？角落上那个年轻人，看他时时用手摸摸后脑勺的那副局促不安的神气，准是刚从乡下来的。他是来求人的，所以那么急于想十分得体地应酬他的东道主，他父亲

313

的老友的这一番款待,以致这会儿他对明早十一点半光景将要享到的那种乐趣都几乎感受不到一点乐趣了。我还看到那位太太在一场全神贯注的谈话中间,曾三次用粉扑扑她的鼻子,——谈的也许是爱情,也或许是谈她们一位最亲密的朋友的不幸。'噢,不过我的鼻子不知弄成一副什么样子了!'她这样想着,就马上掏出她的粉扑来,在扑着粉的那段时间,就把方才对于人心不古的种种万分激烈的感慨忘了个一干二净。可是还有一个始终无法解释的疑团:那个戴着单眼镜的孤身男人是谁;那位独自喝着香槟酒的上了年纪的太太是谁。这些不认识的人究竟是什么路数? 我心想。我可以编出成打的故事来讲他说了些什么,她说了些什么,——我眼前仿佛有成打的有趣场面。然而故事算得了什么? 不过是我簸弄的玩具,吹起的泡泡,是一个圈圈穿过另一个圈圈。而且我有时候甚至怀疑起究竟有没有所谓故事来。我的故事是什么? 罗达的故事又是什么? 奈维尔的又是什么? 世上只有种种事实,比如说:'那位穿灰色衣服的年轻人,神气一本正经,在别人那种喧闹对比之下,显得十分古怪,这会儿他掸掉背心上的面包屑,用一种既威严又和气的手势跟侍者打了个招呼,对方马上走上前去,过了一会儿就用盘子托着一张小心折起来的账单回来了。'这确是真情,这确是事实,但除此之外的一切,就都是无从知晓,全凭猜测了。"

"现在,"路易说,"当我们付过了账正要分别时,我们血液里那因为彼此十分不同,因而常常会猛然破裂的圈圈,又再一次弥合在一起了。我们完成了某种东西。是的,正当我们起身离座,有点局促不宁、犹豫不定的时候,我们双手紧抱住这种共通的感觉衷心祈求着:'千万别挪步,别让那弹簧门粉碎了我们所完成的东西,粉碎了就在这儿,在这些灯光、果皮、凌乱的面包屑和来往的人们当中所形成的这片小天地。千万别挪步，别走。把它永远保持下来。'"

"让我们再保持它一会儿吧，"珍妮说，"不管我们把它叫做爱也好，恨也好，保持住这片由波西弗、由青春和美形成四壁的小天地，还有那深入我们内心的某种东西，今后也许我们再也无法从哪一个人身上再找回这样的时刻了。"

"世界另一头的树林和辽远的国土，"罗达说，"正是在这里面；那大海和丛莽；那豺狼的嗥叫，还有那照耀在兀鹰翱翔的高山之巅上的月光。"

"幸福就在这里，"奈维尔说，"种种安静平凡的事物也在这里。一张桌子，一把椅子，一本裁纸刀插在书页里的书。从玫瑰花上掉落下来的一片花瓣，还有当我们静静坐着时，或者想起某一件小事来，突然开口说话时那光影的颤动。"

"一个星期中的那几天也在这里。"苏珊说，"星期一，星期二，星期三；奔向田野的马和驶回家来的马；还有那白嘴鸦一会儿高翔、一会儿低飞，落到它们在榆树上的巢里，不管在四月天，还是在十一月天。"

"将要来临的事都在这里。"伯纳德说，"这是我们向靠着波西弗创造出来这个美妙得意的时刻所投下的最后也是最明亮的一滴，就仿佛是从天而降的一滴水银。将要来临的究竟是什么呢？我一边想，一边掸掉我背心上沾的面包屑；外面等着的究竟是什么呢？我们坐着吃饭、谈话的时候，已经证明了我们有能力给时间的宝库增添财富。我们并不是一些奴隶，生来就该弯腰屈背不断忍受无数卑鄙的打击。我们也不是尾随着主人的绵羊。我们是造物者。我们也曾创造了某种东西，可以汇合到古往今来的亿万会众中去。当我们戴上帽子推开了门的时候，我们也并不是跨入一片混沌,而是踏进这样一个世界,在那儿我们自己的力量也能克敌制胜,帮助创造出一条光明而永恒的道路来。

"趁他们去叫出租汽车的这会儿,波西弗,看看这你很快就要见不着的景色吧。马路的路面被数不清的车轮子碾得又硬又光滑。由我们巨大的能量所形成的一层黄色的光幕,就像一大块着了火的布似的笼罩在我们的头上。是戏院、音乐厅和家家屋里的灯火汇合成这一片光海的。"

"一团团尖尖地直竖着的云块,"罗达说,"飘浮在像涂了油的鲸须那么漆黑的天空上。"

"现在痛苦降临了;恐惧的利齿咬啮着我。"奈维尔说,"现在车子开来了,波西弗要走啦。我们有什么办法能留住他?怎样才能沟通我们之间遥远的距离?应当怎样去扇旺这堆火焰,才能使它永远炽烈?怎样向长久的未来作出表示,表明现在正站在街上路灯下的我们将永远爱着波西弗?现在,波西弗终于走了。"

太阳已经高高升到天顶。它已经不再是若隐若现,只能从它的隐约闪光猜到它的所在,仿佛一位女郎正半躺在蔚蓝大海的床垫上,把水晶球状的珠宝戴在她的额头上,射出枪刺般乳白色的光芒在朦胧的大气中闪烁,就像一条跃起的海豚露出它的肚腹,或者是一把劈下来的刀刃发出闪光。现在太阳已毫不踌躇、毫不容情地炽烈照耀着。它照射在坚实的沙滩上,使块块岩石成了一个个炽热的熔炉;它搜索着每一个水潭,捉住躲藏在隙缝里的小鲦鱼,暴露沙滩上朽烂的车轮和白骨残骸,或者是一只颜色黑得像铁的没有了鞋带的靴子。它使每一样东西现出它本来的色调;使一座座沙丘显示出它无数晶亮的颗粒,使一丛丛野草显得碧绿;它还照射在沙漠荒原的不毛之地上,时而曲折透过车辙,时而扫过孤零零的路标石堆,时而洒落在矮小而幽绿的野树丛上。它照亮金光闪闪的伊斯兰寺院,南部乡村里单薄的红白色纸板小屋子,跪在干河底里在石头上捶打着皱成一团的衣服的乳房松垂、头发灰白的妇人们。正在缓慢地隆隆驶过海面的轮船也被直射的阳光攫住,它透过黄色的布篷照着那些在甲板上打盹或散步的乘客,他们正日复一日地被紧紧挤在油腻而隆隆震动的船舱里,由轮船载着他们单调乏味地驶在海浪上,不时用手搭在眼睛上眺望着陆地的出现。

　　阳光照在密密耸立的南方群山上，射进深深的满是石子的干河床，那儿在高高的吊桥下河水已经干枯得使那些跪在石头上的洗衣妇人几乎已没法浸湿她们要洗的衣裳；精瘦的骡子狭狭的肩背上驮着篓子，在轧轧发响的灰色碎石上小心地择路而行。到了正午，灼热的阳光把那些小山晒成灰色，仿佛在一次爆炸中被削平和烧焦了似的，而在更靠北面比较多云和多雨的地方，那些像被一把铁铲的背削成光溜溜平板的小山坡上，反射出一种光来，仿佛那里面有一个守夜的人手提着一盏绿色的灯，正在依次巡视各个房间。阳光透过灰蓝色的空气微粒照射在英国的田野上，照亮了沼泽和池塘，停在柱子上的一只雪白的海鸥，徐徐掠过梢头平整的树林、还没长大的庄稼和波浪起伏的牧草地上空的云影。它照在果园的墙上，使墙砖的每一个坑洼、每一条纹理都闪出刺目的银色和紫色，火红滚烫得仿佛摸上去都快要融化了，仿佛只要一碰它，就马上会化成烧焦了的灰土似的。一串串葡萄干挂在墙边，像红艳艳的浪花和瀑布；李子圆熟长大，从叶面下露了出来。无数青草的叶子汇合成青翠欲滴的一大片。树影缩小成为仿佛只是围着树根的一个深黑的水潭。像洪水泛滥似的阳光使所有原来层次分明的东西都融成了一片绿色。

　　鸟儿热情地争着齐声鸣唱，然后全都停止了。它们一边低声叽叽喳喳，一边衔着一小段草茎或者树枝钻进树上高处黑色的树节里。它们身上闪着金色和紫色，飞落在花园里，那儿金色和淡紫色的金链花和珍珠菜的球果纷纷坠落下来，因为在这正午时分，园里正百花盛开，花团锦簇，就连花丛底下的阴暗通道都变得一会儿发绿，一会儿发紫，一会儿发褐，就看阳光是透过红色的花瓣呢,还是透过宽阔的黄色花瓣,或者是一时被毛茸茸的花茎挡住了。

　　阳光直射在屋子上,使发暗的窗户之间的白色墙壁显得耀眼。被绿色树枝密密缠绕的窗框,把当中望不透的黑沉沉一块圈在里面。一道轮廓锐利的楔形光线照在窗台上,映亮了屋子里有蓝色花纹的盘子,带弯把的茶杯,一只大碗的中腰,有十字格的地毯,以及那些玻璃橱和书柜的威风凛凛的轮廓和线条。在它们这些庞然大物背后形成一块阴影,其中大概还有某个隐约可辨的东西,它不曾被阴影所淹没,也没有使它更加浓重。

　　波浪碎裂后,海水就迅速漫上岸边。浪头一个接一个地高高涌起又猛然落下;乘着落下时的势头,浪花往回飞溅。海浪通体深蓝,只是浪尖上有像钻石般四射的光芒,它起伏颤动,就像壮健的马在奔驰时马背上筋肉的起伏颤动那样。海浪猛然落下;退了回去,然后又猛然落下,仿佛一只强大的野兽在沉重地蹬脚。

　　"他死了。"奈维尔说,"他落了马。他的马绊倒了。他被摔了下来。世界的船帆突然倾倒,正砸在我的头上。什么都完了。世界的光熄灭了。前面耸立着那株我无法绕越过去的大树。

　　"唉,把我手里的这份电报团掉吧,——让世界的光重新照耀,就算根本没这件事吧!可是干吗一个人要把脑袋转来转去竭力回避呢?这是真情。这是事实。他的马颠踬了,他摔了下来。闪闪越过的树木和白色的栏杆一下子全飞上了半空。他一阵天旋地转;耳朵里嗡的一声。接着是重重的一击;世界好像四分五裂了;他沉重地吸了一口气。他就在摔下来的地方当场死去了。

"乡间的谷仓和夏天的假日，我们曾经在里面呆过的房间，——这一切现在都已成为那已经逝去的虚幻世界里的东西。我的过去已跟我毫不相干了。人们飞跑着赶来。穿着马靴的人、戴着遮阳帽的人，他们一起把他抬到一个凉亭里；他就在那些陌生人中间死去了。他老是生活在孤独和沉默中间。他时常离我而去。然后，当回来时，我就说：'瞧他，显得多了不起！'

　　"那些女人慢吞吞从窗前走过，仿佛街上压根儿并没裂开了一条深渊；也没有一株我们绕不过去的长着硬挺挺叶子的树似的。那么说，我们准是该被鼹鼠丘绊倒的了。我们闭着眼慢吞吞走着，沮丧到了极点。可是干吗我要这样心灰意懒呢？干吗我要勉强抬起脚来，爬上楼去呢？这会儿我正站在这儿；手里拿着电报，站在这儿。以往的夏天假日，我们曾在里面闲坐过的屋子，都已经像还带着块块红斑的纸灰似的飘走了。还值得再跟人们聚会，重新开始么？干吗还要再跟别的人在一起谈天、吃饭，建立新的交往？从现在起我是孤身一人。再没有人了解我了。我接到过三封信，'我马上要去跟一位上校玩掷铁圈，所以不再多写了，'他就这样结束了我们间的友谊，挥挥手挤进人丛不见了。这样的滑稽戏演出是用不着一本正经的开幕式的。不过要是当时有个人说一声'等一等'，把马肚带再收紧三个孔，他是会对得起他再活着的那十五年的，他会出入宫廷，会一马当先统率一支部队，去推翻某个万恶的暴君，然后再凯旋归来的。

　　"哦，这会儿有窃笑的声音，有人在捣鬼。准有人在背后嘲笑我们。那个小伙子在跳上公共汽车去的时候差点儿立脚不稳了。波西弗摔了下来；死了；埋葬了；我留心瞧着来往的行人；紧紧抓住公共汽车扶手；决计要救他们的命。

　　"我不想抬腿爬上楼梯去了。当楼下那个厨子在反复开大和关小炉门的当儿，我要在那株该死的树底下站一会，独自跟那个被割断喉咙的人呆在一起。我不准备爬上楼去了。我们都是在劫难逃的，我们所有的人。女人们提着买东西的袋子慢吞吞地走过。人们不断来来往往。可是你们奈何不了我。因为这会儿，就在这一刻，我俩正在一块儿。我把你紧紧抱在胸前。来吧，痛苦，尽管来摆布我吧。用你的利齿深深咬进我的肉里。把我撕得粉碎吧。我不停地哭着，哭着。"

"这真是不可思议的巧合，"伯纳德说，"真是错综复杂的事，弄得我走下楼梯来时简直弄不清究竟哪是喜哪是忧了。我生了儿子；波西弗却死了。我仿佛是悬在半空里，被两种都是十分强烈的激动心情左右紧紧地围住；但究竟哪是忧，哪是喜呢？我问着自己，但却回答不上来，只明白我需要安静，需要独自一人，上外面去，赢得一个钟头的时间来考虑一下我这个小天地究竟碰到了什么事，死亡对我的世界到底发生了什么影响。

"那么说，这就是波西弗所永远不能再看见的那个世界了。让我来好好瞧一瞧吧。卖肉的正在把肉送到隔壁那一家；两个老头顺着人行道蹒跚走来；麻雀一哄而起。接着机器开动起来了；我觉察到了那种节奏，那种颤动，但却只把它看做一件与己无关的事，因为他已经再也看不见它了（他正面色惨白满身绷带地躺在一间屋子里）。所以现在正是我的一个好机会，弄清楚到底什么事是最重要的，但我必须小心，而且毫不说谎。对于他，我过去的心情总是：他俨然居于中心地位。从此以后我再也不会上那儿去了。那地方已经空了。

"哦，不错，戴毡帽的男人和提着口袋的女人啊，我可以老实告诉你们，你们已经丧失了一种本来会对你们是十分宝贵的东西。你们失掉了一位你们本来可以追随的领袖；你们当中的某一个失掉了幸福和孩子。本来会把这些给予你们的那个人已经死去了。他正躺在一张行军床上，满身绷带，在印度的一所炎热的医院里，一些蹲在地板上的苦力正轻轻地挥着那种扇子——我忘了他们当地叫什么。不过这一点很重要：'你一定有点不知怎么才好，'我对他说，仿佛这是件无可置疑的事似的，同时一边看着鸽子停在屋顶上，想着我的儿子刚生下来。我从小就记得他那副超然物外的古怪神气。然后我又继续说下去（先是眼里充满泪水，随后渐渐干了）：'不过这样倒比任何人敢于设想的都还更好一些。'我向着大街尽头半空中某个正在面对着我，但却视而不见的抽象的东西说：'这确实是所能做到的最好的事情么？要是这样，那我们就心安理得了。我徒劳无益地向着那张粗蠢发呆的脸这样说（因为他才二十五岁，而他本来应该可以活到八十岁）。我不准备躺下来，把操心的一生白白花在啼哭上。（这话真该记在笔记本上；这是对那些毫无意义地送了性命的人的一种鄙视。）还有，这一点也很重要：我一定要能做到把他置于一种无聊可笑的境地，这样才使他不至于骑在一匹高头大马上，自己也觉得有点滑稽。我一定要能这样对他说：'波西弗，真是个可笑的名字。'不过同时我要对你们这些忙着去乘地下铁道的男女们说，你们本来是应当十分敬重他的。你们本来是应当列队跟随着他的。这样一群用饥饿而急切的眼光望着生活的人，要在他们中间夺路挤过去，倒真是件古怪的事。

"但信号灯已经在亮了，它不断招呼着，竭力想诱使我回去。这只是把好奇心暂时赶走了一会儿。你简直没法脱离开这架机器，自由地生活半个钟头。我注意到，人体已经开始变得样子都差不多了，但它们内里却各有不同，——这是透视法。在那块报纸张贴牌背后的是一个医院；一间大屋子，里面有许多穿黑衣服的人正拉着一根绳子；然后他们就把他落了葬。可是既然大家说有一位著名的女演员离了婚，我就马上要问是哪一位？不过我又不能掏出一文钱来；我不能去买份报纸；我还受不了旁人打搅。

"我问，既然我永远不能再看见你，把目光注视在那个实体上，那么我们用什么方式来联系呢？你已经穿过院子，越走越远，把连在我们之间的那根线越拉越细，可是你总还存在于什么地方吧。你身上总还有什么东西仍旧留了下来吧。比如裁判员身分。这就是说，假如我在我自己身上发现了一种新的气质。我会悄悄地请你来评断。我会问，你的结论是什么？你将仍旧是仲裁人。但到什么时候为止呢？事情将会变得不容易解释清楚：会出现各种新的事情；现在已经出现了我的儿子。我现在正处在某种经历的顶峰。它将会逐渐走下坡路。我已经不会再深信不疑地大声嚷着：'多好的运气！'兴高采烈，鸽子的成群降落，已经过去。混乱，细节，又重新回来了。我对橱窗上写的各种名目已不再感到惊奇。我不再想到：干吗匆匆忙忙？干吗要赶火车？事物的常规又恢复了；一件跟着一件，按照通常的次序。

"是的，不过我仍旧憎恶通常的次序。我还不准备让自己变得甘愿接受事物的常规。我要继续走着；我不会停下来、四面瞧瞧，打乱了我头脑里的节奏；我要继续走下去。我要踏上这些台阶，走进美术陈列馆，让自己受那些像我一样不受常规约束的头脑的影响。已经没有多少时间去回答问题了；我的神祇在招手；我变得如醉如痴了。这儿就是那些挂在廊柱之间的神色冷漠的圣母像。但愿她们能使那烦躁不宁的心眼儿、那扎满绷带的脑袋和那些拉着绳子的人都安静下来，好让我能在事物深处找到某种隐约不可捉摸的东西。这儿是花园；还有花丛中的维纳斯；这儿是圣徒和忧郁的圣母。幸好这些画都无所容心；它们既不推推搡搡，也不指指点点。这样它们倒扩大了我对他的想法的范围，使他在我心目中显得样子不同了一些。我回想起了他的漂亮。'瞧他，显得多了不起！'我常说。

"这些线条和色彩差不多使我相信我自己也能显得一副英雄气概的，我这个能那么毫不费力说出漂亮话来的人，却那么轻易任人摆布，随遇而安，不能紧握拳头，却犹豫不定地随时说一些漂亮辞藻来适应周围的环境。现在，透过自己的软弱，我重新发现了他对我来说究竟意味着什么：他正好是我的反面。由于生性诚实不欺，他毫不懂得这套夸张其辞的把戏。而是全凭天生的分寸感做人，不愧是一位深通生活艺术的大师，因而他显得十分老于世道，随处给人以一种平静甚至可以说是冷漠的感觉，无疑并不关心自己的出人头地，不过同时却又有一种极大的同情心。一个小孩正在游戏……一个夏天的傍晚……门会一会儿开开一会儿关上，老是开关个不停，透过它我瞧见了一些情景，使我不禁流泪。因为它们是无法描述的。我们的寂寞，我们的孤独，原因正在这里。我转向我头脑中的这个领域，发现它是空空洞洞的。我自身的软弱使我心情沉重。从今以后再没有他来跟它形成对比了。

"现在瞧吧，那个忧郁的圣母泪水纵横了。这是我的葬礼。我们没有什么仪式，只有些个人的悼词，而且没有一致结论，只有些各不相关的强烈感慨。说的都和我们的实际情况毫不相干。我们坐在国家美术馆的意大利陈列室里，胡乱欣赏着零星的片断。我怀疑替善是否感觉到了这种老鼠似的啃咬。画家总

324

是生活在有条不紊专心致志的气氛中,一笔一笔地画着。他们不像诗人那样是替上帝受难的替罪羊;他们并不是被铁链拴在山岩上。所以才有那种静穆和崇高。可是那种深红色一定使替善感到很不是滋味。无疑他曾用强有力的双臂抱着丰饶角成了功,但后来却在这样的堕落中丢了脸。不过那种静穆——那种不断地要求人全神贯注——使我感到重压。这种压力是模模糊糊的,不连贯的。我分辨力太差,一知半解。虽触着了铃键,我却并没有按响铃铛,或者吵吵嚷嚷地瞎咋呼一气。我只是异常地陶醉于那种华丽,那种在绿的底色上衬托出来的耀眼的鲜红,那一长排圆柱的行列,那像一只只竖起的耳朵似的黑色的橄榄树背后透出来的橘黄色调。我背脊上发出阵阵尖利的激动感觉,但却是杂乱无章的。

"但在我的理解中还夹杂进了一点什么。有某种东西深深潜藏在那儿。我一时曾想去攫住它。但结果仍让它潜藏起来,潜藏起来;还是让它在我的头脑深处悄悄地哺育着,等到开花结果吧。在经历过松松垮垮的一生,到了一旦得到启示的时刻,我也许才会去触动它,而现在这念头却在我的手上粉碎了。各种念头无数次在我的手上粉碎,难得有完整成形的时候。它们总是弄得粉碎,倾泻在我的头上。'它们会比色彩和线条存在得长久,因此……'

"我打起哈欠来。我兴奋激动得够了。我已经被那份紧张劲儿和长长的时间——二十五分钟,半个钟头——弄得精疲力尽,所以只好脱身离开那架机器,一个人孤身独处。我变得沉默寡言,冷漠僵硬起来。我要怎么才能打破这种沉默呢,它对于富于同情的心灵来说是很不光彩的。还有别人也在满心痛苦,——许许多多人在满心痛苦。奈维尔满心痛苦。他深爱着波西弗。可我对于走极端实在再无法忍受了;我但愿能跟一个什么人在一起笑笑、一起打打哈欠、一起回忆他是怎么搔头皮的;一个他曾经喜欢而且愿意相处的人(不是他曾爱过的苏珊,倒还不如是珍妮更好些)。在她房里我还可以进行忏悔。我可以问一问,他有没有告诉你我那天曾拒绝过跟他一起上汉普顿宫去玩? 一想到这些事就会半夜让我满心悔恨地惊醒过来,这都是会让人愿意到世上任何热闹集市上去公开脱帽忏悔的罪愆——一个人竟会不肯在那天上汉普顿去玩。

"可是这会儿我渴望置身于生活之中,置身于各种书籍、小饰物以及商人们日常来访的喧嚣之中,让我在经历了这一阵精疲力竭之后好凭借它们休息一下我的脑袋,在这一番启示之后闭上一会儿我的眼睛。然后我会直接走下楼去,喊住第一辆遇上的出租汽车,开到珍妮那儿去。"

"这儿有个水坑,"罗达说,"我跨不过去。我听到那个大砂轮就在离我脑袋不到一英寸的地方轧轧地飞转。它卷起来的风扑在我的脸上。一切可以捉摸的生活形式都已遗弃了我。除非我能伸手摸到一点坚实的东西,我就准会顺着永恒的通道被永远地刮走了。可是我又能摸到什么呢? 什么砖头,什么石头? 好帮我跨过这条鸿沟安然回到我自己的躯体里?

"现在影子消失了,一道红光斜照下来。原来满身华丽的身影现在已变得一身褴褛。当他们说他们爱他从楼道上传来的声音、他那双旧鞋以及他身上的种种禀性时,我告诉他们说,那个站立在陡峭山坡汇合处坟头上的身影已彻底破灭了。

"现在我要沿着牛津街走去,瞧着一个被闪电划破的世界;我要看着裂开的橡树,正开着花的枝桠折断下来,颜色还是红艳艳的。我要上牛津街去买舞会上穿的袜子。我要在电闪雷鸣下照

326

样干平常所干的事情。我要从光秃秃的地面上采集紫罗兰,扎在一起献给波西弗,算是我给他的一点东西。现在瞧瞧波西弗给我的东西吧,现在当波西弗已经死去时,瞧瞧这条街吧,房子都造得根基不实,一口气就能吹倒。汽车横冲直撞轰隆开过,像恶犬似的赶得我们几乎无处逃命。人类的面孔是丑恶可怕的。但正合我的心意。我渴望置身于大庭广众之前,面对横暴,被人像一块小石子似的砸碎在岩石上。我喜欢工厂的烟囱、吊车和大卡车。我喜欢来来往往的那些面孔、面孔、面孔,冷漠无情,千丑百怪。我厌恶美,厌恶亲密。我漂浮在激流狂涛上,会葬身其中,没有人会来救我。

"波西弗死后赠给了我这样的遗物,让我看到了这样可怕的东西,留下我去忍受这样的屈辱——一张一张的面孔,就像厨子端上来的一只一只汤盘;粗蠢,贪婪,轻浮;手拎着大包小包望着商店橱窗;使着媚眼,泛着红晕,把什么都糟蹋了,连我们的爱经她们的脏手一触,也显得不纯洁了。

"这儿有家卖袜子的商店。我简直可以相信美又重新涌现了。它的声息来自这些货架间的通道,透过这些花边,在这些装满五彩缤纷的缎带的货筐间隐约可闻。这么说在这喧嚣的深处还潜藏着温暖的洞穴;还有一些清静的斗室,让我们可以藏身其中,在美的翅膀的蔽荫下躲开我所向往的真实。当一位姑娘轻轻拉开一只抽屉时,苦恼被暂时搁在一边了。可是接着她说话了;她的声音惊醒了我。我拨开这堆乱草寻根究底,发现了艳羡、妒忌、仇视和怨恨,在她一开口说话时就纷纷爬满了沙滩。这就是我们的同伴。我要付清货款,拿起包来走开。

"这就是牛津街。这儿满是仇恨、嫉妒、匆忙和冷漠,纷纷扰扰显出一副粗野的模样来冒充生活。这些就是我们的伙伴。

想想我们坐在一起吃饭的那些朋友吧。我想起了路易,他在一份晚报上读着体育栏,一心只怕出丑;一个势利小人。他一边瞧着来往的行人一边说,只要我们愿意追随,他就愿意作我们的牧人。只要我们顺从,他就能把我们管束起来引上正道。这样他就可以心满意足地把波西弗的死一笔抹杀,目光专注地越过那些调料瓶,扫视着天上的宫室。同时伯纳德两眼通红地一屁股倒在一张安乐椅上。他会掏出自己的笔记本来;他会在'D'栏下写下'友人去世时适用的辞藻'。珍妮会跳着足尖舞穿过房间,坐在她的椅子靠手上问道:'他爱过我么?''比起苏珊来更加爱我?'苏珊忙着料理她那乡间的农场,她会手里拿着一只盘子,在那封电报面前站住一秒钟;然后,她会用鞋跟把它一脚踢到炉门跟前去。奈维尔泪眼模糊地盯着窗子望了一会儿之后,会透过泪水看到了什么,问道'窗前走过的是谁呀?'——'多可爱的小伙子?'这是我对波西弗的献礼:枯萎的紫罗兰,发黑的紫罗兰。

"现在我上哪儿去呢?上某个玻璃柜里保存着耳环、陈列柜里摆着皇后们穿过的服饰的博物馆么?或者到汉普顿宫去,看看红墙和庭院,还有那大批黑色尖塔形的水松树一棵棵整齐地排列在花间草地上的悦目景象么?在那儿,我会重新找到美,平定我那被搜剔、弄凌乱的心灵么?可是独自孤孤单单地能做些什么呢?独自一人,我准会站在空荡荡的草地上说:老鸦在飞;有个人提着口袋走过;一个园丁正推着一辆小车。我会排着队闻到汗酸味,还有跟汗酸味同样可怕的气味;同时跟别的人一起,像许多块肉中间的一块肉那样地被挂在那儿。

"这里有个购票入场的大厅,这儿你可以夹在许多在炎热的下午吃过午饭、正在昏昏欲睡的人们中间听听音乐。我们刚饱餐了牛肉和布丁,足可以活上一个礼拜不吃一点东西。因此我们就像一堆蛆似的躲在一个什么东西后面任它把我们带到什么地方去。彬彬有礼,仪表堂堂,——我们都在帽子下面飘着斑斑白发;窄窄的鞋子;精巧的提包;刮得光光的两颊;这儿那儿可以看到军人式的胡髭;不让一点点尘土沾在我们的厚呢衣服上。抖一抖节目单,把它打开,向友人们稍稍问候几句后,然后就安顿了下来,仿佛一些海象搁浅在岩石上,仿佛笨重的身体无力蹚进海水中,只指望靠海浪把我们漂起来,可是我们太笨重了,而阻隔在我们和海水之间的干硬砂石又太多了。我们被食物撑饱了肚皮,躺在那儿,热得发昏。这时,那个浑身鼓胀,但却裹着闪光绸缎的海青色女人前来解救了我们。她紧抿着嘴唇,显出一副全神贯注的神色,正巧及时地膨胀了起来,不停打旋,仿佛瞧见了面前的一个苹果,她的声音仿佛一枝利箭,尖利地发出了一个'啊!'字。

"一把斧头已经砍进一株树里,一直砍到了树心;树心是暖呼呼的;树皮里发出颤动的声音。'啊!'一个女人在威尼斯探出窗口,向她的情人高喊,'啊,啊!'她喊着,接着又喊了一声:'啊!'她把喊声传进了我们的耳朵。但只不过是喊声而已。可喊声算得了什么呢?接着一些蠢虫似的男人带着他们的小提琴跑来了;他们等待;他们算着时间;他们点头哈腰;他们一躬到地。而在那许多陡峭山坡四面汇合的地方,当一个水手嘴里衔着一根树枝跳上岸来时,响起了阵阵笑语的声音,仿佛橄榄树和它们那无数舌头形的灰色叶子正在迎风舞蹈。

"'仿佛','仿佛','仿佛'……可是在冒充某种事物的表面外形下,究竟潜藏着什么东西呢?现在闪电已劈进树里,开着花的枝条已经坠落,波西弗死后,赠给了我这样的遗物,使我能看清事物了。那儿有个正方形；那儿有个长方形。运动员们拿起正方形来放在长方形上面。他们放得十分准确；他们准备了一个极好的安身处。几乎什么也没有剩在外面。结构已经清晰可辨；草创的东西已经在这里说明了；我们并不是那么各不相同，也并不是那么卑劣；我们已完成了一些长方形的东西，并且把它们竖在正方形上。这是我们的胜利；这是我们的安慰。

"这种心满意足的滋味沿着我的脑壁顺流而下，使理解力豁然开朗。别再游荡了吧，我说；我就是目的地。长方形已经安在正方形上；螺旋形安在顶上。我们已被拖过砂石，下到了海里。运动员们又来了。可是他们正在揩着自己的脸。他们已不再那么潇潇洒洒，快快活活。我要走了。我要把今天下午存放在一边。我要作一次远行。我要去格林威治。我要毫不害怕地跳上电车，跳进公共汽车。当我们在摄政街上蹒蹒跚跚走着，我被推挤得撞在这个女人、那个男人身上时，我没有受伤，也没有因这种碰撞而受到冒犯。一个正方形竖在长方形上。这是些卑劣的街道，沿街的市场上到处不断在讨价还价，各种各样的铁棒、螺栓、螺钉都摊在外面，人们一窝蜂拥下人行道，用粗厚的手指捏捏那些生肉。结构已经清晰可辨。我们已准备了一个安身处。

"那么说，这些就是长在田野里的乱草中，遭牛马践踏，受风吹日晒，糟蹋得几乎不像样子，既不会开也不会结果的花儿了。这些就是我从牛津街的人行道上连根拔来的，我那只值一文小钱的花束，我那只值一文小钱的紫罗兰花束。现在我从电车的车窗里，望见出现在烟囱之间的桅杆；那儿是河；那儿有开往印度的船。我要沿着河走。我要慢慢走过这道堤岸，那儿有个老人在一个玻璃棚下面看报。我要走过这个高坡，望着船只顺流而下。有个女人在甲板上散步,带着一只绕在她脚边直吠的狗。她的衣裙随风飘扬;她的头发随风飘扬;他们正在驶向大海;他们正在离开我们;他们正在这夏日的傍晚渐渐消逝。从此我要撒手,我要放弃了。从今以后我终于要放松那受到克制、硬加阻遏的欲望,毫不自惜,浪掷此生。我们要并马驶越那荒凉的山坡,到那燕子在暗沉沉的深潭上掠水飞翔、一根根圆柱完整耸立的地方。驶入那拍岸的海浪,驶入那白沫飞溅遍布天涯地角的汹涌大浪。我扔掉了我的紫罗兰,我赠给波西弗的献礼。"

太阳已经不再停留在中天。它的光线倾侧,向下斜照。一会儿它射在一块云边上,把它映得一片通明,成了一个没人敢于落脚的火岛。接着日光先后照着一块又一块的云彩,使得下面的海浪就像不断被一些变幻不定越过颤动的蓝空猛烈飞来的羽箭所射中一样。

　　树梢的叶子被阳光晒得干瘪发脆,在飘忽不定的微风中僵硬地窸窣发响。鸟儿都停着不动,只不时把脑袋急促地向左右扭动一下。它们现在停止了唱歌,仿佛已经喧哗得够了,仿佛这丰饶的正午已经使它们感到了餍足。蜻蜓在一棵芦苇上方一动不动地停留了一会儿,接着它那蓝色细线似的身躯就又箭似的射向天空。从远处传来的隐约嗡嗡声,就好像是天边一些纤细的翅膀在上下抖动时发出的断续颤音。河水这会儿把芦苇扶得笔直挺立,就仿佛四周有玻璃围绕着它们凝固了似的;接着玻璃晃动了起来,那些芦苇就又被漂得歪歪倒倒了。垂头沉思地立在田野里的牲口们,笨重地一步步向前移动。屋旁木桶里的龙头不再淌水,仿佛桶里已经装满,接着它又一滴接一滴地连着滴了三滴。

　　窗上变幻不定地映出一些明亮的光斑,一根树枝的拐弯,然后是一片清澈明净的空白。窗幔鲜红地垂在窗边上,房间里利刃似的日光照着桌椅,使它们涂着油漆和清漆的光面上现出了裂缝。绿色水罐的肚子鼓得挺大,罐壁上映出拉长了的白色窗户的影像。光驱退了黑暗,豪爽地分头照亮了各个角落和四壁的雕饰;不过它仍把黑暗挤压在一处,聚成不可名状的一堆。

海浪汹涌堆积,波面起伏曲折,然后逆然四散,把石子和沙砾迸了起来。它们掠过岩石,溅起高高的浪花,沾湿原来是干燥的岩穴洞壁,在内陆上留下一个个水塘,海浪退却后,一些失水僵卧的鱼儿在那儿扑打尾巴。

"我签下自己的名字,"路易说,"已足有二十次了。我,又是我,又是我。我的名字就摆在那儿,清楚,明确,毫不含糊。我自己为人也是清清楚楚,毫不含糊的。不过我身上已积聚了广泛继承得来的人生经历,我已经活了几千年了。我就像是一条蛀进一株十分古老的橡树干的蛆虫。不过这会儿我很坚实,这一会儿,在这晴朗的上午,我是精神振作的。

"太阳在明朗的天空中照耀着。但每当十二点钟,我所注意的并不是天晴或者落雨。每到这个钟点,琼生小姐总是用一只铁丝筐托着我的信件送来给我。我在这些雪白的纸页上留下我名字的印迹。树叶在簌簌发响,水在流下阴沟,在一片浓绿中点缀着大丽花和百日草;我一会儿是位公爵,一会儿是柏拉图,是苏格拉底的朋友;是长途跋涉四方移居的皮肤焦黄黝黑的人;是那永恒的行列,妇女们提着手提箱走过斯特兰德大街,就像她们有个时期曾带着水罐走向尼罗河边一样;我那百倍于寻常的漫长一生,它那卷起、叠紧的全部篇页,此刻全都凝聚在我的姓名中;它有时清晰、有时模糊地显现在纸张上。如今作为一个成熟的男人,不管在阳光下或者在风吹雨打中都傲然挺立,我就必须像一把斧头般重重砍下去,全凭自己的分量砍倒一棵橡树,因为要是我游移不定、误入歧途,我就会像雪花似的飘坠,消逝无踪。

"我几乎爱上了电话和打字机。通过信件和电报,打到巴黎、柏林、纽约去的电话上简短而有礼的命令,我把我的无数生命融而为一;我借着我的勤勉和决心,在那张地图上画上了各种路线,把世界上各个不同的地方联系到了一起。我爱在十点准时走进我的房间;我爱那暗沉沉的红木发出的紫色闪光;我爱那桌子和它鲜明的轮廓;还有那拉起来很顺利的抽屉。我爱那伸出话筒口承受我的轻声低语的电话机,以及墙上的日历牌;还有那约会登记册。普兰蒂斯先生约在四点钟;埃雷斯先生约在准四点半。

"我喜欢被请到伯查德先生的私人办公室去,汇报我们跟中国的商业往来。我希望能继承一张大靠椅和一条土耳其地毯。我正在为事业的进行出力;我排除面前的疑难,把商业远远扩展到世界各地发生麻烦的地方。如果我坚持不懈,消除麻烦建立起秩序来,我有朝一日就会拥有查丹的地位,庇特、柏克和罗伯特·皮尔①的地位。这样我就可以除去某些污点,雪掉某些旧耻:那个从圣诞树上摘下一面小旗给我的妇女;我的口音;挨打受难;吹牛的小伙子;我那在布里斯班银行里做事的父亲。

"我曾在一家餐馆里读我心爱的诗人之作,并且一边搅着咖啡,一边听着小职员们在小桌上互相打赌,望着女人们在货柜前迟疑不决。我曾说过,决不容许有比如随手扔一张发黄的纸

---

① 以上都是英国历史上著名的政治家。

头在地板上那样不合适的事。我说过,他们跑来跑去总得有个目的;他们总得在一位严厉的主人支使下每星期赚两镑十先令工钱;到夜晚总得有一只手来照拂我们一下,有一件长袍来裹裹我们的身子。我治好了这些创伤,并且对这些畸形儿倍加体谅,使他们既无需辩解也无需道歉,以免浪费了我们的精力,然后我还将把他们在这种艰难时刻颓然倒下并且在多石的海滩上摔断了筋骨时所丧失的东西归还给街上,归还给餐馆。我要搜索几个字眼,锤炼出一个锻铁的环子,把我们围在里面。

"可是如今我却分不出一点点时间来。这儿既没有间歇,也没有在颤动的叶子遮蔽下的树荫,或者是一个凉亭,好让你避一避阳光,跟一个情人在晚凉时坐下来歇一歇。我们肩承着世事的重担,满眼都是它的幻影;只要我们眨一下眼,或者把目光移开一下,或者转过身去琢磨一下柏拉图说过的名言,或者回忆一下拿破仑和他的赫赫战果,我们就会使世界遭到某种误入歧途的损失。这就是生活:普兰蒂斯先生约在四点;埃雷斯先生约在四点半。我喜欢听电梯轻轻地滑动,砰然一声停在我的那一层楼,然后是一个男人威严的脚步声穿过走廊。就这样,我们凭着共同的努力把一艘艘船只派往地球上最遥远的地方;厕所和健身房一应俱全。我们肩承着世事的重担。这就是生活。只要我努力不懈,我就会继承一把靠椅和一块地毯;萨里郡的一处地产,有暖房,有罕见的针叶树、甜瓜或者花木,使别的商人会不胜艳羡。

"不过我仍旧保留着我的阁楼。我在那儿翻着平常的小书本;我在那儿望着雨点闪闪地落在屋瓦上,最后使得它像警察的雨衣那么闪光发亮;我在那儿望见穷人房屋的破窗子;精瘦的猫;一个妓女去街头拉客前,正在对着一面破镜子挤眉弄眼修饰面孔；罗达有时也会上那儿来，因为我们是恋人。

"波西弗已经死了（他死在埃及；他死在希腊；所有的死总是同样的一种死）。苏珊已有了孩子；奈维尔很快爬到了显赫的地位。生活在流逝。云彩在我们房上不断地变幻。我干这干那，接着又是先干这又干那。在时而聚会时而分手之间，我们都渐渐有了各自不同的气度，养成了各自不同的行为习惯。但要是我不牢牢地留下这一类印迹，并且把我身上的好几个不同的人糅合成一个，实际存在于此时此地，而不是像飞舞在远山上的零星雪花那样转瞬即逝；不在我穿过办公室时向琼生小姐问问关于电影的情况，并且喝一杯茶，接过一片我最爱吃的饼干，那我就准会像雪花似的飘坠，消逝无踪。

"可是当六点一到，我向看门人触帽致意，像往常那样因为一心讨好而过分殷勤多礼；然后弯腰顶风挣扎着往前走，衣钮扣得严严实实，下巴吹得发青，两眼淌出泪水，这时我真希望有个小巧的女打字员依偎在我的膝上；我想到我最心爱的菜是肝泥和咸肉；因此我很想绕到河边，到那条狭窄的小街上去，那儿有人们常常光顾的小酒店，街的尽头望得见往来的船影，女人常常在那儿打架。可是我马上恢复了理智，提醒自己普兰蒂斯约定在四点钟，埃雷斯约定在四点半。斧子一定得砍进木头；橡树必须劈到树心。我肩上承着世事的重担。面前是钢笔和纸张；我要在铁丝筐里的信件上签上我的名字，我，我，我，老是我。"

"夏天来了，接着又是冬天。"苏珊说，"季节在消逝。梨子长得圆熟了，从树上纷纷落下。一片枯叶斜竖在那儿。可是水汽蒙住了窗子。我坐在炉火边，盯着壶里的水在开。我透过窗户上淌下来的汽水看得见那株梨树。

"睡吧，睡吧，我轻声哼着，不管是夏天也好，冬天也好，五月也好,十一月也好。我唱着催眠曲,尽管我哼不成调子,也从来听不到音乐,只除了那种乡间的音乐——狗吠,铃响,车轮碾过砾石的声音。我在炉火旁哼着歌儿,就仿佛一只海滩上的老蚌在咕哝做声似的。睡吧,睡吧,我说着,想用自己的声音预防不管谁弄响牛奶罐,开枪打老鸦、射兔子弄出来的声音,或者至少不让他们把这种破坏的震撼带到这只柳条摇篮边来,惊动里面那蜷缩在粉红色毯子下的娇嫩肢体。

"我已失掉了我那种冷漠的心情,茫然的目光,瞪得圆圆的像是梨子、能瞧得清草木的根的眼睛。我已不再是正月、五月或者任何别的季节了,而是全力纺成了一根围绕着摇篮的细线,织成了一个用我自己的血肉做的茧,裹着我那小宝宝的娇嫩的肢体。睡吧,我一边说着,一边感到自己身体里涌起一种越来越狂野、凶狠的力量,要是有任何陌生人、拐子手敢闯进屋子来惊醒了正在睡着的孩子的话,我就会冲上去一拳把他打倒。

"我整天扎着围裙曳着拖鞋在屋子里走来走去,就像我死于癌症的母亲一样。我已不再从沼地上的草儿或者石南花来辨清眼前到底是冬还是夏,而只是瞧窗户上究竟是蒙着水汽还是冰霜。当云雀冲霄高鸣,然后又像一片苹果皮似的从空中直坠而下时,我俯下身来,喂着我的小宝宝。我过去常常穿行在山毛榉树丛中,注意到樫鸟飞落下来时身上的羽毛变成蓝色,经过牧羊人和流浪汉身边,他们定睛望着一个女人正蹲在一辆翻倒在沟里的大车旁边,如今我却手里拿着掸子在一间间房里走来走去。睡吧,我说着,一心只盼着睡意会像一条鸭绒被子似的覆盖下来,罩住这幼弱的肢体;我要求生活能收起它的利爪,掩住它的闪光,平安地过去,让我的身子变成一个洞穴、一个温暖的庇护所,让我的孩子好在里面安睡。睡吧,我说,睡吧。或者我就

337

走到窗子边,望一望那高高的乌鸦巢和那株梨树。'等到我的眼睛闭上时,他的眼睛一定会瞧了。'我心里想。'我会超脱自己的躯体跟着它们一起远行,这样我就能看见印度。他会带着战利品回来,放在我的脚前。它会增加我的财富。'

"但是我不再黎明时就起来,去看卷心菜叶上紫色的露珠;玫瑰花上鲜红的露珠。我不再用猎犬似的鼻子去警惕四周,或者夜晚躺在那儿,望着树叶遮住了星星,星星渐渐移动,树叶仍静静地挂在那儿。卖肉的在吆喝;牛奶得放在阴凉的地方,以免变酸。

"睡吧,我说,睡吧,这时壶里的水正开了,水汽愈来愈浓,从壶嘴里直喷出来。生命也像这样充满我周身的血脉。生命也像这样贯注在我的四肢里。我也像这样被压力驱策前进,以致从早到黑开门关门不停地进进出出,几乎忙碌得要哭出来。'够了。我已经享够了这天然的乐趣。'可是更多的东西仍旧会来临,会有更多的孩子;更多的摇篮;厨房里会有更多的篮子和腌制好了的火腿;发亮的葱头,菜圃上会有更多的莴苣和土豆。我就像一片被大风吹落的树叶;时而掠过潮湿的草地,时而旋转飞起。我已享够了这天然的乐趣;但愿什么时候我能摆脱掉这种餍足,满屋人人沉睡使人感到的压抑会一旦消除,那时我们能坐在那儿读书,而我会刚把针穿好一半就停住不动。灯光映在暗沉沉的窗玻璃上会亮起一团火。常春藤当中会映照出火光。我在冬青树丛中看见了一条灯火辉煌的街。我在掠过村道的风声中听到了热闹的车马声,人们断续的笑语声,以及门一打开时珍妮嚷起来的声音:'快来!快来!'

"然而并没有什么声音打破我们屋里的沉寂,只有门外紧挨着的田野中传来的哀叹声。风掠过榆树;一只飞蛾扑在灯火上;一只牛在哞哞地叫;屋椽上突然喀的一下发出一声干裂声,我把针穿好,嘴里喃喃地说着:'睡吧。'"

"现在是时候。"珍妮说,"现在我们见面了,又团聚在一块儿。现在我们来谈谈,来讲讲故事吧。他是谁?她又是谁?我十分好奇,可又不知道会碰到什么事。要是我们初次相识时你告诉我一声:'班车四点钟从皮卡迪里开出,'我就不会耽搁下来拣一些必要用品放到手提箱里,而会立刻就来了。

"我们就在这儿这些修剪过的花丛下面,坐在这幅画旁边的沙发上吧。让我们不断地用事实来装饰我们的圣诞树吧。人们很快就走光了;我们得赶上他们。那儿那个人,正站在玻璃柜旁边的那位;你相信么,他简直是生活在瓷瓶瓷罐子中间。只要打破一个,就等于糟蹋了一千镑钱。他从前在罗马爱上过一位姑娘,可是她抛弃了他。因此才摆弄起瓶瓶罐罐、古董旧货来,全是从人家公寓里找来,或是从荒凉的沙漠里发掘出来的。既然美的东西必定每天都会被打破,不然就不成其为美,因此他老呆着不动,他的生活就凝滞在一片瓷器的汪洋大海里。不过说来奇怪,他年轻时有一次还曾坐在泥地上,跟一些士兵在一块喝罗姆酒哩。

"你一定得迅速麻利,灵巧地把一件件事实补充上去,就像把一件件玩具挂到树上,用手指把它们一一扭牢。他老屈身俯就,瞧他甚至向一朵杜鹃花屈身俯就。他甚至向一个老太婆屈身俯就,就因为她耳朵上戴着钻石;还在一辆单马车里为她的财产操心忙碌,指点她谁该救济,哪株树倒了,明天该把谁赶走。(我一定得告诉你,我已经享受了多年的生活,现在我都已经过了三十岁了,老是在冒险,就像一头山羊在高山上从一块岩石跳到另一块岩石;我哪儿也呆不长;我从来不跟某一个人特别亲近;可是你会发现,只要我一抬手,就会有人马上拔脚跑到我跟前来的。)那儿那一位是个法官;那一位是个百万富翁,而那一位戴着眼镜的,十岁时就曾经用一枝箭射穿过他的家庭教师的心脏。后来他曾奉派带着公事骑马穿过沙漠,参加过革命,这会儿他正在为他已在诺福克定居多年的母亲家的家史收集材料。那位下巴发青的小矮个儿,右手萎缩了。可是怎么萎缩的?我们不知道。那位妇女——你小声点,——耳朵上垂着珍珠穿成的宝塔,曾经是一团真正的烈火,她曾使我们一位政界要人的生命融融燃烧过;从他死了以后,她一直能看见精灵,预卜吉凶,还收养了一位皮肤像咖啡色的青年人,她叫他做弥赛亚。那位胡子挂下像个骑兵军官的人,曾经过着最放荡的生活(这在一本回忆录里都记述过),直到有天在火车里碰到了一个陌生人,那人在从爱丁堡到加拉设尔这段路上凭着读圣经就把他彻底转变了过来。

"这样,在几秒钟里,我们就灵巧熟练地解开了别人脸上写着的那些神秘难懂的文字。这儿,在这间屋子里,有许多被抛在海岸上的残缺破碎的贝壳。门不断打开。屋里愈来愈充塞着知识,痛苦,形形色色的野心,不少的冷漠,还夹杂着某些失望。凭我们,你相信么,就能建造教堂,左右政治,判处人死刑,管理某些国家大事。我们共同的丰富经历是源远流长的。我们有许许多多子女,男女都有,我们用心培育他们,麻疹流行时上学校去看望他们,希望抚养他们长大来继承我们的房产。我们都在用不同的方式创造这一天,这个星期五,有人上法庭;有人进城;有人去托儿所;有人去列队行军,排成四列纵队。千万双手在做针线活,在扛起运砖的灰斗。种种活动,数也数不尽。而明天这一切又会重新开始;明天我们又要安排利用星期六。有的人坐火车去法国;有的人乘船去印度。有些人今后再不会上这间屋子里来了。你也许今晚就会死去。别的人也许会生下个孩子来。各种各样的建筑物、政治、冒险、绘画、诗、孩子、工厂都会从我们身上产生。生活来了又去;我们在创造生活。你信么?

"不过我们是生活在血肉之躯中,所以只是通过这血肉之躯的想象力看到事物的轮廓。我在明朗的阳光中看到这些岩石。我没法把这类事实带进一个岩洞里去,蒙着眼依次区别它们的黄色、蓝色、赭色,把它们合成一个实体。我不能老坐着不动了。我得马上就走。班车就要从皮卡迪里开走了。我要把这些事统统扔开——钻石呀,萎缩的手呀,瓷瓶子呀等等,——就像猴子赤裸裸的爪子扔开坚果一样。我没法告诉你生活究竟是这样还是那样。我就要从这堆混杂的人群中挤出去;我就要推推搡搡;在人群里被挤得颠簸起落,就像大海里的一只船一样。

"因为现在我的肉体,我这个不断发出信号,心血来潮地一会儿说出阴暗的'不'字,一会儿又说出爽朗的'来'字的伙伴,已经在那儿召唤了。有个人已经移步走动了。我举起过手么?我望过一眼么?我那带草莓花点的黄围巾曾经挥动过,发出过信号么?他忽然离开了墙边。他领会了。我身不由己走进了树林子里。一切都神魂颠倒,仿佛一首夜曲,鹦鹉成群地啼着穿过树梢。我浑身兴奋。现在我感觉到自己正在推开的这层围幔的粗糙质地;我手心上摸到了那冰冷的铁栏杆和它那粗糙不平的油漆。现在那使人寒战的黑潮浸透了我的全身。我们已经在屋子外面。黑夜在面前展开;黑夜随着游动的飞蛾在眼前横过;黑夜遮蔽着到处游荡寻求险遇的情人。我闻到了玫瑰的味道;我闻到了紫罗兰的味道;我瞧见了刚刚隐没的红色和蓝色。我脚下一会儿是砾石,一会儿又成了青草。高高的屋子背面露出怯生生的灯光矗立在那里。整个伦敦都不高兴看到这些闪闪的灯光。现在让我们来唱我们的那首情歌——来吧，来吧，快来吧。现在我发出的响亮信号就仿佛一只蜻蜓在笔直地飞去。唧，唧，唧，我像一只夜莺在细声地啼鸣，它的歌声仿佛被它太细的嗓子眼给堵塞住了。接着我听见树枝的折裂声和鹿角的断裂声，仿佛树林子里所有的野兽都在追猎，都在荆棘丛中用后脚站起然后又落下。有一只野兽用角刺穿了我，深深刺进了我的身体。

"接着一些湿润清凉的柔嫩花叶拂拭着我的全身，把我包裹起来，使我得到了抚慰。"

"噢，"奈维尔说，"看见那正在壁炉架上走着的钟么？是的，时间在消逝，我们在变老了。不过跟你，只跟你一个人在伦敦这地方同坐在一间生着火的房间里，你坐在那儿，我坐在这儿，这就够了。这世界每个角落都已被抢掠一空，它所有的山峰高地都正遭到洗劫，摘尽了鲜花，夷为平地。瞧那炉火的光一会儿高一会儿低地映在窗幔的金线上。被它照亮的那只果子沉甸甸地掉落了下来。它照着你的靴尖，它把你的脸映成了一片红光，——我想那是炉火光而根本不是你的脸；我想那靠壁的是书，那是窗幔，而那个可能是一把靠椅。不过你一来，什么就都变了样。你早上一来，杯子和碟子就变了样。我扔开报纸想，毫无疑问，我们这不堪入目的丑陋生活，只有在爱抚的目光下才会变得有光彩，有意义。

"我站起身来。我已吃完了早饭。我们将有整整的一天，而且是晴朗、温暖、轻松无事的一天，我们穿过公园走到堤岸街，沿着斯特兰德大街走到圣保罗教堂，然后上一家店里去买了一把伞，一路上一直在谈天，不时停下来看一看。可是这能持久么？我在特拉法加广场上那只一见就永不能忘的狮子旁边自己问自己说;——这样我就一幕幕地重新回顾起自己过去的生活来;那儿有一棵榆树,波西弗正躺在那边。我们要永远、永远地信守不渝,我发誓说。然后在一阵常有的怀疑心情下冲上去,紧紧握住了你的手。你离开我走了。走下地下铁道简直像是死别。我们被分开了,我们被那无数的面孔阻隔开了,还有那穿堂的强风,就像是在那儿呼呼地掠过满地的砾石。我呆瞪瞪地坐在自己的房间里。到了五点钟,我明白了你是不守信用的。我抓起电话机,从你空无一人的房间里传来的一阵阵倒霉的嗡嗡声,使我的心都沉了下去,正在这时房门开了,你就站在那儿。这是我们最美妙的一次会见。可是这样的聚会和分别,最终却毁了我们。

"现在这房间在我心目中成了中心,仿佛是一个从永恒的黑夜中挖掘来的东西。外面是错综交织的线,但它们却把我们团团围住,包了起来。这里我们俩成了中心。在这里我们可以默默无言,或者虽说话却不用大声。你曾注意到了这个,注意到了那个么?我们说。'他也曾说过那样的话,意思是……'她住了口,我立刻相信自己是被怀疑有些靠不住。确实,昨天深夜我曾听到楼道上有人说话的声音,有一阵啜泣声。这意味着他们之间关系的结束。这样,我们就老兜着圈子,说起一些无关宏旨的话来,而且说得有板有眼的。说起柏拉图和莎士比亚,也说起一些无名人物,一些毫不相干的人物来。我最讨厌有些人在背心的左边挂着一个十字架。我最讨厌各种仪式和哀悼,讨厌基督在另外一个战栗可怜的形象旁边战栗发抖的可悲形象。还有那些全身盛装、挂满勋章和宝星,在大吊灯底下显出一副派头十足、满不在乎的神气,而且老是不得当地夸夸其谈的人。相反地,一排树篱上的一根小花枝,或者平坦的冬日田野上的日落景象,或者公共汽车上一个老太太双手叉腰挎着一只提篮的样子,我们却总是互相指点着叫对方留心看一看。能这样互相指出来叫对方看一看,是一种多么巨大的安慰啊。还有彼此相对无言。顺着隐秘的思路进入往事,翻看书籍,拨开枝叶,摘取果实。而你能领会这个,而且十分赞赏,正像我能领会你身体无意间的一举一动,而且赞赏它的从容不迫,它的强健有力——你一下推开窗子,显得两手是多么的麻利。因为可惜的是我的头脑有点不太灵活,容易疲倦;我对一个目标会感到乏味,也许甚至会厌倦。

“唉!我不能戴一顶遮阳帽在印度骑马行走,然后回到一座小平房去。我不能跟你似的,像个半赤着身子的男孩那样在船甲板上跌跌撞撞走来走去,用橡皮水管互相喷水。我需要这炉火,我需要这把安乐椅。我需要在一天的劳碌奔走、在它的种种苦恼、不断倾听、不断等待和种种疑虑之后,有个人在一起坐一坐。在争吵和和解后,我需要亲密——跟你单独在一块,使这种喧嚷重新平静下来。因为我就像猫那样习惯于整洁。我们必须反对让世界遭到荒废和受到糟蹋,让成群横冲直撞的废料败类在到处转悠。一个人必须用裁纸刀平平整整地切开书页,用绿丝带把信函一捆捆干净利落地扎起来,用大笤帚把煤渣扫成一堆。必须尽力做好一切事情,来驱除受到糟蹋的威胁。让我们谈谈描写罗马人的严肃和美德的作品吧;让我们跋涉沙漠去寻求完美吧。是的,不过我却更爱悄悄地从你亮晶晶的灰眼睛中,从摇曳生姿的青草和夏日的微风中看到这些高贵的罗马人的严肃和美德,从正在玩耍的孩子们——正在甲板上赤着身子用橡皮管互相喷水的船舱侍童们的欢笑和叫嚷中看到这些。所以我并不像路易那样是个对世事漠不关心,一心只想跋涉沙漠探求完美的人。各种色彩常常沾满书页,朵朵云影也常常在它上面掠过。连诗歌，我觉得也只是你在说话的声音。埃塞巴底斯、厄杰克斯、赫克托尔①和波西弗也都是你。他们爱骑马，他们随便地冒险轻生，他们甚至也不大爱读书。不过你可不像厄杰克斯或者波西弗。他们不会用你那样美妙的神气耸耸鼻子、搔搔额头。你就是你。这对我是个极大的安慰，补偿了许多的缺憾——我的丑陋，我的孱弱，还有世界的腐败，青春的逝去和波西弗的死，以及数不清的种种苦恼、怨恨和嫉妒。

"不过要是有一天你吃过早饭后不来，要是有一天我从一面镜子里望见你也许在寻找别的人，要是电话铃在你无人的房间里嗡嗡地空响，那么我就会……在经历过说不出的痛苦之后我就会——因为想欺骗自己的心是毫无意思的，——就会去寻求并且找到另外一个你。这会儿，让我们一拳头叫那时钟的嘀嗒声见鬼去吧。快挨我近一点。"

---

① 埃塞巴底斯，古雅典著名军人和政治家；厄杰克斯和赫克托尔都是荷马史诗中特洛伊战争的勇士。

现在天空中的太阳落得更低了。一座座岛屿状的云块愈来愈浓密,慢慢移过太阳,使礁石突然显得漆黑,摇曳的海冬青从蓝色变成了银白,一块块阴影像灰色的布似的铺满在海面上。海浪不再涌到较远处的水潭和那条不规则地断断续续留在沙滩上的黑色水印。沙子显出珍珠似的白色,又光又滑。

鸟儿猛扑下来,又盘旋着高飞入云。其中有些迎风追逐,散乱翻滚地穿风而行,仿佛是一个整体被割裂成了许多碎片。鸟群像个大网似的降落在树梢上。偶尔有只鸟儿独自飞向沼地,孤单单地停在一个白色树桩上,一会儿展开一会儿合拢它的两只翅膀。

花园里几片花瓣坠落下来。它们掉在地上,样子就像一只只贝壳。枯叶不再斜竖在地,而是停停歇歇地被风一直刮向某一株花茎。一道光波猛一下闪闪耀眼地穿过所有的花儿,就仿佛一片鱼鳍切断湖水中的一株绿草。时时有一阵强劲的疾风刮得各式各样的草儿起伏不定,接着当风弱了下来的时候,每一片草叶又都恢复了它的尊严。鲜艳的花盘被阳光晒得灼热发亮的各种花儿,每当迎风摇晃时就暂时摆脱开阳光,随后有些沉重得无法再挺直起来的花冠就微微地弯垂了下来。

午后的阳光晒暖着田地,使暗影中透出蓝色,把谷物映得通红。一片耀眼的光亮仿佛把田野涂上了一层漆。一辆大车,一匹马,一群老鸦,——不管什么东西在它上面经过,就仿佛浑身被镀上了金色。要是一头牛把它的一条腿移动一下,就立刻会像在赤金的表面上激起一阵闪光的涟漪,它的两角也仿佛镶着一圈光晕。树篱上挂着带浅黄色芒刺的谷穗,都是一辆辆显得低矮、原始的大车装得满满地从饲草地上驶来时被擦落下来的。团团的云块一路翻腾过来时毫不收缩,始终保持着它胖滚滚的形象。不时地,在它们飘过的途中,它们会把整个村子一下罩进它们撒下的网里,接着,在飘过去以后,又让它们脱出了网外。远处的天际,在亿万蓝灰色的尘粒中,会突然闪出一块窗玻璃的反光,或者现出一座教堂尖塔或一棵树木的简单轮廓。

红色窗幔和白纱窗帘被风吹得扑打着窗槛,一会儿飘进一会儿飘出,成条或者成片地照进屋去的阳光,在射过被风阵阵吹起的窗幔时颜色有些发褐,并且带着一种肆无忌惮的神气。它在这儿把一口玻璃橱照成棕色,那儿使一把椅子显得发红,在另一处又使一只绿瓶子的瓶面上摇曳地映出了一扇窗户的影子。

有一会儿,所有的东西都在摇曳起伏,迟疑不定,就仿佛有一只穿过房间的巨大的飞蛾,用它扑打的双翅把房中庞大坚实的桌椅统统都遮蔽住了。

"时间的一滴坠落了。"伯纳德说,"在我心灵的屋檐上形成的一滴坠落了。在我心灵的屋檐上,时间一边形成,一边又坠落。上星期,当我正站在那儿刮胡子时,就曾坠落了一滴。我手里拿着剃刀站在那儿,突然意识到自己的动作仅仅是习惯性的(时间的一滴就正是这样在形成),因此我嘲弄地祝贺我的双手能跟它保持一致的步调。刮吧，刮吧，刮吧，我说。不停地刮下去。那一滴就坠落了。在一整天的工作中，在间歇的时候，我的脑子老是转到一块空白的地方，自己问自己说：'究竟什么东西失掉了？什么东西完结了呢？'接着，'完事大吉吧，'我一面喃喃地说着，'完事大吉吧，'一面用这些话来安慰我自己。人们注意到我脸上的茫然若失，我说话的茫无头绪。一句话说到一半就含糊不清了。而且在我扣上大衣钮子准备回家时，还更加戏剧性地说了这么一句：'我失掉了我的青春。'

"说来古怪，每当危机关头，一个不恰当的辞藻准会急于自动地冒出来，——这是对老靠带着一本笔记本的古老文明习惯生活的人的一种惩罚。这种时间一滴滴地坠落跟失掉青春毫不相干。这种坠落是意味着时间正在愈来愈收缩集中趋向一个目标。时间如果像一片阳光普照、光影摇曳的牧场，如果像正午的田野那么广阔无垠，那就表示着它还悬而未决。时间正在逐渐收缩集中趋向一个目标。当窗上一滴水珠带着沉淀物沉甸甸地落下来时，时间也在坠落。这些都是真正的循环，都是真正的事件。这时，仿佛全部炫目的大气都消散了，我瞧清了那赤裸裸的底蕴。我看清了在习惯遮蔽下的东西。我懒洋洋地在床上躺了好几天。我走出去吃饭时，像一条鳕鱼似的张大着嘴喘了口气。我并不想操心去说完整一句话，我经常那么迟疑不安的行动也变得像机器似的准确。就在这种情况下，当我经过一所售票处时，我就走了进去，完全像一个机器人那么平平静静地买了一张去罗马的票。

"现在我就坐在这些花园中的一张石凳上，眺望着这座永恒的城市，这时五天以前在伦敦刮着胡子的那个小人儿，显得已经好像是一堆旧衣服了。伦敦仿佛也已消散无踪。伦敦只不过是一些破落的工厂和几个煤气塔罢了。但同时我也与眼前这番壮观毫无关系。我看见那些身挂紫色饰带的神父和那些好看的年轻保姆；我只注意到外表。我坐在这儿，就像个大病初愈的人，一个非常单纯的人，只会说些简单的字句。'太阳光很猛，'我说，'风挺凉。'我觉得自己就像一只在地面上打着转的虫子，而且简直可以赌咒说，我坐在这儿，几乎像能感觉到它的坚硬，它那打着转的行动似的。我并不想离地而去。我预感到要是我能把这种知觉再向前延伸六英寸的话，我就会触到某种奇妙的境界。但是我的喙不够长。我并不希望延长这种超然物外的精神状态；我不喜欢它；我甚至嫌弃它。我不想成为一个连续五十年静坐不动、意守丹田的人。我但愿被驾在一辆大车、一辆拉菜的大车上，拉着它沿着一条石子路辚辚驶去。

"说实话，我不是那种要么满足于孤身独处要么满足于与无限相处的人。一人独住的房间跟天空一样使我感到厌倦。只有在向着许多人敞开它的各个方面时，我的生存才会熠熠闪出光彩。就让他们遭到失败，而我也百孔千疮、像着火的纸头那样渐渐烧尽吧。唉，我说，莫法特太太，莫法特太太，你快来把它打扫干净吧。我已失掉了许多东西。我已衰老得失掉了某些愿望；我失掉了朋友，有的是由于死亡——像波西弗，有的仅仅是由于无力穿过街来。我并不像从前一度看来那样富有才华。有些东西非我力之所及。我永远弄不懂那些比较艰深的哲学问题。罗马是我可能到的最远的地方。当我夜里入睡时，常常会带着一阵剧痛突然想到我会永远看不到塔希提岛上的土人用灯光来捕鱼，一只狮子在丛莽中跃起，一个赤身裸体的男人在吃生肉。我也永不会学俄文，读吠陀经典。我永远不再会走着路猛然撞在邮筒上。（但尽管如此，由于这次碰撞的猛烈，在我的夜梦中仍然常有几颗星星迷人地坠落下来。）不过我愈往下想，真情就显露得愈加清楚。多年来我一直在抱怨似的咕哝着什么'我的孩子呀……我的老婆呀……我的房子呀……我的小狗呀。'当我用大门钥匙自己开门进来后，总是要先做一番这老一套的仪式，好让自己包裹在这种温暖的气氛里。现在那层可爱的纱幕落下了。我现在再不渴望这些财富了。（附带说说：一个意大利洗衣妇在肉体的纯洁程度上并不亚于一位英国的公爵小姐。）

　　"不过让我想一想。时间的一滴坠落了；进入了另一个阶段。一个阶段接着一个阶段。这些阶段为什么要有尽头呢？它们又通向哪里？达到什么结局呢？因为它们总是披着庄严的长袍出现的。碰到这些难题，善男信女总是去求教于那些眼前正高视阔步走过我身边的身挂紫带、满脸情欲的先生。可是就我们来说，我们却最憎恨那些导师们。只要有个人站起身来说'看啊，这就是真理'，我就马上会在他背后看见有只浅黄色的猫儿正在想偷一条鱼吃。瞧吧，我说，你忘掉那只猫了。所以在学校的时候，奈维尔在那个昏暗的教堂里一看到博士挂的十字架，就大为生气。而我，尽管老是容易为一只猫，或者为围绕着汉普顿夫人不断捧向鼻边嗅着的花束嗡嗡乱转的蜜蜂分心，当时却立刻就编出了一个故事来，把十字架的威严锋芒扫灭得一干二净。我曾编了成千上万个故事；我曾在无数册笔记本里记满了辞藻，准备用在我将来找到的真正的故事上，用在那个所有这些辞藻都能适用的故事上。可是我到现在还没有找到那个故事。以致我已经开始产生了疑问：世上真的有什么故事么？

　　"现在从这个阳台上瞧瞧下面这些蜂拥的人群吧。瞧瞧那普遍的活跃和喧闹劲儿吧。那个人正在被他那头骡子弄得手忙脚乱。五六个好心的闲汉正在自愿帮忙。别的人看也不看地在一旁经过。他们自己操心的事就多得像一团乱麻。瞧瞧那一望无际的天空吧,上面正飘满着一团团雪白的云块。想象一下那延伸许多里的平原,那些渡槽,那崎岖不平的古罗马车道和罗马城郊平原上的累累枯冢,而在平原之外就是海,接着又是一些陆地,接着又是大海。我原可以停留在这整幅图景的任何一个细部上——比如说那辆骡车吧,——然后轻而易举地描绘一番。可是干吗要去描绘一个被自己的骡子弄得狼狈不堪的人呢? 再说,我也可以编出些故事来讲讲那个正在走上台阶来的姑娘:'她在阴暗的拱门下跟他会了面……"咱们的事算了结了。"他一边掉脸离开了那个关着一只中国鹦鹉的鸟笼,一边说。'或者只是简单地讲:'事情就这样了结了。'可是干吗要把我任意想出来的情节强加上去? 干吗要揉揉这个,搓搓那个,捏出一些小人儿来,就像那些托着货盘沿街叫卖的玩具贩子呢? 为什么在一切之中,偏偏要挑出这个细节来呢?

"我在这儿正在蜕去我生命中的一层皮,可是他们却大概只会说:'伯纳德是在罗马度十天假。'我在这儿正彷徨无定地在这个阳台上踱来踱去。不过正当我在踱步时,瞧瞧那些点和线是怎样逐渐连成一气,当我正在走上这些台阶时,各种东西是怎样逐渐失掉了它们刚才各自所有的孤立无援的神气。那红色的大花盆现在成了红底上闪出黄中带绿的颜色。世界开始从我身旁急速逝去,就仿佛火车开动时两旁逝过的树篱边缘,轮船行驶时海水的波浪。我也在移动,渐渐卷进了那一件事紧跟着另一件事的总的顺次变换中,而且仿佛不可避免似的,这棵树要移近来,接着是这根电线杆,然后是这段树篱的断缺处。同时,当我被围绕、被卷进去一起参与行动时,往常的辞藻又开始冒了出来,而我也只想打开我头脑里的活板门,放它们自由,因此我径直朝着那个后脑勺有点似曾相识的人走去。我们曾在学校里同过学。我们毫无疑问应该会面。我们一定得在一块吃午饭。我们要谈谈。不过等一等,先稍微等一会儿。

"这种力求置身事外的短短一会儿是不应当小看的。它们太难得了。塔希提成了有可能实现的事。倚在这个栏杆上我远远望见一片汪洋。一片鱼鳍划动了一下,这个单纯的视觉印象跟任何推理都毫无关系,它是突然冒出来的,就像你也有可能望见天边忽然出现一只海豚的鳍一样。正因为这样,视觉印象常常会给你一个简短的提示,告诉你我们该及时去打开障壁,引人开口了。因此,我在'F'栏下记下了:'汪洋大水中的一片鱼鳍。'我时时都在头脑的空白边缘上记下一些话来以备将来作最后的陈述,现在就记下了这一句,准备供某一个冬日的黄昏使用。

"现在我得上哪儿去吃午饭了,我要把杯子举在手里,透过酒望出去;我要带着比平常更超然物外的神气瞧着周围,当一位漂亮的女人走进饭店,穿过餐桌之间走过来时,我要对自己说:'瞧她朝着一片汪洋大水走到哪儿去呀。'一句无聊的话,可是对我来说却是严肃的,带着石板似的颜色,崩溃的世界和坠地飞散的流水似的声音。

"那么,伯纳德(我又把你重新唤醒过来,你是我干各种事情离不开的伙伴),让我们来开始这新的一章吧,来看看这种陌生、古怪而同时又含混、可怖的新经历——也就是这正在形成的新的一滴——怎样出现吧。那个人的名字叫做拉本特。"

"在今天这个炎热的下午,"苏珊说,"在我正带着我的儿子在散步的这个园子里,这片田地上,我已经实现了自己最高的愿望。大门的铰链长了锈；他使劲把它推开。幼年时代的强烈激情，珍妮吻路易时我在花园里流的眼泪，我在那间充满松木味的教室发的火。在那骡子踏着尖尖的蹄子得得走来，一帮意大利妇女围着披巾、头上插着康乃馨花在泉水旁闲谈的异国我所感到的孤独，如今都已换成了安全、充实和亲密感。我度过了多年平平静静、富有成果的生活。我拥有了一切我能见到的东西。我植下种子培育了树木。我开了池塘，让金鱼在叶子宽阔的睡莲下潜游。我在草莓地和种莴苣的菜地上张起了网子，给梨子和李子罩上了一只只白纸袋，以免被黄蜂叮坏。我眼看着我的儿女们一度曾像嫩果似的用网子罩在他们的小床上，如今都已一个个挣破网眼在我身边走着，长得比我还高，把长长的身影投在草地上。

"我就仿佛自己所种的树那样被围进墙篱，种在这儿。我叫着：'我的儿子，'我叫着：'我的女儿，'就连那个从他堆满钉子、油漆和铁丝网的柜台后面抬起头来望一望的铁器铺老板，也对这辆装满蝶形网兜、水果篓和蜜蜂箱在大门口停下的破旧货车充满敬意。圣诞节时我们在钟座上挂起槲寄生树枝，称好我们的黑莓和蘑菇，点清我们做的果酱罐，每年背靠着客厅的百叶窗板量量身高。我还为死者扎白花环，里面编进银色的枝叶，怀着哀伤系上我的名片献给已故的牧羊倌，向已故的赶车人的遗孀表示慰勉；我还坐在快咽气的妇人们床边，听她们喃喃诉说临死前的恐惧，让她们紧紧抓着我的手；我常去一些屋子里作客，它们除了对像我这样出身的人之外，简直叫人无法忍受，我却从小就见惯了那些农家院子、粪堆和满地乱跑的鸡，以及一个母亲带着成群正长大的孩子挤在两间小屋子里。我见惯了窗上淌下来的水汽，我闻惯了穷困落魄的气息。

"现在我一边手里拿着剪子站在我的花丛里,一边自问:那阴影到底是从哪儿来的呢?究竟是一种什么震动,能使得我那好容易才收敛起来、硬压下去的生命力重又奔放了起来?不过有时候我对于自然的乐趣,正在长熟的水果,弄得满屋都是船桨呀、猎枪呀、骷髅头呀、得奖领到的书本呀和其它种种战利品的孩子们,的确感到了厌倦。我厌倦了这个身躯,厌倦了自己的能干、勤奋和手腕,厌倦了做母亲的随时保护、小心提防地把她自己的孩子——老是她自己的孩子——召集在一张长桌子周围的那股拼命操心费力的劲儿。

"这是在阴冷多雨的春天刚刚来临,黄花突然开放,我正检看着放在蓝色遮棚下的肉块,用手按按沉甸甸地装满茶叶和葡萄干的银色口袋的时候,忽然回忆起了太阳如何升起,燕子如何掠过草地的情景,回忆起了我们还是孩子时伯纳德所说的那些漂亮辞藻,以及树叶子重重叠叠,轻飘地在我们头上摆动,刺破了蓝色的天空,把摇曳不定的光影投射在我正坐在那儿啜泣的山毛榉树下那些像青筋突起般的树根上。一只鸽子飞了起来。我猛然跳起,急忙去追寻那仿佛从一个气球上垂下来的绳子那么愈飞愈高、越过一根根树枝飘然离去的词句。就在这时,像一只摔碎的碗似的,我一早晨的宁静心绪被打破了,我一边把面粉袋放下来,一边想,在我四周的生活,原来就像是围绕着一颗被拘禁的种子生长的草儿。

"正在拿着剪子剪下一些蜀葵的我,曾去过埃尔弗顿,踏着腐烂的橡实,看见了那位正在写字的夫人和手持着大笤帚的园丁们。我们气喘吁吁地往回逃跑,生怕会被射死,并且像黄鼠狼似的被钉在墙头上。现在我正在量着食物,加工保存。到夜晚我就在一张安乐椅上坐下,伸手取过我正在缝的东西;耳听着我丈夫的鼾声;当一辆开过的汽车上射来的强光照亮窗子时,我抬起眼来瞧着,感觉到我那生活的波浪仿佛在牢牢生根的我周围汹涌掀起又粉碎四散了似的;而且当我用针刺进、拔出,把线穿过白布的时候,仿佛听到了喊声,看见了别人的生活正在像草儿围着桥墩起伏回旋。

"有时我想起曾经爱过我的波西弗。他在印度骑马摔死了。有时我想起罗达。惊惶的喊叫时时使我在深夜惊醒。但是大多数时间我在心满意足地跟我的儿子们一起散步。我在剪掉蜀葵上枯萎的花瓣。尽管有点过早地身体发胖,头发变白,但我却仍旧两眼像珍珠似的清澈,安然地漫步在田野上。"

"现在,"珍妮说,"我正站在地下铁道的车站上,所有引人的地方都在这儿相会——皮卡迪里南段,皮卡迪里北段,摄政街,干草市场。我在伦敦市中心的街道底下站住了一会儿。无数的车轮正在我的头上驶过,无数的脚步正在我的头上踏过。条条文明的大道在这儿交汇,又伸向四方。我正置身在生活的中心。可是瞧呀——那里有面镜子映出了我的身形。多么孤单,多么憔悴,多么衰老! 我已不再年轻。我已不再是这个行列中的一员了。成千上万的人急速得可怕地顺着这条楼梯降下来。巨大的齿轮毫不容情地搅动着使他们往下直降。成千上万的人已经死了。波西弗死了。我还在行动。我仍旧活着。不过现在要是我招手示意,谁还会来呢?

"我就像一只吓得两胁不住起伏的小动物似的站在这儿,心里直跳,浑身发抖。可是我将要无所畏惧。我会打落那抽在我两胁上的皮鞭。我可不是只呜呜叫着直向暗处藏躲的小动物。方才只是因为我还来不及像平常抬眼看自己那样先做好准备就突然望见了自己,所以才一时畏缩了一下。的确,我已经不

355

年轻了，——我不久就会举手召唤却自觉徒劳，我会不飘扬我的披巾就让它垂落在我的身边。我不会再听见黑夜中一声突然的叹息，感到有人再在黑暗中向我走来。再不会在通过漆黑的地道时去瞧车窗中的身影。我要去瞧别人的脸，我会瞧见他们也正在探索着别人的脸。我承认，方才一时之间，那些直立的身体无声地随着自动电梯急速下降，就像一支死人的军队身不由己、快得可怕地直往下坠，还有那不停搅动的巨大机器毫不容情地推着我们，我们全体，向前直冲，确实使我心惊胆战，想要逃到一个安全之处去躲起来。

"可是现在我赌咒，在对着镜子认真做了一些使我浑身武装的小小修饰后，我就会毫不害怕了。想一想那些红黄两色、准时开停的漂亮公共汽车吧。想一想那些强大而好看，时而放慢到步行速度，时而又像箭似的直向前冲的小汽车吧；想想那些浑身武装、修饰整齐、正在驾着车向前开去的男男女女吧。这是凯旋的行列；这是得胜的军队，带着旗帜和黄铜鹰徽，头上戴着战争中赢得的桂冠。他们确比那些只围着一块腰布的土人优越，比那些头发汗湿、松垂的乳房上吊着吃奶孩子的女人优越。这些宽阔的通衢大道——皮卡迪里南街，皮卡迪里北街，摄政街和干草市场——就是穿过丛莽的铺沙的胜利之路。我穿着小小的漆皮鞋，披着薄膜似的轻纱头巾，嘴唇涂红，眉毛用铅笔描细，也随着军乐声向胜利进军。

"瞧他们就是在这儿地底下，也还在炫耀着他们那不断放射出珠光宝气的华丽衣服。他们甚至连泥土也不肯任它去长草，生虫。这儿有在一个个玻璃柜子里被灯光照得闪光发亮的轻纱和绸缎，有密密缝着数不清的精细花边的内衣。他们浑身鲜红，碧绿，淡紫，染成了各种各样的颜色。想想他们是怎样一边爆破岩石，一边编织、拉直、熨平、染制和打通这些地道的啊。电梯上上下下；列车开开停停，就像海上的波浪那么有规律。正是这个赢得了我的忠心皈依。我是生来属于这个世界的，我追随在它的旗下。我们都那么了不起地雄心勃勃，既大胆又好奇，而且有魄力能够在正当努力的时候，中途停下来潇洒自如地在墙上涂上一句玩笑话，在这种时候，我又怎能一心想要逃到一个安全之处去躲起来呢？因此我要在脸上扑上粉，把嘴唇抹红。我要把眉梢描得比平时更细。我要出头露脸，跟别的人一起挺直身躯站在皮卡迪里广场上。我要做一个果断的手势招呼一辆汽车，车里的司机会以一种说不出的麻利姿态表示他领会了我的手势。因为我仍旧能激起别人的殷勤。我仍旧觉察到街上的男人们在向我弯腰致礼，就像被微风吹拂得闪闪发红的庄稼在默默低头那样。

"我要乘车回到我自己的屋子。我要在瓶子里插满多得几乎容不下的大束低垂下来的鲜花。我要把一张椅子放在这儿，一张椅子摆在那儿。我要预先摆好香烟、酒杯和几本封面色彩鲜艳的新书，以备伯纳德随时会来，要不就是奈维尔或者路易。不过也许并不是伯纳德、奈维尔或者路易，而是某个新的、不熟悉的人，是我在一处楼道上偶然碰到的人，而正当我们转身分开时，我悄声地说了句：'来吧。'今天下午他就要来；这个我不熟悉的、新认识的人。让那死人的无声的队伍降落下去吧，我要继续向前进。"

"我如今不再需要一个房间，"奈维尔说，"也不再需要四壁和炉火了。我已经不再年轻。我毫不嫉妒地走过珍妮的屋子，而且微笑地瞧着那个年轻人在踏上门阶时有点局促地整了整他的领带。让这个干净利索的年轻人去按响门铃；让他去见到她吧。我只要想见她就可以见到她;不想见时,我就走了过去。老疮疤已经不再刺痛,——嫉妒、心计和烦恼都已经淡漠。我们也已经失掉了我们的自豪。我们年轻时可以随便坐在哪儿,坐在通风的大厅里一张光椅子上,门在不断地开开闭闭也不在乎。我们曾像孩子似的半裸着身体在船甲板上跌跌撞撞走着,用橡皮管互相浇水。现在我可以赌咒说,我也正像那些干完了一天工作,乱纷纷地拥出地下铁道的人一样,毫无区别,并无二致,多不胜数。我已摘取了我的果实。我对一切都漠然视之。

"归根结底,我们并没有什么责任。我们并不是裁判者。别人并没请我们去用拶子拷问自己的同类;别人并没请我们去登上布道坛,在暗淡的礼拜天下午给他们讲道。还不如去欣赏欣赏一朵玫瑰花,或者读读莎士比亚,就像我常在这儿舍茨伯里大街上读到他的作品那样。这儿出现了一个傻瓜,那儿出现了一个无赖,那儿又从汽车上下来那个在她的御舟上被活活烧死的克丽奥巴特拉。这儿也有遭诅咒的人物,那些在违警法庭上靠壁站着的没鼻子的人,两脚受着火刑,嗷嗷直叫。这倒真算得上是诗,只要我们不去写它。他们准确无误地扮演着他们的角色,几乎还没开口,我就已经料到他们要说些什么,因此静等着他们把准是已经由别人写好了的话说出口来的那个神圣时刻的到来。即使只是为了看戏的缘故,我也很愿意在舍茨伯里大街上永远地走下去。

"随后从街上走进了一间屋子,那儿有的人在说话,有的简直懒得开口。他在说,她在说,另外还有人也在说,说的全是些已经被人说腻了的事情,因此这会儿只消一句话就可以省掉这一切麻烦。争论,嬉笑,老一套的牢骚不平充塞空气,使得它令人窒息。我拿起一本书,漫不经心地读了半页。他们还没有闭上话匣子。那个孩子在跳着舞,身上穿着她母亲的衣服。

　　"可是这时罗达,也许是路易,总之某个如饥似渴、十分痛苦的心灵在一旁经过,又掉头离开了。他们是要求有一个情节,对么? 他们要求有一个解释? 他们不满足于这样一个平常的场面。不满足于静等人们说些仿佛已经写好了的话;眼看着一句话准确无误地把一小块胶泥贴在预定的地方,来塑造人物;发现突然之间背靠天空出现了一组群像的轮廓。不过如果他们要的是暴力,我倒在一间屋子里既看到过死亡,也看到过谋杀和自杀。一个人走了进来,另一个人又出去了。楼道里有啜泣的声音。我听到过扯断线,打上结,一个女人膝上放着块白布静悄悄地不断一针针、一针针地缝下去的声音。干吗要像路易那样一定要问一个原因,或者像罗达那样飞到一个遥远的牧场去,拨开桂树的叶子去寻找雕像? 他们说一个人一定得展翅飞越风暴,相信在这狂涛恶浪的那一边一定会有阳光普照;阳光笔直射进那杨柳丛生的池塘。(这儿现在正是十一月;穷苦人被寒风吹裂的手上捧着火柴在叫卖。)他们说在那儿能找到彻底的真理,在这儿摇摇晃晃走进了死胡同的美德,在那儿能完美无缺地找到。罗达正伸长脖子,蒙住她那双疯狂的眼睛在我们身旁飞驶而过。如今已那么得志的路易,正在走向他那矗立在凹凸不平的屋顶上的阁楼窗子前,凝望她身影消逝的地方,但他必须去到他的办公室里,坐在那些打字员和电话之间,竭力来设法教导我们,使我们得到新生,来改造那尚未诞生的世界。

　　"可是这会儿在这间我不敲门就进来了的屋子里,人们说的尽是些仿佛已写好在那儿的话。我朝书架边走去。按我的心意,我情愿随便读一两页不管什么。我可以不必说话。可是我在听着。我异常全神贯注。不用说,读这首诗不能不费点力气。

书页常常是朽坏、肮脏、撕破,陈旧模糊的页子粘在一起,夹着马鞭草和犄牛儿的碎片。读这首诗你必须睁着无数只眼睛,就仿佛午夜在大西洋上照着奔腾巨浪的明灯似的,有时也许只能发现一缕海草露出水面,有时浪涛会突然裂开,露出一个怪物的双肩。你必须抛弃反感和妒忌,不横加干预。你必须要有耐心,并且无限地细心,让极轻微的响声,不管是蜘蛛的小脚在叶片上的爬动声,或者水流进某个不相干的排水管发出的汩汩声,都一一显示出来。对什么都不该满心害怕地加以排斥。写作这一页(我在别人谈话时所读的这一页)的诗人已经退隐了。这里既没有逗点也没有分号。每一行诗也不是平时可见的那么长短。有些简直是胡说八道。你准会抱着怀疑态度,但结果却会把小心提防的心理抛到了九霄云外,一当那门打开时,就不折不扣地完全接受了。有时你还会哭;也会毫不留情地利刃一挥,把那些烟囱、树皮和各种各样生硬的附加物统统铲去。就这样(当他们在谈话的时候)把你的网愈来愈深地沉下去,小心地拉起来,把他和她所说的那些拉出水面,写成诗。

"现在我听完了他们的谈话。这会儿他们已经走了。只剩下我一个人。我原可以安心地永远注视着炉火在燃烧,就仿佛一个汽室或者一个熔炉似的;但现在有根尖木梢样子看来挺像个绞架,像个矿井,像个幸福谷;一会儿又像条蛇,火红地盘在那里,浑身是白色的鳞片。窗幔上的那个果子在鹦鹉的啄食下长得愈来愈大。吱,吱,火在燃烧,好像林子深处的虫子在吱吱地叫。噼,啪,当树枝弹出来震动空气时发出了爆裂声,现在就好像一阵枪弹齐发,一棵树倒了下来。这些就是伦敦的夜声。接着我听到我久已在期待的那个声音。它渐渐移动,愈来愈近,踌躇一下,停住在我的门外。我喊了起来:'快来吧,在我旁边坐下，坐在椅子边上。'被自己一向就有的幻觉弄得忘乎所以，我大声喊着：'快走近一点，走近一点。'"

"我刚从办公室回来。"路易说，"我把我的大衣挂在这儿，手杖放在那儿，——我喜欢设想当初黎希留走路时也用这样一根手杖。这样我就剥夺了我自己的权威。刚才我曾靠着一张漆得发亮的桌子，坐在一位经理的右边。一张标志着我们事业兴盛的地图挂在对面墙上。我们一起把船只派出去绕遍整个世界。地球上布满了我们的航线。我有着极大的声望。办公室里所有的年轻女士们当我进去时都纷纷跟我打招呼。现在我可以爱上哪儿吃饭就上哪儿吃饭，而且可以毫不夸耀地预料自己不久就会在萨里郡拥有一幢房子，两部汽车，一座暖房和一些希有品种的甜瓜。不过我仍旧经常回去，回到我的阁楼里，挂好我的帽子，独自重新继续我自从用拳头叩校长的仿橡木门之后所开始的那种可笑的尝试。我翻开一个小本子。我读了一首诗。一首就足够了。

唉，西风啊……

唉，西风啊，你跟我的一切，从红木桌子到鞋罩，都格格不入，而且唉，也跟我的太太，那位连英语都永远说不正确的小演员格格不入……

唉，西风啊，你究竟何时吹来……

罗达，露出忘掉一切的出神样子，茫然的两眼显出蜗牛肉似的颜色，不管她是在星光闪耀的午夜来到，或是在中午最平淡的时候来到，西风啊，都是从不会妨碍了你的。她立在窗前，望着那些穷人们屋上的烟囱顶和打破的窗子……

唉,西风啊,你究竟何时吹来……

"我的使命,我的负担,老是比其他的人重。我的肩上压上了一座金字塔。我曾尽力去干大量的工作。我曾驱策着一支粗野难驯、无法无天的队伍。我曾坐在饭馆里,带着我那澳洲口音,竭力想叫那些小职员们愿意跟我交往,同时却又从不曾忘了我自己那严肃而毫不含糊的信念,以及需要解决的矛盾和不一贯。我还是个孩子时,曾梦想过尼罗河,老不愿清醒过来,但却还是伸出拳头去叩了那扇仿橡木门。要是我能像苏珊或者我最羡慕的波西弗那样毫无天生的使命,那该快乐得多。

唉,西风啊,你究竟何时吹来,
好叫细雨能滋润地面?

"我天生的使命,那座这些年来硬绷绷一直压得我喘不过气来的金字塔究竟是什么?但愿我会老念念不忘于尼罗河和那些头上顶着水罐的女人们;老感觉自己跟麦浪滚滚的长长夏日和冰天雪地的漫漫严冬密不可分。我并不是一个孤身的过客。我的生命并不是像钻石表面上那转瞬即逝的闪烁光辉。我在地底下曲折前行,仿佛是一个提着灯在照亮一间间牢房的看守人。我的天生使命就是要念念不忘并且尽力把那许多线——我们漫长的历史和纷纭复杂的一天中那些有粗有细、已断未断的线——编织成一条巨缆。老是有更多的事情需要了解;纠纷不和需要倾听;弄虚作假需要申斥。这些屋顶全都破破烂烂,烟熏火燎,上面全是些烟囱帽,凌乱不齐的石板瓦,偷偷来去的猫和一窗窗阁楼窗。我小心地从那些破玻璃和旧瓦片中间望进去,看到的只是邪恶和饥饿的面孔。

"假定我能说明这一切的原因——用写在一页纸上的一首

362

长诗——然后就死去。我可以告诉你,这倒并非不值得的。波西弗已经死去。罗达离开了我。但我却要憔悴干枯地活下去,令人尊敬地拄着金头的手杖在这城里的街上走我的路。也许我永远不会死,也许连这种持久不变和始终一贯也无法做到……

　　唉,西风啊,你究竟何时吹来,
　　　　好叫细雨能滋润地面?

　　"波西弗正当绿叶繁盛,全身枝条还在夏日的轻风下簌簌摇动时就被埋进了土里。当旁人都纷纷说话时曾经跟我在一块分享过宁静,而当羊群聚集起来循规蹈矩地悄悄奔回茂密的牧场时曾经转身躲开的罗达,如今也已经像沙漠上的炎热那样消散无踪了。当阳光晒得城里的屋瓦发热膨胀时;当枯叶啪哒有声地落在地上时;当老人们带着尖头棍子,像我们从前刺她那样地刺着地上的小纸片时,我就会想起了她……

　　唉,西风啊,你究竟何时吹来,
　　　　好叫细雨能滋润地面?
　　上帝啊,但愿我的爱人会投入我的怀抱,
　　　　让我能重新在床上安眠!

我现在又重新拿起我的书来;我现在又要努力去作我的尝试了。"

　　"唉,生活啊,我多么害怕你!"罗达说,"唉,人类啊,我多么憎恨你们!在牛津街上,你们是那么推推搡搡,碍手碍脚,令人讨厌,你们面对面坐在那儿,两眼盯着地下铁道,样子又显得多么猥琐!现在,当我爬上这座从峰顶上可以望见亚洲的大山时,那些牛皮纸货袋和你们的脸还深深印在我的脑海里。我也曾受了你们的沾染而弄脏了身体。你们在门口排着队买票时,发出难闻的气息。所有的人都穿着灰不灰、棕不棕、颜色混混沌沌的衣服，甚至帽上都从不曾插过一根鲜蓝色的羽毛。没有一个人敢与众不同。为了混一天日子，你们是怎么在那儿泯煞良心，说谎骗人，打躬作揖，奉承讨好，口若悬河，奴颜婢膝啊！你们曾如何牢牢把我困住在一个地方，一把椅子上，自己面对面地坐了下来，整整把我困住了一个钟头！你们是怎样用你们那龌龊的爪子，从我身上夺去了一个钟头与下一个钟头之间的空白，把它们卷成肮脏的一团，扔进了废纸篓里。可是这就是我的生活。

"然而我却屈服了。讥笑和哈欠被我用手遮了起来。我并没有跑到街上去，在阴沟上摔碎一只酒瓶子来表示我的怒气。我激动得浑身发抖，却还装作毫不意外。你们干什么，我也干什么。要是苏珊和珍妮这样穿袜子，我就也这样穿。生活是那么可怕，我只好老是挡上一重又一重的围幔。一会儿透过这个窥视生活，一会儿又透过那个窥视生活；管它是玫瑰花叶子也好，葡萄藤叶子也好，——我把整条街道，牛津街，皮卡迪里路口，统统都挡了起来，用我一时的心血来潮，用葡萄叶或者玫瑰叶。学校放学时，过道里还有那些信箱匣子。我偷偷走过去看上面的标签，想象着各种名字和面孔。不知是哈罗加特呢，还是爱丁堡，那个地名仿佛镶着一道金色的光圈，因为有一个我已记不起名字的姑娘曾经站在那儿的人行道上。不过那只是个名字罢了。我离开了路易；我害怕拥抱。我曾竭力想用毛毡、用衣服把那蓝澄澄的刀刃遮起来。我企求白昼突然变成黑夜，我渴望看到食橱逐渐消隐，感到床铺变得软乎乎的，人好像悬在半空里，瞧着那拉长了的树木，拉长了的面孔，碧绿的沼地边缘上两个人影在痛苦地诀别。我把字眼抛散出去，就像大地光秃秃的时候播种的人在翻过的田地里撒种子似的。我老是希望黑夜延长，好尽量使它充满着种种的梦境。

"随后在某个府第里,我拨开音乐的树枝,看见了我们所造的屋子;正方形架在长方形上。'里面什么都有的屋子,'当波西弗死后,我在一辆公共汽车上一边说着,一边歪倒在别人的肩头上;不过我还是上格林威治去了。我一边在堤岸上走着,一边祈祷但愿我能永远像雷电似的在天边轰鸣,那儿没有什么蔬菜之类,但却偶尔有一两根大理石圆柱。我把我手上的花束往正在蔓延的浪花中一扔。我说:'毁了我吧,把我带到天涯海角去吧。'浪花已经碎裂,花束也已凋零。我如今已很少想起波西弗了。

"现在我正在爬上这座西班牙的山峰;我要设想骡背就是我的床,我正躺在这儿快要死去。现在在我和那个深渊之间仅仅隔着一张薄纸。我身下的床垫上那些隆起的地方都显得软乎乎的。我们蹒跚地爬着——蹒跚地继续往前走。我脚下的山路不断向上延伸,通向山颠上一棵孤零零的树,旁边有一个池塘。当傍晚群山收敛,像鸟儿拢起翅膀来的时候,我细细剖析着池水之美。我有时摘到一朵红色的康乃馨花,捡起几束干草。我独自陷身在草地里,手指触摸到了一块陈腐的骨头,心想:一旦风扫过这片高地时,也许除了一抔尘土什么也不会剩下。

"骡子不断蹒跚地往上爬着。山脊像一重雾霭似的升起,不过在山顶上我可以望见非洲。现在床在我身下塌陷了。床单上散布着的一个个黄色的圆孔使我透过它们掉了下去。床脚边那个生着一张白色马脸的好心女人做了个告辞的动作,转身走开了。那么谁能陪我一起去呢?只有花,牵牛花和月光色的五月花。我把它们草草地聚成一束,编了一个花冠,把它……唉,究竟给谁呢?现在我们跨过了悬崖边缘。我们脚下闪着捕鲱鱼的船队的灯光。崖壁消失了。像细小、灰色的涟漪起伏，无数的波浪展开在我们身下。我什么也看不见。我们会坠下去，落在波浪上。海水会在我的耳边轰隆作响。白色的花瓣会在海水中变黑。它们会漂浮一会儿，随后就沉了下去。把我在波浪上翻一个身会把我挤沉下去。一切都可怕地纷纷坠落下来，把我淹没在里面。

"可是那棵树上有枝枝丫丫的树杈；那是一座村舍屋顶上僵硬的线条。那些涂得红红黄黄的气泡似的东西是人脸。我伸脚踏在地上，战战兢兢地跨出步子去，把手按在一家西班牙旅馆硬邦邦的门上。"

太阳正在沉落。像坚硬石块似的白昼裂开了,光线从它的裂片之间透过去。红光和金光射进波浪,像一些飞驶的箭,箭上镶着黑暗的羽毛。一道道光线变幻不定地游移闪动,仿佛从一个个沉陷下去的岛屿上发出来的信号,或者是一些顽皮嬉笑的孩子透过月桂树丛投射过来的标枪。可是波浪在涌近岸边时变得完全暗淡无光,发出一连串的轰隆声碎裂下来,就像倒塌了一座墙壁,一座灰色的石墙,浑然地毫无一丝透光的裂缝。

微风拂过,树叶一阵哆嗦;而经过这阵搅动,它们就失掉了原来的那种浓褐,变得发白、发灰,正如沉重的树身摇曳晃动,失去了它浑然一体的感觉一样。一只停在最高枝上的老鹰眨了眨眼,腾身飞起,飘然远翔。一只野鸭在沼地里悲啼着,它盘旋,躲闪,飞到更远些的地方,继续在那儿孤独地悲啼。火车和烟囱冒出来的烟被风吹得蔓延开来,纷纷碎裂,融入了笼罩在海面和田野上的整个毛毡似的天幕。

庄稼已经收割。原来那大片的滚滚麦浪现在只剩下短短的残茬。一只大猫头鹰迟钝地离开榆树,摇摇晃晃地升空飞起,像顺着一条从空垂下的线似的飞到了杉树梢上。群山上缓缓移过的阴影一会儿扩大,一会儿消退。荒原最高处的池塘漠然地静静躺在那儿。没有一张毛茸茸的兽脸去那儿张望,没有一只蹄子在那儿溅水践踏,也没有一个发热的兽鼻伸进水里去浸一浸。一只鸟儿停在一根灰色的细枝上,满满地吸了一口凉水。没有啮草声,没有车轮声,只有突然怒号的风像满帆的船儿驶来,拂过草尖。一块骨头躺在那儿,饱经雨打日晒,变得像一根被海水磨光了的树杈那样闪闪发亮。一株春天晒成了红褐色,盛夏时又被南风吹得弯下了柔软枝条的树,现在已变得像生铁那么光秃乌黑。

这地方是那么辽远偏僻,以致既看不到发亮的屋顶也看不到闪光的窗户。这凝滞厚实的暗沉沉的大地吞没了那些脆弱的镣铐和那些像蜗牛壳似的累赘物。现在这儿只有透明如水的云影,雨点的拍打,一缕锋利似箭的阳光,或者就是突然袭来的暴风雨。一些孤零零的树耸立在远处的群山上,就像是一座座的方尖碑。

火性全退,灼热的焦聚已经涣散了的傍晚阳光,照耀得桌椅显出较为柔和的轮廓,给它们点缀上了一个个褐色和黄色的菱形光斑。四周衬着阴影,它们看来显得更为凝重,仿佛色彩都偏离地聚到了一边。这儿放着刀叉和酒杯,但却显得拉长、胀大了似的,样子十分怪异。镶在一圈金框里的镜子静止不动地映出面前的景物,仿佛在它眼前一切都将永恒地存在。

这时海滩上的阴影延伸开来;黑暗变得愈来愈浓重。那只铁黑色的靴子变得像个深蓝的水洼。礁石失去了严峻的样子。围在那只旧船四周的海水变得一片深黑,就像里面浸满了贻贝。浪沫不停地飞溅,在朦胧的沙滩上到处留下了珍珠般闪光的白影。

"汉普顿宫。"伯纳德说,"汉普顿宫。这是我们约定聚会的地方。瞧瞧汉普顿宫里那些红色的烟囱和方形的雉堞。我说'汉普顿宫'时的这副口气,就证明我已经到了中年。十年、十五年之前,我一定会说:'汉普顿宫么?'带着疑问的口气——那里究竟是个什么样子? 那儿有湖,有迷宫么? 要不就是带着一种预感:我在这里会碰到什么事情么? 我会遇见谁? 而现在,汉普顿宫,汉普顿宫,这几个字眼就像锣声似的回响在我费了许多力气才清扫出来的这片空地上——通过半打的电话和明信片联系,发出了一阵阵响亮震耳的招呼声,同时眼前出现了一幅幅的图画:夏天的午后,小船,小心提起裙裾的上年纪的太太们,冬天的一壶茶水,三月里的几朵水仙……这些都呈现到了水面上,现在又都隐伏在每一个场面的深处。

"现在,在我们约定的旅馆门前,他们已经都站在那儿,——苏珊,路易,罗达,珍妮和奈维尔。他们都已经一起来到了。当我跟他们会合之后,自然会马上设计出另一种安排、另一种方案来。现在白费气力,过多地设计种种场面是应当受到注意,加以阻止的。我最不愿意受这种强迫。还隔着五十码距离,我就觉得自己的生活常规已经被改变了。跟他们做伴的吸引力已经在我身上起了作用。我走近了一些。他们没有看见我。现在罗达看见了我,但由于她害怕会面时的激动,还假装我是个陌生人。现在奈维尔转过脸来了。突然间,我一边举手招呼奈维尔,一边大声喊着:'我也在莎士比亚十四行诗的书页里夹过鲜花哩,'接着就心乱得说不下去了。我这艘小船在汹涌激荡的波浪上摇摆不稳地颠簸起伏。世上真没有一种灵药(让我把这记下来)能抵抗会面时的激动。

"把粗糙不平的边缘互相弥合在一起也是极不舒服的;直

到我们慢吞吞地踱进了旅馆,脱下大衣和帽子以后,会面才渐渐地变得令人惬意起来。现在我们齐集在狭长而光秃秃的饭厅里,它面向着一个花园,一片绿荫荫的地带叫人难以置信地仍旧映照在落日里,因而树林间横亘着一条金黄色的光带,我们坐了下来。"

"现在我们彼此紧挨着,"奈维尔说,"坐在这张狭长的桌子周围,现在,当最初的激动还没有平息下来的时候,我们究竟怀着一种什么样的心情?现在要像老朋友们好不容易才会面时应有的那样,诚实、坦白、直率地说说,我们会面时的心情到底是什么?是哀伤。门不会开;他不会来了。而我们都心情十分沉重。因为我们都已经到了中年,我们肩上都压着重担。让我们把各自的重担放下来吧。我们要问一问,你我都是怎样度过自己的一生的?你,伯纳德;你,苏珊;你,珍妮;还有你们,罗达和路易?如今各种屋子的门上都贴满着各种名单。在我们掰开这些小面包,动手吃鱼吃沙拉以前,我摸了一下我的贴身口袋,摸到了我的证明书——我带在身边以便证明我比别人高明的东西。我通过了考试。我的贴身口袋里带着文件就可以证明这一点。可是苏珊,你那映出了萝卜地和麦子田的目光却叫我感到困扰。带在我贴身口袋里的这些文件——它们是证明我已经通过了考试的大声宣告——只发出了怯生生的声音,就仿佛有人在荒凉的野地里拍着手掌以便吓退老鸦似的。现在连这声音(我的拍水声和它发出来的回响)也在苏珊的目光瞪视下沉寂了下来,使我耳朵里只听到风掠过已翻耕的土地和一只鸟——也许是一只满心陶醉的云雀——在鸣唱的声音。那个侍者,或者那对偷偷摸摸老厮混在一起——有时到处晃悠,有时躲在一处呆望着还不曾昏暗到足可遮住他们躺卧的身体的树阴——的情人,他们曾听到了我的声音么？没有；拍手的声音没起作用。

"既然我没法掏出我的文件来，大声念念我的证明书以便证明我已通过了考试，那么我还剩下些什么呢？只剩下苏珊那双像珍珠般滚圆、透明的绿眼睛里的冷冷目光所揭示出来的东西。每次我们聚在一起，刚会面的别扭劲儿还没平伏下来的时候，总有某个人会不甘心于被湮没无闻，这时你就会一心想要把他的人格压下去，使它屈服于自己的人格之下。现在对我来说，这个人就是苏珊。我竭力想用说话来影响苏珊。听我说呀，苏珊。

"只要吃早饭时有人进来，就连我帷幔上绣的那个果子也会大起来，大到鹦鹉会伸嘴去啄它；你简直可以用大拇指和食指把它摘下来，清早稀薄的去脂牛奶会变成乳白色、蓝色或者玫瑰色。在那个时刻你的丈夫——那个拍打着胶皮靴子，用鞭梢指着不下崽的母牛的男人——嘴里老在咕咕哝哝。你什么也不说。什么也没看见。习惯蒙住了你的双眼。在那个时刻你们间的关系是沉默、空虚、阴暗的。而我在那个时刻的关系是温暖和多种多样的。对我来说从来就没有那重复的老一套。每一天都充满危险。我们表面上圆滑，骨子里却像盘起的蛇那么难对付。假定我们正在读《泰晤士报》吧；假定我们正在互相争论吧。那都是挺有意思的事情。假定这会儿正是冬天。大雪纷飞，积满屋顶，把我们全封闭在一个红色的洞穴里。水管冻裂了。我们在屋子当中安了一只黄色的铁皮澡盆。我们手忙脚乱地到处去找盆子。瞧那儿——书橱上面的管子又裂了。我们又笑又嚷地瞧着这一场灾难。就让生活保障统统完蛋吧。就让我们一无所有吧。或者，假定现在正是夏天，我们就会漫步走到一个湖边，去看中国白鹅迈着扁平的脚摇摇摆摆向水畔走去，或者去看一个像骷髅架子似的城市教堂，门前摇曳着苍翠的新绿。（我是随便举例；我总是举一眼看得见的东西。）每一种景象都是一个精巧的图案，是灵机一动地描画出来以便说明人们亲密相处时的意外感和美妙奇趣的。雪和冻裂的水管也好，铁皮澡盆和中国鹅也好，——都是些醒目高悬的标志，凭着这些，我一一回顾，就认清了每一种爱的特色；认清了它们是如何地各不相同。

"眼前——因为我竭力想缩小你的对立情绪——你那双碧绿的眼睛紧盯着我，你那不整洁的衣服，你那粗糙的双手，以及说明了你那母性光辉的一切其它标志，都像蛎贝紧粘在岩石上那样牢牢粘附在你的身上。不过说真的，我并不想刺痛你；我只是想恢复和重整一下我在你身上所丧失了的自信心。改变现状已经是不可能的了。我们的命运已经注定。过去，当我们跟波西弗一起在伦敦一家饭店里相聚的时候，一切都还在摇摆、闪烁；我们有可能做一切事情。可现在我们已经选择了——有时还不如说是仿佛别人为我们选择了——让自己被一把钳子紧紧地夹住了当胸。我也选择了。我并不是在外表上留下了生活的烙印，而是在内心，在洁白、赤裸而柔弱无告的内心。我被形形色色的头脑、面庞和其他事物的烙印弄得满是斑斑的创痕，它们是那么无孔不入，实实在在，有声有色，但却又无可名状。在你心目中，我只不过是'奈维尔'，你看清了我生活的狭隘局限和它无法逾越的界限。但在我自己看来，我是广阔无垠的；我是个条条细丝不可觉察地穿入世界深处的大网。我这个网几乎跟它所围绕的东西难以区别。它捕起了那些大鲸鱼——那些巨大的海中怪兽和白糊糊混沌一片、变幻无常的东西；我侦察，我窥视。在我眼前展开了……一本书；我一眼望穿了底蕴；望穿了核心——一直看到了深处。我知道什么样的爱会跳动着腾起熊熊烈焰;嫉妒的恶毒火苗会如何四处蔓延;爱与爱会怎样错综复杂地彼此勾心斗角;爱会造成纠缠不清的死结;爱又会粗暴地将它们一刀两断解脱开。我就曾经被纠缠进去过;我也曾被一刀两断地解脱开。

"但一度也确曾有过另一种值得夸耀的事,那是当我们一心盼着屋门打开,波西弗在门口出现的时刻;当我们在一家酒馆的木板凳子上放浪不羁地倒身坐下来的时刻。"

"曾经有过那座山毛榉林子,"苏珊说,"埃尔弗顿,还有那钟上金光闪闪的时针在树木丛中放出光辉。一群鸽子穿过树叶。变幻无常的光在我头上飘忽不定。我已经记不清它们了。可是奈维尔,我曾为了保持自尊屈辱过你,你现在瞧瞧我放在桌上的这只手吧。瞧瞧我的指关节和手心上浓淡不等的健康肤色。我的躯体已经像个工具似的,被一个挺能干的干活的人每天切切实实地使用得旧了。刀刃是光洁锋利的,中间已经有点磨蚀。(我们常在一起苦斗,就像在田野里争斗的野兽,像用角抵撞的牡鹿。)而你那苍白消瘦的肌肉却一眼就望得透,就连苹果或者一球果实也该像罩在玻璃下面似的外面蒙着一层薄膜。要是跟一个人,只是一个人,但却是时时在变化的一个人一起紧挨着躺在一张躺椅上,你也只能望透一寸深的肌肉;里面的神经、筋脉、缓慢或者急速地流动着的血液;但却决不能看透一切。你不能看到花园里的一所房子;田野里的一匹马;眼前展开的一座城市,即使你像老太婆似的费尽目力想看清她正在缝补的东西。可是我却看到了像一整块一整块坚实、庞大的街屋似的生活;它的墙堞和高塔,工厂和煤气塔;已记不清是什么时候造的古色古香的住房。这些东西都结实、突出,不可磨灭地印在我的脑海里。我既不随和,也不讨好;我坐在你们中间,用我的坚硬来磨砺你们的软弱,用我清澈的双眼中射出的碧绿的光芒,来克制你们那像银灰色的飞蛾翅膀那么扑打个不停的贫嘴乏舌。

"现在我们已经像牡鹿抵角似的交过锋了。这是个必不可少的前奏;老朋友的致意。"

"树丛当中的那道金光已经消隐了,"罗达说,"一片苍绿横亘在它们背后,绵延伸长像梦中所见的一把刀刃,或者像个谁也不去涉足的渐远渐细的岛屿。现在顺着大街开来的汽车开始像眨眼似的灯光闪闪。情侣们现在可以躲到暗地里去了;遮蔽着他们的树干变得粗大,显得淫猥。"

"从前有个时期情况并不是这样。"伯纳德说,"有个时期我们能够随自己的意思不去随波逐流。现在我们却需要打多少个电话,寄多少张明信片,才能冲破一个缺口使我们能聚会在一起,到汉普顿宫来会面啊?从正月到十二月,生活飞逝得有多快啊!我们大家都不停地被事物的激流所冲走,这些事我们已那么司空见惯,因此毫不在意;我们从不去作比较;也从来不曾想起过你或者想起过我;而正因这样无所用心,才算勉强地避免了龃龉,冲破了堵塞在那条已经年深月久的河道口上的丛生的杂草。我们为了赶上从滑铁卢站开来的火车,不得不像一条鱼似的跃出水面,跳得老高。可不管我们跳得多高,最后还是重新回到溪水里去。我如今再不会坐船上南海诸岛上去了。我有儿有女。我已经自己也莫名其妙地被推上了我目前的位置。

"不过我宁愿相信,被死死钉住了的只不过是我的躯体,——这个你们在这儿唤作伯纳德的人。我比当初年轻的时候更能头脑冷静地进行思考,那时候我老不由自主要拼命地寻根究底,探求我自己,就像小孩探究一个麦麸饼似的,'瞧呀,这是什么?这又是什么?这能算是一件好的礼物么?就是这些

374

么?'如此等等。现在我已知道那些礼物袋里装的是什么;因此已不大在乎了。我把自己的思绪放手撒了出去,就像一个农人大把撒出种子,在金色的落日下撒落下来,撒落在碾平放光的光秃秃的耕地上。

"一句辞藻。一句并不完美的辞藻。而且这些辞藻又算得了什么? 它们已没有多少东西可以让我亮到桌面上来,摆在苏珊这只手的旁边;已没有多少东西可以连同奈维尔的证明书一起,从我的口袋里摸出来,我不是一位法律权威,或者医学权威,或者财务权威。我全身裹在一些像湿草似的漂亮辞藻里;我闪闪发光,发着磷光。当我说'我燃烧起来。我闪闪发光'的时候,你们谁都感到了这一点。当我在操场边的榆树阴下,嘴里滔滔不绝说出一些漂亮辞藻来的时候,那些年轻小伙子总是觉得'这句话说得好,这句话说得妙'。他们也滔滔不绝地说了起来;他们还带着我那些漂亮辞藻跑开了。而我却在孤独中变得憔悴。孤独是我的致命伤。

"我在一家一家的屋子里辗转游荡,就像中世纪的游方僧那样抢着念珠讲着故事去哄那些妇人和姑娘们。我是个游荡的小贩,靠说故事换取食宿;我是个不大挑剔、容易满足的客人;时常被安置在一个有四根柱子的大床的最好的房间里;有时却又睡在谷仓里的干草堆上。我既不在乎跳蚤也不反对满屋绫罗绸缎。我十分随和容忍。我不是个说教家。我十分懂得生命的短促和其中充满的种种诱惑,因此绝不去给人画许多严厉的框框。可是我也并不像你们所想象的那样毫不挑剔,就像你们从我的夸夸其谈中得出的判断那样。我骨子里还是多少暗藏有一种严厉和鄙视的锋芒。不过我很乐于随和迁就。我编故事。我从什么事情上都能找出有趣的东西来。一位姑娘坐在一家农舍的门前;她正在等待;等谁呢? 受到了勾引还是没有受到勾引? 那位校长在地毯上看到了一个洞。他叹了口气。他的妻子用手指掠掠她那仍旧还很丰盛的波浪形的头发,一边在沉思……如此等等。手的挥动,在街口上的犹豫不定,有个人朝阴沟里扔了个烟头,——这都是故事。但究竟哪一个是真的故事呢? 这我不知道。正因为如此,我像在一口碗橱里挂衣服那样把我的辞藻挂在那儿,等什么人去穿它。在这样等待着,推测着,不断地记着笔记的同时,我并不执著于生活。我可能会像一只蜜蜂似的被人从一朵葵花上掸下来。我那随时一点一滴地积聚起来的哲学,会一下子像水银泻地般消失得无影无踪。而目光粗野但却生性严格的路易,却在他的阁楼里,在他的办公室中,对于他必须知道的事情都已形成了确定不移的结论。"

"这打断了我正想竭力连贯起来的线,"路易说,"是你的嘲笑打断了它,你的满不在乎的神气,还有你的美丽。多年以前珍妮在花园里吻我的时候,曾经打断了这条线。那些爱吹牛的小伙子们在学校里嘲弄我的澳洲口音时也曾打断了它。我刚说:'意义就在这儿。'接着马上就痛苦地心里一惊,——由于虚荣心的刺激。我刚说:'听那只夜莺在铁蹄践踏下,在征服者和移民者的脚下引吭歌唱。请相信吧……'接着就立刻被人打断了。我老是在破砖碎瓦上面小心翼翼地走路。各种不同的光照射下来,平平常常的东西就变得浑身斑驳,样子古怪。我们今天在这傍晚时分重新会合在一起,有酒,有摇曳的树影,有身穿白色法兰绒衣服的青年们携带着坐垫从河边上来,可是这样一个重叙旧欢的时刻,对我来说却在人对人所加的折磨、所作的丑事和牢狱的阴影下,显得黯然失色。我的感官是如此地带有病态,以致尽管我们一起坐在这儿,却很难靠一层粉红的颜色来一笔抹杀我的理性不断对我们提出的严重指责。出路何在,我自己问自己,桥梁又在哪儿?我怎样才能把这纷纷晃动得令人眼花缭乱的幻影,归结成一条能把一切贯串在一起的线?因此我在深思,同时你们在心怀不满地看着我撅起的嘴、我深陷的两颊和我老是皱起的眉头。

"不过我请你们同时也注意到我的手杖和我的坎肩。我已继承到一张结实的红木写字台,摆在一间挂满着地图的房间里。我们的轮船凭它们设备豪华的舱房,赢得了令人艳羡的声誉。我们备有室内游泳池和健身房。我现在穿着白色的坎肩,每当确定一个约会时,总是先查一查一个小本子。

"我显出狡黠和嘲弄的神气,希望你们因此不致觉察到我的战栗、敏感、十分稚嫩而脆弱的心灵。因为我永远是最年轻稚嫩的一个;最容易天真幼稚地大惊小怪;老是最先觉察和同情那些别扭或者可笑的事情——不管是鼻子上的一块污斑,或者是一颗没有扣上的钮扣。我为一切的屈辱感到难受。但我同时又冷酷无情,坚硬如石。我不明白你们怎么会说能在世上活过一阵是幸运的。当一只水壶开了,当轻风掀起珍妮有污斑的披巾,使它像丝网似的飘动时,你们那种无聊的兴奋,孩子般的激动,在我看来,就仿佛是一些朝着正要发火抵人的公牛眼前抛去的丝织的轮船。我谴责你们。可是我心里却依恋着你们。我愿跟你们一起去经受死亡的烈火。但我又更乐于孤身独处。我陶醉于金色和紫色的华服。但我却更乐于越过烟囱纵目眺望;猫把它们长癞疮的肚皮贴在坑坑洼洼的烟囱管上蹭痒痒;打破的窗户;一个兴旺的教堂尖塔上发出来的粗哑的钟声。"

"我只看到我眼前的东西。"珍妮说,"这块披巾,这些酒迹。这只杯子。这个芥末瓶。这朵花。我喜欢摸到的东西,尝到的滋味。我喜欢雨变成了雪,因而变成了触得到摸得着的东西。因为性子直,而且远比你们都更有勇气,我决不在我的美貌中搀上俗气以免叫自己受不了。我贪婪地全盘吞下这一切。这是有血有肉、实实在在的东西。我的想象力是肉体的想象力。它的幻影也不是像路易那样的精巧细致、雪白纯洁的幻影。我不喜欢你那些瘦猫和坑坑洼洼的烟囱顶。你那屋顶上讨厌的美景叫我受不了。穿着制服的男男女女,假发和长袍,圆顶礼帽和漂亮的开领网球衫,变化多端的妇女服装(我经常注意各种服装),都使我感到赏心悦目。我跟他们形影不离地进出于各种房间,各种厅堂,这儿那儿,他们到哪儿,我也到哪儿。这个人把一只马的蹄子举起来看看。那个人老把装着他个人收藏品的抽屉拉开关上。我从来不孤独。我身边老围绕成团的追随者。我母亲从前准是一味追求晚会,我父亲则是一味醉心于大海。我却像是一只一路跟在军乐队后面走的小狗,随后又停下来闻闻一株树干,嗅嗅一堆黄色的垃圾,突然冲过街去追逐一只杂种野狗,接着又提起一只前腿,专心闻着肉铺里飘来的一缕诱人的肉香。我的广泛交往曾使我到过许多新奇的地方。那么多的人都离开墙根,一下子向我跑过来。我只要举一举手就行了。他们立刻会像箭似的冲向约会的地方——也许是阳台上的一把椅子,也许是街角上一家铺子。你们生活中那些苦恼和分歧对我来说是一夜一夜地解决的,有时候只凭坐着吃饭时手指在桌毯下的一触,——我的肉体变得那么灵活流动,在手指的一触下甚至全化成了一滴水,鼓得十分饱满,颤颤悠悠,闪闪发光,在狂喜中坠落下来。

"当你们坐在桌前写写算算的时候,我却坐在一面镜子跟前。就这样,坐在我神圣的卧室里面对着镜子,我仔细审视着我的鼻子和脸颊;我那张得太开以致露出了牙床的嘴唇。我瞧着。我小心打量着。我挑选着究竟是黄色还是白色,是色调明朗一些还是暗淡一些,是线条弯曲一些还是挺直一些来得更合适。我对一个人活泼,对另一个人刻板,有时候浑身银白像根冰柱子那么有棱有角,有时又一身金黄像蜡烛火那么摇曳生姿。我曾放浪形骸,仿佛一条尽情地挥出去的鞭子。那边角落上那个人的衬衫前胸本来是白的;随后变得发红了;浓烟和烈火包围了我们;是起了一场大火……可是我们几乎连嗓子都没有提高,只一味坐在壁炉前的地毯上,像对着蚌壳似的悄声倾诉着我们的心臆,免得卧室里有人会听见,不过有一次我曾听到厨子动弹了一下,又有一次我们还当嘀嗒的钟声是足球在那儿……我们已经灰飞烟灭,没留下一点遗骸,一点未曾烧尽的骨头,一绺头发,可以保存在表链上的小盒子里,就像你的亲友们死后留下来的那样。如今我已头发斑白;如今我已瘦削憔悴;但是我正在正午的光天化日下坐在镜子跟前照着我的脸,一丝不爽地看清了我的鼻子,我的两颊,我那张得太开以致露出了牙龈的双唇。不过我并不害怕。"

"一路上有路灯柱子,"罗达说,"还有些树木,它们的叶子还遮不住从车站通到这儿来的路。那些叶子还是能遮得住我。但我并没有躲到它们下面。我直接走到这儿来会见你们,并没像我往常那样兜着圈子想规避感情的激动。不过这只是因为我已经让我的身体学会了去干某一件事。从内心来说我仍旧没有学会;我怕,我恨,我爱,我羡慕而又瞧不起你们,但我从来没有快快活活地跟你们会面过,我一路上忍住不曾去躲在树阴或者邮筒背后,直接从车站走到了这儿,即使还隔着老远的时候,就从你们的大衣和雨伞上看出了你们是怎样靠着不断地偶尔会面来过活的;你们都有使命在身,有派头,有儿女,有权势,有名望,有爱,也有社会交往;而我在这方面一无所有。我没有自己的面目。

　　"在这儿这间餐厅里你们只看鹿角,大玻璃杯,盐瓶子,桌毯上黄色的污迹。'侍者!'伯纳德说。'来面包!'苏珊说。侍者就马上来了;他端来了面包。而我却看见像一座大山似的酒杯的杯壁,只看到一部分鹿角,还有那只水罐壁上的亮光,就仿佛黑夜中的微光一闪,充满着惊奇和恐怖。你们的话音就像森林中树木的干裂声。你们的脸和上面的坑坑洼洼处也是一样。夜半远远地靠着广场的栏杆,静静地站在那儿,这是多么美啊!你们身后是雪白的浪花,渔夫们正在远处天边收网撒网。风吹动着原始森林树梢的叶子(不过我们这会儿是坐在汉普顿宫里面)。鹦鹉的啼声打破了丛莽的沉寂(这儿电车正在开动)。燕子在午夜的深潭上掠水飞过(我们正在谈话)。这就是我们一起坐在这儿时我竭力想去领会的环境。就因为这样我必须在七点半的时候忍受这汉普顿宫里的苦修。

　　"但既然这些小面包和一瓶瓶的酒我正需要,你们那坑坑洼洼的脸也显得挺美,而这桌毯连同它上面的黄迹又决不会使得理解力愈来愈扩大范围,以致最后(就像夜里我的床悬在半空,我从大地的边缘上坠落下去时所幻想过的那样)能包括整个世界,我就只好去把个人的种种古怪行径彻底分析一下了。我还不得不在你们竭力缠着我讲你们的儿女、你们的诗、你们的冻疮,以及一切你们正在做的或者正在感到难受的事的时候来动手进行分析。不过我是不会上当受骗的。不管怎样想引我往这个方向那个方向,不管如何缠住不放,竭力刺探,我还是会穿透这层薄纱,掉进火海。而你们是不会来伸手救我的。你们倒会比古时的行刑者还更残酷无情,任我掉落下去,并且趁我掉下去时把我撕得粉碎。不过有时候仿佛脑壁会变得挺薄,什么念头都能透得过去,这时我就会想象:我们可以吹出那么一个大泡来,连太阳都可以在里面出没,我们也可以把蓝色的白昼和漆黑的午夜一起偷到手里,马上脱身逃开此时此地。"

"一滴又一滴地。"伯纳德说,"寂静正在坠落。它在头脑的屋顶上逐渐形成,然后又坠落在下面的池子里。永远独自一人,独自一人,独自一人,听着寂静坠落,然后把它们坠地的声音尽量扫到远远的一边。饱经沧桑,悠然自得地带着中年的自满,我这个被孤独毁了一生的人听任寂静一滴又一滴地坠落。

"不过如今那不断坠落下来的寂静正在把我的脸打得坑坑洼洼,把我的鼻子渐渐冲化,就像雨中淋在院子里的雪人那样。随着寂静的坠落,我被完全销蚀融化,变得面目模糊,几乎跟任何人都一模一样,难以分辨。这并不要紧。其实又有什么事是要紧的呢?我们吃得挺好。鱼、小牛排和酒已经把自高自大心理的尖利牙齿都磨钝了。急迫心情早已无影无踪。连我们中间最好虚荣的,也许是路易吧,也不再在乎别人是怎样想的了。奈维尔的苦恼也已无影无踪。让别人去得意吧,——他就是这么想的。苏珊静听着她所有已经安然入睡的孩子们的鼻息声。睡吧,睡吧,她喃喃地说。罗达已经把她那些船儿摇到靠了岸。究竟它们是沉没还是安全下了锚,她已不再关心了。我们乐于接受一切这样的说法,就是这世界看来对任何人都给予了公平的机会。现在我想到,地球只不过是偶然从太阳表面上飞出来的一块石头,在无限空间中任何地方都并不存在着生活。"

"在这一片寂静中,"苏珊说,"似乎从来不会有一片树叶坠落,有一只鸟儿在飞翔。"

381

"似乎曾经发生过一次奇迹，"珍妮说，"随后生活就永远停顿在此时此地了。"

"所以，"罗达说，"我们已再没有什么可活的了。"

"可是，"路易说，"你们听听这世界正在广漠无垠的空间中移动。它轰然有声；被照亮的一小片历史已经逝去，连同我们那些皇帝和皇后；我们已经消逝了；还有我们的文明；尼罗河；以及全部的生活。我们各自的一点一滴都已消散无踪；我们都已在无边无际的时间中、在黑暗中湮灭消失了。"

"寂静正在坠落；寂静正在坠落。"伯纳德说，"不过现在你们听：嘀嗒，嘀嗒；呼呼，呼呼；世界已经在召唤我们回来。当我们方才超越了生活时，我有一会儿曾听到了那怒号的黑暗之风。随后就又是嘀嗒，嘀嗒（这是钟声）；接着是呼呼，呼呼（这是汽车声）。我们登陆了；我们已上了岸；我们正坐在这儿，一共六个人，围着一张桌子。是回忆起我的鼻子才提醒了我。我忽地站起来；'斗争！'我喊着，'斗争！'边喊边回忆着我自己鼻子的形状，同时就用这只小勺恶狠狠地敲打着这张桌子。"

"让我们反抗这种无限的混乱，"奈维尔说，"这种不可名状的愚蠢吧。一个士兵躲在树背后跟一个女护士调情时，会比所有的星星都值得羡慕。不过有时候一颗闪烁的星星出现在明净的天空中，会使我觉得世界是美丽的，而我们这些蠢虫却用我们的情欲把树木都糟蹋得丑陋不堪了。"

（"是呀，路易，"罗达说，"寂静只保持了一个多么短促的时间。他们已经在把餐巾放在盘子旁边，用手摩摩平了。'谁来了？'珍妮说；奈维尔叹了口气，记起波西弗已经再也不会来了。珍妮掏出了她的小镜子。她像个艺术家似的打量着自己的面孔，在鼻子下面扑了扑粉，然后稍稍考虑了一下，就在嘴唇上不深不浅、恰到好处地抹上了一点口红。眼看着这番打扮既感到轻视又觉得害怕的苏珊，扣上了自己大衣上最上面的一颗钮扣，接着又把它解开了。她正准备去做什么呢？做某件事情，但一定是与此不同的。"

"他们正在自己告诉自己。"路易说，"'现在正是时候。我还生气勃勃哩。'他们在这样说。'我这张脸在黑洞洞的无限空间衬托下准会非常突出。'他们没有把这话接着说下去。'现在正是时候。'他们老是说着这句话。'园子快关门了。'跟着他们，罗达也汇合进了他们的洪流，也许我们本该悄悄落在后面一些走的。"

"就像有事情要悄悄商量的同谋犯似的。"罗达说。）

"这话一点不假，"伯纳德说，"而且当我们正顺着这条路走着的时候，我想起了一件确凿的事实：有个皇帝曾骑着马在这儿的一个鼹鼠丘上绊倒过。不过拿一个头上戴着个金茶壶的小人物，来跟那广漠而旋转不停的无限空间相对照，似乎有点太古怪了。你会轻易恢复对各种人物的信任，却不大容易恢复对他头上戴的东西的信任。我们英国过去的历史只不过是一英寸长的光辉。那时候人们在自己头上戴上个茶壶，就宣称：'我是皇帝！'不，我是一边跟大家一起走着，一边竭力想恢复对时间的感觉，但那种弥漫于眼前的黑暗，却使我变得茫然起来。这所王宫显得轻飘飘的，仿佛只是一朵暂时停留在天上的云块。一个接一个地把皇帝扶上宝座，戴上皇冠，这不过是人们头脑里想出来的恶作剧。而我们这并排走着的六个人，凭我们自己身上那种我们称之为思想和感情的杂乱无章的闪光，又能拿什么去反对这股潮流，怎样去跟它进行对抗？究竟有什么是经久不变的？我们的生命也同样是在沿着这些漆黑无光的小径暗暗流走，度过一段混沌不明的时间。奈维尔有一回把一首诗塞到我手里。怀着一种突如其来的对于永恒的确信,我曾说:'莎士比亚所了解的东西我也同样了解。'但这种心情已经过去了。"

"说来荒唐而可笑,"奈维尔说,"当我们在这儿走着的时候,时间仿佛又回来了。这是一只狗的欢蹦乱跳造成的。机器在转动。年代使那座大门变得古色古香。现在对比着那只狗看起来,三百年的确显得比逝去的一刹那要长一些。威廉王戴着假发骑上了他的马,宫女们用鲸骨撑开的绣花长裙曳过草地。在我们这会儿一路走着的时候,我开始相信欧洲的命运是无比重要的,而且尽管听来仍旧显得有些可笑,但确实一切都全靠着那次布伦亨战役①。是的,在我们一起走出这座大门时,我宣布,这会儿正是时候;我现在成了乔治王的忠诚子民。"

"我们顺着这条林阴道往前走时,"路易说,"我稍稍地靠在珍妮身上,伯纳德跟奈维尔手挽着手,而苏珊的一只手握在我的手里,我们称自己为小孩子,祈求上帝在我们睡着时保佑我们安然无恙,这真叫人禁不住要掉眼泪。一起唱着歌,为了在黑暗中壮壮胆而拍着手,同时柯里小姐在一旁奏着小风琴,这滋味是多么甜蜜啊!"

"铁门关上了。"珍妮说,"时间的利齿不再咬人。我们战胜了无边的空间,用口红,用粉,用轻纱似的手绢。"

"我紧紧抓住,牢牢不放。"苏珊说,"我紧握住这只手,不管是谁的,心里是爱,是恨,这都没有关系。"

"一种平静、超脱的心情笼罩着我们,"罗达说,"我们享受

---

① 布伦亨,德国西南部多瑙河边的一个村庄,1704 年英军曾在这里大胜德军。

384

着这种暂时的轻松感觉(毫无焦虑的泰然心情是难得有的),同时我们的脑壁仿佛变得透明。雷恩修造的宫廷挺像一首向大厅里冷淡乏味的听众表演的四重奏,它是个长方形。正方形已经叠在长方形上,因此我们说:'这正是我们的住处。现在建筑物已经在望。已经再没有什么东西留在外面了。'"

"那朵花,"伯纳德说,"我们跟波西弗一起吃饭时饭店桌上的花瓶里插的那枝康乃馨花,已经变成了一朵六边形的花;它包含着六种生活。"

"映着那些水松树,"路易说,"看得见正有一种神秘的光在照亮着。"

"它是花了不少心血,费了不少手脚才弄出来的。"珍妮说。

"婚姻,死亡,旅行,友爱,"伯纳德说,"城市和乡村,儿女和其他种种;从这片黑暗中分割出来一个多面体;一种有多种面目的花。让我们停住一会儿;让我们来看看我们到底弄出来了一点什么东西。让它映着水松树闪闪发光吧。是一种生活。就在那儿。它消逝了。它熄灭了。"

"现在他们都已不见了。"路易说,"苏珊和伯纳德。奈维尔和珍妮。你和我,罗达,在这座石头墓穴旁边停一会儿吧。我们究竟会听到他们在唱什么样的歌儿呢,现在,当这几对已经寻找过坟墓,珍妮伸出戴着手套的手指点着,假装看见了一朵睡莲,而苏珊,一直爱着伯纳德,这会儿正在对他说着:'我那毁了的一生,我那虚度的一生。'还有奈维尔,正在湖边,在月光映照的水边,拿起珍妮那抹着樱桃色指甲油的小手,喊道:'爱情啊,爱情啊。'而她却模仿着鸟叫似的声音回答说:'爱情么,爱情么'我们究竟听到了什么样的歌儿呀?"

"他们走向湖边,不见了。"罗达说,"他们悄悄穿过草地溜走了,但却满有把握地要求我们对他们的古老特权大放慈悲——千万别去干扰它。心潮翻腾汹涌得那么厉害,他们不得不抛开我们。黑暗隐没了他们的身体。我们到底听到了什么样的歌儿——是猫头鹰的,是夜莺的,还是雷恩的呢?轮船在轰隆轰隆地开;电车轨道上光在闪烁;树在庄严地弯腰低垂。一层光幕笼罩在伦敦上空。这儿是个老妇人,正在默默地走回去,还有个男人,一个迟归的渔夫,正拿着钓竿从坡上走下来。一个声音、一点活动我们都不能放过。"

"一只鸟儿正在飞回巢去。"路易说,"夜睁开了眼,在入睡之前向灌木丛中迅速地扫视了一眼。它们给我们带来的这些纷纭复杂的信息,除此以外还有许多曾经在这位或那位皇帝统治下在这一带出没过的已死者——男孩子和女孩子,男人和女人,——我们怎么才能把他们传来的信息统统归纳在一起呢?"

"一种重压落在黑夜上,把它压倒了。每棵树都跟一个阴影连在一起显得很粗大,但却并不是映在树背后的阴影。我们听见一个斋戒中的城市屋顶上发出报警的鼓声,当时土耳其人正饥肠辘辘,心怀叵测。我们听到他们正像牡鹿长鸣般地尖声叫嚷着:'快开门,快开门!'听那些电车正在嘎嘎尖鸣,电车轨道在闪闪发光。我们听见山毛榉和白桦树抬起了它们的枝桠,仿佛新娘正让她的丝绸睡衣窸窣坠地,然后走到门口说:'快开门,快开门!'"

"一切都显得活生生的。"路易说,"今晚我到处都听不到死亡的声息。你或许会觉得那个男人脸上的蠢相,那个女人脸上的衰老,浓重得足以抗住符咒,召来死亡吧?但今晚死亡究竟上哪儿去了?一切傻话蠢事,鸡零狗碎,这个那个,统统像玻璃似的碎成齑粉,化作蓝中带红的浪潮,夹带着数不清的鱼儿,消散在我们的脚下。"

"要是我们能一起登上山峰,凭高远眺,"罗达说,"要是我们能凌空独立,远离尘俗,那有多好,——可是你为一点点欢笑赞扬的喝彩声就会怦然心动,而我却最恨人们嘴上的是非和毁谤,只信赖孤独和不可抗拒的死亡,因此只好分道扬镳了。"

"永远地分道扬镳了。"路易说,"我们牺牲了在羊齿草丛中的拥抱,以及在湖边,站在墓穴旁,像避人密商的共谋者那样不停地、不停地、不停地谈情说爱的机会。不过现在你瞧,正当我们站立在这儿时,地平线上一个浪花碎裂了。鱼网逐渐收拢升高。它升到了水面上。活蹦乱跳的银色小鱼划破了水面。它们跳动着,拍打着,被抛在了海岸上。生活把它的捕获物胡乱扔在草上了。有几个人影向着我们走来。他们是男人呢还是女人?他们身上仍旧裹着他们当初被沉溺入水时所裹的模糊难辨的浪花的外衣。"

"现在,"罗达说,"当他们走过那棵树旁时,他们恢复了正常的形状。他们只不过是几个男人和女人。他们一脱下浪花的外衣,惊异和畏惧的感觉就起了变化。重新涌起了怜悯之情,当看见他们走到了月光底下,就像是一支大军的残兵败卒,正仿佛是我们自己的影子似的,他们每晚(在这儿或者在希腊)走上战场,又每晚带着满身创伤和残破的脸回来。现在光线又照到了他们身上。看得清他们的脸了。他们变成了苏珊和伯纳德,珍妮和奈维尔,都是我们所熟悉的人。这多么叫人望而生畏啊!这多叫人束手无策,叫人难堪!我全身又感到了一阵熟悉的寒战,一阵恐惧和憎恨,我觉得他们撒在我们身上的那些钩子,那些问候、招呼、指头的点点戳戳、目光的注视探索,仿佛把我紧紧抓住,拖向了某一个地方。可是他们总不能不说话,而他们一开口所说的那些话，以及那种熟悉的腔调，那种老跟你的期望背道而驰的内容，和那种又重新从黑暗中勾起千百件往事的手势，都使得我大失所望。"

"有某种东西在摇曳闪动。"路易说，"他们沿着林阴道走近来时，幻影就又出现了。又开始谈笑风生，问这问那。我对你有这样的想法，——你对我又是怎样想的呢？你到底是怎么样一个人？我到底是怎么样一个人？——这些又都重新在我身上激起了一种局促不宁的心情，脉搏跳动加快了，眼睛发亮了，那种如果没有它就会使生活变得平淡无奇和死气沉沉的个人生活的全部疯狂劲头，又都重新出现了。他们完全控制了我们。南方的阳光闪耀在这个墓穴上；我们动身投入了那凶险无情的大海的浪潮。当我们迎接他们——苏珊和伯纳德，奈维尔和珍妮——回来时，愿上帝帮助我们演好我们的一份角色。"

"我们的出现似乎破坏了什么东西，"伯纳德说，"也许是整整一个世界。"

"不过我们简直喘不过气来了，"奈维尔说，"我们是那么精疲力竭。我们正陷在一种疲乏和什么也不想干的心情之中，就好像我们现在一心只盼着能重新回到我们当初所离开了的娘肚子里去。除此以外的一切都显得是乏味、强加和令人厌倦的。珍妮的黄披巾在眼前的光线下显出像飞蛾似的颜色；苏珊的两眼黯淡无光。我们看起来简直跟河水难以分别。只有一截烟蒂是我们当中唯一显得突出的东西。我们的全部心情都带着黯淡的色彩，只觉得应当撇下你们，挣脱一切，任情地独自去挤出某种苦水，某种同时也带点甜味的毒汁来。可是这会儿我们实在是太精疲力尽了。"

"经过我们这一阵如火的激情之后，"珍妮说，"再没有剩下什么可以保存到项链盒子里去的了。"

"到现在我还像只小鸟似的，"苏珊说，"仍旧不知满足地渴望着得到某种我所错过了的东西。"

"让我们再稍稍留一会儿再走。"伯纳德说，"让我们几乎是别无旁人地单独在这河边的高坡上踱一会儿。现在是差不多该睡觉的时候了。人们都已回家去。这会儿望着河对岸那些小店主卧房里的灯光逐渐熄灭，是多么叫人感到快慰。那儿一盏……那儿又是一盏。你们想他们今天的收入大概是多少？刚刚够他们付房租、电灯费，买吃食和孩子们的衣穿。不过只是勉强刚够。这些小店主卧房里的灯光，使我们多么深深地体会到生活还是可以过得下去的呀！星期六到了，手头也许刚好还有几文钱可以买几张电影票。熄灯以前，也许他们要到小园子里去一趟，看看卧在木板窝里的大兔子。这只兔子他们是准备宰了作星期天的午餐菜吃的。然后他们就关了灯。然后他们就睡觉了。而对成千上万个人来说，睡觉不外乎只是温暖和宁静，外加稍微作一会儿天马行空的幻想。'我已经把我那封信，'那个卖蔬菜的想，'寄给了《星期天日报》。说不定我会在这场足球赛中赢到手五百镑赌注吧？那我们就可以宰那只兔子吃了。生活真有味。生活挺不错。我已经寄出了信。我们要宰那只兔子吃的。'然后他就睡着了。

"那还在继续不停。听。那儿传来仿佛车皮在铁路侧线上连接的声音。那就是我们生活中一件接一件事情的愉快的连接。连接，连接，连接。必须，必须，必须。必须走，必须睡觉，必须醒来，必须起床——这就是那个严肃而宽大的字眼，我们老装模作样地咒骂它，却又把它紧记在心，没有了它我们就会毁了。我们是多么崇拜这种像侧线上车皮接拢似的声音啊！

"现在我听到从河的下游远远地传来的合唱声；是那些爱吹牛的小伙子们在唱歌，他们刚在拥挤的轮船甲板上出游了一整天，现在正乘着一辆大游览车回来。他们还像从前那么唱着，当冬夜穿过院子时，或者当夏天屋子的窗户都敞着时，喝醉了酒，乱砸家具，头上戴着带条纹的小圆帽，大马车拐过路口时一致转过头来；而我那时多希望能跟他们一起去。

"我们正在这歌声，这打着旋的河水，这隐约听得见的风声中失去了什么啊！我们身上的一小部分已经化为乌有了。好吧！那么说是有某种十分重要的东西已经失落。我再支持不下去了。我要睡觉。可是我们必须走；必须去赶火车；必须走回到车站里……必须，必须，必须。我们只不过是些肩挨着肩摇摇摆摆向前走着的躯体。我只是在我脚上的酸痛和两腿的疲倦中感到自己的存在。我们似乎已经一起走了好几个钟头。可是走了些什么地方？我已记不清了。我仿佛一根木头平稳地顺着一道瀑布落下来。我不是个裁判者。没人要我作出判断。在这种灰暗的光线下房子和树木全一模一样。那是个邮筒么？那里走着的是个妇女么？车站到了，就是火车把我轧成两段，我也会在那一边重新连在一起，因为我是完整的，是无法分割的。但奇怪的是即使在这会儿，在睡梦里，我也还是在右手里紧紧地捏着我回滑铁卢站的半截回程票。"

现在太阳落山了。海天一色,混沌难辨。拍岸碎裂的海浪把白色的扇形水头远远地漫进海滩,使发出隆隆回响的岩洞深处都铺上了一层白影,然后才又带着叹息似的声响掠过海边砂石退了回去。

树木摇着枝桠,树叶纷纷坠地。它们就心安理得地静静躺在原地等待着消亡。一度曾红光闪闪的残破器皿上射出来的灰黑色反光照进了园子里。黯淡的阴影使花茎间的通道变得漆黑。画眉鸟已经不叫,蛆虫缩回了它小小的洞里。不时有一根发白的空心麦草被风从陈旧的鸟巢上吹落下来,掉在散满着烂苹果的颜色发暗的草丛间。工具房墙上的光线已经消隐,蜻蜓蜕下的皮空荡荡地挂在一只钉子上。屋里的各种色彩都像溢出了它的边框似的;原来整洁的笔触都变得鼓鼓囊囊,歪歪扭扭;食柜和椅子的褐色身影化成了一片模糊。从天花板到地板之间整个儿垂着一大块摇曳不定的黑暗的帷幕。镜子朦胧不清得就像是一个遮满爬藤的岩洞的洞口。

巍巍丛山失掉了它们的实体感。飘摇不定的光还偶尔在那些已经暗沉沉看不清的道路之间楔入一丝微弱的亮影,但像鸟翅收拢的山坡汇合处却连一点点光都照不见,而且那里也没有一点声音，只除了一两只鸟儿在寻找一株更僻静的树枝栖身时发出的哀鸣。在悬崖边上不停响着的，既有那曾经掠过树林的风声，也有那眼前在大海上平息下来成为千百个宁静如镜的陷坑的水声。

就仿佛空中有一种黑暗的波浪在汹涌激荡似的，黑暗不断地蔓延着，逐渐笼罩了房屋、山坡和树木，就像水波四面冲刷着一艘沉船那样。黑暗冲刷着街道，围绕某一个单独的人影打旋，渐渐把它吞没；把正在夏日绿叶如盖的榆树浓荫下拥抱的一对人影也完全隐没。黑暗的波浪涌上杂草丛生的林间小路，涌上起伏不平的草地表面，淹没了一棵孤零零的荆棘树和树脚下一个空空的蜗牛壳。再往上去，黑暗攀登光秃的山坡，一直爬到断续嶙峋的大山顶峰，那儿白雪常年积在坚硬的岩石上，即使山谷中已经溪水潺潺，遍地布满葡萄的黄叶，坐在阳台上的姑娘们用扇遮着脸眺望着山上的积雪时也是这样。而这一切，也都被黑暗吞没了。

"现在来总结一下吧。"伯纳德说，"现在来向你说明一下我生活的意义吧。既然我们互不相识（尽管我想我们在上船去印度的时候见过一次面），我们可以坦率地谈谈。我老有个幻觉，仿佛有什么东西能维持一会儿不变，它有轮廓，有重量，有深度，是完完整整的。这个，从目前看来，似乎就是我的生活。要是做得到的话，我愿意把它整个儿交给你。我会像一串葡萄似的把它摘下来。我会说：'拿着吧，这就是我的生活。'

"但可惜的是，我能看见的东西（这个里面满是人影的球），你是看不见的。你看到我坐在桌子对面，有点发胖的、上了年纪的人，两鬓已经斑白。你看到我拿起餐巾，把它打开。你看到我给自己斟了一杯酒。同时你也看到在我身后门老在开，人来人往的。但是为了让你理解，把我的生活交给你，我必须给你讲一个故事，——而这类故事是那么多，那么多，童年的故事，学校时代的故事，恋爱，结婚，死亡，等等，等等；却没有一个是真的。可是我们像孩子似的互相讲着故事，而且为了美化它们，我们编造了这些荒唐离奇、五光十色、漂亮好听的辞藻。我多么厌倦那些故事，多么厌倦那些总是四平八稳、漂漂亮亮地流传下来的辞藻啊！唉，我多么怀疑那种在半张拍纸簿纸片上勾划出来的干净利落的生活设计啊！我开始渴望像恋人们用的那种简短的语言，断断续续、含糊不清的字句，就像人行道上拖沓的漫步声。我开始去寻求一种设计，更加符合那种断断续续、确凿无疑地不时出现的屈辱和得意的时刻。在一个风雨交加的日子里躺在一个田沟里，刚下过雨，随后大量乌云布满天空，——破碎的云块，细小的云片。这时使我满心欢喜的正是那种紊乱，那种高远，那种平静和骚动。大片的云总是变幻不定的，事物的运动也是这样；一种险恶不祥的东西，跌跌滚滚，匆匆忙忙；一时巍然屹立，一时蔓延伸展，一时又突然飘走不见了，而我一刹那间躺在田沟里，忘掉了一切。这时，什么故事，什么设计，在我的心目中连一丝影子也没有了。

"不过眼前在我们一边吃饭时，让我们把这些场面翻过去，就像孩子们把几页图画书翻过去，同时保姆在一旁指点着说'这是一头牛，这是一只船'那样。让我们翻过几页去，不过为了让你感到兴趣，我还要附带加个注。

"首先，有个育儿室，窗户朝着园子，园子那边是海。我瞧见了某种发亮的东西，——当然，准是一口食柜门上的铜把手。然后是康斯泰伯太太把海绵高高举过头顶，挤着它，立刻，左面，右面,顺着脊背,到处感到了一种如利箭穿射似的快感。同样地,在我们的有生之年,只要还在呼吸,每当我们撞在一把椅子、一张桌子或者一个女人身上,也总会感到一阵像被利箭穿透似的快感,——当我们在花园里漫步,在这儿饮酒时,也是这样。确实,有时当我经过一座窗口透出灯光、里面正在生孩子的小屋时,我几乎想要去请求他们,别朝这个新生的躯体上挤海绵。然后,是那个花园和那片绿阴如盖、几乎遮蔽了一切的葡萄藤叶子;在浓绿深处像火花般耀眼的花朵;在大黄叶子下一只被癞皮虫缠得苦恼不堪的老鼠;在育婴室天花板上一只嗡嗡飞个不停的苍蝇,以及那一盘盘样子单纯老实的面包和黄油。这一切都仿佛出现在一瞬间,但却一辈子都留在脑海里。一张张脸若隐若现。飞跑着拐过街角,'哈罗,'你会说,'珍妮在这儿。那是奈维尔。那是穿着灰法兰绒衣服、系着蛇形皮带的路易。那是罗达。'她有个水盆,用它来漂白色的花瓣。这是苏珊,我跟奈维尔在工具房里的那一天她还哭来着;我马上觉得自己原来漠不关心的态度软化了。可奈维尔并没软化。'正因为这样,'我说,'我是我,而不是奈维尔。'真是个了不起的发现。苏珊哭了,我就跟在她后面。她那泪水沾湿了的手帕,她因为不如意而哭得像水泵似的一起一伏的肩背,弄得我满身难受。'这可真叫人受不了。'当我挨着她在像骷髅骨那么硬的树根上坐下来时,这么说。就在那时候,我第一次觉察到了世上存在着仇敌,它们变幻不定,但却经常在那儿;那就是我们老在反抗的各种势力。让自己消极地任其支配是不可想象的。'那是你走的路,入世,'有人会说,'而我走的却是这条路。'那么,'就让我们去探索吧。'我喊着,跳起身来,跟苏珊一起跑下山去,随后就看见了那个穿着双大靴子在院子里登登地走着的小马夫。下面,透过浓密的树阴望去,园丁们正用大笤帚在打扫草地。那位夫人在写字。我大吃一惊,呆住不动,心想:'我决不能去打搅他们,使那些笤帚哪怕是停住一下。他们扫,就让他们扫吧。也不能去扰乱了那个正在写字的女人的平静。'说来奇怪,一个人不知为什么既不能去阻止园丁扫地,也不能去打搅一个女人的安静。因此我这一辈子,他们就仍旧留在那儿。这就仿佛一个人在斯东汉①一觉醒来,四周全被一些石头,被那些仇敌,被他们的存在所包围住了似的。接着一只斑鸠从树丛里飞了出来。而我,由于正在初恋,就编了一段辞藻——一首诗——来描写这只斑鸠,只是一句,因为我的头脑里开了一个窍,也就是使人能一眼看透一切的那种突如其来的心明眼亮。接着又是更多的面包、黄油、更多的苍蝇沿着天花板嗡嗡乱转,那上面闪烁着点点的光斑,白濛濛地摇曳不定,同时一些手指般的尖尖光影滴落在壁炉架的一角上,形成一些蓝汪汪的水潭。每天我们坐在那儿喝茶时都瞧见这些景象。

"可是我们是各不相同的。蜂蜡——那种敷在脊背上的处女蜂蜡——在我们各人身上融化时都化成形状各不相同的斑块。在醋栗树丛中跟厨房下女调情的那个着靴子的小伙子的抱怨;晾在绳子上被大风刮得飘起来的衣裳;阴沟里的那个死人;月光下孤零零的苹果树;满身癞皮虫的老鼠;滴下蓝色水潭来的光影;——我们身上的白蜡受到每一桩这类事情的沾染时产生的影响都各不相同。路易痛恨人类情欲的本性;罗达痛恨我们的冷酷;苏珊无法跟人相处;奈维尔渴望秩序;珍妮热心于爱;如此等等。当我们彼此分开时,我们都感到异常痛苦。

---

① 英国萨利斯堡平原上的史前石柱群遗址。

"不过我却避免了走这样的极端，因此比我的许多朋友都更为长命，只是有一点发胖，头发发白，可说是饱经沧桑，因为我感兴趣的是生活的全景，——不是站在屋顶上鸟瞰，而是从三层楼的窗子里所看到的全景，——却并不是一个女人对一个男人说些什么，即使那个男人就是我。因此我在学校里的时候怎么会被别人唬住呢？他们又怎能弄出些事情来难住我呢？当时那位博士老蹒蹒跚跚地走进教室，就仿佛在登上一只风暴中的战船，对着一只喊话筒发号施令似的，既然凡是人有了权势总会变得装模作样，所以我既不像奈维尔那样恨他，也不像路易那么尊敬他。当我们一起坐在教堂里的时候，我就记笔记。那儿有圆柱，有阴影，有黄铜祭品，孩子们用祈祷书挡着打打闹闹，交换邮票；一个长了锈的唧筒似的声音，博士嗡嗡不停地讲着不朽，讲着我们应当努力做个大丈夫；波西弗直搔着他的大腿。我记着讲故事的材料；在我的笔记本纸边上画着人像，因而显得更心不在焉。下面是我当时看到的几个人的样子。

"波西弗那天在教堂里两眼直瞪瞪地盯着前方。他同时还有个用手拍拍后脑勺的习惯。他一举一动总显得与众不同。我们大家也都用手拍拍后脑勺，却学不像。他有一种凛然不可侵犯的美。正因为他一点也不早熟，所以他总是毫无异见地读着各种专门写来教诲我们的书，从而养成了一种使他得以避免不少丢脸和麻烦事情的出色的 equanimity①（拉丁词自然而然地在这儿冒了出来），他就带着这样一种心理平衡，把露茜的淡黄色辫子和粉红色脸蛋看成是女性美的最高典范。由于这样循规蹈矩，他后来的兴趣是极为高雅的。不过总也会有点音乐，有点放

---

① 意思是"心理平衡"，源出拉丁文。

荡的欢乐之歌。透过窗子也少不得会听见一两首来自某种匆邃而陌生的生活的行猎之歌，——一种在群山间响亮回荡然后又逐渐消失的声音。有什么值得惊奇，出人意外，使我们无法解释，只觉得简直近乎荒唐的呢？——当我正想着他时，这样一个想法突然冒了出来。小小的观测镜立刻垮了。大圆柱倒塌了下来；博士消失得无影无踪；一种突如其来的狂喜心情笼罩了我。他是在跟人赛马时摔死的，当我今晚沿着舍茨伯里林阴路走来时，那些从地下铁道门口涌出来的无足轻重而且几乎说不出形状的脸，以及那许多微贱的印度人，那些死于饥饿疾病的人，受欺骗的妇女，遭鞭打的狗和啼哭的孩子……所有这一切在我看来都是受到了剥夺的。他原可以去仗义执言。他原可以去保护弱者。到了四十上下的年纪时，他原可以去推翻那些权势者。我从来没想到有什么样的催眠曲能把他哄得昏昏入睡的。

"不过还是让我来继续挖掘下去，用我的勺子再舀起这类被我们乐观地称之为'我们友人的性格'中的另一个——路易——来吧。他坐在那儿直盯着那个说教的人。他的整个心思都好像凝聚在他的眉头上了，他的嘴唇紧紧地抿着；他两眼专注，可是突然之间闪出嘲笑的光芒来。他也害着冻疮，是血脉流通不畅引起的后果。闷闷不乐，孤独无友，在被人疏远中他有时会偶尔推心置腹，向人描述浪花是怎样拍打他家乡的海岸。青年人的冷酷目光直盯着他那发肿的关节。真的，不过我们也敏锐地觉察到了他是多么说话锋利，头脑灵敏，遇事严格，每当我们躺在榆树荫下装作在专心看着板球比赛时，我们总是多么自然而然地渴望得到他难得的称赞。正如波西弗的优越受人敬重那样，他的优越却遭人怀恨。为人拘谨，多疑，走路高高提着步子就像一架起重机，但尽管如此，当时却传说着他曾直接用光拳头砸烂过一扇门。不过他的那座高峰实在太光秃秃地净露着石头，这一类的朦胧迷雾简直有点跟它不大相称。他没有那种能使人与人互相接近的亲切感。他老是态度傲慢，高深莫测；简直是位善于有意做出一副一丝不苟的神气来令人望而生畏的学者。我的辞藻（像如何描绘月亮之类）从没受到他的赞赏。另一方面，我对仆役们的应付自如却使他嫉妒得要命。但这并不意味着他丧失了对自己长处的信心。那是跟他对秩序的尊崇可以媲美的。后来他的成功原因也就在此。不过，他的生活却并不幸福。可是瞧呀，他在我的手掌心上已经两眼翻白了。突然间你对人到底是怎么回事感到了乏味。我把他放回到水潭里让他去重新恢复光彩。

"下一个轮到奈维尔，他正仰天躺在那儿凝视着夏日的天空。他就仿佛是一片飘荡在我们中间的飞絮，懒洋洋地老逗留在操场上有阳光的地方，并不用心倾听，却也并不显得疏远。正是受了他的影响，使我胡乱地到处涉猎，却从不曾认真去接触过拉丁古典语文，同时也是从他那儿染上了种种难改的思想习惯，使我们无可救药地变得看法偏颇，——比如说把十字架看做是罪恶的标志。我们在这类问题上的爱憎参半、模棱两可，在他看来是无可辩解的背叛不忠。那摇头晃脑、夸夸其谈的博士，我曾描写他坐在煤气炉边挥舞自己的袜带，在他看来只不过是个宗教迫害的工具。因此他一反自己平时的懒惰，热心地钻研起喀特勒斯、贺拉斯、卢克里修斯来，不错，他懒洋洋地静躺在那儿，但却兴高采烈地专心注视着那些板球队员，同时又用他那像食蚁兽的利舌那么迅速、机灵、什么都能抓住的脑子，探究出那些罗马典籍文句中的全部奥秘来，并且还要找上一个人而且总是能找到一个人来坐在他旁边。

"还有那些老师的太太们会曳着长长的衣裙,簌簌有声地走过,高大而威严;这时我们就会举手触帽。还有那无穷的沉闷会无所不包地笼罩一切,永无变化。永远、永远、永远没有任何东西会用它的鳍划破那一片灰沉沉的大水。不会有任何事情发生,来消除那沉重得无法忍受的厌倦。一学期一学期地在过去。我们长大了;我们起了变化;因为,不用说,我们都是动物。我们并不是不管怎样都永远自觉的;我们自动地呼吸,吃喝,睡觉。我们不只各自分散地存在,而且还像混沌一团的东西那么存在。一下子就会把一马车的小伙子发动起来,出去赛板球,比足球。整整一支大军出发去横扫欧洲。我们在公园里、庭园里聚集,并且热心地反对任何竟然想独自存在的叛教者(如奈维尔,路易,罗达)。同时我已习惯于每当听到一两支清楚可辨的曲调,比如路易在唱的,或者奈维尔在唱的,我就会情不自禁地全神贯注于那歌唱的声音,它咏唱着夜晚穿过庭院传来的几乎既无歌词又无含义的熟悉的歌儿;现在当那些大小汽车载着人们上戏院去的时候,我们仿佛又听到了那声音在我们的四周回响。(听:汽车飞快地经过这家饭店;河下游不时响起一阵汽笛,那是一艘轮船正要起锚入海。)要是火车里有个旅行商贩请我吸一撮鼻烟,我是会接受的。我喜欢事物那种丰富、简陋、亲切,虽不那么聪明,但却十分平易而且简直有点粗俗的面貌;喜欢俱乐部和酒馆里的人们,喜欢那些几乎赤身裸体地光穿着内裤的矿工们的谈话,——喜欢那种直率,毫不做作,除了吃饭,恋爱,钱和还能过得去的日子之外全无其它目标;那种不抱任何大的希望、理想和其它雄心壮志;那种只求把事情做好而毫不装腔作势等等。我喜欢这一切。因此我愿意到他们中间去,而奈维尔却会生气,至于路易,我完全同意,他准会转身就走。

"就这样，我身上那件蜡的背心完全不是平均而有秩序地，而是大块大块地化了下来，这儿一大滴，那儿一大滴。现在，透过这层透明的东西，就可以望见外面那些美妙的牧场了，它们乍看起来是那么皎洁明亮，人迹罕到；还有那些草地，上面满是玫瑰和藏红花，但同时也有岩石和毒蛇，有肮脏和漆黑的东西，有使人迷惑、绊住和跌倒的东西。你从床上跳起身来，推开窗子；鸟儿多么嘈杂地一哄而起！你很熟悉那种翅膀的扑击，那种高歌啼鸣，啁啾婉转和纷扰乱飞；一片大喊小叫的嘈杂声音；滴滴露珠都在闪烁，颤动，仿佛整个园子是一幅散碎零乱、隐约发光的镶嵌画，还没有拼成一个整体；有一只鸟儿就在紧靠着窗子的地方婉转歌唱。我听见了这些歌声。我注视着这些幻影。我看见了这些琼们、陶洛赛们、米丽安们，当我走过林阴路，在桥头上停下来望着河水时，我又把它们的名字统统忘掉了。在它们当中出现了一两个比较触目的形象，那就是在窗前用青春时期的自我陶醉婉转歌唱的鸟儿；它们在石头上摔碎它们的蜗牛，把嘴伸进软乎乎、稠腻腻的东西里去，冷酷，贪婪，毫不容情；这就是珍妮，苏珊，罗达。她们不是在东部就是在南方教养长大的。她们留起了长长的辫子，现出一副受惊的小马驹的样子，这是妙龄少女们的特征。

"珍妮第一个怯生生地挨近大门边来吃糖。她挺机灵地一把从你手里把糖抢了过去，但她的两只耳朵却往后紧贴着，仿佛会咬人似的。罗达很野，——谁也抓不住她。她又有点害怕又手脚不灵。苏珊是最先变得像个真正的成年妇人，充满着纯粹女性的温情的。是她在我脸上洒上了灼人的热泪，既美，又吓人；这两种特点都有，也都没有。她天生是诗人的偶像，因为诗人们总是渴望平静；有个人坐在旁边缝着，口里说着'我又是爱，又是恨'，她既不温柔也不热烈，但却具有某种品质，正符合写诗的人都特别向往的那种为表现完美风格所必需的既崇高又不刻意造作的美。她父亲披着松松垮垮的晨衣，趿着破旧的拖鞋，懒散地走过一个个房间，然后又顺着铺石板的过道走去。在寂静的夜里能听到一英里外一道水墙似的瀑布在隆隆地冲下来。那只衰迈的老狗几乎无力跳到他坐的椅子上去。当她不停地转着缝纫机的轮子时，可以听见那几个蠢头蠢脑的仆人正在声震全屋地大声说笑。

　　"即使在苏珊扭着她的手绢，喊着'我又是爱，又是恨'，而我正在极度苦恼激动的时候，我也曾提到了这一点。'一个愚蠢不堪的仆人，'我说，'在上面的阁楼里大说大笑。'而这种小小的戏剧性插曲，表明我们在沉浸于自己的生活体验时，常常多么地并非全心全意。每当满心激动的时候，旁边总有那么一个好发议论的家伙在那儿指指点点；他老在悄声细语，就像那个夏天的早上在那间屋子里，正当收下的庄稼运到窗前的时候他就悄声地向我说：'河边的草地上长着杨柳。园丁们用大笤帚在扫地，那位太太正在写字。'这样，他就把我们引到了完全越出我们自己当时的处境的境界；引到了象征的，因而也许是永恒的境界，要是在我们的睡觉、吃饭、呼吸，那么既满含着肉体要求、又满含着精神要求的喧嚣生活中谈得上有什么永恒境界的话。

　　"河边长着杨柳。我跟奈维尔、拉本特、贝克、罗姆赛、休士、波西弗还有珍妮一起坐在平坦的草地上。透过那些春天夹杂着朵朵绿穗、秋天夹杂着橘黄颜色的茸茸细叶，我看见小船，房屋；我看见忙碌、衰老的妇女。我把一根又一根的火柴醒目地插在草地上，以便标志在理解（也许是哲学、科学，也许是我自身）的过程中的这一个或者那一个阶段，这时我那无拘无束随意活动的感官末梢,正在捕捉各种朦胧的知觉,过后再让头脑去吸收和消化它们:钟鸣声;一个骑车的姑娘,她一路骑着的时候,仿佛稍稍地揭开了一角帷幕,后面隐藏着一片混沌莫辨、喧嚣纷扰的生活,它正在我这些朋友和这棵柳树的圈子以外汹涌激荡。

"只有这棵树抵挡住了我们的不断变迁。因为我总是在不断地变化、变化;一会儿是哈姆雷特,一会儿是雪莱,一会儿又是陀思妥耶夫斯基一部小说里的主人公,我已忘了他叫什么;说来难以相信,我在整整一个学期里还是拿破仑;不过主要还是拜伦。有个时期我一连几星期扮着这样的角色:大步走进房间里,一边把手套和大衣扔在椅背上,一边小声地骂着人。我经常走到书架边去,再啜一口那神效的灵药。这一来,就弄得我竟会把一连串排炮似的辞藻,去倾泻在某个很不相宜的对象身上——有时是个已婚的姑娘,有时又是个已经入了土的姑娘;每一本书里,每个靠窗的座位上,都塞满了一张张写给某一位使我变成了拜伦的女子的信,却都不曾写完。因为要用别人的文体去写完一封信实在太难了。我曾满头大汗地急忙赶到她家,交换了表记,结果却并没娶她,无疑是因为要达到那样的感情热度,时机还太早的缘故。

"这儿又需要有点音乐了。不是那种狂热的行猎歌,波西弗的音乐;而是一种痛苦、嘶哑、发自肺腑,而同时又是昂扬、像云雀那么清脆、洪亮的歌声,应该用它来代替这种平淡乏味而愚蠢的描写,——多么过分地矜持! 多么过分地说理! ——这样是没法去描绘那种转瞬即逝的初恋时刻的。一层粉红色的薄雾笼罩了白昼。瞧瞧她来到之前和离去之后一间屋子的变化吧。瞧瞧外面那些蒙然无知的人在怎样赶他们的路吧。他们既看不见也听不见,只是一味地往前走。在这样一种喜气洋洋然而又有点使人感到重浊的气氛里活动时,一个人对他自己的一举一动会变得多么地敏感,——连拿起一张报纸来时,也会觉得仿佛有什么东西粘乎乎地粘你的手。随后来的是一种镂心刻骨的感觉——仿佛一只蜘蛛在吐丝,织网,拼命去盘绕一棵荆棘树似的。随后又像闪电似的,突然变得满不在乎;光突然熄灭了;随后,那种无限轻松的喜悦感又重新恢复;某些田野上仿佛永远现出了碧绿的光彩,一幅幅自然风光——比如说,汉姆斯台德那儿的一片绿阴——仿佛在黎明的曙光下出现;人人的脸上都容光焕发,大家都像参与共同密谋似的,怀着一种心照不宣的温存喜悦之情;随后,是一种事情已告圆满结束的神秘感觉,而接着,又是那种每当她耽误了回信,每当她爽约不来时发生的像鲨鱼皮那么粗糙难受的感觉——那种像利箭穿心般叫人浑身打战的激动心情。涌起了种种让人如坐针毡般难以忍受的疑心,恐惧,恐惧,恐惧……不过当一个人并不需要什么连贯的东西,只不过需要一阵咆哮、一声呻吟的时候,煞费苦心地去想出这些连贯的词句来又有什么用处呢?而且若干年之后你所看到的,只不过是个正在饭店里脱下她的斗篷的中年妇人。

　　"不过还是再回过头来吧。让我们再假装把人生当成是一种固体物质,形状像个圆球,可以让我们捏在手里随意摆弄。让我们假装认为我们可以编出一个合乎逻辑的简单故事来,因此当了结了一桩事情——比如说恋爱——以后,我们就可以井然有序地再接下去讲另一桩。我方才说有一棵柳树。它那像倾盆大雨般垂下的枝条,它那弯曲起皱的树皮,看来像是置身于我们的想象力之外,但眼前却仍然无法阻止住它们,仍然被它们所改变,不过尽管如此,它们还是稳定不变地显示着自己,而且还有一种我们的生活所缺乏的坚定精神。它所作的评价,它所树立的标准,就表现在这里,当我们变迁不定时,它何以仿佛老是在冷静地衡量,其原因也正在这里。比如说,奈维尔跟我一起坐在草地上。可是我要问,如果跟着他透过树枝去注视河上的一艘小船,一个正在从纸袋里拿出香蕉来吃的年轻人,一切能像那样明确无疑么?由于这幅景象被那么热烈地鲜明刻画出来,而且又那么浸透着他高度的想象力,因而一时之间仿佛我也同样透过柳树枝看到了它:小船,香蕉,年轻人。但接着它就消失不见了。

"罗达失魂落魄地走了过来。她要是穿上件华丽的长袍,准能骗过任何一个学者,要是掩住那两只穿着拖鞋的脚,准能骗过一只正在碾平草地的驴子。她那双梦幻般的、惊愕的灰眼睛深处,究竟隐隐约约闪动着什么令人生畏的东西,跃然欲出?即使像我们那样冷酷无情而且心存报复,我们也还没有坏到这样的程度。我们准是因为有着自己起码的好心肠,或者是因为向一个我一点也不熟悉的人这样随便谈论有点不太合适,所以我们不想再说下去了。她所看到的那棵柳树,是生长在一片灰暗、没有一只鸟儿在那儿歌唱的荒漠边上。树叶子被她一瞧就索索发抖,当她经过旁边时就痛苦地起伏摇晃。电车和公共汽车声音粗哑地在街上隆隆开过,它们越过山岩,急急地向远处飞驶而去。也许有一根圆柱在阳光照耀下矗立在她那片荒漠上,在一个池塘的旁边,常常有野兽偷偷走到那儿去喝水。

"然后珍妮来了。她在那棵树上燃起了她的熊熊烈火。她就像个皱成一团的玩偶,狂热地渴望着要痛饮那干燥的尘灰。气势汹汹,锋芒毕露,丝毫不是出于一时冲动,她是完全胸有成竹地跑来的。因此许多小小的火焰蜿蜒地燃遍在干燥大地的裂缝上。她使得柳树摇曳起舞,但却并不是在幻想中;因为她对任何不存在的东西是从来都看不见的。这是一棵树；那儿有条河；现在是下午；我们正在这儿，我穿着我的毛哔叽衣服；她穿着一身翠绿。既没有过去，也没有将来；只有围在一圈光环里的眼前，还有我们的肉体；此外就是那不可避免的高潮和狂欢。

"路易呢，当他小心翼翼地（我一点也不夸大）把一件雨衣平整地铺好，在草地上坐下来时，使人不由注意到他的在场。这真叫人望而生畏。我总算有那份聪明，知道敬重他的正直不欺，尊重他用那双因为生冻疮而包扎着破布的手去摸索一粒货真价实的钻石。我在他脚边草地上挖洞埋下一盒盒用过的火柴。他莞尔一笑，用刻毒的口吻责备我的无聊。他那贫乏可怜的想象力使我感到有趣。他故事中的人物都戴着礼帽，谈着用十镑价钱出售钢琴的事。在他的田野上电车尖声驶过；工厂冒着刺鼻的浓烟。他出没在寒酸的小镇和街道上，那儿在圣诞节的时候女人们喝醉了酒，赤身裸体地躺在床单上。他的话像从铅弹滴制塔上坠落下来，落进水里又反进起来。他搜索到了一个字，仅仅只有一个字，来形容月亮。然后他就站起身来走了，我们也都站起身来走了。可是我迟疑了一会儿，望了望树，而当我望着秋天如火如荼的黄色树枝时，一点沉积物凝成了；我凝成了；一滴坠落了下来；我坠落了下来，——这就是说，我从某种已经结束的体验中解脱了出来。

"我站起身走开了，——是我，我，我；并不是拜伦，雪莱，陀思妥耶夫斯基，而是我，伯纳德。我甚至把我的名字重说了一两遍。我摇着手杖走着，进了一家店铺，买了——但却并非因为我爱音乐的缘故——一幅镶在银色画框里的贝多芬像。这倒并非因为我爱好音乐，而是因为整个人生，它的大师们，它的探索者们，当时以一长列光辉人物的形象出现在我的身后；而我是他们的继承

者;我,是继续者;我,是奇迹般被指定把他们的事业继续下去的
人。因此,摇着手杖,含着眼泪——与其说是出于骄傲,还不如说
是出于自卑,——我顺着街道继续往前走去。翅膀已经开始扑
动,鸟儿开始高歌欢鸣;现在你走了进去;你进了屋子,枯燥、冷
漠、挤满了人的屋子,桌上陈放着它的各种传统、常用物件、成堆
废物和无价之宝的地方。我来找缝制家常衣服的成衣匠,他还记
得起我的叔父。顾客来得极多,但面目不像那些第一流的脸(奈
维尔、路易、珍妮、苏珊、罗达)那么鲜明触目,而是模糊,面目难
辨,或者说面目是如此多变,因而显得难以辨认。我脸上发红同
时又心存鄙视,在一种赤裸裸的惊喜参半的古怪心情中承受了这
突然的一击;这混乱的兴奋心情;这复杂、骚乱、突如其来地同时
来自四面八方的生活的冲击。在珍妮坐在描金椅子上显得光彩
焕发、气度雍容的晚会上,老不知道下一句该说些什么;弄出了难
堪的冷场来就仿佛每颗沙砾都看得清楚的光秃沙漠那么触目;紧
接着又说出了不该说的话,因而自觉像根直捅捅的通条那么过分
诚恳,但愿能变得像发亮的便士那么圆滑却又实在做不到,——
所有这一切是多么令人难堪! 多么叫人丧气啊!

　　“然后有位太太做了一个生动的手势,说:‘跟我来。’她领
着你走进一个隐秘的斗室,让你有幸跟她亲密相处。称呼由姓
改成了名字;名字又改成了昵称。对印度、爱尔兰或者摩洛哥究
竟该怎么办? 年老的绅士们钻在枝形吊灯下面解答着这类问
题。你感到自己令人惊奇地知道了不少事情。外面种种模糊难
辨的势力在发威;里面我们却十分亲密,十分爽直,确实有这样
一种感觉,就是在这儿,在这间小小的房间里,我们尽可以把这
一天看做是一星期中的任何一天。星期五或者星期六。在脆弱
的心灵上包上了一层外壳,发出珍珠的光泽,灿烂耀目,激情的

利喙怎么也啄不穿它。它在我身上形成得比大多数人都更早。不久我就能在别人刚吃完甜食时已经在泰然地削自己的梨。我能在周围一片沉默时从容说完自己的话。也正是在这段时期里，追求学识的完美具有了一种吸引力。你感到能用在右脚脚趾上拴上根绳子一早起床的办法，来学会西班牙文。你把自己的约会本上的小格填满了八点赴晚宴，一点半赴午餐会等等。你有了许多的衬衫、袜子和领带可以在床上摊出来展示。

"但是这种一丝不苟，这种军人般秩序井然的列队前进，实在是一个错误，一种省力的行为，一种欺骗。即使当我们穿着白坎肩，彬彬有礼地在约定的时刻准时来到时，在这种行动的下面，总是隐隐流动着一连串迅速交替的断片残梦，育婴室的催眠曲，街上的喧嚷，残缺不全的语句和幻影——榆树，柳枝，正在扫地的园丁，正在写字的女人，——这一切，就是在我们正引着一位太太走向午餐桌时也还是在不断地起伏隐现。正当你那么一丝不苟地把桌毯上的刀叉摆一摆整齐时，千百张面孔在那儿扮着鬼脸。其中没有一样东西你可以用勺子捞到它，也没有一样东西你可以称之为一件大事。可是它，这种潜流，却是活生生的，深深隐藏在那儿的。当我专心浸沉在其中时，我会停下来品味某件事，接着又是另一件，注目凝视一个也许插着一枝红花的花瓶，同时突然想到了某一条道理，某一个突然的发现。或者当我正在斯特兰德大街上走着时，我会忽然说：'这正是我需要的一句辞藻，'因为这时正有一只神话般美丽的怪鸟，一条鱼，或者一团镶着红边的云块涌现了出来，一下子永远驱散了某个老在缠绕着我的念头，随后我就继续往前走去，重新满怀乐趣地察看着橱窗里的领带和别的东西。

"生活的结晶，或者像你所称呼的那样——生活的圆球，绝不是摸上去硬绷绷、冷冰冰,而是包着一层薄薄的气壳。只要一挤它就会整个爆裂。我从这口大汽锅里完完整整提炼出来的词句,只不过是连成一串的六条不小心被捉住的小鱼,成千上万别的鱼则在扑哧扑哧地直跳,弄得这口大汽锅里像是有一锅银水在沸腾冒泡,而它们却从我手缝里溜掉了。各种人脸重新浮现,这一张,那一张,都在我的气泡壁上印下了他们的美,他们是奈维尔,苏珊,路易,珍妮,罗达以及成千上万别的人。真难把他们安排得井然有序,单独把某一个分离出来,或者把整个的效果发挥出来,——又像是在说音乐了。多么宏大的一曲交响乐啊,包括它里面的和声和不谐和音,它的高音清亮,低音重浊,接着又昂扬激越起来! 每个人奏着他自己的曲调,用小提琴,长笛,小号,定音鼓,或者其他各种各样可能的乐器。奈维尔奏的是'我们来谈谈哈姆雷特'。路易奏的是沉寂。珍妮奏的是爱。然后突然在一阵情绪冲动下,跟一个性情平和的男人一起上昆布兰的一家旅馆去呆上整整一星期,窗子上不断地雨水淋漓,每顿饭吃的只有羊肉,羊肉,还是羊肉。可是这一个星期却是从未被提起过的激情旋涡中一块永不磨灭的中流砥石。就是在那段时间里,我们玩着多米诺骨牌;当时,我们争论着老得嚼不动的羊肉的问题。当时,我们在荒野沼泽间漫步。随后,一个小姑娘从门外探头进来,把那封用蓝色信纸写的信交给了我,从信里我知道了那个曾使我成为拜伦的姑娘就要嫁给一位乡绅了。一个套着护腿的男人,一个手里老拿着根鞭子的人,一个常在饭桌上大谈肥阉牛问题的人……我嘲弄地欢呼了一声,仰望着天上的浮云,痛感到了自己的失败;想到了自己渴望自由自在;逃避麻烦;又想受到束缚;作个了结;继承事业;当个路易这样的人;又想保持我自己;随后我独自披着雨衣走了出去,在永恒的群山下感到自己满腹牢骚,毫不高超;然后走了回来,抱怨羊肉,收拾起行装,就此又重新回到了旋涡中,回到了痛苦的磨难里。

"但尽管如此,生活还是愉快的,过得去的。星期一之后是星期二;然后又到了星期三。头脑增加了年轮;个性变得坚强起来;痛苦已经被岁月所吸收。一开一合,一开一合,愈来愈劲头十足、嗡嗡有声,青春的火气和热情被全部发动起来,全力运转,以致整个人都仿佛在不断收缩伸展,像一座钟的发条似的。从正月到十二月,流水奔腾得多快!我们随着事物的激流漂走,它在我们心目中已显得那么司空见惯,几乎丝毫没有留下形迹。我们漂着,漂着……

"不过,既然一个人总得跳一步(以便把这个故事讲给你听),那我就在这儿,在这个问题上跳一步,现在跳到一个完全是老生常谈的事情上——比如说火棍和火钳的事情上来吧,这是在那位使我变成拜伦的女士嫁人后过了一段时间,我在一个我想称之为琼斯第三小姐的人的影响下所看到的东西。她是这样的一位姑娘——每当想邀你一起吃饭时就准是穿着某一套衣裳,摘下某种样子的一朵玫瑰来戴在身上,她会使你在刮脸时总想到:'要稳一点,稳一点,这是桩非同小可的事情。'接着你就会问:'她对孩子会怎么样?'你注意到她弄那把雨伞时有点笨手笨脚;但当一只老鼠被捉住时却很专心致志;而且最后一点,她不会让早饭时吃的面包(我一边刮脸一边正想着婚后生活中那川流不息的早饭)老显得平淡无奇,——你坐在这位姑娘对面,看到早饭面包上停着一只蜻蜓时,是决不会感到吃惊的。同时她还激起了我想在社会上爬上去的愿望;她也使得我蛮有兴趣地去瞧以前老觉得讨厌的新生婴儿的脸。而你头脑里的脉搏的那种细微而有力的跳动——嘀嗒,嘀嗒,——也显得节奏更加庄严。我漫步在牛津街上。我们是延续者，我们是继承者，我一边说，一边想着我的那些儿女们；即使这种心情有点浮夸到了荒唐的程度，使你只好借跳上一辆公共汽车或者买一份晚报来加以掩饰，它却仍旧是一种古怪的因素，使得你那么劲头十足地系好靴带，现在又那么兴致勃勃地跟一些正在干着各种事业的老朋友们高谈阔论。路易，这位老呆在阁楼里的人，罗达，这位老显得湿淋淋的泉水女神，如今都已变得跟我过去曾觉得是肯定无疑的想法格格不入；都代表着正跟我如今认为是那么明显无疑的事（我们总得结婚，成家过日子）截然相反的另一面；我为此爱他们，可怜他们，同时却又深深地羡慕他们那不同的命运。

"一度我曾有过一位为我写传记的人，他如今早已死了，但如果他现在还以他早先那种急于讨好的心情追踪我的足迹，他一定会在这儿这样写道：'就在这个时期，伯纳德结了婚，买了一所房子。……他的朋友们发现他愈来愈热心于家庭生活。……儿女的出世使他急需增加自己的收入。'这正是传记的文体，它也确实把一片片破碎的东西、边沿参差不齐的东西拼凑到了一起。归根结柢，要是你写信也老用'敬爱的先生'开头，用'你忠实的某某'结尾，那么你就无法去指责这种传记文体；你无法鄙弃这些像罗马大道似的平平坦坦通过我们纷纭复杂的生活的词句，因为它们迫使我们不得不作为一个文明人，用跟警察们一样的那种缓慢稳重的步子走路，尽管你也许同时会小声地嘟囔着各种各样胡说八道的话——'听，听，狗叫'，'滚，滚，死亡'，'别哄我世上有真心实意的婚姻'，等等。'他在事业上获得了一些成就。……他从叔父那里继承到一小笔遗产。'——传记作者就是这样写下去的，而且要是一个人穿着长裤并且用的是背带，你也得说到这件事，尽管这常常会弄得你劳而无功，白费气力乱写这样的字句,但你还是得说到这件事。

"我的意思是说,我已变成了像人们在田里踏出一条小路来似的在生活中留下了脚印的人。我的左边靴跟已经有点磨蚀了。每当我走进去时,屋子里总是会一阵忙乱。'伯纳德来啦!'不同的人说的时候口气又是多么地各不相同啊! 有许多的屋子,就会有许多不同的伯纳德。有可爱但却软弱的;有强健但却傲慢的;有聪明但却严酷的;有脾气挺好但却——我决不会弄错——十分乏味的;有心怀好意但却态度冷淡的;有衣冠不整但却——走进另外一间屋子——又是俗气、爱打扮、穿得太讲究的。我到底是怎样一个人,在我自己看来却又与此不同,全不像上面所说的那样。我最愿意让自己牢牢地坐定在早饭的面包前,面对着我的太太,正因为她如今已完全是我的太太,而绝不再是从前想跟我见面时就戴上某种样子的一朵玫瑰的那位姑娘了,因此她使我有一种置身于无忧无虑之中的感觉,大概就像一只雨蛙伏在一片惬意的绿叶下时的感觉一模一样。'把那个递给我……'我会说。'这是牛奶……'她会这样应答着,或者是:'玛丽就要来了……'——对那些已经把自古至今一切战利品都已继承到手的人来说,这只是些简简单单的话,但对当时还正日复一日地置身在生活的高潮中的人来说却并不是这样,在这种情况下你会在每天吃早饭时感到完美和满足。肌肉,神经,肠子,血管,这一切就等于是我们整个身子的线圈和弹簧,这架机器的不知不觉的嗡嗡运转,正像舌头的一伸一吐那样,十分顺利正常。一开一合;一开一合;吃,喝;有时还加上说话,——全部机制仿佛在一会儿伸展,一会儿收缩,就像一台时钟的发条那样。吐司和黄油,咖啡和咸肉,《泰晤士报》和信件……突然电话铃急急地响了起来,我不慌不忙地站起身来向电话走去。我拿起那黑色的话筒。我注意到自己的脑子在从容不迫地调整自己,以便去接收传来的信息,——也许是(一个人总是会有这样的幻想的)要你去承担领导大英帝国的职责;我发现自己不动声色;我觉察到我那注意力的原子是多么活跃地散布开来,围住干扰物,吸收那信息,自动调整到一种新的状态,在我放下听筒的那一会儿,就已经创造出了一个更丰满、更强有力、更复杂的世界,我就是被召唤要到这个世界里去担当我的角色,而且毫无疑问一定能胜任愉快。我戴上帽子,踏进了一个人头济济的世界,那些人也同样都戴上了帽子,当我们在火车里、地下铁道里推挤着,彼此遇见时,我们用既是竞争者又是伙伴的目光互相会意地挤挤眼,大家都同样带着满身的手段和计谋,要去达到一个同样的目的——谋生。

"生活是愉快的。生活挺不错。光是生活的进程本身就叫人满意。就拿一个身体健康的普通人来说吧。他喜欢吃饭和睡觉。他喜欢吸点新鲜空气,用轻快的步子走过斯特兰德大街。或者拿乡下来说吧,那儿有只公鸡停在大门上啼;那儿有只家禽正在绕着一块田边飞跑。总有一件事等着要做。星期一之后是星期二;星期三,星期四。每一天都激起同样的安宁生活的涟漪,重复着同样的韵律曲线;给新的沙滩带来了一层寒潮,或者缓缓地消隐而并不带来寒冷。生命就这样在逐渐增加年轮;人格逐渐变得坚强。原来像冒冒失失、偷偷摸摸地把一粒谷子撒向空中,让它被四面八方的生活的狂风刮得东飘西荡似的举动,现在已变得慢条斯理,有条不紊,而且撒得有的放矢,——至少看来是这样。

"天啊,多么愉快!天啊,多么好!当火车驶过市郊,看得见那些卧室窗子里的灯光时,我会说,那些小店主的生活是多么不错啊。当我站在窗口，望着手里提着小口袋正在蜂拥进城去的工人时，我就说，可真像一窝蚂蚁那么勤劳能干、精力饱满啊！当我看见一些人穿着白球裤正在正月天的雪地上追着一个足球飞跑时，我就说，手脚是多么坚实、灵活而有力啊！由于如今爱为小事情闹脾气，——也许该怪吃的那些肉，——我觉得给我们婚后生活中那无边的平静搅起点小波澜来倒也显得有趣，我们的孩子快要出世了，稍微打破一下这种平静只会更增加点乐趣。我会在吃饭时打瞌睡。我净说些荒唐话，仿佛因为我是个百万富翁，所以满可以随便乱扔一些五先令的小钱；或者因为我是个高空作业工人，所以有意要在一个小矮凳上绊一跤。临上楼睡觉前，我们常在楼梯上才结束争吵，然后站在窗口，望着就仿佛一块蓝石头的内部那么清澈的天空。'谢天谢地，'我说，'我们不必把这些散文硬调和进诗里去。简简单单的话就足够了。'因为眼前景色的辽阔和清澈看起来是那么了无阻碍，使我们的生活可以越过所有那些林立的屋顶和烟囱，向着一望无际的天边不断地向前伸展。

"直到陷进了那种猝然的死——波西弗的死。'哪一边是幸福？'我问（我们的孩子已经生下），'哪一边是痛苦？'这是我在下楼梯当中想到自己的两腰时，纯粹作为对身体情况的考察而说的。同时我也在观察屋子的情况：窗帘在迎风飘起；厨子在哼唱着；衣服挂在半开半掩的橱门里隐约可见。'但愿再给他（我自己）一点休息的时间吧。'我一边下楼一边说。'现在他就要在这间客厅里受罪了。简直无法逃避。'不过光用言语还不足以表达痛苦。需要大叫大喊，天旋地转，印花布床单显得模糊发白，对时间和空间的感觉混乱；觉得移动的东西完全静止不动；声音一会儿很近一会儿又挺远；肌肉像被裂开，鲜血进涌，一个关节突然抽搐,——在这一切后面隐隐现出某种重要的事情,不过还很遥远,还只应当把它搁在一边。因此我走出了门。我看到了第一个他已再也无法看到的清晨,——那些麻雀仿佛是孩子们用线拴着的玩具。毫不关心地从旁观看着事物,却仍能看出它们本身的美,——这是多么古怪!还有那种如释重负的感觉;装腔作势和虚幻不实都不见了,一种明朗透澈降临了,你一边走着,一边自己仿佛变得消失不见,而事物却都清晰可见,——这是多么古怪。'现在,还会有些什么样的新发现呢?'我说着,为了紧紧抓住不放,掉头不顾那些报牌,继续往前走,望着那些图画。圣母像和圆柱,拱门和橙子树,都像创始的第一天那么宁静,不过它们已经知道了人世的悲伤,它们就悬在那儿,而我则凝神地望着它们。'瞧,'我说,'我们在一起,没有一点干扰。'这种轻松自在、无所挂碍,就像是一种胜利,它在我心中激起那么强烈的喜悦,因而即使现在我有时候也还常到那儿去,以便重新唤回这种喜悦,以及波西弗。可是这并没能维持多久。折磨你的是头脑里那只眼睛老在可怕地活跃:他如何摔下来,变成什么样子,他被人们抬到了哪儿,那些人身上只围着腰布,拉紧着绳子;头上的绷带和污泥。接着又可怕地猛然涌来了一个回忆,料不到又赶不开,那就是——我没能跟他一起上汉普顿宫去。这只利爪在抓得人痛苦不堪,这只利齿在撕得人粉碎:我没有去。尽管他竭力在说,这并没什么关系;何必去打搅和破坏了我们当中这毫无阻挠心心相印的时刻呢?但尽管如此,我懊丧地说,我总归是没有去,从而被那些老缠住人不放的魔鬼们骗出了神圣的避难所,而跑到了珍妮那儿去,因为她有一个自己的房间;房里摆着几张小桌子,桌子摊满着各种小玩意。到了那儿,我痛哭流涕地坦白忏悔自己没上汉普顿宫去。而她则回想起了

414

别的一些在我看来微不足道,对她来说却十分痛心的事,使我明白了当世上有许多事我们没法参与时,生活会如何地显得黯淡无光。还有,后来过不多久,一个侍女送来了一张便条,而在她转身去写回信时我满心好奇地想知道她在写些什么、写给谁的那一会儿,我仿佛看到了在他的坟头上落下了第一片秋叶。我看到了我们正匆匆地跨过眼前这一刻,把它永远地留在了身后。接着,我们肩并肩地坐在沙发上,势所必然地重提着那些别人早已说过的话:'如今百合花要在五月里才开得茂盛哩。'我们用百合花来比波西弗,——而正是这个波西弗,我一心只希望他能蓬乱着头发,推翻权势,跟我一直形影相随;他已经被太多的百合花所淹没了。

"因此眼前这一刻的真诚感消失了;变得有点象征色彩;而我最受不了这个。我嚷着说,不管我们怎么样嘲笑议论得触犯神明,也还比这样乱洒百合花的甜水,在他身上堆满各种辞藻好。因此我默然不再开口,而头脑中既没有未来,也不想远事,一心一意只看重目前的珍妮,挨了这一鞭只是扭了扭身子,在脸上扑了点粉(我就爱她这一点),随后站在门口台阶上一边用一只手按住头发免得被风吹乱,一边挥手跟我道别,正是这个手势使我对她感到敬重,就仿佛它正表明了我们的决心——再不让百合花生长了。

"我用彻悟的眼光瞧着街道上那无聊的虚幻景象:它的门廊;它的窗帘;买东西的妇女们发黄的衣服,贪婪和踌躇满志的神气;包着大围巾出来呼吸新鲜空气的老人;行人过马路时的小心翼翼;人人都一定要继续活下去的决心,而实际上,我说,你们这些笨鹅和蠢人啊,屋顶上随时都可能会飞下瓦片来,汽车也随时可能会出岔;因为一个醉汉干吗手里拿着根大棒到处寻衅,是什么道理也说不清的，——就是这么回事。我就仿佛是一个人被放进后台去，让他看了种种舞台效果的奥秘似的。不过，我终于回到了自己那个安乐窝似的家，管客厅的女仆叮嘱我要穿着袜子悄悄走上楼去。孩子正在睡觉。我走进了自己的房间里。

"难道就没有一把利剑或者别的什么东西，可以用来砸烂这四堵墙，这安身立命之所，这种生儿育女，这种老生活在窗帘帷幕之中，一天天变得更沉湎于图书和画册么？倒还不如像路易那样，为追求完美而耗尽心血；或者像罗达那样撇下我们，越过我们头上而飞向荒漠；或者千挑万挑而结果只挑上了像奈维尔那样的人；还不如做个像苏珊那样的人，对烈日下的酷热和霜打的青草都又爱又恨；或者跟珍妮那样，爽爽快快，就像个野兽。他们每人都有他们自己的乐趣；对死亡他们又都抱有同感；这对他们都很有好处。因此我一一拜访了我这几位老朋友，用手指摸索着硬打开了他们项链上紧锁着的小盒。我顺次去到他们跟前，手捧着我的忧伤——不，不是我的忧伤，而是我们这种人生的难以理解的本质——请他们剖析。有些人去找牧师；有些人去求教于诗神；而我却求教于我的朋友，我自己的心，我在辞藻和断简残篇中寻求一种完整无缺的东西，——在我看来，月亮和树木中的美还是显得不够；对我来说一个人跟另一个人的接触就是一切，但就连这个也还感到捉摸不透，因为我是那么不完美，那么脆弱，那么无可形容地孤独。我就是这样地束手无策。

"这就是故事的结局么？是一声长叹？水上的最后一个涟漪？一道涓涓细流流向一条阴沟，然后就潺潺地消失无踪？让我赶紧用手摸一摸桌子，①——就这样，——好恢复我对眼前的

---

① 西方迷信，认为用手摸一下木头的东西可以消灾免祸。

感觉。一个摆着各种调味品瓶子的餐具架;一满筐的圆面包;一盘香蕉,——这都是叫人看了觉得舒服的情景。但是要是根本无所谓故事,那又怎么谈得到结局或者开场呢? 当我们试图讲述生活的时候,生活大概是不愿意让我们这样来摆弄它的。深夜不眠时,我奇怪自己为什么不能更加克制一些。那就不必去操心把材料一一归入那些文件格了。力量是多么奇怪地在一条干涸的小河沟里逐渐消退隐没的啊。深夜独坐,自感到我们已经是精疲力尽了;我们的这点水只能勉强淹着那些海冬青的穗子;我们甚至都无力再把那些稍远一点的鹅卵石浸没。什么都完了,我们已经无能为力。只能等待着——我整夜都在等待着——全身再涌起一点精力;我们站起身来,我们把浪花的鬃毛往后一甩;我们步履沉重地奔上岸边;我们是不肯被束缚住的。这就是说,我刮了胡子,洗了脸;不惊醒我的妻子,独自吃了早饭;戴上了帽子,走出门去谋生。星期一之后,星期二又来到了。

"不过某种迟疑、某种疑问的心情还是存在。我推开门,发现大家那么专心忙碌着,觉得十分惊奇;我犹豫了一下,端了一杯茶,不管人家问要不要糖和牛奶。现在,在游荡了千百万年之后,当星星终于坠落在我的手掌上时,它发出的光能使我稍稍打个冷战,不过如此而已,我的想象力早已经枯萎了。不过某种迟疑的心情还是存在。一个暗影在我的头脑中颤动着掠过,就仿佛在一间傍晚的屋子里飞蛾的翅膀颤动着在桌椅间飞过那样。比如说,当我这年夏天上林肯郡去看望苏珊,她穿过花园,像半张的风帆那样不慌不忙,用一个怀孕的女人那种摇摇摆摆的姿态迎着我走来时,我心里想:'事情就是在这样发展着,可是为什么?'我们在花园里坐下来;大车一路掉着干草驶了过来;四周是乡间常有的那种老鸦和鸽子的一片嘈杂的鸣声;果子都包着纸,用网保护着;管园子的在那儿掘着地。蜜蜂嗡嗡地在花丛间暗红色的通道中穿来穿去,停在向日葵的花盘上。细树枝被风刮过草地。这一切是多么和谐,同时又令人似觉非觉,仿佛笼罩在一层雾里;可是对我来说却显得可憎,就好像你的肢体被一张网把它们紧紧地束在了它的网眼里。她曾经拒绝了波西弗,却让自己去忍受这个,这种被紧紧密裹得透不过气来的境遇。

"我在河边坐下来等火车,当时我心里想着,我们是如何放弃抵抗,屈服于自然的愚蠢安排啊。浓荫覆盖的树林展开在我的面前。由于神经受到某种气味或者音响的轻轻一触,那个老的幻影——扫地的园丁,写字的太太——又重新出现了。我瞧见了埃尔弗顿山毛榉树下的身影。园丁在扫地;桌前坐着的太太正在写字。可是如今我在童年的直觉中加进了成年的贡献——赢足和听天由命;对我们生来无法避免的东西的感触;死;对种种局限性的认识;人生是如何比我们曾经想象的更冷酷无情。当时,在我还是个孩子的时候,就已确知仇敌的存在;反抗它们的必要性使我满心烦恼。我曾经跳起身来大喊:'让我们去探索一番吧!'这样一来就消灭了对处境的畏惧。

"可现在到底有什么处境可以消灭的呢?厌烦和听天由命。又有什么可以探索的呢?树叶和林子中并没隐藏着什么。要是一只鸟儿展翅飞起,我已不会再去做一首诗了,——我只会再重复一遍自己早已说过的东西。因此要是我有一根手杖去指点出人生曲线的种种高低曲折,那么这就是其中最低陷之处;在这儿,它徒劳无益地盘旋在浪潮不到的泥泞里,——我现在就正背朝着一道树篱坐在这儿,帽檐低低地拉到眉梢,望着那群绵羊露出它们那副呆头木脑的蠢相,用又细又僵的腿麻木不仁地一步步往前走着。不过要是你把一把钝刀子放到一块长长的磨石上去一磨，就立即会迸出一点东西———一道尖利的火光来；相反要是放到日常惯见的那种既无理性、又无目的的蠢然大物上去磨，就只会迸出一种轻蔑和敌视之火来。我把我的头脑、我的生命，这沮丧疲惫、奄奄一息的陈旧的东西，拿来朝着这堆浮在油腻腻水面上的鸡零狗碎、枯枝败叶、叫人望而生厌的残骸朽骨、破船烂板上劈头盖脑地砸过去。我跳起来大声说：'揍，揍！'我反复地嚷着。这是一种努力，一种挣扎，是一种不断的挑战，是不断地砸碎又拼拢，——这是一种每日不间断的战斗，胜利也罢失败也罢，只一味全力以赴地猛打穷追。使零乱的树木井然有序；树叶的浓荫变得疏朗，摇曳生光。我用一句出人意外的辞藻网罗住了它们。我用字眼使它们摆脱了混沌不明。

"火车到站了。它长长地驶进月台，停了下来。我赶上了这班火车。因而傍晚就回到了伦敦。多么叫人感到满意啊，这通情达理的气氛和烟草味；一些老太婆带着她们的篮子爬上了三等车；亲友们在一些小站上道别时的互道晚安和明天见，然后就出现了伦敦的灯光———既不像青春时的炫目狂欢，也不像暗红色的褴褛破旗，但不管怎样总还是伦敦的灯光；高高亮在大楼办公室里的强烈电灯光；沿着冷清的人行道两侧的路灯光；热闹地闪耀在街头市场上的照明灯光。正当我已暂时赶走了我那仇敌的时候，这一切都使我感到高兴。

"同样我也乐于发现———比如说，在戏院里———那种人生的壮观场面。在这儿，一头浑身土色、粗俗不堪的田里的畜生会挺直身躯，十分机智勇敢地起来反抗绿色的树林和绿色的田野，以及那些一边嘴里咀嚼、一边不慌不忙一步步往前走着的羊群。此外，不用说，灰色的长街上一扇扇窗户都灯烛辉煌；一块块小地毯横在人行道上；有打扫干净、装饰一新的屋子，炉火，食品，美酒和闲谈。两手已经干瘪的男人，耳朵上挂着珍珠串成的宝塔形耳坠的女人们出出进进。我看见一些老人，脸上被世俗的劳累深深刻上了带着嘲弄神情的衰老皱纹；美貌受到那样的珍爱，仿佛在年岁上它也是新生的东西；而青年人又是那么地耽于追欢寻乐，以致你真会觉得欢乐是确实存在的；似乎草地正是为此而修平；大海掀起微波，树林中欢跃着毛羽鲜明的小鸟，也都是为了迎接青春，为了迎接即将来临的青春。在那儿你会遇见珍妮和海尔，汤姆和蓓蒂；在那儿我们互相开着玩笑，彼此吐露着衷情；而且没有一次不在门口分手时预先约定后会之期，在另外的某一家屋里，按不同的情况，比如季节的变换而定。生活是愉快的；生活真不错。过了星期一之后是星期二，随后又来了星期三。

"是的，不过每过一阵子之后又会出现不同的变化。这也许表现在某一晚屋里的某种样子，椅子的某种摆法上。深深地埋身在屋角的一张沙发里，看着，听着，似乎是十分惬意的。这时，碰巧有两个身影背朝窗子站在一棵枝叶纵横的树前。你会心情一阵激动之下，感到：'世上的确有一些身躯，没有漂亮的脸，但却有满身漂亮的衣服。'接着，在涟漪散处，一阵冷场之后，那个你本来会跟她融洽谈心的姑娘会在心里对自己说：'他年纪太大了。'不过她错了。这并不在于年纪；这是因为又有一滴坠落了下来；又是新的一滴。时间又一次动摇了事物的安排。我们从醋栗树叶遮成的穹隆下钻了出来，走进了一个更为广阔的世界。现在事物的真实秩序——我们老有这样的幻想——变得清楚明白了。因而暂时地，在一间客厅里，我们的生活自动调整得跟正在庄严地通过天空的白昼保持了同一步调。

"就因为这样，我没有去穿上我那黑漆皮鞋，找一条不错的

420

领带,而去找了奈维尔。我去找我这位老朋友,他在我还是拜伦,是梅瑞狄斯笔下的年轻人,又是陀思妥耶夫斯基书中那个我忘了叫什么名字的主人公时,就已经熟悉我。我找到他时,他正独自一个人在看书。一张整整洁洁的桌子;一条一丝不苟、平平整整地拉上了的窗帘;一把正在裁开一本法文书的裁纸刀,——我心想,没有哪个人在我们初次见到他以后,会在神态或者衣着方面起什么变化。这会儿他就正坐在自从我们初次见面以后就一直坐着的那把椅子上,还穿着那样的一身衣服。这儿有无拘无束;这儿有亲密无间;炉火光映得帷幔上的一个圆圆的苹果掉了下来。我们在这儿谈着;坐着闲谈;漫步顺着那条林阴小路走去,这条路通向树下,通向那些浓密的树叶簌簌作响,枝头挂着累累果实的树下,我们经常一起踏着这条小路,以致如今围绕着其中的某些树,围绕着某些戏剧和诗歌,某些我们最心爱的宠物四周的草皮都变得光秃秃的了,——这些草地是不断被我们杂乱无章的脚步踏光的。每逢我不得不等待的时候我就看书;每逢我夜里醒来时,我就摸索着在架上取下一本书来。不断膨胀,经常扩充,我的头脑里积累了一大堆来历不明的东西。我不时地从中掰下一块来,也许是莎士比亚,也许是某个姓裴克的老太太的话;我常一边躺在床上抽着烟,一边自言自语说:'那是莎士比亚的话。那是裴克的话,'感到一种确知无疑和广有知识的激动心情,这是无限欣慰而又无法表达的。因此我们一起欣赏着我们的裴克,我们的莎士比亚;互相对照着各自的版本;让对方的真知灼见使自己的裴克或莎士比亚得到更好的阐明;然后就陷入了一段沉默的时刻,只是偶尔被几句简短的话所打破,就仿佛沉默的水面上一片鱼鳍浮上来一闪;接着,这片鱼鳍,这个念头,就又深深沉入水中,周围稍稍激起一圈心满意足的微波。

"是的,但突然间你听见了时钟的嘀嗒声。沉湎于这个世界中的我们重又意识到了另外一个世界。这令人感到痛苦。是奈维尔使时间起了变化。他本来是按他头脑里那不受限制的时间来进行思考的,刹那之间思绪能从莎士比亚一直延伸到我们自身,这时他通了通炉火,却按标志着某一特定人物的到来的另外一个时钟开始生活了。他那广阔而可敬的思想活动范围缩小了。他变得警觉起来。我能觉察到他正在倾听街上的声音。我注意到他怎样摸了摸一张椅垫。从古到今和亿万人类中,他挑选了一个人,一个特定的时刻。大厅里传来了一个声音。他正在说的话就像闪烁不定的火焰似的在空中摇曳起来。我注视着他正在从别的脚步声中分辨某一种脚步声;期待着某种特定的识别标志,用蛇一般迅速的目光瞥了一下门上的把手。(由此可见他的感受力出奇地敏锐;他总是在受到某一个人的熏陶。)这样强烈的一种热情把其他的一切热情都排斥了出去,就像异物被从明净的液体中排除了出去一样。我开始自觉到我的混浊的天性,其中充满了沉淀物,充满了迟疑,充满了要用笔记本记下来的种种辞藻和笔记。窗帷的褶皱变得沉静、稳重;桌上的镇纸变得坚硬;窗帷上条条线纹闪闪发光;一切都变得清晰明确、一目了然,显出一副与我无关的情景。因此我站起身来,离开了他。

"天哪!当我走出房间时,那种旧的苦恼的利齿、那种对某个不在眼前的人的思念,是如何狠狠地咬噬着我啊!思念谁呢?起初我自己也不知道;随后我想起了波西弗。我已好几个月没有想到他了。现在跟他一起大笑,一起嘲笑奈维尔,手挽手地一起大笑着走开,——这就是我所渴望的。但是他已不在。他的位置空在那儿了。

"说来奇怪，已死的人常会在街角上、在梦境里突然跳出来，出现在我们面前。

"这股那么寒冷、猛烈地突然刮来的狂风，这一晚使得我怀着渴望伴侣、安心和交往的心情，穿过整个伦敦去看我另外的两个朋友罗达和路易。当我一边上楼时，一边心里在奇怪着，他们之间到底有什么关系？他们俩到底单独在一起讲了些什么？我想象她摆弄茶炊时准是一副笨手笨脚的样子。她越过石板屋顶呆呆凝视着，——这个泉水女神身上老是湿淋淋的，脑子里充满着梦想和幻影。她拉开窗帘望着黑夜。'快滚吧！'她说。'荒野在月光下都是漆黑一片。'我按按门铃；我等待了一会儿。路易大概正在把牛奶倒在小碟子里喂猫；路易，他把那两只瘦骨嶙峋的手合在一起时，就好像船坞的两半在汹涌的水面上痛苦费力地慢腾腾合拢那样，他熟知埃及人、印度人，以及那些怀揣宝石、身穿粗衣的颧骨高高的人所说过的话。我敲敲门；我等待了一会儿；没有人来答应。我又沉重地走下了石头楼梯。我们那些朋友们是多么疏远，多么少通音信，多么难得彼此来往，互相了解。而我在我那些朋友们眼里，也同样是模模糊糊，很少了解；像一个幻影，只是偶尔见到一下，更多的时候是见不到的。人生的确只是个梦。我们的火光，那只在不多的几个人眼里闪过的一星星鬼火，很快就会熄灭，而一个意志也就消失了。我回忆我的朋友们。我想起了苏珊。她买了地。黄瓜和西红柿在她的暖房里成熟。去冬的霜冻冻死了的葡萄藤，又重新发出了几片新叶。她脚步沉重地带着她的儿子们穿过她的草地。她巡视着由一些套着护腿的男人经管的地，用她手里的手杖指指一座房顶，一些树篱，一些失修倒塌的墙。鸽子摇摇摆摆跟在她身后，吃着从她那能干的、俗气的手里撒下来的谷粒。'不过我不再一清早就起来了。'她说。然后是珍妮，不用说，又在款待一位新的年轻人。他们那平常的交谈已到了要害关头。房间会弄得暗沉沉的；椅子重新摆过。因为她仍旧在追求着眼前。毫不抱任何幻想，坚强、冷静得就像一块水晶，她挺着胸膛冲向战斗。她毫不怕它的枪刺把她刺穿。当她额上一绺鬈发变得灰白时，她毫不在乎地把它搀混进其他的头发里。这样当人们来埋葬她时，一切都仍旧不会出什么岔子。只会看见几小根束起的缎带。不过不管怎样，门总算开了。来的是谁呀？她问着，一边站起身向他迎来，不慌不忙，仍像那初春的夜晚，当屋里可敬的公民们正规规矩矩上床睡觉时，那些伦敦高楼大厦下的一株树阴简直还遮不住她谈情说爱的艳事；电车刺耳的声音和她高兴的尖叫声搀合在一起，而当一切野性的快感都已得到满足，她平静下来颓然躺下时，树叶的摇曳起伏还将遮掩住她的疲乏，她那甜蜜的怠倦。的确，我们这些朋友是如此难得来往，很少了解；但尽管这样，当我遇见一个陌生人，而且就在这儿这张桌子旁想要暂时摆脱一下我所谓的'我的生活'时，它总显得不是我所频频回顾的那种生活；我不是一个人；我同时是好几个；我简直不知道我究竟是谁，——是珍妮，苏珊，奈维尔，罗达，还是路易，也不知道怎样把我的生活与他们的生活区别开来。

"那个初秋的夜晚，当我们再一次聚会起来，在汉普顿宫一起吃饭的时候，我心里就是在这样想着。一开始我们都感到相当不舒服，因为大家这时都已经对自己的情况做了一番交待，但另外每一个身上穿着这样或者那样的服装，手里拿着或者没有拿着手杖，先后顺着路走到聚会处来的人，仿佛都正好跟他的情况形成鲜明的对比。我看见珍妮瞄了瞄苏珊那俗气的手，跟着就把自己的手藏了起来;我呢,想到奈维尔那么干净整洁,一丝不苟,就深感自己被那种种辞藻玷污了的生活实在是一团糟。而他也竭力夸起口来,因为他为自己独自一人、独处一室以及他所取得的成就感到羞惭。路易和罗达,这两个合谋者和在饭桌上留心注意着一切的侦察者,却感到:'不管怎样,伯纳德总还能让侍者给我们端面包来,我们却不会打这种交道。'我们一时间仿佛看见了那个我们无法仿效、但同时却又无法忘掉的人整个儿赤裸裸地呈现在我们的面前。我们看见了我们原可以做到的一切;看见了我们已经错过的一切,因而一时间对别人应得的嫉妒起来,就仿佛当唯一的一块蛋糕切开以后,小孩子们总会眼看着自己的那一块似乎变小了似的。

"不过尽管如此,我们已经喝了些酒,而在它的魅力下,我们忘掉了敌意,也不再互相攀比。而且,饭吃到一半时,我们觉得那处在我们身外,跟我们格格不入的一片黑洞洞的东西,愈来愈变得浓重起来了。风声,车轮疾驶声,仿佛变成了时间的怒号,而我们正在急急地往前冲去……但冲向哪儿? 我们到底是什么人呢? 一时间我们仿佛熄灭了,像燃尽的纸灰中一点残余火星似的熄灭了,黑暗怒号起来。我们越过时间、越过历史渐渐远去。对我来说,这只持续了一秒钟。是我自己的爱吵吵嚷嚷把它打断的。我拿起一把勺子来敲着桌子。要是我能够用罗盘来测量事物的话,我很愿意那样做,但是既然我仅有的仪器是辞藻,我就发挥了一些辞藻,——但这一次到底讲了些什么,我已忘记了。我们变成了只是围坐在汉普顿宫一张餐桌边的六个人。我们站了起来,一起沿着林阴道走去。暮色显得渺茫不实,仿佛空谷传来的一阵阵笑声的回音。在这种情境下,我的欢悦心情又连同着我的肉体一起重新回来了。在园门前,在一棵雪松树前,我仿佛看见了一片耀眼的光芒——奈维尔,珍妮,罗达,路易,苏珊和我,我们的生活,我们自己。威廉王仍旧显得仿佛是个虚幻不实的统治者,他的王冠只不过是些炫目的金银片。而我们——在砖头前,在树枝前,我们这多少亿人中的六个,在无限的古往今来中的眼前这一刻里,正在这儿扬扬得意地焕然发光。眼前就是一切;只有眼前就足够了。然后,奈维尔,珍妮,苏珊和我,就像浪涛拍岸似的纷纷碎裂,让位于下一片叶子,让位于某一只鸟儿,让位于一个玩着铁环的孩子,一只跳跳蹦蹦的狗,经过炎热的一天后聚积在林子里的热气,像白丝带那样扭动在水面微波上的光线。我们分散了;我们隐没在树阴和黑影里,让罗达和路易继续站在墓穴旁边的高坡上。

"当我们从那一阵入水潜没——多么深,多么美!——之中重新回到水面上来,看到那两个密谋者仍旧站在那儿时,心里感到有点惭愧。我们失掉了他们还保持着的东西。我们打搅了他们。不过我们已经疲倦了,而且不管是好是坏,大功告成还是半途而废,暮色的纱幕总还是把我们的行为掩盖了起来;当我们在面河的高坡上稍稍停留一会儿时,光线越来越暗淡了。汽艇正在让它所载的游人登岸;传来远远的欢笑声,唱歌声,就像人们正在挥着他们的帽子参加最后的合唱。歌声从水面上传来,我心里仿佛又一下涌起了那一生都在支配着我的惯常的冲动,想听任别人齐声合唱着同一首歌的喧嚣声浪把我上下颠簸;让那几乎是无聊的欢乐、激动、得意和渴望的喧嚣声浪把我抛掷上去又掉落下来。不过这会儿不行。不!我还无法让自己平静下来;我还无法弄清楚我自己;我不得不让一分钟之前还曾使我变得急切、入迷、羡慕、警觉和对别的一切都抱着反感心情的东西重新落进水里。我还无法恢复过来,忘掉那种没完没了的浪费,游荡,不由自主地随波逐流,悄然无声地冲向远去,冲到桥洞底下,树丛或者小岛背后,海鸟栖息在木桩上的地方,冲到正在起伏不定的水面上,最后变成海上的浪花。……我还无法从那样的放荡中恢复过来。我们就这样地分手了。

"那么,这样跟苏珊、珍妮、奈维尔、罗达、路易斯混在一起,放浪形骸,是不是就是死亡? 是一种分子的重新聚合? 对未来的一点暗示? 笔记已经潦草记好,书已经合上,因为我只是个断断续续上课的学生。我从不在规定的时间里做我的作业。稍后,在行人拥挤的时间里走在舰队街上时,我重新回想起了那个时刻;我又把它继续下去。'难道我一定要在桌毯上敲我的勺子么?'我问,'难道我不能也同样不加反对么?'公共汽车堵塞住了;一辆紧跟着一辆开来,然后卡的一声停了下来,像一串石块连成的链条上又加上了一节。行人来来往往。

"形形色色,手里提着皮包,敏捷非凡地互相闪避,进进出出,这些人就像一条涨水的河流那样走过街道。他们闹哄哄地来来去去,就像列车穿过地下铁道。抓住一个机会,我穿过马路去;钻进一条暗沉沉的横巷,走进一家店里去理发。我仰身靠在椅背上,身上罩上了一块布单子。面前是镜子,我在里面看得见自己那被裹住了的身子和过往的行人;他们停下来,照一照,又不感兴趣地继续往前走去。理发师开始来回移动着他的理发剪子。我感到自己在那冰凉的铁器的震颤下毫无抗拒的能力。那么,我心里说,我们就这样被捆住身子安顿在那儿让人剪去了毛发;我们就这样成排地躺在潮湿的青草、干枯的或者还是苍翠的枝叶上面。我们再也无须在风雪下暴露于光秃秃的树篱前了;再也无须在狂风怒号时挺身支着沉重的负担昂首而立;或者在沉闷的正午天,当鸟儿深隐在树枝中,湿气使叶子泛白的时候,毫无怨言地默默呆在那儿。我们已经被剪了毛,我们已经完蛋了。我们变成了那个漠然无动于衷的宇宙的一部分,它当我们正热火朝天时却在睡觉,而当我们入睡时却光焰炽烈起来。我们已抛开了我们的地位,现在静静地躺在这儿,毫无生气,而且很快就要被人遗忘了!正在这时,我瞧见理发师的眼角上现出了一种仿佛街上有什么事引起了他的兴趣的神气。

"是什么引起了理发师的兴趣?他究竟在街上看见了什么?这样一来,我又重新复苏了。(因为我并不是个神秘的怪物;老是有什么东西会引动我的心,——好奇,嫉妒,艳羡,对理发师发生了兴趣以及诸如此类的事,都会使我重又回到世事的表面上来。)当他正在刷掉我外衣上的头发碴时,我不惜用心思去捉摸清楚他这个人,然后,我挥动着手杖,走上了斯特兰德大街,同时为了跟自己相对比,我回忆起罗达的样子来,她老是那么偷偷摸摸,老是露出一副害怕的眼色,老在追寻某一根荒漠里的圆柱并且为了寻找它而消失不见了;她害死了她自己。'等一等。'我一边说,一边在想象中(我们总是这样跟自己的朋友们互相交往)挽住了她的手臂。'等这些公共汽车开过吧。别这么冒险地穿过去。这些人都是你的兄弟。'我在劝说她的同时,也是在劝说我自己的心灵。因为生命并不是单一的;我甚至并不总是知道自己究竟是男是女,是伯纳德,还是奈维尔,路易,苏珊,珍妮或者罗达,——我们全那么奇怪地彼此交融在一起。

"我挥动着手杖,刚刚理过发,颈子背后还有点麻酥酥的,一路经过那些就在圣保罗的近旁沿街叫卖从德国运来的便宜玩具的小贩们,——圣保罗,这个伸开两翅正在孵蛋的母鸡,上下班时间的公共汽车和川流不息的男男女女就在它的羽翼下往来经过。我想象着路易会怎样衣冠整洁,手持手杖,迈着他那生硬的,甚至有点昂首天外的步子跨上这些台阶。我想,正因为带着澳洲口音('我父亲在布里斯班银行界工作'),他准会比像我这样已经听了一千年这些老一套的催眠曲的人怀着更大的敬意上这儿来。我每次进来时,总会一下就注意到那些蹭得油光光的鼻子,擦得发亮的铜乐器;那种单调平板的嗡嗡哼唱,其中一个男孩的声音会呜咽萦绕在圆屋顶之下,仿佛一只失群乱飞的鸽子。我总会深有所感于那种死者的宁静和安息气氛——仿佛战士们正长眠在他们旧有的战旗之下。接着,我就会对这种仿佛一个坟墓似的老在盘旋不息的荒唐做作嗤之以鼻;嗤笑这种号角、凯歌、盾形纹章,以及怎样大吹大擂加以宣扬的关于复活、永生的信心。接着,我那游移不定的探究眼光,又会使我显得像个满心畏惧的孩子;像个蹒跚徘徊的退休老人;或者像那些虔诚顶礼的女店员们,她们那瘦弱可怜的胸膛里天知道正怀着一些什么样的隐忧,因而在上下班的拥挤时刻跑来寻求安慰。我迷茫、张望,满心惊奇,有时甚至想偷偷地依附在别人的祷辞的飞箭上,冲上屋顶,冲破它,凌霄飞去,不管飞向何方。可是接着就发现自己像一只失群哀鸣的鸽子似的掉了下来,扑着翅膀向下坠落,满怀着有趣、惊奇的心情落在某个奇形怪状的屋檐承溜上,某个蹭得油光光的鼻子或者荒唐的墓石上,又继续瞧起那些带着导游手册在旁边徘徊走过的游客来,同时那男孩子的声音还在屋顶下回荡,风琴不时短暂地醉心于奏出一些笨拙的欢乐音调来。我心里自问,像这样,路易又怎能把我们所有的人都包容起来?怎能用他的红墨水,用他那极细的笔尖,把我们统统圈住,合而为一呢?乐声在圆屋顶下如怨如诉,逐渐地平息了下来。

　　"这样,我就挥动着手杖又走到了街上,瞧着文具店橱窗的铁丝公文夹,望着一筐筐从海外殖民地运来的水果,喃喃地哼着'皮里柯克正坐在皮里柯克的小山上',或者'听,听,狗吠',或者'世界的伟大时代又开始了',或者'滚,滚,死亡'……把随波飘荡的诗和胡诌搅和在一起。下一步总有什么事情等着去做。过了星期一是星期二;星期三,星期四。每一天都激起同样的小小波澜。人也像树一样有年轻。也像树那样,叶子会凋零。

　　"因为有一天,正当我俯身凭靠在通向田野的门上时,韵律忽然中断了:韵律和吟哦,诗歌和胡诌。我脑中出现了一片清明。我透过浓密的树叶望见了习俗。倚在大门上,我心中惋惜着那么多乱七八糟的事,那么多不如意和彼此分离,因为一个人甚至都无法穿过伦敦城去看望一位朋友,生活中是那么充满着种种约束;你也无法坐轮船上印度去,看看一个赤身裸体的人在蓝澄澄的水里用鱼镖扎鱼。我曾说过生活从来是不完满的,就像一句未说完的话。尽管我能从火车上遇见的任何一个行商手里接受鼻烟来吸,但却仍然无法保持那种连续感——保持世世代代的人们,带着红色水罐上尼罗河边去的妇女,啼鸣在征服者和移民们中间的夜莺所有的那种感觉。我曾说过,这种意图是太雄心勃勃了,我怎能连续不停地举步攀登这个阶梯呢?我自己对自己这样说着,就像在对一个结伴远航去北极的人说话似的。

　　"我曾向那个在多次非凡的历险中都跟我厮守在一起的自我说话;这个忠实的人当人人都已上床睡觉的时候仍旧坐在炉火前,用火棍捅着炉灰;这个人曾经那么神秘而且被突然公认为已经功成名就地坐在一座山毛榉树林中,河边的一棵柳树旁,曾经俯身凭靠在汉普顿宫的胸墙上;这个人曾经在紧要关头保持了镇定,用勺子敲着桌面说:'我不同意。'

"但就是这个自我,当这会儿我正俯身凭靠在门上,面对着脚下五色缤纷波涛起伏的田野时,却默然不答。他既不反驳,也不想开口说话。他还没有捏紧拳头。我等待着。我倾听着。什么也不曾来临,什么也没有。这时我哭了起来,突然深信自己已经完全被遗弃,现在是什么也没有了。没有一片鱼鳍来搅破眼前这片汪洋大海。生活已经把我毁了。当我说话时既没有应和也没有反驳。这是真正的死亡,比朋友的死亡、青春的死亡更为货真价实。我是理发店里一个被紧紧包裹起来只占这么一小点地方的躯体。

"我脚下的景色凋零了。就仿佛日蚀时那样,日光隐没了,使原来一片郁郁葱葱布满了盛夏浓绿的大地显得满目凋零,脆弱而虚幻。我也仿佛在一条尘土飞扬的曲折小道上看见了我们聚在一起,结伴走来,一起吃饭,在这一间或者那一间屋子里会面的情景。我看见了我自己忙忙碌碌不知疲倦的样子,从这个人身边匆匆跑到那个人身边,被拉走,被驾车带走,出门旅行,又回到家里,一会儿加入这一伙,一会儿又加入那一伙,在这儿吻一吻别人,在那儿又抽身躲开;老是抱着某种特殊的意图紧盯这些事不放,鼻子嗅着地面就像猎狗在追踪似的;只偶尔抬起头来,偶尔发出一声惊诧、绝望的叫喊,然后就又照旧用鼻子嗅着追踪起来。多么乱七八糟的一大堆杂事呀:这儿生了孩子,那儿死了人;有甜蜜有趣的事,也有费力烦心的事;而我自己老是在其间忙忙碌碌,东奔西走。现在这一切全了结了。我再也没有胃口去狼吞虎咽;再也没有毒刺可以去扎人;既没有尖利的牙齿和强健的手,也没有那样的愿望,想再爬上果园的墙头去摸那些梨子和葡萄,受那灼人的日晒了。

"树林消失了;大地沉入一片阴影。没有一点声音打破这寒冬似的景色。没有鸡啼；没有炊烟；也没有火车开过。我心里说，真是个没有自我的人。只是个凭倚在门上的沉重的躯体。一个死人。怀着冷漠的绝望和幻想全都破灭的心情，我回顾着那一团飞扬乱舞的尘土；我的一生，我朋友们的一生，还有那些神话中的精灵，拿着扫帚的男人呀，正在写字的女人呀，河边的柳树呀，——这些也全都是尘土凝成的云雾和幻影，尘土变幻无常，正像云雾消长不定，一会儿金黄，一会儿鲜红，失掉高耸的巅峰，飘到这儿，飘到那儿，朝三暮四，轻浮无定。而我，带着笔记本，编着辞藻，只不过是记下了一些变幻，一些阴影。我一直是在孜孜不倦地记录着阴影。我心里说，现在没有了自我，既无分量，又无形象，叫我怎么去继续在一个既无分量、也无幻想的世界中混下去呢？

"我这种沮丧心情的沉重分量，压得我正凭靠着的门霍然打开了，把我这个上了年纪、身体笨重、头发灰白的人推了出去，推向色彩暗淡的空荡荡的田野。再也听不见任何应和的回声，再也看不到什么幻影，也召不来任何反驳，只能老是毫无遮蔽地一直向前走去，在死寂的大地上毫不留下什么印迹。即使有一只羊在大声咀嚼，一步步向前走动，或者有只鸟儿，或者有个人在用一把铲子铲土也好，即使有一丛荆棘把我钩住，或者有条里面满是湿漉漉浸饱了水的树叶的土沟害得我失足掉下去也好，——可是都没有，只有一条沉闷的小路在平地上一直向前伸展，伸向眼前这片老是不变的天地的阴冷、苍白和单调、乏味的景色。

"那么在日蚀之后，光明又是怎样重新回到大地上来的呢？是奇迹般怯生生地回来的。只是一条条朦胧的光影。它像个玻璃罩似的悬在那里。它像是个有一条细裂缝的环子。里面闪出一星微光。下一瞬间又现出一片暗褐色。接着冒出一团水汽，仿佛大地正初次在开始呼吸，一下，两下。然后在一片昏暗中，有个人身上发出绿光在那儿走来。随后是一片白色的雾霭逐渐盘旋着散去。树林的脉搏跳动起来，现出澄蓝和碧绿，同时田野逐渐地饱饮进鲜红、金黄和棕褐的颜色。突然，一道河水捕捉到了一线蓝光。大地吸收着色彩，就像海绵慢慢地吸进水分似的。它变得沉重、变得丰满起来；显得悬而未决；正在我们的脚下摇摆着，把自己安顿下来。

"就这样，大地景色又回到了我的眼前；我看到田野五色缤纷波浪起伏，不过现在有一点不同；我看到，但却没被瞧见。我毫无遮蔽地向前走去；没有欢呼声来迎接我。我已经失去了那件旧斗篷，那种旧的反应；那只能反射声音的凹拢的手心。像鬼影那么朦胧，走到哪儿都毫无足印而只是能观察四周，我独自漫游在一个从未涉足过的新世界里；我擦过新的花朵，除了发一些婴儿般单音节的字音外说不出话来；我，这个曾说出过那么多漂亮辞藻的人，如今却完全失掉了辞藻的庇荫；我，这个总是跟自己声气相投的人结伴交游的人，如今却无人作伴；我，这个总是有人在一起共享那掏清了炉灰的炉箅，或者那有金色光环围绕的食柜的人，如今却变得孤孤单单。

"可是叫人如何去描绘那失去了自我后所见的世界呢？找不到字眼。蓝色，红色，——就连这些也使人感到困惑，就连这些也深藏在迷雾中，而不是透亮清澈。怎么再去用清清楚楚的字眼描绘或者述说任何事物呢？——除了说它正在枯萎凋零，说它正在经历一次逐渐的变化，就连在一次短短的漫步中，它也会变得平平常常，总是那副景象。当你向前走着，每张树叶都彼此相似时，茫然的感觉就会重新出现。当你带着一连串虚幻的辞藻去看它们时,美的感觉就会重新出现。你呼吸着实有其物的气息:在下面的山谷中,火车正穿过田野,披着像垂下的耳朵似的煤烟。

"但是我在草地上坐了一会儿,高踞在海浪和树林的呼啸声之上,我望见了那所屋子,那个花园,还有那拍岸的波涛。正在一页页翻着画册的老保姆停了下来,说:'瞧,这是真实的东西。'

"这就是我今晚沿着舍茨伯里林阴道走着时心里想到的念头。我正在想着画册中的那一页图画。而正当我在挂大衣的地方碰见你的时候,我自己对自己说:'不管我碰见的是谁都一样。整个"生活"这件小事已经完结了。我不知道那是谁,也不想知道;反正我们就在一块儿吃饭吧。'因此我挂好了大衣,轻轻拍了拍你的肩膀说:'咱们坐在一块儿吧。'

"现在饭已吃完了;我们四周全是些果皮和面包屑。我想要掰下这一块来递给你;不过到底这里面有没有什么实实在在的、真实的东西,我也不知道。我甚至也不知道我们究竟是在什么地方。在这一小片天空笼罩下的到底是哪一个城市?我们正坐在这儿的地方是巴黎呢,还是伦敦,或者是某一个兀鹰翱翔的高山下一座座粉红色房子散布在柏树荫下的南方城市?这会儿我一点也拿不准。

"现在我开始记不清事情了;我开始疑惑这些桌子是否稳定,疑惑此时此地是否真实无虚,并且用我的指关节使劲地敲着那些看起来确是坚实可靠的东西的边边角角,口里说着:'你真是坚硬的么?'我曾看到过那么多各种各样的事物,说过那么多各种各样的话。我已茫然自失在吃吃喝喝的过程中,迷失在用自己的双目去浮面地探索那层包裹着灵魂的薄而坚硬的外壳,

434

当一个人年轻时,这层外壳总是把你严严地包了起来,——青年人的残酷,他那无情的利喙老是不断地啄、啄、啄,其原因就在这里。如今我自问:'我到底是什么人?'我一直在谈到伯纳德、奈维尔、珍妮、苏珊、罗达和路易。我等于是他们全体合而为一么?我只是其中的一个而且是突出的么?我不知道。我们一起坐在这儿。不过如今波西弗早已死了,罗达也已死了;我们被彼此分开;我们并不聚集在这儿。可是我并没找到任何能把我们分开的障碍。我和他们是分不开的。当我这会儿在说这些话时,我就觉得'我就是你'。我们看得那么重的所谓彼此的区别,我们那么热心维护的所谓个人人格,如今都抛开了。是的,自从老康斯泰伯太太举起她那块海绵,把热水浇在我身上使我浑身充满了情欲的那个时候起,我就一直是多情善感的。我额头上感受到波西弗坠马时受到的打击。我颈子背后感受到珍妮对路易的一吻。我眼睛里满含着苏珊的泪水。我远远望见罗达所见到过的那根像一条金线般闪闪发光的圆柱,而且还感觉到她一跃逝去时所带起的那一阵风。

"因此,当我在这儿这张桌子上,用自己的双手来塑造我一生的故事,把它作为一个整体摆在你的面前时,我不得不去回想已经远远消逝、深深隐没,渗透在这一个或者那一个人的一生中,已成为它们的一部分的那种种事物;还有那种种梦幻,种种围绕在我们四周的事物,以及我们的那些形影不离的伙伴们——那些若明若暗的魔怪,它们日夜不断地经常出没,它们在入睡时变得颠颠倒倒,它们时常发出慌乱的急叫,当我想要逃开时它们伸出自己那幻影般的手指把我紧紧抓住,——它们都是你可能成为的那些人的影子;是没有出世的自我。同时还有那个老畜生,禽兽,那个浑身长毛的野人,他用他的手指去抓食成串的肚肠;它狼吞虎咽,直打饱嗝;他说起话来瓮声瓮气,发出喉音,——嗯,他也在这儿。他牢牢踞在我身上。今晚他一直在大吃鹌鹑、生菜和杂碎。他现在爪子里正捧着一杯上等的陈白兰地。他浑身斑驳,呜呜直哼,当我喝下一口酒时,他使我脊梁骨上感到一阵酥麻。的确,吃饭之前他洗过手,但它们仍旧是毛茸茸的。他把裤子和背心都扣严实了,但它所裹着的那些器官总还是一样。要是我让他吃饭时等得久了,他就要发起倔来。他不断挤眉弄眼,带着那种近乎白痴般的贪馋神气指着他想吃的东西。老实跟你说,我有时候真有点管不住他。这个人,这个浑身多毛、长得活像人猿似的人,在我一生中起了他的一份作用。他使得绿的东西显得更加碧绿,他在每一片树叶后面举起冒着鲜红火焰和刺鼻浓烟的火炬。他甚至使冷冷清清的花园也变得光彩焕发。他曾在昏暗的小巷里挥动他的火炬,使那儿的姑娘们突然显得红艳照人,令人心醉。唉,他曾那么高高地举起他的火炬! 他曾弄得我迫不及待,心痒难熬!

"但这都已成为过去。这会儿,在今晚,我的躯体就像一座肃穆的神殿似的高高耸立,其中的地板上铺着地毯,人声营营,祭坛上烟雾缭绕;不过在最上面,在我这个平静的头脑中,只涌现出悦人的阵阵乐声和阵阵馨香,同时那只失群的鸽子在不住哀鸣,旗帜在坟墓上簌簌飘动,午夜看不见的微风摇曳着敞开的窗外的树枝。当我带着这种超脱的心境俯视四周时,就连那些散碎的面包残屑也显得有多么地美! 梨子的皮盘成多么匀称的螺旋形,又薄又色彩斑驳,就像某种海鸟的蛋壳,就连笔直地并排摆着的刀叉也显得干净利索、整齐合理;连我们剩在那儿的面包角看来也坚坚实实,像涂着一层黄澄澄的釉彩。我甚至还有点赞赏自己的手,那上面的根根指骨呈扇形散开,周围绕着神秘的青筋,显出灵活自如,能柔软地屈伸,也能突然地把东西捏碎,——我赞赏它那无限的敏感。

"能无限地感受一切,包容一切,为自己的充实而高兴得发抖,但又清醒而善于自制,——看起来我这一生就是这样,因为欲望已不再强烈地迫使它;好奇心已不再使得它染上各种千变万化的色彩。它已变得深沉而平静无波,因为他已经死去,——这个我称之为'伯纳德'的人,他曾老带着笔记本作着笔记,记下吟风弄月的辞藻,各种人的特色;人们如何掉头四顾,把烟头扔在地下;在'B'栏里记下蝴蝶翅膀上的粉,在'D'栏下记下对死亡的各种叫法。不过现在让门打开吧,那扇老支在它的铰链上不停开合的玻璃门。让一位妇女走进门来,让一个蓄着胡须、穿着晚礼服的年轻人在椅上坐下来吧;他们能告诉我一些什么吗?不!那些事我都已知道。要是她突然站起身来走了,我会说:'亲爱的,你已经不能让我目送着你的背影了。'那崩落的海浪引起的震动声曾回荡在我的一生,它使我惊醒过来,看见环绕在食柜上的金色光晕,如今再也不会使我手里拿着的东西索索抖动了。

"因此现在,自命把握了事物的奥秘之后,我能够不用离开原地,离开我所坐的椅子,就像个侦察者那么四处窥探。我能够神游那有土人坐在一堆篝火旁的辽远的荒漠边际。白昼来临,一位女郎把一些中心火红的晶亮宝石挂到额上;太阳把它的光芒直射到一幢人们还在沉睡的屋子上;海浪的条条波纹颜色变深,它猛烈地拍打着海岸;浪花飞溅;海水四溢,漫过小船和海冬青。鸟儿齐声啁啾;花茎之间伸展着深暗的通道;屋子照亮发白了,睡着的人伸着懒腰;一切都渐渐地骚动起来。光线涌进房里,不断把黑影驱向一角,使它们神秘莫测地悬在那儿。中间那个黑影里面有什么东西？到底是有是无？我也不知道。

"哦，那是你的脸。我碰到了你的目光。我曾认为自己那么广博，像一座神庙，一座教堂，整个宇宙，毫无羁绊，可以无所不在地深入各种事物的任何边际，也包括这儿在内，可现在已什么也不是，只不过是你所看到的这样——一个上了年纪的人，身子相当笨重，两鬓苍苍，他（我在镜里望见了自己）正把一只胳膊支在桌子上，左手擎着一杯陈年白兰地。这是你给我的沉重一击。我曾走着路撞在一个邮筒上。我身子摇摇晃晃。我举手捂住脑袋。我的帽子丢掉了，我失落了我的手杖。我弄得自己一副蠢相，理所当然地遭到了行人的嘲笑。

"天啊，生活是多么说不出的叫人厌恶！它对我们开了些多么卑鄙的玩笑，这一会儿自由自在，下一分钟又是这样的事。在这儿我们置身于面包屑和弄脏了的餐巾中间。那把餐刀已经粘满了油腻。杂乱、肮脏和腐败包围了我们。我们一再在把一些死鸡死鸭的尸体塞进嘴里去。我们必须用这些油腻腻的面包屑，沾满口水的餐巾，以及小小的尸体来维持我们的身体。老是周而复始地重复这一套；老是碰到对头；目光盯着我们的目光；手指紧扭着我们的手指；时时地耐心等待。召唤侍者。付清账单。我们必须硬撑着站起身来离开椅子。我们必须去找到自己的大衣。我们必须走出门口。必须，必须，必须，——这讨厌的字眼。再一次，我这个曾以为自己可以置身事外，曾说过'现在我已撇开了这一切'的人，发现海浪已把我冲倒，头上脚下，把我所有的那些东西冲得七零八落，让我去捡，去收拾，去把它们集在一起，竭力鼓起劲儿，站起身来去对付敌人。

"说来奇怪，能忍受那么多痛苦的我们，却也会给别人造成那么多痛苦。奇怪的是，一个我全不熟悉，只记得在一艘开往非洲去的轮船跳板上曾见过一次的人的脸——只不过记得眼睛、两颊、鼻孔的一个模糊轮廓,——竟能给我带来这样的侮辱。你瞧着,吃着,微笑着,感到厌烦,高兴,恼怒,——我所知道的不过如此而已。可是这个坐在我身边一两个小时的阴影,这张有两只眼睛向外窥视着的假面具似的脸,却能够逼得我退缩,把我牢牢困死在所有这些不相干的人脸中间,把我紧闭在这间闷热的房间里;驱使我像一只飞蛾般在一枝枝蜡烛当中乱飞乱扑。

“不过等一等。当他们正在窗洞后面结算着账单时,先等一会儿。既然我曾责骂过你给了我沉重的一击,使得我在果皮、面包屑和陈年的碎肉渣中间踉跄欲倒,那么我也想用片言只语记述一下:同样也是由于你的目光的注视对我所产生的压力,我是如何开始看到了这个,看到了那个。钟在嘀嗒嘀嗒地走着;那个女人打了个喷嚏;侍者走了过来,——发生了一种事物逐渐聚合拢来,汇成一片的现象,加速和统一的现象。听:哨子响了一声,车轮飞快驶过,门在它的铰链上轧轧作响地转动。我重新又恢复了复杂感、现实感和斗争感,为此我要感谢你。同时怀着一点惋惜、一点羡慕的心情和极大的好意,我要握住你的手,祝你晚安。

“谢天谢地能让我孤身独处!现在我又独自一人了。那个几乎完全陌生的人已经走了,大概是去赶一班火车,去雇一辆汽车,去某个地方找一个我不认识的人。那张老盯着我瞧的脸不在了。压力解除了。这儿是些喝完了的咖啡杯。这儿是一张张推开了的椅子,但是没有人来坐它们。这儿是许多空桌子,但今晚再也不会有人来吃饭了。

“现在让我高声唱起我的颂歌来吧。谢天谢地能让我孤身独处。让我独自一人呆着吧。让我扯下、扔开这块生活的纱幕和迷雾吧,它只要被一点点微风一吹就会发生变幻,日日夜夜、整天整宿都在不断变幻。就在我坐在这里的这一会儿,我就一直在变。我也看到天空在变。我望见阴云遮住了星星,然后放开这些星星,接着又再次遮住了星星。现在我已不再去看它们的变化了。现在没有人看见我,而我也不再变化了。谢天谢地能够孤身独处,它解除了目光给人的压力,肉体给人的诱惑,以及一切说谎和卖弄辞藻的必要。

"我那本塞满了辞藻的书掉到了地板上。它落在桌子底下,静等着打杂女工来扫走,她每天清早都没精打采地走来搜寻碎纸屑、废电车票,以及这儿那儿揉成一团扔在等待扫走的杂物堆上的一两张便条。吟风弄月的辞藻究竟都是些什么?谈情说爱的辞藻又是些什么?我们究竟该给死亡起个什么样的名字?我都不知道。我只需要一种简单的语言,像恋人之间所用的那样,需要那种单音节的字眼,像小孩子走进屋里看见母亲正在缝纫时,他就一边捡起一小块鲜艳的呢绒、一片羽毛或者一小条印花布,一边嘴里喃喃地说着的那一种。我需要一种嚎叫,一种呐喊。当暴风雨掠过沼地。在无人过问、独自躺在一条土沟里的我身上扫过时,我不需要任何字眼。任何干净利落的东西。任何足跟牢牢站稳在地板上的东西。不要那种共鸣和悦耳的回声,它们突然从我们的胸膛里涌出来回荡在一根根神经之间,形成狂热的音乐和虚假的辞藻。我已经讨厌透了那些漂亮的辞藻。

"宁静、咖啡杯和桌子要比这些好得多。独自坐在那儿,像一只孤独的海鸟伸开双翅停在一根木桩上似的,要比这些好得多。就让我永远坐在这儿,伴着这些光秃秃的东西,这只咖啡杯,这柄餐刀,这把叉子,这些东西本身,我自己也只是我自己。

别走过来打搅我,提醒我现在已到了关门的时候,应该走了。我情愿把我身上所有的钱统统都给你,只求你别来打搅我,让我静静地独自永远坐下去,坐下去。

"可是现在那侍者头儿自己也已经吃完了饭,他走了出来,皱着眉头;他从衣袋里掏出他的围巾来,作势示意准备要离开了。他们必须离开;必须安上窗板,必须折起桌布,用一个湿拖把把桌子底下擦一擦干净。

"那么真该死,不管我多么疲乏和厌倦这一切,仍旧必须硬撑着站了起来,找到我的那件大衣;必须把我的两臂伸进衣袖;必须用围巾把自己裹起来以便抵御夜晚的寒风,走了出去。我,我,我,不管我多么疲倦,多么精疲力竭,而且几乎已经被用鼻子去嗅种种事物弄得厌倦透顶,不管我这个上了年纪的人已经变得身子笨重,害怕劳累,也仍旧必须挣扎着走出门去,去赶一次末班车。

"我又看到面前那熟悉的街道。那笼罩在文明之上的穹苍已经黯然无光。天空黑得像涂了漆的鲸鱼骨。不过天边有一点亮光,不知是灯火,还是黎明的曙光。感得到有某种骚动——不知哪儿的梧桐树上有麻雀在啾鸣。有一种天将破晓的感觉。我不想把它叫做黎明。对一个站在街道上,几乎有点头昏眼花地仰望着天空的上了年纪的人来说,城市的黎明又到底意味着什么呢?黎明就是天空发白;是又一次新的开端。是又一个白昼;又一个星期五;又一个一月或者九月的二十号。又一次人们纷纷睡醒。星星逐渐隐退、熄灭了。波浪之间的一条条光带变深了。田野上的薄雾变得浓密了。一抹红晕凝聚在玫瑰花上,甚至也凝聚在卧室窗下的那朵白玫瑰上。一只鸟儿在啁啾。农舍里的人点亮了他们清早的蜡烛。是的,这是永恒的重新开端,不断的潮落和潮涨,潮涨和潮落。

"在我的身上也涌起了浪潮。它在逐渐扩大,高高耸起。我又一次觉察到了一种新的欲望,有什么东西从我心底里涌起,就像一匹骄傲的骏马,它背上的骑手先用马刺踢着它,然后又把它向后勒住。现在,正当我骑在你背上伫立着,在最后一段跑道上跃跃欲试时,我们究竟望见了什么样的敌人正在向我们迎面扑来呢?这就是死亡。这敌人就是死亡。我正在向着死亡冲去,平端着我的长矛,头发迎着风向后飘拂,就像一个年轻人,就像当年驰骋在印度的波西弗那样。我用马刺踢着马。哦,死亡啊,我要一直向你猛扑过去,永不服输,永不投降!"

海浪拍岸,纷纷碎裂。

吴尔夫精选集 III

幕间
BETWEEN THE ACTS

到灯塔去
TO THE LIGHTHOUSE

[英]弗吉尼亚·吴尔夫 著

马爱农 译
谷启楠 译

人民文学出版社
PEOPLE'S LITERATURE PUBLISHING HOUSE

Virginia Woolf
The Selected Works of Virginia Woolf

图书在版编目（CIP）数据

吴尔夫精选集．3，到灯塔去　幕间／（英）弗吉尼
亚·吴尔夫著 ；马爱农，谷启楠译．-- 北京 ：人民文
学出版社 ，2024．-- ISBN 978-7-02-018939-7

Ⅰ．Ⅰ561.15

中国国家版本馆 CIP 数据核字第2024EX4763号

责任编辑　冯　娅　翟　灿　刘佩洋
装帧设计　刘佩洋
责任印制　宋佳月

目次

到灯塔去

马爱农 译

目次

TO THE LIGHTHOUSE

第一部　窗

1

"行啊,如果明天天气好,当然没有问题,"拉姆齐夫人说,"可是你一定得早起。"她又叮嘱一句。

在她儿子听来,这些话带给他一种不同寻常的喜悦,似乎已经说定,这次远足是十拿九稳的了,他许多许多年来一直向往的好事,经过一夜黑暗和一个白天的航行,就可以得到了。他虽然年仅六岁,却也属于无法把不同感受截然分开的那一类人,他们总是让对未来的种种期待,带着种种喜悦和悲哀,笼罩现时眼前的一切。对这些人来说,甚至是在幼年时代,感觉之轮的每一次轻轻的转动都足以使眼前的一刻受到感染和震动,蒙上一层暗淡或者辉煌的色泽。詹姆斯·拉姆齐坐在地板上,从"陆海军军需品"插图编目上剪图片。他带着一种用他母亲的话说心花怒放的快乐,剪下一幅冰箱的图片。所有的一切都闪烁着喜悦的色彩:独轮手推车,刈草机,沙沙作响的白桦林,雨前泛白的树叶,哇哇乱叫的乌鸦,迎风招展的金雀花,窸窸窣窣的衣裙 —— 一切都是这么五光十色,鲜艳夺目,他在脑海里已经有了自己的暗码,自己的秘密语言,尽管表面上的他一本正经,不苟言笑,天庭饱满，犀利的蓝眼睛纯净无瑕，每当看到人类的弱点，眉头便微微蹙起。所以，他母亲看着他操纵剪刀灵巧地沿着冰箱边缘移动，不由地想象他穿着一袭红袍和貂皮坐在法官席上，或者在国家大事的危急关头指导一项举足轻重的大事业。

"可是，"他父亲在客厅的窗口停住脚步，说道，"明天天气不会好。"

如果当时手头有一把斧子，或者火钳，或者任何一件武器能把父亲的胸膛捅开一个窟窿，让他当场毙命，詹姆斯准会毫不迟疑地动手。拉姆齐先生只要一露面，就会在他孩子们的心中激起如此强烈的情绪。现在，他站在那里，瘦得像一把刀，咧着嘴巴露出讥笑，他不仅因打碎了儿子的梦想和揶揄了妻子——她在哪方面都比他强一万倍（詹姆斯想）——而幸灾乐祸，而且暗地里颇为自己的料事如神而沾沾自喜。他说的是实话。他说的总是实话。他从来不会说谎；从不颠倒黑白；从不为了取悦或迁就某位凡夫俗子而不讲逆耳的话，尤其是对他的几个孩子；他们虽说是他的亲骨肉，却应该从小就懂得人生充满艰辛；事实毫不留情；在那块传说中的土地上，我们最美好的希望成为泡影，我们脆弱的帆船被沉沉的黑暗淹没（说到这里，拉姆齐先生总要挺直腰杆，眯起蓝色的小眼睛遥望地平线）。我们要想最终到达那里，最关键的是需要有勇气、真理和承受力。

"可是也许是个晴天——我希望明天是个晴天。"拉姆齐夫人说；她把手里的棕红色长袜轻轻拧了几下，心里有些焦急。如果她今夜能织完，如果他们真的到灯塔去，她就要把这双袜子送给灯塔守护人，给他的小儿子穿；那孩子患有结核病，总是郁郁寡欢；他们还要送去一摞旧杂志和一些烟草；说实在的，她只要发现什么东西已经没有什么实际用场而且只会使屋里显得凌乱,便会拿去送给那些穷人,带给他们一些乐趣;他们整天坐在那里擦擦灯盏,剪剪灯芯,在那个巴掌大的园子里耙耙泥土,别的什么事也没有,肯定闷得要死。确实,如果你被监禁整整一个月,或者遇到风暴,在网球场大小的岩石上困了不止一个月,你会是什么滋味?她会这么问;而且没有信件,没有报纸,连个人影儿也不见;如果你家有妻室,你见不到自己的妻子,也不知道孩子是否平安——是否病了,是否不小心摔倒,断了胳膊折了腿;你举目四望,唯有那凄凉的波涛月复一月地翻滚拍打;逢到可怕的风暴来临,窗户上布满水雾,小鸟飞身扑灯,天摇地撼,你根本不敢朝门外探一探头,生怕被刮到海里去;怎么样?你会是什么滋味?她问。她对她的女儿们这样细致地解释着。所以,她又格外强调说,一定要尽量带给他们一些安慰。

"是正西风。"无神论者坦斯利说,他又张开枯瘦的手指高高举起,让风从指间吹过;他正在和拉姆齐先生作晚间散步,在平台上走来走去。也就是说,风刮的方向极不利于登上灯塔。是的,他的话听着不太顺耳,拉姆齐夫人承认;他反复地提这件事,让詹姆斯越来越失望,实在很讨厌;但是她同时又不愿意让孩子们嘲笑他。"无神论者,"他们这样叫他;"渺小的无神论者。"罗斯嘲笑他;普鲁嘲笑他;安德鲁、贾斯帕、罗杰嘲笑他;就连嘴里没有一颗牙的老狗巴杰也要咬他一口。他们这么对待他,就因为他是(按照南希的说法)一路追逐他们直到赫布里底群岛的第一百一十个年轻人了,他们真希望能过上清静的日子。

"胡说。"拉姆齐夫人说,口气十分严厉。尽管他们的夸张习性是从她这里继承去的,尽管他们暗示她邀请太多的人留住,以至于只好把有些人安排到镇上寄宿(这是事实),但是她无法忍受他们对她的客人粗鲁无理,尤其是对那些一文不名的小伙子,他们前来这里度假,用她丈夫的话说,全都"能力非凡",全都是她丈夫的崇拜者。确实,她把所有的异性都拢在她的庇护之下;为了某种难以说明的理由,为了他们的英勇气魄和豪迈气概,为了他们所做的一切:协政条约,统治印度,管理财政;最后,还为了他们对待自己的态度——那份信赖,虔诚和孩子气;几乎每个女人都会感到或发现很合自己的口味;一个上了年纪的女人可以不失体面地接受一个小伙子的这种仰慕之情;换了少女——上帝保佑,但愿不是她的女儿!——那便如同一场灾难,少女不会刻骨铭心地感受到这份爱慕的价值和涵义!

她神情严厉地转向南希。他没有追逐他们,她说。他是受到邀请的。

他们一定要想办法摆脱这一切。最好有一个简单一点的办法,她叹息着,简单一点,不那么麻烦的。她对着镜子看见自己白发苍苍、面颊松弛,才五十岁啊,她想,她也许会把事情处理得更好一些——她的丈夫;钱财;和他的书。可是对她自己来说,她决不会对她已经做出的决定有片刻的懊悔,逃避困难或者忽视自己的职责。在那么严厉地谈论完查尔斯·坦斯利之后,她的样子有点让人望而生畏,她们—— 她的女儿普鲁、南希和罗斯——把脑袋从盘子上抬起,却只敢在心里玩味一些叛逆的念头,一些她们酝酿已久的、要过一种与她截然不同的生活的念头;也许,是在巴黎;一种比较奔放的生活;不用总是照料这些或那些男人;因为,她们每个人都在脑海里默默怀疑那种儒雅殷勤和骑士风度、那个英国银行和印度帝国,以及那些婚纱和戴戒指的手指;不过,对她们几个来说,这其中有某种美轮美奂的东西,唤起了她们少女心里的男子气魄,所以,在餐桌旁听着母亲为了那位在斯凯叶岛追逐他们——不,准确地说,是应邀与他们同行的可怜的无神论者而异常严厉地警告她们时,她们能够接受她莫名其妙的严厉和她一丝不苟的殷勤——就像看到一位皇后从泥浆里拈起乞丐肮脏的脚来清洗一样。

"明天不会有船登上灯塔。"查尔斯·坦斯利说;他和她丈夫并排站在窗口,两手"啪"地拍拢。真的,他已经说得够多的了。她希望他俩都离开,让她和詹姆斯单独呆一会儿,再聊一聊。她看着他。孩子们说他是个丑陋的怪物,弯腰驼背,脸上疙疙瘩瘩。他不会玩板球;他慢慢吞吞,拖拖拉拉。安德鲁说他是个专爱挖苦别人的刻薄鬼。他们知道他最喜欢做什么——和拉姆齐先生一刻不停地走来走去,议论谁赢得了这份殊荣,谁获得了那种奖励,谁是拉丁诗方面的"一流天才",谁"很有才气,但我认为他的基本论断不够完善",谁毫无疑问是"巴利奥最出类拔萃的人物",谁暂时隐居在布里斯托尔或贝德福德潜心研究,一旦他有关数学或哲学某一分支的"绪论"公之于世,定会名震遐迩——坦斯利随身带着"绪论"的几页校样,不知拉姆齐先生是否愿意看看。这些就是他们谈话的内容。

她有时想起来忍不住暗暗发笑。那天,她随口说了句"浪比山高"之类的话。不错,查尔斯·坦斯利说,是很汹涌。"你是不是浑身湿透了?"她问。"潮了,但还没有湿透。"坦斯利先生说着,拧拧衣袖,又摸摸短袜。

但是孩子们说他们反感的不是这个,不是他的容貌,也不是他的举止行为。而是他这个人本身——他的思想观点。他们抱怨说,每当他们兴致勃勃地谈一些有趣的话题,比如人物、音乐、历史,或仅仅是说今天晚上天气不错,干吗不到外头坐坐什么的,查尔斯·坦斯利总要插进来唱反调;总要弄得表现了自己,贬损了大家才心满意足。他们说,他甚至会在参观画廊的时候问别人喜不喜欢他的领带。天知道！罗斯说，鬼才喜欢！

一吃完饭，拉姆齐夫妇的八个儿女就像小鹿一样悄没声儿地从饭厅溜走，奔向他们的卧室，那里是他们自己的天地，这个家里没有其他隐蔽之处供他们讨论所有的话题：坦斯利的领带；选举法修正案的颁布；海鸟和蝴蝶；以及各种各样的人物。阁楼上，孩子们的卧室之间只有一层木板相隔，所以每个脚步声都清晰可闻，那个瑞士小姑娘正在啜泣，她那患了癌症的父亲正在格里松的一个山谷里奄奄一息；阳光洒进阁楼，照亮了球棒、法兰绒衣裤、草帽、墨水瓶、颜料罐、甲壳虫以及小鸟的骷髅头，并使钉在墙上的长长的、带褶边的海草散发出一股盐腥味和水草味，这气味在毛巾里也有，洗完海水浴的毛巾上沾满了沙粒。

斗嘴，闹意见，搞分裂，刻骨入髓的偏见歧视，唉，他们居然小小年纪就学会了这些，拉姆齐夫人悲叹道。他们，她的孩子们，对人太挑剔了。他们说的话太混账了。她牵着詹姆斯的手走出餐室，因为他不肯与别的孩子一起走开。是的，在她听来，那都是些混账话——唉，天知道，人与人之间的分歧本来就够多的了，还要人为地制造分歧。真正的分歧，她站在客厅的窗口想道，已经够多、实在够多的了。那一刻她脑子里想到贫富的悬殊，贵贱的差异；她一半怨恨、一半尊敬地想到孩子们从她身上继承的贵族血统；因为她的血管里不是也流淌着那个带有神话色彩的意大利贵族的血液？十九世纪，意大利名门望族的女儿们分散在英国许多家庭的客厅里，妩媚动人，谈吐优雅，嬉笑怒骂，风情万种；她的全部智慧，全部风采，全部脾性正是来自她们，而不是来自迟钝的英国人或冷漠的苏格兰人；但是，她更为深刻地思索的却是另一个问题，关于贫富悬殊的问题，以及她在这里或伦敦每星期、每天都亲眼目睹的现象；她挎着包，拿着铅笔和笔记本,亲自拜访这位寡妇或那位在生活中挣扎的妻子,分门别类地仔细填写这些穷人的收入和开销、就业和失业,她希望这样做能使她不再是一个行善的家庭妇女——其善举一半为了平息义愤,一半为了满足好奇心,而变成一个阐释社会问题的调查员,在她那不谙世故的想法中,这个身份是她十分向往的。

这都是些无法解决的问题,她站在那里,牵着詹姆斯的手,心里这样想道。那个受他们嘲笑的青年男子,也已跟随她来到客厅;他站在桌旁,不知为什么有点烦躁不安,手足无措,像个局外人,她不用回头就能想象出他的窘态。他们都走了——那些孩子们;明塔·多伊尔和保罗·雷勒;奥古斯塔斯·卡迈克尔;她的丈夫——都走了。于是,她轻叹一声转过身来,说:"愿意和我一起出去吗,坦斯利先生?"

她要去镇上办点琐事;她要先写一两封信;请等大约十分钟;她还要戴上她的帽子。于是,十分钟过后她又出现了,手里拿着她的篮子和她的阳伞,做了一个准备就绪、可以出发了的表示,不过,在经过网球草坪时她必须耽搁一下,问问卡迈克尔先生要捎什么东西。卡迈克尔正在晒太阳,黄色的猫眼睛半开半阖,它们可真像猫的眼睛,仿佛能映出树枝的颤动和云彩的飘移,却丝毫没有流露内心的思想或情绪波动。

因为他们要去远征,她说着,笑了起来。他们要到镇上去。"邮票?信纸?烟草?"她在他身旁停下,提示他。不要,他什么也不要。他双手十指交叉搁在便便大腹上,眨巴着眼睛,似乎很想委婉地答谢她的一片好心(她很有诱惑力,但有点神经质)却又力不从心。他沉陷在灰绿色的恹恹思睡状态,没有片言只语,只用亲切、仁慈的目光,懒懒地注视他们;注视整个房屋;整个世界;整个世界上的人;午饭时,他滴了几滴不知什么药水在他的杯子里，孩子们由此想到，怪不得他本该是乳白色的短髭和胡须会变成鲜艳的嫩黄色。不要，什么也不要，他喃喃地说。

卡迈克尔先生本该成为一个大哲学家的，要是没有那一次不幸的婚姻，拉姆齐夫人说，这时他们正走在通往渔村的路上。她把她的黑阳伞举得笔直，一举一动都带着一种隐约的期待情绪，仿佛她转过那个弯就会遇见一个正在等待她的人；她娓娓地叙述着；卡迈克尔先生在牛津和一个姑娘谈恋爱；早婚；贫困；去了印度；翻译一点诗歌，"我相信文笔十分优美"，他愿意教男孩子们学习波斯语和印度斯坦语，可是那有什么用呢？——结果他就像他们看到的那样，躺在草坪上打盹儿。

坦斯利受宠若惊；他一向受人冷落，拉姆齐夫人居然跟他说了这么些话，令他心里一阵宽慰。查尔斯·坦斯利振作起精神。她暗示男人具有高度的睿智——即使穷困潦倒也不逊色，又暗示所有的妻子都应该支持丈夫的事业——她不是责怪那个姑娘，而且她相信那场婚姻够得上美满。她的话使他感到更加志得意满，他想到如果他们搭乘出租汽车的话，他愿意由他来付车费。至于她的小手袋，他可不可以帮她提着？不用，不用，她说，她总是自己提着的。于是她便自己提着。是的，他感觉到她身上的那种韵味。他感觉到很多东西，不同寻常的东西，令他感到兴奋，同时又为了他不能明白的原因感到不安。他真希望有朝一日她能看见他走在队伍里，穿着博士袍，戴着博士帽。他将获得一个大学研究员的地位，一份教授的职务，他感到自己无所不能，仿佛看见自己——可是她在看什么呢？在看一个男人贴广告。飘动的巨幅纸张渐渐被平铺在墙上，刷子每推动一下，就有鲜艳的大腿、大铁圈和马匹显露出来，闪烁着红的和蓝的光泽，画幅平整、漂亮地展开，直到半面墙壁都被马戏团的海报覆盖；

一百匹马、二十只演出用的海豹、狮子、老虎……她眼睛近视，所以伸长了脖子，大声地念广告上的文字……"即将光临本镇。"她念道。让一个独臂的男人——两年前一架收割机碾去了他的左臂——站在那么高的梯子顶上，实在是一件极其危险的工作，她惊叹道。

"咱们都去看吧!"她大声说，继续朝前走去，好像那些骑手和骏马使她的内心充满孩子般的欢乐，使她忘却了对独臂广告工人的怜悯。

"去看吧。"他说，重复着她的话，说的时候却带有一种令她惊诧的羞涩。他应该说"咱们去看马戏吧"。不。他还不能这么说。他还不可能有这种感觉。但是为什么不可能? 她奇怪地想。他到底是怎么回事? 在那一刻，她非常地喜爱他。她问他，难道他们小的时候没有人带他们去看马戏? 从来没有，他回答，好像正巴不得她这么问;好像他这些日子一直盼着向她解释他们为什么没有去看马戏。那是一个大家庭，兄弟姐妹九个，全靠父亲一个人工作养家。"我父亲是个药剂师，拉姆齐夫人。他经营一爿药铺。"坦斯利从十三岁起就自己谋生了。冬天他常常没有厚大衣穿。在大学里，他无法与别人"礼尚往来"(这是他本人干巴巴的原话)。他的东西必须比别人多用一倍时间;他抽最便宜的烟;粗烟丝;码头老汉们抽的那种。他非常用功——每天七个小时;目前他的研究课题是某物对某人的影响——他们边说边走，拉姆齐夫人不很明白他的意思，只偶尔听懂了只言片语……学位论文……大学研究员的地位……审稿人的身份……讲师的职务。她听不懂从他嘴里滔滔不绝流出来的古里古怪的学术语言，但是她对自己说，她终于明白为什么看马戏这件事会刺激他，可怜的小伙子，以及他为什么立刻说出他父亲和母亲和兄弟姐妹的一切;她以后一定要让他们别再嘲笑他;她要和普鲁谈谈。她猜测,按他的意愿,他肯定愿意对别人说他和拉姆齐一家去看易卜生的戏剧,而不是去看马戏。他真是个十足的书呆子——没错,乏味得令人难以忍受。看看,现在他俩已经到了镇上,身处繁华的街道,马车辘辘碾过卵石路面,他却还在说个不停,什么居民社会啦,教学啦,劳动人民啦,帮助我们本阶级啦,讲座啦,最后她断定他又找回了所有的自信,从看马戏的打击中恢复过来,正准备(现在她又觉得非常喜欢他了)告诉她——可是就在这时,两边的房屋已被抛在身后,码头到了,海湾全景展现在他们面前,拉姆齐夫人情不自禁地叫道:"哦,多美啊!"她的眼前是一大片湛蓝的海水;灰白色的灯塔,遥远,古朴,在雾中若隐若现;右边,在她极目之处,是绿色的沙丘,沙丘底部起着柔和的细褶子,表面覆盖着随风飘拂的野草,它们逐渐淡化消失在远处,似乎随时准备逃遁到杳无人迹的月亮国度去。

这个景致,她说,正是她丈夫喜爱的。她停下脚步,眼睛里的灰色更深了。

她沉默片刻。可是现在,她说,画家们来到这里。确实,在离他们几步远的地方就站着一位。他头戴巴拿马草帽,脚穿黄靴子,神情严肃、温和而又专注,吸引了十来个男孩子围观;他圆圆的红脸庞上是一副深奥莫测的神情,他在端详景色,端详够了就蘸笔;用笔尖去蘸一堆堆柔软的绿色或粉红色的颜料。自从三年前庞斯福德先生来过以后,所有的绘画都成了那副样子,她说,灰绿色的海水,再加几只柠檬色的帆船,海滩上则总是穿粉红衣服的女人。

但是她祖母的朋友们绘画可是用心良苦,她说着,在他们经过时谨慎地瞥了一眼那幅画;他们自己调颜料,自己研磨,然后罩上湿布让它们保持湿润。

于是,坦斯利先生猜想,她是要他看出那个男人的画很小家子气,是不是这么说的?颜料不够纯正?是不是这么说的?在整个走路的过程中,有一种不同寻常的情绪在增长,这种情绪早在花园里他想帮她拎包时就开始出现,到了镇上他想向她倾述自己的一切时更是有增无减,在这种情绪的影响下,他渐渐发现自己的形象和他以前所熟悉的一切都有点变形。这真是奇怪极了。

她把他引到一座狭窄的小房子的客厅里,他站在那里等待着她,她要上楼一会儿,看望一个女人。他听见她在楼上轻快的脚步声;听见她的嗓音先是很欢悦,随即低了下去;他看着蹭鞋垫、茶叶罐、玻璃罩;焦虑不安地等待着;迫不及待地盼着快点回家;他拿定主意要为她拎包;就在这时听见她出来了;听见她关上一扇门,说一定要开着窗户,把门关上,需要什么东西就问家里人要(她一定是在对一个孩子说话),然后她突然地进来了,默不作声地站了片刻(仿佛她在楼上是逢场作戏,现在需要一些时间让自己回到现实中来),她几乎是一动不动地站了片刻,身后是戴着嘉德蓝色缎带的维多利亚女王的画像;他就在这一刻顿悟了:是的;是的——她是他见过的最美丽的人。

她眼睛里的星光,头发上的纱罩,还有仙客来花和野紫罗兰——他在胡思乱想些什么呀?她至少五十岁了;还有八个孩子。她穿行在鲜花盛开的原野,把破损的花苞和迷途的羔羊拥入怀中;眼里星光闪烁,发间微风吹拂——他拎过她的包。

"再会,艾尔西。"她说,他们走上街道,她把阳伞举得笔直,走路的神情仿佛期待在拐角处遇见什么人,而这时的查尔斯·

坦斯利,生平第一次感到一种非凡的得意;一个正在挖下水道的男人停下手来打量她,他让他的手臂垂落下来打量着她;生平第一次,查尔斯·坦斯利感到一种非凡的得意;他感觉到了那微风,感觉到了那仙客来和紫罗兰,因为他正与一位美丽的女子同行。他手里拎着她的包。

2

"明天不能去灯塔了,詹姆斯。"他站在窗口,笨嘴拙舌地说,可是为了尊重拉姆齐夫人的意愿,他努力把声音放柔和,至少带了那么点儿亲切的腔调。

讨厌的年轻人,拉姆齐夫人想,干吗老提这件事?

3

"说不定啊,你一觉醒来,会发现太阳升起来了,小鸟儿在唱歌。"她抚摸着小男孩的头发,不无同情地说。她看得出来,刚才丈夫刻薄地断言明天不是晴天,已经极大地挫伤了孩子的情绪。到灯塔去,是孩子梦寐以求的,她知道。而她丈夫却幸灾乐祸地说明天不是晴天,这还不算,这个讨厌的年轻人还在反复唠叨,故意触人痛处。

"明天没准儿是个大晴天。"她抚摸着他的头发,说道。

她没有别的办法,只好对那台冰箱大加赞赏。她一页页地翻看"军需品"目录,满心希望能找到一种像把地机或刈草机之类的物件,有叉子,有把手,剪起来需要极大的用心和熟练的技巧。这些年轻人都在愚蠢地模仿她丈夫,她思忖道;他说天要下雨,他们就会说肯定会有龙卷风。

这会儿,她手里翻动着书页,寻找一幅耙地机或刈草机的图片。可是,她的搜寻被突然打断了。本来她一直听见粗粗的说话声,时不时地因为把烟斗从嘴里拿出拿进而中断,她虽然听不清说的是什么(她坐在敞向平台的那扇窗户边),却知道那些男人正在愉快地聊天;这声音已经持续有半个小时,早已盖过了充盈她双耳的其他声音——比如球在球拍上的撞击声,以及玩板球的孩子突然发出的尖利的喊叫声:"怎么搞的? 怎么搞的?"——可是忽然,这令她心安的声音戛然而止。海浪拍打着海岸发出单调的声响,在大部分时间里,它井然有序、安神宽心地给她的思绪打着节拍,当她和孩子们坐在一起时,它仿佛以喃喃的自然之声一遍一遍地重复一支古老的摇篮曲:"我在守护你——我是你的支柱";但是有的时候,尤其当她的思绪稍稍游离于手头的活计之外时,那海浪声又突然出人意外地没有这些温情的含意了,而是像魔鬼的鼓点一样无情地敲击生命的节拍,让人想到小岛即将灭亡,淹没在大海的漩涡里,那声音还警告着忙于琐事而不知光阴渐逝的她:一切都像彩虹一样短暂即逝——现在,那本来一直隐蔽和藏匿在其他声音里的海浪声,突然空洞地在她耳边轰响,令她在惊惧之下抬起头来。

他们停止谈话了;这就是一切变化的原因。她转眼间就从牢牢抓住她的紧张情绪里挣脱出来,像是要补偿她刚才不必要的感情消耗,她进入了另一个极端,感到冷静、欢快,甚至有一点儿恶作剧的心理,于是她决定:就此放弃可怜的查尔斯·坦斯利。这对她来说无关紧要。如果她丈夫需要供品(他确实需要),她便高高兴兴地把查尔斯·坦斯利贡献出来,谁叫他故意委屈了她的小儿子。

她抬起脑袋又聆听片刻，似乎在等待某种习惯了的声音，某种有规律的、机械的声音；然后，只听花园里开始传来抑扬顿挫的声音，又像是说话，又像是吟诗；她丈夫正在平台上来回踱步；那声音介于慨叹和唱歌之间；听到这个声音，她再一次安下心来，确信一切正常，便又低下头去看膝盖上的目录，终于找到一幅带六枚刀片的折刀图片，这需要詹姆斯非常仔细才能剪下来。

突然传来一声高叫，仿佛一个梦游的人受到惊动，在半梦半醒中发出的，好像是：

在枪林弹雨中

这声音无比尖锐地进入她的耳朵，使她担心地环顾四周，看是否有人听见了他的叫声。她高兴地发现只有莉莉·布里斯科一个人；她是不碍事的。但是看到那个姑娘站在草坪边缘作画，倒是提醒了她；她应该尽量让脑袋保持不动以便莉莉作画的。莉莉的画！拉姆齐夫人笑了。她有那么一双中国式的小眼睛，那么一张皱巴巴的脸蛋，看来是永远嫁不出去了；她的画是不能认真当回事的；她倒是个很有主见的小家伙，为此拉姆齐夫人很喜欢她；于是，想到她的诺言，她低下了头。

4

真的，他差点儿撞翻了她的画架，那么样挥动着双手，大喊大叫着向她冲来："勇敢地向前冲啊。"不过随即发了慈悲，猛地掉转马头跑开去了，去光荣献身于，她猜想，巴拉克拉瓦高地的战役。从来没有人这么可笑同时又这么吓人。可是只要他一直那样挥舞着双手、大喊大叫着，她就是安全的；他不会停下来看她的画,那可是莉莉·布里斯科无法忍受的。即使当她看着色块,看着线条,看着颜料,看着和詹姆斯一起坐在窗口的拉姆齐夫人时,她仍然警惕着周围的一切,生怕有人悄没声儿地溜过来,突然窥视她的画作。现在她所有的意念都加快节奏,端详,凝视,直到墙壁和远处的雪兰花在她眼里变得鲜活起来,可是就在这时,她意识到有人从屋里出来,向她这边走来;从步伐上可以看出是威廉·班克斯,所以尽管她握笔的手在颤抖,她并没有把画架翻过来盖在草地上,而让它依旧立着。如果来的是坦斯利先生,保罗·雷勒,明塔·多伊尔,或者别的不管什么人,她一定会那么做的。此刻威廉·班克斯已然站在她的身旁。

他们在村里借宿,所以一块儿同出同进,晚上在门前的蹭脚垫上告别的时候,随便聊一聊汤,聊一聊那些孩子,再聊一聊他们共同关心的这件事或那件事;于是,当他此刻以审慎的姿态站在她的身旁(他的年纪足以做她的父亲,一个植物学家,一个鳏夫,浑身散发着香皂味儿,很干净,很细腻),她也只是站着不动。他就这么站着。他注意到,她的鞋子非常漂亮,使她的脚趾得到自然舒展。他和她寄宿在同一幢住宅,因此他注意到她的生活多么有规律,总是早饭前就起床出门作画,而且他相信,她是一个人去的;她大概很贫穷,而且显然没有多伊尔小姐的姿色和魅力,不过她悟性很强,因而在他眼里比那位年轻女子更为出色。比如现在,当拉姆齐高叫着、打着手势向他们冲来时,他确信布里斯科小姐心似明镜。

"有人捅了娄子。"

拉姆齐先生瞪着他们。他瞪着他们,却仿佛对他们视而不见。这确实使他们隐约感到难堪。他们一同目睹了一桩他们无意目睹的事情,侵犯了别人的隐私。因此莉莉想班克斯先生可能是为了找个借口转移到听不见这个声音的地方去,才赶紧地说天转凉了,是否去散散步。好的,她也愿意散步,但是她的目光离开她的画作时很是不舍。

雪兰花紫得亮丽;墙壁白得耀眼。她认为,糟蹋这种亮丽的紫和耀眼的白不是诚实的做法。因为那是她亲眼目睹的,尽管自从庞斯福德先生来过以后,人们流行把一切都看成苍白、高雅、朦胧的色彩。然而颜色下面是形状。当她凝望时,可以如此清晰、如此居高临下地看到这一切。就在她拿起画笔的一瞬间,一切就变了样儿。正当她要把构思的画面搬上画布的那一刻,魔鬼百般捉弄她,经常折磨得她几欲落泪,使这段从构思到创作的路程令人望而生畏,就像一个孩子要穿过一条阴森森的通道。因此,为了不失去那股勇气,她必须面对强敌奋力抗争。她经常听到自己在说:"但这正是我看到的;这正是我看到的。"从而把她仅存的少得可怜的一点视觉形象紧紧抓在胸前,因为有上千种力量正拼命把它们从她怀里夺走。也正是在那个时刻,在她开始作画时,那些力量还在寒气逼人地攻击她的其他方面,她本人的不适时宜,她的无足轻重,她要在布隆普顿为她父亲操持家务,她还要费尽心力地控制自己,以免一时冲动扑在(谢天谢地,她至今一直抑制得很成功)拉姆齐夫人的膝头,对她说——可是能对她说什么呢?"我爱你"? 不,那不是实话。"我爱这一切,"挥手示意篱笆、房子和孩子们。这太荒唐。这不可能。于是,这会儿她把画笔一支挨一支整齐地放进画箱,对威廉·班克斯说:"天气突然转凉了。太阳散发的热气好像也少了。"她说着,一边环顾四周,天色还很明亮,草地仍然呈现一种柔软的深绿色,房屋在点缀着紫色爱情花的绿树丛中像星星一般辉耀,白嘴乌鸦从蓝天高处丢下几声凄凉的鸣叫。那是什么东西在飞,银色的翅膀在空中翻转,一闪而过。毕竟,这已是九月,九月中旬了,而且已过了下午六点。于是,他们朝惯常的方向溜达着,走过花园,走过网球场,走过蒲苇地,来到茂密篱笆的那个缺口处。那里用火红的铁栅栏围着,像一盆盆熊熊燃烧的煤块。透过它们望去,海湾里湛蓝的海水显得越发的蓝。

他们每天傍晚都要到这里来,似乎受到某种需要的驱使。仿佛随着海水退去,在陆地上渐渐变得麻木的思绪会扬帆而去,甚至他们的身体也会得到某种自然的放松。首先,色彩的脉搏用蓝色冲刷着海湾,使人的心脏随之舒张,身体仿佛在随波荡漾,可是紧接着,险恶莫测的浪尖令人心中一凛,寒意顿生。还有,在那块巨大的黑岩石后面,几乎每个黄昏都有一股白色的喷泉,它的喷射没有规律,必须静心等待着,而它一旦出现真是令人喜悦;还有,站在苍白的半圆形海滩上等待喷泉时,会看到海浪追着海浪,一次又一次柔和地撒下一层珍珠母的薄膜。

他们站在那里,都笑了。他们同感到一种狂喜,因涌动的海浪而激动;然后又因一艘帆船飞快地破浪掠过而兴奋。帆船在海湾里划出一道曲线,停下了;打着晃儿;船帆落了下来;然后,他们在欣赏过这种快速运动之后,似乎出于一种要使画面完美的自然本能,都去眺望远处的沙丘,心里不再感到欣喜,取而代之的是一抹感伤——半是因为大势已去,半是因为景色似乎要比凝视它的人多存活一百万年(莉莉想道),而且那时,它就已经在和俯瞰静谧大地的天空亲密交谈了。

望着远处的沙丘,威廉·班克斯想起了拉姆齐,想起了威斯特摩兰的一条道路,想起了拉姆齐独自一人大步走在路上,老是那么落寞,仿佛那是他与生俱来的神态。可是他的漫步突然被打断,威廉·班克斯记得(这一定涉及某个客观存在的事件),

那是一只母鸡，支棱着翅膀要保护它那窝小鸡，只见拉姆齐停下脚步，用手杖点一点母鸡，说道，"宝贝儿，宝贝儿，"班克斯心中受到一种异样的启迪，他曾经想过，这表现了拉姆齐的单纯，以及他对低级动物的恻隐之情；可是在他看来，就在那里，在那条路上，他们的友谊似乎终止了。后来，拉姆齐结婚了，再后来，随着一件又一件事情的发生，他们的友谊失去了内容。究竟是谁的错，他说不清楚，只是过了一段时间之后，旧情代替了新欢。他们相会正是为了重续旧情。但是，此刻在与沙丘的无声对话中，他坚信他对拉姆齐的情谊丝毫没有减少；正如一具年轻男子的尸体在泥沼里躺了一个世纪，两片嘴唇依然鲜红一样，他的友谊也真实而鲜明地陈列在海湾四处的沙丘之间。

他为这份友谊而忧心忡忡，抑或也为了摆脱脑海中那种责备自己干瘪萎缩的念头——因为拉姆齐生活在孩子们的喧闹中，而班克斯则膝下无子，是个鳏夫——他热切地希望莉莉·布里斯科不要鄙视拉姆齐（他是一个有自己风格的伟人），而应该理解他们之间存在的一切。他们的友谊始于多年以前，后来逐渐消失在威斯特摩兰的一条道路上，那里的那只母鸡张开翅膀卫护它的小鸡；再后来，拉姆齐便结婚了，他们各自分道扬镳，后来似乎有一种要重续旧情的趋势，他们又相遇了，这当然不是任何人的过错。

是的。一定是这样。他得出结论。他将目光移开那片风景。然后，转身从另一条路返回，走上了汽车路，班克斯先生注意一些事情，如果没有那些沙丘使他看到他的友谊的残骸带着一抹红唇躺在泥沼里，他是不会注意这些事情的——例如卡姆，那个小姑娘，拉姆齐的小女儿。她在岸边摘香雪球花。她任性又乖戾，不肯按保姆的吩咐"给先生一朵花儿"。不！不！就不！她就不给！她攥紧拳头。跺着脚板。于是班克斯先生感到苍老而悲哀，她不知为什么误解了他的友情。他一定是干瘪而萎缩了。

拉姆齐家并不富裕，他们能够应付这一切真是奇迹。八个孩子！靠研究哲学喂养八个孩子！这儿又来了一个，这次是贾斯帕，溜溜达达地走过，去射小鸟，他说，一副漫不经心的样子，经过时握住莉莉的手使劲儿摇了几下，惹得班克斯先生尖酸地说，她可真是人见人爱。而且还必须考虑教育的问题（诚然，拉姆齐夫人有自己的一套），更不用说那些"大人物们"日常必不可少的鞋袜磨损。他们都是些高大的、古怪的、冷漠无情的小家伙，至于他们谁是谁，顺序怎样排列，他是弄不清的。他私下里用英国国王和女王的名字称呼他们：任性的卡姆，冷酷的詹姆斯，公正的安德鲁，漂亮的普鲁——普鲁会出落得很美，他想，她怎能不美呢？——安德鲁则会聪明过人。他沿着汽车路走着，莉莉·布里斯科说着"是"或"不是"，对他的评论唯唯诺诺（因为她热爱他们大家，热爱这个世界），他掂量着拉姆齐的境况，怜悯他，嫉妒他，仿佛看见他摆脱了年轻时为之自豪的孤独和清贫，而被扑扇的翅膀和咯咯叫的家务所拖累。他们也给了他一些东西——威廉·班克斯承认这一点；如果卡姆将一朵花插在他的外衣上，或者攀上他的肩头去看一幅描绘维苏威火山爆发的图画，倒也令人愉快。可是他们也毁灭了一些东西，他的老朋友们不会无所感觉。换一个陌生人会怎么想？这位莉莉·布里斯科会怎么想？谁能不注意到他身上日渐养成的坏习惯？或者怪癖？或者弱点？真是奇怪，一个如他一般聪慧的男人竟会如他一般堕落——不过这个措辞太尖刻了——如他一般过分依赖别人的赞扬。

"哦,可是,"莉莉说,"想想他的作品吧!"

每当她"想到他的作品",她的眼前总是清晰地浮现出一张宽大的厨房用的桌子。这都是安德鲁造成的。她问他,他父亲的书里写了些什么。"主观啦,客观啦,还有现实的本质啦。"安德鲁说。她说,天哪,她根本不懂那是什么意思。"如果你不明白,就想一想厨房里有一张桌子,"他对她说,"即使你人不在那儿它也存在。"

因此,现在每当她想到拉姆齐先生的作品,总仿佛看见一张擦洗干净的厨桌。这会儿,它安栖在一棵梨树的枝丫上,因为他们已经到了果园。她费力地排开杂念,不去想梨树结着银白色节疤的树皮,不去想那些鱼形的树叶,而集中精力注意一张幽灵般的厨桌,一张擦洗干净的大桌子,表面粗糙,布满节疤,多少年来,它的结实耐用使它显露出它的价值,而现在它就固定在那里,四条桌腿悬在空中。自然啦,如果一个人日复一日地看见棱角分明的精怪,如果他把晚霞晖映、水碧天青的黄昏都浓缩成一张白木的四脚厨桌的话(能做到这点,是拥有出色智慧的一个标志),这个人当然不能被看成是一个凡夫俗子。

班克斯先生因为她叮嘱他"想想他的作品"而对她产生了好感。他想过,而且屡次三番地想过。不知有多少回了,他说过:"拉姆齐这样的人能在四十岁以前写出他最辉煌的杰作。"他年仅二十五岁时就在一本小书里对哲学作出了一定贡献,后来写的文章便多多少少是一些补充和重复。但是能对任何什么作出一定贡献的人寥若晨星,他说着,在梨树旁停下脚步。他的话说得不偏不倚、精确得当。突然,似乎是他挥手之间释放了存积在她心中的对他的那些印象,使她对他的所有感觉一下子倾泻而出。这真是一种动人的感觉。然后,他这个人的精华化为烟雾冉冉上升。那又是另一种感觉。她感到自己被如此强烈的感觉所震慑;那是为了他的严肃;为了他的仁慈。我尊敬你的每一个方面(她在心里亲自对他说);你不爱虚荣;你毫不自私;你比拉姆齐先生更优秀;在我认识的芸芸众生中,你是最优秀的;你没有妻子,没有孩子(她不带任何性欲地,渴望抚慰那份孤独),你为科学而活(她的眼前不由自主地浮现出马铃薯的切片标本);赞美之辞对你来说是一种侮辱;你为人宽厚,心灵纯洁,是真正的男子汉!但与此同时,她却想起他怎样带着一个男仆一路来到这里;怎样反对让狗爬上椅子;怎样接连几个小时(直到拉姆齐先生摔门而出)啰里啰嗦地唠叨蔬菜里的盐分丢失和英国厨子的手艺不地道。

那么,这一切又是怎样形成的?人们究竟如何判断别人和评论别人?如何加上这个因素,再加上那个因素,然后得出结论,喜欢抑或不喜欢?那些论断究竟含有怎样的意思?现在她站在梨树旁,似乎被定住了一般,对于这两个男人的印象源源不断涌上心头,要跟上她的思绪就如同要跟上一个快得难以用笔记录下来的声音,那声音正是她的声音,兀自说着一些无可辩驳、永远存在,而又相互矛盾的事情,因此就连梨树皮上的裂缝和节疤也不可改变地固定在那里,成为永恒。你有高尚的气质,她继续想道,拉姆齐先生则丝毫没有。他琐碎,自私,虚荣,自高自大;他被惯坏了;是个暴君;把拉姆齐夫人折磨得要死;但是他也具有你(她暗自对班克斯先生说)所没有的东西;他追求超凡脱俗;对鸡毛蒜皮的琐事从不计较;他喜欢狗和他的孩子们。他有八个孩子。班克斯先生却一个也没有。那天晚上他不是穿了两件外衣过来,让拉姆齐夫人给他修剪头发,把头发剪到一只盛布丁的盆子里吗?所有这些念头纷乱起舞,像一群小蚊子,每一个都是单独存在，却又全被奇妙地控制在一张弹性的网中——在莉莉的脑海里飞舞，在梨树的枝条间飞舞，那里仍然悬着那张擦洗干净的厨桌的幻象，象征着她对拉姆齐先生的智慧的深深敬意，她的旋转得越来越快的思绪终于因运转过猛而爆裂；她顿感释然；一颗子弹从近处飞过，使一群原本三三两两栖息着的燕八哥受到惊吓，乱纷纷地飞起，仓皇逃命。

"贾斯帕！"班克斯先生说。他们转向燕八哥飞越平台的那条路。跟随天空急促飞行的散乱的鸟群，跨过高高的篱笆的那个缺口。迎面碰上拉姆齐先生，他痛苦不堪地用低沉的声音对他们说："有人捅了娄子。"

他的眼睛因激情而变得模糊，带着悲剧般的强烈的蔑视，与他们的目光对视了一秒钟，就在即将认出的一刹那颤抖了；然后，他在老羞成怒的痛苦中，抬手伸向脸部，像是要避开或者抹去他们正常的凝视，他仿佛恳求他们克制住他知道是不可避免的反应，他仿佛使他们深深感到他那如同孩子受到干扰时的愤怒，但是，即使在被发现的那一刻，他也没有被彻底击垮，而是决定不完全放弃那种美妙的情绪，以及他为之羞惭却又为之陶醉的狂言粗语——他猛一转身，把他的隐私之门对他们狠狠关上；于是，莉莉·布里斯科和班克斯先生尴尬地抬头凝望天空，只见贾斯帕用枪驱散的那群燕八哥已经落在了那些榆树梢上。

5

"即使明天天气不好，"拉姆齐夫人说，在威廉·班克斯和莉莉·布里斯科经过时，她抬起眼睛瞥了瞥他们，"也还有别的日子呢。这会儿，"她说，心里却在想莉莉的魅力在于她那双中国式的眼睛,它们在她苍白、起皱的小脸上显得格外醒目,但唯有独具慧眼的男人才能欣赏,"快站起来,让我量量你的腿。"因为他们终归是要去灯塔的,她得弄清长袜的腿部是否还要加长一两寸。

她笑了,一个主意在她的脑海里灵光一现,这可真是个绝妙的好主意——威廉和莉莉应该结婚——她拿起混色长袜,在詹姆斯的腿上比了比,袜口还交叉地插着钢针。

"站直了,亲爱的。"她说。詹姆斯出于嫉妒,不愿意为灯塔守护人的小儿子充当量衣尺,便故意不好好地站着;他这么动来动去,让她怎么看清袜子是长了还是短了呢? 她问道。

她抬起眼睛——她的这个最年幼、最令她疼爱的孩子,究竟是出了什么鬼——她看到屋子,看到椅子,觉得它们都破旧不堪。正如安德鲁那天说的,椅子的内芯散落得满地都是;可是买了好椅子又有什么用? 她问。整个冬天家里只有一个老女佣看管,肯定非常潮湿,好椅子也会糟蹋了。不管它,反正房租不多不少才两个半便士;孩子们喜欢这里;就她丈夫来说,远离图书馆、讲座及其弟子三千英里——如果一定要准确地说,是三百英里——也是有益而无害的;而且这里有足够的地方招待客人。那些垫子、露营床和破烂桌椅完成了在伦敦的服务生涯——在这里倒干得不赖;还有一两帧照片,书。书是无人问津的,她想,她总没有时间去读。唉! 就连诗人亲笔签名赠送的书也无暇以顾。"赠给其心愿不可违背的女士"……"比海伦更幸福的当代丽人"……说来惭愧,她从来没有读过它们。克罗姆的《论智慧》,贝茨的《论波利西亚人的野蛮习俗》("亲爱的,站好别动。"她说)——这些书都不适合送到灯塔去。她思忖,有朝一日家里会邋遢到极点,非采取措施不可。要是能教会他们进门前擦擦脚，不要把石砾带回家——那兴许管点用。如果安德鲁特别愿意解剖螃蟹，她不能不批准；或者，如果贾斯帕认为可以用水草做汤，也是没法阻止的；还有罗斯的那堆玩意儿——贝壳，芦苇，小石子儿。她的这些孩子都很有天赋，只是兴趣各有不同。其结果就是，她叹了口气，将长裤比着詹姆斯的腿，结果就是一个又一个夏季过去，他们带回来的东西越来越邋遢，堆满整个屋子。垫子已经褪色，墙纸也摇摇欲坠。上面的玫瑰花图案已模糊难辨。还有，如果家里的每扇门一直敞开，而且全苏格兰没有锁匠能修好上面的插销，家具就全部糟蹋了。每扇门都敞开着。她侧耳聆听。客厅的门敞开着；走廊的门敞开着；听起来好像卧室的门也都敞开着；不用说，平台上的窗户也开着，是她自己打开的。窗户得开着，门得关着——这么简单的道理，难道他们谁都记不住？她经常在夜里走进女佣的卧室，发现那里都像烤箱似的关得严严实实，只有那个瑞士姑娘玛丽的屋子例外，她宁愿不洗澡也不能没有新鲜空气，在家乡时，她说过，"大山真美啊。"昨天夜里，她望着窗外这么说，眼里噙着泪。"大山真美啊。"她的父亲正在那里奄奄一息，拉姆齐夫人知道。他将使他们成为没有父亲的孤儿。听了姑娘的话，她收起对她的责骂和示范（教她怎样铺床，怎样开窗，十指并拢伸直，像法国女人那样），就像小鸟在阳光下飞过，然后悄悄收起翅膀，蓝色的羽毛从明亮的金属色转为柔和的黛紫色。她默默站在那里，无话可说。他生了喉癌。此刻，这些回忆——她怎样站在那里，那姑娘怎样说"在家乡，大山真美啊"，而其实已经回天乏力，没有任何希望了——使她突然感到一阵烦躁，口气变得严厉。她对詹姆斯说：

"站直了，不要让人讨厌。"这下，他立刻知道她是真的板脸了，便绷直双腿让她量。

袜子至少短了半寸，即使考虑到索利的小儿子比詹姆斯长得矮小，也还是不够长。

"太短了，"她说，"实在太短了。"

从来没有人显得这么沮丧。苦涩，郁闷，简直心灰意懒，在黑暗中，在从阳光落进深渊的幽深井道里，也许有一颗泪珠正在形成；有一颗泪珠正在滚落；潮水左右晃荡一下，接纳了它，又归于平静。从来没有人显得这么沮丧。

但是人们在议论，难道她徒有一副容貌？在她的美丽和辉煌后面——还隐藏着什么东西？他们问道，他是不是开枪击碎了脑袋？他是不是在他们结婚前的那个星期死去的——那更早一些的另一位情人？有关他的谣言四处流传。或者，真的什么也没有？仅仅是她昔日那无与伦比的美貌，什么也不能干扰？在交谈很投机的时候，她听到一些故事谈到伟大的激情、失意的爱情和受挫的雄心，尽管她完全可以说她也曾熟知、感受或者经历过这一切，她却从来不说。她总是保持沉默。她那时候就知道——她无师自通地知道。她的单纯使她看清聪明人往往会弄错的事情。她用心专一，这使她的思想如石头落水，如鸟儿栖树一般准确扑落在事实真相上，它们令人或欣喜、或宽慰、或稳定——也许这些都只是假象。

"造物主用多么稀罕的泥土塑造了你。"班克斯先生有一次说。那时他被她在电话里的声音深深打动，尽管她只是告诉他一列火车的运行情况。他仿佛看见电话线另一端的她，蓝色的眼睛，个子挺拔，那份美带有明显的希腊情调。和这样的女人通话，显得多么不可思议。仿佛美惠三女神联起手来，在盛开着常春花的草地上共同创造出了那副面容。他要赶上尤斯顿十点三十分的那辆火车。

"然而她像孩子一样,并没有意识到自己多么美丽。"班克斯先生说着,把话筒放回原处,穿过屋子去看在他屋后建造一座旅店的那些工人进展如何。他望着在砌了一半的墙壁间忙乱的工人,心里想着拉姆齐夫人。他想,她面部的和谐中总掺杂着某种不协调的东西。她匆匆地往头上扣了一项旧式的猎帽;穿着套鞋跑过草坪,去揪一个正在淘气的孩子。所以,如果你想到的只是她的美貌,一定还要记住那颤动的、活生生的东西(工人们正把砖头搬上一块小木板,他望着他们),并把它融进画面;如果你只把她看成一个女人,一定还要赋予她某种独特的个性——她不喜欢听人赞美——或者假设她有某种潜在的欲望,想摒弃高贵的风度,仿佛她的美丽令她厌倦,男人谈论美貌的话也令她厌倦,她只想和别人一样,做个凡人。他不知道。他必须去工作了。

拉姆齐夫人织着那双毛乎乎的红褐色长袜,那只镀金的画框,那条随意搭在画框上的绿色披肩,和那幅经过鉴定的米开朗琪罗的杰作,把她的脑袋怪诞地衬托着。拉姆齐夫人收起刚才的粗暴态度,托起小儿子的脑袋,吻了吻他的前额。"我们再找一张图片来剪。"她说。

6

可是出了什么事情?

有人捅了娄子。

她从沉思中惊起,给长久以来她一直认为毫无意义的话语赋予了意义。"有人捅了娄子——"她用近视的双眼盯住丈夫,他这会儿正在向她逼近,她目不转睛地盯着,等他来到近前,她从他身上看出(她脑海里重复地响着单调的字句)出了事情,有人捅了娄子。可是她压根儿想不出到底是怎么回事。

他哆嗦;他颤抖。他所有的虚荣,所有的自我满足和自鸣得意——他像霹雳一般迅疾,像鹰隼一般骁勇,率领他的人穿行在死亡之谷里——都被击得粉碎,不复存在。在枪林弹雨中,我们无畏地策马前进,穿行在死亡之谷里,子弹齐射,大炮轰炸——突然迎面碰上了莉莉·布里斯科和威廉·班克斯。他哆嗦了;他颤抖了。

她无论如何也不会去和他说话。他的眼神躲躲闪闪,他浑身上下笼罩着某种古怪的气息,她从这些熟悉的迹象看出他想把自己包裹起来,想把自己隐蔽起来恢复平和的心境,她知道他受到了伤害,痛苦不堪。她抚摩着詹姆斯的脑袋;她把自己对丈夫的感觉传递给他,她看着他用粉笔把《陆海军军需品目录》上一位绅士的白衬衫涂成黄色,心想如果他日后成为一名大画家,她该有多么高兴;他为什么不能? 他的额头长得多好啊。当她的丈夫又一次从她身旁走过时,她抬起眼睛,看到他已掩饰住崩溃的情绪,不由松了口气;温馨的家庭气氛占了上风;生活的惯例在低吟它那令人安宁镇静的韵律,于是他的情绪又转为平静。因此他故意在窗口站住,笨拙地弯下腰,突发奇想地用一根小树枝之类的玩意儿搔弄詹姆斯光裸的腿肚子,她责怪他不该匆匆打发走“那个可怜的年轻人”——查尔斯·坦斯利。坦斯利要进屋写他的论文呢,他说。

“有朝一日,詹姆斯也会有他的论文要写。”他戏谑地说,抖了抖手里的树枝。

詹姆斯由衷地讨厌父亲,一把拂去搔他痒痒的小树枝。拉姆齐先生以他特有的态度——一半认真、一半幽默地逗弄着小儿子光裸的腿。

她要争取把这双烦人的袜子织完，明天给索利的小儿子送去，拉姆齐夫人说。

明天别想去成灯塔，一点希望也没有，拉姆齐先生粗暴地一口断定。

他怎么知道？她问道。风向是经常改变的。

她的话不可理喻到了极点，这种愚顽的妇人之见激怒了他。刚才他策马穿行在死亡之谷，突然被人惊扰，气得浑身发抖；而现在，她公然违背事实，让他的孩子抱着完全渺茫的希望，这实际上是在说谎。他在石台阶上跺跺脚。"真该死。"他说。可是她说什么来着？她只是说明天可能会转晴。好吧，可能吧。

只要气温表还在下降，风向还是正西，就没有这种可能。

为了追求事实而决然不顾他人的感情，如此粗暴、如此野蛮地撕下文明的薄薄的面纱，她觉得这实在大大有损做人的风度，便没有答腔。她感到心绪茫然、两眼模糊，她低下头去，似乎任凭那阵猛烈的冰雹、那盆脏水浇向无可指责的她。她没有什么可说的。

他默不作声地站在她旁边，最后，才十分谦卑地说，如果她愿意，他可以过去问问海岸警备队。

她尊敬他超过尊敬任何人。

她很乐意相信他的话，她说。只是他们没有必要准备三明治了——就是这样的。他们到她这里来，整天不间断地，带着这样或那样的要求，这很自然，因为她是个女人；有人要这，有人要那；孩子们在成长；她经常感到自己只是一块浸满人情味的海绵。结果他却说，真该死。他还说，天准会下雨。现在他又说，天不会下雨；立刻，她面前展现出一片安全的乐园。她对谁也没有这么尊敬。她感到，她连给他系鞋带都不配。

拉姆齐先生已经为刚才的粗暴、刚才在幻想中冲在队伍前面时双手的动作感到羞愧，怯怯地又去戳儿子的光腿，然后，好像得到了她的同意，他告退出去，一头扎进夜色中，他的动作不知怎地让他妻子想起动物园里的大海狮。海狮吞下鱼后，笨拙地往后退，打着滚儿，让池子里的水左右冲刷它的身体。光线已渐稀薄，渐渐把树叶和篱笆的形象隐没，但似乎是作为回报，却让玫瑰和石竹花展现出一种白日所没有的光彩。

"有人捅了娄子。"他又说了一句，大步走了出去，在平台上来回散步。

多么奇特，他的口气居然变了！就像那只布谷鸟，"六月里它唱走了调儿。"似乎他正在排演，摸索着寻找一句话来表达新的心情，结果手头只有这一句，只好将就着用了，尽管变了调儿。可是它听起来多么可笑——"有人捅了娄子"——用那种腔调去说，没有确信的味道，就像在提一个问题，旋律悦耳动听，拉姆齐夫人忍不住笑了，他走过来走过去，哼着这句话，过了一会儿，他肯定就淡忘了，平静下来。

他是安全的，他又回到了不受干扰的境地。他停下来点燃烟斗，看了看窗户里的妻子和儿子，就像坐在特快列车上看书的人突然抬起头来，看见农庄、树木和一组木房子，它们像插图一样，印证了书本上的什么内容，于是带着满足和信心又回到书本上，他尽管没有辨认出哪个是妻子、哪个是儿子，但只要看见他们，就使他有了信心和满足，使他集中精力去透彻理解那个让他聪颖的大脑颇费思量的问题。

确实是个聪颖的大脑。如果思想就像钢琴上的键，分为这么多的音符，或者像字母表，二十六个字母按顺序排列，那么他那聪颖的大脑便会毫不费力地经过这一个个字母，坚定而准确，最后到达，比方说吧，字母Q。他到达了Q。全英格兰能到达Q的人寥寥无几。这会儿，他在种着天竺葵的石缸旁停留片刻，看到他的妻子和孩子一起坐在窗口，但是现在望过去已经非常遥远，就像拾贝壳的孩子，天真无邪，忙着摆弄脚边的小玩意儿，对他所察觉到的厄运毫无防备。他们需要他的保护；他给他们以保护。可是Q后面是什么？下一个字母是什么？Q后面还有一连串字母，最后一个已经很难用肉眼看见，只在远处微微闪着红光。在整整一代人中，只有一个人能够有那么一次到达Z。不过，如果他能到达R也算很了不起。至少现在已经是Q了。他在Q上站稳脚跟。他肯定这就是Q。他可以证实这就是Q。有了Q，就会有Q——R——想到这里，他把烟斗在石缸柄上叩了两三下，发出洪亮的共鸣，敲出里面的灰，再继续琢磨。"然后就是R……"他抖擞精神。他下定决心。

什么素质能够拯救暴露在热气燎人的海面、只有六块饼干和一瓶淡水的一船乘客——是毅力、正确的判断、深谋远虑、信心和技巧，这些素质会来帮助他。接下来是R——R是什么？

在他目光凝视的地方，一扇百叶窗像蜥蜴粗厚的眼睑一样闪了一下，使字母R变得模糊。在那眼皮合拢的瞬间的黑暗里，他听见有人说——他是个失败者——R是他无法企及的。他永远到达不了R。再一次向R挺进。R——

在横穿冰封雪飘、荒无人烟的极地的探险中，他具有的优良素质使他成为领袖、向导和顾问；他既不盲目乐观也不听天由命，而是镇定自若地审视命运、直面现实，现在这些素质会再一次给他帮助。R——

蜥蜴的眼睛又闪了一下。他额头的血管发胀。石缸里的天竺葵变得惊人的清晰，他出乎意料地看到，那些叶片之间展现出两种人物之间那种悠久而明显的差别；一种是具有超人力量的坚定的跋涉者，历尽艰辛，百折不回，按顺序一个一个地经过整个字母表，从头至尾，二十六个字母一个不少；另一种是具有天赋和灵感的人，他们能够奇迹般地将所有字母一览无余，那是天才的风格。他天资平平；从不以天才自居；但是他具有，或者应该具有，那种准确地依次经过由 A 到 Z 的字母表中每个字母的能力。这会儿，他咬住了 Q。接下来，他向 R 进军。

一些情绪悄悄在他心里滋生，使他的眼睛黯然无神，使他即使返回平台才两分钟就显得枯槁憔悴、老态龙钟。这些情绪不会辱没一位探险首领的英名。现在雪花开始飘落，山顶雾气环绕，首领知道他必须躺下来，在黎明到来之前死去。但是他不愿躺着死去；他要找到一块陡峭的岩石，就在那里，他凝视着风暴，让目光穿透黑暗，直到最后一刻，他要站着死去。他永远到达不了 R。

他一动不动地站着，在溢满天竺葵的石缸旁边。他问自己，在十亿人中，能够到达 Z 的究竟有几个？绝望的首领肯定会这样自问，然后回答："也许只有一个。"这个回答并没有背弃他所经历的探险征途。整整一代人中间只有一个。如果他埋头苦干，充分发挥自己的能力，直到心血耗尽，那么就算他不是那一个，又有什么可指摘的？他的名声能存在多久？一位垂死的英雄在临终前想想身后的人将对他如何评说，应该是无可厚非的。他的名声大概能存在两千年。两千年又是什么？（拉姆齐先生自嘲地问，眼睛望着篱笆。）如果你站在山巅俯瞰漫长岁月的流逝，这实在又算得了什么？你抬脚随便踢中的一块石头，也比莎士比亚存在得更长久。他的小小光芒将会不太明亮地闪烁一两年，然后便会融入某个更大的光芒，然后那片更大的光芒又会融入另一片更加巨大的光芒。（他凝视篱笆，凝视互相缠结的枝条。）作为一个孤立无援的探险队首领，如果在死神使他的四肢变得僵硬、无法动弹之前，用仅有的意识将发僵的手指举向前额，挺起胸膛，这样当搜索援助队到来时，就会发现他死在自己的岗位上，不愧为一个优秀战士的形象，那么，即使他率领的这支队伍最后攀到高处，看到岁月流逝、星星陨落，他又有什么可指摘的呢？拉姆齐先生昂首挺胸，在石缸前站得笔直。

　　如果他在这里站立片刻，仔细想想名声，想想搜索援助队，想想他骨骸上那些感恩的鲜花托起的石冢，又有谁会指摘他呢？最后，那位穷途末路的探险队首领，在经历一切艰难险阻、耗尽所有精力之后，坠入了梦乡，不再关心是否还会醒来；这时他脚趾的刺痛使他感觉到自己还活着，而且一般说来并不反对继续活下去，但是需要怜悯，需要威士忌，同时需要向人倾述他的苦难，又有谁会指摘他呢？又有谁会指摘他？当英雄脱下盔甲，在窗口停下脚步，凝望他的妻子和儿子，谁会不暗暗庆幸？他们起先显得非常遥远，渐渐地近了、近了，直到嘴唇、书和头部都清清楚楚出现在他眼前；尽管他的孤独强烈，尽管岁月流逝、星星陨落，她仍然那么可爱、新奇，于是他把烟斗放进口袋，在她面前垂下他那才华横溢的脑袋——如果他对绝代佳人表示爱意，又有谁会指摘他呢？

7

可是他的儿子詹姆斯讨厌他。他讨厌他走到他们身边,停下来低头望着他们;他讨厌他打扰他们;他讨厌他兴奋而庄严的姿势;讨厌他才华横溢的脑袋;讨厌他的一丝不苟和自私自利(眼下,他就站在他们那里,强迫他们去关心他);但是他最讨厌的,是他父亲情绪激动时发出的哆里哆嗦的颤音,这颤音在他们周围波动,干扰了他与母亲单纯而美好的关系。他目不转睛地盯着书本,一心希望这样能使父亲走开。他用手指着一个单词,想再次唤起母亲的注意,因为他知道,父亲的脚步一停,母亲就变得心不在焉,这令他很生气。可是,没用。无论怎样也不能使拉姆齐先生离开。他站在那里,要求得到他们的同情。

拉姆齐夫人刚才一直把儿子搂在怀里,全身放松地坐着,这时振作起精神,半转过身体,似乎努力想站起身来,同时猛地向空中喷射出一阵精力的雨露、一股水雾,整个人顿时显得神采奕奕、生气勃勃,好像她全部的精力正在化为力量,燃烧着,发出光芒(尽管她仍然静静地坐着,重新拿起那只袜子),那个注定缺乏生命力的男性深深投入到这种丰美的生命力的喷泉和水雾之中,像一只空虚的、光秃秃的铜壶嘴。他想得到同情。他是个失败者,他说。拉姆齐夫人晃动着手里的钢针。拉姆齐先生目不转睛地盯着她的脸,又说了一遍,他是个失败者。她把他的话堵住。"查尔斯·坦斯利认为……"她说。但是他并不满足,他需要得到更多。他需要的是同情,首先,需要别人肯定他确有天赋,然后,需要别人领他进入生活的圈子,得到温暖和安慰,使他恢复理性,使他由贫瘠变为丰沃,使家里的每个屋子充满生机——客厅,客厅后面的厨房;厨房上面的卧室;卧室后面的育儿室;一定要好好布置,一定要让它们充满生机。

查尔斯·坦斯利认为他是当今最伟大的玄学家,她说。但是他必须得到更多的东西,他必须得到同情。他必须被人肯定他也置身于生活的中心;也被需要;不仅在这里,而且在世界各地都有人需要他。她晃动着钢针,沉着,坦然,她布置了客厅和厨房,使它们都光彩照人;她吩咐他放心呆着,进出自便,只要他快乐就行。她欢笑,她编织。詹姆斯绷紧身体站在她的双膝之间,感到她全部的力量都燃烧起来,被那只铜壶嘴吮吸和遏制,被那男性干枯的半月形镰刀无情地撞击着,一次又一次,要求得到同情。

他是个失败者,他又一次说。那么,请你看一看,体会一下吧。她晃动着钢针,看看四周,看看窗外,看看屋里,看看詹姆斯,她用她的笑声、她的姿势、她的能力向他保证(正如举着蜡烛走过黑屋子的保姆在安慰一个任性的孩子)这些都是真实的,不存在丝毫疑义;家里人丁兴旺;花园里鲜花盛开。只要他绝对信任她,就没有什么能够伤害他;无论他钻得多深或攀得多高,也不会有片刻发现她不在身边。她自恃有能力环绕和呵护别人,却没有给自己剩下半点躯壳以便认清自己;一切都慷慨地给了出去;詹姆斯一动不动地站在她的双膝之间,感觉到她升华为一棵果实累累、枝繁叶茂、开满红花的果树,而那个铜壶嘴——他父亲,那个自私小人的干枯的半月形镰刀插入着、撞击着,要求得到同情。

她的话令他满足。如同一个孩子满意地睡去,他终于带着谦卑的感激之情,重新振作起来,看着她说,他要转过去;他要看孩子们玩板球。他离开了。

立刻,拉姆齐夫人似乎又将自己合拢,花瓣一片叠一片地包起来,整个人似乎因精疲力竭而坍倒,于是,她让自己完全陷在瘫软之中;她的力气仅够用手指在格林童话①书页上移动;同时,她的体内搏动着创造成功的狂喜,如同一股泉水的节奏,刚才尽情地展开,现在慢慢停止涌动。

他走开了。似乎这个节奏的每一次搏动,都把她和她丈夫圈在其中,使他们给对方以快乐,是两个不同的音调——一个高亢、一个低沉——达到共鸣、融为一体时给对方的快乐。现在回声渐渐消隐,注意力回到童话上来,拉姆齐夫人却不仅感到身体的疲乏(每次事后,而不是当时,她总有这种感觉),而且在肉体的倦怠中,还掺杂着由另一种原因引起的、隐约令人不快的感觉。她大声读着渔夫妻子的故事,这时她并不确知这感觉来自何处;她翻动书页时停止阅读,听见一个浪头落下,单调而诡谲,这时她意识到她的不满来自何处,但却不让自己用语言表达出来:她不愿意感到自己比丈夫优秀,哪怕是一秒钟也不行;而且,她在对他说话时,不能完全肯定自己的话符合事实,这一点令她无法忍受。大学需要他,人们需要他,还有讲座、书籍,都具有特别重要的意义——对此她总是深信不疑,令她烦恼的是他们的关系,还有他那样子地来找她,不加一点掩饰,弄得人人皆知;这样一来,人们就会说他在依赖她,其实他们必须知道,在他俩中间,绝对是他更为重要,拿她对世界的贡献和他的贡献相比,简直微不足道。并且,还有另外一点——她由于害怕而不敢把实情告诉他,比如修理玻璃暖房的费用,大概要五十镑吧;也不敢

---

① 指格林兄弟的童话《渔夫和他的妻子》,这里暗示拉姆齐夫妇之间潜在的差异和分歧。

谈到他的书，怕他猜出他最近那本书算不上杰作，对此她已有所疑心（是从威廉·班克斯那里得到的印象）；还有日常的许多琐事也必须向他隐瞒，这让孩子们看在眼里，心理上便产生了负担——所有这些因素减损了两个音调共鸣时那种彻底的、纯粹的快乐，使这种声音单调而无趣地在她耳畔消散。

书页上出现一片阴影；她抬起头来。是奥古斯塔斯·卡迈克尔拖着脚走过。他恰巧在这个时候走过，正是她极不愿意有人触动她想到人类关系颇多缺憾的时候；再完美的关系也免不了白璧微瑕；她的天性是面对事实，但因为爱着丈夫而不得不掩盖事实，她简直无法忍受这种考验；他在这个时候走过，正是她极不愿意感到自己被判定毫无价值，自己的正常功能被这些谎言、这些夸大之辞所妨碍的时候——此时此刻，她正在兴奋的余波中极不体面地暗自烦恼，卡迈克尔先生却穿着黄拖鞋，拖着脚走过，她鬼使神差、不由自主地在他经过时大声说道：

"进屋来吗，卡迈克尔先生？"

8

他没有吭声。他抽鸦片。孩子们说鸦片把他的胡子都染黄了。也许吧。不过她倒是一眼看出，那个可怜的男人很不快活，每年都像逃难似的到他们这儿来；而每年她都有同样的感觉；他不信任她。她说，"我要到镇上去。要不要给你捎点邮票，信纸，烟草？"却总感到他在退缩。他不信任她。这都是他妻子造成的。她记得他妻子怎样穷凶极恶地对待他，在圣约翰林地的那间可怕的小屋里，她亲眼看见那个讨厌的女人把他赶出家门，那情景令她目瞪口呆。他邋里邋遢；衣服上落满污渍；显出一个老人在世上无所作为的讨嫌样儿；她就这样把他赶出家门。她做出一副令人厌恶的神情对他说："这会儿我想和拉姆齐夫人在一起聊聊。"于是拉姆齐夫人可以看到他生活中数不尽的辛酸，仿佛历历呈现在她的眼前。他有钱买烟草吗？是不是得问她要？半个克朗？十八个便士？哦，她不忍心细想那个女人使他遭受的点点滴滴的屈辱。他现在总是（她猜不出其中原因，只知道多多少少与那个女人有关）在她面前退缩。他什么也不对她说。但是她还能做到怎样？已经把一间向阳的屋子让给了他。孩子们对他也不错。她从来没有露出丝毫嫌弃他的意思。她总是尽量让自己显得和蔼可亲。你想要邮票吗，想要烟草吗？这里有一本书你可能会喜欢，如此等等。说到底——说到底（想到这里，她不知不觉蜷紧身体，感觉到她平常难得注意的自己的美丽）——说到底，她要使别人喜欢自己一般不算太难；比如，乔治·曼宁；华莱士先生；虽说都是些知名人士，却经常在某个夜晚来拜访她，静静地围着她的火炉谈心。她无论走到哪里，都带着她美貌的火炬，这点她不能不知道；她高举这支火炬，把它带到她步入的每间屋子；说到底，她的美是有目共睹的，尽管她会加以掩饰，尽管她的美貌强加给她的单调的负担令她退缩。她被赞美过。她被爱慕过。她曾经走进坐满送葬人的屋子，泪水因她的出现而流淌。男人，还有女人，向她倾述各种各样的心事，让自己和她一起得到简单质朴的安慰。而他居然会退缩，这令她委屈。令她伤心。却又不够明确，让她有苦难言。对此她耿耿于怀，而这偏偏发生在她对丈夫感到不满的时候；卡迈克尔拖着脚走过，腋下夹着一本书，脚上穿着那双黄拖鞋，对她的问话仅点了点头，这使她感到她在受到猜疑；还感到她所有关心和帮助别人的欲望都不过是贪图虚荣。她如此强烈地渴望助人、渴望给予，难道是为了获得自我满足，是为了人们能说，"哦，拉姆齐夫人！亲爱的拉姆齐夫人……拉姆齐夫人，当然啦！"并且需要她、召唤她、敬爱她？她内心默默渴望的难道不正是这些？因而当卡迈克尔像此刻这样在她面前退缩，匆匆逃到某个角落去作那些永远也作不完的藏头诗的时候，她不仅本能地感到碰了一鼻子灰，而且意识到她自身的渺小，意识到人与人的关系、即使是最良好的关系也是多么褊狭，多么美中不足，多么自私自利。如今人老珠黄，这副容颜看来（她面颊塌陷，两鬓斑白）已不再令人赏心悦目，她最好还是把精力放在《渔夫和他的妻子》的故事上，好好安慰她的儿子詹姆斯那敏感的情绪（她的其他孩子都不像他这么神经质）。

"那个男人的心情变得沉重，"她大声念道，"他不愿意去。他对自己说：'这样做不对。'然而他还是去了。当他来到海边，海水猩红而且深蓝，昏暗压抑，不再是那种黄绿色的了，但海面依然平静。于是他站在那里说道——"

拉姆齐夫人真希望丈夫不要选择那个时刻在她身边停留。他为什么不像他自己说的那样，去看孩子们打板球？但是他没有说话；他观看；他点头；他赞许；他继续朝前走。他悄悄地走过去，看见面前那个一次次地使句号变得圆满、象征着某种结论的篱笆，看见他的妻子和孩子，并且又一次看见那些垂着红色天竺葵的石缸，它们每每点缀着他思想的历程，将它写在一片片叶子上，仿佛叶子就是张张纸片，由匆忙阅读的人在上面随手记下只言片语——他悄悄地走过去，看到这一切，油然陷入沉思，由《泰晤士报》上一篇关于每年参观莎士比亚故居的美国人数的文章联想开去。如果莎士比亚从未存在过，当今的世界是否会有很大的不同？文明的进步是否取决于一些伟人？现在普通人的命运是否也比古埃及法老时代的人们好一些？莫非普通人的命运才是我们判断文明程度的标准？他自问。也许不是。也许最伟大高尚的文明有赖于一个奴隶阶级的存在。伦敦地铁的电梯工人就永远不可或缺。这种思想令他不快。他晃晃脑袋。为了摆脱它，他要找到某种办法驳斥艺术的至高无上的地位。他要争辩：世界是为普通人而存在的，艺术只是强加于人类生活之上的一种装饰物；并没有表现生活的真谛。莎士比亚也不是人类生活中不可或缺的。他弄不清自己究竟为什么要贬损莎士比亚，而去抬举那个永恒不变站在电梯门内的工人，便愤愤地从篱笆上摘下一片叶子。所有这些想法，他想，下个月都要讲给加的夫的年轻人听；现在，在他的平台上，他只是寻点草料，打打野食（他扔掉刚才一怒之下摘的那片叶子），就像一个人骑着马悠然穿行在孩提时代就十分熟悉的乡村小路和田野上时，从马背上探手摘取一束玫瑰或往口袋里塞满坚果一样。一切都是那么熟悉；这个弯道，那片栅栏，还有田野里的那道沟渠。黄昏时分，他经常抽着烟斗徘徊在这些熟悉的小路和牧场上，一边陷入沉思。每一寸土地都能引起他的联想，这里留着那场战役的痕迹，那里让人想起某个政治家的生平，以及诗歌、轶事和画像，还有这个政治家，那个士兵；一切都是十分生动和清晰；最后，小路、田野、牧场、果实累累的坚果树和开花的篱笆却把他带到那个拐弯处，他总是在那里从马上下来，把马拴在树上，徒步往前走去。他来到草地的边缘，俯瞰下面的海湾。

不管他是否愿意，他都要这样来到一片正在被大海吞噬的土地上，像一只孤独的海鸥一样默默站着，这是他的命运，他特殊的命运。他要一下子摆脱所有多余的念头，让思想收敛、浓缩，显得更加简洁而单纯，甚至身体上也有这种感觉，但并不丧失思维的敏锐——这就是他的力量、他的才能;他伫立在他的小小礁石上,面对人类愚昧的沉沉黑暗,大海正在吞噬我们立足的这片土地,而我们却浑然不知——这是他的命运,他的天赋。他从马背上下来时,已然抛弃了所有的装腔作势和矫揉造作,丢掉了所有的坚果和玫瑰之类的战利品,他在收敛思绪,忘记了自己的声誉,甚至不记得自己的名字,但即便在那种孤独中,他还保持一丝警惕:不放纵任何幻觉、不沉湎任何遐想。他正是凭着这种姿态,使威廉·班克斯(断断续续地)、查尔斯·坦斯利(死心塌地地)以及他的妻子——这会儿她正抬起头来看见他站在草地边缘——对他产生深深的敬畏、怜悯和感激之情;犹如一根插入河床的标桩,海鸥在上面栖息,海浪在上面撞击,它使愉快的船客产生一种感激之情,因为它在激流中坚守岗位,标出河床的位置。

"可是,八个孩子的父亲别无选择。"他嘟嘟囔囔着说出声来,猛地停止冥想,转过身子,叹息一声,抬起眼光,寻找正在给他的小儿子念故事的妻子的身影,同时装起烟斗。他抛开有关人类的无知、人类的命运以及大海正在吞噬我们立足的土地之类的幻象——其实,如果他能够集中精力深深思索的话,是会发现一些名堂的——却在鸡毛蒜皮的琐事上寻找安慰,它们与现在他面前的庄严主题相比,何其渺小,他很想对这种安逸嗤之以鼻,不屑一顾。对一个正直的男人来说,在苦难深重的世界上沉溺于幸福似乎是最大的罪恶。确实。他总的说来是幸福的:他有妻子,有孩子;他已答应给加的夫的年轻人讲六个月的关于洛克、休谟、贝克莱以及法国大革命的起因之类的"胡言乱语"。但是这些,以及他从中得到的快慰——他创造的名言、年轻人的热情、妻子的美丽,以及他从斯旺西大学、加的夫大学、艾克赛德大学、南安普顿大学、基德明斯特大学、牛津大学和剑桥大学获得的荣誉——所有这些他引以自豪的东西都必须遭到贬低，用"胡言乱语"一言以蔽之，因为，说实在的，他没有做成他想做的事情。这只是一种掩饰，是一个害怕面对自己感觉的男人的避难所，因为他不能说这就是我喜欢的——这就是我；这在威廉·班克斯和莉莉·布里斯科看来既值得同情又让人反感，他们不明白为什么他必须百般掩饰；为什么他总需要听到赞美；为什么思想如此大胆的人会在生活中如此畏首畏尾；他在可敬的同时显得可笑，这是多么奇怪。

莉莉猜想，教诲和劝诫不是人类力所能及的事情。（她正在把绘画的用具收拾起来。）过分得意便注定会栽跟头。他要什么，拉姆齐夫人总是立刻就给他。因此稍有变化便会使他心烦意乱，莉莉说。他放下书走进来，看见我们都在做游戏、闲聊天。想象一下，这与他思考的东西相比有多大的反差，她说。

他正在向他们逼近。他猛地停了下来，默默伫立，凝望大海。现在他又转身离去。

9

确实，班克斯先生看着他的背影说道，确实很令人遗憾。（莉莉曾经说过拉姆齐先生让她感到害怕——他转眼之间就会情绪大变，喜怒无常。）确实，班克斯先生说，拉姆齐不能使自己的举止行为和别人一样，实在令人遗憾。（他喜欢莉莉·布里斯科；他可以与她毫不避讳地谈论拉姆齐。）他说，正是由于这个原因，年轻人不喜欢读卡莱尔的作品。一个满腹牢骚的倔老头儿，为一点鸡毛蒜皮的小事也要大发雷霆，他凭什么来对我们说教？这就是班克斯先生理解的当今年轻人的想法。如果你认为卡莱尔是人类最伟大的一代宗师，那么他的行为就太令人遗憾了。莉莉不好意思说，她从上学起就没有读过卡莱尔的作品。但是在她看来，正是由于拉姆齐先生以为，只要他的小指头有点疼，整个世界都要毁灭，人们才更喜欢他。她反感的不是他的这一点。谁会被他蒙蔽呢？他不加掩饰地请求你恭维他、赞美他，他的小伎俩骗不过任何人。她讨厌的是他的狭隘、他的盲目，她望着他的背影说道。

"是不是有点像伪君子？"班克斯先生问，目光也追随着拉姆齐的背影，难道他不是正在想到他的友谊，想到卡姆不肯给他一朵花，想到所有那些男孩子和女孩子，想到他自己的家——原来充满温馨，妻子过世后就变得冷冷清清？当然啦，他有他的工作……但他仍然很希望莉莉赞同他的话：拉姆齐"有点像伪君子"。

莉莉继续收拾她的画笔，一会儿抬头，一会儿低头。抬起头来，她看见他——拉姆齐先生——正向他们走来，摇摇晃晃，神情茫然，漫不经心，显得很遥远。有点像伪君子？她跟着说了一句。哦，不——他是那种最真挚、最实在（现在他来了）和最善良的人；可是，低下头去，她又想，他心里只有他自己，他专制，他不公允；她故意一直低着头，因为和拉姆齐一家住在一起，只有这样她才能保持立场坚定。无论是谁，只要抬起头来看见他们，就会有（用她的话说）"滚滚的爱意"涌上心头。他们成为那个虚幻然而深邃、令人激动的宇宙的一部分，这个宇宙便是用爱的眼睛所看到的世界。天空忠于他们，小鸟在他们中间歌唱。她看着拉姆齐先生走过来又退回去，拉姆齐夫人和詹姆斯一起坐在窗口，白云飘浮，树枝摇曳，于是，她心里感到某种更令人激动的东西:生活不再是由人们日常的一个个零散的小事件拼凑而成,而是卷作一团,变成一个整体,像一个波浪,把人带上浪尖又抛落下来,猛地推到海滩上。

班克斯先生等她做出回答。她正想说几句批评拉姆齐夫人的话,说她也有武断粗暴、令人惊诧的地方,或者说几句别的诸如此类的话。这时,班克斯先生的痴迷神情使她觉得再无必要说这些话。说他痴迷,是考虑到他那已过六十的年龄、他平素的整洁和平庸,以及那仿佛穿在他身上的洁白的科学外衣。对他来说,用莉莉看见的那种目光凝视拉姆齐夫人委实是一种痴迷,相当于,莉莉感到,几十个年轻人的爱情总和(也许,拉姆齐夫人从未唤起这么多年轻人的爱慕之情)。这就是爱情,经过提炼和过滤的爱情,她假装移动她的画布,心里想道;这种爱情从不试图占有它爱的对象;就像数学家对待符号或诗人对待诗句一样,是要让这种爱情传遍全球,成为人类成果的一部分的。确实如此。人类绝对应该分享这种感情——但愿班克斯先生能说出那个女人何以令他如此着迷;为什么仅仅看到她给儿子念童话的身影,他就会产生如同解决一个科学难题时的感触;使他陷入沉思,正如发现了证明植物具有消化系统的可靠证据一样,他感到野性被驯服,混沌时代逐渐消亡。

这种痴迷——除了痴迷,还有什么别的字眼能够表达?——使莉莉·布里斯科完全忘记刚才想要说的话。那些已经无关紧要了;那些关于拉姆齐夫人的话。和这种"痴迷"、这种默然的凝视相比,那些话黯然失色,为此她感到由衷的欣慰;没有别的能像这种至高无上的力量、这种上天的馈赠一般令她感到轻松,摆脱了人生带给她的烦恼,奇迹般地如释重负;当这种痴迷神态存在的时候,谁也不会去打扰它,正如不会去驱散平铺在地板上的那一束阳光。

人竟能这样去爱,班克斯先生竟能对拉姆齐夫人产生这样的感情(她看着他冥思遐想),这委实让人兴奋、给人启迪。她故意低眉顺眼地在一小片破布上擦拭一支支画笔。她在这种对全体女性的敬爱之情中寻求荫庇;她感到自己也在受到赞美。让他凝视吧;她要偷偷望望她的画。

她差点要哭。糟糕,真糟糕,糟糕透了!她完全可以不这么画的;颜色可以浅淡、缥缈一些;轮廓可以朦胧一些;那便是庞斯福德眼里的画面。可是她看到的景象不是那样。她看见颜色在一个坚硬的结构上燃烧,蝴蝶翅膀上的光泽附着在大教堂的拱廊上。所有这一切,只在画布上留下几个胡乱涂抹的符号。它永远不会受到观赏;甚至永远不会被悬挂起来,这时耳畔又响起坦斯利先生的低语,"女人不能绘画,女人不能写作……"

这时,她想起她刚才想说的关于拉姆齐夫人的几句话。她不知道该怎么表达;但一定是批评她的话;那天夜里她曾被她的蛮横做法弄得很恼火。她顺着班克斯先生凝视拉姆齐夫人的目光望去,心想没有一个女人会像他恋慕她那样恋慕另一个女人;她们只能双双栖身在班克斯先生提供给她俩的荫庇下。她顺着他的目光望去,并且加入了自己的另一种目光,心想(垂头看书的)拉姆齐夫人毫无疑问是绝顶美丽的人;也许还是最善良的;但是她和人们现在看到的完美形象还是有所不同。为什么不同?有什么不同?她问自己,一边刮去调色板上那些蓝的、绿的色块,她现在觉得它们就像毫无生命的泥块,但她立誓,明天她要给它们注入灵感,强迫它们动起来、流起来,听从她的使唤。她有什么不同?什么是她的精神、她的真髓?如果你在沙发角落里找到一只皱巴巴的手套,从那弯曲的手指上,你就可以毫无疑问地认出这是拉姆齐夫人的手套。她像一只追求速度的鸟、一支奔向目标的箭。她任性;她盛气凌人(当然——莉莉提醒自己——我是在想她和女人们之间的关系,我比她年轻许多,是个无足轻重的小人物,住在远离此地的布隆普顿干道)。她打开卧室的窗户。她关上门。(就这样,她试图在脑海里想象出拉姆齐夫人的风韵。)她深夜来看莉莉,轻叩卧室的门,身上裹着一件旧的皮大衣(她总是那样打扮她的美貌——穿着随便而恰到好处),无论什么事她都要拿出来演示一遍——查尔斯·坦斯利把雨伞丢了;卡迈克尔先生吸鼻烟、哼鼻子;班克斯先生在说:"蔬菜里的盐分失去了。"所有这些她都能惟妙惟肖地表现出来;甚至恶作剧地加以扭曲变形;然后,走向窗口,假装她必须离开;——天已破晓,她可以看见太阳正在升起——微微转过身子,更加亲热、却依然老那么笑着强调,莉莉必须结婚,明塔必须结婚,她们都必须结婚,因为在这个世界上,无论人们给了她什么荣誉(但是拉姆齐夫人对莉莉的画不屑一顾),或取得什么成功(也许拉姆齐夫人曾经拥有过这些成功),说到这里,她变得忧伤而愁闷,回到自己的椅子上,又接着说,有一点是不容置疑的:一个不结婚的女人(她轻轻地把莉莉的手握住片刻),一个不结婚的女人错过了人生最美好的东西。房子里好像满是熟睡的孩子,拉姆齐夫人在倾听;罩着灯罩的灯光昏暗,孩子们的呼吸均匀。

哦,可是,莉莉便会说,她还有她的父亲;她的家;甚至,如果她胆敢说出来,她还有她的绘画。可是和结婚比起来,这一切显得多么渺小、多么幼稚。这时,夜已消失,白色的晨光撩开天幕,花园里间或传来鸟儿的啁啾,这时她鼓起全部的勇气,强调自己不受常规的制约;她竭力解释她愿意孑然一身;她愿意无牵无

挂;常规对她来讲不合适;于是她不得不面对拉姆齐夫人那双无
比深邃的眼睛对她的深深凝视,不得不接受拉姆齐夫人简单而
自信的推断(她现在真像个孩子):她的亲爱的莉莉、她的小布
里斯科真是个傻瓜。后来,她记得,她把脑袋搁在拉姆齐夫人的
膝盖上,笑啊笑啊笑啊,笑得几乎歇斯底里,因为她想到拉姆齐
夫人居然带着那一成不变的冷静,对她毫不理解的命运指手画
脚。拉姆齐夫人坐在那里,单纯而又严肃。她现在已经恢复了
对拉姆齐夫人的感觉——那便是那只手套的扭曲的手指。但是
自己究竟深入到什么样的禁区?莉莉·布里斯科最后抬起头
来,只见拉姆齐夫人全然不觉她笑从何来,还在那里对她的命运
大包大揽,但是在她身上已不见丝毫任性的痕迹,取而代之的是
一种清朗的神情,就像雨后云开雾散的蓝天——就像安眠在月
亮旁边的那片小小的夜空。

　　这是智慧吗?这是知识吗?这是又一个美的骗局吗?为了
把人的所有感受在接近真理的途中被编入一片金色的网?或
者,拉姆齐夫人心里锁着某个秘密?这种秘密,莉莉·布里斯科
认为,是人必不可少的,否则世界将不复存在。谁都不可能像她
这样紧紧巴巴地糊口度日。但如果他们知道这秘密,能不能对
她说说?她坐在地板上,双臂搂住拉姆齐夫人的膝盖,尽量挨得
近些,她想到拉姆齐夫人永远不会知道她这种压抑感产生的原
因,不由地微微笑了。她想,在这个正在用手抚摸她的女人的心
灵和意识的暗室里,竖立着刻满神圣铭文的碑石,就像国王的墓
穴中藏着财宝一样,只要你把它们拼读出来,就会一切了然,但
是它们永远不会被昭示、被公之于众。走进那些幽秘的暗室,究
竟会看到哪些只有爱情和灵感才能理解的艺术?用什么样的办
法才能和崇拜对象成为一体,就像水倒进一只茶壶一样不可分

离？身体能这样融合吗？纠缠在头脑里的错综复杂的通道之中的意识，能这样融合吗？或者，心灵与心灵之间，能这样融合吗？人们所谓的爱情能否使她和拉姆齐夫人成为一体？因为她渴望的不是知识，而是合而为一，不是匾额上的文字，不是任何可以用男人知道的文字写下来的东西，而是亲密本身，她曾经以为这就是知识，她把脑袋搁在拉姆齐夫人的膝上想道。

什么也没有发生。什么也没有！什么也没有！当她用脑袋抵住拉姆齐夫人的膝头时，什么也没有发生。然而，她知道知识和智慧都深藏在拉姆齐夫人的心里。她问过自己，如果每个人都这样深藏不露，别人怎么能够了解他们的方方面面？你只能像蜜蜂一样，受到空气中触不到、尝不着的某种香甜或刺鼻的气味的吸引，独自在世界各国上空的废气里盘旋，然后出没于嗡嗡嘤嘤的蜂巢；你也光顾半球形的蜂巢，这些蜂巢就是别人。拉姆齐夫人站了起来。莉莉站了起来。拉姆齐夫人走了开去。接下来的好几天，她心里一直萦绕着那种嗡嗡的蜂鸣，比拉姆齐夫人说的任何话语更为逼真，仿佛做梦醒来，感到梦中人身上起了微妙的变化，当拉姆齐夫人坐在客厅窗口的柳条扶手椅上，她的模样在莉莉看来有一种威严的风度；像一个圆顶的殿宇。

莉莉的这种目光和班克斯先生的目光并行，一起投向坐在那里给靠在她膝上的詹姆斯念书的拉姆齐夫人。可是，当她仍然在凝望时，班克斯先生已收回目光。他戴上眼镜。他往后退去。他抬起手来。他微微眯起那双清澈的蓝眼睛，这时莉莉醒过神来，看到他视线所投的方向，她不由得像一只狗看见人举手要揍它一样退缩了。她真想把她的画从画架上一把扯下，但她对自己说：一定要沉住气。她鼓起勇气，承受别人看她的画的严峻考验。沉住气,她说,一定要沉住气。如果这画免不了要给人看,那么班克斯先生不像别人那样令她恐慌。但是,画里凝聚着她三十三年生活的记忆,凝聚着她每天每天的日子,和这么多年她从未向人吐露、向人展现的秘密隐私,所以让任何人看到它都是一种痛苦的煎熬,同时又让她感到非常兴奋。

班克斯先生拿出一把削铅笔刀,用骨质的刀柄轻敲画布。他是那么冷静、沉着。她想用"这里的"这个紫色的三角形色块象征什么? 他问。

这是拉姆齐夫人在给詹姆斯念书,她说。她知道他不以为然——谁也看不出那色块代表的是人物形象。但是她没有力求逼真,她说。那么,她究竟为什么要画他们? 他问。究竟为什么? ——也没什么,只是既然那里、那个角落是明亮的,那么在这里她就觉得需要有一些暗淡一点的东西。尽管这很简单、平常,毫无深奥之处,班克斯先生还是很感兴趣。那么它代表的是母亲和孩子——是受到人类普遍尊崇的偶像,况且这里的这位母亲是出名的美人——他们居然被处理成一块紫色的阴影,而且丝毫没有亵渎的意思,他沉思着。

但是这幅画,她说,画的不是他们。或者说,不是他所理解的他们。对他们表示的敬意,也还可以有别的理解。比如,用这里的一块阴影和那里的一片光亮来表现他们。她隐隐约约地推测,如果一幅画必须是一种赞美,那么她的赞美便是用这种形式来表现的。一位母亲和孩子可以被毫不亵渎地处理成一片阴影。这里的光亮就要求那里有一片阴影。他掂量着她的构思。他来了兴趣。他带着善意和绝对的信任,用科学的态度来理解它。事实上他是对另一方面的问题存有偏见,他解释道。他的客厅挂的最大的一幅画深得画家们的称道,他们的估价比他当初所付的要高,画面上是科奈特河岸花团锦簇的樱桃树。他的蜜月就是在科奈特河岸度过的,他说。莉莉一定要来看看那幅画,他说。不过现在——他把眼镜推上去,转身用科学的眼光审视她的画布。这牵涉到物体与物体、光与影之间的关系问题,老实说,他对此从未有过研究,希望能给他讲解一下——她究竟想用它表现什么?他指点着他们面前的景致。她看了看。她无法向他展示她想表现的东西,如果手里没有画笔,连她自己也看不真切。她再次摆出她绘画时的习惯姿势,目光蒙眬,心不在焉,克制住她作为女人的全部感觉,而去感受更具有一般意义的某种东西;她又一次受到那种幻觉的支配,这种幻觉她曾经清晰地看见过,现在必须在篱笆、房屋、母亲和孩子之间苦苦搜寻——她的画作。她想起来了,这是一个如何将右边的这片景物和左边的那片联系起来的问题。要做到这点,她可以把树枝的线条这样延伸过来;或者用一个物体(也许是詹姆斯)填补前景的空旷。但是怕就怕这么一来会破坏整体的统一。她停住话头;她不愿意让他听得起腻;她把画布轻轻摘下画架。

但是它被人看过了;它被人从她这里夺走了。这个男人和她共享了某种深沉而隐秘的东西。这一切要感谢拉姆齐先生,感谢拉姆齐夫人,感谢这个时刻、这片地方,感谢这个世界具有她从未想到的某种力量——她再也不用形单影只地走过人生的长廊,而可以和某人携手同行——这是世上最奇特,也是最令人兴奋的感觉——她拧动她画箱上的把手,用力过猛,那钩子似乎无休无止地围着画箱旋转,围着草坪、班克斯先生,还有那个冲过来的淘气包卡姆旋转。

10

卡姆擦着画架跑过;她不会为班克斯先生和莉莉·布里斯科停下脚步;尽管满心希望自己有个女儿的班克斯先生向她伸出手去;即便真是她的父亲,她也不愿停下;照样擦身跑过;换了母亲也不行。母亲在她跑过时喊道:"卡姆!我找你有点事儿!"可她却轻盈地掠过,像一只小鸟、一颗子弹、一枝利箭,至于受什么欲望的驱使,由谁发出,射向何方,谁能知道呢?怎么回事?怎么回事?拉姆齐夫人望着她,不解地想。她可能在幻想一只贝壳,一辆手推车,一个远在篱笆之外的缥缈国度;或者,她可能在追求快速奔跑时那种喜悦的感觉;谁能说得清呢?拉姆齐夫人喊了一声:"卡姆!"火箭在半程坠落,卡姆慢吞吞地走回母亲身边,顺道揪了一片树叶。

她在胡思乱想些什么?拉姆齐夫人看见她站在那里,一心转着自己的什么念头,不由地这样纳闷。她不得不把口信重复两遍——去问问米尔德里德,安德鲁、多伊尔小姐和雷勒先生回来了没有——她的话好像沉入一口井里,如果水质清澈,你会看见它们在降落时就开始变得失真而离奇,最后在孩子的心底里扭曲成天知道的什么形状。卡姆会把什么口信带给厨娘?拉姆齐夫人暗想。她只好耐心地等待,听着厨房里有一位面颊通红的老太婆端着盆子喝汤,她终于等到卡姆鹦鹉学舌般一字不差地记住了米尔德里德的话,然后又等她用单调的唱歌一样的声音把那句话复述出来。卡姆把身体的重心从一个脚换到另一个脚,学说着厨娘的话:"没有,他们还没回来,我已经吩咐艾伦收拾茶具了。"

这么说,明塔·多伊尔和保罗·雷勒还没有回来。这只能说明一个问题,拉姆齐夫人想道:她一定接受了他,或者拒绝了他。像这样在午饭后出去散步,还能说明什么呢——尽管有安德鲁和他们在一起。除非明塔已经当机立断做出决定,拉姆齐夫人思忖(她是非常非常喜欢明塔的),接受了那个不错的小伙子。他也许不算太聪明,但是拉姆齐夫人想——这时她发觉詹姆斯在扯她,让她把《渔夫和他的妻子》的故事继续念下去——她从心底里情愿要愚憨的傻小子,而不要那些会写论文的聪明人;比如说,查尔斯·坦斯利。现在,事情一定已经决定,不是接受,便是拒绝。

她继续念道:"第二天早晨,妻子首先醒来,天刚破晓,她从床上看见那片美丽的乡村展现在她面前。她的丈夫还在伸懒腰……"

但是,明塔现在怎能再说不愿意接受他?既然她同意整个下午都单独和他在乡野闲逛——安德鲁肯定会自去捉他的螃蟹——不过南希大概和他们在一起。她仔细回忆午饭后他们站在门厅口的情景。当时他们站在那里,抬头望着天空,推测天气的好坏。她一半为了掩盖他们的害羞,一半也为了鼓励他们出去(她同情的是保罗),便说:

"天气不错,万里无云,"说到这里,她听见随他们一块出来的查尔斯·坦斯利那小子扑哧一笑,但她故意这么说。至于南希当时在不在场,她在脑海里搜寻一遍,无法确定。

她继续念道:"'啊,妻子,'那人说,'我们为什么要当国王?我不想当国王。''好吧,'妻子说,'你不想当,我想当;到比目鱼那里去,说我想当国王。'"

"要么进来,要么出去,卡姆。"她说,知道卡姆不过是被"比目鱼"这个词所吸引,不消一会儿,她就会坐不住,像往常一样和詹姆斯打闹。卡姆像子弹一样蹿开了。拉姆齐夫人松了口气,因为她和詹姆斯趣味相投,在一起呆着很愉快。她继续念下去。

"当他来到海边,天色昏暗阴沉,海水从底里泛起波涛,发出腥臭。他走上前,站在海边说道,

> 比目鱼,海里的比目鱼,
> 求你快来到我这里;
> 好个伊莎比尔,我的妻,
> 她的想法和我不统一。

'那么,她想要什么呢?'比目鱼说。"保罗他们现在走到哪儿了?拉姆齐夫人猜测。她边读边想,一心二用,十分自如。因为《渔夫和他的妻子》的故事就像低音乐器在给一支曲子伴音,经常在人不经意时,这支曲子的旋律会蓦地响起。应该在什么时候告诉她?如果什么也没发生,她必须和明塔认真谈谈。她不能在乡野到处乱逛,即使有南希和他们在一起也不行(她再次试图想象他们走在小路上的背影,数数有几个人,却实在想不起来)。她必须对明塔的父母——猫头鹰和拨火棍——负责。她念着故事,脑海里蹿出她给他们起的绰号。猫头鹰和拨火棍——如果他们听到——而他们肯定会听到——明塔和拉姆齐一家住在一起的时候,曾经被人看见如何如何,他们一定会非常恼火。"他当上了众议院的议员。而她巧妙地辅佐他步步高升。"她重复着一次舞会归来时她说给丈夫逗乐的话,记忆中又浮现出明塔父母的形象。天哪,天哪,拉姆齐夫人对自己说,他们怎么会生出这么一个莫名其妙的女儿?这个爱玩爱吵、袜子

上有个破洞的明塔？她是如何在那种氛围里生存的？她家里的女仆一刻不停地把鹦鹉撒落的沙子扫进畚箕，几乎所有的对话都简缩为对那只鸟的开发——也许很好玩，但毕竟太狭隘了。所以很自然地，拉姆齐夫人请她过来吃午饭、茶点、晚饭，最后请她和他们一起在芬莱过夜，这使她和她母亲猫头鹰之间产生了一些摩擦；后来，拜访更多，谈话更多，沙子也更多，最后，她编了无数关于鹦鹉的谎言，够她受用一辈子的（于是那天晚上从舞会归来，她对丈夫说了那句话）。但是，明塔来了……是的，她来了，拉姆齐夫人想道，怀疑这种混乱的想法里藏有某种忧虑；她把这种忧虑分解出来，发现原来是这样：一个女人曾经指责她"夺走了她女儿的爱"；多伊尔夫人说的一些话又让她想起了那个指责。一心想支配别人、干涉别人，让别人按她的意愿办事——这便是对她的指责，她认为这极不公平。她就是"那副样子"，有什么办法？没有人能够指责她煞费苦心地想感化别人。她经常为自己的形象感到羞愧。她既不盛气凌人，也不专横跋扈。如果事关医院、下水道和牛奶场，他们或许说得没错。在那些事情上，她确实感到按捺不住，如果有机会的话，真想一把抓住人们的颈背，让他们看个仔细。全岛居然没有一家医院。这真丢脸。在伦敦，送到你家门口的牛奶无一例外是被土染黄的。这是犯法啊。在这里拥有一家模范牛奶场和一家医院——这是两桩她非常想去做而且亲自去做的事情。可是谈何容易？带着这么一大堆孩子！等他们再大一些，她可能会有时间；那时他们都上学了。

哦，可是她绝不希望詹姆斯再长大一点！或者卡姆。她愿意这两个孩子永远像现在这样，是淘气的小鬼、快乐的天使，而不想看到他们长成一副人高马大的样子。这个损失是无法弥补的。现在，当她给詹姆斯念道，"有一群士兵，敲着铜锣，吹着喇叭，"他的眼光变得黯然。她想，他们为什么要长大，失去现在的一切？在她的孩子中，他是最有天分、最敏感的一个。但是他们都很有前途，她想。普鲁与人相处时真像一个小天使，现在有的时候，尤其是在夜晚，她的美已经令人惊叹。安德鲁——就连她丈夫也承认他在数学方面有非凡的天赋。还有南希和罗杰，现在还都是顽皮的野孩子，整天在乡间疯跑。罗斯嘛，嘴巴大了一点，但双手特别灵巧。每逢他们演哑剧，总是罗斯缝制衣服；制作所有的道具；她最喜欢布置餐桌，摆上鲜花什么的。贾斯帕总爱打鸟儿，这令她不快；但这只是一个阶段；他们都要经过一些阶段。唉，为什么他们都这么快就长大了？她用面颊贴着詹姆斯的脑袋，这样问自己。为什么他们要去上学？她真希望永远拥有一个婴儿。怀抱婴儿的时候，她是最幸福的。他们说她霸道也好，说她专横也好，说她盛气凌人也好，她不在乎。然后，她用嘴唇轻触詹姆斯的头发，想道，他再也不会这么幸福了，但立刻制止自己这么想，她想起丈夫听见她这么说会有多么生气。然而，这是真的。他们永远也不会像现在这样幸福了。一套十便士的茶具就可以让卡姆开心好几天。她听见他们醒来时在楼上跺脚、嬉闹。他们吵吵嚷嚷地沿着过道走来。门被猛地推开，他们进来了，花朵一般清新，精神焕发地瞪大眼睛，似乎认为像这样吃过早饭到客厅里来是一桩很重要的事情，尽管他们有生以来每天如此。就是这样，从早到晚，事情一件接一件，直到她上楼去向他们道晚安，发现他们都蜷缩在小床上，好像小鸟栖息在樱桃和木莓之间；却还在不停地为一些破玩意儿编造故事——有的是他们听来的，有的是在花园里拣的。他们都拥有自己的小小珍藏。……然后，她下得楼来，对她丈夫说，他们为什么要长大而失去这一切？他们再也不会像现在这么幸福了。他听了很生气。为什么这样悲观地看待生活？他说。这不明智。说来奇怪，尽管他也悲观、绝望，但总体上却比她更愉快、更乐观。她相信这一点。他很少接触人生的烦恼——这大概就是原因所在。他总能够从工作中寻求安慰。其实，她自己并不像他指责的那样"悲观厌世"。她只是想到了生活——想到呈现在她面前的那一小段光阴——她的五十个春秋。历历在目的是——生活。她想，生活——但是她没有完成自己的想法。她仔细端详生活，因为她对生活有一种明确的观点，这是一种真实而隐秘的感觉，无法与孩子交流，也不能和丈夫分享。他们之间在进行一种交易，其中她是一方，生活是另一方，她每时每刻都想占据上风，生活也是这样；有时他们谈判（那是她独自静坐时）；出现了一些动人的和解场面，她记得；但是非常奇怪，在大部分情况下，她不得不承认，她感到她称之为生活的这个东西狰狞可怖、虎视眈眈，只要一有机会就会猛扑过来。生活存在着一些永恒的问题：痛苦；死亡；贫穷。总有一个女人因患癌症而奄奄一息，甚至这附近就有。然而，她还是对所有这些孩子们说，你们要克服一切困难。她坚决地对八个人这么说道（而修理暖房的账单将是五十镑）。她知道等待他们的是什么——爱情，抱负，然后在凄凉的地方孤苦伶仃地打发余生——所以她经常有这种感觉：为什么他们一定要长大而失去童年的快乐？转而她又向生活挥舞她的利剑，对自己说：这都是胡思乱想。他将会非常幸福。而她现在正在撮合明塔和保罗·雷勒的婚事，她想道，再一次感到生活无比阴险；因为无论她对自己的妥协有何感想，她经历过并非人人都能经历的事情（她没有对自己点明这些事情）；她身不由己地说，人必须结婚；人必须生儿育女。她知道这话说得仓促,似乎这也使她自己获得解脱。

她这么说不对吗?她问自己,回顾自己在过去一两个星期的行为,自问是否真的给明塔施加过压力,逼她做出决定,她才二十四岁呀。她感到不安。她不是曾经嘲笑过此事吗?她难道又忘记她对别人有多么大的影响?婚姻需要——哦,多种多样的素质(修理暖房的费用将是五十镑);其中一项——她无需点明——是最根本的;那便是她与她丈夫共同拥有的某种东西。他们俩有吗?

"于是,渔夫穿上裤子,像个疯子一样逃走了,"她念道,"但是外面狂风骤雨,电闪雷鸣,他站都站不稳;房屋倒塌,树木摇晃,山动地撼,滚石落海,天空漆黑一团,雷电交加,大海掀起黑色巨浪,比山峰还高,比教堂的尖塔还高,浪尖上顶着白色的泡沫。"

她翻过一页;只剩下不多的几行文字了,她决定把故事念完,尽管已经过了睡觉时间。天很晚了。花园里的夜色告诉她这一点;花朵逐渐发白,叶子转为阴影,它们混合在一起,在她心里唤起一种焦虑的情绪。起先,她想不出这情绪从何而来。接着,她想起来了:保罗、明塔和安德鲁还没有回来。她又一次回忆他们几个人站在客厅前的平台上仰望天空的情景。安德鲁手里拿着渔网和篮子。那就是说他要去捕捉螃蟹什么的。也就是说他会爬到海里的岩石上;没有退路回到岸上。或者,他们排成单行走在悬崖边的羊肠小径上,其中有人一脚踏空。他会滚下去,摔得粉身碎骨。天已经很黑了。

但是她不让语调有一丝变化,平静地念完故事,然后合上书,望着詹姆斯的眼睛,说出那最后的一句:"他们一直活到今天。"——就好像这句话是她自己想出来的。

"故事念完了。"她说;她看见,在他的眼睛里,对故事的兴趣逐渐消失,出现了另外一种神情;迷茫、苍白,如同一道光芒的反射,一下子抓住了他,使他屏息凝视,暗自惊叹。她转过头来,眺望海湾,没错,在大海的那一边,先是短促的两闪,接着是长而稳定的一闪,那是灯塔的灯光。它已然被点亮。

很快,他就会问她,"我们去灯塔吗?"她就只好说,"不行:明天不行;你爸爸说的。"幸好正在这时,米尔德里德进来接他们了,一阵忙乱分散了他们的注意力。但是在米尔德里德抱着他往外走时,詹姆斯还一直扭头望着,她知道他肯定在想:明天我们去不成灯塔了;他将一辈子记住这件事情,她想。

11

不会忘记,孩子们是什么都不会忘记的,她想。一边收拾他剪下的几张图片——一台电冰箱,一台刈草机,一位穿晚礼服的绅士。因此,每说一句话、每做一件事都要特别慎重,只有等他们进入梦乡才能松一口气。现在,她不用顾虑着谁。她可以自己呆着,表现真实的自我。而这种时候,她常常觉得需要默想;不,甚至不要默想。只是默默的;独自呆着。所有那些蔓延的、发光的、有声的存在和行为,现在都已消散;她在抽缩,带着一种庄重的感觉,缩成真的自我,黑暗中的一个楔形的内核,而别人是看不见的。她还是那样笔直地坐着,织着长袜,心里却感受到了真的自我;这个自我摆脱了所有身外之物,自由地去探险、猎奇。当生活暂时沉落的时候,人的感受真是浩瀚无垠。她想,每个人都时时会感到有无限的心理感受;她,莉莉,奥古斯塔斯·卡迈克尔,无一例外地,都必定会感觉到:我们的影像,你们借以认识我们的东西,都是肤浅可笑的。在这些影像下面是一片黑暗,无边无际,深不可测;我们只不过偶尔浮到表面,你们就是依靠这个认识了我们。她感到她心灵的视野无限开阔。都是她从未领略过的风景;印度大平原;她觉得自己仿佛置身于罗马的一所教堂,正推开那厚厚的皮门帘。这个黑暗的内核可以到达任何地方,因为谁也看不见它。谁也无法阻拦它,她想,心里非常得意。自由自在,和平安宁,最难得的是获得了一个完整的自我,憩息在一个平稳踏实的地方。不是像她有生以来所经历的那种憩息(这时她用编针织出一种精巧的花样),而是作为黑暗中的一个楔形内核的那种憩息。失去了作为人的存在,也就摆脱了烦恼、焦躁和骚动;每当一切归于这种平和,这种安逸,这种永恒时,她总要情不自禁地为战胜了生活而感叹;这时她的思绪停顿了一下,她往外望去,看见灯塔的闪光,稳定而悠长,是三道闪光的最后一道,那是她的闪光;在此时此刻,带着这样一种心情凝视它们,总会不由自主地让自己依附于某种东西,尤其是眼里看到的某种东西;而这个东西,这道稳定而悠长的闪光,就是她的闪光。她经常发现自己坐在那里凝望,手里端着活计,良久良久,直到她自身也融入所凝望的那个东西——比如说,那道闪光。它会托起她脑海里盘旋的一两句话,诸如——"孩子们不会忘记,孩子们不会忘记"——于是她便跟着重复,并在后面加上一句:会结束的,会结束的,她说。总有那一天,总有那一天,她突然又补上一句,我们都在上帝手中。

但是,她立刻为自己说出这话而生气。这话是谁说的?不是她;她是鬼使神差才说出了一些违心的话。她从手里编织的活计上抬起头来,正好遇到第三道闪光,她觉得仿佛是与自己的目光相遇,是用她独有的方式探究她自己的思想和心灵，清除那句谎言、任何谎言的存在，让心灵净化。她在赞美那道闪光的同时，也不带任何浮夸地赞美了自己，因为她坚定，她敏锐，她美丽，一如那道闪光。真是奇怪，她想，为什么人在独处时就会偏爱没有生命的东西；树啦，河流啦，花朵啦；感到它们表达了自己；感到它们变成了自己；感到它们懂得了自己，或者其实它们就是自己；于是便感到这样一种不可理喻的柔情（她望着那道悠长而稳定的闪光），就好像在怜惜自己。她把编针悬在手上，目不转睛地望着、望着，她的心灵深处升腾起一缕薄雾，飘浮在她的心湖之上，那是一位新娘在迎接她的心上人。

她怎么会鬼迷心窍地说"我们在上帝手中"？她兀自纳闷。混迹在真实中的虚伪言词令她恼火、令她生气。她又接着编织袜子。怎么可能有什么上帝来创造这个世界？她问。她在内心里一直认定，这个世界没有理性、秩序和公正；只有痛苦、死亡和贫穷。在这个世界上，任何卑鄙龌龊的罪恶都会存在；她非常清楚。人间所有的欢乐都不能长久；她非常清楚。她不动声色地织着袜子，嘴唇不知不觉地微微撮起，神情严厉，脸上的线条显得生硬而坚决，这使她丈夫经过时不能不注意到，原来她美貌的深处藏着严厉；当时他正在想象哲学家休谟臃肿不堪的身体陷进了沼泽地，想到乐处不由暗自发笑。她的严厉令他悲哀，她的冷漠令他痛苦，他走过她的身边，感到自己并不能够保护她；当他来到篱笆跟前的时候，心里非常难过。他没有任何办法去帮助她。只好站在一旁注视着她。而且，讨厌的事实是他还给她徒增烦恼。他脾气暴躁——情绪过敏。刚才在去灯塔的问题上他又发了脾气。他望着篱笆深处，望着它的枝条缠绕和它的黑暗幽深。

拉姆齐夫人感到,人总是凭借一些零星事物——某种声音,某个景象——勉强把自己从孤独中解脱出来。她侧耳聆听,四下里鸦雀无声;板球游戏已经结束,孩子们都在洗澡;只有大海的声音阵阵传来。她停止编织;把长长的红褐色袜子提在手里晃悠了一会儿。她又看见那道闪光。当人从沉思中清醒的时候,他和事物的关系便有了变化;所以她此刻是带着讥讽和疑问看着那道稳定的闪光;它的无情,它的冷酷与她何其相似,又迥然不同;它随心所欲地支配着她(她深夜醒来,看见它掠过他们的床铺,抚摸地板),尽管如此,她看着它仍然痴迷恍惚,浮想联翩,仿佛它正用银白色的手指触摸她大脑里的某个密封的容器;这个容器一旦开启,会给她的全身带来快感,她曾经体会过快乐,微妙的快乐,巨大的快乐,而它用那道银光使汹涌的海面变得稍微明亮一些;天色渐晚,大海退去蔚蓝的颜色,它碾过纯柠檬色的海面,波浪翻卷、高涨、轰然拍碎在海滩上;销魂的快感在她眼前绽开,极度的喜悦像潮水一般涌入心田,于是她感觉到:我满足了!满足了!

他转过脸来看见她。啊!她真美丽,美丽得超出他的想象。然而他不能对她说话。他不能打搅她。詹姆斯走了,现在她总算是一个人了,他急不可耐地想和她说话。然而他还是决定不说;他不愿意打搅她。此刻,她以她的美丽,她的哀怨疏远了他。他只好随她独处。他一声不吭地走过她的身旁,感到非常伤心:她显得那么遥远,令他无法企及,爱莫能助。如果不是她主动地把她明知道他决不会开口索取的东西给了他,他就会这样一声不吭地从她身旁走过——但是,她唤住他,从镜框上取下绿色披肩,向他走去。因为她知道,他希望保护她。

12

她把绿色披肩围在肩头,挽起他的胳膊。他真是绝顶漂亮,她说,指的是花匠肯尼迪,他一下子变得这么英气逼人,她简直不忍将他辞退。暖房边靠着一把梯子,上面粘满斑斑点点的油灰,他们已经开始修理暖房了。是的,当她挽着丈夫漫步走过时,她感到终于找到了烦恼的特殊根源。他们信步走着,她险些要说:"修理费五十镑呢。"结果,她还是没有勇气谈到钱,却说起了贾斯帕打鸟的事。他立刻安慰她,不假思索地说,男孩子打打鸟儿是很正常的,相信过不了多久,他就会找到更好的消遣方式。她的丈夫是如此明智,如此公允。于是她说,"是的;每个孩子都要经历一些发展阶段,"心里又想起大花坛里的大丽花,不知道明年花开得怎么样。她又问,他有没有听见孩子们给查尔斯·坦斯利起的绰号。无神论者,他们这么叫他,渺小的无神论者。"他可不是风度翩翩的完人。"拉姆齐先生说。"差远了。"拉姆齐夫人说。

她认为不妨让他随心所欲,拉姆齐夫人说,同时在想把球茎散发给花匠到底有没有用;他们种下了没有?"哦,他有他的论文要写呢。"拉姆齐先生说。这些她都知道,拉姆齐夫人说。他整天除了论文不谈别的。好像写的是某人对某物的影响。"唉,这篇论文是他全部的期望。"拉姆齐先生说。"上帝保佑。他不要爱上普鲁。"拉姆齐夫人说。如果她和他结婚,他就会剥夺她的继承权,拉姆齐先生说。他没有去看妻子正在观察的花,而是注视着它们上面一米左右的地方。坦斯利这个人没有恶意,他补充道;他正想说:不管怎样,他是英格兰的年轻人中唯一崇拜他的——他把话咽了回去。他不想再让她为他的著作费神。这些花看来值得赞美,拉姆齐先生说着,垂下目光,看见一些红色和褐色的东西。是的,这些都是她亲手种下的,拉姆齐夫人说。问题在于,如果她把球茎散发给花匠会怎么样;肯尼迪会种它们吗?他的懒惰不可救药;她边说边朝前走。如果她整天拿着一把铁锹站在旁边监视,他才偶尔会干一点活。他们就这样慢悠悠地朝火红的铁栅栏走去。"你在教你的女儿们夸大其辞。"拉姆齐先生责怪她说。她的卡米拉姨妈比她夸张得还要厉害,拉姆齐夫人说。"据我所知,谁也没有把你的卡米拉姨妈树为品德高尚的楷模。"拉姆齐先生说。"她是我所见过的最漂亮的女人。"拉姆齐夫人说。"算不上吧。"拉姆齐先生说。普鲁将来会比她漂亮得多,拉姆齐夫人说。他怎么一点也没看出来,拉姆齐先生说。"那么,你今天晚上好好看看吧。"拉姆齐夫人说。他们停住脚步。他希望能劝安德鲁多用点功,不然的话,获取奖学金的机会就泡汤了。"噢,奖学金!"她说。拉姆齐先生认为,她用这种口吻对待奖学金这么严肃的事情实在有点糊涂。如果安德鲁获得奖学金,他将为他感到由衷的骄傲,他说。即使他没有获得奖学金,她也一样为他感到骄傲,她回答。他们在这个问题上总是存在分歧,不过这无关紧要。她愿意他信服奖学金,他也愿意她无论怎样都为安德鲁感到骄傲。突然,她又想起悬崖边的那些羊肠小道。

已经很晚了吧?她问。他们还没有回家。他漫不经心地打开怀表,才刚过七点。他将表盖开了一会儿,决定把他在平台上的感受告诉她。首先,大可不必这么紧张。安德鲁能够照应自己。接下来他想告诉她,刚才他在平台上散步时——说到这里,他感到有点尴尬。好像他在侵犯她的那份孤独,那份超然,那份淡漠……可是她不放过他。他想告诉她什么,她追问,心想也许是关于到灯塔去的事情;他为自己说了"该死"而感到抱歉。不是。他不愿意看到她这么忧伤,他说。纯粹是无中生有,她抗议,微微地红了脸。他们都感到很不自然,似乎不知道是继续往前走,还是转身回家。她说,她刚才一直在给詹姆斯念童话故事。不行,在这个话题上他们没有共同语言;这个话题他们无法交流。

他们来到火红的铁栅栏围着的两丛篱笆之间的缝隙处,灯塔又赫然可见,但是她不会让自己去看它。她想,早知道他在看她,她就不会让自己坐在那里沉思默想了。刚才她坐着想心事被他看见,她不喜欢任何景物让自己想起这件事情。于是偏过头去望着小镇。万家灯火流动着泛起涟漪,宛如微风托起的银色水面的点点水花。一切贫穷,一切痛苦都变成了灯光,拉姆齐夫人说。镇上的灯光,港湾的灯光,渔船的灯光就像一张魔幻的网,漂浮着,标出某种沉落隐没的东西。好吧,既然他不能进入她的内心世界,拉姆齐先生心说,那么就退回到自己的思想里去吧。他想沿着刚才的思路,对自己讲述休谟陷入泥潭的故事;他忍不住要笑。但是首先他要说,为安德鲁担忧是毫无必要的。他在安德鲁这么大的时候,整天漫山遍野地乱跑,口袋里只揣着一块饼干,从来没有人为他操心,或者怕他失足跌下悬崖。他大声说,如果天气没有变化,他想出去闲逛一天。他已经受够了班克斯和卡迈克尔。他想得到一点清静。好吧,她说。她没有表示反对,这使他感到恼火。她清楚他是决不会这么做的。这么大岁数的人了,不可能揣着一块饼干整天闲逛。她操心的是几个儿子而不是他。他俩站在围着火红的栅栏的两丛篱笆之间,他眺望海湾心里想道,在多年以前还没有结婚的时候,他曾经游逛一整天;在一家小酒店吃了点面包和奶酪充饥。他曾经一口气工作十个小时;只有一个老太太不时把头探进来看看炉火。就在那里,是他衷心热爱的乡土;就在那里,那些沙丘渐渐隐没在黑暗里。你可以走上一整天见不着一个人影。接连好几英里看不到一座房屋,没有一个村落。这时你可以一个人把问题想得很深。那里还有一片片从未有人涉足的小沙滩。海豹挺起身子朝你张望。有的时候他感到,在那里的一座小屋里,他独自一人——他叹息一声,不再往下想。他没有权利。他是八个孩子的父亲——他提醒自己。他若渴望有丝毫的改变就无异于衣冠禽兽。安德鲁将来要比他出色。普鲁将出落成一个美人,这是她母亲说的。他们的存在多少阻挡着那股洪流。总的说来那是一项宏伟的工程——他的八个孩子。他们的存在显示他并不是一味地指责这个可怜的小世界,因为在这样的夜晚,看着陆地渐渐隐没在黑暗中,他觉得小岛实在小得可怜,一半已经被大海吞没。

"可怜的小地方。"他叹了口气,喃喃地说。

她听见了。他的话无比感伤。但是她发现,话一出口,他总是显得比往常还要愉快。所有话语不过是在玩文字游戏,她想,如果他的那些话让她来说,哪怕只说一半,她早就会开枪自杀了。

这种文字游戏令她不快,她用平淡的语气对他说,这是一个完美的、可爱的夜晚。他为什么而烦闷呢,她半调笑、半嗔怒地问,她猜出了他心里的想法——如果不曾结婚,他会写出更好的作品。

他并没有抱怨,他说。她知道他没有抱怨。她知道他没有丝毫可抱怨的。这时他抓起她的手,放到唇边吻了一下,感情炽热,使她热泪盈眶;他立刻把她的手放开了。

他们转身离开那片风景,手挽着手,走上那条生长着密密麻麻的银绿色矛形植物的小路。他的手臂简直就像一个年轻人的手臂,拉姆齐夫人想,精瘦、结实,于是她欣慰地想,他尽管年逾六十,仍然这么健壮,这么乐观,这么桀骜不驯;他确信世界上存在各种丑恶的事物,却不仅不因此消沉,反而更加振奋,这是多么奇特的个性。难道不是很不寻常吗?她问自己。确实,有的时候她感到他生来就与众不同,对平凡琐事闭目塞听,充聋作哑,但是对超凡脱俗的事情,他的目光却如鹰隼一样敏锐。他的悟性常常令她吃惊。然而,他是否注意到那些鲜花?没有。他是否注意到那片景致?没有。他是否注意到亲生女儿的美丽,或者注意到他盘子里是布丁还是烤牛肉?他和他们同坐在桌旁,却神情恍惚如在梦中。她担心,他大声说话和朗声吟诗的习惯越来越厉害了;有的时候,这委实令人尴尬——

最美好、最灿烂的日子已经过去!

可怜的吉丁斯小姐,他冲她嚷出那句诗时,吓得她惊魂不定。尽管拉姆齐夫人立刻站在他的立场上,嘲笑了天下所有的吉丁斯一类的蠢人,但是,她想,但是……他们往山丘上走,她认为他的步子迈得太快,便轻轻捏了捏他的胳膊暗示他,因为她必须停下来看看海滩上的那些沙丘是不是新的鼹鼠窝,她弯腰审视的时候心里想道,像他这样拥有高深智慧的人一定是处处与我们凡人不同的。她断定是一只兔子钻进了沙丘。她想,她认识的伟人都是那样的,年轻人只要听他的谈话、看他的形象就会受益匪浅(尽管她觉得讲堂里的气氛沉闷、压抑,简直让人无法忍受)。可是如果不射杀兔子,怎么能减少它们的数目呢?她暗自思忖。那可能是只兔子，也可能是只鼹鼠。不管是什么，总之有一只活物在破坏她的樱草花。她抬起头来，看见稀疏的树梢上出现了第一颗熠熠闪动的星星，希望让丈夫也看见它；因为这景象使她产生了无比强烈的喜悦之情。但她克制住自己。他从来不会观赏景物。即使看上一眼，他也总是叹息一声，千篇一律地说一句：可怜的小世界。

那时，他说了一句"真漂亮"来取悦她，假装欣赏那些鲜花。但是她心里很清楚，他并不欣赏它们，甚至根本没有意识到它们的存在。他只是为了取悦她……啊，那不是莉莉·布里斯科和威廉·班克斯在一起散步吗？她用近视的眼睛紧紧盯住那对正在远去的背影。没错，就是他们。这不正说明他们要结婚吗？是的，他们肯定要结婚！多么美妙的主意！他们一定要结婚！

13

班克斯先生和莉莉·布里斯科一起漫步在草地上时说道，他曾经去过阿姆斯特丹。他看过伦勃朗的作品。他去过马德里，不巧那天正是耶稣受难日，普拉多艺术馆闭馆。他去过罗马。莉莉·布里斯科没有去过罗马吗？哦，她应该去的——那对她来说将是一次难得的经历——西斯廷礼拜堂；米开朗琪罗；还有保存着乔托作品的帕多瓦大学。他的妻子许多年来一直身体欠佳，所以他们的观光总是适可而止，未能尽兴。

她去过布鲁塞尔；她去过巴黎，来去匆匆，是去看望一位生病的姨妈。她去过德累斯顿；有许多名画她还没有看过；不过，莉莉·布里斯科想，不看兴许更好：它们只能使人对自己的作品感到极不满意却又无能为力。班克斯先生认为这样想可能太极端了。我们不可能都成为提香①，不可能都成为达尔文，他说；同时他又认为，如果没有我们这样的凡夫俗子，也可能就没有达尔文和提香那样的人物。莉莉真想恭维他一句：你并不是凡夫俗子，班克斯先生，她真想这么说。但是他不需要别人的恭维（而大多数男人都需要的，她想），她为自己的冲动感到有点不好意思，便什么也没说。他却说也许他的话并不适用于绘画。莉莉摒弃刚才虚伪的小念头，说她不管怎样都要坚持绘画，因为她有兴趣。是的，班克斯先生说，他相信她会这么做的。他们来到草地的尽头，他问她在伦敦是不是很难找到创作的素材。这时他们转过身来，看见了拉姆齐夫妇。这就是婚姻，莉莉想，一个男人和一个女人，看一个小姑娘扔球。这就是拉姆齐夫人那天晚上想告诉我的事情，她想。只见拉姆齐夫人围着一条绿披巾，和丈夫挨得很近地站着，看普鲁和贾斯帕扔接棒球。突然，不知为什么，也许就在他们刚从地铁里出来或正在摁响一个门铃的时候，有一种意义降临在他们身上，使他们有了象征性、有了代表性，使他们在暮色中站立着、观看着，成为婚姻的象征——丈夫和妻子；然后，转眼过后，在和莉莉他们相遇时，那超越真实形象的象征性轮廓退去，他们重新变为拉姆齐先生和夫人，站在那里看孩子们玩棒球。拉姆齐夫人露出她惯常的微笑（哦，她准在想我们快要结婚了，莉莉暗想）说道，"今晚我赢了。"意思是班克斯先生破天荒答应和他们一起吃饭，不再溜回到他自己的公寓里去——那里的厨子做的蔬菜很地道；在一刹那间，当棒球高高扬起，他们用目光追随它消失在天空，然后看见那颗孤星和悬挂的枝条，这时他们有一种被风吹散的感觉，一

---

① 提香（1488—1576），意大利古典画家。

种空旷的、没着没落的感觉。在昏暗的暮色中,他们都显得突兀而又缥缈,被遥远的距离隔开。这时,普鲁穿过广袤的空间跑回来(因为似乎所有的物体都隐没在暮色之中了),全速冲到他们中间,潇洒地高高扬起左手接住棒球,她母亲说,"他们还没有回来吗?"顿时,魔咒解除了。拉姆齐先生感到重又能够自由自在地大笑,他想象休谟陷进泥潭,一个老妇人以他必须念主祷文为条件把他救了出来。拉姆齐先生边想边咻咻地笑,慢慢溜达着回书房去了。拉姆齐夫人把逃脱的普鲁重又叫回来扔球,然后问道:

"南希和他们一起去了吗?"

14

(没错,南希是和他们一起去了。吃过午饭,南希正要溜回她的阁楼,逃避可怕的家庭生活,这时明塔·多伊尔伸出手来,默默地用眼神提出让南希和他们一起去。这么一来,她猜想她是非去不可了。她并不想去,她不愿意被卷进这件事情里。当他们走在通往悬崖的路上时,明塔一直牵着她的手。然后她放开她,然后她又牵住她。她想要什么?南希问自己。毫无疑问,人们总是在期盼着什么;每当明塔捉住她的手握着,南希便满不情愿地看到整个世界在她脚下展开,就像隔着雾气看见君士坦丁堡,不管眼皮多么沉重,还必须问,"那就是圣索菲亚吗?""那就是金角湾吗?"所以,南希在明塔牵着她的手时便这么问自己:"她到底需要什么?是那个吗?""那个"又是什么?(南希俯视展现在她脚下的生活)只见这里或那里有一座尖塔、一个圆屋顶在雾中浮现;一些不知名的景物,却非常显眼。他们顺着山坡往下跑,明塔松开她的手,这时,圆屋顶,尖塔,所有从雾中浮现的景物重又沉入雾海,隐没无踪。安德鲁发现明塔很擅长走路。她的衣着也比大多数女人得体。她穿着短裙子和黑色灯笼裤。她会径直冲向一条小溪,踉踉跄跄地涉水而过。他喜欢她大大咧咧的风格,但是他知道这样不行——总有一天她会因一些鲁莽的行为而丧命的。她好像无所畏惧——除了公牛。在旷野里一看见公牛的影子,她就挥舞着双臂尖叫狂奔,殊不知这么一来反而激怒了公牛。但是你必须承认,她对自己的这一弱点从不避讳。她说,她知道自己一碰见公牛就成了十足的胆小鬼。她猜想自己小时候在摇篮里一定被公牛撞过。她说话做事似乎无所顾忌。这会儿,她又猛地往悬崖边上一跳,唱起歌来,她唱的好像是

> 诅咒你的眼睛,诅咒你的眼睛。

他们只好都参加进来唱合唱部分,一起放开喉咙:

> 诅咒你的眼睛,诅咒你的眼睛。

但是,如果没等他们赶到岸上,海潮就涌进来淹没所有捕捉鱼虾的好去处,那就糟了。

"那就糟了,"保罗赞同着站起身来。他们磕磕碰碰地往下走,他不断引用导游书上的话:"这些岛屿因其园林般的景色和丰富多样的海洋珍品而受到应得的赞誉。"但是那些做法根本行不通,安德鲁小心翼翼走下悬崖时,心里这么嘀咕:那样大喊大叫什么"诅咒你的眼睛",那样拍拍他的后背叫他"老伙计",如此等等,实在是不像话。带女人出来散步最怕这个。来到海滩,他们分开了,他径直来到"鸡屁股"岩石上,脱下鞋袜,把袜子卷起来塞进鞋里,让那一对人儿自己呆着;南希涉水过去找到

她喜欢的岩石,寻找她喜欢的水坑,也让那一对男女自便。她蹲下身子,触摸软绵绵、滑腻腻的海葵,它们就像一块块果子冻,粘在岩石的侧面。她把水坑想象成大海,把小杂鱼想象成鲨鱼和鲸鱼,然后她用手挡住阳光,给这个小小世界投下大片的乌云,她就像上帝本人一样,给千千万万无知而无辜的生命带来黑暗和凄凉,接着她又猛地把手拿开,让阳光洒下。她想象,在那片苍白的、纵横交错的沙地上,偷偷走来一头奇形怪状的大海兽,高视阔步,穿着穗状衣,带着铁护手(她还在拓宽水塘),闪身溜进山边的大裂缝。这时,她偷偷地将目光投向水坑上方,停留在那颤动不止的海天交界之处,停留在树干上,汽船的烟使树干看上去在地平线上微微晃动,海浪带着无比强大的力量汹涌而来,又不可避免地退去,令她目瞪口呆;那一个何其博大而这一个何其渺小(水坑又缩小了),两个世界的对比震撼着她的心灵,使她感到她的身体、她的生命,以及世界上所有人的生命都变得虚无缥缈;这种感觉是如此强烈,她仿佛觉得被束缚了手脚,动弹不得。于是,她蹲在水坑边,聆听着海浪扑岸,陷入忧思。

这时,安德鲁大喊起潮了,她一跃而起,踏着浅浅的浪花往岸边的沙滩上跑,她的鲁莽和她追求快速运动的欲望把她带到一块岩石后面,只见——啊,天哪!保罗和明塔互相拥抱,或许正在接吻呢。她气坏了,怒不可遏。她和安德鲁一声不吭地穿上鞋袜,只字不提这件事情。说实在的,他俩彼此间可不太客气。她看到小龙虾什么的时候应该叫他一声,安德鲁忿忿不平地嘟囔。不过他们都感到,这不是他们的错。他们可不愿意发生这种讨厌的麻烦事。不管怎样,这件事使安德鲁为南希是个女的而恼火,也使南希为安德鲁是个男的而不舒服,于是他们非常仔细地穿上鞋子,把上面的结儿系得很紧。

等他们回到悬崖顶上,明塔才大叫起来,说她祖母给她的胸针不见了——她祖母的胸针,她唯一的一件装饰品——那是用珍珠镶成的一枝垂柳(他们一定记得)。他们一定看见过,她说着,眼泪顺着面颊滴落,她祖母曾经用那枚胸针来固定帽子,直到生命的最后一天。现在她却把它弄丢了。她情愿丢失别的随便什么东西!她要顺着原路寻找。他们往回走去。一路上东张西望,四处寻觅。他们低垂着头,嘀咕一些丧气的话。保罗·雷勒像个疯子一样,在他们刚才坐过的岩石边反复搜寻。当保罗叫安德鲁"在这点和这点之间好好找找"时,安德鲁想,为一枚胸针这么咋咋呼呼实在没有道理。海潮起得很快,海水转眼之间就会淹没他们刚才坐的地方。要想马上找到胸针是毫无希望的。"潮水要切断我们的退路啦!"明塔尖叫,突然间惊慌失措。好像看到了什么危险! 好像又是那些公牛来了——她完全控制不了自己的情绪,安德鲁想,女人都是那样。倒霉的保罗只好去安慰她。两个男人(安德鲁和保罗顿时变得男子气十足,与平日大不相同)简单商量了一下,决定把雷勒的手杖插在他们坐过的地方,等潮水退去以后再来寻找。除此之外,现在没有别的办法。他们安慰她说,如果胸针真的在那里,那么明天早上仍然会在那里;可是明塔还是哭个不停,一路哭到悬崖顶上。那是她祖母的胸针,她情愿丢失别的随便什么东西;可是南希却感到,尽管她丢了胸针确实很伤心,但她不光为了这个而哭泣。她的哭泣还有别的原因。她觉得,他们都应该坐下来大哭一场。但她不知道为什么而哭。

保罗和明塔一起慢慢向前走着,他安慰她,说他找东西是出了名的灵。他小时候有一次就找着一块金表。他明天天一亮就起床,肯定能找到它。他想象,在天还没有完全放亮的时候,他就一个人来到海滩,这似乎不太安全。但他还是告诉她,他肯定会找到它的;她说不愿意听他说什么一大早就起床;胸针找不回来了;她下午把它戴在身上时就有一种预感。他暗自决定不告诉她,但明天一早他会趁他们还在梦乡时就溜出房门,如果实在找不到,就到爱丁堡给她另外买一枚,跟那枚差不多的,但是还要漂亮一些。他要证明他的能力。他们来到山上,望着下面小镇的万家灯火。灯一盏接一盏亮了起来,就像他生活中即将发生的事情——他的婚姻,他的孩子,他的家;他们来到大路上,高大的灌木投下斑驳的阴影,这时他又想道,他们将共同退避到一个幽静的地方,漫漫长路,他将一直领着她,她紧紧偎依在他身旁(正像现在这样)。他们在十字路口拐弯的时候他想,他有了一段多么惊心动魄的经历,一定要让什么人知道一下——当然是拉姆齐夫人——想到刚才的所作所为,他就激动得喘不过气来。他请求明塔嫁给他的时候,是他生命中最幸福的时刻。他要径直去找拉姆齐夫人,因为他不知怎地感到是她促使他这么做的。是她让他觉得自己无所不能。别人都不把他当回事,她却使他相信只要他想做,没有做不成的事。这一整天,他都感到她的目光在注视着他,跟随着他(尽管她一直没有说话),仿佛在说,"是的,你能办到,我对你有信心。我期待你的成功。"她使他有了那样的感觉,所以,他一回去(他寻找海湾高处那幢房子的灯光)就要径直去找她,对她说,"我成功了,拉姆齐夫人;谢谢你了。"这时,他们转到通往那幢房子的小路上,他可以看见楼上的窗户里有灯光摇曳。看来,他们回来得实在太晚了。别人都在准备吃晚饭了。整幢房子灯火通明;在经历过黑暗之后,灯光使他的眼睛感到充实;他走在汽车道上,孩子气地对自己念叨,灯光,灯光,灯光,然后思绪恍惚地重复,灯光,灯光,灯光;他们走进屋子里,他面无表情地环顾四周。上帝保佑,他用手摸摸领带,对自己说道,我千万可别出丑。)

15

"去了,"普鲁仔细想了一下,回答母亲的问题,"我认为南希准和他们一起去了。"

16

这么说,南希是和他们一起去了,拉姆齐夫人想道。她放下刷子拿起梳子,听见有人敲门,说了声"进来"(进来的是贾斯帕和罗斯);她暗自思忖,南希和他们一起去了,那么事情发生的可能性是增大了还是减小了呢?不知怎地,拉姆齐夫人感到可能性只会更小。但是,惨重的灾难毕竟不会发生了。他们不可能全部溺水而死。于是,她感到重又独自面对她的老对手——生活。

贾斯帕和罗斯说米尔德里德想知道是否应该等会儿再开饭。

"即使是英国女王也不等。"拉姆齐夫人毫不含糊地说。

"即使是墨西哥皇后也不等。"她又说了一句,取笑贾斯帕;因为他继承了母亲的缺点:也喜欢夸大其辞。

贾斯帕去送口信了。她说,罗斯如果愿意,可以替她挑选一下戴什么首饰合适。一桌共有十五个人吃饭,不可能让别人没完没了地等下去。她开始为他们的迟归感到恼火;太不体谅人了;她在为他们担忧的同时,又恼恨他们竟然选择这个晚上迟迟不归;她希望这顿晚餐格外完美,因为威廉·班克斯终于答应与大家共进晚餐了;桌上将有米尔德里德的拿手好菜——法国焖牛肉。要想味道鲜美,必须一出锅就上桌。牛肉,月桂叶,葡萄酒——必须一样样按顺序来。等人是不可能的。他们怎么偏偏选择这个晚上出去,而且回来得这么晚,饭菜不得不撤下去,不得不加热;这样一来,那法国焖牛肉就全毁了。

贾斯帕替她挑了串蛋白石项链;罗斯看中一串金项链。哪一串配她的黑衣服最漂亮?到底哪一串好呢?拉姆齐夫人对着镜子端详自己的脖子和肩膀(却避免看到脸部),心不在焉地说。孩子们在她的首饰里翻来翻去,她转眼去看窗外一幅总是让她忍俊不禁的画面——乌鸦飞来飞去,拿不准在哪个枝头栖落。每次都看见它们似乎又改变主意,重新飞向空中;她想,这是因为那只老乌鸦,她称之为约瑟夫的乌鸦老伯,性情乖戾,不可理喻。它是一只肮脏难看的老鸟,身上的羽毛掉了一半。它就像她见过的在酒吧前吹喇叭的老绅士,衣衫褴褛,戴一顶大礼帽。

"快看!"她笑着说。它们居然打起架来。约瑟夫和玛丽在打架。不过它们还是都飞了起来,黑色的翅膀排开气流,把空气切割成一个个优美的半月形。翅膀那扑扇、扑扇、扑扇的动作——她无法准确地描绘出来让自己满意——在她眼里最为可爱。快看啊,她对罗斯说,希望罗斯能比她看得更清楚。因为孩子经常能把大人的感受向前推进一小步。

但是究竟哪一串好呢?他们把她首饰盒的每个格子都打开了。是意大利款的金项链,还是詹姆斯叔叔从印度给她带来的蛋白石项链?或者,就戴她那串紫晶的?

"挑呀,亲爱的,快挑呀。"她说,希望他们快拿主意。

但同时她又让他们从容挑选:尤其让罗斯一会儿拿起这个,一会儿拿起那个,把首饰在她的黑衣服上比画着,因为她心里清楚,这种每晚都要进行的挑选首饰的仪式,是罗斯所酷爱的。罗斯把为母亲挑选首饰看得非常重要,自有她不为人知的理由。这个理由是什么呢,拉姆齐夫人扪心自问;她一动不动地站着,让罗斯把挑中的项链为她扣上;她回顾自己的过去,推测罗斯这么大的女孩对母亲的那种无法用语言表达的、深埋的感情。就像她感觉到的别人对她的所有感情一样,这感情令她感伤。能够回报这份感情的东西太有限了;而且拿罗斯的感情与实际上的她相比,也太不相称了。罗斯将会长大;罗斯带着这些深埋的感情,将会感到痛苦,她想象着;她说她已经准备好了,他们可以下去了。贾斯帕是绅士,应该挽着她的胳膊,罗斯是女士,应该拿着她的手绢(她把手绢递给她);还有什么? 啊,对了,天可能凉了:需要一条披肩。给我挑一条披肩,她说,因为她知道这会让罗斯心花怒放,这个注定要遭受痛苦的孩子。"看啊,"她说着,在平台的窗口停住脚步,"它们又在那儿了。"约瑟夫又落在另一个枝头。"你说,如果它们的翅膀断了,"她对贾斯帕说,"它们会高兴吗?"他为什么要用枪去打可怜的约瑟夫和玛丽?他在楼梯上把脚挪来挪去,感到受了责骂,但是并不严厉,因为她不理解打鸟的乐趣;鸟们是没有感觉的;她作为他的母亲,生活在世界的另一个区间里,不过他很喜欢听她讲关于约瑟夫和玛丽的故事。她把他逗笑了。但是她怎么知道它们是玛丽和约瑟夫呢? 难道她认为每天都是同一批鸟飞到同一些枝头? 他问。然而,这时她却像所有成年人一样,突然不再理会他了。她在聆听门厅里传来的喧闹声。

　　"他们回来了!"她大叫一声,感到对他们的恼怒胜过了心头的宽慰。接着她又自问,事情发生了吗?她走下楼去,他们就会告诉她的——可是慢着,在这样众目睽睽之下,他们是什么也不会说的。所以,她必须下去开饭,等待时机。她走下楼来,就像一位女王看到她的臣民聚集在大厅里一样,她从上面俯视他们,然后走到他们中间,默默接受他们的赞赏,接受他们衷心的膜拜(保罗在她经过的时候一动不动,眼睛盯着前方);就这样,拉姆齐夫人走下楼来,穿过门厅,微微颔首,仿佛在接受他们没有说出的心声:对她的美貌的赞美。

她突然停下了。有一股焦煳味。难道他们把法国焖牛肉烧过了头?她暗想道,但愿没有!丁当,丁当,铜铃庄重而威严地宣布:分散在各处——阁楼里、卧室里,自己的小蜗居里,或看书,或写字,或再把头发梳理一下,或把裙子系上——的人们,都必须丢开手上的一切,把各种小玩意儿放在洗脸架和梳妆台上,把小说放在床头柜上,把非常秘密的日记收起来,全部聚集到大厅里共进晚餐。

17

我在生活中究竟得到了什么?拉姆齐夫人想,在餐桌的一端落座,看着盘子在桌上摆成一个个白色的圆圈。"威廉,坐在我旁边。"她说。"莉莉,"她说,懒洋洋地,"坐在那儿。"他们拥有那份秘密——保罗·雷勒和明塔·多伊尔——而她只有这个——一张长得没有尽头的桌子和盘碟刀叉。在远远的另一端的是她丈夫,他颓然坐下,紧锁眉头。他的不快所为何来?她不得而知。她并不介意。她无法理解,自己怎么会对他产生依恋或爱慕的情感。她盛着汤,心里有一种时过境迁、饱经沧桑和超然一切的感觉,好像面对一个漩涡,人可以置身其中,也可以脱身在外,而她就是脱身在外。一切都结束了,她想,这时他们陆陆续续地进来。在桌旁落座:查尔斯·坦斯利——"请坐在那儿。"她说——奥古斯塔斯·卡迈克尔。与此同时,她在被动地等待,等待有人回答她的话,等待发生点什么事情。但是这类事情是不可言传的,她一边盛汤一边想。

她吃惊地扬起眉毛,这太矛盾了——心里转着那种念头,手上却干着这个——用勺子盛汤——她越发强烈地感觉到,自己置身于那个漩涡之外;或者,仿佛一道幕布跌落了,褪去了色彩,使她看清真相。房间(她环顾屋内)破旧简陋,美的东西无处可寻。她忍住不去看坦斯利先生。大家自顾自地坐着,似乎没有任何关系。完全要靠她做出努力,去协调关系,创造话题,让气氛活跃起来。她又一次感到男人的贫瘠,这是事实而不是她的偏见。因为如果她不做努力,就没有人会做;于是,她像一只停止行走的手表被摇晃了一下一样,轻轻摇摇头,振作起精神,又开始进入那熟悉的老节拍,就像手表开始嘀嗒行走——一,二,三,一,二,三。她周而复始,循环往复,倾听那依然微弱的节拍,呵护它,照料它,就像用一张报纸保护一朵微弱的火苗。她无声地和威廉·班克斯交流,身体朝他的方向前倾——可怜的人!她想,没有妻子,没有孩子,孤零零地一个人在寓所用餐,只有今晚例外;怀着对他的怜悯,她感到生活这时又强壮得足以载负她前进,她又要上场了,就像一个水手不无疲乏地看到风把他的船帆吹鼓,却不愿意再次出海,他在想一旦船沉了,他就会被卷进漩涡,随着水流转呀转呀,最后沉入海底。

"你看见你的信件了吗?我让他们给你放在门厅里了。"她对威廉·班克斯说。

莉莉·布里斯科眼看她不知不觉地陷入那片陌生的荒地；别人是不可能跟随她进入那片荒地的。但是她的出走会使观看她的人不寒而栗，所以他们总是至少要用目光追随着她，就像目送一只渐渐远去的船，直到船帆沉入地平线。

她显得多么苍老，多么憔悴，莉莉想，又多么遥远。她面带微笑转向威廉·班克斯的时候，仿佛船拐了个弯，阳光重又照在船帆上，莉莉放下心来，感到有点好笑；她为什么要怜悯他？她想。当她说他的信在门厅里的时候，她确实给人这样的印象：她在怜悯他。她仿佛在说：可怜的威廉·班克斯，好像她自身的倦怠也在一定程度是出于对别人的怜悯，好像她的内在生命和生活的决心都由恻隐之心激起。其实这不是真的，莉莉想；在这一点上拉姆齐夫人又一次判断失误，这种失误产生于她的本能，产生于她自身的需要而不是别人的需要。其实他丝毫不值得可怜。他有自己的工作，莉莉对自己说。她像发现一个宝藏一样，突然想起她也有自己的工作。她的眼前闪过她的绘画作品，心想，对了，我要把那棵树再往中间挪一挪；那样可以避免那块不自然的空白。就这么办。这就是一直让我伤脑筋的难题。她拿起盐瓶，把它放在桌布图案中的一朵花上，以便提醒自己挪动那棵树。

"人从邮件里很少得到什么有价值的东西，却还总想收到信，真是矛盾。"班克斯先生说。

他们说的都是无稽之谈，查尔斯·坦斯利想，把勺子端端正正地放在他的盘子中间；他刚把盘子里的汤一扫而光，莉莉想（他坐在她对面，背对窗户，正好处在视野的正中间），他好像拿定主意要吃个明明白白。他的一举一动都那么一丝不苟，有条不紊，干巴巴的令人生厌。但是，尽管如此，只要看到那一双眼睛,就很难对他产生反感。她喜欢他的眼睛;湛蓝,深陷,令人看了心颤。

"你写信多吗,坦斯利先生?"拉姆齐夫人问,大概也在可怜他,莉莉猜测;拉姆齐夫人确实如此——她总是同情男人,好像他们缺少点什么——却从不同情女人,好像她们拥有着什么。他给他的母亲写信;不然的话,他大概一个月也写不了一封信,坦斯利先生简单地回答。

因为他不想听从这些人的意愿去说一些废话。他不愿意让这些愚蠢的女人对他屈尊俯就。他一直在他的房间里看书,现在来到楼下,发觉一切都很荒唐、浅薄、庸俗。他们为什么打扮得衣冠楚楚?他穿着平常的衣服就下来了。"人很少能从邮件里得到什么有价值的东西"——他们一天到晚尽说些这个。是她们使男人不得不说这种话题。是的,正是这样,他想。年复一年,她们一无所获。她们无所事事,整天闲聊,闲聊,闲聊,吃饭,吃饭,吃饭。这都是女人的过错。女人用她们的"魅力",用她们的愚蠢,使文明变得令人讨厌。

"明天去不成灯塔了,拉姆齐夫人。"他固执己见地说。他喜欢她;他崇拜她;他仍然忘不了那个排水管里的工人仰头看她;但是他感到有必要说出自己的意见。

他真是一个最最没有魅力的人,莉莉·布里斯科想,尽管一双眼睛很迷人,但是看看他的鼻子,再看看他的手。那么她又何必在意他的话?女人不能写作,女人不能绘画——他显然并非对这些话信以为真,而是因为偏巧对他有用才说的,如此,她又何必耿耿于怀?她为什么整个人像风中的庄稼一样倒伏,必须拼命挣扎才能在这种失意的状态下重新挺直腰杆?她必须再构思一次。这是桌布图案上的树枝;这是我的画;我一定要把树挪到中间来;那才是至关重要的——其他都无关紧要。她问自己,她能否牢牢抓住这件事情,不要动怒,不要争辩;如果她想报复,不是可以嘲笑他吗?

"哦,坦斯利先生,"她说,"带我一起到灯塔去吧。我真想去。"

她在说谎,他看得出来。她出于某种原因,说出言不由衷的话来惹他生气。她在嘲笑他。他穿着那条旧的法兰绒裤子。他没有别的裤子。他感到非常孤独、落寞、自惭形秽。他知道她出于某种原因想取笑他;她并不真想和他一起到灯塔去;她瞧不起他;普鲁·拉姆齐也瞧不起他;她们都瞧不起他。但是他不想被女人耍弄。于是他从容地在椅子上转过身子,看着窗外,毫不迟疑、非常粗暴地说,明天风起浪高,她受不了,会晕船的。

他很恼火,因为莉莉使他说出了那样的话,而拉姆齐夫人就在旁边听着。真希望能够独自呆在屋里,埋头于书本之中,他想。他只有在那里才感到自在。他从来没有欠过一分钱的债;从十五岁起,就没花过父亲一分钱;还用自己省下来的积蓄接济家里的人;为妹妹负担学费。但是,他仍然希望知道怎样得体地回答布里斯科小姐;他希望他的回答不要那样冲动:"你会晕船的。"他希望能想出几句话来和拉姆齐夫人交谈,让她看到他不是一个干巴巴的书呆子。她们都以为他是那样的人。他转向拉姆齐夫人。但是她正在和威廉·班克斯谈论一些他从未听说过的人。

"好吧,把它端走吧。"她简单地说,打断和班克斯先生的谈话,对女佣吩咐道。"我肯定有十五年——不,二十年——没见到她了。"她又转过来对他说,好像她一刻也不能耽搁他们的谈话,因为她已经完全被所说的话题吸引住了。这么说,他就在今天晚上收到了她的信！卡丽还住在马洛吗，一切都还是老样子吗？哦，她依然记得，仿佛就是昨天——在河上滑冰，严寒彻骨，但是曼宁一家人一旦订了计划就决不动摇。她永远不会忘记，赫伯特在岸上用茶匙打死一只黄蜂！拉姆齐夫人陷入遐想，日子仍然向前流动，二十年前，她曾经非常非常冷漠地、像一个幽灵一样穿行在泰晤士河滨那间客厅的桌椅之间；是的，现在她又像个幽灵一样在它们之间穿行；这令她着迷，似乎尽管岁月流逝，青春不再，那个日子却仍然在那里，而且变得无比温柔和美丽。卡丽有没有亲自写信给他？她问。

"写过。她说他们正在建一个新的弹子房。"他说。不，不，那根本不可能！建一个弹子房！在她看来是不可能的。

班克斯先生看不出其中有何蹊跷。他们现在非常宽裕。他是否要替她向卡丽问好？

"哦，"拉姆齐夫人小小地吃了一惊，说，"不用。"她说，想起她其实并不认识这个建造新弹子房的卡丽。她又说，多么奇怪，他们竟然还在那里活得好好的；班克斯先生听了感到非常有趣。她想到这么多年来，她几乎很少想起他们，而他们居然能够一直活着，真是不可思议。同样在那些年里，她自己的生活曾经是那么动荡起伏。而卡丽·曼宁大概也没有想起过她。这种想法很奇怪，令人不快。

"人们难免聚散无常。"班克斯先生说。他想到他毕竟既认识曼宁一家又认识拉姆齐一家，心里感到某种满足。他没有离散而去，他想，一边放下调羹，一丝不苟地擦了擦刮得干干净净的嘴唇。但是他也许在这一点上与众不同，他想；他从不让自己落入俗套。他在每个圈子里都有朋友……这时，拉姆齐夫人不得不停住话头，吩咐女佣把菜肴热一下什么的。所有这些干扰令他生气，所以他愿意独自就餐。威廉·班克斯让自己的一举一动符合高雅的礼节，只是叉开左手按在桌布上，像一个技师在工休时端详一件磨得很亮、准备使用的工具一样，他想，这就是友情要求一个人付出的牺牲。如果他不肯来，她一定会很伤心。但是对他来说完全不值得来。他望着自己的手，心想，如果他一个人吃饭，现在都快吃完了；又可以自由地去工作了。是的，他想，这完全是浪费时间。孩子们还在陆续地走进来。"我希望你们有谁能跑到楼上罗杰的房间里去。"拉姆齐夫人说。这一切和另一件事情——他的工作相比，显得多么琐碎，多么无聊，他想。他本来可以——他的脑海里闪过他的工作进程，结果却坐在这里用指头敲着桌布。不用说，这完全是浪费时间！可她是我交情最深的朋友之一，他想。我要做出对她忠心耿耿的样子。但是现在，此时此刻，她的存在对他没有任何意义；她的美貌对他没有任何意义；她和小儿子一起坐在窗口——也毫无意义，毫无意义。他只希望独自呆着，捧起那本书。他感到很不自在；感到自己背叛了什么：坐在她身旁却竟然对她无动于衷。事实上他是不喜欢家庭生活。在这种情景下，人经常问自己：生活是为了什么？人类不辞辛苦地让种族延续，究竟为了什么？难道生活真的那么令人神往？我们作为一个物种真的富有魅力？未必见得，他看着那些邋里邋遢的男孩子，心里想道。他最喜欢的那个孩子，卡姆，已经上床睡觉了，他猜测。那都是些愚蠢的问题，无聊的问题，心有所专的人决不会提出的问题。人类的生活是这样的吗？人类的生活是那样的吗？他从来没有时间去想这些事情。但是现在他却向自己提出了诸如此类的问题，这是因为拉姆齐夫人正在对仆人发号施令，而且因为拉姆齐夫人为卡丽·曼宁依然存在感到如此吃惊，这使他突然觉得友谊，即使是最真挚的友谊,也是十分脆弱的。人们漂泊离散,各奔东西。他又谴责自己:他就坐在拉姆齐夫人身边,却找不出一句话来对她说。

"真对不起。"拉姆齐夫人说,终于朝他转过头来。他感到拘谨而无趣,就像一双靴子被水浸湿后又吹干,让人无法把脚再插进去。但是他必须把脚插进去。他必须让自己交谈起来。除非他非常小心,不然她一定会发现他的这种背叛;发现他对她毫不在乎,她会为此感到不快的,他想。于是他彬彬有礼地向她偏过脸去。

"你一定很不喜欢在这个闹哄哄的地方吃饭吧。"她摆出一副社交场上的姿态说道,她每当心不在焉时总是这样。这像开会时各种语言很难统一,主席为了调和矛盾达成和谐,就建议大家都说法语。也许是蹩脚的法语;也许法语里找不到合适的词语表达说话者的意思;但是说法语可以强制性地获得秩序和统一。班克斯先生操着同一种语言回答她,说,"不,一点也不。"而坦斯利先生对这种语言一窍不通,尽管是几个单音节字也不懂,但他立刻听出这些话的虚伪。他们,拉姆齐一家,确实在说废话,他想;他惊喜地抓住这个新发现的实例,他要把它记录下来,等某一天大声念给几个朋友听。在那个可以畅所欲言的圈子里,他将用讥讽的语言描绘"和拉姆齐一家住在一起的日子",嘲笑他们说的废话。到时候他会说,这样的生活体验一次是值得的,但不会有第二次。女人实在令人厌烦,他说。当然,拉姆齐欺骗了他,娶了位漂亮的女人,生了八个孩子。这会使他产生某种情绪。但是现在,此时此刻,一动不动地坐在一张空椅子的旁边,他却是毫无头绪。满脑子都是支离破碎的片断。他感到极度的不适,甚至是身体上的不适。他需要有人给他一个机会表白自己。这需要如此强烈，使他在椅子上如坐针毡，一会儿望望这个，一会儿看看那个，很想插进他们的谈话，却是欲言又止。他们在谈论渔业的问题。为什么没有人征求他的看法？他们对渔业有何了解？

莉莉·布里斯科对这一切肚明心知。她就坐在对面，这个小伙子想引人注意的愿望被她尽收眼底，就像面对 X 光片，看到隐藏在肌肉迷雾中的根根肋骨和腿骨——常规礼节像一层薄雾，掩盖了他想加入谈话的焦灼欲望。但是，她眯起那双中国式的小眼睛，想起他怎样讥笑女人"不能绘画，不能写作"，于是她想，我凭什么要帮他解脱困境？

她知道，世界上有一部行为准则，其中第七条款（大概是吧）规定，遇到这种情况，应该由女人——不管她从事的是什么职业——去帮助对面的年轻男子，让他像肋骨和腿骨一样深藏着的虚荣心和强烈自我表现欲得到表现、得到解脱；她用老处女特有的公平合理的态度设想着；而如果地铁里起火，他们就有义务帮助我们逃生。那时，她想，我当然应该指望坦斯利先生救我出去。但是如果我们谁也没有照章行事，又会怎么样呢？于是她坐在那里微笑。

"你不打算去灯塔吧，莉莉，是不是？"拉姆齐夫人说。"还记得可怜的兰利先生吗；他曾十几次周游世界，但是他对我说，哪次也没有我丈夫带他去灯塔的时候晕得那么难受。你在海上表现如何，坦斯利先生？"

坦斯利先生举起一把榔头：高高扬在半空；就在它落下时，他突然意识到不能用这样的工具去拍那只蝴蝶，便淡淡地说：他从来没有晕过船。但是就像炮筒里塞满火药，这句简单的话里蕴含着他祖父是个渔夫；父亲是个药剂师；他完全是靠自我奋斗获得成功的；他为此感到自豪；他就是查尔斯·坦斯利——似乎在座的诸位谁也没有意识到这个事实；但是有朝一日，这个事实会家喻户晓。他皱着眉头目视前方。他简直要怜悯这些温文尔雅的文明人了，有朝一日，他们会像一捆捆羊毛和一桶桶苹果一样，被他体内蕴藏的炸药炸得飞起来。

"你带我去吗，坦斯利先生？"莉莉迅速地、善意地说。如果拉姆齐夫人对她说——实际上她真的说了——"亲爱的，我焦头烂额了。你能不能对那边的那个年轻人说几句亲切的话，缓解一下这一刻的痛苦，不然生活的航船就要触礁了——说真的，这会儿我已经听见摩擦和轰鸣的声音。我的神经像紧紧绷着的琴弦，轻轻一碰就会断裂"——当拉姆齐夫人说着这些话，是的，当她扫射过来的目光说着这些话的时候，莉莉当然只好第一百五十次地放弃那项试验——她本想试试如果不善待那边的那个年轻人又会怎样——而对他以礼相待。

他准确地判断出她的情绪起了变化——对他的态度友好起来——便摆脱了狂妄自大的怪圈，向她讲述他小时候如何被人从船上抛入水中；他父亲如何用一根带钩的篙子把他打捞上来；他就这样学会了游泳。他有一个叔叔在苏格兰海岸附近的一处礁石上看守灯塔，他说。他曾在暴风雨中和叔叔一起守在那里。他趁别人谈话停顿的机会大声说着，他们只好仔细听他述说他曾在暴风雨中和叔叔一起呆在灯塔里。谈话有了这样可喜的转机，莉莉·布里斯科可以感觉到拉姆齐夫人对她的感激（因为拉姆齐夫人现在可以自由地和别人说一会儿话了），唉，她想，为了替你争取这份自由我付出了怎样的代价？她想道。她刚才说了违心的话。

她又采取了一贯的伎俩——摆出随和的态度敷衍别人。她永远不会了解他。而他也永远不会了解她。人与人的关系都是如此,她想,男人与女人之间的关系最为糟糕(也许班克斯先生是个例外)。这些关系必然极其虚伪,她想。这时,她的目光落在盐瓶上,是她把它放在那里为了提醒自己的,于是她想起第二天早晨要把树再朝中间挪一挪;一想到明天绘画的事,她的情绪陡然高涨,情不自禁为坦斯利先生说的什么话而放声大笑。只要他乐意,随他去说一晚上吧。

"可是,他们让守护人在灯塔里呆多长时间呢?"她问。他告诉了她。他知道得非常清楚,简直令人惊叹。看到他对她心怀感激,看到他爱慕着她,看到他开始如鱼得水,拉姆齐夫人心想自己可以回到那个梦幻之邦,回到那个虚幻而令人陶醉的地方——二十年前曼宁一家在马洛的客厅;她在那里自由自在地遨游,无需为将来的事情操心。她知道他们遭遇了什么,她自己遭遇了什么。就像重读一本好书,她知道故事的结尾,因为那是发生在二十年前的事情,而生活——甚至此刻还在饭厅的桌上向她连续射击——那时却不知密封在世界的哪个角落,像一方湖水静静躺在两岸之间。他说他们建了一间弹子房——这可能吗?威廉还会继续谈论曼宁一家的情况吗?她真希望他能谈下去。可是,唉——他不知为何没了那份兴致。她试探了一下,他没有反应。她无法强迫他,心里却大为失望。

"孩子们真不像话。"她叹着气说。他说了一些话,大概是遵守时间是一个无关紧要的品德,一般要成年以后才能具备。

"但愿吧。"拉姆齐夫人说,仅仅为了填补谈话中出现的冷场,心里在想威廉怎么变得跟老处女似的。他意识到自己的背叛心理,意识到她希望自己谈一些体己的话题,无奈他眼下没有那种心境,他坐在那里,被动地等待着,突然感到生活很不顺心。

也许别人在说什么有意思的事情？他们在说什么呢？

他们在说今年渔季很不景气；渔民在迁移。他们在谈论工资和失业。那个年轻人在痛骂政府。班克斯先生想，当个人生活不如意的时候，能听听这样的话倒也不坏。他听见那人说了句"当今政府最令人反感的法令之一"之类的话。莉莉在听；拉姆齐夫人在听；他们都在听。可是已经面带倦容，莉莉感到有所欠缺；班克斯先生感到有所欠缺。拉姆齐夫人把披肩裹紧一些，也感到有所欠缺。每个欠着身子倾听的人都在想，"上帝保佑，但愿我的内心活动不要暴露，"因为每个人都在想，"别人都在为政府对待渔民的态度感到义愤填膺。可是我呢，我却无动于衷。"班克斯先生看着坦斯利先生的时候心想，也许他就是那个人物。人们时刻都在期待那个人物的出现。机会时刻存在。在任何时候，都会有领袖脱颖而出；那是一个天才，无论在政治还是其他方面都有天赋。在我们这些老保守眼里，他也许非常讨厌。班克斯先生尽量去原谅他，因为他从身体里某种异样的感觉——脊背上的神经绷紧了——知道，坦斯利先生心怀嫉妒，他嫉妒他这个人，可能更嫉妒他的工作，他的观点，他的科学；所以坦斯利先生不能做到完全坦诚或绝对公平，因为班克斯先生似乎听见他在说：你在浪费生命。你彻头彻尾地错了。可怜的老保守，你大大落伍了。这个年轻人似乎自命不凡；而且傲慢无礼。但是班克斯先生命令自己注意到：他有勇气；他有能力；他实际上非常出色。班克斯先生听着坦斯利辱骂政府，心想他的话也许不无道理。

"请告诉我……"他说。于是他们就为政治问题争论开了，莉莉则凝神看着桌布上的树叶；拉姆齐夫人随那两个男人去辩论，心里纳闷这场谈话何以令她如此厌倦，她看看坐在餐桌另一端的丈夫，希望他能说点什么。哪怕一个字，她对自己说。只要他一开口，局面就会完全不同。他能深入问题的实质。他一向关心渔民和他们的工资。他经常为他们操心得睡不好觉。只要他一说话，局面就会改变；看来别人没有这种厌倦的感觉，上帝保佑别让人看出我是多么无动于衷，因为别人都很关心这些问题。随即，她意识到自己是太崇拜他才盼望他说点什么，她觉得好像一直有人在赞扬她的丈夫和他们的婚姻，她高兴得满脸喜色，却没有意识到那个发出赞扬的人正是她自己。她看着他，想在他脸上看到这一点：他应该显得器宇轩昂……结果根本不是！只见他绷着脸，皱着眉，目光凶狠，气得面红耳赤。究竟怎么回事？她不明白。出了什么事情？原来只是那个可怜的老头奥古斯塔斯提出再要一盘汤——仅此而已。（丈夫隔着餐桌向她示意）奥古斯塔斯居然又喝开了汤，真是不可思议，令人反感。他最讨厌在他吃完饭以后看见别人再吃东西。她看见愤怒像一群猎狗一样扑在他的眼睛里、他的眉毛上，她知道他立刻就要爆发出过激言行，结果——谢天谢地！她看见他克制住了自己，就像刹车止住了车轮，他整个身体似乎迸出火星，却没有吐出半个字来。他瞪着眼睛坐在那里。他什么也没有说，他要她看到这一点。他要她为此而夸奖他。可是说到底，难道可怜的奥古斯塔斯就不该提出再要一盘汤？他不过碰了碰艾伦的手臂，说了句：

"艾伦，劳驾，再来一盘汤。"这时，拉姆齐先生的眉头就皱起来了。

为什么不能呢？拉姆齐夫人追问。只要奥古斯塔斯想喝，他们当然可以让他喝个够。他讨厌别人贪吃贪喝，拉姆齐先生紧锁眉头看着她。他讨厌一顿饭这样拖拖拉拉吃上几个小时。尽管这副场面令人生厌，他却克制住了自己的情绪，拉姆齐先生要让她看到这一点。但是为什么表现得这么露骨,拉姆齐夫人责问(他们隔着长长的餐桌对视,交换着这些询问和回答,彼此都十分清楚对方的意思)。大家都看得出他的情绪,拉姆齐夫人想。这不,罗斯盯着父亲,罗杰盯着父亲,她知道这两个孩子眼看就要忍不住放声大笑,所以她赶紧说(确实非常及时):

"把蜡烛点上。"他俩一跃而起,在餐具柜里搜寻。

为什么他从来不会掩饰自己的感觉?拉姆齐夫人问自己,她还担心不知道奥古斯塔斯·卡迈克尔看出来没有。也许看出来了;也许没有。他坐在那里从容地喝汤,她不禁对他坦然的态度肃然起敬。他想喝汤就提出来。别人嘲笑也好,发火也好,他都无所谓。他不喜欢她,她知道;她也许正是为了这个原因而尊敬他;她看着他坐在那里喝汤,在昏黄的灯光下显得魁梧、安详,像在凝神沉思;她不知道他为何总是那样满足而威严;她又想到他是那么深爱安德鲁,经常把他叫进自己房间,像安德鲁说的那样"给他看一些东西"。还有,他经常整天躺在草坪上,大概是在构思他的诗句吧,那样子让人想到一只猫在观察小鸟,一有佳句,他就"啪"地将两个手掌拍拢,这时她丈夫便说,"可怜的老奥古斯塔斯——他是个真正的诗人,"这话从她丈夫嘴里说出,是一句很高的赞誉。

这时,八根蜡烛已立在桌上,火苗晃动一下便伸直了,放出光芒照亮整个长长的餐桌,正中间放着一盘黄色紫色的水果。这孩子是怎么弄的?拉姆齐夫人暗想。罗斯把这些葡萄、梨、香蕉和带有粉色条纹的角质贝壳状果盘装扮得这么喜人,令她想起从海底捞出的战利品,想起海王星的圣宴,想起(一幅画中)搭在酒神肩头的挂满果实的葡萄藤,周围是豹皮和金光灿烂的火炬……这果盘突然置身于明亮的烛光中,显得庞大而深不可测,仿佛是整个世界,人们可以在里面结队攀登山峰,穿越峡谷,她想,这时她欣慰地看到(它使他们暂时有了同样的感受)奥古斯塔斯也盯着那盘水果大饱眼福,他深深地陶醉其中,这儿摘一朵鲜花,那儿揪一根穗须,满足之后又返回他的蜂巢。那是他的欣赏方法,与她不同。但是由于欣赏的是同一样东西,他们感到彼此一致。

现在,所有的蜡烛都点亮了。餐桌两旁的一张张脸被烛光牵得更近,一起围坐着共享晚宴,刚才黄昏时分却不是这样的情形。因为夜色被玻璃窗关在外面,透过窗户无法真切地看清窗外的景色,只看到一些古怪的涟漪,仿佛这房间里是干燥整洁的陆地,而窗外的只是水中倒影,一切都水汪汪地晃动、隐没。

他们的心情立刻起了变化,好像这一切真的发生了,他们确实是在一个小岛的洞穴里团结一体;共同对付外面那个液态的世界。拉姆齐夫人一直心绪不宁地等待保罗和明塔进来,觉得做什么事都定不下心来;这时她感到她的不安已经转变为期待。因为他们这会儿一定会来的。莉莉·布里斯科试图分析大家突然兴奋的原因,并把它和网球场上的那一刻做了比较:当时,好像实体感突然消失,他们之间隔着广袤的空间;此刻在这间空荡荡的房间里,靠着这么多蜡烛也能达到同样的效果,再加上没有窗帘的窗户,和烛光旁明亮如同面具的一张张面孔。大家有如释重负的感觉;她感到什么事都有可能发生。现在他们该来了,拉姆齐夫人望着门口想;就在这时,明塔·多伊尔、保罗·雷勒和一个手里端着大盘子的女佣一起走了进来。他们到得太晚了;实在太晚了,明塔说,他们分别走向餐桌两端找位子坐下。

"我的胸针丢了——我祖母的胸针。"明塔说,声音里带着哭腔,褐色的大眼睛闪着泪花,目光忽而低垂,忽而抬起;她坐在拉姆齐先生旁边,这副模样唤起了他的侠义心肠,于是他想法逗她开心。

她怎么那么傻,他问,居然戴着首饰在岩石间爬来爬去?

她做出被他吓了一跳的样子——他实在太聪明了,她第一次坐在他旁边的那个晚上,他和她谈乔治·爱略特,她着实慌了,她把《米德尔马契》读了一半就撇下了,一直不知道结局如何;结果她应付裕如,让自己显得比实际上还要无知,因为他喜欢对她说她是个傻瓜。所以,今晚尽管他公然嘲笑她,她并不惊慌。而且,她走进房间的那一瞬间就知道出现了奇迹:她的头上笼罩着一轮金色的光环。她时而有这轮光环;时而没有。她不知道它为什么存在又为什么消失,也不知道她当时究竟有没有光环,直到走进房间,才从一个男人看她的眼神读出了光环的存在。是的,今晚她拥有光环,太好了;她从拉姆齐先生叫她不要犯傻的口吻听出光环确实存在。她坐在他身边,微微笑着。

事情一定发生了,拉姆齐夫人想;他们订婚了。顿时,她产生了一种她自以为不会产生的情绪——嫉妒。因为他,她的丈夫,也感觉到明塔的光艳照人;他喜欢这些女孩子,这些金发飘逸、脸色红润的姑娘,她们神采飞扬,带一丝狂放和随意的风采,她们没有"剃去汗毛",也不像他所说的可怜的莉莉·布里斯科那样"……营养不良"。她们具有她本人所没有的一些素质,那种夺目的光彩,那种浓浓的神韵,令他赏心悦目,令他深深着迷,令他对明塔这样的姑娘情有独钟。她们可以剪他的头发,给他的表链编辫子,或者干扰他的工作,大声招呼他(她亲耳听见):"快来呀,拉姆齐先生;该我们教训他们了。"于是他便会出来打网球。

其实,她并不嫉妒,只是偶尔地,当她强迫面对镜子,看到自己容颜已老时，不免有点怨恨，这也许只能怪她自己。（为修理暖房的账单和许多别的琐事操心的结果。）看到她们和他逗乐，她甚至心存感激。（"今天你抽了几根烟，拉姆齐先生？"等等）这使他变得像个小伙子；一个对女人富有吸引力的男人，无牵无挂，没有被繁重的工作、世俗的操劳、患得患失的烦恼压得喘不过气来，他就像她初次见到他时那样，清瘦而英俊；搀她下船，她记忆犹新；风度是那样潇洒（她看着他，他显得惊人地年轻，正在和明塔说笑）。至于她自己——"把它放在那儿吧。"她说，帮那个瑞士姑娘把那只褐色大钵子轻轻放在她面前，里面盛的是焖牛肉——至于她自己，她喜欢那些憨厚的小伙子。保罗一定要坐在她身边。她为他留了一个座位。真的，有时候她认为自己最喜欢那些单纯的青年。他们不用什么学术论文来烦人。而那些聪明过人的男人们，他们错过了多少东西啊！真的，他们变得多么枯燥乏味啊。保罗落座的时候，她觉得他身上很有一些迷人之处。她很欣赏他的风度，还有他尖挺的鼻子和那双明亮的蓝眼睛。他多么善解人意。他能不能告诉她——既然现在大家又在聊天了——事情究竟怎样了？

"我们回去寻找明塔的胸针。"他说，在她身边坐下。"我们"——这就够了。他的声音陡然提高，好像费力吐出一个难以启齿的字眼，由此她知道他是第一次说"我们"这个词。"我们如何如何，我们如何如何。"他们今生今世一直会这么说下去，她想。这时，马丝带着一点戏剧性的夸张揭开褐色大钵的盖子，一股混合着洋葱、油、卤汁的香味扑鼻而来。厨娘花了三天时间精心炮制这道菜。拉姆齐夫人端详着柔软的牛肉，心想一定要挑一块特别酥嫩的给班克斯先生。她凝视着这道菜，看着亮晶晶的钵壁、鲜美的黄褐色肉块、月桂叶和葡萄酒，心想，这是为了庆祝那桩喜事——她心头掠过一种欢庆节日的奇特而又温馨的感觉，好像在她心头唤起两种情感，一种是深沉的——世上还有什么比男人对女人的爱更庄严肃穆、让人刻骨铭心的呢，这份爱里蕴含着死亡的种子呀；与此同时，这些目光炯炯步入梦幻的人们免不了戴着花环，让大家围着嘲笑、跳舞。

"真是一份杰作。"班克斯先生说，暂时放下手中的刀子。他刚才吃得很专心。肉很鲜美，很酥软。这道菜做得无懈可击。在这样的穷乡僻壤，她怎么能弄出这种东西？他问她。她真是一个非凡的女人。他对她的爱和崇敬又全部回归了；她很清楚这一点。

"这是我祖母传下来的一道法国菜。"拉姆齐夫人说，语调里流露出极大的喜悦。这当然是法国菜。英国的那种烹饪难以下咽（他们都表示赞同）：就是把白菜扔进水里煮。就是把肉片烤得像牛皮。就是把蔬菜鲜嫩的表皮全部削去。"其实，"班克斯先生说，"蔬菜的全部营养都在表皮里。"真是浪费，拉姆齐夫人说。一个英国厨子扔掉的东西就够养活一大家子法国人了。她感觉威廉又恢复了对她的爱慕之情，现在，所有的一切又恢复了正常，她的不安已经烟消云散，又可以品尝胜利的喜悦，对生活发出嘲笑；她心中倍受鼓舞，于是她谈笑风生，她眉飞色舞。莉莉不由地想：她显得多么幼稚、多么可笑，只见她坐在那里，让自身的美像花瓣一样全部展开，嘴上却在大谈蔬菜的表皮什么的。拉姆齐夫人身上有某种令人惊诧的东西。她具有不可抗拒的威慑力。她最后总能按自己的意志行事，莉莉想。现在她已经大功告成——保罗和明塔估计已经订婚了；班克斯先生在这里用餐了。她通过自己的希望给每个人施了魔法，事情就是这样简单，这样直截了当。莉莉把拉姆齐夫人的丰富气质与自己贫乏的精神世界作了对比,猜想道,也许坐在她身边的保罗·雷勒正是因为信仰这种奇特的、震撼人心的力量(她的脸上神采飞扬——尽管不再显得年轻,却显得光彩四溢),才颤抖着沉默不语,显得心不在焉、神情恍惚。莉莉觉得,拉姆齐夫人嘴上谈着蔬菜的表皮,心里却在讴歌这种力量、崇拜这种力量;她用双手拢住它,呵护着,守卫着,而一旦让这种力量得到施展,她不知怎地大笑起来,莉莉觉得她仿佛将她的牺牲品领向祭坛。现在这种情绪——这种爱的情感、爱的悸动也向莉莉袭来。她觉得自己坐在保罗身边显得相形见绌!他,神采奕奕,兴高采烈;她,落落寡合,尖酸刻薄;他,即将去探险;她,停泊在岸边;他踏上征途,洒脱不羁;她形影相吊,被人遗忘——她愿意在他的灾难里,如果那是灾难的话,分享到一羹半勺,于是她羞怯地问:

"明塔是什么时候把胸针丢了?"

他笑了,他的笑绝顶动人,弥漫着回忆,略带着梦幻。他摇了摇头。"在沙滩上。"他说。

"我准备去找到它,"他说,"我明天早点起床。"这件事要瞒着明塔,所以他压低声音,用眼睛去看她坐的地方,她坐在拉姆齐先生旁边,笑得很欢。

莉莉想象着在黎明的海滩上,是她扑过去捡起被一块石头半遮半掩着的胸针,于是她也成了水手和探险队中的一员。于是她急切地、强烈地表示出想帮助他的欲望。对于她提出的帮助,他作何回答?她确实带着她很少流露的热情说,"让我和你一起去吧。"结果他笑了。他的意思是同意或者不同意——或者不置可否。可是要命的不是这个,要命的是他发出的那怪异的笑声,好像是说:你要愿意,从悬崖上跳下去我也不管。他当着她的面表示出爱情的热烈、可怕、残酷和无所顾忌。她感到被灼痛了。莉莉看到,餐桌另一端的明塔正千娇百媚地和拉姆齐先生说笑,不由为明塔必须面对这些异性的毒牙而害怕,与此同时又为自己感到庆幸。她看着桌布图案上的盐瓶对自己说,不管怎样,她不需要结婚,谢天谢地:她不需要经历那种堕落。她的意志可以免遭那种削弱。她要把树再往中间挪一点。

情况就是这么复杂。她的经历,尤其是和拉姆齐一家住在一起时的经历,总是让她体验到两种截然相反却同样强烈的情绪:一方面,是你的感觉;另一方面,是我的感觉。这两种感觉就在她的脑海里厮打搏斗,就像现在这样。这爱情美丽如梦,惊心动魄,我却站在它的边缘颤抖,而且一改我自己的习惯,主动提出到海滩上去寻找一枚胸针;同时,这爱情又是人类情感中最愚蠢、最野蛮的一种,它使一个外形像宝石一般美好的小伙子(保罗的面部轮廓很精致)变成了一个在大马路上手持铁橇的暴徒(他装腔作势,蛮横无理)。确实,她对自己说,人类自古以来就在讴歌爱情;将它比为绚丽的花环、娇艳的玫瑰;问十个人,九个人会说今生别无所求,只想得到——爱情;而女人,她从自己的亲身经历判断,却时刻都有这样的感觉:这并不是我们所想要的;世上再没有比它更沉闷、更单调、更残忍的了;然而它又是美丽的,不可或缺的。然后呢,然后怎样?她问,似乎希望有谁把这个问题继续讨论下去,就像在一场类似的辩论会上抛砖引玉,说出自己的显然不够充分的观点,等待别人继续辩论下去。于是她又开始倾听别人的谈话,说不定他们会说出对爱情问题的某些见解。

"还有,"班克斯先生说,"还有那种英国人称之为咖啡的液体。"

"哦,咖啡!"拉姆齐夫人说。但是更成问题的是黄油不纯正和牛奶不洁净（莉莉看出，拉姆齐夫人已经开始兴奋，说话的语气非常强烈）。她兴致高昂，滔滔不绝。控诉完英国牛奶制造业的弊端，又讲述用户得到的牛奶何其糟糕，并且还准备用事实证明她的指控；看到她这么煞有介事，全桌的人忍俊不禁，就像火苗从一束荆豆跳向另一束荆豆，从中间的安德鲁开始，她的孩子们在笑；她的丈夫在笑；她受到了嘲笑，被烈焰围困，被迫按捺她的得意，偃旗息鼓；她唯一的反击就是通过自己成为餐桌上的谈资和笑柄让班克斯先生看到，谁要胆敢攻击英国人，将会遭到怎样的下场。

但是她特意对莉莉另眼看待，她知道莉莉是个局外人，而且刚才还替她帮坦斯利先生解了围；她说，"莉莉不管怎样总是赞同我的。"她就这样把她拉拢过来，还让她有一点受宠若惊，有一点诚惶诚恐。（因为她正在思索有关爱情的问题。）他俩都是局外人，拉姆齐夫人一直在想，指的是莉莉和查尔斯·坦斯利。他俩都在为另外两个人的喜悦而痛苦。坦斯利先生显然感到自己受到冷落；只要保罗·雷勒在场，就没有女人会去注意他。可怜的人儿！不过他有他的论文呢——某人对某事的影响——他可以自得其乐。莉莉就不同了。她在明塔的光彩映衬下更显得黯然无光；狭窄的灰裙子，狭窄的小皱脸，狭窄的中国式眼睛，使她比任何时候都其貌不扬。她的一切都显得那么渺小，拉姆齐夫人想。这时拉姆齐夫人向莉莉求助（莉莉应该为她证明，她谈论牛奶并不比她丈夫谈论他的靴子更唠叨——关于靴子他可以一口气说上个把小时），同时拿她跟明塔作比较，她认为，莉莉到了四十岁会比明塔出色。莉莉身上有一种气质；一种灵气；一种唯她独有的东西，令拉姆齐夫人十分欣赏，但是她担心没有男人会喜欢。这是很显然的，除非是一位像威廉·班克斯那样的老者。但是他却是喜欢——是的,自从他妻子死后,拉姆齐夫人有时候觉得他也许是在喜欢自己。当然,他这不是"爱";这是许许多多说不清道不明的好感中的一种。哦,我在胡思乱想,她想;威廉一定要娶莉莉。他们有这么多共同之处。莉莉这么喜欢鲜花。他俩都有一种冷漠、淡泊、傲然脱俗的气质。她一定要安排他们一起出去散散步。

她真是糊涂,竟然让他们相对而坐。这一个失误明天可以得到纠正。如果天气好,他们应该去野餐。什么事都可能发生。什么事都未尝不可。刚才(但是这不会持久,她想,趁他们都在谈论靴子的工夫走了神),刚才她心里有一种非常踏实的感觉;她像一只鹰隼,翱翔在空中;又像一面旗帜,欢乐地迎风招展,她身体的每根神经都默默地、庄严地充满甜蜜的喜悦之情,这喜悦来自她的丈夫、孩子和朋友们,她看着他们享用晚餐,心里想道;这喜悦在幽幽的寂静中升起(她又给威廉·班克斯挑了一小片肉,然后凝视钵子深处),现在它停在那里,像一缕轻烟、一团徐徐上升的薄雾一样,不为什么特别的缘由,把他们安然拢在一起。什么也不必说;什么也不能说。它就在那里,弥漫在他们周围。她一边给班克斯先生挑一块特别酥软的牛肉,一边感觉到这种喜悦的永恒;那天下午她已经有过一次异样的感觉;事物之间密切相关,有一种稳定性;也就是说,有的东西不会因世事变迁而改变性质,像红宝石一样(她看了一眼幻影婆婆的窗户)在日月如梭、时光飞逝中放出夺目的光芒;所以,她今晚再次产生她今天已然有过的那种恬静的、心平气和的感觉。她想,永恒的东西就是由这些宁静的瞬间感受构成的。

"吃吧,"她让威廉·班克斯放心享用,"牛肉很多,大家都够。"

"安德鲁,"她说,"把你的盘子放低一点,别让我碰洒了。"
(法国焖牛肉获得圆满成功。)她放下汤勺,感到这儿就是隐藏
在事物内核里的寂静的空间,她可以在这儿活动或者休息;可以
屏息等待(他们都分到了牛肉)、侧耳倾听;然后,可以像鹰隼一
样,从高踞之处急速下落,自如地盘旋,发出阵阵笑声;于是她的
注意力落在餐桌的另一端,只听丈夫在那儿谈论一千二百五十
三的平方根。那数字似乎是他手表上的号码。

这一切都是什么意思?她至今不懂。平方根?到底是多少
呢?她的儿子们知道。她侧过身子,倾听他们谈论的话题:立方
根和平方根;伏尔泰和斯塔尔夫人①;拿破仑的性格;法国的土
地所有制;罗斯伯里勋爵②;克里维③的回忆录。她让这种男性
的智慧精华编织成的东西支撑着她、鼓舞着她;这种智慧上下晃
动,左右穿梭,像铁环一样织出颤动的布匹,支撑起整个世界,因
此她可以死心塌地把自己交付给它,甚至可以闭上眼睛,或者扑
闪眼睑,像一个孩子在枕头上抬起目光,冲繁茂的树叶眨巴眼
睛。然后,她从遐想中清醒过来。男性智慧还在不断编织。威
廉·班克斯正在夸奖《韦弗利》系列小说④。

威廉·班克斯说,他每半年读《韦弗利》系列小说中的一
本。这又何以使查尔斯·坦斯利大动肝火呢?只见他横插进来
(这都是因为普鲁不愿跟他好,拉姆齐夫人想)大肆谴责《韦弗
利》系列小说,而实际上他对它们一无所知,真正是一无所知,

---

① 斯塔尔夫人(1766—1817),法国女作家、文艺理论家。
② 罗斯伯里勋爵(1847—1929),英国首相(1894—1895)。
③ 克里维(1768—1838),英国政治家和官员,以《克里维文集》驰名。
④ 《韦弗利》系列小说,指英国小说家司各特(1771—1832)描写十八世纪苏
格兰高地风土人情的系列小说,共约三十部。

拉姆齐夫人心想,她与其说在听他说话,不如说在观察他。她可以根据他的态度看透他的内心——他会一直这样喜欢表现自己,直到当上教授或者娶了妻子,那时他才犯不着老是说"我——我——我"。他就是用这种自我中心的口吻批评倒霉的沃尔特爵士①,要么就是简·奥斯汀,谁都一样。"我——我——我。"他脑子里想的只有他自己和他给别人留下的印象,她从他说话的声音就可以听得出来,还有他那强烈的语气和紧张的神情。成功对他是大有益处的。无论如何,他们又辩论开了。这次她无需去听。不会持续多久的,她知道。但是就在这时,她的目光变得出奇地敏锐,似乎能绕着餐桌,揭去所有这些人的面具,窥视他们的思想和情感,她这么做毫不费力,就像一道光芒钻入水底,让那些涟漪、水中的芦苇、晃来晃去的小鱼、和那条突然沉默下来的鲑鱼都在它的照耀下颤动、摇摆。于是,她看见他们了;她听见他们了;可是他们无论说什么都具有这种性质,好像他们的话像鲑鱼在游动,同时她又能看见水面的涟漪和水底的砂石,看见左边和右边的某些东西;一切都归属于一个完整的整体;因为在变幻的生活中,她会不停地撒网捕捞,然后将收获分别归类;她会说她喜欢《韦弗利》系列小说,或者说她从未拜读;她将敦促自己向前;现在她什么也没有说。眼下她还处于悬而未决的状态。

　　"啊,可是你认为它会流行多久?"有人说。她似乎有一对触角在向外延伸,抓住片言只语,强迫自己去注意它们。这就是其中的一句话。她嗅出她丈夫面临危险。这样一个问题几乎肯定会引起别人说一些话,使他想起他经历的失败。他的著作还

———————

① 沃尔特爵士,即上文中的司各特。

能流行多久——他立刻就会这么想。威廉·班克斯（他完全没有这种虚荣心）大笑起来，说他认为时尚的改变毫无意义。谁能说得清什么东西能够一直盛行下去——无论在文学还是其他方面？

"让我们尽情享受我们真正欣赏的一切。"他说。拉姆齐夫人认为他的诚实难能可贵。他似乎从来没有想过:这对我自己有什么影响？但是如果你换一种性格，缺不得夸奖，少不得鼓励，你自然就会感到忐忑不安（她知道拉姆齐先生心里已不平静）；希望有人说上一句:哦，拉姆齐先生，你的作品是不会过时的。或者一些诸如此类的话。他的不安现在已经表现得很明显了，只听他有点恼羞成怒地说，不管怎样，司各特（抑或莎士比亚？）的作品将世代相传。她认为，他的口气冲动，令在场的每个人感到莫名其妙的不安。这时，直觉很灵敏的明塔·多伊尔故意冒出一句傻乎乎的话，说她不相信真的有人喜欢读莎士比亚的作品。拉姆齐先生板着面孔说（不过他的情绪已有所转变）很少有人像他们嘴上说的那样喜欢莎士比亚的作品。但是，他接着又说，他的有些剧本还是有不少长处的。这时拉姆齐夫人看出现在总算是风平浪静了；拉姆齐夫人知道，他会去嘲笑明塔，而明塔意识到拉姆齐先生对个人成就如此忧心忡忡，就会想办法奉承他、恭维他，用自己的方式让他放下心来。但是她又希望这一切都是多余的，也许是她错误地以为有这个必要。不管怎样，她现在可以定下心来听保罗·雷勒谈论他小时候读过的书。它们令人终身难忘，他说。他上学时读过托尔斯泰的几部作品，其中一部至今记忆犹新，遗憾的是忘记了书名。俄国人的名字很拗口的，拉姆齐夫人说。"渥伦斯基。"保罗说，他记得这个名字，因为他一直认为它放在一个无赖身上很合适。"渥伦斯基,"拉姆齐夫人说;"啊,是《安娜·卡列尼娜》。"但是这个话题并没有展开;他们对书籍不太在行。不,如果让查尔斯·坦斯利谈论书的事情,只需一眨眼的工夫就能让他俩折服,可是他的话里总夹杂着一些忧虑:我说的话得体吗? 我给人的印象如何? 结果是别人对他的了解比对托尔斯泰的了解还要多。保罗谈话从不涉及自己,总是就事论事地说明问题。他像所有智力迟钝的人一样,有一种谦逊的美德,能体谅别人的感情,她有时觉得这种美德非常动人。比如现在,他既不考虑他自己,也不关心托尔斯泰,而是在想她是否感到冷,是否被穿堂风吹着了,是否想吃个梨。

不,她说,她不想吃梨。实际上她一直警惕地盯着那盘水果(自己却全然不知),希望谁也不要去碰它。她的目光游移在水果的曲线和阴影之间,游移在低地出产的熟得乌紫的葡萄上,游移在贝壳果盘角质的脊棱上,一会儿让黄色映衬紫色,一会儿拿曲线和圆形作对比,却不知道自己为什么要这么做,也不知道为什么每次这么做都感到内心越来越趋于宁静;终于,唉,真遗憾,他们居然——一只手伸过去,拿起一个梨,破坏了整体效果。她怀着惋惜之情朝罗斯望去。她看了看坐在贾斯帕和普鲁之间的罗斯。怎么会有这样的孩子,真不可思议!

看着他们在那儿坐成一排,感觉多么奇特,她的孩子们,贾斯帕,罗斯,普鲁,安德鲁,表面上安安静静,但她从他们强抿的嘴唇上可以猜得出来,他们在暗中交流属于他们自己的笑话。那是他们的秘密,和周围的一切全无关系,他们憋在心里,等回到自己的房间才开怀大笑。但愿不是在嘲笑他们的父亲,她暗想。不会是的,她认为不会。那么究竟是什么呢,她猜测道,心中有点感伤,因为她看出他们要等她不在的时候才开怀大笑。

现在,那个秘密隐藏在那一张张面具般的一本正经的脸蛋后面;他们很难参与周围人的谈话;他们就像局外人、旁观者,居高临下,和大人们隔着一段距离。但是,她今晚再看一眼普鲁时,发现并非如此。她正在萌动,要向成人世界降落。她的面庞上有淡淡的光泽,仿佛坐在对面的明塔的那份喜悦、那份激动、那份对幸福的憧憬,也映照到她的脸上,仿佛男女之情的红日正从桌布边缘冉冉升起,她虽然情窦未开,却已探过身体去迎接它。她不停地偷看明塔,既害羞又好奇,于是拉姆齐夫人的目光在她俩之间来回移动,她说,是在心里对普鲁说,有朝一日你也会像她一样幸福。你会比她幸福得多,她又补充道,因为你是我的女儿,她想;她的女儿一定要比别人家的女儿幸福。现在晚餐已经结束,该散了。他们只是把盘子里的东西拨拉来拨拉去。但是,她要等他们听完她丈夫讲的故事并且笑过之后再说。他正在给明塔讲一个关于打赌的笑话。他一讲完,她就起身撤退。

她突然觉得自己很喜欢查尔斯·坦斯利;她喜欢听他朗声大笑。她喜欢看他对保罗和明塔动怒的神情。她喜欢他那副笨拙的窘态。这个年轻人身上毕竟还是有很多可取之处的。而莉莉呢,拉姆齐夫人把餐巾放在盘子旁边时心里又想,她总能自得其乐。莉莉从来不用别人为她操心。她等待着,把餐巾塞在盘子底下。怎么样,他们讲完了吗?还没有。那个笑话又引出了另一个故事。她丈夫今天兴致特别好,把老奥古斯塔斯也拉了进去——她想大概是为了喝汤的一幕向他乞求和解吧——共同谈起他们大学时代都熟悉的某个人的故事。她看着窗口,外面漆黑一片,烛光显得更加明亮;她目光凝视窗外,耳边传来的声音听上去十分古怪,好似教堂做礼拜的声音,这是因为她没有去捕捉那些话的意思。突然举座哗然,接着是一个人(明塔)说话的声音,这使她想起罗马天主教堂里的礼拜仪式上,男人和孩子们大声诵读拉丁经文的情景。她等待着。她丈夫在说话。他在背诵什么东西,听那节奏、那激昂的韵调,以及他声音里的感伤色彩,她知道他在念诗:

> 出来吧,走上花园的径地,
> 路易安娜·路易里。
> 看那月季绽开花瓣,
> 蜜蜂在丛中欢忙采蜜。

这些词句(她看着窗户)就像花瓣一样在窗外顺水流淌,跟他们毫无关联,仿佛它们不是由人说出,而是自己出现的。

"我们所有的前生,我们所有的来世,都有无数的树叶,枯荣更替。"她不懂这些话的意思,但好像是她的声音在吟诵,这声音像音乐一样,在她的躯体之外轻松自如地诉说她这一晚上言不由衷时心里想说的话。她不用看就知道,桌旁的每个人都在屏息聆听:

> 不知道你是否也有意,
> 路易安娜·路易里。

这声音带着和她同样的宽慰和喜悦,就好像他们终于说出了内心的真实感受,终于用了自己真实的声音在说话。

可是这声音停止了。她环顾四周。她站起身来。奥古斯塔斯·卡迈克尔已经站起,手里举着餐巾,看上去就像一条白色的披肩,他站在那里吟唱:

> 看国王们策马奔驰,
> 越过雏菊盛开的草地,

带着棕榈叶和雪松枝,

路易安娜·路易里,

她走过他身边时,他微微转过身来,吟出最后一句:

路易安娜·路易里。

然后深鞠一躬,仿佛对她表示敬意。不知怎地,她感到他比以前要喜欢她一些;于是,她怀着欣慰和感激的心情,回鞠一躬,穿过他为她打开的门。

现在必须再把事情向前推进一步。她一只脚踏在门槛上,在这个场景里多停留片刻,就在她凝眸回望的瞬间,它在她面前渐渐消失。然后,她走过去挽起明塔的胳膊,离开了房间,而这时这场景已经改变了模样;她扭过头去最后再看一眼,她知道刚才的一切业已成为过去。

18

又是这样,莉莉想。总是一定要在这个时候去办什么事情,这是拉姆齐夫人出于自己的考虑觉得立刻就应去办的事情。就像现在这样,大家都站在那里说笑聊天,不知道该去吸烟室,还是去客厅、去阁楼,只见在一片喧哗声中,拉姆齐夫人挽着明塔的胳膊,突然想起了什么,“对了,现在该去做那件事了。”说罢立刻神秘兮兮地离开,独自一人去办什么事情。她一走,众人就作鸟兽散;迟迟疑疑地朝不同的方向走去。班克斯先生拉着查尔斯·坦斯利的胳膊,一起到平台上去结束他们在餐桌上开始的关于政治的讨论,这样一来,这个晚上的总体平衡发生了改变,重心向另一边偏去;莉莉看着他们离去,听着关于工党政策的只言片语,感到他们好像登上轮船的驾驶台,朝着他们的方向行驶;话题从诗歌转向政治令她产生这样的触动;就这样,班克斯先生和查尔斯·坦斯利走了,其他人站在那里目送拉姆齐夫人独自在灯光下走上楼去。莉莉纳闷:她这么急匆匆的,是上哪儿去呢?

实际上她并没有脚步急促,显出匆忙的样子;实际上她走得很慢。拉姆齐夫人只是感到,在经过这么多嘈杂纷扰之后,想静静地呆一会儿,理出一个特殊的东西;至关重要的东西;把它拆解下来;剥离出来;掸去上面的情绪因素和琐碎成分,然后把它举到眼前,再放到内心的审判席上,那里有她为裁决这类问题而专门设立的法官在开秘密会议。是好,是坏? 是对,是错? 我们都往何处去? 等等。在这个晚上受到惊扰之后,她调整好情绪,下意识地、不太合适地利用窗外榆树的枝丫平息自己起伏的思绪。她的世界千变万化,而这些树枝静如止水。晚宴使她有了一种动荡的感觉。现在必须理出头绪。必须让一切进入正轨,她想。她不知不觉地赞赏榆树那种静止的威严,和树枝在风中傲然挺立的姿态(像乘风破浪的战舰)。起风了(她站着朝窗外看了一会儿)。起风了,繁茂的枝叶开始摇曳,不时漏出点点星光,星星似乎也在不停地摇撼、冲撞,拼命想从枝叶的缝隙间射出光芒。成了,这件事终于成功了;大功告成后,它又变得庄重如初。现在,脱离了嘈杂的人声和波动的情绪,这忽隐忽现的星光一闪,使人觉得它将一切都归于平静。他们还会存在下去,而无论他们存在多久,她继续想道,都会回到这个夜晚,回到这轮明月,回到这海风,回到这幢房子——回到她的身旁。想到无论他们存在多久,她都将被牢牢牵记,萦绕在他们的内心深处,这令她沾沾自得,她对这样的奉承话很容易动心;她将被他们牵挂着,还有这个、这个、这个,她想着,拾级而上,满怀柔情地嘲笑楼梯平台上的沙发(她母亲留下的),那把摇椅(她父亲留下的),还有那张赫布里底群岛地图。所有这些都将在保罗和明塔的生命里复活;"雷勒夫妇"——她试着念了念这个新的称呼;当她把手放在育儿室的门上时,她感到了人与人之间的那种由感情而产生的交流,好像彼此间的隔膜已经薄如蝉翼,实际上(这是一种快慰和幸福的感觉)一切都已汇合成一股流水,那些椅子、桌子、地图,是她的,也是他们的,究竟是谁的已不再重要,即使她不在人世,保罗和明塔也会继续生活下去的。

她转动把手,使了点劲,生怕弄出声响,然后走了进去,嘴唇微微噘起,好像提醒自己不要大声说话。可是一进门她就看出她的小心是多余的,孩子们都没睡呢。她很恼火。这真让人心烦。米尔德里德应该多操点心的。只见詹姆斯大睁着眼睛,卡姆笔直地坐在那里,米尔德里德光着脚站在床下。都快十一点了,他们还在那里谈个没完。怎么回事?一定又是那个可怕的头骨作怪。她已经叫米尔德里德把它拿走,可是她显然忘记了。卡姆还醒着,詹姆斯还醒着,他们几个小时前就该睡着了的,结果还在那里吵个不休。爱德华怎么搞的,给他们寄这么一个可怕的头骨?她也昏了头,竟然让他们把它钉在那儿。钉得很牢,米尔德里德说,有那玩意儿在屋里放着,卡姆睡不着觉,可是谁要一碰它,詹姆斯就大声怪叫。

卡姆该睡觉了(它长着大角呢,卡姆说)——该睡觉了,进入甜美的梦乡,拉姆齐夫人说着,在她的床沿坐下。她看见大角,卡姆说,满屋子都是大角。这倒是真的。不管他们把灯放在哪儿(詹姆斯没有灯光就睡不着觉),屋里都会有头骨的影子。

"你好好想想,卡姆,这只是一头老猪呀,"拉姆齐夫人说,

"一头可爱的黑猪,跟农庄上的那些猪一样。"可是卡姆觉得它可怕极了,满屋子晃动,对她张牙舞爪。

"好吧,"拉姆齐夫人说,"我们把它遮起来。"他们眼巴巴地看着她走到衣柜前,飞快地把小抽屉一个个拉开,却找不到一样用得上的东西,便很快地解下她的披肩,把它缠在头骨上,缠了一道又一道,然后回到卡姆身边,把头几乎贴在她的枕头上,说,现在它看起来多么可爱;仙女见了也会喜欢的;它就像一个鸟窝;像一座她在国外见过的那种美丽的山峰,溪水潺潺,花儿朵朵,鸟儿唱着歌,铃儿响丁当,小羊欢跳,羚羊漫步……她有节奏地说着,仿佛看见这些话在卡姆的脑海里回荡,卡姆随着她的声音,想象那头骨像一座山,一个鸟窝,一座花园,里面还有小羚羊,她的眼睛忽而睁开、忽而阖拢,拉姆齐夫人继续说下去,语调更单调,更有节奏,说的话也更漫无条理,她说卡姆必须闭上眼睛,睡着了就会梦见山峰和河谷,梦见星星坠落,梦见鹦鹉、羚羊和花园,梦见所有美丽的东西,她说。她非常缓慢地抬起脑袋,嘴里还在越来越机械地念叨着,等到最后完全坐直身子,她发现卡姆已经睡着了。

她朝詹姆斯的床边走去,嘴里小声地说,现在,詹姆斯也该睡觉了,因为你看,她说,野猪的头骨还在那儿,她们并没有动它;她们的做法正合他的心意;头骨在那儿安然无损。他相信头骨还在披肩下面。但是他还想问她一个问题:他们明天到不到灯塔去?

不行,明天不行,她说,不过快了,她向他保证;天一放晴就去。他很听话,躺了下来。她替他掖好被子。但是她知道他永远不会忘记这件事,便不禁有点怨恨查尔斯·坦斯利,怨恨丈夫,甚至怨恨她自己,因为是她点燃了他的希望。这时,她感到披肩不在肩上,才想起刚才把它围在野猪头骨上面了,于是她站起身来,把窗户再拉下一两英寸。她听到风声,深深吸了一口夜晚沁人肺腑的清凉空气,喃喃地对米尔德里德道声晚安,离开了育儿室,让门上的锁头慢慢滑进锁槽,走了出去。

她希望查尔斯·坦斯利在他们楼上不要砰地把书摔在地上;她在想他是多么让人生气。因为两个孩子睡得都不踏实,他们生性非常敏感;既然他在灯塔的事情上说了那样的话,她认为他很可能趁他们将睡未睡时用臂肘粗鲁地把一摞书扫到地上。她推测他已经上楼工作了。他显得那么落落寡合;看到他离去,她就感到释然;不过她可以保证明天好好待他;他和她的丈夫关系很好;不过他的修养有待提高;她喜欢他的笑声——她一边想一边往楼下走,想到这里,突然发现可以透过楼梯间的窗户好好看看月亮——那一轮鹅黄色的满月——便转过身来。这时他们看见她高高地站在楼梯上。

"那就是妈妈。"普鲁想。是的;明塔应该看看她;保罗应该看看她。她感到,这就是那种气质,这个世界上似乎只有一个人有那种气质——那便是她的母亲。于是,尽管普鲁刚才摆出一副成年人的样子与别人聊天,现在却又回到童年,好像他们刚才所做的一切只是一场游戏,她不知道母亲是批准他们的游戏,还是断然呵斥。她想,这是一个机会,让明塔、保罗和莉莉看见母亲多么美丽,她拥有母亲是多么幸运,她真希望永远不要长大,永远不要离开家,于是她像个孩子一样说道,"我们想去海滩上看海浪。"

立刻,拉姆齐夫人无缘无故地快活起来,像个二十岁的少女。一种彻底的喜悦占据了她的心田。他们当然要去;他们当然要去,她高喊,她大笑;她快步跑下最后三四级楼梯。她笑逐颜开,转向在场的每一个人,然后替明塔围好围巾,说她真希望她也能去;时间是不是不早了? 有谁戴着手表?

"保罗,保罗戴着呢。"明塔说。保罗从一只小巧的麂皮包里抖出一只精美的金表,递给她看。他把它摊在掌心伸到她眼前,感到"她心知肚明。我无需多言"。他一边给她看表,一边对她说,"我成功了,拉姆齐夫人。这一切多亏了你的关照。"拉姆齐夫人看着他掌心里的手表,觉得明塔实在是无比幸运! 她嫁的男人拥有一只装在麂皮袋子里的金表!

"我真希望能和你们一起去!"她大声说。但是有一股力量抑制了她,这股力量如此强大,她甚至没有想过要问问自己它来自何处。她当然不可能跟他们一起去。但是如果不是为了那件事情,她倒真愿意去;她为自己刚才荒唐的想法(认为嫁给一个拥有麂皮袋装手表的男人是多么幸运)忍俊不禁;就这样,她嘴角带着一抹微笑走进另一个房间,她丈夫正在里面看书。

19

她走进房间的时候对自己说,她进来肯定是要得到一件她想要的东西。首先,她想要挨着特定的一盏灯,坐进特定的一张椅子。她还想得到点什么,却不知道具体是什么,她想不出究竟想要什么。她看着丈夫(拿起长袜,开始编织),发现他不希望受到打扰——这是显而易见的。他埋头阅读,书里的内容深深打动了他。他似笑非笑,她知道那是他在压抑自己的感情。他掀动书页。他在扮演角色——或许他想象自己就是书中的人物。她很想知道这是本什么书。噢,原来又是沃尔特·司各特的作品;她调整灯罩,让光线落在手中编织的长袜上。查尔斯·

坦斯利总是说(她抬起头,好像等着听楼上书落在地板上的声音),总是说人们不再读司各特的作品了。这时她丈夫便会想,"他们也会这么说我的";所以他就拿了这么一本书来读。如果他得出结论,查尔斯·坦斯利的话"的确不假",他就会接受这种关于司各特的评价。(她看得出,他在读书的过程中不断推敲、掂量、权衡。)但不是对他自己的评价。他总是为自己的作品忧心忡忡。这令她很烦恼。他无时无刻不在担心自己写的书——还有人读吗?写得好吗?为什么不能写得更好一些?人们怎么评价我?她一想到他这样,心里就感到不快。饭桌上,他听见他们谈论名气和作品能否不朽的问题时陡然烦躁起来,也不知道他们是否猜到个中原因;也不知道孩子们是否就是为此发笑,想到这里,她猛扯一下长袜,于是,那些用钢刀雕刻的精美线条都在她的嘴角和额头显现,她像一棵一直在摇曳、颤动的树刚刚平息,现在风止住了,叶子一片片安静下来。

没有什么大不了的,她想。伟人,杰作,名望——谁说得清呢?她对这些一无所知,但是他就是那么一个人,不善于掩饰——例如刚才在饭桌上,她一直近乎本能地想:但愿他开口说话!她彻头彻尾地信赖他。现在抛开这一切想法,仿佛潜入水底,游过一株水草,游过一根稻草,又游过一个水泡,她潜得更深一些,又有了客厅里别人都在嗡嗡交谈时的感觉:我想要得到一样东西——我来找寻一样东西,她闭着眼睛,觉得自己越陷越深,越陷越深,可还是想不出这东西到底是什么。她等了一会儿,手里织着长袜,心中一片茫然,慢慢地,他们在饭桌上说的那些话——"看那月季绽开花瓣,蜜蜂在丛中欢忙采蜜"——开始有节奏地一下一下冲撞她的脑海,随着这节奏,一字一句像一盏盏昏暗的灯,在她的心灵深处闪亮,一盏红,一盏蓝,一盏绿,它们好像离开了栖息之地,飞呀飞呀飞向远方,或者引吭呐喊,让声音久久回荡;于是,她转过身子,在旁边的书桌上摸到一本书。

我们所有的前生
我们所有的来世,
都有无数的树叶
枯荣更替,

她喃喃念着,把编针插在长袜上,打开一本书,随意翻阅,她这么做的时候,感到就像在弯曲的花瓣下面挪动,一会儿前进,一会儿后退,她只知道这个花瓣是白的,那个花瓣是红的。她起初并不理解这些话的意思。

航行吧,
垂头丧气的水手,
驾驶你们那松木做的
如翼的轻舟。

她读完,翻过一页,她仿佛摇摇晃晃,沿着蜿蜒曲折的路行走,从一行蹦向一行,就像在树枝间跳来跳去,从一朵红白相间的花扑向另一朵花,直到一个轻微的声音把她惊醒——她丈夫在拍大腿。刹那间,他们四目相对;但是两人不想对话。他们无话可说,却似乎有某种东西从他那儿向她传递。她知道,让他拍起大腿来的,是这本书的生命,是它的力量,是它的震撼人心的幽默。别打扰我,他仿佛在说,什么也别说;坐在那里别动。他继续读下去,嘴角在抽搐。书中的内容使他充实,使他坚强。他全然忘记了当晚遭遇的摩擦和挫折,忘记了他枯坐着看别人没完没了地吃喝时感到的说不出的无聊,忘记了他对妻子的粗暴态度,也忘记了他们忽略他的作品好像它们根本不存在似的。

他现在感到,对一个到达 Z 的人(如果思想也像字母一样从 A 排到 Z)来说,这些都是毫无意义的。总有人会到达 Z 的——不是他,就是别人。司各特的力量和睿智,他对简单朴素的事物的感受,他笔下的这些捕鱼人,还有马克白基小屋里那个可怜的老疯子,凡此种种令他精神亢奋,令他如释重负,有一种振奋和得意之感,令他抑制不住热泪盈眶。他把书举高一些挡住自己的脸,让泪水滴落,然后晃了晃脑袋,进入忘我的境地(但是脑中闪过一两个观点,他想到伦理问题、法国小说和英国小说,还想到司各特虽然放不开手脚,但他的观点也许和别人的观点一样正确),他完全忘却自身的烦恼和失败,沉浸在可怜的斯蒂尼溺水身亡、马克白基悲痛欲绝的情感氛围里(这是司各特写得最精彩的地方),感受着作品带给他的极度的快感和充沛的活力。

好吧,让他们去改进吧,他读完这一章后这么想道。他感到自己一直在和什么人辩论,而且占了上风。不管他们怎么说,要改进这部作品是不可能的;因此他自身的地位也就得到了巩固。但是那些对爱情的描写很荒唐,他想,又将书里的情节回忆一遍。一流的杰作里也有败笔之处,他想,比较着书里的各个部分。但是他还要再读一遍,他记不住作品的整体轮廓,只好暂时不作判断。他转而又想——如果年轻人不喜欢读这种作品,自然也就不喜欢他。最好不要抱怨,拉姆齐先生想,竭力克制住要向妻子抱怨年轻人不崇拜他的欲望。他已经打定主意;再也不去烦扰她了。这时,他看着她读书的样子。她读书的样子非常娴静。想到所有的人都已离开,只剩下他和她两人相对,他感到很高兴。他想,生活的全部意义并不在于和一个女人同床共枕;他的思绪又回到司各特和巴尔扎克,回到英国小说和法国小说。

拉姆齐夫人抬起头来,像一个半梦半醒的人一样仿佛在说,如果他想要她醒来,她愿意做到,她真的愿意;否则的话,她能不能再睡一小会儿,只是一小会儿? 她正在顺着那些树枝攀援而上,沿着一条蜿蜒曲折的路线,随意触摸着一朵朵鲜花。

"也不要赞美那嫣红的玫瑰。"她读道。读着这句话,她感到正在登上顶峰,到达至高点。多么令人满足! 多么安宁恬静! 白天的忙碌和操劳都被这块磁铁吸走;她感到心灵经过涤荡,纤尘不染。它就在这时赫然出现,她把它托在手中,美丽而明智,清晰而完整,从生活里汲取的精华丰满地呈现在——这首十四行诗上。

可是她渐渐意识到丈夫在看她。他对她露出古怪的微笑,仿佛在善意地嘲笑她居然在大白天睡着了。与此同时他想道:继续看书吧,你现在看上去不再忧伤了,他想。他很想知道她看的是什么书,同时在心里夸大着她的无知和单纯,因为他愿意把她想得智力平平,不学无术。他怀疑她能否理解她看的东西。也许不能,他想。她惊人地美丽。在他的眼里,她的美——如果可能的话——似乎有增无减。

　　你走了,这里仍是冬天的风景,
　　我摆弄它们,就像摆弄你的倩影,

她读完了。

"怎么啦?"她神情恍惚地回应他的微笑,把头从书上抬起来。

　　我摆弄它们,就像摆弄你的倩影。

她喃喃低吟,把书放回桌上。

她拿起编织活儿,暗想,自从她看见他独自散步以后,到底发生了一些什么事情? 她记起镜前试装,仰望明月;安德鲁在吃饭时把盘子举得太高；为威廉说的什么话而闷闷不乐；树上的鸟儿；平台上的沙发；孩子们都醒着；查尔斯·坦斯利让书落在地板上把他们吵醒——哦，不对，那个情节是她臆想的；保罗有一只装在麂皮袋里的手表。她应该告诉他哪一件事情呢？

"他们订婚了，"她说，一边又开始编织长袜，"保罗和明塔。"

"我也猜到了。"他说。对这件事没有多少话可谈。她的思绪仍然随着诗句起伏跌宕；他在读完有关斯蒂尼的葬礼的那段描写后，仍然感到精神振奋、心胸开阔。于是他们默然相对。这时，她意识到自己希望他说点什么。

说点什么吧，什么都行，她手里织着长袜，心里想道，随便什么都行。

"嫁给一个有麂皮表袋的男人，那是多么幸福啊。"她说，这类笑话他们是可以共同玩味的。

他嗤之以鼻。他对这个婚约的感觉和平时对任何婚约的感觉没有两样；那个姑娘配那个小伙子太委屈了。这时一个问题慢慢涌上她的心头，为什么她总希望别人结婚呢？价值何在？意义何在？（他们现在说的每一句话都是真诚的。）说点什么吧，她想，只希望能听见他的声音。她感到那个阴影，那个笼罩着他们俩的阴影又开始向她围拢过来。说什么都行，她恳求着，眼睛望着他，像在乞求援助。

他沉默不语，把表链上的罗盘摆来摆去，心里想着司各特的小说和巴尔扎克的小说。他们不自觉地靠拢，肩挨着肩，但是透过这种亲密关系的朦胧的墙壁，她可以感觉到他的思想像一只举起的手一样，给她的思想投上阴影。现在，他看到她的思绪转入一个他不喜欢的方向——即他所谓的"悲观情调"——便开始感到心烦意乱,尽管嘴上什么也没说,只是把手伸向额头,搓捻一绺头发,又让它滑落。

"这只袜子你今晚织不完的。"他指着她的长袜,说道。这正合她的心意——他严厉的语气在责备她。既然他说悲观情绪不好,那大概就是不好,她想;那场婚姻一定幸福美满。

"不,"她说,把长袜在她的膝头抻平,"我不准备织完它。"

然后怎么办?她感觉到他还在看着自己,只是目光已经变了。他想要某种东西——那是她经常感到很难给予他的东西;他想要她对他说:她爱他。那不行,她说不出口。他说话要比她自如得多。有的话他说得出来——她却难以启齿。所以,很自然地,这些话总是由他来说,可是,他又突然莫名其妙地计较起来,责怪她不好。他称她为冷酷的女人;她从来不对他说她爱他。其实不是这样——不是这样的。她只是不善于表达内心的感觉。她只会说:他的外衣上有没有粘上面包屑? 她能不能为他做点什么? 她起身立在窗口,手里拿着那只红褐色的长袜,一半是为了回避他,一半是因为她想起海湾的夜景经常是多么美丽。可是她知道,她转身时他的目光也随她而转动;他在观察她。她清楚他心里的想法:你比任何时候都美丽。于是她也觉得自己格外美丽。难道你就不能对我说你爱我,哪怕一次?他这么想道,心里冲动起来,想起明塔的订婚、他的作品遭到的冷遇,想起一天就这么过去了,还想起他们为到灯塔去的事情发生的争执。可是她做不到;她说不出口。她知道他在观察自己,却什么也没有说,而是转过身来看着他,手里仍然拿着长袜。她看着他,脸上渐渐露出微笑:虽然她没有说一个字,但他知道,他当然知道,她是爱他的。他不能否认这一点。于是她面带微笑望着窗外,说道(心中自语:世上的一切都不能与这份喜悦相比）——

　　"对，你说得对。明天是阴雨天。你们去不成了。"她看着他微笑。她又一次取得了胜利。她什么也没有说：而他心中已经明白。

第二部 时过境迁

1

"看来,我们只好等事实来说话了。"班克斯先生从平台上进来,说道。

"天黑了,简直什么都看不清。"安德鲁说着,从海滩上过来。

"几乎分不出哪儿是大海,哪儿是陆地。"普鲁说。

"要让那盏灯亮着吗?"莉莉说,这时他们走进房间,脱去外衣。

"不要,"普鲁说,"如果大家都进来了,就把它灭掉吧。"

"安德鲁,"她叫住他,"把客厅的灯灭了。"

灯一盏接一盏地熄灭了,只有卡迈克尔先生房间里的蜡烛又亮了一段时间,他喜欢在床上读一会儿维吉尔的作品。

2

随着灯的熄灭,月亮西沉,稀疏的小雨敲打屋顶;无边的黑暗,像洪水一样铺天盖地袭来,似乎吞没了一切。这黑暗四处蔓延,无孔不入;它钻过锁眼、墙缝,爬过百叶窗,偷偷溜进卧室,吞没了这里的一只水壶和脸盆,那里的一盆红黄相间的大丽花,还有五斗橱棱角分明的轮廓和木料结实的形体。隐没在黑暗中的不仅是家具;无论是肉体还是思维,没有一个部分可以让人判断出"这是他"或者"这是她"。偶尔有一只手抬起,像是要抓住什么、推开什么,偶尔有人在呻唤,有人在大笑,仿佛在和虚无分享同一个笑料。

客厅里、餐厅里和楼梯上,没有一丝动静。只是有一些从风的身上分离出来的空气,穿过生锈的铰链和被海滨的湿气泡涨的木质家具(这幢房子毕竟已是破败不堪的了)在旯旮里蠕动,闯进了房间。你简直可以想象到,它们溜进客厅,玩弄摇摇欲坠的剥落的墙纸,询问着、思索着,问道:它还会挂在墙上吗?什么时候掉落?它们柔和地掠过墙面,继续向前移动,一边在沉思,像是在询问墙纸上那些红黄相间的玫瑰会不会凋谢,在询问(轻声慢语,因为它们有的是时间)废纸篓里揉皱的信、屋里摆的鲜花和书籍(所有这些东西都一无遮盖地向它们敞开着):它们是朋友吗?它们是敌人吗?它们还能忍耐多久?

偶尔有一束光线从那颗裸露的星星、那艘漂泊的船甚至那座灯塔照射过来,在楼梯和垫子上投下苍白的光影,引导那些小小的空气拾级而上,在卧室门口窥探、搜索。但是它们必须在这里止步。别的东西也许会衰亡、消失,这里的一切却是永恒不变的。有人会告诉那些游移的光点和那些在床的上方嗅吸的寻寻觅觅的空气:这里的东西可不许你们触摸和破坏。它们的手指像羽毛一般轻缈,意志像羽毛一般坚韧,它们像幽灵一样,懒懒地看看那些熟睡的眼睛和蜷缩的手指,懒懒地掖掖他们的衣服,然后消失了。它们一路窥探、摸索着来到楼梯间的窗口,来到佣人们的卧室,来到阁楼上的小屋;它们又飘下楼来,给餐厅桌上的苹果镀一层白色,触摸玫瑰的花瓣,打量画架上的画作,掠过擦脚垫,把一些沙粒吹在地板上。最后,它们共同停止行动,聚集在一起,共同发出叹息;共同鼓起一阵悲悼的风——厨房的一扇门作出应答,忽地敞开,无人进入,又砰地关上。

〔这时,卡迈克尔先生放下手中的维吉尔的作品,吹灭蜡烛。已是午夜时分。〕

3

但是,一个夜晚究竟算得了什么?它不过是一个短暂的间歇。而且黑暗很快就消散,很快就听见鸟儿唱歌、公鸡啼鸣,看见汹涌的波涛很快显出浅绿的颜色,像一片转绿的树叶。然而,夜晚一个接一个地紧跟着来。冬天收藏着一堆这样的夜晚,用不知疲倦的手指把它们均匀地分配。夜变得更长;变得更黑了。有的夜晚,天上高悬着晶亮的行星,像一个个闪烁的圆盘。秋天的树木枯槁萧条,披挂着破碎飘零的旗帜,它们在洞穴般凄冷阴暗的教堂里闪烁,那里的大理石书页上用烫金的字描述战死沙场的勇士,和白骨在遥远的印度沙漠上曝晒的情景。秋天的树在黄色的月光下闪着微光,在满月的光辉里,这微光催熟耕作的活力,捋平稻麦的残茬,并带来海浪拍打海岸,给它染上一片蓝色。

这时,仿佛被人类的忏悔和辛勤劳作所感动,神圣的主拉开窗帘,展现出后面不同寻常、独一无二的东西:直立的野兔;汹涌的波涛,颠簸不定的船只;命中该有的就不会遗失。可是,唉,神圣的主又拉动绳子把窗帘闭合;他觉得索然无趣;他用一阵冰雹盖住他的珍宝,把它们击碎,弄得面目全非,再也不能恢复以往的安宁,我们也不能用它们残缺的碎片拼成一个完整的形状,或者从散乱的纸片上读出清晰的真理。我们的忏悔只配得到这匆匆的一瞥;我们的劳作只换来这片刻的休息。

现在,这些夜晚狂风呼啸,万物凋零;树干前扑后仰,落叶乱舞纷飞;落叶铺满草坪,堆积在街沟里,堵塞了排水管,把潮湿的小路弄得一片斑驳。狂风大作,海浪滔天,如果哪个熟睡的人梦想在海滩上解决他的困惑,找到一个能与他共享孤独的伙伴,他就应该掀去被褥,独自下楼去沙滩徘徊,但他却找不见那个殷勤迎奉、乖巧敏捷的身影,不见它来使这夜恢复秩序,使世界反映心灵的轨迹。那只手在他的手里萎缩消失,那个声音却在他的耳畔轰鸣。是什么?为什么?在什么地方?睡眠者在床上孜孜寻求答案。看来,在一片混沌中,向黑夜提问是毫无结果的。

[一个阴霾的早晨,拉姆齐先生沿着小路踉跄走来,他张开双臂,可是拉姆齐夫人已于前一天夜里溘然去世,没有人投入他张开的怀抱。]

4

房子空了,门锁上了,床上的垫子卷起来了,于是,那些游移的空气,那些为大批队伍开路的先锋咆哮而入,掠过光秃秃的木板,嗅寻着,流动着,在卧室和客厅里畅通无阻,只遇到呼扇呼扇的墙纸,吱嘎作响的家具,油漆剥落的桌腿,还有生了水垢、长了锈斑、有了裂纹的平底锅和瓷器。一些被人们丢弃的东西——一双鞋子,一顶射击帽,还有衣柜里褪色的裙子和外衣——在一片空寂里,只有这些东西保留了人的气息,诉说着当年的充实和勃勃生机;挂钩和钮扣上曾经有忙碌的双手;镜子里曾经闪动着一张面孔;曾经闪动着一个虚空的世界:一个身影在转动,一只手在挥舞,门开了,孩子们跌跌撞撞拥进来,又一同离去。如今,日复一日,光线在对面墙上投下刺目的影像,如同水中倒映的花。只有随风摇曳的树影在墙上躬身下拜,暂时暗淡了阳光照射的水塘;或者鸟儿飞过,在卧室地板上投下一个柔和的斑点,颤悠悠地一掠而过。

于是,美丽和寂静统治着一切,共同构成美丽本身的形态,从这种形态中分离出了一种生命;这生命像夜幕下的水塘,隔着疾驰的火车的车窗望去,它显得那么孤独、遥远、转瞬即逝;那在夜色中呈现苍白的水塘,尽管曾经有过目光的抚慰,却是孤独依旧。美丽和寂静在卧室里握手联盟,甚至有风在罩布覆盖的水壶和椅子周围窥探寻觅,黏糊糊的海滨空气耸着柔软的鼻头,摩擦着,嗅吸着,唠唠叨叨地重复它们的疑问——"你们会凋谢吗? 你们会衰亡吗?"——却没能干扰这片宁静、这份冷漠和这种纯洁统一的气氛,好像它们提出的问题根本无需回答:我们依然存在。

似乎没有任何东西能够破坏那个影像,玷污那份纯真,或扰乱寂寞那飘动的长袍,一个星期又一个星期过去,在这空荡荡的房间里,这件长袍织进了鸟儿的悲啼声、轮船的汽笛声和田野里单调的嗡嗡声,也织进了狗的吠叫和人的呼喊,并且默默地把它们折拢,裹在这幢房子周围。有时,只是一块木板落在平台上;有时,夜半三更,披肩的一角"轰"地散开,来回摆动,这声音就像一块岩石经过几个世纪的沉默,终于轰隆隆地从大山上坼裂下来,一路撞击着冲下山谷。然后,一切归于宁静;幻影摇曳;光柱对着自己在卧室墙壁上的影子鞠躬致敬;麦克耐伯太太听从吩咐来了，她用泡在洗衣盆里的双手扯碎沉默的面纱，又用践踏着瓦片的靴子将它碾得粉碎；她打开所有的窗户，掸去卧室里的尘埃。

5

她步履蹒跚（像在海里颠簸的船），目光乜斜（眼睛不是直视什么，而是横着瞟过去，抗议这个世界对她的蔑视和愤怒——她没有什么智慧，这她清楚），她抓住楼梯扶手，拉着自己往上走，从一个房间转到另一个房间，一边哼着歌儿。她擦拭穿衣镜长长的镜面，斜着眼睛瞟着自己晃动的身影，嘴里哼着一支曲子——也许是二十年前舞台上演出过的一支欢快的曲子，她曾经哼唱着它的旋律翩翩起舞，可是现在，这曲子从一个戴帽子的看门女人的无牙的瘪嘴里哼出，早已失去原有的含义，成为愚昧、幽默和顽固合奏的声音，它被人践踏，又反弹起来；她蹒跚着，掸掸这里，抹抹那里，仿佛在说生活是多么漫长、无奈和麻烦，日复一日，起床，睡觉，生出一些事情来，又抛弃在一边。她认识这个世界将近七十年了，要把生活伺弄得熨帖可不容易。她已经累得直不起腰来。她吱吱嘎嘎跪在床底下掸灰，一边呻吟着，还要多久，她问，还要忍受多久？然后踉踉跄跄费力地站起，立在镜子前面，乜斜的目光躲躲闪闪，不去看自己的脸，不去看自己的愁苦；她茫然地微笑，又蹒跚地溜达开去，掀起垫子，放下瓷器，用眼睛的余光瞥瞥镜子，好像她终于有了慰藉，好像她的歌声里交织着一些固执的希望。洗衣盆里一定出现过快乐的憧憬，比如和儿女共享天伦之乐（虽然两个是私生子，一个已将她抛弃），在酒吧里畅饮，或者翻动抽屉里零碎的宝贝玩意儿。

沉沉黑暗中必定有些裂缝,幽秘深处里也必定有条通道,让足够的光线流过,照亮她在镜中扭曲的笑脸,于是她集中思想干活,嘟嘟嚷嚷哼唱音乐堂里的老歌。一个美丽的夜晚,那些神秘的幻影漫步海滩,拨弄一个水坑,审视一块石头,悄然自问"我是什么?""这又是什么?"如果突然一个答案从天而降(它们说不出这答案是什么),会使它们于严寒中觉得温暖,在沙漠里感到舒适。但是麦克耐伯太太仍是一如既往地喝酒、聊天。

6

那个春天没有一片树叶在风中摇曳,四处光秃秃、明晃晃的,宛如一个处女凛若冰霜地坚守她的贞操;那个春天玉体横陈地躺在田野上,警惕地睁大眼睛,全然不顾旁观者在做些什么或想些什么。[普鲁·拉姆齐倚着父亲的肩膀步入教堂出嫁了。多么般配的一对,人们说。他们还说,瞧她多漂亮啊!]

夏季临近,黄昏变长了,满怀希望的不眠者漫步海滩,惊扰了水塘的安宁,心中出现了最为奇特的想象——血肉之躯化为微粒,随风飘散;在它们的心海里星光闪烁;悬崖、海洋、彩云、蓝天被有意识地联系起来,把这内心零落的梦境汇合、表现。在这些明镜里,在人类的思维里,在波光粼粼的水塘里,千变万化的云彩投下倒影,旧梦依然,却无法抵御每只海鸥、每朵鲜花、每棵树、每个男人和女人以及白茫茫的大地本身发出的宣言(但如果你提出疑问,它们会立刻退缩):善良战胜邪恶,幸福普及人间,万物井然有序;也无法抵御那种奇特的冲动——去访遍每个角落,寻觅一份完美,一份纯真的激情,那境界远远超越旧有的喜悦和熟知的道德,与琐碎的家庭生活毫不相干,它孤傲、坚硬而明亮,像沙漠中的一颗钻石,定然会给拥有它的人以慰藉。蜜蜂嗡嗡忙碌,蚊虫嘤嘤乱舞,春天终于变得柔和而顺从,她披上斗篷,罩上面纱,转过头去,在光影飘逝和细雨绵绵中,仿佛理解了人类的悲哀。

[那年夏天,普鲁·拉姆齐难产而死,真是太惨了,人们说;他们还说,本来一切都很美满。]

现在是炎热的酷暑,海风又给房子的每个角落派来密探。飞虫在洒满阳光的房间里织出一张细网;镜子旁边长出了杂草,夜晚不紧不慢地敲打窗户。夜幕降临,灯塔的闪光曾经无比威严地投在黑暗的地毯上,追寻上面的图案,现在它又慈爱地回来了;它和月光交织,变得泉水一般温柔,轻轻移步,悄悄注视,播撒万般怜爱,款款深情。长长的闪光微倚床头,轻怜蜜爱,流连忘返,就在这时,那块岩石崩裂:披肩又散开了一角;悬在那里随风摆动。走过夏季短促的夜晚和漫长的白天,空屋子萦绕着田野的回声和飞虫的低鸣,像在喃喃自语,长长的流光轻轻摇曳,茫然游动;阳光透过窗棂照进来,把房间隔成一道道长条,给里面注满淡黄的薄雾,就在这时,麦克耐伯太太闯了进来,蹒跚着脚步掸尘、扫地,像一条热带的鱼在阳光照耀的水中游动。

可是在夏季深处,在睡眠正酣时,会响起一些不祥的声音,就像包着毡子的锤子有规律的敲击发出的闷响,一记接着一记,震得披肩进一步散开,震得茶杯有了裂缝。时不时地,碗橱里有玻璃碰撞的丁零一响,像一个巨人在痛苦中嘶声尖叫,震得碗橱里的高脚酒杯也在发颤。然后,一切归于寂静;就这样,一夜又一夜地过去,有时在玫瑰花开得正艳的正午时分,阳光在墙壁上投下清晰的影子,突然仿佛有什么东西轰然坠落,打破了这份寂静、这份冷漠和这份完整。

〔一枚炸弹爆炸。二三十个小伙子在法国被炸得血肉横飞，安德鲁·拉姆齐也是其中之一，上帝保佑，他是立刻丧命的，没有遭受很大痛苦。〕

在那个季节里，那些曾在海滩上踱步，询问大海和蓝天传递什么信息、证实什么幻象的人们，不得不去研究那些天赐的日常征候——海上的落日，黎明时的鱼肚白，初升的月亮，月光下的渔船，玩泥巴和扔草打仗的儿童——寻找一些与这种快乐和宁静的气氛不相协调的东西。比如，一艘灰色的船幽灵一般悄悄驶来、又悄悄离去；平静的海面上有一块绛紫色的斑点，好像有什么东西在下面看不见的地方爆炸，流出了鲜血。它们贸然闯入本来计划触发最庄严的影像并得到最完满的结论的画面，使人们驻足停留。谁都很难对它们视而不见，或抹去它们在景象中的意义，或在海边散步时继续感叹外表的美如何反映了内在的美。

自然能否跟上人类进步的节奏？她能否完成人类开始的工作？她看到人类的不幸、卑贱和人类的痛苦，同样感到得意洋洋。那个旧梦——那个要与人分享喜忧，共同达到完美境界的旧梦，那个孤独漫步海滩寻求一个答案的旧梦——业已成为镜中幻影，而镜子本身不过是当更高尚的力量在底层沉睡时默默形成的玻璃平面，是不是？焦躁、绝望，却不愿离去（因为美放射出魅力，提供了慰藉），海滩的漫步已不可能；孤独中的冥想让人难熬；镜子已被打破。

〔那年春天，卡迈克尔先生出版了一本诗集，获得意外的成功。战争，人们说，唤醒了他们对诗的兴趣。〕

7

夜晚接着夜晚,夏去冬又来,风暴的肆虐和晴天里利剑一般的寂静,大摇大摆地轮番坐镇。在空屋楼上的房间里侧耳倾听(如果有人倾听的话),只能听见混乱的声音夹着道道闪电,在翻滚、颠簸,狂风巨浪尽情嬉戏,像变幻莫测的海怪巨兽,眉宇间从未有过智慧之光的照射,只知道一个叠一个地堆积,不分黑夜和白日(因为日夜纠缠不清,季节杂乱无章)冲杀拼搏,玩着白痴的游戏,最后仿佛整个世界都兽性大发,在穷凶极恶中盲目地搏斗、翻腾。

春天,随风飘来的种子使花园的坛子里依然欣欣向荣。紫罗兰来了,水仙花来了。但是白天的寂静和亮丽也诡异一如夜晚的混乱和喧闹,树立着,花也立着,仰望天空却什么也看不见,它们没有眼睛,多么可怕!

8

麦克耐伯太太弯腰采了一把鲜花准备带回家,她认为这没有什么关系,因为这家的人不会回来了,人们说,再也不会回来了,米迦勒节前后这房子大概也要卖掉了。在掸灰的时候,她把花放在桌上。她喜欢鲜花。让它们自生自灭实在可惜。即使房子真的被卖掉(她两手叉腰站在镜子前面),也需要有人看管——这是肯定的。这么多年来这屋里一直空无一人。书和所有的东西都发霉了;战争年代很难请到帮工,房子一直没有按她的愿望得到打扫。单靠一个人的力量显然不能让它立刻改换面貌。她上了年纪。腿脚不便。那些书都需要搬到草地上晒晒太阳;客厅里的墙纸剥落;排水管堵住了书房的窗户,雨水渗了进来;地毯已经面目全非。可是这家的人应该亲自来一下;最好派个人来亲眼看看。因为壁橱里居然塞着衣服;他们把衣服扔得每个卧室都是。该怎么处理呢?那些衣服里生了蛀虫——是拉姆齐夫人的遗物。可怜的夫人!她再也不需要它们了。她已经死了,他们说;多年以前,在伦敦。她当年侍弄花草时穿的一件灰色旧外套还在这儿(麦克耐伯太太用手指触摸着它)。她提着要洗的衣物走在汽车道上,依稀看见夫人的身影在弯腰欣赏鲜花(如今的花园杂乱荒芜,一派凄凉,野兔从花圃里朝你奔来)——她仿佛看见夫人穿着那件外套,身边总有一个孩子。还有靴子和鞋子;梳妆台上扔着一把刷子和梳子,无论怎么看都好像她明天就会回来。(她最后死得很突然,他们说。)有一次他们说好要回来,却又不得不延期,因为战争年代交通很不便利;这么多年他们一直没有回来;只给她寄钱;从不写信,从不回来,却又希望这里的一切都和他们走的时候一样,唉,怎么可能!为什么梳妆台的抽屉里也塞满了东西(她把抽屉一一拉开)。手绢,丝带。是的,当她提着要洗的衣物走在汽车道上时,真的仿佛看见了拉姆齐夫人。

"晚上好,麦克耐伯太太。"她会这么说。

她性情活泼爽朗。女孩子们都喜欢她。可是,天哪,从那以后发生了多少变化(她关上抽屉);多少家庭失去了亲人。夫人死了;安德鲁先生阵亡了;普鲁小姐也因头胎难产而死,他们说;不过这些年里大家都失去过亲人。物价丧心病狂地飞涨,从没有回落的时候。她依然对穿着灰色外套的夫人记忆犹新。

"晚上好,麦克耐伯太太。"她说,吩咐厨娘为她留一盘浓汤——她认为她一定饿了,挎着那么重的篮子大老远地从镇上走来。现在她仿佛又看见她的身影在弯腰侍弄鲜花;一位穿灰色外套的夫人俯视鲜花,那身影影影绰绰,飘忽不定,像一道黄色的光柱,又像望远镜尽头的光圈,在卧室的墙上、脸盆架上、梳妆台上徘徊不去,当麦克耐伯太太挪着蹒跚的步子打扫卫生,费劲地挺直腰杆的时候,便会看见这个身影。对了,厨娘叫什么名字?米尔德里德?玛丽安?——差不多吧。唉,她忘记了——她确实很健忘。光记得那厨娘风风火火的,红头发的女人都是那样。他们曾经有过多少欢笑。她在厨房里总是很受欢迎。她把他们逗得哈哈大笑,她就有这本事。那会儿的日子比现在强。

她叹息着;对一个女人家来说,要干的活儿实在太多了。这里以前是育儿室。

哎呀,太潮湿了;墙皮片片剥落。他们在那儿挂着一个野兽的头骨,究竟想干什么呢?而且也发霉了。阁楼上都是老鼠。雨水进来了。可是他们从不派人来,自己也不来。有的锁不知去向,门在风中碰撞着发出响声。她也不愿意天黑的时候独自呆在这儿。一个女人家,怎么受得了,怎么干得完。她吱嘎吱嘎地挪动身子,嘴里发出呻吟。她把门砰地关上,钥匙在锁眼里转上一圈。她走了,剩下锁闭的房子孤立在黄昏里。

9

人去楼空;整幢房子一片荒凉。它像沙丘上的一只贝壳,活的生命离去了,只灌进一些干燥的沙粒。漫漫长夜似乎已经开始;琐碎的小空气在一点点地吞噬、摸索,吐出黏糊糊的呼吸,似乎已经取得了胜利。铁锅生锈了,垫子腐烂了。癞蛤蟆探头探脑地爬了进来。那条悬挂的披肩无聊地、盲目地摆来摆去。一株野草从食品室的瓦缝间冒出来。燕子在卧室做窝；地板上洒着稻草；墙纸大片大片脱落；房椽露在外面；老鼠把一些东西衔到护壁板后面去啃啮。玟瑁色蝴蝶从蝶蛹中拱出，在窗玻璃上繁衍生命。罂粟花在大丽花丛中生根发芽；草坪上高高的野草随风摇摆；硕大的洋蓟高耸在玫瑰花中间；一畦卷心菜中开出了一株毛边的麝香石竹；冬夜里，杂草轻拍窗户的声音变为大树和带刺的蔷薇里密集的鼓点，到了夏天，在绿树和蔷薇的掩映下满屋流翠。

　　什么力量能阻止大自然的这种丰饶和麻木？是麦克耐伯太太关于一位夫人、一个孩子或一盘浓汤的那个梦境？但它就像一束阳光在墙上晃动，转瞬即逝。她已经锁上房门；她已经离去。光凭一个女人家的力气是不够的，她说。他们从不派人来。从不写信来。那儿抽屉里的东西在腐烂——真不应该就那样把它们撇下不管，她说。这地方注定是破败和荒废的了。唯有灯塔的光偶尔照进房间，在漆黑的冬夜突然凝视床和墙壁，不动声色地看着蓟草和燕子，老鼠和稻草。没有人来清除它们；没有人来阻止它们。随海风自在地吹；随罂粟花自己把种子播撒；随麝香石竹和卷心菜自由地交配吧。随燕子在客厅做窝，随蓟草推开瓦片生长，随蝴蝶在扶手椅褪色的花布上享受阳光吧。随碎玻璃和破瓷片散落草坪，与杂草和野浆果为群吧。

　　那个时刻，那个踌躇不定的时刻终于到来，黎明颤抖，黑夜止步，一根羽毛就会使整个天平倾斜。一根羽毛，整个房子就会歪倒塌陷，跌入黑暗的深渊。在荒废的房间里，郊游者点燃他们的锅灶；恋人在这里幽会，躺在油漆剥落的地板上；牧羊人把午饭藏在砖缝里，流浪汉在这里栖宿，身上裹着外套驱寒。然后，屋顶坍塌；蔷薇和毒芹封住了小路、石阶和窗户；它们杂乱无章地在土墩上疯长，直到某个迷路的人偶然闯入，从荨麻丛中的一根火红的铁栅栏上，或者从毒芹丛中的一块瓷片上判断出这里曾经有人居住；这里曾经是一户人家。

如果那片羽毛飘落，如果它使天平倾斜，整幢房子就会坠入深渊，在忘川的沙砾上沉睡。但是有一股力量在起作用；那是一种蹒跚着、睨视着的无意识的力量；那是一种无需庄重仪式或庄严颂歌鼓舞而进行工作的力量。麦克耐伯太太发出呻吟；巴斯特太太的关节嘎嘎作响。她们都老了；行动不灵便；腰酸腿疼。她们终于带着扫帚和提桶来了；她们干了起来。麦克耐伯太太能否把房子整理就绪——突然就有一位年轻的女士写信吩咐：能否做到这样，做到那样；而且必须马上做到。他们可能夏天要来；他们最后把一切都留了下来；现在希望看到一切还和他们离开时一样。于是，麦克耐伯太太和巴斯特太太带着扫帚和提桶来冲刷和洗涤，阻挡住腐朽和霉烂的脚步，她们干得很慢、很吃力；她们打捞出即将被时光的潭水迅速淹没的一只脸盆或一只碗橱；有一天上午，她们从忘川的尘埃里拾起《韦弗利》系列小说全集和一套茶具；下午又让一块铜质火炉围栏和一套钢质火炉用具重见天日。巴斯特太太的儿子乔治负责捕捉老鼠，修剪草坪。另外还请来了一些建筑工人。他们修理吱吱嘎嘎的铰链、叽叽呀呀的插销，和因受潮变形而乒乒乓乓关不上门的家具；与此同时，两个女人一会儿弯腰，一会儿站起，一会儿发出呻吟，一会儿哼着小曲，啪地丢下一件东西，砰地关上一道门，从楼上忙到地下室，整个房子似乎在经历一种缓慢而艰难的分娩。唉，她们说，真够呛！

有时，她们在卧室或者书房里喝茶；那是中午休息的时候，她们脸上污迹斑斑,皱巴巴的手因为长时间抓着扫帚而伸展不开。她们一屁股坐进椅子,想到怎样征服了水龙头和浴缸;又想到如何战胜了那一排一排的书,这个工程更加艰巨、旷日持久,当初它们黑得像乌鸦,现在却长满霉斑,隐藏着白蘑菇和鬼鬼祟祟的蜘蛛。麦克耐伯太太手里捧着热气腾腾的茶水,又一次感到仿佛面对那架回忆往事的望远镜,看见光圈里有一位骨瘦如柴的年迈的绅士在摇头晃脑,她提着要洗的衣物走来,看见他在草坪上,大概是自言自语吧,她猜想。他从来不去注意她。有人说他死了;也有人说夫人死了。究竟怎么回事?巴斯特太太也搞不清楚。那个年轻的先生死了。这她可以肯定。她在报纸上读到他的名字。

现在仿佛又看见那个厨娘,叫米尔德里德或者玛丽安什么的——一个红发女人,像所有红头发的人一样是个急性子,但是心肠很好,你只要摸透她的脾气就会喜欢她。她们在一起有过多少欢笑啊。她给马吉留了一盘汤;有时还有一小口火腿,或者是剩下来的随便什么东西。那个时候他们过得真好。想要什么就有什么(她喝下热茶,变得心情舒畅、神清气爽,坐在育儿室火炉围栏旁边的柳条椅里,散开记忆的线团)。那时总有干不完的活,常有客人住在家里,有时多达二十个,洗洗涮涮的要忙到半夜。

巴斯特太太(她没有见过这一家人;她那时住在格拉斯哥)放下杯子,兀自纳闷:他们干吗要把那个野兽头骨挂在那儿?肯定是在外国什么地方猎来的。

很可能,麦克耐伯太太说,沉浸在自己的回忆里;他们在东方一些国家也有朋友;先生们在家里留宿,女士们穿着夜礼服;有一回,她透过餐厅的门看见他们都围坐着吃饭。她敢说有不下二十个人，都戴着珠宝首饰，她被留下来帮着洗洗东西，一直忙到半夜三更。

唉，巴斯特太太说，他们会发现这里变了样子。她从窗口探出身子看儿子乔治用大镰刀割草。他们可能会问，这片草坪是怎么回事？看到原来负责管理它的肯尼迪老成那副样子，而且自打从马车上摔下来以后腿脚那么不便，他们会想，这里大概有一年无人过问，起码也有大半年；后来是戴维·麦克唐纳来过这里，花种倒可能已经寄来了，可是谁知道种下去没有？他们准会觉得这里变了样子。

她注视着割草的儿子。他干起活来是一把好手——而且是闷头苦干的那种。好了，她们得去收拾碗橱了，她想。她们从椅子里撑起疲倦的身体。

最后，经过几天屋里的洗洗涮涮和屋外的割草松土，掸帚在窗口闪动着消失了，窗户关上了，钥匙在房子的每扇门上转动；大门关上了；工作结束了。

这时，那隐约可辨的旋律出现了，那断断续续的乐曲好像一度被这一片清理、擦洗和割草的声音淹没，人们听见了却没有在意：一声犬吠，一声羊叫；没有规律，时有时无，却又似乎密切相关；一只昆虫的鸣叫，断草的轻颤，杂乱无章却又似乎彼此依附；一只金龟子的聒噪，一只轮子的吱嘎，一高一低却又存在一种神秘的联系；屏息聆听，那和谐的曲调好像就在耳畔，却一直没有完全抓住，没有出现完整的和声，直到黄昏到来，这些声音颤抖着消失了，寂静降临了。夕阳西下，暮色吞没了棱角分明的轮廓，静谧如薄雾一般上升、弥漫，风止住了；世界搭起床铺就寝，四下一片漆黑，只有树叶间透出墨绿，窗边的花圃里的白花闪着银光。

（九月的一个深夜,莉莉·布里斯科让人把她的行囊提到这幢房子跟前。)

10

然后,安宁确实来临。海水把安宁的信息向岸边吹送。再也不要惊扰它的酣梦,让它睡得更加香甜,无论熟睡的人进入了什么神圣而明智的梦境,也是在证实这个信息——除此之外,那喃喃声中还有什么别的意思呢——莉莉·布里斯科在那间安静、整洁的房间里,头贴在枕头上,听见了大海的声音。透过敞开的窗户,世界将美的低语悄悄传送,隐隐约约地听不真切——没有关系,因为它的含义昭然若揭——向熟睡的人发出恳求(房子里又住满了人;贝克威思夫人住在这里,还有卡迈克尔先生),恳求他们即使不肯亲临海滩,至少打开百叶窗朝外面望一望。他们会看见身着紫袍的夜色汩汩流动;他的头上戴着王冠;他的节杖镶满宝石;在一个孩子看来多么神奇。如果他们仍然犹疑不决(莉莉旅途劳顿几乎立刻睡着了;卡迈克尔先生在烛光旁看书),如果他们仍然拒绝,并且说夜的辉煌虚无缥缈,露珠的力量也比它强大,他们情愿睡觉;如果是这样,那个声音会轻柔地兀自歌唱,没有怨言,没有分辩。海浪轻轻地摔碎(莉莉在梦中依稀听见);灯光温柔地落下(仿佛穿透她的眼睑)。和过去差不多,卡迈克尔先生合上书沉入梦乡,这情景和过去差不多,他想。

黑暗的帘幕裹住这幢房子,也裹住了贝克威思夫人、卡迈克尔先生和莉莉·布里斯科,他们躺在床上,眼皮上堆积着层层的黑暗,而那个声音还在问个不休:对这一切为什么不接受、不知足、不默许、不顺从？海浪有规律拍打岛屿的声音抚慰着他们；夜色包裹着他们；没有任何东西惊扰他们的酣睡，直到鸟儿啁啾，黎明把它们细细的声音织进了那片鱼肚白，一辆手推车嘎吱嘎吱地走过，什么地方一条狗在叫，太阳撩起夜的幕布，扯去他们眼睛上的黑暗的纱罩，于是熟睡的莉莉·布里斯科有了动静。她紧紧抓住毯子，像一个失足的人抓住悬崖边缘的草皮。她猛地睁开眼睛。她又回到这里来了，她想，笔直地在床上坐起。从梦里醒来。

第三部　灯　塔

1

那么,这是什么意思,这一切又能是什么意思? 莉莉·布里斯科扪心自问。别人都离开了餐厅,她不知道应该去厨房再倒一杯咖啡呢,还是应该在这里等着。这是什么意思? 这是一句从什么书上看来的时髦的话,大致和她现在的思想吻合,这是和拉姆齐一家重逢后的第一个早晨,她无法理清自己的感觉,只能让这么一个句子在脑海里反复回荡,以掩盖那里的一片空白,直到这些缥缈的感觉散尽。真的,这么多年过去,拉姆齐夫人已不在人世,她心里究竟有些什么感受? 她什么也表达不出,什么也表达不出。

她昨夜很迟才到,这里一片漆黑,显得很神秘。现在她醒了,坐在餐桌旁的老位子上,周围没有别人。天还很早,不到八点。他们要去远游——到灯塔去,拉姆齐先生,卡姆和詹姆斯。他们大概已经去了——要赶在涨潮的时候启航。可是卡姆还没有收拾好,詹姆斯还在磨蹭,南希忘记去买三明治,拉姆齐先生一怒之下摔门而去。

"现在去还有什么用?"他咆哮着问。

南希突然消失。拉姆齐先生怒气冲冲地在平台上走来走去。整幢房子里不停地响着撞门的声音和叫喊的声音。南希又一头冲了进来，四周看了一下，神情恍惚而又气急败坏地问道："给灯塔的守护人带什么去呢？"她好像在勉强自己去做一件明知自己不会做的事情。

真的，带什么东西到灯塔去呢？换了平常，莉莉可以提出切实可行的建议：茶叶，烟草，报纸。但是这个早晨一切都显得这么异样，这么反常，南希的这句问话——给灯塔带什么去呢？——撞开了她心里的一扇扇门扉，使它们来回摆动发出一声声撞击，她便在茫然之中不停地问：带什么去？做什么事情？我究竟为什么要坐在这里？

她独自坐着（南希又出去了），面对长长的餐桌和干净的杯子，感到与别人隔断了联系，只会坐在这里旁观、发问、困惑。这幢房子，这块地方和这个早晨在她眼里都显得陌生。她感到自己与这里没有关系和牵连；这里什么事情都会发生，而一旦发生什么事情——这时听见外面有脚步声，有人在喊（"不在碗橱里；在平台上，"不知是谁在叫）——都提出了一个疑问，似乎昔日维系事物的纽带已被割断，一切都在漫无目的地漂流、沉浮。人生多么盲目、混乱，多么缥缈虚幻啊，她看着面前的空咖啡杯想道。拉姆齐夫人死了；安德鲁阵亡了；普鲁也死了——她这么念叨，却感觉不到一丝情感的波动。现在我们又在这样的清晨聚集在这样的一幢房子里，莉莉目光凝望窗户外想道。窗外风和日丽。

突然，拉姆齐先生经过时猛地抬起头来盯着她瞧，目光疯狂迷乱而又无比锋锐，这一刹那的凝视，这第一次的凝视，让人永远刻骨铭心；她端着空咖啡杯做出喝的样子，为的是躲避他——

躲避他对她的请求,把那个迫切的需要再拖延片刻。只见他冲她摇了摇头,走了过去(她听见他说"独自",她听见他说"死去"),这句话也像这个诡秘的清晨的所有其他东西一样,变成了象征符号,涂满了整个灰绿色的墙壁。她觉得,如果她能把它们拾拢,再用一个句子表达出来,就能了解生活的本质。老卡迈克尔先生轻轻地啪嗒啪嗒走进来,为自己倒了杯咖啡,又端着杯子走过去坐在太阳底下。这情景如梦如幻,令人恐怖又令人激动。到灯塔去。可是给灯塔带什么去呢?独自。死去。对面墙上灰绿色的光泽。空无一人的座位。这就是一部分散落的片断,怎样才能把它们拼凑起来?她问。似乎任何干扰都会打碎她在餐桌上搭起的脆弱的模型,她转身背对窗户不让拉姆齐先生看见她。她一定要逃到什么地方去,一个人躲起来。她猛地想起十年前最后一次坐在这里的时候,桌布上有一个树枝或者是树叶的图案,她曾经看着它受到了启发。那是关于一幅画的前景布局的问题。把树挪到中间,她曾经这么说。她一直没有完成那幅画。现在她要把它画出来。这么多年来它一直在她的脑海里盘旋。她的颜料呢?她问自己。颜料?对了,她昨天把它们留在客厅里了。她要马上动手。趁拉姆齐先生还没有转身,她腾地站了起来。

她给自己端来一张椅子,在草地边缘支起画架,一举一动带着老处女的干脆利落,不能靠卡迈克尔先生太近,也不能太远了失去他的保护。对,一点不错,这就是她十年前站过的地方。看那堵墙;那片篱笆;那棵树。问题就在于这些物体之间的某种关系,这个问题,她这么多年来一直在心里琢磨。现在似乎终于得到了解答:她知道该怎么做了。

但是她感觉到拉姆齐先生在向她逼近,使她无法专心创作。

每当他向这边走来——他正在平台上走来走去——就带来毁灭，带来混乱。她无法作画。她弯下腰；她转过身；她拿起一块抹布；她挤出一点颜料。她做这些都是为了暂时抵挡他的侵入。他使她什么也干不下去。如果她给他哪怕一丝机会，如果他看到她有哪怕半点空闲，只要她朝他那边望上一眼，他就会缠住她，像昨天夜里那样说道，"你看我们变化不小吧。"昨天夜里，他从椅子上站起来拦住她，说了那样的话。那六个孩子坐在那里瞪着眼睛不说话——他们曾用英国国王和王后的名字称呼他们：红发的某某，美丽的某某，恶毒的某某，冷酷的某某——但她能感觉到他们胸中的怒火。这时仁慈的贝克威思太太说了几句通情达理的话。但是这幢房子里充斥着彼此互不干连的强烈激情——她整个晚上都有这种感觉。在这片混乱的情绪达到极点时，拉姆齐先生站了起来，按着她的手说："你会发现我们已不是从前那个样子。"他们几个一声不吭地坐着不动；但是看他们的神情好像不得不让父亲这么说。只有詹姆斯（应该是忧郁的詹姆斯）冲着灯光皱了皱眉头；卡姆把手绢缠绕在手指上。然后他提醒他们明天到灯塔去。钟敲七点半的时候，一定要做好准备，准时在客厅集合。他已经把手放在门上，又转过身来看着他们。难道他们不想去？他质问道。只要他们敢说不想去（他有某种理由需要这种回答），他就会满面凄惨地向后一倒，仿佛陷入绝望的深渊。他很擅长拿腔作势。他看上去像一个被放逐的国王。詹姆斯倔强地表示想去。卡姆更是结结巴巴话不连贯。想去，喔，好的，他们都会做好准备。莉莉受到震撼，这一切实在凄惨——不是棺木，尸骨，寿衣，而是受到压制的孩子们，他们的精神在遭受压抑。詹姆斯十六岁，卡姆大概是十七岁。她环顾四周，寻找一个不在场的人——那大概是拉姆齐夫人。却只看见善良的贝克威思太太在灯下翻看她的素描。这时她感到身体疲乏不堪,思绪却随着海水的涨落而起伏不定,阔别了这么多年,这些地方的味道和气息缠绕着她,烛光在她眼中闪烁。她在陶醉中迷失了自己。这是一个美丽的夜晚,星光灿烂;他们上楼时听见波涛拍岸;经过楼梯间那扇窗户时,那轮硕大、惨白的月亮让他们暗暗称奇。她很快就睡着了。

她把洁白的画布牢牢地固定在画架上,像一道屏障,尽管弱不禁风,但她希望它能有效地阻挡拉姆齐先生和他那强烈的需求。每当他转过身来,她便尽量去看自己的画作;在这里加一条线,那里放一个物体。但是这一切无济于事。即使他呆在五十英尺以外,即使他不过来对你说话,甚至连看也不看你一眼,他的影响也是无处不在、无孔不入,紧紧地纠缠着你。他把一切搅得面目全非。她看不见色彩,也看不见线条;即使在他背对她的时候,她也在不停地想:他一会儿就会缠着我提出要求了——而她感到自己无法给予他。她丢下一支画笔,选了另一支。那些孩子什么时候来?他们什么时候出发?她烦躁起来。那个男人从不付出,她想,心中升起怒火;那个男人只会索取。而另一方面,她却不得不付出。拉姆齐夫人曾经付出过。是的,付出,不断地付出,现在她撒手而去——撒下了这一切。说真的,她很生拉姆齐夫人的气。画笔在她的指尖微微颤抖。她望着篱笆,台阶和墙壁。这一切都是拉姆齐夫人造成的。如今她死了。可是莉莉还在,四十四岁了,还在虚度光阴,一事无成,站在这里靠绘画消遣,而她是不该拿绘画作为消遣的,这些都是拉姆齐夫人的过错。如今她死了。她以前经常坐的台阶上空了。她死了。

可是为什么要一遍又一遍地重复?为什么总要试图让自己产生某种并不存在的感情?这里面有一种亵渎的因素。她的心早就干涸了,枯萎了,麻木了。他们不应该请她来的;她不应该来的。四十四岁的女人的时间耗费不起了,她想。她讨厌把绘画当成一种消遣。在一个纷争、崩溃、混乱的世界里,画笔是一件值得信赖的东西——不应该用作消遣,即使是有意识地这么做也不应该:她憎恶这么做。这是他逼的。你别想碰画布,他向她逼近时似乎在说,除非把我想要的东西给我。现在他又挨过来了,贪婪,狂乱。好吧,莉莉让握笔的手垂落,绝望地想,干脆来一个了断吧。当然,她可以模仿记忆中她们的那种欢乐,那种狂喜,那种半推半就,她曾经在无数女人的脸上(比如,在拉姆齐夫人的脸上)看到过那样的表情,她们一遇到这类场合就会燃烧起热情——她还记得拉姆齐夫人当时的神态——产生如醉如痴的共鸣,为她们得到的回报而欣喜——她尽管不能明白其中缘由,却也看出这使她们达到了人世间能够达到的极乐世界。现在他来了,在她身旁停住脚步。她将尽可能地向他付出她的同情。

2

她好像有点憔悴,他想。她略显瘦弱、单薄;却也不无魅力。他喜欢她。以前一度传说她要嫁给威廉·班克斯,后来不了了之。他妻子曾经很喜欢她。早饭时他又发了点脾气。然后,然后——他又感到有一种强烈的欲望(他不明白是什么欲望),驱使着他去接近任何一个女人,强迫她们(他不在乎用什么方式,他的欲望太强烈了)给予他所要的东西:同情。

有人照顾她吗?他问。她还缺什么吗?

"谢谢你,我什么都不缺。"莉莉·布里斯科紧张地说。不行,她做不到。她应该立刻带着膨胀的同情心随波逐流地满足他:她感到了那种巨大的压力。可是她站着纹丝不动。一阵令人窒息的沉默。两人都望着大海。拉姆齐先生想:我就在跟前,她怎么竟然看着大海?她希望海面平静,他们可以安全登上灯塔,她说。灯塔!灯塔!灯塔和这件事有什么关系?他烦躁地想。他顿时产生一种原始的冲动(他真的已经克制不住了),从心里发出一记呻唤,世界上不管什么女人,听了这样的呻唤都会有所表示——只有我例外,莉莉想,尖刻地嘲笑自己,我不是一个真女人,我只是一个别扭、古怪的老处女,大概就是这样。

拉姆齐先生深深叹了口气。他等待着。她不准备说点什么吗?她看不出他想从她那儿得到什么吗?然后他说,他去灯塔有一个特殊的原因。他妻子在世的时候,经常给那儿的人捎东西。那儿有个可怜的病孩子,患有肺结核,是守护人的儿子。他这口气叹得深沉,叹得意味深长。莉莉只希望这股汹涌的悲哀之潮,这种对同情的贪欲,这种要她完全屈服于他的要求——尽管他的忧伤永远多得足以把她纠缠——赶快离开她,赶快转移方向(她一直注视着房子,希望有点什么动静可以打岔),赶快,趁它还没有把她席卷吞没。

"这种远游,"拉姆齐先生用脚趾擦着地面,说道,"是非常痛苦的,"莉莉还是一言不发。(她真是根木桩,是块石头,他对自己说。)"让人心力交瘁。"他说,看着他自己那双优美的手,那目光怪异得令她作呕(他在演戏,她感觉到,这个出色的男人在装腔作势)。真恶心,真下流。孩子怎么老不出来,她问,因为她无力承受这悲哀的重负,无力支撑这忧伤的沉沉幕布(他装出一副老态龙钟的样子;站在那里的身体甚至微微发颤),她再也坚持不住了。

她还是什么也说不出来;天地间好像洗涤一空,没有任何东西可以谈论;拉姆齐先生站在那里,她只是愕然感觉到他的目光似乎凄凉地落在阳光下的草地上,使青草黯然失色,又给卡迈克尔先生(他脸庞红润,睡思昏沉,坐在帆布睡椅上读一本法国小说)那心满意足的身影蒙上一层忧伤的黑纱;这样一个在恓惶世界里夸耀自己富足的人,似乎足以勾起别人最忧郁的念头。拉姆齐先生似乎在说,你瞧瞧我,瞧瞧我吧;是的,他一直在心里呼唤:想想我,想想我吧。啊,真希望这沉重的感伤情绪从他们身边飘走,莉莉想;要是她把画架支得离卡迈克尔再近一点就好了;一个男人,任何一个真正的男人都会制止这种感情流露,停止这些长吁短叹。作为一个女人,是她引发了恐慌的场面;作为一个女人,她应该知道如何应付这局面。她这样哑口无言地呆立,作为一个女人来说是莫大的耻辱。她应该说——说什么?——哦,拉姆齐先生!亲爱的拉姆齐先生!仁慈的贝克威思太太,那个会画速写的老太太一定会及时地、不假思索地这么说。可是莉莉说不出来。他俩站在那里,仿佛与周围的世界隔绝。他强烈的自怜情绪、他对同情心的索求都倾注和弥漫在她脚边,形成一个个水坑,而她是个可怜的罪人,只会把裙子往脚脖子上扯一扯,以免被水沾湿。她一声不吭地站在那里,手里抓着画笔。

　　感谢苍天有眼!她终于听见房子里有了动静。一定是詹姆斯和卡姆来了。可是拉姆齐先生好像知道他的时间不多了,赶紧把他的悲哀,他的衰老,他的脆弱,他的落寞统统收罗在一起,形成一个巨大的重力,压向她孤独的身影;突然他又烦恼起来,急躁地甩了甩头——说到底,究竟什么样的女人能抵抗他的魅力?——这时他发现自己的鞋带松了。这双皮鞋真是稀罕,莉莉低头望着它们想道；刻着花纹；精美无比；和拉姆齐先生身上的每件东西，从松散的领带到半扣半开的背心一样，毫无疑问带有他独特的风格。她仿佛看见这双皮鞋自动朝他屋里走去，即使他不在的时候，它们也会露出怜悯、凶恶、暴躁和妩媚的神情。

"这双皮鞋真漂亮！"她惊叹。她为自己感到脸红。他请求她安抚他的灵魂，她却去赞美他的皮鞋；他给她看他滴血的双手和他破碎的心，恳求她的怜悯，她却兴高采烈地说："啊，你的皮鞋多漂亮呀！"她知道他肯定会暴跳如雷向她大发脾气，便抬起头来等待着。

不料，拉姆齐先生反而笑了。阴郁、灰暗和颓丧的情绪从他身上飘落。啊，是很漂亮，他说，抬起脚让她看个仔细，它们是最高级的皮鞋。英国只有一个人能做出这种皮鞋。鞋子是人类的一大祸害，他说。"鞋匠的职业，"他大声说，"就是扭曲和折磨人们的脚。"鞋匠的脾气也是最固执、最别扭的。他为了让自己的靴子做得地道、合脚，曾经耗费了青春的许多大好时光。他要让她看看（他抬起右脚，又抬起左脚），她以前从未见过皮鞋可以做成这种形状。它们用的材料是世界上最高级的皮革。其他的一般皮革都和牛皮纸或硬纸板差不多。他得意洋洋地看着他依旧高悬的脚。这时她感到他们仿佛到达一个阳光灿烂的岛屿，和平降临了，理智战胜了冲动，阳光永远照耀，这是可爱的皮鞋带来的幸福之岛。她心头一软，涌起了对他的好感。"让我看看你会不会系鞋带。"他说。他瞧不起她系的那个软塌塌的结，要把他自己发明的打结方法教给她。这样一旦系紧就永远不会散开。他给她的鞋子打了三次结；三次把它们解开。

可是在这个完全不恰当的时候，在他弯腰给她系鞋带的时候，她却让同情心折磨得不能自持，也弯下腰去，血涌上脸庞，她想到自己的冷漠无情(曾经认为他是在逢场作戏)不禁感到泪水盈满眼眶,眼球刺痛。这究竟是为什么?忙着系鞋带的他,在她眼里如同一个无限悲怆的化身。他自己系鞋带。他自己买皮鞋。拉姆齐先生在今后的旅途上无人相助。但是此时此刻,正在她希望说点什么、也许真能够说点什么的时候,他们来了——卡姆和詹姆斯,出现在平台上。他们慢吞吞地并排走来,表情是清一色的严肃和忧郁。

他们为什么要带着那样一副沮丧的样子走来?她不禁为他们感到恼火;他们应该表现得快活一点;她没有机会给他的,他们应该给他。现在他们要出发了。她感到突如其来的一阵空虚;一阵失落。她的感情来得太迟;她终于产生了感情,他却不再需要。他俨然成为一位气度高贵的老者,对她没有任何需要。她感到受了冷落。只见他把一只背包甩上肩头。他分发包裹——数量真不少,都用牛皮纸马马虎虎地捆着。他打发卡姆去取一件斗篷。他看上去完全像一支远征队的首领。他转过身,手里抱着牛皮纸包裹,用那双出色的皮鞋踏着军人一般坚实的步子在前面带路,孩子们在后面跟着。她看着孩子们走在小路上的样子,心想,好像命运把他们贡献给一项严峻的事业,他们就这样乖乖地去了,他们还很年幼,只是一声不吭地跟在父亲后面,但是从他们眼中的那一丝恓惶,她可以感到他们正在默默忍受某种超出他们年龄的痛苦。他们就这样走过草地边缘,莉莉觉得就像在看一支游行的队伍通过。尽管步伐不齐,垂头丧气,却仿佛受到同一种感情的驱使,组成一个分割不开的整体,令她看了格外感动。他们经过时,拉姆齐先生客气但十分冷淡地向她挥手致意。

多么憔悴的一张脸,她想,立刻发现怜悯的情感在她心里挣扎欲出,但这时却不再有人向她索取。怎么会这么憔悴呢?大概是一夜又一夜的思索——想那些厨桌的现实性吧,她想起当她不知道拉姆齐先生在思考什么时,安德鲁给了她象征性的回答。(他被炸弹的碎片当场炸死了,她想道。)厨桌显得虚无缥缈,刻板生硬;光秃秃硬邦邦的毫无光彩。它棱角分明;颜色单调;外表看去实在不起眼。但是拉姆齐先生总是久久地凝望它,不让自己受到打扰和诱惑,直到他的面容变得憔悴,也具有厨桌那种质朴无华的美,深深打动了她。接着,她又想起(他已经走了,她握着画笔站着没动)那张脸上也曾布满忧虑——一些不太高尚的忧虑。她猜想,他一定也对那张桌子的存在产生过疑虑;怀疑那张桌子是否真正存在;怀疑他在它身上花费的时间是否值得;怀疑究竟能不能得出一个结论。她感到他一定心存疑虑,不然就不会总是征询别人的意见。她隐约感到,拉姆齐夫妇有时为这件事讨论到深夜;第二天拉姆齐夫人就会显得面有倦容,莉莉会为鸡毛蒜皮的小事冲他大发脾气。但是现在没有人可以和他一起讨论那张桌子,讨论他的作品,讨论他系的鞋带了;他就像一只狮子在寻找猎物,他脸上的那种绝望的、痛不欲生的表情令她惊慌,不由得把裙子扯起来拢住身体。接着,她又想起刚才他突然精神焕发,突然得意地炫耀(那是在她夸奖他的皮鞋的时候)突然振作起来,表现出对平凡琐事的兴趣,后来这些也消失了,变成(他总在变化,从不加以掩饰)另一副她从未见过的样子,她承认,这使她对自己的神经过敏感到害羞,因为他似乎摆脱了一切烦恼和非分之想,超越了对怜悯和赞美的渴望,进入了一个新的境界;他无声地交谈着,不知是跟自己还是和别人;他好像是受着好奇心的驱使,率领这支小小的队伍走出她的视线。多么不同寻常的一张脸啊!大门砰然关上。

3

　　他们就这样走了,她想,放心而又失望地叹了口气。她的同情心似乎掉转头来投向自己,像一丛带刺的荆棘弹在她的脸上。不知怎的,她有一种四分五裂的感觉,好像她的某一部分被扯离出去——这是一个无风的日子,雾气弥漫;灯塔在这个早晨显得遥不可及——而另一部分却固执地牢牢定在这片草地上。她似乎看见她的画布飘浮起来,不屈不挠地把一片惨白呈现在她面前。它冷冷地盯着她,仿佛在谴责她的慌乱和焦躁;谴责她愚蠢的念头和徒劳的情感;当她纷杂散乱的激情(他走了,她那么怜悯他,却什么也没有说)渐渐散去,她的脑海中猛地掠过一片安宁;而后陡然袭来一阵空虚。她茫然地看着画布,它还是那样一片惨白、不屈不挠地瞪着眼睛;她的目光又从画布移到花园。她想起了什么(站在那里,眯起皱巴巴的小脸上那双中国式的小眼睛),想起了在那些纵横交错的线条的相互关系中,在那片蓝色、棕色、绿色交融的篱笆中,有什么东西一直萦绕在她脑海里,并在那里打了个结;于是在后来零零碎碎的时间里,比如当她走在布隆普顿路上的时候,当她梳理头发的时候,就会发现自己不知不觉地在心中作画,在想象中审视画面,解开那个结。但是离开画布凭空想象,和真正拿起笔抹上第一道色彩,这之间存在着太大的差距。

　　刚才,由于拉姆齐先生在场,她心慌意乱拿错了画笔,而且匆忙中插进地里的画架的角度也不合适。现在她把它矫正过来,手里忙着却心不在焉,思绪飘浮,想起自己是如此这般的一个人,和别人有着如此这般的关系。她抬手提起画笔。它在半空悬了片刻,带着痛苦和激奋微微颤抖。从哪儿开始?也就是说,在哪儿落下第一笔?画布上的一笔,却需要她无数次冒险,频繁地做出无法更改的决定。所有在想象中极其简单的构思,一旦实行起来都变得这么复杂;就像波浪从悬崖顶部跌落时错落有致,但在波浪间游泳的人们,却被湍急的漩涡和泛着泡沫的浪峰隔开。尽管如此,这个风险非冒不可;这一笔必须要画。

她觉得好像被驱策向前,同时又必须稳住自己,她就带着这样奇特的肉体悸动迅速落下决定性的第一笔。她描一下,又描一下。短促的停顿,画笔的轻点,她的动作有一种跳跃的节奏,停顿是这节奏的一部分,落笔是另一部分,彼此密切相连。就这样,短促地停顿,轻轻地落笔,她在画布上留下一些流动的、神经质的褐色线条,它们一落在画布上,就围出一个空白(她感到这空白在她眼前隐约浮现)。在一个浪头落下的深谷里,她看见另一个浪头越来越高、越来越高地在头顶耸起。还有什么比这个空白更狰狞可怖的呢?又是这样的情景,她想,退后一步审视画布;又是这样,她被拽出社交、闲聊和生活的圈子,在这里面对她这个强劲的宿敌——这个与一切格格不入的东西,这个真理,这个现实;它突然对她下手,在表象后面赤裸裸地赫然出现,牵制了她的注意力。她不情愿,不甘心。为什么总是被强拉硬拽出来?为什么不能放她一马,让她安然在草坪上和卡迈克尔先生聊天?那毕竟是一种严格意义上的心灵交流。其他可崇拜的对象都满足于接受别人的崇拜;男人,女人,上帝,都愿意让人顶礼膜拜;但是这种交流,貌似藤条桌上忽隐忽现的白色灯罩,却唤醒她置身于永恒的论战,激励她投入注定要失败的战斗。每次(她不清楚这感觉来自她的气质还是她的性别)在她交出流动的生活换取精力专心绘画的时候,片刻间总有一种一丝不挂的赤裸的感觉,觉得自己宛如一个未出世的幽灵,一个脱离了肉体的灵魂,踯躅在一个临风的高塔上,无遮无拦地迎受各种猜忌之风的袭击。那么她为什么还要这么做?她看着画布,上面轻轻勾勒着一些流动的线条。它也许挂在佣人们住的房间里。也许被卷起来塞在沙发底下。那么她的绘画还有什么价值?这时她听见一个声音在说,她不能绘画,她不能写作,她又好像被卷入一股习惯的涡流,在里面顺势旋转一阵以后,她的脑海里形成了某种经验,于是她嘴里喃喃地重复一些话语,却不知道它们最初是由谁说出。

不能绘画,不能写作,她单调地嘟哝,焦急地考虑该如何下笔。形象在她面前渐渐浮现;突出;她感到它压迫着她的眼球。然后,似乎一种润滑她的才能所必需的汁液自动喷射而出,她开始迟疑不决地在蓝色和暗褐色的颜料中浸染画笔,东一笔西一笔地画着,但是现在画笔变得沉重,移动的速度更加缓慢,好像和她看到的景色(她不停地看一眼篱笆,看一眼画布)是同一个节奏了,所以当她的手带着生命微微颤动时,这个强劲的生命足以载着她在它的激流中前进。她显然正在失去对身外事物的知觉。当她对身外事物失去知觉,忘却她的名字、她的个性和她的容貌,也忘却卡迈克尔先生存在与否的时候,她的脑海深处不断涌现出一些场面、人名、话语、观点和记忆片断,它们像一股喷泉,朝那块面目狰狞的耀眼的白色空间上喷洒,而她用绿色和蓝色在上面塑造形象。

她想起,查尔斯·坦斯利总是说女人不能绘画,不能写作。她站在现在脚下这块地方作画时,他从背后走来,贴近她站住,这是最令她反感的。"我抽的是粗烟丝,"他说,"五便士一盎司。"他炫耀着他的清贫、他的生活原则。(但是,战争拔除了她女性的利刺,可怜的家伙。她想,可怜的家伙们,可怜的男男女女们。)他整天胳膊底下夹着本书——一本紫色的书。他在"工作"。她记得,他坐在耀眼的阳光下工作。吃饭时他总是坐在最显眼的中心位置。但毕竟有过海滩上的一幕,她想。那是不能忘记的。那个早晨刮着风。他们都到海滩去了。拉姆齐夫人在一块岩石边坐下来写信。写着写着,"咦,"她说,抬头看着漂浮在海面的什么东西,"那是一只捕龙虾的篓子吗?还是一条翻了的船?"她的眼睛近视得厉害,什么也看不真切,这时查尔斯·坦斯利表现得格外耐心和殷勤。他开始玩打水漂儿。他们选一些扁平的小黑石头投出去,看它们在海面漂跃。拉姆齐夫人不时从眼镜上方望过来,嘲笑他们。她已经不记得当时他们说了些什么,只记得她和查尔斯一起打水漂,突然就感到特别和谐,而拉姆齐夫人就在一旁看着。她非常清楚地意识到拉姆齐夫人的存在。拉姆齐夫人,她想着,退后一步,眯起眼睛。(她和詹姆斯并排坐在台阶上,一定使构思产生了很大的变化,那里一定会出现一道阴影。)当她想起自己和查尔斯玩打水漂,想起海滩上的全景时,她感到这一切都依赖于拉姆齐夫人——坐在那块岩石下,腿上放着信笺,埋头写信的拉姆齐夫人。(她写了无数封信,有的被风吹走,她和查尔斯·坦斯利刚好抓住一页,没让它被吹到海里去。)但是人类的灵魂蕴藏着多么惊人的力量!她想。那个坐在岩石下写信的女人把一切事物由复杂转化为简单;使那些愤怒和狂躁的心绪像碎布片一样跌落;她把原本分散的东西融合在一起,从那些愚昧和怨恨中(她和查尔斯经常唇枪舌剑,行为愚昧,心怀怨恨)形成某种东西——比如这海滩上的一幕,这友谊和温情的一刻——它经过漫长的这么多年依然清晰难忘,只要她稍稍重温一下那个情景,坦斯利先生就会在记忆中赫然浮现，海滩上的一幕像一件艺术品，让她永远刻骨铭心。

"像一件艺术品。"她念叨着，目光从画布移到客厅的台阶，又移回画布。她得休息一会儿。她一边休息，一边茫然地让目光来回游移，那个古老的问题，不断穿越心灵的天宇耸立在她上空，停留在她上空，暗淡在她上空。她放松绷紧的感官，通常就是在这种时候，这个广博而悠远的问题会突然出现：什么是生命的意义？就是这个问题——非常简单；却多少年来挥之不去。那个伟大的答案从未出现。但在日常生活中不乏小小的奇迹和灵光一现的时刻，如同在黑夜里不期然地擦亮的一根根火柴；现在就是这样。这件、那件不相关的事情；她自己，查尔斯·坦斯利和汹涌的海浪；拉姆齐夫人把他们撮合到一起；拉姆齐夫人说，"生命在这里驻足"；拉姆齐夫人使那一刻变为一种永恒（正如在另一个领域，莉莉自己也试图将那一刻变为一种永恒）——就类似于那个伟大的答案。在一片混乱中存在着固定的形状；这永恒的飘逝和流动（她望着飘动的浮云和摇曳的枝叶）被定了格。生活在这里驻足。拉姆齐夫人说。"拉姆齐夫人！拉姆齐夫人！"她呼唤着。莉莉欠她的委实太多。

一片寂静。房子里的人似乎毫无动静。她看着它在晨曦中沉睡，映着树叶的玻璃窗显得郁郁葱葱。她对拉姆齐夫人的朦胧的思念似乎正与这所沉寂的房子，这缕晨烟，这黎明宜人的空气相吻合。朦胧而缥缈，纤尘不染，动人心弦。她希望谁也不要打开窗户或走出屋子，就让她一个人这么想下去，画下去。她转眼再看画布。但是，出于好奇心的驱使，出于某种她深藏不露的同情心的驱使，她朝草地边缘跨了一两步，看是否能看见那支小队伍在海滩上扬帆启航的情景。在那些飘浮的小船间，有的还卷着帆,有的已经在平静的海面上缓缓移动。有一艘船已经和其他船拉开了距离,它的船帆正在升起。她想,在那条十分遥远、十分安静的小船上,一定坐着拉姆齐先生和卡姆、詹姆斯。现在他们已经把船帆扯起;船帆经过片刻的垂落和犹疑,现在渐渐鼓起;她在肃穆无言中目送小船谨慎地超越其他船只,驶向大海。

4

船帆在他们头顶上飘动。海水欢笑着拍打船舷,小船在阳光下一动不动,像在打着瞌睡。不时地有微风吹过,船帆泛起皱褶,但皱褶掠过,船帆又归于平静。小船没有丝毫挪动。拉姆齐先生坐在小船中央。他很快就要失去耐心了,詹姆斯想,卡姆看着盘腿坐在他俩中间(詹姆斯在船尾掌舵;卡姆独自坐在船头)的父亲,也这么想。他最讨厌磨蹭。果然,他在烦躁中又憋了一两秒钟,终于忍不住对麦卡利斯特的儿子说了几句不客气的话,小伙子取出船桨划了起来。可是他们知道,除非小船快捷如飞,父亲是不会满意的。他会不停地盼望海面刮起顺风,他会坐立不安地喃喃自语,让麦卡利斯特父子听在耳里感到很不是滋味。是父亲硬逼着他们姊弟俩来的。是他强迫他们来的。他们气愤起来,恨不得海面永远不起顺风,让他的愿望统统落空,因为他不顾他们本人的意愿,硬逼着他们来。

在刚才走向海滩的路上,尽管父亲一直在无声地命令他们"快走,快走,"他们还是磨磨蹭蹭地落在后面。他们埋着头,仿佛有一股无情的风吹得他们抬不起头来。他们无法和他谈话。他们必须来;他们必须乖乖地跟着他。他们必须提着那些褐色的纸包走在他的身后。但是他们一边走,一边默默立下誓言,要齐心协力履行伟大的契约——反抗暴君,宁死不屈。所以,他们一个坐在船头,一个坐在船尾,都沉默不语。他们不说话,只是偶尔瞟父亲一眼,只见他盘腿坐在那里,紧锁眉头,焦躁不安,鼻子里哼哼叽叽,嘴里嘟嘟囔囔,着急地盼望刮起顺风。而他们却希望海面永远风平浪静。他们希望他遭受挫折。他们希望这趟远游泡汤,最后不得不抱着大包小包回到海滩上。

可是,没等麦卡利斯特的儿子划出多远,船帆慢慢转过来鼓满了风,小船加快速度,平稳地、像子弹出膛一样向前驶去。顿时,拉姆齐先生绷紧的神经似乎放松了,他伸直两条腿,掏出烟草袋递给麦卡利斯特,嘴里咕哝了一句什么,觉得满足到了极点,两个孩子看出这一点心里很不舒服。小船将会这样一帆风顺地航行几个小时。拉姆齐先生大概会向老麦卡利斯特问点什么——可能有关去年冬天的那场风暴——老麦卡利斯特便会做出回答,他们一块儿吸着烟斗吞云吐雾,然后麦卡利斯特便会用手拈起一根涂过柏油的绳子,打一个结或者把它解开,他儿子在钓鱼,对谁也不说一句话。詹姆斯只好一直盯着船帆。如果一不留神让船帆起褶、晃动,导致船速放慢,拉姆齐先生就会厉声地说,"看着点儿!当心!"老麦卡利斯特便会在自己的座位上慢慢转过脸来看着他。果然,他们听见拉姆齐先生询问圣诞节的那场特大风暴的情况。"那条船就朝那个地方驶来。"老麦卡利斯特说,描绘去年圣诞节的那场特大风暴,当时有十条船被迫驶进海湾里避风,他看见"那儿一条,那儿一条,那儿一条"(他慢慢地指点着海湾的各个方向。拉姆齐先生跟着他转过头去)。他看见四个人死死抱住桅杆。后来船就沉没了。"我们终于把船撑开了。"他接着说(两个孩子在愤怒中沉默着,只听见一些零散的只言片语。他们面对面坐在船的两头,共守着那个契约:反抗暴君,宁死不屈)。他们终于把船撑开,他们放下救生艇,他们使船离开了那个地方——老麦卡利斯特讲述着;他们尽管只听见一鳞半爪,却时刻清楚父亲的一举一动——知道他怎样探过身去,怎样使自己的声音和麦卡利斯特的声音协调起来;知道他抽着烟斗,随着麦卡利斯特指点的方向这里看看,那里瞅瞅,体会着风暴、漆黑的夜晚和渔民在暴风骤雨里奋力拼搏的情景。他欣赏男人们在夜间起风的海滩上吃苦卖命,大汗淋漓;利用智慧和膂力与狂风巨浪搏斗;他欣赏男人那样干活,女人操持家务,当男人在暴风雨中葬身海底时,她们在屋里守着熟睡的孩子。詹姆斯看得出来,卡姆看得出来(他们望望父亲,又望望对方),他们从他兴奋的、全神贯注的神情,和他说话的口气可以看出他的想法,他向麦卡利斯特询问在风暴中被迫驶进海湾的那十一条船的情况时,语气里带了一点苏格兰口音,这使他本人就像一位农民。那十一条船里沉了三条。

他傲慢地看着麦卡利斯特指点的方向;卡姆不知出于什么原因为他感到自豪,她想如果他当时在场,一定会放下救生艇,驶向出事的船只,卡姆想。他真勇敢,不畏艰险,卡姆想。可是她又猛然想起那个契约;反抗暴君,宁死不屈。他们的怨愁深重。他们的意志受到强迫;他们被吆来喝去。他利用他的忧郁情绪和做父亲的权威压制他们,使他们俯首听命,为了服从他的意愿,不得不在这个晴朗的上午带着大包小包到灯塔去;为了满足他的快慰,不得不和他一起去凭吊死去的亡灵,他们不愿意那么做,所以懒洋洋地跟在他身后,这样就败坏了这一天的全部兴致。

是的,微风拂面令人神清气爽。小船倾斜着疾驶,海水被断然切开，形成绿色的瀑布、泡沫和激流。卡姆看着下面的泡沫，看着蕴藏着无穷宝藏的大海，小船的速度令她昏昏欲睡，她和詹姆斯之间的联系松弛了、减弱了。她开始想道，船驶得多么快呀，我们到哪里去？这速度令她昏昏欲睡，而詹姆斯顽强地掌着舵，眼睛一眨不眨地盯着船帆和地平线。但是他一边掌着舵一边想着逃跑；想着摆脱这一切。真希望在什么地方登岸，重新找回自由。两个孩子对视片刻，都有一种想逃之夭夭的感觉，同时又为这速度和变化感到兴奋不已。微风也给拉姆齐先生的心头带来同样的感触，就在老麦卡利斯特转身将绳索甩入水中的时候，他朗声念道，

"我们死去，"接着是，"在孤独中死去。"随即，他像往常一样突然感到羞愧难当，立刻停下来朝岸边挥了挥手。

"看那座小房子。"他指点着说，示意卡姆也看。她满不情愿地抬头望去。到底是哪一座呢？她看不出来山坡上哪座房子是他们的。都显得那么遥远、静谧而陌生。海岸看上去悠远缥缈，风景如画。小船驶出了这么远，使他们与海岸拉开了距离，现在海岸显得不同寻常，显得安然自若，好像在不断地往后退缩，与他们不再有任何关系。哪一座房子是他们的？她看不出来。

"可是我在波涛汹涌的海底。"拉姆齐先生喃喃自语。他认出了他们的房子，而且仿佛在那里看见了他自己；他看见自己一个人在平台上散步。他在花坛间踱来踱去；他看见自己弯腰驼背，显得很苍老。于是坐在船里的他立即弯下腰蜷紧身体，开始扮演自己的角色——一个落寞的男人，一个失去妻子的鳏夫；他想象在他面前聚集着为他欷歔愤叹的人群；他坐在小船里，粉墨登场演一幕短剧；剧情要求他显得苍老、憔悴和哀伤（他举起双

手,看着上面暴露的青筋,以巩固自己的梦境),惹得女人们慷慨地向他抛洒同情的泪水,他想象着她们会怎样安慰他、怜悯他,他在自己的梦境里回忆女人的恻隐之心带给他的巨大快慰,他叹息着,温和而忧伤地低吟,

> 可是我在波涛汹涌的海底,
> 被更幽深的漩涡吞没。

感伤的诗句清晰地传到孩子们耳朵里。卡姆差点从座位上蹦起。她大吃一惊——她大为愤慨。她的动作使父亲回过神来;他耸耸肩,梦境中断;他改口叫道:"快看! 快看!"口气急切,使詹姆斯也不由地偏过头去看着那座岛屿。他们都看着岛屿。看着岛屿。

可是卡姆什么也看不见。她在想那些小径和草坪,它们茂密幽深,盘根错节,藏着他们昔日在这里生活的影子,而今却已经消失;已经无处可寻;已经一去不回;已经遁入虚空,只有眼前的一切是实在的;眼前的小船和打着补丁的船帆;戴着耳环的麦卡利斯特;海浪翻腾的声音——所有这一切都是实实在在的。想到这里,她喃喃自语,"我们死去,在孤独中死去。"父亲的话在她的脑海里一遍接一遍地回响。这时父亲看见她目光迷离,就开始逗她。她认识罗盘上的刻度吗? 他问,她辨得出东南西北吗? 她难道真的以为他们就住在那里? 他又指点着告诉她哪儿是他们的房子,就在那儿,那些树的旁边。他希望她能把方位弄得精确一点,便问:"告诉我——哪边是东,哪边是西?"他半含嘲笑、半含责备地问她,因为他无法理解那些并非白痴却看不懂罗盘的人们的思想状态。可是卡姆就是看不懂。拉姆齐先生看见她用茫然而惊慌的目光凝视一个没有房屋的地方,不由地

忘却了自己的梦境；忘却了自己在平台的花坛间走来走去；忘却了女人们怎样向他张开臂膀。他想，女人都是那样；头脑糊涂，不可救药；这是他永远无法理解也无法否认的。她以前就是这样——他的妻子。在她们的脑子里，什么也记不清楚。但是他刚才不该对她发火；况且，他不是还很喜欢女人的这种糊涂吗？这也是她们的一种独特的魅力。我要让卡姆对我笑起来，他想。她显得很惶恐，一言不发。他攥紧拳头，决定放低声音，让面部表情和手势都变得柔和起来。这么多年来，他的富有表现力的干脆的手势在他的调动下曾经赢得人们的同情和称赞。现在他要让她对他露出笑容。他要对她说一些轻松的话题。说什么呢？他终日埋头工作，已经忘记了聊天的内容。对了，有一只小狗。他们有一只小狗。今天是谁在照料小狗呀？他问。詹姆斯看见姐姐的头被船帆衬托着，心里无情地想：哼，她就要屈服了。我将独自与暴君抗争。那个契约只好由他一个人来履行。卡姆决不会宁死不屈地反抗暴君了，他看着她那副愁云密布、忍气吞声的样子，阴郁地想道。就像有的时候乌云笼罩一面翠绿的山坡，气氛沉郁，结果周围所有的山坡也阴沉沉地愁肠百结，好像必须思索那个被乌云遮盖的同伴的命运，或者是出于怜悯，或者是为它的厄运幸灾乐祸：就这样，卡姆感到郁郁不欢，坐在那几个不动声色的人中间，不知道怎样回答父亲提出的关于小狗的问题；怎样抵制他的"原谅我，关心我"的乞求；詹姆斯像个立法者，把象征着永恒智慧的条例摊开放在膝上（他那握住舵柄的手在她看来也意味深长），对她说：抵制他！反抗他！他的话义正辞严。因为他们必须宁死不屈地反抗暴君，她想。她在人类的所有品格中最崇尚正义。弟弟是神的象征，父亲哀哀乞怜。她该向谁屈服，她坐在这两人中间举棋不定；她凝望着海岸——

她对它在罗盘上的方位一无所知;她在想现在的草坪、平台和房子摆脱了纷扰,该是多么安宁。

"贾斯帕。"她闷闷地说。是贾斯帕在照料那只小狗。

她想给小狗取个什么名字?父亲不放过她,追问道。他小的时候也有过一条小狗,名叫弗里斯科。这时詹姆斯想,她一定会屈服的,他在她脸上捕捉到一种神情,一种他依稀记得的神情。她们本来埋头看着手里的编织活儿什么的。突然她们猛地抬起头来。仿佛闪过一道蓝光,他记得,然后和他坐在一起的那个人笑了起来,屈服了,使他感到非常生气。那个人一定就是他的母亲,他想,她坐在一只矮椅子上,父亲站在她的上方俯视她。詹姆斯开始在记忆中搜寻,时间沉淀下来的无数印象堆积在他的脑海里,层层叠叠,密密麻麻;他在气味和声音中搜寻;各种嗓音,沙哑的,空洞的,甜美的;灯光飞掠,扫帚轻拍;海水冲刷着发出呜咽,一个男人大步走来,在他们面前突然站住。与此同时,他发现卡姆把手伸进海里玩水,目光凝望大海,沉默不语。不行,她不能屈服,他想;她与母亲不同,他想。这时拉姆齐先生决定:既然卡姆不肯回答,就不去打搅她了,他这么想着便伸手到口袋里去掏一本书。可是卡姆很想回答他;她迫切希望能清除压迫在她舌头上的障碍,能够说道:噢,好吧,弗里斯科。我也给它取名叫弗里斯科。她甚至还想:那只自己穿过沼泽地的狗就是弗里斯科吗?她绞尽脑汁,却想不出一句话可以既不违背契约,又能向父亲传递她对他的一种暗藏的柔情,而且不被詹姆斯察觉。她玩弄着海水(这时麦卡利斯特的儿子捕到一尾马鲛鱼,它鳃里流着血在船舱内挣扎),她看着漠然注视船帆、间或瞥一眼地平线的詹姆斯,心想:你感觉不到这种压力和情感的矛盾,感觉不到这种难以抗拒的诱惑。父亲在掏着口袋;他转眼间就会找出他的书来。他对她具有无人能比的吸引力;他的美丽的双手,他的脚,他的声音,他的话语,他的轻率,他的暴躁,他的怪癖,他的热情,他当着众人的面说:我们死去,我们在孤独中死去,还有他的淡漠,都令她心动。(他已经打开了他的书。)她笔直地坐着,看麦卡利斯特的儿子从另一条鱼的鳃里拔出鱼钩,心想,最让人难以忍受的是他的蒙昧无知和粗暴专横,摧残了她的童年,害得她心惊肉跳,甚至现在还常常从梦中惊醒,瑟瑟发抖地想起他在发号施令:"这么做!""那么做!"还有他的盛气凌人:他那"顺从我"的表情。

于是她什么也没有说,倔强而忧伤地望着笼罩在寂静中的海岸,好像人们都在沉睡,她想;在睡梦中像轻烟一样随意,像幽灵一样来去自由。他们在那里没有痛苦,她想。

5

没错,那是他们的船,莉莉·布里斯科站在草地边缘这么断定。小船有着灰褐色的帆,她看见它在海面渐渐趋于平稳,箭一般地驶过海湾。他就坐在那儿,她想象着,而孩子们还是沉默寡言。而她又不能够到达他那里。她没能表达对他的同情,现在这种同情压迫着她。她难以安心作画。

她总是觉得他很难相处。她记得自己向来做不到当面夸奖他。这就使他们的关系只能是一种中性的交流,缺少性别因素。而正是性别因素使他在明塔面前大献殷勤,甚至表现得风流轻佻。他摘一朵花给她,借书给她。难道他真的相信明塔会读那些书吗?她带着它们在花园里闲逛,夹进一些树叶作为书签。

"你还记得吗,卡迈克尔先生?"她看着老人,很想这么问。

可是他把帽子拉下来挡住前额；他要么睡着了，要么在做梦，要么就是躺在那儿搜索枯肠地作诗，她猜测道。

"你还记得吗？"她走过他身边时很想这么问，她又想起拉姆齐夫人在海滩上的情景；那只木桶在水中上下浮动；一页页信纸随风飘散。为什么这么多年过去，那个情景又会再现；而且会这么完整、清晰、纤毫毕现，而在它之前和在它之后的经历，却是茫茫一片广袤的空白呢？

"那是一只小船？还是一只捕龙虾的篓子？"拉姆齐夫人这么问道，莉莉还在回味，满不情愿地转过身回到画布前面。谢天谢地，空白的问题依然存在，她想，一边重新拿起画笔。那片空白对她虎视眈眈。整个画面的平衡似乎就取决于这枚砝码。它的表面应该是美丽鲜艳、轻盈纤细的，色彩像蝴蝶翅膀上的颜色一样互相柔和地交融；但是它的深层结构必须是铁打钢铸般坚定。它柔软得轻轻一吹就会起皱；同时又那么坚韧，千军万马也难撼动。她开始往空白处涂抹一些红色，一些灰色，开始按自己的设想在那里塑造形象。与此同时，她又仿佛和拉姆齐夫人并肩坐在海滩上。

"那是一只小船？还是一只木桶？"拉姆齐夫人说。她到处寻找她的眼镜。找到后，就坐在那里默默眺望大海。莉莉不停地作画，同时感到似乎有一扇门打开了，她走进去，在一个像大教堂一般高大昏暗、庄严肃穆的地方默默环顾四周。喧闹声从一个遥远的世界传来。轮船喷着浓烟消失在地平线上。查尔斯抛出石子，让它们在海面跳跃。

拉姆齐夫人默默地坐着。莉莉认为她很高兴可以安静地休息，不用与人交谈；躲在人际关系中最不起眼的角落里。有谁知道我们的来历，我们的感觉？即使在亲密无间的时候，又有谁能够知道？难道这就是知识？说出来会不会把事情搞糟，拉姆齐夫人可能会这么问（这种与她并肩沉默的事情经常发生）。沉默不语不是更能表达自己？至少那一刻显得无比充实。她在海滩上捣出一个小坑，又用沙子把它盖上，仿佛将这完美的瞬间埋藏其中。它就像一滴银白色的颜料，她用画笔蘸着它给暗淡的往事增添亮色。

　　莉莉后退一步端详画布。绘画是一条曲折的幽径，她在这条路上越走越深，越走越远，最后仿佛坐在一块狭小的木板上，在汪洋大海中沉浮漂泊。她蘸了蘸蓝色颜料，同时也蘸了蘸往事。她记得，拉姆齐夫人站了起来。现在该回屋里去——该吃午饭了。于是他们一起从海滩上往回走，她和威廉·班克斯落在后面，明塔走在他们前面，她的长袜上有一个破洞。破洞里露出一小块圆圆的粉红色的脚后跟在他们看来多么刺眼！在她记忆中，威廉·班克斯对那个洞多么厌恶，嘴上却什么也没有说！他从它上面看到女性的沦丧，看到肮脏和混乱，看到佣人离去，床铺直到上午还是一片狼藉——他对这些厌恶到极点。他总是打个寒噤，张开手指像要掩盖不堪入目的东西，他现在就是这样——把手挡在眼前。明塔往前走着，大概保罗来接她了，两人就一起去了花园。

　　雷勒夫妇——莉莉一边挤着绿色颜料管一边想道。她搜集自己对雷勒夫妇的印象。他们的生活通过一系列场景呈现在她面前；其中一幕发生在清晨的楼梯上。保罗先回来，早早地上了床；明塔回来晚了。大约凌晨三点钟的时候，明塔出现在楼梯上，浓妆艳抹，打扮得花枝招展。保罗穿着睡衣走出来，提着一根防贼用的拨火棍。明塔站在楼梯中间的一扇窗户旁吃三明治，惨白的晨光映照着她，地毯上有一个破洞。但是他们说了什么？莉莉问自己，好像单凭凝视自己的想象就能听见他们的交谈。明塔还在吃她的三明治，样子令人讨厌，他在责骂她，语气激烈，声音低沉，生怕吵醒孩子，那是两个小男孩。他很颓丧，拉长了脸；她却容光焕发，漫不经心。结婚一年左右，他们的感情就疏远了；婚姻很不美满。

莉莉给画笔蘸上绿色，心想这种虚构出来的那对夫妇的生活场景，就是我们所谓的"了解"别人，"思念"别人，"喜欢"别人！这一切都是假的；是她虚构的；但这确实就是她对他们的印象。她在隧道里穿行，进入她的画，进入往事。

还有一次，保罗说他"在咖啡馆里下棋"。她根据这句话想象出一个完整的情节。她记得，当他说了这句话的时候，她就想象他打电话给仆人，仆人告诉她，"雷勒夫人出去了，先生。"他便决定他也不回家了。她仿佛看见他坐在一个阴暗场所的角落里，烟雾缭绕着红色长毛绒椅，女招待对顾客很热络，他和一个小个子的男人下棋，那个人做茶叶生意，住在苏尔比顿，保罗对他的了解仅限于此。后来，他回家的时候明塔还外出未归，就有了楼梯上的一幕，他提着防贼用的拨火棍（无疑也是为了吓唬她），粗声恶气地说话，说她毁了他的生活。总之，当莉莉到里克曼斯沃兹附近的一间小房子里去看望他们时，他们的夫妻关系已经非常紧张了。保罗带她到花园里看他饲养的比利时野兔，明塔哼着歌儿跟随着，用光裸的手臂按住他的肩膀，生怕他告诉她什么。

明塔对野兔不感兴趣，莉莉想。可是明塔从不表露出来。她从来不说保罗在咖啡馆下棋之类的事情。她过于小心，过于谨慎。但是继续讲述他们的故事吧——他们现在已经度过了危险阶段。去年夏天，她在他们家住了一段时间，汽车坏了，明塔只好给他递工具。他坐在路边修理汽车,她给他递工具时的那副神态——慢条斯理,落落大方,像一个朋友——证明他们现在相安无事。他们不再"相爱";是的,他已经爱上另外一个女人,一个一本正经的女人,头发打成辫子,手里提着公文包(明塔曾带着感激,甚至是赞赏描绘过这个女人),她出入各种会议,在土地价值征税和资本课税等问题上和保罗有同样的见解(他们越来越多地发表自己的观点)。那场外遇不仅没有使婚姻破裂,反而使夫妻关系更加协调。现在看来,他们是非常亲密的朋友,他坐在路旁修车,她给他递工具。

这就是雷勒夫妇的故事,莉莉说。她想象自己正在把这件事情告诉拉姆齐夫人,她一定非常好奇地想知道雷勒夫妇的近况。她想象自己正在告诉拉姆齐夫人这场婚姻并不美满,心里不禁有点幸灾乐祸。

唉,可怜的死者,莉莉想。她在构思方面遇到一些障碍,停下画笔后退了一两步,陷入沉思,唉,她喃喃自语,可怜的死者,人们怜悯他们,漠视他们,甚至有点看不起他们。他们完全听任我们摆布。拉姆齐夫人现在隐没、消失了,她想。我们可以藐视她的意愿,篡改她那些有限的、落伍的观念。她离我们越来越远。莉莉怀着一种嘲弄的心情,仿佛看见她站在岁月长廊的尽头,说着许多不合时宜的话:"结婚,结婚!"(清晨她笔直地坐起,听小鸟在窗外花园里吱吱鸣叫)她不得不告诉她:事情的发展完全与你的愿望背道而驰。他们是那种幸福;我是这种幸福。生活发生了彻底的改变。使得拉姆齐夫人的存在,甚至她的美貌一时间变得灰蒙蒙的陈旧不堪。一时间,莉莉站在那里让阳光炙烤着后背,心里总结着雷勒夫妇的生活,感到战胜了拉姆齐夫人,她永远不会知道保罗出入咖啡馆,搞了情妇;不会知道他坐在地上修车,明塔给他递工具的情景;不会知道莉莉站在这里作画,没有嫁人,甚至没有嫁给威廉·班克斯。

拉姆齐夫人本来是有这个计划的。如果她活着,也许会强迫他们结婚的。早在那年夏天,她就对莉莉说,班克斯先生是"最善良的男人"。"同龄人中的第一位科学家,我丈夫说的。"同时又是"可怜的威廉——我去看他时,发现他家徒四壁,真让我难受——鲜花也无人伺弄"。于是便安排他俩一起散步。拉姆齐夫人带着那种可以使她从别人的指缝里溜过的淡淡一抹嘲讽对她说:她和班克斯先生一样,有一个科学头脑;喜欢鲜花;作风严谨。拉姆齐夫人为什么对婚姻问题如此热衷? 莉莉暗想,同时在画架前不停地前进几步又后退几步。

(突然,就像流星从空中陨落,她脑海里燃起红色的火光,笼罩了保罗·雷勒,那火光就是从他身上冲出来的。它熊熊燃起,像遥远的海滩上野蛮人举行宗教仪式时升起的篝火。她听见喊叫声和爆裂声。方圆好几英里的海面被映得一片金红。混合着酒味的海腥味令她微醺,她又有了那个从悬崖上纵身入海的欲望,渴望为寻找海滩上的一枚珍珠胸针溺水而死。呼喊声和爆裂声使她心生恐惧与厌恶,好像在看到它的辉煌的威力的同时,她也看到这火焰贪婪地、穷凶极恶地吞噬着这座房子的精华,这使她十分反感。但是这火焰作为一种灿烂的景致,使她的一切经历黯然逊色,它年复一年熊熊不灭,像大海尽头一座荒岛上的烽火信号,她只需轻轻吐出"爱"这个字眼,保罗的火焰就会立刻再次燃起,像现在这样。火苗减弱时,她笑着对自己说,"雷勒夫妇";她想起了保罗怎样到咖啡馆去下棋。)

她侥幸地逃过了婚姻的陷阱,她想。她曾经一直看着桌布,然后猛地悟出:她只要把树挪到画面中间,而并不需要嫁人,这使她感到一阵巨大的欢喜。她曾经称赞拉姆齐夫人具有惊人的支配力量，现在她可以理直气壮地面对拉姆齐夫人了。她吩咐这么做，别人就只好这么做。就连她和詹姆斯一起坐在窗口的身影也有着至高的权威。她还记得，当她对母子亲情表示无动于衷时，威廉·班克斯是多么吃惊。她难道不欣赏他们的美？他说。可是她又想起，威廉曾经睁着那双机灵的、孩子般的眼睛，听她解释她的画并无亵渎的意思：只是那里的光亮需要有一片阴影衬托，等等。她无意蔑视拉斐尔认为无比神圣的主题。她并非玩世不恭。而是恰恰相反。多亏他有一个科学头脑，他会意了——这证明他具有公正的理解力，这使她很欣赏，很宽慰。这样，她就可以认真地和一个男人讨论绘画了。确实，他的友谊一直是她生活中的一大乐趣。她爱威廉·班克斯。

他们一起去汉普顿宫廷，他总是具有十足的绅士派头，经常到湖边溜达，让她有充裕的时间盥洗、方便。这很能说明他们的关系。许多事情都心照不宣。然后他们在庭院里徘徊，赞美绘画的比例和盛开的鲜花，一个夏天接一个夏天，他会告诉她一些事情，有关配景，有关建筑，走着走着，他会停下来端详一棵树，或者观赏湖上风景，赞美一个儿童——（他没有女儿——这是他的一个莫大的遗憾）他的神情超然、淡泊，对一个整天呆在试验室里的男人来说，有这种神情不足为怪，因为他一出门就会被这个世界弄得眼花缭乱。他慢慢地走着，抬手遮住眼睛，脑袋往后仰起，只是为了呼吸新鲜空气。然后，他对她说他的管家休假了；他得买一块新地毯铺楼梯。不知她是否愿意和他一起去买一块新地毯铺楼梯。有一次，随着话题的发展，他开始谈论拉姆齐夫妇，说他第一次见到拉姆齐夫人时她戴着一顶灰帽子；也就十九、二十岁的样子。美得惊人。他站在那儿凝望汉普顿宫廷的大道,好像能在喷泉之间看见她的倩影。

现在,莉莉看着客厅前面的台阶。她看见——通过威廉的眼睛看见一个女人的身影,静默安详,眼帘低垂。她坐在那里苦思冥想(那天她穿着灰衣服,莉莉想道)。她垂着目光。她永远不会抬起它们。莉莉专注地看着她,心想:是的,我一定见过她那副样子,但不是穿着灰衣服;也没有这么静默,这么年轻,这么安详。那个身影招之即来。她美得惊人,正如威廉所说。但是美并不能代表一切。美有它的缺憾——它来得太容易,它来得太完全。它使生活凝固——冻结了。它使人忘却内心的小小骚动:兴奋的红晕、悲哀的苍白,一些怪异的扭曲和一些光与影的变幻,这些会使那张脸一时间难以辨认,却多了一种让人永世难忘的韵味。在美的掩盖下,自然很容易粉饰这一切。但是当拉姆齐夫人把旧式猎帽扣在头上,或者跑过草地,或者责骂园丁肯尼迪的时候,脸上又是怎样一副神情?莉莉不知道。谁能告诉她?谁能帮助她?

她强迫自己从沉思中浮出,发现她已经游离画外,迷迷茫茫地看着卡迈克尔先生,像在看什么虚无缥缈的东西。他躺在椅子上,双手交叉着搁在大肚子上,没有看书,也没有睡觉,而是像一个饱食终日的动物一样晒着太阳。他的书已经落在了草地上。

她很想走过去对他说,"卡迈克尔先生!"那样他一定会习惯地抬起雾气迷蒙的绿眼睛,仁慈地望着她。可是人们只是在有话要说的时候才会唤醒别人。她想说的不是一件事,而是一切。片言只语只能打乱思路,隔断回忆,什么也表达不了。"关于生命,关于死亡,关于拉姆齐夫人"——不能说,她想,无话可说,无人可说。瞬间的迫切愿望总是落空。话语纷纷飘散,总是偏低几寸没能击中目标。于是说话者败下阵来;打消念头;又变得像多数中年人那样谨小慎微,一本正经,眉宇间锁着皱纹,脸上一副了悟一切的神情。因为肉体上的感受怎能用言语表达?那里的那种寂寞怎能说得清?(她看着客厅前的台阶;它们显得特别空旷。)这是肉体上的感受,不是心理上的。肉体的波动和空空荡荡的台阶连在一起,使人突然感觉极不舒服。想要却得不到,使她的肉体变得坚硬、空洞、扭曲。想要却得不到——想要,想要——这欲望折磨心灵,一遍又一遍地令它痛苦!哦,拉姆齐夫人!她默默呼唤,呼唤那个坐在船边的精灵,那个由她构成的抽象的形体,那个穿灰衣服的女人,仿佛在责怪她的不辞而别,责怪她既已离去为何又归来。思念她,似乎是一件很安全的事情。她是精灵,是空气,是一种你可以白天黑夜随便摆弄的东西,她一直便是那样一个东西,但是突然之间,她伸出手来这么残酷地揉搓人的心灵。突然之间,那客厅前空旷的台阶,那屋里椅子的褶边,那在台阶上打滚的小狗,还有花园里的翠浪和私语,统统变成曲线和花纹,装饰在一个绝顶空虚的核心周围。

"这是什么意思?你怎样解释这一切?"她又转向卡迈克尔先生,很想这么问。在这样的早晨,仿佛整个世界都融化为一个思想的渊潭,一个现实的幽深水湾,她甚至可以想象一旦卡迈克尔先生开口说话,一颗小小的泪珠也会击碎水面的平静。然后呢?有东西浮现出来。伸出一只幽灵的手,一把刀闪着寒光。这当然是胡思乱想。

她产生一种奇异的想法,觉得他听见了她没有说出口来的话。他是一个高深莫测的老人,胡子上沾着黄色的污渍,带着他的诗歌、他的困惑安详地航行在一个满足他各种需要的世界上。她想,他只需躺在草坪上垂下手去,就能捞到他想要的一切。她看着她的画。她推测,他的回答大概会是这样——"你"、"我"、"她"都会消亡,化为乌有;没有永恒的事物;一切都在改变;除了文字,除了绘画。她想,这幅画也许会被挂在阁楼上,也许会被卷成一团塞进沙发底下;尽管如此,尽管这样的一幅画,也是永恒的。可以说,即使不是像样的作品,而是这种信笔涂鸦,这种绘画的努力也同样会"永存",她准备这么说,或者——由于说出口的话即使在她自己听来也有点大言不惭,她准备无言地暗示这个意思;她目光对着画面,惊讶地发现她无法看清它。她的眼里盈满滚热的液体(起先她没有想到是眼泪),她刚毅的嘴唇没有一丝颤动,但泪水模糊了视线,又顺着面颊滚落。她有很强的自控能力——哦,是的!——在所有其他方面她很少冲动。那么她是在为拉姆齐夫人哭泣,而并没有意识到任何不愉快的感觉吗?她又在心里和老卡迈克尔先生对话:这又是为什么?这意味着什么?幽灵会不会突然伸出手来抓住我们;那把剑会不会伤人;拳头会不会攥紧?难道没有安全的地方?难道心灵无法领略人世间的规律?没有向导,没有屏障,只有奇迹,只有从塔楼的顶端纵身一跃?难道这就是,即使对上了年纪的人来说,这就是生活?——触目惊心,出人意外,而又那么神秘?一时间她感到,如果他俩都在这草地上站起来,追寻一种解释:为什么如此短暂?为什么如此不可捉摸?如果他们口气激烈,像两个充分武装的人,一切都逃不脱他们的眼睛,那么美将会蜷缩起来;空间将会被填满;那些空虚的装饰就会构成形象;如果他们大声呼唤,也许拉姆齐夫人就会回来。"拉姆齐夫人!"她高喊,"拉姆齐夫人!"眼泪顺着面颊滚落。

6

［麦卡利斯特的儿子捞起一条鱼,从它身上割了一块正方形的肉,作为鱼饵装在鱼钩上。那条受伤的鱼(仍然活着)被扔回了大海。］

7

"拉姆齐夫人!"莉莉喊道,"拉姆齐夫人!"可是奇迹没有发生,疼痛的感觉在加剧。她想,那种痛苦竟能使人痴愚到这种地步!好在老人没有听见。他依然仁慈,依然宁静——如果你愿意这样想的话——依然高贵。谢天谢地,没有人听见她发出的痴愚的呼唤。让疼痛停止吧,停止吧!她显然还没有到思维混乱的地步。没有人看见她跨出狭窄的踏板,被海水吞没。她还是一个干瘪的老处女,手里握着一支画笔。

渐渐地,渴求的煎熬和愤怒的火焰减轻了(当她想到今生今世再也不要为拉姆齐夫人感到悲伤的时候,她把欲望和怒火遏制了下去。她面对咖啡杯吃早饭的时候,有没有想念拉姆齐夫人?丝毫没有);痛苦消失,她感到一种宽慰,这种宽慰本身就是缓解她痛苦的止痛药,她还隐隐绰绰地感到有一个人,那是拉姆齐夫人,暂时摆脱了尘世给她的重负,轻灵地停留在她身边(这确实就是美丽绝伦的拉姆齐夫人)将她去世时戴的一个白色花环举到额际。莉莉又在挤颜料。她着手描绘那一片篱笆。她居然奇迹般清晰地看见拉姆齐夫人,带着往日的敏捷越过田野,消失在黛紫色的柔软、起伏的地平线中,消失在风信子或是

172

野百合的鲜花丛中。这是画家眼里出现的一种幻觉。在她得知拉姆齐夫人的死讯后的许多天里，她都看见她这样把花环举到额际，带着她的伴侣——她的影子——义无反顾地走过那片田野。那个景象和那个片断有独特的慰藉力量。无论她在哪里作画，在这里，或在伦敦，眼前就会浮现这个幻影，她让眼睛半开半阖，给自己的幻觉寻找一个基点。她俯瞰火车车厢，俯瞰公共马车，从肩膀或下巴上选择线条；她看着对面的窗户；看着夜晚灯火蜿蜒的皮卡迪里广场。一切都曾经是死亡之野的一部分。可是总有什么东西——也许是一张脸，一个声音，一个报童在喊：《旗帜报》，《新闻报》——突然冒出来叱止她，唤醒她，要求并且终于使她集中精力，所以那幻象就永远需要重新塑造。现在又是这样，她心里萌起对辽阔天空和蔚蓝大海的渴求，她看着下面的海湾，用波浪形的蓝色线段表现小山丘，用紫色空间表现乱石散落的田野，这时她像往常一样被某种突兀的东西惊醒。海湾中间有一个褐色的斑点。是一条船。没错，她一下子就意识到了。谁的船呢？拉姆齐先生的船，她回答道。拉姆齐先生；那个大步流星走过她身边的男人，他穿着漂亮的皮鞋走在队伍前列，淡漠地抬起手向她敬礼，这个男人曾经乞求她的同情，可是她拒绝了。现在小船已经快要驶过海湾。

这个早晨多么美丽，只是偶尔有一丝微风，海天一色，一望无际，船帆仿佛高悬在空中，云彩仿佛漂浮在海面。遥远的大海上，一艘轮船喷出一大股浓烟，它翻卷着变幻花样，经久不散，天空就像精致的薄纱，用丝网轻轻勾住景物，让它们微微地左右晃动。像所有明朗的晴天一样，悬崖仿佛意识到船只的存在，船只也仿佛意识到悬崖的存在，彼此交流着只有它们自己能够懂得的信息。灯塔有的时候看似离海滩很近，但在这天早晨的薄雾中,却显得那么遥不可及。

"现在他们在哪儿?"莉莉眺望着海面想。那个男人在哪儿?那个夹着一只褐色纸包,一言不发地走过她身边的苍老的男人?小船驶到了海湾中央。

8

那里的人们什么也感觉不到,卡姆望着海岸心想。海岸在沉浮不定中显得越来越遥远,越来越静谧。她用手在水面划出一道轨迹,把那些碧蓝的漩涡和波纹想象成各种图案,她神情呆滞而凄迷,幻想自己在水底世界里漫游,只见一串串珍珠附在白色的浪花上;在碧蓝的光芒下,她的心灵发生彻底的改变,身体裹在一件碧蓝的斗篷里,闪耀出半透明的光泽。

这时,涡流在她手的周围减弱。湍急的水流停止了;四下里满是微弱的吱吱嘎嘎声。只听见波涛撞击、拍打着船舷,好像他们已经停泊在港口。一切景物都变得和人非常贴近。船帆完全奔拉下来。詹姆斯一直不错眼珠地盯着船帆,后来它仿佛成了他的一位老相识。他们终于停下了,在灼热的阳光下随波轻荡,等待海面再起顺风;这里离海岸已经很远,而灯塔仍然遥远。整个世界似乎都在这里凝固。灯塔岿然不动,遥远的海岸线已经定格。太阳越发毒热,大家仿佛渐渐挨近,感觉到彼此的存在,而刚才他们各有所思,几乎彼此忘却了。麦卡利斯特的钓丝噗通垂落水中。而拉姆齐先生一如既往地盘腿读书。

他在读一本闪闪发光的小书,封面的图案像鹬鸟蛋上斑驳的花纹。他们滞留在那片难耐的寂静中,他却偶尔翻动一下书页。詹姆斯感到,每次翻动书页都包含对他的一种暗示:有时是不由分说,有时是盛气凌人;有时又专门想博得别人的怜悯;看着父亲一页一页翻阅那本小书,詹姆斯时时担心他会猛然抬头,厉声对他说些什么。为什么他们在这里逗留?他会这么问,或者说一些同样不合情理的话。如果他真的这么做,詹姆斯想,我就拿一把小刀直刺他的心脏。

詹姆斯一直记着这个昔日的信条:拿一把小刀直刺父亲的心脏。只是现在,随着年龄的增长,他坐在那里怀着虚妄的怒火盯着父亲的时候,真正想杀的人并不是那个读书的老者,而是落在他身上的什么东西——也许他自己浑然不知:那个凶猛吓人的黑翅膀的鸟身妖怪,利喙和尖爪冰冷而坚硬,一次又一次地朝他袭来(他可以感觉那尖喙触碰他光裸的腿,就像他儿时那样),然后又猝然飞走,于是父亲又恢复原样,成为一个无限忧伤的老者,默默阅读。他要杀了那妖怪,他要直刺它的心脏。无论他干什么(他望着灯塔和遥远的海岸,觉得他干什么都有可能),无论他就职于公司、银行,当律师、企业总管,他都要抗争,都要追踪和消灭他所谓的暴政和独裁——强迫别人干他们不愿意干的事情,剥夺他们说话的权利。当他说"到灯塔去"、"这么做"、"把那个递给我"的时候,他们谁敢说"可是我不愿意"?每当这时,那黑色的翅膀就要张开,那尖利的喙就要撕啄。转眼之间,又见他坐在那里读书,也许他会抬起头来——谁也说不准——表现得非常通情达理。也许他会跟麦卡利斯特父子交谈。也许他会把一个金镑塞进街头某个冻僵的老妪手中,詹姆斯想,也许他会为渔夫们的运动比赛叫好助威;也许他会兴奋地挥舞双手。或者,也许他会静默不语地坐在餐桌一端,从上一餐结束一直坐到下一餐开始。就是这样,詹姆斯想,这时小船在炎炎烈日下随波荡漾;他想,什么地方有一片积雪和乱石覆盖的荒原,萧索、凄凉;近来,当父亲的言行令别人惊诧的时候,他经常会产生一种感觉,仿佛那荒野里只有两对脚印;那是他的和他父亲的。只有他们才彼此相知。那么这种恐惧、这种仇恨又从何而来?他拨开层层叠叠的往事的树叶,窥视密林深处,只见光影幢幢,变幻无常,使所有物体都改变了形状,忽而阳光刺目,忽而阴影笼罩,他心慌意乱,想找到一个形象使他的感觉冷却、分散,使他在一个有形的实体上结束自己的感受。也许那就像一个孩童无助地坐在童车里,或坐在什么人的膝盖上,看见一辆马车在无意间碾碎了某人的脚?也许他首先看见那只脚,踩在草地上,光滑、完整;然后是轮子;还是那一只脚,却已嫣红而粉碎。但轮子是无辜的。所以,当父亲清早大步走过长廊,敲门唤他们到灯塔去的时候,那轮子就碾向了他的脚,碾向了卡姆的脚,碾向了每个人的脚。他只能坐在那里无助地看着。

但是他看到的是谁的脚?这一切发生在哪一座花园?因为人想象中的场面必须要有背景:花园里树木生长;鲜花开放;一束花;几个人物。这一切将发生在一座没有一丝阴暗色彩的花园里。没有人指手画脚;人们都心平气和地说话。他们整天进进出出。厨房里有一个老太婆在唠叨;风把百叶窗吸进又吐出;微风拂面,万物生长;红黄相间的鲜花有的像碗盏,有的像高耸的利剑,每到夜晚,鲜花之上就会盖上一层极薄的黄色的纱幔,像一片葡萄叶。夜晚的一切漆黑幽静。叶状的纱幔纤细轻缈,仿佛光能把它托起,声音能使它起皱;他透过它看见一个身影弯着腰,听见衣裙窸窸窣窣地忽近忽远,还听见项链发出的叮叮轻响。

正是在这样一个世界里,轮子碾过那个人的脚。他记得,什么东西在他头顶上方停留,凝聚;经久不散;什么东西在空中弥漫,什么东西枯燥而尖刻,像一柄利剑、一把弯刀在那里沉落,摧残绿叶,蹂躏鲜花,使那个幸福美满的世界枯萎凋零。

"会下雨的,"他记得父亲说,"你们去不成灯塔了。"

那个时候,灯塔是一座朦朦胧胧的银灰色的宝塔,它有一只黄色的眼睛,每到傍晚就突然睁开,放出柔和的光。如今——

詹姆斯望着灯塔。他可以看见被海水刷白的岩石;那座塔僵硬地挺立着;他可以看见它上面有一些黑白的线条;他可以看见里面的窗户;他甚至可以看见洗干净的衣服摊在岩石上晾晒。难道这就是那座灯塔,是吗?

不,另一个也是灯塔。任何东西都不仅仅是唯一的。另一个灯塔也是真实的。

它有时在海湾那边看不真切。每到傍晚,他们坐在夕阳映照的缥缈的花园里,抬起头来就会看见那只眼睛一开一阖,放出的光芒似乎能够照到他们身上。

但是他停住遐想。每当他说"他们"或"有一个人",并且开始听见衣裙窸窸窣窣地走来,项链叮叮当当地远去的时候,他对屋里存在的无论什么人极为敏感。现在,是他的父亲。气氛紧张得令人窒息。很快,如果还不来顺风的话,父亲就会"啪"地合上书,说:"怎么回事? 我们干吗在这里闲荡,啊?"就像从前,父亲带着利刃劈向坐在平台上的他们母子,她顿时浑身不自然,如果他手头有斧子、小刀或任何锋利的东西,他就会一把抓起,刺穿他父亲的心脏。她顿时浑身不自然,随即,搂着他的手臂放松了,于是他感到她不再听他说话了,她仿佛徐徐上升,飘然而去,撇下他一个人,瘫软、可笑地坐在地板上,手里攥着一把剪刀。

一丝风也没有。海水在舱底咕咕嘎嘎作响,三四条鲐鱼在浅得盖不住身体的积水中拍打尾巴。拉姆齐先生(詹姆斯简直不敢看他)每时每刻都有可能醒过神来,合上书,说一些尖刻的话;趁这会儿他还在读书,詹姆斯偷偷顺着自己的思路往下想,就仿佛光着脚偷偷溜下楼梯,生怕吱呀作响的木板惊醒一只守夜的狗;他继续想道,不知她长得什么样儿;不知她那天去了哪里? 他在想象中跟随她走过一个个房间,最后他们来到一个映照着幽蓝色光线的房间——那光线仿佛来自许多瓷餐具的反光,她和什么人在交谈:他倾听她的谈话。她对一个仆人说话,不假思索,想到什么就说什么。只有她才说真话;他也只有对她一个人才说真话。也许正因为此,她在他眼里才具有永恒的魅力;面对她这样的人,你可以推心置腹、畅所欲言。但是,每当他想念她的时候,总意识到父亲一路跟随他的思绪并且审视着它,使它颤抖、摇摆。最后他只好停止思想。

于是,他手扶舵柄坐在阳光下,凝望灯塔,虚弱得无力动弹,虚弱得无力拂去那一颗接一颗落在他心田的沙粒。似乎有一根绳子将他缚在那里,父亲给绳子打了结,他要想逃脱,只有拿起一把小刀,直刺……但就在这时,船帆渐渐鼓起,渐渐饱满,小船似乎摇晃了一下,在半梦半醒之间慢慢启航了,随后它完全清醒,乘风破浪而去。让人意外地松了口气。大家似乎又拉开距离,恢复了悠闲的心情,从船舷斜抛下去的钓丝绷得紧紧的。但是他父亲并没有被惊扰。他只是玄奥莫测地高高抬起右手,又让它落回膝上,仿佛在冥冥之中指挥一首交响乐。

9

(海面纯净无瑕,莉莉·布里斯科想,她仍然站在那里眺望海湾。海水像丝绸一样在海湾延展。距离产生了一种神奇的力量；他们被距离吞没，她觉得，他们一去不复返，他们业已归入万物的本质。风平浪静，水波不兴。轮船本身消失了，但大股的浓烟仍然悬在空中，像一面旗帜，依依惜别地低垂着。）

10

原来岛屿是那副模样的，卡姆想，又将手放进海水里划行。以前她从来没有在海上看过它。它就那样躺在海面上，中间有一道凹痕，竖着两块陡峭的岩石，海浪冲刷着它，海水在岛屿两边无限延伸。岛屿很小；形状像一枚竖起的树叶。卡姆开始编造一个从沉船死里逃生的冒险故事；于是我们乘上一艘小船，她想道。但是她感觉着海水流过手指，一蓬雾状的海藻消失在身后，她并不认真地想编造一个故事；她想要的是那种冒险和逃生的感觉；随着小船的行驶，她心里又想，父亲怎样为她不懂罗盘的刻度大发脾气，詹姆斯怎样固执地坚守那个契约，还有她自己内心怎样痛苦；现在这一切都已成为过去，随着海水流逝而去。那么接下来是什么？他们到那里去？从她深深插入海水的冰冷的手中，仿佛喷射出一股快乐的泉水，这快乐来自形式的变化，来自死里逃生和冒险的感觉（她居然幸存，她居然完好无损）。这股突如其来、漫不经心的快乐之泉溅起水花，跌落在她脑海里一个个黑暗、昏睡的轮廓上；那些轮廓属于一个未被意识的世界，它们在黑暗中旋转，偶尔从这里或者那里捕捉到一个闪亮的光点；希腊，罗马，君士坦丁堡。这岛屿尽管渺小，形状像一片竖立的树叶，金光闪烁的海水在它周围奔腾，是的，尽管渺小，她想道，它也在宇宙中占有一席之地——是不是？她想，书房里的老

179

先生们会这样告诉她的。有时,她从花园游荡进来,专门为了窥探他们。只见他们(和父亲坐在一起的可能是卡迈克尔先生,或是班克斯先生)面对面坐在低矮的扶手椅上。她从花园进来的时候,他们面前乱糟糟地摊着《泰晤士报》的散页,兴致勃勃地谈论有关基督的传闻,或者听说伦敦街头掘出一头猛犸象,或者猜测拿破仑长得什么样儿。然后,他们用洁净的手(他们身着灰色服装;浑身散发出石南植物的清香),将散纸片拢在一起,拿起报纸翻阅,跷起腿,偶尔简单地说点什么。她为了安慰自己,经常从书架上取一本书,站在那里,看父亲写字,笔画这么均匀,整整齐齐地从纸的一端写到另一端,他偶尔轻轻咳嗽一声,或者和坐在对面的老先生交换三言两语。她站在那里,面对摊开的书,心里想道:在这里,你可以让思绪随意延展,像一片树叶顺水漂流;在喷云吐雾的老先生这里、在咔咔作响的《泰晤士报》这里浮现的思绪一定是正确的。当她在父亲的书房里看他写字的时候,她想(现在坐在小船里)他并不自负,也不专横,也不希望获取别人的怜悯。真的,如果他看见她在那里读书,还会十分温和地问她:她想要些什么?

难道她搞错了?她看他读着那本封面闪闪发亮、印着鸬鹚蛋花纹的小书。不,没有错。她真想大声对詹姆斯说,你现在再看看他。(可是詹姆斯眼睛看着船帆。)詹姆斯会说,他是一个刻薄的野兽。他说话老离不开他和他的作品,詹姆斯会这么说。他自私得令人难以忍受。最严重的是,他是个暴君。可是你看!她望着他说道。你现在再看看他。她看着他盘着腿读那本小书的样子;她熟悉那本小书的泛黄的书页,却不知道上面写的什么内容。字很小;密密麻麻;她知道在书后的空白页上,他记着一顿晚餐花了十五法郎;酒水多少钱;给侍者小费多少钱;每一笔开支都清清楚楚地加起来写在页末。可是这本在他口袋里磨光了边角的小书里究竟写着什么，她就不得而知了。他究竟在想些什么，他们谁也不知道。但他显然完全沉浸在书里，偶尔抬起头来，就像现在这样，也不是为了看什么东西，而是为了更准确地捕捉某个念头。一旦捉住，他又收回思绪，埋头阅读。她想，他读起书来就像率领着什么东西，或是赶着一大群羊，或是奋力穿行在一条狭窄的孤径；有时，他披荆斩棘，勇往直前；有时，仿佛是树枝碰撞了他，荆藤弄得他眼花缭乱，但是他并没有被这些困难吓住；他继续前行，翻过一页又一页。于是她继续编造从沉船死里逃生的故事，因为有他坐在那儿，她感到安全；安全，一如当年她从花园溜进来，取下一本书时的感觉，那里的那位老先生突然放下手中的报纸，用三言两语评论拿破仑的性格。她回头越过海面凝望岛屿。却只见这枚树叶已失去了鲜明的轮廓。它显得非常渺小；非常遥远。现在海面比海岸更有气势。波涛在他们周围汹涌起伏，一根木头随着一个浪头翻滚，一只海鸥迎着另一个浪头飞翔。她用手玩弄着海水，心想，大约就在这里沉过一条船，然后她如梦似幻地喃喃自语说，我们死去，在孤独中死去。

11

太重要了，莉莉·布里斯科望着海面想道。海面纯净无瑕，船帆和云彩仿佛凝固在这一片柔和的蔚蓝里。太重要了，她想，距离——别人离我们是近还是远——真是太重要了；因为随着拉姆齐先生乘着帆船在海湾里渐渐远去，她对他的感情也在改变。好像被抻长了，拓展了；他显得越来越遥远。他和他的孩子们似乎被吞没在那片蔚蓝里、那段距离里；而在这儿的草地上，近在身旁的卡迈克尔先生突然哼哼有声。她笑了。他伸手够起落在草地上的书，然后重新在椅子上躺好，像海底猛兽一样呼哧呼哧地喘着气。他的形象与平常截然不同，就是因为距离太近的缘故。现在四下里一片宁静。他们现在一定起床了，她看着房子心想，可是那里没有一点动静。这时她想起来了，他们总是一吃完饭就匆匆离开去忙自己的事情。这正符合清晨的这种寂静、这种空旷和虚幻。她徘徊着，望着闪烁的长窗和袅袅的青烟，心想，事物有的时候就具有这种风格：它们变得虚幻而飘渺。当你旅行归来或久病初愈，还没有步入习惯的轨迹，也会有这种如梦似幻的感觉，令人恐怖：总感到有什么东西隐隐浮现。这时生活便格外生气盎然。你可以随心所欲。用不着故作轻盈欢快地走过草地，向出来找个角落坐下的贝克威思老太太打招呼，"早上好，贝克威思太太！天气真好！你居然敢坐在大太阳底下吗？贾斯帕把椅子藏起来了。让我去给你找一把！"还有那些家长里短的闲话。这时你什么也不用说。你悠然滑行，摆动你的风帆（海湾一片忙乱，许多船只在起航）置身其中而又飘然其外。你不再空虚，而是充实得要溢出来。她仿佛深深地站在某种液态物质中，漂流、沉浮，是的，这些水域深不可测。已经有无数生命坠入其中。拉姆齐夫妇的；孩子们的；还有许许多多漂泊流浪、迷途无主的生物。一个提着篮子的洗衣女工；一只白嘴鸦，一根通红的拨火棍；黛紫色和灰绿色的鲜花；似乎有某种通感，把这一切包容在内。

十年以前，几乎就在她现在站的这个位置上，她曾有过这种圆满的感觉，情不自禁地说，她一定是爱上了这个地方。爱有上千种形态。有一些恋人擅长筛选事物的要素，把它们聚敛在一起,赋予它们一种现实生活中所没有的整体性,他们把一些场景和人们(现在都已消逝、分散)的聚散离合组合成一个实心球状的物体,思想在它上面盘旋,爱情在它上面嬉戏。

她的目光停在那个褐色的斑点上,那是拉姆齐先生的帆船。大约午饭的时候,他们就能到达灯塔。但是随着风力加强,天空有了些许变化,海面有了些许变化,船只改变了方向,片刻之前还似乎凝固如画的风景,现在显得不够完美了。风吹散了飘浮的轻烟;船只的排列让人看着不舒服。

那里出现的不平衡的景象,似乎扰乱了她心里的和谐。她隐约感到烦恼。当她转向她的画作时,这种感觉更强烈了。这个上午她一直在浪费时间。不知为什么,她总是无法在两股针锋相对的力量之间取得瞬间的平衡;那便是拉姆齐先生和她的画作;而这种平衡又是必不可少的。也许构思出了问题?是不是表现墙壁的线条需要断开,她思忖着,是不是表现树的色块太浓重了?她自嘲地笑了;她在动笔之前不是以为问题已经解决了吗?

那么问题何在?她一定要抓住那个时时回避她的东西。她想念拉姆齐夫人的时候,它避着她;她琢磨她的画作时,它也避着她。出现了片言只语;出现了幻影幢幢。优美的景象。漂亮的言词。但是她想要捕捉的是精神上感受到的那种刺激,是未被加工的原型。捉住它,重新开始;捉住它,重新开始;她不顾一切地说,又在画架前站稳脚跟。人类绘画和感觉的器官是一台蹩脚的机器,她想,而且是一台不称职的机器;它经常在关键时刻出现故障;必须竭尽全力强迫它继续运转。她紧蹙眉头凝视。没错,那里是篱笆。可是,仅靠苦苦哀求是无济于事的。你目不转睛地盯着表现墙壁的线条,或者想象拉姆齐夫人戴着一顶灰帽子的模样，只能使人眼睛发直。她真是美得惊人。来吧，她想，让该来的都来吧。有的时候，人既没有思想也没有感觉。当人既没有思想也没有感觉的时候，人在哪里呢？

在这儿，在草坪上，在地面上，她想道，一边坐下来，用画笔拨弄着一丛丛车前草，细心察看。因为草地上的杂物很多。她坐在这个世界上，有一种难以摆脱的感觉，好像这个早晨发生的一切都是第一次，而且可能也是最后一次，她就像一个旅客，隔着火车的车窗望着外面，尽管昏昏欲睡，却知道非看不可，因为今生今世不会第二次看见那座城镇、那辆骡车，或那个在田里劳作的妇人了。这草坪就是世界；他们都在上面，在这个高高的站台上，她想，同时朝老卡迈克尔先生望去，（尽管他们始终没有交流一句话）他好像赞同她的想法。也许她以后再也不会看见他了。他渐渐苍老。而且渐渐出名，她这么想道，一边面带微笑看着那只悬在他脚上的拖鞋。人们说他的诗"无比优美"。他们忙不迭地出版他四十年以前写的东西。现在有一位大名鼎鼎的人叫卡迈克尔，她微笑着，想起一个人可以有多少种形态，想起他在报纸上是什么模样，可是眼前的他一如从前。他还是那样——只是头发更加花白了。是的，他一如从前，可是她想起有人说过，当他得知安德鲁·拉姆齐的死讯（他被弹片击中，即刻毙命；他本该成为一个伟大的数学家的）以后，卡迈克尔先生"失去了对生活的全部兴趣"。这意味着什么——这句话？她自问。他是否抓着一根粗大的手杖，大步流星地走过特拉法加广场？他是否独自坐在圣约翰树林的小屋里，神思恍惚地翻动书页？她不知道他在得知安德鲁的死讯后做了什么，但是她仍然能感觉到他内心的变化。他们在楼梯上相遇，含糊地交谈几句；抬头望望天空，说天气不错或者天气很糟。但是这也是认识别人的一种方式,她想:只了解轮廓而不理会细节,就像坐在自己的花园里看着黛紫色的山坡伸向远方。她就是以这种方式认识他的。她知道他多多少少有一些改变。她没有读过一行他写的诗。她觉得自己了解那些诗的风格:节奏缓慢而洪亮。韵味丰美而醇厚。写的是沙漠和骆驼。是棕榈树和落日。诗的风格是完全客观的;还有一些关于死亡的内容;却很少写到爱情。他自己就是一个客观而淡泊的人。他很少需要别人。他不是曾经夹着几张报纸,步履蹒跚地走过客厅的窗口,想避开他不知何故总是不太喜欢的拉姆齐夫人?正是因为他不喜欢她,她才总是想方设法让他停住脚步。他便对她鞠一个躬。他满不情愿地停下脚步,深深地鞠躬。他对她一无所求,这令拉姆齐夫人感到很不舒服,便会问他(莉莉能够听见):要外套吗?要围毯吗?要报纸吗?不,他什么也不要。(说着又鞠躬。)他不太喜欢她身上的某些品质。也许是她的傲慢专横,她的自以为是,还有她那种一板一眼的架势。她总是锋芒毕露。

(一种声音使她把注意力转向客厅窗户——是铰链发出的吱呀声。微风戏耍着窗框。)

一定有人非常反感她,莉莉想(是的;她意识到客厅前的台阶上空无一人,但是这对她没有丝毫影响。她如今不再需要拉姆齐夫人。)——那些人认为她太主观,太强硬。而且她的美貌也可能让人不舒服。一成不变,他们会说,总是这副面孔!他们更欣赏另一种类型——皮肤黝黑,生气勃勃。而且她对丈夫太软弱。她听任他暴跳如雷。而且她总是沉默不言。谁都不清楚她究竟是怎么回事。而且(再回来谈谈卡迈克尔和他的反感情绪),你无法想象拉姆齐夫人会整个上午站在这里作画,或躺在草坪上看书。这是不可思议的。她一声不吭地就走了,只有手臂上挎的篮子表示她要出门;她到镇上去,走进穷人们中间,坐在一间狭小闷热的卧室里。莉莉经常看见,正当大家娱乐和谈话兴致热烈时,她挎着篮子默默离去,身体挺得笔直。她曾经留意她归来时的情景。她曾经半开玩笑(她对茶杯过于考究)半受感动(她的美多么惊人)地想,那些在痛苦中闭合的眼睛,刚才曾经注视着你;你曾经在那儿守着他们。

然后拉姆齐夫人烦躁起来,因为有人迟到,黄油不新鲜,或是茶壶有了裂口。每当她说黄油不新鲜的时候,总让人想起希腊的圣堂,想起绝代佳人曾经在那间狭小闷热的小屋里和穷人们呆在一起。她从来闭口不谈此事——她就这样兀自地去了,准时准点地直奔那里。她本能地要去,就像燕子本能地飞向南方,向日葵本能地朝向太阳;她的本能使她转向人类,在人类的心中筑窝。像所有的本能一样,它使不具备这种本能的人感到不快;对卡迈克尔先生可能是这样,对她肯定是这样。他俩都认为这种行为是无谓的,思想是狂傲的。她的离去对他们是一种谴责,并且使世界朝不同的方向扭转,于是他们不得不抗议,因为看见自己的信念正在消失、正在散去,便匆忙地把它们紧紧抓住。查尔斯·坦斯利的行为也是这样与众不同:人们不喜欢他也有这方面的原因。他扰乱了别人内心世界的平衡。也不知道他现在怎么样了,她悠闲地用画笔拨拉着车前草,一边想道。他当上了研究员。他结了婚;他住在戈尔德绿园。

战争期间的某一天,她走进一个会堂,听见他在演讲。他在谴责什么现象:他在痛斥什么人。他在宣扬兄弟友爱。她当时只是想,他怎么会喜爱与他同类的人?他看不出一幅画与另一幅画的区别,他站在她身后抽着劣质烟丝("五便士一盎司,布里斯科小姐"),还煞有介事地告诉她女人不能写作,女人不能绘画,其实他自己也不完全相信,而只是莫名其妙地存有这种希望。只见他精瘦的身体站在讲台上,面红耳赤,声嘶力竭地鼓吹友爱(她用画笔翻动的车前草丛中,蠕动着许多蚂蚁——充满活力的发亮的红蚂蚁,很像查尔斯·坦斯利)。她坐在稀稀拉拉的会堂里,讥讽地看他如何给那个寒冷的地方注入友爱,她的眼前又浮现出那只旧水桶似的东西,在波涛间起伏跳动,拉姆齐夫人在沙砾间寻找眼镜。"哦,天哪! 真糟糕! 又丢了。算了,坦斯利先生。我每年夏天都要丢失几千副眼镜呢。"听了这话,他将下巴压在领口,好像不敢苟同这种夸张的说法,但由她说出却可以忍受,因为他喜欢她。他很有魅力地笑了。他一定在某次郊游的时候向她倾吐过心事,郊游途中大家解散,各自走回来。拉姆齐夫人曾经告诉她,他负责为他的小妹妹付学费。他真是难能可贵。她自己对他的看法很荒唐,莉莉知道,一边用画笔拨动车前草。说到底,人对别人的看法多半都是很荒唐的。因为这些看法是为了迎合着自己隐秘的私心。在她眼里,他是一个代人受过者。她一发脾气,就会在想象中鞭笞他肋骨毕露的侧腹。如果她想认真地对待他,就不得不借助拉姆齐夫人的评论,通过她的眼睛看他。

她堆起一座小山让蚂蚁翻越。这一举动干扰了它们的小天地的正常运转,令它们惶惶然不知所措,没头没脑地四处奔窜。

人需要五十双眼睛去观察,她想。五十双眼睛也不足以看透那么一个女人,她想。在他们中间,一定有一个人对她的美视而不见。这个人迫切需要一个轻飘得像空气一样的秘密感官,可以穿过锁眼,环绕在她周围,看她坐在那里编织、交谈或者独自坐在窗前;它抓住并且珍藏起她的思绪、她的想象和她的欲望,一如空气抓住轮船喷出的烟。篱笆对她意味着什么,花园对她意味着什么，一个浪头的碎落对她又意味着什么？（莉莉抬起头来，她曾经看见拉姆齐夫人也是这样抬起了头；她也听见波浪拍岸的声音。）听见玩板球的孩子们高喊，"怎么回事？怎么回事？"她的脑海里曾经泛起怎样的波动和涟漪？她会暂时停止编织。她会显得聚精会神。她又陷入遐想，这时拉姆齐先生突兀地在她面前停下脚步，她仿佛全身掠过一丝异样的震颤，他站在她面前低头看着她，那震颤包围她、摇晃她，令她感到一种难言的骚动。莉莉仿佛能看见他的身影。

他伸出手，把她从椅子上扶起来。不知怎地，他似乎以前曾经做过这个动作；他似乎有一次也是那样弯下身子，把她从一只小船里搀扶出来，那只船离岛屿还有几英寸远，他认为女士们应该由绅士协助她们上岸。这是一种旧式的场面，几乎让人想起有衬架支撑的女裙和上宽下窄的陀螺形的裤子。拉姆齐夫人让他搀扶着上岸时，心里想道（莉莉这么猜测）：现在时机已经成熟。是的，她肯定会这么说。是的，她要嫁给他。她在沉默中慢慢迈步上岸。她可能只说了一个词，让自己的手仍然被他握着。我要嫁给你，她可能这么说，同时手还被他握着；仅此而已。时光流逝，他们之间传递着这种悸动——这是显而易见的。莉莉想着，用画笔为蚂蚁抚平一条道路。她不是别出心裁；她只是想抚平多年以前别人折叠起来交给她的什么东西；那东西她曾经见过。在动荡、混乱的日常生活中，周围有那么多孩子，还有那么多客人，使她时时有一种重复的感觉——此物正跌落在彼物曾经跌落过的地方，形成一种回声，在空气里回荡、震颤，余音袅绕。

不过也许是个错误，她想，想起他们怎样手挽着手走过暖房，以显示他们的夫妻关系多么单纯。这不是平静的幸福生活——她冲动、性急；他神经质、郁郁寡欢。哦，决不是幸福。卧室的门大清早就被撞得山响。他烦躁地从桌旁跳起。他嗖的一下把盘子扔出窗外。然后，房子上下充斥着开门关门的咣当声和百叶窗扑打的啪啪声，好似狂风袭来，人们急急忙忙奔跑，关紧门窗，让一切恢复秩序。有一天她就是那样在楼梯上碰见保罗·雷勒。好像是发现了一只蚯蚓，也可能有人发现了蜈蚣。他们为此开怀大笑。

可是这些令拉姆齐夫人厌倦，也令她心生烦恼——盘子嗖嗖飞，门窗哐哐响。有时中间还有令人窒息的寂静，她在一种半怨半恨的心境下——这使躲在她心里的莉莉烦恼——似乎无力战胜风暴，或者和他们一样对此付之一笑，而只能在疲倦中竭力掩饰什么。她默默坐着，陷入沉思。过了一阵，他会偷偷在她所呆的地方逗留——在她坐着写信或谈话的窗外徘徊，因为她总是刻意地在他经过的时候忙这忙那，回避他、装作没有看见他。于是他就变得丝绸一般柔和，温文尔雅，笑容可掬，想赢得她的好感。而她不为所动，为了她的美貌——正在渐渐消失殆尽——她还要暂时维持那种傲气和矜持的风度；她会转过脸，一直望着守在她身边的明塔、保罗或威廉·班克斯。他就像一只饥饿的猎狗站在圈外，终于（莉莉从草地上站起，看着台阶，看着窗户，她曾经看见他站在那里），他会轻唤她的名字，只唤一声，活像野狼在雪地里咆哮，而她依然矜持；他会再唤一声，这次他的腔调令她有所触动，于是她向他走去，突然把他们大家撇下，然后他们俩并肩漫步于梨树、甘蓝和山莓花圃间。他们彼此达成谅解。是通过什么态度、哪些话语呢？他们在这种关系中都端着架子，现在他们走了，她、保罗和明塔掩饰住内心的好奇和尴尬，开始采花、扔球、聊天，一直到吃饭的时候才看见他们俩,像往常一样,他坐在餐桌的一端,她坐在另一端。

"为什么你们没有人选择植物学?……你们都有胳膊有腿的,为什么没有人……?"他们一如平常,在孩子们中间说说笑笑。一切都一如平常,只是偶尔在他俩之间掠过一丝轻颤,像一柄利刃划过空中,好像经过那一个小时在梨树和甘蓝间的漫步之后,孩子们围坐着喝汤的平常景象,在他们看来变得如此新奇。拉姆齐夫人格外留意地瞥一眼普鲁,莉莉想。她坐在弟弟妹妹们中间,总是忙着照料,确保一切不出差错,所以她自己很少说话。为了牛奶里的那只蚯蚓,普鲁一定没少责怪自己!拉姆齐先生把盘子扔出窗外时,她顿时脸色煞白!在父母长时间的沉默中,她是那么沮丧!不过母亲似乎正在粉饰太平,向她保证一切正常;向她保证,有朝一日这种幸福将属于她。这种幸福,可怜她后来只享受了不到一年。

她让花从篮子里掉出来,莉莉想象,一边眯起眼睛退后一步,像要审视画作,她没有动笔,因为她精神恍惚,思绪冻结在浅薄而极速动荡的底层。

她让花从篮子里掉出来,散落在草地上,然后,没有疑问、没有怨言,勉强而迟疑地——她不是很擅长顺从别人的意愿吗——也走了。走过田野,穿越山谷,白色的、铺满鲜花的山谷——她将这样来描绘它。山丘刻板严峻,嶙岩怪石,悬崖陡峭。海浪在下面的卵石上发出沉闷的轰响。他们三个人并肩同行,拉姆齐夫人大步流星走在前面,好像她正要去和什么人约会。

突然,在她凝望的那扇窗户后面,隐约晃动着白色的人影。终于有人进了客厅;有人坐在了椅子上。上帝保佑,她暗自祈求,但愿他们一直坐在那里,不要溜达出来跟她说话。还好,那个人仍然呆在里面；而且他的位置偏巧在台阶上投下一个古怪的三角形的影子。这多少改变了画面的布局。很有意思。也很有启发。她又恢复了原来的兴致。一定要全神贯注地凝视，感情不能有片刻的松懈，决心不能有丝毫的动摇或迷惑。一定要把握住这种景象——钳住不放，不让任何东西进来破坏它。她不慌不忙地润湿画笔，心想，人一方面希望自己的体验是实实在在的，觉得椅子就是椅子，桌子就是桌子，但同时又要感到：这就是奇迹，是一种狂喜的体验。这个问题终究可以得到解决。哎呀，出了什么事情？窗玻璃上掠过白色的波纹。一定是空气的流动引起了屋里的骚乱。她的心狂跳起来，令她窒息，令她痛苦。

"拉姆齐夫人！拉姆齐夫人！"她惊呼，感到旧日的恐怖重新袭来——渴求，强烈地渴求，却得不到满足。难道她还要忍受这种煎熬？然后，她似乎克制住自己，那痛苦也悄然隐没在平凡的体验中，就好比那张椅子，那张桌子。拉姆齐夫人心平气和地坐在那里的椅子上，钢针上下跳动，织着那只红褐色的长袜——她的身影也是她那无可挑剔的美德的一部分——并且将影子投在台阶上。她就坐在那里。

她似乎有一件事情必须参与，同时又舍不得离开画架，她的脑海里充斥着她的所思所想，充斥着她目睹的一切，于是莉莉握着画笔，走过卡迈克尔身边，来到草地边缘。现在那只小船在哪儿？拉姆齐先生在哪儿？她想要他。

12

拉姆齐先生快要读完那本书了。他一只手悬在书页上，似乎等待着，书一读完就把这一页翻过去。他光着脑袋坐在那里，风吹乱了他的头发，他一无遮掩地暴露在自然里。他显得非常苍老。詹姆斯看着他的头部，一会儿被灯塔衬托着，一会儿又被流向浩瀚海域的滔滔海水衬托着，他想，父亲看上去像一块苍老的岩石躺在沙滩上；他的身体看上去终于成为他俩一直隐约希望的那副样子——那份落寞，在他俩眼里万分真切。

他看书很快，好像迫不及待要看完它。现在，他们离灯塔确实已经很近了。它隐约在望，笔直地挺立，闪耀着黑白两种光亮，可以看见波浪砸在岩石上，撞成碎玻璃一样的白色残片。可以看见岩石上的纹路和折缝。甚至可以清楚地看见那些窗户；其中一扇上粘着一块白纸，岩壁上附着一丛青苔。一个男人走出来，用一个望远镜朝他们望了望，又进去了。原来是这样，詹姆斯想，这么多年隔着海湾相望的灯塔，原来就是这样；一座孤塔僵直地站立在光秃秃的岩石上。它使他感到满意。它证实了他对自己性格的某种朦胧的想法。他想起家中的花园，想起那些老太太们拖着椅子在草坪上走。就拿贝克威思太太来说吧，总是说多美呀，多香呀，他们应该感到特别骄傲，他们应该感到特别幸福，可是实际上呢，詹姆斯看着耸立在岩石上的灯塔想道，也不过如此。他看着父亲紧盘双腿急不可耐地看书。他们拥有那种相同的感觉。"我们乘风破浪——我们注定要沉没。"他自言自语地说，声音不高，完全是父亲的腔调。

似乎很久很久没有人说话了。卡姆看厌了大海。一些黑色的软木浮子漂流而过；舱底的鱼死了。父亲还在看书，詹姆斯看着他，卡姆也看着他，他们曾起誓要宁死不屈地反抗暴君，可是他只管看书，全然不知他们的想法。他就这样逃脱了，她想。是的，他就这样逃脱了——他天庭饱满，鼻梁挺秀，紧紧捧着他那本花纹斑驳的小书。你想伸手撩他,可是他像小鸟一样张开翅膀,飞到了你够不到的某个地方,栖落在一根荒凉的树桩上。她凝视无边无垠的浩瀚海域。岛屿更显得格外渺小,简直不再像树叶。而像一块礁岩的尖顶,稍大一点的浪头就能将它淹没。它尽管弱不禁风,却包容了那些道路,那些平台,那些卧室——包容了那些数不清的东西。可是,正如人在半睡眠状态中,一切都变得浅显单一,在无数的细节中,只有一个细节有力量把自己表现出来,她昏昏欲睡地望着岛屿,感到那些道路、平台和卧室都在隐没消遁,只留下一只浅蓝色的香炉,在她的脑海里有节奏地左右摇晃。这是一个悬浮的花园;这是一个山谷,小鸟欢唱,鲜花盛开,羚羊欢跳……她睡着了。

"来吧。"拉姆齐先生说,猛地合上书。

到什么地方来?来经历什么不同寻常的奇遇?她突然惊醒。在什么地方登陆?攀登哪座山岩?他把他们领向何处?他那么长时间沉默不语,冷不丁说话把他们吓了一跳。其实没有必要惊慌。他饿了,他说。该吃午饭了。另外,他又说,"你们看,那就是灯塔。马上就到了。"

"他干得不赖,"麦卡利斯特说,夸奖詹姆斯。"他让船驶得很平稳。"

可是父亲从不夸奖他,詹姆斯倔强地想。

拉姆齐先生打开包裹,把三明治分给大家。他和打鱼人一起分享面包和奶酪,觉得心里很欢畅。詹姆斯看着他用单开小刀把奶酪切成黄色的薄片,心想,他其实情愿住在一间小木屋里,漫步海滩,和别的老渔民一起骂骂咧咧。

对,是这样的,卡姆一边剥着煮鸡蛋一边想道。这时,她又产生了走进书房看老人们读《泰晤士报》时的那种感觉。现在我可以随心所欲地思想，不会坠落悬崖或溺毙海底，因为有他在这里留意着我，她想。

与此同时，他们擦着礁石风驰电掣般飞驶，这真是令人兴奋——仿佛他们同时在做两件事情；一面在太阳底下享用午餐，一面在狂风巨浪中从沉船里逃生。淡水够吗？干粮够吗？她问自己。她编着故事，同时也清楚什么是现实。

拉姆齐先生对老麦卡利斯特说，他们活在世上的日子不多了；可是孩子们还能看到一些新鲜事儿。麦卡利斯特说，他去年三月就满七十五了；拉姆齐先生七十一。麦卡利斯特说他一辈子没有看过病；牙齿一颗都没掉。我希望我的孩子们也能这样生活——卡姆可以肯定父亲心里在这么想，因为他阻止她把一块三明治丢进海里，说如果不想吃就把它放回纸袋里，好像他时刻不忘渔民和他们过的日子。她不应该浪费食物。他的口气明智，好像对世上发生的一切都了如指掌，于是她赶紧把三明治放了回去。随即，他从自己的纸包里掏出一块姜汁饼干递给她，就像一位气宇非凡的西班牙绅士，她想，从窗口给一位女士献花（他的风度特别儒雅）。他衣着寒酸、简朴，吃的是面包和奶酪；然而，他正率领着他们进行一次伟大的探险，也许他们都会淹死，谁知道呢。

"那条船就是在那儿沉下去的。"麦卡利斯特的儿子突然说道。

就在我们现在这个地点，淹死了三个男人，老人说。当时他亲眼看见他们死死抱住桅杆。拉姆齐先生看了一眼出事地点，詹姆斯和卡姆生怕他会脱口吟出：

但是我在波涛汹涌的海底。

如果他果真这样,他们可受不了;他们会厉声尖叫;他们无法忍受沸腾在他胸中的激情又一次爆发;出人意料的是,他只是"啊"了一声,似乎暗自在想:为什么要惊惊咋咋的?人在风暴中丧生是很自然的,是一件浅显明了的事情,幽深的海底(他把三明治包装纸上的碎屑撒进海里)也不过是海水而已。然后,他点燃烟斗,取出怀表,专注地看着,也许在做什么数学运算。最后,他得意地说:

"干得漂亮!"他夸奖詹姆斯像一个天生的水手一样为他们掌舵。

你听!卡姆在心中暗暗对詹姆斯说。你终于得到了。她知道这一直是詹姆斯想要得到的,她还知道,他既然如愿以偿,一定会高兴得不再看她、看父亲、看任何人。他手握舵柄正襟危坐,微蹙着眉头,显得一本正经。他太高兴了,不愿意让任何人分享他的喜悦。父亲夸奖了他。他们一定会以为他满不在乎,无动于衷。但是我知道你终于如愿以偿,卡姆想。

他们抢风转变航向,轻盈迅捷地航行在颠簸的浪尖,波浪带着欢快和喜悦,不断托着他们绕过暗礁,再传递给下一个波浪。左边,一排褐色的礁石浮出水面,海水由于变浅而显得更绿;右边,一块岩石高耸,波浪不断撞击着它,喷出一股水雾,像阵雨一样洒落。可以听见海水的拍打声,水花的溅落声,和波浪奔腾翻滚、拍打礁岩发出的嘶鸣和吼叫,好像它们是一群无羁无绊的野兽。准备永远这样折腾下去。

这时,他们可以看见灯塔上有两个人望着他们,并且准备迎接他们。

拉姆齐先生扣好上衣,挽起裤腿,拿起南希替他们准备的那个捆扎得很难看的褐色大纸包,把它放在膝盖上。他做好上岸的一切准备,就坐在那里眺望岛屿。他那双远视的眼睛也许能够清晰地看到那个缩小了的树叶状的岛屿,竖立在一只金色的盘子上。他能看见什么?卡姆心想。在她的眼睛看来是模糊一片。他此刻在想什么?她想。他在寻找什么,这么专注、凝神而沉默?看着他,她和詹姆斯都看着他光着脑袋、抱着纸包坐在那里,久久地凝视那个缥缈的蓝色物体,好像是什么东西燃烧时发出的青烟。你想要什么?他俩都想这么问。他俩都想说:问吧,不管问我们要什么,我们都会给你的。然而他什么也没有问他们。他坐在那里凝望岛屿,也许在想:我们死去,在孤独中死去。或者在想:我终于到达了。我终于到达了;但是他什么也没有说。

然后他戴上帽子。

"带上那些纸包,"他说,冲着南希给他们包好的带到灯塔去的那堆东西点了点头。"那些送给灯塔守护人的纸包。"他说。他起身站在船头,真正是高大挺拔,詹姆斯想,仿佛听见他在说:"世上没有上帝。"卡姆却感觉他仿佛跃入了太空——他抱着纸包,像小伙子一样身轻如燕地跳上岩石,于是他俩站起身来,跟了上去。

13

"他一定已经到了。"莉莉·布里斯科大声说,突然之间感到心力交瘁。因为灯塔几乎看不见了,消融在一片蓝色的烟雾中,她既努力要看清它,又努力想象他在那里上岸的情景——这两者似乎是一回事——这使她从身体到精神都感到格外紧张。呵,但是她如释重负。那天早上他离去时她想给他的不管什么东西,现在终于已经给他了。

"他上岸了,"她大声说,"终于结束了。"这时,老卡迈克尔先生站在她身旁,轻轻喘着粗气,像一个古老的异教徒的神,浑身是毛,头发里纠结着水草,手里握着鱼叉(其实是一部法国小说)。他和她并肩站在草地边缘,庞大的身躯微微摇晃,他手搭凉棚眺望,说道:"他们就要上岸了。"于是她感到自己没有弄错。他们确实无需交谈。他们一直想着同样的事情。他不用她发问,就回答了她心中的疑问。他站在那里,摊开双手仿佛要覆盖人类的所有懦弱和痛苦;她想,他是带着宽容和怜悯眺望他们的终极命运。这时他的手缓缓落下——使这一幕圆满结束,她想——她仿佛看见他让一个紫罗兰和常春花组成的花环从他伟岸的高度落下,飘飘荡荡,最后落在了地面上。

她好像受到那里什么东西的触动,迅速转向她的画布。它就在这里——她的画。是的,它有绿色和蓝色,它有起伏延伸的线条,它在试图捕捉着什么。它会被挂在阁楼上,她想;也会被损坏销毁。但是那有什么关系?她问自己,同时又拿起画笔。她看着台阶,空空荡荡;她看着画布,一片模糊。她一阵冲动,好像刹那间终于看清了它,她在画的中央添了一笔。完成了;结束了。是的,她精疲力尽地放下画笔,想道:我终于画出了我心中的幻象。

幕　间

谷启楠　译

说　明

　　弗吉尼亚·吴尔夫辞世时，虽然已完成本书手稿，但尚未做付印前的最后修改。我相信，她若在世，不会对此手稿做重大的或实质性的变动，但在交付最后校样前有可能做许多细微的订正或修改。

——伦纳德·吴尔夫

本书主要人物表

巴塞罗缪·奥利弗(昵称:巴特、巴迪):曾任英国印度事务处官员,已退休。

贾尔斯·奥利弗:巴塞罗缪·奥利弗的儿子,股票经纪人。

伊莎贝拉·奥利弗(昵称:伊莎):贾尔斯·奥利弗的妻子。

露西·斯威辛太太(昵称:辛蒂、巴蒂;绰号:"老薄脆"):巴塞罗缪·奥利弗的妹妹。

拉特鲁布女士(绰号:"专横"):露天历史剧的编剧和导演。

鲁珀特·海恩斯:乡绅农场主。

海恩斯太太:鲁珀特·海恩斯的妻子。

桑兹太太:奥利弗家的厨师。

G. W. 斯特里特菲尔德:教区牧师。

曼瑞萨太太:来访的客人。

威廉·道奇:来访的客人。

艾伯特:村里的傻子。

坎迪什:奥利弗家的仆人。

那是一个夏天的夜晚，他们坐在有窗户朝向花园的大房间里，谈论着污水池的事。郡政府曾答应把水引进这个村子，但至今尚未兑现。

　　海恩斯太太是一位乡绅农场主的妻子，她的脸酷似鹅脸，眼球突出，好像看见了路旁排水沟里有什么好吃的东西。她虚情假意地说："夜色这么好，怎么谈起这事来了！"

　　随后是一片寂静；一头奶牛咳嗽了一声；于是她说，多奇怪呀，她小的时候从来没怕过奶牛，只怕过马。可是，那时候，她很小，坐在童车里，有一匹拉车的大马经过她身边，差一点碰上她的脸。她对坐在沙发上的老先生说，她的家族在里斯克德镇生活了有好几百年。教堂院子里有坟墓能证明这一点。

　　一只鸟在外面咕咕叫。"是夜莺吗？"海恩斯太太问。不是，夜莺不会到这么远的北方来。那是一只习惯于白天觅食的鸟，它在暗笑，因为它白天找到了那么多好吃的东西，有毛虫、蜗牛、小沙粒，它连睡觉时都在暗笑。

　　坐在沙发上的老人是奥利弗先生，曾是政府印度事务处的官员，现已退休。他说，如果他没听错的话，他们选定挖污水池的地点就在当年古罗马人筑的大路上。他说，你从飞机上仍然看得见大地上的累累伤痕,有清楚的印记;那些伤痕有不列颠人①留下的,有古罗马人留下的,有伊丽莎白时代的庄园宅邸留下的,还有犁铧留下的,因为拿破仑战争②期间有人在这座小山上犁地种麦。

"可是你不记得……"海恩斯太太开始说。是啊,他不记得了。然而他确实还记得——他刚要告诉他们他还记得什么,外面突然传来了声音,他的儿媳妇伊莎走了进来;她梳着辫子,穿着一件晨衣,上面有褪了色的孔雀图案。她像一只天鹅,径直游了进来,受到阻止便停了下来;她惊奇地发现屋里有人,灯也都亮着。她抱歉地说,她一直陪生病的小儿子坐着。刚才他们谈什么来着?

"谈污水池的事。"奥利弗先生说。

"夜色这么好,怎么谈起这事来了!"海恩斯太太又说一遍。

关于污水池的事**他**都说了些什么呢?或者关于别的什么事?伊莎很想知道,她朝乡绅农场主鲁珀特·海恩斯歪了歪头。她在集市上见过他,在网球聚会上也见过他。他曾递给她一个杯子和一个网球拍——仅此而已。可是她一看见他那饱经风霜的脸就感觉一种神秘,一看见他沉默不语的样子就感觉到一种激情。她在网球聚会上就有这种感觉,在集市上也是如此。现在是第三次了,她又产生了这种感觉,尽管没有前两次强烈。

"我记得,"老人打断了她的思绪,"我的母亲……"他记得他的母亲身体壮实,常把茶叶罐锁起来;然而就是在这间屋子里

---

① 古代不列颠岛南部的凯尔特族居民。
② 发生在 1800 至 1815 年期间,以法国将军拿破仑(1769—1821)战败于滑铁卢告终。

206

她送给他一本拜伦①的诗集。那是六十多年前的事了,他告诉他们,他母亲就是在这间屋子里给了他一本拜伦的诗集。他停顿了片刻。

"她在美之中行走,就像夜晚。"②他背诵着拜伦的诗句。

然后又背了一句:

"于是我们不再漫步于月光下。"③

伊莎抬起头。这些词语形成了两个圆环,完整的圆环,托着他们两个人——她和海恩斯——像两只天鹅,并载着他们顺流而下。可是他雪白的胸脯上缠了一圈肮脏的浮萍;她那双像鸭蹼的脚也缠上了浮萍,是她那个当股票经纪人的丈夫干的。她坐在三角形的椅子上摇晃着身子,深色的辫子垂了下来;她的身子包裹在褪色的晨衣里面,活像一个长枕头。

海恩斯太太已经意识到他们两人之间的那种感情,它萦绕着他们,把她排除在外。她等待着,就像一个人离开教堂之前等待着管风琴的音符逐渐消逝。等到回家的时候,等到汽车往玉米田里的红别墅驶去的时候,她要在汽车上毁掉这种感情,就像鹟鸟啄掉蝴蝶的翅膀。她待了十秒钟后,站了起来,停留片刻;然后,她似乎听见最后的音符消逝了,于是向贾尔斯·奥利弗太太伸出了手。

然而伊莎仍然坐着,她本应在海恩斯太太起立时站起来的,可她仍然坐着。海恩斯太太用一双像鹅眼的眼睛瞪着她,嘴里咕哝着:"贾尔斯·奥利弗太太,请你友好一点,承认有我这么

---

① 拜伦(1788—1824),英国诗人。

② 此句出自拜伦的诗《她在美之中行走》。

③ 此句出自拜伦的诗《于是,我们不再漫步》,是全诗的第一句和最后一句的组合。

个人存在……"贾尔斯·奥利弗太太不得不响应,终于从椅子上站了起来,她穿着褪色的晨衣,辫子垂到双肩。

在初夏的晨光里,可以看见波因茨宅是一座中等大小的住宅。它绝不是旅游指南里提到的那种房子。它太普通了。然而这座有一个直角侧翼的灰顶白墙建筑物却是一个理想的居所;尽管它不幸被建在草场低处(它周边的高埂上有一排酷似流苏的树木,因此炊烟可以袅袅上升,直达树梢的秃鼻乌鸦巢),可是仍然令人向往。人们乘车路过这里的时候总会互相议论:"不知道那幢房子将来会不会进房地产市场。"他们问司机:"这儿住的是谁呀?"

司机不知道。奥利弗家族在一个多世纪以前买下了这块地产,他们和韦林家族、埃尔维家族、曼纳林家族、伯内特家族都没有亲戚关系。那几个老家族相互通婚,就连死后躺在教堂院墙底下也还是纠缠在一起,像常春藤那样盘根错节。

奥利弗家族在那里才住了一百二十多年。然而踏上波因茨宅的主楼梯(另外还有一个楼梯,仅仅是个架在房后供仆人使用的梯子),就可以看见一幅肖像画。上到半楼梯处,一角黄色锦缎显露出来;到了楼梯顶端,一张涂满脂粉的小脸、一个缀满珍珠的大头饰立即映入眼帘;这位也算个老祖宗吧。楼道里有六七间卧室,都敞着门。那位男管家以前当过兵,后来娶了一位勋爵夫人的女仆;还有,在一个玻璃橱柜里陈列着一块手表,它曾在滑铁卢战场抵挡过一颗子弹。

现在是早晨。青草上沾满露珠。教堂的大钟响了八下。斯威辛太太拉开卧室的窗帘——那褪了色的白印花布窗帘,从外面看十分悦目,绿色的衬里给窗户增添了几分绿意。她站在那里,用衰老的手摸着插销,抖动着将它拉开。她是奥利弗老先生的妹妹,是个寡妇。她总说想置办一处房产,也许是在肯辛顿区,也许是在邱区①,那她就能常去肯辛顿公园和邱园了。可是整个夏天她还是住在这里;当冬天哭泣着把潮气洒满窗玻璃,并用落叶堵塞排水沟的时候,她说:"巴特,他们当初为什么把这房子建在低处,而且还朝北呢?"她的哥哥说:"很明显,想避开大自然。要把家里的马车拉过湿泥地不是得用四匹马吗?"然后他给她讲了一个尽人皆知的故事,关于十八世纪那个令人难忘的冬季,当时这所房子被大雪封了整整一个月。而且大树都倒了。因此每年冬季来临的时候,斯威辛太太都要躲到黑斯廷斯市②去过冬。

然而现在是夏天。她已经被鸟儿吵醒了。它们唱得多欢啊!它们抢着迎接黎明,就像唱诗班的男孩子们抢着吃一块冰点心。由于鸟鸣不绝于耳,想不听也不行,她便伸手拿过一本平素最爱读的书——《世界史纲》③,从凌晨三点到五点花了两个小时思考皮卡德利④一带的杜鹃花森林;她知道,那个时候整个欧洲大陆还没有被一条海峡分隔开,还连成一片;她知道,那个时候森林里生活着许多怪物,它们长着大象的身子、海豚的脖子,喘着粗气,往前涌动,慢慢扭动身躯;她设想它们都是大声吼叫的怪物,是禽龙、猛犸象,还有乳齿象。她一面抖动着插销打开窗户一面想,我们大概就是它们的后裔吧。

---

① 肯辛顿区、邱区都在伦敦市西区。
② 黑斯廷斯市位于英格兰东南部的苏塞克斯郡,系避暑度假地。
③ 《世界史纲》由英国小说家威尔斯(1866—1946)撰写,1920年出版。
④ 皮卡德利现在是伦敦市的一条街,并有一个皮卡德利广场。

她实际上用了五秒钟（但心里觉得时间要长得多）就把用托盘端着蓝瓷器的格雷斯本人与在原始森林里水汽蒸腾的绿色灌木丛中低声吼叫的厚皮怪物区分开来了；房门打开时，那怪物正要毁掉一整棵大树。她情不自禁地跳了起来，此时格雷斯放下托盘说："太太，早安。"格雷斯喊她"巴蒂"的时候，她感觉自己的目光分成了两半，一半看着沼泽里的野兽，另一半看着穿印花衣裙、戴白围裙的女佣人。

　　"鸟儿唱得多欢啊！"斯威辛太太随口说。现在窗户敞开了；那些鸟儿肯定是在歌唱。一只善解人意的鸫鸟跳跳蹦蹦地穿过草坪，鸟喙之间有一团粉红色的胶状物在蠕动。看到这一情景，斯威辛太太渴望在想象中继续回忆过去，因此她停了一会儿；她喜欢让自己的想象飞进过去，或飞向未来，或侧身飞进无数走廊和小巷，从而增加这个瞬间的内涵；可是她想起了自己的母亲——她的母亲就是在这间屋里训斥她的。"露西，别张大嘴站着，要不然风就会……"多少次了，她母亲训斥她，就在这间屋里——"可是在一个迥然不同的世界里。"她的哥哥常这样提醒她。于是她坐下来吃早茶，像任何一个老夫人那样，高鼻梁、瘦面颊，戴着一只戒指，还戴着几件首饰，都是那个既穷酸又讲究的旧时代所常见的，包括她胸前那个金光闪闪的十字架。

　　早餐以后，两个保姆推着一辆童车在台地上慢慢走来走去；她们一边推车，一边聊天——既不是制造信息弹丸，也不是相互出主意，而是在嘴里搅动词语，就像用舌头搅动糖块；糖块融化成透明状时，发散出粉红色、绿色和甜味。今天早晨的甜味是："厨师为芦笋的事把他训了一顿；她来电话的时候，我说：那件演出服配上衬衫多漂亮啊。"这些话又引出关于一个人的某些事；她们就是这样在台地上走来走去，嘴里搅动着词语的糖块，同时推着童车。

真是遗憾，波因茨宅的建造者竟然把房子建在了洼地上，其实这块位于花园和菜地后面的高地当时已经存在了。大自然本来提供了建房的场地，人们却偏要把房子建在洼地上。大自然本来提供了一片草泥地，平展绵延一英里，然后突然倾斜，伸展到睡莲池边。这块台地很宽敞，能容得下那些倒伏的大树之中任何一棵的树影。在台地上，你可以在树荫下任意走来走去，走来走去。那些树两三棵靠得很近，树团之间有一定的空间。树根穿破了草泥层；形似骨骼的树根之间长着野草，像绿色的瀑布，像绿色的软垫，草丛里开满鲜花，春天是紫罗兰，夏天是紫野兰。

艾米正讲着某个人的事，手扶童车的玛伯尔突然转过身来，词语糖块也咽了下去。"别挖草啦，"她严厉地说，"乔治，快过来。"

小男孩乔治落在她们后面，正在挖草。坐在童车里的婴儿凯洛突然把小拳头伸到了被单上，毛毛熊玩具就被碰到了车外。艾米只得弯下腰去捡。乔治还在挖草。鲜花在树根形成的角落里灿烂地开放。一层薄膜又一层薄膜被撕掉了。那朵花闪着柔和的黄光，一种从薄薄的法兰绒底下透出来的柔和光芒；它照亮了眼睛后面的眼窝。心中所有的黑暗都变成了一座充满黄色光芒的大厅，散发着树叶的气味和泥土的气息。那棵树就在那朵花的后面；那草、那花、那树是一个整体。男孩跪在地上挖着，他捧起了一朵完好的鲜花。然后，传来了一声吼叫，一股热气和一缕粗糙的灰白头发突然来到他和花朵中间。他跳了起来，吓得差点跌倒；他看见一个尖头顶、没有眼睛的可怕怪物迈步向他走来,还挥舞着双臂。

"先生,早安。"一个低沉共鸣的声音对他说,那声音是从一个纸做的鸟喙后面发出来的。

那位老人已经从树后的藏身地朝他扑了过来。

"乔治,说'早安'呀,说'爷爷早安'。"玛伯尔催促着乔治,把他往老人那边推了一下。可是乔治站在那里目瞪口呆。乔治站在那里目不转睛。随后奥利弗先生把纸做的鼻子团成一团,现出了他的本来面目。老人个子很高,眼睛炯炯有神,面有皱纹,头已经秃了。他转过身来。

"跟上!"他大喊,"跟上,你这畜生!"乔治转过身,那两个抱毛毛熊的保姆也转过身;他们都转身看着阿富汗猎犬索拉伯在花丛中跑过来跳过去。

"跟上!"老人大喊,好像在指挥一个军团。在两个保姆看来,这么大年纪的老人还能大喊大叫,还能让这样的畜生听他的话,实在了不起。阿富汗猎犬回来了,悻悻地走着,很抱歉的样子。它乖乖地来到老人脚边时,老人把一条绳子套进了它的项圈;那是奥利弗老先生随时带在身边的索套。

"你这野兽……你这坏狗。"他弯腰低声骂道。乔治只是盯着那条狗。狗的后背两侧的长毛随着呼吸起起落落,鼻孔里有一滴泡沫。乔治突然大哭起来。

奥利弗老人站起身,他青筋暴涨,面颊通红;他生气了。他刚才用报纸玩的小把戏没起作用。那孩子是个哭宝宝。他点点头,慢慢地往前走,一面抚平那张揉皱了的报纸,因为他想找到专栏文章里他想接着读的那一行,他嘴里嘟囔着:"哭宝宝——哭宝宝。"可是一阵清风把那张重要的报纸向外吹去;他从报纸边缘上方眺望着眼前的风光——起伏的田野、草原和树林。如将它们收入画框,就成了一幅图画。假如他是画家,他会把画架支在这个地方,因为从这里看过去整个乡野就是一幅图画,上面还有树木构成的条纹。后来,风停了。

"爱·达拉第①,"他读着专栏中已找到的那一行,"成功地稳定了法郎币值……"

贾尔斯·奥利弗太太用梳子梳理着浓密凌乱的头发(她经过充分考虑,从来不让理发师做层发或短发);她拿起一把有清晰浮雕花纹的银质梳发刷,那是一件结婚礼物,曾给许多旅馆的客房女服务员留下过深刻的印象。她拿起梳发刷,站到一面三折镜子前面,这样她就能从三个角度看见自己有些凝重却相当漂亮的脸蛋了,还可以看见镜子外的景物:台地的一角、草坪和树冠。

在镜子里面,在她的眼睛里面,她看见了自己一夜之间对那位失意的、寡言的、浪漫的乡绅农场主所产生的感情。"恋爱"两字写在她的眼睛里。可是在镜子外面,在脸盆架上,在梳妆台上,在那些银盒子和牙刷中间,是另一种爱,是对她的丈夫、对那个股票经纪人的爱——"我孩子的爸爸。"她补充道,她在不经意间使用了小说里常用的陈词滥调。内心的爱在眼睛里,外在的爱在梳妆台上。可是当她从梳妆镜上方看见外面的童车,看见两个保姆和落在后面的儿子乔治穿过草坪走来的时候,究竟是什么样的感情搅得她心绪不安呢?

她用那把带浮雕花纹的头发刷轻轻敲了敲窗户。他们离得

① 达拉第(1884—1970),法国政治家,数度出任法国政府部长,曾任法国总理(1938—1940)。1938年9月同英国首相张伯伦一道与希特勒德国签订慕尼黑协定。

太远了,听不见。树木的沙沙声在他们耳边回响,还有小鸟的啁啾声;花园里发生的其他事吸引了他们的注意力,而那一切她在卧室里既听不见也看不见。他们被隔离在一个绿色的小岛上,四周是雪花莲的围篱,铺着用皱丝做的床罩;那天真无邪的小岛在她的窗子底下漂浮。只有乔治落在后面。

她的目光回到梳妆镜,看着镜子里自己的眼睛。"恋爱",她一定是在恋爱;因为昨天晚上他的身躯在大房间里出现竟能如此影响她,因为他递给她茶杯、网球拍时说的话竟如此深入她心中的隐秘之处,并留在他们两人中间,像一根铁丝,丁零,丁零,振动不停——因此她搜索着镜子深处,想找一个恰当的词来形容飞机螺旋桨无休止的飞速振动,那种景象她曾于一天拂晓时分在克罗伊登①的飞机场看见过一次。快些,快些,再快些,螺旋桨发出呼呼声、嗖嗖声、嗡嗡声,直到所有的桨叶变成了一条桨叶,飞机腾空而起,越飞越远。……

"不认识的地方,我们不去,不认识也不在意,"她小声哼着,"飞翔,冲破周围炽热的、寂静的夏日空……"

这一句的韵角是"气"。她放下梳头刷,拿起了电话。

"三、四、八,派孔伯商店。"她说。

"我是奥利弗太太……你们今天早上有什么鱼?鳕鱼?庸鲽鱼?鳎鱼?比目鱼?"

"在那里,维系我们的一切将会失去,"她喃喃地说,"要鳎鱼,切成片的。午饭要用,请按时送来,"她大声说,"带一片羽毛,一片蓝羽毛……飞升啊,穿过空气……在那里,维系我们的一切将会失去……"这些话不值得写进那本装订得像账簿的本

---

① 克罗伊登系大伦敦市的一个区。

子里,那样装订是为了不让贾尔斯怀疑。"夭折"一词正好表达了她的状况,例如,她从来没有拿着自己喜爱的衣服走出过商店;她从来没有因为在商店橱窗里深色裤料的衬托下看见自己的身影而高兴过。她的腰很粗,四肢又大,除了头发(按现代方法盘得很紧,很时髦)以外,她没有一处像萨福①,也没有一处像任何一个被各种周报刊登照片的美男子。她就像她自己:理查德爵士的女儿、温布尔登市②两位贵族老夫人的侄女;两位夫人姓奥尼尔,她们为自己是爱尔兰国王的后裔而备感自豪。

有一次,一位愚蠢的、爱奉承的夫人来到书房门口(她称书房为"宅子的心脏"),她停下来说:"除了厨房以外,书房向来都是宅子里最好的房间。"她迈进书房门口以后又说:"书籍是心灵的镜子。"

具体到波因茨宅的情况,这心灵是个黯然无光的、有斑点的心灵。因为火车开到这个地处英格兰中心的遥远村庄需要三个小时,任何人作如此长途的旅行都无法抵御心灵可能产生的饥饿感,事先都要从书摊上买一本书。因此书籍这个反映高尚心灵的镜子也反映出了厌倦的心灵。任何一个人看到前来度周末的游客丢下的一大堆廉价流行小说时,都不会违心地说,这面镜子反映的永远是一位女王的痛苦或哈里国王的英雄行为。

在这个六月的清晨,书房里空无一人。贾尔斯太太得去厨房。奥利弗先生仍在台地上散步。斯威辛太太当然是去了教堂。气象专家预报过的微风,风向不定,掀起了黄色的窗帘,投

---

① 萨福,公元前6世纪初的希腊女抒情诗人。
② 位于英格兰东南部,现属大伦敦市。

下光亮,然后投下阴影。炉火变暗,然后又亮起来;带乌龟壳花纹的蛱蝶拍打着窗户下层的玻璃;啪,啪,啪,一遍又一遍地说,如果没人来,永远、永远、永远没人来,那些书就会发霉,那炉火就会熄灭,那蛱蝶就会死在窗玻璃上。

那只桀骜不驯的阿富汗猎犬出现了,那位老先生也跟着进了屋子。他已读完了报纸,现在十分困倦,于是一下子坐到了有印花布罩的沙发椅上,他的狗蹲伏在他的脚边。狗的鼻子挨着前爪,蜷缩着身子,看起来像一只石雕的狗,像十字军战士的狗,就是在阴间也仍然守卫着熟睡的主人。可是这位主人并没有死,只是在做梦;睡意蒙眬之中,他似乎在一面光影斑驳的镜子里看见了自己——一个戴着头盔的青年,还看见一挂瀑布倾泻而下。但是没有水;那山峦像打了褶子的灰布;沙漠里有一副肋骨骨架;一头公牛在阳光下被蛆虫蚕食;在岩石的阴影里有几个野蛮人;他自己的手里有一杆枪。他梦中的手紧紧握着;现实中的手搭在沙发扶手上,青筋暴涨,可是现在里面流淌的只是发褐色的液体。

门开了。

伊莎抱歉地说:"我打扰您了吧?"

她当然打扰了——破坏了他梦中的青春和梦中的印度。这是他自己的过错,因为她一如既往,坚持不懈地把他的生命之线拉得那么细,扯得那么远。说实在的,他感谢她坚持这样做,此时他看着她在屋里闲逛。

很多老年人心目中只有他们的印度——俱乐部里的老人,住在远离杰敏街的房间里的老人都那样。穿着条纹衣裙的她使奥利弗先生继续生存,她站在书橱前自语道:"月光之下沼泽一片幽暗,飞动的云彩吸进了最后几束白光……我已经订了鱼。"

她转过身大声说,"我不能保证鱼一定新鲜,可是小牛肉太贵了,再说这宅子里所有的人吃牛羊肉都吃腻了……索拉伯,"她走到老人和狗面前突然停下来说,"它干什么来着?"

这只狗从来不摇尾巴。它从来不认可它和全家人的关系。它或者发怒,或者咬人。现在它那野性的黄眼睛盯着她,也盯着他。它瞪起眼来比他们两人瞪眼的时间都要长。这时奥利弗老先生想起来了:

"你的小男孩是个哭宝宝。"他鄙夷地说。

"唉,"她叹了口气,瘫坐在一把沙发椅的扶手上,就像一个固定在地上的气球,被许多头发丝般的细线拴在家务事中,"出什么事啦?"

"我拿着这张报纸,"他解释说,"于是……"

他拿起报纸,把它揉搓成了一个鸟喙,放在鼻子上。"于是",他从一棵树后面跳出来扑向两个孩子。

"他又哭又嚷。他是个胆小鬼,你儿子是个胆小鬼。"

她皱起眉头。他不是胆小鬼,她儿子不是胆小鬼。她讨厌家务事,讨厌占有欲,讨厌母亲的职责。他知道这一点,就故意说这话来嘲弄她,这个老畜生,她的公公。

她把目光转向别处。

"这间书房向来都是这宅子里最好的房间。"她重复着别人说过的话,目光扫过房间里的书。书籍是"心灵的镜子"。《仙后》①和金莱克的《克里米亚》②;济慈③的作品和《克鲁采尔奏

---

① 《仙后》是英国诗人斯宾塞(1552—1599)写的长诗。
② 金莱克(1809—1891),英国作家。他写的《克里米亚》是记载克里米亚战争(1863—1887)的史书。
③ 济慈(1795—1821),英国诗人。

鸣曲》①。这些作品书房里都有,它们反映了,反映了什么呢?书籍能给她这个年龄的人(她三十九岁,与本世纪同龄)提供什么灵丹妙药呢?她不喜欢书,和她的同代人一样。她也不喜欢枪。然而她像一个牙疼得要命的病人,目光扫过药店里带镀金羊皮纸标签的绿瓶子,想找到治牙病的药。她思索着:济慈和雪莱②,叶芝③和多恩④。也许不是一首诗,而是一部传记。加里波第⑤的传记,帕莫斯顿勋爵⑥的传记。也许不是一个人的传记,而是一个国家的历史,如《达勒姆城的古迹》《诺丁汉郡考古学会档案》。也许根本不是历史,而是科学——爱丁顿⑦、达尔文⑧,或金斯⑨。

这些书里没有一本能治她的"牙疼"。对她这一代人来说,报纸就是书籍;由于她的公公放下了《泰晤士报》,她便拿起来读:"一匹绿尾巴的马……"这真神了。下一行,"白厅街上的皇家骑兵……"这真浪漫。然后她逐字逐句读下去:"骑兵们告诉她那匹马有条绿尾巴;可是她发现那不过是一匹很普通的马。他们把她拖到营房里,扔到床上。然后一个骑兵剥掉了她的一部分衣服,她尖叫起来,并打他的脸。……"

---

① 《克鲁采尔奏鸣曲》是俄国作家列夫·托尔斯泰(1828—1910)写的中篇小说。

② 雪莱(1792—1822),英国诗人。

③ 叶芝(1865—1939),英国诗人、剧作家、散文家。

④ 多恩(1572—1631),英国玄学派诗人。

⑤ 加里波第(1807—1882),意大利将军、民族英雄。1880年宣称为意大利国王。

⑥ 帕莫斯顿勋爵(1784—1865),英国政治家,曾任首相。

⑦ 爱丁顿(1882—1944),英国天文学家、天文物理学家。

⑧ 达尔文(1809—1882),英国博物学家,提出了"进化论"。

⑨ 金斯(1877—1946),英国数学家、物理学家、天文学家、作家。

那是真实的事情,它是如此真实,她甚至在自己房间的桃花心木门框上看到了白厅街上皇家骑兵楼的拱门,透过拱门看见了那间营房,看见营房里的那张床,看见那姑娘在床上尖叫,还打士兵的脸,此时房门(因为事实上确实有个门)突然开了。斯威辛太太走了进来,手里拿着一把锤子。

她侧着身子往里走,仿佛她那双破旧的园艺鞋踩着的地板是游动的;她往前走着,噘了噘嘴,朝她的哥哥笑了笑。他们两人没说一句话;她径直走到屋角的橱柜前,把先前擅自拿走的锤子放回去,连同——她摊开手掌——连同一把钉子。

"辛蒂——辛蒂。"哥哥在她关橱柜门时生气地喊。

妹妹露西比他小三岁。辛蒂(也可以叫"新蒂",因为拼音是一样的)是露西的小名。小的时候,他就叫她辛蒂;那时他去钓鱼,她就跟在后面乱跑,还把草场上的野花捆成几小把,用一根长长的草梗缠了一圈、一圈,又一圈。她还记得,有一次哥哥让她自己取下鱼钩上的鱼。她被上面的血吓坏了——"妈呀!"她叫了起来——因为鱼鳃上全是血。他就生气地喊了一声"辛蒂!"那天早晨在草场的情景萦绕在她的心头,她一面想,一面把锤子放回原来的搁板上,把钉子也放回另一层搁板上,并关上柜门。哥哥还那么关注那个橱柜,因为他的钓鱼工具仍放在里面。

"我刚才一直在谷仓里,往墙上钉布告牌。"她说,同时轻轻地拍了拍他的肩膀。

这些话就像第一声震耳的钟声。第一响过后,你会听见第二响;第二响过后,你会听见第三响。因此伊莎一听见斯威辛太太说"我刚才一直在谷仓里,往墙上钉布告牌",就知道她下一句该说:

"是演露天历史剧用的。"

而他则会说：

"是今天演吗？见鬼，我都给忘了！"

"如果晴天的话，"斯威辛太太接着说，"他们会在台地上演……"

"如果下雨的话，"巴塞罗缪接着说，"会在谷仓里演。"

"天气会怎么样呢？"斯威辛太太接着说，"是下雨还是晴天？"

然后他们两人都向窗外张望，这已经是连续第七次了。

一连七个夏天，每到夏天伊莎都会听见这几句话，关于锤子和钉子，关于露天历史剧和天气。每年他们都说，会下雨呢还是会晴天呢；而每年都是——要么下雨要么晴天。同样的钟声接着同样的钟声，不过今年她在钟声下面还听见："那姑娘尖叫起来，并用锤子砸他的脸。"

"天气预报说，"奥利弗先生边说边翻报纸，找到了那一段，"风向多变，平均气温适中，间或有雨。"

他放下报纸，他们都望着天空，想看看老天爷是否听气象学家的话。天气确实多变。花园里一会儿是绿色，一会儿就变成了灰色。太阳出来了——一种无边的欢乐和激情，拥抱着每一朵花，每一片叶。随后，它满怀同情心隐退了，蒙着脸，似乎不忍心看人间的痛苦。天上的云彩时而稀薄，时而浑厚，它们游移不定，缺乏对称，毫无秩序。它们是遵循自己的法则呢，还是不遵循任何法则？有的云朵不过是几丝白发；有一朵云又高又远，已凝固成金色的石膏，是用不朽的玉石做成的。它的后面是一片蓝天，纯蓝，深蓝，从未滤过的蓝色，从未记录过的蓝色。它虽然不像阳光、阴影和雨水那样落到地球表面，但它全然无视地球这个多彩的小球体。花朵感觉不到它,田野感觉不到它,花园也感觉不到它。

斯威辛太太望着蓝天时,眼睛毫无表情。伊莎想,她在凝视着一个固定的点,因为她看见上帝在那里,上帝坐在宝座上。可是随后一片阴影降临花园,斯威辛太太凝滞的目光松弛了,降低了,她说:

"这天气确实多变。恐怕要下雨。我们只能祈祷。"她补充道,并摸了摸她的耶稣蒙难十字架。

"并且提供雨伞。"她哥哥说。

露西的脸红了。他刚才攻击了她的信仰。她一说"祈祷",他就接茬说"雨伞"。她用手指头捂住了十字架的半边。她逃避了,她退缩了,可是马上又喊起来:

"嘿,他们来了——小宝贝们!"

童车正在穿过草坪。

伊莎也往那边看。她真是个天使——这位老太太!她那么亲切地招呼孩子们,她那么勇敢地抵抗那些庞然大物,抵制那位老先生的不虔敬的态度,用她那双瘦弱的手和满含笑意的眼睛!她与巴特抗争,与天气抗争,多勇敢啊!

"他看上去健康活泼。"斯威辛太太说。

"他们长得真快,真让人惊奇。"

"他吃早饭了吗?"斯威辛太太问。

"连饭渣都吃了。"伊莎说。

"小家伙呢? 没有麻疹的迹象吧?"

伊莎摇了摇头。"碰碰木头。"①她轻轻拍着桌子说。

---

① 这是俗语,用于祈求继续交好运。

"告诉我，巴特，"斯威辛太太转身对她哥哥说，"这句话是从哪儿来的？碰碰木头……安泰俄斯①，他不是碰着大地了吗？"

他想，她本来可以成为一个非常聪明的女人，如果她的目光能集中在一点上的话。可是这事引出了那事，那事又引出了别的事。什么事都是一只耳朵进，一只耳朵出。大家都被一个反复出现的问题萦绕着，这种情况在七十岁以后是经常发生的。具体到她呢，反复出现的问题是，她是应该住在肯辛顿街呢，还是住在邱园？但每年冬季来临时，她两处都不住，而是暂住黑斯廷斯。

"碰碰木头，碰碰大地，安泰俄斯。"他念叨着，同时把那些散乱的线索收拢起来。伦普里尔②的词典能解答这个问题，或者《不列颠百科全书》。可是任何书本都不能解答他的问题——露西的脑袋里（她的头形与他的是那么相像）为什么存在一个祈祷对象？他猜想，她没给那个祈祷对象加上头发、牙齿或脚趾头。他猜想，那祈祷对象在更大程度上是一种力量或一种光芒，它控制着鸫鸟和毛虫，控制着郁金香和猎狗，也控制着他这个青筋暴涨的老头。那祈祷对象促使她在冰冷的早晨起床，走过泥泞的小路去向它祈祷；它的传声筒就是斯特里特菲尔德。斯特里特菲尔德是个好人，常在教堂的更衣间里抽雪茄烟。他需要一些慰藉，因为他常年向年龄大的哮喘病患者施舍冗长的训诫，他总是在修缮那座总是要倒塌的教堂塔楼，通过钉在谷仓墙上的那些布告牌。奥利弗先生想，他们把本该献给有血有肉的人的爱心都献给了教堂……此时露西突然敲着桌子说：

"那句话的来源——来源——是什么？"

---

① 希腊神话中的巨人、角斗士，他必须接触大地母亲才能战无不胜。

② 伦普里尔（1765—1824），英国学者、词典编纂者、神学家，以其编纂的《古希腊罗马文化词典》著称。

"是迷信。"他说。

她的脸红了,她连自己轻轻的吸气声都能听见,因为他又一次攻击了她的信仰。可是兄与妹、血与肉都不是障碍,而是迷雾。什么都不能改变他们的亲情,无论是争论、事实,还是真理都不能改变。她明白的事,他不明白;他明白的事,她却不明白——如此等等,无穷无尽。

"辛蒂。"他生气地说,至此他们的争吵就结束了。

刚才露西去钉布告牌的那个谷仓是农场大院里一座很大的建筑物。它与教堂一样年代久远,用同样的石头建造,只不过它没有塔楼。为了防鼠和防潮,它的底部四角都砌有圆锥形的玄武石,那些去过希腊的人总说这座谷仓让他们想起庙宇。那些没去过希腊的人(占大多数)也同样赞赏它。谷仓的屋顶是橘红色的,由于日晒雨淋已经褪色;里面是空旷的大厅,可以透进阳光,总体呈棕色,散发着玉米的气味。门关上时,谷仓里很暗,但一头的大门打开时,里面就被照得通亮;他们就是这样开门让马车进去的——那些车身较长的低矮马车,像海上的航船,在玉米地里乘风破浪,而不是在海上,它们在傍晚时分满载干草疲惫而归。小巷里马车经过之处,满是洒落的碎干草。

现在人们拖着长凳横穿过谷仓的地板。如果下雨的话,演员们将在谷仓里演出;谷仓的一头已经搭了木板,作为舞台。无论是下雨还是晴天,观众将在谷仓里喝茶。年轻小伙子们和姑娘们——吉姆、艾丽斯、戴维、杰茜卡——现在就忙着悬挂红白色纸玫瑰花环,那是庆祝国王加冕典礼①时剩下

---

① 指 1937 年 5 月 12 日举行的英王乔治六世(1895—1952)的加冕典礼。

的。谷仓里存放的粮种和麻袋上的灰尘呛得他们直打喷嚏。艾丽斯头上包着手帕,杰茜卡穿着马裤。那些小伙子只穿着衬衫干活。发白的谷糠戳进了他们的头发;一不小心木刺就会扎进他们的手指。

"老薄脆"(斯威辛太太的绰号)又在谷仓里钉公告牌。她先前钉的那块已经被风刮掉了,要不然就是村里那个傻子干的,他总爱把墙上钉的东西拽下来,这会儿他可能正躲在哪个树篱的阴影下面窃笑呢。干活的人们也在笑,似乎斯威辛老太太走过之后留下了一连串的笑声。老太太头上有一绺白发随风飘动;她穿着一双鞋面隆起的鞋,就像金丝雀蜷起的爪子;她的黑色长袜皱巴巴地滑到了脚腕。看到她这副模样,戴维自然要转一转眼珠,杰茜卡也会意地眨了眨眼睛,同时递给他一串纸玫瑰。他们都是势利之人,也就是说,他们在世界的那个角落里待的时间太长了,带上了三百多年的习惯行为的永久印记。因此他们大笑,但还是表示了尊重。如果她佩戴珍珠的话,他们就是珍珠。

"老薄脆,蹦蹦跳。"戴维说。她会进进出出二十次,最后给他们端来一大罐柠檬汁和一盘三明治。杰茜卡举着花环,戴维挥舞着锤子。一只母鸡溜达着进来了;一只又一只奶牛走过门口;然后是一只牧羊狗;再后面是牧人邦德,他停下了脚步。

他若有所思地注视着那几个把纸玫瑰挂到一根根橡木上的年轻人。他瞧不起任何人,不管是村民还是乡绅。他斜靠在门上,一言不发,现出嘲讽的神情,就像一棵枯萎的柳树,枝条垂到河面,叶子都掉光了;他的眼里映出了任意流淌的河水。

"嗨——嘿!"他突然叫起来。这大概是牛语,因为那只把脑袋伸进了大门的花牛低下了犄角,用力摆了摆尾巴,悠闲地走开了。邦德也跟着走了。

"这确实是个问题。"斯威辛太太说。就在奥利弗先生读《不列颠百科全书》里的"迷信"词条,查找"碰碰木头"的来源时,她和伊莎在谈论鱼的事。鱼是从那么远的地方运来的,是否还会新鲜。

他们离海是那么远。斯威辛太太说,有一百英里;不对,也许是一百五十英里。她接着说:"可是他们确实说过,夜深人静的时候你能听见海浪的声音。他们说,暴风雨过后,你能听见海浪拍岸……我喜欢那个故事,"她沉思地说,"他半夜里听见了海浪的声音,于是备鞍上马,奔向大海。那是谁啊,巴特,是谁奔向大海?"

他还在看百科全书。

"你别指望他们把鱼装在水桶里给你送上门,"斯威辛太太说,"不会像我记得的那样了,那时我们都很小,住在海边的房子里。有许多龙虾,很新鲜,刚从捕虾笼里拿出来的。它们拼命钳着厨师伸过去的小细棍。还有鲑鱼。你能知道它们新鲜不新鲜,因为鳞片上有虱子。"

巴塞罗缪点点头。确实如此。他还记得海边的房子,还有龙虾。

他们正从海里起网,里面都是鱼;而伊莎却在张望——花园,在微风中,它像天气预报说的那样变化多端。孩子们又经过这里了,她敲了敲窗户,给他们一个飞吻。在花园的嗡嗡声中,飞吻没有引起注意。

她回过头说:"我们离海真有一百英里吗?"

"只有三十五英里。"她的公公说,好像他掏出口袋里的皮尺精确地测量过似的。

"好像更多吧，"伊莎说，"从台地上看，大地像是永远、永远在延伸。"

"过去没有海，"斯威辛太太说，"在我们和欧洲大陆之间根本没有海。今天早晨我在一本书里读到的。那时候，斯特兰德街①一带盛开着杜鹃花；皮卡德利街一带有猛犸象出没。"

"那时我们都是野蛮人。"伊莎说。

然后她想起来了；她的牙医曾告诉她，野蛮人能熟练地做脑手术。他还说，野蛮人有假牙。她记得他说过，假牙在法老②时代就发明出来了。

"至少我的牙医是这么告诉我的。"她总结说。

"你现在看哪个牙医？"斯威辛太太问她。

"还是那对老夫妇，住在斯隆街的巴悌和贝茨。"

"巴悌先生告诉你法老时代就有假牙？"斯威辛太太若有所思地说。

"巴悌？嗨，不是巴悌。是贝茨说的。"伊莎纠正她的说法。

她回忆说，巴悌只爱谈英国王族的事。她告诉斯威辛太太，巴悌给一位公主看过病。

"所以他就让我等了一个多钟头。你知道，我们小的时候一个钟头显得多么长。"

"嫡亲或表亲之间通婚，对牙齿没好处。"斯威辛太太说。

巴特把手指头放进嘴里，龇出上排牙。全是假牙。然而，他说，奥利弗家族从来没有嫡亲或表亲通婚的事。奥利弗家族查

---

① 斯特兰德街在伦敦市。
② 对古埃及国王的尊称。

祖先,找不到超过二三百年的。可是在斯威辛家族里就能找到。斯威辛家族在诺曼人征服英格兰①之前就已经存在了。

"斯威辛家族。"斯威辛太太刚说出口又不说了。巴特又会为圣贤②的传说跟她开玩笑了,如果她给他机会的话。他已经开了她两个玩笑了:一个是关于雨伞,另一个是关于迷信。

因此她不再谈那个话题了。她说:"咱们是怎么谈到这儿的?"她数着手指头。"法老、牙医、鱼……啊,对了,伊莎,刚才你说订了鱼;你担心鱼不新鲜。我说:'确实是个问题。……'"

鱼已经送来了。米切尔商店的小伙计胳膊肘里夹着鱼,从摩托车上跳下来。现在已经用不着在厨房门口给马驹喂方糖了,也没有时间闲聊,因为他这一趟要去的地方增加了。他得把货一直送到小山另一边的比科里村;还要绕道经过韦索恩、洛丹姆和派敏斯特,这些地名和他的姓氏一样,在《最终税册》③里都有记载。可是那位厨师(人们通常叫她桑兹太太,但老朋友叫她特里克西)活了五十岁还没去过山那边,而且也不想去。

小伙计把鱼轻轻地放在厨房桌子上,那是鳎鱼片,半透明的,没有刺。桑兹太太还没来得及剥开包鱼的纸,小伙计就走了,临走时还拍了拍那只特别漂亮的黄猫。黄猫从柳条椅上威严地站起来,以优雅的姿态走向桌子,围着鲜鱼兜圈子。

鱼片是不是有点异味?桑兹太太把鱼片拿到鼻子前。黄猫用身子蹭蹭这条桌子腿,又蹭蹭那一条,还蹭了蹭她的腿。她会

---

① 1066 年,诺曼底公爵威廉用武力征服了英格兰。

② 指英格兰温彻斯特市主教圣斯威辛(卒于 862 年)。

③ 1086 年左右根据英王威廉一世的命令编制的英国土地调查清册,内容包括地产所有权、范围、价值等。

留一小片鱼给桑尼的（这只公猫在客厅里叫桑炎，到了厨房就改成桑尼了）。她拿着鱼进了食品储藏室，黄猫也跟了进去；她把鱼放进一个盘子，就在这个半教会的套间里。因为在宗教改革①之前，这个宅子与附近许多宅子一样，有一个小礼拜堂；随着宗教的变革，礼拜堂就成了食品储藏室，正如黄猫的名字变了一样。老爷（人们在客厅里这样称呼他；在厨房里则叫他巴迪）有时会带几位先生来参观这间储藏室——经常是在厨师没有正式着装的时候来。他们来这里的目的不是看挂在钩子上的火腿，也不是看蓝色石板上的牛油，更不是看明天正餐用的大块牛肉，而是看储藏室里往外延伸的地窖及其雕花拱门。如果你轻轻地敲一敲——有一位先生带了一把锤子——能听到空旷的声音，一种震荡声；毫无疑问，他说，这是一个隐蔽的地道，曾经藏过人。也许是吧。可是桑兹太太希望他们不要在女孩子都在的时候到她的厨房来讲故事。那样会把一些想法灌输进她们愚蠢的大脑。她们听见过死人滚动大桶的声音。她们看见过一个穿白衣的女人在树下散步。天黑以后谁都不愿意穿过台地。如果一只猫打喷嚏，那就是"有恶鬼！"②

黄猫桑尼咬了一口喂给它的鱼片。随后，桑兹太太从一个盛满鸡蛋的棕色篮子里拿出一个鸡蛋；篮里有些鸡蛋的壳上沾着黄色绒毛；她抓了一把面粉，准备涂在那些半透明的鱼片上；她又从一个装满面包皮的陶罐里拿出一块面包皮。然后，她回到厨房，在烤炉前做了许多快速的动作，耙煤灰，加煤，喷水减弱火势，使整所房子回荡着奇怪的声响，因此无论他们是在书房、

---

① 16世纪的宗教运动，旨在改革罗马天主教会，最终成立了新教教会。
② 此引语是一首儿歌的最后一句。

客厅、饭厅,还是在保育室,无论他们在做什么,想什么,说什么,他们知道,他们都知道,快要吃早饭、午饭或晚饭了。

"三明治……"斯威辛太太走进厨房时说。她克制住自己,在说完"三明治"后没有再叫一声"桑兹"①,因为"桑兹"与"三明治"不和谐。她母亲过去常说:"不管什么时候都不要拿别人的名字开玩笑。""特里克西"这个名字与"桑兹"不同,不适合这位瘦瘦的、尖酸刻薄的女人,她一头红发,很犀利,很整洁。她从来没有很快地做出拿手的食品,这倒是真的,但她也从来没有把发卡掉进过汤里。"这是他妈的怎么回事?"巴特说,一面从汤里捞出一个调羹来,那是过去的事了,十五年前,桑兹还没来,是杰西·普克在这里干活的时候。

桑兹太太拿来面包,斯威辛太太拿来火腿。她们一个切面包,一个切火腿。两个人一起干手工活令人欣慰,也起到了团结人的作用。厨师的手在切呀,切呀,切呀。而露西则拿着方面包,拿起刀子。她思索着,陈面包为什么比新鲜面包好切呢? 于是她的思绪以微妙的方式跳跃,从发酵粉跳到白酒,从白酒跳到发酵原理,从发酵原理跳到醉酒,从醉酒又跳到巴克斯②;她像往常那样躺在意大利的一个葡萄园里,躺在许多紫灯下面。此时桑兹听见了钟表的滴答声,看见了黄猫,注意到了一只苍蝇在嗡嗡叫,并且表现出一种愠怒,她的嘴唇显露出了这一点;当别人在谷仓里高高兴兴地挂纸花的时候,她不应该对厨房里干活的人直言她的不满。

"天会晴吗?"斯威辛太太问,她手里的刀停了下来。在厨

---

① 意为"沙滩"。
② 希腊罗马神话中的酒神和梦神。

229

房里，斯威辛老妈妈有什么突发奇想他们都会随声附和。

"看着倒是像。"桑兹太太说，一面用犀利的眼睛看了看厨房窗外。

"去年天气可不好，"斯威辛太太说，"你还记得吗？雨下起来的时候，我们手忙脚乱地收拾椅子。"她又接着切面包。然后她问起比利的情况，比利是桑兹太太的侄子、肉食店老板的学徒。

桑兹太太说："他一直在干男孩子不该干的事——拿老板开玩笑。"

"会好的。"斯威辛太太说，她一方面是说那男孩，另一方面是说自己手里切的三明治，那一块碰巧切得很整齐，是三角形的。

"贾尔斯先生可能回来得晚。"她又说，一面得意地把那块三明治放到一摞三明治的上面。

因为伊莎的丈夫，也就是那位股票经纪人，要从伦敦回来。他下了特快列车后要换乘的区间车一向不能正点到达。就算他搭上了早班车也没有把握。这种情况就意味着——可是这种情况对桑兹太太意味着什么，没有人知道；每当有人没赶上火车，她无论想干什么都得守候在烤箱旁边，给他们热肉菜。

"好啦！"斯威辛太太说，同时察看那些三明治，有些切得整齐，有些不整齐。"我把它们送到谷仓去。"至于柠檬汁嘛，她相信厨房女佣简妮会跟着送过去的，那是毫无疑问的。

坎迪什在餐厅里停下来，为的是挪动一枝黄玫瑰。黄色、白色、康乃馨红色——他在摆放这些鲜花。他爱花，喜欢插花，也喜欢摆弄夹在花枝中的很别致的剑形或心形绿叶。真是怪事，他竟会喜爱鲜花，他可是一向喜欢赌博和酗酒的。他把那枝黄玫瑰放到恰当的位置。现在一切都准备好了——银色和白色，叉子和纸巾，中间是一大盆洒过水的色彩斑斓的鲜花。就这样，他最后看了一眼鲜花便离开了餐厅。

窗户对面的墙壁上挂着两幅肖像画。在现实生活中，他们从未见过面，那位高个子贵妇人和那位手拉缰绳牵着马的男人。贵妇画像是奥利弗买来的，因为他喜欢那张画；那个男人是一位祖先。他很有声望。他手里握着缰绳。他曾经对画家说：

"先生，如果你想画我的形象，那就画吧，趁树上有叶子的时候画。"那时树上还有叶子。他还说："不能把科林和伯斯特都画上吗？"科林是他的名贵猎犬。可是画面上只有画伯斯特的空间。他似乎在对大家而不是对画家说：实在太遗憾了，不能把科林画上；他曾希望把科林埋在他的脚边，葬在同一个坟墓里，那是一七五〇年左右的事；可是那个讨厌的不知叫什么名字的牧师不允许那样埋。

那位祖先是个健谈的人。但那位贵妇人则美丽如画。她穿着黄色长衫，斜倚着廊柱，手里拿着一支银箭，头上饰有羽毛，引得人们的目光上下打量，看了曲线又看直线，透过一片片青葱和深浅不一的银色、灰褐色和玫瑰色进入寂静之中。屋子里空无一人。

空旷，空旷，空旷；寂静，寂静，寂静。这间屋子是个贝壳，歌颂着有时间记载之前的往昔；一个花瓶立在屋子中央，石膏做的，平滑，冰凉，盛满了"空旷"的静止浓缩的精髓——寂静。

在大厅的另一边，一扇门打开了。传来一个人的声音，又一个人的声音，第三个人的声音，像微波细语，像鸟儿啾鸣：粗哑的是巴特的声音，发颤的是露西的声音，音调适中的是伊莎的声音。他们那急躁的、厌烦的、抱怨的声音传到了大厅这一边,他们说的是:"火车晚点了","接着热肉菜吧","不行,坎迪什,我们不愿意,我们不愿意等了"。

这些声音出了书房,到了大厅便戛然而止。它们显然遇到了障碍,是一块大石头。就是在乡野的中心都不可能独处吗?实在令人震惊。震惊过后,他们围着那块大石头赛跑,并且接受了它。这样做虽然很痛苦,但很有必要。有必要进行社交。他们走出了书房,使他们既痛苦又快乐的是,他们碰上了曼瑞萨太太和一个不认识的小伙子,那人长着亚麻色头发,面部有些扭曲。躲避是不可能的;碰面不可避免。这两位是随意来串门的,既没受到邀请,也没事先通知;他们开车驶离公路是因为受到一种本能的驱使,这种本能与绵羊和奶牛总想凑到一起的本能是一样的,于是他们就来到了这里。可是他们带来了一个午餐篮子。就在这儿。

"我们看见路标上有你家的姓氏时,简直没法抗拒了,"曼瑞萨太太用长笛般柔和清晰的高音说,"哦,这是一个朋友——威廉·道奇。我们本来打算去田地里单独坐一会儿的。我看见了那块牌子,就说:'为什么不去求我们亲爱的朋友给个地方坐一会儿呢?'在餐桌旁边给个座位——我们只需要这个。我们有自己的饭。我们有自己的杯子。我们不求别的,只求——"与人交往,那是很明显的,与像她一样的人在一起。

她向奥利弗老先生挥了挥手;她戴着手套,里面好像戴着戒指。

老先生向她深深地一鞠躬,头部低垂到她的手的上方;要是在一百年前,他会去吻她的手的。在这些欢迎、解释、道歉和再欢迎的声音当中,存在着一丝寂静,来自伊莎贝拉,她正静静地观察那个不认识的小伙子。他肯定是个有教养的人，他的短袜和长裤就是证据；他很聪明——他的领带上有斑点，西服背心没有扣上；他是个城里人，从事专业工作，那是油灰的颜色，不健康；他很紧张，突然被人介绍时身体轻轻地颤动了一下；从根本上讲，他极度自负，因为他不满意曼瑞萨太太的过分热情，然而他毕竟是她的客人。

伊莎对他颇有敌意，然而又觉得好奇。可是当曼瑞萨太太为了消除尴尬而补充说"他是画家"的时候，当威廉·道奇纠正她说"我是个办公室文员"的时候（她想他提到了"教育部"或"萨莫塞特宫"①），她注意到他脸部的肌肉紧缩了，几乎到了眯眼的程度，而且肯定是抽动了；她看出了个中的奥妙。

随后，他们进去吃午饭，曼瑞萨太太神采飞扬，很高兴自己不费吹灰之力便驾驭了这个小小的社交危机——让他们在餐桌旁边加了两个位子。因为她不是绝对相信血液和肉体吗？我们所有的人不是都由血和肉组成的吗？再说计较小事多傻啊，因为我们大家的皮肤下面都是血和肉——男人女人都是如此！但是她更喜欢男人——这很明显。

"要不然你的几个戒指是干什么用的？还有你的手指甲，还有那顶确实让人喜爱的小草帽？"伊莎贝拉在心里默默地对曼瑞萨太太说，从而以沉默参与谈话，让沉默起了不可误解的作用。曼瑞萨太太的帽子、她的戒指、她那像玫瑰一样红又像贝壳一样光滑的手指甲都是明摆着的，大家都看得见。但她的来历可不是谁都了解的。他们大家所知道的不过是她生活中的一些

---

① 在伦敦市，18世纪时建于萨莫塞特公爵宫殿的原址，原为重要政府机构的办公楼。

碎块和片段,大概没包括威廉·道奇;她在公开场合称威廉为"比尔"①,这大概是个迹象,说明他比他们更了解她的来历。有些他知道的事他们当然也知道——她午夜时分穿着绸睡衣在花园里散步,她通过扩音器播放爵士乐,还有鸡尾酒酒吧间的事。可是他们不知道她的任何隐私,不知道她确切的生平。

她出生于塔斯马尼亚岛②,但这仅仅是传闻;她的祖父在维多利亚时代中期被输出到国外,因为涉嫌某件丑闻;是渎职吧?然而这传闻并没有新的进展,伊莎贝拉唯一的一次听别人讲这事时,没有得到更多的信息,仍然是"被输出到国外",因为那位健谈的夫人——格兰其农庄的布伦科太太——她的丈夫很刻板,对"被输出到国外"的说法表示愤慨,他说"被流放到国外"似乎更合适,但还不够确切,那个确切的词就在嘴边,可是他想不起来。因此这件传闻渐渐被人淡忘了。有的时候,曼瑞萨太太提起一位当主教的叔叔,可是人们认为那人不过是英属殖民地的主教而已。在那些殖民地,人们很容易忘掉过去的事,也很轻易地宽恕别人。还有人说,她的钻石和红宝石都是她的一位"丈夫"(不是拉尔夫·曼瑞萨)亲手从地里挖出来的。拉尔夫是个犹太人,他着意打扮自己,装得像个刚到殖民地的绅士,他靠着管理几个市属公司提供了成吨的金钱——这是肯定的;还有,他们夫妇俩没有孩子。可是,当然啦,如今是乔治六世在位的时代了,打探别人过去的隐私成了老派的做法,就像被蛀虫咬过的皮毛、小号、浮雕珠宝饰物和黑边记事本那样,已经不时兴了吧?

---

① "比尔"是"威廉"的昵称。
② 澳大利亚东南部的小岛。

"我所需要的，只是一个瓶塞钻。"曼瑞萨太太一面说，一面对坎迪什做了个媚眼，好像他是个真正的男人，而不是草心人。① 她有一瓶香槟酒，但没有瓶塞钻。

　　"比尔，你看呀，"她勾起大拇指继续说——她正在开酒瓶——"看看那些油画。我不是说过你会大开眼界的吗？"

　　她的姿态很粗俗，她整个人都很粗俗，外出野餐竟如此风流，如此打扮。然而那是多么令人向往的至少是宝贵的品质啊，因为她一开口说话大家都感觉到："她说了，她做了，而我却没有"；大家都可以利用她违背礼仪的机会，利用这一股刮进来的新鲜空气去效仿她，像一群跳跃的海豚跟在破冰船的后面。她不是让巴塞罗缪回忆起他的产香料的群岛了吗？不是使他感觉年轻了吗？

　　"我告诉过他，"她继续说，并对巴特做着媚眼，"他看了你家的东西以后，就不愿意看我们的东西了。"（其实他们自己的财产都堆成了山）"我还向他保证，你们会给他看那——那——"此时瓶子里的香槟酒冒了出来，她执意先给巴特斟酒。"你们这些有学问的先生们谈论什么来着？拱门？诺曼人？撒克逊人？谁是最晚从学校毕业的？是贾尔斯太太吗？"

　　现在她对伊莎贝拉做媚眼，赐予她青春活力；可是她平时对女人说话时总要蒙上眼睛，因为她们都是她的同谋者，能一眼看穿她的挑逗。

　　于是，她通过一次又一次的出击，借助香槟酒和挑逗的眼神，公开宣称自己是大自然的野孩子，闯进了（她确实偷偷地笑

---

① 此话似乎与英国诗人 T. S. 艾略特（1888—1965）的诗《空心人》有关。该诗开头为："我们是空心人/我们是草心人"。

了笑)这个避风港;这事确实让她浮现出笑容,在离开了伦敦那个避风港之后;然而这里也确实勾起了她对伦敦的回忆。因为她继续往下说,给他们讲自己生活中的侠事;虽然都是些闲言碎语,很无聊,但她尽量让这些话发挥作用;她讲上星期二她是如何坐在某某人身边,然后她很随便地说出一个人的教名;然后又说一个绰号;那个男人曾说——由于她是个微不足道的人,他们跟她说话没有顾忌——"那可是秘密,我没必要告诉你们。"她对他们说。他们都竖起耳朵听。然后,她做了一个手势,好像把那散发着臭气的"在锅底下噼啪响"的伦敦生活扔到了船外——于是——她大声说:"去它的吧!……我到这儿来干的第一件事是什么呢?"他们昨天晚上刚来,一路上开车穿过六月里的小巷(大家都明白车上只有她和比尔),离开了伦敦,突然变得放荡了,也肮脏了,就这么坐下来吃午餐了。"我常干什么?我可以大声讲吗?斯威辛太太,你允许吗?是啊,在这房子里说什么都行。我脱下紧身衣。"(她边说边抚摩自己的腰部——她长得很壮)"然后在草地上打滚。打滚——你们会相信的……"她畅快地大笑起来。她已经不再注重保持体形,因而得到了自由。

"她说的是真的。"伊莎想。很真实。还有她对乡村的热爱也是真的。拉尔夫·曼瑞萨必须待在城里的时候,她常独自来这里;她戴着一顶旧的园艺帽,她教给村妇的不是如何腌咸菜或做蜜饯,而是如何用彩色麦草编制花里胡哨的篮子。她说他们想要的就是快乐。如果你来串门,经常能听见她在蜀葵花丛里一会儿用真嗓一会儿用假嗓唱着:"嗬伊提 梯 多伊提 梯 来哆……"

她是个十足的好人。她让老巴特感到年轻。巴特举起酒杯的时候,眼睛的余光看见花园里有个白的东西一晃而过。有人路过此地。

一个在厨房里干粗活的女仆趁着盘子端出来之前来到睡莲池边,清凉一下她的面颊。

池塘里长年有睡莲,都是风刮落的种子自然生长起来的,红色和白色的花朵躺在盘状绿叶上,浮在水面。几百年来,水带着泥沙流进这个空洞,积存下来,有四五英尺深,底下是一厚层乌泥,像软垫一般。这片浓绿的池水下面,无数鱼儿——金色的、带白斑块的,还有带黑色条纹或银色条纹的——遨游在以自我为中心的世界里,闪烁着亮光。它们默默地游弋在水的世界里,浮游在有蓝天映象的一片水面,或者无声地冲到池边,那里有野草抖动,像频频点头的阴影构成的流苏。蜘蛛在水道里印上娇小的足迹。一颗麦粒掉了,旋转直下;一片花瓣掉了,浸满了水,沉了下去。这情景让一队身体像小船的鱼儿停下来,一动不动,带上装备,穿上铠甲,然后摇摆起伏,闪亮而去了。

那位贵妇人就是在那深邃的池心,在那黑暗的中心投水溺亡的。十年前,人们清理过池塘的淤泥,找到过一块大腿骨。唉,那是绵羊骨头,不是女人的骨头。而且绵羊没有鬼魂,因为它们没有灵魂。可是,仆人们仍然说,绵羊一定有鬼魂,那鬼魂一定是个女人的鬼魂,她是为爱情而自溺身亡的。因此没有一个仆人肯在夜间走过睡莲池,只有现在才肯去,因为太阳高照,而且乡绅们仍坐在餐桌旁。

花瓣沉下去了;那个女仆回到厨房;巴塞罗缪啜着红酒。他像小孩一样兴高采烈,又像老人一样毫无顾忌;这是一种不寻常的、令人愉快的感觉。他搜肠刮肚想找恰当的话对那位可爱的夫人讲,于是他选择了想起来的第一件事——关于绵羊腿的事。他说:"仆人们一定有自己相信的鬼魂。"厨房女仆们一定相信溺水夫人的鬼魂。

"可是我也一定有!"大自然的野孩子曼瑞萨太太喊了起来。她突然变得像猫头鹰一样庄重。她说,她知道,一面捏了点面包以示强调,在战争①中拉尔夫不可能在她没见到他的情况下阵亡——"不管我在哪儿,不管我在做什么。"她补充道,一面摆动双手,让钻石戒指在阳光下闪亮。

"我感觉不到有鬼魂。"斯威辛太太摇着头说。

"是啊,"曼瑞萨太太大笑着说,"你不会感觉到的,你们都不会感觉到的。你们知道,我和⋯⋯"她停了一下,等着坎迪什退出去,然后接着说,"和仆人们在一个水平上。我不像你们那么成熟。"

她露出一丝骄傲的神情,为自己仍保持着青春而自豪。是对还是错呢? 一股感情的泉水潺潺地流过她的泥土。他们已经用一块块的玉石铺盖了自己的泥土。在他们看来,绵羊骨就是绵羊骨,而不是厄敏特鲁德勋爵夫人的遗骸。

"你属于哪个阵营?"巴塞罗缪转过身来问那位不认识的客人,"是成熟的人呢,还是不成熟的人?"

伊莎贝拉张开了嘴,希望道奇也能张嘴说话,这样她就能知道他是哪一类人了。可是他坐在那里瞪着眼。"对不起,先生,请再说一遍。"他说。他们都注视着他。"我刚才在看画。"

那幅画无视任何人。它把他们拖进了沉默的小路。

露西打破了沉默。

---

① 指第一次世界大战。

238

"曼瑞萨太太,我想请你帮个忙——今天下午如果出现了紧急情况,你能不能唱个歌?"

今天下午? 曼瑞萨太太颇为震惊。是要演露天历史剧吗? 她做梦都没想到会是今天下午。他们两人是不会冒昧闯来的——如果他们知道是今天下午的话。像往常一样,钟声又响了,伊莎听见第一下钟声,第二下,第三下——如果下雨的话,就在谷仓里演,如果晴天的话,就在台地上演。天气会怎么样呢? 是下雨还是晴天? 他们都往窗外望去。这时门开了。坎迪什说贾尔斯先生已经回来了。贾尔斯先生一会儿就下来。

贾尔斯已经回来了。他刚才看见了停在门旁的豪华镀银轿车,上面有姓名缩写 R. M. 的变形字体,从远处看像个小皇冠。有客人,他得出了结论,此时他已把车停到了那辆车的后面;然后他就去自己的房间换衣服。习俗的鬼魂上升到表面,就像一丝羞红或一滴泪水在情感的压力下上升到表面;于是这辆汽车触动了他所受过的教养。他必须换衣服。他走进餐厅,像个板球运动员,穿着法兰绒衣服,还穿了一件缀有铜扣子的蓝上衣;然而他很恼火。他坐火车时不是从日报上读到那条消息了吗? 有十六个男人被枪杀,其他的人被监禁,这事就发生在那边,在海湾对面,在那块把他们和大陆隔开的平坦地带。然而他变了。是露西姑妈(她看见他进来正向他招手)使他变的。他出于本能,把自己的宿怨都归罪于她,如同一个人把外衣挂在钩子上。露西姑妈一向愚蠢,自由自在;自从他大学毕业后选择去大城市工作,她总是对那些一辈子跟野蛮人做买卖的男人表示惊奇和嘲笑,他们买卖犁铧? 玻璃珠子? 还是股票和证券? 那些野蛮人也真怪——因为他们赤身裸体不是很美吗? ——竟然希望穿得像英国人，活得像英国人。她这话很可笑，带有恶意，却道出了一个问题；由于他没有特殊的才能，没有资本，而且一直狂热地爱着他的妻子（他隔着桌子朝她点了点头），这个问题折磨了他十年。假如让他选择，他会选择经营农场。可是当时不让他选择。因此，一件事导致另一件事；纷纭的世事把你压扁，抓住你不放，像抓住水中的鱼。因此他回家来度周末，而且发生了变化。

"你们好。"他对屋里所有的人说；他对那位陌生的客人点了点头，从一开始就不喜欢他；然后他吃自己那份鳎鱼片。

他具有曼瑞萨太太爱慕的一切特征，堪称典型。他的头发拳曲；他的下巴坚实，不像很多人的下巴那样臃肿；他的鼻子很直，尽管很短；他的眼睛肯定与头发的颜色相配，是蓝色的；最后，他的表情里有一种严厉的、不驯服的成分，使这一典型完美无缺。虽然她已经四十五岁了，但他的表情仍能刺激她，给她的古老蓄电池充上了电。

"他是我的丈夫，"伊莎贝拉想，此时他们两人正隔着一束色彩斑斓的鲜花互相点头，"我孩子的爸爸。"这句老话起了作用，她感到骄傲，感到爱意，然后再次为自己而骄傲，因为他选择了她。她震惊地发现，在她今天早晨照过镜子之后，在她昨晚见到那位乡绅农场主并被欲望之箭射穿之后，她看见贾尔斯进来时（他已不是城里衣装讲究的绅士，而是板球运动员了），油然生出多少爱，和多少恨。

他们是在苏格兰钓鱼时认识的——她在一块岩石上钓鱼，他在另一块岩石上钓鱼。她的钓鱼线纠缠在一起了，她就不再钓鱼了，而是观看他钓鱼，看着河水在他两腿之间涌流，看着他甩竿，再甩竿——直到一条鲑鱼（中间稍弯，像个银元宝）跳了

240

起来，被他捉住；她已经爱上了他。

巴塞罗缪也很喜爱他，并注意到了他恼火的表情——是因为什么呢？可是他记起了他的客人。有生人在场，家庭就不是家庭了。他必须费点事给他们讲一讲那两幅画，那位陌生的客人正在欣赏它们呢，此时贾尔斯突然进来了。

"那一个，"巴塞罗缪指的是画里骑马的男人，"是我的祖先。他有一条狗，那狗很有名气。那狗在历史上都占有一个位置。他留下了字据，希望把狗和他葬在一起。"

他们都看着那幅画。

露西打破了沉默："我总觉得他好像在说：'画我的狗吧。'"

"那么那匹马呢？"曼瑞萨太太问。

"那匹马呀。"巴塞罗缪说，同时戴上了眼镜。他看着那匹马，马的臀部画得不太好。

可是威廉·道奇还盯着另一幅画里的贵妇人。

"啊，你是个画家。"巴塞罗缪说，他本人是因为喜欢那幅画才把它买下的。

道奇否认自己是画家，在半个多小时里他已经是第二次否认了，伊莎注意到了这一点。

像曼瑞萨这样的好女人为什么要领着这些缺乏教养的人到处去呢？贾尔斯问自己。他的沉默对谈话起了作用——那个道奇，摇了摇头。"我喜欢那幅画。"这是他唯一能说出的话。

"你说得对，"巴塞罗缪说，"有一个人——我忘了他的名字，他和一个学院有关系，专门给像我们这样的贵族后裔，家道中落的贵族后裔免费出主意，他说……说……"他停了一下。他们都看着那个贵妇人。可是她的目光越过了他们的头部，无视一切。她引领他们走下绿色的林间空地，走进寂静的中心。

"据说是乔舒亚爵士画的吧?"曼瑞萨太太突兀地打破了寂静。

"不是,不是。"道奇连忙说,可是声音很小。

"他为什么害怕呢?"伊莎贝拉问自己。他是个可怜的典型,不敢坚持自己的信仰——正如她也害怕,怕自己的丈夫。她把诗写在一本装帧得像账簿的笔记本里,不就是怕贾尔斯怀疑吗? 她看了看贾尔斯。

他已经吃完了鱼片;他吃得很快,以免让他们久等。现在樱桃馅饼已经端上来了。曼瑞萨太太在数樱桃核。

"锡匠、缝匠、士兵、水兵、药师、耕童……我是耕童!"她喊道,她很高兴,因为樱桃核再一次肯定了她是大自然的野孩子。①

"你也相信这个?"老先生有礼貌地取笑她说。

"当然啦,我当然相信啦!"她喊道。现在她又上了轨道。她又是个彻头彻尾的好女人了。他们也都很高兴;现在他们可以跟在她的后面,离开那些通向寂静中心的银色和灰褐色的阴影了。

"我的先父,"道奇对坐在旁边的伊莎悄声说,"他喜欢绘画。"

"哦,我父亲也是!"她大声说。她含混地、断断续续地作了解释。小的时候,她每次得了百日咳都要住在一个叔叔家,他是个牧师;他戴着平顶帽;他什么事都不干,甚至不宣讲教义,只是编一些诗歌,在自己的花园里边散步边大声朗诵。

---

① 曼瑞萨太太吃樱桃馅饼时,一边数着吐出来的樱桃核,一边背诵童谣,有算命的意味。该童谣是:"锡匠、缝匠、士兵、水兵、药师、耕童、贼。"曼瑞萨太太数到第六个樱桃核时,正好念到"耕童"。

"人们都认为他疯了，"她说，"我不认为……"

她不说了。

"锡匠、缝匠、士兵、水兵、药师、耕童……看起来，"巴塞罗缪老人放下调羹说，"我得是贼了。① 咱们端着咖啡去花园好吗？"他站起身来。

伊莎拖着椅子穿过沙砾路，口里念念有词："我们现在去哪儿？是去地球上渺无人迹的黑山洞，还是去风儿吹拂的森林？还是从一个星球旋转到另一个星球，去月亮的迷宫跳舞？还是……"

她拿折叠帆布躺椅的角度不对，把椅框带槽口的一头拿倒了。

"我叔叔从前教我唱的歌？"威廉·道奇说，他听见了她念的歌词。他打开折叠躺椅，把铁棍插进右槽口。

她脸红了，好像她刚才是在一间空屋子里说话，突然有人从帷幔后面走了出来。

"如果你在用手干活，你嘴里不念叨点什么吗？"她结结巴巴地说。可是他究竟用手，那双白净、细腻、形状好看的手，干了什么活呢？

贾尔斯回波因茨宅又拿来几把椅子，摆成半圆形。这样大家可以一起欣赏美景，还可以一起享受那堵旧墙的阴影。因为过去恰巧有人贴着宅子的墙壁垒了一堵墙，大概是想添加一个楼翼，就在阳光照耀的高地上。可是他们缺乏资金，放弃了那个

---

① 巴塞罗缪也是一边数樱桃核，一边背诵童谣。他数到第七颗时，正好念到"贼"字。

计划,因此只留下了这面墙,别的什么都没有。后来下一代人种了果树;果树长成后,树枝向四面伸展,伸过了这面历尽风雨的橘红色的墙。如果桑兹太太在一年里能用树上的果子做成六锅杏酱(用鲜杏当佐餐的甜食总是不够甜),她就说这年是丰收年了。如果树上只有三个杏子的话,也许还值得用薄布袋罩起来。可是那么多裸露的杏子是那么漂亮,一边脸红,一边脸绿,斯威辛太太就不罩它们了,于是黄蜂就在杏子上掘了许多小洞。

这里的地面向上倾斜,因此《菲吉斯旅游指南》(一八三三年版)说:"从那里可以清楚地看到周围乡野的景色……博尔尼教堂的尖塔、拉夫·诺顿树林以及建在一片高地左边的霍格本的怪楼,它得名于……"

那本旅游指南说的依然是事实。一八三三年的情况到了一九三九年并没有改变。多年以来,这里没有再盖房子,也没有建设城镇。霍格本的怪楼依然很显眼;那片非常平坦的、布满农田的土地只有一点变化——拖拉机在某种程度上取代了犁铧。马已经没有了,但还有奶牛。假如菲吉斯现在来这里,他也会这么说的。他们每年夏天坐在这里喝咖啡的时候总会这么说,如果有客人在场的话。他们全家人单独在一起的时候什么都不说。他们只是观赏景色;他们观赏着已经司空见惯的景物,看一看他们熟悉的东西今天是否有什么不同。在大多数日子里,景色总是一样的。

"风景是那么惨淡,那么美丽,原因就在这里。"斯威辛太太说,一面弯下身子坐上贾尔斯给她搬来的帆布躺椅。"风景会永远存在,"她望着远处田野上空细带般的薄雾点着头说,"即便我们不存在了。"

贾尔斯用力扳动折叠椅,把它安置到位。他只能用这种方法来表达愤懑的心情,表达他对这些老顽固们的愤怒,他们只知道坐在这里,喝着加了奶油的咖啡,欣赏着风景,而此时整个欧洲——就在那一边——浑身的刺都竖起来了,就像……。他不善于使用比喻。只有不够准确的"刺猬"二字,才能说明他对欧洲的看法:地上竖满枪刺,空中悬着战机。每时每刻,大炮都会把那片田地耙出沟壑,飞机都会把博尔尼教堂炸得粉碎,还会炸掉霍格本的怪楼。他也喜欢这里的风景,并埋怨露西姑妈只会看风景,不会——做什么呢? 她所做的事就是嫁给了一个乡绅,他已去世;她生了两个孩子,现在一个在加拿大,另一个已结婚,在伯明翰市。他很爱他的父亲,因此不去批评他;至于他自己呢,事情一件接着一件发生了;于是他就坐到了这里,跟老顽固们一起看风景了。

"真美啊,"曼瑞萨太太说,"太美了……"她咕哝着说。她在点香烟。微风吹灭了她的火柴。贾尔斯用手做成空洞状,又点了一根。对她也不用批评了——为什么,他也说不好。

"既然你对油画感兴趣,"巴塞罗缪转过身来对那位沉默的客人说,"那么,请告诉我,我们这个民族为什么对那种高雅的艺术却不好奇,没反应,不敏感,"——由于刚才喝的香槟酒起了作用,他才能一连气说出这三个不寻常的词——"而曼瑞萨太太,如果她允许我老头随便说的话,却能背莎士比亚的诗呢?"

"背莎士比亚的诗!"曼瑞萨太太嗔怪地说。她摆出了一种姿态。"生存,还是毁灭,这是一个值得考虑的问题。哪种行为更高尚①……接着背呀!"她碰了碰坐在旁边的贾尔斯。

---

① 此引语出自英国诗人、剧作家威廉·莎士比亚(1564—1616)的戏剧《哈姆雷特》第三幕第一场。

"远远地、远远隐没,让我忘掉你在绿叶间从不知道的一切①⋯⋯"伊莎慌忙说出她刚想到的诗句,以帮助丈夫摆脱窘境。

"忘记这疲劳、这折磨、这焦躁②⋯⋯"威廉·道奇补充道,一面把烟头埋进两块石头中间的小坟堆里。

"有了!"巴塞罗缪喊道,同时竖起食指,"那就是证明!什么样的弹簧被触动,什么样的隐秘抽屉展示出它的宝物,如果我说,"——他又竖起了几个手指头——"雷诺兹③!康斯特布尔④!克罗姆⑤!"

"为什么叫他'老'克罗姆呢?"曼瑞萨太太插嘴说。

"我们没有恰当的言语——我们没有恰当的言语,"斯威辛太太辩解道,"在眼睛后面,没在嘴边;就是如此。"

"没有言语的思想,"她的哥哥若有所思地说,"那可能吗?"

"我不懂!"曼瑞萨太太摇着头喊道,"太玄妙了!我能自己拿东西吃吗?我知道不对。可是我已经长到了这种年龄——以及这种身材,该干自己爱干的事了。"

她拿过盛奶油的小罐,让那滑溜溜的液体沿着弧形轨迹尽情地流进她的咖啡里,又往里面倒了满满一小铲红糖。她一圈

---

① 此引语出自英国诗人约翰·济慈(1795—1821)的《夜莺颂》。原诗句为"Fade far away, dissolve, and quite forget / What thou among the leaves hast never known",伊莎背诵时漏掉了"dissolve"(消解)一词。

② 此引语仍出自约翰·济慈的《夜莺颂》,紧接着前面引用过的那一句,原文为"The weariness, the fever, and the fret",威廉·道奇背诵时把"fever"(狂热)一词改成了"torture"(折磨)。

③ 乔舒亚·雷诺兹爵士(1723—1792),英国18世纪肖像画家和艺术理论家,提倡绘画的"高雅风格"。

④ 约翰·康斯特布尔(1776—1837),英国风景画家。

⑤ 约翰·克罗姆(1768—1821),英国风景画家,昵称"老克罗姆"。

又一圈地搅动混合的液体,她的动作给人以快感,很有节奏。

"想吃什么就拿!随便吃!"巴塞罗缪大声说。他觉得香槟酒越来越少了,于是趁着主妇的最后一点盛情尚未消失,赶紧享用美餐,就像在上床睡觉之前朝着灯火辉煌的客厅看上最后一眼。

那位大自然的野孩子又一次漂浮在老人的慈爱浪潮之中,她从咖啡杯的上方望着贾尔斯,觉得他们两人是一个阴谋的同谋者。一根细线把他们维系在一起,既看得见,又看不见,就像秋季日出之前把抖动的草叶维系在一起的那些细线,有时看得见,有时看不见。她以前只见过他一次,在板球比赛的时候。那时真正友谊的枝叶尚未长出来,但已经有一根初期感情的细线缠绕在他们中间了。她在喝咖啡之前总要先看一看,看是喝的一部分。她似乎在问,为什么要浪费激情呢,为什么要浪费可以从这个成熟的、正在融化的可爱世界挤出的一滴水呢?然后她喝下咖啡。于是她四周的空气便被激情的细线串在一起。巴塞罗缪感觉到了这一点;贾尔斯也感觉到了这一点。如果他是一匹马的话,棕色的薄皮肤会抽动的,就像有一只苍蝇落上去似的。伊莎贝拉也抽动了一下。嫉妒、愤怒刺痛了她的皮肤。

"现在,"曼瑞萨太太放下杯子说,"谈谈这次演出吧——这出露天历史剧,我们曾经研究过它,也反对过它,"——听她的口气,演剧的时机似乎已经成熟,就像那些正被黄蜂叮咬的熟杏子。——"告诉我,这个剧会是什么样的?"她转过脸去。"我是不是听见了什么声音?"她注意倾听。她听见了笑声,这笑声来自台地斜下方的灌木丛。

在睡莲池的后边,地势又向低处倾斜,在那低洼的地段,无刺灌木和有刺灌木混生在一起。这个地方总有阴凉；夏天时透进点点阳光，冬天时阴暗而潮湿。夏天里总有很多蝴蝶；豹纹蝶快速地穿来穿去；红纹丽蛱蝶享用美餐，飘忽不定；菜粉蝶倒没有什么奢望，只是轻盈地扇动翅膀，绕着一棵灌木飞来飞去，就像一群穿着薄布衣裙的挤奶姑娘，情愿在那里过一辈子。对一代又一代的居民来说，逮蝴蝶就是在那里开始的；对巴塞罗缪和露西来说是如此，对贾尔斯来说也是如此；对乔治来说，逮蝴蝶前天才开始，当时他用绿色的小网子逮了一只菜粉蝶。

这里是设置更衣室的合适地点，正如台地显然是演剧的合适地点。

"真是合适的地点！"拉特鲁布女士第一次来访被领到这里察看场地的时候曾惊叹地说。那是个冬天，树上的叶子已经落尽了。

"奥利弗先生，这是演露天历史剧的好地方！"她当时惊叹地说。"在这些树木之间绕进绕出。……"她向树木摆了摆手，它们光秃秃的，矗立在一月份清晰的光线里。

"那边是舞台；这边是观众；那边坡底下的灌木丛是理想的演员化妆室。"

她总是渴望组织活动。但她是从哪里蹦出来的呢？从她的姓氏看，她大概不是纯英格兰人。大概是从英吉利海峡群岛来的？宾厄姆太太只根据她的眼睛和她的某种神态就怀疑她有俄国血统。"那双深陷的眼睛、那个方下巴"让她联想起鞑靼人，倒不是因为她去过俄国。谣传拉特鲁布女士曾在温彻斯特市开过一间茶叶店，后来倒闭了。她当过演员，也没成功。她买过一幢有四居室的房子，与一个女演员同住。她们吵了架。实际上，她的情况人们知道得很少。从表面看，她肤色较深，体格强健，身体粗壮;她穿着亚麻工作服,迈着大步,在田地里走来走去;有时嘴里叼着烟卷;她的手里经常拿着马鞭,嘴里说着粗话——这么说,她也许根本就不是个有教养的女人?不管怎么说,她热衷于组织活动。

笑声消失了。

"他们要演剧吗?"曼瑞萨太太问。

"演剧,跳舞,唱歌,每样都有一点儿。"贾尔斯说。

"拉特鲁布女士是个精力充沛的人。"斯威辛太太说。

"她让每个人都有事干。"伊莎贝拉说。

"我们的角色嘛,"巴塞罗缪说,"是当观众。同样是非常重要的角色。"

"还有,我们供应茶水。"斯威辛太太说。

"我们要不要过去帮帮忙?"曼瑞萨太太说,"切切面包黄油什么的?"

"不用了,不用了,"巴塞罗缪说,"咱们就当观众。"

"有一年我们看的是《格顿大娘的针》①,"斯威辛太太说,"有一年是我们自己写的剧本。咱们的铁匠的儿子——托尼?汤米?——他的声音最美啦。住在'十字路宅'的埃尔西——她模仿得多好啊!把我们都给模仿了,巴特、贾尔斯、老薄脆——这是我的外号。人们有天才——很有天才。问题是——怎么把天才调动起来?这就是她——拉特鲁布女士——聪明过人的地方。当然啦,可以从全部英国文学当中选材。可是你怎么选呢?我经常在下雨天里开始计算,哪些书我读过,哪些书还

---

① 英国第二部诗体喜剧,出版于 1575 年。

没读过。"

"还把书弄得满地都是,也不收拾,"她的哥哥说,"就像故事里的小猪一样,要么就是小驴?"

她哈哈大笑,轻轻地拍着他的膝盖。

"那驴子不知是吃干草好还是吃萝卜好,结果给饿死了。"伊莎贝拉解释说,她这是故意找话来说,以协调她姑姑和她丈夫的关系,因为她的丈夫讨厌今天下午这种谈话。书打开了,得不出结论;他坐在观众席里。

"咱们接着坐吧,"——"咱们是观众。"今天下午,词语结束了平躺在句子里的状态。它们站了起来,咄咄逼人,向你挥起了拳头。今天下午他已不是前来观看村民本年度演出的那个贾尔斯·奥利弗了;他被铁链拴在一块岩石上,不得不观看无法形容的恐怖景象①。他面部的表情显示出这一点;而伊莎则不知说什么好,她突然打翻了一个咖啡杯,有几分故意。

威廉·道奇接住了掉下的咖啡杯。他握住杯子,停了片刻。他转了转杯子。杯底的釉面上有浅浅的蓝色印记,像是两把交叉的匕首,他看出杯子是英国货,可能是在诺丁汉郡制造的,日期大概是一七六〇年。他端详匕首图案并得出上述结论时的表情,正好给贾尔斯提供了又一个发泄愤怒的目标,就像一个人顺手把外衣挂到挂钩上一样。威廉·道奇是个爱奉承、爱谄媚的人;他绝不是个有正常判断能力的普通人,他喜欢捉弄人,变化多端;他善于玩弄感情,挑挑拣拣,犹犹豫豫;他不是个真诚地爱女人的那种男人——他的头快挨上伊莎的头了——他不过是一

---

① 评论家朱迪·丽丝认为,贾尔斯·奥利弗的处境类似普罗米修斯的处境。普罗米修斯是希腊神话中的巨人,因给人类偷取火种而得罪了主神宙斯,被用锁链拴在一块大石头上,每天被兀鹰啄食肝脏。

个——贾尔斯想到那个在公众场合不便说的词①，便噘起了嘴；他小手指头上的图章戒指显得更红了，因为他用力抓住椅子扶手时戒指周围的肉变白了。

"哎呀，多有意思啊！"曼瑞萨太太用清晰的高音喊道，"每样都有一点。一首歌、一个舞，然后是村民自己演的剧。不过，"她说到这里转过身，朝伊莎贝拉歪了歪头，"我相信剧本是**她**写的。对不对，贾尔斯太太？"

伊莎脸红了，忙说不是她写的。

"我自己呢，"曼瑞萨太太接着说，"说白了吧，我不懂怎么样把两个字放在一起。不知道是怎么回事——别看我是这么个话匣子，舌头挺管用的，我一拿起笔——"她做了个鬼脸，把手指头捏在一起做出拿笔的样子。可是她这样握的笔在小桌上根本挪不动。

"我写的字——那么大——那么笨——"她又做了个鬼脸，扔掉了那支看不见的笔。

威廉·道奇把刚才接住的那只咖啡杯小心翼翼地放回碟子上。"**他**呀，"曼瑞萨太太说，似乎是冲着他放杯子的小心劲说的，而且认为他写字也有同样的技巧，"字写得很漂亮。每个字母的造型都很完美。"

他们又都看着他。他马上把手放进口袋。

伊莎贝拉在猜测贾尔斯刚才没说出口的那个词。唔，如果威廉真如那个词所形容的那样，又有什么过错呢？为什么要相互评价呢？我们相互了解吗？不是在此时，不是在此地。而是

---

① 评论家马克·胡塞认为，贾尔斯无法说出口的词是"homosexual"，意为"同性恋者"。

在别的地方,这朵云彩、这个外壳、这个疑虑、这粒尘埃——她等着韵脚蹦出来,但没有等到;可是在某个地方有一个太阳放光,毫无疑问,一切都会清楚的。

她的身子突然动了一下。笑声又向她飘来了。

"我感觉听见他们的声音了,"她说,"他们在做准备,正在灌木丛里换衣服呢。"

拉特鲁布女士在弯曲的白桦树之间来回踱步。她一只手插在上衣口袋里,另一只手拿着一张大裁纸①。她正读着纸上写的字。她的神态颇像一个在甲板上踱步的指挥员。那些弯曲别致的白桦树,银色的树皮上有一圈一圈手镯状的黑色纹路,它们一棵接一棵延伸开去,像一条轮船那么长。

会下雨呢,还是会晴天? 太阳出来了;她把手遮在眼睛上方,那姿势正像一位将军站在军舰后甲板仪式区时惯用的姿势,她决定冒一次风险,把演出安排在露天进行。疑虑终于消除了。她发出命令,把全部舞台道具都从谷仓搬到灌木丛里。道具很快就搬好了。就在她踱来踱去,承担起一切责任,选择晴天而不希望下雨的时候,演员们正在黑莓丛中换衣服。笑声就是他们发出来的。

衣服都散放在草地上。用硬纸板做的皇冠、用银纸做的宝剑、用价值六便士的洗碟布做的头巾,摊在草地上,或挂在灌木上。树荫下有一摊一摊红色和紫色;银色在阳光下熠熠生辉。那些服装吸引了很多蝴蝶。红色和银色、蓝色和黄色,散发出温暖和甜香。红花蝶贪婪地吸吮洗碟布的油迹,白菜蝶痛饮银纸

---

① 英国规格 13.5 英寸×17 英寸的书写或印刷纸。

的冰凉。它们飞来飞去,尝尝这个,尝尝那个,又飞回来,每种颜色都要尝一尝。

拉特鲁布女士停下脚步,环视着整个场景。"它有一切必要的条件,可以……"她自语道。因为她总是刚写完一个剧本就计划下一个剧本了。她把手搭在眼睛上方,向四处眺望。蝴蝶在盘旋,光线在变化,孩子们在跳跃,母亲们在欢笑——"不行,我没想好。"她嘟囔着,又继续踱步。

他们私下里叫她"专横",正如叫斯威辛太太"薄脆"一样。她的唐突举止和粗壮身材,她的粗脚腕和结实的鞋子,她用低音喊出的快速决断——所有这些都"令人恼火"。谁都不喜欢单独受她支使。但作为小群体,他们需要求助于她。必须有一个人领头。那他们也就能把责任推到她身上了。如果下雨了怎么办?

"拉特鲁布女士!"现在他们和她打招呼,"你这是想表达什么意思啊?"

她停了下来。戴维和艾丽斯各有一只手放在留声机上。留声机必须藏起来,可是又必须离观众近一点,让他们能听见。哎,她不是已经吩咐过了吗?用树叶盖着的栏架在哪儿?把它们拿过来。斯特里特菲尔德先生说过他负责这件事。斯特里特菲尔德先生在哪儿呢? 看不见有牧师呀。也许他还在谷仓里?"汤米,快点去,把他叫来。""汤米第一幕还得演出呢。""那就叫贝里尔去吧……"那些母亲在争吵。一个孩子选上了;另一个孩子没选上。人们总是喜欢金黄头发的人而不喜欢深色头发的人,太不公平了。伊伯里太太不许范妮参加演出,因为她得了荨麻疹。在这个村子里,荨麻疹还有另一种叫法。

鲍尔太太的农舍你大概不能称之为干净。上次大战期间,

253

鲍尔太太和另一个男人同居,当时她的丈夫正在前线。拉特鲁布女士虽然很了解这些情况,但她不肯掺和进去。她扑通一声跳进那个细网,如同一块大石头掉进睡莲池。纵横交错的网线被扯断了。只有水下的草根对她有用。例如,虚荣心把他们都变得好支使了。男孩子们想扮演重要的角色;女孩子们想穿那些漂亮的服装。得减少花销。十英镑就到头了。这样一来就打破了常规。他们满脑子常规,不明白在露天地里一块用来缠头的擦碟布显得比真正的丝绸还富丽。因此他们争论不休;可是她不跟他们争。她一面等着斯特里特菲尔德先生,一面在白桦树中间溜达。

其他的树木都长得直挺挺的,很壮观。它们虽然不十分规则,但其大致规则的轮廓足以代表教堂里的廊柱;那是一个没有顶棚的教堂,一个露天大教堂;在那里,速飞的燕子与大致规则的树木相映成趣,似乎构成了一种图案,它们跳着舞,像俄国人那样,只不过不是伴着音乐,而是伴着自己狂跳的心脏的节拍,那节拍无人能听见。

他们的笑声消逝了。

"我们必须耐心地守住自己的灵魂,"曼瑞萨太太又说,"我们能帮忙搬椅子吗?"她说,同时往后瞟了一眼。

坎迪什、一个园丁,还有一个女仆都在搬椅子——是给观众搬的。没有什么事需要观众去做。曼瑞萨太太想打哈欠又憋了回去。他们都不说话。他们凝视着风景,似乎那块田里会发生点什么事来解除他们无法忍受的负担,那就是,和别人坐在一起却要保持沉默,无事可做。他们的身心靠得太近了,然而又近得不够。他们都各自感觉到:我们不能随意感知,不能随意思考,也还不能随意睡觉。我们靠得太近,然而又近得不够。所以他们坐立不安。

天更热了。云消散了。现在到处都是阳光。暴露在阳光下的风景变得扁平、静谧、沉寂。那些奶牛一动不动。那面砖墙虽已失去遮阳的阴影,但仍把星星点点的热量反射回去。奥利弗老先生深深地叹了一口气。他的头突然歪了一下,一只手垂了下去,离他身边的猎犬的头部不到一英寸。他随后把手移到膝盖上。

贾尔斯生气地瞪着眼睛。他紧抱着膝头,凝望着平坦的田野。他默默地坐在那里凝望着,瞪着眼睛。

伊莎贝拉感觉自己被囚禁了。几支爱与恨的钝箭,透过监狱的铁栏杆,透过使铁栏杆发生偏斜的蒙眬睡意,刺伤了她。透过其他人的身体,她既不能真切地感受爱,也不能真切地感受恨。她最有意识的感觉就是渴望喝水——她在午餐会上刚喝了甜酒。"一杯凉水,一杯凉水。"她反复说,而且她看见了水,周围是闪光的玻璃墙。

曼瑞萨太太多么希望能放松一下,找个角落蜷起身子休息一会儿,带上一个靠垫、一份带图画的报纸和一袋糖果。

斯威辛太太和威廉站在一边看风景,神态漠然。

要让这风景取胜,要反映出它的波澜,要让他们自己心里涌起波澜,这个想法多么诱人,太诱人了;啊,要让初步设想继续延伸,然后,猛地用力,把它抛出去。

曼瑞萨太太退后,猛抛,猛冲,然后突然止步。

"这景色多美啊!"她感叹道,一面装作弹烟灰,实际上是掩盖打哈欠。然后她叹了口气,假装她不是困倦,而是表达一种情感,与她对风景的感受有关。

对她的话，谁都没有回应。平坦的田野闪烁着绿黄色、蓝黄色、红黄色，然后又是蓝色。这循环往复的变化毫无意义，使人不快，令人厌倦。

"那么，"斯威辛太太低声说，似乎说话的时刻到来了，似乎她曾经做出过承诺，现在该兑现了，"来吧，来吧，我带你们参观宅子。"

她并没有叫谁。可是威廉·道奇知道她这话是冲着他说的。他身子一晃，站了起来，就像一个玩具突然被绳子拉直了。

"精力多充沛呀！"曼瑞萨太太半叹息半打哈欠地说。"我有勇气跟着去吗？"伊莎贝拉问自己。他们要走了，而她最渴望的则是喝凉水，一杯凉水；可是欲望逐渐减小了，被她对众人负有的沉重责任压抑下去了。她看着他们走开——斯威辛太太跟跟跄跄，可还是迈着快步；道奇则挺直了身子，在斯威辛太太旁边迈着大步，沿着被晒热的墙壁下面的火辣辣的瓷砖路大踏步走去——直到他们来到波因茨宅的阴影下。

一个火柴盒掉了——是巴塞罗缪的。他松开手指头，盒子就掉了。他放弃这个游戏了；他不能被人打扰。他的头偏向一边，一只手垂在狗的头部上方，他睡着了，他打鼾了。

斯威辛太太在大厅里那些带镀金桌脚的桌子中间停了下来。

"这是主楼梯，"她说，"现在——咱们上去吧。"

她率先上楼，比她的客人早上两级楼梯。他们上楼时，那长长的黄色锦缎张开了，拂过一幅有裂痕的油画。

"这贵妇人不是我们的祖先，"斯威辛太太说，他们这时已走到与肖像头部平行的位置。"可是我们都说她是个祖先，因为我们认识她——哎呀，已经有这么多年了。她是谁呢?"她目不转睛地看着画像。"是谁画的呢?"她摇了摇头。阳光倾泻在贵妇人身上，使她显得光彩照人，像是要去赴宴。

"可是我最喜欢看她在月光下的样子。"斯威辛太太若有所思地说，同时又迈上几级楼梯。

她一边上楼，一边轻轻地喘着气。然后她在楼梯驻脚台上抚摸墙上凹进去的书本图形，就像抚摸排箫。

"这些都是诗人，我们通过心灵成为他们的传人，呃……先生。"她小声说。她忘了他的名字。然而她还是在众人中把他挑了出来。

"我哥哥说，当初他们把这所房子盖得朝北，是为了避风，没有考虑让它朝南多见阳光。所以这些书本在冬天很潮湿。"她停顿了片刻，"现在该看什么啦?"

她停下脚步。那里有一扇门。

"这是晨会室。"她打开屋门，"是我母亲接待客人的地方。"

在刻有精细凹槽的壁炉架两边，各有一把椅子，对面放着。他从她的肩头上看过去。

她关上了屋门。

"上楼，再往上。"他们又上楼了。"他们上呀上，"她气喘吁吁，似乎看见了一支隐形的队伍，"上楼去上床。"

"一个主教，一个旅人——我连他们的名字都忘了。我忽略了。我忘记了。"

她在走廊的一扇窗前停下来，把窗帘往后拉。下面是沐浴着阳光的花园。小草茁壮，闪着光亮。有三只白鸽在调情，它们小心翼翼地挪着步子，那仔细劲儿活像穿着跳舞裙子的小姐。它们粉红色的小爪子在草地上迈碎步的时候，优雅的身子摇来晃去。突然间，它们扑着翅膀飞上天空，转了一圈便飞走了。

"现在去看卧室吧。"她说。她敲了两下门，声音非常清晰。她歪着头，仔细听着。

"我一向不知道，"她小声说，"屋里有没有人。"随后她猛地打开屋门。

他有点盼望看见里面有人，光着身子，或是衣冠不整，或是跪着祈祷。可是这间屋子里空无一人。屋子非常整齐，有好几个月没住过人，是个富余的房间。梳妆台上立着蜡烛。床罩很整洁。斯威辛太太停在床边。

"在这儿，"她说，"对，就在这儿，"她轻轻地拍着床罩，"我出生在这儿。就在这张床上。"

她的声音消失了。她在床边坐下。毫无疑问，她累了，是因为爬楼梯，因为天气热。

"可是，我认为，我希望，我们还有别的生命，"她自语道，"呃……先生，我们生存在别人的生命里，我们生存在万物之中。"

她说得很简单。她说得很费力。听她说话的口气，她似乎必须克服疲劳，为了对一个陌生人、一个客人表示仁爱。她忘了他的名字。有两次她在说"先生"之前停了一下。①

这间屋里的家具是维多利亚中期的，可能是在四十年代从梅波尔家具店买来的。地毯上散布着紫色斑点。在脸盆架旁边有一个白色的圆圈，说明那是过去放泔水桶的位置。

他可以说"我叫威廉"吗？他希望可以。她尽管年老体衰

① 此句的原文是："Twice she said'Mr'and stopped."斯威辛太太忘记了道奇先生的姓，只好说："Mr…"。由于汉语是先说姓，后说"先生"，因此这一句的译文做了相应的变动。

还是爬上了楼梯。她说出了心里话,不注意也不在乎他是否认为她无足轻重,好动感情,而且愚蠢,其实他正是这样认为的。她伸出援助之手,帮他登上了一个很陡的地方。她猜到了他的烦恼。他坐在床上听她摆动着小腿唱着:"过来看我的海带,过来看我的贝壳,过来看我的小鸟跳上树梢。"——这是一首用来哄小孩的老童谣。他站在房角的橱柜旁边,看见她映在玻璃上的形象。他们两人的眼睛都与身体隔绝开来了,与身体隔绝的眼睛向玻璃上映出的眼睛传达着笑意。

随后她溜下了床。

"现在,"她说,"该看什么呢?"然后轻手轻脚地沿着走廊快步走去。一扇门敞开着。大家都在外面花园里。这间屋子就像一艘被船员遗弃的大船。孩子们刚才在这里玩耍过——地毯中间有一个带斑点的木马。保姆刚才在这里缝过衣服——桌子上有一小块麻布。小婴孩刚才在儿童床上。现在那张床是空的。

"这是保育室。"斯威辛太太说。

词语升华了,具有了象征意义。她似乎在说:"我们民族的摇篮。"

道奇走到屋子另一边的壁炉前,去欣赏钉在墙上的《圣诞节年刊》上的纽芬兰狗。屋里弥漫着温馨的气味,那是晾着的衣服的气味、牛奶的气味、饼干和温水的气味。那张画的名字是《好朋友》。从敞开的门口突然传来一阵声音。他转过身去。老太太已经出了屋子进了走廊,背靠在窗户上。

他让屋门敞着,以便"船员们"回来;他走到她的身边。

就在窗户的下边,在院子里,汽车云集。狭窄的黑色车顶聚集在一起,就像地板上的方块图案。司机们跳下车来;老妇人们颤巍巍地伸出了腿,腿上是黑袜子,脚上是带银扣的鞋子;老先生们也颤巍巍地伸出了腿,腿上是带条纹的裤子。穿短裤的小伙子们从汽车的一边跳出来;腿上有肉色长袜的姑娘们从另一边跳出来。从黄色的沙砾路上传来引擎的嗡嗡声和车轮转动的声音。观众也集合起来了。可是他们两人却是逃学的孩子,趴在窗口往下看,对此情景无动于衷。他们两人一起把半个身子探出窗口。

这时一阵微风吹来,所有的薄布窗帘都啪啪响着飘向窗外,就像某个尊贵的女神在其他神灵的簇拥下从宝座上站起来,甩动琥珀色的衣裙,而其他神灵看见她站起来走了,便大笑起来;他们的笑声托着她向前飘去。

斯威辛太太捂住头发,因为微风把它吹乱了。

"呃……先生。"她开口说。

"我叫威廉。"他打断了她。

她听见这话笑了,像个绝色的女孩,似乎微风把她眼中的冷蓝色加热成了琥珀色。

"威廉,"她抱歉地说,"我把你从朋友身边带到这儿来,因为我觉得这儿紧绷绷的……"她摸了摸骨骼突出的额头,上面有一根蓝的静脉在蠕动,像蓝色的毛虫。可是她那双深陷在眼眶里的眼睛依然发出柔和的光。他只看见了她的眼睛。他希望跪在她面前,吻她的手,并且说:"斯威辛太太,上中学的时候,他们揪着我,用一桶脏水泼我;斯威辛太太,等我抬起头来的时候,整个世界都是肮脏的;所以我就结了婚;斯威辛太太,可是我的孩子不是我的。斯威辛太太,我是半个男人;斯威辛太太,我是草丛里的一条小蛇,闪着暗光,心里充满矛盾;正如贾尔斯见到的那样;可是你治好了我的创伤……"这些都是他想说的话,可是他什么都没说出来;微风笨拙地穿过走廊,把窗帘全都

260

掀到了窗外。

他们两人再一次看着下面的黄色沙砾小路,小路在大门口周围呈新月形。她向外探身之时,阳光照射到她的项链坠上,小十字架来回晃动。她怎能让这个光亮的象征把自己坠下去呢?她是那么爱激怒,那么爱流浪,怎么能把这个形象烙在自己的身上呢?由于他看着小十字架,他们两人就不再是逃学的孩子了。下面汽车轮子的嘤嘤声变成了人声,似乎在说:"快,快,快,不然就迟到了。快,快,快,不然就没有好位子了。"

"啊,"斯威辛太太喊道,"斯特里特菲尔德先生来了!"他们看见一个教士,高大健壮的教士,扛着一个栏架,缠着叶子的栏架。他在汽车之间大步穿行,神态像一个权威人士,他被人们等待期盼已久,现在终于来了。

"时间到了,"斯威辛太太说,"该去参加——"她没有说完这句话,她似乎三心二意,她的心向右飞,向左飞,像鸽子从草丛中飞起。

观众正在集结。他们像溪流一样涌进几条小路,然后分散开穿越草坪。有些人已衰老,有些人正年富力强。在人流中也有小孩子。正如菲吉斯先生(《旅游指南》作者——译者注)可能观察到的那样,他们中间有我们最尊敬的家族的代表——登顿宅的戴斯家族、奥尔斯维克宅的威克海姆家族等等。有的家族已经在这里住了几个世纪,从未出卖过一英亩土地。另一方面,也有新来的家族,像曼瑞萨家族,他们把旧房子装修一新,增添了浴室。还有零星的外来户,如科布斯科纳宅的科贝特;大家都明白,他已经退休了,靠茶园发的养老金维持生活,算不上有资产。他自己做家务,自己经管庭院。村子附近正在建设的汽车厂和小型飞机场已经吸引来一些单身的流动居民。还有佩奇先生,他是当地小报的记者。然而,总的来讲,假如菲吉斯本人到场点名的话,在场的女士和先生中有一半人会说:"Adsum①,到,我是代表我的祖父或曾祖父来的。"情况很可能会这样。就在这一时刻,一九三九年六月的一天,下午三点半钟,他们互相打着招呼;他们尽量找挨着的座位,落座时他们说:"派伊斯角上那幢新房子太难看了! 真是个眼中钉! 还有那些平房! ——你看见过吗?"

同样,假如菲吉斯点普通村民的名字,他们也会答应的。桑兹太太的娘家是伊利夫家族。坎迪什的母亲是佩里家族的成员。教堂院里那些绿色土丘是他们家的鼹鼠挖洞撩土造成的;几个世纪以来,鼹鼠洞已使土壤变得松散了。斯特里特菲尔德先生在教堂点名时,确实有人缺席。摩托车、公共汽车、电影——斯特里特菲尔德先生点名时,把一切归罪于它们。

台地上已经摆好了一排排的椅子,有帆布椅、镀金椅、租来的藤椅以及当地制造的花园椅。椅子很多,足够大家坐的。可是有些人还是愿意坐在地上。当初拉特鲁布女士说"这是演露天历史剧的合适地点"时,她肯定说的是实话。那草坪像剧场的地板那么平坦。那台地高出一块,是天然的舞台。那些树木构成了舞台上的廊柱。有蓝天作背景,人物显得非常突出。至于天气嘛,尽管人们有这样那样的猜测,最终还是晴朗起来了,非常晴朗。简直是完美的夏日午后。

"运气真好!"卡特太太说,"去年……"此时演出开始了。这是话剧的音响吗? 或者不是? 从灌木丛里传来嚓、嚓、嚓的声音。是机器出毛病的响声。有些人赶紧坐下了;其他人愧疚地

---

① 此词为拉丁语,意为"到""来了"。

停止了谈话。大家都望着灌木丛。因为台上什么都没有。嚓、嚓、嚓,留声机在灌木丛中发出单调的声响。就在他们紧张地看的时候,就在一些人刚说完话的时候,一个小姑娘上场了,她像一朵粉红色的玫瑰花蕾;她来到一个悬挂着树叶的半圆形穹顶后面,站到一块草垫上,高声说:

老爷们,老乡们,我对你们所有的人说……

这么说是话剧啦。或者是序幕吧?

到这边来,参加我们的节日聚会(她继续说)
大家可能明白,这是露天历史剧,
取材于我们岛国的历史。

　我是英格兰。……

"她是英格兰。"他们悄声说。"开始了。""是序幕。"他们低头看着节目单又说。

"我是英格兰。"她再次高声说,然后停下来。

她忘记台词了。

"嘿! 嘿!"一个穿着白色西服背心的老头轻快地说,"好啊! 好啊!"

"真该死!"藏在树后的拉特鲁布女士诅咒说。她逐个审视第一排的观众,他们瞪着眼,就像遭了霜打,僵在同一个平面上动弹不得。只有奶牛饲养员邦德显得自然而放松。

"音乐!"她发出信号,"音乐!"可是留声机还是嚓、嚓、嚓地响。

"一个刚诞生的小孩……"她给小姑娘提词。

"一个刚诞生的小孩,"菲利斯·琼斯接着说,

　"跳出大海;

> 暴风雨掀起的海浪
>
> 把本岛与法德两国
>
> 分隔开来。"

她回过头扫了一眼。嚓、嚓、嚓,留声机仍然发出单调的声响。许多村民穿着用粗麻布做的衬衫排成长长的一列,开始穿行于她身后的树木之间。他们唱着歌,可是没有一句歌词能传到观众耳朵里。

"我是英格兰,"菲利斯·琼斯面对观众继续说,

> "现在是个又小又弱的
>
> 孩子,大家都能看出来……"

她的台词洒进观众之中,就像许多坚硬的小石子突然落下来。坐在正中间的曼瑞萨太太笑了,可是她感觉自己笑的时候皮肤好像开裂了。在她和那些唱歌的村民以及那个高声朗诵的小女孩之间有一个巨大的空间。

留声机仍然嚓、嚓、嚓地响,就像热天里小麦粉碎机的声音。村民们还在唱,可是有一半歌词都被风吹走了。

> 开山修路……我们爬呀……爬到山顶。下面的山谷里……母猪、野猪、肉猪、河马、驯鹿……我们翻地,直到山顶……犁掉石头间的草根……犁耕小麦……直到我们自己也……躺到地——下……

歌词逐渐散去。嚓、嚓、嚓,留声机有节奏地响着。它终于奏出了一支小曲!

> 全副武装抗击命运
>
> 勇敢的罗德里克

全副武装斗志强

大胆又吵嚷

坚定又激昂

瞧那些武士——他们来了……

　　这一夸张的流行小曲发出刺耳的声音。拉特鲁布女士在树后观察着一切。肌肉放松了;沉默打破了。坐在观众席中间的那位健壮的夫人开始敲着椅子打拍子。曼瑞萨太太轻声哼着:

我家在温莎,靠着小旅店。

"皇家乔治"就是酒馆名。

小伙子,你们要相信我,

我不想让人问起……

她漂浮在旋律的河流之中。这位大自然的野孩子是今天节日的女王,她身上的皇家品格、自负和好脾气放射到四面八方。历史剧已经开始了。

　　可是演出受到了干扰。"哎呀,"拉特鲁布女士在树后低声叫,"这些干扰简直太折磨人了!"

　　"对不起,我来晚了。"斯威辛太太说。她挤过一排排椅子,坐到她哥哥旁边的位子上。

　　"演的是什么? 我没赶上序幕。英格兰? 那个小女孩? 现在她要下场了……"

　　菲利斯已经悄悄地走下了草垫子。

　　"咦,这是谁呀?"斯威辛太太问。

　　是希尔达,木匠的女儿。她现在站到了英格兰刚才站的地方。

　　"啊,现在英格兰长成了……"拉特鲁布女士给她提词。

　　"啊,现在英格兰长成了一个少女。"希尔达唱了起来。

("嗓子多好呀!"有人惊叹地说。)

> 玫瑰花儿戴头上,
>
> 野玫瑰啊,红玫瑰,
>
> 她在小巷漫步走,
>
> 挑选花环戴头上。

"靠垫?太谢谢了。"斯威辛太太说,一面把靠垫塞到背后。然后她往前倾了一下身子。

"我猜,那是乔叟①时代的英格兰,她一直在采鲜花,采坚果。她头上戴着花……可是那些从她身后走过的人——"她指着那些人说,"是坎特伯雷的朝圣客吧?看啊!"

从演出开始到现在,那些村民一直在树木中间穿来穿去。他们在唱着歌,可是只有零星的词语能听得见:"……草地上磨出辙痕……小巷里建起房子……"风儿吹跑了他们的歌词里的连接词;随后,当他们走到最边上的一棵树时,他们唱道:

> "相爱的人……信教的人……我们来到……圣贤的祭坛……来到这坟墓……"

他们分成了几个小组。

随后响起了沙沙声,出现了干扰。有人把椅子往后拉。伊莎回过头看发生了什么事。是鲁珀特·海恩斯先生和太太来了,他们因车子半路出故障而来晚了。他就坐在右边,在几排以后,那个穿灰衣服的男人。

与此同时,那些朝圣客已经朝拜过了那座坟墓,现在好像是

---

① 乔叟(1343—1400),英国诗人。他的名著《坎特伯雷故事》叙述一群朝圣客去坎特伯雷朝圣途中讲的故事。

在用耙子扬干草。

> 我亲了个姑娘就放她走,
>
> 把另一个姑娘撂倒在地,
>
> 在麦草堆里,在干草堆里……

——这就是他们用耙子扬着看不见的干草时所唱的歌,这时她又环顾四周。

"演的是英国历史的几个场景。"曼瑞萨太太对斯威辛太太解释说。她快乐地大声说话,好像斯威辛太太耳聋似的。"快乐的英格兰。"

她热烈地鼓掌。

那些歌唱演员一路小跑进了灌木丛。曲子停了。嚓、嚓、嚓,留声机有节奏地响着。曼瑞萨太太看了看手中的节目单。照这样演下去,这个历史剧得演到半夜,除非他们跳过几个历史时期。早期的不列颠人、金雀花王室①、都铎王室②、斯图亚特王室③——她把这几个都勾掉了,不过她也可能漏掉了一两个王朝。

"规模真够大的,是不是?"她对巴塞罗缪说,与此同时,他们都在等待。嚓、嚓、嚓,留声机在响。他们能说话吗?他们能走动吗?不能,因为话剧还在进行当中。然而,舞台上却空无一人;只看得见奶牛在草场里走动;只听得见留声机针头的嗒嗒声。这嗒、嗒、嗒的声音好像把他们拢在了一起,使他们着迷。

---

① 金雀花王室,1154 年至 1485 年间所有的英国国王隶属的家族名称。

② 都铎王室,1485 年至 1603 年间统治英格兰的王室名称。

③ 斯图亚特王室,1371 年至 1714 年间苏格兰历代国王和女王都属于斯图亚特家族。

舞台上什么都没有出现。

"我原先没想到咱们看起来有那么好。"斯威辛太太对威廉耳语道。她没想到过吗？那些孩子、那些朝圣客、朝圣客身后的树木、树木后面的田野——这个放眼可见的世界是如此美丽,他感到无比惊喜。嗒、嗒、嗒,留声机还在响。

"简直是在原地踏步。"奥利弗老先生用很小的声音说。

"对我们来说,不存在原地踏步的问题,"露西小声说,"我们只拥有现在。"

"那还不够吗?"威廉问自己。美丽——那还不够吗?可是伊莎在这里不安地挪动着身子,两只裸露的棕色胳膊紧张地伸到头上。她在座位上半扭着身子。她似乎在说:"不够,对我们来说是不够的,我们还有未来。"未来正干扰着我们的现在。她在找谁呢?威廉转过身,顺着她的目光看过去,只看见一个穿灰衣服的男人。

嗒嗒声停止了。一支舞曲在留声机上奏响。伊莎跟着舞曲的节奏哼唱着:"我要求什么? 要求飞走,离开夜与日,来到一个地方,那里没有别离,人们目光相遇,而且……哎呀,"她大声喊,"看她呀!"

大家都在鼓掌,哈哈大笑。从灌木丛后面走出来伊丽莎白女王①——是伊莱莎·克拉克,那个持许可证卖烟草的女人。她真是村里小店的克拉克太太吗?她化装得真漂亮。她那缀满珍珠的头部挺在白色大硬领上。闪光的软缎包裹着她的全身。几枚廉价的胸针闪着耀眼的光芒,酷似猫眼石和虎眼石;珍珠俯视着一切;她的斗篷是银色棉布做的——实际上是擦炒锅用的

---

① 指伊丽莎白一世(1533—1603),英格兰和爱尔兰女王。

棉纱布。她看起来俨然是她那个时代的化身。她站到舞台中央的肥皂箱上,那箱子大概代表海中的礁石;她庞大的身躯使她显得像个巨人。平时在小店里,她一抬胳膊就够得着一大块火腿,或拖得动一大桶油。她在箱子上站了一会儿,气度非凡,独具威严,身后是一片蓝天和飘动的白云。微风又刮起来了。

　　这个伟大国家的女王⋯⋯

——这是人们在笑声和掌声的喧闹当中最先听到的几个字。

> 航船的女主人,统领着大胡子男人,(她大声喊道)
> 霍金斯、弗罗比歇、德雷克①,
> 把他们的柑橘、银元宝、
> 成船的钻石和金币
> 卸在栈桥上,在这西方国度,——
> (她用拳头指着湛蓝的天空)
> 山峰、尖塔和宫殿的女主人——
> (她一扫胳膊,指向波因茨宅)
> 莎士比亚为我歌唱——
> (一头奶牛哞哞叫。一只小鸟喳喳叫。)
> 歌鸫鸟、槲鸫鸟,(她继续唱道)
> 在绿色树林,在野生树林,
> 唱着颂歌,赞扬英格兰,赞扬女王,
> 然后,从温莎到牛津,
> 在花岗岩和大卵石上,

————————

① 霍金斯(1532—1595),英格兰海军行政官和司令官,早年经营非洲贸易。弗罗比歇(1535—1594),英格兰航海家。德雷克(1540—1596),英格兰环球航海家、海军司令官。

人们还听见了

高笑声,低笑声,

出自武士和恋人,

出自斗士和歌者。

灰头发的婴儿

(她伸出黝黑的、肌肉强健的手臂)

舒服地伸展胳膊,

当出海的人们

从小岛回到家中……

这时微风拽了一下她的头饰。头饰由于有一圈圈的珍珠而上重下轻。她不得不用手扶着白色硬领,以防被风刮跑。

"笑声,大笑声。"贾尔斯嘟囔着。留声机的乐曲东摇西晃,似乎陶醉在快乐之中。曼瑞萨太太开始用脚打拍子,跟着节奏哼唱起来。

"好啊!好啊!"她喊道,"老家伙还有活力呢!"①她放肆地唱出了那首歌的歌词;那歌虽然粗俗,却给"伊丽莎白时代"帮了大忙。因为用于固定白色硬领的别针开了,而且大伊莱莎②还忘了台词。可是观众的笑声如此之大,也就没关系了。

"我怕我的头脑有点儿不大健全。③"贾尔斯和着同一支曲子的节拍嘟囔着。歌词浮出表面——他记得"有一头沮丧的鹿,世界上最粗鲁的蔑视,已将刺扎进它那瘦削的身躯……音乐被逐出节日,就成了讽刺……有一个人经常出没坟场,猫头鹰冲着他叫,常春藤把他嘲笑,敲得窗玻璃啪啪响……因为他们已

①　一首创作于 1878 年的歌曲,词作者为 W. T. 赖顿(1816—1880)。

②　"伊莱莎"是"伊丽莎白"的昵称。"大伊莱莎"指剧中的"伊丽莎白女王"。

③　此句出自莎士比亚戏剧《李尔王》第四幕第七场。

死,而我……我……我。"他重复着,因为忘了词,同时还生气地瞪着露西姑妈;她坐在那里伸着脖子张着嘴,拍着瘦骨嶙峋的小手。

他们笑谁呢?

显然是笑村里的傻子艾伯特。没有必要给他化装。他过来了,表演得恰到好处。他悠闲地穿过草地,做出擦地和修剪草坪的动作。

> 我知道山雀窝在哪儿,(他开始唱道)
>
> 在树篱之中,我知道,我知道——
>
> 我有什么不知道的?
>
> 你们的一切秘密,女士们,
>
> 还有你们的一切秘密,先生们……

他蹦蹦跳跳地来到前排观众面前,逐个斜瞟他们。现在他拉扯大伊莱莎的裙子。她抓他的耳朵。他揪她的后背。他高兴得要命。

"艾伯特真是高兴极了。"巴塞罗缪嘟囔说。

"希望他别犯病。"露西小声说。

"我知道……我知道……"艾伯特傻笑着说,一面围着肥皂箱蹦来蹦去。

"这是村里的傻子。"一个健壮黝黑的夫人悄声说——那是埃尔姆赫斯特太太——她来自十英里外的一个村庄,他们村里也有一个傻子。这可不好。要是他突然干出什么可怕的事来呢?他又在拽女王的裙子。她用手半捂着眼睛,以防他真的干出——什么可怕的事来。

> 霍泊提,吉格提,(艾伯特接着说)

从窗户进,从大门出,

小鸟听见了什么?(他把手指头放进嘴里吹着口哨。)

看啊! 那边有一只老鼠……

(他做出在草丛里追老鼠的姿态。)

现在时钟敲响了!

(他站得笔直,鼓起两腮,像吹蒲公英球一样。)

一、二、三、四……

他蹦跳着走开了,好像他的戏演完了。

"很高兴这可完了。"埃尔姆赫斯特太太说,一面把手从脸上拿开,"下面是什么? 是塑像剧吗?"

因为扛着栏架快步走出灌木丛的帮忙的人已经用屏风围住了女王的宝座;屏风是纸糊的,代表墙壁。他们还在地上撒了灯芯草。仍在背景处走动吟诵的朝圣客们已经聚集到站在肥皂箱上的伊莱莎形象周围,似乎扮演看剧的观众。

他们是不是要在伊丽莎白女王面前演剧? 也许这就是环球剧场①吧?

"节目单上是怎么说的?"赫伯特·温思罗普太太问,一面举起长柄眼镜。

她看着模糊不清的复写誊印纸,含混地念着上面写的字。对,这是一个话剧里的一场。

"关于一个假公爵的事,还有一个女扮男装的公主;后来人们发现失踪了很久的遗产继承人就是那个乞丐,因为他脸上有个痣;还有卡林西娅——那是公爵的女儿,只不过被丢在山洞里了——她爱上了费迪南多;费迪南多在褓褓里就被一个老太婆

---

① 1599 年建于英国伦敦的著名剧场,莎士比亚的杰作最先在那里上演。

装进了篮子。卡林西娅和费迪南多结了婚。我想剧情就是这样。"她说，并放下节目单抬起头来。

"开始演剧。"大伊莱莎下了命令。一个老太婆颤巍巍地走上前来。

（"是住在'尽头宅'的奥特太太。"有人小声说。）

老太婆坐到一个包装箱上，做了些动作，她揪着自己凌乱的卷发，左右摇晃，像是一个坐在壁炉角的老奶奶。

（"这个老太婆救了那位合法继承人。"温思罗普太太解释说。）

> 那是一个冬天的夜晚，(她嗓音嘶哑地说)
> 我提醒自己：无论是夏是冬，对我来说都一样。
> 你说太阳现在照着？那我相信你，先生。
> "啊，可现在是冬天，到处都是雾气。"
> 无论是夏是冬，对埃尔斯白来说都一样，
> 坐在壁炉旁，坐在壁炉角，数着念珠。
> 我有理由告诉他们，
> 每一颗念珠(她用拇指和食指捏着念珠)
> 都代表一桩罪行！
> 那是一个冬天的夜晚，在鸡叫时分之前，
> 然而鸡确实叫了，在他离开我之前——
> 那个用帽子遮脸的男人，那双血迹斑斑的手，
> 还有放在篮子里的婴儿。
> "咯咯，"他笑了，像是说，"我要玩具。"
> 可怜的自作聪明的人！
> "咯咯，咯咯！"我不能杀他！

为了这个,天国的玛利亚饶恕我

在鸡鸣时刻之前犯下的罪孽!

在黎明中我悄悄溜下河边,

在那里,海鸥盘旋,白鹭站在

沼泽边缘,像个木桩……

谁来啦?

(三个小伙子大摇大摆地上场,并且威胁她)

——"先生们,你们是来折磨我的吗?"

我这胳膊里可没有血,

(她从破烂的内衣里伸出骨瘦如柴的胳膊)

天国的圣贤保护我吧!

她大声喊。小伙子们也大声喊。他们一起大声喊,声音是如此之大,很难听得出他们说的是什么:看来他们是说:她是否记得二十年曾把一个躺在摇篮里的婴儿藏在灯芯草丛里?一个放在篮子里的婴儿,老太婆!一个放在篮子里的婴儿?他们大喊。她回答:风在嚎叫,鸨鸟在尖叫。

"我这胳膊里可没有血。"伊莎贝拉重复道。

她就听见了这一句。台上简直乱了套:老太婆耳聋,三个年轻人大喊,情节又乱,弄得她不知所云。

情节重要吗?她挪了挪身子,回头看看右后方。有情节不过是为了孕育情感。只有两种情感:爱与恨。没有必要花心思去弄清情节。拉特鲁布女士把这个秘结从中间掐断,也许就是这个意思吧?

别管情节了,情节毫无意义。

可是又发生什么事了?王子已经上场了。

老太婆撩起王子的袖子,认出了他胳膊上的痣;然后她踉踉跄跄地走回自己的椅子,并尖叫:

我的孩子! 我的孩子!

接着就是两人相认。年轻的王子(艾伯特·佩里饰)被老太婆枯萎的手臂搂得差点窒息。然后他突然挣脱了。

"看,她来了!"他喊道。

大家都朝那个方向看——她是希尔维娅·爱德华兹,她穿着一身白色软缎衣裙。

谁来啦? 伊莎看了看。夜莺之歌? 夜晚黑色耳朵上的珍珠? 蕴含着爱。

大家都举起了胳膊,大家都瞪大了眼睛。

"你好,可爱的卡林西娅!"王子说,一面摘下帽子甩了一下。她也如此行了脱帽礼,并抬起头说:

"我的恋人! 我的君主!"

"这就够了。够了,够了。"伊莎反复说。

其他的话都是啰唆,都是重复。

与此同时,那个老太婆因为话已说够便坐回到椅子上,一串念珠从她手上垂了下来。

"看看那个老太婆——老埃尔斯白病了!"

(他们把她团团围住)

先生们,她死了!

她向后倒下，一动不动。众人走开了。平静了，让她去吧。对她来说，冬天夏天都一样。

平静是第三种情感。爱，恨，平静。这三种情感构成了人生的倾向。现在神甫来了，他戴着用棉花做的八字胡，说话很受影响；他走上前来宣读赐福祈祷词。

从缠着人生乱线团的纺纱杆上，把她的手松开。

（他们松开了她的手）

关于她的懦弱，现在要一概忘记。

叫红胸旅鸫和鹪鹩到这儿来①。

玫瑰花落在你绯红的柩衣上。

（人们从藤篮里拿出花瓣抛撒出去）

盖上遗体。安息吧。

（他们盖上了老太婆的遗体）

英俊的先生们，（他转向那对快乐的年轻人）

让老天爷撒下对你们的祝福！

快些行动，赶在嫉妒的太阳

揭开夜幕之前。让音乐响起来，

让天国自由的空气载着你们去睡觉！

带头跳舞吧！

留声机响起刺耳的声音。那些公爵、神甫、牧羊人、朝圣客和佣人们手拉着手跳起了舞。傻子也在圈子内外跳来跳去。他们手拉着手、头碰着头，围着伊丽莎白时代的高贵女王形象跳

---

① 此句出自约翰·韦伯斯特（约 1578—约 1632）的戏剧《白魔》第五幕第四场。

舞;体现这一形象的是站在肥皂箱上的克拉克太太,那个持许可证卖烟草的女人。

这是一个由各色人等和多种舞曲构成的杂乱场面;斑驳的光影落在那些跳动、摆动、摇晃的胳膊和腿上,它们有一部分被衣服遮盖,色彩异常鲜艳,(在威廉看来)构成了一幅迷人的景象。他用劲鼓掌,直到把手拍疼。

曼瑞萨太太鼓掌声音很大。从某种意义上讲,她就是女王,而他(贾尔斯)则是愠怒的英雄。

"好! 好!"她喊道,她的热情使那位愠怒的英雄在座位上直扭身子。随后,坐在巴斯轮椅上的大个子夫人一边鼓掌,一边大笑。她嫁给本地的一个贵族之后,败坏了他的家族在很久以前(在教堂这块地方还长满黑莓和蔷薇的时候)树立起来的声望,尽管那个贵族头衔已一钱不值了。她是那么土气,就连她那被关节炎损伤的身体都酷似濒临灭绝的、昼伏夜出的笨拙野兽。她突然爆发出的笑声活像松鸦的惊叫。

"哈、哈、哈!"她笑着,并抓住轮椅把手,她的手是扭曲的,没戴手套。

采春花,采春花,他们大喊,进去,出来,转圆圈,采春花,采春花……

歌词是什么或谁唱什么都无关紧要。他们旋风般地转啊,转啊,陶醉在乐曲声中。然后,藏在树后的拉特鲁布女士发出信号,舞蹈就停止了。演员们组成了游行队伍。大伊莱莎走下肥皂箱。她手提着裙子,迈着大步,周围是公爵和亲王,后面跟着那一对挽着胳膊的恋人,傻子艾伯特做着滑稽动作在队伍里穿来穿去,队伍最后是装运老太婆尸体的灵车,至此,"伊丽莎白时代"就过去了。

"见鬼！混蛋！他妈的！"拉特鲁布女士很气愤,她的脚趾碰上了树根。这是她失败的地方,该幕间休息了。当初她在自己的小楼里写这个冗长而含混的剧本时,曾经同意演到这里中断一下;她简直是观众的奴隶——不得不考虑桑兹太太提的意见——关于下午茶,关于正餐;她已经把这场戏从这里截成了两段。她刚培养起来的感情就得中断了。于是她发出信号:菲利斯!菲利斯一听叫她,就飞快地站回到舞台中间的草垫上。

> 老爷们,老乡们,我对你们大家说,(她高声说)
> 我们这一幕演过了,我们这一场结束了。
> 老太婆和恋人的时代已经过去。
> 花蕾已经绽放;花朵已经跌落。
> 可是又一个黎明很快就会来临,
> 因为时间(我们都是它的小孩)
> 自有它的安排,你们将会看到,
> 你们将会看到……

她的声音向四处飘散。谁都没有听她的台词。他们都在低头看节目单上写的"幕间休息"。这时麦克风打断了她的话,用简单的英语宣布:"幕间休息"。休息半小时,去喝茶。随后留声机传出刺耳的声音:

> 全副武装抗击命运,
> > 勇敢的罗德里克,
> 大胆又吵嚷,
> > 坚定又激昂,等等,等等。

观众听见歌声便开始行动。有的迅速站起来,有的弯腰去拿手杖、帽子、手提包。然后,他们直起身,向后转,这时音乐转了调。它吟唱：我们离散了。它呻吟：我们离散了。它哀叹：我们离散了。这时人流穿过草地，涌向几条小路：我们离散了。

曼瑞萨太太继续唱着这支曲子。我们离散了。"自由地、勇敢地离散，不惧怕任何人"（她挪开一把挡路的帆布折叠椅）。"小伙子们和姑娘们"（她向后瞟了一眼，可是贾尔斯已经转过了身）。"跟着，跟着，跟着我……啊，帕克先生，在这儿见到你真是太高兴了！我正要去喝茶！"

"我们离散了，"伊莎贝拉哼着这曲子，跟在她的后面，"一切都结束了。浪花拍岸。我们被困在干燥的高地。各人被单独隔离在圆石上。三股索断了……现在我要跟着，"（她把自己的椅子推了回去……那个穿灰衣服的男人隐没在圣栎树旁的人群当中）"跟着那个老荡妇走，"（她脑海里浮现出走在前面的曼瑞萨太太穿着色彩鲜艳的紧身衣裙的形象）"去喝茶。"

道奇没有动。他自语道："我是去呢，还是留在这儿呢？是悄悄溜到别处去呢，还是跟着，跟着，跟着这离散的人群？"

我们离散了，那曲子发出哀怨声；我们离散了。贾尔斯在这流动的人潮之中仍像一根木桩，一动不动。

"跟着走吗？"他把自己的椅子踢了回去。"跟谁走？去哪儿？"他的浅色网球鞋戳到了木头上。"哪儿都不去，哪儿都去。"他仍然僵硬地站着。

科布斯科纳宅的科贝特独自待在智利南洋杉树下，他站起来，咕哝说："她是怎么想的？她到底打的什么主意？她出于什么想法给那个古老的故事加上这种吸引人的魅力——这种虚假的诱惑，并引导他们爬呀，爬呀，爬上了智利南洋杉树？"

我们离散了，那曲子发出哀怨声；我们离散了。他转过身去,尾随着退场的同伴悠闲地走开。

现在露西从座位底下拿起手提包,快活地对她哥哥说:

"巴特,我亲爱的,跟我来……你还记得我们小时候在幼儿园里演过的剧吗?"

他还记得。那是扮演红种印第安人的游戏;把一片写有信息的芦苇叶裹在一张带碎石粒花纹的皮革里。

"可是对我们来说,我的老辛蒂,"——他拿起了帽子——"那个游戏已经结束了。"他指的是生气、瞪眼、敲手鼓的事。他向她伸出胳膊。他们两人漫步走开了。记者佩奇先生记录道:"斯威辛太太、巴·奥利弗先生",然后他转过身,又加上"哈斯利波公馆的哈斯利波爵士夫人",因为他看见那位老夫人坐着轮椅由仆人推着走在队伍的最后面。

随着藏在灌木丛中的留声机的送别乐声,观众都离开了。离散了。那曲子发出哀怨声:我们离散了。

现在拉特鲁布女士从藏身处走了出来。她像行云流水般走过草地,走过沙砾路,在一瞬间里她仍然把他们——那些正在离散的人们——团结在一起。刚才她不是在二十五分钟里让他们看到了吗?把一种看法传达给别人就是解脱痛苦……在一瞬间……一瞬间。然后乐曲飘散而去,停止在这句歌词的最后一个词上。她听见微风吹过树枝的沙沙声。她看见贾尔斯·奥利弗背对着观众。科布斯科纳宅的科贝特也背对着观众。她没能让他们看明白。这是个失败,又一次倒霉的失败!跟平时一样。她的眼力开了小差。她转身大步走向演员们,他们正在洼地里卸装;在那里,许多蝴蝶贪婪地吸吮着用银纸做的剑;在那里,放在树荫下的擦碟布形成了一片片的黄色。

科贝特拿出手表。他注意到,离七点还有三个小时,到了七点要浇花的。他转过身去。

　　贾尔斯把自己的折叠椅支稳,也转过身去,朝着另一个方向。他抄了一条近路,沿着田地边去谷仓。在这个干燥的夏天,那小路像砖头一样硬。他踢了一块石头;那石头是黄色的,像燧石般坚硬,有棱角,边缘锋利,似乎曾被野蛮人切割过,用来做箭头。那是一块野蛮人的石头,是史前时期的石头。踢石块是小孩子的游戏。他还记得那些规则。按照游戏规则,玩的人必须把一块石头(同一块石头)踢进球门。比方说,院门就是球门;有十次射门的机会。他第一脚要踢曼瑞萨(淫欲),第二脚要踢道奇(怪诞),第三脚要踢自己(胆小鬼),第四、第五次和其他几次也如此。

　　他踢了十次才踢进球门。在那边,有个什么东西趴在草丛里,盘成一个橄榄绿色的圆圈,原来是一条蛇。它死了吗? 没有,它嘴里叼着一只癞蛤蟆,喘不上气来。蛇无法吞咽,癞蛤蟆也死不了。癞蛤蟆由于剧烈的疼痛而收紧了肋条,鲜血渗出来。这很像动物生育时的情景,只不过颠倒了——可怕的逆转。于是,他抬起脚,朝它们踩下去。那一团东西立时就被踩烂了,滑到了一边。他的网球鞋的帆布面上沾满了黏稠的鲜血。但这是他采取的行动。行动使他感到解脱。他大步走向谷仓,鞋上全是血迹。

　　那座谷仓,那座"贵族谷仓",建于七百多年以前;它让一些人想起了希腊神殿,让另一些人想起了中世纪,让大多数人想起了这个时代之前的时代;它几乎不会让人想到当前的瞬间。现在谷仓里空无一人。

　　巨大的仓门敞开着。一缕光线从房顶斜射到地板,像一面黄色的旗子。庆祝加冕典礼时剩下的一串串纸玫瑰从房顶的一根根椽木上垂下来。在谷仓的一头横放着一个长桌,上面有一个大茶壶、许多碟子和茶杯,还有蛋糕、面包和黄油。谷仓里空无一人。许多老鼠从洞里溜出溜进,或是身体直立,啃着食品。燕子忙碌地叼着稻草在椽木里筑巢。数不清的甲虫和各种昆虫在干燥的木头里钻洞。一只无人豢养的母狗把立着许多麻袋的阴暗角落变成了小狗睡懒觉的地方。所有这些动物的眼睛,睁大了又眯小,有的适应光亮,有的适应黑暗,都从不同的角度和不同的边缘往这里看。细碎的啃咬声和沙沙的移动声打破了沉寂。淡淡的甜味和油腻味发散到空气里。一只反吐丽蝇停在蛋糕上,把身上的短钻头扎进蛋糕的黄色硬皮。一只蝴蝶在一个充满阳光的黄盘子上舒适地晒着太阳。

然而桑兹太太正往这边走。她艰难地从人群里挤过来。她已经拐了弯。她可以看见谷仓敞开的大门了。可是蝴蝶她是从来都看不见的;老鼠不过是厨房抽屉里的小黑丸;蛾子她抓一把便扔出窗外。母狗只能让她联想起行为不端的年轻女仆。如果那里有一只猫的话,她会看见的——任何一只猫,就连一只腿上有癞疮的饥饿的猫,都会打开她这没孩子的人心里的泄洪闸门。可是现在谷仓里没有猫。谷仓空无一人。所以她气喘吁吁地跑着,想在大家到来之前到达谷仓,站到大茶壶的后面。她进了谷仓,那只蝴蝶飞起来了,那只反吐丽蝇也飞起来了。

跟着她快步走来的是仆人和帮忙的人——戴维、约翰、艾琳、洛伊丝。水烧开了。蒸汽喷了出来。蛋糕切成了片。燕子从一根椽木扑向另一根椽木。人们进来了。

“这个漂亮的旧谷仓……”曼瑞萨太太停在门口说。她不能挤到村民前头去,她只能停下来赞叹谷仓的美,躲闪到一边继续观赏,让别人先进去。

"我们也有一个谷仓,和这个差不多,在拉色姆。"帕克太太说,她也是出于同样的原因停了下来。"也许没有这么大。"她补充说。

村民们不好意思往前走。随后,他们犹豫了一下,便三三两两地从她们身边过去了。

"还有那些装饰品……"曼瑞萨太太说,一面四下张望,想找个人诉说她的赞美之情。她站在那里满面笑容地等待着。然后斯威辛老太太进来了。她也抬头往上看,可她看的不是装饰品。很明显,她看的是燕子。

"它们每年都来,"她说,"是同一批鸟。"曼瑞萨太太善意地笑了,对老夫人的突发奇想表示赞同。其实她想,不可能是同一批鸟。

"我猜这些装饰用的东西都是庆祝加冕典礼时剩下的,"帕克太太说,"我们当时也庆祝了。我们村里建了一个议事厅。"

曼瑞萨太太哈哈大笑。她想起来了。她记起一件事,话到了嘴边:有人为庆祝加冕典礼建了一座公共厕所,镇长是如何……她能把这事讲出来吗? 不行。那位凝视着燕子的老夫人显得太文雅了。"温雅"①——曼瑞萨太太使用这个词有着自己的目的,借此强调自己是大自然的野孩子,自己的本性在某种程度上"正是人性"。不知是什么原因,她可以包容老夫人的"温雅"和男孩子的滑稽。——那个挺好的家伙贾尔斯在哪儿呢?她没看见他,也没看见比尔。村民们还是不好意思上前。他们需要有人带头。

---

① 由于曼瑞萨太太故意把 refined 说成 refeened,译文中相应地把"文雅"说成"温雅"。

"嘿,我可太想喝茶了!"曼瑞萨太太公开地说,然后迈着大步往前走。她拿了一个粗瓷茶缸。桑兹太太在理所当然地先给一位乡绅倒茶之后,立刻给她倒上茶。戴维给了她蛋糕。她成了第一个喝茶、第一个吃蛋糕的人。村民们仍不好意思过去。"这表达了我对民主的全部看法。"她总结道。帕克太太也是这么想的,她也拿了茶缸。人们注视着她们。她们带了头,其他人也就跟过来了。

"茶真香啊!"每个人都赞叹地说,尽管茶水令人作呕,味道像水煮的铁锈,蛋糕也被苍蝇爬过。可是他们有责任参加社交活动。

"它们每年都来,"斯威辛太太说,全然不知自己在和空气说话,"从非洲来的。"因为早在这谷仓还是沼泽地的时候它们就来了,她猜想。

谷仓里挤满了人。热气升腾起来。瓷器喀嚓作响;人声喊喊喳喳。伊莎挤过人群,来到桌前。

"我们离散了。"她自语道。她把杯子递过去再要一杯茶。她接过茶杯。"让我转过脸,"她自语道,一面转身,"避开那些"——她悲伤地环顾四周——"光亮而坚硬的、瓷器般的面庞。沿着核桃树和山楂树下的小路,向远方骑行,来到希望井边。洗衣妇的小男孩——"她把两块方糖放进茶水里,"往井里投了一根别针。他就得到了他想要的马,他们都是那么说的。可是我该往里面投什么东西许愿呢?"她环顾四周。她看不见那个穿灰衣的男人,也就是那位乡绅农场主;她也没看见一个认识的人。"愿井水覆盖我吧。"她又补充说,"希望井里的水。"

瓷器的碰撞声和人们的说话声淹没了她的自语声。"你要方糖吗?"他们说。"我只要一点儿牛奶。你呢?""只要茶,不加牛奶或糖。我喜欢这样喝。""太浓了吗?让我加点水吧。"

"那正是我刚才想要的，"伊莎又说，"当我把别针投进去的时候。水,水……"

"我必须说，"她身后有一个声音说，"国王和王后可真够勇敢的。听说他们要去印度。她看上去是那么亲切。我认识的一个人说他的头发……"

"在那里，"伊莎沉思，"在落叶的季节,枯萎的树叶会掉到水面。如果我再也见不到山楂树或核桃树了,我会在意吗？ 如果我再也听不到鸫鸟在颤动的小树枝上唱歌,或再也见不到黄啄木鸟像掠过气浪一般俯冲下来,我会在意吗？"

她看着庆祝加冕典礼时剩下的那些淡黄色花环。

"我记得人们说国王和王后要去加拿大,不是去印度。"她身后一个声音说。另一个声音回答:"你相信报纸上的话吗? 比如说,关于温莎公爵①的报导。说他到了南海岸。玛丽王后②会见了他。她一直购买家具——这倒是事实。几家报纸都说她会见了他……"

"独自一人,在一棵树下,那棵枯萎的树终日念叨着海洋,并听着骑士纵马驰骋……"

伊莎补全了这句话。随后她吓了一大跳。威廉·道奇就站在她身边。

他微微一笑。她也微微一笑。他们是同谋者,各自小声念着我的叔叔教给我的歌。③

---

① 即英国国王爱德华八世(1894—1972),英国国王乔治五世的长子,因娶平民女子为妻而遭到王室反对,最终放弃王位,被封为温莎公爵。

② 又称泰克的玛丽(1867—1953),英国国王乔治五世的王后,爱德华八世(即温莎公爵)和乔治六世的母亲。

③ 原文如此。

"是那个剧，"她说，"那个剧一直在我脑子里回响。"

"你好，可爱的卡林西娅。我的恋人。我的生命。"他引用剧中的台词。

"我的君主，我的主人。"她颇为嘲讽地一鞠躬。

她很好看。他不想看她站在大茶壶前的样子，而是想看她站在马蹄莲或藤类植物前的样子，连同她那双酷似玻璃的绿眼睛和粗壮的身体（她的脖子像柱子一样粗）。他希望她会说："跟我来。我要带你看看温室、猪舍或马厩。"可是她什么都没有说，他们两人就站在那里，拿着杯子，回想着刚才的话剧。然后他看见她脸上的表情变了，就像她刚脱下一件连衣裙又换上了一件。一个小男孩费力地穿过人群，一面拍打着人们的裙子和裤子，好像在水中胡乱游泳。

"嘿。"伊莎举起一只胳膊喊。

小男孩径直向她跑来。很明显，这是她的孩子，显然是她的儿子、她的乔治。她给他蛋糕，又给了他一茶缸牛奶。然后保姆过来了。然后她像是又换了一件连衣裙。从她的眼神来看，这一次她换上的衣服显然具有紧身西服背心的性质。那个穿着带铜扣子的蓝上衣的年轻男子，毛发旺盛，英俊，充盈着阳刚之气，站在一束充满尘土的阳光里，那是她的丈夫。而她则是他的妻子。正如威廉·道奇吃午饭时观察到的那样，他们夫妻之间的关系就像小说里人们常说的是"紧张的"。正如他看话剧时观察到的那样，她裸露的胳膊已经紧张地举到肩头，她突然一转身——她在找谁？可是现在他就在这里呀；那位有健美的肌肉、旺盛的毛发、阳刚的活力的男人使他一下子感慨万千，这是他的理智所不能解释的。他不再想象她站在温室里的藤类植物叶子前面会是什么样子。他只是看着贾尔斯，看着，看着。贾尔斯站

286

在那里,把脸转向一边,心里想的是谁呢? 不是伊莎。是曼瑞萨
太太吧?

曼瑞萨太太在谷仓里刚走了一半就喝完了一杯茶。她问自
己:我怎样才能甩掉帕克太太呢? 如果她们与她同属一个阶级,
多么让她讨厌啊——那些与她性别相同的人! 她倒不讨厌阶级
地位比她低的人——厨师、店主、农场主的妻子等;她也不讨厌
阶级地位比她高的人——女贵族、伯爵夫人等。她讨厌的正是
本阶级的妇女。所以她很突然地离开了帕克太太。

"啊,穆尔太太,"她向谷仓保管员的妻子打招呼,"你觉得
话剧怎么样? 小娃娃觉得话剧怎么样啊?"说到这里她捏了捏
小宝宝。"我觉得它跟我在伦敦看过的剧一样好。……可是我
们不能让别人超过去。我们要自己排一个剧。就在**我们的**谷仓
里演。要让他们看一看,"(说到这里她对着桌子茫然地眨了眨
眼;桌上的蛋糕有那么多都是买来的,自家做的是那么少)"看
看**我们**演得怎么样。"

随后,她一边开着玩笑一边转过身,看见了贾尔斯,碰上了
他的目光,她可见到他了,赶紧招手让他过来。怎么啦——她往
下看了看——他的鞋怎么啦? 上面满是血迹。她隐约地感到,
他刚才干了什么事来证明自己的勇敢,为了得到她的赞赏,这实
在让她受宠若惊。这种感觉虽然不很具体,但它是甜蜜的。有
了他这个追随者,她感觉:我就是女王,他就是我的英雄,我的愠
怒的英雄。

"那是尼尔太太!"她喊道,"你可是个了不起的女人,对吧,
尼尔太太? 她经营我们的邮局,这位尼尔太太。她会心算,是不
是,尼尔太太? 二十五个半分面值的邮票、两包带邮票的信封、

一包明信片——一共是多少钱，尼尔太太？"

尼尔太太哈哈大笑；曼瑞萨太太也大笑起来；贾尔斯也笑了笑，并低头看看自己的鞋。

曼瑞萨太太拽着贾尔斯走向谷仓深处，从一个门出去，从另一个门进来。她认识他们所有的人。每个人都是十足的好人。不行，她不能允许这事，一分钟都不行——平森特的腿坏了。"不行，不行，我们不能接受这个借口，平森特。"如果他不能打保龄球，他还能打板球嘛。贾尔斯也同意。钓鱼线上的一条鱼对他和平森特来说都是一样的；樫鸟和喜鹊对他们来说也都是一样的。平森特仍在务农，贾尔斯则进了办公室。如此而已。她是个十足的好人，让他感觉自己不仅是观众，更是演员，跟在她的身后逛谷仓。

然后，在谷仓一头的大门旁，他们碰见了露西和巴塞罗缪两位老人，他们坐在温莎木椅上。

人们事先给他们留了座位。桑兹太太让人给他们送来了茶水。如果严格地按民主原则办事，让他们跟大家一起站到餐桌旁边，会引起更多的麻烦，不值得那么做。

"燕子。"露西说，她拿着茶杯，看着那些鸟儿。它们受到人群的刺激，从一根橡木飞到另一根橡木。它们曾飞越非洲，飞越法国来这里做巢。它们年复一年地来到这里。早在有海峡之前，早在这片土地（他们现在放温莎木椅的地方）还长满灿烂的杜鹃花，蜂鸟还在猩红的凌霄花喇叭口处微微颤动的时候（正如她当天早上在《世界史纲》里读到的那样），燕子就已经来了……这时巴特从椅子上站了起来。

可是曼瑞萨太太坚决不肯坐他的椅子。"你坐吧，你坐吧，"她把他按回到椅子上，"我蹲在地上。"她蹲了下去。那位愠怒的骑士还陪伴着她。

"你刚才觉得话剧怎么样?"她问。

巴塞罗缪看着他的儿子。他的儿子仍然沉默不语。

"你呢,斯威辛太太?"曼瑞萨太太又问老夫人。

露西嘟囔着,看着那些燕子。

"我是希望你能告诉我,"曼瑞萨太太说,"那是老戏,还是新戏?"

没有人回答。

"看啊!"露西发出惊叹。

"那些鸟吗?"曼瑞萨太太说,同时抬起头往上看。

有一只鸟叼着麦草,麦草掉了。

露西拍了拍手。贾尔斯一转身走了。她又像平时那样嘲弄他,还哈哈大笑。

"走吗?"巴塞罗缪说,"下一幕该开始了吧?"

他费力地从椅子上站起来。他不顾曼瑞萨太太和露西,径自漫步前行。

"燕子,我的姐姐,啊,燕子姐姐。"①他念叨着,一面掏着雪茄烟盒,跟着他的儿子往前走。

曼瑞萨太太很不高兴。她在地上蹲了半天是为了什么呢? 难道她的魅力已经减退了吗? 他们两个人都走了。可是,作为一个重行动的女人,她被男性遗弃之后,不打算忍受"温雅"的老夫人的无聊的折磨。她费力地站了起来,用手捋了捋头发,好像她也早该走了,尽管情况根本不是那样,而且她的头发也完全

---

① 此引语出自英国诗人艾尔哲农·查尔斯·斯温伯恩(1837—1909)的诗歌《依蒂勒斯》,是该诗的第一句。后文中还有这首诗的引语,但不准确。

整齐。站在角落里的科贝特看穿了她的小花招。他在东方时就已经了解了人性。在西方,人性也是一样的。植物依然如故——康乃馨、百日菊、天竺葵。他不由自主地看了看手表,注意着时间,到了七点要去浇花的;同时他也观察着尾随那个男人走到餐桌的那个女人耍的小花招,这在西方和东方都是一样的。

威廉在餐桌旁,现在陪着帕克太太和伊莎,他看着贾尔斯向这边走来。全副武装斗志强,大胆又吵嚷,坚定又激昂——这支脍炙人口的进行曲在他的脑海里回响。威廉暗暗地握紧了左手,就在那个英雄走过来的时候。

帕克太太低声对伊莎诋毁村里的傻子。

"啊,那个傻子!"她说。可是伊莎仍一动不动地看着自己的丈夫。她能感觉曼瑞萨太太跟在他后面。黄昏时分在他们的卧室里她会听到平时常听到的那种解释。他不忠实不会有什么影响——可是她不忠实影响就大了。

"那个傻子?"威廉替她回答帕克太太,"他扮演的是传统剧里的傻子。"

"可是,当然啦,"帕克太太说,并告诉贾尔斯,那个傻子——"我们村里也有一个"——是如何让她紧张害怕的。"当然啦,奥利弗先生,我们更文明吧?"

"**我们**?"贾尔斯说。"**我们**?"他又看了看威廉。他不知道他的名字;但知道他的左手在干什么。这是一点儿运气——他能鄙视他,而不鄙视自己。他也鄙视帕克太太。可是不鄙视伊莎——不鄙视自己的妻子。她还没跟他说话呢,一句话都没说。她也没看他。

"那是肯定的,"帕克太太说,同时逐个看着他们,"我们肯定更文明吧?"

贾尔斯随后摆出一种姿态,在伊莎看来他是在耍小花招;他闭上眼睛,皱起眉头,仿佛为了给她挣钱花而承受着世间一切痛苦的重负。

"不,"伊莎用最明白的语言说,"我对你并不赞赏。"她看着他,不看他的脸,而看他的脚。"傻小子,他的靴子上全是血。"

贾尔斯挪了挪脚。那么她究竟赞赏谁呢?不会是道奇。这一点他可以肯定。还会是谁呢?是他认识的某个男人。他敢肯定,此人就在谷仓里。是哪一个呢?他环顾四周。

随后牧师斯特里特菲尔德先生打断了他的思路。他拿来几个茶杯。

"这么说,我只能和我的心握手啦!"他大声说,一面点着头(他的头很好看,头发灰白),同时小心地放下茶杯。

帕克太太抓住这个机会表现自己。

"斯特里特菲尔德先生!"她大声叫道,"你干了那么多的活!我们却在这里闲聊!"

"你想看看温室吗?"伊莎突然说,并转身对着威廉·道奇。

哦,现在不想去,他本来想这样喊的,可还是不得不跟着她走,只留下贾尔斯去迎接走过来的曼瑞萨太太,她对他很有吸引力。

小路很窄。伊莎走在前面。她身材很宽,几乎占了整条路,她走路时向两边轻微摇摆,还不时从路边的树篱上揪下一两个叶片。

"那么飞跑吧,跟上带斑点的鹿群,"她哼着,"它们在雪松林中奔跑嬉戏,赤鹿和雌马鹿在一起,雄鹿和雌鹿在一起。飞跑吧,跑开吧。我痛苦地留下,我独自徘徊,我从破损的教堂的院墙边,摘下苦草,用我的拇指和食指,捻压它那酸的、甜的、酸的灰色长叶。……"

她扔掉过路时摘下的一片铁线莲,踢开了温室的门。道奇落在了后面。她等着他。她从通道的木板上拾起一把小刀。他看见她站在绿色的玻璃、无花果树和绣球花前面,手里拿着小刀。

"她说话了,"伊莎小声说,"她从胸部雪白的空穴拔出闪光的刀片。'看刀!'她说。然后就刺杀。'不忠诚的人!'她喊道。刀子也不忠诚!它断了。我的心也碎了。"她说。

威廉过来的时候,她嘲讽地笑了。

"我真希望刚才的话剧没在我脑子里回响。"她说。然后她坐到葡萄藤下的木板上。他坐到她的身边。他们头顶上方的小葡萄还是绿色的小苞;叶片又薄又黄,像鸟爪子之间的蹼。

"还想着话剧呢?"他问。她点点头。"那是你的儿子吗,"他说,"谷仓里的那个?"

她告诉他,她还有一个女儿,在摇篮里。

"那么你呢——结婚了吗?"她问。他从她的语气里知道她已经把什么都猜到了,因为女人总是爱猜测。他们两人立刻知道没有什么可怕的,也没有什么可希望的。起初他们觉得很恼火——在温室里站着,像塑像似的,后来他们就喜欢上了这种角色。因为这样他们就能说心里想的任何事情——她就是这样说的。还可以递给他一枝花——她就是这样做的。

"这是给你插在纽扣孔里的,呃……先生。"她说,一面递给他一枝芳香的天竺葵。

"我叫威廉。"他说,一面摘下一片毛茸茸的叶子,用拇指和食指捻压。

"我叫伊莎。"她回答。然后他们谈了起来,就像两个人从小就认识似的;这真奇怪,她说,正如人们常说的那样,要知道她认识他大概才一个小时。然而,他们两人难道不是同谋者吗?难道不是寻找隐藏面孔的人吗?这说明了他们两人为什么能相互直言,她停了片刻并思考着,正如人们常做的那样。她补充道:"也许因为我们以前从来没有见过面,而且以后永远不会再见。"

"猝死的结局悬在我们头上,"他说,"没有后退也没有前进,"——他在想着那位带他参观波因茨宅的夫人——"对我们对他们都是如此。"

对未来的设想给他们的现在蒙上了阴影,就像阳光透过布满叶脉的透明葡萄叶;那曲曲弯弯的线条没有构成任何图案。

他们进温室时没有关门,现在音乐声传了进来。A. B. C. , A. B. C. , A. B. C. ——有人在练习音阶。C. A. T. C. A. T. C. A. T. ……。然后这些分开的字母凑集成了一个字"Cat"①。其他的歌词接踵而来。那是一支很简单的曲子,像一首儿歌——

> 国王在会计室里,
> 数着他的钱币。
> 王后在会客室里,
> 吃着面包蜂蜜。②

他们两人倾听着。又一个人的声音,第三个人的声音,诉说着很简单的事情。他们坐在温室里,坐在木板上,头上是悬着的

---

① 此处弹唱的是教幼儿学字母的简单儿歌,先唱字母,再拼成词。"Cat"意为"猫"。
② 出自儿歌《唱支六便士之歌》。

葡萄藤,听着拉特鲁布女士或别的什么人练习音阶。

　　巴塞罗缪找不到他的儿子。他刚才在人群中和他失散了。于是老人离开了谷仓,去了自己的房间,手里拿着雪茄烟,嘴里念叨着:

　　　　"啊,燕子姐姐,啊,燕子姐姐,

　　　　您的心里怎么能充满春意?"

　　"我的心里怎么能充满春意呢?"他站在书橱前面大声说。书籍:不朽精灵的宝贵的生命之血。诗人们:人类的立法者。毫无疑问,情况如此。可是贾尔斯很不快乐。"我的心怎么能,我的心怎么能,"他吸着雪茄烟重复道,"它被判入人间地狱的矿坑,被判入孤独中忍受苦痛……"他叉着腰站在他的乡绅书房前面。加里波第①、威灵顿②、《灌溉工程官员的报告》,还有《希伯特论马的疾病》。心灵已经获得了大丰收,可是与他的儿子相比,他对这一切全不在意。

　　"有什么用? 有什么用?"他深陷进沙发椅里,并小声说,"啊,燕子姐姐,啊,燕子姐姐,你唱歌有什么用?"那只一直跟着他的狗一扑腾坐到地下,挨着他的脚。狗背上的皮毛随着呼吸起伏,狗的长鼻子靠在爪子上,鼻孔里挂着一丝鼻涕;它就在这里,他熟悉的精灵,他的阿富汗猎犬。

　　门颤动了一下,开了一半。那是露西进屋的方式——似乎她不知道会在屋里发现什么。真的! 是她的哥哥! 还有他的

---

①　加里波第(1807—1882),意大利著名的爱国者。

②　威灵顿,原名阿瑟・韦尔斯利,系威灵顿第一公爵(1769—1852),英国将军、政治家,1828 年至 1830 年期间曾任英国首相。

狗！她就像第一次见到他们似的。她是不是没有身体啊？她的心飘浮在云彩中间，像个气球，不时碰一下地面，带来一阵惊喜。她身上没有任何东西能把贾尔斯那样的人坠到地上。

她坐到一把沙发椅的边缘，像一只鸟停在电线上，在它动身飞往非洲之前。

"小燕子，我的姐姐，啊，燕子姐姐……"他小声念叨着。

从花园里——那窗户是敞开的——传来了什么人练习音阶的声音。A. B. C. , A. B. C. , A. B. C. 。然后那些分开的字母凑成了一个字"Dog"①。紧跟着是一个短语。那是一支很简单的曲子，是另一个声音在说话。

　　"听啊听，狗在叫

　　乞丐们，进城了……"②

随后曲子逐渐减弱，拖长，变成了圆舞曲。就在他们听着舞曲并观赏着窗外的花园之时，摇摆的树枝和旋飞的小鸟似乎受到召唤，走出它们的私生活，放下各自的活计，接受安排来参加聚会。

　　爱的灯笼燃得高，照着阴暗的雪松林，

　　爱的灯笼照得亮，就像天上的一颗星……

巴塞罗缪老先生跟着曲子的节拍用手指头敲着膝盖。

　　离开窗户出来吧，小姐，至死我都爱着你，

他嘲讽地看了看坐在沙发椅边上的露西。他不明白她是怎么生的孩子。

　　因为大家都在跳舞，后退又前进，

　　蛾子和蜻蜓……

---

①　"Dog"意为"狗"。
②　出自一首古老的英格兰儿歌。

他猜想,她是在思索上帝就是和平。上帝就是爱。因为她属于主张统一的人;而他却属于分裂主义者。

然后那支带有不变的音步的歌曲变得甜美而平淡;它用永久的祈祷永久的爱的方法终于钻开了一个洞。这曲子是不是——他不大懂音乐术语——转成了小调?

　　因为今日,这舞蹈和这快快乐乐的五月

　　将会完结(他用食指轻敲着膝盖)

　　随着开割苜蓿,这后退和前进——褐雨燕似乎飞出了
　　它们的轨道——

　　将会完结,完结,完结,

　　坚冰将射出小冰柱,冬天

　　啊,冬天,将给炉栅填满灰烬,

　　木柴上不会再有火光,不会有火光。

他弹掉雪茄烟的烟灰,站了起来。

"咱们是该走了。"露西说,仿佛他刚才大声说过:"时间到了,该走了。"

观众在集结。音乐在召唤他们。人流又涌向条条小路,穿过草坪。曼瑞萨太太和身边的贾尔斯一起,走在队伍的前头。她的头巾被风吹得飘上肩头,呈现出大弧形,绷得很紧。风逐渐大了。她穿过草坪走向留声机的乐声时,活像个女神,轻飘飘的,沉甸甸的,她手中的丰饶角①满得溢了出来。巴塞罗缪跟在

---

① 一只盛满花果和谷物的羊角,是丰饶的象征。丰饶角的典故出自希腊神话,相传那给宙斯喂过奶的山羊阿玛尔特亚的魔角,得到魔角的人想要什么就能得到什么。

她后面,赞叹人体使大地丰盈的力量。贾尔斯会保持自己的轨道,只要有她把他坠在地球上。她甚至搅动了他那年老的停滞的心湖——那里埋葬着白骨;可是蜻蜓飞起来了,小草颤动起来了,就在曼瑞萨太太穿过草坪朝留声机的乐声走去的时候。

人们的脚碾轧着沙砾路。人声叽叽喳喳。内心的声音,即另一个声音说:我们怎能否认灌木丛里飘来的美妙音乐表达了某种内心的和谐呢?"当我们醒来的时候,"(有的人在想)"拂晓用坚硬的木槌一次次敲打我们,让我们驯服。""官职,"(有的人在想)"造成了不平等。人们在钟声的召唤下分散,分散,到这里,到那里。'乓、乓、乓',那是电话响。'预购!''服务!'——那是商店的声音。"于是我们遵从上苍给我们下达的地狱般的、古老的、永恒的指令,并且服从。"工作、服务、尽力、奋斗、挣工资——为了花销——在这里花吗?啊,亲爱的,不是。现在花吗? 不是,慢慢地花。当耳朵聋了,心血耗尽的时候。"

这时,科布斯科纳宅的科贝特弯下腰——因为地上有一枝花,他被后面的人推着往前走。

因为我听见音乐了,他们说。音乐唤醒了我们。音乐让我们看见了隐藏着的东西,让我们加入到心力交瘁的人们之中。看一看,听一听。看看那些花儿,看它们怎样用自己的红色、白色、银色和蓝色发散出光芒。再看看那些用多种语言的多种音节发言的树木,看它们绿色和黄色的叶子怎样推搡我们,调遣我们,命令我们集合,像对待椋鸟和秃鼻乌鸦那样,命令我们聚集在一起,去闲聊嬉戏,与此同时,那些红色奶牛缓步向前,而黑色奶牛却一动不动。

观众已经回到了各自的座位。有的人坐下了;其他人站了片刻,转过身,欣赏着风景。舞台上空无一人;演员们还在灌木丛里换衣服。观众们开始面面相对,开始谈话。他们谈话的片段传进拉特鲁布女士的耳朵里,她正站在那棵树后,手里拿着剧本。

"他们还没准备好……我听见他们笑了。"(他们在说)"……换衣服。那可太棒了,换衣服。现在天好了,太阳不那么毒了……这是大战给我们带来的一个好处——天长了……刚才演到哪儿啦?你还记得吗?伊丽莎白时代的事……也许她该演现在的事了吧,如果她略过几个历史时期。……你认为人会变吗?他们的衣服会变,当然啦。……可我是说我们自己……有一次我收拾柜橱,找出了我父亲的旧礼帽……可是我们自己——我们会变吗?"

"不会,我不听政客们的话。我有一个朋友,他去过俄国。他说……还有我的女儿,她刚从罗马回来,她说那里的老百姓,在小饭馆里,都痛恨独裁者。……哦,不同的人说的话也不一样……"

"你看见报纸上说的了吗——那条狗的事?你相信狗不能生小狗吗?……还有玛丽王后和温莎公爵去南海岸的事?……你相信报纸的话吗?我问肉食店的老板或杂货店的老板……那是斯特里特菲尔德先生,扛着栏架。……我说,这位好牧师比所有的人干的活都多,得的报酬都少……就是妻子们爱找麻烦。……"

"犹太人怎么样了?那些难民……那些犹太人……像我们一样的人,重新开始生活……可是情况总没有变化。……我的老母亲,八十多岁了,还记得……对,她看书还是不戴眼镜。……太让人惊奇了!哦,他们不是说吗,过了八十岁……现在他们来了……没有,那没关系。……我要让随地扔废物的人挨罚。可是后来我丈夫说,谁负责收罚款呢？……啊,她在那儿,拉特鲁布女士,在那边,就在那棵树后面……"

在那边的树后,拉特鲁布女士生气地咬着牙。她把剧本手稿攥成一团。演员们耽误了时间。每一分钟观众们都在挣脱绞索,分裂成碎片和碎块。

"音乐!"她给了信号,"音乐!"

"'耳朵里有个跳蚤'①这句话是怎么来的?"一个声音说。

她的手决断地挥下来。"音乐,音乐。"她发出信号。

留声机响起:A.B.C.,A.B.C.

> 国王在会计室里,
>
> 数着他的钱币。
>
> 王后在会客室里,
>
> 吃着面包蜂蜜……

拉特鲁布女士看着他们平静地陶醉在这首儿歌里。她看着他们手拉着手,脸上现出平和的表情。然后她招了招手。梅布尔·霍普金斯最后整理了一下头饰(这头饰一直给她惹麻烦),终于大步走出了灌木丛,在面对观众的高地上就位。

人们的眼睛都盯着她,就像鱼儿浮上水面抢吃一块面包渣。她是谁？她演的是谁？她很漂亮——非常漂亮。她的面颊上抹了粉;在脂粉下面,她的肤色十分光亮、润滑、白净。她穿着灰色软缎长袍(是一块床单),上面有许多用别针固定的褶子,像石头似的,那长袍赋予她雕像般的高贵气质。她举着一根权杖和

---

① 这是英语成语,意为"尖刻的责难""刺耳的话"。

一个小宝球。她是"英格兰"吗？是"安妮女王"吗？她是谁呢？
她起初说话声音太低，他们只听见：

……理性占据统治地位。

巴塞罗缪老人鼓起掌来。

"嘿！嘿！"他喊道，"好啊！好！"

"理性"在人们的鼓励下振振有词。

时光倚着它的镰刀惊奇地站立。商业从她的丰饶角里倒出
各种矿石。野蛮人在远方矿井里挥汗劳动；彩绘罐是用不情愿
的泥土塑造而成。按照我的命令，全副武装的勇士把盾牌搁置
一边；平民用世俗的祭品使祭坛蒸汽升腾。紫罗兰和多花蔷薇
用花朵缠绕裂开的大地。没有防备的流浪者不再惧怕毒蛇。黄
色蜜蜂在钢盔里制造蜂蜜。

她停了一下。穿着粗麻布服装的村民排成一列长队在她身
后的树木中间穿来穿去。

他们唱着：掘地，深挖，耕耘，播种，可是风吹走了他们的
歌词。

在我飘动的长袍保护下（她张开手臂接着说）人文科学兴起
了。音乐为我展示了天籁和声。按照我的命令，吝啬的人留下
了他的收藏，分毫未动。母亲平静地看着她的孩子玩耍。……
她的孩子玩耍……她重复着台词，并挥着权杖，几个人物便从灌
木丛里走了出来。

在西风之神睡觉之时，让小伙子们和仙女们领衔主演，让天
国那些不守规矩的部落讲述我的影响。

留声机传出一支轻快的小曲。巴塞罗缪老人把两手的手指

头交叉在一起;曼瑞萨太太抚平膝头上的裙子。

年轻的达蒙①对辛西娅②说:
趁着拂晓快快出来吧,
披上你的天蓝色披肩,
把你的烦恼放在一边,
因为和平降临英格兰,
理性现已有了统治权。
当白昼呈现蓝色绿色,
在梦中会有多少快乐?
快快抛弃掉你的烦恼,
黑夜过去,白昼已来到。

掘地,深挖,村民们唱着歌,排成单行在树木之间穿来穿去,因为大地永远不变,夏、冬、春;春天和冬天又来临;耕耘,播种,吃饭,成长;时光一去……

风吹走了他们的歌词。

舞蹈停了。仙女和小伙子们退了场。"理性"独自占据了舞台中心。她张开胳膊,袍子随风飘荡,她举着宝球和权杖。梅布尔·霍普金斯伟岸地站在那里,俯视着观众的头。观众目不转睛地看着她。她无视观众。随后,就在她凝视的时候,几个帮忙的人从灌木丛里走过来,在她周围布置了一些道具,像是一间屋子的三面墙。他们在屋子中间放了一张桌子,在桌子上放了一套瓷茶具。"理性"从她站的高地观察着这一家庭场景,不为

---

① 达蒙,古罗马传说中的毕达哥拉斯学派哲学家,皮西厄斯的挚友。
② 辛西娅,希腊罗马神话中的月神和狩猎女神。

所动。这时出现了间歇。

"我猜这是另一个剧里的一场戏，"埃尔姆赫斯特太太说，同时看着节目单。她大声朗读，为的是让听力差的丈夫能听见："**《有意志者事竟成》**。这是剧名。人物。……"她大声读："哈比·哈兰登①勋爵夫人，爱上了斯帕尼奥尔·李利里沃②爵士。她的女仆德博。她的侄女弗莱文达，爱上了瓦伦廷③。斯帕尼奥尔·李利里沃爵士，爱上了弗莱文达。斯默庆·皮斯必维斯由奥尔④爵士，是个牧师。弗里伯尔⑤爵士和夫人。瓦伦廷，爱上了弗莱文达。他们给真人取的是什么名字啊！可是看啊——他们来了！"

他们从灌木丛里出来了——男人穿着花背心、白背心和带金属扣的鞋子；女人穿着锦缎服装，那是把锦缎缝上褶裥，装上圈环，再打开褶裥做成的。玻璃星星、蓝色发带和仿珍珠首饰使他们看上去酷似勋爵和夫人。

"第一场，"埃尔姆赫斯特太太在她丈夫耳边说，"是哈兰登勋爵夫人的梳妆室。……那就是夫人。……"她指着台上的演员说。"我想那是奥特太太，住在'尽头宅'的那位；可是她化装得太好了。那是她的女仆德博。她是谁演的呢？我不知道。"

"嘘、嘘、嘘。"有人抗议。

埃尔姆赫斯特太太放下节目单。戏已经开始了。

---

① 哈比原为希腊神话中一种怪物，长着女人的脸和身躯，鸟的翼、尾、爪，性残忍贪婪。转意指残忍贪婪的人。以此命名剧中人有深刻的寓意。
② 斯帕尼奥尔·李利里沃，意为"猎狗·胆小鬼"。
③ 剧中人瓦伦廷一名大概取自罗马基督教的殉教者圣瓦伦廷。圣瓦伦廷节（2月14日）已成为情人节。
④ 斯默庆·皮斯必维斯由奥尔，意为"假笑·和平与你们大家同在"。
⑤ 弗里伯尔，意为"无聊"。

哈比·哈兰登勋爵夫人进了梳妆室,女仆德博跟在后面。

哈比·哈兰登勋爵夫人:……给我香盒。再拿饰颜片。姑娘,把镜子递给我。好了。现在给我假发吧……让这姑娘生瘟病——她总是愣神!

德博:……夫人,我是在想,那位绅士在公园里见到你的时候说了什么。

勋爵夫人:(凝视镜子)原来你想的是这个——他说的什么?都是些没用的傻话!丘比特①的箭——哈哈!点燃他的蜡烛——哼——照着我的眼睛,呸!那是贵族老爷时代的事。二十年了,自从……可是现在——他现在会说我什么呢?(她照了照镜子)我是说斯帕尼奥尔·李利里沃……(敲门声)听!他的马车到门口了。孩子,快去。别傻站着啦。

德博:(走向门口)怎么?他又要哇里哇啦地饶舌,就像赌徒稀里哗啦地摇盒子里的骰子。他找不到一句适合你的话。他会站在那里,像戴着触地颈轭的猪……您的仆人,斯帕尼奥尔爵士。

(斯帕尼奥尔爵士上场。)

斯帕尼奥尔爵士:您好,我美丽的圣贤!怎么那么早就起床啦?我顺着林荫道来这儿的时候,觉得空气都比平时更清亮。原因是……维纳斯②、阿佛洛狄忒③,我敢保证确实是个星系,是个星座!由于我是罪孽之人,您更是北极光!

(他很快摘下帽子。)

勋爵夫人:啊,马屁精,马屁精!我了解你的手腕。可是过

---

① 丘比特,罗马神话中的爱神。
② 维纳斯,罗马神话中的情爱女神。
③ 阿佛洛狄忒,希腊神话中的情爱女神。

来吧。请坐……来一杯生命之酒。坐这儿吧,斯帕尼奥尔爵士。我要和你谈一些私人的事情、特别的事情……你收到我的信了吧,爵士?

爵士:……牢牢别在我的心上。

(他拍了拍胸口。)

勋爵夫人:……爵士,我想请你帮我办一件事。

爵士:……(唱)美丽的克洛伊托付的事有哪一件达蒙没做到呢①……啊,让韵诗见鬼去吧。韵脚还在沉睡。咱们还是说散文体台词吧。阿斯佛蒂拉能叫她平庸的仆人斯帕尼奥尔做什么事呢?夫人,您只管说吧。当我们再也不能在这里讲述自己的真实情况的时候,一个鼻子上套着铁环的猩猩,或一个年轻力壮的猿猴会讲述我们的情况吗?

勋爵夫人:(扇着扇子)没羞,没羞,斯帕尼奥尔爵士。你让我脸红——真让我脸红。可是靠近点吧。(她把椅子挪得离他近些)咱可不想让全世界都听见咱们的话。

爵士:(旁白)靠近点?我得了瘟病啦!这个老太婆臭极了,像一条头朝下栽到沥青桶里的熏鲱鱼!(大声说)夫人,您的意思是?您是说?

勋爵夫人:斯帕尼奥尔爵士,我有一个侄女,叫弗莱文达。

爵士:(旁白)哎,不就是我爱的那个姑娘吗,肯定是!(大声说)夫人,您有个侄女?我想起来了,好像听说过。我听说,她是个独生女,是您的哥哥留下的,让您夫人阁下照顾——他死在海上了。

---

① 克洛伊是古希腊田园浪漫小说中的牧神达弗涅斯的恋人。达蒙是古罗马传说中的哲学家。剧作者将两个典故混在一起使用了。

勋爵夫人:爵士,就是她。现在她已经成年,可以结婚了。我一直把她像豆象虫那样带在身边,斯帕尼奥尔爵士,她被童贞的旧布包裹着。据我所知,她的身边只有女仆,没有一个男人,除了送饭的克劳特以外,克劳特鼻子上有个疣,他的脸像个胡桃研磨机。可是,弗莱文达看上了一个傻瓜。一个镀金的苍蝇——一个叫哈利的,或叫狄克的;你叫他什么都行。

爵士:(旁白)那是年轻的瓦伦廷,我敢肯定。我看见过他们两人在一起玩。(大声)是吗,夫人?

勋爵夫人:斯帕尼奥尔爵士,她并不是条件不好——我们家的人长得都很漂亮——可是一个像你这样有品位有教养的先生也许会可怜她的。

爵士:夫人,恕我冒昧。见过阳光的眼睛不会轻易地为微弱的光——仙后星座、金牛星座、大熊星座等等——而昏眩,太阳升起的时候,那些星座就不亮了!

勋爵夫人:(对他做媚眼)爵士,你是赞扬我的理发师,还是赞扬我的耳环。(她摇着头)

爵士:(旁白)她叮叮当当乱响,像集市上的母驴! 她那身打扮就像五朔节①时理发店的旋转彩柱。(大声)听您的命令,夫人。

勋爵夫人:唔,爵士,是这样的,爵士。鲍伯哥哥,因为我父亲是个普通的乡绅,不愿意取那些外国人带来的花哨名字——阿斯佛蒂拉这名字是我自己叫的,可是我的教名很普通,就叫休——接着刚才的说,鲍伯哥哥逃到了海上;据说,他成了西印度群岛的皇帝;那里的石头全是翡翠,一季产下的绵羊都是红宝石。爵士,他可是个世上少有的软心肠的男人,本来会把那些东

---

① 每年5月1日庆祝春天到来的节日,是中古时代和现代欧洲的传统节日。

西带回来改善家庭经济状况的。可是那艘双轭横帆船、快速帆船，不管人们叫它什么吧（因为我记不住那些航海名词，我就是过一条小水沟都要倒背《主祷文》），那船撞上了礁石。鲸鱼把他吃了。可是那个摇篮在老天爷的保佑下被冲到了海边。里面有个小女孩，就是这个弗莱文达。更重要的是，摇篮里还有遗嘱，裹在羊皮纸里，丝毫没有损坏。鲍伯哥哥的遗嘱。嘿，德博！德博，听着！德博！

（她大喊德博）

爵士：(旁白)啊哈！我怀疑这里有什么鬼！遗嘱，那倒是！有意志者/有遗嘱者①事竟成嘛。

勋爵夫人：(大喊)德博，遗嘱！遗嘱！鲍伯哥哥的遗嘱。在窗户对过的书桌上右手边的乌木盒子里。……让这姑娘得瘟病！她总是愣神。都是这些浪漫小说闹的，斯帕尼奥尔爵士——都是这些浪漫小说闹的。看不见蜡烛流淌，可是她的心在融化；她每次挑灯芯的时候总要背诵《丘比特历书》上所有的名字……

（德博上场，手里拿着一张羊皮纸）

勋爵夫人：那么……给我吧。遗嘱。鲍伯哥哥的遗嘱。(她很快地读遗嘱，声音含混不清)

勋爵夫人：简单说吧，爵士，因为就是在澳大利亚和新西兰，这些律师都是说话又臭又长的一族——

爵士：夫人，那是为了和他们的长耳朵配套。

勋爵夫人：太对了，太对了。简单说吧，爵士，我的鲍伯哥哥把他辞世时所拥有的全部财产都留给他的独生女儿弗莱文达；

---

① 英语的"will"是个多义词，既是"意志"又是"遗嘱"。剧作者在这里使用了双关语。

可是有这么一个条件,您听着。她必须嫁给她的姑姑认为合适的人。她的姑姑就是我呀。不然的话,您听着,他的全部财产——也就是说,十蒲式耳的钻石、若干红宝石、从亚马逊河到北东北部二百平方英里的肥沃土地、他的鼻烟壶、他的六孔竖笛——他一向喜欢吹小调。爵士,我是说鲍伯哥哥;还有六只鹦鹉和他这个亡故者辞世时所拥有的那些小老婆——所有这些,连同其它没必要细说的零碎财物,您听着,他都留给弗莱文达。如果她不嫁给她的姑姑认为合适的人——她的姑姑就是我,那些财产就用于建一座圣堂,里面要有六个可怜的贞女一刻不停地唱圣歌,好让他的灵魂安息——说实话,斯帕尼奥尔爵士,可怜的鲍伯哥哥实在需要这个,因为他整天在墨西哥湾流里游荡,与海妖们交往。可是,爵士,拿着这个,你自己读这遗嘱吧。

爵士:(读)"必须嫁给她姑姑认为合适的人"。够清楚的了。

勋爵夫人:爵士,她的姑姑就是我呀。够清楚的了。

爵士:(旁白)她说的倒是实话。(大声)夫人,您的意思是?……

勋爵夫人:嘘!走近点。让我小声跟你说……斯帕尼奥尔爵士,你我两人长期以来相互评价都很高。我们曾在舞会上一起玩过,曾用雏菊链子把我们的手拴在一起。如果我没记错的话,你叫过我小新娘——那是五十年前的事了。斯帕尼奥尔爵士,我们本来是有可能成为一对的,假如命运对我们好的话。……爵士,你明白我的意思吗?

爵士:假如遗嘱是用真金字母写的,挂在五十英尺高的地方,从圣保罗教堂院区到佩卡姆区的"山羊和罗盘"酒馆都能看见,那它就是再清楚不过的了。……嘘,我要小声说话。我,斯帕尼奥尔·李利里沃爵士特此宣告,我承担责任娶您——那个被海浪冲进龙虾池、浑身盖满海藻的年轻姑娘叫什么名字？弗莱文达，是吗？好，娶弗莱文达——为我的妻子……啊，找个律师把这些话都写下来！

  勋爵夫人：斯帕尼奥尔爵士，有一个条件。

  爵士：阿斯佛蒂拉，有一个条件。

（两人一起说）

条件是：那笔钱我们两个人分。

  勋爵夫人：我们用不着律师证明这个！斯帕尼奥尔爵士，把你的手放在这上面！

  爵士：夫人，你的嘴唇！

（他们拥抱）

  爵士：呸！她真臭！

  "哈，哈，哈！"坐在巴斯轮椅上的那位土生土长的老夫人笑了。

  "理性，天哪！理性！"巴塞罗缪老人喊，并看看他的儿子，似乎在告诫他要抛弃带女人气的抑郁心态，做一个真正的男人。

  贾尔斯把脚缩进椅子底下，坐得像箭一样笔直。

  曼瑞萨太太拿出小镜子和口红，关注着嘴唇和鼻子。

  在人们拆除布景的时候，留声机柔声诉说着某些大家都认为是绝对真实的事。那曲子的内容大致是：夏娃如何提起长袍的下摆，很不情愿地站定不动，好让她那沾着露水的斗篷垂落下来。曲子继续说，放牧的羊群在平静地睡觉。穷苦人回到他的小屋，给渴望听他讲故事的妻子儿女讲述他辛苦劳作的简单经过：耕种一个垄沟能有多少收成；拉犁的几匹马是如何没有碰到停在巢上的鸻鸟；与此同时，兔子沃特①沿着自己的路线奔跑；

——————

  ① 沃特是旧时对兔子的叫法。

温暖的洼地里随处可见带斑点的鸟蛋。在此期间,好主妇把简单的饭食摆上餐桌;结束了一天的劳作之后,仙女和小伙子们手拉着手,随着牧羊人的笛声在草地上跳舞。然后夏娃垂下深棕色的长发,用她那半透明的面纱笼罩着小村庄、教堂尖塔、草场,等等,等等。这支曲子又重复了一遍。

演出现场的风景以独特的方式重复着这支曲子所表达的情景。太阳正在落山;各种颜色汇合在一起。这风景讲述着:辛劳了一天的人们怎样休息;天气怎样变凉爽;理性怎样取得成功;邻居们从犁铧上卸下马之后怎样在农舍的花园里锄土,怎样靠在农舍的院门上往外看。

那些奶牛往前迈了一步,然后站住一动不动,它们也完美地表达了同样的意思。

观众沉浸在这三重旋律之中,都坐在那里凝视着;他们静静地、赞许地看着这一切,没有提任何问题,因为有些事似乎不可避免:一棵种在绿盆里的树取代了女士的梳妆室;在似乎是一面墙的地方挂上了一个巨大的钟盘,指针指向差三分到整点的位置,也就是差三分七点。

埃尔姆赫斯特太太从冥想中清醒过来,看了看手里的节目单。

"第二场,林荫道,"她大声读出来,"时间:清晨。弗莱文达上场。她来了!"

上场的是米莉·洛德("亨特和迪克森先生"纺织品商店的售货员),她穿着有树枝图案的软缎衣服,饰演弗莱文达。

弗莱文达:他说七点,那边的大钟也标着七点。可是瓦伦廷——瓦伦廷在哪儿呢?哎呀!我的心跳得多快!然而天还没大亮呢,因为我常常在太阳升上草场之前就出来了……看——

那些穿得很华贵的人走过去了！他们都踮起脚尖走路,像开屏的孔雀！我呢,穿着裙子,从我姑姑的破镜子里看,它显得那么雅致。哎呀,这是块擦碟布……她们把头发盘到头上,就像一块四边插着蜡烛的生日蛋糕。……那是一块钻石——那是一块红宝石……瓦伦廷在哪儿呢？在林荫道的橘子树下,这是他说的。橘子树——在那儿。瓦伦廷——没有踪影。那个人是朝臣。我敢肯定,那个夹着尾巴的老狐狸。那女人是个用人,瞒着主人出来的。那个人是拿扫帚给贵妇人扫小路的,好让她们的长裙的荷叶边少沾些尘土……看哪,她们的脸多红啊！唉！瓦伦廷,不守信用,残酷,铁石心肠。瓦伦廷！瓦伦廷！

（她痛苦地绞着双手,转向一边,又转向另一边。）

我不是踮着脚尖离开床铺,像老鼠在护墙板上那样偷偷地走,生怕惊醒我的姑姑吗？我不是用她粉盒里的猪油抹了头发吗？我不是使劲把脸搓得发亮吗？我不是躺在床上睁着眼,看着星星爬上烟囱的管帽吗？我不是把去年第十二夜①时教父藏在槲寄生小枝后面的一几尼金币给了德博,让她别告密吗？我不是把插在钥匙眼里的钥匙上了油吗,以免姑姑被惊醒后尖叫弗莱文！弗莱文！瓦尔②,我说,瓦尔——是他来了。……不对,我能在一英里以外认出他来,凭着他大步踩波浪的样子,就像图画书里的那个不知叫什么的人。……那不是瓦尔……那是一个公民,那是一个傻子,他举起单柄眼镜（请听我说）,想把我看个够……那我就回家吧……不,我不回……回到家我又成了不成熟的小女孩,又得缝样品……到米迦勒节③我就要成年了,

———————

① 圣诞节后的第十二夜,为传统的节日。
② 瓦伦廷的昵称。
③ 9月29日,天使长圣麦可的生日。

对不对？再有三个月我就能继承……我不是看见遗嘱里写着吗？那天我的球正好蹦到姑姑存放裙褶的旧箱子上，把盒盖碰开了……上面写着："我辞世时所拥有的一切财产留给我的女儿……"我刚看到这里，老夫人突然经过走廊，脚步声啪啪地响，像一个盲人走过小巷。……我不是一个被遗弃的人，先生，我得告诉你；我不是拖着鱼尾、穿着海藻袍子的美人鱼，需要你可怜。我比得上她们任何一个人——那些和你调情的幼稚的女孩子；你邀我在橘子树下见面，而你却在她们的怀抱里昏昏欲睡，消磨长夜。呸，你不要脸，先生，这样嘲弄一个可怜的姑娘。……我不哭，我发誓不哭。我不会为一个这样对待我的男人流一滴咸眼泪。……是啊，想一想吧——小猫跳起来的那天我们是怎么藏在奶牛场里的。还在槲寄生树下读浪漫小说呢。哎呀！看到公爵离开可怜的波莉时，我哭得多伤心啊。……我姑姑找到了我，发现我的眼睛像红果冻一样。"侄女，你让什么咬啦？"她说。她还喊："快点，德博，那个蓝提包。"我告诉您……哎呀，想一想吧，我把一本书都读完了，又哭着再要一本！……嘘，树丛里有什么东西？来了——又走了。是微风吗？一会儿在树荫下——一会儿又到了阳光里。……我用生命打赌，是瓦伦廷！是他！快，我要藏起来。让这棵树挡住我吧！

（弗莱文达藏到树后。）

他来了……他转过身……他四处张望……他丢掉了线索……他聚精会神地看——一会儿看这边，一会儿看那边。……让他把那些漂亮的脸蛋看个够吧……品味它们，辨认它们，嘴里说："那是和我一起跳过舞的漂亮小姐……那是和我一起躺过的……那是我在槲寄生树下吻过的……"哈哈！他是如何把她们都说出来的！勇敢的瓦伦廷！看，他是怎样看着地的！看，他皱眉头的样子最符合他的心境！"弗莱文达在哪儿呢?"他叹了口气说,"我爱她就像爱我胸中的心脏。"看,他掏出了怀表。"啊,不守信用的家伙!"他叹了口气说。看,他是怎样用脚跺着地! 现在他向后转了。……他看见我了——没有,太阳正照着他的眼。他满含热泪……上帝啊,他是怎样摸着他的宝剑! 他会用宝剑刺穿自己的胸膛,像图画书里的公爵那样! ……住手,先生,住手!

（她从树后走出）

瓦伦廷:……啊,弗莱文达,啊!

弗莱文达:……啊,瓦伦廷,啊!

（他们拥抱。）

大钟敲响九点。

"全是小题大做!"一个声音喊道。人们哈哈大笑。那个声音停住了。可是那人分明是看懂了,也听懂了。在这一瞬间,藏在树后的拉特鲁布女士感到十分荣耀。在下一个瞬间,她转向那些在树丛间穿来穿去的村民,对他们喊:

"大点声! 大点声!"

因为舞台上空无一人;必须把刚才煽起来的情感继续下去;而唯一能使其继续的手段就是那支歌,可是歌词却听不见。

"大点声! 大点声!"她握紧拳头吓唬他们。

掘地,深挖(他们唱道),栽树篱,开渠,我们往前走。……夏天和冬天,秋天和春天又来临……一切都过去了,可是我们,一切都变了……可是我们永远不变……（微风阵阵,不时打断歌词。）

"大点声! 大点声!"拉特鲁布女士着急地喊。

宫殿纷纷倒塌（他们继续唱道），巴比伦、尼尼微、特洛伊①……还有恺撒大帝②的豪宅……都坍塌在地……在那里鸽鸟巢构成了拱门……拱门下行进着罗马人……掘地，深挖，我们用犁铧打破土块……在那里，克吕泰默斯特拉③盼望着她的国王……看见小山上的灯塔闪烁光芒……我们看见的只是土块……掘地，深挖，我们往前走。……王后堕落，瞭望塔倒塌……因为阿伽门农④已经纵马远行。……克吕泰默斯特拉已经毫无价值，只不过是……

　　歌词逐渐消失了。只有几个伟大的名字飘过长空——巴比伦、尼尼微、克吕泰默斯特拉、阿伽门农、特洛伊。然后风大了，在沙沙的树叶声中，就连这些伟大的名字也听不见了；观众坐在那里睁大眼睛看着唱歌的村民，村民的嘴一张一合，可是没出来声音。

　　舞台上空无一人。拉特鲁布女士靠在树上，近于瘫痪。她的力气已经消失。她的前额上突然渗出汗珠。幻想失败了。"这就是死亡，"她念叨着，"死亡。"

　　然后，就在幻想逐渐消失的时候，那些奶牛突然承担起了重任。其中的一头母牛刚失去小牛。它惊诧地睁大月亮般的眼睛，适时地抬起头，高声吼叫。所有的母牛都睁大月亮般的眼

---

① 巴比伦为古代巴比伦王国的首都，尼尼微是古代东方奴隶国亚述的首都，特洛伊是古代土耳其西部的城市。

② 恺撒大帝（约公元前100—前44），罗马将军、政治家，曾为罗马帝国统治者。

③ 克吕泰默斯特拉，希腊神话中阿伽门农国王之妻，与人通奸，杀死其夫，后被其子杀死。

④ 阿伽门农，迈锡尼的国王，特洛伊战争中希腊军队的统帅。

睛,向后甩头。它们一头接一头发出了渴望的叫声。全世界都充满了无言的渴望。这是远古的声音,在当前的瞬间听起来格外响亮。然后整个牛群都受到了传染。它们用力摆着像通条那样脏的尾巴,把头甩得很高,扬起后蹄,奔窜吼叫,好像厄洛斯①已经把箭埋进它们的肋腹,刺激着它们,让它们发怒。那些母牛消灭了舞台的空白,缩短了距离,填补了空虚,延续了刚才的情感。

拉特鲁布女士对着牛群狂喜地挥着手。

"感谢上苍!"她感叹地说。

突然,奶牛不叫了,低下头,开始吃草。与此同时,观众们也低下了头,阅读手中的节目单。

埃尔姆赫斯特太太大声读给丈夫听:"导演恳请观众谅解。由于时间不够,省略了一场;她请求观众想象,在那段时间里,斯帕尼奥尔·李利里沃爵士已经得到了与弗莱文达订婚的文书;弗莱文达就要答应订婚;这时藏在大座钟里的瓦伦廷突然走了出来,宣布弗莱文达是他的新娘,揭露了哈比·哈兰登勋爵夫人和斯帕尼奥尔·李利里沃爵士企图剥夺弗莱文达遗产的阴谋;在后来的混乱场面中,这对恋人一同出走,只剩下哈比夫人和斯帕尼奥尔爵士单独在一起。"

"导演要求我们想象所有这些情景。"埃尔姆赫斯特太太说,一面放下手中的眼镜。

"她很明智,"曼瑞萨太太对斯威辛太太说,"如果她把什么都放进去的话,我们就得在这儿一直看到半夜了。所以我们就

---

① 厄洛斯,希腊神话中的爱神,阿佛洛狄忒的儿子,相当于罗马神话中的丘比特。

得想象啦,斯威辛太太。"她拍了拍老夫人的膝盖。

"想象?"斯威辛太太说,"说得对呀!演员们通常给我们演绎得太多了。你知道吗,中国人把一把匕首放在桌子上,就代表一场战斗。所以拉辛①……"

"是啊,他们真把人烦死。"曼瑞萨太太打断了她的话,因为她觉察到了高雅的情趣,也讨厌那种瞧不起人类快乐情感的口气。"那天我带着我的侄子——他在桑赫斯特,是个多么快乐的孩子——去看《啪的一声鼬鼠跑》。你看过吗?"她转向贾尔斯。

"城里大路来回跳。"他哼唱着回答。

"你的保姆唱过这首歌吧!"曼瑞萨太太感叹道,"我的保姆唱过。她说'啪'的时候,声音很像从姜汁啤酒瓶拔出软木塞的声音。啪!"

她模仿这种声音。

"安静,安静。"有人小声说。

"我这会儿是在逗着玩,吓唬你姑姑,"她说,"我们必须守规矩,集中精神。这是第三场。哈比·哈兰登勋爵夫人的密室。可以听到远处传来的马蹄声。"

那马蹄声(是傻子艾伯特用木勺使劲敲打托盘模仿出来的)渐渐远去了。

哈比·哈兰登勋爵夫人:去格列特纳格林村②的路已经走

---

① 拉辛(1639—1699),法国诗人、剧作家,法国古典主义悲剧代表作家之一。
② 格列特纳格林是英国苏格兰南部的一个村庄,靠近英格兰边境。过去在苏格兰结婚可以不经父母同意,因此许多私奔的情侣纷纷到那里去结婚。此地名也有比喻意义,指类似的村庄或小镇。

了一半！啊，我那骗人的侄女！是我从海水里把你救了起来，你全身都淌着水，我把你放到了壁炉旁边！啊，鲸鱼曾把你整个吞了下去！啊，你这个忘恩负义的鼠海豚！你的角帖书①初级读本不是教过你要尊重你的大姑吗？你怎么误读了，拼错了？倒学会了偷东西和骗人，学会了偷看放在旧盒子里的遗嘱，还学会了把流氓藏在大座钟里；大座钟倒是老老实实，从查理国王②时代到现在就没走错过一秒钟。啊，弗莱文达！啊，鼠海豚，啊！

斯帕尼奥尔·李利里沃爵士:（使劲把长统靴往上提）老了——老了——老了。他说我"老了"——"老傻瓜，上床去吧，去喝热牛奶甜酒③!"

勋爵夫人: 还有她。爵士，她在门口停下，鄙夷地指着我说"老——太婆"，可我正当壮年，还是个勋爵夫人呢！

爵士:（提着长统靴）可是我得把这事跟他摆平。我得用法律制裁他们！我得把他们打翻在地……

（他在地上跳来跳去，一只脚穿着靴子，另一只脚没穿）

勋爵夫人:（把手搭在他的胳膊上）斯帕尼奥尔爵士，注意点你的痛风病吧。爵士，你想想——咱们可别让他们气疯了，咱俩还不到五十岁呢。他们唠唠叨叨地谈论的这个年轻人是干什么的？不过是北风刮起来的一根鹅毛罢了。你坐下，斯帕尼奥尔爵士。歇歇腿吧——那——

（她把一个靠垫推到他的腿底下）

爵士: 他说我"老了"……他从大座钟里跳出来，像个弹跳

---

① 指印有字母、数字等的纸页，裱在有柄的木板上，表面覆盖着透明角片，供儿童认字、识数等用。
② 似指英国和爱尔兰国王查理一世（1600—1649）。
③ 热牛奶甜酒常用于治感冒。

玩偶……还有她,她嘲笑我,指着我的腿喊:"丘比特的箭,斯帕尼奥尔爵士,丘比特的箭。"哎,真希望能把他们放在研钵里炖烂,冒着热气端到祭坛上——哎呀,我的痛风病,哎呀,我的痛风病!

勋爵夫人:爵士,这样说话对一个明智的人没有好处。爵士,你想想,就在前天,你还请求——咳咳——请求星座保佑呢。仙后座、金牛座,还有北极光……不能否认,它们中间有一个星离开了自己的范围,流走了,私奔了,明确地说吧,是带着一个大座钟里的东西,带着大座钟里的钟摆走的。可是,斯帕尼奥尔爵士,有一些星星——咳咳——一动不动;简单说吧,它们从来都没有像海运煤炭烧出的火光那样明亮,特别是在一个干冷的早晨。

爵士:唉,我真希望我还是二十五岁,身边有一把佩剑!

勋爵夫人:(昂首收颔)爵士,我明白你的意思。嘻嘻——肯定地说,我和你一样感到遗憾。可是青春并不是一切。我告诉你一个秘密,我自己也是过了回归线,也是到了赤道的另一边。我夜里睡得很香,连身都不翻。酷热期①已经结束了。……可是爵士,你想想吧。有遗嘱者事竟成啊。

爵士:夫人,这是上帝的真理……哎呀,我的脚火烧火燎的,就像魔鬼的铁砧上面一块红热的马掌,哎呀!——你是什么意思?

勋爵夫人:我的意思? 难道我非得不顾体面,拆开香包,把放在薰衣草里面的东西掏出来吗? 那东西在里面已经放了二十

---

① 原文 dog days 有双重意义,既指七、八月份的酷热期,又指妇女经期无精打采的日子。剧中人使用了双关语。

年了,是在我的勋爵——愿他的名字安息——被装进铅棺时放进去的。爵士,咱们明说吧,弗莱文达飞了。鸟笼空了。可是我们两人既然过去能用樱草把手腕拴在一起,现在就更可以用更结实的锁链把手腕拴在一起啦。让装饰品和数字都见鬼去吧。我,阿斯佛蒂拉,就在这里——可是我平常的名字是休。不管我叫什么名字——是阿斯佛蒂拉还是休——我都在这里,身体很棒,随时为你效劳。既然密谋泄露了,鲍伯哥哥的财富就得归那几个贞女了。这很清楚。这里有奎尔律师的命令。"贞女们……永远……为他的灵魂歌唱。"我向你保证,他很需要这个……可是没关系。虽然我们把本来可以用来买羊毛衫包裹自己身体的钱财扔给了那些容易上钩的笨蛋,可我并不是乞丐。我有宅院,有出租公寓,有家用亚麻布,有牛群,还有我的嫁妆;有一张清单。我会给你看的,都写在羊皮纸上;我向你保证,我有足够的财产,能让我们两人生活得很好,在后半生里以夫妻相伴。

爵士:夫妻! 这确实是真话! 嘿,夫人,我倒是宁愿把自己赶进沥青桶里,宁愿被绑在带刺的山楂树上让冬天的狂风吹。呸!

勋爵夫人:……沥青桶,呸! 山楂树——呸! 你这个没完没了地谈论星系和银河的人! 你这个发誓说我比别人都光彩的人! 让你得瘟病——你这个背信弃义的人! 你这个骗子! 你这个穿长统靴的毒蛇! 这么说你不想娶我? 你不肯和我牵手是吗?

(她伸出手;他用力拨开她的手。)

爵士:……把你的那些痛风石藏进毛手套里吧! 呸! 我一个都不要! 即使它们是钻石,纯钻石,和地球上一半能住人的地方,和那里所有的小老婆(她们被人用绳子穿成了串,绕在你的脖子上),我也一个都不要……一个都不要。放开我的手,尖叫的猫头鹰、巫婆、吸血鬼!放开我!

勋爵夫人:这么说,你所有的甜言蜜语都不过是包裹圣诞节爆竹的锡纸啦!

爵士:……是拴在驴脖子上的铃铛!是挂在理发店旋转灯上的纸玫瑰……哎呀,我的脚,我的脚……丘比特的箭,她嘲笑我……老了,老了,他说我老了……

(他单腿跳着下场)

勋爵夫人:(独自一人)都走了。随风飘了。他走了;她也走了;只有老座钟停了下来,那个流氓刚才藏在钟里当钟摆来着。让他们都得瘟病——把一个老实女人的房子变成了妓院。我刚才还是北极光,现在贬值成了沥青桶。刚才还是仙后座,现在成了母驴。我晕头转向了。世界上没有轻信的男人,也没有轻信的女人;没有动听的讲话,也没有漂亮的脸蛋。羊皮掉了,爬出来的是蛇。您还是去格列特纳格林村,躺到湿草地上喂响尾蛇吧。我的头直转悠……沥青桶,呸!仙后座……痛风石……仙女座……山楂树。……喂,德博!德博!(她大喊)给我解带子。我快要爆开了!把我的绿呢面桌子搬来,摆上纸牌……德博,把我那双带毛里子的拖鞋拿来。再拿一盘巧克力糖。……我要跟他们把事摆平……我要比他们都活得长……喂,德博!德博!让那姑娘得瘟病!她听不见我的话吗?喂,德博!你这个吉卜赛妞儿,是我把你从树篱上拽下来教会你缝样品的!德博!德博!

(她猛地打开通向女仆住屋的门。)

屋子空了!她也走了!……咦,梳妆台上是什么东西?

(她拿起一张纸片读道)

"你以为我喜欢你的鹅毛床吗？我跟那些穿破衣服的吉卜赛人走了①，哎呀！签名：你过去的仆人德博拉。"原来如此！我用自己餐桌上的苹果皮和面包皮把她喂养大了，我教会了她玩克里比奇牌戏和缝制没有腰的宽女服……她也走了。啊，忘恩负义，你的名字就是德博拉！现在谁给我刷盘子呢；现在谁给我拿牛奶甜酒，谁来忍受我的脾气，谁给我解胸衣带子呢？……他们都走了，只剩下我一个人，没有侄女，没有情人，也没有女仆。

本剧即将结束，现在总结教益：
爱神满脑子都是小花招；
他常把短箭刺进人的脚，
但人的意志会大行其道；
让圣女永远吟唱赞美诗吧：
"有意志者事竟成。"
天下的好人们，再见吧。
（哈比·哈兰登勋爵夫人行屈膝礼后下场）

这一场结束了。"理性"走下她的基座。她收拢裙子，平静地向观众示意，感谢他们的掌声，同时穿过舞台下场；几个佩戴着星章和勋章的白人勋爵和勋爵夫人跟在后面；斯帕尼奥尔爵士一瘸一拐地护送满脸假笑的哈兰登勋爵夫人；瓦伦廷和弗莱文达手挽着手鞠躬并行屈膝礼。

"上帝的真理！"巴塞罗缪喊道，他受到了剧中语言的感染，"这对你很有教益！"

---

① 此句出自一首英国传统童谣。

他在用力靠向椅背,笑了起来,像马在低声嘶叫。

教益?什么教益?贾尔斯猜想那教益是:有意志者事竟成。这几个字站立起来,鄙夷地伸出一个指头,直指向他。和女朋友一起去格列特纳格林村吧;把事办了。管他妈的什么后果。

"你想看看温室吗?"他突然说,同时转向曼瑞萨太太。

"愿意呀。"她喊着站了起来。

有幕间休息吗?有,节目单上写着呢。留声机在灌木丛里嚓、嚓、嚓地响。下一场是什么?

"维多利亚时代。"埃尔姆赫斯特太太读道。那么大概有时间围着花园走一走,甚至到宅子那边看一看了。然而不知怎么回事他们觉得——怎么说呢——觉得有些心不在焉。仿佛这出话剧把高尔夫球推出了球洞;仿佛我所称的自我仍在无牵无挂地飘浮着,沉不下来。他们感觉失去了常态。也许他们只是对服装太敏感吧?那些瘦小的旧式巴里纱衣裙、法兰绒裤子、巴拿马草帽;那顶带紫红网罩的帽子,是按王室公爵夫人在阿斯科特赛马场戴的帽子仿制的,好像有些薄了。

"那衣服多漂亮呀,"一个人说,同时向即将消失的弗莱文达看了最后一眼,"颜色协调极了。我希望……"

嚓、嚓、嚓,留声机在灌木丛里响着,非常准确,非常执着。

云彩飘过天空。天气看来有些变化。此刻,霍格本的怪楼呈灰白颜色。随后阳光照射到博尔尼教堂的镀金风向标上。

"看来要变天了。"有人说。

"你站起来……咱们去活动活动腿脚。"另一个声音说。草坪上很快就浮动着许多由五颜六色的服装组成的流动小岛。然而,有些观众仍然坐着没动。

"梅修少校和夫人。"记者佩奇舔着铅笔尖记录道。至于那个话剧,他要弄到那个女士的名字,再要一份剧情简介。可是拉特鲁布女士不见了。

她在灌木丛里像黑奴一样拼命干活。弗莱文达穿着裙子。"理性"已把斗篷扔到了冬青树篱上。斯帕尼奥尔爵士正在用力拽着长统靴。拉特鲁布女士一边扔东西,一边翻找东西。

"那件带珠子穗的维多利亚斗篷……那倒霉东西在哪儿?把它扔到这儿来……现在这胡子……"

她东跑西颠,目光越过灌木丛瞭向观众。观众在走动。观众悠闲地走来走去。他们有意远离演员换衣服的地方;他们一向尊重老规矩。可是如果他们走得太远了,如果他们开始探察整个大院,走到宅子那边,那么……嚓、嚓、嚓,留声机在响。时光在流逝。他们聚在一起能坚持多长时间呢?这是一场赌博,要冒风险……她情绪高昂地四面出击,把服装甩到草地上。

从灌木丛的上方飘过来只言片语,她只闻其声不见其人,因此在她看来,那些说话声似乎都是具有象征性的声音;虽然她只能听见一半,又看不见什么,但她从灌木上方望过去仍能感觉到有无数根看不见的线把那些与人体隔绝的声音联结在一起。

"天可够阴沉的。"

"谁都不想要这样的天气——除非那些混蛋德国人。"

说话声停顿了片刻。

"我要砍掉那些树……"

"他们怎么把玫瑰种得这么好!"

"他们说五百年来这里一直有花园……"

"为什么就连老格拉德斯通①,公正地讲……"

---

① 格拉德斯通(1809—1898),英国政治家,曾任英国首相。

然后是一片寂静。那些声音飘过灌木丛。树木沙沙作响。拉特鲁布女士知道，有很多双眼睛都在观看这风景，因为她身上的每一个细胞都能吸收信息。她用眼角的余光能看见霍格本的怪楼；然后楼顶上的风向标闪了一下。

"这眼镜要掉。"一个声音说。

她能感觉到他们看着风景便从她的手指头中间溜走了。

"那个倒霉的女人罗杰斯太太在哪儿？谁看见罗杰斯太太啦？"她叫道，一面抓起一件维多利亚时代的斗篷。

然后，有一个人不顾老规矩，从抖动的树枝中间把头伸了进来：那是斯威辛太太。

"啊，拉特鲁布女士！"她喊道，然后就不说话了。后来她又说："啊，拉特鲁布女士，我衷心地祝贺你！"

她迟疑了一下。"你已经给了我……"她省略了后面的话，然后又接着说——"我从小时候就感觉……"一片薄纱落到她眼前，抹掉了现在。她试图回忆自己的童年时代，随后又放弃了；她轻轻地挥了一下手，似乎是叫拉特鲁布女士帮她的忙，然后继续说："这种每日的常规，上楼下楼啊，说'我要拿什么？我的眼镜吗？眼镜就在我鼻子上'……"

她直视着拉特鲁布女士，尽管她年纪老了，可是眼睛仍很清澈。她们两人的目光碰到一起，企图通过共同的努力来理解彼此的意思。她们失败了；斯威辛太太拼命抓住最小的机会来表达自己的意思，她说："你分配我演的角色太小了！可你一直让我感觉我有可能扮演……克莉奥佩特拉①的！"

---

① 克莉奥佩特拉，古埃及女王，是罗马帝国恺撒大帝和罗马将军马克·安东尼的情人。莎士比亚写了《安东尼与克莉奥佩特拉》一剧。

323

她在抖动的灌木中点了点头,然后慢慢走开了。

村民们相互使眼色。"怪癖"一词正适合形容"老薄脆"的样子,这个词很快穿过了灌木丛。

"我有可能扮演——克莉奥佩特拉的。"拉特鲁布女士重复道。她的意思是:"你勾起了我的心思,我还真想演一个没演过的角色呢。"

"现在整一整裙子,罗杰斯太太。"拉特鲁布女士说。

罗杰斯太太穿着黑色长统袜站在那里,显得很古怪。拉特鲁布女士把维多利亚时代的特大荷叶边拉到她的头上。她系上了带子。"你已经拉动了那些看不见的绳子",这就是那位老夫人的意思,而且在所有的人当中唯有她点出了克莉奥佩特拉!拉特鲁布女士感到无上荣光。啊,但她并不仅仅是拉动个别绳子的人;她还是将走动的人体和浮动的人声烩于一锅并从中再造新世界的人。她的重要时刻到来了——她的荣光。

"好了!"她说,一面把黑缎带系到罗杰斯太太的下巴底下,"化装完毕!现在该男士了。哈蒙德!"

她招手叫哈蒙德过来。他羞涩地走过来,听任她将黑胡子贴在他的脸颊上。他半闭着眼,头往后仰;拉特鲁布女士想,他这副样子很像亚瑟王①——高贵、有骑士风度、身体较瘦。

"少校的旧礼服大衣在哪儿?"她问,她相信有了那件衣服就可以改变他的形象。

嗒、嗒、嗒,留声机继续在响。时光在流逝。观众在闲逛,在离散。只有留声机嗒、嗒、嗒的声音把他们拢在一起。看,那个在远处花坛边独自漫步的人是贾尔斯太太,她躲到一边去了。

---

① 亚瑟王,传说中的不列颠国王、圆桌骑士团的首领。

"曲子！"拉特鲁布女士命令说，"快点！曲子！下一个曲子！第十号！"

"现在允许我摘下，"伊莎低语，并摘了一朵玫瑰花，"我的那一朵玫瑰花吧。白的还是粉红的？然后用拇指和食指捻压它……"

她仔细打量着从她跟前经过的人，寻找那个穿灰衣服的男人的脸。他在那边晃了一下，可是他的周围全是人，无法接近。现在他又消失了。

她扔掉了那朵花。她能捻压什么样的落叶片呢？一片都没有。在花坛旁边也没有那种飘落的叶片。她必须继续往前走；她转身朝马厩的方向走去。

"我往哪里漫游？"她思索着，"沿着什么样的通风隧道？那不长眼的风儿往哪一边吹？那里没长着赏心悦目的东西，没有玫瑰。往哪里走？在一片没有收成的黯淡的田地里，那里没有夜幕降临，也没有太阳升起。在那里大家都平等。在那里玫瑰花不摇摆，不生长。没有变化，也没有可变的和可爱的事物；没有问候，也没有告别；更没有人偷偷地发现和感觉，在那里一个人的手寻求另一个人的手，一个人的目光寻求另一个人的目光作为归宿。"

她进了马厩的院子，那里有几条用铁链拴着的狗，放着几个水桶；有一棵很大的梨树，树枝伸展，错落有致，靠着墙边，像梯子一般。梨树的根须伸展到石板底下，树上满是又硬又青的梨子，沉甸甸的。她摸着一只梨子自言自语："我是怎样承受着它们从土里汲取的养分的重负：诸多的回忆；诸多的财富。这就是'过去'压在我身上的重担，我像穿越沙漠的长长的商队①中走在最后的一匹小毛驴。'跪下,''过去'对我说,'把我们树上的果实装满你的篮子。站起来,小毛驴。走你的路,直到你的蹄跟打了水泡,直到你的铁掌断裂。'"

梨子像石头一样硬。她低头看着有裂缝的石板,梨树的根须在石板下面延伸。她思索着:"这就是从褓褓时起就加在我身上的重负;它是由海浪的窃窃私语、不安的榆树的轻拂、唱歌的女人哼的小曲表达出来的;我们必须记住什么;我们要忘掉什么。"

她抬起了头。马厩里的大钟上的镀金指针决断地指向差两分到整点的位置。大钟即将敲响。

"现在宝石蓝色的天空里出现了闪电,"她低声说,"死者系的皮绳爆开了。我们的财产不受限制了。"

人们的说话声打断了她的思路。他们谈着话走过马厩院。

"有人说,今天天气真好,它让我们脱光衣袍。别的人说,好天气就要完了。他们看见了那个小旅店和旅店主。可是没有一个单独说话的声音。没有一个声音不带着古老的颤音。我总是听见许多亵渎的低语;听见金子和金属的叮当声。疯狂的音乐……"

传来了更多人的声音。观众们涌回了台地。伊莎振作起来。她鼓励着自己。"骑在小毛驴上,耐心地颠簸前行。别听那些为取得领导权而抛弃我们的领袖狂叫。也别听那些有瓷器般坚硬光彩脸庞的人唠叨。不如倾听牧羊人在农场院墙边咳嗽的声音,不如倾听那棵枯萎的树在骑者疾驰而过时发出的叹息

---

① 原文为 caravanserai(商队或朝圣队在旅途中住的客店、旅舍),从上下文看,似为 caravans(商队、朝圣队)之误。

声,不如倾听他们在营房里剥光她的衣服时发出的争吵声,或是倾听我在伦敦猛地开窗时听到的哭声……"她已经出来,走上了通往温室附近的小路。温室的门被踢开了。曼瑞萨太太和贾尔斯从里面走了出来。伊莎悄悄地尾随着他们穿过草坪,来到前排的座位上。

灌木丛中的留声机已停止了嚓、嚓、嚓的响声。遵照拉特鲁布女士的命令,另一支曲子的唱片已经放上了留声机。第十曲。人们称之为伦敦街头叫卖声。《大杂烩》。

"薰衣草,芳香的薰衣草,谁买我的芳香薰衣草",这支曲子虽然发出颤音而且十分清脆,可是没能把观众都召回来。有些人根本就不理睬,有些人还在闲逛。其他人虽然停了下来,但挺直身子站定了。有些一直没离开过座位的人,如梅修上校和夫人,在琢磨着一张模糊不清的复写誊印纸页,那是事先发的说明书。

"十九世纪。"梅修上校并不反对导演有权在不到十五分钟里跳过二百年。可是导演选择的场景使他困惑。

"为什么把英国军队给漏掉了?没有军队怎么成其为历史呢,是不是?"他若有所思地说。梅修夫人向他一歪头辩解说:"我们毕竟不能要求太高嘛。再说,话剧结尾时可能有个全体演员的大合唱,围绕着英国国旗。同时还有风景可看。他们在欣赏着风景。"

"芳香的薰衣草……芳香的薰衣草。……"(芒特宅的)林恩·琼斯老太太哼着这支曲子,并将一把椅子往前推。"坐这儿吧,埃蒂。"她说着就重重地坐了下去,埃蒂·斯普林格特也坐下了;由于两人都是寡妇,她们现在同住一所房子。

"我记得……"她随着曲子的节奏点着头,"你也记得——

那时候他们是怎么沿街叫卖的。"她们都记得——窗帘在飘动，男人们在吆喝："奏乐啦，开花啦。"他们带来种在花盆里的天竺葵和石竹，沿街叫卖。

"我记得有一把竖琴，还有一辆双轮双座马车和一辆四轮出租马车。那时街上是那么安静。花两个便士可以坐一趟双轮马车，对吧？花一个便士可以坐一趟四轮马车吧？还有埃伦，她戴着帽子，穿着围裙，是在街上吹口哨吧？你还记得吗？还有那些长跑的人，哎呀，他们会从车站跟着你跑一路，如果你有一座野外小屋①的话。"

乐曲变了。"旧熨斗，有旧熨斗要卖吗？""你记得吗？那些男人在大雾里就是这么吆喝的。他们是从七日晷区②来的。带着红手帕的男人。勒颈杀人犯，人们是不是这么叫他们的？你看完戏以后——哎呀，我的天，哎呀——都走不回家了。摄政街。皮克德利街。海德公园角。那些淫荡的女人……还有污水沟里到处是整个的面包。你在克文特加登剧院附近认识的那个爱尔兰人……从舞会回来，路过海德公园角的大钟，你还记得戴白手套的那种感觉吗？……我父亲还记得在海德公园里见到的那位公爵。两个手指头是这样的——他当时摸了一下他的帽子……我有我母亲的集子。一个小湖和两个恋人。我猜想她抄的是拜伦的诗，用的是当时人称意大利体的字体。……"

"那是什么曲子？《在老肯特路上把他们打倒》③。我记得那个擦皮靴的人吹口哨吹的就是这个调。哎呀，那些用人……

---

① 为进行狩猎、射击、钓鱼等体育运动的人准备的乡间小屋，可供临时居住用。
② 七日晷区是伦敦市的一个区，19 世纪时曾为罪犯出没之地。
③ 系一首英国传统歌曲。

老埃伦……一年的工资是十六英镑……那一罐罐的热水！还有圈环裙！还有紧身胸衣！你还记得水晶宫和焰火吗？还记得米拉在泥地里丢了一只拖鞋吗？"

"那是年轻的贾尔斯太太……我还记得她的母亲。她死在印度……我想，我们那时候穿过很多衬裙。不卫生吗？我敢说……哦，看看我女儿吧。在右边，就在你身后。她都四十岁了，可是像小树苗一样瘦。每一套公寓房里都有冰箱……我母亲用了半个上午的时间去预订正餐。……我们兄弟姐妹十一个人。加上佣人，全家一共十八口人。……现在他们只要给商店打个电话就行了……贾尔斯来了，跟曼瑞萨太太一起。她是我不喜欢的那种人。也许我的看法不对……还有梅修上校，他总是那么整洁……还有科布斯科纳宅的科贝特先生，就在那边，在那棵智利南洋杉树底下。人们不常见到他……这是演出的好处——把大家聚在一起。这些日子，我们大家都那么忙，聚会正合大家的意……节目单呢？你拿着了吗？咱们看看下一个是什么……'十九世纪'……看，合唱队来了，那些村民上场了，在树中间穿过。首先，是序幕。……"

一个铺着红色台面呢、缀着沉甸甸金穗子的巨大箱子已被搬到舞台中央。台下响起衣裙的窸窣声和移动椅子的声音。观众颇感歉疚，匆忙找位子坐下。拉特鲁布女士的目光盯着他们。她给了他们十秒钟的时间把脸转向舞台。然后她挥了挥手。一支庄重的进行曲响了起来，声音很刺耳。"坚定，激昂，大胆又吵嚷。"等等。……一个具有象征性的巨大人物形象又从灌木丛里出来了。那是旅店主巴奇，可是他乔装得那么好，就连每天夜里和他一起喝酒的老朋友也没认出是他；村民们低声笑着相互询问他是谁。他披着一件有多层披肩的黑色长斗篷，是防水

329

布做的,闪闪发亮,其质地酷似议会广场上的一尊雕像;他还戴了一个头盔,说明是警察;他的胸前佩戴着一排勋章;他的右手横握着一根警官专用的警棍(是白厅街上的威勒特先生借给他的)。他的声音粗哑,从棉絮做的浓密黑络腮胡子当中传出来,是这声音暴露了他的身份。

“巴奇,巴奇。那是巴奇先生。”观众交头接耳地说。

巴奇伸直了拿警棍的胳膊,并说:

在爱[海]德公园角①指挥交通,可不是件省事的工作。公共汽车和两轮出租马车。所有的车都咣啷咣啷地行驶在石子路上。靠右走,行不行? 嗨,快停下!

(他挥动警棍)

她过来了,那个拿伞的老家伙差点撞到马鼻子上。

(他把警棍明显地指向斯威辛太太)

她举起了骨瘦如柴的手,仿佛刚才确实心血来潮快步走下了人行道,惹得这位有权威的人理所当然地生气。抓住她,贾尔斯想,他站在权威一边反对他的姑姑。

不管是下雾还是晴天,我都履行我的职责(巴奇继续说)。在皮卡德利圆形广场,在爱[海]德公园角,为女王陛下的帝国指挥交通。波斯皇帝、摩洛哥苏丹,也许女王陛下本人,或库克公司②的游客、黑人、白人、漂洋过海去宣告女王帝国的水兵和士兵,他们所有的人都服从我的警棍管制。

----

① 巴奇说话操伦敦东区方言,读不好[h]音,所以把“海德公园角”说成“爱德公园角”。

② 由英国旅游业的先驱托马斯·库克(1808—1892)创建的旅游公司,全名为托马斯·库克父子旅游公司,提供配导游的观光游览。

（他从右向左娴熟地挥舞警棍）

可是我的工作还不只这些。我保护并指导女王陛下的全体顺民保持纯洁,享有安全,在所有的自治领的每一个角落;要求他们服从上帝和人类的法律。

上帝和人类的法律(他重复这几个字,装出查找写在羊皮纸上的法律条文的样子;他故作姿态,从裤子口袋里掏出一张羊皮纸来。)

礼拜日去教堂,礼拜一上午九点整赶上去伦敦城的公共汽车。也许是礼拜二,去曼森大厦①参加救赎罪人的会议;礼拜三正餐时参加另一个会——有甲鱼汤。可能是爱尔兰出了些麻烦,发生了饥荒。芬尼亚组织②成员问题。诸如此类的事。礼拜四,秘鲁土著人要求得到保护和纠正的问题③;我们要把该给他们的东西给他们。可是你们要注意,我们的统治不止于此。我们的帝国是个基督教国家,在白人女王维多利亚④的统治之下。我挥舞指挥棒,管制思想和宗教、饮酒、服装、礼仪,还管制婚姻。众所周知,繁荣和体面总是携手并肩。一个帝国的统治者必须留心床笫,还要监视厨房、客厅、书房,监视一切有一两个人(我和你)聚会的地方。"纯洁"是我们的格言,还有"繁荣"和"体面"。如果不这样,哎,就让他们化脓腐烂……

---

① 英国伦敦市长的官邸。
② 芬尼亚组织的全称为爱尔兰共和兄弟会,是 1857 年在纽约成立的爱尔兰争取民族独立的反英秘密组织,1867 年曾在曼彻斯特和伦敦两市组织暴力活动,以拯救被囚禁的支持者。"芬尼亚"的名称可能来自爱尔兰传说中的芬尼亚勇士团。
③ 此话涉及英国与秘鲁的关系。1899 年,秘鲁政府同英国达成协议,由英国的"秘鲁公司"代表债权人接管秘鲁铁路,为期六十六年,以抵偿外债;秘鲁还每年向英国供应三百万吨鸟粪,并在三十三年内每年偿还八万英镑的债务。
④ 维多利亚女王(1819—1901),英国著名女王。属汉诺威王室。

（他停顿了片刻——不，他没忘记台词）

克利珀尔门、圣贾尔斯教堂、白教堂、米诺雷兹①。让他们到矿井里去干活流汗，让他们去织布机旁咳嗽，让他们理所当然地忍受自己的命运。那是帝国的代价，那是白种人的责任。我可以告诉你，在爱[海]德公园街角和皮卡德利圆形广场指挥车辆有序通行，是一份全职工作，是白人的工作。

他停下来，站在岗台上盯着大家，气度非凡，独具威严。大家都有同感，他是个很优秀的人物，他的指挥棒横伸着，防水斗篷向下垂着。只需要一阵大雨，只需要一队鸽子围绕他的头顶飞翔，只需要圣保罗大教堂和威斯敏斯特教堂的钟声，就可以把他变成一个典型的维多利亚时代警察的形象，就可以把他们大家带回维多利亚王朝全盛时期的伦敦，带回一个大雾弥漫的下午，有卖蛋糕小贩的清脆摇铃声和教堂的轰鸣钟声。

舞台上出现了停顿。观众可以听见那些穿行于树木之间的朝圣客在唱歌，可是听不清歌词。他们都坐在那里等待。

"啧、啧、啧，"林恩·琼斯太太表示不满，"他们当中也有值得尊敬的人……"不知为什么，她隐约感到有人在嘲笑她的父亲，也就是嘲笑她自己。

埃蒂·斯普林格特也咂了咂嘴。然而孩子们确实在矿上拉过小车；有一个地下室；然而爸爸在饭后朗读瓦尔特·司各特②的作品；法院不接待离了婚的夫人们。要得出结论是多么困难呀！她希望他们赶快演下一场。她喜欢在离开剧场时把一切都弄明白。当然啦，这只是村里人演的戏……他们在摆放下一场

---

① 均为伦敦穷人居住的地区。
② 瓦尔特·司各特(1771—1832)，英国小说家、诗人。

的布景,围绕着那个铺着红台面呢的箱子。她念起了节目单:

"野餐会。约一八〇六年。地点:湖畔。人物——"

她不念了。人们已经把一块床单铺在台地上。这显然代表湖泊。上面有大笔挥就的波浪,代表湖水。那些绿色的木桩代表蒲草。真正的燕子快速飞过床单,真是好看。

"明妮,你看呀!"她喊道,"那些是真燕子!"

"安静,安静。"有人警告她。因为这场戏已经开始了。一个年轻小伙子出现在湖边,他穿着灯笼裤,两腮上有胡子,拄着一根尖头拐杖。

埃德加·索罗尔德:……我来帮你,哈德卡斯尔小姐!小心!

(他扶着埃莉诺·哈德卡斯尔小姐爬上山顶。埃莉诺是一个穿着圈环裙、戴着蘑菇帽的年轻贵族小姐。他们两人喘着气站了一会儿,观赏着周围的风光。)

埃莉诺:山下树丛里的教堂显得多小啊!

埃德加:……那么说,这就是"流浪者之井"啦,是幽会的地方。

埃莉诺:……索罗尔德先生,请把你刚才的话说完,别人一会儿就要来了。你刚才说:"我们的生活目的……"

埃德加:……应该是帮助我们的同胞。

埃莉诺:(长叹一声)太对了——太深刻了!

埃德加:……哈德卡斯尔小姐,你为什么叹气呢?——你没有理由谴责自己——你的一生都在为别人服务。我刚才是在想我自己。我已经不年轻了。在二十四岁上,人生最美好的时光就结束了。我的人生匆匆而过(他往湖里扔了一块卵石),就像水中的微波。

埃莉诺：啊，索罗尔德先生，你不了解我。我实际上和你看到的不一样。我也——

埃德加：……别跟我说这个，哈德卡斯尔小姐，——不，我不能相信这事——你怀疑了？

埃莉诺：感谢上苍，不是那样的，不是那样的……可是尽管我一直很安全，受到保护，一直待在家里，就像你看到的那样，就像你想的那样。哎呀，我这是说什么呢？可是，对呀，我要说实话，在妈妈来之前。我也一直渴望劝异教徒皈依教会！

埃德加：……哈德卡斯尔小姐……埃莉诺……你在试探我！我敢向你提出来吗？不敢——那么年轻，那么漂亮，那么纯真。我请求你，想一想再回答我。

埃莉诺：……我已经想过了——是跪着想的！

埃德加：(从口袋里拿出一个戒指)那么……我母亲在咽气以前嘱咐我，只能把这个戒指送给一个女人，她必须认为在非洲沙漠里和异教徒一起生活一辈子是——

埃莉诺：(接过戒指)最大的幸福！可是，嘘！(她把戒指放进口袋)妈妈来了！(他们吓了一跳)

(哈德卡斯尔太太上场，她是一个健壮的贵夫人，穿着黑色斜纹绸衣服，骑着毛驴；有一个年纪较大的先生护送她，他戴着一顶偷猎鹿的人戴的帽子。)

哈德卡斯尔太太：啊，年轻人，你们偷偷地抢在了我们前头。约翰爵士，过去你我两人总是头一个爬上山顶的。现在……

(他扶她下驴。许多儿童、男女青年都来了，有的抱着篮子，有的拿着扑蝴蝶的网子，有的拿着小望远镜，还有的拿着锡制的植物标本盒。他们在湖边铺上一块地毯，哈德卡斯尔太太和约翰爵士在野营小凳上坐了下来。)

哈德卡斯尔太太:现在谁去灌水壶? 谁去捡树枝? 阿尔弗雷德(她对一个小男孩说),别追着蝴蝶乱跑,不然你会得病的……我和约翰爵士会打开篮子,就在这块被烧过的草地上,我们去年就是在这儿野餐的。

(那些年轻人分散活动去了。哈德卡斯尔太太和约翰爵士动手打开篮子。)

哈德卡斯尔太太:……去年,可怜的比齐先生还和我们一起野餐呢。是上帝有意让他解脱啊。(她掏出一块带黑边的手绢擦眼睛)咱们这些人当中,每年总有一个人过世。那是火腿……那是松鸡……那个包里有野味油酥馅饼……(她把食品摆放在草地上)我刚才说可怜的比齐先生……我真希望这奶油没凝成块。哈德卡斯尔先生会把红葡萄酒拿过来的。我总让他干这活儿。去年只是在哈德卡斯尔先生和皮戈特先生谈起罗马人的时候……他们都要吵起来了。……可是先生们有个业余爱好是件好事,尽管他们收集的都是些没用的东西——那些头盖骨和别的东西。……可是我刚才说——可怜的比齐先生。……我想问问你(她压低了声音),因为你是我们全家的朋友,我想问你新来的牧师的情况——他们听不见我们的话吧,是不是? 听不见,他们都在拾小树枝。……去年多扫兴啊。刚把东西拿出来……就下雨了。可是我想问你,新来的牧师怎么样,就是接替比齐先生的那一位。我听说他姓西布索普。肯定地说,我希望我没弄错,因为我有一个表弟娶了一个姓这个姓的姑娘,而且你是我们全家的朋友,咱们用不着讲客套……当一个人有几个女儿的时候——肯定地说,我很嫉妒你,约翰爵士,你只有一个女儿,而我有四个! 所以我请你私下给我讲讲这位年轻的——如果这是他的名字——西布索普,因为我必须告诉你,前天咱们的波茨太太偶然说,她拿着给我们洗好的衣服路过教区牧师宅的时候,他们正在打开包装,取出家具;你猜她在衣橱顶上看见了什么?一个茶壶罩!可是当然啦她也有可能看错——可是我突然想起来问你,你是我们全家的朋友,你悄悄告诉我,西布索普先生有妻子吗?

这时,一支由身穿维多利亚时代的披风、留着胡须、戴着高帽的村民组成的合唱队唱了起来:

> 啊,西布索普先生有妻子吗?啊,西布索普先生有妻子吗?那是只黄蜂,女帽里的蜜蜂,软木瓶塞钻上的螺旋钻头。它们不停旋转的嗡嗡声,永远打开母亲心上的皱褶;因为一个母亲,如果她在有四根帷柱的绵软起伏的大床上受孕,生了女儿的话,她必须问:啊,他打开行李取出的,是不是祈祷书和服饰带、晨衣和拐杖、钓竿和渔线,还有家庭相册和手枪;他是不是也展示出,结婚时精美的茶桌纪念品——一个绣有忍冬花的茶壶罩。西布索普先生有妻子吗?啊,西布索普先生有妻子吗?

合唱队演唱的时候,参加野餐会的人集合在一起。开启酒瓶的声音啪啪响起。松鸡肉、火腿、鸡肉,都是切成片的。嘴唇在嚅动。酒杯喝干了。听不见别的声音,只有咀嚼的声音和碰杯的声音。

"他们真的在吃,"林恩·琼斯太太对斯普林格特太太悄声说,"是呀。我敢说,吃得太多对他们没好处。"

哈德卡斯尔先生:……(掸掉胡须上的肉渣)现在……

"现在什么?"斯普林格特太太轻声说,她预感到会有更多

336

的滑稽模仿表演。

现在我们已经满足了人体内部的需求,现在让我们来满足精神上的渴望吧。我请一位年青女士来唱一首歌。

女青年合唱组:……啊,别叫我……别叫我……我真的不会……不行,你这个狠心的人,你知道我嗓子哑了……我没有乐器伴奏不会唱……等等,等等。

男青年合唱组:嘿,胡扯!咱们唱《夏天最后的玫瑰》①吧。咱们唱《我从没爱过小瞪羚》②吧。

哈德卡斯尔太太:(以权威的姿态)现在埃莉诺和米尔德里德唱《我愿作一只蝴蝶》③。

(埃莉诺和米尔德里德顺从地站起来,表演了二重唱《我愿作一只蝴蝶》。)

哈德卡斯尔太太:亲爱的,非常感谢。现在该男士了,唱唱"我们的国家"!

(阿瑟和埃德加合唱《统治吧,不列颠尼亚》④。)

哈德卡斯尔太太:非常感谢。哈德卡斯尔先生——

哈德卡斯尔先生:(起立,抱着化石)咱们祈祷吧。

(野餐会演员全体起立)

"这太过分了,太过分了。"斯普林格特太太不满意地说。

哈德卡斯尔先生:……全能的上帝,您赐给了我们一切美好的东西,我们感谢您,为我们的食粮和饮水,为大自然的美景,为

---

①② 均为根据英国作家托马斯·莫尔(1779—1852)的诗歌谱写的歌曲。
③ 根据英国诗人托马斯·贝利(1797—1839)的诗歌谱写的歌曲。
④ 根据英国诗人詹姆斯·汤姆逊(1700—1748)的诗《统治吧,不列颠尼亚》谱写的歌曲。"不列颠尼亚"为大不列颠的拟人化形象。

您启蒙我们时对我们的理解(他摆弄着化石),也为您的贵重礼物——和平。任用我们做您在地球上的仆人吧,任用我们传播您的光辉吧……

此时那头驴子(由傻子艾伯特装扮)的后腿动了。是故意的还是偶然的?"看那头驴! 看那头驴!"人们叽叽喳喳的说话声淹没了哈德卡斯尔先生的祈祷声;后来只听见他说:

……快乐地回到家,您的食品康健了我们的身体,您的智慧启发了我们的心灵,阿门。

哈德卡斯尔先生举着化石迈着大步走了。参加野餐会的人们捉住了那头驴子;他们把东西收拾到篮子里,然后排成队,逐渐消失在山的那一边。

埃德加:(和埃莉诺一起走在队列的最后)去劝皈异教徒!

埃莉诺:去帮助我们的同胞!

(演员们消失在灌木丛中。)

巴奇:……先生们,时间到了;女士们,时间到了,该收拾东西回去啦。我站在这里,拿着指挥棒,保卫名望,保卫繁荣,保卫维多利亚女王国家的纯洁;从我站的地方,我看见眼前是——(他向前指:那里有波因茨宅;乌鸦呱呱叫;炊烟袅袅升)丫[家],可爱的丫[家]。①

留声机传出了这首歌曲:漫游宫殿,把欢乐享受,等等,哪里都比不上家。

巴奇:……先生们,回家;女士们,回家;该收拾东西回家啦。

---

① 原文中,巴奇有时发不出[h]音,因此把"Home"说成了"'Ome"。译文中借用"丫"字来表示他发不出"家"字的辅音。《家,可爱的家》是一首脍炙人口的英国歌曲,为歌剧《克拉里》(1823)的主题歌。

我不是看见炉火(他指了指:从一个窗户里透出红色火光)烧得越来越高了吗?在厨房,在保育室,在客厅和书房?那是丫[家]里的炉火。看哪。咱们的珍妮端来了茶水。现在,孩子们,玩具在哪儿呢?妈妈,你织的毛线活,快点。因为赚钱养家的人(他用指挥棒指着科布斯科纳宅的科贝特)来了,他从城里回到家,从柜台回到家,从商店回到家。"妈妈,喝杯茶吧。""孩子们,到我跟前坐下,我要念故事啦。念哪一个呀?水手辛巴德的故事?还是《圣经》小故事?要不就给你们看画片?都不要?那就把积木拿出来。咱们搭房子,搭个温室。搭个实验室?搭个机械师学院?要不就搭一座塔楼好吗?塔顶飘着我们的国旗;我们守寡的女王在塔楼里,吃过午茶以后,就把失去了父亲的王室子女召到跟前。因为那是丫[家],女士们;那是丫[家],先生们。纵然它从不那么简陋①,哪里都比不上丫[家]。"

留声机有节奏地唱着《家,可爱的家》;巴奇轻轻地摇晃着走下箱子,跟在队伍后面退场。

幕间休息。

"啊,可是它太美了。"林恩·琼斯太太断言。她指的是"家",那灯光照亮的房间、深红色的窗帘,还有爸爸在念故事。

他们把舞台上的湖泊卷了起来,把蒲草拔掉了。真正的燕子掠过真正的草地。可是她看见的仍然是家。

"它从前是……"她重复道,指的仍然是家。

"低级庸俗,我这样评价它。"埃蒂·斯普林格特愤愤地说,她指的是刚才演的剧,她还狠狠地瞟了一眼道奇的绿裤子、带黄

---

① 这句歌词被巴奇先生更改了,原歌词为:"纵然它总是那么简陋。"

点的领带以及没系扣子的西服背心。

可是林恩·琼斯太太看见的仍然是家。工作人员把警察巴奇刚才站的铺红台面呢的台子滚动移走时,她思索着,家是不是有点——不是"不纯洁",这个词不对——或许是"不清洁"的成分呢? 就像一小块肉变质发酸,用仆人们的话说,长了毛了。不然的话它为什么消亡了呢? 时光走啊,走啊,像厨房钟表的指针那样。(留声机在灌木丛中嚓嚓地响。)她想,假如那些指针没有遇到阻力,没有出错的话,它们仍然会一圈、一圈、一圈地走下去。"家"就还会存在;爸爸的胡子就会接着长啊,长啊;妈妈织的毛线活也会不断增加——她织了那么多东西都怎么处理了? ——变化不可避免要发生,她对自己说,否则的话,爸爸的胡子会成码①地增长,妈妈织的毛线活也会成码地增长。这年头,她的女婿把脸刮得很干净,不留胡子。她的女儿有一台冰箱……嗨呀,我想到哪儿去了,她控制住自己的思绪。她的意思是,变化不可避免要发生,除非一切都十分完美;如果一切都完美的话,她猜想,那么一切都可以抵御时间了。天国里就没有变化。

"他们是长得那样的吗?"伊莎突然问。她看着斯威辛太太,仿佛她是个恐龙,或是缩小了的猛犸象。她一定会灭绝,因为她曾生活在维多利亚女王统治的时代。

嗒、嗒、嗒,留声机在灌木丛里响。

"维多利亚时代的人。"斯威辛太太思索着。她古怪地淡淡一笑说:"我不相信有过那样的人。只有像你、我、威廉这样的人,只不过穿的衣服不同罢了。"

---

① "码"为长度计量单位,相当于 3 英尺 36 英寸(0.9144 米)。

"你不相信历史。"威廉说。

舞台上仍空无一人。奶牛群在田野里走动。树下的阴影更浓了。

斯威辛太太抚摸着她的十字架。她凝望着风景,目光茫然。他们猜想,她一定是在想象中进行着周而复始的旅行——把一切融为一体。绵羊、奶牛、野草、树木、我们自己——都融合成了一体。如果声音嘈杂,那就制造和声——如果不是给我们听的,那就给一个长在巨大头上的巨大耳朵听吧。这样一来——她慈祥地笑着——那具体的绵羊、奶牛或人所受的痛苦就成为必须的了;所以——她对着远处的镀金风向标现出灿烂的笑容,像天使一般——我们得出了结论:**一切**声音都是和谐的,如果我们听得见的话。我们会听见的。现在她的目光落在一朵云彩的白色尖顶上。威廉和伊莎看着她微笑,唔,如果遐想能让她感觉舒心的话,就让她遐想吧。

嗒、嗒、嗒,留声机又响起来。

"你们明白她的意思吗?"斯威辛太太说,她突然回到现实当中,"明白拉特鲁布女士的意思吗?"

一直在东张西望的伊莎摇了摇头。

"可是谈到莎士比亚,你也可能说不明白他的意思。"斯威辛太太说。

"莎士比亚和玻璃碗琴①!"曼瑞萨太太插嘴说,"哎呀,你们这些人让我感觉自己是个没开化的野蛮人!"

① 此引语出自英国作家奥利弗·哥尔德斯密斯(1730—1774)的小说《威克菲尔德的牧师》第九章。"莎士比亚"和"玻璃碗琴"都是贵妇人谈论的高雅话题。玻璃碗琴是一种古代乐器,由一系列形状各异、音调不同的玻璃容器组成,能发出类似铃铛的声音。

她转向贾尔斯。她郑重地请求他帮助,以反对这种对人类快乐心灵的攻击。

"无稽之谈。"贾尔斯喃喃地说。

舞台上什么都没有出现。

曼瑞萨太太手上戴的几个戒指闪烁出点点红光和绿光。贾尔斯看看这些戒指,又看看露西姑妈,目光从姑妈移向威廉·道奇,从道奇又移向伊莎。伊莎不肯正视他的眼睛。他低下头看看自己的沾有血迹的网球鞋。

他(无言地)表达:"我真是太不幸了。"

"我也是。"道奇有同感。

"我也是。"伊莎想。

他们都被人抓捕,被人囚禁;他们都是囚徒,在观赏着一个场景。舞台上没有动静。留声机的嗒嗒声简直让人发疯。

"小毛驴,往前走,"伊莎念念有词,"穿越沙漠……驮着重担……"

就在她的嘴唇一张一合的时候,她感觉道奇的目光落在她的身上。总是有某种冷冷的目光爬过表面,像冬天的一只反吐丽蝇!她很快地把它弹掉了。

"他们用了这么长的时间!"她恼怒地说。

"又一次幕间休息。"道奇看着节目单读道。

"休息以后是什么?"露西问。

"'现在'。'我们自己'。"他读道。

"上帝保佑,希望那是最后一幕。"贾尔斯愤愤地说。

"你现在可是够淘气的。"曼瑞萨太太责备她的小男孩,她那愠怒的英雄。

大家都没有动。他们坐在那里,对着空空的舞台,对着奶牛,对着草场和风景,与此同时,留声机在灌木丛里嗒嗒作响。

"这次演出是什么目的?"巴塞罗缪突然打起精神问。

"演出的全部收益,"伊莎看着字迹模糊的复写节目单读道,"将纳入给教堂安装电灯的基金。"

"我们村所有的节庆活动,"奥利弗先生转向曼瑞萨太太,粗声粗气地说,"最后都得找人们要钱。"

"那是理所当然的,理所当然的。"她喃喃地说,表示不赞成他那严厉的口气;硬币在她的镶珠钱包里叮当作响。

"在英国什么事都不能白干。"老人继续说。曼瑞萨太太与他争辩。也许维多利亚时代的人是那样的,可是我们自己肯定不是那样吧?她真的相信我们都是无私的吗?奥利弗先生问她。

"啊,你们不了解我的丈夫!"这位大自然的野孩子大声说,一面像演戏那样做了一个亮相。

值得爱慕的女人!你可以相信,她会在时钟敲整点时大叫,像闹钟一样;她会在铃声响时停下来,像旧时拉驿车的马一样。奥利弗没有说话。曼瑞萨太太拿出镜子端详自己的脸。

他们所有的人都很恼火。他们坐在露天地里,任凭风吹日晒。留声机嗒嗒作响。没有音乐。连公路上汽车鸣笛的声音都能听见。还有树木的沙沙声。他们既不是这个,也不是那个;既不是维多利亚时代的人,也不是他们自己。他们没有属性,处于一种悬空状态。留声机仍在嗒、嗒、嗒地响。

伊莎在座位上不安地扭动身子,一面左顾右盼。

"二十四只乌鸫,拴在一根绳上。"她念叨着。

"来了一只鸵鸟、一只老鹰、一个刽子手,

"'你们哪个已长成,'他说,'能作馅饼里的馅?

"'你们哪个已长成,你们哪个已准备好,

"'来吧,漂亮的先生,

"'来吧,漂亮的女士。'……"

拉特鲁布女士还要让他们等多长时间?"现在。我们自己。"他们读着节目单上的话。然后他们读下面一行:"演出的全部收益将纳入教堂电灯安装基金。"教堂在哪儿? 在那边。你从树丛里能看见教堂的尖塔。

"我们自己……"他们的目光又回到节目单上。可是她能了解多少关于我们自己的事呢?了解伊丽莎白时代的人,那是肯定的;了解维多利亚时代的人,那有可能;但是,我们自己的事,要了解我们这些在一九三九年六月的一天坐在这里的人的事——简直是笑话。了解"我自己"——那是不可能的。了解别人,也许……住在科布斯科纳宅的科贝特、那位少校、巴塞罗缪老人、斯威辛太太……了解他们,也许吧。可是她没法了解我——不可能,没法了解我。观众都在座位上不安地动来动去。笑声从灌木丛里传了出来。可是台上没有任何动静。

"她为什么要让我们等那么长的时间?"梅修上校愤愤地说,"如果他们演现在的事,根本用不着化装。"

梅修太太表示赞同。当然啦,除非她想在剧终安排一个大合唱。陆军、海军、英国国旗,在这些的后面也许——梅修太太在描述如果她导演这部露天剧的话会怎样做——也许是一座教堂。用硬纸板做的。有一个朝东的窗户,里面灯火辉煌,用来象征——她到时候会想出来的。

"她在那儿,在树后边。"她指着拉特鲁布女士小声说。

拉特鲁布女士站在那里,眼睛盯着剧本。她本来是这样写的:"维多利亚时代演过之后,试着用十分钟展示'现在'。燕子、奶牛,等等。"她想让他们接触当前的现实,或者形象地说,让他们受到当前现实的冲洗。但是这个试验不知怎的出了问题。"现实过于强大了,"她嘟囔着,"他们真该死!"她感觉到了他们所感觉的一切。观众就是魔鬼。啊,要是能写一部不给观众看的剧本该多好呢——那才是**纯粹**的话剧。可是眼下她正在引导观众。每一秒钟他们都在悄悄地溜出她设下的圈套。她的小把戏出了错。她要是在树木之间挂上一块背景幕布就好了——就可以把奶牛、燕子、"现在"都排除在外了!可是她什么东西都没有。她已经禁止放音乐了。她用手指头抠着树皮,咒骂着观众。她突然感到一阵惊慌。血液似乎从她的鞋子里流了出来。这就是死亡,死亡,死亡,她把这个感受记录到心灵的边缘上;幻想失败的时候,确实如此。她站在那里,面对观众,手都抬不起来了。

随后,下起了阵雨,很突然,雨很大。

刚才谁都没看见那片云彩飘过来。现在它来了,乌黑,膨胀,就在他们的头顶之上。它化成了雨水倾盆而下,仿佛全世界的人都在哭泣。眼泪,眼泪,眼泪。

"啊,但愿我们人类的痛苦就此结束!"伊莎喃喃地说。她抬起头,接到了两大片雨水,把整个脸都打湿了。雨水从她的面颊流下来,就像她自己的泪水。但那是所有的人的泪水,为所有的人而流淌。人们纷纷抬起手,这里那里一把把遮阳伞打开了。这雨来得很突然,下的面也广。后来雨停了。草地里升腾出一股新鲜的泥土气息。

"终于完成了。"拉特鲁布女士长出了一口气,擦掉了脸上的雨水。大自然又一次参加了演出。这说明她冒着风险在露天演出是做对了。她挥舞着剧本。音乐开始了——A. B. C.——

A. B. C. 这曲子再简单不过了。可是既然阵雨已经下过了,这曲子就代表另一种声音了,它不是任何具体的人的声音。这种为人类受不完的痛苦而哭泣的声音说:

> 国王在会计室里,
>
> 数着他的钱币;
>
> 王后在会客室里……

"啊,我的生命会在这里结束。"伊莎喃喃地说(她很小心,不动嘴唇)。她愿意把自己的一切财宝都送给这个声音,假如那样做能让眼泪不流的话。那声音的一点转折能够占据她的全部身心。在被雨水浸透了的土地的祭坛上,她摆上了自己的祭品……

"啊,看啊!"她大喊。

那是一架梯子。那是一面墙(一块抹了颜色的布)。那是一个背着灰砂斗的男人。记者佩奇先生舔着铅笔尖记录着:"拉特鲁布女士用她能支配的有限经费向观众展现了文明(那面墙)处于废墟之中,人类正在努力重建它(背灰砂斗的男人就是证明,递砖头的女人也是证明)。任何一个傻瓜都会明白这一点。现在一个戴着毛茸茸假发的黑人上场了,一个缠着银色头巾的咖啡色皮肤的人也上场了;他们大概象征着……联盟①……"

突然响起了一阵掌声,表达了观众欢迎这一赞扬我们自己的场面。当然啦,这种表现方法粗糙了点。可是她得降低开支呀。那块涂抹了颜色的布必须表达——《泰晤士报》和《每日电

---

① 原文为"the League of…",指"the League of Nations"(国际联盟)。国际联盟是第一次世界大战末由胜利方协约国首倡建立的国际合作组织,其宗旨是通过仲裁国际争端和裁减军备来维护世界和平与安全。1919 年成立,1946 年解散,由联合国继续其使命。

讯报》当天早晨的社论的意思。

那曲子哼唱着：

> 国王在会计室里，
>
> 数着他的钱币；
>
> 王后在会客室里，
>
> 吃着……

突然间曲子停了。又换了一支曲子。是圆舞曲，对吧？有些熟悉，又有些陌生。燕子随着乐曲起舞。它们飞得很快，绕着圈子，飞进飞出。是真正的燕子。它们飞走了，又飞回来。还有那些树，啊，那些树，是多么严肃庄重啊，活像正在议会里开会的参议员，或者像某个天主教堂里有一定间隔的廊柱……是啊，它们把乐曲隔成小节，并积累和收集音符；它们阻止流动的乐曲外溢。那些燕子——是圣马丁鸟①吧？——巡礼庙宇的燕子②，它们来了，它们总到这里来……是啊，它们栖息在那面墙上，似乎预示了《泰晤士报》昨天说的究竟是什么事。将要建起很多家园。每套公寓都有冰箱，嵌在有裂缝的墙里③。我们每一个人都是自由人；碟子都由机器来洗；没有飞机烦扰我们；所有的人都得到了解放；所有的人都成了人格完整的人……

乐曲变了，突然发出尖声，突然变了调，声音刺耳。是狐步舞曲吗？是爵士乐吗？不管怎么说，乐曲的节奏像一匹野马，前腿踢出，后腿直立，突然停下。丁零当啷的多闹啊！哎，她就有

---

① 燕子的一种，因常在圣马丁节迁徙而得名。

② 此引语出自莎士比亚戏剧《麦克白》第一幕第六场。

③ "在有裂缝的墙里"出自英国诗人丁尼生（1809—1892）的诗歌《花儿开在有裂缝的墙里》。

那么一点经费,你不能要求得太高嘛。噼啪的声音,刺耳的声音!什么都没有结束。那么突兀,那么败落。如此的愤怒,如此的侮辱;它并不平庸。非常时髦,一切都时髦。她玩的是什么把戏?为了打乱秩序?为了竞走和小跑?为了蹦跳和假笑?为了把手指头放在鼻子上?为了斜眼窥视?为了登高窥探?啊,这一代人不懂得尊重传统,不过他们只是暂时被称作"年轻的一代"而已——感谢上帝。他们不懂得建设,只懂得破坏,他们把旧的观点撕成碎片,把完好的东西砸成碎末。声音太刺耳了,噼啪声、哐啷声,还有咿咈——人们把绿啄木鸟叫作"咿咈",这种鸟能发出笑声,从一棵树疾飞到另一棵树。

看啊!他们从灌木丛那边过来了——什么样的人都有。小孩子?小鬼——小精灵——恶鬼。他们手里拿着什么?罐头盒?卧室的蜡烛台?旧罐子?哎呀,那是牧师宅里的大穿衣镜!还有那个小镜子——我借给她的那个,是我母亲的,上面有裂纹。这是什么意思?一切照得见人的光亮的东西,大概是要反映我们自己吧?

我们自己!我们自己!

他们一跃而出,晃动身子,蹦蹦跳跳。镜子的光闪动着,舞动着,跳跃着,亮得刺眼。现在是老巴特……他被镜子照到了。现在是曼瑞萨。这边照到一个鼻子……那边照到一条裙子……然后只照到几个人的裤子……现在大概照到了一张脸。……这是我们自己吗?可是这样做未免太残酷了。就这样捕捉我们的实际形象,可我们还没来得及装扮……而且照出的映象只是局部的……这样一来,扭曲了人的形象,让人沮丧,而且一点儿都不公正。

许多梳妆镜扫过来,掠过去,一闪而过,与人们嬉戏;它们跳动着,闪烁着,暴露着人们的形象。后排的观众纷纷站起来看热闹。他们坐下时,也被镜子照到了,也看到了自己的形象……如此被暴露实在太可怕了! 就是对那些老人来说也是如此(我们不妨这样猜想),尽管他们已不再注意自己的脸是否好看。……上帝啊! 这一阵阵丁零当啷和嬉笑怒骂的声音! 奶牛也加入了这场喧嚣。它们窜来窜去,摇着尾巴,沉默的本性已荡然无存,本该用来区分人类主人和野兽的那些障碍消失了。后来,狗也参加进来了。它们因为会场的喧嚣而激动不已,忧心忡忡地跑着,它们过来了! 看看它们吧! 还有那只猎犬,那只阿富汗猎犬……看看它吧!

然后再看看那个站在大树后面的不知叫什么名字的女士,她在无法控制的喧嚣之中召唤灌木丛里的演员上场——或许是**演员们**自己突然跑了出来——有贝丝女王①、安妮女王、林荫道上的姑娘、"理性时代",还有警察巴奇。他们都来了。还有那些朝圣客。还有那对恋人。还有那个大座钟。还有那个留着络腮胡子的老头。他们都出现了。不仅如此,他们每个人口中念念有词,说的是各自角色的台词中的只言片语。……我的头脑有点儿不大健全……(一个人说)。另一个人说:我是"理性"……我呢,我是戴高顶大礼帽的要人。……猎人回家了,从山上回到家②……家? 矿工在那里流汗,信仰女郎被粗暴地亵渎。……柔和的清风,柔和的清风,来自西海的风③……在我眼前的是那把匕首吗?④ ……猫头鹰鸣叫,常春藤开玩笑,啪啪啪地拍打窗玻璃……小姐,我至死都爱着您,离开您的闺房出来

---

① 即伊丽莎白女王。贝丝为伊丽莎白的昵称。
② 此句源自苏格兰作家斯蒂文森(1850—1894)的诗歌《安魂曲》。
③ 《柔和的清风》是英国诗人丁尼生(1809—1892)写的诗歌。
④ 此引语出自莎士比亚戏剧《麦克白》第二幕第一场。

吧……蠕虫在那里编织自己的裹尸布……我愿作一只蝴蝶。我愿作一只蝴蝶……我们的和平仰仗您的意志①……嘿,爸爸,拿起书,大声朗读吧……听呀,听呀,狗确实在叫,乞丐们……

那面大穿衣镜实在太重了。尽管年轻的邦索普有着强健的肌肉,他再也拖不动那倒霉东西了。他停了下来。他们也都停了下来——那些有柄的小镜子、罐头盒、炊具室的玻璃、马具室的玻璃、雕刻着许多花纹的镜子,都停了下来。观众虽然看到了自己,当然不是整个人,但他们毕竟坐着没动。

大钟上的指针停在当前的时刻。这就是现在。"我们自己。"

那么说,这就是那位女士的小把戏啦!目的是向我们展现自己本来的面貌,就在此时此地。大家都挪了挪位置,整理一下衣服,假作斯文;他们举起了手,挪动着腿。就连巴特,就连露西都转过脸去了。大家都在躲避,或者是遮挡自己——除了曼瑞萨太太以外,她正视着镜子里的自己,并利用这面镜子化妆;她拿出小镜子,往自己的鼻子上抹粉,并把被风吹乱的一绺卷发捋回原来的位置。

"太棒了!"老巴塞罗缪喊道。只有她一个人维护了自己的身份,丝毫没有羞怯的表情;她面对着自己,连眼睛都不眨。她平静地往嘴唇上抹口红。

拿镜子的人蹲了下来,他们怀有敌意,细心观察,充满期待,充当解释者。

"那就是他们的形象。"坐在后排的人窃笑起来。"难道我们就得被动地接受这种恶意的侮辱吗?"坐在前排的人不满地说。每一个人都转过头,假装跟旁边的人说话——哎,说任何到

---

① 此引语出自意大利诗人但丁(约 1265—1321)的《神曲》之《天堂篇》。

了嘴边的话都行。每一个人都设法挪动一两英寸,躲开那种探寻隐私的、侮辱人的目光。有的人做出要走的姿态。

"我想,话剧演完了,"梅修上校嘟囔着,一面拿起帽子,"是时候了,该……"

可是他们还没来得及得出任何共同的结论,一个人的声音响了起来。究竟是谁的声音,没有人知道。它出自灌木丛里——是一个通过扩音器传来的不熟悉的说话声,音量很高,语气十分肯定。那声音说:

女士们,先生们,在我们分手之前,在我们还没去……(已经站起来的人又坐了回去)……让我们用单音节词①说话,不用添加什么,不用填充什么,也用不着术语。让我们打破话剧的节奏,忘掉话剧的节奏。平静地想想我们自己吧。有的人瘦,有的人胖。(那些穿衣镜证实了这一点。)我们大多数人是说谎者,也是窃贼。(那些穿衣镜对此未加评论。)穷人像富人一样坏,也许比他们更坏。别用破衣服藏身。也别用我们的制服保护自己。不要看重书本知识,或高超的钢琴技艺,或卓越的油画技艺。不要以为童年就天真无邪。想一想绵羊吧。不要以为爱情就一定忠诚。想一想狗吧。不要以为那些留着白胡子的老人就一定有美德。想一想各地持枪杀人的人和投炸弹的人吧。他们公开地干着我们偷着干的事。比如说(此时用扩音器讲话的人采用了口语体的、谈话的口气),M先生的带阁楼的平房。窗外的风景遭到永久性的破坏。那简直是谋杀。……还有E太太的口红和血红色的指甲。……要记住,一个暴君是半个奴隶。还有作家H先生的虚荣心,他为了得到价值六便士的名望在粪

---

① 英语中的单音节词来自最古老的盎格鲁-撒克逊语,均属基本词汇。

堆里挖个不停……然后是那位住在庄园宅邸的贵妇人用和气的方式表达的鄙夷——那是上层阶级的做派。还有从股市买了股票再卖出去。……哎,咱们都一样。以我自己为例。我虽然藏在灌木丛里,藏在树叶之中,可是我逃脱自我谴责了吗?避免伪装义愤了吗?这里有一首韵诗能说明(尽管有人会抗议或想毁掉我)我也受过一些,怎么说呢,受过一些教育……女士们,先生们,看看我们自己吧!然后再看看那面墙;问问自己,那面墙,那面被我们叫作(也可能错误地叫作)"文明"的大墙,怎么由我们这样的饭渣、油渣和碎片去建设呢?

尽管如此,我在这里要变换(通过押韵短诗的形式,请您注意)一首格调高一点的歌——里面会提到我们对小猫的仁慈;还要注意今天的报上说的"他被妻子真诚地爱过";要注意一种冲动,它促使我们——你们要注意,趁没人看见的时候——在午夜时分走向窗口,去闻豆子的气味。或是要注意某个穿着凉鞋、满脸丘疹的脏兮兮的小人物坚决拒绝出卖自己的灵魂。确实有那么一种东西——你不能否认它。是什么呢? 你看不见它吗?你们所看见的自己的形象难道仅仅局限于饭渣、油渣和碎片吗?好,那么就听听留声机的肯定……

这时出了点故障。唱片原来是混着放的。狐步舞曲、《芬芳的薰衣草》、《家,可爱的家》、《统治吧,不列颠尼亚》——负责放音乐的吉米满头大汗,他把那几张唱片扔到一边,把该用的唱片放进了留声机——是巴赫①、亨德尔②、贝多芬③、莫扎特④,

---

还是哪个没名气的作曲家写的呢？还是一支传统曲子呢？不管怎么说，要感谢上天，在那个可恨的扩音器发出了不熟悉的刺耳乐声之后，终于传来了一个人的说话声。

像水银滑动，像金属末被磁铁吸引，那些东张西望的人把注意力又集中起来了。乐曲开始了；第一个音符暗示着第二个音符，第二个音符暗示着第三个音符。然后从底下涌出一股与其抗衡的力量，随后又是一股。两股力量在不同的层面上向不同的方向流动。我们自己也在不同的层面上往前走。一些人停留在表层采花；其他人走下去费力搞清乐曲的意蕴；可是所有的人都在努力理解，都被动员起来参加进去。所有的心灵无比深邃的人都聚集到一起，他们来自没有受保护的人和没有受伤害的人；黎明在混沌与不和谐的曲调中升起，天空呈现出湛蓝色；可是并非只有表层声音的旋律在控制它，还有交战双方那些戴着羽毛头饰、奋力进击的武士也在控制它。是为了分离吗？不是。他们从地平线的边缘被逼到这里，从可怕的冰川裂隙被召回这里，他们猛力攻击，解决了战斗，又团结在一起。有的人松开了手指头；其他人放下了跷起的腿。

那个声音是我们自己吗？饭渣、油渣和碎片，难道我们是那种东西吗？那个声音消失了。

像退去的潮水显露出一切，像散去的浓雾揭示出一切，他们抬起眼皮，睁大眼睛（曼瑞萨太太的眼睛湿润了，眼泪一下子就破坏了她脸上抹的粉）就看见了一个戴着教士的硬领的男人悄悄地登上一个肥皂箱，犹如退去的潮水显露出流浪汉的一只旧靴子。

"G. W. 斯特里特菲尔德牧师大人，"那位记者舔着铅笔尖记录着，"接着讲话……"

所有的人都目不转睛地看着他。这位牧师肯定很拘束,很紧张,简直到了荒唐的地步,真让人无法忍受!一个穿着教士服的牧师出来作总结,这绝对是各种奇特的景象中最怪异的。他张开了嘴。啊,上帝,保护我们不被污秽的词语亵渎,保护我们免受不纯净的词语污染!我们有什么必要非用词语来提醒自己呢?我就一定是托马斯,你就一定是珍妮吗?

就像一只秃鼻乌鸦悄悄地跳上了一根显眼的秃树枝,牧师摸着硬领,清了清嗓子。有一个事实减缓了观众的恐惧感;他习惯性地竖起来的食指上有烟草油的污渍。他并不是那么坏的人啊,这位 G. W. 斯特里特菲尔德牧师大人;他是教堂里的一件传统家具:一个放在墙角的橱柜,或者是院门顶上的横梁,是由一代又一代的乡村木匠按照某种已湮没的古老样板打造出来的。

他看了看观众,又抬头看了看天。所有在场的人,乡绅也好,平民也好,都觉得很尴尬,为他,也为自己。他站在那里,是他们的代言人、他们的象征,就是他们自己;他是一个笑柄、一个笨蛋,受到化妆镜的嘲笑,遭到奶牛的忽视,受到那些不断重组天国美景的云彩的谴责;他是一根开叉的木桩,与夏季宁静世界的流畅和壮丽格格不入。

他开头的几个字飘走了(风大了,树叶沙沙作响)。然后人们听见他说"什么"。他又添了一个词"信息";最后说出了整个句子;那句子语义不清,只是能让人听得见罢了。他似乎在问:"什么信息?我们的露天历史剧传达了什么信息?"

他们按照传统的做法把两只手交叉在一起,就像坐在教堂里。

"我一直在问自己,"——他重复了一遍——"这出露天历史剧要传达什么意思,或什么信息?"

如果连他这个自称牧师大人和硕士的人都不知道,那谁还能知道呢?

"作为一个观众,"他继续说(词语现在有了意义),"我只能冒昧地讲一讲,要知道我不是评论家,"——他用发黄的食指摸了摸脖子周围的白硬领(像白色的门)——"讲一讲我对这部剧的'理解'。不对,'理解'这个词太过分了。那位天才的女士……"他环顾四周。拉特鲁布女士不见了踪影。他接着说:"我只是以一个观众的身份讲话,我承认我刚才感到困惑。于是我问,给我们演这几场戏的理由何在?简单地说,我们今天下午的演出,确实经费有限。然而我们还是看到了不同的演员组合。如果我没弄错的话,我们看到了他们在努力创新。有几个人被选上当主演,还有很多人在舞台后部串场。这一点我们肯定都看到了。可是话又说回来了,这部剧难道不是想让我们明白——我是不是太武断了?我是不是像众天使那样,涉足了我这个傻瓜本来不该涉足的领域①?在我看来,这部剧至少说明,我们都是这个或那个团体的成员。每一个人都是整体的一部分。是啊,我刚才在观众席和你们坐在一起的时候,突然想到了这一点。我不是感到这位哈德卡斯尔先生,"(他指着他说)"曾一度是北欧海盗②吗?还有,我不是在哈兰登夫人——如果我说错了姓名,请原谅——的身上看到坎特伯雷朝圣客的影子吗?我们虽然扮演不同的角色,但实质是一样的。这一点由你们去考虑。再回到正题。在这出话剧,或者说露天历史剧演出的过

---

① 此典故出自英国诗人蒲柏(1688—1744)的诗歌《论批评》中的一句:"因为傻瓜常闯进天使不敢涉足的领域。"牧师使用此典故时有所歪曲。
② 北欧海盗指公元8世纪至10世纪之间从海上入侵英格兰的北欧人,特别是芬兰人。这里牧师的意思是,哈德卡斯尔先生的祖先可能是北欧海盗。

程中,我的注意力分散了。大概这也是导演的一个意图吧？我当时想,我感觉大自然也在戏里扮演了角色。我问自己,我们敢把生命仅仅局限于我们自己吗？我们能不能断定有一个精灵在鼓舞,渗透……"(许多燕子围着他飞来飞去。它们似乎明白他的意思。随后它们很快地飞得无影无踪了。)"这一点由你们考虑,我到这儿来不是为了做解释。没有人给我指派这样的角色。我只是以一个观众的身份,以我们当中一个成员的身份讲话。刚才我也在镜子里看见了自己,就像我在自己的小镜子里看见自己一样……"(笑声)"饭渣、油渣和碎片！当然,我们总该团结吧？"

"可是,"("可是"一词标志着新一段话的开头)"我也用另一种身份说话。作为教堂基金会的主管。以这个身份,"(他看了看一张纸)"我很高兴地告诉你们,今天下午的娱乐活动已经募集了三十六英镑十先令八便士,以实现我们的目标:解决我们老教堂的照明问题。"

"掌声。"记者记录道。

斯特里特菲尔德先生停顿了片刻。他在倾听。他是不是听见了远处的什么音乐？

他继续说:"可是还有差额,"(他看了看那张纸)"还差一百七十五英镑多一点。所以我们每个观赏了这部剧的人还有一次机……"这个词被断成了两半,是嗡嗡的声音打断的。十二架飞机排成整齐的阵容,像一队飞翔的野鸭,朝着他们的头顶上方飞来。原来他刚才倾听的音乐就是**这声音**。观众张大嘴;观众凝望着。嗡嗡声变成了隆隆声。飞机飞过去了。

"……会,"斯特里特菲尔德先生接着说,"捐款。"他做了个手势。刹那间,几个募捐箱行动起来。它们从镜子后面突然冒了出来。铜币咣当响，银币叮当响。可是，哎呀，多遗憾啊——简直让人起鸡皮疙瘩！傻子艾伯特来了，他摇晃着募捐箱——一个没有盖的铝炒锅，弄出丁零当啷的声音。你总不能拒绝他这个可怜人的请求吧。人们把先令硬币投了进去。他摇晃着炒锅，痴痴地笑着；他念念有词，语无伦次。帕克太太捐款的时候——顺便提一下，她捐了半个克朗①——她请求斯特里特菲尔德先生驱除这一邪行，并扩大他的宗教保护范围。

那位好牧师怀着善意打量着傻子。他暗示，他的信仰也为他留有一席之地。斯特里特菲尔德先生似乎在说，傻子也是我们的一部分。但不是我们喜欢承认的一部分，斯普林格特默默地补充道，一面把六便士硬币投进募捐箱。

由于思考傻子的事，斯特里特菲尔德先生一时想不起刚才讲到哪里。他似乎失去了驾驭语言的能力。他摆弄着表链上的十字架，然后把手伸进裤袋里掏什么东西。他悄悄地拿出一个小小的银盒子。大家都很清楚，自然人的自然愿望控制了他。他不需要再用词语了。

"现在，"他接着前面的话题讲，一面把打火机攥在手掌里，"我要履行我的职责中最愉快的部分。我提议大家投票感谢那位天才的女士……"他环顾四周，想找到符合这一称谓的人。他没看到这样的人。"……她似乎希望隐姓埋名。"他停了一下，"所以……"他又停了下来。

这是个很尴尬的时刻。如何结尾呢？该感谢谁呢？使他感觉痛苦的是，他能听见大自然里的每一个声音：树叶的沙沙声、奶牛的打嗝声，甚至燕子掠过草地的声音。可就是没有人说话。

---

① 英国货币单位，相当于25便士。

他们能找谁来承担责任呢？为这次演出，他们能感谢谁呢？难道就没有人吗？

此时灌木丛后面传来慌张的脚步声，还有刮东西的声音，预示着要出问题。一根唱针刮坏了唱片；嚓、嚓、嚓；然后它找到了声道，又传来低沉的声音和快速移动的声音，它预告：上帝……（他们都站了起来）保佑国王①。

观众面对演员站着；演员们也抱着募捐箱站着，一动不动；他们的化妆镜都藏起来了，他们身上穿的各种角色的长袍也垂下不动了。

> 快乐又荣光，
>
> 统治我们万年长，
>
> 上帝保佑国王。

音符逐渐消失。

这就是剧终吗？演员们不愿意退场。他们滞留在舞台上，随便地站在一起。警察巴奇与老贝丝女王谈话。"理性时代"与扮演驴子前半身的演员亲切交谈。哈德卡斯尔太太抚平圈环裙上的褶子。小"英格兰"毕竟是个孩子，她吸吮着一块袋装薄荷硬糖。他们还都穿着演出服装，每一个人继续扮演着尚未演完的角色。美降临到他们身上。美也揭示出他们的本质。是不是由于光线的缘故？——是不是傍晚时分那逐渐消逝的、并不好奇但仍在寻觅的柔和光线，揭示出了水塘深处的奥秘，甚至让红砖平房光芒四射？

"看啊，"观众低声说，"嘿，看啊，看啊，看啊——"他们再次

---

① 《上帝保佑国王》，又名《上帝保佑女王》，是英国国歌。

鼓掌;演员们手拉着手向观众鞠躬。

林恩·琼斯太太一边摸索着找手提包,一边叹气说:"多遗憾呀,他们必须换掉戏装吗?"

可是已经到了收拾东西回家的时候了。

"先生们,回家吧;女士们,回家吧;该收拾东西回家啦。"记者一面吹着口哨,一面把橡皮筋套在笔记本上。帕克太太弯下腰。

"我可能掉了一只手套。很抱歉打扰你。就在下面,在两个位子中间……"

留声机的乐曲用一种不可否认的、得意而惜别的语气肯定地说:我们离散了;我们刚才走到了一起。可是,留声机强调说:让我们把造成那种和谐的一切都保持下去吧。

观众(有的弯着腰,有的仔细看,有的找东西)做出了回应:啊,让我们还在一起吧。因为有人陪伴才有欢乐,温馨的欢乐。

我们离散了,留声机重复道。

观众转过身看见了那些火红的窗户,每个窗户都点染上了金色的阳光;他们念叨着:"家,先生们,可爱的……"然而他们并没有马上走,他们透过金色的光辉大概看见锅炉上有条裂缝,大概看见地毯上有个洞,大概还听见了每日的账单投进邮箱的声音。

我们离散了,留声机告诉他们,并打发他们回家。于是,他们最后一次伸直了腰,各自抓起也许是一顶帽子、一根手杖或一双鹿皮手套;他们最后一次向巴奇和贝丝女王鼓掌,也向那些树木、那白色的路、博尔尼教堂和霍格本的怪楼致意。他们打着招呼各自散开,他们穿过草坪,走下小路,经过波因茨宅来到布满沙砾的新月形地带,那里停着许多小汽车、自行车和摩托车,非常拥挤。

朋友们很随便地互相打着招呼。

有一个人说:"我认为刚才那位不知叫什么名字的女士应该走出来,不应该把事都交给牧师……毕竟是她写的剧本嘛……我当时认为这个剧非常巧妙……啊,亲爱的,我当时认为它纯粹是胡说八道。**你明白它的寓意吗?** 哦,他说她的意思是,我们大家都扮演各种角色。……如果我没听错的话,他还说,大自然参加了。……后来是那个傻子。……还有,正像我丈夫刚才说的,如果是历史剧的话,为什么没有军队呢?如果一个人的精神激活了全体人民的话,那么那些飞机会怎么样呢?……哎,你的要求也太高了。别忘了,这到底是村里人演的话剧嘛。……在我看来,我认为他们刚才应该投票感谢演出场地的主人。过去我们举办露天历史表演的时候,草地要到秋天才能恢复原样……后来我们就搭帐篷了……那个人就是科布斯科纳宅的科贝特,他参加了所有的花展,得到了所有的奖。我本人不喜欢得奖的花,也不喜欢得奖的狗……"

我们离散了,留声机得意地而又痛苦地唱道。我们离散了……

"可是你们必须记住,"那几个老太婆说,"它们办演出不得不少花钱。在这个季节,你找不到人来排练。有晒干草的活儿要干,更别说放电影了。……我们需要的是一个中心。需要能把大家聚拢到一起的东西……布鲁克全家去了意大利,什么都不顾了。太草率吗?……如果发生了最坏的情况,他们要雇一架飞机,他们是这么说的。……让我觉得好笑的是,老斯特里特菲尔德掏钱包的样子。我喜欢男人言行自然,不要总是高高在上。……后来从灌木丛里传来那些说话声。……祭司?你说的是希腊人吧？我们就是祭司,如果这样说不算不虔敬的话,我们不是预示了自己的宗教吗？这宗教是什么？……皱胶鞋底？很实用……这种鞋底耐穿,而且能保护脚。……可是我刚才说过:基督教能适应新的情况吗？在这种时候……在拉廷,没有人去教堂……有狗,还有电影。……真奇怪,科学正把一切事物弄得(打个比方说)更精神化了,这是他们告诉我的。……最新的观念是,没有什么坚实可靠的东西……嘿,你可以透过那些树看一眼教堂。……

"昂费尔比先生！看见你真高兴！你一定要来吃饭……啊,不了,我们要回城里去。议会要开会了……我刚才告诉他们,布鲁克全家去了意大利。他们已经参观过火山了。印象特别深,他们是这么说的——他们真幸运——看见了火山爆发。我同意——欧洲大陆的形势看起来比以往任何时候都要糟。想一想吧,如果他们真要侵略我们,英吉利海峡算得了什么？那些飞机,我当时不想说,让人深思。……不,我当时认为说了显得太好战了。就拿那个傻子作为例子。她是不是指某种,打个比方说,某种隐蔽的东西,也就是他们所说的'无意识'？可是为什么总要把性爱扯进去。……我承认,说我们仍然是没开化的野蛮人,确实有点道理。那些抹着红指甲的女人。她们还精心打扮——那是什么？我猜,是那个老野人。……那是钟声。叮当。叮……不过是个有裂纹的旧钟……还有那些小镜子！照出了我们的模样……我管这个叫残酷。你在没有防备的情况下被照上,觉得自己简直是傻瓜……看,斯特里特菲尔德先生,我想他是去主持教堂的晚间祈祷仪式。他得快点走,要不然就没有时间换衣服了……他说她的意思是咱们都参加了演出。是啊,可是咱们演的是谁的剧呢？哈,那正是问题所在！可是如果我们看了剧还提出这么多问题的话,那个剧不就失败了吗? 我得说,如果去剧场看戏,我希望切实感觉到我已经明白了剧的寓意……也许那就是她的意图吧? ……叮当。叮……她是不是说,如果我们不急于作结论的话,如果你思考,我也思考的话,也许总有一天我们这些想法不同的人会想到一起去的?

"亲爱的卡尔法克斯老先生在那边……我们可以用汽车带你一程吗,如果你不介意夹在两人中间的话? 卡尔法克斯先生,我们刚才正提问题呢,关于那出戏。现在谈的是化妆镜——它们的寓意是不是,镜子里的映像是个梦;还有那音乐——是巴赫的,亨德尔的,还是不知什么人写的——那音乐代表真理吗? 要不然就是两者颠倒过来?

"哎呀! 乱套了! 好像谁都看不出自己的汽车了。这就是我安装吉祥物的原因,猴子吉祥物……可是我看不见它……咱们等着吧,告诉我,刚才下雨的时候,你有没有感觉到是有人在为我们所有的人流泪? 有一首诗,开头是,**眼泪、眼泪、眼泪**。接着是,**啊,那倾泻而下的海洋**①……可是下面的我想不起来了。

"后来,在斯特里特菲尔德先生说一个人的精神激活了全体人民的时候——飞机打断了他的话。这是在户外演剧的最大缺点。……当然啦,除非她就是要这样的效果……哎呀,这种停车安排实在不能说妥当……我当初也不会想到有这么多西斯巴诺-苏莎牌汽车……那是辆劳斯莱斯……那是辆宾利……那是辆新型号的福特。……书归正传,接着说话剧的寓意——机器是魔鬼呢,还是带来了混乱……叮当,叮……借助它我们达到了最后的……叮当……带猴子吉祥物的车在这儿呢……快上

① 出自美国著名诗人惠特曼(1819—1892)的诗《眼泪》。

车……再见了,帕克太太……给我们打电话。下次我们再来的时候,别忘了……下次……下次……”

汽车轮子在沙砾路上跑了起来。汽车都开走了。

留声机的声音仍在潺潺流淌:团结——离散。它说:团……离……然后停止了。

客人都走了,只剩下先前一起吃午饭的那几个人还站在台地上。朝圣客们已把草地踏出了一道痕迹。草坪也需要彻底清理。明天电话铃就会响了:“我是不是忘了拿我的手提包?……一副装在红皮盒里的眼镜?……一个对别人没用但对我很有价值的很旧的小胸针?”明天电话铃会响的。

现在奥利弗老先生说:“亲爱的夫人。”一面拉过曼瑞萨太太戴着手套的手,轻轻地按了一下,似乎是说:“现在你把给了我的东西又拿走了。”他很想多握一会儿她手上戴着的翡翠和红宝石,据说都是瘦削的拉尔夫·曼瑞萨先生早年穿着破衣烂衫亲手挖出来的。可是,哎呀,落日的余晖对她脸上的脂粉没有丝毫同情心;她的脸看起来像镀上了一层金属薄膜,而不是色彩的深度融合。他放下了她的手;而她则狡黠地对他眨了眨眼睛,似乎在说——可是那句话的结尾被打断了。因为她转过身去,而且贾尔斯向前迈了一步;气象学家预报的微风轻轻吹起了她的裙子;她往前走去,像一个仙女,身体飘浮,身材巨大,后面跟着一群被鲜花链子拴在一起的俘虏。

大家都在后撤,走开,离散;只剩下老先生一个人,伴着熄了火逐渐变冷的灰烬,以及没有了火光的圆木。曼瑞萨太太(可爱的女人,充满感情)在贾尔斯陪伴下离开时,撕裂了布娃娃,让锯末从其心脏一涌而出,这时候有什么词语表达老人心中的坠落感以及血液涌动的感觉呢？

老人发出低沉的喉音，转向右边。他继续跛行，继续蹒跚，因为舞会已经结束。他独自漫步走过那些树。就是在这里，就是在当天早晨，他曾毁坏了那个小男孩的世界。他曾拿着报纸从树后探出头来；那孩子吓哭了。

他走下山谷，走过睡莲池。演员们在脱演出服。他能看见他们都在黑莓丛中。有的穿着背心和裤子，有的在解衣钩，有的在系扣子，有的趴在地上，有的把服装塞进几个廉价的公文包；草地上还有银剑、胡须和绿宝石。拉特鲁布女士穿着上衣和裙子（裙子太短了，因为她的腿很粗壮），费力地整理着圈环裙的波浪形褶子。他必须尊重传统习俗。因此，他停在池边。池水缺乏透明度，因为底部有污泥。

然后，露西来到他身后，问他："难道我们不应该感谢她吗？"她轻轻地拍了拍他的胳膊。

她的宗教使她变得如此缺乏感知能力！宗教那根熏香散出的烟雾蒙蔽了人的心灵。她扫视湖面时竟看不见污泥里有生物在争斗。拉特鲁布女士精神上备感痛苦，因为牧师的解释、演员们的发音错误和粗俗的表演……在这之后，"她不想要我们感谢她，露西。"他粗鲁地说。她就像那条鲤鱼一样（水里有什么东西在动），想要的是污泥里的黑暗，是酒吧间里的一杯加苏打水的威士忌酒，是像顺水流下的蛆虫那样的粗话。

"要感谢演员们，而不是作者，"他说，"或者感谢我们自己——观众。"

他回头往后看去。那位老夫人，那位土生土长的、史前时代的老夫人坐在轮椅里，一个男仆正推着轮椅走开。他推着她走过拱门。现在草坪上空无一人。屋顶的线条，直立的烟囱的线条,在傍晚蓝色的背景下升高了,十分清晰并泛着红色。波因茨宅,那所从视线里抹掉了的房子,又显现出来。他很高兴一切都结束了——那匆忙与慌乱,那胭脂与戒指。他弯下腰,扶起一棵掉了花瓣的牡丹。宁静再次降临。还有理性和被灯光照亮的报纸。……可是他的狗在哪儿呢?被拴在狗房里啦?他很气愤,太阳穴上的小血管因此暴涨起来。他吹起口哨。于是他的狗穿过草坪跑了过来,鼻孔上有一点白沫,它是刚被坎迪什放开的。

露西仍然凝视着睡莲池。她自语:"都游到叶子底下去了。"那些鱼害怕过往的阴影,都逃走了。她凝视着池水。她习惯地抚摸着自己的十字架。可是她的眼睛仍然搜索着池水,寻找着鱼儿。睡莲已经合上花瓣;红睡莲、白睡莲,每朵花都躺在自己的叶片盘子上。天上,空气快速流动;下面,是池水。她站在这两种流体之间,抚摸着十字架。宗教信仰要求她每天清晨必须跪几个小时。她常常为自己游荡的目光捕捉到的快乐景象而陶醉——一缕阳光,一片阴影。现在,水池角上那片锯齿形叶片从轮廓上看很像欧洲。还有别的叶片。她把眼光移到水面,把叶子分别命名为印度、非洲、美国。这些叶片是安全的小岛,光亮而质厚。

"巴特……"她对他说。她本来想问他蜻蜓的事——那蓝线①就坠不下来吗,如果我们这边毁它一下,那边毁它一下的话?可是他已经进了波因茨宅。

随后,水里有什么东西在动;是她最喜欢的扇尾金鱼。金色圆腹雅罗鱼跟在后面。然后她看见银光一闪——竟是那条大鲤

---

① 指蜻蜓,出自英国诗人罗塞蒂(1828—1882)的诗《寂静的中午》中"阳光追逐的枝苗深处,挂着一只蜻蜓,/像天空撒了手的蓝线"。

鱼,它极少游到水面上来。几条鱼儿向前滑行,在水草之间穿来穿去,银色、粉红色、金色,它们溅起水花,一闪而过,混杂在一起。

"我们自己。"她念叨着。她没怎么借助理性的帮助就从灰色的池水里回收了一点信仰的闪光(但愿如此),她的目光跟踪着那些鱼儿;有带斑点的、带条纹的,还有带彩色斑块的;她从这一景象里看到了我们自身的美、力量和荣耀。

鱼儿有信仰,她这样判断。它们相信我们,因为我们从来不捉它们。可是她哥哥会回答:"那是贪婪。""是它们的美!"她争辩说。"是性爱。"他会这样讲。"是谁让性爱容易受美的影响?"她争论说。他耸了耸肩,不知道是谁?为什么?她无言以对,于是回到自己内心对美的看法:美就是善,是任我们漂浮的大海。大多数情况下我们不会受影响,但肯定地说,每条船都会有漏水的时候吧?

他会高举理性的火炬,直到它熄灭在洞穴的黑暗之中。对她自己来说,通过每天清晨跪着祈祷,她维护了自己的观点。每天夜里她都打开窗户,看看天幕下的树叶,然后去睡觉。后来,鸟叫声犹如随意抛出的一根根细带,把她唤醒了。

鱼儿已经游上水面。她没有东西喂它们——连面包渣都没有。"等一等,亲爱的。"她对鱼儿说。她想跑回波因茨宅,找桑兹太太要一块饼干。此时水面上出现了一个阴影。鱼儿一闪就不见了。多让人恼火!那是谁呢?哎呀,是那个她记不住名字的年轻人,不是琼斯,也不是霍奇……

道奇刚才突然离开了曼瑞萨太太。他一直在花园里到处寻找斯威辛太太。现在他可找到她了,可是她却忘了他的名字。

"我叫威廉。"他说。她一听这名字便立刻活跃起来,像一个站在花园玫瑰丛中的白衣少女一样跑过来迎接他——这是一个尚未演过的角色。

"我刚要去拿一块饼干——不,是去感谢演员们。"她结结巴巴地说,像个处女,脸红了起来。然后她想起了她的哥哥。她又说:"我哥哥说,你们不要感谢剧作者拉特鲁布女士。"

她总是说"我的哥哥……我的哥哥",他总会从她的睡莲池深处浮升起来。

至于那些演员呢,哈蒙德已经扯下胡须,正在系上衣的扣子。他把链子塞进扣子之间,然后就走了。

只有拉特鲁布女士留下来,弯着腰在草丛中拿什么东西。

"剧演完了,"威廉说,"演员们都走了。"

"我哥哥说,我们不要感谢剧作者。"斯威辛太太重复道,一面朝拉特鲁布女士的方向看过去。

"那么我就感谢你吧。"他说。他拉起她的手,用力按了一下。根据情况估计,他们两人今后可能不会再见面了。

博尔尼教堂的钟声总会突然停止,引得你发问:不会再响一下了吗?伊莎在草坪上走到半路,她倾听着……叮、当、叮……。不会再响了。教徒们都已集合在教堂里,正跪着呢。仪式刚刚开始。剧演完了;许多燕子飞掠过刚才当舞台的那片草地。

道奇过来了,他是个熟谙唇读法①的人,是她的同类②、她的同谋者,像她一样喜欢探寻人们隐藏起来的真实面目。他急

---

① 通过观察说话人的嘴唇动作了解话意的方法。
② 原文 semblable,出自英国诗人艾略特(1888—1965)在长诗《荒原》中引用的法国诗人波德莱尔(1821—1867)的《恶之花》中的一句诗。

急忙忙去追赶曼瑞萨太太,那位太太已经走在前头,陪伴她的是贾尔斯——"我孩子的爸爸。"伊莎嘟囔道。肉欲朝着伊莎铺天盖地而来,那炽热的、布满神经的肉欲,时而发亮,时而幽暗,像沉重的人体。在治愈那支毒箭造成的铁锈色脓包的情况下,她追寻着自己一整天都在追寻的那张脸。她从人们的后背之间的空隙,从人们的肩膀之上费力地东张西望,终于找到了那个穿灰衣服的男人。他在网球聚会时曾给她拿过一杯茶;有一次递给过她一个网球拍子。仅此而已。可是,她在哭泣,假如我们相识在那条像银棒的鲑鱼跳起来之前⋯⋯假如我们在那时相识,她在哭泣。先前在谷仓里,当她的小儿子费力地穿过人群走来之时,她曾喃喃地说:"假如这是他的儿子"⋯⋯她过路的时候随手撕下了长在保育室窗外的苦叶子。那是铁线莲。她撕碎叶片代替词语,因为那里没长着词语,也没长着玫瑰。她飞跑着超过她的那位同谋者、她的同类、那位探寻消失了的面孔的人。"像维纳斯那样,"他想,仓促地翻译,"对待她的猎物⋯⋯"①并跟着她走去。

一转过弯,道奇就看见了贾尔斯和曼瑞萨太太亲密无间的样子。她站在汽车门旁。贾尔斯一只脚踩着汽车踏板的边缘。他们是否感觉到有许多支箭即将攻击他们呢?

"比尔,跳进来。"曼瑞萨太太开玩笑说。

车轮在沙砾路上跑起来,汽车开走了。

拉特鲁布女士终于可以直起腰来了。她刚才故意多弯了一会儿腰,以免引起人们的注意。钟声已经停止;观众已经走了;

---

① 此典故出自法国戏剧家拉辛的戏剧《费得尔》第一幕第三场。

演员们也走了。她可以挺起腰板了。她可以伸展胳膊了。她可以对全世界说话了。你们已经得到了我的礼物！荣耀感占有了她——但仅仅是一瞬间。可是她赠送的是什么呢？地平线上，一片云彩融入另一片云彩。她的成功在于给予。而这成功逐渐失色了。她的礼物没有任何意义。如果他们看懂了她的寓意，如果他们了解自己扮演的角色，如果演出用的珍珠是真的而且经费不受限制的话——那就会是件更好的礼物了。现在它已加入了其他礼物的行列。

"失败了。"她痛苦地说，一面弯下腰收拾唱片。

随后，许多椋鸟突然袭击了她先前藏身的大树。它们成群地冲击大树，活像许多带翅膀的石块。整棵树伴随着它们疾飞的呼呼声发出哼哼唧唧的声音，似乎每一只鸟都在弹拨一根琴弦。呼呼声、嗡嗡声从那棵充满鸟鸣的、被鸟儿颤动的、被鸟儿遮挡的大树上升腾起来。大树变成了一首狂想曲、一片微颤的不和谐音，一片呼呼声和共鸣的狂喜、树枝、树叶，小鸟用不和谐的声音按着音节歌唱生命、生命、生命，没有节制，没有停顿，简直要把大树给吃了。然后鸟儿飞上天！飞走了！

是什么打扰了它们？是查默斯老太太，她悄然走过草丛，捧着一束鲜花——显然是粉红色的——准备插到她丈夫坟头上的花瓶里去。冬天插的是冬青，或常春藤，夏天插的是一种鲜花。是她吓走了那些椋鸟。现在她走过去了。

拉特鲁布女士把唱片箱的锁头碰上，把沉重的箱子扛上肩头。她穿过台地，停在那棵刚才聚集了许多椋鸟的大树旁边。她就是在这里承受了成功、羞辱、狂喜、绝望——没有任何意义。她的鞋跟已经把草地轧出了一个坑。

天渐渐黑了。由于天上没有云彩添麻烦，蓝色显得更蓝了，绿色显得更绿了。已经看不见风景了——看不见霍格本的怪楼，也看不见博尔尼教堂。只能看见大地，不是什么特别的土地。她放下唱片箱，站在那里看着大地。然后有什么东西浮上表面。

"我应该把他们分成小组，"她喃喃自语，"就在这儿。"那将是子夜时分。将出现两个人的身影，被一块大石头挡住了一半。大幕将要升起。第一句台词将是什么呢？她想不起任何词语。

她又举起了沉重的箱子，扛上肩头。她大步穿过草坪。波因茨宅处于休眠状态；在树木的衬托下，一缕炊烟越变越粗。很奇怪，大地，连同所有那些灿烂的鲜花——睡莲、玫瑰，以及一簇簇白色的花朵和鲜绿的灌木——竟然还是那么硬挺。一股股绿水似乎从大地上涌出来，越涨越高，没过了她的头顶。她离开岸边去远航，并且举起手去摸大铁门的门闩。

她要把箱子从厨房窗户放进屋里，然后接着往上走，去小旅店。她跟那个住她的屋子、花她的钱的女演员闹翻之后，越来越需要喝酒了。还有她对孤独的恐惧。总有一天她会违抗——哪一条村规呢？戒酒律？禁欲律？或者去拿并不属于自己的东西？

在街角，她碰到刚从墓地回来的查默斯老太太。老太太低头看着手中已枯萎的花朵，没有搭理她。那些住在种有红天竺葵的农舍里的女人总是这样。她是个被抛弃的人。大自然不知怎的把她和她的同类区分开了。然而她还是在手稿的边缘草草写下了"我是观众的奴隶"。

她把箱子从炊具室的窗户推了进去，然后继续向前走，在街角处看见酒吧窗户的红窗帘以后才停下来。那里会有遮风避雨的地方，有说话声，有被人遗忘的环境。她转了转酒馆的门把。

欢迎她的是陈啤酒的刺鼻气味,还有人们说话的声音。他们不说了。刚才他们一直在谈论"专横",那是他们给她取的绰号——那没关系。她开始一根接一根地吸烟,并透过烟雾观赏一幅粗糙的玻璃画,看着画上牛棚里的奶牛,也看着公鸡和母鸡。她把玻璃杯举到嘴边,喝起酒来,并且倾听着。一些单音节词落进泥土里。她昏昏欲睡;她不时点着头。泥土变得肥沃了。词语往上升,升得很高,超越了那几头驮着难忍的重负艰难前行的无言的公牛。没有意义的词语——神奇的词语。

廉价的时钟在滴答作响;烟雾遮蔽了那些画。烟雾在她的上牙膛里变得酸涩。烟雾遮蔽了那些烤土豆的土黄色外皮。她看不见它们了,但它们给她滋养,她两臂交叉坐在那里,面前放着酒杯。子夜时分的高地出现了;还有那块大石头;还有两个难以辨认的人影。突然间,许多椋鸟冲击那棵大树。她放下酒杯。她听见了第一句台词。

在下面的洼地里,在那些大树掩映下的波因茨宅,餐厅里的饭桌已经清理干净。坎迪什用半圆形的刷子扫走了面包渣,留下了花瓣;最后只剩下全家人在一起吃甜食。剧演完了,外人都走了,他们全家人单独在一起了。

刚演完的剧仍然悬在心灵的天空——它虽然移动了,逐渐变小了,可还是存在。斯威辛太太一面把紫莓放进白糖里蘸,一面审视那部剧。她把紫莓放进嘴里,然后说:"那历史剧到底是什么意思呢?"她又加了一句:"那些农民、国王、那小丑和(她把吃的东西咽下去)我们自己?"

他们都在审视那部历史剧;有伊莎、贾尔斯和奥利弗先生。当然啦,每个人都看到了不同的方面。在下一个瞬间,这部剧就要坠落到地平线底下,加入他们看过的其他戏剧的行列。奥利弗先生伸出他的方头雪茄烟说:"她想得太高了。"他一边点烟一边补充说,"要知道她的经费有限。"

雪茄烟的烟雾飘散开去,与其他烟雾融合在一起,变得无影无踪。伊莎透过这烟雾不仅看到了历史剧,而且看到了观众离散的情景。有的人开汽车,有的人骑摩托车或自行车。一道院门被猛地打开。一辆汽车飞速驶上车道,朝玉米田里的红色别墅开过去。悬得很低的洋槐枝叶碰到了车顶。洋槐撒下花瓣,汽车到达了目的地。

"那些化妆镜和灌木丛里的说话声,"伊莎喃喃地说,"她到底是什么意思呢?"

"斯特里特菲尔德先生让她解释,她不肯解释。"斯威辛太太说。

此时,贾尔斯给了他妻子一个香蕉,香蕉皮已被剥成四瓣,露出了白色的果肉。她不肯要。他把火柴头摁在碟子里让它熄灭。火柴头遇到紫莓汁发出了轻微的嘶嘶声。

"我们应该表示感谢,"斯威辛太太折着餐巾说,"为今天的天气,它简直太完美了,除了那阵雨以外。"

她站起身来,伊莎跟着她穿过大厅去大房间。

他们总是天不黑透不拉窗帘,天不冷透不关窗户。白天还没结束,为什么要把它关到窗外呢?花儿仍然鲜艳;鸟儿仍在啁啾。其实你在晚上常常能看见更多的东西,那时候没有干扰,不需要订购鱼,也不需要回电话。斯威辛太太停在一大幅威尼斯风景油画前——是卡纳莱托①画派的作品。画中那条凤尾船的

---

① 卡纳莱托(1697—1768),意大利风景画家。对后代风景画家影响很大。

篷盖下很可能有一个小小的人形——是个女人,蒙着面纱,还是个男人?

伊莎很快地把针线活从桌子上挪开,然后坐到窗户旁边的沙发椅上,她深陷进去,两条腿蜷起来放到椅子面上。她身处这个贝壳般的房间里,并不把夏夜放在心上。露西从探索油画意境的远航归来,站在那里一言不发。阳光使她的眼镜的每一块镜片都发出红光。她的黑披巾闪烁着星星点点的银光。一刹那间,她看上去就像另一部话剧里的一个悲剧人物。

随后,她用惯常的声音说起话来。"他刚才说,我们今年得到的捐款比去年多。可是去年下雨了呀。"

"今年、去年、明年、没年……"伊莎喃喃地说。她扶窗台的手在阳光下火烧火燎的。斯威辛太太从桌上拿起自己的毛线活。

"你是不是感受到了他刚才说的:我们虽然扮演不同的角色,但实际上都一样?"她问。

"是。"伊莎回答。"不是。"她补充道。答案是:是,不是,是,是,是,潮汐冲出去拥抱大海。不是,不是,不是,它逐渐缩小。那只旧靴子出现在海滩的砂石上。

"饭渣、油渣和碎片。"她念着那出已消逝的话剧里她尚能记得的台词。

露西张开嘴刚要回答,刚开始抚摩她的小十字架,贾尔斯和巴塞罗缪两位男士就进来了。她欢快地叫了一声表示欢迎。她挪了挪脚,想让出点地方,可是这间屋子实际上很宽敞,有几把带罩的大沙发椅,地方足有富余。

他们两人坐下来,落日的余晖照在他们身上,使他们显得很高贵。他们两人都换了衣服。贾尔斯现在穿着职业阶层穿的黑色上衣,打着白色领带。这身衣服——伊莎低头看看他的脚——需要配一双真皮便鞋。"我们的代表,我们的代言人。"伊莎揶揄地说。然而,他的确英俊出众。"我孩子的爸爸,我又爱又恨的人。"爱与恨——它们是如何在撕扯着她呀!确实该有人创作新的情节了,或者让那位剧作者走出灌木丛……

此时坎迪什进来了。他用银托盘送来了当天第二次投递的邮件。有信,有账单,还有晨报——把昨天从人们的印象中抹去的报纸。巴塞罗缪一把抓过报纸,就像鱼儿浮上水面抢吃饼干渣。贾尔斯撕开一封信的信封盖,很明显这是公文信件。露西在读一封连斜角都写满字的信,是住在斯卡巴勒市的一个老朋友寄来的。伊莎只收到了账单。

日常生活中的各种声音回荡在这间贝壳般的房间里。桑兹在生火;坎迪什在捅锅炉。伊莎已经看完了账单。她坐在贝壳般的房间里,看着历史剧的场景逐渐消失。花儿在凋谢之前依然闪光。她看着它们闪光。

报纸啪啪地响。钟表的秒针急促地走。达拉第先生已经稳定了法郎币值。那个姑娘曾跟大兵们一起嬉闹。她尖声地叫喊。她打了他……后来怎么样啦?

伊莎再看那些花朵的时候,它们已经凋谢了。

巴塞罗缪啪的一声打开了阅读台灯。灯光照亮了这几个围坐在一起的、盯着白色报纸的读者。外面被阳光烘烤过的低洼田野里,蟋蟀、蚂蚁和甲壳虫聚集在一起,它们滚动着阳光烘烤过的小土块,爬过收割后留有残株的田地,那些残株闪着亮光。在阳光烘烤过的田地上,在那个玫瑰色的角落里,巴塞罗缪、贾尔斯和露西把黄油涂在面包上,一点点地咬,把面包掰成小块。伊莎注视着他们。

后来报纸垂了下来。

"看完了吗?"贾尔斯说,一面去拿父亲手中的报纸。

老人的手松开了报纸。他懒洋洋地靠在椅子上,一只手抚摸着爱犬,摸着它脖子上靠近项圈处的波浪状皮毛。

时钟滴答滴答地响。整个房子发出轻微的啪啪声,好像很脆,很干燥。伊莎搭在窗台上的手突然感觉到冷。阴影已经掩盖了花园。玫瑰花也准备过夜了。

斯威辛太太一边折着信,一边小声对伊莎说:"我刚才往屋里探了探头,看看孩子们,他们睡得很香,就在纸玫瑰的下边。"

"那是庆祝加冕典礼时剩下的。"巴塞罗缪嘟囔着,半睡半醒的样子。

"可是我们本来用不着费那么多事布置屋子的,"露西补充说,"因为今年典礼时没下雨。"

"今年、去年、明年、每年。"伊莎喃喃自语。

"锡匠、缝匠、士兵、水兵。"巴塞罗缪应声说。他是在说梦话。

露西把信塞进信封。读书的时间到了,该读她的《世界史纲》了。可是她想不起来上次读到哪里。她翻着书页,看着插图——猛犸象、乳齿象、史前鸟类。然后她找到了上次没读完的那一页。

黑暗愈加浓重。微风在房间里回荡。斯威辛太太打了个冷战,赶忙把带光片的披巾拉上肩膀。她看书看得太入神了,没顾得上叫人关窗户。她正在读:"那时候英格兰是一片沼泽。浓密的森林覆盖着大地。在纵横交错的树枝上,有鸟儿歌唱……"

敞开的窗户形成了一个大方框,现在它展现的只有一方天空。天空的光线已被剥夺殆尽,显得很严峻,像冰冷的石头。阴影降临了。阴影悄悄爬上巴塞罗缪的高额头，又爬上他的大鼻子。他看上去单薄瘦削，像个幽灵；他的椅子显得巨大无比。他的皮肤抖动着，像一只狗抖动皮毛。他站起来，振作精神，瞪大眼睛，谁都不看，径直大步走出了房间。他们听见他的狗跟着他轻快地跑过地毯的声音。

露西很快地翻过一页，有一种做错事的感觉，就像一个孩子还没读完这一章就会被大人叫去睡觉似的。

"史前人类，"她读道，"是半人半猿，从半爬行的地位直立起来，举起了巨大的石头。"

她把那封从斯卡巴勒来的信夹进书页里，权当书签，标明这一章的结尾，然后站起身来，微微一笑，没有说话，蹑手蹑脚地走出了房间。

两位老人已经上楼睡觉了。贾尔斯把报纸攥成一团，熄了灯。一整天了，他和妻子还是第一次单独在一起，他们都没有说话。在他们两人独处的时候，敌意显露出来，爱意也显露出来。睡觉之前，他们一定要打架；打过架以后，他们会拥抱。从那拥抱之中也许会诞生另一个生命。可是他们首先必须打架，就像公狐狸与母狐狸打架一样，在这黑暗的中心，在这夜幕下的田野里。

伊莎听任她的针线活掉到地下。那些有罩的大沙发椅变得巨大无比。贾尔斯也变得巨大无比。背靠着窗户的伊莎也变得巨大无比。从窗户看到的全是天空，没有任何色彩。波因茨宅已经失去了荫蔽功能。这是世界上还没有修路盖房时的夜晚。这是穴居先民从某个高地的巨石之中审视世界的夜晚。

然后大幕升起来了。他们说话了。